SV

Uwe Johnson – Siegfried Unseld
Der Briefwechsel

Herausgegeben von
Eberhard Fahlke und
Raimund Fellinger

Suhrkamp Verlag

Erste Auflage 1999

Satz und Druck: MZ-Verlagsdruckerei GmbH, Memmingen
Printed in Germany

1 2 3 4 5 6 – 04 03 02 01 00 99

Inhalt

1959

[1; Telegramm, Anschrift: Berlin-Dahlem, Spechtstr. 5]

Frankfurt am Main
13. Juli 1959

BEGRUESSE SIE HERZLICH. STEHE IHNEN JEDERZEIT ZUR SEITE. FAHNENKORREKTUREN SONNABEND AN FRANCK[1] ABGEGANGEN.
FREUNDSCHAFTLICH = UNSELD

1 Die Fahnenkorrekturen gehören zu *Mutmassungen über Jakob*. Es war das zweite Manuskript, das U.J. an den Suhrkamp Verlag einschickte. Das erste, mit dem Brief vom 22. 2. 1957 an den »Sehr geehrten Herrn Doktor Suhrkamp« gesandt, war *Ingrid Babendererde. Eine Reifeprüfung 1953*. Der Roman wurde von Peter Suhrkamp abgelehnt (vgl. das Nachwort von S.U. zu *Ingrid Babendererde*). Das Manuskript der *Mutmassungen über Jakob* erreichte Peter Suhrkamp im März 1959 in einem Frankfurter Krankenhaus. Es war noch ungelesen, als Peter Suhrkamp am 31. 3. starb und S. U. das Manuskript aus dem Sterbezimmer nahm. Margarete Franck war Angestellte im Berliner Büro des Suhrkamp Verlags. Am 27. 5. und 28. 5. 1959 haben sich U.J. und S.U. zum ersten Mal in Berlin getroffen und Details der Drucklegung besprochen. Danach wurde der Verlagsvertrag mit einem auf Wunsch von U.J. vorgezogenen Datum (2. 3. 1959 bzw. 9. 3. 1959) unterzeichnet. Im Reisebericht schreibt S.U.: »Johnson wird ferner eine Story entwerfen, die wir hier im Verlag für die Umschlagrückseite noch entsprechend einrichten können.«

[2]

Frankfurt am Main
Untermainkai 13[1]
14. Juli 1959

Lieber Herr Johnson,
ich habe gestern mit Freude und Erleichterung die Nachricht von Ihrem Eintreffen entgegengenommen. Ich kann mir gut denken, welches einschneidende Gewicht der Schritt über diese Grenze für Sie bedeutet. Sie wußten, was Sie drüben und hier erwarten mußte, und haben sich danach entschieden. Ich kann nur hoffen, daß der Weg, den Sie jetzt gehen, für Sie keine neue Enttäuschung sein wird. Sie sollen jedenfalls wissen, daß Sie mich immer zu jedem Rat und zu jeder Hilfe bereit finden. Bitte wenden Sie sich freundschaftlich an mich, wenn immer Sie glauben, daß ich irgend etwas für Sie tun kann.

Ich weiß nicht, ob Sie sich (von der Wohnung her) schon angemeldet haben. Wie wäre es, wenn Sie als Adresse meine Frankfurter Adresse angäben. Ich ziehe heute in ein neues Domizil um. Ich kann Sie hier jederzeit und auch für länger beherbergen: Frankfurt/Main, Klettenbergstraße 35. | (Dies ist inzwischen wohl überholt.[2]) |

Wie ich Ihnen gestern schon telegraphierte, gingen die kompletten Fahnen am Sonnabend an Frau Franck. Leider wurde versäumt, die Sendung per Eilboten zu deklarieren. Ich hoffe aber doch, daß sie spätestens Dienstag oder Mittwoch in Berlin eingetroffen sind. Kontrollieren Sie nochmals den Text und vor allem die Übergänge der einzelnen Erzählhaltungen.

Anbei schicke ich Ihnen den Text, den wir aufgrund Ihrer Angaben zur Fabel geschrieben haben und der für die Rückseite des Umschlags vorgesehen ist.[3] Stimmen Sie mit ihm überein? Unsere Vertreter kommen am Freitag zur Be-

sprechung und Information hierher nach Frankfurt. Am Montag beginnen sie ihre Reise. Ich konnte also noch rechtzeitig das Pseudonym lüften und den Umschlag mit Ihrem regulären Namen zeichnen lassen.[4]
Nun wünsche ich Ihnen eine gute Eingewöhnung. Bitte lassen Sie bald von sich hören.
Mit herzlichen Grüßen
Ihr Siegfried Unseld

[2a; Anlage, Brief von S. U.]

Bezirksamt Zehlendorf
Amtsstelle für Zuzugsgenehmigungen
Berlin-Zehlendorf

Frankfurt am Main
14. Juli 1959

Sehr geehrte Herren,
wir möchten Sie bitten, Herrn Uwe Johnson für Berlin den Zuzug zu genehmigen. Nach unserem Urteil liegt es im wirklichen Interesse für die kulturelle Entwicklung Berlins, wenn sich ein so begabter junger Schriftsteller und Lektor von hohem literarischen Rang in Berlin aufhalten und arbeiten kann. Herr Uwe Johnson wird neben seiner schriftstellerischen Arbeit im Suhrkamp Verlag Berlin tätig sein, der auch auf die nächsten Jahre hinaus seine Existenz materiell gesichert hat.
Wir wären Ihnen dankbar, wenn Sie ihm den Zuzug ermöglichen könnten.
In vorzüglicher Hochachtung
Dr. Siegfried Unseld

1 So lautet die Adresse des Verlags seit dem 1. 1. 1957. Am 1. 4. 1963 zieht er in den Grüneburgweg 69, ab dem 1. 1. 1969 lautet die Adresse Lindenstraße 29-35.
2 Das Empfehlungsschreiben von S. U. ans Bezirksamt Zehlendorf soll für U. J. eine Zuzugsgenehmigung nach West-Berlin erwirken.

Durch den zwischenzeitlich gestellten Antrag auf Zuzugsgenehmigung erweist sich der Vorschlag von S. U., U. J. vorübergehend in der Klettenbergstraße unterzubringen, als überholt.

3 Dieser Text ist nicht erhalten. Im Verlagsarchiv aufzufinden sind jedoch »Angaben zur Fabel« von U. J.:
»Vorgeschichte
1945 kam Jakob siebzehnjährig mit seiner Mutter in einem Treck aus Pommern nach Jerichow, kleine Ostseestadt in der damaligen sowjetischen Besatzungszone. Unterkunft im Hause Cresspahls, Tischlerlehre, geschwisterliches Verhältnis zu Cresspahls Tochter Gesine C., die fünf Jahre jünger. Jakobs Mutter (Frau Abs) nahm sich ihrer an. Jakob ging zur Reichsbahn. Gesine ins Studium und danach nach Westdeutschland. Ihr Verhältnis von Fürsorge und Anteilnahme unverändert.
Kapitel I
Deutsche Demokratische Republik, Oktober 1956. Jakob inzwischen Streckendispatcher an grossem Bahnhof nahe der Elbe; Gesine beschäftigt beim Hauptquartier der Vertragsorganisation Nordatlantik. Die militärische Spionageabwehr der Roten Armee beauftragte deutschen Beamten (Herrn Rohlfs), die Kenntnisse und Informationsmöglichkeiten einer N. A. T.O.-Sekretärin nutzbar zu machen, ›die Taube auf dem Dach‹. Nach der ersten Befragung ging Jakobs Mutter über die Grenze. Herr Rohlfs konnte nach gründlicher Durchsicht der Verhältnisse seinen Plan nur noch mit Jakob beginnen. Diese Gespräche und Verhandlungen veranlassten und nötigten Jakob, die politischen Realitäten der Zeit erstmals als Lebenswirklichkeiten anzuerkennen. Er entschied sich, den Auftrag abzulehnen: wollte die Verbindung nicht vermitteln. Das Schweigegebot vereinsamte ihn.
Kapitel II
Jakob fuhr nach Jerichow, um die Hinterlassenschaft seiner Mutter in Ordnung zu bringen. In Cresspahls Haus lernte er einen Dr. Blach aus Berlin kennen (Assistent Anglistik), der Gesine bei zufälliger Begegnung auf westberliner Strasse angehalten hatte, sie hatten eine Reise zusammen gemacht, er glaubt sie zu lieben. Cresspahl und Jakob liessen ihn reden über den Beruf der Wissenschaft und über die Ansätze zu unorthodoxer Erörterung der Wirklichkeit, die aus den Strahlungen der ungarischen Petöfi-Bewegung eben jetzt unter den Intellektuellen Ostberlins entstanden waren.

Kapitel III
Am Tage der ersten konterrevolutionären Erhebungen in Budapest kam Gesine Cresspahl ohne Pass heimlich in die DDR und suchte Jakob an der Elbe auf, um ihn wiederzusehen und sich von ihm nach Jerichow bringen zu lassen. Jakob war ihr zu Willen in schweigendem Einverständnis mit Herrn Rohlfs, den Fairness und die ungarischen Ereignisse hinderten, die Taube vom Dach in die Hand zu nehmen. Jakob brachte Gesine unangefochten in das Haus ihres Vaters; der Weg nach Jerichow hatte sie aber zu Jakob geführt und von Jonas Blach entfernt. Ein Gespräch: Herr Rohlfs, sein Chauffeursekretär, Cresspahl, Gesine, Jakob, Jonas: das kein Ergebnis hatte. Offene Freundschaftserklärung von Rohlfs und Jakob. Rohlfs brachte Gesine zurück bis an die Grenze.
Kapitel IV
Jakob mochte begriffen haben, dass wer die politische Wirklichkeit in sein Leben aufnehmen wollte, sein Leben ändern oder je eigene Verantwortung aufgeben musste. Niederschlagung des ungarischen Aufstands, Überfall auf Ägypten. Jakob fuhr zu Gesine, der Vergleich westdeutschen Lebens ergab die Sinnlosigkeit der Alternative, er verlor auch Gesine. Kehrte zurück, um seine Arbeit wieder aufzunehmen.«

4 U.J. plant ursprünglich, nach der Publikation der *Mutmassungen über Jakob* im Suhrkamp Verlag weiterhin in der DDR zu leben. Deshalb wählt er für die Publikation des Roman zunächst das Pseudonym Joachim Catt, das auch noch auf dem Titelblatt der Fahnen steht. Im Gespräch mit Leslie A. Willson, 1978 in Sheerness-on-Sea, erläutert er dazu: »Aber meine Freunde meinten, wenn der Staatssicherheitsdienst mindestens so tüchtig ist, wie ich ihn in dem Buch *Mutmassungen* dargestellt habe, dann hat er mich nach ein paar Monaten, und so bin ich an dem Tag, an dem in einer westdeutschen Druckerei ein Name auf ein Titelblatt eingefügt werden mußte, an diesem Tag [10. Juli 1959] bin ich in West-Berlin aus der S-Bahn gestiegen.« Vgl. E. Fahlke (Hg.), *»Ich überlege mir die Geschichte ...«*, S. 283; vgl. auch U.J., *Begleitumstände*, S. 152f.

[3]

Berlin Dahlem
Spechtstrasse, 5
20. Juli 1959

Lieber Herr Dr. Unseld –
der Umzug begab sich durchaus bürgerlich, und sollte ich nur einen rechten Schuh mitgebracht haben, so kam der linke gleich an aus Steglitz (oder aus Spandau); ich konnte sogar Besuch haben am ersten Abend. Der Besuch sah Ihr Telegramm auf dem Tisch und fand es da verblüffend freundlich, ich meine fürsorglich und so, hätten Sie das etwa nötig gehabt?! also, und ob ich mich schon telegrafisch bedankt hätte. Ich hatte nicht, ich war auf Expeditionen. Ich habe einer lebendigen Regierungsrätin erzählt: Antragsteller sei auf Jahre hinaus sicher der Prosperität, nur noch aufwärts könne es mit ihm gehen; und weil sie da nicht anders konnte denn telefonieren, soll mein Einzug nächstens für rechtens erklärt werden. (Bitte, entschuldigen Sie mein Schweigen.) Ich bedanke mich auch für Ihren Brief.
Die Fahnen sind hier. Ist es Ihnen recht, sie bis Anfang August korrigiert zurückzubekommen? Auf dem Blatt mit den Angaben zur Fabel, das anliegt, habe ich einige Anmerkungen gemacht, die Sie aber bitte ganz nach Ihrem Ermessen und Dafürhalten berücksichtigen wollen; es sollte ja nicht nach meinem Wörterbuch sein.[1]
Der Besuch erzählte mir von einem Brief, in dem Sie sagen: wir hätten uns da ja in ein unberechenbares Abenteuer (oder so) eingelassen. Das finde ich bei kleinem auch, ich hätte doch in die Wirtschaft gehen sollen mit so einem Spürsinn für die künftige Marktlage. Denn auf dem Markt genau zu diesem Preis sehe ich stehen die Presse, adrett gekleidet in das Deutschlandproblem, und wenn einer sagen kann wer die meisten Agenten hat und nämlich wo, dann kriegt er es.

Für meinen Geschmack sind zu viel Amerikaner in deiner Gegend: sagte der Besuch auf meinem gemieteten Stuhl. Ich behauptete schlicht dass die mich beschützen sollen, und schickte ihn zurück in die Gegend, an die er gewöhnt ist. Das soll gar nichts Ehrenrühriges heissen, ich gewöhne mich ja auch.

Lieber Herr Unseld, ich unterschreibe mich
mit herzlichen Grüssen,
Ihr Uwe Johnson.

1 Die anliegenden »Anmerkungen« sind nicht erhalten. Auf die Rückseite des Umschlags der *Mutmassungen über Jakob* wird mit dem Titel »Angaben zur Geschichte Jakobs« folgender Text gesetzt: »JAKOB ABS kommt 1945, siebzehnjährig, mit seiner Mutter in einem Treck aus Pommern in die kleine Ostseestadt Jerichow. Der Kunsttischler CRESSPAHL und seine Tochter GESINE nehmen die Flüchlinge auf. Jakob geht zur Reichsbahn, Gesine studiert und reist dann nach Westdeutschland. Im Jahre 56 ist Jakob ›Strekkendispatcher‹ in einem großen Bahnhof an der Elbe. Gesine ist inzwischen Nato-Sekretärin. HERR ROHLFS vom Staatssicherheitsdienst soll über Jakob und Jakobs Mutter Gesine für die militärische Spionageabwehr der Roten Armee gewinnen. Jakobs Mutter geht nach der ersten Befragung über die Grenze. Jakob selbst lehnt es ab, Herrn Rohlfs mit Gesine zusammenzubringen, aber er fühlt sich auch nicht veranlaßt zu ›fliehen‹.
In Cresspahls Haus lernt er einen DR. BLACH aus Ost-Berlin kennen, Assistent an der Universität. Dr. Blach liebt Gesine. Es ist die Zeit kurz vor dem ungarischen Aufstand. Dr. Blach erzählt von der Unruhe und Hoffnung der Intellektuellen in Ost-Berlin. Am ersten Tag der Erhebung in Budapest kommt Gesine ohne Paß in die DDR, sucht Jakob in der Stadt an der Elbe auf und fährt mit ihm zu ihrem Vater nach Jerichow. Herr Rohlfs, der Jakob immer noch zu überwachen hat, läßt die beiden unbehindert nach Jerichow reisen; teils, weil Jakobs Verhalten ihn beeindruckt hat, teils, weil er sich den Wirkungen der Budapester Ereignisse nicht ganz entziehen kann. Der Weg von der Elbe nach Jerichow wird für Gesine zum Weg von Dr. Blach zu Jakob. Ein Gespräch zwischen Herrn Rohlfs, dessen Chauffeursekretär, Cresspahl, Gesine und

Dr. Blach offenbart schließlich die Überlegenheit persönlicher Empfindung über politische Einstellung. Herr Rohlfs bringt Gesine an die Grenze zurück.
Aber Jakob hat doch unabweisbar erfahren, daß die politische Wirklichkeit mehr von ihm verlangt als saubere tägliche Arbeit, mehr auch als er zu geben bereit ist. Er fährt zu Gesine nach Westdeutschland.
Der ungarische Aufstand ist niedergeschlagen. Und Ägypten wird bombardiert.
Jakob verläßt Westdeutschland. Die Alternative hat ihren Sinn für ihn verloren. Er läßt Gesine endgültig zurück und nimmt seinen Dienst wieder auf. Aber auf dem Weg zur Arbeit fällt er einem rätselhaften Unfall zum Opfer. Die Mutmaßungen über seinen Tod sind die Mutmaßungen über sein Leben, das im Westen fremd und im Osten nicht mehr heimisch war.«

[4]

Frankfurt am Main
23. Juli 1959

Lieber Herr Johnson,
endlich habe ich eine Nachricht von Ihnen! Ich befürchtete schon, Sie wären vielleicht wieder in Gegenden zurückgeflohen, wo es zwar weniger amerikanische, dafür doch entschieden mehr russische Soldaten gibt. Glücklicherweise ist dem nicht so.
Frau Franck hat mich von der etwas dramatischen Kündigung verständigt.[1] Ich hoffe, Sie finden selbst etwas Angenehmeres und Passenderes. Bauen Sie ruhig auf mich, wenn Sie auch mit dieser Unterstützung kein wirkliches Haus bauen können, zu einem Zimmer oder einem Appartement wird es schon reichen.
Auf die Fahnen warten wir doch dringender, als Sie vermuten. Eine Erfahrung werden Sie machen: ganz allgemein wird hier im westlichen Bereich doch etwas entschiedener

und konzentrierter, dafür leider eben auch um eine Nuance hektischer gearbeitet. Wir müssen unsere bestimmten Termine einhalten, da wir doch das Buch zur Buchmesse ans Licht der Welt bringen und vorher wenigstens den einen oder anderen Buchhändler mit einem Leseexemplar beglückt sehen wollen. Ihre Korrekturen zu unserem Umschlagtext werden selbstverständlich berücksichtigt. Ich hoffe, Sie sind dann mit dem Text einverstanden und fühlen sich nicht falsch interpretiert oder falsch vorgestellt. Ich habe absichtlich die Überschrift durch einen großen Grad typographisch hervorgehoben. Es ist ohnehin ja ganz und gar unüblich, eine solche Story mitzuteilen, und ich wollte das Ungewöhnliche durch eine ganz und gar evidente Überschrift selbstverständlich machen und aus den etwas verlegenen Zonen der Werbung herausheben.
Unsere Vertreter sind unterwegs. In etwa zehn Tagen werden die ersten Ergebnisse vorliegen, und wir werden schon sehen, ob der Buchhändler mit dem ja nicht ganz einfachen Buch zurande kommt.
Mit herzlichen Grüßen und Wünschen für Sie
Ihr Unseld

1 Die Kündigung wurde vom Vermieter wieder zurückgenommen; siehe Brief 5, S. 16.

[5]

Berlin Dahlem
Spechtstrasse 5
bei Dr. Rügler
25. Juli 1959

Lieber Herr Unseld –
hier sind die Fahnen, entschuldigen Sie. Es war kein Termin angegeben, und ich gebe bereitwillig zu dass ich mich in der

Eiligkeit verschätzt habe, denn Sie haben es prophezeit. Den Text weiss ich nun nicht mehr besser zu wissen (die Korrekturen sind gewiss weniger als zehn Prozent[1]). Da ich vielleicht zu pausenlos daran gelesen habe, halte ich rein aus Vorsicht für möglich dass ich ein paar orthographische Fehler übersehen haben könnte; diese Behauptung kann ich nicht erhärten. Erlauben Sie, dass ich besonders auf die Kapitel-Anfänge hinweise. Die Zahlen und ihr Abstand zum Text entsprachen nicht Ihren Vorschlägen; ich habe eingezeichnet wie ich es mir ungefähr denke. Das gehört ja aber schon zum dekorativen Bereich und unter Ihre Entscheidung.

Es ist sehr freundlich dass Sie um meine Lebensverhältnisse besorgt sind. Ich danke Ihnen für das Angebot von Unterstützung. Jedoch nachdem ich mir einige Einraumwohnungen angesehen habe und ihre Preise auch, ist mir eingefallen dass ich ja lebe vom Schnee künftiger Zeiten, damit muss man sehr sparsam sein, es ist ja nicht zu ahnen wie warm es wird. Als ich davon zurückkam, wurde die Kündigung übrigens schlicht und still zurückerbeten, als habe es sich um einen Irrtum gehandelt, dieser Meinung war ich ja gleich gewesen. Meine Adresse wird sich also vorläufig nicht ändern.

Ich habe meinen Freunden nahegelegt, sie möchten doch solche Versicherungen wie »Einst im Lenze meiner jungen Jahre«[2] oder »Was spricht eigentlich gegen den Kommunismus, er ist gut für dich, erkundige dich nach ihm«[3] und ähnliche Musik inzwischen in tiefem, sozusagen betretenem Schweigen hinnehmen und bedenken wo sie sind bei mir, das sei doch nicht zum Lachen.

Was ich mir so allein zurechtlache hört ja keiner.

Ich bin mit herzlichen Grüssen

Ihr

Uwe Johnson.

1 Im Verlagsvertrag für die *Mutmassungen über Jakob* ist, wie allgemein üblich, festgelegt, daß der Autor selbst verursachte Korrekturkosten, die 10% der Satzkosten überschreiten, zu zahlen habe.

2 U.J. zitiert hier die erste Zeile des *Liedes von der Großen Kapitulation* aus *Mutter Courage und ihre Kinder* von Bertolt Brecht. Dort heißt es: »Einst, im Lenze meiner jungen Jahre/Dacht auch ich, daß ich was ganz Besondres bin./ [...] /Und bestellte meine Suppe ohne Haare/Und von mir, sie hatten kein Gewinn. [...]« Vgl. Bertolt Brecht, *Werke. Große kommentierte Berliner und Frankfurter Ausgabe*, Bd. 6, S. 49 ff.

3 Hier zitiert U.J. in leicht abgewandelter Form das *Lob des Kommunismus* aus dem Stück *Die Mutter* von Brecht. Dort heißt es: »Er ist vernünftig, jeder versteht ihn. Er ist leicht. Er ist gut für dich, erkundige dich nach ihm./Die Dummköpfe nennen ihn dumm und die Schmutzigen nennen ihn schmutzig./Er ist gegen den Schmutz und gegen die Dummheit.« Vgl. Bertolt Brecht, *Werke*, Bd. 3, S. 285 f.

[6]

Frankfurt am Main
18. August 1959

Lieber Herr Johnson,
auch von mir wieder einmal einen Gruß und ein Zeichen. Ich hoffte, in der zweiten August-Hälfte nach Berlin zu kommen, weil vorgesehen war, daß ich in Buckow mit Frau Helene Weigel zusammentreffen sollte. Aber die Hoffnung trog, und aus dem Treffen wird sicherlich nichts werden. Dies wäre – von Ihrem Buche abgesehen! – meine erste Reise in das Innere der DDR gewesen, aber es sollte eben nicht sein.
Ich habe mir jetzt auch den Umbruch vorgenommen und ihn am vergangenen Wochenende bis zur Seite 160 gelesen. Ich finde, daß der Satz jetzt doch sehr Ihren Absichten ent-

spricht. Ich persönlich fand auch gar nicht viel zu korrigieren, von einigen Quisquilien abgesehen. An einer Stelle müssen wir wohl an Stelle von »ss« ein »ß« verwenden (S. 130): eine »russige« Luft könnte doch wohl mißverstanden werden. Auf S. 128, 4. Zeile von oben, möchte ich vorschlagen, hinter »ins« drei Punkte einzuschieben, sonst kommt der Leser nicht klar.

Es ist dies nun meine 3. Lektüre, und ich kann nur sagen, daß das Vergnügen eigentlich immer größer wird. Man müßte für Sie eine neue (oder vielleicht sehr alte) Art Leser suchen, einen heimlichen Rätselrater, mit detektivischer Leidenschaft aussgerüstet. Dieser Leser muß auch in der Lage sein, das Buch zwei oder gar drei Mal zu lesen. Dies ist natürlich eine ideale Forderung, aber wer kann ihr in unserer hektischen Zeit entsprechen? Jedenfalls bin ich sehr gespannt auf das Echo, das das Buch finden wird. Ich hoffe, es wird uns gelingen, unsere Freude an dem Buch auch auf einen großen Leserkreis zu übertragen.

Es sind lediglich zwei Züge, die mich am Text etwas störten. Sie haben, verständlicherweise, wie könnte es auch anders sein, gewisse vorgeprägte Vorstellungen im Hinblick auf westliche Verhältnisse. Sie sind ja jetzt in Berührung mit dieser Welt, und sicherlich wird sich für Sie ein neuer Erlebniskreis aufschließen. – Das zweite ist mehr ein stilistisches Problem. Es sind gewisse Überstilisierungen, die sich hier und da in Ihren sprachlichen Gestus eingeschlichen haben. Ich bin aber auch sicher, daß sich dies ganz von selbst geben wird wie auch jene von Ihnen doch gelegentlich intendierte Dunkelheit. Es sind dies Züge, die eben gerade bei starkem schriftstellerischen Ehrgeiz auftauchen.

Bitte nehmen Sie dies nur als Randbemerkung. Ich bin wirklich sehr glücklich, daß wir dieses Buch haben und es schon in Kürze herausgeben dürfen.

Wir bereiten jetzt sehr sorgfältig die Werbung für dieses Buch vor. An einige bevorzugte Buchhändler schicken wir Umbruchexemplare. Dann nehmen wir auch Kontakt mit den wichtigsten Kritikern auf; denn viel wird davon abhängen, ob es uns gelingt, in der literarischen Kritik das Buch sofort in die richtige Höhenlage zu bringen.

In diesem Zusammenhang liegt mir viel daran, Sie persönlich in das literarische Leben einzuführen. Mir schweben zwei Unternehmungen vor. Ich möchte aus Anlaß der Buchmesse am 10. Oktober die in Frankfurt anwesenden Kritiker und Feuilleton-Redakteure zu mir nach Hause einladen und Sie diesen Leuten, die ja mit Ihrem Buch kritisch umgehen müssen, vorstellen. Dies geht auf einen alten Plan des Verlages zurück, Autoren von Erstlingen der Presse und der Kritik zu präsentieren. Ich möchte dies jetzt wieder aufnehmen und bei dieser Gelegenheit Sie und Frau Ruth Rehmann mit einer kurzen Lesung vorstellen. Das wäre also am 10. Oktober.

Die zweite Unternehmung ist mehr öffentlicher Art. Der Suhrkamp Verlag veranstaltet im Laufe dieses Winters eine Reihe von Verlagsabenden, auf denen Max Frisch und Günter Eich lesen werden und Frau Helene Weigel Gedichte von Brecht vortragen wird. Am 2. November soll nun der Abend stattfinden, der Günter Eich und Ihnen gewidmet ist. Günter Eich wird vermutlich ein paar Gedichte vortragen und dann aus einem Puppenspiel[1] vorlesen. Dauer etwa 30 bis 35 Minuten. Ihre Lesung aus dem Roman sollte ebenso lange dauern. Wir haben bis dahin ja noch lange Zeit, so daß wir uns gemeinsam den Text überlegen können.

Ich wäre Ihnen sehr dankbar, wenn Sie sich auf diese beiden Termine einrichten könnten. Der Verlag übernimmt die Reisekosten und auch Ihren Aufenthalt hier in Frankfurt. Wichtig scheint mir auch, daß Sie sich überlegen, wie der

Flug bewerkstelligt werden kann. Ich weiß nicht, welche Formalitäten dazu nötig sind. Ich hoffe, daß die Zuzugsgenehmigung Sie all dieser Sorgen enthebt.
Mit herzlichen Grüßen
Ihr Unseld

P. S.
Die zweite Hälfte des Umbruchs werde ich heute oder morgen lesen. Sollte sich noch irgend etwas ergeben, hören Sie von mir, wenn nicht, wissen Sie, daß keinerlei Probleme mehr auftauchen.

1 Das Marionettenspiel von Günter Eich, das im Juni 1959 entstand, trägt den Titel *Unter Wasser*; vgl. Günter Eich, *Gesammelte Werke*, Bd. 4, S. 11-43. Im gleichen Jahr erhält er den Georg-Büchner-Preis. Die Lesung von Günter Eich und U.J. am 2. 11. 1959 mit S.U. als Einführendem wird vom Hessischen Rundfunk aufgezeichnet.

[7]

[Berlin Dahlem]
27. August 1959

Lieber Herr Unseld,
ich habe Ihnen denn doch dringend mitzuteilen: das Land Berlin hat genehmigt dass ich zuziehe. Auf allen meinen hiesigen Taten ruht nun billigend zumindest duldsam das Auge der Oberen ... ich weiss gar nicht recht um was es sich handelt. Ich glaube man darf wählen. Was man aber nicht darf ist auch etwas. Sie nahmen mir meinen Ausweis weg und taten harmlos; sie fragten mich nicht einmal, ob ich vielleicht noch schnell einmal hätte verreisen wollen: das darf man nicht. Erlaubt ist aber jedenfalls dass ich fliege, wohin ich will,[1] und zu den beiden von Ihnen angegebenen

Terminen will ich wohl kommen. Ich würde Sie gern wiedersehen.
Wenn Sie die Änderungen auf den Seiten 128.4 und 130.30 für notwendig halten, bin ich natürlich einverstanden. Kleines Bedenken hätte ich nur wegen des »ß«, das dann doch sehr verlassen unter den immer gleich doppelten s stehen wird.
Ich empfehle mich Ihnen. Mit herzlichen Grüssen,
Ihr Uwe Johnson.

1 U. J. kann als ehemaliger Bürger der DDR West-Berlin nur auf dem Luftweg verlassen, weil die Transitwege von der Volkspolizei kontrolliert werden.

[8]

Frankfurt am Main
1. September 1959

Lieber Herr Johnson,
schönsten und herzlichen Dank für Ihre sehr erwarteten Zeilen. Ich war schon ein wenig in Sorge, von der mich nun Ihr Brief doch befreite. Ich weiss nicht, ob ich Sie zu dem genehmigten Zuzug beglückwünschen soll. Ich wünschte Ihnen vielmehr, Sie würden auch eine innere Heimat finden, und hierfür kann Ihnen wohl niemand den Zuzug genehmigen.
Ich darf Ihnen sehr danken für Ihre Zusage, an den angegebenen Tagen hier nach Frankfurt zu kommen. Das erste Datum, Sonnabend/Sonntag 10. und 11. Oktober, wird Sie mitten in den Trubel der Buchmesse werfen, der Sie sicherlich mehr abschrecken als anziehen wird. Aber auch dies müssen Sie ja einmal kennenlernen.
In diesem Zusammenhang nun eine Bitte: wäre es wohl möglich, daß Sie Ihr hochlöbliches Haupt der Linse eines

Photographen zeigten? Wir wollen unserem Messestand zwei besondere Akzente geben: Ernst Bloch[1] und Uwe Johnson. Bekanntlich leben wir ja im Zeitalter des Indiskreten, und da auch wir, um unsere Bücher anzubringen, gelegentlich mit den Wölfen heulen müssen, sündigen wir da mit. Bitte lassen Sie sich bei einem guten Photographen ein paar Aufnahmen machen und schicken Sie uns diese dann zu. Ich hoffe sehr, Sie sind damit einverstanden.
Die Bogen Ihres Buches gehen jetzt in Druck. In der zweiten Hälfte des September wird dann schon ein Exemplar mit ausgedruckten Bogen vorliegen.
So viel nur für heute.
Mit herzlichen Grüßen Ihr
| Durch unser Telephonat überholt, und so nur als herzlicher Gruss gemeint.[2]
Ihr S.U. |

1 Zur Buchmesse 1959 erscheint *Das Prinzip Hoffnung* zum ersten Mal vollständig in 3 Bänden.
2 U.J. telephoniert am 31. 8. 1959, so seine handschriftliche Notiz, um 16 Uhr mit S.U., nachdem dessen Sekretariat zuvor schriftlich eine Antwort auf den Brief vom 18. 8. 1959 angemahnt hat.

[9]

[Berlin Dahlem]
2. September 1959

Lieber Herr Unseld,
hier haben Sie vier Bilder. Ich bin mit der Geschichte einverstanden, da Sie sie für notwendig halten. Allerdings ist mir ein bisschen unheimlich dass Sie mich neben Professor Bloch an die Wand zu stellen gedenken. Denn er wird sich nicht freuen über diese Nachbarschaft, man kann ihm auch

nachweisen dass ich seinen Tee getrunken habe. Ausserdem komme ich daher wo er geblieben ist; ein solches Nebeneinander wird von seinen Behörden gewiss politisch ausgedeutet werden, es mag nun auch in den Augen des Westens politisch aussehen. Das werden Sie ja besser beurteilen können. Jedenfalls bitte ich Sie: hängen Sie mich weit weg und recht einzeln, wenn es denn sein soll.

Zu den Bildern habe ich zu sagen: ich kann nichts dafür. Viele Leute lachen ja auf der Strasse. Im übrigen werden sie eine beschränkte Vergrösserung wohl aushalten. Sollten sie Ihnen für den Zweck ungeeignet erscheinen, will ich Ihnen auch Vergrösserungen der Bilder schicken, die man mir für den Personalausweis anfertigt; so werden die auch aussehen. Denn ich muss Ihnen versichern dass es mit einem Fachphotographen nicht besser wird, ich habe bei diesem auch erst wieder verbindlich lächeln müssen, anders tat er es nicht (an den Wänden hat er in empfehlender Grösse hängen Porträts von Heuss, Erhard etc.). Nachher wird er mich trösten wollen.

Herr Baumgärtner[1] grüsst Sie herzlich. Er warnt vor jedem Bild einzeln, ich habe sie auf der Rückseite mit Tinte beziffert: Nummer 1 sei ein unerträglicher »Dichters Spaziergang in kahler Waldgegend«; Nummer 2 blicke einen an als »das ganze hungrige Elend der Ostzone«; Nummer 3 sehe unausgeschlafen in die Welt, das passe sich nicht für einen Schriftsteller; und wenn Nummer 4 angehe, dann nur, weil John Foster Dulles auch den Hals so gehalten habe. Wirklich, es ist schlimm. Nur habe ich andere nicht, und die Meisterhand wird im besten Fall die reflektierenden Brillengläser retouchieren .

Ich danke Ihnen sehr für Ihren Brief. Sie haben recht, es wird gewiss einige Verlegenheit vorkommen, nun ich mir den Tag wieder selbst einrichten kann. Bisher bin ich ja vor lauter Übersetzung[2] gar nicht in den Westen gekommen,

der mich doch polizeilich angemeldet hat. Na, ich werde mich ein bisschen an die Strasse stellen.
Lieber Herr Unseld, ich empfehle mich Ihnen, nicht wahr?
Ihr Uwe Johnson.

P. S.
Würden Sie mir wohl ein Umbruchexemplar von Frau Rehmanns »Illusionen« leihen? ich gebe es gleich zurück. Ich wäre gern mit ihrem Buch bekannt, bevor ich sie kennenlerne in der Schlacht.

1 Der Sprachwissenschaftler Klaus Baumgärtner gehört seit den gemeinsamen Studienjahren in Leipzig zum Freundeskreis von U.J. Von 1956-1961 ist er an der Ostberliner Akademie der Wissenschaften tätig.

2 U.J. hat sich 1959 mit der Übersetzung von Herman Melvilles *Israel Potter. Seine fünfzig Jahre im Exil* beschäftigt, die 1960 in der Dieterich'schen Verlagsbuchhandlung Leipzig erscheint, ohne daß der Name des Übersetzers genannt wird. Erst seit der 2. Auflage von 1973 findet sich der Vermerk: »Aus dem Amerikanischen von Uwe Johnson«; siehe auch Brief 697, S. 959f.

[10]

Frankfurt am Main
2. September 1959

Lieber Herr Johnson,
hier schicke ich Ihnen den Text zu, der für die beiden Umschlagklappen gedacht ist. Bitte lesen Sie ihn durch. Sollten Sie Fehler entdecken, so machen Sie mich bitte darauf aufmerksam.
Ich hoffe, dieser Text wird Sie beruhigen.
Mit gleicher Post geht Ihnen ein Blindband Ihres Buches zu. Ich schicke Ihnen dieses Musterexemplar, damit Sie einen

Eindruck vom Buch haben. Der Schutzumschlag bleibt so, ebenfalls die Farbe des Leinens, jedoch nicht das Rückenschild. Hier fallen die äußeren Linien weg, die Schrift wird nicht in blau, sondern in oliv geprägt. Ich hoffe sehr, Sie sind mit diesem Gewand einverstanden. Bitte schicken Sie mir das Musterexemplar wieder zurück. Wir haben nur ein paar Exemplare für unsere Vertreter anfertigen lassen.
Mit herzlichen Grüßen
Ihr Unseld

[11]

[Berlin Dahlem]
4. September 1959

Lieber Herr Unseld,
ich danke Ihnen für Ihren Brief vom 2. September. Mit gleicher Post kam auch der Blindband. Er gefällt mir recht wohl, und mit den Änderungen, die Sie ankündigen, kann es ja nur noch besser werden. Eigentlich ist am angenehmsten, dass ich dazu ja gar nichts zu sagen hatte: und dass ich den Text doch sehr fürsorglich und erfreulich verpackt finde.
Zu dem Klappentext habe ich etwas anzumerken, ich lege ihn also wieder bei:
Zeile 9: es sind ja diese Einstufungen gänzlich Ihre Sache, aber dass man es so vertrauenswürdig »noch nie« gehört hat: ich würd es nicht unterschreiben mögen (soll ich ja auch nicht); stimmt es denn wirklich?
Zeile 14: da möchte ich nur um eine Erklärung bitten. Ich verstehe daraus, dass nicht jede Wirklichkeit gleich gut eine erregende Fabel abgeben kann, und dass man es von Deutschland nun nicht erwartet hätte. Das eine scheint doch sehr allgemein als Voraussetzung, und was das andere angeht: sollte man es nicht gerade von Deutschland erwarten etc.? Ich kann mich ja durchaus irren.

Zeile 25 und 28: es läge mir sehr daran dass das Wort »Agent« vermieden wird, weil es im westlichen wie östlichen Sprachgebrauch ungemein (und übel) belastet ist. Könnte man nicht in Zeile 25 sagen »Herr Rohlfs«, denn es macht die eine Seite seiner Manieren deutlicher und entspricht ihnen besser; und in Zeile 28 ihn »Hauptmann« nennen? Das letztere entspricht seinem Dienstgrad, und beides ist er mehr als »Agent«.
Zeile 29/30: »in die DDR zurückholen« ist nicht ganz zutreffend. Sie soll ja vielmehr bleiben wo sie ist, als Nachrichten-Vermittler angeworben werden und dies Geschäft betreiben eben als »Taube auf dem Dach«: die man nicht hat, die aber wiederkommt, und viel wertvoller ist als die vielen kleinen Spatzen in der Hand. »Zur Arbeit für die DDR anwerben«, oder »zuführen soll« oder beides: das wäre genauer.
Echte Anmerkungen stellen eigentlich nur die beiden letzten Absätze dar. In das andere will ich Ihnen nicht hineinreden; ich kann ja immer sagen: so wäre Ihre Meinung aber nicht meine eigene beschaffen. Denn ich habe den Text jetzt so oft gelesen, dass ich eher kleinlaut wurde.
Hoffentlich haben Sie die Bilder bekommen, wichtiger: hat der Schreck Ihnen nichts getan. Die Passbilder aus der Meisterhand habe ich schon gesehen, die will ich Ihnen gar nicht erst zeigen. Wenn Sie die eingeschickten nicht brauchen können, ist eine Tat der Verzweiflung von Nöten.
Ich bin mit herzlichen Grüssen
Ihr Uwe Johnson.

P. S.
Der Blindband geht mit gleicher Post zurück.

[12]

Frankfurt am Main
8. September 1959

Lieber Herr Johnson,
herzlichen Dank für Ihre beiden Briefe vom 2. und 6. September. Es freut mich, daß Ihnen, wenn ich Ihre Zeilen recht lese, das Buch gefallen hat. Wenn Sie hier in Frankfurt sein werden und sich bei der Buchmesse der Flut der Neuerscheinungen aussetzen, werden Sie vom Vergleich her das Gewand Ihres Buches doppelt schätzen. Dessen bin ich sicher.
Ihre Anmerkungen zu dem Klappentext waren mir wichtig. Er wird danach wieder geändert.[1] Außerdem vergaßen wir ja auch den bedeutsamen Hinweis über das bemerkenswert jugendliche Alter des Verfassers. Das kommt also auch noch hinzu. | Stimmt die Angabe: 1934 in Pommern geboren ? ? |
Zu den Bildern: ich halte es hier mit Goethe, der so zutreffend sagte: »willst du wissen, was (bei Bildern) sich ziemt, so frage stets bei edlen Frauen an«.[2] Das Votum dieser edlen Frauen, dem ich mich beuge und anschließe, war nun doch Nr. 2, » das ganze hungrige Elend der Ostzone«. Dieses Bild also erwartet man offenbar von Ihnen. Ein wenig schwankten wir, ob wir nicht doch zu Nr. 4 greifen sollen, zu dem Porträt à la Dulles. Aber es war uns zu sehr: »Und die Einen sind im Dunklen und die Andern sind im Licht«.[3] Wir kommen also mit diesen Photos zurande, aber wäre es nicht doch möglich, Sie liessen uns die Passbild-Aufnahmen zugehen ?
Seien Sie, auch im Hinblick auf Bloch, ohne Sorge. Sie sind weit genug auseinander gerückt. Von Bloch ist uns jetzt auch ein Bild zugegangen. Ein meisterliches, durch und durch westliches Porträt.
Ein Lese-Exemplar von Ruth Rehmans Roman geht Ihnen

mit gleicher Post zu. Ich darf Sie noch darauf aufmerksam machen, daß stilistisch noch sehr viel im Text geändert wurde. Machen Sie Ihr Urteil also nicht zu endgültig.
So viel nur für heute, lieber Herr Johnson, ich unterschreibe mich Ihnen, nicht wahr?
Ihr Unseld

1 Der Klappentext der ersten Auflage der *Mutmassungen über Jakob* lautet: »Die ›Mutmassungen über Jakob‹ weisen alle Merkmale eines großen Romans auf: Gegenwart, Wirklichkeit, Sprache. Sie nehmen ernst, was ist, nicht, was scheint. Mit einem Male, vielleicht zum ersten Male seit langer Zeit, spielt da ein bedeutendes Buch unverstellt in den beiden Teilen Deutschlands, vor allem aber an Elbe und Ostsee, hart jenseits der Grenze des Eisernen Vorhangs, in Städten, die es gibt, unter Menschen, von denen man so vertrauenswürdig selten hörte, in Berufen, deren Erfahrungswelt in das Buch eingegangen ist, und es zeigt sich, dass dieses Deutschland den Grund einer erregenden Fabel genauso überzeugend abgeben kann wie die amerikanischen Südstaaten, Paris, die englische Provinz. Und in solcher Sprache. Das ist erstaunlich.
Das dichte, dichterische Gewebe des Romans ist nicht leicht zu durchdringen. Der Erzähler entwirft für sich eine neue erzählerische Fiktion; nicht mehr versetzt er sich in die Psyche einer Hauptfigur, noch weiss er, wie der klassische Erzähler, von allen Vorgängen. Dieser Autor ist auf das Teamwork seiner Figuren angewiesen, auf ihre Mutmassungen, die sich in Beobachtungen, Diskussionen und Gedanken äussern. Dem entsprechen – typographisch unterschieden – die drei Wege, die der Autor den Leser führt: Erzählung, Dialog und – kursiv gesetzt – Monolog, den drei Figuren sprechen: Gesine Cresspahl, Herr Rohlfs und Dr. Blach. Jeder ist auf andere Weise dem Geschick Jakobs verknüpft; das Mädchen aus der Jugend, das nun im Westen lebt, der Hauptmann des DDR-Staatssicherheitsdienstes, für dessen Arbeit Jakob die ›Taube auf dem Dach‹, Gesine, gewinnen soll, der Assistent am Englischen Seminar in Berlin, der in den Strudel der Entstalinisierungshoffnungen gerät. Sie alle kennen nur Teile der Wahrheit, die Stück um Stück entwickelt wird, immer wieder gegen die Richtung des ursprünglichen Handlungsablaufes.

Das Buch, in dem zum ersten Male die politischen Umstände der beiden Deutschland ohne Absage an sie als literarische Wirklichkeit aufgefasst werden, hinterlässt Unruhe. Das Rätsel des Endes bleibt Rätsel – Mutmassung.
Uwe Johnson ist 1934 in Pommern geboren und lebt heute in Berlin. ›Mutmassungen über Jakob‹ ist sein erstes Buch.«

2 Im *Torquato Tasso* von Johann Wolfgang Goethe wird Tasso von der Prinzessin belehrt: »Willst Du genau erfahren, was sich ziemt,/ So frage nur bei edlen Frauen an.« (2. Aufzug, 1. Auftritt, Vers 1013 f.)

3 S.U. zitiert hier aus den Schlußstrophen des *Dreigroschenfilms* von Bertolt Brecht, in denen es heißt: »Denn die einen sind im Dunkeln/Und die andern sind im Licht./Und man siehet die im Lichte/Die im Dunkeln sieht man nicht.« *Brechts Dreigroschenbuch*, herausgegeben von Siegfried Unseld, erscheint 1960 als Suhrkamp Hausbuch. Hier zitiert nach S. Unseld (Hg.), *Bertolt Brechts Dreigroschenbuch. Texte Materialien Dokumente*, Frankfurt am Main 1973, S. 188.

[13]

[Berlin Dahlem]
10. September 1959

Lieber Herr Unseld,
neben Ihrem Brief vom 8. September, für den ich mich bedanke, lag die gedruckte Einladung zu der Matinee für Peter Suhrkamp[1] am 27. September; die ist mir aber wohl eher in der Routine zugekommen, da Sie sie nicht erwähnen. Ich habe also Bedenken. Zu der Veranstaltung selbst würde ich gerne kommen. Ich weiss nur nicht wie sich das mit der Diplomatie Ihres Hauses vertragen wird; ausserdem dürfte ich da nicht Frau Weigel unter die Augen kommen: meine ich. Und da ich zum 10. Oktober, vierzehn Tage später, schon wieder erscheine, will diese Reise mir für meine Person vorkommen als unverhältnismässiger Aufwand. Wenn Sie es

also nicht ausdrücklich wünschen, werde ich nicht um eine Eintrittskarte bitten.
Was ich Ihnen über die Verpackung meines Buches schrieb meinte ich wirklich. Die Farbe des Umschlags und der Einband gefallen mir. Es freut mich, dass Sie den Klappentext noch ändern wollen. Es ist auch wahr dass ich 1934 geboren bin in Cammin Kreis Cammin in Pommern; die Polizei hat es beurkundet. Ja, und ich habe einen Druckfehler gefunden; es ist ein echter, den der Suchende nicht findet. Ich weiss nicht ob Sie noch telefonieren können, will ihn aber doch erwähnen. Denn es ist eine Sache der Bildung und spricht gegen mich. Im englischen Text auf Seite 307, 3. Zeile von unten, kommt das Wort »connec-ting« vor, so wie hier getrennt steht es da. Nun trennen die Engländer aber nicht nach Sprech- sondern nach Sprachsilben, so dass es in dieser Weise getrennt werden müsste: »connect-ing«. Sie werden meinen dass ich das hätte früher wissen können. Darum ist es mir ja unangenehm: ich wusste es, und keiner wird mir das jetzt glauben wollen.
Mit der fotografischen Ausstattung Ihres Messestandes bin ich immer noch nicht ganz im reinen. Ich weiss wie Professor Bloch sitzt, wenn er so sitzt: beladen krumm, und hat sehr bedeutend die Hand am Kinn ich wüsste mich eines solchen Ausmasses von Leistung kaum zu erwehren. Aber everything you say. Das ist unter Ihrer Entscheidung. Übrigens wird der Abstand wohl von selbst immer grösser. Ich lege Ihnen noch zwei weitere Bilder bei und auch das vergrösserte Passbild, damit Sie doch sehen was die Meisterhand vermag.
Jaja. Der unernste Ton in den Schlussformeln hätte gar nicht erst anfangen dürfen. Ich weiss von einem weltberühmten und sehr alten Professor, dass er einen Brief an den Spediteur (etwa) beschliesst »mit der ausserordentlichsten Hochachtung, Ihr sehr ergebener«. Ich empfehle mich Ihnen.
Ihr Uwe Johnson.

1 Die von U.J. aufbewahrte Einladung beschreibt den Ablauf der Veranstaltung:
»*Matinee* für PETER SUHRKAMP
In Anwesenheit von Theodor W. Adorno, Hanns W. Eppelsheimer, Max Frisch, Erich Heller, Walter Höllerer, Hermann Kasack, Karl Krolow, Hans Erich Nossack, Eva Rechel-Mertens
spricht
RUDOLF ALEXANDER SCHRÖDER Worte des Gedenkens.
HELENE BRECHT-WEIGEL liest aus den Schriften von Peter Suhrkamp.
Sonntag, 27. September 1959, 10.30 Uhr.
Kleines Haus der Städtischen Bühnen, Frankfurt am Main, Börsenstraße
Im Namen des Verlages lade ich Sie und Ihre Angehörigen herzlich zu dieser Gedenkstunde ein.
Bitte lassen Sie uns auf der anliegenden Karte wissen, ob Sie an der Matinee für Peter Suhrkamp teilnehmen wollen. Der Verlag wird Ihnen danach Einlaßkarten direkt zuschicken.
Mit verbindenden Grüßen
SIEGFRIED UNSELD
Frankfurt am Main, im September 1959
Untermainkai 13«

[14]

Frankfurt am Main
15. September 1959

Lieber Herr Johnson,
soeben traf Ihr Brief vom 10. September hier ein. Ich darf Ihnen herzlich danken für die neuen Photos. Ich glaube, jetzt haben wir genügend Materialien für eine breite Auswahl! Welche Anmerkungen hätte Herr Baumgärtner zu diesen neuen Photos!
Was die Suhrkamp-Matinee betrifft, so haben Sie richtig gedacht. Ich liess Ihnen die Einladung rein formell zugehen, damit Sie von dem Unternehmen wüssten. Damit ist nicht

die Bitte verbunden, Sie möchten zu diesem Tag hier sein. Sie haben ja schon zwei Termine in Frankfurt, und ein dritter wäre wirklich zu viel des Aufwandes. Im übrigen werde ich sicherlich während dieser Zeit mit Frau Weigel über ein gewisses, neues Buch unseres Verlages sprechen. So kurz vor Erscheinen kann dies weder sie noch Sie noch uns belasten. Den Fehler auf Seite 307, der freilich das literarische Gewicht des Ganzen hätte kaum stören können, können wir noch beseitigen.

So viel von mir heute. Wir sind über und über von Arbeit bedeckt. Die Bücher sollen ja rechtzeitig zur Messe fertig werden. Ich freue mich sehr, daß Sie mir nochmals zum Äußeren des Buches schreiben, ich glaube, es wird ein sehr schönes Buch werden.

Herzliche Grüße

Ihres Unseld

[15]

[Berlin Dahlem]

18. September 1959

Lieber Herr Unseld,

ich danke für Ihren Brief vom 15. September. Einen von Herrn Baumgärtners Fotokommentaren will ich Ihnen nur zu dem vergrösserten Passbild mitteilen: dieses sei sehr angenehm. Nur stelle es offenbar nicht mich dar. Stehen Ihnen nun wieder die Damen zur Seite, über den Schreibtisch gebeugt? so stelle ich es mir vor.

Ich kann mir denken dass Sie gegenwärtig eigentlich genug Arbeit haben. Da Sie mir aber Bitten aller Art erlaubten, möchte ich Ihnen doch eine vortragen. Sie seufzen. Leider kann ich es mir denken. Man hat mich zu einer Wohnung gewiesen, die ist in der Hauptsache ein Atelierraum, an dem hängen ein Zimmer und eine Kammer; das alles wird merkwürdiger Weise durch Auszug frei und der Vermieter will gar niemand hineinsetzen ausser mir. Und es kostet nur Miete. Da sagt das Wohnungsamt: einer einzelnen Person (die ich bin) stehe nur eine Einraumwohnung zu, das ist auch ganz richtig, denn mir liegt ja nicht an einer neuzeitlichen Wohnmaschine mit mehreren Sondervorrichtungen wie Paternoster und Müllschacht, sondern an diesem grossen grauen Fenster im schrägen Dach, vom üblichen Komfort ist da nichts zu finden. Wahrscheinlich werde ich unterliegen, aber ich möchte mich doch bedenkenlos gewehrt haben; deshalb bitte ich Sie: ob Sie mir nicht ein fachmännisches Gutachten anfertigen möchten? Denn Sie sind eine Kulturbehörde, nicht wahr, das Wohnungsamt Berlin-Schöneberg hingegen ist ein Wohnungsamt. Ihnen wird man eher glauben als einer einzelnen Person, wenn Sie würdig aus der Ferne bescheinigen dass Sie meine Einweisung für gut und anständig halten: weil es eine Wohnung sei für Sonderzwecke, nicht zum Wohnen; weil einer, der den ganzen Tag zu Hause arbeite, neben der Werkstatt ein Wohnzimmer benötige; weil es da ganz still, abgeschlossen und im vierten Stock sei, hingegen müsse ein Untermieter wo auch immer entweder den unmündigen Kindern oder den Haustieren und ihren Lebensäusserungen ein verlogen freundliches Interesse bezeigen, das fördere nicht die Arbeit und nicht die Moral; drittens, weil ich ein Gewinn für das berliner Kulturleben sei (dies sind nun Ihre eigenen Worte) und also doch wohl zwei Räume für ein Leben in der Gesellschaft, in Laster, Luder und Lotter brauche; viertens, weil da ein installiertes Telefon sei, und Sie müssten nun gleich und jeden lieben Tag zwei geschlagene Stunden lang mit mir telefonieren; fünftens, weil ich eben erst auf die Welt gekommen sei, ohne Hilfe und schutzlos – würden Sie da wohl mitspielen mögen? Ich hätte es gern ein bisschen aufgescho-

ben, aber eine Behörde lässt sich nicht schieben. Wenn Sie aber die Hand nicht leihen mögen zur Erpressung verständiger Beamten mit kulturellen Reden, so anerkenne ich Ihre Gründe von vornherein.[1]
Inzwischen ist auch das Leseexemplar von Frau Rehmanns Roman angekommen. Ich sehe es mir noch einmal an und schicke es Ihnen dann gleich.
Mit herzlichen Grüssen
Ihr Uwe Johnson.

1 U. J. bezieht die Wohnung in Berlin Friedenau, Niedstraße 14, im Oktober 1959. Unter dem Datum vom 23. 9. schreibt Helene Ritzerfeld in einem Brief an U. J.: »Herr Dr. Unseld bat mich, Ihnen mit vielen Grüßen die anliegende Befürwortung für Ihre Wohnung zu senden. Er hofft, daß Sie Erfolg damit haben. Eine Kopie des Schreibens an das Wohnungsamt für Sie liegt mit bei.« Der Text des Schreibens an das Wohnungsamt ist nicht erhalten.

[16]

[Berlin Dahlem]
24. September 1959

Lieber Herr Unseld,
ich bedanke mich für Ihr fachmännisches Dafürhalten, das Sie mir wegen der Wohnung schicken liessen; und nun muss ich sagen wie besonders leid es mir tut Sie mit einer solchen Bitte aufgehalten zu haben. Denn ich hatte schon andere Schriftsatz-Minen dicht herangetrieben an das zuständige Amt, und mit der Ihren würde ich heute morgen gezündet haben ... hätte das Amt nicht zu eben der Zeit mein Ersuchen schlicht gebilligt, hat es nämlich, zehn Pfennig Nachgebühr, sehr geehrter Herr. Das scheint mir ein sehr ideales Beispiel von Verwaltung und wenig aufschlussreich, so eine strikt lineare Wirkung; welche Kenntnisse hätte man doch

erwerben können bei der Anwendung differenzierter Sekundärfaktoren im Zusammenhang der Kondition ... ich danke Ihnen aber sehr dass Sie bereit waren mir meine Wichtigkeit für das berliner Kulturleben zu bescheinigen, obwohl Sie gewiss dringlicheren Aufgaben nachzugehen haben.
Nun also will ich mich jeder Störung und Naseweisheit enthalten. Ich bitte Sie nur noch um Mitteilung, zu welcher genauen Zeit Sie mich in Frankfurt sehen möchten, damit die Schafe rechtzeitig vom Flugplatz getrieben werden.
Ich unterschreibe mich demnach mit herzlichen Grüssen,
Ihr Uwe Johnson.

[17]

Frankfurt am Main
29. September 1959

Lieber Herr Johnson,
recht herzlichen Dank für Ihren Brief vom 24. September. Zwei öffentliche Veranstaltungen, eine Lesung von Max Frisch und Helene Weigel und die Matinee für Peter Suhrkamp, liegen hinter uns. So können wir uns wenigstens wieder etwas rühren und bewegen.
Als dringendstes muß ich Ihnen die erste Besprechung Ihres Buches schicken. Hoffentlich finden Sie sich wieder. Rein sachlich ist unserem Rezensenten nicht viel eingefallen, aber als Ganzes, vor allem von der Werbewirkung her, ist die Besprechung ein ausgesprochener Trompeten-, wenn nicht Posaunenstoß.[1] Vermutlich morgen oder übermorgen werde ich Ihnen das Buch zuschicken können.
Ich schlage vor, Sie sollten doch schon am Freitag, dem 9. Oktober, hier in Frankfurt eintreffen. Unsere erste Veranstaltung findet dann am Sonnabend nachmittag statt. Ich werde Sie und Frau Rehmann den in Frankfurt anwesenden

Kritikern vorstellen. Sie sollten dabei möglichst ein knappes Stück aus dem Roman lesen (etwa zehn Minuten). Am Sonntag ist dann der allgemeine Verlagsempfang, bei dem Ihre Aktivität in Ihrer blossen Anwesenheit liegen soll. Bitte schreiben Sie mir auch, was Sie hinsichtlich Ihrer Unterbringung vorziehen. Ich würde Sie gern bei mir zu Hause einquartieren. Ich habe dort ein schönes, ruhiges Zimmer. Es könnte aber sein, Sie zögen doch ein Hotelzimmer vor. Bitte schreiben Sie mir offen darüber. Sie sind ja in jedem Falle vom Verlag eingeladen. Wir übernehmen hier all Ihre Kosten.
Mit herzlichen Grüßen
Ihr Unseld

Anlage

1 Die Besprechung von Karl Silex, die unter dem Titel *Mutmaßungen über Jakob* am 15. 9. 1959 in Heft 3 von *Die Bücherkommentare* auf Seite 1 erschienen ist, endet mit folgender Feststellung: »Das Unheimliche in der Situation eines zwischen den Mächten geteilten Volkes hat eine solche tiefgründige Darstellung noch nicht gefunden. Uwe Johnson steht mit einem Schlage, mit dem Anspruch auf internationalen Rang, in der vordersten Linie unserer deutschen Autoren.«

[18]

[Berlin Dahlem]
1. Oktober 1959

Lieber Herr Unseld,
ich danke Ihnen für Ihren Brief vom 29. September und auch für die Besprechung aus den »Bücherkommentaren«, die Sie anliegend zurückbekommen. Die Kinoreklame unterrichtet mich, dass die Zeitung »Tagesspiegel«, abgebildet neben dem Schloss Bellevue im Frühling, die besten Tradi-

tionen Berlins fortsetze, und da der Rezensent diesen selben herausgibt . . . [1] wenn ich aber wählen darf zwischen Trompeten- und Posaunenstoss, so bitte ich um Posaune:
ich beehre mich Ihnen mitzuteilen, dass diese bedeutende Persönlichkeit, mit dem Anspruch auf internationalen Rang, am Freitag, 9. Oktober, gegen 14/55 Uhrzeit auf dem Flugplatz von Frankfurt am Main landen wird; der grosse Mann erscheint auf der Gangway, in der vordersten Linie unserer deutschen Autoren stehend, und wird von den Kameraleuten der Wochenschauen begrüsst mit allen seinen drei Vornamen.[2] Dessen nicht achtend, erklärt er unablässig: er sei noch viel jünger als in der Zeitung gestanden habe, und entgegnet auf die Komplimente der anwesenden Hotelbesitzer, man habe ihm von privater Seite Gastfreundschaft angeboten (die Menge murmelt Ihren Namen), die er einem Hotelzimmer vorzuziehen wisse. Schliesslich tut er das Bedeutende, das von ihm zu erwarten ist: er fährt schlicht mit einem Omnibus in die Stadt und betritt dort mit der ihm eigenen Unerschütterlichkeit die Räume seines Verlages, eines renommierten Hauses.
Dem er sich unterschreibt, lieber Herr Unseld, mit herzlichen Grüssen.
Ihr Uwe Johnson.

Anlage und ein P. S.
Könnten Sie mir wohl ein paar von diesen Freiexemplaren schicken? Einige Leute wünschen sich ein günstiges Urteil über mich zu bilden. Es ist also so dringend nun wieder nicht.

1 Karl Silex war nicht Herausgeber der Westberliner Zeitung *Der Tagesspiegel*, sondern von 1955 bis zum Herbst 1963 deren Chefredakteur.

2 Die drei Vornamen Johnsons lauten: Uwe Klaus Dietrich.

[19]

Frankfurt am Main
1. Oktober 1959

Lieber Herr Johnson,
die »Mutmassungen über Jakob« können jetzt ihre Wirkung beginnen: das Buch wurde soeben vom Buchbinder abgeliefert, und wir verschicken es morgen an den Buchhandel, an die Presse, an unsere Autoren und Freunde des Verlages.
Dies, lieber Herr Johnson, ist nun also das erste Buch von Ihnen, das das Licht der Welt erblickt, und ich darf Sie zu diesem Erstling recht herzlich beglückwünschen. Sie haben Grund, auf ihn stolz zu sein. Er birgt eine Leistung, die ein Leben lang für Sie ein schöner Ausweis sein wird. Damit treten Sie nun den Weg in die Öffentlichkeit an, er wird nicht einfach sein, aber ich bin sicher, Sie werden ihn meistern.
Daß Ihr Erstling auch für mich ein Erstling ist, soll unsere Freude an dem Buch vermehren. Wir haben beide allen Grund, uns gegenseitig glückwünschend die Hände zu schütteln. Der Geburtsakt dieses Buches soll ja auch gleichzeitig eine Brücke, ein Sprungbrett für Kommendes sein, und daß ich mir davon Vieles erhoffe, das wissen Sie ja.
Und nun darf ich Ihnen einige technische Anmerkungen zugehen lassen. Wir druckten eine Auflage von 5.200 Exemplaren (plus der im Vertrag vorgesehenen Freiexemplare). Im Impressum ist das 1.-5. Tausend vermerkt. Der Ladenpreis des Buches beträgt DM 14.80. Unserem Vertrage entsprechend erhalten Sie als Honorar zehn Prozent vom Broschurpreis (DM 11.10), also DM 1,11 pro Exemplar. A Konto Ihres Honorars erhalten Sie ja vom 1. 6. 1959 ab die monatlichen Zahlungen. Ihnen stehen zehn Freiexemplare pro Tausend, also insgesamt 50 Freiexemplare, zur Verfügung. Ich

veranlaßte, daß Ihnen 20 Exemplare nach Berlin zugesandt werden. Bitte schreiben Sie mir, wenn Sie die anderen 30 Exemplare auch noch in Berlin haben wollen. Wir können aber auch für Sie eine Versendung vornehmen. Darüber können wir uns aber bei Ihrem Hiersein verständigen.
Noch ein Wort zur Gestaltung des Buches: Mir selbst und uns allen hier gefällt es gut in dieser jetzigen Form, auch das etwas harte Nebeneinander der Gelbtönung des Umschlags und der Blautönung des Einbandes. In der letzten Minute gewissermaßen habe ich doch noch die Farbe der Schildbeschriftung geändert. Wir hatten hier eine hellere Oliv-Tönung vorgesehen. Sie stand aber einfach nicht gut auf dem hellen Untergrund, und so wählten wir die eigentliche Druckfarbe Schwarz. Zur Typographie kann ich nur sagen, daß sie mir im einzelnen wie im ganzen sehr zusagt. Hoffentlich gefällt nun auch Ihnen das Gewand, das wir Ihrem Buch gegeben haben.
Mit herzlichen Grüßen
Ihr Unseld

P. S.
Ein Exemplar ging Ihnen per Luftpost-Eilboten zu.

[20]

[Berlin Dahlem]
2. Oktober 1959

Lieber Herr Unseld,
ich danke Ihnen für Ihren Brief von gestern und für das Signalexemplar; besonders bin ich davon angetan, dass Sie einen reitenden Boten schickten. Da ich ihn nicht gesehen habe, stelle ich mir gern vor, er sei auf einem Schaukelpferd gekommen. Denn ich bin ganz stillzufrieden dass Ihr Haus

ein Buch aus den »Mutmassungen« gemacht hat. Ihre sehr freundliche Überlegung, dass man mich zu diesem Buch nun auch noch beglückwünschen könne, trifft mich also ziemlich unvorbereitet. Ich verbeuge mich etwas ratlos.
Es ist mir ganz recht, wenn Sie die übrigen 30 Freiexemplare in Frankfurt behalten; mit den zwanzig komme ich reichlich aus. Nun die Farbe des Umschlags noch dunkler und die Schrift auf dem Rückentitel schwarz geworden sind, gefällt es mir immer besser; it is so grave a solidity. Diese Ausstattung betrachte ich ja nun als Ihr Geschenk: ich bedanke mich also.
Ich freue mich Sie wiederzusehen. Mit herzlichen Grüssen
Ihr Uwe Johnson.

P. S.
Ich bin geboren am 20. Juli 1934 in Cammin/Pommern. Aber Lebensläufe kann ich nicht. Jedenfalls nicht meinen eigenen.[1]

1 Mit diesem Nachtrag reagiert U. J. auf einen Brief von Ilse Schenk vom 1. 10. 1959, in dem es heißt: »Herr Dr. Unseld möchte Ihren Roman für einen literarischen Preis einreichen. Wir brauchen dazu aber unbedingt Ihr Geburtsdatum. Wir wären Ihnen dankbar, wenn Sie es uns genau angeben würden.« Bei dem Preis handelt es sich um den Charles-Veillon-Preis. Siehe auch Brief 26, S. 47f.

[21]

Frankfurt am Main
5. Oktober 1959

Lieber Herr Johnson,
ich war eben dabei, einen Brief an den Aufbau-Verlag zu schreiben, um ihm Ihr Buch, wie wir es vereinbart hatten, in

Lizenz anzubieten.[1] Nun sehe ich aber Herrn Gysi[2] während der Buchmesse. Halten Sie es nicht für richtiger, wenn ich mit ihm mündlich darüber spreche?
Mit herzlichem Gruß und auf Wiedersehen in Frankfurt. Wenn ich es irgend schaffe, werde ich Sie abholen. An sich habe ich um 15.00 Uhr bei einem Verlegertreffen zu sein, aber vielleicht kann ich dort später eintreffen.
Ihr Unseld

1 Der Verlagsvertrag für die *Mutmassungen über Jakob* enthält unter § 5 als Besonderheit die Klausel: »Der Verlag verpflichtet sich, den Roman sobald als möglich dem Aufbau Verlag, Berlin, für eine Lizenzausgabe in der DDR anzubieten.«
2 Klaus Gysi war von 1957 bis 1966 Leiter des Aufbau-Verlags.

[22]

[Berlin Dahlem]
6. Oktober 1959

Lieber Herr Unseld,
ich danke Ihnen für Ihren Brief von gestern. Ich glaube, Sie wüssten doch am besten zu entscheiden, in welcher Form man dem Aufbau-Verlag das tückische Lizenzangebot machen sollte. An der schriftlichen würde mir insofern liegen, als eine Unterredung sich zu blossem Gerücht und zu Nachreden verflüchtigen kann, ein Briefwechsel aber ein Beweisdokument darstellen würde. Das lässt sich aber gewiss auf andere Weise auch erreichen.
Bitte, machen Sie sich doch nicht die Umstände, mich abzuholen, da Sie einen anderen Termin haben. Ich will mich wohl hineinfinden in die Stadt, und nach dem Main will ich im übelsten Fall einfach Erkundigungen anstellen.
Mit herzlichen Grüssen
Ihr Johnson.

[23]

[Berlin Friedenau]
29. Oktober 1959

Lieber Herr Unseld,
alle Flüge am Sonntagnachmittag waren ausverkauft, besonders die billigen. Wer weiss was da alles nach Frankfurt reist. Da ich also nichts dafür kann, erkläre ich mit blanker Stirn, dass man mich am Montag zwischen zwölf und zwölf Uhr dreissig auf den Flughafen von Frankfurt setzen wird. Sodann eile ich zu Ihnen und lasse mir Vorwürfe machen, die ich nicht verdient habe und in guter Haltung anhören werde.
Gestern bekam ich einen Leserbrief. Frau Rehmann ist gegenwärtig schon wieder über dem Regen, in einer Stunde soll sie in München sein; es ist alles bezahlt. Was wollte ich sagen ... einmal umgezogen ist einmal abgebrannt.
I am, yours truly,
Johnson.

[24]

Frankfurt am Main
13. November 1959

Lieber Herr Johnson,
ich hoffe, Sie fühlen sich weiterhin in der neuen Umgebung wohl. Lassen Sie doch gelegentlich von sich hören, auch wenn es nichts Bedeutsames mitzuteilen gibt.
Sie wird sicherlich die Nachricht freuen, daß sich Feltrinelli entschlossen hat, Ihr Buch in Italien[1] herauszugeben. In England, das ist nun auch entschieden, wird es der sehr ehrenwerte Verlag Jonathan Cape[2] bringen.
Anbei schicke ich Ihnen einen Ausschnitt aus der »FAZ«

vom vergangenen Mittwoch: »Geflüchteter Schriftsteller zurückgeholt«. Diesen Text lesend, machte ich mir doch Sorge. Ich habe hier nochmals die Anweisung gegeben, daß niemand Ihre Adresse erfährt.[3] Das wird natürlich Komplikationen mit sich bringen. So war heute der Geldbriefträger hier und wollte Ihnen Ihr Honorar für die Lesung beim Hessischen Rundfunk[4] abliefern. Er händigte es uns nicht aus, und wir gaben ihm keine weitere Adresse. Bitte besorgen Sie sich beim Postamt eine Postvollmacht, unterschreiben Sie sie und schicken Sie sie uns zu. Es müßte aber schnell geschehen; denn der Postbote kommt in acht Tagen nochmals mit dem Geld vorbei. Ein einfacher Zettel, daß wir für Sie die Beträge entgegennehmen können, genügt nicht. Das Beste wäre, Sie würden uns eine generelle Postvollmacht erteilen. Wir schicken Ihnen dann Geld, Einschreibesendungen etc. von hier aus zu.
Heute rief Herr Jaesrich vom »Monat« bei Herrn Boehlich an, um Ihre Adresse zu erfahren. Auch ihm gaben wir sie nicht (ausgerechnet durch den Draht der Zone!). Herr Boehlich legt Ihnen einige Zeilen dazu bei.[5]
Ich hoffe, es geht alles in Ordnung.
Mit herzlichen Grüßen
Ihr Unseld

P. S.
Während wir die normalen und verlagsneuen Bücher an Sie durch unseren Berliner Vertrieb ausliefern können, wollen wir bei der Zusendung von Büchern der älteren Produktion, die Ihnen als leicht beschädigte Remittenden-Exemplare zugehen, einen anderen Weg wählen. Wir richten die Sendung an Herrn Hans Schultz, Berlin-Zehlendorf, Bergmannstraße 7 (Tel. 84 85 79), unseren Berliner Vertreter. Am besten Sie rufen nach einiger Zeit bei Herrn Schultz an, ob die Bücher eingetroffen sind, und holen sie dann dort ab.

1 Das Buch erscheint im Oktober 1961 unter dem Titel *Congetture su Jakob* bei Feltrinelli in Mailand, übersetzt von Enrico Filippini.

2 Das Buch erscheint 1963 unter dem Titel *Speculations about Jakob* bei Jonathan Cape in London und bei Grove Press Inc. in New York, übersetzt von Ursule Molinaro.

3 In diesem Artikel vom 11. 11. 1959 heißt es unter der Überschrift *Geflüchteter Schriftsteller zurückgeholt. Besuche von Frau und Tochter in West-Berlin/»Zusicherungen« der SED*: »Der am 31. Oktober aus der Zone nach West-Berlin geflüchtete Schriftsteller Herbert A. Kasten aus Stralsund ist nach einer Meldung des Informationsbüros West in der Nacht zum Dienstag von Beauftragten der Sozialistischen Einheitspartei der Zone nach Ost-Berlin zurückgeholt worden. Nach Kastens Flucht hatte die SED, deren Mitglied er war, sofort versucht, ihn zur Rückkehr zu bewegen. Seine Frau, seine zwanzigjährige Tochter und Funktionäre des Schriftstellerverbandes der Zone suchten den Geflüchteten in West-Berlin auf. Er weigerte sich jedoch, zurückzukehren. Am Montagabend war die Tochter, begleitet von dem Sekretär des Schriftstellerverbandes, Klein, bei ihm erschienen. Kasten soll sich zu einer letzten Aussprache in einem Lokal bereit erklärt haben. Von dieser Unterredung ist Kasten nicht zu seinen Gastgebern zurückgekehrt. Er hatte für Dienstag früh einen Flug nach Westdeutschland gebucht.«

4 Das Honorar wird für die gemeinsame Lesung mit Günter Eich gezahlt. Vgl. Brief 6, S. 20.

5 In dem Brief von Walter Boehlich vom 13. 11. 1959 heißt es unter anderem: »Herr Jaesrich rief gerade aus Berlin an [. . .]. Sie haben Herrn Jaesrich bei dem Presseempfang anläßlich Ihrer und Frau Rehmanns Lesung in der Klettenbergstraße kennengelernt. [. . .] Er möchte Sie zu einem kleinen Empfang des ›Monats‹ einladen, der am Montag um 17 Uhr in den Räumen des ›Monats‹, in der Schorlemmer Allee 28, stattfindet. Ob Sie nun gehen wollen oder nicht – und wenn Sie mich fragen, so könnten Sie getrost gehen –, rufen Sie doch bitte möglichst bald den Herrn Jaesrich an [. . .].«

[25]

Berlin Friedenau 1
Schliessfach 11
85-53-88
16. November 1959

Lieber Herr Unseld,
es ist sehr nett, dass Sie mich auch einladen zu Briefen ohne besonderen Anlass; ich habe aber vorher nur gezögert, um Sie nicht aufzuhalten. Allerdings ist bei diesem der Anlass, dass ich mich für Ihren Brief vom 13. bedanke und ihn geflissentlich beantworte.
Ich glaube aber nicht dass Sie sich wirklich Sorgen machen müssen um die Rückkehr von Schriftstellern, dann nämlich nicht, wenn einer gleich vor Generalstaatsanwälte tritt, unschuldig wie Bert Brecht vor McCarthy,[1] und sagt: Habe ich nicht ganz hübsch agitiert inzwischen, hä? Mit der Adresse indessen verhält es sich tatsächlich ein bisschen heikel; zunächst habe ich mir also beim Postamt Friedenau 1 von Berlin das Schliessfach 11 gemietet: da ich Ihnen gelobe dass ich da jeden Tag nachsehen will, könnten Sie mir doch dahin schreiben. Ist es aber eilig, kann es auch über Telefon gehen, meine Nummer ist 85-53-88. Die Postvollmacht schicke ich Ihnen in den nächsten Tagen, auch lasse ich ein Postscheckkonto machen einzig für meine besonderen Zwecke. Und mehr kann man nicht tun gegen die Naturgewalten, denn schliesslich haben die Naturgewalten Hüte auf.[2]
Die Nachricht von den beiden neuen Übersetzungen, das beurteilen Sie ganz richtig, gereicht mir. (Zur Genugtuung.) Allmählich gewinne ich den Eindruck dass ein paar Leute doch immerhin in dem Buch gelesen hätten. Auch schreibt mir das Sekretariat am Charles Veillon-Preis,[3] es bestätigt den Empfang von zwei Exemplaren für den Preis; ich weiss aber gar nicht was das ist, schreiben Sie mir darüber einmal?

Anbei liegt der Flugschein, den Ihre Buchhaltung sich ausgebeten hat. Und mit der Vereinbarung über das Herschikken der Bücher bin ich natürlich einverstanden. Übrigens, darf ich bitten, mir auf meine Rechnung zweimal die »Spuren« von Bloch zu schicken? damit will ich Ihr Ansehen in der Welt verbreiten, und Herr Baumgärtner lässt Sie grüssen.

Herrn Jaesrich habe ich ganz richtig erreicht, und weil es sechzehn Uhr dreissig ist, will ich also losgehen zur Besichtigung von Herrn Hagelstange.

Dies alles unterschreibe ich mit herzlichen Grüssen.

Ihr Johnson.

1 U. J. spielt hier auf Brechts Auftritt vor den »Kongreßausschuß für unamerikanische Betätigung« am 30. 10. 1947 im Repräsentantenhaus in Washington an. Die HUAC (House Committee of Un-American Activities) hatte im Mai 1947 damit begonnen, spezielle Verhöre abzuhalten, um die angebliche kommunistische Unterwanderung der Filmindustrie in Hollywood zu untersuchen. Eine Erklärung, die Brecht eigens für diesen Auftritt vorbereitet hatte, konnte er allerdings nicht verlesen. Vgl. Hartmut Keil (Hg.), *Sind oder waren Sie Mitglied. Verhörprotokolle über unamerikanische Aktivitäten 1947 bis 1956*, Reinbek bei Hamburg 1979, S. 76-95.

2 U. J. spielt hier an auf Bertolt Brechts Gedicht *Lied des Stückeschreibers*, in dem es heißt: »Ich sehe da auftreten Schneefälle./Ich sehe da nach vorn kommen Erdbeben./Ich sehe da Berge stehen mitten im Wege/Und Flüsse sehe ich über die Ufer treten./Aber die Schneefälle haben Hüte auf.« Das Gedicht ist aufgenommen in *Bertolt Brechts Gedichte und Lieder*, Auswahl Peter Suhrkamp, Frankfurt am Main 1956, S. 47f. Hier zitiert nach Bertolt Brecht, *Werke*, Bd. 14, S. 298-301.

3 Der schweizer Industrielle Charles Veillon hatte einen Literaturpreis gestiftet, mit dem seit 1953 auch literarische Werke deutscher Sprache ausgezeichnet werden. Der für französischsprachige Literatur gestiftete Charles-Veillon-Preis wird seit 1947, der für italienischsprachige Literatur seit 1948 verliehen.

[26]

Frankfurt am Main
19. November 1959

Lieber Herr Johnson,
nun haben Sie also ein Schließfach. Hoffen wir, daß darin alles sehr geheim, aber doch wohlaufbewahrt ist. Ich halte die Regelung für gut. Vielleicht gelingt es uns dann doch, einige Zeit Ihre Adresse geheim zu halten. Übrigens Adresse: Professor Hanns Eisler war hier in Frankfurt. Er gab sich sehr beeindruckt von den »Mutmassungen«, glaubte aber freilich, die Schwierigkeit des Textes kritisieren zu müssen. Er sei sehr gern bereit, sich einmal mit Ihnen in Westberlin zu unterhalten. Offenbar war es mein Erbleichen, das ihn sogleich zwang, darauf hinzuweisen, ich glaubte wohl nicht an jene Entführungsgeschichte, die eben in den Zeitungen stünde. Offenbar ist jener Entführte doch auch ein sehr merkwürdiger Herr. Ich sagte Eisler, daß ich momentan Ihre Adresse nicht wüßte, so daß ich Ihnen erst recht gelegentlich von seinem Anerbieten schreiben könnte.
Anbei die Abschrift eines Briefes vom »Tagesspiegel«. Ich überlasse es Ihnen, ob Sie der Bitte folgen wollen oder nicht.[1]
Der Charles-Veillon-Preis wurde von einem Schweizer Kaufhausbesitzer gegründet. Die bisherigen Preisträger sind nicht ganz unrespektabel; merkwürdigerweise wurde er bisher jedes zweite Jahr an einen Suhrkamp-Autor vergeben. Ich lege Ihnen ein Verzeichnis der Preisträger bei.[2] Es handelt sich um einen Preis, der zwar literarisch nicht sonderlich angesehen ist, aber immerhin mit 5.000 harten Schweizer Franken dotiert ist. Ein Vorzug ist auch, daß das Geld nicht von einer deutschen Behörde kommt. – Im übrigen werden Sie auch ernsthaft in einem literarischen Preis-Gremium diskutiert. Aber darüber erst, wenn sich die Leutchen entschieden haben.

Neue wichtige Besprechungen sind nicht eingegangen. Ich nehme aber an, daß diese in den nächsten 14 Tagen erscheinen werden. Wir veröffentlichen in fünf Nummern der »FAZ« große Anzeigen. Ich lasse Ihnen diese Nummern nach Erscheinen zugehen und hoffe, Sie finden sich darin.
So viel nur von mir heute. Ich grüße Sie herzlich,
Ihr Unseld

P. S.
Bei dieser Gelegenheit teile ich Ihnen mit, daß die definitive Auflage unserer Jahresschau »Dichten und Trachten« jetzt erschienen ist, und zwar in 40.000 Exemplaren. Darin wird also nun die Geschichte von der Taube auf dem Dach nebst den Anmerkungen von Kaiser und Silex verbreitet.[3] Wir schicken Ihnen in Ihr Schließfach 5 Exemplare, | ebenfalls 2 Ex. »Spuren«,[4] die auf Ihrem Konto verrechnet werden |.

1 Der Brief ist nicht erhalten.

2 Das beigefügte Verzeichnis ist nicht erhalten. Preisträger des Charles-Veillon-Preises waren: 1953 Hertha Trappe, *Was ich wandre dort und hier ...* (Deutschland); 1954 Carola Lepping, *Bela reist am Abend ab* (Deutschland), 1955 Franz Tumler, *Der Schritt hinüber* (Österreich); 1956 Johannes Urzidil, *Die verlorene Geliebte* (in Prag geboren, Österreich, USA), 1957 Max Frisch, *Homo faber* (Schweiz); 1958 Otto F. Walter, *Der Stumme* (Schweiz); 1959 Heinrich Böll, *Billard um Halbzehn* (Deutschland); 1960 Karl Eska, *Der Kreidestrich* (in Österreich geboren, USA).

3 In der »Jahresschau des Suhrkamp Verlags« *Dichten und Trachten*, Nr. XIV vom Herbst 1959, S. 5-14, wird unter dem Titel *Die Taube auf dem Dach* ein Auszug (S. 157-167) aus den *Mutmassungen über Jakob* zusammen mit einer Passage aus der Rezension von Karl Silex abgedruckt. Von Joachim Kaiser wird der Satz zitiert: »Der Glanz und die nahezu sensationelle Kraft der literarischen Bewältigung lassen den Schluß zu, daß hier ein großes Erstlingswerk auf Würdigung, Deutung und Kritik wartet.«

4 Ernst Bloch selbst hat die *Spuren* als Band 1 seiner Gesamtausgabe

bestimmt. Die erste Buchausgabe verlegte Paul Cassirer 1930. Die zweite, um sechs Stücke vermehrte Ausgabe erscheint 1959 als Band 54 der Bibliothek Suhrkamp und trägt die Widmung: »Für Siegfried Unseld«.

[27]

[Berlin Friedenau]
24. November 1959

Lieber Herr Unseld:
es ist dafür gesorgt (so Goethe) dass es irgend wo aufhört, und wenn ich auch dreissig Kilo Schlämmkreide leidlich habe an die Wand werfen können, so blicken doch die Tapeten mich faltig an. Ich wende ein dass die Wände schief sind, beinahe ist es wahr. Und nun ich gerade fertig bin, muss ich mir sagen lassen: mein unschuldvolles Treiben heisse tatsächlich DO IT YOURSELF, sei modern und nehme sich gut aus in einem Zeitungsporträt. Dennoch kann man mich in einem Zimmer schon besuchen, und ich lade Sie ein.
Ich bitte Sie auch nochmals: doch nicht mit Grausen an den Autoverkehr über die Sektorengrenzen zu denken, man wird sich hüten mich im Fond zu entführen, denn ich bin zu lang. Und mit den Schliessfachvorkehrungen haben wir genug guten Willen bewiesen; natürlich ist das alles herauszufinden, aber wie unhöflich wäre solche Indiskretion, wer also wird sich unsern vorwurfsvollen Blick zuziehen wollen. Nicht wahr? Auf dem für Ihre Verlagsadresse zuständigen Postamt in Frankfurt liegt eine für Sie gültige Postvollmacht, der Briefträger weiss davon oder lernt es eben jetzt auswendig. Die Bezeichnung für mein Postscheckkonto ist »Friedenau, Schliessfach 11«, es läuft beim Amt »Berlin West« unter der Nummer 13 15 76. Da wird ja sowieso kein Ostgeld angenommen.

Was sagt mein Verleger bitteren Mundes? Da glaubt einer doch: sagt er: an den »Mutmassungen« freilich »die Schwierigkeiten des Textes kritisieren zu müssen«, was nimmt er sich heraus, und nun bitte ich Sie, zwar Eisler so etwas streng zu verbieten, jedem anderen die Lizenz zu lassen, denn ich wäre dagegen dass Sie sich mit der ganzen Welt überwerfen. (Ich halte den Text ja auch für vergleichsweise einfach.) Und im übrigen würde ich mich auch gern mit Hanns Eisler unterhalten: über Schwierigkeiten, wollen Sie ihm das einmal sagen. Er kann mich ja über Herrn Schultz erreichen, und ich glaube mich zu erinnern dass er ohnehin öffentlich trinkt, wir können uns ja in etwas Öffentliches stellen.
Die »Spuren« sind da, und Herr Baumgärtner empfiehlt sich Ihnen. In den öffentlichen Verkehrsmitteln werden die Preise angehoben, heute abend kostet es fünfzig Pfennige, denn da wird ein Geschrei sein am Hafen[1] und ich lese da vor aus einem schwierigen Text, Ostbesucher können in ihrer Währung bezahlen. Ich glaube dass die Regierungsrätin (Frau Dr. Hirsch) im Dienst recht gern ein broschiertes Exemplar würde annehmen als Quittung und Beleg; ich habe ihr eins von meinen angeboten, was aber angeblich als Bestechung geahndet wird: wiederum ein sehr unverdienter Erfolg.
I am, yours, truly
Johnson.

1 Anspielung auf den Song der »Seeräuber-Jenny« aus der *Dreigroschenoper* von Bertolt Brecht: »Meine Herren, heute sehen Sie mich Gläser abwaschen/Und ich mache das Bett für jeden./Und Sie geben mir einen Penny und ich bedanke mich schnell/Und Sie sehen meine Lumpen und dies lumpige Hotel/Und Sie wissen nicht, mit wem Sie reden./Aber eines Tages wird ein Geschrei sein am Hafen/Und man fragt: Was ist das für ein Geschrei?/Und man wird mich lächeln sehen bei meinen Gläsern/Und man sagt: Was lächelt die dabei? [...]«. Bertolt Brecht, *Werke*, Bd. 2, S. 248.

[28]

[Berlin Friedenau]
26. November 1959

Lieber Herr Unseld,
aus Ihrem Hause kommt eine Postkarte von vorgestern,[1] ich kann die Unterschrift nicht lesen, bitte entschuldigen Sie also die Behelligung (das Wort gefällt mir, sagt man aber so?):
es handelt sich um ein für mich eingegangenes Honorar, das an mich weitergeleitet werden soll; hatten wir aber nicht verabredet, dass der Verlag solche Gelder auf mein Konto schreibt und gegen die monatlichen Zahlungen verrechnet? Wenn Sie daran nicht festhalten möchten, soll es mir recht sein und auf mein Postscheckkonto gehen: Berlin West, Nummer 13 15 76, es funktioniert schon.
Neulich habe ich Ihnen geschrieben, das haben Sie wohl inzwischen. Bei der Lesung gab es aber kein Geschrei am Hafen, das Geschrei steht in der Zeitung und wird Ihnen sicherlich bald ins Haus gebracht, und bitte sagen Sie mir dann wie es Ihnen riecht. | (Ein Geschrei kann riechen.) |[2]
Lieber Herr, ich bin Ihr ganz ergebener. Ich grüsse Sie.
YOURS, truly,
Johnson.

1 Die damalige Buchhalterin des Suhrkamp Verlags, Lina Roser, hatte am 24. 11. 1959 an U. J. geschrieben: »Bei unserem Verlag ist für Sie ein Honorar eingegangen, das wir an Sie weiterleiten möchten. Bitte teilen Sie uns mit, ob wir das Geld an Ihr Schließfach überweisen sollen oder ob wir die Angabe Ihrer Postschecknummer abwarten sollen.«

2 Auf Einladung des Westberliner Senators für Volksbildung liest U. J. zusammen mit Günter Bruno Fuchs und Rudolf Lorenzen am 24. 11. 1959 im Victoria-Studienhaus aus seinem Roman. Der *Tagesspiegel* berichtet darüber am 25. 11. 1959 im »Berliner Teil«

unter dem Titel *Roman der Teilung* und am 26. 11. 1959 im »Feuilleton« unter dem Titel *Alles andere als Helden. G. B. Fuchs, Uwe Johnson und Rudolf Lorenzen lasen aus ihren Büchern.*

[29]

Frankfurt am Main
27. November 1959

Lieber Herr Johnson,
Ihr Brief vom 24. November freute mich sehr. Hoffentlich kommen Sie mit allem zurande, mit der Wohnung wie mit dem Schließfach. Ich bin jetzt doch beruhigt, daß es zumindest die körperliche Größe ist, die eine Entführung nicht allzu leicht machen würde.
Die Nummer Ihres Postscheckkontos ist eben noch rechtzeitig eingetroffen. Wir schicken heute die Zahlung ab. Ich hoffe, daß Sie sie Montag in Händen haben, wenn nicht, entschuldigen Sie bitte die Verzögerung von einem oder zwei Tagen. Das nächste Mal können wir ja die Überweisung wieder etwas früher vornehmen.
Der Kritiken der »Mutmassungen« ist nach schönen Anfängen nun auch kein Ende. Da aber keine außer der Enzensbergerschen[1] herausragt, hat es wohl wenig Sinn, sie Ihnen einzeln zu schicken. Im Dezember geht Ihnen dann gewissermaßen als Weihnachtslektüre alles bisher Eingegangene zu.
Ich schicke also vom Verlag aus ein Exemplar an Frau Dr. Hirsch, freilich kein broschiertes, sondern ein ordentlich gebundenes. Wiederum also ein sehr verdienstvoller Erfolg.
Wie immer
Ihr Unseld

P. S.
Ich hoffe, Sie sitzen über der Übersetzung jener für uns zivilisierte Westdeutsche unlesbaren Stellen in pommerschem oder mecklenburgischem Platt. Bitte machen Sie möglichst viele Kopien.[2]

1 Die Besprechung der *Mutmassungen über Jakob* von Hans Magnus Enzensberger erscheint unter dem Titel *Die große Ausnahme* in: *Frankfurter Hefte*, 14. Jg., 1959, H. 12, S. 910-912.
2 Johnsons Übersetzung jener »unlesbaren Stellen« findet sich im Anhang 1, S. 1087ff.

[30]

Frankfurt am Main
30. November 1959

Lieber Herr Johnson,
herzlichen Dank für Ihre Zeilen vom 26. November. Mit dem Geld wollen wir es so halten, daß alle Beträge, die wir jetzt mit dem Buch erzielen, also Lizenzverträge, Abdruckrechte usw., hier gutgeschrieben und mit Ihren Zahlungen verrechnet werden. Zahlungen, die aber gewissermaßen auf eine neue Leistung von Ihnen persönlich zurückgehen, also Lesehonorare oder ähnliches, werden Ihnen selbstverständlich überwiesen. Streng genommen hätten wir natürlich die DM 200,- des Hanser-Verlages auch hier einbehalten können, aber ich nehme an, als Advents-Geld waren sie Ihnen willkommen.[1]
Fanden Sie sich in den Anzeigen der »Frankfurter Allgemeinen Zeitung« wieder?
Der freundlichen Kritiker regen sich immer mehr. Heute erhielt ich einen Brief von Erhart Kästner, der so begeisternd ist, daß ich fürchte, seine wörtliche Zitierung würde Sie um

Ihre innere Ruhe bringen, die weiterem Schreiben schädlich sein könnte. So nehme ich sie eben nur für mich zur Kenntnis.[2] Im übrigen wird Herr Kästner auch das Buch besprechen, so daß wir dann den objektiven Niederschlag seiner Besprechung werden lesen können.[3]
Durch Höllerer hörte ich, daß Ihre Lesung in Berlin kein allzu schlechtes Echo hatte, zumindest von den Hörern gut aufgenommen wurde.
Herzliche Grüße
Ihr Unseld

P. S.
Anbei eine Karte, die ich Ihnen nun doch im Original überreiche. Ich überlasse es Ihnen, ob Sie mit Herrn Borck Verbindung aufnehmen wollen. Schulfreunde sind ja immer verdächtig![4]

1 Das Honorar wird vom Hanser-Verlag gezahlt für einen Vorabdruck eines Auszugs aus den *Mutmassungen über Jakob*, der unter dem Titel *Cresspahls Tochter* in *Akzente*, 6. Jg., 1959, H. 5, S. 432-441 erscheint.
2 Unter dem Datum des 25. 11. 1959 schreibt Erhart Kästner an S. U.: »Lieber Herr Unseld, seit Tagen beschäftigen mich fast ausschließlich ›Mutmassungen‹. Es ergreift mich, ein so bedeutendes Talent unter uns zu wissen; ich habe eine so große Meinung von diesem Mann, daß sich mir der ganze Atlas unserer gegenwärtigen Literatur ändert.«
3 Erhart Kästners Besprechung erscheint unter dem Titel *Uwe Johnson* am 19. 12. 1959 in der *Schwäbischen Landeszeitung* und nahezu gleichlautend in der *Augsburger Allgemeinen* v. 19./20. 12. 1959, S. 35.
4 Zu dieser Karte siehe Brief 34, S. 60.

[31]

[Berlin Friedenau]
3. Dezember 1959

Lieber Herr Unseld,
es geht alles zu mit rechten Dingen, und wenn der Aberglaube wächst, so kann man ihn doch nicht statistisch zu fassen kriegen. Ich wollte eigentlich so sagen ... ja: Sie möchten immerhin bedenken dass nicht ein jeder dem Telefon sagen kann: Fräulein Schenk –?, dann geht die Tür auf, es kommt Fräulein Schenk, sie blickt aufs Papier, darüber will ich nun nichts verlauten lassen, aber nun wollen wir dem Johnson doch auch mal wieder eins schreiben. Der sitzt da so rum ...
und bedankt sich für Ihre Schreiben vom 27. und 30. des vergangenen Monats, denn vergangen ist er. Ich verbringe also, ich gebe es zu, den Tag mit Gips und Farbe, ohne Scham lasse ich es bei dieser lächerlichen Angabe. Die Handwerker kommen und gehen, sie sehen sich um und versuchen aus dem Umherliegenden meinen bürgerlichen Stand zu erraten und meine Rechtfertigung vor dem ehrenhaften Leben der Gesellschaft, sie verabschieden sich gemessen. Denn ich habe hier keinen Tisch zu stehen. Gewisslich soll ich einen kriegen dereinst, jetzt aber sieht man ihn nicht, da kann einer kleinmütig werden, wo soll das hinaus, wozu ist das gut? (ich hoffe Sie zu besänftigen mit der Versicherung dass ich die niederdeutschen und ähnlich unverständlichen Textstellen zu übersetzen bestrebt bin.) Aber wenn ich nicht wüsste wo das hinginge und was der Sinn wäre, so erführe ich es doch aus der »Frankfurter Allgemeinen Zeitung« Anzeigen, ich erinnere mich was so etwas kostet und sage mir: dann wird es schon stimmen. Dann muss es ja seine Richtigkeit haben!
Die Regierungsrätin ist ausser sich. Weil es doch ein gebun-

denes Exemplar ist und kein broschiertes, also die Kennzeichen einer Zuwendung erfülle. Neulich sah ich sie auf einer Gesellschaft, da liess sie sich eine Quittung geben über den Geldwert ihres Verzehrs; ich beziehe mich abermals auf den Aberglauben. Übrigens ist das kein Anlass für Sie, glaube ich, das Exemplar nun umzutauschen; wir werden ihr doch nicht das schlechte Gewissen nehmen. Was braucht ein Beamter erstens? Ich danke auch für viel Geld, gestern war es noch da: solche Gedankengänge werden sich ändern. Missfiele es Ihnen dass ich im Hamburger Fernsehen zwei Minuten verredete über die Situation und mutmassliche Haltung der Intelligenz in der DDR? vielleicht sollte ich da vorher wissen was Sie für Post bekommen haben hinsichtlich der Optionen.[1] Sagen Sie nicht dass sich in diesem Vorbehalt eine Gesinnung offenbare, denn ich mache mir erst eine (wie ich ja sage) und bin mit dem Anstreichen noch lange nicht fertig.
Mögen Sie sich wohl befinden. Samt Ihrer Frau,[2] die ich ja längst hätte grüssen können, nicht wahr, das findet sie auch.
Ach ja. I am, yours, truly,
Johnson.

1 U.J. bezieht sich auf das Angebot des Suhrkamp Verlags an den Aufbau-Verlag, die *Mutmassungen über Jakob* in der DDR zu publizieren; siehe Brief 21, S. 41.
2 Hildegard Unseld.

[32]

Frankfurt am Main
17. Dezember 1959

Lieber Herr Johnson,
Spieglein, Spieglein an der Wand, wer ist der ... Lesen Sie die nächste Nummer. Hoffentlich werden Sie sich wiedererkennen.[1]

Und nun, geheim noch, jedoch schon bestätigtes Korridorgeflüster: Ihre Kandidatur für die Villa Massimo ist durchgegangen.[2] Sie hätten in der Tat also die Möglichkeit, im März nach Rom zu fahren. Ich bitte Sie nur um eines: bevor Sie zusagen, jenen Fußfall vor dem Papst zu machen, überlegen Sie nochmals, ob es richtig ist, daß Sie jetzt anstelle tieferer westlicher Durchdringung nach dem Süden fahren wollen. Sie kennen meine Auffassung, ich hielte es für richtiger, wenn Sie erst noch ein Jahr hier blieben (und arbeiten! was in der Villa Massimo sicher nicht möglich ist). Sicher ist auch ein Aufschub möglich. Dies jedenfalls sagte mir Herr Moras, einer der Initiatoren der Stiftung.
Sehr herzlich
Ihr Unseld

1 Anspielung auf die Rezension von Rolf Becker, die unter dem Titel *Eigentlich unerzählbar* in: *Der Spiegel* v. 23. 12. 1959, S. 85 f., erscheint.

2 Die »Deutsche Akademie Villa Massimo« ist eine der »Stiftung Preußischer Kulturbesitz« untergeordnete kulturelle Einrichtung der Bundesrepublik mit Sitz in Rom, in der sich jährlich 12 Maler, Bildhauer, Architekten, Schriftsteller und Komponisten für 6, 9 oder 12 Monate aufhalten, um an ihren Projekten zu arbeiten. Die »Villa Massimo« gehörte ab 1910 dem preußischen Staat und diente den Trägern des Rom-Preises der Preußischen Akademie der Künste als Aufenhaltsort; seit 1956 im Besitz der Bundesrepublik Deutschland.

[33; handschriftlich auf Papier mit gedruckter Privatanschrift]

Frankfurt am Main
im Dezember 1959

Lieber Johnson
nicht alles, was weihnachtet, ist festlich, aber vielleicht nehmen wir diese Tage »zwischen den Jahren« als Zeiten für Freundlichkeiten. Sie wissen, das Jahr 1959 war auch für mich ein einschneidendes Jahr, so wie für Sie. Die Begegnung mit Ihnen, die Hoffnung auf eine lange Strecke gemeinsamen Weges, auf Freundschaft – dies alles sind Marksteine in meiner inneren Topographie. Dass Sie auch so fühlen, sei mein Wunsch.
Wir haben ein gutes Jahr vor uns. Es wird weitere Ehrungen für Sie bringen. Bleiben Sie geduldig, fleissig, beharrlich eigen-sinnig, zart und zähe, dann werden Sie Ihren Weg machen.
»Ich unterschreibe mich Ihnen« als
Ihr Unseld.

Hoffentlich denken Sie an uns länger, als der Tee reicht.
Freundlich grüssend Hilde U.

[34]

[Berlin Friedenau]
23. Dezember 1959

Lieber Herr Unseld,
haben wir ein gutes Jahr vor uns? sicher ist allerdings dass ich es beginnen werde mit Ridgways Earl Grey Tea und dass ich Ihrer länger eingedenk sein werde als ein englisches Pfund davon reicht: wollen Sie das bitte Ihrer Frau ausrich-

ten mit meinen herzlichen Grüssen. Und zu dem Schlips hätte ich zu bemerken gewusst: dies sei eigentlich der bunteste, zu dem ich je gekommen bin. Sie hatten aber mit der Hand geschrieben. Antwortete ich nun ebenso eigenhändig, so käme Ihnen im besten Falle ein Gefühl intimen Misstrauens und weihnachtlicher Unbestimmtheit; nur lesen könnten Sie meine Schrift nicht. Ich wollte sagen . . .
ja, dann kam Fräulein Schenk mit der Ausfertigung eines Diktats am 17. Dezember, nun war es das Papier des Verlags und insofern geschäftlich: ohne dass der Ton verändert war, ich kann es so nicht trennen, es sei denn wir teilten die reinen Technika an die Abteilungen Ihres Hauses auf und behielten uns die besonderen Fragen der Lebenskunst, den Herbsthimmel und unsere guten Wünsche füreinander in einem persönlichen und herauszugebenden Briefwechsel vor. Es soll Herrn Unseld nicht verbittern dass er der Verlag ist und Herr Unseld und beides in einem für mich, denn auf den Wegen zwischen Klettenbergstrasse und Untermainkai habe ich keine Metamorphosen bemerkt und keine schwierigen Übergänge in Unkenntlichkeit; ob ich ankomme mit Druckfehlern oder grossen Verbeugungen zu Weihnachten, ich rede doch immer Sie an, verlassen Sie sich darauf, es ist ungefährlich. Ich bitte mir also die Erlaubnis aus auf beide Briefe in einem zu antworten und zurückzukommen auf das gute Jahr,
haben wir es vor uns? Die Rezensenten machen mir den Leumund einer Hoffnung, auf die man blicken müsse; sie sind vorbereitet das nächste Buch eine Enttäuschung zu nennen und nicht willens das Schielen zu erörtern: so bedeutet man Ihnen etwa unter der Hand dass dieses Pferd vielleicht gar nicht nach Troja gehöre,[1] noch wedelt es gefällig mit dem Schwanz nach den Fliegen und frisst mit weichen Lippen aus der Hand, wölbt aber das Fell sich nicht so straff und glänzend wegen der finsteren Krieger, die böse

darinnen sitzen? Ich könnte hier abschweifen in die Erkundigung nach dem Verkauf, bestätige mich aber statt dessen als Ihr ergebener, ich hänge Ihnen an und bin bereit Ihnen ein Auto zu besorgen nach Ihrer Massgabe, ich schweife wieder an: an mir soll es nicht liegen. Ich wünsche Ihnen und Ihrem Hause ein gutes neues Jahr, indem ich mich Ihnen unterschreibe als YOURS, truly
Johnson.

Hätte ich dies alles mit der Hand schreiben sollen? Nun sind mir doch die ganzen Technika übriggeblieben! Immerhin haben Sie hier ein paar Bilder, bitte grüssen Sie Herrn Walser, und hoffentlich mögen Sie sich leiden. Mir gefallen Sie.

Ach was. Dies ist die zweite Seite, 231259:
bei solchem Verfahren fällt ja dann auch unter den Tisch dass Sie sich bei den Bildern zu dem Kopierstempel aus dem Schuhmachergässchen in Leipzig auch eine auf mecklenburgische Art vorgeschobene Unterlippe vorstellen sollten mit dem Kommentar »Bossich, was?!«, was als eine Adjektiv-Ableitung aus einem amerikanischen Wort von vier Buchstaben zu verstehen ist, und wie wird Ihnen dann? Denn ich habe dem eine andere Landschaft entgegengehalten, sehen Sie mal.
Im weiteren teile ich Ihre Meinung hinsichtlich der Auferstehung »ehemaliger« Schulfreunde, sende Ihnen die schön geschriebene Karte zurück und bitte, diesem Herrn und jedermann freundlich mitzuteilen wie leicht und zuverlässig ich über den Verlag zu erreichen wäre: c/o, care of.
Auch Regierungsrätinnen rufen an und sagen ich dürfte nach Rom, das hätt ich Herrn Kasack zu verdanken, worauf ich antworte: ich kennte den als einen Herrn von reiflicher Überlegung. Weiss aber gar nicht um was es sich handelt. Ist das ein Stipendium oder eine Aufenthaltserlaubnis? Und

erklären Sie mir doch was der Papst damit zu tun hat; Sie geniessen den Gedanken an meinen Fussfall vor ihm: selbst die Schuhputzer von Beruf bleiben doch sitzen, und am Ende lassen die Gewerbe sich nicht vergleichen. Ich bedenke auch dass Sie mich lieber sitzen hätten in Berlin-Friedenau, da kann man arbeiten . . . und den Westen durchdringen. Ich meine allerdings dass in diesem Sinne der Süden weniger südlich ist, und versichere Ihnen dass ich so faul gar nicht bin. Ich hätte nichts dagegen, however, nicht wahr, dass man diese drei Monate in die fernere Zukunft schiebt, nur kann nicht ich darum bitten, und wenn Sie es so einrichten können, soll es mir recht sein.
Eigentlich wüsste ich gern was Sie sich denken über die Informationen des deutschen Nachrichtenmagazins »Der Spiegel«, auf dessen heutige Nummer Sie mich hinwiesen. Wenn ich in der letzten Zeit dunkle Gestalten bemerkte, habe ich kaum eine mir folgen sehen; meine Mutter weiss nichts; und schliesslich widersprechen manche Angaben den Kenntnissen, die ich Ihnen oder Sie mir über meine Person vermittelt haben; woher wissen die Herren von den anonymen Übersetzungen aus dem Englischen, die ich nicht angefertigt habe?[2] Im übrigen finde ich diese Verzierungen meines Lebenslaufes sehr dekorativ, und Sie kommen sich doch gewiss auch bereichert vor.
Es hat mir aber eigentlich sehr gefallen, Ihr besonderes Papier, und dass Sie mit der Hand darauf schreiben. Ich kann es ganz gut lesen.
Ich grüsse Sie herzlich. Dies ist die zweite Unterschrift:
Uwe Johnson.

1 Anspielung auf die Rezension von Wolfgang Grözinger, der unter dem Titel *Der Roman der Gegenwart. Zeichen an der Wand* in der Zeitschrift *Hochland*, 52. Jg., H. 2 (v. 2. 12. 1959), S. 179, geschrieben hat: »Es besteht jedoch auch die Möglichkeit, daß man das Werk als trojanisches Pferd in den Westen schmuggelte, um den

dortigen Intellektuellen in ihrer Sprache zu beweisen, wie gut sich individuelle Freiheit mit dem kommunistischen Sozialismus vertrage.«

2 Anspielung auf einen (fehlerhaften) Satz in der Rezension von Rolf Becker im *Spiegel* vom 23. 12. 1959, in dem zu lesen ist: »Unter einem Pseudonym durfte Johnson, der als Schüler der ›Revisionismus‹-verdächtigen Leipziger Professoren Hans Mayer (Germanist) und Ernst Bloch (Philosoph) als politisch unzuverlässig galt und daher vergeblich um Assistenten- oder Lektorenstellen eingekommen war, wohl Übersetzungen aus dem Englischen machen: als Schriftsteller konnte er sich nicht verbergen.«

1960

[35; Ansichtskarte, S.U. und Martin Walser, »Zürs a.A. 1720 m, Blick vom Hexenboden geg. Zürsersee u. Madloch«, handschriftlich]

Zürs
9. Januar 1960

Lieber Herr Johnson,
Sie versäumen nichts, hier sind weit und breit keine Stellwerke! Wir fahren Ski, das tut einem Verleger auch gut! Der Schnee ist so weiß wie Papier, wir sind die Buchstaben und werden von den Dohlen* gelesen! (*Ist* das poetisch?!)
Gruß Walser!
*(auf tschechisch: Kafka)
Was Sie versäumen: gründliche Kenntnis nicht von Stell-, sondern von Schach-Werken! Bis bald (16. oder 13., ich rufe noch an)
Sehr herzlich
Ihr Unseld

[36]

[Berlin Friedenau]
28. Januar 1960

Lieber Herr Unseld,
der hiesige Senator für Volksbildung lässt anrufen und mitteilen dass ich für einen dreimonatigen Aufenthalt in der Villa Massimo vorgesehen sei und mich für den 15. März ungefähr bereithalten solle. Es ist ein Stipendium, ein Ver-

zicht scheint auch aus anderen Gründen mir nicht ratsam. Von einer Verlegung hört zumindest dies Amt nicht gern. Da die technischen Einzelheiten in den nächsten Tagen besprochen werden sollen, wüsste ich doch lieber ob Ihre Bemühungen Erfolg gehabt werden ich meine haben. Wollen Sie mir das einmal schreiben?
Ich verstehe Ihre Meinung über ein solches Verreisen gut, solche Einwände wird das Amt aber jetzt nicht annehmen, da sie im vorigen August (als ich vorgeschlagen wurde) auch schon hätten gelten müssen. Und dass die Folgen so gefährlich sein werden: das will ich Ihnen ausreden, wenn Sie nach Berlin kommen. Denn das tun Sie, und ich hole Sie ab.
Herzliche Grüsse!
Ihr Johnson.

[37]

[Berlin Friedenau]
29. Januar 1960

Lieber Herr Unseld,
mein Brief von gestern ist inzwischen überholt durch eine förmliche Mitteilung aus dem Bundesministerium des Inneren von einem Dr. Gussone, die den Studienaufenthalt in der Villa Massimo anbietet und fragt ob ich ihn etwa annehme. Die Dauer ist darin für die drei Monate zwischen dem 15. Juni und dem 15. September festgesetzt, in dieser Verschiebung möchte ich eigentlich Ihren Einfluss erkennen. Darum werde ich nunmehr sagen: ja ich bedanke mich, und wie überraschend es manchmal ist im menschlichen Leben.
Würden Sie wohl Fräulein Schenk bitten, etwa folgende Sendungen von der Dieterich'schen Verlagsbuchhandlung

in Leipzig gleich in mein Schliessfach weiterzugeben? es sind nämlich Druckfahnen, und das Haus hat es schwer.[1]
Ich bin ja im übrigen Ihr ganz ergebener.
Uwe Johnson.

1 Gemeint sind die Druckfahnen von Johnsons Übersetzung des Romans *Israel Potter. Seine fünfzig Jahre im Exil* von Herman Melville; siehe auch Brief 9, S. 24.

[38]

Frankfurt am Main
3. Februar 1960

Lieber Herr Johnson,
wie verabredet, habe ich mich also wieder hinter die Kulissen der Villa-Massimo-Stiftung begeben. Ich sprach mit Hermann Kasack und dem Verleger Dr. Lambert Schneider; Dr. Schneider schlägt Schriftsteller zu dieser Stiftung vor. Er hat auf meine Veranlassung mit Herrn Dr. Gussone gesprochen. Dr. Gussone war gern bereit, unseren Wunsch zu erfüllen. Sie erhalten das Stipendium also für Herbst 61 und dann auch für längere Zeit, was ja viel vernünftiger ist; denn drei Monate bedeuten ja doch nur Urlaub und keinen wirklichen Gewinn. Der Form halber bat mich Herr Dr. Schneider um einen Brief an Dr. Gussone. Eine Kopie dieses Briefes liegt hier an.[1] Die Sache wird also in unserem Sinne verlaufen. Lassen Sie sich jetzt nicht mehr durch irgendwelche Berliner Ämter irritieren, selbst wenn diese Herrschaften nicht wissen, an wen sie sonst das Geld loswerden. Das Etatjahr läuft aus, und die Ämter sind oft nervös, wenn sie ihr Geld nicht disponiert haben. Aber das ist deren und nicht unsere Sorge.
Vor einigen Tagen ließ ich Ihnen unsere doppelseitige An-

zeige aus dem Buchhändler-»Börsenblatt« zugehen.[2] Sie sollen daraus entnehmen, daß wir mit unseren Bemühungen nicht nachlassen und keineswegs Ihr Buch schon zum alten Gerümpel geworfen haben. Ganz im Gegenteil, wir werden weiterhin über die »Mutmassungen« mutmaßen lassen. Anbei eine Übersicht über unsere neuen Bücher. Ich warte sehr darauf, auf solchen Blättern bald einen zweiten Johnson anzeigen zu können.

Sehr herzlich und bis zum Sonntag

Ihr Unseld

P. S.

Das Flugzeug verläßt Frankfurt am Sonntag um 16.30 Uhr und trifft in Berlin um 18.10 Uhr ein.[3]

1 Der Brief ist nicht erhalten.

2 Die Anzeige erscheint am 15. 1. 1960 im *Börsenblatt für den Deutschen Buchhandel.*

3 S. U. ist vom 7. bis 11. 2. 1960 in West- und Ostberlin. U. J. holt ihn am Flughafen ab. S. U. notiert in seinem Reisebericht: »Johnson muß eine Steuererklärung abgeben. Hierbei muß mit Dr. Haag gesprochen werden, welche besonderen Ausgaben er geltend machen kann. Er hat zwar keinen Status als Flüchtling, jedoch als Neuzugereister. Welche Möglichkeiten bieten sich für ihn? Andere Einnahmen als die unseren hat er nur in sehr geringem Maße.« In Ostberlin führt S. U. Gespräche mit Helene Weigel und Elisabeth Hauptmann über die Publikation von Bertolt Brechts Werken.

[39]

Frankfurt am Main
16. Februar 1960

Lieber Herr Johnson,
da Sie von mir nichts weiter hörten, nahmen Sie zurecht an, daß ich wieder gut und glücklich hier gelandet bin. Ein wenig kämpfte mein Körper in den letzten Tagen mit den Grippebazillen, die mir in Berlin-Ost zugeflogen sind. Aber dann siegte eben doch irgendwie das Westliche über das Östliche!
Anbei schicke ich Ihnen zwei Kritiken, die sich mit Ihrem Kasseler Auftreten beschäftigen.[1] Allüberall hinterlassen Sie Spuren, und Spuren höchst erfreulicher Art.
Ferner schicke ich Ihnen den Brief von Herrn Dr. Catholy[2] und auch gleich meine Antwort. Ich könnte mir wirklich vorstellen, daß Sie gern nach Tübingen fahren würden. Vielleicht können wir auch gemeinsam hinfahren. Einen genauen Termin können Sie aber wohl erst schreiben, wenn Sie über jene Ostsee-Villa[3] Bescheid wissen. Darüber erhalten Sie noch Nachricht.
Ihre Bücherwünsche habe ich, wie ich hoffe, an die richtige Stelle gegeben. Sie werden die Bücher erhalten, wie auch Herr Dr. Baumgärtner die »Schriften« von Walter Benjamin. Zu Ihrer Steuergeschichte hören Sie ebenfalls noch von mir.
Mit herzlichen Grüßen
Ihr Unseld

Anlagen

| Im »Monat«, Januar-Ausgabe, argumentiert Jürgen Rühle mit Ihrem Roman und im neuen »Merkur«, Heft 4, Karl August Horst.[4] |

1 U.J. hat am 5. 2. 1960 in den »Henkel-Gaststätten« im Kasseler Hauptbahnhof gelesen. Bei den beiden Kritiken, die S.U. zuschickt, handelt es sich um: Alfred Nemeczek, *Einige Mutmaßungen über Johnson. Deutscher Nachwuchsautor las in der Reihe »Aus der Welt des Buches«*, in: *Hessische Allgemeine*, Nr. 31 v. 6. 2. 1960, S. 7, und Dieter Westecker, *Keine Mutmaßungen über Johnson. Zu einer Lesung der Buchhandlungen Freyschmidt und Vaternahm*, in: *Kasseler Post*, Nr. 33 v. 9. 2. 1960, S. 3.

2 Eckehard Catholy lädt U.J. zu einer Lesung im August nach Tübingen ein. Im Rahmen des »Tübinger Hochschulkurses für Germanisten« findet die Lesung am 23. 8. 1960 im Pfleghofsaal statt. Der Verleger stellt dabei den Autor und dessen Werk vor; siehe auch Brief 50, S. 86.

3 Es handelt sich um ein Ferienhaus von Erika Werckmeister in Dahmeshöved bei Dahme, Ostholstein, direkt an der Ostsee gelegen. Am 17. 2. 1960 schreibt Helene Ritzerfeld an Erika Werckmeister: »Herr Dr. Unseld ist aus Berlin zurück. Er hat dort auch Uwe Johnson getroffen und mit ihm über Ihr Ostssehäuschen gesprochen. Herrn Johnson gefällt der Plan sehr, und er würde Ihren Vorschlag schon gern aufgreifen.«

4 Vgl. Jürgen Rühle, *Schwierigkeiten der Verständigung. Die Interpretation der ostzonalen Wirklichkeit*, in: *Der Monat*, 12. Jg., 1960, H. 136, S. 70-77, sowie Karl August Horst, *Transpositionen*, in: *Merkur*, 14. Jg., 1960, H. 2, S. 188-191.

[40]

Frankfurt am Main
29. Februar 1960

Lieber Herr Johnson,
der Steuerberater des Verlages hat sich ausführlich zur Frage Ihrer Steuer ausgelassen. Ich schicke Ihnen der Einfachheit halber seinen Brief zu. Aus seinen Ausführungen werden Sie die allgemeinen wie die besonderen Berliner Steuervergünstigungen entnehmen können. Ihnen bleibt jetzt lediglich noch übrig, an das für Sie zuständige Finanz-

amt zu schreiben und dort zur Abgabe Ihrer Steuererklärung um die Zuteilung einer Steuernummer zu bitten. Sie erhalten dann einen Vordruck, den Sie mit den Erläuterungen von Herrn Dr. Haag leicht ausfüllen können.
Mit herzlichen Grüßen
Ihr Unseld

Anlagen[1]

P. S.
1. Dieser Brief war schon diktiert, als mit der Nachmittagspost ein Brief des Aufbau-Verlages eintraf. Ich hatte Herrn Gysi nach meinem Berliner Aufenthalt an die Option »Mutmassungen« erinnert. Heute schickt er mir nun darauf innerhalb eines Briefes, der verschiedene Angelegenheiten behandelt, genau zwei Zeilen: »Eine Absage muß ich Ihnen für die ›Mutmassungen über Jakob‹ von Uwe Johnson erteilen.« Wir werden jetzt also mit Volk und Welt Verbindung aufnehmen.
2. Ebenfalls traf ein Brief von Frau Werckmeister ein, den ich Ihnen hier gleich mitschicke. Mit der Ausnahme eines Punktes werden Sie mit allem einverstanden sein. Er betrifft die Dauer. Wenn Ihnen diese vier Wochen für ein Eingewöhnen und für Ihre Arbeit wirklich zu kurz sein sollten, so müssen wir dann den schönen Plan fallen lassen. Am besten Sie schreiben direkt an Frau Werckmeister unter eindeutiger Erwähnung dieses Punktes, sie möchte es nicht als »übertriebene Forderung« ansehen, sondern beachten, daß Sie diesen Aufenthalt eben auch unter dem Gesichtspunkt Ihrer schriftstellerischen Arbeit sehen müssen.

[Ein am unteren Rand gezeichnetes Strichmännchen, das ein Tuch schwenkt und mit »Freundliche Grüße Zollna«[2] unterzeichnet ist, wird am seitlichen Rand von S. U. mit der

Bemerkung kommentiert: | »So einfach haben es diese Bildmeister! |«]

1 Die Anlagen sind nicht erhalten.
2 Im Auftrag des Verlags hatte der Frankfurter Photograph Peter Zollna Anfang der sechziger Jahre Porträtaufnahmen Uwe Johnsons angefertigt.

[41]

Berlin Friedenau
29. Februar 1960

Lieber Herr Unseld –
ich kenne eine Dame . . . und diese Dame hat eine Freundin, die ist nämlich in Paris verheiratet, und sie schreibt ihr:

> Durch einen puren Zufall bin ich mit dem Übersetzer von . . .'s neuem Buch, das auch ich inzwischen gelesen habe, zusammengekommen. Der Arme versteht nicht so sehr viel deutsch und wird wahrscheinlich was anderes daraus machen, als es sich . . . dachte. Die spezifischen Probleme des Buches (Ost-West) kapiert er gar nicht. Wir sind dabei, denn er hat mich zu Hilfe gerufen, unklare Stellen zu klären. Ob er meine Erklärungen kapiert weiss ich auch nicht, ich tue jedenfalls alles, und mit Riesengeduld. Bei einigen platten Stellen komme ich auch nicht weiter . . .

wie sollen Freundinnen sein, so (mit den . . . bin ich gemeint). Und eilig ist es auch, könntest du mir bitte: schreibt sie, was soll ich sagen? Die Übersetzung der unverständlichen Stellen habe ich am 10. Januar an Fräulein Schenk abgeschickt, angekommen sind sie auch, und am Ende vielleicht längst in Paris, keiner weiss es, das wäre einmal interessant. Und überhaupt: diese Übersetzung scheint eher eine Bearbeitung zu werden. Das möchte ich nicht.

Diese Bitte der »Illustrierten Wochenzeitung« Göppingen um eine Aussage »Über mich selbst« und ein Autogramm gefiel mir nicht sehr, aber da Sie bereits zugesagt hatten, begann ich mit dem Nachdenken über mich selbst. Es ist eine schwere Arbeit, und ich möchte sie nicht alle Jahre machen: darum habe ich eine Dauerfassung hergestellt. Bitte, untersuchen Sie die und halten für gut; es wäre mir aber lieb, dass der Text der Redaktion vom Verlag oder von Herrn Enzensberger zugeschickt wird, damit kein Verfasser offenbar wird.[1] Er liegt in zwei Exemplaren nebenan, auch 1 Autogramm. [handschriftlich am Rand quergeschrieben: | Bitte schicken Sie denen doch das Foto mit, das am Messestand war, sonst stimmt das letzte Zitat nicht. |]
Auch weiterhin liegt mir an Ihrem Rat. Der Artikel im »Monat« Nummer 136, auf den Sie mich hinwiesen, scheint mir gefährlich, indem er die »Mutmassungen« samt Verfasser beschlagnahmt für einen ziemlich dummen und verquollenen Exil-Revisionismus, und Ihr Haus wird so ein Trojanischer Pferdestall. Ein Brief an die Redaktion liegt Ihnen in zwei Exemplaren bei, wollen Sie den doch ansehen und auch Herrn Boehlich unterbreiten, er kennt den Herrn Jaesrich. Wenn Sie dem Text irgend Vernunft zubilligen können, so wollen Sie ihn doch am angegebenen Datum (10. März) abschicken.
Auch teile ich Ihnen amtlich mit dass ich mich bereit erklärt habe, den Kunstpreis der Stadt Berlin, den Fontanepreis, anzunehmen.[2] Er ist dotiert mit 4000 Westmark. Über die Zeit der Verleihung weiss ich noch nichts.
Lieber Herr Unseld, ich unterschreibe mich Ihnen.
YOURS, truly,
Johnson.

[41a; Anlage, Lebenslauf für die »Südwestdeutsche Illustrierte Wochen Zeitung«]

Verehrliche Redaktion! Johnson ist ein langer Pommer, 25 Jahre alt: Telegraf. Er wirkt äusserlich vielleicht etwas schwerfällig: Kasseler Post. Langschädlig, mit randloser Brille, nervösen Handbewegungen und einer gedämpften Stimme: Hessische Allgemeine. Mit bedächtigen Bewegungen, das rote Gesicht, auf der kräftigen Nase eine dünnrandige Brille, die blonden Haare standen unverbindlich gegen das Publikum. Wie von Gulbransson gezeichnet: Hannoversche Allgemeine. Stupsnäsig: Der Spiegel. Johnson ist bäuerlicher Herkunft, man sieht es ihm auf den ersten Blick an: Südwestfunk. In Pommern geboren, in Mecklenburg gross geworden, in Leipzig studierte er. Schmale Schultern, vornübergebeugt. Ohne Ungestüm, Fixigkeit und Brillanz, eher mit schwerem Zungenschlag, überlegt und besonnen (auch beim Stopfen der Pfeife): Frankfurter Neue Presse. Er wirkt ausser dem etwas schwedisch, etwas kaschubisch, etwas aztekisch, ist dabei im ganzen ein sehr deutscher junger Mann, gross und pigmentarm: Tagesspiegel: er spricht nicht gern über sich selbst. Er redet wohl überhaupt nicht allzu gern. Und dabei ist gerade dieser zurückhaltende Norddeutsche . . . ja, was ist er? Nervös oder bedächtig? Kräftige Nase, Stupsnase? Kaschubisch oder aztekisch? Geht er wirklich krumm? Pigmentarm: schneidet er sich oft beim Rasieren, und benutzt er vielleicht dazu einen Apparat aus einem renommierten Hause, von dem er weiss, er kann sich auf ihn verlassen? Nein. Die Mutmassungen sind sein erstes Buch. Es ist nicht autobiografisch. Manchmal hat er wirklich eine gedämpfte Stimme, denn er wohnt nunmehr unter einer Einflugschneise der westberliner Luftbrücke: er ist dahin umgezogen aus praktischen und nicht aus politischen

Gründen. Nun sitzt er da und lernt am westdeutschen Leben und weiss nicht, wem er das einmal aufsagen soll. Ist auch wieder eine Geschichte vorgekommen, soll ein Buch werden: keine über ihn selbst. Sie sehen ja: dieses grobkörnige Photo einer wie verwitterten knochigen Physiognomie, Physiognomie überhaupt ...: Hessischer Rundfunk.

[41b; Anlage, Brief von U.J.]
Uwe Johnson, 10. März 1960
An Herrn HELMUT JAESRICH, Redaktion des »Monat«
Berlin-Dahlem, Schorlemer Allee 28

Lieber Herr Jaesrich,
hiermit stelle ich in höfliche Abrede: dass ich eine auffällige Sympathie für negative Helden hätte; dass Rassentheorie und Geopolitik wissenschaftliche Welt-Anschauungen wären; dass unerheblich wäre: wer wen erschiesst; dass ich es gern hätte, wenn Romanfiguren lallten; dass ich mit der Übersetzung eines Buchtitels durch Professor Dr. Hans MAYER und mit einem Nachwort des selbigen über Hegels Theorie von Herr und Knecht zur Anfertigung eines Romans verleitet wurde; dass der Begriff Bundesbürger eine korrekte Negation des Begriffes Knecht wäre; dass der Name Blach noch andere bezeichnen sollte als seinen Träger; dass ich ein geschlagener Revolutionär wäre und darum deprimiert; dass ich mich gegenwärtig beschäftigte mit dem Abschied von der Hoffnung auf den XX. Parteitag der Kommunistischen Partei der Union der Sozialistischen Sowjet-Republiken, auf den Westen, auf die wundersame Verwandlung der Welt durch Revolution; dass der Selbstmord Werthers und der Untergang Karl Moors befreiend funktionierten; dass ich etwa ein Symptom wäre für die stalinistische Finsternis der Ulbrichtschen Kulturpolitik ... lieber

Herr Jaesrich, der Artikel ist mir zu lang; und jedenfalls nicht könnte ich bestreiten dass Herr Jürgen Rühle sich das so denkt im »Monat« 136 unter dem Titel »Schwierigkeiten der Verständigung«.
Bis hierhin ist es ein »Brief des Monats«. Es tut mir leid dass Sie mich nicht doch angerufen haben noch im November des vorigen Jahres. Sie sprachen davon.
Ich empfehle mich Ihnen mit den besten Grüssen.
Ihr Uwe Johnson.

1 Hans Magnus Enzensberger arbeitete zwischen dem 1. 1. 1960 und dem 31. 8. 1961 als Lektor im Suhrkamp Verlag.
Johnsons Wunsch, daß der Verfasser dieses Textes nicht »offenbar« werden sollte, erfüllt sich nicht. In der redaktionellen Anmerkung zu diesem Text heißt es: »Für die Leser der IWZ stellte er [Johnson] eine Aussage über sich aus Stimmen aus der Presse und des Rundfunks zusammen.« Vgl. *Südwestdeutsche Illustrierte Wochen Zeitung*, Nr. 11 v. 19. 3. 1960, S. 11.
2 Der »Berliner Kunstpreis (Fontane-Preis) der Jubiläumsstiftung 1848/1948« wird U.J. am 18. 3. 1960 im Rathaus Berlin-Schöneberg verliehen.

[42]

Frankfurt am Main
3. März 1960

Lieber Herr Johnson,
ich danke Ihnen für Ihren Brief vom 29. Februar. Zu den einzelnen Punkten darf ich Ihnen Folgendes antworten:
Ich habe gleich nach dem Eintreffen Ihres Briefes unseren Pariser Korrespondenten auf jenen offenbar merkwürdigen Übersetzer Ihres Buches aufmerksam gemacht und ihn gebeten, sich den Herrn einmal anzusehen.[1] Wir können uns ihn in Paris ja auch einmal ansehen. Ich vermute fast, daß

dieser Mann noch gar keinen regulären Auftrag hat, sondern erst einmal eine Probeübersetzung anfertigen sollte. Im übrigen wurden Ihre Übertragungen der Dialektstellen längst nach Paris geschickt, wie auch in die anderen Hauptstädte der Welt.

Die physiognomische Zusammenstellung ist brillant. Wir schicken sie nicht nur an die »Illustrierte Wochenzeitung« weiter, sondern nehmen sie vielleicht auch für einen Prospekt über die »Mutmassungen«, den wir jetzt planen.

Was Ihre Reaktion auf den Artikel im »Monat« betrifft, so ist hier meine Haltung nicht so entschieden. Sie können den Brief ruhig an Herrn Jaesrich schicken; selbstverständlich wird er ihn veröffentlichen, aber – und dies ist auch die Meinung von Boehlich und Enzensberger – viel erreichen werden Sie mit einem solchen Brief nicht; wir sind ja nicht in England, wo Letters to the Editor eine wirkliche Rolle spielen. Sie dürfen auch nicht vergessen, daß in diesem Aufsatz nicht Ihre, sondern die Meinung von Herrn Rühle wiedergegeben worden ist, seine Mutmassungen gewissermaßen. An sich ist es bewährtes Gesetz unseres Verlages, auf Kritiken nicht und in keiner Form zu reagieren, es sei denn, man ist gezwungen, Verleumderisches oder bewußt Falsches richtig zu stellen. Sich auf irrige Meinungen einzulassen, scheint uns bislang wenig Sinn zu haben. Wir überlassen es also gern Ihrer Entscheidung, ob Sie den Brief abschicken wollen. Wie gesagt, wir neigen auch in diesem Falle mehr zu einem Auf-Sich-Beruhen-Lassen. Aber wie Sie sich auch entscheiden, es wird uns immer recht sein.

Anbei schicke ich Ihnen die Honorarabrechnung zu Ihrem Buch. Danach sehen Sie, daß wir bis zum 31. Dezember 1959 3.320 Exemplare verkauft haben. Das ist zwar kein sensationelles Ergebnis, aber doch eines, mit dem wir beide zufrieden sein können, wennschon sich der Verlag

dabei nicht beruhigen wird. Ich hoffe, Sie kommen mit diesen Ziffern zurecht, wenn nicht, recherchieren Sie kräftig.
Sehr herzlich
Ihr Unseld

1 Jean Janès ist von 1957-1964 Repräsentant des Suhrkamp Verlags in Paris.

[43]

Berlin Friedenau
6. März 1960

Lieber Herr Unseld,
dieses Manuskript »Orest und der Wal«[1] habe ich mit abnehmendem Vergnügen durchgesehen. Der Lesende meint anfangs allerdings zugegen zu sein bei der Bekanntmachung wichtiger und bisher nicht bekannter Dinge, so dass seine Kenntnis der Welt und sein Benehmen mit ihr verändert werde; gleich darauf scheint der Text seine Intensität doch nur aus dem gesellschaftlichen Tabu des Themas zu beziehen: ich bin nicht gegen die Verletzung von Tabus, denke aber nicht dass sie als Thema ausreichend wären, selbst wenn die mythologische Verpackung mir gefiele. Die aktuellen Anlässe wie Hitler, bombardierte Krankenhäuser und Heldentod bleiben erwähnt statt einbezogen, die Humanität gilt nur privat und Soldaten fühlen sich auf dem Abtritt eben am wohlsten (116). Gewiss ist der Angriff auf DEN Mann von einiger Stärke, die überzeugen könnte, wäre er nicht nur unvermutet sondern auch vernünftig: dass DER Mann schuldig wäre am Krieg und der Einrichtung der Gesellschaft (4; 95) ist hundert Jahre alt und kann einen in solcher Übertriebenheit nicht rühren, es geht doch bis zu

DER Tag und DIE Sonne. Die Mythologeme sind mir unverständlich, ich sehe ihr Recht weder in der im Titel gegebenen Grössenordnung noch in den zahlreichen Ableitungen aus der Situation, wenn es nicht ORPHEUS ist auf seine neblige Art: ich glaub nicht an die Unterwelt, aber ich glaub an Orpheus (10), so immerhin Christus: Weib was habe ich mit dir (112), die Rasur der Schamlippen als Opfervorbereitung (128), dies Kind soll unverletzet sein (190): von Satan war aber gar nicht die Rede. Die Zitate aus der kulturellen Tradition erscheinen zwar in Versalien und frisch aus der Schublade, doch sind sie zumeist überfordert, auch sehr zufällig; ich kam mir vor wie bei einem Quiz. Überhaupt ist diese fahrlässig assoziative Ideologie (wie man nun auch sagen kann, da es gemeint ist) befremdlich anspruchsvoll: das Kind muss der Welt natürlich gleich den Krieg erklären (208), UNGEWÖHNLICH ist immer gut (79), es genügt da das ungefähre Verlangen nach Klees und Kandinskis an der Wand (143); wer hier die Absurditäten streichen will, wird die dazugehörige Gesinnung stehen lassen müssen, es ist eine, zu vergleichen an der sehr hochmütigen Hauptperson, die ganz naiven Hass betreibt gegen alle weniger feinen Leute und ihnen nichts dankt; auch hasst sie den Staat und beugt sich in ihrem Innern nicht vor menschlichen Gesetzen (73). Warum eigentlich nicht, da aus dem sehr alltäglichen Vorgang (I beg your pardon) denn doch nicht die gewünschte Epopöe der Frauwerdung zu machen ist auf diese Weise. Der konstruktive Entwurf (diese Entwicklung auszubreiten als Rekapitulation bisheriger Erlebnisse simultan dem Geburtsvorgang) ist gewiss einleuchtend, verliert aber rasch an Notwendigkeit, da ein neuer Absatz im STOEČKEL[2] (dem ich manchmal misstraue) nicht gleich ein Vakuum erzeugen sollte: die zunächst organischen Übergänge werden gewaltsam formal und manche Gestalten müssen an den Haaren herbeigezogen werden, was ich gar

nicht sehen kann; Texte hätten andere Gesetze als ein biologischer Vorgang. Wegen der Sprache habe ich Ihrer Auffassung wenig beizufügen, sie ist auffällig leer, wenn die Gegenstände verschwinden, auch schon vorher bekommt ihr das intellektuelle Kastenressentiment nicht; überdies ist sie lasch. Eine Aufarbeitung des Textes oder Reinigung möchte ich nicht unternehmen müssen, man kann Hauptgestalten nicht umerziehen wollen, oder anders: schneidet man alles wilde Fleisch weg, bleibt der Knochen übrig, der dann aber so aussehen wird wie andere, nicht neue, sehr bekannte.
Dieses nun ist die zweite Seite: 2
Sie haben mir sowohl vor einer Woche als auch vor drei Tagen etwas hingeschrieben, dafür bedanke ich mich, will es auch in einem weg beantworten ... nein. Jetzt bin ich wieder in die Steuererklä--rung geraten (Schreibfehler). Sagen Sie mir doch: darf man bei der Aufstellung des Einkommens die Sonderausgabenpauschale nach § 10c EStG und die Pauschale gemäss § 18 EStG selbst vom Einkommen abziehen?? Das kommt mir unbescheiden vor.
An Frau Werckmeister werde ich schreiben und ihr Angebot will ich annehmen: auch für vier Wochen.
Die Antwort des Verlages Aufbau ist mir aber doch sehr wichtig. Denn es ging die Rede von einer besonderen Zielsetzung der neuen Kulturkonferenz in der d-d-R: nach der man in den sozialistischen Realismus das Niveau der Welt einführen wolle,[3] Herr Kulre (Sehen Sie) Kurella hat das Lächeln satt, das hätte neben formalen Erlaubnissen auch solche des Inhalts bedeuten können und vernünftiger Weise bedeuten müssen: nun will er wohl doch nur in der Interpunktion freie Hand lassen. Was nicht unwichtig ist.
Bei diesem Text »Über Ihn Selbst« für die »Illustrierte« und auch »Süddeutsche Wochenzeitung« käme es mir aber jedenfalls darauf an dass kein Verfasser genannt wird, damit mögliche Missverständnisse vermieden wären.

Zu dem Konto-Auszug habe ich zwei Fragen: für die DM 600 vom 2. November habe ich keinen Beleg und keine Erinnerung, an dem Tag war ich doch gar nicht in Frankfurt, habe ich die vielleicht im Schlaf eingesteckt? stossen Sie mich mal an; und die andere: wie die Differenz entsteht zwischen 5.518,41 und 5.568 (Konto-Auszug und Aufstellung von Herrn Dr. Haag), da muss er sich wohl versehen haben.
Den Brief an den »Monat« werde ich nicht abschicken, bestimmt durch Ihre vereinigte Gelassenheit, obwohl Sie mir für »Verleumderisches und bewusst Falsches« Empörung zubilligen und ich es dafür halte; inzwischen ging mir auf dass der Herr Rühle ja wird antworten wollen, schlimm würde es erst dann. Übrigens hat Herr Jaesrich mir im November von diesem Artikel missbilligend erzählt und versichert: so etwas solle nicht auf seine Seiten kommen. Ich habe mich aber gar nicht vor ihm aufgestellt (auf die Hinterbeine) und gewiehert.
Oder woran erkennt man ein Pferd?
Wie es mit meinem Besuch in Frankfurt werden soll weiss ich vor der Hand gewiss nicht, da ich keine Rundfunkanstalt zum Bezahlen kriegen werde und mir der Tag der Preisverleihung noch nicht mitgeteilt ist. Ich kann Sie nur bitten mir Ihren Hausschlüssel wagemutig ins Schliessfach zu werfen, damit ich auch herankann an Ihren Keller und einige Ordnung schaffen in dem selben. Wenn ich komme.
Lieber Herr Unseld! Ich unterschreibe mich Ihnen, und einen Urlaub wünsche ich Ihnen Beiden auch. Brechen Sie sich nichts.
Treu und besorgt
Ihr Johnson.

1 Das Manuskript wird vom Suhrkamp Verlag nicht zum Druck angenommen. Der Roman von Hedwig Rohde, *Orest und der Wal*, erlebt seine Erstausgabe in Paris bei Gallimard und wird 1963 vom Limes Verlag, Wiesbaden, publiziert.

2 U.J. bezieht sich auf Walter Stöckel, *Lehrbuch der Geburtshilfe*, Jena 1920, 13. verb. Auflage im VEB J. Fischer 1961.
3 U.J. bezieht sich auf die Debatte im Vorfeld der »Kulturkonferenz des ZK der SED, des Ministeriums für Kultur und des Deutschen Kulturbundes« vom 27. 4.-29. 4. 1960.

[44; Ansichtskarte »Casa Hesse«, handschriftlich]

Montagnola
6. März 1960

Lieber Herr Johnson –
»Dieser Johnson ist ein wirklicher Dichter« – solches sprach unser Altmeister heute. Er hätte Sie gerne kennengelernt, und kämen Sie gen Süden, seien Sie eingeladen, ihn zu besuchen.[1] Das heisst wirklich etwas! Dienstag bin ich wieder in F. Then I hope you made up your mind in respect of Frankfurt and Paris, the last I took already for sure.[2]
Yours really truly
S. U.

1 S.U. besucht Hermann Hesse am 5. und 6. 3. 1960 in Montagnola. In seinem Reisebericht hält er fest: »Ich traf mit Hesse an beiden Tagen zusammen; am Sonntag machte er mir doch einen sehr müden und fast gebrochenen Eindruck, am nächsten Tag jedoch war er vollkommen verändert, in bester Laune und an allem interessiert. Wir hatten ein sehr gutes Gespräch, in dessen Verlauf alle unsere Probleme geklärt wurden. Erstaunlich ist immer wieder, in welchem Ausmaß Hesse am Verlag interessiert ist, an seinem Ergehen, an den Autoren und Mitarbeitern, die er samt und sonders grüßen läßt, vor allem aber an den Büchern. Lob wurde gespendet für Johnson und für Bloch ›Spuren‹, Kritik wurde an Rehmann und Rochefort geäußert. Überhaupt glaubt Hesse, generell einen ›Rückzug des Geistes‹ aus der Literatur feststellen zu können; der Geist emigriere aus dem Bereich der Literatur und mache dem Trinken, dem Verbrechen und dem Sex Platz.«

2 U.J. ist vom 21. 3. bis 23. 3. in Frankfurt. Zwischen dem 7. und 13. 4. 1960 ist er in Paris. S.U. hält in seinem Reisebericht fest: »Teilnehmer der Reise: Walter Boehlich und Uwe Johnson. Herr Boehlich war dienstlich in Paris; er begleitete mich bei meinen Besuchen bei französischen Verlegern. Danach fuhr er von Paris aus in Urlaub. Uwe Johnson wurde zu dieser Fahrt vom Verlag aus eingeladen. [...] Viel schwieriger war die Frage der Übertragung von Johnsons ›Mutmassungen über Jakob‹, die Floquet, der Übersetzer von Walsers ›Ehen in Philippsburg‹, bereits vollendet hatte. [...] Floquet übersetzte nicht nur interpretatorisch, sondern mit mächtiger Eigenphantasie. Er erfand Sätze, Aktionen, ja sogar Dialoge in direkter Anführung. Viele Punkte hat er gar nicht verstanden. An den Dialektstellen ist er vollkommen gescheitert. Wir nahmen dann unsererseits die Übersetzung mit; Boehlich und ich verglichen sie an anderen Stellen, aber das Ergebnis war dasselbe. Floquet wird aufgrund einer genauen Aussprache mit Mascolo eine Bearbeitung von 20 Seiten seiner Übersetzung vorlegen. Auch wir erhalten eine Kopie, und danach wird entschieden, ob er die Bearbeitung vornehmen kann oder ob die Übersetzung in Gänze verworfen werden muß.« Darüber hinaus treffen die drei u.a. Samuel Beckett und Stefan Brecht (siehe auch Brief 79, S. 113, und Brief 84, S. 117).

[45]

Berlin Friedenau
5. Mai 1960

Lieber Herr Unseld,
zu der Geburtstagsgabe, die wir am 15. April besprachen, kann ich Ihnen also mitteilen, dass das Manuskript in etwa einer Woche fertiggestellt sein wird.[1] Dem greisen Jubilar hat der Entwurf des Buches vorgelegen, diesen und auch die Person des Sachbearbeiters wusste er zu billigen. Der Umfang von fünf Bogen oder achtzig Manuskriptseiten zu je 2000 Anschlägen hat sich halten lassen. Nun wüsste ich gern ungefähr wann Sie in Berlin sein werden, damit wir

eine Besprechung und Erläuterung der Anlage verabreden; die wäre einem Briefwechsel ja doch vorzuziehen. Wenn Sie wirklich am oder um den 12. anfliegen, können wir ja auch das Manuskript Ihnen übergeben und nicht der Post. Übrigens habe ich nichts gegen die Post.
In der Anlage ist die Flugkarte zum Wohlgefallen der Buchhaltung; was werden Sie eigentlich tun, wenn auf dem Gang kein Platz mehr ist für Ordner? Auch wüsste ich gern Namen und Anschrift der hamburger Firma, die den Earl Grey's Tea nach Deutschland importiert. Entschuldigen Sie bitte.
Ich bin den ganzen Tag lang Ihr ganz ergebener und soll einen lesbaren Roman schreiben gefälligst
Johnson.

1 Ernst Bloch, *Das Morgen im Heute. Eine Auswahl zum 75. Geburtstag von Ernst Bloch am 8. Juli 1960*, Suhrkamp Verlag Frankfurt am Main. Das 88seitige Buch erscheint in einer Auflage von 2000 Exemplaren.

[46]

Berlin Friedenau
15. Mai 1960

Lieber Herr Unseld,
dies soll ich Ihnen geben und zwar ohne Umstände. Also füge ich nur hinzu: Sie hätten auch länger bleiben können.[1]
Ihr ganz ergebener
Uwe Johnson.

1 S.U. ist vom 10. bis 13. 5. 1960 in West- und Ostberlin. Er bespricht mit Helene Weigel und Elisabeth Hauptmann die Ausgabe

von Bertolt Brechts Gedichten. Über seine Besuche bei U. J. notiert er: »*Dienstag, 10. 5.:* Zusammentreffen mit Johnson. Gespräch über seine neue Arbeit, dann spezielles Gespräch über Bloch.«

[47]

Frankfurt am Main
9. Juni 1960

Lieber Herr Johnson,
schönsten Dank für die Durchsicht der Bloch-Texte. Ihre Korrektur ist heute, Donnerstag, bei uns eingegangen.[1] Wir können deshalb heute schon den Text druckfertig erklären. Jetzt geht es nur noch um die Titel- und bibliographischen Schlußseiten.
Mit Dank und besten Grüßen bin ich Ihr

| Einem Fehler in unserer Ausgabe fielen Sie auch zum Opfer: es muss (am Ende) natürlich heissen quid pro quod.
Herzlich Ihr Unseld |

1 Der Rücksendung der Fahnen legte U. J. einen undatierten handschriftlichen Zettel bei: »Lieber Herr Unseld, ich grüsse Sie sehr beflissen. Mehr Zeit ist nicht.«

[48]

Berlin Friedenau
19. Juni 1960

Lieber Herr Unseld
dies kommt aus Ihrem Windschatten. Nämlich ich teile Ihnen mit dass in »Les Lettres Françaises« (herausgegeben

von ARAGON; 5, rue de Fg-Poissonière, Paris 9) Nummer 828 vom 9./15. Juni auf Seite 1 unten ein Text aus »Me-ti«[1] abgedruckt ist mit einem Begleitschreiben von HELENE WEIGEL. Vielleicht ist Ihnen das längst bekannt und Sie können es gar nicht so sonderbar finden.
Ihr Brief vom 9. ist in die richtigen Hände gekommen, das Honorar noch nicht, Sie werden sich versehen haben. Sie stellten damals die Anzahl der Belegexemplare frei; dürfen es zwanzig sein?
Und mit herzlichen Grüssen auch übergebe ich Ihnen zwei snapshots von der letzten Runde des Endkampfes.
Immer lesbarer
Ihr Johnson.

1 In der genannten Ausgabe von *Les Lettres Françaises* werden anläßlich einer Aufführung des Berliner Ensembles in Paris verschiedene Texte von Bertolt Brecht und ein Gespräch mit Helene Weigel publiziert. Den bislang unveröffentlichten Text *Sur la peinture (Über die Malerei und die Maler)* aus dem *Me-ti* übermittelt Helene Weigel dem Chefredakteur der Zeitung, Louis Aragon, mit dem Kommentar: »Cher Camerade Aragon, Ce que Brecht a écrit sur les peintres est valable également pour tous les artistes et pour notre théâtre. Ces remarques ont été rédigées par Brecht aux environs de l'année 1938. Amicalement, Hélène Weigel.«

[49]

Frankfurt am Main
21. Juni 1960

Lieber Herr Johnson,
gewisse Reisewürfel sind gefallen. Ich werde am Wochenende des 20./21. August in Bremen an einem Buchhändlergespräch teilnehmen. Ich könnte am 22. in Hannover sein, Sie dort am Flugplatz fahnenschwingend erwarten und mit Ih-

nen dann in aller Gemütsruhe nach Tübingen kutschieren. Würde Ihnen das konvenieren? Sonst könnten wir uns aber auch in Frankfurt treffen. Dies alles »wie es Euch gefällt«.
Schönsten Dank für Ihre mir wichtige Notiz vom 19. Juni. Ich habe sofort beunruhigt an Frau Weigel nach Paris geschrieben, ihr die Tatsache des doch sicher unerlaubten Abdrucks in den »Lettres Françaises« mitgeteilt, ihr erklärt, daß keinesfalls ich der Textgeber sei, und mich beunruhigt gezeigt, da wir, Frau Weigel und ich, doch beschlossen haben, nichts und keine Zeile davon zu publizieren. Insofern kam mir Ihre Nachricht sehr gelegen.
Das Redaktionshonorar für »Das Morgen im Heute« sollte zum Tage des Geburtstags überwiesen werden, aber wir ziehen dies jetzt nach vorne. Die Überweisung geschieht heute. 20 Belegexemplare folgen dann in der nächsten Woche nach.
Schönsten Dank für die beiden Schnappschüsse. Wir sehen ja wirklich interessiert aus! | Wünsche für das Lesbare |
Herzlich Ihr
| alter Unseld |

[50]

Berlin Friedenau
24. Juni 1960

Lieber Herr Unseld:
hier kommt das nette kleine Witzblatt, das Ihnen versprochen war;[1] die schönen Grüsse liegen besonders. Vielleicht sollten Sie dazu die Maschine Ihres Hauses auf Umlauf stellen und manche Texte nach Abteilungen gesondert zu Pflichtlektüre erklären?
Ich danke für Ihren Brief vom 21. Juni. Dass der Text in den »Lettres Françaises«, der übrigens der »Sur la peinture ...«

war, mit einem Begleitschreiben von Frau Weigel zusammenstand: das hatte ich aber erwähnt. Cher camerade Aragon: Amicalement.
In Tübingen soll ich am 23. August sein. Bis zum 15. etwa bin ich Frau Werckmeisters Feriengast in Dameshöved bei Dahme in Ostholstein. Ich habe da eine Dame zum Mitkommen, und würden Sie wohl die mit mir für die Zwischenwoche einladen in Ihr grosses Haus?[2] Das ist die, die Sie kennen.... weil Sie nämlich Shakespeare zitierten. Und ab 11. Juli bin ich nicht mehr in Berlin. (Wenn Sie die Zimmer in Tübingen gesammelt bestellen, würde ich Sie also bitten: Eins mehr.)
Gestern habe ich ein Würfelspiel gelernt, das heisst Chicago. Würfeln Sie?
Treu und bieder Ihr
Johnson.

1 Das »Witzblatt« war nicht zu ermitteln.
2 Unter dem Datum vom 4. 7. 1960 schreibt Ilse Schenk an U.J.: »Lieber Herr Johnson, Herr Dr. Unseld ist wieder einmal auf Reisen. Er dankt Ihnen für Ihren Brief vom 24. Juni und läßt Ihnen sagen, daß Sie gerne zwischen dem 15. und 23. August nach Frankfurt kommen können. Sein Haus steht Ihnen und Ihrer Bekannten während dieser Zeit gern zur Verfügung.« Die »zum Mitkommen« einzuladende Dame ist Elisabeth Schmidt, Johnsons spätere Ehefrau.

[51]

Frankfurt am Main
13. Juli 1960

Lieber Herr Johnson,
nun wird die 2. Auflage der »Mutmassungen« ausgeliefert. Die bisherigen Bestände der 1. Auflage sind erschöpft. Sie

sehen, wir haben also doch noch manchen Jakob an den Mann bringen können. Ich hoffe, die Nachricht freut Sie, und so schicke ich auch ein Exemplar dieser Auflage an Ihren Ferienort, damit Sie in Ihrem Hotel vor anderen Feriengästen renommieren können!
Wir druckten eine Auflage von 3.000 Exemplaren, also das 6.-8. Tausend. Der Ladenpreis beträgt DM 14.80, das Honorar DM 1.11 pro Exemplar, Autorenfreiexemplare 3 pro Tausend, also insgesamt 9 Freistücke. Sie stehen Ihnen hier zur Verfügung.
Wie nimmt es sich aus am Ostseestrand? Hoffentlich segeln Sie nicht allzu weit hinaus. Es könnte ja sein, daß Abtrifte Sie in unerwünschte Zonen brächten; das sollte möglichst vermieden werden.
Sie sehen mich also von Leipzig wieder gut zurück. Die im ganzen niederdrückende Erfahrung dieser Tage ist für mich sehr einschneidend. Darüber werden wir dann noch sprechen. Im Indischen Institut habe ich angerufen, hörte dort aber, daß Fräulein S. erst am Montag wiederkäme. Da ich nicht wußte, ob Fräulein Schmidt mit oder ohne Legitimation ihre Reise unternimmt, befürchtete ich, daß ein abermaliger Anruf ihr belastend ausgelegt würde, und so unterließ ich es.[1]
Ich wünsche Ihnen sehr angenehme und erholsame Tage. Lassen Sie gelegentlich von sich hören, insbesondere auch, wie Sie sich im Hinblick auf jene August-Woche entschieden haben.
Mit herzlichen Grüßen Ihr
| Neid erfüllter Unseld |

P. S.
Der Verlag möchte Ihnen einige Bücher zuschicken, die eben erschienen sind. Sollen wir sie Ihnen an Ihren Ferienort schicken oder wollen Sie sie mitnehmen, wenn Sie nach Frankfurt kommen?

1 S. U. hält sich zwischen dem 7. und 10. 7. 1960 in Leipzig auf. Der 8. 7. 1960 ist der 75. Geburtstag von Ernst Bloch. S. U. schreibt in seinem Reisebericht: »Ich traf abends in Leipzig ein und fand unseren Jubilar in einer zwar unfestlichen, aber doch blendenden Verfassung. Wie nicht anders zu erwarten, begann er mit seinen Geschichten, als ich die Autotür noch in der Hand hatte, und so ging es weiter bis früh in den Morgen hinein. Der Geburtstag selbst verlief äußerst ruhig; gegen 14.00 Uhr kam für 20 Minuten der Dekan der Philosophischen Fakultät, um, verlegen und peinlich, im Auftrag der Fakultät und des Rektors zwei schwindsüchtige Blumenstöcke abzugeben. Einige Telegramme und Briefe, darunter ein Brief des Chefs der Präsidialabteilung, in dem der Staatspräsident Pieck dem Nationalpreisträger gratulierte. Am Abend hatte Bloch seinen Freundeskreis eingeladen: Hans Mayer, Werner Krauss, den Historiker Markov, seinen früheren Assistenten Dr. Teller und einen Freund von Johnson, Herrn Dr. Klemm. Es kamen gute und hochinteressante Gespräche auf, die auch immer wieder um die kreisten, die bei der Feier des 70. Geburtstags anwesend waren und gesprochen hatten und nun im Zuchthaus saßen.« Die Blochschüler Wolfgang Harich, Günter Zehm und Manfred Hertwig sind 1957 zu Haftstrafen verurteilt worden.

[52]

c/o Werckmeister
Dahmeshöved bei Dahme/Ostholstein
2. August 1960

Lieber Herr Unseld,
wollen Sie wirklich den alten Wilhelm wiederhaben? und was wäre der denn ohne Bart? es lässt sich Ihnen ein Herr Klemm[1] empfehlen, ein auffälliger Mensch.
Ich danke Ihnen für die Mitteilung von der zweiten Auflage »Mutmassungen« und auch für das Renommierexemplar. Leider haben Sie nicht recht erkennen lassen ob ich Ihnen nun mit anmassender Stirn entgegentreten soll oder zusammengefasst in jenen bescheidenen Kleinmut des Unleserli-

chen, zu dem Sie die Gefälligkeit meines Wesens sorgenvoll dämpften. Lassen Sie es mich doch wissen.
Denn ich möchte Ihnen wahrhaftig unter die Augen kommen am 17. August gegen 18 Uhr eines bisher schönen Tages, ich denke Sie zu besänftigen mit dem Vorzeigen einer Schreibmaschine und einer Dame, deren Identität Sie bitte allseits bezweifeln wollen. Dann werden Sie uns ja wohl nach Tübingen fahren in dem Auot ich meine Auto, das mir nach meinem dritten lesbaren Testament zur Verfügung gestellt wird; und ich sehe Sie schon alle Tage von Seufzen geknickt und sagen: Ihr habt es gut. Ihr ... ja-ja. Einmal in dieser Woche, da ich Ihr Haus zieren werde mit meinem Fleiss, denke ich nach Bonn zu fahren um nach dem Rechten zu sehen da und im Sommerkurs der Universität etwas vorzulesen. Alle übrige Zeit jedoch will ich Ihr ganz ergebener sein, wenn Sie nichts dagegen haben.
Mit herzlichen Grüssen
Ihr Johnson.

P. S.
Die Beamten im Postamt Friedenau kennen und weisen mit Fingern auf mich; darum bitte ich die Bücher dahin erst am Ende des August zu schicken, sonst halten sie mir die langen Lagerzeiten vor und mein fast schon erwachsenes Alter, in dem man das doch besser wissen sollte. Hier in Dahmeshöved aber will ich mich nicht dem Müssiggang hingeben!

1 Eberhardt Klemm lernt S.U. beim Treffen zum 75. Geburtstag von Ernst Bloch kennen.

[53; Ansichtskarte »Zürich, Limmat«, handschriftlich]

St. Moritz – Bar-Chiesa Sowieso
[ohne Datum]

Verehrter Herr –
My femme and moi sind very heureux Ihnen compliments zu schicken. Sowohl in Zürich (Frisch) als auch in Sils Maria (nicht Nietzsche but Hesse) one is talking about Jacob et votre editeur est heureux to have you (de vous voire).
Pensant à Johnson (et Mselle Schmid(dt)
nous sommes S. + Hilde Unseld

With l'espère to see you très bientôt
Yours für eternal
S. + H. U.

[54; Anschrift: c/o Werckmeister, Dahmeshöved]

Frankfurt am Main
3. August 1960

Lieber Herr Johnson,
sind Sie zum Eisberg geworden? Dies vermute ich fast; Ihr Schweigen wird beängstigend. Bitte lassen Sie doch von sich hören. Auch Frau Werckmeister ist ohne Nachricht und macht sich Sorgen. Mir kommt es vor allem darauf an zu erfahren, ob Sie nun doch länger in Dahmeshöved bleiben. In diesem Falle könnte ich Sie ja wie verabredet am Montag, dem 22. August, abholen. Mir wäre es sehr lieb, dies jetzt zu wissen, da ich anderes damit noch verbinden müßte. Sollten Sie aber vorziehen, hierher nach Frankfurt zu kommen, so wissen Sie, daß Ihnen das Zimmer jederzeit zur Verfügung steht. Wir würden dann von hier aus nach Tübingen fahren, und ich würde meine Bremer Reise etwas abkürzen.
Mit herzlichen Grüßen
Ihr Unseld

| P. S.
Eben trifft Ihr Brief vom 2. 8. ein: wir erwarten Sie beide also am 17., wenn ich den Zug eruiere, machen wir grossen Bahnhof mit Lieder singen
Ihr Unseld |

[55; Anschrift: c/o Werckmeister, Dahmeshöved]

Frankfurt am Main
8. August 1960

Lieber Herr Johnson,
für Ihren freundlichen Brief habe ich Ihnen ja bereits gedankt. Ich erwarte Sie also am 17. August hier. Vielleicht geben Sie mir doch noch Ihr Ankunftsdatum auf, damit wir einen großen Bahnhof veranstalten können. Sollten Sie es sich anders überlegen, so geben Sie mir bitte ebenfalls Bescheid; Sie wissen ja, wo Sie mich finden.
Die Buchhandlung Gustav Weiland in Lübeck (Herr Otto Hamkens) möchte Sie und Ruth Rehmann zu einer Lesung einladen. Ich schrieb ihm schon, daß dies nur möglich sein könnte auf der Basis der Fahrt- und Unkostenerstattung plus Honorar, und dies wollte er auch auf sich nehmen. Ich schicke Ihnen seinen Brief zu; vielleicht haben Sie Lust und auch Möglichkeit, auf Ihrer Fahrt hierher durch Lübeck zu pilgern und sich die Buchhandlung einmal anzusehen. Sollten Sie dies nicht wünschen, können Sie den Brief freilich auch von hier aus erledigen.
Mit herzlichen Grüßen | aussi pour Mademoiselle S. – |
Ihr Unseld.

[56; Postkarte]

Dahmeshöved
10. August 1960

Lieber Herr Unseld:
(das wird nun von jedem gelesen; kann aber doch jeder wissen dass Sie für mich den Weg zum Bahnhof nicht scheuen und mir ausser dem Bundesbahnpräsidenten Dr. Oefterding (»organisieren kann ich«) auch den Viersternegeneral aus dem Hause der IG Farben[1] vorstellen, damit er ein bisschen was über den Blitzkrieg gegen das Vaterland der Werktätigen erzählt und dafür aus meinen Händen zwanzig Exemplare der »Leipziger Volkszeitung« entgegennimmt, dies alles bewacht von Polizei und umsungen von geschulten Chören. Oder geben Sie sich dafür doch nicht her am Ende?)
es wird der Zug d 74 sein aus Hamburg Altona um 16 Uhr in Frankfurt, den Bahnsteig weiss ich nicht. Ich werde Sie aber auch zu finden wissen laufschritts zwischen den Aktenordnern in den Gängen Ihrer renommierten Firma, denn ich bin mit Ihnen bekannt: das kann auch lesen wer will.
Herzlich Ihr
Johnson.

1 Das 1927 von dem Architekten Hans Poelzig entworfenen Gebäude wurde von 1928 bis 1930 erbaut und diente 15 Jahre lang der »Interessengemeinschaft Farben« als Hauptverwaltung. Von den amerikanischen Streitkräften am Ende des Zweiten Weltkrieges besetzt, wurde das Gebäude seitdem von der US-Armee genutzt. Während der politisch und militärisch angespannten Monate Ende 1949 wurde die »Berliner Luftbrücke« vom damaligen Militärgouverneur, dem Vier-Sterne-General Lucius D. Clay, vom »I.G. Farben-Gebäude« aus geleitet. Seit 1952 war das 5. US Korps Hauptnutzer des Gebäudes, das sich nach dem Abzug der amerikanischen Armee seit 1996 im Besitz der Goethe-Universität befindet.

[57]

Frankfurt am Main
5. September 1960

Lieber Herr Johnson,
bitte lassen Sie doch von sich hören; Ihr Schweigen beunruhigt mich. – Welche Nachrichten haben Sie aus L.[1]?
Die Tagung der Gruppe 47 wird vom 3.-5. November in Aschaffenburg stattfinden, also nicht wie angekündigt im Oktober in Arnoldshain bei Frankfurt. Das braucht an unseren Plänen nichts zu ändern. Sie können bis dahin bei uns wohnen, und wir könnten uns zusammen auf den Weg machen.
Sie wissen, daß ich Sie im nächsten Jahr gern an der Harvard University sähe.[2] Nun erhalte ich heute eine Nachricht von der Wayne-State-University in Detroit. Vor einigen Wochen hatte mich ein Professor Valentini besucht, dem ich Sie sehr dringend ans Herz legte. Er will jetzt im amerikanischen TV eine große Sendung über Sie starten, freilich mit dem von mir nicht inaugurierten (ich bitte mir das zu glauben) Titel: Germany's Pasternak. Daran bin ich wirklich unschuldig. Aber eben dieser Mann hatte den Plan, Sie, Herrn Grass und merkwürdigerweise auch mich nach USA zu Lesungen bzw. zu Vorträgen einzuladen. Die Wayne-University veranstaltet eine Art deutsche Woche, und zwar in der Zeit vom 20.-24. April 1961. Nun ist eine entscheidende Bedingung des Harvard Seminars, daß die Teilnehmer vorher nicht in Amerika gewesen sein dürfen. Die Harvard-Geschichte scheint mir auch letztlich für Sie wichtiger und günstiger zu sein. Auf der anderen Seite wäre natürlich nicht auszudenken, wenn wir beide in USA reisten und gar im gemeinsamen Zirkus aufträten. Vielleicht kann ich es einrichten, daß Sie von Ende April ab gleich drüben bleiben bis zum Harvard-Seminar. Das würde dann bedeuten, daß Sie die zweite Hälfte April, Mai,

Juni, Juli und August in jenem gesegneten Land zubringen müßten. Kommt das für Sie überhaupt in Frage? Sollen wir versuchen, einen so langen Aufenthalt zu ermöglichen, oder würden Sie lieber die Einladung nach Wayne *oder* eine Einladung von Harvard vorziehen? Im übrigen ist die Wayne-Geschichte noch etwas fraglich und auch nicht ganz so sicher. Also bitte lassen Sie von sich hören.
Herzlich Ihr
Unseld

P. S.
Sie können mir nichts verschweigen: Wie verlief die Unterredung des Dichtungsschülers mit seinem Dichtungsprofessor?
| Dank für den Schlüssel. Boehlich dankt für den »Spiegel«.[3] Den neuen, lesenswerten haben wir uns gar erstanden. Hesse dankt Ihnen ausdrücklich für Ihren Gruss auf der Blaubeurer Karte. So freundlich sind Autoren des S. V.![4] |

1 »L.« steht für Leipzig; S. U. fragt hier nach Nachrichten von Elisabeth Schmidt, der späteren Ehefrau von U. J., die zunächst in der DDR geblieben ist und erst Anfang 1962 in die Bundesrepublik kommen kann.
2 S. U. ist mit Henry Kissinger seit seiner Teilnahme am International Seminar im Jahre 1955 befreundet.
3 U. J. schreibt unter dem Datum des 2. 9. 1960 an »Fräulein Schenk« : »[. . .] jetzt beziehe ich mich auf das Exemplar 20/1959 des Nachrichtenmagazins ›Spiegel‹, das Sie sonderbarer Weise beigebogen finden. Damit können Sie Herrn Boehlich, der da hinten in dem kleinen Bremserhäuschen Ihres geschätzten Unternehmens mit einem grösseren Hund . . . dem also können Sie damit eine plötzliche Freude bereiten, denn er hat gewiss nicht geglaubt dass ich es ihm einmal zurückgeben werde. Die Form der Überreichung überlasse ich Ihnen ganz und gar. [. . .] irgend wo in diesem Umschlag muss ein flaches kleines Päckchen zu finden sein, das nach nichts aussieht. Darin ist der Schlüssel zu Herrn Unselds

Haus, damit kann man in mondlosen Nächten heran an all die schönen Dinge, die er da zu stehen hat. Ich versichere dass ich ihn wirklich nur aus Versehen mitnahm; können Sie ihm das glaubwürdig vortragen? Und besänftigen Sie ihn mit meinen gehorsamsten Empfehlungen.«

4 Die Karte an Hermann Hesse ist nicht erhalten.

[58]

[Berlin Friedenau]
7. September 1960

Lieber Herr Unseld,
ich danke für Ihren Brief von gestern und beantworte ihn alles durcheinander und wie immer.
Das kann ich Ihnen sagen. Ich sass in der wüsten Gegend des Anhalter Bahnhofs hinter den Scheiben eines verödeten Restaurants und gewöhnte mich wieder an die berliner Küche; bitte, grüssen Sie doch Ihre Frau. Da sah ich aus dem umbauten Treppenschacht der Nordsüdbahn einen dicklichen kleinen Herrn[1] emporsteigen, einen schweren Koffer trug er an der Hand und den Hut verrutscht zur Stirn, vornübergebeugt den Mund um brennende Zigarette geklammert hastete er arg schwitzend über den Damm und schrittelte sich aussen an mir vorbei. Ich sprang auf von meinem Sülzkotelett und eilte dem Runden nach und betraf ihn neben abgesetztem Koffer harmlos vor dem Spielplan der berliner Theater (West), da dachte ich nicht anders und sprach: Was kann ich für Sie tun, Herr Professor?
– Hähä: sagte er. – Komme grade aus Dänemark, sehr nett gewesen, war auch in Tübingen, scheussliches Hotel, ach, und Sie haben wohl gedacht –?
Das hatte ich. Sah ihn dann noch einmal und füllte anderthalb Stunden verlegener Weise mit einer Räuberpistole, er

ist die Schlüsselfigur und der star, nun wollen wir sehen wann Sie was davon erfahren. Denn er will es niemand sagen.
Mit dem von mir nicht inaugurierten (ich bitte mir das zu glauben) Titel: schreibt mir ein Kritiker meiner Syntax in einem übrigens sehr wohlwollenden Brief. Infinitivkonstruktion ohne Komma, und an den Klammern sieht man es gleich! Ohne Zweifel jedoch zieht es mich zur Wyne ich weiss schon: Wayne University; ich hätte gern auch einen Fahrstuhl, einen Düsenjäger und Lebenskredit bei den Firmen Ridgway und Dunhill (tobaccos), und wer noch als Angehöriger eines berühmten Zirkusunternehmens kommt ist doch wer, da sieht man es doch gleich. Das täte ich gern, und warum sollte ich nicht gleich bleiben bis zum Harvard-Seminar? Aber nicht um jeden Preis und nicht als Germany's Pasternak[2]: man sieht schon an der Schreibweise des Namens den offenkundigen Irrtum. So möchte ich weder in die nette alte TV gebracht werden noch zurückgeschickt in die ergrimmte Heimat. Wenn Sie meinen die Vorstellungen des Professor Valentini korrigieren zu können, will ich es aber versuchen. Bei einer Wahl zwischen Wayne und Harvard ziehe ich Harvard vor; bei einer Wahl zwischen Pasternak und mir bin ich (entschuldigen Sie) doch stark in mir befangen. Also da habe ich, bitte, von mir hören lassen.
Ich danke Ihnen für die Einladung. Der nach werde ich um den 17./18. Oktober vor Sie treten und Ihnen (wie Sie sagen:) angenehm sein bis zum 5. November. Sie kommen mich ja doch nicht besuchen.
Herzlich Ihr
Johnson.[3]

N. B.
Sie vergassen mir eine jugoslawische Adresse zu geben.

1 U.J. schildert hier eine Begegnung mit seinem einstigen Lehrer, dem Literaturwissenschaftler der Leipziger Karl-Marx-Universität, Professor Dr. Hans Mayer.
2 U.J. hatte sich vertippt und zunächst »Psternak« geschrieben, dies handschriftlich am Rand des Briefes korrigiert.
3 Als Anlage zu diesem Brief legt U.J. eine Meldung aus dem *Tagesspiegel* v. 7. 9. 1960 bei, in dem die Stipendiaten der Villa Massimo für das Jahr 1961 genannt sind. U.J. wird nicht erwähnt. An den Rand des Zeitungsausschnitts schreibt er: »Und wie ist es nun hiermit?«

[59]

Frankfurt am Main
13. September 1960

Lieber Herr Johnson,
besten Dank für Ihren Brief. Mit Kompaß und anderen topographischen Utensilien ausgerüstet, vermag ich nun allmählich doch Pfade in das Dickicht Ihrer Briefschreiberei zu schlagen.
Zur Villa Massimo werden Sie noch von mir hören. Ich habe heute an Dr. Moras geschrieben. – Im Hinblick auf Wayne und Harvard weiß ich Bescheid. Ich werde mich mit beiden hochlöblichen Instituten in Verbindung setzen.
Wir rechnen nun also fest damit, daß Sie vom 17. oder 18. Oktober an hier sein werden. Übrigens hat sich die Tübinger Buchhandlung Osiander gemeldet, die Sie im November gern zu einer Lesung nach Tübingen eingeladen hätte. Ich deutete an, daß Sie eventuell am 1. oder 2. 11. Zeit hätten, weiß ich doch nicht, wie Sie nach der Tagung der Gruppe 47 verbleiben wollen.
Die jugoslawische Adresse: ich habe sie nicht mehr! Stellen Sie sich vor, als wir damals auf dem Stuttgarter Hauptbahnhof so aufgeregt nach Martin Walser telephonierten, zückte

ich mein Notizbuch, um die diversen geheimen und nicht geheimen Nummern anzurufen. Daß die Suche erfolglos war, damit haben wir uns abgefunden, ich jedoch nicht mit dem Faktum, daß ich mein Notizbuch liegen ließ und nun ohne jede Geheimunterlage dastehe; nicht einmal Ihre Telephonnummer habe ich mehr, geschweige denn Ihre Post- oder gar Wohnadresse. Es ist alles aus.
Könnten Sie mir aber noch eine Antwort geben, die ich schon im vorangegangenen Brief erbat: Was macht denn Ihr Mädchen, Herr Jakob Schmidt; wenn ihre Hüfte keinen Schwung hat, sind ihre 30 Dollar Dreck aus Wellblech.
Herzlich Ihr
Unseld

[60]

Berlin Friedenau
20. September 1960

Lieber Herr Unseld,
wenn Sie nämlich in einer Nachschrift sich erkundigen nach Herrn Professor Mayer, dürfen Sie sich nicht beschweren dass mein nächster Brief beginnt mit der Beschreibung eines dickeren Herrn unter seltsamen Umständen! das scheint mir erlaubt.
Die jugoslawische Adresse hätte nicht jeder auf so glaubwürdige Weise verschwinden lassen können, und ich bedanke mich überhaupt für Ihren Brief vom 13. September. Aber wer von uns beiden erkundigt sich nun bei Herrn Catholy? am ehesten doch der mit dem unverdächtigen geschäftlichen Interesse: das möchte ich meinen (ohne vorgreifen zu wollen).
Die Hüfte hat Schwung.
Nach Tübingen zur Buchhandlung Osiander möchte ich

lieber vor dem 3. November fahren (und am 6. zurück nach Berlin, ich habe da ein Manuskript zu stehen). Es trifft sich wohl nicht dass Herr Unseld am 1. oder 2. November in Tübingen zu tun hat?[1]
Entbehren Sie Herrn Gysi? Er hat Ihnen in die »Leipziger Volkszeitung« einen Brief geschrieben, den lege ich bei.[2]
Wollen Sie sich gefälligst wohl befinden! Mit herzlichen Grüssen
Ihr Johnson.

1 Ilse Schenk schreibt am 21. 9 1960 an U. J. »Herr Dr. Unseld dankt Ihnen für Ihren Brief. Die Buchmesse hat eben begonnen, und so können Sie sich denken, was hier los ist. Er läßt Sie grüßen und Ihnen sagen, daß er am 3. November leider nicht nach Tübingen fahren kann.
Wegen der jugoslawischen Adresse werde ich ihn nochmals erinnern – nach der Messe, wenn wieder etwas Ruhe in den jetzt so hektischen Betrieb eingekehrt ist.
Dank auch für den Zeitungsausschnitt.«

2 In der *Leipziger Volkszeitung* ist für das Jahr 1960 kein Beitrag von Klaus Gysi zu ermitteln.

[61]

Frankfurt am Main
8. November 1960

Lieber Herr Johnson,
nun haben wir doch die Vertragsgeschichte vergessen.[1] Ich schicke Ihnen die Seite 1 nochmals zu. Es handelt sich um die erste Zeile des § 4. Bitte zeichnen Sie, sollten Sie einverstanden sein, die erste Seite ab und schicken Sie mir das Original wieder zurück.
So viel nur für heute. Ich hoffe sehr, die Grippe verflüchtigte sich weiter.
Mit herzlichen Grüßen
Ihr Unseld

1 Es handelt sich um eine Änderung bei den Nebenrechtserlösen zugunsten von U. J. im Verlagsvertrag für die *Mutmassungen über Jakob.*

[62]

Berlin Friedenau
10. November 1960

Lieber Herr Unseld,
nebenan bekommen Sie die erste Seite des Vertrages unterschrieben zurück. Bitte beschreiben Sie mir doch von Änderung zu Änderung wie es Ihnen geht und Ihrem Wagen.[1] Ich bedanke mich noch einmal für Ihre Gastfreundschaft, und empfehlen Sie mich doch Ihrer Frau.
Herzlich Ihr
Uwe Johnson.

1 Anspielung auf einen Autounfall: Auf dem Weg zur Tagung der Gruppe 47 am 2. 11. 1960 fährt Martin Walser, neben ihm im Auto U. J., auf den Wagen von S. U. auf. Am 17. 9. 1960 schreibt Ilse Schenk an U. J.: »Lieber Herr Johnson, ich schicke Ihnen anbei (im Auftrag, wie man so schön sagt, Ihres Verlegers) die Röntgenaufnahmen zu Ihrer Kenntnis und Beruhigung.«

[63]

Frankfurt am Main
23. November 1960

Lieber Herr Johnson,
in der gestrigen »FAZ« las ich die Zeile »Johnson für eine Ausweitung der NATO-Tätigkeit«; nanu, dachte ich. Dann höre ich von Herrn Wagenbach, daß Sie dem S. Fischer Ver-

lag, ohne uns zu konsultieren, ein Kapitel Ihres Romans zum Abdruck in jener lächerlichen Wagenbach-Anthologie gegeben haben.[1] Nun dachte ich schon nicht mehr nur nanu, sondern wunderte mich wirklich. Wie konnte unser verehrlicher Autor Johnson solch Widervertragliches tun? Sie wissen, ich bin ein freiheitsliebender Mensch, ich binde niemand an mich oder an unser Haus, der nicht gern gebunden sein will. Wenn Sie Texte vergeben, die in Buchform veröffentlicht werden sollen, schiene es mir ratsam, uns hier einzuschalten, zumindest aber zu verlangen, daß der betreffende Lizenznehmer sich wegen der Bedingungen an uns wenden soll. Das hat mit Finanziellem nichts zu tun, aber mit Rechtlichem; denn es wäre mir sehr unangenehm, einmal einen Band epischer Texte herausbringen zu müssen, bei dem ich von allen möglichen Verlagen das Nachdruckrecht erwerben und dann womöglich deren Copyright-Vermerke übernehmen müßte.

Anders ist dies mit einem Vorabdruck aus dem Roman. Das müßten wir wirklich vor jeder Absprache Ihrerseits vereinbaren. Ich möchte Sie also bitten, dem S. Fischer Verlag gegenüber im Falle eines Vorabdrucks aus Ihrem Roman so zu verfahren, daß wir erst dazu gehört werden müssen.

Mit freundlichen, aber doch »entschiedenen« Grüßen
Ihr Unseld

P. S.

Von Herrn Hildesheimer höre ich aus Graubünden, daß Ihr Kopf sich wohlbefindet, was ich auch von uns allen, einschließlich meines Wagens, sagen kann.

1 Es wird dann doch kein Kapitel des Romans in die Anthologie aufgenommen, sondern die Geschichte *Jonas zum Beispiel*; vgl. Klaus Wagenbach (Hg.), *Das Atelier. Zeitgenössische deutsche Prosa*, Frankfurt am Main 1962, S. 132 f.

[64]

Berlin Friedenau
24. November 1960

Lieber Herr Unseld,
Herr Wagenbach kann Ihnen nicht gesagt haben dass ich dem Fischer Verlag ein Kapitel aus der »Beschreibung einer Beschreibung«[1] gegeben habe, denn ihm ist nur die Übersendung des Textes zugesagt. Damit habe ich nichts »Widervertragliches« getan, denn zwischen uns ist Ihre Option auf meine nächsten beiden abgeschlossenen Bücher verabredet. Sie werden nicht annehmen können dass ich dem Fischer Verlag ein Bruchstück mit Haut und Haaren ausliefere und Ihnen nur die Rechte für den gerupften Rest. Ich habe Sie schon in geringfügigeren Fragen um Rat gebeten, Sie hätten hier erst recht einer Information und Bitte um Auskunft von meiner Seite gewiss sein können, ehe Sie die Herzlichkeit Ihrer bisherigen Grüsse auf Freundlichkeit mässigten. Und Ihren Ton verträgt die Sache nicht besser als ich.
Mit herzlichen Grüssen
Ihr Johnson.

1 *Beschreibung einer Beschreibung*, so lautet der ursprünglich von U.J. geplante Titel für *Das dritte Buch über Achim*.

[65; S.U. und Martin Walser, handschriftlich auf Papier mit privatem Briefkopf]

Frankfurt am Main
26. November 1960

Lieber Herr Johnson,
wieder ein Manifest, Ihnen zur Unterschrift vorgelegt. Walser und ich haben das Formular ausgefüllt, damit Sie keine

Mühe mehr haben. Freilich, ob die Formulierungen Ihren Stil trafen, ob Sie also wirklich nur so einfältig »Kopf« gesagt hätten, bezweifeln wir.
Herzlich grüssend
Ihr Unseld

Ich bin von Friedrichshafen hierhergefahren, um Ihren Unfall zu dokumentieren. Hoffentlich haben wir's richtig gemacht.
Bis zum 5. 12.
Ihr Walser

[66]

Frankfurt am Main
29. November 1960

Lieber Herr Johnson,
Töne sind doch vor allem Zwischentöne, und hier sollten Sie doch die alte unverminderte, uneingeschränkte und unveränderliche Herzlichkeit gespürt haben. Der allseits so geschätzte Herr Wagenbach reist eben herum mit jener Meldung. Ich habe nie daran gezweifelt, Sie würden, ohne mich zu konsultieren, irgend etwas abschließen. [...][1]
Mit herzlichen Grüßen bin ich
Ihr Unseld

1 Hier wurde ein Satz zur Wahrung der Persönlichkeitsrechte Dritter ausgelassen.

[67; handschriftlich]

Frankfurt am Main
5. Dezember 1960

Lieber Johnson
die Fotos sind sehr schön, vor allem »bedeutend«. Fragen:
1.) bitte schicken Sie mir eine Rechnung, die Abzüge + Vergrößerungen sind ja teuer, und Sie sollen es nicht bezahlen.
2.) Haben Sie Abzüge für E. B.[1] oder diese ihm bereits zugesandt?
3.) Madame wird natürlich traurig sein, weil sie nicht im Bild ist. Offenbar scheinen nicht alle Aufnahmen etwas geworden zu sein.[2]
Mit herzlichem Dank bin ich
Ihr Unseld

1 Ernst Bloch
2 U. J. schreibt am 30. 9. 1960 an Ilse Schenk: »Obenauf liegen noch Bilder aus dem August von Tübingen. (Der Stempel auf den Rückseiten bedeutet nur die Kopierleistung und kein Eigentum der Firma.) Die wollen Sie bitte Herrn Unseld übergeben mit meinen herzlichen Grüssen.«

[68]

Frankfurt am Main
6. Dezember 1960

Lieber Herr Johnson,
schwierigsten detektivischen Recherchen ist es geglückt, die Adresse jener jugoslawischen Dame aufzutreiben. Hier ist sie:

Lada Zei
Stare Praude 3
Ljubljana
Jugoslawien.

Sie können Sie also noch weihnachtlich beglücken.
Herzlich
Ihr | alter Unseld |

[69]

Berlin Friedenau
7. Dezember 1960

Lieber Herr Unseld,
in der Anlage schicke ich Ihnen in zwei Ausfertigungen ein »Kapitel« aus der »Beschreibung einer Beschreibung«, an dem Sie hoffentlich viel Lesbarkeit ersehen können. Nämlich der Herr Wagenbach, dem ich für eine Anthologie deutschsprachiger Erzählungen keine einzige habe geben können, wünscht sich nun dies für die Sammlung und hält es für geeignet. Das soll seine Sache sein.
Da ich nun hoffe dass das Haus von Herrn Unseld im Frühjahr die gesamte »Beschreibung« erwirbt, möchte ich auch dies Teilstück schon in Ihre Verwaltung übergeben. Ich bitte Sie also: mit dem Herrn Wagenbach den einmaligen Abdruck dieses Textes in seiner Sammlung auszumachen und alle übrigen Rechte aufzubewahren. Darum ist die eine Skripte für Sie, die andere für ihn. Wird das zu machen sein?
Ich danke für die Adresse. Wenn Ihnen die Fotos aus Tübingen Freude gemacht haben, soll es mir ja recht sein; im übrigen werde ich Ihnen ja auch einmal etwas schenken dürfen.
Die Abzüge für den greisen Jubilar sind auf dem Wege zu ihm.
Mit herzlichen Grüssen
Ihr Johnson.

[70]

Frankfurt am Main
12. Dezember 1960

Lieber Herr Johnson,
ich schicke Ihnen anbei den Brief von Herrn Dr. Birenbaum. Bitte sehen Sie sich ihn doch einmal an und schicken ihn mir dann wieder zurück mit Ihrem Kommentar. Vielleicht können Sie mir auch angeben, welche Unterlagen Sie gern an Ihn geliefert sähen. Mit besten Grüßen
Ihr Unseld

[71; Vereinbarung]

[Frankfurt am Main
9. Dezember 1960]

Vereinbarung mit Uwe Johnson

Uwe Johnson hat mit seinem Roman »Mutmassungen über Jakob« einen literarischen Erfolg errungen, der weit über das übliche Maß hinausreicht. Kein deutscher Roman der letzten Jahre, geschrieben von einem jüngeren Autor, ist im Inland und Ausland so diskutiert worden. Damit ist auch das Ansehen des Verlages erneut bestärkt worden.
Der Verlag erklärt sich bereit, Uwe Johnson ohne Anrechnung auf die zu zahlenden oder bereits gezahlten Buchhonorare ein

Sonderhonorar in Höhe von 5000,- (Fünftausend)

zu zahlen. Der Betrag ist sofort fällig. Er soll dazu dienen, Uwe Johnson die Niederschrift eines neuen Romans zu erleichtern.

Frankfurt, am 9. Dezember 1960
Dr. Siegfried Unseld
Uwe Johnson

[72]

Frankfurt am Main
14. Dezember 1960

Lieber Herr Johnson,
hübsch ist Ihr Kapitelchen, lesbar, interessant, vor allem aber macht es neugierig auf das Weitere. Über Einzelheiten werden wir uns unterhalten, wenn einmal das Ganze vorliegt.
Ich werde Wagenbach verständigen; von P. Huchel höre ich übrigens, daß es noch keinesfalls ausgemacht ist, ob der Band überhaupt erscheint.
Doch gleich zu einer ernsten Frage. Dachten Sie »Beschreibung einer Beschreibung« wirklich als Titel? Wie ich Sie kenne, hatten Sie ernsthaft solches im Sinn. Ich wünschte mir Leipziger oder jugoslawische Engelszungen, Gründe, um Ihnen diesen Titel auszureden oder ihn doch als Sub- oder Gattungstitel vorzuschlagen. Ich glaube, wir holen mit diesem Titel nicht viel Hunde hinter dem Ofen hervor, wobei man sich nach großem Beispiel fragen müßte, ob dies die Aufgabe Ihres Buches ist.
Herzlich Ihr Unseld

[73]

Berlin Friedenau
15. Dezember 1960

Lieber Herr Unseld,
kommen Sie nun mit nach Detroit? Wird wer in Detroit war auch noch nach Harvard eingeladen? Mit lectures in Amerika bleiben mag ich nicht; lieber warte ich hier bis zum August. Und wie ist es nun mit der Villa Massimo? ich weiss da gar keine Termine und nicht die Dauer. Entschuldigen Sie diese Häufung der Fragezeichen.

Der Brief von Herrn Birenbaum gefällt mir: ich möchte die Einladung annehmen. Einen Vortrag könnte ich reden über »The Berlin Border of the Divided World as a Place of Writing«, der wird sich aber auf meine Erfahrungen beschränken. Einen Pass werde ich mir demnächst beschaffen und ein Visum auch. Wegen der Route habe ich keine Wünsche für den Hinweg, zurück führe ich gern mit der Eisenbahn bis New York. Was meinen Sie mit den Unterlagen, die Herr Birenbaum bekommen sollte? Wenn Sie mich also nicht vorher noch warnen, ist dies eine formelle Zusage.
(Die Anlage auf rotem Papier ist ein bisschen ärgerlich, aber ich dachte Sie sollten es doch wissen.)[1]
Ihnen und Ihrem ganzen Haus wünsche ich ein Fest. Ich habe es schon, denn in der Küche steht meine Schwester und backt Kartoffelpuffer.
Mit herzlichen Grüssen Ihr
Johnson.

1 Die Anlage ist eine Einladung zu einer Lesung von Peter Hamm am 9. 12. 1960 in Berlin. »Unter Schirmherrschaft anliegender Damen liest Peter Hamm wenig Erfreuliches aus eigenen Werken.« Die anliegenden Damen sind sechs Frauenköpfe aus dem 19. Jahrhundert, die mit Legenden versehen sind. So heißt es: »Ingeborg Bachmann (Hauptwerk ›Ein Kampf um Rom‹)« oder »Ruth Rehmann (Große Unseld-Medaille).«

[74]

Frankfurt am Main
20. Dezember 1960

Lieber Herr Johnson,
ich saß lange, mutmaßend und nachdenklich, über Ihrem Brief vom 15. Dezember. Da sind zwei Sätze, »Mit lectures in Amerika bleiben mag ich nicht« und »Ich möchte die Einladung annehmen«. Ja, was nun?

Was Harvard betrifft, so schrieb ich Ihnen schon, daß es unsicher ist, ob überhaupt diesmal ein Seminar stattfindet. Das war aber in jedem Jahr so; Kissinger trieb seine Gelder immer um Weihnachten herum auf. Wenn ein Seminar stattfindet, werden Sie eingeladen, das hat Kissinger mir zugesagt, und dies auch für den Fall, daß Sie sich bereits einige Wochen vorher in Amerika aufhalten. Kissinger würde Ihnen dann eben nur die Hälfte der transportation costs ersetzen.

Wie die Lage der Dinge ist, möchte ich Ihnen raten, die Einladung nach Detroit anzunehmen. Im Laufe der Monate Januar und Februar wird sich die Harvard-Geschichte entscheiden. Sollten Sie dann in Amerika bis zum Beginn des Seminars Ende Juni bleiben, können Sie immer noch sehen, was Sie dann dort machen; dies ist keine Frage der Finanzen, weil Sie sicherlich durch Lesungen einige Honorare erhalten können.

Wollen wir es also so halten, dann würde ich Herrn Dr. Birenbaum in diesem Sinne schreiben und ihm auch Ihre Adresse geben, damit er sich auch direkt mit Ihnen in Verbindung setzen kann.

Die Anlage auf rotem Papier hätte mich weniger geärgert als vielmehr vergnügt, wenn das Ganze nicht doch einfach ein wenig geschmacklos wäre und es mir eigentlich für Herrn Hamm leid tut.

Sie haben es eben gut, mit Kartoffelpuffer das Fest anfangen zu lassen. Alles Gute wie immer | und womöglich Besseres | Ihr Unseld

[75]

Berlin Friedenau
22. Dezember 1960

Lieber Herr Unseld,
werden Sie nun mitkommen nach Detroit? Ich also nehme die Einladung an: formell. Was nach dem April kommt kann ich abwarten: aber wenn ich nach Harvard soll, wüsste ich auch gern ob danach und wann denn überhaupt nach Rom in die Villa Massimo. Bitte, geben Sie mich weg nach Amerika: Adresse, Lebenslauf, und alles.
Ihr Haus leitet mir eben einen Brief zu, den kann ich nicht begrüssen, denn er spricht französisch. Meine Schwester kann mit Bestimmtheit lediglich erkennen dass er in höflichem Ton gehalten ist und von mehreren Übersetzungen spricht. Da bin ich (Anlage)[1] durchaus auf Sie angewiesen. Würden Sie das in Gang setzen?
Ich lade Sie auf das herzlichste zu Neujahr nach Berlin.
Ihr Johnson.

1 Die Anlage ist nicht erhalten.

[76; handschriftlich auf Papier mit privatem Briefkopf]

Frankfurt am Main
im Dezember

Lieber Johnson
das »Haus«[1] für Sie, unter den Weihnachtsbaum zu legen, zur Erinnerung an unser Haus, das hofft, Sie bald und lange hier zu haben.
Grüssen Sie diejenige, die Sie doch sicher in diesen Tagen zwischen den Jahren besucht.
Das neue Jahr soll für uns beide im Zeichen Ihres neuen Bu-

ches stehen. Mich finden Sie dafür in höchster Bereitschaft.
Auf ein freundliches, freundschaftliches Jahr!
Ihr Unseld

Das Musenroß[2] ist von mir – dazu noch viele herzliche und weihnachtliche Wünsche von Ihrer Hilde Unseld

Je vous souhaite un joyeux Noël et au revoir – Anne-Marie

1 *Das Haus* ist der Titel der deutschen Übersetzung von William Faulkners Roman *The Mansion*, New York 1959. Die Übersetzung von Elisabeth Schnack erscheint 1960 im Goverts Verlag Stuttgart.
2 Das Bändchen mit Zeichnungen von Paul Flora, *Das Musenroß. Ein Buch von Dichtern*, Zürich 1955.

[77]

Berlin Friedenau
Undatiert

Lieber Herr Unseld,
ich bedanke mich für etwas in weihnachtliches Papier Verpacktes, das darf ich aber nicht auswickeln, das wüsste ich gern genauer.
Gestern kam Besuch aus Leipzig, von dem sind herzliche Grüsse auszurichten und etwas Verpacktes für Joachim, das er aber auch erst am Sonnabend auswickeln darf.
Wir wünschen Ihnen allen: Dem Hausherrn, seiner Frau, dem Sohn und Anne-Marie: ein Fest und noch eins. Und dann noch eins. Und ein Neues Jahr wie jeder es möchte.
Ihr Uwe Johnson.

[78]

Berlin Friedenau
27. Dezember 1960

Lieber Herr Unseld,
so ein Päckchen in weihnachtlichem Papier befühlt man vorsichtig, das schärft den Tastsinn und muss erlaubt sein: es war wie ein Buch. Nun sind nicht alle Bücher möglich, es konnte nur dies sein. Oder vielleicht jenes. Auf das »Haus« bin ich nicht gekommen, es war aber das »Haus« (was ich mir hätte denken sollen). Und empfehlen Sie mich Ihrer Frau mit einer Verbeugung. Ich habe das Buch sofort gelesen (und nicht vergessen wie Sie die Auswahl meinten), aber nun habe ich wieder mit dem »Dorf« angefangen und fürchte dass ich mir auch die »Stadt« nicht sparen kann.[1] Hier sitze ich und kann das Lesen nicht lassen und bedanke mich zum schönsten.
Und: hätten Sie etwas dagegen dass Höllerer das Kapitel aus der »Beschreibung einer Beschreibung« (das ich Ihnen übersandt habe; wie finden Sie übrigens den Titel?) in den »Akzenten« druckt? denn Wagenbach will lieber die Prophetengeschichte[2] und hat auf dies verzichtet. Wenn Sie einverstanden sind, würde ich Sie bitten ihm das zu schicken: er ist bis Silvester in Frankfurt (E M Arndt Strasse, 25).
Mit herzlichen Grüssen
Ihr Johnson.

1 Das Spätwerk *Das Haus* von William Faulkner fügt sich mit den Romanen *Das Dorf (The Hamlet*, New York 1940) und *Die Stadt* (*The Town*, New York 1957) zu einem Prosa-Epos, der »Snopes-Trilogie«, zusammen. Mit seinem »neuen Projekt, einem dreiteiligen Roman über den Snopes-Clan«, so Faulkner 1938 in einem Gespräch mit Robert Cantwell, würde er seine Yoknapatawpha-Saga zu Ende führen.

2 In der *Frankfurter Allgemeinen Zeitung* v. 6. 1. 1961 erscheint der

Text *Besonders die kleinen Propheten*, der 1964 in den Band *Karsch, und andere Prosa* unter dem Titel *Jonas zum Beispiel* aufgenommen wird.

[79]

Frankfurt am Main
28. Dezember 1960

Lieber Herr Johnson,
nein, ich werde nicht mitkommen nach Detroit. So werden Sie also Amerika ohne mich entdecken müssen.[1]
Zur Villa Massimo: Eben erreicht uns eine Nachricht von Dr. Moras, der, wie Sie wissen, mit Kehlkopfkrebs ziemlich angeschlagen ist. Er erhielt seinerseits einen Brief des Herrn Gussone vom Innenministerium, in dem es wie folgt heißt: »Bezüglich des Herrn Uwe Johnson ist, wie Sie aus dem Ihnen übersandten Protokoll der Auswahlsitzung vom 10. Mai 1960 ersehen können, klargestellt worden, daß er seinem Wunsche entsprechend für das Studienjahr 1962 zurückgestellt werde. Er kommt also im Jahre 1962 zum Zuge.« Das war bekanntlich nicht unsere Absicht, es sei denn, man kann das Studienjahr 1962 so verstehen, daß es bereits Ende 1961 beginnt.
Den französischen Brief haben wir Ihnen zugeleitet, weil er an Sie adressiert war, und wir sind eben freundliche Leute. Im übrigen bin ich sicher, daß Sie entdecken konnten, daß es sich um die Übersetzung Ihres Buches handelt. Gallimard hat nun doch einen anderen Übersetzer gewählt, und zwar einen Herrn Thomas; merkwürdigerweise der Übersetzer von Ernst Jünger. Die Übersetzung wird nun hier im Hause geprüft; ich werde alles Nötige veranlassen.
Seinen Sie jahreszeitendlich herzlich gegrüßt von
Ihrem Unseld

1 S. U. nimmt an der Konferenz teil; siehe auch Brief 87, S. 121.

1961

[80]

Frankfurt am Main
2. Januar 1961

Lieber Herr Johnson,
ich habe Silvester gegen ein Uhr bei Ihnen angeklingelt, aber niemand gab Antwort. So nahm ich an, Sie schliefen schon den Schlaf des Gerechten.
Haben Sie Dank für Ihren Brief vom 27. Dezember mit der Jehova-Geschichte. Gegenüber Höllerer konnte ich noch nicht reagieren, da Wagenbach es sich nochmals überlegen wollte. Mir will scheinen, daß Sie in der S. Fischer-Anthologie mit der Jehova-Geschichte nicht allzu typisch vertreten sind. Aber ich erwarte da noch Wagenbachs Entscheidung.[1]
Sie fragen nach, wie ich den Titel finde: dazu habe ich mich aber doch schon geäußert. Wir alle hier glauben, daß man die »Beschreibung einer Beschreibung« allenfalls als Untertitel nehmen sollte, jedoch nicht als Haupttitel. Ein solcher Titel würde eher abschrecken als anziehen.
Mit freundlichen Grüßen
Ihr Unseld

1 Siehe auch Brief 64, S. 102

[81]

Berlin Friedenau
31. Januar 1961

Lieber Herr Unseld,
im Februar muss ich zweimal auswärts was vorlesen: am 9. Februar in Brüssel und am 24. in Kiel. Einmal in Westdeutschland möchte ich ungern gleich zurückreisen und wiederkommen; ist es wohl möglich dass Sie mich in der Zwischenzeit in Ihrem Haus aufnehmen?
Ihr Johnson.

[82; Notiz, handschriftlich]

Frankfurt am Main
[Ohne Datum]

Lieber Johnson
zwei Bitten: in der Benjaminauswahl in den Büchern der 19[1] soll auch eine knappe Auswahl aus den Texten der »Berliner Kindheit« aufgenommen werden, etwa 10-15 Seiten. Könnten Sie mir einen Vorschlag machen?
ad 2. Boehlich hat das umgearbeitete Moosdorf-Manuskript; er soll es Ihnen zur Lektüre geben, wenn Sie mögen.[2]
Herzlich, und mit dem Wunsch, Sie möchten sich wohl fühlen bei uns,
bin ich Ihr S. U.

1 Als Band 78 der »Bücher der Neunzehn« erscheint im Juni 1961: Walter Benjamin, *Illuminationen. Ausgewählte Schriften*, herausgegeben von Siegfried Unseld. »Bücher der Neunzehn« ist der Name einer Arbeitsgemeinschaft von 19 Verlagen (Biederstein, Classen, DVA, S. Fischer, Hanser, Hegner, Insel, Kiepenheuer & Witsch, Kösel, W. Krüger, List, Nymphenburger, Piper, Rowohlt,

Suhrkamp, Chr. Wegner, Wunderlich, Ullstein, Luchterhand – letzterer trat an die Stelle des 1968 ausgeschlossenen Herbig Verlags). Sie wollten den seinerzeit prosperierenden »verbilligten« Angeboten der Buchgemeinschaften eine Konkurrenz entgegenstellen. Der erste Band erscheint im Juni 1954. Die Reihe wird am 30. 6. 1972 mit Wolf Wondratscheks *Omnibus*, dem Band 209, eingestellt.

2 Johanna Moosdorf, *Nebenan*, erscheint im Herbst 1961 im Suhrkamp Verlag.

[83]

Frankfurt am Main
23. Februar 1961

Lieber Herr Johnson,
wie schön war es doch, daß Sie hier waren und daß wir über so mancherlei sprechen konnten, das Folgen haben wird. Heute nur noch eine Zeile der Erinnerung an unseren Presse-Dienst.[1] Sollen wir darin nicht doch die Jonas-Geschichte aufnehmen? Ich glaube kaum, daß Wagenbach dies stören wird, um so mehr, als auch andere Texte, die er aufnimmt, vorabgedruckt sind. Und würden auch Sie sich einmal die Mühe machen, die »Mutmassungen« auf die eine oder andere ablösbare und für ihren Autor charakteristische Passage hin zu durchforschen?
Die Buchhandlung Elwert und Meurer in Berlin fragt nach Autoren, die in Berlin lesen können. Ich empfehle Sie heute dorthin. – So viel nur für heute.
Mit herzlichen Grüßen
Ihr Unseld

1 *Jonas zum Beispiel* wird nicht in *Dichten und Trachten* publiziert.

[84]

Berlin Friedenau
27. Februar 1961

Lieber Herr Unseld,
ich bin also doch nach Kiel[1] gekommen und unterwegs nicht in den Ratzeburger See gefallen. Aber es wurde da gerade die Sechste Pferdeleistungsschau von Schleswig Holstein gegeben, und so kann ich Ihnen über die Buchhandlungen lieber nichts sagen.
In Berlin fand ich einen Brief von Herrn MOHRT, den lege ich bei, den verstehe ich nicht.[2] Bitte würden Sie ihm die Nachteile meiner Schulbildung erklären?
Nun sehe ich Sie eisern strahlen: ich muss Sie aber doch bitten das Manuskript (von dem wir gelegentlich sprachen) erst am 15. April erwarten zu wollen. Die eine fehlende Seite kommt mich schwer zu stehen oder mir, im März muss ich für zwei Tage nach Lübeck vorlesen und vielleicht mit Enzensberger nach Stockholm, und der Konsul in Detroit spricht von vorhandenem Geld. Und es sind etwa 300 Seiten abzuschreiben. Sagen Sie mal.
Ich danke Ihnen und Ihrer Frau noch einmal für die Woche in Ihrem Haus.[3]
Ihr Johnson.

1 Die Lesung im Saal der Brandkasse in Kiel findet am 24. 2. 1961 statt.

2 Michel Mohrt vom französischen Verlag Gallimard fragt mit Brief vom 6. 2. 1961 an, ob die neue Probeübersetzung der *Mutmassungen über Jakob* akzeptiert wird, die er am 16. 12. 1960 übersandt hat (siehe Brief 75, S. 110), und ob dieser Übersetzer die Arbeit aufnehmen könne. Auch diese Probeübersetzung wird abgelehnt. Marie-Louise Ponty übersetzt schließlich *La Frontière*, das Buch erscheint 1962. »Nachteile der Schulbildung«: U. J. hatte während seiner Schulzeit in in der DDR Russisch-, Latein- und Englischunterricht erhalten, aber keinen Französischunterricht.

3 U.J. hält sich zwischen dem 13. 2. und 21. 2. 1961 in Frankfurt auf.

[85]

Frankfurt am Main
1. März 1961

Lieber Herr Johnson,
nun enttäuschen Sie mich. Ich hatte am 31. März fest an einen Sonntagsboten geglaubt. Daß ich nun ganze 14 Tage länger warten muß, erschüttert meinen Glauben in seinen Grundfesten
Ich sage für Detroit endgültig ab. Das soll Sie aber nicht hindern, doch hinzufahren, wenn aus der Geschichte doch noch etwas wird.
Ihre Bücherwünsche werden erfüllt.
Mit herzlichen Grüßen
Ihr Unseld

[86]

Berlin Friedenau
5. März 1961

Lieber Herr Unseld,
tatsächlich kann ich Ihnen das Manuskript der »Beschreibung« nicht vor dem 15. April anbieten, da ich vor dem endgültigen Abschreiben und Durchsehen noch diesen Vortrag schreiben muss für die Detroit Adventure Conference:[1] denn sie erklären mir jetzt kühl: sie hätten ja Geld, und eilig ist es ihnen nun auch.
Also bitte ich dass Sie Herrn Dr. Birenbaum fast unverzüglich zweimal »Mutmassungen«, einige Pressestimmen, viel-

leicht ein Foto und andere »materials« meines Wirkens übersenden lassen. Dafür wäre ich sehr dankbar. (Die Bücher kann man ja von meinen restlichen Freiexemplaren nehmen. Und die übriggebliebenen bekäme ich gern hierher.)
Sie wollten lesen: J. M. BOCHENSKI: »Der sowjetrussische dialektische Materialismus« (Diamat), Dalp Taschenbücher 325 D,[2] und es wird Ihnen nützen.
Kommen Sie zur Tagung der Gruppe 47 in Sasbachwalden?[3] da könnten wir uns sehen. Denn nach Berlin kommen Sie nicht. Am 18. April bin ich in Stuttgart[4], und vom 19. bis zum Abflug (20.) bitte ich um den netten Platz unter Ihrem Dach: darf das sein?
Ich gratuliere Ihnen sehr zu dem erfolgreichen Verlauf des Abends mit Beckett[5] und wünsche Ihnen einen guten Montag.
Ihr Johnson.

1 Zur Teilnahme an der Forth Annual McGregor Detroit Adventure Conference hält sich U. J. vom 21. 4 bis 30. 4. 1961 in Detroit auf. Der Titel seines Vortrags lautet *Berlin, Border of the Divided World*; die deutsche Fassung wird unter dem Titel *Berliner Stadtbahn* im Augustheft des *Merkur*, 15. Jg., 1961, H. 162, S. 722-733 veröffentlicht.
2 Das Buch von J. M. Bochenski erscheint 1960 in 3., umgearbeiteter Auflage im Francke Verlag.
3 Gemeint ist die Fernsehtagung der Gruppe 47 in Sasbachwalden, Baden-Baden, 14. 4. - 16. 4. 1961, finanziert vom Süddeutschen Rundfunk. Das Treffen war – nach ersten Kontakten in den fünfziger Jahren – ein neuerlicher Versuch der Sender, Schriftsteller für eine Mitarbeit vor allem bei Drehbüchern für Fernsehspiele zu interessieren. Allgemeine Programmausweitungen, insbesondere die Planungen für das Zweite Programm, ließen einen höheren Bedarf an Produktionen erwarten. Vgl. hierzu Sabine Cofalla (Hg.), *Hans Werner Richter, Briefe*, München/Wien 1997, S. 341 f.
4 Am 18. 4. 1961, so der Eintrag im Kalendarium von U. J., hält er sich zu einer Lesung in Stuttgart auf.

5 Unter dem Titel *Beckett in Frankfurt. Suhrkamp-Verlagsabend* berichtet Karl Korn in der *Frankfurter Allgemeinen Zeitung* vom 1. 3. 1961, S. 20. Nach der Begrüßung durch Siegfried Unseld trägt Theodor W. Adorno Passagen aus seinem Essay über Becketts Drama *Endspiel* vor; im zweiten Teil der Veranstaltung liest Becketts in Paris lebender Übersetzer Elmar Tophoven Prosastücke, die nur englisch erschienen waren und dann liegen gelassen wurden.

[87]

Frankfurt am Main
7. März 1961

Lieber Herr Johnson,
besten Dank für Ihren Brief 5361.[1] Wir haben vergangene Woche, als Walser und Enzensberger bei mir waren, Ihrer gedacht, und zwar aus Anlaß des Karlsruher Urteils, das wir feucht feierten.[2] Ich rief bei Ihnen an, aber Sie waren nicht da, vermutlich in Kiel oder sonstwo.
Herrn Dr. Birenbaum von der Detroit Adventure Conference werden wir auf das Schnellste befriedigen. Zwei Exemplare der »Mutmassungen«, Bild, Kritiken und sonstiges Material schicken wir heute ab.
Ich lasse feststellen, wieviele Freiexemplare Sie noch zur Verfügung haben, und schicke diese zu Ihnen nach Berlin.
Ein Platz vom 19. zum 20. in meinem Hause ist Ihnen sicher.
Zu meinen Terminen: ich bin noch bis zum 24. hier, dann verschwinde ich nochmals für 10 Tage in den Schnee, am 10. oder 11. April fliege ich dann nach New York, freilich nur für zwei Wochen. Ich werde also am 19. und 20. nicht hier in Frankfurt sein.[3]
Den Bochenski bestelle ich mir, er soll mir gut tun.
Ihr Manuskript werde ich also doch erst nach meiner Rück-

kehr vorfinden. Es wäre schön gewesen, Ihr Angebot in der Höhenluft der Berge zu wägen.
Herzlich Ihr Unseld

1 Anspielung auf die Datumsangaben in Johnsons Briefen an S. U.: zuerst der Tag, dann ohne Punkt die Monatszahl und das Jahr unter Vernachlässigung der Zahl für das Jahrhundert.

2 Das Urteil des Bundesverfassungsgerichts in Karlsruhe vom 28. 2. 1961 erklärt die Gründung der »Deutschland-Fernsehen GmbH« durch die Bundesregierung für verfassungswidrig. Damit wird ein jahrelanger Streit zwischen Bund und Ländern über die Möglichkeit eines zweiten Fernsehprogramms bzw. über die Kompetenzverteilung in dieser Frage beendet. Hans Magnus Enzensberger und Martin Walser gehören zu einer Gruppe von 21 namhaften Schriftstellern, die sich öffentlich selbst verpflichtet hatten, das zweite Fernsehprogramm zu boykottieren, da das »Adenauer-Fernsehen« die »demokratische Entwicklung der Bundesrepublik gefährden kann«.

3 U. J. ist zwischen dem 20. 4. 1961 (Abflug von Frankfurt) und dem 22. 8. 1961 in den USA. S. U. ist zwischen dem 10. 4. und 28. 4. 1961 in den USA. Er hält sich in New York, Boston und Detroit auf. In Detroit hält er anläßlich der Forth Annual McGregor Detroit Adventure Conference einen Vortrag mit dem Titel *The Critical Function of Modern German Literature*. Dort trifft er mit U. J. zusammen. Über seinen Aufenthalt in New York notiert er: »Ich mußte in New York wirklich einsehen, daß wir ohne Agentur doch nicht weiterkommen und auch nicht recht ernst genommen werden. [. . .] Ich habe mich unter den Agenten und Agenturen umgesehen. Es kommen nur wenige in Frage, da nur wenige Agenten deutsch sprechen. Von allen schnitt Miss Joan Daves am besten ab. Ich vereinbarte daher mit ihr, in loser Form, ohne Vertrag, eine Bindung.«

[88]

Frankfurt am Main
10. März 1961

Lieber Herr Johnson,
Fräulein Schenk ist in Urlaub. Sie wissen, sie verläßt uns auch Ende März, so daß Sie Ihre Wünsche am besten auch an Fräulein Schenks Nachfolgerin, Fräulein Kirchner, richten, die ja nun auch meine Briefe an Sie schreibt.[1]
Zwei Bilder haben wir an Herrn Birenbaum abgeschickt. Zwei weitere gehen an Herrn Mike Sibille. Mehr braucht der dann nun wirklich nicht. Im übrigen haben wir auch alles wichtige Material schon losgeschickt. Die Bücher werden bestellt.
Mit herzlichen Grüßen
Ihr Unseld

1 Unter dem Datum vom 7. 3. 1961 schreibt U.J. an Ilse Schenk: »[. . .] ich weiss ja nicht ob es Sie noch angeht. Also mehr beiläufig erzähle ich dass die Leute von der Detroit Adventure Conference (im besonderen ein Herr MIKE SIBILLE, wirklich) gern eine Menge glossy photographs von mir hätten. Sechs. Glossy meint: Hochglanz, druckbar. Ich habe keine. Der Verlag besitzt da sehr prächtige Stücke. [. . .] Dann hat er auch wieder drei Bücher aufzuschreiben vergessen. [. . .]«

[89; Briefpapier des Park Shelton Hotels, Detroit, handschriftlich, Druckbuchstaben]

Princeton, N.J.
7. Mai 1961

Lieber Herr Unseld –
Valentini lässt Sie grüssen. Der Konsul Dencker lässt Sie grüssen. Man bedauert dass Sie Detroit verlassen mussten.

Herr Lange aus Princeton wird Sie aufsuchen, lässt immerhin grüssen. Herr Browning aus Clinton vom Hamilton College lässt grüssen. Und einige andere, die ich zufällig nicht mehr traf, auch.
Morgen fahre ich nach New York und bleibe im Mansfield Hotel bis zum siebzehnten (17.) Mai abends, dann werde ich in Belmont erwartet. Wollen Sie mir aber nicht schon nach New York etwas schreiben?
Befinden Sie sich recht wohl.
Ihr Johnson.

[90; Notiz auf Briefbogen des Mansfield Hotel, New York, handschriftlich]

Mansfield Hotel
New York
[ohne Datum]

Lieber Johnson
hier im Hotel fragen Sie nach einer Miss Carrle Hale, sie wird Ihnen ein passables Zimmer anbieten; wenn Sie länger bleiben, etwa eine Woche, erhalten Sie weiteren Preisnachlass.
Gestern traf ich das reizendste, klügste + charmanteste Wesen von New York, Miss Cornelia Schaeffer, Lektorin des Verlages Athenäum; sie möchte Sie gerne kennenlernen; rufen Sie sie an, wenn Sie hier sind; tagsüber Athenäum MU5-3010, nächtlich LE5-0090. Ich habe mich ein wenig verliebt in sie, + sie sich vielleicht auch in mich, you see ...
Am Telephon sagten Sie wieder »Herr Doktor«. Lassen wir dies doch. Eigentlich wollte ich Ihnen in Detroit das »Du« anbieten, aber dann dachte ich, die kommenden Monate brächten neue Eindrücke zu Tausenden und unsere Freundschaft könnte auf diese Distanz hier nicht bestärkt werden. Verschieben wir's.

Viel Glück, mein Lieber, seien Sie allem offen, wagen Sie auch Neues (so beim Essen), verlieben Sie sich auch (einmal, ein bisschen), es gehört dazu.
Solches wünschend bin ich
Ihr Unseld

[91; Anschrift: Mansfield Hotel, New York]

Frankfurt am Main
10. Mai 1961

Lieber Herr Johnson,
mir widerfährt Freude und dem Hause Suhrkamp hohe Ehre: ich darf Ihnen mitteilen, daß der Suhrkamp Verlag sich entschlossen hat, Ihr Manuskript zur Vervielfältigung und Verbreitung anzunehmen und zu erwerben.[1] Dies geschah auf Grund unserer Einsicht in den Wert und die Bedeutung des Manuskriptes und auch auf Grund einstimmigen Lektoratsbeschlusses. Gleichzeitig biete ich Ihnen eine Verlängerung unseres Vertrages an, in dem die materiellen Bedingungen nach Möglichkeit verbessert werden sollen, worüber nach Ihrer Rückkehr zu sprechen sein wird.
Für heute kann ich Ihnen nur kurz meinen sehr herzlichen Dank sagen und Ihnen meine Glückwünsche übermitteln. Ich glaube, lieber Herr Johnson, es ist Ihnen wiederum ein bedeutsamer Text gelungen, ein Text auch, der in jeder Zeile seinen Autor unverwechselbar enthält – das ist hohes Lob für mich –, und doch ist dieser Text freier und ungezwungener als beim ersten Buch, in einem Wort: lesbarer.
Ich habe jetzt eben erst in dieser Stunde Ihre Adresse erhalten und beeile mich sehr, Ihnen diese Nachricht zu schreiben; eigentlich sollte es ein ausführlicherer Brief werden. Insbesondere wollte ich Ihnen zu nochmaligem Bedacht eine Liste von Stellen schicken, die mir stilistisch und sach-

lich kritisch aufgestoßen sind. Doch habe ich diese Liste im Moment nicht hier, sondern zu Hause. Es handelt sich hierbei auch nur um Quisquilien.

Dringend aber scheint mir die Diskussion des Titels. Ich selbst könnte mich mit Ihrem Vorschlag »Das dritte Buch über Achim« wenn nicht befreunden, so doch an ihn gewöhnen. Die Herren Boehlich und Enzensberger sind strikt gegen diesen Titel. Nun hat Enzensberger einen Vorschlag gemacht, den ich sehr gut finde und dem wir alle hier zustimmen:

»Achim oder Die Grenze«
Beschreibung einer Beschreibung.

Wir diskutierten auch noch einen anderen Titel »Nachrichten über Achim«, aber hier paßt eben nicht der Untertitel »Beschreibung einer Beschreibung«. Ich selbst halte Enzensbergers Lösung für die beste. Leuchtete sie Ihnen ein, würden wir sie akzeptieren. Wenn nicht, müssen wir wohl auf »Das dritte Buch über Achim« zurückkommen. Bitte schreiben Sie mir darüber möglichst vor Ihrer Abreise aus New York. Die Entscheidung drängt leider, weil wir das Buch möglichst mit dem richtigen Titel vorankündigen wollen. (Etwa bei dem Vorabdruck in den »Akzenten« usw.)[2]

Dann gibt es hier eine Diskussion über die Stellen, die Sie im Manuskript mit Großbuchstaben geschrieben haben und die Sie in Kursiv gesetzt haben wollen. Sollen diese Kursivstellen jeweils mit einer Leerzeile vorher und nachher freigestellt werden? Oder sollen keine Leerzeilen gemacht werden? Für beides spräche Einiges. Ich selbst würde die Leerzeile vorziehen, weil sie ein gliedernder Faktor sein könnte. Der Text ist ja sonst ohne solche äußeren Gliederungsmerkmale; jedenfalls wäre dies für den Leser angenehm. Bitte schreiben Sie mir auch hierüber.

Die Liste mit meiner Anmerkungsreihe reiche ich Ihnen nach, spätestens mit den Fahnen. Das Manuskript geht

heute in die Setzerei, am Montag beginnt der Satz. Wir werden Ihnen laufend Fahnen nach Belmont schicken. Bitte geben Sie mir genau | und möglichst bald | an, wie lange Sie dort zu erreichen sind.
Dank für die Grüße, die Sie mir übermittelten. (Ein wichtigster fehlt natürlich!) Wie war's in Princeton? Was tun, was taten Sie in der Riesenstadt New York? Vergessen Sie nicht, abends um 23.30 Uhr auf die Spitze des Empire State Building zu fahren. Dieses und ähnliches andere Angenehme wünscht Ihnen
Ihr Unseld

P. S.
| Post, die hier angelaufene, schicken wir nach Belmont. |

1 Unter dem Datum vom 11.4.1961 schreibt U.J. aus Berlin an Walter Boehlich: »Lieber Herr Boehlich, hier bekommen Sie zwei Skripten des Textes, für den wir so viele Namen wissen. Eine ist geheftet, die andere lose. Es würde mich freuen wenn das Haus bereit wäre daraus ein Buch zu machen. Es tut mir leid dass ich durch den Vortrag für Detroit verhindert war Ihnen dies zur verabredeten Zeit zu schicken.«
2 In der von Walter Höllerer und Hans Bender herausgegebenen Zeitschrift *Akzente* werden die Seiten 48-57 unter dem Titel *Wie aber anfangen?* aus *Das dritte Buch über Achim* vorabgedruckt. Vgl. *Akzente*, 8. Jg., 1961, H. 3, S. 207-213.

[92; handschriftlich, Druckbuchstaben]

New York
16. Mai 1961

Lieber Herr Unseld,
Im Fountain Coffee Shoppe wo Sie immer frühstücken frühstücke ich auch und teile Ihnen wohlüberlegt mit dass

das Andauern unserer Beziehungen mir einiges Vergnügen bereitet. Ihr unbedingtes Vertrauen kam mir manchmal [vor] wie ein unverdientes Geschenk, bis ich erfuhr dass Sie sich auch tatsächlich nicht geirrt haben wollen. Ich bedanke mich besonders dafür dass Sie mir während der Arbeit keine Fragen gestellt haben.
Die Ankündigung kritischer Anmerkungen macht es glaubwürdiger. Will der Verleger wohl eine kleine Einleitung dazu schreiben? Und würden die Herren Lektoren ›denen ich mich empfehle‹ mir einen Leserbrief zukommen lassen? Ich habe mir unser Gespräch darüber so oft vorgestellt, dass ich gern ein ungefähres Bild dieser Sitzung hätte.
Meine Adresse wird am Freitag nach Belmont verlegt. Ich nehme an dass ich bei Mrs. Davis bis zum 29. Mai bleiben kann. Für den Juni weiss ich noch nichts; Kalifornien ist undeutlich, denn Herr Kissinger reist in Deutschland und ist mit dem täglichen Dementieren des Franz Josef Strauss vollauf beschäftigt.[1]
Im einzelnen: Zum Titel.
Mit allen Vorschlägen bin ich nicht überaus glücklich, da der Text eben als »Beschreibung einer Beschreibung« hergestellt wurde; darum würde ich ihn ungern auf der Stelle entscheiden. Können wir noch ein bisschen darüber reden? Die Vorabdrucke lassen sich auch als »Beschreibung etc.« ankündigen.
Marktpsychologische Titeldiskussionen scheinen mir interessant aber nicht zuverlässig. Verkauft wird der Text, und er sollte eher richtig betitelt sein als werbend. Enzensbergers Vorschlag »Achim oder Die Grenze« gefällt mir nicht: das wären mit der zweiten Zeile drei Titel, deren Gegeneinander sähe unfertig aus. »Das dritte Buch über Achim« ist bereits ein Zugeständnis an Ihre Bedenken, das mir höflich schien aber nicht einleuchtete. Dies könnte wegen des rhythmischen und typographischen Gleichgewichts auch nur den Untertitel haben: »Interview«.

Ein anderer Vorschlag, der mir noch nicht sehr vielleicht aber Ihnen besser gefällt: »Nachbar Achim – Beschreibung einer Beschreibung«.
Sollten Sie darauf nicht eingehen können, bitte ich um »Das dritte Buch über Achim – Interview«. (In diesem Fall kann man vielleicht »Beschreibung einer Beschreibung« auf der Rückseite des Titelblatts als »Originaltitel« oder auf der 3. Seite als Zwischentitel anbringen, was meinen Sie?)
Am liebsten jedoch wäre mir »Beschreibung einer Beschreibung – Interview«.
B. Die kursiven Zeilen (Fragen und Zwischenrufe) hätte ich gern durch Leerräume abgesetzt: und zwar nach oben mehr als nach unten, damit typographisch Blöcke (Frage und Antwort zusammengefasst) entstehen und den Text gliedern.
C. Ich bitte den Verleger zu bedenken ob er das Buch nicht ganz oder teilweise broschiert verkaufen kann.
D. Wie denken Sie sich den Umschlag? Wenn Sie schwarzweisse Pläne haben: Könnte man diese absoluten Farben nicht etwas einschränken mit der fotographischen Darstellung eines Fahrradteils (Freilaufnabe, Kettenzüge)? Das ist aber nicht wichtig.
E. Für den Vertrag wünsche ich mir aus freien Stücken eins: Die Beseitigung der Option. Diese juristische Auflage scheint mir unangenehm misstrauisch, weil sie einfordert, was dem Verlag so wie so zukommen würde; ich bliebe ja jeden Falls bei Ihnen. Dies ist eine psychologische Quisquilie.[2]
Lieber Herr Unseld, schon wird Ihr Geschenk gefährlich: in New York würde ich recht gern leben für eine Weile von zwei Jahren. Fürs Erste bin ich aber mit herzlichen Grüssen
Ihr ergebener
Johnson.

P. S.
Aus welcher Stadt vermissten Sie Grüsse. Aus New York? Aus Detroit?

1 Im Mai 1961 besucht der Militärberater des amerikanischen Präsidenten John F. Kennedy, Professor Henry Kissinger, die Bundesrepublik und fordert, die konventionellen Streitkräfte der NATO so weiter zu stärken, daß sie einen konventionellen sowjetischen Angriff abwehren können. Der damalige Verteidigungsminister Franz Josef Strauß hält dem entgegen: Es könne doch nicht angehen zu behaupten, daß in Mitteleuropa ein konventioneller Krieg möglich sei, und der Westen müsse sich darauf einstellen. Die europäische Verteidigung, so Strauß, sei so sehr allein auf nukleare Gegenwehr eingestellt, daß jede Änderung schwere psychologische Folgen haben müsse. Entweder man bleibe bei der bisherigen Atom-Automatik, oder die Europäer bekämen ein wirkliches Mitspracherecht, insbesondere »Schlachtenfeldländer« (wie beispielsweise die Bundesrepublik).

2 § 12 des Verlagsvertrags über die *Mutmassungen über Jakob* enthält die Klausel: »Der Autor überträgt dem Verlag eine Option auf seine nächsten zwei abgeschlossenen Werke.«

[93; Anschrift: c/o Mrs. Davis, 24, Ross Road, Belmont]

Frankfurt am Main
17. Mai 1961

Lieber Herr Johnson,
ich war am vergangenen Wochenende bei Martin in Friedrichshafen.[1] Ihm hatte ich vorher die zweite Kopie Ihres Manuskriptes zugeschickt, so daß er Gelegenheit hatte, den Text zu lesen. Er ist sehr angetan, ja begeistert. Ich freue mich, daß ich Ihnen damit nun auch die Zustimmung des erweiterten Lektorat-Flügels unseres Hauses mitteilen kann. Martin wird Ihnen sicherlich noch dazu schreiben, oder er behält sich seine Meinung für ein Gespräch mit Ihnen vor,

zu dem Sie ja genügend Gelegenheit haben, wenn Sie Ihre Zelte bzw. Ihre Hütte im Herbst an den Ufern des Bodensee aufschlagen.[2] Die Gegend um das Haus wurde von mir ebenfalls inspiziert und gebilligt (sic!).
Der Grund meines Schreibens ist jedoch der Titel. Martin hat meine ursprüngliche, instinktive Zuneigung zu Ihrem zweiten Titel-Vorschlag »Das dritte Buch über Achim« sehr bestärkt, und ebenso sehr findet er unseren Alternativ-Vorschlag »Achim oder Die Grenze« dem Text nicht entsprechend, er hält ihn schlechthin für falsch, nun, darüber läßt sich's streiten. Mich selbst störte bei dem Titel die Tatsache, daß wir dann zwei Bücher mit Titeln »über« Jakob und Achim haben. Martin hatte aber das rechte Argument: er wies, wie ich anerkenne, mit Fug darauf hin, daß Sie ein reflektorischer Schreiber sind, der seinen Gegenstand eben nicht direkt und ungebrochen, sondern reflektorisch, dialektisch in Spiegelungen erfaßt; insofern also schreiben Sie immer »über« einen Gegenstand. Mir leuchtet dies Argument sehr ein. Auf der Heimfahrt aber sah ich noch einen anderen Hintergrund dieses Titels, der Ihnen möglicherweise aber gar nicht angenehm ist. Ein »Buch über« ist im Grunde doch ein sehr wahrer, wahrhaftiger Buchtitel, er kann sich auf die einzigen wahren und großen Vorbilder von Titeln berufen, nämlich auf die alttestamentarischen. Diesen Gedanken habe ich weitergespielt, und, nach dem Spiel Autobahn in Frankfurt angekommen, war ich sicher, Sie dringend bitten zu sollen, doch auf diesen ursprünglichen Titel zurückzugreifen. Freilich fällt damit die »Beschreibung einer Beschreibung«, aber wir wählen den größeren Vorzug, | die bessere Entsprechung |.
Ich weiß nun nicht, wie Sie sich entschieden und ob Sie mir bereits zum Titel geschrieben haben. Sollten Sie in diesem Brief einen anderen Titel als das »Buch über Achim« gewählt haben, möchte ich Sie bitten, mir nach Erhalt dieses

Briefes zu kabeln. Das ist nicht mehr notwendig, wenn Sie ohnehin im obenerwähnten Brief Ihre Neigung zum Titel »Das dritte Buch über Achim« bereits bekundet haben. Grüßen Sie Miss Daves, und nehmen Sie meine besten Grüße und Wünsche. Sie hören bald wieder von mir.
Ihr Unseld

P. S.
Bitte geben Sie uns sofort Adressenänderungen bekannt. Die ersten Fahnen werden in der Woche nach Pfingsten hier eintreffen, die letzten sind uns bis zum 7. Juni versprochen.

Herr Dr. Enzensberger hält sich eben auch einmal im Verlag auf. Mir widerfährt die hohe Ehre, mit ihm sprechen zu dürfen: er zieht seinen Titelvorschlag ganz zurück. Sein neuer Vorschlag: »Achim. Beschreibung einer Beschreibung«. Doch auch das scheint mir sehr fraglich.

1 S. U. trifft Martin Walser am 13. und 14. 5. 1961.
2 Der bei Martin Walser am Bodensee geplante Aufenthalt wird nicht verwirklicht, weil Elisabeth Schmidt nicht aus der DDR ausreisen kann. Vgl. auch Brief 109, S. 155. Am 16. 8. 1961 schreibt U. J. aus Cambridge, Mass., an Martin Walser: »Lieber Martin: wir kommen nicht an den Bodensee. Ich habe gewartet, dir unsere Ankunft zu bestaetigen, weil ich sicher sein wollte, dass das Maedchen einen Tag vorher den Bahnhof in Frankfurt erreichte. Dann waere ich schon zufrieden gewesen sie auf dem Flugplatz zu wissen. Drei Tage spaeter wuenschte ich, sie waere wenigstens in Westberlin. Am Abend des vierten hatte der Staat, in dem sie lebt, sich recht bedacht und will nun nicht lassen von ihrem Angesicht. Sie wird vorerst weder an diesem noch an jenem Ort sein wie ich vorerst nicht erfahren werde an welchem Ort denn. So kann keine Rede sein über den Bodensee.«

[94]

c/o Mrs. Davis, 24 Ross Road
Belmont, Mass.
20. Mai 1961

Lieber Herr Unseld,
ich danke Ihnen fuer den Brief vom 17. Mai. Es tut mir leid dass wir so eilig ueber den Titel entscheiden muessen. Ich sage Ihnen also was meine Antwort aus New York noch nicht vorweggenommen hat:
In dieser Reihenfolge der Vorschlaege

1 BESCHREIBUNG EINER BESCHREIBUNG
Mit Zwischenfragen

2 DAS DRITTE BUCH UEBER ACHIM
Interview und

3 NACHBAR ACHIM
Beschreibung einer Beschreibung

nimmt mein Wohlgefallen ab. Fuer 1 nimmt mich ein dass der Gegenstand und seine Behandlung bezeichnet werden, der Titel ist sauber, schielt nicht nach Bedingungen ausserhalb des Textes. Fuer 2 ist anzufuehren was er von 1 rettet; gegen 2 spricht die Wiederholung von UEBER; lange Titel werden im Gespraech in der Erwaehnung zusammengezogen, da bliebe nur der Vorname uebrig und nicht einmal die Methode wie doch bei den »Mutmassungen«; so wuerde der Verfasser zum Sachverstaendigen fuer die Probleme alleinstehender Herren. 3 ist ein Zugestaendnis aus beiden und wird wahrscheinlich mit den unguenstigen Bestandteilen wirken.
Es heisst: In Ihrem Haus hat der Autor das letzte Wort. Aber lieber als auf dem Vorschlag 1 bestehen moechte ich Sie dazu ueberzeugen. (Ich glaube nicht dass ein oder besser dies Buch unverkaeuflich wuerde durch die Art seiner Be-

zeichnung.) So zu sagen bitte ich Sie mit meinen Gruenden in Ihrem Sinne zu entscheiden.
Da Sie meinem urspruenglichen Vorschlag zwar die Werbekraft aber nicht die Vernunft bestritten haben, moegen Sie meinen dass mir in einem Jahr nicht so wichtig sein wird ob das Buch nun als »Beschreibung einer Beschreibung« unter die Leute kam oder anders. Das glaube ich nicht.
Ich bin ja nun Ihr sehr ergebener. Werden Sie mir noch Fahnen schicken? hier fahre ich am 29. Mai ab und werde Ihnen in etwa fuenf Tagen schreiben wohin.
Sollten Sie die Einladung des Herrn Brandt[1] annehmen und nach Bonn fahren, so richten Sie dem doch aus, dass er mir schon haette den Flug bezahlen muessen. Diese Veranstaltung haette ich recht gen mitgemacht ich meine wirklich: gern. Ich wuesste den Herrn was zu fragen: schade.
Leben Sie recht wohl, und schreiben Sie mir auf welche Weise.
Mit herzlichen Gruessen
Ihr Johnson.

1 Willy Brandt war bei den Bundestagswahlen im Herbst 1961 der Kanzlerkandidat der SPD und hatte über seinen Pressesprecher, Egon Bahr, Kontakte zur Gruppe 47 gesucht und zu einer Aussprache über die Bedeutung der Wahlentscheidung Hans Werner Richter und einige Mitglieder am 26. 5. 1961 in die Berliner Vertretung nach Bonn eingeladen, an der auch S. U. teilnahm. Vgl. auch Martin Walser (Hg.), *Die Alternative oder: Brauchen wir eine neue Regierung?* Reinbek bei Hamburg 1961.

[95; Anschrift: c/o Mrs. Davis, Belmont, Mass.]

Frankfurt am Main
25. Mai 1961

Lieber Herr Johnson,
Ihre beiden Briefe vom 16. und 20. Mai erreichten mich gestern Nachmittag. Die Titelfrage konnte ich sogleich mit Boehlich und Enzensberger besprechen.
Gegen »Beschreibung einer Beschreibung« wehrt sich mein verlegerischer Instinkt. Ich habe gelernt, auch gegen ihn zu entscheiden, machte aber immer wieder die Erfahrung, daß ich dies nachträglich sehr bereute. Ich weiß wohl, daß die Machart Ihres Textes am besten mit der Gattung »Beschreibung einer Beschreibung« bezeichnet ist. Aber Titel haben nun einmal auch andere Funktionen als Gattungsbezeichnungen. Die Fülle der Argumente hier nochmals aufzunehmen ist nicht möglich. Ich selbst glaube, in diesem Punkt sehr sicher zu sein, und es war mir nur eine Bestätigung, daß Martin in dieser Frage gleich denkt. An Ihrem zweiten Vorschlag stört uns der Untertitel »Interview«; ich sehe hier einen bloßen Gag oder ein bloßes Mätzchen. Beides ist Ihrem Text nicht entsprechend, und er hat einen solchen zusätzlichen Trick auch gar nicht nötig.
Wir sind in unserer Diskussion aber auch zu keiner Lösung gekommen. Boehlich und Enzensberger votieren für: »Achim. Beschreibung einer Beschreibung.« – Und zwar sehen sie diese Titel als gleichrangig an. Würden Sie sich für ihn entscheiden, würde ich mich ihm beugen. Ich selbst bin nach wie vor und entschieden für »Das dritte Buch über Achim«, ohne jede Gattungsbezeichnung. Ob wir dann als eine Art Zwischentitel die Formulierung »Beschreibung einer Beschreibung« wählen, könnte noch dahin stehen.
Lieber Herr Johnson: unser Problem, unsere Frage richtet sich nicht nur an den Titel, sie geht viel weiter. Es handelt

sich auch nicht um ökonomische Probleme. Glauben Sie mir, für den Verlag hat es keine existenzielle Bedeutung, ob wir 700 oder 7000 Exemplare Ihres Buches verkaufen, auch für Sie persönlich nicht, lieber Herr Johnson, denn Sie haben ja mich, aber für die Wirkung des Buches ist der Titel entscheidend. Ich bin sicher, daß der Titel »Beschreibung einer Beschreibung« von vornherein einen Teil der Wirkung abwürgt. Sie wollen jetzt eine broschierte Ausgabe. Warum wollen Sie es? Auch nur damit unbemitteltere, d.h. mehr Leute das Buch lesen können.

Denken Sie bitte an die Schwierigkeiten, die die ausländischen Verlage mit den »Mutmassungen« haben. Ich kann mir gut vorstellen, daß ausländische Verleger, ausländische Kritiker, ausländische Buchhändler, ausländische Käufer, die ja nicht dasselbe Gefühl wie wir für Titel haben, von »Beschreibung einer Beschreibung« einfach abgeschreckt werden. – Bitte lassen Sie mir Ihre Entscheidung für einen der oben genannten Titel zugehen. Sie haben recht: verkauft wird der Text und nicht der Titel, und aus eben diesem Grunde bin ich für »Das dritte Buch über Achim«.

Nun zu Ihrer anderen Frage: den Umschlag wird Herr Fleckhaus entwerfen, vielleicht kann er ein Fahrradteil in Form einer Photomontage einbeziehen. Ich habe nichts dagegen einzuwenden.

Das Buch sollte in der traditionellen Form unseres Verlages, also in Leinen, gebunden sein. Später machen wir dann eine Taschenbuchausgabe, wie ich jetzt auch die »Mutmassungen« dem Fischer Verlag für eine Taschenbuch-Ausgabe 1962 geben möchte.

Über den neuen Vertrag diskutieren wir, wenn Sie wieder zurück sind. Ich sagte Ihnen schon, daß er bessere materielle Bedingungen enthalten wird. Was die Option betrifft, kann ich Ihnen aus prinzipiellen Gründen Ihren Wunsch nicht erfüllen, aber ich mache Ihnen folgenden Vorschlag und

lege hier in diesem Brief rechtsverbindlich fest: wenn Sie mir schriftlich erklären, daß Sie ein neues Buch von sich in einem anderen Verlag erscheinen lassen wollen, so gebe ich Ihnen in derselben Stunde alle Freiheit dazu, und zwar ohne Berücksichtigung aller ev. Vorauszahlungen, die dann einfach verfielen; rechnen Sie sich das aus; es könnte ein großes Geschäft für Sie sein.
ROM: haben Sie noch keine Nachricht? Kasack bestätigte mir und gab mir Vollmacht, dies an Sie weiterzuleiten, daß Sie vom 1. November an für 9 Monate in die Villa Massimo einziehen können.
Sollte es mit Californien nichts werden, so verziehen Sie sich doch für die restliche Zeit nach New York. Wenn dieser Aufenthalt dann zu teuer für Sie werden sollte, haben Sie ja die Möglichkeit, bei Adlers[1] auf Dollar zurückzugreifen. Wir brauchen aber in jedem Falle dringend Ihre Adresse, denn die Fahnen laufen jetzt an. Ich will versuchen, heute auch noch ein paar Anmerkungen zu dem Manuskript zu diktieren und sie Ihnen zuzuschicken.
Mit herzlichen Grüßen
Ihr Unseld

[95a; Anlage, handschriftlich]

Lieber Johnson
das sind meine Anmerkungen bei der ersten Lektüre. Die Lektoren haben leider nicht mit Bleistift gelesen; sie wollen Ihnen aber noch gesondert schreiben.
Herzlich Ihr Unseld

Anmerkungen zum Roman

Seite 1, Zeile 5. Sollte es nicht heißen »Mitten in Deutschland«?

Die Zwischenfragen, die wir in Kursiv setzen, von wem eigentlich sind sie gestellt? Vom Erzähler oder von Karsch oder von einem Angehörigen des Lektorats? Wenn der Erzähler sie stellt, was ich annehme, ist ihr Stil in Ordnung. Wenn nicht, so entspricht ihr Stil, insbesondere auf Seite 14 und 32, allzu sehr dem Stil des Erzählers.
Seite 23, Zeile 1. »Manchmal glaubte ich so«. Das »so« finde ich nicht gut.
Seite 24, Zeile 11 von unten. Fehlt wohl das Wort »machen«.
Seite 29, Zeile 4. »Und was tat Karsch?« Ist dies in Kursiv zu setzen?
Seite 33, Zeile 11. Lange grübelte ich über »gebühter Griff«, bis ich entdeckte, daß es sich hier um einen Tippfehler handelt.
Seite 34, Zeile 9. Achim: »Von mir gibt es schon zwei Bücher«. Sollte wohl heißen: »Über mich«.
Seite 36, Zeile 11 von unten. Sollte wohl heißen: »in *denen* das Geld saß«.
Seite 42, Zeile 17. Sollte das Maschinengeräusch in diesem Fall nicht näher spezifiziert werden? Also etwa das Geräusch von Setz- oder Druckmaschinen, oder handelt es sich um Schreibmaschinen?
Seite 44, Zeile 13 von unten. »Schreisäle« sind nicht unhübsch, an sich aber heißen sie ja »Kreißsäle«.
Seite 45, Zeile 12. »Eschauo-Eschauo«?? Was heißt das? Völlig unverständlich.
Seite 53, Zeile 12. Was heißt »händenverbunden«?
Seite 57, Zeile 11 von unten. »Sie sah besorgt aus«. Wer ist mit dem »sie« gemeint?
Seite 66, Zeile 11-12. Im Klammersatz fehlt ein Verb.
Seite 69, Zeile 3. Jene Bezeichnung heißt: Zäh wie Leder, hart wie Krupp-Stahl, Flink wie die Windhunde.
Seite 73, Zwischenfrage. Im Jungvolk – da bin ich bekannt-

lich Kenner – gab es keine Kriegsspiele, allenfalls Geländespiele, wenn wir schon genau sein wollen.
Seite 91, Zeile 16. »Zeigt« oder »Zeigte«?
Seite 104, Zeile 9. »Schmutzblech« oder Schutzblech«?
Seite 137, Mitte. »Die sowjetische Kommandantur war im Rathaus niedergelassen.« Sollte man nicht sagen »Hat sich niedergelassen«?
Seite 143, Zeile 5. Ein nicht ganz aufmerksamer Leser ist sich nicht klar darüber, wer hier mit Besatzungsmächten gemeint ist.
Seite 143, Zeile 7. »Aber ein unter dem Dach«?
Seite 147, Zeile 5. Dieser Ausdruck fällt aus dem ganzen Text heraus. Aber vielleicht wollten Sie dies, und vielleicht war es eben mehr als eine Vergewaltigung.
Seite 161, Zeile 11. Die »Mehrzahlige« Anrede, ist das nicht auch sehr gesucht? Aber ich streiche doch gleich wieder dieses Bedenken.
Seite 179, Zeile 9 von unten. Lobt der Sachwalter oder lobt *den* Sachwalter.
Seite 190. Der Kursivtext ist meinem Urteil nach nicht gut formuliert. Mich stört sehr dies »noch vollmachen«.
Seite 193, Zeile 12 von unten. Was heißt »Es herausfahren konnte«?
Seite 196, Zeile 4 von unten. Ich denke, Achim war kein Hitlerjunge, sondern ein Jungvolkjunge.
Seite 197, Zeile 10 von unten. Ich wäre sehr dafür, den Hinweis »vergl. Seite sowieso« zu streichen.
Seite 200, Zeile 7 von unten. Verstehe ich nicht, was das ist.
Seite 222. Ist mit Tour D'Effel wohl die Tour Eiffel gemeint? Ich habe dies so korrigiert.
Seite 225, Mitte. Ich glaube, die »regelmäßigen Großbuchstaben, die auch Architekten benutzen«, sind nicht genügend gekennzeichnet.

Seite 241. Hier möchte ich Sie wirklich um eine Änderung bitten. Ich glaube, der Vergleich stimmt nicht »Wie mit der Axt behauen zu einem vielflächigen Gebilde«. Meinetwegen kann man dies bei einem Holzklotz sagen, jedoch nicht bei Karins Gesicht.
Seite 249, oben. Daß Sie Herrn v. Brentano in Ihrem Buch ein Monument setzen, ehrt Sie, so geht er wenigstens in die Geschichte ein, aber, bei aller Verachtung, Sie dürfen ihn nicht einen »Kerl« nennen. Warum nennen Sie ihn nicht einen Mann oder, noch straflicher, einen »Jemand«?
Seite 255, unten. Ich habe politische Bedenken gegen Ihre Formulierung »und sie haben ihn (den Sachwalter) wieder und wieder gewählt«. Ich finde diese Formulierung höchst mißverständlich, weil Sie einige Zeilen vorher ganz allgemein von »den Leuten« sprechen. Der Sachwalter aber, das wissen Sie, ist nicht von »den Leuten« gewählt worden.
Sonstige Quisquilien wie Tippfehler haben wir von uns aus bereinigt.

1 Adler's Foreign Book Shop wurde Mitte der dreißiger Jahre in New York gegründet und verlegte 1986 seinen Sitz nach Chicago.

[96; Telegramm]

Chicago, Illinois
29. Mai 1961

SUHRKAMPVERLAG

UNTIL FRIDAY MORNING C/O STADIUM HOTEL
12 WEST VAN BUREN CHICAGO 5 ILLINOIS
DURCH EILBOTEN PLEASE GALLEY PROOFS
YOURS TRULY UWE JOHNSON

[97; Anschrift: Stadium Hotel, Chicago]

Frankfurt am Main
30. Mai 1961

Lieber Herr Johnson,
Ihr Yours-truly-Telegramm aus Chicago ist heute früh bei uns eingegangen. Bisher sind folgende Fahnensendungen nach Belmont abgegangen: Fahnen 1-10 am 24. 5., Fahnen 11-16 am 25. 5., Fahnen 17-28 am 29. 5. Ich habe veranlaßt, daß die letzte Sendung, Fahnen 17-28, die Sie mutmaßlich in Belmont nicht erreicht hat, nochmals nach Chicago gesandt wird. Ich telefonierte eben mit unserer Druckerei, heute gehen die Fahnen 29-50 bei der Druckerei ab und zwar direkt an Sie nach Chicago. Ich hoffe, diese Sendung erreicht Sie sicher. Hinterlassen Sie bitte bei Ihrer Abfahrt aus Chicago eine Nachsende-Adresse auf jeden Fall, und telegraphieren Sie uns jeweils die neue Adresse.
Was sind Ihre Pläne? Wohin reisen Sie? Es wäre schön, wenn Sie auch einmal einen privaten Bericht schrieben.
Herzlich Ihr Unseld

[98; handschriftlich, Druckbuchstaben]

Chicago, Illinois
31. Mai 1961

Lieber Herr Unseld,
Ich bekam Ihren Brief vom 25. Mai, nun finde ich: Es ist in Ordnung. Nennen Sie es »Das dritte Buch über Achim«. Damit würde sich der Untertitel »Beschreibung einer Beschreibung« nicht vertragen, darauf muss man verzichten. Warum halten Sie den Untertitel »Interview« für »einen blossen Gag oder ein blosses Mätzchen«? Ich hätte gern bezeichnet wie es gemeint ist. Ein anderer Vorschlag ist »Rei-

sebeschreibung«. Sollten Sie beide nicht billigen, wüsste ich keinen besseren als »Roman«, und zwar ernstlich.
Meinen Vorschlag zum Umschlag ziehe ich ganz und gar zurück.
Wieviel Seiten sind es? Und darf ich Umschlag & Einband vor der Fertigstellung sehen? Leinen ist mir recht.
Wenn Sie die »Mutmassungen« tatsächlich an Fischers verkaufen sollten für ein Taschenbuch, sagen Sie mir doch: ob man den Text nicht *lesbarer* redigieren könnte.
Und dann, mein Lieber, haben Sie missverstanden was ich schrieb wegen der Option. Ich meinte nicht ein »grosses Geschäft« »in einem anderen Verlag« sondern wie da stand: eine psychologische Quisquilie. Grosse Geschäfte in anderen Verlagen würde ich lieber Ihnen anvertrauen; es hiess doch ausdrücklich: dass ich nicht wegwill von Ihnen. Also, und nach Ihren Prinzipien: Ich möchte den Punkt nach dem alten Vertrag.
Könnte ich die Einladung nicht schriftlich auf Papier bekommen: Die nach Rom?
Herr Kissinger erwähnte nichts von Kalifornien als Gesprächspartner. Also bleibe ich in San Francisco, bis ich Postf. galley proofs Pardon Druckfahnen bekommen habe, die Adresse telegrafiere ich wie aus Chicago.
Die Anmerkungen sind in der Anlage beantwortet. Empfehlen Sie mich Ihrer Frau. Ich grüsse Sie herzlich.
Ihr ergebener
Johnson.

[98a; Anlage, handschriftlich, Druckbuchstaben]

Zu den Anmerkungen in der Reihenfolge numeriert

1 Eigentlich nicht. Grenzen sind an den Rändern eines Gebietes, eine Grenze in muss innerhalb sein (wenn auch nicht mitten)

2 Die Zwischenfragen sind eingestandener Massen von Karsch stilisiert

3 wird verbessert

4 Ja

5 Nein

6 Stimmt

7 Einzufügen hinter »Bücher«: »Er meinte: über ihn, und: dass er sie möglich gemacht hatte.-«/Hinter »machen?«: sagte er.

8 Ja

9 Ja. Geräusch von Schreibmaschinen

10 Es ist nicht völlig ernst gemeint, darum möchte ich lieber den isolierten Aspekt: »Schreisäle«.

11 Das ist die dortige Mundart

12 wird verbessert

13 Für sie: Die »Aufmerksamkeit«

14 Ja, nämlich: vorgebracht

15 Das ist wahr, aber »flink« ist mir zu menschlich. »Du Windhund« war früher (ist heute) ein populärer Fluch. Bitte »flink« weglassen.

16 Aber Geländespiele waren doch Krieg zweier Parteien, indianerhaft vorbereitend

17 »zeigt«

18 Sch*m*utzblech

19 Da haette ich gern beibehalten das Allgemeine/Veranlasste »war«

20 »hintereinander«, das heisst: Alle

21 »ein« ist überflüssig

22 Ja

23 Ich bedanke mich

24 lobte *der* Sachwalter

25 Das stimmt. Das wird verbessert. Ich weiss noch nicht wie.

26 So wie »aus sich herausholen«

27 Wohl, aber er »wäre« gern einer gewesen.
28 Einverstanden
29 von »Geratewohl«. Eingeführt durch Th. Mann. Wäre Ihnen »Gehübelaus« lieber?
30 Gemeint ist der Eiffelturm
31 Nicht »auch« sondern »etwa«. Die Ungenauigkeit ist beabsichtigt.
32 »wie mit der Axt« streichen. Pardon.
33 Schade. Dann »einen Irgend«: Aber nur, wenn »Kerl« unter keinen Umständen möglich ist. Bitte.
34 Alle Behauptungen dieses Absatzes sind fehlerhaft: Das ist gemeint.
35 Danke sehr.

[99; Ansichtskarte »Greetings from Nebraska«, handschriftlich, Druckbuchstaben]

Nebraska/Omaha
2. Juni 1961

Lieber Herr Unseld –
Ich weiss dass ich es gut habe und sende Ihnen dies für die Geographiestunde. Die Fahnen 1-10 schickte ich aus Chicago, da bekam ich 17-28. Dazwischen scheint etwas zu fehlen. Nächstens telegrafiere ich eine Adresse aus San Francisco, und würden Sie wohl auch andere Post in den Umschlag tun? Die Reihe auf Ihrem Regal möchte ich sehen!
Ihr Johnson.

[100; handschriftlich, Druckbuchstaben]

New Orleans, LA.
18. Juni 1961

Lieber Herr Unseld:
Mit »any mail« meinte ich gewiss Briefe privaten Aussehens aus Berlin, aber eigentlich auch: Dass Herr Unseld mir any mail anfertigt, damit ich sehe wie es ihm geht: Wie geht es Ihnen denn?
Inzwischen habe ich sämtliche Korrekturfahnen bekommen. An den Verlag zurückgegangen sind
1-10 aus Belmont
17-28 aus Chicago
96-126 aus San Francisco,
und auch von hier aus werde ich einige (die Hälfte des Rests) schicken. Auf Ihre Bemerkung hin gebe ich zu dass ich nicht mehr weiss wie der Eiffelturm zu Hause heisst; bitte, würden Sie auf 104.42 ein Machtwort sprechen? Und die Leerräume zwischen Texten und Kursivzeilen wusste ich nicht genau einzuzeichnen und liess es; würden Sie sich darum kümmern?
In San Francisco hat ein Brief von Herrn Kissinger mir ein dickes Programm mit very important persons und Institutionen eingetragen, da war kaum Zeit für die Hitze, an der zur gleichen Zeit einige zehn Einheimische gestorben sind. Hoffentlich muss ich nun auf dem Weg nach Cambridge (da bin ich am nächsten Sonnabend) niemand mehr erklären wie alles sich verhält da drüben, denn wie verhält es sich eigentlich?
Einiges wüsste ich gern:
Möchte Herr Boehlich wohl etwas sagen über Ellison und Baldwin?[1]
Wann gehen Sie alle in Urlaub?
Wissen Sie schon jemand für den Stuhl von Herrn Enzensberger?

Ist die Einladung nach Rom ganz sicher (und brauchte ich dafür ein Visum)?
Und was Sie Technisches über eine Ihrer Herbstveröffentlichungen schon festgestellt haben (Seitenzahl, Klappentext, Datum der Erscheinung, Auflage etc.).
Und was Ihnen mehr am Rande zu sagen einfällt: Dies besonders.
Herzlich,
Ihr ergebener
Johnson.

1 U.J. will wissen, ob *Invisible Man* von Ralph Ellison und *Giovanni's Room*, *Go Tell it All to the Mountains* sowie *Notes of a Native Son* von James Baldwin schon in deutscher Übersetzung vorliegen.

[101; Anschrift: c/o International Seminar]

Frankfurt am Main
26. Juni 1961

Lieber Herr Johnson,
bald werden Sie in Cambridge einziehen und Holworthy bewohnen.[1] Da beneide ich Sie. Und morgens gehen Sie über den frischgeschnittenen Rasen an den Eichhörnchen und den beiden herrlichen Bibliotheken vorbei zum Dining-Room und erfreuen sich an den vielen Summer Students, die Sie da vorfinden, und gelassen werden Sie Ihr Seminar über sich ergehen lassen. Versäumen Sie nicht, schwimmen zu gehen. Ich tat dies immer zwei Mal am Tag, das herrliche Schwimmbad war fast immer leer. Sonst brauchen Sie wohl keine Ratschläge, alles andere wird sich finden.
Und grüßen Sie Frau Kissinger von mir.

Heute trafen, von Oxford in Missouri geschickt, Ihre Korrekturen der Fahnen 66-95 ein. Hoffentlich können Sie uns auch bald den Rest zuschicken. Die Fahnen gehen dann in Umbruch, den Sie in etwa zehn Tagen erhalten.
Noch in dieser Woche erhalten Sie die gedruckte Ankündigung unseres Programms, in dem Sie dann Ihre bibliographische Neugierde befriedigen können, und dies nicht nur im Hinblick auf ein gewisses Buch.
Zu Ihrer anderen Frage: ich würde für das Taschenbuch die »Mutmassungen« so lassen, wie sie sind, sie also nicht lesbarer redigieren. Das einzige Zugeständnis könnte vielleicht dies sein, daß man vor die Kursivtexte die Namen setzt.
Noch ist niemand für Enzensbergers Stuhl gefunden.
Die Einladung nach Rom müssen Sie doch jetzt bekommen haben. In jenem Konvolut, das wir Ihnen nach Chicago schickten, war auch ein Brief mit dem Absender Innenministerium. Das hätte die Einladung sein können. Die Sache ist ganz sicher, ein Visum brauchen Sie nicht.
Herr Boehlich hat noch nicht die Bücher von Ellison und Baldwin.
Die Urlauber: Enzensberger und ich verschwinden im Juli, Herr Boehlich im August. Im September aber finden wir uns alle zu Ihrem Empfang ein. Das wird ein Fest! Wo und wann dürfen wir Sie erwarten? Am Hafen Cherbourg oder am Flughafen Rhein-Main?
Ich weiß wirklich wenig von Ihnen, eigentlich nur die Adressen, die Sie telegraphierten. Wie war es denn? Wie kamen Sie an die Westküste, und was fanden Sie vor? und wie wieder zurück?
Auf Solches neugierig bin ich | herzlich grüssend |
Ihr Unseld

1 Das International Seminar der Harvard Summer School of Arts and Sciences findet 1961 vom 1. 7. bis zum 15. 8. statt.

[102]

Frankfurt am Main
27. Juni 1961

Lieber Herr Johnson,
ein paar Fragen zu den Korrekturfahnen, die mir bei der Durchsicht aufgefallen sind. Da Sie selbst keine Fahnen doppelt haben, bezeichnet unsere Herstellung die betreffenden Stellen | (später) | im Umbruch.
Spalte 63. Was heißt »des vorkommenen Kriegsführers«? Heißt es vorkommenden oder verkommenen?
Spalte 47. Was ist ein »spilliriger Park«? Wohl doch spillrig oder allenfalls spillerig.
Spalte 88. Freundlicherweise haben Sie den Kursivtext zu Seite 190 des Manuskriptes geändert, aber nun hebt mit dem neu eingezeichneten »Oh« der Abschnitt doch zu merkwürdig an. Ist hinter »nannte« keine Interpunktion zu setzen?
»Fußspuren« drei Zeilen weiter schreiben wir zusammen.
Meine Anmerkungen zu Seite 200 erklärten Sie mit dem Thomas Mannschen Geratewohl. Bei Ihrer Formulierung aber ist eine Verwechslung mit Geschlecht möglich, vor allem nachdem zwei Worte vorher der Schoß erwähnt wird.[1]
Spalte 94 unten ist eine Schlußklammer, aber wo gehört die Anfangsklammer hin?[2]
Mit herzlichen Grüßen
Ihr Unseld.

1 S.U. verliest sich bei U.J.s Erklärung »Gerate-übel«; gleichwohl ändert Johnson den Text insofern, als er »Schoß« streicht.
2 U.J. vermerkt an dieser Stelle: | p 251.9 Umbruch. |

[103]

c/o Harvard International Seminar
26, Little Hall
Cambridge 38, Massachussetts:
die Adresse ist geändert.
1. Juli 1961

Lieber Herr Unseld,
so viel erinnere ich von den beiden letzten Monaten: nun will ich gewiss ein ruhiges Leben fuehren. (Sie werden diesen Vorsatz eher wuerdigen koennen, indem Sie sich all der hiesigen Telefone und Landhaeuser erinnern. Das Seminar ist noch nicht ganz versammelt, es ist ein Sonnabend wie still und sitzt auf dem Gras vor den Tueren: gleich geht es los.) So war es vorlaeufig mein letzter Entschluss aus freien Stuecken: diese Schreibmaschine zu mieten, dai nein damit Sie sich freuen, denn nun koennen Sie wieder alles lesen, und hat die selbe auch kein Zeichen des Ausrufs.
Einige Fahnen werden wahrscheinlich erst in einer Woche ankommen, denn ich begriff erst vor zehn Tagen dass gewoehnliche Drucksachen lange auf dem Wasser liegen: da war der Streik in New Orleans, und von da an sind sie wieder durch die Luft gegangen.
Einen Brief vom Bonner Innenministerium habe ich nicht bekommen in Chicago. Nicht nur deshalb soll mich wundern wo ich bin im Herbst. Erst nach dem Lesen der Morgenzeitung bin ich ungefaehr sicher in welchem Teil Deutschlands oder Berlins die Polizei mich fuehrt; und besonders lange dauert es nicht, da sogar meine Freunde angefangen haben die Verhaeltnisse in Berlin als tatsaechlich, doch, ja, nicht durchaus geheuer zu bezeichnen.
Sagen Sie: lassen Sie hier ausser Frau Kissinger wirklich niemanden sonst gruessen?
Bitte richten Sie Herrn Boehlich aus dass ich ihm die Bue-

cher von ELLISON und BALDWIN nicht schicken wollte sondern lediglich wissen ob sie je ins Deutsche uebersetzt wurden. Und er moechte doch auch etwas ueber sein Wetter schreiben, wer daran schuld ist, und so. Von Ihnen hingegen: da bin ich unbeirrbar: kommen jetzt wieder die Ansichtenpostkarten aus all den Orten, wo Sie immer essen, wo Sie immer Ski fahren, wo Sie immer bedauern dass wir alle nicht auch da sind. Ich wuensche der ganzen Familie einen Urlaub dieser Art.
Mit herzlichen Gruessen
Ihr Uwe Johnson.

[104; Anschrift: c/o International Seminar]

Frankfurt am Main
6. Juli 1961

Lieber Herr Johnson,
nun sind Sie also in den heiligen Gefilden des amerikanischen Geistes. Möchte er Ihnen wohl tun! Immer noch weiß ich nicht, ob und wie Sie quer durch Amerika gefahren sind, aber ich verstehe schon, daß Sie sich nicht im Stande fühlen, lange Berichte zu geben. (Freilich kann ich doch aus unserer Beziehung heraus nicht unterdrücken, daß die Herren Boehlich, Enzensberger und Walser etwas traurig sind, weil sie so wenig von Ihnen hören. Vielleicht schwingen Sie sich doch nochmals diesen Herren gegenüber zu einem Kärtchen auf.) Die Briefe, die wir Ihnen nach Chicago geschickt haben, sind wieder zurückgekommen, sie wurden Ihnen gestern nun nach Cambridge nachgeschickt, freilich noch an die alte Adresse, 6, Divinity Avenue, aber ich nehme an, daß das keine Schwierigkeiten machen wird. Es ist dumm, daß Sie den Brief des Bonner Innenministeriums nicht erhalten haben. Ich habe bestimmt einen Brief mit die-

sem Absender gesehen; er wurde Ihnen in einem Konvolut mit anderen Briefen nach Chicago geschickt. Was die Einladung selbst betrifft, so machen Sie sich keine Sorgen; das geht schon klar. Ich schreibe deswegen aber in jedem Falle nochmals an Kasack.
Nein, ich muß Sie enttäuschen: ich lasse außer Frau Kissinger wirklich niemand grüßen. (Es sei denn, Sie träfen die Damen Daves und Casey; ihnen können Sie gerne meine regards entbieten.)
Ich verschwinde also jetzt, diesmal an Orte, wo ich leider noch nie immer gewesen bin.
Ihr Unseld

P. S.
Von Ihren durchgesehenen Fahnen erreichten uns: 1-95, die Fahnen 96-120 fehlen also noch.

[105; S. U. und Hilde Unseld, Ansichtskarte »Vue panoramique prise de la Forêt de Pins d'amont«, handschriftlich]

Sables-D'Or-Les-Pins (Bretagne)
20. Juillet 1961

Monsieur
Je suis toujours en Sables d'Or. – Ich »sause« nicht wie Achim mit 30, sondern mit 0,01 km durch eine herrliche Landschaft. Ich las den Umbruch (mein Lieber: Ihr Text liest sich prächtig am Strand, ein herrliches Buch, das ich liebe!) und gab Anweisung, ihn zu ändern, der Text zerfiel mir zu sehr. Sale: not too bad. Regards to Kissingers.
Sie haben's gut, aber (ein einziges Mal) ich z. Zt. besser.
Yours truly S. U. + H. U.

[106; Anschrift: International Seminar, Cambridge/Mass., handschriftlich]

Hôtel des Dunes d'Armor et des Mouettes
Sables-D'Or-Les-Pins (Bretagne)
23. Juli 1961

Lieber Johnson
vor einigen Tagen schickten wir Ihnen eine Ansichtskarte des Ortes, an dem ich immer war und gern immer sein möchte, die Absicht war Air Mail, aber die Briefmarke lautete anders, Sie werden sie also spät oder nie erhalten. Tant pis.
Meine Frau hat den Umbruch gelesen und ist begeistert. Sie meinte, der Text würde einmal nicht wie auf Papier gedruckt wirken, sondern wie auf Lorbeer!
Nun aber bestärkt sie mich in einem Punkt (ich hätte es von mir aus nicht gewagt), Sie zu bitten, Satz 1 (Seite 7) etwas zu modifizieren im Hinblick auf Lesbarkeit. Was heisst auch »innehalten *mit* einem Satzzeichen«? Und was ist »nach dieser *Vorbereitung*«. Ist Satzzeichen-Innehalten Vorbereitung? Warum ausgerechnet den *ersten* Satz (als einzigen) so rätselhaft schwierig machen, wo das Ganze so lesbar ist?
Bogen 1 wird erst nach meiner Rückkehr am 1. 8. gedruckt, ich warte in Ffm Ihre Antwort ab. Ändern Sie nichts, wenn es Ihnen contre coeur ist. – Meine Frau ist bei den Jungvolkstellen ebenfalls meiner Ansicht, sie fallen ab gegenüber dem Anderen. – Sonst ist alles von grosser Art. Wann kommen Sie zurück?
Herzlich Ihr Unseld

[107]

Cambridge, Mass.
26. Juli 1961

Lieber Herr Unseld,
dahin haette ich Ihnen gern geschrieben: Hotel des Dunes d'Armor et des Mouettes. Wie finden Sie nur solche Plaetze, wer sucht Ihnen das; sollten Sie am Ende doch manchmal Zeit haben fuer was kein Autor ahnt? Es freut mich dass Sie schon immer da waren.
Dies ist mir eine unterhaltsame Vorstellung: wie der Verleger hinter seiner Frau verborgen mit halber Stimme und schuechtern lispelt ob der Autor nicht den ersten Satz aendern wolle? Was heisst hier aendern! MODIFIZIEREN mit ein bisschen ETWAS dekoriert ist das aeusserste Wagnis und denkbar nicht bevor die Frau ja auch sagt. Ich habe mich entschlossen den Furchtsamen Verleger in gewissen Naechten kurz vor dem Aufwachen zu glauben.
Dies haette er mir frueher sagen sollen (und auch dass Achims Mitgliedschaft im Jungvolk ihm zu duenn vorkommt: das wusste ich noch gar nicht. Beim naechsten Mal betrete ich den Verlag mit dem Manuskript und verlasse das Haus erst mit einem Gutachten oder noch besser dem fertigen Buch unterm Arm, so erfahre ich doch etwas, und kann auch dem Verleger die Befangenheit nehmen, bis er ganz zutraulich geworden ist und ganz schamlos sagt: Aendern Sie gefaelligst den ersten Satz, oder es gibt keinen Nachtisch!) und nicht nachdem der Umbruch korrigiert zurueckgegangen ist: denn wenn ueberhaupt darf man jetzt wohl nur noch zeilengleich aendern. Nicht wahr. Ich beginne nachzudenken. Ich habe nachgedacht. Sie haben recht. Sie haben nicht ganz recht. Aber »nach dieser Vorbereitung« ist wirklich fast unertraeglich. Es trifft zu dass da Vorbereitung ist, aber der Verfasser haette es anders sagen sollen. (Wenn er schon meint es sagen zu müssen.)

1. Halten Sie »dann wie selbstverstaendlich« fuer besser als »nach dieser Vorbereitung« ? Dann tauschen Sie dies gegen jenes. Ich halte es nicht für besser.
2. Bitte setzen Sie hinter »Satzzeichen« ein Komma in jedem Fall. (Machen Sie doch gewiss ein Komma hinter »Satzzeichen«, bitte.)

Hier ist leider die Zeitverschwendung sehr geschickt organisiert, und so kommt man gar nicht dazu dem Verleger was Huebsches Amerikanisches wie den Rasen und darauf die siebzehnjaehrige Sommerschule zu beschreiben und dass gestern zum zweiten Mal Zettel verteilt wurden mit dem Verbot andersgeschlechtlicher Besuche in den dormitories, und warum wohl. Das wird man ihm alles erzaehlen, besonders weil er es anders angefangen hat. Zu diesem Zweck werde ich am 25. August irgend wann morgens auf dem frankfurter Flugplatz ankommen (die Flugnummer ist PANAM 72), drei Blaetter Liste schwenken und beginnen: Folgende lassen gruessen.

Ich auch.
Ihr ergebener Johnson.

2 Nachtraege umseitig.

A. Ist es Ihnen recht dass Grove Press den Vortrag ueber die berliner Stadtbahn neu uebersetzt und aufnimmt in die »Evergreen«-Sondernummer Deutsche Literatur ? Sie haben es noch nicht getan aber sagen sie »neigen dazu«.
B. Herr Boehlich, der Herr Boehlich ist, soll auch bedankt sein fuer sein Geschriebenes vom 19. Juli. Bitte sagen Sie ihm dass ich ihm ueber »Dark Laughter« nicht so bald schreiben kann wie angesagt, denn ich habe das Buch noch nicht bekommen.[1]
C. Kein C.

1 Unter dem Datum des 11. 7. 1961 fragt Walter Boehlich U. J., ob er Sherwood Andersons *Dark Laughter* ins Deutsche übersetzen möchte.

[108]

Frankfurt am Main
2. August 1961

Lieber Herr Johnson,
ich komme eben aus der Bretagne zurück. Das wissen Sie doch, für gewisse Plätze braucht man nichts anderes als eine Nase, welche zum Bedauern meines Schönheitssinnes bei mir kräftig ausgebildet ist. So ist es eben, der eine hat dies, der andere das. Wie gerne (wirklich?) hätte ich anderes!
Heute abend nehme ich mir den ersten Bogen mit nach Hause, um [über] den kleinen Spielraum, den Sie mir für die Änderung des ersten Satzes gaben, zu meditieren. Wir werden uns darüber vor dem 25. August nicht mehr verständigen können, dann aber werde ich, Fahnen und sonstige Materialien schwenkend, am Flughafen stehen, und sicherlich nicht nur ich.
Ich schreibe Ihnen heute aber eigentlich nur, um Ihnen zu sagen, daß ich sehr gerne damit einverstanden bin, daß die Grove Press Ihren Vortrag nochmals neu übersetzt und ihn in die »Evergreen«-Sondernummer aufnimmt. Die Honorarabrechnung soll an Sie direkt gehen, mir wäre es nur angenehm, es würde vermerkt: Der Abdruck erfolgt mit Genehmigung des Suhrkamp Verlages.[1]
Herzliche Grüße
Ihr Unseld

1 Vgl. *Berlin, Border of the Divided World.* Translated by Ursule Molinaro, in: *Evergreen Review,* New York, 5. Jg., 1961, H. 21, S. 18-30.

[109]

Cambridge, Mass.
7. August 1961

Lieber Herr Unseld,
ich danke Ihnen fuer den Brief vom 2. August. Ihren Hinweis habe ich Herrn Jordan ausgerichtet; sollten Sie allerdings auch herzliche Gruesse fuer Grove Press bestellt haben, so konnte ich sie nicht finden.
Meine Ankunft in Frankfurt habe ich inzwischen fuer den 22. August morgens 9.20 Uhr umschreiben lassen. Dabei bleibt es nun. Ich wuerde mich freuen, wenn ich von da an zwei Tage lang in Ihrem Haus wohnen duerfte.
Wenn es Ihnen recht ist, moechte ich gleich am folgenden Donnerstag weiterfahren nach Karlsruhe[1] und Berlin. Denn die Person, mit der ich eigentlich bei Ihnen verabredet war, kann Ostdeutschland nicht verlassen; es ist ihr nichts zugestossen, sie kann nur wie die meisten Leute da nicht gut reisen. Ich mag nicht allein an den Bodensee, und wo Herr Ulbricht nach dem Rechten sieht, will ich wohl nach dem Linken sehen. Martin haeete ich meine haette ich recht gern gesehen, aber wie sollte er gerade an diesen Tagen in Frankfurt sein.
Das wuerde mir gefallen Sie schon auf dem Flugplatz zu sehen: aber nur wenn Sie an diesem Morgen ohnehin schon auf halbem Wege sind. Das hinwiederum wuensche ich Ihnen herzlich,
Ihr Johnson.

1 Karlsruhe, Hirschstraße 13, ist der Wohnort der Mutter und der Schwester Elke.

[110]

Frankfurt am Main
15. August 1961

Mein Lieber,
ich werde am 22. August morgens nicht nur ohnehin auf halbem, sondern sogar auf vier Fünftel Wege sein. Sie dürfen mich also um 9. 20 erwarten, ich bringe Lektüre mit, so daß mich eine allfällige Verspätung nicht stört. Sollten Sie aber günstige Rückenwinde früher ankommen lassen, müßten Sie eben bei 552867 anrufen.
Wir alle haben uns natürlich auf einen späteren Termin eingerichtet. Martin wäre am 26. August hier in Frankfurt gewesen. Könnten Sie nicht doch länger hier bleiben? Nach der Nachricht vom 13. August und den folgenden Tagen werden Sie ohnehin in Berlin, meiner Beurteilung nach, weder nach dem Rechten noch nach dem Linken sehen können, und ich lasse Sie überhaupt von hier nur unter Ableistung heiligster Eide ziehen, in denen Sie mir versprechen, nichts Unsinniges zu machen.[1]
Wenn Sie in New York Fred Jordan noch einmal sehen, sprechen Sie mit ihm bitte über die Anthologie »Junge deutsche Autoren«. Höllerer scheint ihm die Zusammenstellung eingeflüstert zu haben. Bei uns wurden nur die Rechte für zwei Szenen von Eich erworben, nichts von Enzensberger, Johnson, Walser. Es scheint also doch ein etwas merkwürdiges Unternehmen zu sein.
Herzliche Grüße
Ihr Unseld

| Enzensberger scheidet ja Ende August von uns gen Norwegen. Und wir müssen uns jetzt über die Zeitschrift verständigen!![2] |

1 U.J. arbeitet im September und Oktober 1961 im Suhrkamp Verlag als Lektor. »Siegfried Unseld dachte diesen seiner Autoren abzuhalten von sinnlosem Umherlaufen in Berlin [...] und bat ihn in das Lektorat, als sei er es, der eine Gefälligkeit vergebe.« U.J., *Begleitumstände*, S. 206.

2 Anfang der sechziger Jahre wird von verschiedenen Schriftstellern und Verlagshäusern in Italien (Einaudi, Turin), Frankreich (Gallimard, Julliard, Paris) und Deutschland (Suhrkamp) eine internationale Zeitschrift geplant. Als Dreimonatsschrift sollte sie gleichzeitig in den drei Ländern und in allen drei Sprachen erscheinen. Zum Sprecher der deutschen Redaktionsgruppe, zu der Ingeborg Bachmann, Walter Boehlich, Hans Magnus Enzensberger, Günter Grass, Helmut Heißenbüttel, Peter Rühmkorf und Martin Walser gehören, wird Uwe Johnson gewählt. Zu den Aktivitäten von U.J. und S.U. im Zusammenhang mit dieser Zeitschrift siehe Anhang 2, S. 1094-1136.

[111; Telegramm, Anschrift: Harvard International Seminar, 26, Little Hall, Cambridge (Mass.)]

Frankfurt am Main
16. August 1961

STIPENDIUM VILLA MASSIMO AUF DEN 10. JANUAR VERSCHOBEN
GRUSS UNSELD.

[112]

Frankfurt am Main
31. August 1961

Lieber Herr Johnson,
für die Nachwelt genügt ja nicht ganz unser mündliches Gespräch über »Achim«: die technischen Details wollen wir doch nochmals festhalten. Das Buch wird jetzt an den

Buchhandel ausgeliefert. Wir druckten, wie Sie im Impressum sahen, eine Auflage von 5000 Exemplaren plus Freiexemplare und Leseexemplare, also das 1. bis 5. Tausend. Der Ladenpreis ist DM 16,80, Ihr Honorar nach unserem neuen Vertrag DM 1,68. Sie erhalten 50 Freiexemplare. Ich schickte Ihnen gestern 10 Exemplare in broschierter Form und lasse Ihnen heute nochmals 5 gebundene zugehen. Den Rest reservieren wir hier für Sie.
Wir haben beide unsere Hoffnung mit dem Buch, wir werden daran arbeiten, daß sie sich erfüllt.
Heute abend legt der gesamte Verlag eine (freiwillige) Abendschicht ein, um die zweieinhalb Tausend Sonderdrucke der »Süddeutschen Zeitung« zu falzen, zu kuvertieren und heute noch zu verschicken. Ich möchte, daß die Sendung noch zum Wochenende die Empfänger erreicht.
Herzlich Ihr Unseld

P. S.
Anbei die vom Brecht-Archiv geschickte Seite 2 des Manuskriptes »Die Hochzeit«.[1]
| Meister B. kommt Sonnabend nach Frankfurt[2] |

[Auf einem gesonderten Blatt, handschriftlich:]
Nachtschicht anbei. Gruss S. U.

[112a; Anlage 1] Suhrkamp Verlag
Berlin und Frankfurt am Main
am 1. September 1961

An die
befreundeten Gehilfen

Liebe Kolleginnen und Kollegen,
ich freue mich sehr, Sie heute auf Wichtiges aufmerksam machen zu können. Vor kurzem betitelte eine deutsche Zei-

tung ihre Besprechung von Verlagsprogrammen dieses Herbstes mit der Zeile: »Warten auf Achim«.
Uwe Johnsons neuem Werk, »Das dritte Buch über Achim«, das Anfang September erscheinen wird, kommt nach den Vorgängen vom 13. August erhöhte Bedeutung zu. Die »Süddeutsche Zeitung« in München hat sich entschlossen, den Roman in Fortsetzungen ungekürzt abzudrucken; Teilabdrucke werden in anderen Zeitungen und Zeitschriften veröffentlicht (»Christ und Welt«, »Frankfurter Allgemeine Zeitung«, »Akzente«, »Frankfurter Hefte«).
Die erste Folge des Abdrucks in der »Süddeutschen Zeitung«, die ich Ihnen anbei zuschicke, erzählt den Beginn der Reise des westdeutschen Schriftstellers Karsch in die DDR und berichtet, wie aus dieser Reise höchst unvermutet eine Anteilnahme am Schicksal des ostdeutschen Radrennfahrers Achim T. wird. Warum Karsch seine Absicht, über den berühmten Sportler und damit über das Leben in der DDR ein Buch zu schreiben, nicht verwirklichen kann, beschreibt der Roman.
Martin Walser schrieb in der Einleitung zum Abdruck, daß Johnson wie kein anderer deutscher Schriftsteller zum Zeugen und Chronisten unserer deutschen Situation geworden ist. Die Diagnose unseres Zustandes, wie sie sich in Johnsons Roman spiegelt, macht deutlich, wie die Mauer, die jetzt in Berlin so schmerzhaft und für alle Welt sichtbar geworden ist, seit Jahr und Tag gewachsen ist.
Ich weiß, liebe Kolleginnen und Kollegen, daß ich auf Ihre Aufmerksamkeit gerade bei diesem Buch zählen darf, deshalb werden Sie diese Information begrüssen. Und doch möchte ich Sie nochmals herzlich und dringend bitten, Johnsons Buch in den nächsten Wochen stets in den Vordergrund zu rücken und immer auf den »Achim« hinzuweisen, wenn nach einem Buch für unsere Zeit gefragt wird.

(Vielleicht überfliegen Sie auch das Literaturblatt der »SZ«; von den fünf Besprechungen befassen sich drei mit Büchern des Suhrkamp Verlages.)[3]
Auf Ihre Mitarbeit hoffend grüsse ich Sie freundlich
Siegfried Unseld

Anlage:
Feuilleton »SZ« vom 26. August[4]

[112b; Anlage 2]

Suhrkamp Verlag
Berlin und Frankfurt am Main
am 1. September 1961

An das befreundete Sortiment

Verehrte Damen und Herren,
die »Süddeutsche Zeitung« hat sich angesichts unserer Situation entschlossen, den neuen Roman von Uwe Johnson »Das dritte Buch über Achim« in ganzem Umfang in Fortsetzungen abzudrucken. Es ist wohl das erste Mal, daß eine Tageszeitung ihren Lesern ein literarisches Werk, das seinen Anspruch nicht verbirgt, ungekürzt und eindringlich vorstellt. Es gab Stimmen, die Johnsons erstes Buch, die »Mutmassungen über Jakob«, als schwer lesbar bezeichneten (»Ein Riese im Nebel«); die Tatsache, daß eine weitverbreitete, von allen Schichten gelesene Tageszeitung Johnsons neuen Roman in seiner Gänze abdruckt, ist ein Beweis für die Zugänglichkeit und leichtere Faßbarkeit dieses Textes.
Ich freue mich, daß ich Johnsons Buch gerade jetzt, nach den Vorgängen vom 13. August, herausbringen kann. Wie kein anderes beleuchtet es die deutsche Teilung und erzählt die Geschichte unseres Auseinanderlebens, das mit der Mauer durch Berlin für alle sichtbar geworden ist.

Die Beilage, die ich Ihnen anbei zuschicke, enthält den Anfang des Romans und eine erste Stellungnahme von Martin Walser.
»Das dritte Buch über Achim« erscheint Anfang September. Der Abdruck in der »Süddeutschen Zeitung« sichert ihm gleich von Anfang an die Aufmerksamkeit, die es verdient. Ich wäre Ihnen dankbar, wenn auch Sie sich mit ihm beschäftigten.
Ich grüße Sie freundlich
Siegfried Unseld

Anlage
Feuilleton »SZ« vom 26. August

[112c; Anlage 3]

Suhrkamp Verlag
Berlin und Frankfurt am Main
im September 1961

An das befreundete Sortiment
Aus der am 16. September in der »Frankfurter Allgemeinen Zeitung« veröffentlichten Besprechung des neuen Johnson-Romans »Das dritte Buch über Achim« senden wir Ihnen einen Textauszug[5] mit der Bitte, ihn zusammen mit dem Buch in den Vordergrund Ihrer Auslage zu rücken. Die Bedeutung, die dem Buch von Presse und Rundfunk beigemessen wird, mag aus einer Zusammenstellung der Vorabdrucke und bisherigen Kritiken abzulesen sein.

SUHRKAMP VERLAG

Heft 2/61	»Akzente«	Vorabdruck »Wie aber anfangen«
28. Juli	»FAZ«	Vorabdruck »Versuch, die Grenzen zu beschreiben«

14. August	»Süddeutsche Zeitung«	Vorabdruck »Besuch bei der Freundin«
26. August	»Süddeutsche Zeitung«	Beginn des Vorabdrucks des gesamten Buches jeweils in den Wochenendausgaben Martin Walser, »Was Schriftsteller tun können. Zu dem Roman von U. J.«
29. August	»Stuttgarter Zeitung«	Vorabdruck »Der Besuch in der Zone«
September	»Der Monat«	Vorabdruck »Versuch: eine Schreibmaschine kaufen«
September	»Frankfurter Hefte«	Vorabdruck »Neue Mutmassungen. Uwe Johnson über Achim« Besprechung von Roland H. Wiegenstein
10. September	Hessischer Rundfunk	Besprechung von Marcel Reich-Ranicki und Lesung
15. September	»Bücher-Kommentare«	Besprechung von Karl Silex »Uwe Johnsons zweites Buch«
16. September	»FAZ«	Besprechung von Günter Blöcker »Roman der deutschen Entfremdung«

16. September	»Die Welt«	Besprechung von Marcel Reich-Ranicki »Ein Mann fährt ins andere Deutschland. Uwe Johnson ›Das dritte Buch über Achim‹ – Das erste wirklich wichtige Werk über unsere große Frage«

1 S. U. nimmt eine Kopie des Manuskriptes des Einakters *Die Hochzeit* bei seinem Besuch im Brecht-Archiv im Juni 1961 mit nach Frankfurt: »wir müsssen uns damit befassen; niemand kennt ja den Text«. In der zweiten Hälfte der zwanziger Jahre ändert Bertolt Brecht den Titel des Stücks in *Die Kleinbürgerhochzeit*; siehe Bertolt Brecht, *Werke*, Bd. 1., S. 241-267.

2 »Meister B.« ist Hans Bunge, der von 1956 bis 1962 der erste Leiter des Bertolt Brecht-Archivs war.

3 In »Buch und Zeit« der *Süddeutschen Zeitung* Nr. 204 vom 26./27. 8. 1961 besprechen Günther Busch *Guiseppe Ungaretti: Gedichte. Deutsch von Ingeborg Bachmann*, Heinz Coubier *Romulo Gallegos: Caimena. Roman. Aus dem Spanischen von Doris Deinhard* (Insel), Heinz Piontek *Hamza Humo: Sommer. Erzählung aus dem Serbokroatischen von Manfred Jähnichen* und Hans-Dieter Roos, *Spectaculum – Texte moderner Filme, herausgegeben von Enno Patalas*.

4 Die *Süddeutsche Zeitung* druckt *Das dritte Buch über Achim* komplett in 10 Folgen zwischen dem 26./27. 8. und dem 28./29. 10. 1961.

5 Günter Blöcker, *Roman der deutschen Entfremdung* in: *Frankfurter Allgemeine Zeitung* v. 16. 9. 1961 (*Bilder und Zeiten*), S. V.

[113]

Frankfurt am Main
31. Oktober 1961

Lieber Uwe,
es ist das erste Mal, daß ich Dich so anrede; aber auch daran werden wir uns gewöhnen.
Unser Berliner Vertreter, Herr Schultz, erzählte mir nun von jenem in Berlin rumorenden Gerücht. Du hättest den Antrag gestellt, in die DDR zurückzugehen, mit der Bedingung, dann nicht mehr schriftstellerisch tätig sein zu wollen. Ich glaube, wir müssen nun doch ein kurzes Dementi herausgeben. Wenn auch Du dieser Meinung bist, so telefoniere doch einmal mit Herrn Siedler deswegen.[1]
Schreib mir Deine Ankunft, damit wir Dich abholen können.
Herzlich
Dein Siegfried

1 Wolf Jobst Siedler ist zwischen 1955 und 1963 Feuilleton-Chef des *Tagesspiegel*.

[114]

Frankfurt am Main
13. November 1961

Lieber Uwe,
ich versprach Dir eine Nachricht schon an jene erste Adresse, die Du uns gabst: hier also ist sie und zugleich ein höchst Erfreuliches.[1] In diesem Päckchen wirst Du ein Exemplar der zweiten Auflage Deines Buches finden. Die Ausgabe weist, so weit dies jedenfalls von mir veranlaßt wurde, neben den Besprechungstexten auf den beiden Klappen, nur die typographische Änderung auf Seite 337 auf.

Wir druckten wiederum 5000 Exemplare, also das 6. bis 10. Tausend. Ladenpreis DM 16,80. Dein Honorar DM 1,68. Du kannst über 15 Autorenfreiexemplare verfügen. Die Vorbestellungen haben 2800 erreicht. Ich nehme an, daß diese zweite Auflage bis Anfang oder Mitte Dezember ebenfalls verkauft sein wird. Ich bin deshalb definitiv für eine dritte Auflage entschlossen. Wir beide dürfen uns über dieses Ergebnis sehr freuen.
Aus Paris ist noch keine Nachricht eingetroffen. Ich gebe Dir Bescheid.
Am Freitag fahre ich mit Boehlich nach Tübingen, um an der ersten Vorlesung von Bloch teilzunehmen.[2]
Herzliche Grüße
Dein Siegfried

1 U.J. ist vom 9. 11. bis zum 4. 12. 1961 auf einer Lesereise zwischen Mainz, Bonn, Kiel, Bielefeld und weiteren Städten unterwegs.
2 Ernst Bloch besucht am Tag des Mauerbaus, am 13. 8., mit S. U. die Bayreuther Festspiele, kehrt nicht mehr in die DDR zurück und übernimmt eine Gastprofessur in Tübingen. Der Titel der Antrittsvorlesung lautet: »Kann Hoffnung enttäuscht werden?«

[115]

Im Schreibabteil des HANSEAT
17. November 1961[1]

Lieber Siegfried!
Du weißt, wie gut ich diktieren kann.
Ich dachte, ich führe zu meinem Vergnügen durch diese Art von November, es hat sich aber ergeben, daß ich Euer Vertreter bin. Die Buchhandlungen sind allgemein erstaunt, daß ihre rechtzeitig aufgegebenen Bestellungen auch jetzt noch nicht erfüllt sind. Daß das mit der Weihnachtsschwemme von Postpaketen zu tun haben könne, geben sie

als Ausrede zu, dennoch meinen sie, Weihnachten sei jedes Jahr, das könne man fast voraussehen. Sie reden von Schnellpaketen, Express-Sendungen und von Herrn Goldberg.
Von Herrn Rodewald in Bremen könnte ich Dir sagen: Er gibt einen vergnüglichen und gelehrten Anzeiger heraus, den er einer großen Anzahl von Buchhandlungen zur Verfügung stellt, daran beteiligen sich die entzückten Verlage. Ihr habt den Anteil, den die Löwen immer kriegen, und er findet, Ihr solltet Euch beteiligen. Ich sage es wirklich nur weiter.
Dies ist etwas für Herrn Boehlich: In einem unglücklich angelegten Schnellzug traf ich Herrn Neuburger. Herr Neuburger wollte von mir wissen, was ich geschäftlich und was ich privat von seinen Manuskripten halte, die doch so ordentlich in Plastik eingebunden sind. Ich sagte es ihm privat, für das Geschäft bin ich nicht mehr zuständig. Er sagte, er sei nach längerem Warten auf einen Bescheid in Euer angesehenes Verlagshaus getreten und habe sich nach Eurer unerschütterlichen Meinung erkundigt. Darauf sei ihm kühl bedeutet worden, Ihr hättet Konferenz. Und das Urteil über die Manuskripte? – negativ. Da forderte er sie zurück, bekam sie und ging. Nun hätte er wohl gern einen ausführlichen Bescheid. Lieber Herr Boehlich, ich würde den auch nicht schreiben.
Mich wundert, daß Ihr schon wissen solltet von dem Skandal in Milano,[2] Ihr könntet mir mal schreiben, woher. Es fing nicht so an. Das italienische Fernsehen zog mit mir auf den Hauptbahnhof von Milano, angelte sich den Nebel zwischen den Oberleitungen und meine erkältete Nase, mit der ich ihre Fragen nach meinem Ergehen beantwortete. Die Beziehungen zur Presse waren intim, alles was ich sagte, bekam in der Übersetzung ein klassisches Aussehen. Das hat man gern. Feltrinelli wird Euch alles schicken. Der Verlag war etwas unglücklich über die Abwesenheit von Herrn Wagenbach, denn er ist ein Freund der Familie, auch schien

er ihnen mehr geeignet. Sie erklärten sich dies mit einer traditionell-manischen Feindschaft gegenüber Fischer, das bestritt ich und behauptete, Du hieltest ihn nicht für geeignet. Gegen das allgemeine Vorurteil half das nicht viel. Fräulein Niedick, die vom Fischer-Verlag als Dolmetscherin beurlaubt war für diese Gelegenheiten, fürchtete, Du könntest ihre Mitwirkung übel nehmen. Hier verwunderte sich aber Filippini, daß Ihr überhaupt niemanden mitgeschickt hättet zu diesem großen Ereignis. Das war es übrigens. Am ersten Abend war ein Presseempfang. Da war Herr Vittorini, mit dem ich über das Projekt der internationalen Zeitschrift sprechen konnte. Seinen Äußerungen nach ist das Vorhaben noch lange nicht reif, er wünscht sich eine bessere Verständigung der Mitarbeiter. Gestaltet werden soll die Zeitschrift erst 6 Monate, nachdem eine Entscheidung eines deutschen Verlegers vorliegt.

Am nächsten Abend kam der Skandal. Herr Kesten hatte eine Rede vorgelegt im Manuskript, die von uns allen einmütig für Geschwätz gehalten wurde, man kann eine grundsätzliche Unkenntnis der deutschen Nachkriegsliteratur auf weniger als 10 Seiten zu verstehen geben. Er wurde um Kürzungen gebeten, beschäftigte sich aber am Nachmittag mit der Anfertigung neuer Passagen. Am Abend war das Rundgespräch in einem Gebäude, das Kultureller Zirkus heißt, auf Italienisch. Da war viel Presse und aufmerksames Publikum. Herr Kesten sprach sehr lange in einem Italienisch, das die Einheimischen an die deutsche Besatzungsmacht erinnerte, für das sich zu entschuldigen er nicht für nötig hielt. Er wiederholte, daß mit dem Bau der Berliner Mauer die deutsche Nachkriegsliteratur aus ihrer postfaschistischen Phase in die humanistische übergetreten sei. Etwas überraschender nannte er Brecht einen Diener der Diktatur (auf Italienisch heißt das »servitore«) und Gottfried Benn den einzigen witzigen Faschisten. Als er »servi-

tore« sagte zu Brecht, erhoben sich Teile des Publikums und riefen »buh«. Der runde Tisch geriet in Bewegung; Herr Feltrinelli, der neben mir saß, rief dazwischen: daß man so nicht reden dürfe, daß es unverschämt sei, daß sie alle dies nicht länger anhören wollten. Kesten, ungerührt, fuhr fort, uns nach Moralismus und Humor zu unterscheiden. Als er fertig war, stand mein Dolmetscher mit mir auf und wir gaben die Unterschiede meiner Meinung bekannt. Ich leugnete, daß dieses mangelhafte Bauwerk ein literarisches Datum sei und äußerte einiges Merkwürdige über die fahrlässige Vermischung von Geschichte und Moral. Zu Brecht sagte ich, er habe einer Diktatur nicht gedient, sondern in einer Diktatur gelebt. Erzählte dann von der Ausweisung aus Amerika, der Verweigerung einer Aufenthaltserlaubnis für die westlichen Besatzungszonen und von dem geschenkten Theater als einem Instrument, ein Lebenswerk in Gestalt zu bringen; erzählte auch zwei Keuner-Geschichten von der Gewalt und vom Überleben und behauptete, Brecht habe uns ein Beispiel des Überlebens gegeben. Dem Publikum gefiel das, dem Kesten gefiel das nicht, aber seine Wortmeldung wurde von Feltrinelli nicht zugelassen. Das Gespräch ging unter lebhafter Teilnahme der Öffentlichkeit weiter, aber dem Kesten schickte Feltrinelli einen Zettel, auf dem er bat, von weiteren Äußerungen abzusehen. Ich zähle nicht auf, was die Angehörigen des Verlages mir später erzählten über den Leumund und die letztjährigen Leistungen des Herrn Kesten; ich erwähne nur, daß dies nach ihrer Meinung mit Herrn Wagenbach nicht vorgekommen wäre – er spricht auch ein besseres Italienisch, sagen sie.
Dich soll ich grüßen, Herrn Boehlich soll ich grüßen; alles in allem war die Veranstaltung doch gelungen. Schreib mir öfters, telefonier mit mir, denn ich bin ein loyaler Vertreter der Hausinteressen.
Dein sehr ergebener
Uwe.

1 Nach einer Lesung am 16. 11. 1961 in der Pädagogischen Hochschule in Osnabrück ist U. J. auf der Fahrt nach Itzehoe, um dort am 17. 11. in der Aula der Kaiser-Karl-Schule zu lesen.

2 U. J. hält sich am 10. und 11. 11. 1961 auf Einladung von Giangiacomo Feltrinelli zur Vorstellung der italienischen Übersetzung der *Mutmassungen über Jakob* in Mailand auf. Am Abend des 11. diskutiert er mit Hermann Kesten im »Circulo Turati«. Unter dem Datum des 17. und des 25. berichtet Hermann Kesten über diese Diskussion in der *Welt* und unterstellt U. J., er habe in Italien den Bau der Berliner Mauer gerechtfertigt. Anhand einer Tonbandaufzeichnung der Diskussion können U. J., Giangiacimo Feltrinelli und S. U. auf einer Pressekonferenz am 5. 12. 1961 die Darstellung Kestens als falsch und unwahr zurückweisen. Am 6. 12. 1961 fordert der Vorsitzende der CDU/CSU-Bundestagsfraktion, Heinrich von Brentano, im Bundestag, U. J. das Stipendium für die Villa Massimo zu entziehen. Am 18. 1. 1962 weist Bundesinnenminister Hermann Höcherl (siehe Brief 118, S. 172 |), in dessen Zuständigkeitsbereich die Vergabe der Stipendien fällt, die Forderung von Brentanos zurück, da sie auf falschen Aussagen von Kesten beruht. Vgl. hierzu auch Johnsons eigene Darstellung in *Begleitumstände*, S. 207-241.

[116; Telegramm]

Oldenburg
21. November 1961

ERBITTE NACHRICHT SOBALD TONBANDKOPIE
MAILAND ANGEKOMMEN
YOURS UWE

[117]

Frankfurt am Main
22. Dezember 1961

Lieber Uwe,
ich bin wieder den ersten Tag im Verlag. Ich weiß nicht, ob ich Dir schon Mitteilung von der vierten Auflage des »Achim« machte. Sie war nötig; gestern gingen die Exemplare der dritten Auflage zu Ende, heute trafen die ersten der neuen Auflage ein. Ich schicke Dir einen Band zu. Wir druckten 5000 Exemplare, also das 16. bis 20. Tausend, Ladenpreis DM 16,80, Dein Honorar 10%, also DM 1,68. Vom 20. Tausend an wird es dann 12,5 %, also 2,10 DM, betragen. Dir stehen wiederum 15 Freiexemplare zu.
Und hier noch eine dringende Bitte. Peter Weiss, Du weißt, »Abschied von den Eltern« etc., der an einem neuen Buch sitzt, muß für einige Zeit nach Deutschland, einfach um wieder in deutschen Sprachraum zu kommen. Er zieht es vor, in Berlin zu wohnen. Enzensberger erzählte ihm von Deiner Wohnung, die für ihn ganz ideal wäre. Könnte er sie wohl mieten | (+bezahlen) |, solange Du in Rom bist? | Dies wäre mir sehr wichtig.[1] |
Mit herzlichen Grüßen für Dich bin ich
Dein Siegfried

1 Peter Weiss zieht nicht für neun Monate in die Wohnung von U. J. ein.

1962

[118]

Frankfurt am Main
22. Januar 1962

Lieber Uwe,
bevor ich mit Martin im Schnee verschwinde, schreibe ich Dir heute noch kurz das folgende: die Unterredung mit Brentano hat stattgefunden.[1] Ich schicke Dir anbei eine Niederschrift der Besprechung zur vertraulichen Kenntnis.
Ich glaube, wir haben viel erreicht. Mehr zu erreichen würde über das Vermögen des Herrn von Brentano gehen. Parlamentarisch ist die Geschichte durch die Erklärung von Höcherl[2] abgeschlossen, die ja hoch interessant ist, weil sie auch Kesten unrecht gibt und auch Brentano indirekt eins auswischt.
Inzwischen hat auch eine Sitzung der Leute stattgefunden, die die Kandidaten für die Villa Massimo 62/63 berufen. Kasack berichtete mir davon. Herr Gericke war ebenfalls bei der Sitzung anwesend. Er erzählte dort, daß Du von italienischen Journalisten sehr belästigt würdest und daß er Angst hätte, es würde zu neuem Streit kommen. Ich sagte Kasack, daß Du nicht vorhättest, Dich dazu nochmals zu äußern. Er wird dies an Gericke weiterleiten und ihm auch berichten, daß Brentano sich beim nächsten Rom-Aufenthalt mit Dir treffen will. Kasack meint, diese Nachricht würde Gericke sehr beruhigen.
Hast Du die »Kultur« gelesen?[3] Wir haben sie Dir nachgeschickt. Auch hier möchte ich Dich bitten, nicht mehr zu reagieren.
Herzlich Dein Siegfried

1 Am 19. 1. 1962 findet auf Wunsch von S. U. ein Gespräch zwischen dem Verleger und Heinrich von Brentano statt, in dem es um dessen Äußerungen im Bundestag über U. J. geht. Die Niederschrift der Besprechung ist nicht erhalten, U. J. zitiert aus ihr in *Begleitumstände*; siehe auch Brief 691, S. 956.

2 In der Fragestunde während der 10. Sitzung des Deutschen Bundestages hatte der Bundesminister des Inneren, Hermann Höcherl, am 18. 1. 1962 auf eine Frage des SPD-Abgeordneten Jahn zum »Auslandsstipendium für den Schriftsteller Uwe Johnson« erklärt: »Die Bundesregierung achtet selbstverständlich das verfassungsmäßig garantierte Recht der freien Meinungsäußerung. Sie ist jedoch der Ansicht, daß ein deutscher Schriftsteller, der sich für das Sowjetzonen-Regime einsetzen oder die Schandtat der gewaltsamen Teilung Berlins verteidigen würde, keine besondere Förderung von seiten des Bundes durch ein Stipendium verdient. Insoweit teilt die Bundesregierung die Auffassung des Herrn Abgeordneten Dr. von Brentano.
Die umfangreiche Diskussion über den Fall des Schriftstellers Uwe Johnson hat ergeben, daß Johnson bei dem umstrittenen Mailänder Gespräch sich in seinem Diskussionsbeitrag nicht auf die Seite Ulbrichts gestellt und die Schandmauer nicht als ›gut, vernünftig und sittlich‹ bezeichnet hat. Bei dieser Sachlage hat die Bundesregierung keine Veranlassung gesehen, Maßnahmen zur Aberkennung des Herrn Uwe Johnson schon im Dezember 1959 zugesprochenen Stipendiums einzuleiten. Damit soll nicht gesagt sein, daß alles, was Herr Johnson bei der Diskussion in Mailand geäußert hat, gebilligt werden kann.« *Vgl. Protokoll des Deutschen Bundestages*, 10. Sitzung vom 18. 1. 1962, 217 D.

3 S. U. will wissen, ob U. J. die im September 1961 in München publizierte Rezension von Reinhard Döhl, *Kein drittes Buch über Achim,* in: *Die Kultur,* Jg. 9, 1961, Nr. 167, S. 14 f., zur Kenntnis genommen habe.

[119; Ansichtskarte »St. Christoph am Arlberg gegen Arlbergpaß«, S. U. und Martin Walser, handschriftlich]

[St. Anton am Arlberg
29. Januar 1962]

Lieber Uwe,
Du mußt, gegen alle Gewohnheit, rasch an meine Frau in Friedrichshafen schreiben, ob Du am 20. 2. (Tag nach Ravensburg) in Friedrichshafen lesen könntest.[1] Bitte gleich.
Von mir die transalpinsten Grüße
Dein Martin.

Wenn Du nicht weißt, was Schnee ist, mußt Du hierherkommen. Schnee am Morgen, am Mittag ...
Dein Siegfried

1 U. J. liest am 18. 2. 1962 im Paulinenstift in Friedrichshafen und am 19. 2. im Alten Theater von Ravensburg.

[120; handschriftlich]

Hospiz Hotel St. Christoph am Arlberg/Österreich
31. Januar 1962

Lieber Uwe
ich fungiere als Martins Sekretär, er erhielt heute hier im Hotel Deinen Brief. Er hat sich wegen der Schwielow-Reise[1] schon entschieden gehabt: er hat abgesagt, Begründung: er müsse arbeiten, bzw. wolle seine Arbeit nicht unterbrechen. Martin bleibt bei seiner Entscheidung, er fährt also nicht.
Ich selbst, lieber Uwe, bitte Dich dringlich, freundschaftlich, die Reise nicht zu unternehmen. Ich habe viele Gründe für meine Bitte. Ich bange ernsthaft um Deine Sicherheit,

Papieren + Zusicherungen glaube ich nicht (so wenig wie übrigens Palitzsch, dem man »freies Geleit« zur Aussprache am Berliner Ensemble zusicherte).[2] Ich möchte aber ebenso ernsthaft nicht, dass Du abermals in *diesem* politischen Aspekt in die Spalten der Zeitungen gerätst, dies nach all dem, was war, wäre unausdenkbar und würde all die strafen, die sich jetzt in der Affaire Kesten für Dich verwandt haben.

Uwe, glaube mir, es geht nicht, es geht wirklich nicht, und dabei weiss ich doch, was Dich zur Reise bewegt. Nichts ist so schwer, wie Verzichte hinzunehmen. Ich gönne Dir die Reise nach rückwärts, doch lieber sehe ich Dich nach vorwärts fahren. Und das Bogenfahren überlass uns Skifahrern, wir üben's, mit Lehrer.

Herzlich Dein Siegfried

1 Mit Schreiben vom 17. 1. 1962 lädt der Präsident des Schriftstellerverbandes der DDR, Hermann Kant, verschiedene westdeutsche Autoren, darunter auch Martin Walser und U. J., zu einem Treffen an den Schwielow-See ein. Das Schreiben an U. J. lautet: »Wir möchten Sie herzlich zu unserem nun schon zur Tradition gewordenen Colloquium vom 23. bis 26. Februar am Schwielow-See einladen.« U. J. nimmt nicht am Colloquium teil.

2 Der damalige Intendant der Städtischen Bühne Ulm, Kurt Hübner, hat Anfang September 1961 die westdeutsche Erstaufführung des Stückes *Der Prozeß der Jeanne d'Arc zu Rouen 1431* unter der Regie von Peter Palitzsch realisiert. Damit opponiert er gegen die Entscheidung seiner Intendantenkollegen in Berlin, Hamburg, Kassel, Bielefeld und Tübingen, die sich entschlossen hatten, die Stücke Brechts nach 1953 und 1956 wieder einmal von ihren Spielplänen zu streichen. Am Abend nach der Premiere gibt der Intendant bekannt, daß Peter Palitzsch, Dramaturg und Regisseur am Berliner Ensemble sowie Nationalpreisträger der DDR, nach dem Mauerbau nicht mehr dorthin zurückkehren werde.

[121]

Roma
17. März 1962

Lieber Siegfried:
Elisabeth bedankt sich für die Zusendung der maliziösen Fotografien vom 28. Februar; die schrecken sie gründlich ab gegen eine Wiederholung des Vorgangs.[1] Auch meine Erinnerung ist anders und will wissen dass wir alle an jenem Morgen in gelben Fräcken in die Wälder fuhren, als das Duell aber abgesagt wurde, richteten wir uns ein Sektfrühstück in Suhrkamps Buchhaltung. Dies wird Elisabeth dir noch erläutern im einzelnen. Öfters würdigen wir deine selbstlose Unterstützung.
Am Mittwochnachmittag voriger Woche liess Frau Hesse sich nicht nehmen uns abzuholen vom Hauptbahnhof in Lugano, wir waren demnach in Montagnola bei Hermann Hesse zwei Stunden lang, da war eben noch genug Zeit für den Weg zum Bus, den nahmen wir aber gar nicht sondern gingen zu Fuss, denn so konnten wir besser überlegen was wir dir nun schreiben über den Besuch. Wir haben uns geeinigt auf seine geschickte Höflichkeit, die dem Teetrinken alle einzigartige Zelebrität nahm; wir schicken dir auch den Monte Cenere, der noch weiss war (und fügen aus eigenen Mitteln hinzu die mit den Öffnungen und Abstiegen des Fusswegs in der Nacht kaleidoskop[isch] verrückten Trichter aus Lichtern in den Tälern). Aufgefallen ist uns auch dass das Alter sich zeigt in Hesses körperlichen Bewegungen aber seine Aufmerksamkeit für die gegenwärtigen Neuigkeiten der Literatur kaum versteift hat; wir haben uns gemerkt wie hartnäckig er auf seinem privaten Status (nachdem er das »Seine« getan hat) besteht, so dass er nun für sein unverwechselbar Eigenes ausgibt was er mit kaum verschobenen Ansichten in die Welt gegeben hat als Literatur: »Als

ich in Italien war, gab es dort eine besondere Art von Lärm, den kannte ich gar nicht von zu Haus. Auf dem Marktplatz spielten zwei Buben Fussball mit einer Konservenbüchse bis in die tiefe Nacht. Die Leute waren herzlich und lebhaft, ja«, oder so. Ich habe ihm von Faulkner erzählt was ich gesehen habe, das machte ihm Spass, er amüsierte sich damit wie mit den bekannten und sympathischen Eigenheiten eines Bruders (und erklärte uns die Genealogie der Familien von Jefferson mit Genuss). Wir haben auch gesprochen von den Belästigungen durch Besucher, denen er seit Einführung der Kulturindustrie ausgesetzt ist, von der Geschichte des Hauses und der beklagenswerten Veränderung Montagnolas. Er war in allem sehr herzlich. Wir sollen wiederkommen und sind bereit die Aufforderung zu glauben.
Ich habe ihm erzählt von CARLO EMILIO GADDA »Die grässliche Bescherung in der Via Merulana« und ihm versprochen dass ihr ihm das Buch auf meine Kosten schicken werdet als eine Aufmerksamkeit. Tut ihr das? Es ist bei Piper erschienen.[2] Als wir in Rom ankamen, lag da von ihm schon eine Mappe mit vier Gedichten und kolorierten Zeichnungen mit einer ausdrücklichen Widmung.
Jetzt kommt ein neues Blatt, nämlich:[3]
Nämlich wegen jenes Kongresses, für den wir tatsächlich in Rom eine ehrenvolle Einladung vorfanden für uns beide (denn das hat den Herrn Vigorelli, den hartgesottenen Sekretär, unendlich gerührt wie jung wir verheiratet waren). Das Hotel war di gran lusso, der Kongress nicht, die Ostdeutschen waren von den westlichen Alliierten ausgesperrt, die Westdeutschen waren vertreten durch WEISENBORN, KESTEN, ENZENSBERGER, drei weitere uns weder namentlich noch anders Bekannte und mich (Ehrengast), das machte aber gar nichts, denn alle Redner lasen traurig vorbereitete Erklärungen über ihr persönliches oder nationales Verhältnis zu Film und/oder Fernsehen ab und Giuseppe

Ungaretti wäre ohnehin zum Präsidenten gewählt worden.
Es hat da jedoch noch eine Besprechung über das Vorhaben der Internationalen Zeitschrift[4] stattgefunden, an der nahmen teil Nadeau, Frénaud, Vittorini, noch jemand, Ingeborg Bachmann, Enzensberger und ich. Hans Magnus (den ich seit seiner Ankunft in Florenz mit du anzureden begonnen habe) erklärte den Herren für uns beide dass wir uns nicht zu Herrn Wagenbach auf die Titelseite setzen würden, alle waren erschrocken über unsere Geringschätzung, erkundigten sich ohne Hoffnung nach Herrn Heissenbüttel, da hätte das Projekt sterben können. Das wollte ich nicht.
Die Wichtigkeit einer solchen Zeitschrift ist unbestreitbar, ich sehe nicht warum wir die ganz dem Fischer Verlag und dann noch Herrn Wagenbach überlassen sollten, und nunmehr traue ich mir nach meinen persönlichen Verhältnissen zu zu tun was einer von uns tun sollte. Darum erklärte ich mich bereit die Herausgabe dieser Zeitschrift für Westdeutschland vom Februar 1963 an zu übernehmen für drei Jahre, wenn man mir bis dahin Zeit lassen wolle für das Erlernen einer ausreichenden Menge von Italienisch und Französisch. Damit erklärten die alle sich einverstanden, der Start wird um ein Jahr verschoben und passiert wie da verabredet oder entsprechend dem Gang der weiteren Verhandlungen.
Ich sehe voraus dass mein Entschluss dich kränken wird (ohne völlig zu verstehen womit eigentlich); ich bitte dich dringend ihn zu verstehen. Er ist für die Zeitschrift und nicht für den Fischer Verlag, er ist nicht gegen meine eigentliche Arbeit und für den Suhrkamp Verlag, der dann mindestens einen von uns bei dieser Sache haben wird. Erinnere dich auch dass Fischer das Projekt nur übernimmt mit der Bedingung: dass du nichts dagegen hast. Wenn ich dich jetzt bitte noch einmal zu überlegen ob nicht der Suhrkamp Ver-

lag den deutschen Teil übernehmen soll, so gebe ich zu dass ich hätte im vorigen Herbst sagen sollen was ich jetzt sage, damals konnte ich es aber nicht sehen. Nun bin ich ganz sicher, mir fehlt allein deine Zustimmung, an der ist mir gelegen, und nämlich weniger des Verlages als der Freundschaft halber.

Dies sind nur noch vermischte Nachrichten, zugelaufene Hunde, Zivilklagen, Wetterbericht:

Gestern abend in der hiesigen Bibliothek hat Herr Nossack drei Geschichten vorgelesen: »Die Kostenrechnung«, »Ameisen, Ameisen«, »Ein Sonderfall«,[5] es waren nicht viel Leute gekommen. Mit ihm selbst haben wir nicht sprechen können, weil Hermann Kesten ihm immer noch was Unerfindliches zu sagen hatte; für mein Teil bin ich fast ein bisschen damit zufrieden, denn wir haben unter Leuten gesessen, deren Urteil über die Geschichten weniger wohlwollend war als offenbar sein eigenes (denn sie sind zum Teil vor Jahren gedruckt oder bekannt, die letzte hat er schon in Höllerers deutscher Lesereihe vorgebracht), und ich konnte darauf weniger mit Argumenten als mit Loyalität antworten. Das tut mir leid.

In der Anlage ist ein Schreiben des Hanser Verlages wegen meines »Werkstattgespräches« mit Horst Bienek.[6] Mein stillschweigendes Einverständnis mit dem Honorar hätten sie kaum voraussetzen können, wäre ich bis zum Termin gewesen wo der Brief heranreifte; ich hoffe aber es wird euch in diesem Fall recht sein. Dies Interview soll aber auch in den »Frankfurter Heften« nächstens gedruckt werden, würdet ihr euch dann darum kümmern?[7] Ich habe kein Exemplar davon, Bienek schickt ihnen die korrigierte Fassung zu, ich habe in Frankfurt mit einem Herrn Habicht telefoniert.

Im Juni findet in München eine ›Berlin-Woche‹ statt, dahin hat mich mein Senat zum Vorlesen delegiert, das soll am

5. abends sein.[8] Wie verträgt sich das eigentlich mit dem Treffen am Garda-See, weisst du schon wann das sein soll?[9]
In Florenz traf ich Herrn MOHRT von Gallimard, der wünschte sich dass ich zur Veröffentlichung der französischen Übersetzung der »Mutmassungen« nach Paris käme. Dagegen hatte ich meine sprachlichen Mängel vorzubringen, er glaubte aber für diesen Zweck mit Englisch auszukommen. Ein zweites milanesisches Zwischenspiel wird gewiss nicht stattfinden, weil es einen Hermann Kesten nur einmal gibt und zu dieser Zeit nur in den Vereinigten Staaten. Nach Herrn Mohrts und Hans Magnus' Meinung ist eine solche Veranstaltung in Paris fast unabdingbar, ich habe versprochen mir das erst noch zu überlegen, weil ich vorher deine Meinung dazu kennen möchte.
Die Korrekturfahnen zu BRECHT »Geschichten« habe ich pünktlich vorgefunden, und ihr bekommt sie wirklich »so bald als möglich« zurück. Das ist was ich jetzt tun werde, heute abend werden wir dem Direktor der Akademie ernst ins Abend-Essen blicken, morgen gehen wir auf den Flohmarkt, übermorgen ins Theater, Dienstag früh zu Bett, und am Mittwoch hast du mir hoffentlich geschrieben.
Mit herzlichen Grüssen
dein Uwe.

1 Gemeint sind Photographien der Hochzeit von Uwe Johnson und Elisabeth Schmidt am 28. 2. 1962 im Frankfurter Römer, bei der Walter Boehlich und S. U. Trauzeugen waren.

2 Der zwischen 1944 und 1957 entstandene Roman *Quer pasticciaccio brutto de via Merulana* wurde 1957 in Mailand publiziert, die deutsche Übersetzung von Toni Kienlechner erscheint 1961 in München.

3 Die zweite Seite dieses Briefes ist geschrieben auf Papier mit Briefkopf: »Comunità Europea Degli Scrittori (COMES). Assemblea Generale. Congresso Internazionale. Lo scrittore. Il cinema. La radiotelevisione. Firenze, Palazzo Vecchio, 11-15 Marzo 1962«.

4 Vgl. Brief 110, S. 156.

5 Die Erzählung *Ameisen, Ameisen*, entstanden am 1. 12. 1958, wird zuerst veröffentlicht in: *Merkur*, 1960, S. 240-249, die Erzählung *Ein Sonderfall*, 1949 vermutlich entstanden, wird zuerst in *Begegnungen im Vorraum. Erzählungen*, Frankfurt am Main 1963 veröffentlicht. Vgl. Christof Schmid (Hg.), *Hans Erich Nossack. Die Erzählungen*, Frankfurt am Main 1987, S. 680-690, sowie S. 217-332.

6 Mit Schreiben vom 15. 2. 1962 bittet H. G. Göpfert vom Hanser Verlag um die Zustimmung, Johnsons Interview mit Horst Bienek in den Band *Werkstattgespräche mit Schriftstellern*, München 1962, S. 85-98, aufnehmen zu dürfen. Der Brief schließt mit dem Satz: »Sollten wir bis zum 3. März 1962 keine Nachricht von Ihnen erhalten, so möchten wir das in diesem Fall als stillschweigende Zustimmung betrachten dürfen.«

7 Horst Bieneks *Werkstattgespräch mit Uwe Johnson* erscheint in: *Frankfurter Hefte*, 17. Jg., 1962, H. 5, S. 333-342.

8 Im Rahmen der »Berlin-Woche« liest U.J. am 5. 6. 1962 im Künstlerhaus in München die Passage *Was hatte Achim eigentlich gegen Westdeutschland?* aus *Das dritte Buch über Achim* und anschließend Hans Scholz aus seinem Erfolgsbuch *Am grünen Strand der Spree.* Günter Grass und Wolfdietrich Schnurre sollten bei einer weiteren Veranstaltung im Rahmen dieser Woche noch folgen.

9 Im Februar 1962 verabreden Giangiacomo Feltrinelli und S. U. in Mailand, daß zwischen dem 10. und 16. 6. 1962 eine Begegnung zwischen den Autoren der Verlage Feltrinelli und Suhrkamp am Garda-See stattfinden soll. Der Plan wird nicht realisiert.

[122]

Frankfurt am Main
27. März 1962

Lieber Uwe,
herzlichen Dank für Deinen freundlichen und endlich einmal ausführlichen Brief, den du mir aus Rom geschickt hast. Höchst amüsiert hat mich Dein Bericht über Deinen Besuch bei Hesse, inzwischen hat mir nämlich auch der Alt-

meister geschrieben, wie sehr auch er von Deiner Erscheinung beeindruckt war, und dies gar so, daß er es gar nicht gewagt habe, Dir gegenüber überhaupt über den »Achim« zu reden. Vielleicht nimmt er das Buch jetzt noch einmal vor und liest den Text mit anderen Augen. Carlo Emilio Gaddas »Gräßliche Bescherung« schicken wir ihm in Deinem Auftrag zu.
Nun muß ich Dir also zur neuen Wendung in der Zeitschriftenfrage schreiben. Fräulein Kirchner, die mir gegenüber sitzt, schaut mich gespannt an und fragt sich ebenso wie Du, was ich nun machen werde. Indes ist die Sache ganz einfach für mich, sie war es schon immer. Ich habe nie gesehen, daß einer von Euch dreien sich wirklich engagieren möchte, und also sah ich nicht ein, warum ich mich engagieren sollte. Da nun aber etwas geschehen ist, was längst hätte geschehen können, was aber doch nicht zu spät geschieht, erkläre auch ich mich einverstanden. Meine Meinung, Du könntest dies nicht schaffen, ziehe ich zurück. Ich bin also bereit, die Sache zu machen, freilich unter der Bedingung, daß Ihr Euch darüber verständigt, daß nach Dir entweder Walser, Enzensberger, Grass oder Boehlich die Redaktion weiterführt. Ich halte es auch für richtig, Herrn Boehlich in das Herausgeberteam miteinzubeziehen. In Berlin traf ich Grass, wir diskutierten kurz über die Sache. Grass ist bereit mitzumachen, und zwar bei beiden Lösungen, also bei der Lösung Wagenbach-Fischer wie Johnson-Suhrkamp.[1] Wie aber wollen wir es Herrn Wagenbach sagen? Von den Fischer-Leuten ganz zu schweigen.
Die Juni-Woche Feltrinelli-Suhrkamp schwebt mir immer weiter weg. Ich glaube, wir sollten dies verschieben.
Ich glaube auch, daß es richtig ist, aus Anlaß der Veröffentlichung der französischen »Mutmassungen« nach Paris zu gehen.[2] Ich bin überzeugt, Du wirst Dir genau vornehmen, was Du da sagen möchtest. Wie bringen wir Kesten dorthin?

Daß die Berlin-Woche in München gerade am 5. Juni stattfindet, ist schade, denn die erste Juniwoche ist für den Rom-Besuch vorgesehen.[3] Der Termin steht aber noch nicht ganz fest, er wird auch etwas von Frisch abhängen, der im Juni zu einer Preisverleihung nach Deutschland kommen muß.[4]
Herr Behncke wird sich um den Abdruck Deines Bienek-Interviews kümmern.
Am vergangenen Wochenende war ich in Ostberlin. Da ist alles sehr traurig und trübsinnig. Die Stimmung ist unter Null gefallen. Der Fatalismus und die Überorganisation hemmen alles Produktive. Mit Frau Weigel habe ich vereinbart, daß wir nun doch das »Buch der Wendungen« und »Meti« für eine Edition bearbeiten wollen; ich nannte ihr auch Deinen Namen | als »Editor« | und sie war, vorbehaltlich Stefans Zustimmung, einverstanden. Ich glaube, daß auch Stefan einverstanden sein wird, wobei es Stefan vielmehr um eine Edition der politischen Schriften geht.[5] Wie ist es, hast Du noch Lust? Die Arbeit wäre in zwei Zügen zu erledigen: 1) Prüfung, ob es möglich ist, das »Buch der Wendungen« vorab in der Bibliothek Suhrkamp zu veröffentlichen. Dieser Komplex ist ja geschlossener als der des »Meti«. 2) Kann man »Meti« so bearbeiten, daß eine Publikation in einem größeren Band möglich ist? Bitte schreib mir darüber. Ich würde Dir die Fotokopien der Manuskripte dann nach Rom schicken.[6]
Mit herzlichen Grüßen, auch an Elisabeth
Dein Siegfried

1 S. U. trifft Günter Grass am 23. 3. 1962.
2 U. J. reist nicht zur Präsentation von *La Frontière* nach Paris.
3 S. U. reist in der ersten Juniwoche nicht nach Rom. Er ist zwischen dem 3. und 6. 6. 1962 in Mailand, Turin und Zürich.
4 Max Frisch erhält am 20. 6. 1962 in der Aula der Staatlichen Kunstakademie in Düsseldorf den Großen Kunstpreis des Landes Nordrhein-Westfalen.

5 Siehe auch Brief 130, S. 199.
6 Im Juni 1961 hat S. U. bei einem Besuch im Brecht-Archiv mit Helene Weigel über den Komplex *Me-ti* gesprochen. In seinem Reisebericht hält er fest: »Ich schlug vor, die gesamte Arbeit hier im Verlag machen zu lassen (und dachte dabei, ohne den Namen zu nennen, an Johnson).« Von seinem Aufenthalt im Brecht-Archiv am 23. und 24. 3. 1962 berichtet er: »Frau Weigel ist damit einverstanden, daß Johnson die editorische Bearbeitung des ›Buches der Wendungen‹ und ›Meti‹ übernimmt.«

[123]

Roma
2. April 1962

Lieber Siegfried,
ich bedanke mich herzlich für deinen Brief vom 27. März. Für den hättet ihr euch gar nicht ein neues Farbband anschaffen müssen, ich bin ganz überhaupt zufrieden mit deiner Zustimmung zu meinem Entschluss in der Sache der internationalen Zeitschrift und mit deiner Beteiligung daran. Das macht mich stillvergnügt, natürlich des Verlages wegen, eigentlich aber weio ich meine weil ich mir sehr gewünscht habe wir blieben auch da zusammen. Es hätte ganz notwendig Missverständnisse gegeben in der Fremde zwischen uns, jetzt können wir uns auf eine hübschere Weise mit dem Notwendigen beschäftigen. Du hast Glück dass du früher kamst mit dem Vorschlag die Anrede zu ändern: jetzt wäre ich längst da.
Mit den praktischen Vorschlägen bin ich einverstanden. Einer von uns fünf (Boehlich, Enzensberger, Grass, Walser, ich) wird es nach den beiden ersten Jahren gewiss übernehmen und weitermachen. Das müsste ausgemacht werden. Was Herrn Wagenbach angeht, so bin ich bekümmert ihm in aller Unschuld und gewiss ohne Absicht immer wieder weh

zu tun; mein Vorschlag geht nicht gegen ihn sondern für die Sache. Ich werde ihm das schreiben und auch den Inhalt des beiliegenden Briefes an Mascolo[1] (hoffentlich ist der so richtig. Sollte er gar nicht stimmen, benutzt bitte den anliegenden Blankobogen für einen geänderten Text, und schickt den oder den ersten weiter); vielleicht und wenn es allen recht ist, sollte man ihn bitten ein Mitherausgeber zu werden. Die kommenden Verhandlungen sollten gewiss keine persönlichen Bewertungen enthalten, so war auch mein letzter Brief an ihn nicht gemeint; da hiess es »als über Ihre Person keine Einigkeit zustandekam« in Bezug auf die Herausgabe nicht auf etwas Ehrenrühriges.
In der Anlage ist eine Kopie des Offenen Briefes an Herrn Fassmann.[2] Ich möchte auch mal. Das Original habe ich an Herrn Leonhardt[3] geschickt mit der Bitte es bei Nichtgefallen an die »Frankfurter Hefte« zu schicken (die auf der letzten Seite entsprechend ändern müssten) oder an Herrn Fassmann. Den kenne ich gar nicht.
Die beiden Sachen von Brecht[4] möchte ich gern herausgeben. Es ist eine Arbeit für ziemlich lange Zeit und schwierig, aber ich glaube sie hilft nachdenken. Bitte, schick doch die Fotokopien.
Und sag mal, könntet ihr mir nicht das Monatliche als Reisescheck im Einschreibebrief schicken; und im Juni bringst du mir den Rest für die Zeit bis Oktober einfach mit? ich hab immer noch kein Konto. Sonst habe ich, wie du weisst, alles, es fehlt mir nichts, deine Zustimmung war vorläufig das Letzte. Du hast gewiss andere Gründe, aber da die sich mit meinen trafen, sieht es doch aus wie Solidarität.
Dein Uwe.

1 Dionys Mascolo war bei Gallimard für die geplante Zeitschrift zuständig; zur Anlage siehe S. 1094f.
2 In der Aprilnummer der in München erscheinenden Zeitschrift *Das*

Schönste hat deren Chefredakteur, Kurt Fassmann, einen Offenen Brief an den »lieben Herrn Kesten« und den »sehr geehrten Herrn Johnson« gerichtet, in dem er den Mailänder Streit noch einmal aufwärmte und auf nicht besonders glückliche Weise den beiden Adressaten ins Gewissen redet. U. J. reagiert mit *Offener Brief über Offene Briefe. Die Nützlichkeit des Postgeheimnisses*, der in: *Die Zeit*, Jg. 1962, Nr. 15 (v. 13. 4. 1962), S. 13, veröffentlicht wird.

3 Rudolf Walter Leonhardt ist von 1957 bis 1972 der Feuilleton-Chef der *Zeit*.

4 *Me-ti* und das *Buch der Wendungen* werden hier noch als »zwei Sachen« angesehen. 1965 wird Brechts *Handbüchlein der Moral* dann als ein Buch unter dem Titel *Me-ti. Buch der Wendungen*, Redaktion: Uwe Johnson, im Suhrkamp Verlag erscheinen.

[124]

Frankfurt am Main
9. April 1962

Lieber Uwe,
ich schicke Dir anbei die englische Übertragung der »Mutmassungen« zu. Fräulein Ritzerfeld hat die ersten 25 Seiten durchgesehen und einige Ausstellungen gehabt. Insgesamt beurteilt sie die Übersetzung eher positiv. Bitte schau sie Dir doch einmal an, ich schicke Dir gleichzeitig die Liste von Fräulein Ritzerfeld.[1]
Herzlich Dein
Siegfried

1 Die Liste der Anmerkungen zur Übersetzung von Frau Ritzerfeld ist nicht erhalten.

[125]

[Rom]
13. April 1962

Lieber Siegfried:
du hättest ja auch wohl lieber deine Ruhe. Trotzdem bitte ich dich den beiliegenden Brief Wagenbachs an Mascolo zur Kenntnis zu nehmen, er enthält unter einigem Zweifelhaften auch die unrichtige Behauptung dass ich in Florenz den endgültigen Verzicht des Suhrkamp Verlags auf die Internationale Zeitschrift bestätigt hätte. Das trifft nicht zu. Nun werde ich ihm vorläufig nicht schreiben, bis du dich mit S. Fischer geeinigt haben wirst. (Den Brief hätt ich gern zurück.)
Den italienisch sprechenden Brief deiner liebenswürdigen Sekretärin habe ich gelesen und nicht erfassen können; ich mochte ihn auch nicht zum Gegenstand meiner nächsten Unterrichtsstunde machen, da bei den anderen Teilnehmern wenig Interesse vorausgesetzt werden kann. Ich begriff ungefähr dass er sich mit dem Konto befasste, auf das ihr mir das Monatliche überweisen wollt;[1] das habe ich mir bei Martin eingerichtet fürs erste: würdet ihr ihm bitte DM 1800 überweisen für meine drei kommenden Monate April und Mai und Juni, er hat sie mir ausgelegt. Was die Zahlungen für Juli und August und September und Oktober angeht, so wäre es mir sehr lieb, wenn ihr sie zusammen auf meinen Namen zum 5. Juni schicken würdet an den Württembergischen Hof, München, Marsstrasse 5; dann ist die Berlin-Woche.[2]
Und sag mal: diesen Termin will der westberliner Senator für die Bildung des Volkes mir nicht mehr verschieben. Es scheint mir verschwenderisch dazwischen und dem 12. Juni (Beginn der Woche am Garda-See) noch einmal nach Rom zu fahren; könnt ihr nicht noch einmal überlegen, ob ihr etwa auch vom 17. an, nach der Suhrkamp-Feltrinelli-Ta-

gung, auf Rom zukommen könntet. Ich sähe euch da sehr gern (und würde auch bei Martin warten, wenn ihr über Friedrichshafen nach Gargnano fahrt).
Neulich hat eine indische Studentin der Ökonomie etc. die Titel einiger indischer Romane (Romane indischer Autoren) genannt, die nach ihrer Meinung für ein abendländisches Publikum interessant und gut genug wären:

KUSWHANT SINGH, »Train to Pakistan«
R. K. NARAYAN, »The Guide und The Financial Expert«
VICTOR ANANT, »The Revolving Man«;

die sollen in England erschienen sein. Man könnte es ja versuchen. Wenn der Verlag sie bestellt, will ich sie lesen.
Gestern ist der Umbruch zu BRECHT, »Geschichten« angekommen. Dem fehlenden Schreiben dazu entnehme ich dass ich ihn durchsehen soll. Wenn ihr nicht telegrafiert, bekommt ihr ihn zum nächsten Freitag und eher nicht. Denn ich lerne Italienisch.
Und hoffe ich du wärst montags am Telefon zerstreut gewesen weil du zerstreut warst und nicht wegen etwas anderem; wenn ich mir auch gar nicht vorstellen kann du wärst zerstreut.
Mit herzlichen Grüssen
Uwe.

1 Der Brief von Julia Kirchner unter dem Datum des 4. 4. 1962 lautet: »Egregio Signore, Le sarei molto grata se ci potesse indicare il numero del Suo conto di banca a Roma. L'onorevole Signora Roser ne ha bisogno. Caso mai non ha ancora un conto a Roma, il Suo caro amico, Siegfriedo, Le consiglia di procurarsene subito uno. Che fare altrimenti con tanti soldi! Saluti alla Sue moglie e al Sua vicino! A rivederci a Roma.«
2 Vgl. Brief 121, S. 180.

[126]

Frankfurt am Main
25. April 1962

Lieber Uwe,
schönsten Dank für Dein Briefliches vom 13. April. Mascolo hat inzwischen auf unsere Briefe reagiert.[1] Ich schicke Dir demnächst die Übersetzung. Neu ist an der Sache jetzt wiederum, daß die Vorbereitungen jetzt schon beginnen müssen, während Du mir doch von einem Jahr Aufschub berichtet hast; aber an mir soll diese Frage wirklich nicht scheitern. Im Gegenteil, auch ich bin nun sehr dafür, daß wir die Sache rasch und intensiv anfassen, freilich scheint es mir nach wie vor nur komisch, eine Organisation, ein Gefäß für etwas aufzubauen, dessen Inhalt wir nicht wissen.
Es ist schade, daß Du den Rat meiner »liebenswürdigen« (solche Formulierung von Deiner Seite) Sekretärin nicht befolgt hast. Mir ist Deine Unselbständigkeit in diesem Punkte unangenehm. Ich kann nicht einsehen, daß die Gründung eines Kontos so schwierig ist, und Du brauchst dieses Konto, weil Du doch auch andere Einnahmen hast; und wenn ich Du wäre, wäre es mir unangenehm, andere Leute mit solchen Überweisungen belasten zu müssen. (Damit meine ich nicht mich und den Suhrkamp Verlag, denn dazu sind wir ja da.)
Die DM 1800.- wurden an Martin bereits überwiesen, wenn Du nicht doch anders disponierst, geht die nächste Rate von DM 1500.- an den Württembergischen Hof.
Wir können leider unsere Romreise nicht anders legen als auf die Woche vom 5. bis 9. Juni. Die Feltrinelli-Woche wäre dann vom 13. bis 16. Juni, am 17. muß ich zu einem dringenden Termin in München sein.
Um die drei indischen Romane wollen wir uns kümmern.
So long
Dein Siegfried

1 Siehe Anhang 2, S. 1096f.

[127]

[Rom]
30. April 1962

Lieber Siegfried,
es scheint mir gar nicht günstig die Organisation der Zeitschrift nur brieflich zu besprechen, der Abwesende bekommt kaum mehr zu hören als die Anwesenden für ihn interessant glauben, der Abwesende bin ich für meinen Geschmack zu oft. Herr Mascolo hat mir geschrieben wegen der Verlagsgarantien für die Unabhängigkeit der Zeitschrift, dazu kann ich im einzelnen nichts sagen, da ich das Einzelne nicht kenne. Leider hat er nicht den Eindruck du seist für das Unternehmen begeistert; er stellt sich vor du wünschtest dir viel mehr eine jeden Monat erscheinende Revue rein deutscher Art. Ich glaube er hat einen deiner Seufzer missverstanden und habe ihm jedenfalls versichert dass ich davon nichts weiss.
Seiner Eile muss ich widersprechen. Ich habe im vorigen Monat um ein Jahr persönlicher Vorbereitung gebeten, das haben mir eben die Herren des Forêts und Vittorini zugestanden, in deren Namen er jetzt vorschlägt ich solle gleich nach Deutschland zurückgehen und anfangen. Das Stipendium Villa Massimo kann ich aber nicht vor der Zeit aufgeben, nachdem ich im Angesicht eines deutschen Bundestages darauf bestand es anzunehmen; auch brauche ich einige Zeit mich einzurichten auf zwei Jahre in denen ich zu eigenen Sachen nur mangelhaft kommen werde; drittens will ich mich keinesfalls auf etwas Dreisprachiges einlassen, bevor ich die drei Sprachen notdürftig benutzen kann. Also kann ich nicht anfangen vor dem Februar nächsten Jahres. Dies Herrn Mascolo auszurichten habe ich Hans Magnus in Mallorca gebeten. Solltet ihr aber alle meinen das Projekt stürbe doch eher an längerem Warten, müsstet ihr für die Arbeit

der Herausgabe einen andern bestimmen fürs erste: also Hans Magnus; als Beiträger, Beisitzer etc. bliebe ich dabei; im dritten und vierten Jahr täte dann ich die Arbeit. Diese meine Bitte um Aufschub für meine Person war von Anfang an bekannt, ist auch nichts anderes als der Wunsch für eine Aufgabe besser geeignet zu sein als zu einem ungefähren Drittel.

Über all dies zu reden sähe ich dich gern bald. Es gibt auch persönliche Fragen. Martin will sich nicht vorstellen dass das Redaktionsbüro einer solchen Zeitschrift in Berlin ansässig sein könnte, er verlangt ich solle umziehen nach Frankfurt; wenn aber die Zeitschrift unabhängig ist vom Verlag dann auch vom Ort will mir scheinen, bis du mir widerspritchst.

Entschuldige: früh am Morgen verschreibe ich mich ziemlich regelmässig.

Den »Kalendergeschichten« von Brecht möchte ich gewiss das Allerbeste wünschen in der sicheren Meinung dass die es brauchen werden. Auffällig ist schon dass sie nach Sprachregelung von »Dichten und Trachten« »die hier zum ersten Mal vollständig wiedergegebene Sammlung der Geschichten vom Herrn Keuner« enthalten, während wir alle wissen dass die Rechtsnachfolger des Toten nicht nur Worte wegfallen liessen sondern auch einige Geschichten in die ewigen Jagdgründe aufsteigen liessen, bevor sie im Leben sichtbar wurden etwa als bedeutende Abrundungen der öffentlichen Meinung über Brecht; mit denen im Druck müssten wir weniger Sorgen haben wie sein Brief an Ulbricht vom 18. Juni 1953 verständlich zu machen wäre.[1] Es heisst ja auch die Findigkeit späterer und mehr unabhängiger Nachlass-Editoren gefährlich unterschätzen, wenn man annimmt dass sie nicht erkennen was sich ihnen geradezu unter die Hand drängt, sie müssen es nur noch nehmen, und wenn nicht die Norm der Wissenschaft dann gewiss die

Freude des Entdeckers werden sie veranlassen drei Zeilen im Literaturverzeichnis mit der Feststellung auszustatten: Diese Fassung ist noch sechs Jahre nach dem Tod zu Unrecht als vollständig bezeichnet worden. Natürlich kann man auch noch mit Interpretationen einer zum Beispiel innenpolitischen Art rechnen; vorläufig genügt auch dass der Name Suhrkamp vor einer wissentlich falschen Behauptung steht.

Zur Textgestalt mag ich gar nichts Besonderes sagen, nachdem ich einer Bemerkung von Herrn Bendixen entnehme die Fahnen seien vom Brecht Archiv gelesen worden, das heisst doch wohl verantwortlich, diese Korrekturen seien dann von eurer Hauskorrektur eingetragen worden: indem man sich strikt an das Manuskript gehalten habe. Dies von Frau Hauptmann durchgesehene und verantwortete Manuskript war aber während der ganzen Zeit der Korrektur bei mir, begründeter Zweifel wegen, und ob ihr nun Änderungen nach der Grammatik oder nach ostberliner Anweisungen in den Umbruch eingetragen habt, ich war es nicht und möchte das nicht sagen hören. Auf einen Brief voller Fragen zu Merkwürdigkeiten des Textes im Umbruch habe ich von euch keine Antwort bekommen; ich weiss nicht einmal ob ihr das Telegramm beachtet habt, in dem ich einen im Brief enthaltenen Fehler richtigstellte.

Nun ist es also nur noch Neugier, die mich fragen lässt warum die grossen Geschichten aus der ostberliner Sammlung ausgetauscht wurden gegen »Esskultur«. »Cäsar und sein Legionär« wie auch das »Experiment« haben doch dem Vernehmen nach zu den verfügbaren gehört. Oder nun wieder nicht?[2]

Bitte, würdest du mir die Fotokopien von »Me-ti« und »Buch der Wendungen« schicken lassen. Ich möchte den Text ziemlich weit vorbereiten, da ich im Herbst sehr viel zu tun habe.

Weil das Papier so klein ist: 3.
Denn im Herbst gibt es die Tagung der Gruppe 47, einige Wochen Reisen zum Vorlesen, ich kann mir auch sonst noch etwas denken.
Jetzt schon überlege ich mir einen Vorschlag von Rolf Schroers: dass ich einen halbstündigen Fernsehfilm für die Gesellschaft DuMont Time schriebe, der später im westdeutschen Fernsehen erschiene.[3] Das Thema ist die Grenze in Deutschland, und sollte die Gesellschaft meine Vorstellungen in gewissem Umfang akzeptieren, würde es mich sehr interessieren. Der Vertrag soll eine Honorierung nach Arbeitsperioden vorsehen, so dass jedenfalls die geleistete Arbeit bezahlt sein wird; bevor ich denen oder Herrn Schroers aber endgültiger schreibe, wüsste ich gern ob du Bedenken unseres Vertrages wegen hast und was du mir rätst zu verlangen. Ich wäre der Autor des Gesamtfilms, also des Textes und von Arrangement wie Auswahl des Bildmaterials; alles Technische übernimmt die Gesellschaft. Dies ist eine mir sehr wichtige Sache, die ich gern fürs erste hinter mir haben will, bevor ich zwei Jahre lang dazu nicht käme.
Zur Zeit sitze ich an der amerikanischen Übersetzung der »Mutmassungen«. Sie ist gut in einem ganz allgemeinen Sinn, den ich dir in der nächsten Woche zu erklären versuche; sie verursacht sehr viel einzelne Arbeit und Bedenken. Bitte, schreibt mir doch jetzt schon an wen das Manuskript gehen soll (das fotokopierte, das ich von euch habe) und an wen meine Bemerkungen. Wie eilig es damit ist weiss ich nicht.
Mein Lieber: brumme nicht. Schreib auch öfter. Es ist sehr schade dass wir dir im Juni nicht zeigen können wie gut es uns hier geht; wir gäben dir gern was ab.
mit herzlichen Grüssen,
dein Uwe.

1 Der Brief Bertolt Brechts vom 17. Juni 1953 schließt mit dem Satz: »Es ist mir ein Bedürfnis, Ihnen in diesem Augenblick meine Verbundenheit mit der Sozialistischen Einheitspartei Deutschlands auszudrücken.« Vgl. Bertolt Brecht, *Briefe*, Bd. 3, S. 178.

2 Am 6. 3. 1962 werden U. J. die Fahnen von Bertolt Brechts *Kalendergeschichten* durch Elfriede Hertwig mit der Bitte um Korrektur gesandt. Mit Telegramm vom 20. 3. 1962 bittet U. J. um die Übersendung des von Elisabeth Hauptmann erstellten Manuskriptes für diese Sammlung. Am 23. 3. 1962 schreibt U. J. an E. Hertwig: »[...] mit gleicher Post schicke ich Ihnen das Satzmanuskript und die korrigierten Fahnen von BRECHT-Geschichten [...]. Zum Text gibt es noch einige wenige Fragen, die ich Herrn Boehlich im anliegenden Brief erklärt habe [...] er wird sie alle sehr schnell entscheiden können, denn er hat anders als ich immer einen Duden bei sich. [...]« In dem Brief an W. Boehlich heißt es: »[...] Grundsätzlich weiss ich mir nicht zu erklären dass die grossen Geschichten ›Cäsar und sein Legionär‹, ›Das Experiment‹, schliesslich auch noch ›Die zwei Söhne‹ ausgetauscht wurden gegen ›Esskultur‹; das Verhältnis leuchtet mir nicht ein, ein Zufall kann es nicht sein [...].« Am 30. 3. 1962 schreibt W. Neuloh an U. J. »[...] Sie sehen also, daß fast alle Vorschläge, die Sie in Ihrem Brief gemacht haben, verwirklicht worden sind.[...]« Am 11. 4. 1962 bittet E. Hertwig um die Korrektur des separat versendeten Umbruchs der *Geschichten* bis zum 16. 4. 1962. Am 15. 4. 1962 schickt U. J. eine Aufstellung der Korrekturen an E. Hertwig und moniert »den Zeitdruck«. Am 17. 4. 1962 telegrafiert U. J.: »KORREKTUREN UNTERWEGS SEIT SONNTAG SEITE SECHZEHN ZEILE ZWEIUNDDREISSIG MUSS HEISSEN UND DIE BRIEF IRRT.« Am 18. 4. 1962 schreibt Peter Bendixen an U. J.: »Sehr geehrter Herr Johnson, es tut uns leid, daß wir Sie mit dem Brecht-Umbruch unter solchen Zeitdruck gesetzt haben. Es lag letzten Endes daran, daß man sich beim Brecht-Archiv mit der Fahnenkorrektur viel zu lange aufgehalten hat. [...] Haben Sie recht vielen Dank für Ihre rasche Arbeit. Ein Teil Ihrer Korrekturen war schon bei den Fahnen mit Herrn Dr. Unseld besprochen, und in den meisten Fällen ist entschieden worden, daß man sich an das Manuskript halten soll. Dies konnten Sie leider nicht wissen, weil wir ja die Fahnenkorrektur an unseren Hauskorrektor geben mußten.«

3 Das Projekt wird nicht verwirklicht.

[128]

Frankfurt am Main
30. April 1962

Lieber Uwe –
kennst Du Günther Zehms »Notiz über Uwe Johnsons Methode« in der April-Ausgabe des »Monat« und auch das, was [...][1] Deschner über Dich geschrieben hat?[2] Das letztere lege ich bei, freilich nicht, weil ich meine, daß Du darauf reagieren solltest. Mit besten Grüßen
Dein Siegfried

Anlage

1 Hier wurden zwei Worte ausgelassen zur Wahrung der Persönlichkeitsrechte Dritter.
2 Vgl. Günter Zehm, *Ausruhen bei den Dingen. Notiz über Johnsons Methode*, in: *Der Monat*, 1962. Bd. 14, H. 163, S. 69-73, und Karlheinz Deschner, *Johnson auf der Schwelle der Meisterschaft. Eine Auseinandersetzung mit Uwe Johnsons »Das dritte Buch über Achim«*, in: *Die andere Zeitung*, Jg. 1962, Nr. 15 v. 12. 4. 1962, S. 13.

[129]

Frankfurt am Main
3. Mai 1962

Lieber Uwe,
Deinen etwas mürrischen Brief vom 30. April habe ich dankend erhalten. Es tut mir leid, daß ich hier in Frankfurt sitze und Du in Rom, aber wir beide müssen uns deswegen doch keine Vorwürfe machen.
Mascolo hat mir geschrieben, ich habe ihm geantwortet. Mein Schreiben findest Du anbei, und zwar in deutscher

und französischer Fassung. Ich halte Dich über meine Korrespondenz jeweils mit einer Kopie auf dem Laufenden, wie im übrigen auch Martin, der auch eine Kopie dieses Schreibens erhält. Mit meiner Erfahrung mit Autoren weiß ich, daß man in der Beziehung mit ihnen weder mit Treue noch mit Dankbarkeit rechnen darf. Ich glaube immer noch an eine gewisse Fairneß, aber manchmal beginnt mir auch dieser Glaube zu schmelzen.

Ich habe Deinetwegen, Deiner Entscheidung wegen, mich für die Zeitschrift entschieden, es ist mir einfach unfaßlich, daß Du jetzt schreibst, wir müßten einen anderen als Dich für die Arbeit der Herausgabe bestimmen. Uwe, das geht nicht mehr. Du hast Dich entschieden, die Herren Enzensberger, Walser und Boehlich haben dem zugestimmt, Grass's Zustimmung dürfen wir sicher sein. Ich habe mich für den Verlag entschieden und habe dies auch Mascolo mitgeteilt. Jetzt gibt es kein Zurück. Mit Recht kannst Du aber, und können wir alle, auf dem Aufschub von einem Jahr beharren. Ich habe das auch Mascolo geschrieben. Und selbstverständlich kannst Du – und mußt Du auch nach meiner Meinung – bis zum Ende des Stipendiums in Rom bleiben. Meiner Ansicht nach kannst Du die eigentliche Herausgeberarbeit, auch im Hinblick auf Deine Sprachkenntnisse, erst am 1. April beginnen. Das erste Heft erschiene dann im Herbst 1963, und das wäre vielleicht gar nicht so schlecht. Mir schwebt vor, zur Buchmesse 1963 in Frankfurt dann in Form einer großen öffentlichen Veranstaltung die Zeitschrift publizistisch vorzustellen.

Zu einem zweiten Punkt muß ich Dir ebenso offen und rückhaltlos schreiben. Ich reagiere höchst empfindlich, wenn ich das Wort »Unabhängigkeit gegenüber dem Verleger« höre. Mögen die Franzosen solche kindlichen und törichten Forderungen für notwendig halten. Du bist so frei und unabhängig, wie Du dies nur irgendwie zu sein ver-

magst. Es wird keinen Einfluß des Verlages auf die Zeitschrift geben, in der Weise, wie die Franzosen dies offensichtlich befürchten. Ich möchte Dich also wirklich bitten, diese Bezeichnung in allen Briefen und Äußerungen zu unterlassen. Entweder Du fühlst Dich unabhängig, dann bist Du es auch und brauchst dies nicht von dem Ort Deiner Arbeit abhängig zu machen, oder Du bist es nicht, und dann hilft Dir auch keine Bescheinigung und kein noch so entferntes Wohnen.
Natürlich kann die Redaktionsarbeit nicht in Westberlin erfolgen, und zwar eben wenn Du Herausgeber bist. Es ist gut und recht, Du kannst bis zum 1. April Dir Sprachenkenntnisse zulegen, aber es ist unmöglich, lieber Uwe, daß Du in der Lage bist, Texte in Französisch und Italienisch ihrer Substanz und Qualität nach zu beurteilen. Dazu gibt es in unserem Bereich und in dem Bereich der Zeitschrift überhaupt nur zwei Leute. Der eine ist Enzensberger, sitzt in Oslo, ist ein heiliger Egoist und für unsere Zwecke nicht greifbar, der andere heißt Boehlich. Ohne ihn kannst Du meines Erachtens die Herausgabe nicht machen. Dann brauchst Du eine Redaktionssekretärin, hierzu habe ich Dir Folgendes vorzuschlagen: Fräulein Kirchner ist mit Wirkung vom 30. April aus dem Verlag ausgeschieden, sie möchte studieren und insbesondere ihre Sprachkenntnisse nochmals neu fundieren. Ich bin mit ihr, im Hinblick auf die Zeitschrift, einen Vertrag als freie Mitarbeiterin eingegangen. Sie steht für zwei Tage in der Woche bereit, Aufgaben im Zusammenhang mit der Zeitschrift zu übernehmen. Einmal wird sie, und nur sie, alle Korrespondenz in dieser Sache schreiben und führen und auch alle Übersetzungen vornehmen. Dies ist zunächst für die Dauer eines Jahres gedacht, danach wird sich Fräulein Kirchner entscheiden, ob sie entweder ihre Studien weiterführen oder ob sie vielleicht doch – was ich ihr nahelegen werde – gewisserma-

ßen als Deine Assistentin hauptsächlich fungieren wird. Fräulein Kirchner wird dieses Semester, das heißt Mai bis Juli, in Marburg sein. August bis November in Perugia an der Fremdenuniversität, danach wieder an einer deutschen Universität oder auch an der Sorbonne. Gewönnen wir Fräulein Kirchner nach einem Jahr für diese Arbeit an der Zeitschrift, schiene mir dies dann eine ideale und optimale Lösung.

Da Du ja keinesfalls als Lebensberuf den Herausgeber spielen sollst, muß nach etwa zwei oder drei Jahren die Herausgabe an einen anderen Autor vergeben werden. Es scheint mir daher das Richtigste zu sein, wenn ich im neuen Verlagshaus (das ich am 1. Mai gekauft und in das wir am 1. April 1963 ziehen werden) ein Zimmer als Redaktionsbüro einrichte. Du solltest meines Erachtens in Frankfurt oder in der Nähe von Frankfurt wohnen. Ich möchte Dir von mir aus als Wohnsitz Darmstadt oder Heidelberg vorschlagen. Heidelberg hätte viele Vorzüge, vor allem die Universität (ich denke hier auch an Elisabeth), aber den gewaltigen Nachteil, daß dort Wohnungen nur sehr schwer aufzutreiben sind. Wenn Du Dich für Darmstadt entschlössest, gewissermaßen als Mittelpunkt zwischen Frankfurt und Heidelberg, so schiene es mir hier viel leichter, eine Wohnung für Dich zu finden. Nossack zieht übrigens ebenfalls jetzt nach Darmstadt, die Stadt selbst ist sehr interessiert, Schriftsteller nach Darmstadt zu rufen. Du mußt ja auch daran denken, irgendwo einen Wohnsitz für Dich und Deine Frau zu haben. Wie gesagt, der Weg des geringsten Widerstandes wäre Darmstadt, doch muß ich sagen, daß mir Heidelberg einfach schöner scheint. Da sowohl Boehlich wie auch Fräulein Kirchner mit Autos ausgerüstet sind, wäre die Verbindung Frankfurt-Darmstadt, beziehungsweise Frankfurt-Heidelberg kein Problem. Außerdem dringen ja auch Gerüchte an mein Ohr, daß Du Dich selbst zum Kauf eines

Wagens entschließen willst, so daß dann auch Du sehr bewegungsfrei wärest. Westberlin scheint mir ein ungeeigneter Platz für die Redaktion einer französisch-italienischen-| deutschen | Zeitschrift zu sein. Es wird leichter sein, Grass und Enzensberger nach Frankfurt als Martin nach Berlin zu rufen, und wie ich die Dinge beurteile, bist Du mehr auf die Zusammenarbeit mit Martin angewiesen als auf die mit Enzensberger und Grass. Ich wäre Dir dankbar, wenn Du mir dazu schriebest. Unterschätze nicht, die Wohnungsfrage kann keinesfalls von heut auf morgen gelöst werden. Selbstverständlich ist alles von mir aus nur ein Vorschlag, aber er scheint mir ein Vorschlag der Vernunft zu sein.

| Zu den anderen Punkten Deines Briefes morgen. |

Herzlich Dein Siegfried

P. S.

Ich bitte Dich, aus organisatorischen Gründen, alle Probleme, die Du schriftlich im Hinblick auf die Zeitschrift berührst, jeweils in einem separaten Brief zu behandeln. Es tut mir leid, Dir hier Ungelegenheiten machen zu müssen, aber sonst kommen wir hier mit der Ordnung, das heißt mit der Ablage, etwas durcheinander. Dies ist insofern wichtig, da Fräulein Kirchner nur jeweils zwei Tage im Verlag ist. Ich bin sicher, daß Du dies einsiehst.

Anlage[1]

1 Siehe Anhang 2, S. 1098f.

[130]

Frankfurt am Main
4. Mai 1962

Lieber Uwe –
ich möchte nun auch noch den restlichen Teil Deines Briefes vom 30. April beantworten. Die Sprachregelung in »Dichten und Trachten« ist ohne mein Wissen und Zutun erfolgt. Im Band selbst und auch auf der Klappe wirst Du eine andere Formulierung finden. Es heißt dort im Hinblick auf die Keuner-Geschichten, es handle sich hierbei um eine zum ersten Mal in dieser Vollständigkeit dargebotene Sammlung.
Es ist nicht so, daß die Textgestalt purem Zufall überlassen bliebe. Im Grunde genommen stimmst Du mit Frau Hauptmann überein, mit einer einzigen Ausnahme, nämlich bei der Geschichte »Bargan« habe ich mich eingeschaltet und Frau Hauptmann überzeugt, daß wir auf die »Merkur«-Fassung[1] rekurrieren sollen. Damit sind Deine Fragen geklärt, wie übrigens auch das Telegramm, das eingetroffen ist und beachtet wurde.
Ich konnte nach dem letzten Stand der Verhandlungen mit dem *west*berliner Verleger Weiß beliebig viele Erzählungen aus den »Kalendergeschichten«[2] für unseren Band übernehmen, aber ich wollte doch so sparsam wie nur möglich davon Gebrauch machen, weil ich Doppelpublikationen nicht gern habe. So habe ich die Texte übernommen, die mir eben für das Substanzgerüst unseres Bandes unerläßlich schienen.[3] An die Fotokopien von »Me-ti« und »Buch der Wendungen« denke ich. Ich muß da noch einen Brief von Stefan Brecht abwarten. Was die Fernsehsache betrifft, so habe ich keine Bedenken im Hinblick auf unseren Vertrag. Die Honorierung vermag ich schwer einzuschätzen, da ich das Ausmaß, vor allem die Dauer der

Arbeit nicht übersehe. DM 5,- bis 9,- sollten jedoch drinliegen.
Schicke die amerikanische Übersetzung der »Mutmassungen« an uns zurück. Deine Bemerkungen machst Du am besten auf neutralem Bogen, sozusagen to whom it may concern. Wir schicken diese Fassung nach London, ich muß jedoch Deine und unsere Einwände nach London und New York mitteilen.
Herzlich Dein Siegfried

1 Die Erzählung *Bargan läßt es sein* erscheint zuerst in: *Der Neue Merkur* (München), VI, 6. 9. 1921, S. 394-406.
2 Bertolt Brecht, *Kalendergeschichten*, Gebrüder Weiß Verlag, Berlin-Schöneberg 1949.
3 In der editorischen Notiz des im Mai 1962 als Band 81 der Bibliothek Suhrkamp erscheinenden Bandes Bertolt Brecht, *Geschichten*, heißt es: »[...] Dieser Band wurde beschränkt auf einige Erzählungen aus den ›Kalendergeschichten‹ [...] und auf eine umfassende Auswahl der kleinen Prosa.«

[131]

[Rom]
10. Mai 1962

Lieber Siegfried,
ich bedanke mich für deinen Brief vom 3. Mai und beantworte ihn gleich. Auch den vom vierten.
Dass du im Band »Geschichten« von Brecht eine zu grosse Textgleichheit mit den anderen Ausgaben vermeiden wolltest, verstehe ich wohl; mir kommt aber unsere Auswahl unnötig geschwächt vor gegenüber den anderen, da sie viele lahme Geschichten enthält und zwei der prächtigen nicht.
Was du vorschlägst zum gesonderten Aufschreiben der An-

gelegenheiten ist mir schon einmal eingefallen; es ist nicht sicher dass in zum Beispiel der Buchhaltung grosses Interesse an Privatfragen besteht, mögen sie auch auf einem Blatt neben Fragen zur Abrechnung stehen. Deswegen schicke ich dir nicht nur der Zeitschrift wegen ein Extrablatt, sondern auch wegen zweier anderer Sachen. Bist du einverstanden dass man vor solchen Notizen die Anrede und danach die Unterschrift weglässt? Denn ich weiss nicht in jedem Fall genau wen es angeht, das schreibst du dann an den Rand, ja?

Wie du mir werde ich Dir Durchschläge meiner Briefe wegen der Zeitschrift an Dritte schicken, aber nur damit du sie kennst. Wie du schreibst tust du das wegen deiner Erfahrungen mit Autoren ... »dass man in der Beziehung mit ihnen weder mit Treue noch mit Dankbarkeit rechnen darf. Ich glaube immer noch an eine gewisse Fairness, aber manchmal beginnt mir auch dieser Glaube zu schmelzen«. Sieh mal: wenn du das mir schreibst, solltest du anmerken wen du meinst. Sonst ist es keine Mitteilung, mit der ich etwas anfangen kann in Bezug auf jemand Unfairen oder auf mich. Alles was du etwa neuerdings denkst über meine Treue, meine Dankbarkeit, meine Fairness, meine Unfairness: schreib es mir. Es interessiert mich.

Es war sehr nett mir gleich zu telegrafieren zum Verleger-Preis; ich bedanke mich zum schönsten.[1] Besonders wirklich ist er mir noch nicht geworden: ich habe von ihm erfahren durch Weitersagen, aus der Zeitung und aus einem Telegramm der Deutschen in der Jury. Das war aber nicht genug um hinzufahren (nach Mallorca), und inzwischen hoffe ich es geht ohne Präsenz ab. Das Geld würde ich gern zum grössten Teil auf euer Konto tun, damit ihr damit arbeiten könnt; ist es recht?

Es ist sehr schade dass wir uns nicht sehen werden bei deiner Reise nach Rom. Denn erstens haben wir hier einen

Boccia-Platz. Zweitens können wir im Garten sitzen. Drittens könnten wir hier ungestört und besser reden als in der Gargano-Woche; das wünsche ich mir einmal wieder.
Yours, truly,
Uwe.

[131b; Anlage 2, Notiz von U.J.]

DAS JUNGE EUROPA/ERZÄHLUNGEN JUNGER AUTOREN/MIT EINEM GELEITWORT VON JOACHIM MAASS/ VERLAG DESCH/;_("3= 1962)
Dies ohne die Schreibfehler bekam ich mit der Post und konnte mir nicht denken warum der Desch Verlag mir etwas schenken will, bis ich darin einige Seiten aus dem »Dritten Buch über Achim« entdeckte. Die Überraschung nenne ich bloss plötzlich.
Da ich keinen einzigen Brief von Herrn Maass oder dem Desch Verlag »oder überhaupt« bekommen geschweige denn beantwortet habe, da ich weiterhin in meinem Gedächtnis keine Spuren von einer etwa mündlichen Mitteilung finde, bitte ich euch mir das zu erklären.
Denn der Text gefällt mir nicht in dieser Sammlung, da das Buch, aus dem er stammt, ein für alle Male zugibt dass er eben keine Erzählung ist. Eine Erzählung würde so heissen.
Der andere Grund ist dass ich einen so verwaisten Text auch nicht gleich in jede Ecke der Welt schicken würde, solange ich ihn bei mir behalten kann.
Wenn ich vorher zu solchen Teilverkäufen gefragt werden möchte, dann weil es möglich ist, dass ich hinterher eben dies zu sagen gehabt hätte.

[131c; Anlage 3, Notiz von U.J.]

ZUR ENGLISCHEN ÜBERSETZUNG VON »MUTMASSUNGEN ÜBER JAKOB«

Zu dieser Übersetzung schicke ich in der Anlage einige Bemerkungen, diese zweifach.[2] Die Zahlen beziehen sich auf Seiten und Zeilen des englischen Manuskripts. Auf der linken Seite stehen jeweils die fraglichen Stellen, denen auf der rechten Korrekturen und Vorschläge entsprechen, in Grossbuchstaben HINWEISE, ERKLÄRUNGEN.

Nachdem hier die Irrtümer zusammengefasst sind, kann ich nicht mehr Ausstellungen finden, die mich zu einer Reise nach New York berechtigten, so gern ich dahin führe. Denn die Übersetzung ist einiger Massen verständnisvoll.

Ich bin damit einverstanden dass das Englisch nicht den Abstand zur Umgangssprache wahrt, dessen das Original sich befleissigt; dann wünschte ich mir aber dass die verschiedenen Liebeserklärungen auch nicht wörtlich übersetzt erscheinen sondern als so alltägliches Englisch wie der Rest.

1 Der »Internationale Verlegerpreis« wird Anfang Mai 1962 U.J. für *Das dritte Buch über Achim* auf Cap Formentor (Mallorca) zugesprochen. Stifter des Preises sind die Verlage Seix Barral (Barcelona), Einaudi (Turin), Gallimard (Paris), Weidenfeld und Nicolson (London), Grove Press (New York) und Rowohlt (Hamburg). Neben dem Preisgeld von 10000 Dollar ist mit der Auszeichnung die Verpflichtung der ausländischen Verlage verbunden, das Buch in ihre Sprachen zu übersetzen. Zugesprochen erhielten den Preis 1961 Samuel Beckett und Jorge Louis Borges. Das Telegramm von S.U. ist nicht erhalten.

2 Die Anmerkungen zur englischen Übersetzung sind nicht erhalten.

[132]

Frankfurt am Main
15. Mai 1962

Lieber Uwe –
ich kündige Dir mit diesem Brief nur einen längeren an. Zuvor jedoch zu Deinen Fragen und Anmerkungen im Brief vom 10. Mai, für den ich Dir sehr danke. Der Internationale Verlegerpreis ist wirklich eine Tatsache. Mir war bekannt, daß Du von der Jury offiziell durch Ingeborg Bachmann benachrichtigt werden solltest. Von der letztjährigen Verleihung weiß ich freilich, daß auch Beckett sie nur durch die Zeitung erfuhr und daß das Geld noch Monate danach nicht bei ihm war. Ich habe deswegen zwei Briefe an Ledig geschrieben.
Hast Du noch kein Konto bei einer italienischen Bank errichtet? Ich würde es Dir doch sehr empfehlen, selbst wenn dies auch nur pro forma wäre. Ich bin ganz damit einverstanden, daß Du das Geld bei uns läßt. Überlege Dir bitte, für welchen Zeitraum Du das Geld bei uns stehen lassen möchtest, ich will dann versuchen, es fest anzulegen, damit Du Zinsen erhältst. Für diese Festanlagen sind Zeiträume für mindestens ½ Jahr, besser ein Jahr erforderlich.
Zur Sammlung »Junges Europa«:[1] die Genehmigung zur Aufnahme eines Textes von Dir wurde durch den Verlag erteilt, und zwar mit der Überlegung, daß aus repräsentativen Gründen Deine Teilnahme erwünscht ist. Wir verfolgen bei solchen Anthologien eher einen sehr strengen Kurs und genehmigen meistens weniger, als die Autoren es gern sähen. Aber Du hast ganz recht, man kann nicht vorsichtig genug sein. Jetzt bereitet Kesten wiederum eine große Anthologie von zeitgenössischen Dichtern der Weltliteratur vor.[2] Nach der Anlage des Bandes ist von uns nicht nur der halbe, sondern fast schon der ganze Verlag mit Autoren vertreten. So

soll zum Beispiel »Comment c'est« von Beckett aufgenommen werden.[3] Man macht sich wohl keine Vorstellung vom Umfang des Textes, und man bot uns das grandiose Honorar von DM 15,-, nicht etwa pro Seite, sondern für den Abdruck des Ganzen!

Bitte, mach Dir keine Mühe mit gesondertem Aufschreiben von Angelegenheiten. Dies ist wirklich nur in Sachen der Zeitschrift wichtig. Hier müssen wir rasch zu Kopien kommen, um sie an Walser, Enzensberger, Grass respective Fräulein Kirchner zu schicken. Alles andere kannst Du ruhig in den Brief an mich einbauen, ich sorge dann schon dafür, daß die Dinge an die richtigen Stellen kommen, und ich mache dann von mir aus Auszüge und Aktennotizen, wenn der Brief als ganzer nicht für fremde Augen gedacht ist. Eben wegen der Zeitschrift werde ich Dir in Kürze schreiben.

Du hast Dir sehr viel Mühe mit der englischen Übersetzung der »Mutmassungen« gegeben. Das ist nur gut, ich leite Deine Überlegungen sofort nach New York weiter.

Ich erhalte eben die ersten Vorausexemplare der »Geschichten« von Brecht. Ich schicke Dir ein Exemplar vorab zu, der übliche Versand an die Autoren läßt sicher noch einige Tage auf sich warten. Ich hoffe, Du bist mit dem Ausfall zufrieden. Ich danke Dir für Deine Arbeit.

Für heute bin ich mit herzlichen Grüßen

Dein Siegfried

1 Vgl. U.J., *Eine von den bombardierten Städten. Aus: Das dritte Buch über Achim,* in: Joachim Maas (Hg.), *Das junge Europa. Erzählungen junger Autoren*, Wien / München / Basel 1962, S. 49-56.

2 Vgl. Hermann Kesten, *Europa heute. Prosa und Poesie seit 1945. Eine Anthologie,* München 1963.

3 Samuel Beckett, *Comment c'est*, Paris 1961; die zweisprachige Ausgabe *Wie es ist – Comment c'est* ist im gleichen Jahr im Suhrkamp Verlag erschienen. Von Beckett erscheint in dieser Anthologie *Der Ausgestoßene.*

[133; Telegramm]

18. Mai 1962

SONNTAG ZWOELF UHR UEBER ROMA VIER ZWEI NULL NEUN NULL ZWEI
YOURS TRULY UWE

[134]

Frankfurt am Main
22. Juni 1962

Lieber Uwe –
Hermann Hesse wird am 2. Juli 85 Jahre alt. Er würde sich sicher über eine Zeile des Gedenkens sehr freuen. Seine Adresse: Montagnola di Lugano, Tessin/Schweiz.
Mit herzlichen Grüßen
Dein Siegfried

| Knowles: wir haben Option + diskutieren Bedingungen des Rechteerwerbs[1] |

1 U.J. übersetzt den ersten, 1959 erschienenen Roman von John Knowles, *A Separate Peace*, aus dem Amerikanischen. Die deutsche Übersetzung erscheint 1963 im Suhrkamp Verlag.

[135][1]

[Rom]
28. Juni 1962

Lieber Siegfried:
Dann sind wir nach Ravensburg und Friedrichshafen und München und Pöcking und Friedrichshafen gefahren, bis

wir ankamen in Zürich.[2] Im Urban-Hotel roch es aber gar nicht mehr nach dir, so dass es uns nicht entzückt hat; tatsächlich lag es am hohen Preis. Lieber haben wir das Odeon[3] besucht und wollten unter den Tischen den von Max Frisch herausfinden, denn uns musste daran liegen zu wissen wem denn zuliebe wir am nächsten Tage die Strafe für Schmuggel von viel Tabak und Zigarren würden büssen müssen. Wir kamen jedoch durch, fanden ihn hier nicht vor, vorgestern kam er und zeigte sich (am Telefon) sehr befriedigt dass »den Mächten des Totalitären« nun einmal für alle Male ein Riegel vorgeschoben sei mit der Verleihung des Doktorhutes an ihn selbst.[4] Aber Frau Bachmann ist doch in New York, so wenig sie auch davon zu ahnen vorgab Ende Mai, nun wird sie am Ende der nächsten Woche zurückerwartet, sie ist schon auf dem Schiff. Wir können das in Ruhe abwarten im Garten hinter dem Haus, abends geht ein Wind und viele Leute werden kenntlich.

Ich bedanke mich für den Hinweis auf Hermann Hesses Geburtstag, hab ihm auch geschrieben, teile doch nicht deine Hoffnung es mache ihm was aus.

Wegen der Zeitschrift etwas auf einem besonderen Blatt.

Auf noch einem besonderen Blatt einige Bücherwünsche.

Die Texte »Me-ti« sind noch nicht angekommen.

Zur Reihe edition suhrkamp ist mir weiter nichts eingefallen zu dem Gesagten; bitte erlaub mir zu wiederholen dass sie mir nicht sehr gefiele, fiele sie aus als ein Mittel zur Verwertung bewährter Texte, die gleichwohl durch ihre Masse und ihr Alter jenes Gesicht verzerren könnten, das diese Reihe von fast allen ähnlichen aus der bisherigen Produktion übertragen könnte mit Haltung und Modernität.[5]

Die Zweigstelle der Deutschen Bank am münchener Lenbachplatz teilt mir mit was ich dir mitteile: der Scheck (des internationalen Verlegerpreises) sei für gültig befunden worden und man habe ihn geteilt wie angewiesen, so dass

ihr neuerdings auf eurem Konto DM 35.889, 30 mehr von mir habt. Ob du daraus nun eine gerade Summe machst oder nicht ist mir gleich; ebenso wie du es anlegst. Martin behauptet dass der Zinsgewinn bei einer Festanlage gerade den Wertverlust durch Inflation wettmache; er würde hingegen hochverzinste Kommunalobligationen vorziehen. Nun kann ich das nicht beurteilen, da dies meine erste Bekanntschaft mit solchen Höhen des Kapitalmarktes ist, er hingegen mit ganz anderen Schuldsummen umgeht, du allerdings wüsstest ihm ja zu antworten.
Die Nachricht von der Option auf das erste Buch von KNOWLES freut mich sehr; ich hielte den Erwerb und die Publikation immer noch für einen recht guten Griff. Nun hat er aber gerade ein zweites veröffentlicht; könnte man sich das nicht vor dem Vertragsabschluss besorgen und nachsehen ob wirklich so viel Zukunft in ihm steckt wie ich sicher glaube. (Leider weiss ich Titel und Verlag nicht.) Ich hoffe auch dass es mit JÜRGEN BECKER etwas wird; schönen Dank für den Durchschlag deines Briefes an ihn.[6]
Yours, truly
Uwe.

[135b; Anlage 2, Notiz]
BÜCHERWÜNSCHE

Bitte an Dott. Salerno, Via Lucrino 41, Roma
  1 »Drittes Buch über Achim«
an Rolf Szymanski, Largo di Villa Massimo 2, Roma
  1 »Drittes Buch über Achim«
an Klaus Baumgärtner, Perfallstrasse 8, München-Bogenhausen
  1 BRECHT, »Geschichten«
  1 EICH, »Träume«
  1 Filmspektakulum

1 FRISCH, »Stücke I/II«
1 BLOCH, »Naturrecht«
Und könnte man mir wohl das neueste Buch von WILLIAM FAULKNER in der amerikanischen Ausgabe besorgen. Es soll eben erschienen sein, der Titel ist »The Reivers«[7] (angeblich), den Verlag weiss ich nicht; aber bei einer solchen Neuerscheinung werden vielleicht ein paar Leute es zu finden wissen.
Ich bedanke mich für die Mühe, die das wieder macht.

[135c; Anlage 3, Brief von U.J.]
Uwe Johnson

[Rom]
28. Juni 1962

An das Lektorat der Fischer-Bücherei

Sehr geehrte Damen und Herren:
Auf einer Reise nach Deutschland sah ich das Taschenbuch, das Sie aus den »Mutmassungen über Jakob« gemacht haben, und kaufte es mir.
Über die Art des Umschlages glaube ich nichts bemerken zu dürfen, obschon sie interpretiert; erlauben Sie mir jedoch Sie auf einige Irrtümer in der Vorbemerkung und in der biographischen Notiz aufmerksam zu machen.
Sie sind unerklärlich. Der Suhrkamp Verlag erklärt dass man Ihnen auf Verlangen eine Auswahl von Zeitungsmaterial zur Verfügung gestellt habe; mir ist es so wie in Ihren Texten gewiss noch in keiner Zeitung vorgekommen.
Zur Vorbemerkung: »Die Mächtigen des Landes werfen ein Auge auf Jakob« ist einem Satz aus dem Buch ziemlich ähnlich (p. 19), bis auf seine Funktion. Mehr interessant ist wie Sie behaupten Jakob »geht später sogar nach Westberlin«; ich versichere Ihnen dass weder früher noch später von einem Aufenthalt Jakobs in Westberlin die Rede ist im Buch.

Noch unangenehmer ist Ihre Erfindung Jakob gehe »nach Dresden zurück«; denn da das Buch nicht zufällig die Namen der vorkommenden Städte verschweigt wo es will, hätte Ihnen das genügen können für eine Einführung in dies Buch, wenn sie nicht doch für ein anderes bestimmt ist. In den (in diesem) geographisch umschriebenen Raum von Jakobs Arbeitsstadt passt nämlich Dresden am allerletzten, wenn einer es sollte wissen und lesen wollen.
Bei der Vita wäre es aufregend gewesen den Betroffenen zu fragen ob er seine Biographie wenn überhaupt dann in dieser Nachbildung sich vorstellen kann. Weiterhin, wenn Sie schreiben: »Sein erster literarischer Versuch sollte nach den Wünschen des Staatsverlags geändert werden. Johnson beugte sich den Direktiven nicht, aber er erweiterte sein Manuskript ...« so ist das ein unrettbarer Rattenkönig von Unwahrheiten. Ich wäre gern bereit gewesen Ihnen den aufzuknoten, hätte ich geahnt dass Sie ihn aufziehen; andererseits bin ich sicher dass der Suhrkamp Verlag Ihnen meine Adresse ohne viel Kampf und Widerrede mitgeteilt hätte.
Natürlich wäre ich nicht darauf gekommen Ihren Versionen zu widersprechen, hätten Sie die an einem anderen Ort als Ihre persönliche Meinung ausgesprochen; nur hier kann es mir nicht darauf ankommen sie mit dem Buch dazwischen zusammenzuhalten und zu autorisieren. Darum bitte ich Sie um die Freundlichkeit mir nun zu schreiben ob Sie es für möglich oder sinnvoll ansehen Ihre Behauptungen zu berichtigen.[8]
Mit den besten Empfehlungen
Ihr ergebener Uwe Johnson.

1 Neben der Absenderangabe findet sich der handschriftliche Zusatz: »anbei auch ein Durchschlag des Briefes an S. FISCHER wegen des Taschenbuches aus ›Mutmassungen‹«.

2 Am 12. und 13. 6. 1962 findet, so S. U. in seinem Reisebericht, eine »›Generalstabs‹besprechung des jetzigen und künftigen Verlagsprogramms mit Boehlich, Michel und den Autoren Enzensberger, Johnson und Walser [statt]. Ein ausführlicher Bericht über diese Tagung ist kaum möglich, aber auch kaum nötig. [...] Eine ausführliche Aussprache galt einer neuen Reihe, mit der wir im Mai des nächsten Jahres herauskommen werden, ebenfalls wurde in extenso die neue Zeitschrift diskutiert; ein Vertrag, der die Beziehungen des Verlages zu den Herausgebern wie auch der Herausgeber untereinander regeln soll, muß von uns in den nächsten Tagen entworfen werden.« Aus der Unterredung mit U. J. notiert S. U.: »Er hat keine Einladung zu einer Lesung in Stockholm bekommen. Er bittet um den Kontostand. U. J. wird am 1. 9. die Redaktion der neuen Zeitschrift hauptamtlich übernehmen. Ich habe ihm dafür ein Honorar von DM 1.200,- monatlich angeboten.« Die ersten 20 Bände der edition suhrkamp, der ersten Taschenbuchreihe des Suhrkamp Verlags, erscheinen am 1. Mai 1963.

3 Das »Odéon« am Limmatquai/Bellevue in Zürich zählt zu den »Klassikern« unter den Café/Bars; im Jugendstildekor des Hauses verweilten schon die Dadaisten, Lenin, Trotzki sowie andere Literaten und Intellektuelle. Heute nimmt allerdings eine Apotheke bereits die Hälfte des ursprünglichen Raumes in Anspruch.

4 Max Frisch erhält am 23. 6. 1962 in Marburg den von der Philosophischen Fakultät der Philipps-Universität verliehenen Ehrendoktor.

5 Nach der ursprünglichen Konzeption sollten in der edition suhrkamp vor allem klassische Texte publiziert werden.

6 In diesem Brief vom 20. 6. 1962 fragt S. U. Jürgen Becker, ob dieser wegen seiner schriftstellerischen Arbeiten zu einem Gespräch in den Suhrkamp Verlag kommen wolle.

7 William Faulkner, *The Reivers*, New York 1962; die deutsche Übersetzung von Elisabeth Schnack erscheint unter dem Titel *Die Spitzbuben* 1963 in Zürich.

8 Zur Antwort des Fischer Verlags siehe Brief 142, S. 224

[136]

[Rom]
2. Juli 1962

Lieber Siegfried:
Neulich habe ich, entschuldige bitte, unterlassen dir die schweizer Adresse von GÜNTER GRASS mitzuteilen. Die ist:

Vira Magadino
Alto Campascio
Ticino/Svizzera. Dort ist er bis zum Herbst: sagt er.

Leider hat die skandinavische Einladung, die du erwähntest, sich nicht blicken lassen; es tut mir leid wie unabänderlich die Leute nun mich für unhöflich halten müssen. Eine Einladung der deutschen Botschaft zu London für den Schriftstellerkongress im Edinburgh Festiv: Festival (die Reisekosten getragen vom Auswärtigen Amt, sollte ich mich bereit finden lassen zur Teilnahme an öffentlichen Diskussionen) habe ich nicht angenommen mit der Ausrede ich wüsste über solche Sachen wie Engagement etc. nichts Kongresswürdiges zu äussern, und wie viele Ausreden ist das die reine Wahrheit.
Hier ist noch ein Bücherwunsch: Bitte lass doch 1 »Drittes Buch über Achim« schicken an Herrn ROLF SCHROERS, Meckenheim bei Bonn, Postfach 3.
Dann hätte ich mir noch gern eine Gefälligkeit von dir erbeten. Wäre es dir möglich mir die Adresse jenes Arztes zu vermitteln, der mich im Herbst 1960 auf eine Gehirnerschütterung untersuchte, als ich einen Schnupfen kurz vor Hanua du weisst schon Hanau missverstand? Ich sollte jemand fragen können über den Zusammenhang von Mimik (Gesichtsausdrücken) und den Gehirnfunktionen, das heisst: nach Literatur darüber. Solltest du allerdings einen Spezialisten dafür kennen, wäre das ja noch schöner.[1]

Inzwischen bitte ich dich den beigelegten Brief an den Aufbau Verlag zur Kenntnis zu nehmen und ihn dann expedieren zu lassen. Mir ist diese Sache so oft von neuem eingefallen, bis ich eine Erklärung für notwendig hielt.
Und, sag mal: Gibt es eigentlich einen Brief vom berliner Senat für Volksbildung wegen meiner schlecht erfundenen Umzugspläne (Westberlin zu verlassen, gewiss erinnerst du dich), oder war das nur ein Telefongespräch? Ich möchte denen nicht ins Blaue hinein antworten.
Jetzt sollte ich aufhören, denn das Atelierdach wurde gestern schwer erschüttert durch einen mehrstündigen Regen und Hagel, und offenbar ist es der Widerhall der Schreibmaschine, der grosse Placken weisser Farbe von der Decke kratzt und segeln lässt. Jetzt sitzen wir gleich im Garten, und von dir stelle ich mir vor du hättest die Füsse auf dem Schreibtisch.
Grüss auch deine Frau von uns beiden.
Yours, truly, Uwe.

[136a; Anlage, Brief von U.J.]

Uwe Johnson c/o Suhrkamp Verlag, Frankfurt am Main, Postfach 16064

2. Juli 1962

an
Herrn Horst [sic] Caspar
Aufbau Verlag
Französische Strasse, 32
Berlin W 8

Sehr geehrter Herr Caspar:
Martin Walser erzählte mir neulich von einem Besuch bei Ihnen und erwähnte dass Sie mir persönliche Gehässigkeit nachsagten. Sie beziehen sich darauf dass Günter Grass auf

dem ostberliner Schriftstellerkongress im Mai vorigen Jahres[2] den kulturellen Spielraum in Ihrem Land zu messen versuchte an der Tatsache dass die Dieterich'sche Verlagsbuchhandlung zu Leipzig meine Übersetzung von Herman Melville's »Israel Potter« nicht unter meinem Namen veröffentlichen durfte, nachdem ich nach Westberlin umgezogen war. Auf diesen Vorwurf kommen Sie in der Meinung dass ich Grass beauftragt hätte dies Beispiel zu erwähnen. Erlauben Sie mir bitte Ihnen darauf zu antworten.
Ob aus freien Stücken oder darauf angesprochen weiss ich nicht mehr, jedenfalls habe ich Günter Grass erzählt dass und wieso der Name des Übersetzers in dem erwähnten Buch fehlt. Selbstverständlich fügte ich hinzu dass mein Name mit meinem Einverständnis getilgt wurde, da mir gerade dieser Umstand aufschlussreich erschien für die Verhältnisse in Ihrem Land, und weil ich wünschte Grass möge sie verstehen.
Keinesfalls jedoch habe ich ihn gebeten von dieser Kenntnis Gebrauch zu machen. Ich ging Anfang April nach Amerika und ahnte nicht einmal dass im Mai ein ostdeutscher Schriftstellerkongress stattfinden sollte. Und ohnehin hätte ich Grass gebeten über diese Einzelheit auf dem Kongress zu schweigen, denn meine Hochachtung für die Person und die Arbeit von Herrn Marx, dem Direktor der Dieterich'schen Verlagsbuchhandlung, erlaubte mir überhaupt nicht ihn in Schwierigkeiten irgend welcher Art zu bringen; und zum anderen hätte ich es jedenfalls für taktisch unklug gehalten mit einer solchen Geschichte auf Ihrem Kongress etwas beweisen zu wollen.
Günter Grass wird Ihnen wie mir bestätigen dass ich ihm einen solchen Auftrag nicht gegeben habe. Ich bitte Sie also Ihre Auffassung zu berichtigen.
Im übrigen bedaure ich dass meine Beziehung zum Aufbau Verlag in Rezensionen und anderen Darstellungen regel-

mässig verzerrt erscheinen. Es ist mir aber nicht möglich dem abzuhelfen, da ich für biographische Dementis kein solches Interesse voraussehe wie für andere.
Mit den besten Empfehlungen
Ihr Uwe Johnson.

1 Renate Kientsch vom Sekretariat des Verlags schreibt am 13. 8. 1962 an U.J.: »Ich glaube nicht, daß Herr Unseld Ihnen inzwischen wieder etwas über das Thema ›Gehirnfunktion‹ im Zusammenhang mit ›Mimik‹ geschrieben hat. Wir haben hier im Verlag einen Lehrling, Herrn Thomas Mitscherlich, dessen Vater Professor für psychosomatische Medizin in Heidelberg ist. Herr Mitscherlich hat mir nach Rücksprache mit seinem Vater gesagt, daß es auf diesem Gebiet noch keinerlei Literatur gäbe, weil es sich um ein noch nicht oder zumindest wenig erforschtes Gebiet handle. Wenn Sie sich direkt an Professor Mitscherlich wenden möchten, hier ist seine Adresse: Prof. Dr. Alexander Mitscherlich, Heidelberg, Voßstr. 2.«

2 Auf dem V. Deutschen Schriftstellerkongreß im Mai 1961 hatte Günter Grass in Ostberlin erklärt: »Jetzt möchte ich direkt Herrn Kant antworten und mit seinem Satz beginnen: ›Uwe Johnson will der DDR eins auswischen‹. Ich kenne Uwe Johnson. Er wohnt in Westberlin. Ich sehe ihn oft und bin über sein Buch und seinen Weg nach Westberlin gut unterrichtet. Er mußte die Republik verlassen, weil ihm seine Arbeitsmöglichkeiten genommen wurden. Er hat ein Buch eingereicht, das nicht das Gefallen des Aufbau-Verlags fand, und danach wurden ihm alle wirtschaftlichen Möglichkeiten, in der DDR zu existieren, entzogen. Er konnte keine Bücher mehr besprechen, keine Übersetzungen mehr machen. Er mußte den Staat verlassen. Er ist durch kein Flüchtlingslager gegangen, sondern hat, wie er sagt, ›seinen Wohnsitz nach Westberlin verlegt‹. Was hat er getan, daß man ihn zwingt, diesen Staat zu verlassen? Er hat als Marxist, der er heute noch ist, in einer literarisch gültigen Form, über die man streiten kann, – natürlich sind einige Passagen schlechter, andere sind besser –, ein Buch geschrieben, das sich mit den Arbeitern, mit den Menschen in der DDR auseinandersetzt und zeigt, wie diese Menschen dem Staat gegenüberstehen: mehr oder weniger ablehnend, mehr oder weniger positiv. Er hat all diese Dinge aufgegriffen, die

eigentlich die Voraussetzung für Prosa bilden. Dieses Buch hat er in einer interessanten, leicht Faulkner entlehnten Manier geschrieben. Warum soll er nicht beeinflußt sein; wir alle haben unsere Väter. Die weitere Entwicklung zeigt, daß Uwe Johnson, als er noch in der DDR war, ein Buch von Melville *Israel Potter* übersetzt hat. Es ist jetzt ohne Nennung des Übersetzers in der Sammlung Dieterich herausgekommen. Ich will hierüber nicht viele Worte machen. Das ist eine Schweinerei.« Vgl. Deutscher Schriftstellerverband (Hg.), *Beiträge zur Gegenwartsliteratur. V. Deutscher Schriftstellerkongreß vom 25. bis 27. Mai 1961. Referate und Diskussionsbeiträge*, Berlin 1962, S. 178f.

[137]

Frankfurt am Main
4. Juli 1962

Lieber Uwe –
herzlichen Dank für Deinen Brief vom 28. Juni. Inzwischen habe ich in zwei süddeutschen Tageszeitungen Berichte über das Ravensburger Vierertreffen gelesen. Im Gegensatz zu den drei anderen Teilnehmern warst Du in Deinen Informationen den Presseleuten gegenüber eher zurückhaltend, aber immerhin weiß ich jetzt, was Du tust: Du lernst italienisch. Es tut mir leid, daß Dir das Urban Hotel so wenig gefiel. Es ist wirklich eines der bescheidensten Häuser, die es in Zürich gibt. Ich kann mir nicht vorstellen, daß die Preise so hoch sein sollen, aber vielleicht legen sie mich immer in ein besonders billiges Zimmer. Darauf habe ich als ein Mann, der kürzlich das zehnjährige Jubiläum seines ersten Besuchs feierte, schließlich ein Anrecht.
Wir hatten in den letzten beiden Wochen wieder mal etwas zu tun, die Vertreter waren hier, und es galt, die Geburt des Herbstprogramms zu bestehen. Ich meine, alles ist gut über die Bühne der Vertreter gegangen, doch mag Herr Boehlich

auch hier anderer Ansicht sein. Schade, daß Du nicht hereinschauen kannst, hinter meinem Rücken stehen auf dem Bücherbord die Bücher des ersten Halbjahres. Alles ist fertiggeworden, mit Ausnahme der Reihe Poesie, die wir erst im August herausbringen wollen (die Schallplatte Enzensberger folgt im Juli)[1], und dann stehen hier auch schon die schönen, von Fleckhaus entworfenen Muster für die Bücher des zweiten Halbjahres. Das Programm kann sich sehen lassen, es hat einige Glanzpunkte, andere fehlen wieder.
Koeppen war hier in Frankfurt. Ich hatte ihm angeboten, das Haus in der Klettenbergstraße 35 während unserer Abwesenheit als Arbeitsstätte zu beziehen. Nach dauerndem Hin und Her im Ja und Nein war auch diese Frage noch nicht entschieden. Das Manuskript ist uns wieder mal für die nächste Woche versprochen, aber man kann nicht mal daran glauben.[2] Nun, wir werden sehen.
Die Reihe »es« wurde einer Schlankheits- und auch Regenerationskur unterworfen. Endgültig werde ich darüber in meinen Ferien meditieren. Das angenehme Klima der Bretagne eignet sich ganz vorzüglich dazu.
Mit der Option des Buches von Knowles ist auch eine Option auf das zweite verbunden, Boehlich bemüht sich eben um endgültige Bedingungen, damit wir auch dem Übersetzer einige Anteile einräumen können.
A propos Anteile: Deine Frage nach einer Anlage der Preissumme wundert mich und wundert mich nicht. Dazu aber müßte ich Dir lange schreiben. Ich scheine eine sehr merkwürdige Beziehung zum Geld zu haben, wenn ich Dir nun sage, daß es mir unmoralisch dünkt, einfach Geld für mich arbeiten zu lassen, ohne selbst etwas dazu zu tun. Die Börse ist nur für Leute da, die sich berufsmäßig mit ihr befassen, alles andere ist pure Spekulation. In dieses Feld begebe ich mich nicht. Etwas anderes ist es mit dem Kauf von Kommunalobligationen; aber auch dies ist keine einwandfreie An-

gelegenheit. Natürlich kann man bei solchen Papieren mit einer Verzinsung von 5 oder 6% rechnen (Festanlage bei den Banken: 2 oder 3%), aber auch hierbei gibt es ein Risiko. Einmal gibt es Obligationen, die jetzt nur für DM 110,- zu kaufen sind. Das bedeutete dann schon eine zehnprozentige | Einbusse |, denn niemand kann garantieren, daß der Kurs bleibt. Er kann sich bessern, er kann aber ebensogut fallen. Natürlich ist die Schwankung bei Kommunalobligationen nicht groß, aber ich glaube nicht daran, daß man mehr erreicht als den Ausgleich eines Wertverlustes. Ich werde mich aber erkundigen, schon weil ich bestrebt bin, Dir die Segnungen des westlichen Kapitalmarktes zuteil werden zu lassen; ich selbst halte freilich nicht viel von ihnen.

Deine Bücherwünsche werden erfüllt. Den neuen Faulkner bestellen wir für Dich. Übrigens besteht fast eine Chance, daß wir ihn herausbringen. Sollte man sich dann nicht überlegen, ob Du das Buch übersetztest?[3]

Das wird vermutlich das letzte längere Schreiben vor meinem Urlaub sein.

Nimm meine herzlichen Grüße und vor allem meine Wünsche für Elisabeth. Ich denke viel an Euch, und dies ist wahr.

Herzlich Dein Siegfried

1 *hans magnus enzensberger liest gedichte. schläferung. geburtsanzeige. der schlafende. schlosser. utopia. landessprache*, Frankfurt am Main 1962.

2 Im Februar 1962 hat Wolfgang Koeppen gegenüber S. U. von seinem Plan eines vierbändigen Werkes gesprochen mit dem Obertitel *Die Scherzhaften*. Titel von Teil 1: »Bismarck oder All unsere Tränen«. S. U. notiert in seinem Reisebericht: »Er hofft, uns das Manuskript des ganzen ersten Teiles einigermaßen rechtzeitig zuschicken zu können.«

3 Das Buch wird nicht von U. J. übersetzt.

[138]

Frankfurt am Main
4. Juli 1962

Zur Internationalen Zeitschrift

Lieber Uwe –
den Vertragsentwurf für die Herausgeber habe ich nun doch vor meinem Urlaub nicht geschafft. Aber ich glaube, es eilt ja auch nicht so unbedingt. In allen sachlichen Punkten sind wir uns ja einig, vielleicht auch in den unsachlichen.
Wenn Du die Niederlassung der Redaktion weit von Frankfurt wegwünschst, wenn es wirklich Deine und nicht nur die Meinung von Grass ist, so können wir auch das machen. Aber ich sehe dann nicht, wie wir Boehlich und Fräulein Kirchner sinnvoll in den Gang der Dinge einschalten können. Mich freut natürlich, wie hoch der Verlag und seine Einwirkung von Grass eingeschätzt wird, aber es ärgert mich, daß den Beteiligten so wenig Selbständigkeit und Unabhängigkeit zugetraut wird.
Denke weiter über unsere Überlegung nach: ich glaube nach wie vor, daß es nicht richtig wäre, wenn Du auch nur für die Dauer eines halben Jahres nichts anderes machtest als die Redaktion dieser Zeitschrift. Es muß eine Trennung möglich sein, und ich sehe sie nur in der Art, daß Du in Berlin ausschließlich an Deinen eigenen Sachen arbeitest und Dich an einem anderen Ort auf die Arbeiten an der Zeitschrift konzentriertest.
Zu den neu auftauchenden Titeln fällt mir nichts ein, dann lieber noch das Enzensbergersche »Hallelujah«, wenn wir schon Unsinn machen wollen.
Yours truly
Siegfried

[139]

Frankfurt am Main
6. Juli 1962

Lieber Uwe –
noch ein kurzes Briefchen als Dank für Dein Schreiben vom 2. Juli.
Die Adresse von Grass ist notiert. Ich schreibe ihm, wenn ich aus meinem Urlaub zurückkomme.
An sich ist die Einladung zum Schriftstellerkongreß innerhalb des Edinburgh Festivals eher ehrenvoll, der erlauchte Kreis diskutiert hier auch weniger politische als literarische Fragen. Ich hätte Dir also zur Teilnahme geraten.
Ein Exemplar des »Achim« schicken wir an Rolf Schroers.
Nach Literatur über den Zusammenhang von Mimik und Gehirnfunktion erkundige ich mich bei einem Spezialisten.
Dein Brief an Caspar scheint mir gut und richtig, wir leiten ihn weiter.
Nein, es gibt keinen Brief vom Berliner Senat wegen Deiner Umzugspläne, es ist vielmehr so, daß Frau Hirsch diesen Verdacht in einem Telefongespräch mit Boehlich äußerte, aber es war auch nur eher eine Vermutung, ich glaube nicht, daß Du darauf reagieren mußt.
Deinen Brief an das Lektorat der Fischer Bücherei begrüße ich. Offenbar hat man Dir auch schon geschrieben, den Inhalt dieses Briefes kennt aber außer dem Schreiber und seiner Sekretärin nur Herr Boehlich. Er wird also der Umwelt noch einige Zeit verborgen bleiben.
Enzensberger arbeitet sehr aktiv an den »Vorzeichen«; ich glaube, es gibt ein interessantes Buch.[1]
Die ausgedruckte Ankündigung unseres Programms interessiert Dich. Sie liegt hier an.

Es bleibt mir, neben Grüßen für Deine Frau, nur noch ein (wegen meiner Abreise) etwas trauriges so long, yours truly
forever etc.etc.
Dein Siegfried

1 Das Buch erscheint unter dem Titel *Vorzeichen. Fünf neue deutsche Autoren. Eingeführt von H. M. Enzensberger* 1962 im Suhrkamp Verlag. Die fünf Autoren sind Christian Grote, Hans Günter Michelsen, Gisela Elsner, Ror Wolf, Jürgen Becker.

[140]

Frankfurt am Main
8. Juli 1962

Lieber Uwe,
ich schicke Dir in der letzten Stunde vor meinem Aufbruch das mir vorliegende Material »Me-ti« und »Buch der Wendungen«.
Stefan Brecht schrieb mir übrigens, er sei mit Dir als Editor sehr einverstanden.
Die Manuskripte, die Du ja schon einmal durchgesehen hast – Deine damaligen Anmerkungen lege ich bei[1] –, müssen nach folgenden Gesichtspunkten durchgearbeitet werden:
1.) läßt der fragmentarische Charakter die Publikation zu
2.) Auswahl des sich überschneidenden Materials
3.) Vorbereitungen zur Edition:
sind Anmerkungen nötig (z. B. Erklärung der verschlüsselten Namen)
unklare Stellen
Nachwort?
wie sollen die Texte publiziert werden? Stefan B. drängt auf die erstmalige Publikation im Rahmen der »Gesammelten Werke«,

erst danach Einzelpublikation. Aber es wäre natürlich sehr schön, wenn wir einen guten Band für die Bibliothek Suhrkamp bekämen.

4.) Erstellung der Satzvorlage; ich möchte freilich nicht, daß Du pure Schreibarbeiten übernehmen sollst. Vielleicht kann doch ein Teil von einer Sekretärin im Verlag oder in Rom abgeschrieben werden.

Ich erbitte dazu Deine Vorschläge.
Mein Vorschlag für die Honorierung Deiner editoralen Arbeiten an diesem Komplex: DM 1000,-
Mit herzlichen Grüßen
Dein Siegfried

1 Anlage nicht erhalten.

[141; Ansichtskarte »La France, vu du ciel ... SABLE D'OR-LES PINS«, handschriftlich]

[Sables-d'Or-Les Pins]
17. Juli 1962

Cher Uwe
C'est seulement un signe que nous n'avons pas oublié ton anniversaire: Nos félicitations. Le soir du 20 juillet nous buverons une bouteille du meilleur vin à ta santé.
Ici je me soumets à quatre activités

1. nager en mer
2. étudier la langue française, tu vois l'effet
3. jouer au tennis
4. réfléchir sur e. s. (i. e. edition suhrkamp): elle doit devenir une série avec attitude, necessité et avec effet politique.

Bien amicalement à toi et Elisabeth
Les meilleurs compliments! Hilde Unseld

[142]

[Rom]
18. Juli 1962

Lieber Siegfried:
Dies schicke ich deinem Schreibtisch, denn ich ahne nicht wo du bist in der Bretagne, wo du deine Ruhe hast.
In der Anlage ist ein zweiseitiger Brief an des Forêts und Leonetti, ich bitte Fräulein Kirchner (der ich mich empfehle) den zu übersetzen. Was die Art des Abschickens angeht, so würde ich vorschlagen jedem der beiden eine Fotokopie des Originals und die Übersetzung mit meinem maschinengeschriebenen Namen in Klammern darunter zu schicken. Dann müsste die Übersetzung nicht mehr die Unterschrift auf dem Umweg über mich abholen. Hältst du dies für ein mögliches Verfahren, jedenfalls bis auf weiteres?
Eine zweite Anlage ist aus einem Brief an Herrn Heissenbüttel, der zugesagt hat mit uns zusammen die Zeitschrift herauszugeben, eine formale Billigung seines Intendanten noch vorausgesetzt. Dieses Stück des Briefes befasst sich mit den Dingen, die nach meiner Auffassung in einem Vertrag der deutschen Herausgeber unter einander enthalten sein sollten; es kommt zu deiner Unterrichtung; ich würde mich auch freuen, machtest du mich aufmerksam auf Fehler und Unterlassungen.
Kopien des Briefes an des Forêts und Leonetti habe ich sowohl an Herrn Heissenbüttel als an die übrigen Herausgeber geschickt.
Es ist nichts Neues in der Schwüle; schutzlos bieten wir täglich ein Hemd dem Andrang des Schweisses dar, auch zwei wenn Frau Bachmann und Herr Frisch kommen uns beim Boccia zu beweisen wie man eine Kugel schiebt.
Nur die vermischten Anzeigen:

Gewiss wäre ich nicht ungern zum Schriftstellerkongress nach Edinburgh gefahren, nützlicher Kontakte wegen. Das war mir aber nicht möglich ohne eine förmliche Einladung von seiten des Veranstalters und ist mir unmöglich auf Kosten des Auswärtigen Amtes.
Die Fischer Bücherei hat mir tatsächlich geschrieben und angeboten ich möge doch den Text der Vorbemerkung und Vita selbst schreiben für ihr Buch.
Inzwischen glaube ich eher dass Faulkners letzter Roman bei Scherz & Goverts erscheinen wird; so steht es in der Zeitung. Übersetzen möchte ich den sowieso nicht, eingedenk meines faulty English; da gibt es doch Arno Schmidt; und es heisst auch »Die Räuber«.
Die »Me-Ti« Texte sind hier noch nicht angekommen. Die würde ich ja ganz gern zum Druck vorbereiten, bevor die Zeitschrift mich an die Wand drückt.
Komm doch mal her über anderthalb Wochenenden.
Yours, Truly,
Uwe.

[143]

Frankfurt am Main
1. August 1962

Lieber Uwe –
Du siehst mich wieder zurück. Bei Dir ist es heiß, bei uns in der Bretagne war es angenehm, und fast ist es so auch gegenwärtig in Frankfurt. Vor mir liegt ein Brief vom 18. Juli. Ich bin mit dem darin vorgeschlagenen Verfahren einverstanden. Den Brief habe ich sogleich an Fräulein Kirchner geschickt, die sich gegenwärtig bei einem italienischen Universitätskurs in Maltezine aufhält.
Mit den Punkten Deines Briefes bin ich einverstanden. Viel-

leicht hätte man die Titelfrage noch entschiedener aufgreifen müssen. Soweit ich jedenfalls weiß, lehnen Walser, Enzensberger und auch Boehlich den Titel »Work in Progress« doch ab. Mir selber will er fraglos nicht der Schlechteste erscheinen. Ich zöge jedoch »Diskurs« bei weitem vor. »Guernica« mißfällt mir wegen seines programmatischen Charakters, da ist »Jerichow« dann etwas besser, aber warum eigentlich? »Jerichow« ist nicht ganz »Güllen«,[1] und wer wird das schon verstehen. Auch ich bin zuerst auf die Fanfaren von Jericho hereingefallen.
Solltest Du noch Einiges an Deinem Brief ändern wollen, leite es bitte sogleich an Fräulein Kirchner (Corsi Universitari, Maltezine bei Verona) weiter. Sie ist dort bis zum 19. August und wird danach nach Perugia fahren.
Sind die »Me-ti«-Texte noch nicht eingetroffen? Sie wurden Dir am 10. Juli per Einschreiben zugeschickt, als Wertpaket, wie ich eben höre.
Mit herzlichen Grüßen
Dein
In Abwesenheit von Dr. Unseld
Renate Maria Kientsch

P. S.
| Bitte, holen Sie das Paket auf dem Zollamt ab. Es liegt dort und wird sonst zurückgeschickt. Kientsch |

1 Der fiktive Ort Güllen ist der Schauplatz des 1955 in Zürich uraufgeführten Stücks *Der Besuch der alten Dame* von Friedrich Dürrenmatt.

[144]

[Rom]
4. August 1962

Lieber Siegfried –
tatsächlich sehe ich dich zurück. Inzwischen bist du dunkelhäutig, bewegst dich unvergleichlich schneller und blickst umher als hieltest du Ausschau nach jemand, mit dem du dein neuerlich erworbenes Französisch tauschen könntest; eine zweite Überlegung bringt mich darauf dass es sich um etwas anderes handeln muss.
Die »Me-Ti« Texte sind tatsächlich angekommen. Noch bin ich dabei sie durchzusehen; erlaube mir aber vorher die Anfrage ob du wirklich an einen Band der Bibliothek gedacht hast für die Publikation? Es ist zuviel Druckbares dabei, um die meisten Stellen wäre es schade, das Prinzip einer denkbaren Auswahl ist jedenfalls willkürlich. Könntest du dich auf einen grossen Band einstellen? Darüber aber später.
Das Original von Knowles' »A Separate Peace« ist angekommen; tatsächlich ohne jeden Kommentar. Ihr scheint zu schweigen dass ich es nun übersetzen soll. Nach all der vergangenen Zeit würde ich mich dazu nicht drängen, bin aber gern dazu bereit. Besteht ihr darauf, sagt mir den Termin für die Ablieferung des Manuskripts, der euch am liebsten wäre.
In der Anlage findest du einen Brief an Herrn Widmer, den ich allerdings nur abgeschickt sehen möchte, wenn ihr euch nicht veranlasst seht zu reagieren. Um was es geht zeigt dir der Text. Es ist mir unangenehm nach dem vorigen Winter eine einem Dementi auch nur ähnliche Haltung anzunehmen, diese ist auch mehr förmlich und lächerlich gemeint; allerdings scheint mir zu dieser Behauptung eine Antwort nötig, am besten von euch, denn so wie man mir unselbständiges Formbewusstsein vorwirft, zeiht man euch der be-

waffneten Einmischung in ein schutzloses & friedliches Manuskript. Es kann dir nicht recht sein.
Herr Filippini, mein Übersetzer fürs Italienische, wird im August seine Fassung von »Das dritte Buch über Achim« mit mir besprechen. Nun ich aber in der italienischen Version der »Mutmassungen« einige unangenehme Fehler gefunden habe, sähe ich gern das Manuskript des zweiten Buches von euch geprüft, wenn möglich. Es soll im nächsten Frühjahr erscheinen; Herr Feltrinelli hat seine Präsentation bis dahin verschoben.
Manchmal, weisst du, setzt die hiesige Hitze einem so zu, dass einer am liebsten desertierte. Zu deiner Freude erwähne ich dass eine Flucht aus Rom sich beinahe auf Frankfurt richten könnte, machte das sie möglicher als ein Ausweichen nach Berlin. Nichtsdestoweniger stelle dir vor dass wir verbisssenen Gesichts im Garten sitzen und jede mögliche Minute im Aufbruch zur Arbeit begriffen sind. Ich wiederhole dass es dir hier gefiele.
Yours, truly,
Uwe.

[144a; Anlage, Brief von U. J.]
Uwe Johnson, Largo di Villa Massimo 2, Roma
28. Juli 1962

Herrn WALTER WIDMER
c/o
National-Zeitung Basel

Sehr geehrter Herr Widmer:
In einer Rezension, die Sie in der »National-Zeitung« Basel vom 21. Juli 1962 unter dem Titel »Die Spatzen auf den Dächern ...« veröffentlichten, findet sich der folgende Satz:
»Wenn ich die Spatzen auf den Dächern bemühen darf: Sie

pfeifen – wohl nicht ohne Grund – eine Moritat, d.h. eine Schauermär, wonach der erste Roman Johnson, mit dem er in den Westen herübergekommen sei, schön geradlinig erzählt gewesen sei, dass ihn dann aber der Verlag ›verhackt‹ und neu zusammengestückelt habe. Etc.«
Erlauben Sie mir zu versichern dass der Suhrkamp Verlag anders als durch Herstellung, Vertrieb und Werbung nicht an dem Buch »Mutmassungen über Jakob« mitgewirkt hat.
Selbstverständlich ist diese Bemerkung lediglich zu Ihrer persönlichen Unterrichtung bestimmmt.
Mit den besten Empfehlungen
Ihr ergebener Uwe Johnson.

[145]

Frankfurt am Main
9. August 1962
| Hesse starb 10 h früh. |

Lieber Uwe –
Dank für Deinen Brief vom 4. August.
Zu Deinen Fragen: ich konnte mich noch nicht entschließen, in welcher Form »Me-ti« gebracht werden soll. Sinnvoll schiene mir eine konzentrierte Vorauswahl in der BS, danach die Ausgabe innerhalb des Gesamtwerks. Aber vermutlich wird dies nicht zu machen sein. Die Entscheidung kann aber nur vom Text her fallen. Vielleicht müssen wir es so machen, daß wir in der Tat einen großen Band außerhalb der Gesamtausgabe veröffentlichen.
Knowles' »A Separate Peace« haben wir doch nur angenommen, weil Du es übersetzen wolltest. Wenn wir es im Herbst 1963 herausbringen wollen, brauchen wir das Manuskript spätestens im April 1963. Kannst Du Dich darauf einrichten? Wenn ja, lassen wir Dir einen Übersetzervertrag zugehen.

Dein Brief an Widmer ist mir unfaßlich. Du degradierst damit den Verlag zu Deiner Herstellungs- und Auslieferungsabteilung. Etwas mehr haben wir doch an dem Buch getan. Auf so törichte Dinge solltest Du Dich wirklich nicht einlassen. Ich schreibe gleichzeitig an Herrn Widmer.
Ich schicke Dir anliegend einen Auszug aus der heutigen Nummer der »FAZ«. Ich bin sicher, die Sache interessiert dich.[1]
Soviel für heute, wir haben Arbeit über Arbeit.
Herzlich Dein Siegfried

1 Die *Frankfurter Allgemeine Zeitung* v. 9. 8. 1962 meldet auf S. 1: »Pankow will Bahnpolizei in West-Berlin verstärken. Zonen-Protest bei den Westmächten«.

[146]

[Rom]
10. September 1962

Lieber Siegfried:
Ich bedanke mich für all die Briefe nein ich meine: Grüsse, die Herr Frisch mir ausrichtet, über die Bocciabahn gebeugt, – übrigens: sagt er, – Lässt grüssen: sagt er, was soll ich da sagen als: So. So –, worauf wir uns wieder der Partie zuwenden, gestern hat er in allen Einzelspielen verloren.
Die Verschreibung in der ersten Zeile ist gewiss, ich versichere es: unabsichtlich; sie hat aber damit zu tun dass du nichts schreibst von deiner Reise nach Rom. Es ist nämlich nicht wahr dass ich einer solchen Entscheidung entgegensehe mit der Ruhe eines Nachmittagsschläfers, der über einem guten Buch in Händen im Liegestuhl verdämmert ist.
Mit dem besten Dank auch für die Zusendung der Abrechnung hätte ich eine Frage, besonders zu der Rechnung

Nummer V 222. Dort nämlich sind meine beiden Bücher auch aufgeführt, die ich an Leute verschickt habe; ist es denn wirklich so oft geschehen, dass keine Freiexemplare mir mehr zustehen?
In der Anlage schenke ich dir ein paar Fotografien, auf denen du hoffentlich dich und uns zu deinem Vergnügen erkennst. Die beiden Herrn Michel darstellenden sind allerdings für Herrn Michel. Die Bewegung von Hans Magnus auf dem Bild hierneben wird dir nicht gleich vertraut sein; in Wasserburg hat sie sich bezogen auf die Edition, vielleicht brauchst du sie für die Akten.[1]
Herr Boehlich hat dir wahrscheinlich gesagt dass wir am 22./23. durch Frankfurt nur passieren. Er meint ich solle auf den Verlagsempfang;[2] ich denke aber einer von uns sollte zu Martins Premiere nach Berlin,[3] entbehrlich bin ich doch. Wegen all des Betriebs um die Messe möchten wir auch lieber in einem Hotel übernachten, so blockieren wir dein Haus nicht für den einen Abend. Es wäre uns lieb dich und Herrn Boehlich zu sehen für eine kurze Zeit, die ausreicht für Fragen nach dem Ergehen und andere Gunstbeweise; das wäre aber nur ein Vergnügen und kann ja warten bis zum Oktober.[4]
Frau Roser bitte ich höflich, die in meinem Brief an Herrn Boehlich erwähnten zwölfhundert Mark doch so bald als möglich zu schicken, da wir nun früher abfliegen, um Frau Bachmann zu treffen in Zürich. (Diese und alle vorigen Einzel-Zahlungen bitte ich auf die kommenden Monate anzurechnen als die im Vertrag vorgesehenen, und die erst wieder regelmässig aufzunehmen in dem Monat, der als erster nicht gedeckt ist.)
Jetzt fahren wir nach Olevano in die Berge, von da wollen wir dir eine Ansichtenpostkarte schicken, alles nicht Erwähnte fast betreffend. Hope you are well.
Yours, truly,
Uwe.

1 An den rechten Rand dieses Absatzes ist ein Foto von Hans Magnus Enzensberger geklebt, das ihn während des Treffens in Wasserburg zeigt.

2 Der Empfang des Suhrkamp Verlags für Literaturkritiker findet 1962 am 22. September statt.

3 Zum Auftakt der »Berliner Festwochen« wird Martin Walsers Stück *Eiche und Angora* am 23. 9. 1962 in der Regie von Helmut Käutner am Schiller-Theater uraufgeführt.

4 Vom 26. - 28. 10. 1962 findet die Tagung der Gruppe 47 in Berlin statt.

[147]

Frankfurt am Main
13. September 1962

Lieber Uwe –
schönsten Dank für Deinen Brief und ganz besonders für die Fotos, die doch sehr schön geworden sind und nicht unbedeutsame Augenblicke im Bild festhalten. Ich bin sehr froh, sie zu haben, am besten gefällt mir das Gruppenbild unter den Wasserburger Bäumen.
Ich hoffe sehr, Dich am 22./23. September zu sehen. Am 22. haben wir in der Klettenbergstraße einen Empfang für Buchhändler; Enzensberger wird die »Vorzeichen« vorstellen. Möchtest Du da nicht dabei sein? Wir werden Dich aber kaum in der Klettenbergstraße unterbringen können, da sowohl Enzensbergers als auch Koeppen bei uns wohnen werden. Soweit wir jetzt hören, sind auch die Hotels schon sehr belegt, Du müßtest mir also doch noch Näheres schreiben, damit wir für eine Unterkunft sorgen können.[1]
Die DM 1 200,- sind Dir bereits zugegangen. Ich hoffe, sie treffen rechtzeitig ein. Die Rechnung V 222 ließ ich nachprüfen. Für die in Deinem Namen versandten »Mutmassungen« und »Achim« erhältst Du eine Gutschrift, mit

40 % berechnet werden Dir: 1 Enzensberger, »Landessprache«, 1 Enzensberger, »Verteidigung« und 1 »Achim und Bettina«, so daß die bewußte Rechnung nunmehr statt DM 122, 16 *DM 39, 84* aufweist.
Ich war zwei Tage in Berlin, um mir dort die Proben zu »Eiche und Angora« anzusehen. Die Besetzung ist ausgezeichnet, die Regie etwas schwach, aber ich glaube, es wird nicht ganz schiefgehen.
Ich wünsche euch noch angenehme letzte Tage in Rom und eine gute Rückreise.
Herzlich Dein Siegfried

1 Mit Brief vom 7. 9. 1962 schreibt U.J. bereits Walter Boehlich: »[. . .] wünschte ich mir ein Doppelzimmer reserviert in der Nähe das Bahnhofs für die Nacht vom 22. zum 23., das scheint unmöglich«. Mit Telegramm vom 19. 9. 1962 an Walter Boehlich bedankt sich U.J. für die vorgenommene Reservierung und sagt seine Anwesenheit auf dem Kritikerempfang zu.

[148; Telegramm]

[Rom]
20. September 1962

GELDANWEISUNG NICHT EINGETROFFEN BITTE
HALT MIR GLEICHEN BETRAG SONNABEND BEREIT
SORRY
YOURS UWE

[149]

Berlin Friedenau
26. September 1962

Lieber Siegfried:
Was kommt betrifft die internationale Zeitschrift.
Die dreissig Stunden seit unserem Abschied haben doch nicht ausgereicht mir nahezubringen dass du selbstverständlich deine Besprechung mit Herrn Augstein nicht niederlegst auf ein Blatt Papier geschweige denn auf sieben. Das ist bedauerlich einmal, weil ich mir nun nicht einen einzigen Satz eurer Unterhaltung vorstellen kann in einer Form, die ich den andern Sieben[1] als Nachricht anbieten dürfte.
Tatsächlich halte ich es immer noch für unpraktisch dass du und Martin und ich die Sache unter uns sollten beredet haben, selbst wenn das Angebot trunken war und vielleicht auch aus anderen Gründen nicht notierbar. Das können wir nicht »unter uns entscheiden« wie du sagst, einmal des Gewichts der Sache wegen, das ausreicht für ein gründliches Interesse sämtlicher Herausgeber, zum andern, weil einer der Herausgeber ungenaue und wenig vernünftige Vorstellungen von den despotischen wie korrupten Verhältnissen unter uns behält, trotz aller schonenden Aufklärung. Ich möchte nicht dass Günter Grass auch nur den Schein eines Rechts bekommt zu sagen wir hätten hinter seiner Kenntnis mit Herrn Augstein gesprochen über unser Vorhaben. Das erscheint mir ungünstig wegen der Freundschaft, ungünstig, weil wir uns nicht leisten können einen einzigen der Herausgeber zu verlieren, ungünstig, weil wir keine Zeitschrift machen können gegen eine Zeitschrift bei Herrn Augstein, die von Günter Grass redigiert würde.
Leider gilt das sinnentsprechend für Herrn Boehlich, dem du in zehn möglichen Stunden nichts mitgeteilt hast über deine Windfanggespräche, obwohl er davorstand, als ihr

herauskamt. Mir kommt es nicht an auf die Telefonkosten, die ich dann aufwenden muss ihn zu unterrichten; mir kommt es darauf an dass er die Anfragen des Nachrichtenmagazins »Der Spiegel« wegen des Artikels im »Observer« nun beantwortet hat als jemand, der nicht ahnt dass der taktische Zweck dieses Magazins sich in diesem Fall auch gegen uns richten kann.[2]

Nach allem muss ich dich bitten Herrn Augstein brieflich zu erinnern an eure Machtnachtkämpfe mit der hinzugefügten Aufforderung er möge mir im einzelnen schreiben was nicht Sache des Verlags ist. Reagierten wir nicht, glaubt er sich abgelehnt. Wenn er reagiert auf deinen erinnernden Brief, können wir das anfangen zu bereden, wenn es danach ist, allerdings.[3]

Diese Veröffentlichung im »Observer« ist ziemlich ärgerlich, da Herr Mascolo bei seiner Bereitschaft zu Interviews doch auch mir hätte eins geben können, und zwar vorher, so wäre die Ideologie vermieden, die er jetzt gegen unsere Verabredungen erfindet. Es hat niemand von uns ein Pendant zu »Monat«/»Preuves«/»Encounter« aufbauen wollen, soviel ich weiss.[4]

Yours,

Uwe.

1 Mit den »Sieben« meint U.J. die Mitglieder der deutschen Redaktion der »Internationalen Zeitschrift«, deren Sprecher er ist.

2 Die Meldung im *Observer* vom 23. 9. 1962 unter der Überschrift »Britain excluded« lautet: »A new ›European‹ magazine is to be launched next year under the imprint of three of Europe's leading publishers: Gallimard (Paris), Suhrkamp (Frankfurt) and Einaudi (Turin). It will be a sort of left-wing counterpart to the American-backed *Encounter/Preuves/Der Monat* group; but although there will be three editions, each in a separate language, the material in each will be identical, part original and part translated. The editors include distinguished novelists ELIO VITTORINI, EWE [sic] JOHNSON and MICHEL BUTOR. The idea came from the French,

and grew out of the sympathetic response of foreign writers to the famous stand of the ›121‹ French intellectuals against the Algerian war, in September, 1960. Creative writers will be able to express themselves on political, social and other subjects, using ›pure‹ literature as a weapon in the fight against political injustice. All very *engagé*. Unfortunately the promoters have found that British intellectuals are not yet quite suited to join. They had long discussions with, among others, IRIS MURDOCH and STUART HAMPSHIRE, but in the end decided that British Intellectuals are too solitary, by European standards, for an English edition to be practicable. Also, it proved hard to interest a London publisher. ›But maybe, when we've been going a year or two, and have proved that the project will work, the British will join,‹ said DIONYS MASCOLO, the dynamic young Gallimard editor, who is pioneering the magazine. It sounds ominously familiar.« *Der Spiegel* meldet am 3. 10. 1962: »Europa-Zeitschrift. Eine europäische Literaturzeitschrift, deren erstes Heft Mitte 1963 erscheinen soll, wird gemeinsam von den Verlagen Suhrkamp (Frankfurt), Gallimard (Paris) und Einaudi (Turin) vorbereitet. Chefredakteur der deutschsprachigen Ausgabe: Uwe Johnson (›Das dritte Buch über Achim‹). Beratendes Redaktionskollegium: Ingeborg Bachmann, Suhrkamp-Lektor Walter Boehlich, Hans Magnus Enzensberger, Günter Graß und Martin Walser. Die französische Ausgabe des kleineuropäischen Literaturjournals – Verhandlungen über eine englische Beteiligung blieben bisher erfolglos – soll von Michel Butor (›Paris-Rom oder die Modifikation‹), die italienische von Elio Vittorini (›Gespräche in Sizilien‹) geleitet werden. Als Titel für die geplante Zeitschrift hat Gallimard den Arbeitstitel des Joyce-Romans ›Finnegans Wake‹ vorgeschlagen: ›Work in Progress‹ (Werk im Entstehen).«

3 Am 1. 10. 1962 treffen sich in Frankfurt Walter Boehlich, Günter Grass, Uwe Johnson, Martin Walser und S. U. zu Gesprächen über die internationale Zeitschrift. U. J. berichtet darüber in seinem Rundbrief vom 5. 10. 1962: »In diesem Gespräch, und in einem früheren mit Frau Bachmann, zeigten die Beteiligten eine deutliche Glaubensschwäche hinsichtlich des Entstehens und der Lebensfähigkeit der internationalen Zeitschrift. Sie schlugen vor für den Fall, dass dies Projekt scheitern sollte, die Vorarbeiten und Vorbereitungen zu benutzen für ein anderes, nämlich eine Literaturzeitschrift der selben Herausgeber, die beim Suhrkamp Verlag erscheint. Damit ist Herr Dr. UNSELD einverstanden.

GÜNTER GRASS schlug für diesen neuen Plan eine mehr internationale Version vor. Die Redaktion dieser Zeitschrift solle erweitert werden um ein italienisches Mitglied (er schlägt vor: Enrico Filippini) und ein französisches (das er noch nicht ahnt), die Beiträge aus Italien und Frankreich beschaffen sowie auch weitere Kontakte. Dieses in Frankfurt gemachte deutsch-internationale Magazin könne sodann in die beiden andern Länder exportiert werden, das heisst: dort von einem Verlag übersetzt und vertrieben. Er meint dass der Verleger FELTRINELLI daran interessiert sein werde.« Am selben Tag versammelt sich eine weitere Gesprächsrunde zu dem gleichen Thema. Auch davon findet sich eine Wiedergabe im Rundbrief von U.J. vom 5. Oktober 1962: »Herr Augstein lud Herrn Unseld und die Herren Boehlich, Grass, Johnson, Walser zu einem Gespräch ein, es fand tatsächlich statt am 1. Oktober in Frankfurt, Klettenbergstrasse, 35.

Herr Augstein eröffnete die Unterhaltung, indem er versicherte, es werde mit ›Der Spiegel‹ ein sündhaftes Geld verdient, darauf sozusagen ein Segen nicht ruht, damit wollte er einmal etwas Vernünftiges machen, das auch notwendig sei.

Darunter versteht er eine Literatur-Zeitung, die anfangs vierzehntägig, gleich darauf wöchentlich erscheinen soll im Format einer Zeitung zu 20 bis 32 Seiten, Anzeigen eingerechnet, in einer Auflage von 50 000 Stück und zu einem Preis von 60 westdeutschen Pfennigen. Diese Zeitung solle die bemerkliche Lücke auf dem Markt erfassen, indem sie andern und uns die Möglichkeit zu Äusserungen über aktuelle Gegenstände, auch zu Strukturkritik verschaffe, und einem interessierten Publikum die Gelegenheit, das zu lesen. Dies Projekt sei ihm so wichtig, dass er es ohne Rücksicht auf die Kosten verfolgen und unterstützen werde. Er bedürfe jedoch dazu des Einverständnisses und der Mitarbeit solcher Leute, wie sie sich jetzt noch für diese kleineuropäische Literaturzeitschrift versammelt hätten.

Er nehme gar nicht einmal an, dass die beiden Projekte, nebeneinander betrieben, einander stören würden oder einem Verfasser die Mitarbeit an nur einem erlauben würden. Jedoch halte er sein Vorhaben für das wichtigere gegenüber einem, das nur alle Vierteljahre komme zu einem Preis von 4.80 Mark und in einer Auflage von wenig mehr als 5000 Stück. Die Kraft jedoch, die er dieser Zeitung zu verleihen gedenke, und die besonderen Möglichkeiten der Äusserung, die sie anbiete, versprechen jenen Grad der Wirkung, auf den es inzwischen ankomme. Die einzige Voraussetzung für eine solche

Zeitung sei, neben unserer Mitarbeit, ein Chefredakteur, der über die technischen Kenntnisse und Fähigkeiten verfüge (die seien erlernbar) und über eine menschliche Autorität (die Herr Augstein nicht für erlernbar hält). Für diese Arbeit wurden diskutiert, in der Reihenfolge: HANS MAGNUS ENZENSBERGER, REINHARD BAUMGART, MARCEL REICH-RANICKI, UWE JOHNSON.
Herr Augstein ist allerdings bereit, sollte er für eine solche Zeitung nicht genügend Interessse finden, dann eine monatlich in Deutschland erscheinende Literaturzeitschrift zu unterstützen, die das Format und den Umfang von etwa ›Der Monat‹ haben könne, eine ebenso unabhängige Redaktion, einen etwas niedrigeren Preis als die erwähnte internationale Zeitschrift und vielleicht eine Auflage von 15000 bis 20000 Stück, aber mehr kaum. Er misstraue leider grundsätzlich der Internationalität bei einem solchen Vorhaben, teils der komplizierten Übersetzungstechnik wegen, wäre hier nicht für eine Beteiligung einer italienischen und französischen Gruppe an der Redaktion, wohl aber für gelegentlichen Austausch von Texten oder ihre Übernahme.
Eine solche Zeitschrift würde auch Herr Unseld unterstützen. Eine Zeitung würde er nicht unterstützen können.«

4 *Der Monat* wurde ebenso wie die französische Zeitschrift *Preuves* während der fünfziger Jahre vom amerikanischen Geheimdienst C.I.A. gesponsert. Vgl. die Artikelserie von John M. Crewdson und Joseph B. Treaster, *The C.I.A.'s-3 Decade Effort to Mold the World's View,* in: The *New York Times*, 128 Jg., 1977, Nrs. 43800-43802 (25.12.-27.12.1977).

[150]

Berlin-Friedenau
29. September 1962

Lieber Siegfried:
Hier bekommst du die Erörterungen des Materials »Me-Ti« und »Buch der Wendungen« in Hinsicht auf eine Publikation. Es würde mich freuen, könntest du meinen Schlussfolgerungen dich anschliessen.[1]
Martin ist ein ruhiger Mensch tagsüber oder bemüht sich

um ein ähnliches Aussehen für zahllose Leute, denen er nicht entrinnt. Morgen wird er abfahren. Aber Rudolf Walther Leonhardt, der ihn heute nachmittag hier treffen wollte, hat die Reise »aufgegeben«. Natürlich übertreibt er, wenn er sich nun auch noch von uns gekränkt fühlt.
Mit meinen und Elisabeths schönsten Grüssen
dein ergebener Uwe.

1 Die editionstechnischen und inhaltlichen Erörterungen umfassen insgesamt 24 Seiten, die heute im Brecht-Archiv aufbewahrt werden. Die »Schlußfolgerungen« Johnsons lauten: »Ein Nachwort scheint zur Erklärung nicht nötig, da die Bedingungen und Verhältnisse dieser Texte sehr leicht aus der losen chinesischen Verkleidung zu schälen sind. Angebracht jedoch wäre eine Nachbemerkung, die enthalten sollte: Die Datierung der Arbeit an diesem Stoff, eine Beschreibung des Manuskripts sowie ein Namensverzeichnis (womit jenes am Anfang von BW [Buch der Wendungen] wegfällt), das jedoch nur in den wichtigen Fällen die entsprechenden wirklichen Personen nennt, da die Überzahl der andern vorkommenden nicht entschlüsselbar ist und die Demaskierung nicht gerade drängt. Eine solche Nachbemerkung sollte geschrieben werden von einer Person, die mit den ausgesprochenen Absichten Brechts zur Zeit der Niederschrift ebenso wie mit seinen späteren Absichten vertraut war; zumindest wäre es wünschenswert, hierüber etwas vom Archiv zu erfahren.« Sowohl das Namensverzeichnis als auch die Nachbemerkung werden später von U. J. selbst verfaßt. Vgl. Bertolt Brecht, *Me-ti. Buch der Wendungen*, Redaktion Uwe Johnson, Frankfurt am Main 1965, S. 7-8 und S. 97-101.

[151]

Frankfurt am Main
29. November 1962

Lieber Uwe,
ich habe eben das erste Exemplar der 5. Auflage des »Achim« erhalten. Wir waren um den rechtzeitigen An-

schluß sehr besorgt; das Buch sollte gerade jetzt, da Du unterwegs bist,[1] und so kurz vor Weihnachten, keinen Augenblick fehlen. Herr Dr. Hornung hat es fertig gebracht, die Neuauflage zu einem Zeitpunkt fertigzubekommen, als wir gerade noch über 35 Exemplare der alten Auflage verfügten.

Wir druckten 4.000 Exemplare, also das 21. bis 25. Tausend. Der Ladenpreis ist unverändert 16,80 DM, jedoch erhöht sich Dein Honorar bei dieser Auflage auf 12,5 % vom Ladenpreis, also auf 2,10 DM pro Exemplar. Dir stehen drei Freiexemplare [pro Tausend], also insgesamt 12, zur Verfügung. Bitte verfüge über sie; ein Exemplar schicke ich Dir jetzt vorab zu, damit Du die neue Auflage kennenlernst.

Melancholisch merke ich an, daß jene Widmung in den Erstauflagen der Bücher noch nicht geschehen ist. Vielleicht willst Du damit bis zum 100 000 Exemplar warten.

Von Martin höre ich, daß Du für Zürich absagen willst. Ich weiß nicht, ob ein neuer Termin auftaucht, in jedem Fall aber will ich Dir meine Zeitdispositionen nennen: ich bin am 14. und 15. in Zürich, am 16. in Friedrichshafen. Am 19. und 20. Dezember sind die Vertreterbesprechungen für das kommende Programm; vom 2. bis 7. Januar mache ich eine Blitzreise durchs Sortiment, um den wichtigsten Buchhändlern die edition suhrkamp persönlich vorzustellen, und am 8. Januar fahre ich mit Martin Walser für vierzehn Tage zum Skifahren.

Grüße Elisabeth sehr.

Wie immer
Dein Siegfried

1 U.J. ist vom 18. 10. - 5. 12. 1962 auf einer Lesereise mit 27 Stationen unterwegs.

[152]

Berlin Friedenau
30. November 1962

Lieber Siegfried:
In der Anlage bekommst du eine Kopie des geplanten Briefes an die Herren Leonetti und des Forêts, dazu eine Kopie meiner Mitteilungen an die übrigen Mitglieder der deutschen Gruppe für die internationale Zeitschrift, dies alles zur Kenntnis. Gültig oder ungültig wird unser Verzicht jedoch erst am 5. Dezember, das werde ich dir sofort mitteilen.
Elisabeth erinnert mich noch einmal an deine Äusserung und Auffassung: Gelegentlich der Tagung Gruppe '47 in Westberlin hätten wir dich nicht eingeladen, also wären dir aus dem Weg gegangen, also hätten dich geschnitten. Alles ausser der unterbliebenen Einladung ist zuviel, aber das will ich dir mit drei Gründen erklären.
Der erste ist: ich war da nur an drei Tagen und nur vier Abenden in Berlin. Zu jedem Essen an Mittag und am Abend habe ich mich mit den Arbeiten für die internationale Zeitschrift befassen müssen; ich hatte fast keine Zeit für irgend anderes.
Der zweite ist Rücksichtnahme. Du hattest deine Ankunft für den Donnerstagabend angekündigt, und zwar wolltest du eine Stunde vor der allgemeinen Versammlung kommen, damit wir dir etwas zu essen und etwas zu reden anbieten konnten. Tatsächlich kamst du eine Stunde später als die andern. Zufällig erfuhren wir später dass du schon einen ganzen Tag früher nach Westberlin gekommen warst. So sehr du dafür geschäftliche Ursachen haben mochtest, so sehr sind wir bereit gewesen dich in irgend privaten nicht zu stören.
Der dritte ist: es fiel mir nicht leicht in deinem Verhalten gegen mich in diesen drei Tagen Freundlichkeit zu erkennen. Ich mag dir die Beispiele nicht aufzählen alle, nur eins, und

auch über dies nicht diskutieren: Wenn du mich warnst Elisabeth zu heiraten, so nehme ich das für freundschaftliche wenn auch unzutreffende Sorge. Wenn du aber eine Person meines näheren Umgangs nicht nur missbilligst, sondern zusätzlich und allgemein erklärst du seiest entsetzt über meinen Umgang, verschlägt es mir die Sprache dermassen, dass ich dich doch lieber nur für deine Person entscheiden lassen möchte mit wem ich umgehe.
Glaube, bitte, nicht, ich trüge das nach. Dieser Grund ist weniger gewichtig gewesen als die andern beiden, und ich hoffe bestimmt, er wird auch an sich nicht zunehmen.
Gewiss hätte ich darüber am Dienstag in Frankfurt mit dir zu sprechen versucht, hättest du mir einmal selbst deine Gefühle erklärt; /,/ich erfuhr sie aber von andern, und vielen. Wirklich meine ich dass wir Dinge solcher Art, unangenehm oder angenehm, unter uns viel besser erledigen könnten,/ und ich bitte dich, immer gleich mit mir zu reden.
/Na ja, entschuldige die Schreibfehler.
Yours, truly,
Uwe.

[153]

Frankfurt am Main
3. Dezember 1962

Lieber Uwe,
ich benutze die Anwesenheit einer Privatsekretärin, Dir auf Deinen Brief vom 30. November zu schreiben, den ich – offengestanden – nicht sehr glücklich finde. Ich weiß nicht, warum Du mir jetzt vorhältst, ich hätte dich gewarnt, Elisabeth zu heiraten. Was soll das? Wenn ich die Situation noch recht im Kopf habe, so galt die »Warnung« nicht der Person von Elisabeth, sondern der Kürze der Zeit Eures Entschlus-

ses, und außerdem weißt Du ja, daß ich ohnehin nicht ein Lobsänger der Ehe bin.
Die anderen Punkte wollen wir im einzelnen nicht mehr aufnehmen, sie sind mir einfach zu lächerlich. Im übrigen habe ich mich damals bei der Unterredung mit Dir über die Zusammensetzung des Kreises gewundert, und die jetzige Entwicklung im Hinblick auf die internationale Zeitschrift gibt mir da ja nur recht. Schon damals schien mir eine solche Diskussion für die Ohren von Baumgart und Wagenbach etc. reichlich ungeeignet.
Du mußt Dir selbst Deine Freunde aussuchen und wissen, mit wem Du umgehst. Darüber steht mir kein Urteil zu, aber mich darüber freuen oder es bedauern darf ich doch.
Zu einer Stellungnahme zum Brief an Leonetti und des Forêts hast Du mich nicht aufgefordert. Ich möchte dazu also auch nichts sagen. Nur verstehe ich nicht den Nebensatz »... außerdem natürlich auch ...«, ihn solltest Du zumindest aus dem Brief herauslassen.
Wenn ich auch den Verzicht auf das Zürich-Treffen anders begründet und formuliert hätte (Voraussetzungen, die nicht erfüllt wurden: Verlagsgarantie und konkrete Texte), so scheint mir doch ein Treffen in Zürich im jetzigen Moment ohne viel Sinn.
Ich erhalte heute von Grass einen Brief, in dem es heißt, daß die Autoren sich frei fühlen, auf mein und auf Augsteins Angebot zurückzukommen. Wir wissen immer noch nicht, wann Augstein entlassen wird,[1] aber ich bin selbstverständlich jetzt erst recht dafür, daß die Frage unbedingt nochmals | mit ihm | diskutiert wird. Da ich mit meinen Terminen ziemlich festliege und vom 1. bis 18. Januar nicht zur Verfügung bin, schlage ich ein Gespräch am 28. Dezember in Frankfurt vor. Bitte schreibe mir, ob Du an diesem Termin nach Frankfurt kommen kannst.
Dein Siegfried

1 Am 23. 10. 1962 erläßt der Ermittlungsrichter beim Bundesgerichtshof Haftbefehl gegen Rudolf Augstein und den stellvertretenden Chefredakteur des *Spiegels*, Conrad Ahlers, aufgrund des drei Wochen zuvor erschienenen Artikels *Bedingt abwehrbereit* in: *Der Spiegel*, 16. Jg., 1962, Nr. 47, S. 32-53. Beiden wurde Landesverrat vorgeworfen. Rudolf Augstein verbringt 103 Tage in Untersuchungshaft, Conrad Ahlers 56 Tage.

[154]

Berlin Friedenau
10. Dezember 1962

Lieber Siegfried:
Dein Brief antwortet meinem gar nicht; ich werde mich hüten was zu sagen über den Ton.
Meinen schrieb ich, nachdem ich von Anderen gehört hatte du fühltest dich bei deinem letzten Aufenthalt in Berlin zurückgesetzt, weil nicht eingeladen; da wollte ich dir die Gründe erklären und dich bitten immer gleich mit mir zu reden. Du gehst auf den Anlass nicht ein, du nennst meine Gründe lächerlich und übertreibst ein Beispiel zum Grund, das ich als Beispiel genannt hatte zur Erinnerung.
Nun werde ich nicht mehr versuchen Missverständnisse privater Art mit dir beizulegen; du gibst mir ohnehin Gelegenheit an den Veränderungen deines Verhaltens irgend was Unfreundliches zu erraten, wenn du mir auch nicht sagst was sondern andern. Das hast du so haben wollen.
Zu deiner wiederholten Bemerkung über die Anwesenheit von Baumgart und Wagenbach muss ich dir wiederholen was ich dir am Sonntag der Tagung erklärte, und du nicktest: da Grass bei der Besprechung über die Zeitschrift nicht auf Wagenbach, als einen Mitarbeiter nach seinem Sinn, verzichten wollte, mussten wir übrigen darauf sehen Interes-

sierte mehr nach unserm Sinn einzuladen. Du erinnerst dich sicherlich.
Übrigens wird die Verständigung über das inzwischen erledigte Projekt deinem gewiss nützlich sein.
Darüber zu sprechen könnte ich am 28. Dezember nach Frankfurt gern kommen. Auch Frau Bachmann wird dann in Berlin sein, so dass wir, mit Günter Grass, zu dritt kämen, solltest du sie einladen.
Ich weiss nicht was für einen Eindruck du von unserem Gespräch am 1. Oktober mit Herrn Augstein behalten hast; immerhin haben Herr Boehlich, Martin, Grass sich eher für Augsteins Plan erklärt als für deinen. Allerdings weiss ich nicht wie deiner jetzt aussieht. Wie verabredet habe ich Herrn Augstein mitteilen lassen dass das internationale Vorhaben gescheitert ist. Es wäre tatsächlich gut sowohl mit dir als mit ihm zu reden; ich fürchte aber er wird jetzt wenig Energie dafür aufbringen, höchstens einen Stellvertreter ohne Vollmachten.
Ich bedanke mich für das Vorausexemplar der letzten Auflage. Könnte der Verlag mir, bitte, die Freiexemplare davon und die von früheren Auflagen beider Bücher, sollten solche noch vorhanden sein, hierher nach Berlin schicken?
Auch wüsste ich gern, da ich Wünsche nach Büchern aus andern Verlagen habe, und zwar viele, wann man sie am besten schicken sollte, und an wen im Verlag, ich meine die Liste.
Wann wird das Brecht-Archiv die Fragen beantworten, die am Schluss meiner Meinung über »Me-Ti«[1] standen? Das scheint mir wichtig für den Termin des Erscheinens, aber auch für meine Zeit-Einteilung.
Neulich, als ich ohne Vorkenntnis ein Stück aus dem »Dritten Buch über Achim« in dieser unbeschreiblichen Anthologie »Junges Europa« oder so fand, waren wir übereingekommen dass ihr mich fragen werdet bei kommenden Fällen.

Gestern sah ich im Ladenfenster ein Fischer-Taschenbuch unter dem Titel »Deutschland erzählt«[2] meinen Namen auch, und drinnen ausgerechnet den Anfang meines zweiten Buches abgedruckt. Ich bitte den Verlag sehr dringend, mich doch zu fragen. Ich zöge das nicht vor aus Eigensinn, und wiederhole gern was ich dir beim vorigen Fall sagte und schrieb: Das Buch ist nicht auseinandernehmbar geschrieben, nur wenige Stücke darin können den Zusammenhang zur Not entbehren, und auch bei denen käme es mir an auf deren Umgebung.

Herrn Hartung, der für den List-Verlag eine Anthologie zusammenstellt, habe ich ein Stück genannt aus dem Buch. Wenn er sich deswegen bei euch meldet, gebt ihm bitte die Erlaubnis.

Frau Ritzerfeld hat angefragt wegen einer Taschenbuch-Ausgabe von »Congetture su Jakob« bei Feltrinelli. Natürlich bin ich einverstanden. Würdest du ihr das ausrichten, zusammen mit meinen besten Grüssen.

Es wäre mir ganz lieb, wenn der Verlag, vom 1. Dezember an gerechnet, wieder monatliche Gelder auf mein Postscheckkonto überweisen könnte, und zwar immer tausend Mark. Was ich inzwischen ausser der Reihe bekommen habe, bitte ich auf monatliche Zahlungen zu verteilen und von der ausgemachten Anzahl solcher Zahlungen einstweilen abzuziehen. Das kommt, ein Kind kostet, und wahrscheinlich sind wir besonders eifrig es da an nichts fehlen zu lassen, eben beim ersten Mal.[3]

Tu mir den Gefallen und wünsche dir etwas zu Neujahr; das möchte ich dir schenken.

Mit den schönsten Grüssen von Elisabeth,
yours, truly,
Uwe.

P. S.
Was für ein Schliessfach hat der Verlag eigentlich, und bei welchem Postamt hat er es?
Auf euren Briefbogen steht: Postfach 16064, Frankfurt am Main 1. Auf den Karten in den Büchern steht: Postfach 16647, und zwar Frankfurt am Main 16. Ich zweifle nicht dass die Post euch auch ohne Angabe selbst der Stadt fände, jedoch schriebe ich die Adresse lieber richtig, zumal doch in Kürze ein Strafporto eingeführt werden soll für Fehler in den Adressen.

1 Die Fragen von U.J. lauten: »Hat Brecht in Manuskripten regelmässig Worte, für die die Grammatik einen Anfang mit grossen Buchstaben will, klein angefangen? Kann das Archiv sich der Folgerung anschliessen dass das Buch der Wendungen a) eine Abschrift, also später als MT b) damit auch die endgültig vorgesehene Form des Stoffes ist? Meint das Archiv dass der Komplex ›Verurteilung der Ethiken‹ in den Mappen 129 und 130 a) zusammengefasst werden b) insgesamt unter den alleinstehenden Zwischentitel ›Bschong Ming‹ in BW gestellt werden darf? Hält das Archiv für den Text b auf Blatt 133/76 den da gegebenen Titel ›Über die Unfruchtbarkeit‹ für richtig oder den vom Abdruck in der NDL ›Maos Lied‹? Ist auch das Archiv der Meinung, dass es auf Blatt 129/07 und 132/03, jeweils in der ersten Zeile ›schwerer‹ statt ›leichter‹ heissen muss, sowie auf Blatt 131/32 Zeile 21 einmal ›bauern‹ statt ›arbeitern‹? Stimmt das Archiv dem Vorhaben zu, BW an den Anfang zu stellen und MT anzuschliessen, grösstenteils in der Reihenfolge der MT-Blätter; oder wünscht das Archiv Einfluss auf die Reihenfolge zu nehmen?« [BW steht für »Buch der Wendungen«, MT für »Me-ti«, NDL steht für die Zeitschrift »Neue Deutsche Literatur«.]

2 U.J., *Grenzübertritt*, in: *Deutschland erzählt. Von Arthur Schnitzler bis Uwe Johnson.* Ausgewählt und eingeleitet von Benno von Wiese, Frankfurt am Main 1962, S. 325-327.

3 Katharina Elisabeth Johnson wird am 20. 11. 1962 in Berlin geboren. U.J. hält sich am gleichen Tag – unterwegs auf einer Lesereise – in Aurich auf.

[155]

Frankfurt am Main
10. Dezember 1962

Lieber Uwe,
Du weißt sicherlich, daß die Deutsche Buchgemeinschaft in Darmstadt auch einen Modernen Buchclub hat, in dem unter anderem ja auch die »Blechtrommel« von Grass herausgekommen ist. Wir stehen in Verhandlungen mit der Buchgemeinschaft über eine Ausgabe des »Dritten Buchs über Achim«. Das Buch würde dort zu einem Preis von 7,70 DM herausgegeben. Die Garantieauflage beträgt 12000 Exemplare, das Honorar, das zwischen uns hälftig geteilt würde, -,50 DM pro Exemplar. Möchtest Du dieser Sache zustimmen? Ich hätte von mir aus keine Einwände.
Mit besten Grüßen
Siegfried

[156]

Berlin Friedenau
11. Dezember 1962

Lieber Siegfried,
ich bedanke mich für deinen Brief von gestern wegen »Das dritte Buch über Achim« und des Modernen Buchklubs der Deutschen Buchgemeinschaft in Darmstadt.[1] Damit möchte ich nur einverstanden sein, wenn eine solche Ausgabe der in einem Taschenbuch bei Rowohlt nicht im Wege stehen wird. Das kann ich nicht beurteilen. Eine Ausgabe als rororo-Buch möchte ich ohnehin nicht gleich sondern höchstens Ende 1963; bleibt sie möglich, bin ich mit einer Ausgabe im Modernen Buchklub einverstanden.

Du schreibst das Honorar wird hälftig zwischen uns geteilt. Ach so, entschuldige, ich habe nachgesehen. Ja, das ist abgemacht.
Hübsch wie schnell die Post geht, oder?
Yours, truly,
Uwe.

1 Die Lizenzausgabe erscheint 1965 bei der Deutschen Buchgemeinschaft.

[157]

Frankfurt am Main
13. Dezember 1962

Lieber Uwe,
ich halte Deine Briefe vom 10. und 11. Dezember in Händen, die ich sorgfältig gelesen habe.
Ich glaube, wir wollen das Private jetzt lassen. Doch sollst Du nicht meinen, ich spräche mit »anderen« unfreundlich über Dich. Martin und Mang, denen ich meine Enttäuschung nicht vorenthalten habe, sind schließlich keine »anderen«, sondern zählen zu Freunden, denen gegenüber man offen ist. Doch lassen wir das.
Ich möchte nun konkret auf die Punkte Deiner Briefe eingehen. Soeben traf Dein neues Rundschreiben mit dem Datum vom 12. Dezember bei mir ein.[1] Ich bin mit den Darlegungen einverstanden, auch mit dem Termin 18. und 19. in Zürich und anderswo. Heute kam von Julliard das folgende Telegramm:
»En réponse télégramme Johnson confirmons accord principiel édition française revue internationale. Lettre suit. Julliard.«
Warten wir also den darin angekündigten Brief ab.

Damit fällt die Verabredung für den 28. Dezember. Es wäre mir lieb, wenn Du Grass in diesem Sinne verständigtest.
Wenn nun das neue internationale Treffen am 18. und 19. nicht stattfinden sollte, verblieben wir ja so, daß wir uns dann intern treffen und einen neuen Plan besprechen wollten. Freilich gibt mir Deine Formulierung zu denken, die Teilnehmer des Gesprächs am 1. Oktober hätten sich eher für Augsteins Plan erklärt als für den meinen. Ich hatte damals das Gespräch als eine reine Diskussion aufgefaßt, in der keine Entscheidungen, auch keine Entscheidung für Richtungen, getroffen wurden. Wenn dem so wäre, so würde ich freilich von meinem Projekt für immer zurücktreten. Ich bin fest überzeugt, daß Ihr nach Augsteins Absage[2] noch andere Leute findet, die eine solche Wochenzeitung machen wollen, ich empfehle Euch dann Herrn Nannen.
Um so entschiedener werfe ich mich auf Deine Verlagsbitten. Ich lasse sofort feststellen, wieviele Freiexemplare Du noch von früheren Auflagen beider Bücher beanspruchen kannst. Diese Freiexemplare gehen Dir zusammen mit denen der neuen Auflage nach Berlin zu.
Wünsche nach Büchern aus anderen Verlagen richtest Du bitte an Frl. Conradi hier im Verlag. Sie arbeitet gegenwärtig im Vertrieb, vom 21. Januar an wird sie meine Sekretärin sein.
Mit Frau Weigel habe ich über die Frage »Me-Ti« gesprochen. Gegenwärtig ist niemand in der Lage, Deine Frage zu beantworten. Frau Weigel wird Herrn Werner Hecht bitten, diese Aufgabe zu übernehmen. Das kann jedoch nicht vor Mitte 1963 sein, weil Herr Hecht bis dahin mit der Edition der theater-theoretischen Schriften beschäftigt ist.
Zu den Anthologien: wir nehmen nochmals zur Kenntnis, daß wir in Zukunft keine solchen Genehmigungen geben, ohne vorher die Deine ausdrücklich eingeholt zu haben. In den repräsentativen Erzählungsband »Deutschland er-

zählt« wurde ein Text von Dir auf meine Bitte hin aufgenommen, hier sind Ranggesichtspunkte ausschlaggebend | gewesen |. Es wäre dem Verlag ja nicht angenehm gewesen, wenn Du bei diesen deutschen Erzählern nicht vertreten gewesen wärest. Aber wie gesagt, in Zukunft wirst Du gefragt.

Ich nehme Deine Zustimmung zur Taschenbuchausgabe von »Congetture su Jakob« zur Kenntnis. Deine Grüße habe ich an Frl. Ritzerfeld weitergegeben.

Wir werden ab sofort die monatlichen Zahlungen auf 1.000,- DM erhöhen, das wird sicherlich keine Verrechnungsschwierigkeiten bereiten. Haben wir Dir überhaupt schon ein Honorar für Deine Arbeit am »Me-Ti« bezahlt?

Du batest mich um die Äußerung eines Wunsches. Ich hatte sofort an die Widmung gedacht, und zwar als Ausgleich jener dauernden Bienek-Kommata-Wunde;[3] aber nun nahm ich gestern den »Jakob« aus dem Regal hinter meinem Rükken zur Hand, und siehe da, ich fand eine Widmung. Besten Dank! So ist mein Wunsch schon erfüllt.

Unsere Schließfachnummer: wir haben an dich | wohl | auf einem alten Briefbogen geschrieben. Die richtige Schließfachnummer ist 16 647, 6 Frankfurt (Main). Diese Nummer gilt natürlich auch nur bis zum 31. März; am 1. April siedeln wir in unser neues Domizil | um |, und dann brauchen wir wiederum ein neues Postamt und eine neue Schließfachnummer.

Ich nehme Dein Einverständnis zur Lizenzausgabe des »Achim« im Modernen Buchclub zur Kenntnis. Im Vertrag sind ausdrücklich kommende eventuelle Taschenbuchausgaben ausgeklammert. Mit einer Taschenbuchausgabe des »Achim« verhält es sich so: ich stehe Ledig im Wort, daß für den Fall einer Taschenbuch-Lizenzvergabe an einen anderen Verlag er die Priorität hat. Dabei bleibt es. Von mir aus

aber denke ich gar nicht an die Taschenbuchausgabe, und wenn Du wiederum wie beim »Jakob« eine billige Ausgabe haben möchtest, so möchte ich keine Lizenz an einen anderen Verlag vergeben, sondern das Buch dann in der edition suhrkamp herausgeben, jedoch möglichst nicht vor 1965, also nicht vor dem Erscheinen eines neuen Buches von Dir.
Mit herzlichen Grüßen auch an Elisabeth
Dein Siegfried

1 Siehe Anhang 2, S. 1111ff.

2 Ein Rundschreiben Uwe Johnsons vom 12. 12. 1962 lautet: »Wie vereinbart versuchte ich nach dem vorläufigen Scheitern der kleineuropäischen Zeitschriften-Gemeinschaft Herrn Augstein darüber zu informieren und ihn um Fortsetzung seiner Vorschläge zu bitten. Herr Busse von der Redaktion des ›Spiegel‹ übernahm es, Herrn Augstein das bei einem Besuch in der Haftanstalt mitzuteilen; er war über den erwähnten Plan Herrn Augsteins informiert.
Nach dem Bericht von Herrn Busse antwortete Herr Augstein darauf:
Er sehe sich gegenwärtig nicht in der Lage, mit dem Angebot und Plan von Herrn Unseld zu konkurrieren. Überhaupt meine er dass sein Projekt einer Zeitung, sollte ihm dessen Verwirklichung einmal erlaubt sein, durch die Existenz einer monatlich bei Suhrkamp erscheinenden Literaturzeitschrift nicht allzusehr geschädigt sein werde.
Aus diesem Grunde könne er auch niemand beauftragen, mit uns einzeln oder allen zu sprechen.«

3 In *Werkstattgespräche*, München 1962, S. 88, antwortet U. J. auf die Frage von Horst Bienek, ob der Suhrkamp Verlag beim Manuskript der *Mutmassungen über Jakob* Änderungen vorgeschlagen habe. »O ja. Bei der ersten Besprechung wurde ich mit dem Unterton eines kleinen privaten Skandals gefragt, wie denn das mit der Interpunktion sei, denn ich bin da, wo die Schulgrammatik Satzzeichen vorschreibt, etwas sparsam verfahren; und mir wurde mitgeteilt, daß das ja auch einige Arbeit bereitet. Darauf sah ich mir das Manuskript an und richtig waren überall, wo Kommata hätten sein sollen, kleine Bleistiftstriche für Kommata. Dann, so wurde

mir gesagt, nach der Seite 100 oder so, habe sich die Annahme durchgesetzt, daß es nicht ein schlampiges oder nachlässig geschriebenes Manuskript sei, sondern daß offenbar ein Prinzip vorliege. Ich konnte das nur bestätigen, ich erklärte das Prinzip, und wir haben dann einige Zeit damit verbracht, die Kommata wieder herauszuradieren – die mit Bleistift eingeschriebenen.«

[158]

Frankfurt am Main
18. Dezember 1962

Lieber Uwe,
zum Jahresende gingen wir auch unsere Papiere im Panzerschrank durch. Da lag ein Umschlag von Dir mit der Aufschrift »Für den Todesfall«. Ich gebe Dir zu bedenken, ob Du das Schreiben nach den Ereignissen der Hochzeit und der Geburt nicht doch ändern möchtest. Wenn nicht, so bewahren wir es also gern weiter für Dich auf.
Herzlich Dein Siegfried

[159]

Berlin Friedenau
26. Dezember 1962

Lieber Siegfried:
Dies alles nur, indem ich versuche für das neue Jahr aufzuräumen und deinem Rotstift zu Spaziergängen in Zeiten der Musse empfohlen:
Die Freiexemplare, um die ich bat, sind pünktlich, in richtiger Anzahl und gestern angekommen.
Für meine Arbeit an dem »Me-Ti« hattest du mir eintausend Mark vorgeschlagen, damit erkläre ich mich auf Anfrage einverstanden; wiederhole aber mein Interesse für den Ter-

min der Veröffentlichung und der Meinungsäusserung der Erben, da ich meine Arbeit danach werde einrichten müssen, es sei denn der Verlag übernehme die Korrekturarbeiten und die Verantwortung für den gedruckten Text.
In meinem vorigen Brief bat ich die monatlichen Überweisungen auf mein Postscheckkonto wieder aufzunehmen, und zwar in Höhe von eintausend Mark vom 1. Dezember an.
Was die ausser der Reihe an mich gezahlten Beträge angeht, so kann man sie meinetwegen erklären für ausser der Reihe gezahlte Summen; wenn der Verlag es aber wünscht, kann man sie in Portionen von eintausend Mark abziehen von der vereinbarten Zahl der sechsunddreissig Zahlungen.
Mir wäre es lieb, könnte ich die zweitausend Mark für Dezember dieses und Januar nächsten Jahres um den 3. Januar 1963 auf meinem Konto haben.
Neulich kam, auffälliger Weise, Herr Bunge für fünfzehn Minuten zu Besuch und erzählte auf Befragen, unter anderm, dass er durch Ehescheidung sein Exemplar des »Dreigroschenbuchs« verloren habe. Nun erlaube ich mir den Vorschlag ihm über die Adresse Akademie der Schönen Künste, Sektion Dichtung, Kochplatz, (Ost-) Berlin N 4, ein Exemplar des »Dreigroschenbuches« zuzusenden, vielleicht mit einer schriftlichen Bemerkung, die eure durch den Prozessversuch gespannten Beziehungen normalisiert. Ich muss betonen dass Herr Bunge Gründe für eine solche Hoffnung durchaus nicht zu erkennen gab, dass lediglich ich sie vorhanden glaube. Solltest du dich nicht zu dieser Geste imstande shen nein: sehen, bitte ich, ihm an die genannte Adresse ein »Dreigroschenbuch« auf meine Rechnung und ohne Kommentar zu schicken.[1]
In der Anlage bekommst du Bemerkungen wegen der internationalen Zeitschrift; gleichzeitig eine Aufstellung meiner in diesem Jahr gesammelten Bücherwünsche, die auszuspre-

chen du mir erlaubtest.[2] Ich bedanke mich für eure Mühe und bitte um Entschuldigung für die Lästigkeit.
So, mein Lieber, zwar versuche ich dich am 31. anzurufen, vertraue jeod nein: jedoch nicht allzusehr auf die Kapazität der Leitungen und wünsche Dir ein neues Jahr nach deinen Wünschen, und mir auch noch: dass wir uns da besser vertragen werden als in diesem.
Yours, truly,
Uwe.

1 Siehe Brief 277, S. 393.
2 Siehe Anhang 2, S. 1115ff.

[160]

Frankfurt am Main
30. Dezember 1962

Lieber Uwe
also, da sitze ich am zweitletzten Tag des Jahres und tippe, aufgescheucht durch Deine Bemerkung, wir sollten uns im neuen Jahre besser vertragen, einen Brief an Dich.
Dank zuvor für Deine beiden Briefe vom 26. 12. Ich darf die sachlichen Punkte der Reihe nach beantworten:
1. Für Deine Redaktions-Arbeit am »Me-ti« erhältst Du DM 1000,- Diesen Betrag lasse ich Dir noch im alten Jahr anweisen, ich hoffe, ich schaff dies noch morgen, wenn nicht, folgt der Betrag sogleich Anfang Januar. Die Dezember-Rate ging Dir bereits zu, die Januar-Rate folgt wie verabredet. Wenn die »Me-ti«-Überweisung klappt, wirst Du also Anfang Januar die DM 2000,- auf Deinem Konto haben. Solltest Du weiteres Geld benötigen, schreibe bitte an den Verlag zu Hd. von Frau Roser, diese ist unterrichtet und überweist Dir jederzeit Beträge bis zur Höhe Deines Kontos.

2. Noch zu »Me-ti«. Ich schrieb Dir wohl schon, daß Herr Werner Hecht im Auftrag von Frau Weigel von seiten des Brecht Archivs Deine »Me-ti«-Fragen beantworten wird. Dies kann jedoch nicht vor Mitte des kommenden Jahres sein, weil Hecht sich bis dahin der Edition der theatertheoretischen Schriften widmen muss.
3. Herrn Bunge schicken wir in Deinem Auftrag ein Exemplar des »Dreigroschenbuches« (gegen Berechnung), wie Du vorschlugst. Den anderen Weg möchte ich nicht gehen, nicht wegen der Prozeß-Sache, die für Bunge sowieso aussichtslos ist, sondern weil ich mich kontinuierlich über Bunge ärgern muss. Allenortes tut er so, als sei unsere Brecht-Ausgabe zweifelhaft und die historisch-kritische stünde vor der Tür. Er ist oft in Frankfurt, besucht viele Leute, bei mir selbst hat er sich noch nie gemeldet.
4. zur internationalen Zeitschrift. Mit Deinen Briefen bin ich einverstanden. Ich halte mich für ein Treffen am 18. und 19. parat. Bitte gib mir Nachricht ins Hospiz Hotel St. Christoph am Arlberg, Post St. Anton, Österreich (Tel. 48115 Telex 05155), ich werde vom 8. Januar an dort sein.
Ich erkläre mich bereit, für alle Mitglieder der deutschsprachigen Gruppe die belegbaren Reise- und Unterkunftskosten zu ersetzen. Am besten machen wir es so, daß alle Beteiligten dem Suhrkamp Verlag nach Abschluss der Tagung eine Rechnung erstellen, bitte mit Belegen.
Frl. Kirchner konnte ich noch benachrichtigen, sie ist zwar bis Ende Januar verreist, hält sich aber am 18. und 19. parat; sie wird von ihrem Urlaubsort entweder Boehlich, Martin oder mich in St. Christoph anrufen.
Der Verbindung mit Julliard sehe ich mit sehr gemischten Gefühlen entgegen. An der Verhandlungsvollmacht von Bourgois ist nicht zu zweifeln, obschon allein Madame Gisèle Julliard zeichnungsberechtigt ist. Der Verlag ist jedoch verschuldet, ich seh nicht, wie er die Unkosten tragen kann.

Er ist zwar der zweit größte franz. Verlag, aber sein Niveau ist eher fragwürdig. Zudem tritt noch hinzu, daß Bourgois eine sehr radikale politische linke Linie verfolgt, die bisher nur Leuten wie Mascolo angenehm ist. Aber wir werden sehen ...

Die Rückseite soll uns privatim vorbehalten bleiben. Also, wie soll es sein mit dem besser vertragen. Ich bin an sich ja kein unverträglicher Mensch und außerdem stets zur Änderung zu Besserem bereit. Was war es also? Du hast Dich geärgert, daß ich »anderen« gegenüber mich kritisch über Dich äußerte, diese anderen aber waren die Freunde Martin, Mang und Boehlich, also jener Kreis, mit dem man unverblümt reden kann. Diesen Deinen Ärger kannst Du mir schenken. Mein Ärger saß tiefer. Wenn ich die jetzt abgeschlossenen vier Jahre meiner verlegerischen Arbeit überblicke, so habe ich e i n e n Grund, zufrieden, glücklich, ja ein wenig stolz zu sein, und dies ist der Erfolg des Schriftstellers Uwe Johnson. Sicherlich trägt Deine Arbeit daran den ersten Anteil, Zwerenz hätte ich so weder fördern können noch wollen. Aber in Stunden, in denen dann doch Zweifel am Sinn aller Arbeit nagen, halte ich mir Dein Beispiel vor Augen, daß es hier gelungen ist, einen total unbekannten Schriftsteller innerhalb kürzester Zeit in eine Größenordnung zu bringen, die ziemlich unvergleichlich ist. Und dann kommst Du daher und reduzierst unseren Anteil auf die Kommatafuchserei, und dies im Radio, dann in einer Zeitschrift und – obschon Du danach unseren Protest hattest – in Buchform. Das musste mich kränken und tief verletzen. Natürlich weiß ich, daß Du dies so gar nicht meintest, aber in der Öffentlichkeit kommen eben Nuancen nicht an (auch in diesem Punkt konntest Du ja zwei Erfahrungen machen, Mailand und die 47er Resolution, die, nachträglich gesehen, einfach grotesk ist[1]), da zählt nicht das Gemeinte, sondern das einzelne Wort, das auch für andere Zusammenhänge zu brauchen ist.

Indem ich dies schreibe, reut es mich fast, dies geschrieben zu haben. Wollen wir es so halten, daß wir es damit als aus der Welt geschafft ansehen? Bitte antworte mir also nicht darauf.
Im übrigen, lieber Uwe, ich werde mich auch im neuen Jahre und hoffentlich noch viele Jahre freuen, Dir zu begegnen, mit Dir zusammenzusein und Dich zum Freunde zu haben. Du wirst immer auf mich zählen können.
Grüße an Elisabeth, es ist schön, daß sie mit dem Kind eine wichtige Aufgabe hat, und diese Aufgabe wird von Jahr zu Jahr größer werden.
Also, in alter Freundschaft
Dein Siegfried

1 Anläßlich der Tagung der Gruppe 47 vom 26. bis 28. 10. 1962 in Berlin wird eine auch von U.J. unterzeichnete Resolution zur *Spiegel*-Affäre verfaßt, in der der damalige Verteidigungsminister Franz Josef Strauß zum Rücktritt aufgefordert wird. Deren Wortlaut findet sich in *Die Katze Erinnerung*, S. 127.

1963

[161]

[Berlin Friedenau]
11. Januar 1963

Lieber Siegfried,
ich bedanke mich für deinen Brief zum neuen Jahr, es ist mir recht auf deine Bemerkungen zu vergangenen Unstimmigkeiten nicht zu antworten, wollen wir sie also für erledigt halten.
Jedoch, bitte, erlaube mir zurückzukommen auf die Verabredung, die wir in Tettnang, einmal auch noch in Frankfurt, getroffen haben hinsichtlich der privaten Seite, die die Organisation der Internationalen Zeitschrift hervorbringen wird. Unvermeidlich bilden sich in jeder Gruppe, auch bestünde sie nicht aus Schriftstellern und gleich sieben wie in unserm Fall, wechselnde Interessenparallelen sachlicher oder persönlicher Art, enthält vorgebliches Zartgefühl den Betroffenen ihre Ungeschicklichkeiten und Fehler vor, halten vier den fünften für einen Idioten. Da hatte ich gebeten einzuschränken was als unvermeidlich hier auftritt, eine Wolke heimlicher Absprachen und Äusserungen verdirbt die Beziehungen schnell, wir sind aber für dies Projekt auf unsere guten Verhältnisse angewiesen. Für meine Person hätte ich also gern dass mir gesagt wird was ich wieso falsch mache, besser machen könnte in allen Hinsichten, nicht dass ihr in meiner Abwesenheit durchnehmt was ich zu lernen hätte; und ich verspreche dass ich euch allen gegenüber es genau so halten werde, wie bisher.
Die Franzosen haben nun auch zugesagt nach Zürich zu

kommen. Sie bitten nur die Beratungen am 19. und 20. zu halten: am Wochenende, das würde ihre beruflichen Verpflichtungen weniger belasten; damit habe ich mich, da nicht Zeit war alle zu fragen, einverstanden erklärt. Hoffentlich ist es dir recht.

Also werden wir der französischen und italienischen Gruppe den Abend des 18. Januar als Ankunfttermin vorschlagen; die deutsche Gruppe jedoch sollte sich schon am Mittag dieses Tages zusammenfinden im Hotel Urban gegen 15 Uhr. Ich selbst komme mit dem Gotthartexpress um 13.15 Uhr in Zürich an.

Für uns bestellt Herr Boehlich sieben Zimmer im Urban unter dem Titel Suhrkamp Verlag: dich, Boehlich, Grass, Enzensberger, Walser, mich, und allerdings Fräulein Kirchner. Diese erfreuliche Person wissen wir nicht zu erreichen; könntest du sie mitbringen oder unterrichten? Die Zimmer sind vorerst für eine Nacht bestellt, dann kann man sie weiter belegen. Martin wird wohl am 20. abends nach Hamburg fahren, auch ich. Dies wird der französischen und italienischen Gruppe mitgeteilt, für sie alle werden nach Möglichkeit auch im Urban Zimmer bestellt. Es kommen: Calvino, Leonetti, Vittorini, wahrscheinlich jemand von Einaudi; von den Franzosen wissen wir die Teilnehmer noch nicht.

Mit uns allen zusammen müsste doch wenigstens ein angenehmer Abend in Zürich herausspringen.

Yours, truly,

Uwe.

[162]

[Berlin Friedenau]
27. Januar 1963

Lieber Siegfried,
wegen der internationalen Zeitschrift bekommst du die Kopie eines Briefes an die Redakteure der andern Gruppen, auch die eines Briefes an die Herausgeber.
Erlaube mir nun, bitte, unser Gespräch über den Sitz der Redaktion ein wenig vorzubereiten. Du wünschst ihn in Frankfurt, ich ihn in Berlin, die jeweiligen Gründe sind uns bekannt.
Deine sind: Nach deiner Meinung ist eine Sekretärin nicht den ganzen Tag mit Angelegenheiten der Zeitschrift beschäftigt, sie könnte in der übrigen Zeit für den Verlag arbeiten. Herr Boehlich könnte in Notfällen den Redakteur unterstützen. Ein Büro in Berlin brächte, mit der Miete, Möbel-Anschaffung, laufenden Kosten für Reinigung, Beleuchtung, mehreren Flügen nach Frankfurt für zwei Personen eine Mehrbelastung von 3000 Mark jährl. für den Verlag. Die Kosten für eine elektrische Schreibmaschine und ein Kopiergerät, zusätzlich, sind unbillig hoch.
Meine sind, das gebe ich zu, eher privater Art. Mir scheint du verstündest sie wenn auch nicht ihre Folgen anzunehmen. Daher muss ich sie mit Reaktionen auf deine Gründe zu verteidigen suchen: Fräulein Kirchner, die wir uns doch wohl beide als Sekretärin denken, hätte in Berlin Gelegenheit ihre Studien zu komplettieren neben der Redaktionsarbeit. Von Herrn Boehlich ist ein Interesse für noch mehr Anforderungen kaum zu erwarten; ich wäre schon froh, wenn der Verlag ihm Zeit liesse für die Verpflichtungen der Herausgeberschaft. Die Einrichtung eines Büros in eurem neuen Haus würde auch spezielle Kosten verursachen: einen Schreibtisch für mich habt ihr nicht, unter ihm zu fegen

wäre für eine Putzfrau eine zusätzliche entlohnte Arbeit, kosten täten die Lampen auch; fliegen müsste ich von jedem Ort oder reisen, an dem ich mich aufhalte: auch in Frankfurt wohnend wäre ich nicht immer da. Ein Kopiergerät muss nicht so viel Ausschuss bringen wie du sagst; an seinen Kosten kann ich nichts machen. Was nun die Schreibmaschine angeht, so könnte ich vorschlagen dass der Verlag und ich sie je zur Hälfte bezahlen, nach zwei Jahren Arbeit für die Redaktion allerdings wollte ich sie dann haben. Überschlage doch einmal ob nun tatsächlich jährlich dreitausend Mark an dir hängenbleiben; natürlich kenne ich deine Rechnung nicht. Gegenüberstellen muss ich ihr die Kosten für unsere Übersiedlung nach Frankfurt: ich kann nicht erwarten in Frankfurt wie hier eine Wohnung für 115 monatliche Makr nein Mark zu finden, kostet die in Frankfurt aber auch nur 200 mehr im Monat, sind von mir im Jahr 2400 Mark mehr zu bezahlen, gegenüber Berlin, und ausserdem dahin müsste ich ja öfters doch (der angeführten Privatabsichten wegen), die Flüge kannst du mir nicht mit gutem Gewissen bezahlen. Nun ist die Frage nicht wer von uns beiden im Jahr dreitausend Mark verlieren soll, die Frage ist wie wir da zusammenkommen. Von mir aus: soll der Verlag mein monatliches Gehalt kürzen auf 1000, das spart euch jährlich 2400; und ausserdem könnt ihr mit dieser Zahlung auch erst von diesem Januar beginnen statt vom vergangenen Dezember und die weitere Ersparnis von 1200 verrechnen mit dem Kopiergerät, so viel teurer es auch ist.
| Und wir wollen hoffentlich nicht nur hierüber reden
yours, Uwe. |

[P. S.]
Also, ich komme am 2. Februar mit PAA um 18.20 an.

[163]

Frankfurt am Main
29. Januar 1963

Lieber Uwe,
ich danke Dir für Deinen Brief vom 27. Januar, nebst Anlagen. Ich hoffe, es ist nicht notwendig, daß ich Dir schriftlich antworte. Ich denke daran, Dich am 2. Februar um 18.20 Uhr am Flughafen abzuholen.[1]
Bis dahin herzliche Grüße
Dein Siegfried

1 Das Resultat des Gesprächs zwischen U. J. und S. U. am 2. und 3. 2. in Frankfurt faßt S. U. in einer Aktennotiz vom 4. 2. 1963 zusammen, die an Frau Roser und Uwe Johnson gerichtet ist und den handschriftlichen Vermerk von S. U. »Vorschlag!« trägt. »Mit Uwe Johnson wurde im Hinblick auf die Zeitschrift folgendes vereinbart:

1. Die Redaktion der Zeitschrift wird in Berlin stattfinden. Herr Johnson wird dazu ein möglichst unaufwendiges Bürozimmer mieten. In das Büro soll neben den üblichen Möbeln ein Kopiergerät und eine Büroschreibmaschine.
2. Fräulein Kirchner wird vom 1. Mai an nach Berlin übersiedeln. Sie wird sich ein Zimmer suchen; ihr Gehalt ist noch festzusetzen. Der Idealfall wäre, zwei kleine Zimmer, von denen eines als Zimmer für Fräulein Kirchner, das andere als Redaktionsraum dienen könnte.
3. Entsprechend dem Vorschlag von Uwe Johnson, wird sein monatliches Gehalt auf DM 1 000,- festgesetzt. Die Zahlung beginnt vom 1. Januar an. Es sind also umgehend zwei Monatsgehälter, insgesamt DM 2 000,-, auf sein Berliner Konto zu überweisen.«

[164]

Frankfurt am Main
20. Februar 1963

Lieber Uwe,
also, die Insel-Gespräche sind abgeschlossen. In den nächsten Tagen übergeben wir die hier anliegende Notiz der Presse. Vielleicht gelingt es mir, sie Dir vorher zur Kenntnis zu bringen.
Herzlich Dein Siegfried

[164a; Anlage, Presse-Notiz, Durchschlag]

Frau Jutta von Hesler, die Tochter Anton Kippenbergs, geschäftsführende Gesellschafterin der Insel Verlag Anton Kippenberg KG, und die Mehrheit der Kommanditisten scheiden mit Wirkung vom 1. 1. 1963 aus dem Insel Verlag aus. Als neue Gesellschafter treten Dr. Rudolf Hirsch, Balthasar Reinhart (Winterthur), Peter Reinhart (Winterthur) und Dr. Siegfried Unseld in den Verlag ein. Dr. Rudolf Hirsch und Dr. Siegfried Unseld werden den Verlag leiten.

[165]

Frankfurt am Main
27. Februar 1963

Lieber Uwe,
kennst Du jenen Herrn Ernst A. Rauter, der sich so unfreundlich über Dich und Böll äußert?[1]
Herzlich Dein Siegfried

1 Der *Mannheimer Morgen* v. 11. 2. 1963 berichtet in einem Artikel mit der Überschrift *Literarisches Hackfleisch im Hot-Spot-Keller* über eine Veranstaltung Anfang Februar, auf der Ernst A. Rauter, zu dieser Zeit Mitarbeiter der Zeitschrift *konkret*, ein zweistündiges Pamphlet gegen Heinrich Böll und U. J. verliest. Über U. J. läßt er sich dem Bericht zufolge so aus: »Der Stotterer Uwe Johnson schreibt, ohne zu denken, und hofft, daß die anderen denken, was er nicht sagen wollte.«

[166]

Berlin Friedenau
2. März 1963

Lieber Siegfried:
Jener Herr Ernst A. Rauter aus Berlin, belegt in deinem Brief vom 27. Februar, der sich so anfeuernd äussert über Herrn Böll und mich, er ist mir nicht bekannt. Wievielen Leuten muss man nicht im Bus die Sitzplätze wegnehmen, nur weil sie einen draufschieben. Oder es müsste der eine Teil des unter uns wohnenden Ehepaares sein, der ist nämlich verfolgt von der Einbildung dass wir unser Kind unaufhörlich mit dem Bade ausschütten, nur damit an seiner Wohnzimmerdecke Wasserflecke erscheinen. Es ist aber gar nicht wahr, und er heisst auch nicht so.
Neulich habt ihr mir den Schutzumschlag geschickt für »Il terzo libro su Achim« bei Feltrinelli, und ich hoffe sehr es sei keine unabänderliche Grille. Das geht nicht. Mir ist bekannt dass sämtliche Bücher der Reihe »I Narratori di Feltrinelli« mit Fotografien der Autoren ausgestattet werden sollen, ungern sträube ich mich nicht. Aber dies Foto ist technisch schlecht, und meine Person nimmt da zuviel Platz ein. Es muss andere geben. Sie hatten da einen Star geschickt, Herrn Mario Dondero wohnhaft in Paris, mit dem

ich insgesamt einen Arbeitstag verbracht habe in der Villa Massimo, in Autos und auf einer Radrennbahn; nun wird er doch wohl eins aussuchen können ohne solchen Gesichtsausdruck. Gegen sein Versprechen hat er mir keine Kontaktabzüge geschickt, mit deren Hilfe ich bei der Auswahl hätte Vorschläge machen können. Noch im Oktober vorigen Jahres versprach Herr Filippini mir die Fotos aus der letzten Wahl für den Umschlag zu schicken; tats aber dann doch nicht. Nachdem die Herren so viel versäumt haben, dürfen wir gewiss einen andern Umschlag verlangen.
Sag mir mal etwas über den Herrn Curt Riess, den du an mich verwiesen hast. Muss ich dem ein Interview geben?
Elisabeth bittet dich ausserordentlich und mit vielen chinesischen Verbeugungen um Entschuldigung für die falschen Zeitangaben, mit denen sie gestern unser Zusammentreffen noch mehr als nötig verhinderte. Über die Gründe für solche Irrtümer möchte sie sich nicht gern auslassen, aber sie verspricht ernsthaft sich solcher Unternehmen künftig zu enthalten.
Anbei ein Blatt wegen der Zeitschrift.
Anbei der Schutzumschlag.
Anbei meine artigsten Grüsse.
Yours, truly,
Uwe.

[167]

Frankfurt am Main
7. März 1963

Lieber Uwe,
schönsten Dank für Deinen Brief vom 2. März. Wir reklamieren bei Feltrinelli sofort wegen des Schutzumschlages, hoffentlich kommen wir nicht zu spät. Du weißt ja, daß wir

eigentlich in diesem Punkt kein Einspruchrecht haben; wir können nur um Änderung bitten und das geschieht sofort. Hast Du Dich mit der italienischen Übersetzung befasst? Bitte schreibe uns bald dazu.[1]
Habe ich Curt Riess an Dich verwiesen? Er ist, so will mir scheinen, ein Großjournalist, freilich kein Journalist von Größe. Er begann sich vor ein paar Jahren an Frisch zu interessieren, beabsichtigte große Artikel über Frisch zu schreiben und bat um Material *über* ihn, weil er nicht die Zeit habe, dicke Bücher zu lesen. Inzwischen hat sich Herr Riess aber doch in die Frisch-Materie eingelebt und im »Esquire« einen nicht unwichtigen Artikel geschrieben, diesen kannst Du übrigens auch in der »Zeit« auf Deutsch lesen, wo er sich freilich etwas merkwürdig ausmacht.[2] Du *mußt* kein Interview geben. Andererseits würde das nicht schaden.
Wegen der Zeitschrift. Solange Fräulein Kirchner nicht da ist, wird Fräulein Conradi die technischen Arbeiten übernehmen, Boehlich wird mit den Übersetzern in Verbindung sein. Fräulein Conradi wird immer im Verlag sein; sie kann Dir also jederzeit, wenn Du auftauchst, die Unterlagen aushändigen, die fein säuberlich in der Schublade eines Tischchens liegen. Hoffentlich gehen sie im Umzug nicht verschütt. Wegen Heißenbüttel wird Dir Fräulein Conradi schreiben. Ingeborg Bachmann ist heute in Frankfurt bei uns.
Herzlich Dein Siegfried

1 Am 15. 3. 1963 schreibt Helene Ritzerfeld an U. J.: »[...] wir kommen zurück auf die Schutzumschlag-Angelegenheit bei Feltrinelli. Man schickte uns jetzt auf unsere Reklamation hin zehn Fotos von Ihnen, die Ihnen in der Ablage zugehen.« Am 23. 3. 1963 antwortet U. J. Helene Ritzerfeld. Er sendet ihr 4 Seiten mit Anmerkungen zur italienischen Übersetzung des *Dritten Buchs über Achim* und merkt zu den Photos an: »[...] aus den beiliegenden Fotos

scheint mir mindestens eins doch besser geeignet für den Schutzumschlag. [. . .] Das ursprünglich verwandte erlaubte nur ein teilweises Missverständnis des Buches, dies lässt Raum für ein totales [. . .].«

2 Vgl. Curt Riess, *Antisemitismus als Jux. Georg Kreisler gibt vor, »Andorra« zu parodieren*, in: *Die Zeit*, 18. Jg., 1963, Nr. 4, S. 11, und *Imprisoned World of Max Frisch*, in: *Esquire*, 1963, S. 108.

[168]

Frankfurt am Main
11. März 1963

Lieber Uwe,
heute erhalten wir einen Brief Martine Hémerys, es ist die Sekretärin der französischen Gruppe. Der Brief hat folgenden Wortlaut:
»Im Laufe des heutigen Treffens ist die französische Gruppe zu dem Schluß gekommen, daß ein internationales Treffen am 6. und 7. April verfrüht wäre; bis zu diesem Datum hätten die verschiedenen Redaktionen nicht genügend Zeit, alle übersetzten Texte zu prüfen. Die französische Gruppe schlägt deshalb vor, daß diese Zusammenkunft am 20. und 21. April stattfinden soll und hofft, daß dieses neue Datum Ihnen ebenfalls zusagt. Grüße Sekretärin der Zeitschrift M. Hémery«
Leonetti schreibt sinngemäß, daß er schon einige Texte geschickt habe und andere folgen würden.
So viel nur für heute, über alles andere telefonieren wir dann noch.
Herzlich Dein Siegfried

[169]

Frankfurt am Main
12. März 1963

Lieber Uwe,
heute schickt uns Enzensberger Leonettis Gedicht mit folgendem Kommentar an Fräulein Kirchner zurück:
»leider kann ich das gedicht nicht übersetzen. und zwar nicht weil ich besseres zu tun oder keine lust hätte – sondern ich verstehe es, trotz wörterbucharbeit, nicht. rein semantisch und syntaktisch. was tun? wollen sie es mit Ingeborg Bachmannn versuchen? die kann jedenfalls besser italienisch. sonst wüßte ich kaum jemand. ich vermute, es steckt babysprache drin. es tut mir leid daß ich nicht helfen *kann.*«
Ich schicke das Gedicht an Ingeborg Bachmann.
Herzlich Dein Siegfried

[170]

[Berlin Friedenau]
15. März 1963

Lieber Siegfried,
den Vertrag über »Berliner Stadtbahn und andere Prosa« muss ich zurückgeben, ununterschrieben.[1] Die »andere Prosa« schaffe ich nicht, in der Zeit nicht, im Raum auch nicht. Versucht habe ich es. Die Gründe sind nicht erklärbar, weil niemand sonst sie hätte. Bitte, entschuldige.
Nicht nur, dass ich etwa dein Vertrauen auf ein Versprechen enttäusche; entschuldige auch die technischen Schwierigkeiten, die ich damit verursache.
Lieber als das vorangegangene Nichts mache ich, wie gesagt, die Übersetzung. Das Manuskript ist Ende Mai bestimmt satzfertig im Verlag.
Yours, Uwe.

1 Helene Ritzerfeld sendet am 13. 3. U.J. in zweifacher Ausfertigung den Vertrag für *Berliner Stadtbahn und andere Prosa.* Im *Jahresprogramm 1963* der edition suhrkamp wird der Titel als Band 35 angekündigt. Im Prospekt der Neuerscheinungen des nächsten Jahres wird das Buch dann für März 1964 unter dem neuen Titel *Karsch, und andere Prosa* als edition suhrkamp 59 angekündigt.

[171]

Frankfurt am Main
21. März 1963

Lieber Uwe,
Dein Brief vom 15. März hat mich sehr enttäuscht. Wir haben über diese Frage eingehend gesprochen. Bevor wir die Reihe ankündigten, habe ich Dich nochmals sehr genau befragt. Wenn ich geahnt hätte, daß Dir die Niederschrift fraglich gewesen wäre, hätte ich den Band nicht angekündigt. | Prospekte sind gedruckt in einer Auflage von 1 Million! | Nichts verabscheue ich so sehr, wie Pläne ankündigen, die sich dann nicht realisieren. Aber ich werde mich damit abfinden müssen.
Herzlich Dein
| sehr trauriger S. |

[172]

Frankfurt am Main
25. März 1963

Lieber Uwe,
es ist uns nicht gelungen, die Übersetzungen der »Gulliver«-Texte zu einem Termin zu erreichen, der ein Gespräch darüber am 31. März sinnvoll machte. Unsere Besprechung kann also an diesem Tag nicht stattfinden.

Du hast die Nachricht ja inzwischen erhalten, daß das Paris-Treffen auf den 18. April verschoben wurde. Auch in Paris gibt es Übersetzungsschwierigkeiten, obschon dort das Problem, der größeren Einheitlichkeit der Texte wegen, nicht unlösbar ist wie hier.
Du weißt, daß ich vom 1. bis zum 16. April in Urlaub fahre; dieser Termin ist nicht zu verschieben, einmal muß ich mich doch auch nach meiner Familie richten, und Joachim hat eben nun zu diesem Zeitpunkt seine Ferien.
Mich erreichte jetzt ein Brief von Vittorini, in dem er mich bat, ich möchte es erwägen, daß zu diesem Pariser Treffen doch noch eine erweiterte deutsche Gruppe und auch ich selbst kommen sollte. Er nennt Deinen Namen, Enzensberger, Grass und Boehlich. Von Ingeborg Bachmann weiß ich, daß auch sie gerne nach Paris fahren möchte. Ich bin damit einverstanden und übernehme also die Kosten für Fahrt und Aufenthalt für die Genannten.
Soweit ich sehe, steht für uns aber immer noch das Unternehmen als solches in Frage. Ich würde dazu folgendes vorschlagen: am 16. April treffen sich mit Dir Grass, Boehlich, Enzensberger, Ingeborg Bachmann in Frankfurt. Die übersetzten Texte, die bis dahin fertig sind, sollten gelesen und diskutiert werden. Für den Fall, daß beschlossen würde, die Zeitschrift dann doch aufzugeben, fällt wohl Dir allein die herbe Absage in Paris zu; eventuell müßte Dich dann doch Mang begleiten. Solltet Ihr zum Beschluß kommen, daß die Zeitschrift zu machen ist, so fahrt Ihr dann von Frankfurt aus nach Paris. Ich glaube nicht, daß dann meine Anwesenheit notwendig ist, Boehlich wird dann mitfahren und auch gleich die verlegerische Seite wahrnehmen.[1] Eventuell kann man ja dann mich immer noch erreichen, und ich könnte schnell nach Paris kommen. Meine Adresse vom 1. - 16. April: Hospiz Hotel St. Christoph am Arlberg, Post St. Anton, Telefon-Nummer

48115-117. Es ist vorgesehen, daß ich am 17. April zurückfahre, es steht noch nicht fest, ob direkt nach Frankfurt oder via München.
Herzlich Dein Siegfried

1 Das geplante Treffen der deutschen Gruppe findet nicht statt. Am 18., 19. und 20. 4. 1963 treffen sich die italienische, französische und deutsche Gruppe im Gebäude von Julliard. Das von U.J. erstellte Protokoll dieser Sitzung ist im Anhang 2, S. 1123ff., abgedruckt.

[173]

Frankfurt am Main
1. April 1963

Lieber Uwe,
der guten Ordnung halber bestätige ich unser Telefongespräch im Hinblick auf die Änderung des suhrkamp textes Johnson in der edition suhrkamp. Wir verblieben so, daß dieser Text nun als Nummer 59 im März 1964 erscheinen soll. Letzter Ablieferungstermin ist dann der 30. November dieses Jahres. Wir müssen uns auf diesen Termin einstellen, weil auch die amerikanische Planung daran hängt. Ich lasse Dir Deinen Vertrag in der geänderten Form nochmals zuschicken.
Vielleicht sehen wir uns am 17. April abends.
Mit herzlichen Grüßen Dein
im Auftrage von Herrn Dr. Unseld
Elisabeth Conradi

[174]

Miramare Beach Hotel
Korfu-Griechenland
3. Mai 1963

Lieber Siegfried,
Herr Dr. Raddatz vom Rowohlt Verlag erzählt mir gerade von einer Anthologie, die im Mohn Verlag erscheinen soll unter einem ähnlichen Titel wie »Ohne Pass und Fahne«, also dergleichen, und offenbar enthält es ausschliesslich Texte von Intellektuellen, die vordem in Ostdeutschland gelebt haben. Herr Raddatz will von diesem Verlag gesagt bekommen haben, dass ja schließlich auch Bloch und Johnson sich daran beteiligten, und so habe auch er zugestimmt. Nun bitte ich dich dringend, mir dazu zu schreiben. Sollte das zutreffen, müsste es aufgehalten werden. In einem solchen Buch möchte ich nicht sein.
Zweitens, ich hätte eine Bitte zum Weitergeben, nämlich an den Verlag Cape in London: er möge doch die englische Ausgabe der »Mutmassungen«, sobald erschienen, schicken an Iris Murdoch mit den Empfehlungen des Verfassers. Eine solche Adresse gehört wohl zu den bekannten dort.
Über die Abstimmung zu diesem Preis, pardon, kann man gar nichts sagen, da sie erst in einer Stunde beginnt, und ohnehin erführst du das Ergebnis früher aus den Zeitungen. Was nun die Umstände dieser Tagung angeht, so werde ich die Jury heute abend formell verlassen.[1] Dann in hundert Jahren kommt man wieder hierher und macht ganz andere Ferien.
Mit Grüssen an Herrn Boehlich
mit Grüssen an dich
Yours,
Uwe.

1 Über Johnsons Gründe, aus der Jury auszutreten, heißt es im Nachrichtenmagazin *Der Spiegel* vom 15. 5. 1963 unter der Überschrift *Holzauktion auf Korfu:* »Bevor das verblüffte Publikum [...] sich am kalten Buffet stärken konnte, verließ einer der Zuschauer erschrocken das ehemals kaiserliche Palais. Der ost-westdeutsche Schriftsteller Uwe Johnson, 28, fuhr ins zwanzig Kilometer entfernte ›Miramare‹ zurück, aus dem er – ausnahmsweise nicht in schwarzer Lederjacke, sondern, auf Drängen eines Landsmanns, in Bürgerzivil – eine halbe Stunde zuvor mit seinen Literaten-Kollegen zur Richthofen-Soiree gekommen war. [...] Erst nach Verkündung des Gadda-Sieges – das Triumph-Echo der von Alberto Moravia angeführten Italiener war noch nicht verhallt – rückte Vorjahrs-Preisträger und Preisrichter Uwe Johnson noch einmal das Mikrofon zurecht und las von seinem ›Miramare‹-Briefbogen ab, was er schon seit Tagen, spätestens aber seit dem mit Blasmusik, Volkstanz und kaltem Buffet verzierten Richthofen-Empfang auf dem Herzen hatte. In akkuratem Englisch erklärte der gebürtige Pommer Johnson, daß er sich wegen des luxuriösen Aufwands von der Formentor-Preis-Veranstaltung distanzieren wolle. Auf deutsch formulierte der ernste junge Autor es so:
›Für die Zukunft muß ich diese (Preisrichter-) Funktion aufgeben. Vornehmlicher Grund dafür sind die Abzeichen des Luxus und des Wohlstands, unter denen die Arbeitssitzungen dieses Preises abgehalten werden, denn nach meiner Meiunung vertragen die sich durchaus nicht mit den Umständen vieler Schriftsteller zeitgenössischer Literatur, wie ich sie verstehe.‹
Er wünsche gewiß nicht, erläuterte der Tagungskritiker Johnson, ›das Ausmaß zu kritisieren, in dem die Verleger ihr Geld bei dieser Gelegenheit ausgeben und auch nicht, wofür sie es ausgeben; ich möchte nichts weiter als zugeben, daß ich mir nicht vorkomme als geeigneter Partner für diese ferienmäßige Seite des Preises.‹« Vgl. auch U. J., *Begleitumstände*, S. 265 f.
Den Preis erhält 1963 Emilio Gadda für *Die gräßliche Bescherung in der Via Merulana.* Nach Korfu war man zur Preisverleihung ausgewichen, weil der italienischen Verleger Giulio Einaudi, Mitbegründer des Preises, von der spanischen Regierung auf Mallorca als unerwünscht erklärt worden war. Er hatte einen Band spanischer Widerstandgedichte und Volkslieder herausgegeben, die

francofeindlich waren. Das Einreiseverbot betraf auch Autoren des Verlages Einaudi wie Elio Vittorini, Alberto Moravia, Carlo Levi, Italo Calvino.

[175]

Frankfurt am Main
30. Mai 1963

Lieber Uwe,
von Martin höre ich, da sei so etwas wie eine Verstimmung. Ich konnte ihm nichts antworten, weil ich von so was nichts weiß, jedoch fällt mir auf, daß Du lange nichts von Dir hören ließest und daß Du mir auch nicht den Text Deiner Rede auf Korfu schicktest, was ich für selbstverständlich hielt, wurden wir doch oftmals um Auskunft gefragt.
In der Korrespondenz Boehlichs sah ich Deinen Brief vom 26. Mai. Boehlich geht in seinem Brief auf Deine Frage nicht ein.[1] Als Du mir von Korfu aus wegen der Anthologie bei Mohn schriebst, habe ich sofort Nachforschungen angestellt. Da ist während meiner Abwesenheit in der Werbung eine Panne passiert, der Abdruck wurde ordnungsgemäß bei uns erbeten und, leider, von unserer Werbung auch erteilt. Ich habe nach Deinem Brief sofort per Einschreiben beim Mohn Verlag diese Zustimmung rückgängig zu machen versucht, eine Antwort ist nicht erfolgt. Daraufhin schrieben wir nochmals vor acht Tagen; sollte bis Mittwoch nächster Woche nichts geschehen sein, werde ich mich nochmals selbst einschalten. Ich hoffe, diese Zusage rückgängig machen zu können, es war sehr töricht, sie zu geben.
Herzlich Dein Siegfried

1 Am 26. 5. 1963 schreibt U. J. aus Dahmeshöved an Walter Boehlich unter anderem: »Anfang des Monats von Korfu schrieb ich an

Herrn Unseld wegen eines anthologischen Buches, das angeblich im Verlag Mohn und angeblich mit irgend wie bekennenden Texten früher[er] ostdeutscher Intellektueller [erscheinen soll], denn ich möchte in dem nicht sein, weiss auch nichts Genaues und hätte darum gern eine Antwort. Könnte ich die also von Ihnen bekommen?«

[176]

Frankfurt am Main
12. Juni 1963

Lieber Uwe,
Boehlich zeigte mir die Kopie Deines Briefes an Augstein.[1] Es will mir wirklich scheinen, daß wir nach der Sommerpause einmal zusammen kommen | müssen |. Jetzt ist dies nicht möglich, und zwar hauptsächlich, weil wir Mang nicht erreichen und weil momentan doch eine gewisse Unlust dem Projekt gegenüber vorherrscht. Dies nicht bei mir, denn Du weißt, ich hätte sehr gern eine Zeitschrift, die eine Plattform für Autoren unserer Generation werden könnte, aber das kann man nicht erzwingen. Und eines, glaube ich, habe ich doch erfahren müssen. Es ist Aufgabe der Autoren dieser Generation, dieser Zeitschrift Beiträge zu geben, d.h., diese Zeitschrift zu schreiben, es kann nicht ihre Aufgabe sein, sie zu »machen«. Ich glaube, dazu braucht man einen Redakteur oder einen Redaktionsstab, der selbst nicht in erster Linie in der Zeitschrift schreibt.
Ich hätte gern mit Dir gesprochen, nicht so sehr über die Zeitschrift, sondern eher über unbekannt Allgemeines. Ich bin den ganzen Monat Juni in Frankfurt, freilich schrecklich besetzt. Möchtest Du mich nicht einmal abends mit R-Gespräch anrufen? Ich bin sicher am 17. und 18. abends zu

Hause, auch am 22. und 23. An den anderen Abenden haben sich schon Besucher angemeldet bzw. sind dann die Vertreter hier, um über die Herbst-Bücher Näheres zu erfahren. Am 1. Juli fahre ich dann mit meiner Familie für den ganzen Monat in die Bretagne.
Mit herzlichen Grüßen auch für Elisabeth
Dein Siegfried

1 Der Brief von U.J. an Rudolf Augstein lautet:
»Sehr geehrter Herr Augstein, ich bedanke mich für Ihren Brief vom 23. Mai.
Das Vorhaben einer ›kleineuropäischen‹ und vierteljährlichen Literaturzeitschrift ist seit Ostern zwar nicht aufgegeben aber vertagt. Der Aufschub ist ziemlich gründlich, denn er ist vornehmlich verursacht durch Mängel in der literarischen, auch allgemeinen Verständigung der drei nationalen Gruppen, und eine ausreichende Annäherung wird erst in zwei Jahren, besten Falls, erwartet. Man hat sich ungefähr geeinigt auf den Plan, eine internationale Zeitschrift sehr allmählich über Jahre zusammenwachsen zu lassen aus drei international orientierten nationalen Zeitschriften.
Für die an dem ›kleineuropäischen‹ Plan beteiligte Gruppe deutschsprachiger Schriftsteller ist eine solche Möglichkeit aber ferner gerückt, nachdem ich meine Funktion als Wortführer in solchen internationalen Verhandlungen zur Verfügung gestellt habe und unter uns niemand sie haben will, und zum andern, weil wir alle einig sind, es werde sofort eine politisch interessierte Zeitschrift für Literatur gebraucht, auch allein in Westdeutschland, gerade da.
Über deren Aufbau und Aussehen wird in einzelnen Gesprächen öfters diskutiert, und zwar wie in einem Warteraum, in den die Verlage Spiegel und Suhrkamp eintreten müssten mit den Plänen, die sie dafür haben. Natürlich würden wir auch zu den Verlagen kommen.
Mit den besten Grüssen,
Ihr sehr ergebener Uwe Johnson.«

[177]

Dahmeshöved
17. Juni 1963

Lieber Siegfried,
ich bedanke mich für deinen Brief vom 12. Juni, auch für den vom 30. Mai. Deine Schreibmaschinentype sieht dermassen ewig, gedruckt aus, dass der Leser sich über jeden Tippfehler[1] freut.
Es täte mir leid, sollte euch die Unkenntnis meines Gesanges auf Corfu in Unbequemlichkeit gebracht haben. Wie üblich zu vertrauensselig hatte ich mich auf korrekte Zitierungen in der Presse verlassen, unterschätzte wohl auch das Interesse dafür. Als ich es besser wusste, hetzte mich die SAS schon durch den skandinavischen Luftraum, fand ich auf dem Boden nicht Zeit den Text zu erinnern, hatte ihn gar nicht bei mir.
Mir ist sehr recht, dass du meinen Brief an Herrn Augstein nicht als wieder eine illoyale Handlung aufgefasst hast. Mir ist meine Rolle als Nachlassverwalter der geplanten internationalen Zeitschrift lästig, vor allem, weil ich für neue Pläne gar nicht Initiative übrig habe und mich lediglich beteiligen könnte. Es ist schade, dass wir uns nicht über deinen Plan einer Zeitschrift haben unterhalten können vor deinen Ferien. Unlust in der deutschsprachigen Gruppe gegenüber einem deutschen Projekt sehe ich nicht. Im Gegenteil, mir scheinen die mannigfachen Diskussionen und Entwürfe einer raschen Zusammenfassung ins Praktische zu bedürfen. Tritt nun Herrn Augsteins Interesse praktisch auf, sollte doch deines nicht nur deswegen zurückgesetzt werden müssen, weil du nicht zu sprechen bist. Wäre es nicht günstig, du schlügest Herrn Augstein für den August eine gemeinsame Besprechung mit uns allen vor? Dann müsste er warten, bis eure beiden Vorschläge gleiches Recht zum Reden hätten.

Abends anrufen kann ich dich leider nicht, da die beiden benutzbaren Telefone dieser Gegend in der Öffentlichkeit aufgestellt sind. Sicher kann man da antworten mit Ja und Nein, kaum jedoch mit längeren Sätzen.
Am 30. Juli gehen wir zurück nach Berlin. Die Anschrift lautet von dann an: Postfach 11, 1 Berlin 410. Am 30. abends sind wir zu Hause, aber vielleicht seid ihr zu der Zeit mit den Vorbereitungen der Abreise beschäftigt.
Für alle Fälle hätte ich gern die Adresse deines Hotels in der Bretagne, auch die Telefonnummer.
Bitte, sieh noch einmal darauf, dass ich in dem merkwürdigen Sammelband beim Mohn Verlag nicht vorkomme.
Mit den schönsten Wünschen für deine Ferien,
yours,
Uwe.

P. S.
Ein ganz junges, rührendes Gerücht will haben, dass du die Rechte für Kafka erworben hättest. Hat mir da nun eine Ente ins Ohr geflüstert, oder war das ein stolzer Adler?

1 Im Brief von S. U. an U. J. unter dem Datum des 12. 6. findet sich neben einer handschriftlichen Ergänzung die handschriftliche Korrektur eines Tippfehlers.

[178]

Frankfurt am Main
19. Juni 1963

Lieber Uwe,
sehr schönen Dank für Deinen ausführlichen Brief vom 17. Juni. Ich hoffe, Ihr habt angenehme Tage dort. Ist es nicht zu kalt?
Du schriebst, daß Du am 30. Juli nach Berlin fährst, aber

ich nehme an, es ist ein Tippfehler und Ihr fahrt am 30. Juni zurück. Ich werde Dich jedenfalls an diesem Tag in Berlin anrufen, wir sollten doch noch einmal miteinander gesprochen haben, bevor wir unsererseits in die Ferien fahren.
Mang war für 24 Stunden, aus Paris gekommen, in Frankfurt. Wir haben sie, von fünf Stunden Schlaf abgesehen, weidlich zu Gesprächen ausgenutzt. Ein gewichtiger Gegenstand war dann auch die Zeitschrift, wir haben da über verschiedene Formen gesprochen. Mang hat mir auch mitgeteilt, daß er, Du und auch Grass sehr für Roehler als Redakteur der Zeitschrift seien. Ich habe gewisse Bedenken, die sich nicht so sehr gegen die Person von Herrn Roehler richten, sondern vielmehr gegen das Faktum, daß nach meiner Meinung ein Autor, der eben doch in seine eigenen Pläne und Lebensläufe eingesponnen ist, die Zeitschrift nicht machen kann. Ich sähe es lieber, hätten wir dafür einen Kritiker oder einen Lektor, der nicht so sehr an Eigenes denkt als vielmehr an eine Koordinierung. Ob es richtig ist, nochmals eine gemeinsame Besprechung mit Herrn Augstein abzuhalten, sehe ich nicht, wenn Ihr dies aber meint, will ich dem gern folgen, aber mir scheint es richtiger zu sein, wenn wir – d.h. Augstein und ich – unabhängig voneinander unsere Pläne reifen lassen; ich bin auch überzeugt, daß Augstein doch etwas anderes vorhat, so daß letztlich ja die Entscheidung bei Euch liegt.
Für alle Fälle schreibe ich Dir jetzt schon meine Adresse in der Bretagne. Wir sind diesmal nicht in einem Hotel, sondern in einem Haus, das den Namen Scheherazade hat. Leider gibt es dort kein Telefon, was mich eher beunruhigt, ich werde aber von der Post aus telefonieren können. Adresse: Villa Scheherazade, Sables d'Or-les-Pins/Bretagne.
In der Auseinandersetzung mit Mohn hat jetzt Rechtsanwalt Dr. Sieger eingegriffen. Ich werde Dir wahrscheinlich

noch vor meinem Weggehen nach Berlin das Konvolut der Korrespondenz zuschicken, damit Du siehst, wie wir uns da engagiert haben.
Kafka: Da ist natürlich schon was dran an diesem Gerücht, nur, die Rechte sind von Amerika aus noch nicht vergeben, weder an uns, noch an Fischer, noch an andere rivalisierende Verlage; wie Du dir natürlich denken kannst, bemühe ich mich da sehr. | Doch erhalte ich zu meinem Schmerz eben aus New York das Telegramm: Kafka bleibt bei Fischer! |
Mit guten Wünschen für Deine Tage an der Ostsee
bin ich
Dein Siegfried

[179]

Frankfurt am Main
24. Juni 1963

Lieber Uwe,
von Rechtsanwalt Sieger habe ich jetzt den Bescheid erhalten, daß Sigbert Mohn sich unserem Drängen *definitiv* gebeugt hat. Dein Text wird also nicht erscheinen, es wird aber auch die ganze Anthologie nicht erscheinen. Wir werden dafür die Kosten übernehmen, die Höhe dieser Kosten wird eben festgelegt. In etwa 14 Tagen wird der ganze Komplex abgeschlossen sein, ich lasse Dir dann nach Berlin den Schriftwechsel schicken. Es hat sich nämlich das Ungeheuerliche ergeben, daß die Anthologie nur um der Sensation unternommen wurde, Dein angebliches Umfallen zu zeigen, also Deine Meinungsänderung, wonach Du jetzt nicht mehr zu den Umziehern, sondern zu den Flüchtlingen zuzurechnen seiest. Ich bin schlechthin empört über die Verhaltensweise, Du siehst, wie Verlage handeln, ein wenig hoffe ich aber auch, Du bemerktest aufs neue, in welchem Haus Du Dich bei uns befindest.
Herzlich Dein Siegfried

[180]

[Berlin Friedenau]
9. Juli 1963

Lieber Siegfried,
ich bedanke mich für deinen Brief vom 24. Juni. Ich weiss wohl zu würdigen dass Ihr zu eurem Wort gestanden habt und die Einfälle des Herrn Jokostra verhindertet. Bedauerlich ist der hohe Preis.[1]
Beiläufig, es liegt mir aber daran, dass der Sigbert Mohn Verlag den Grund für das Scheitern seines miesen Vorhabens nicht in meinen Launen vermuten muss, sondern ihn erkennen kann in dem technischen Fehler, der mein Einverständnis voraussetzte, nachdem wir zweifach und doppelt verabredet haben, einander in jedem Fall zu verständigen.
Jener Herr Jokostra hat schon einmal mich einladen wollen in eine Anthologie aus Texten von Schriftstellern, denen nichts gemeinsam sein sollte als eine frühere Staatsangehörigkeit ddR. Der neuere Plan für den Sigbert Mohn Verlag war auf mehr gefährliche Art dumm. Lachhaft ist noch, von mir eine Hinwendung zum gängigen Antikommunismus zu erhoffen; schon ärgerlich ist die Absicht, diese vorgebliche Wendung als Sensation und verkaufsfördernd auszubeuten; und peinlich ist es, in diesen Niederungen kaufmännischen Denkens Schriftsteller zu sehen, die seit ihrer Ankunft in Westdeutschland den Blick verengt halten auf das Schreckliche an den ostdeutschen Lebensverhältnissen und sich dabei ein ungleich edles Air geben.
Insbesondere erleichtert mich dass ich noch rechtzeitig vom Plan dieser kranken Anthologie erfuhr. Denn wäre sie erschienen, hätte ich meine Gründe dagegen aussprechen müssen. Die Gelegenheit hätte aber die Gründe verdeckt, die Manieren der Presse stossen mehr und mehr ab, und überhaupt möchte ich unbemerkt versteckt sitzen dürfen und etwas machen.

Wenigstens tagsüber. Am Abend wird über das Übliche hinaus Beschäftigung und Vergnügen geboten. Ich spreche gar nicht von der Klage der Gruppe 47 gegen den Geschäftsführer der CDU Josef-Hermann Dufhues, über die am 10. Juli zum ersten Mal verhandelt wird.[2] Unentwegt locken die Stipendien von industriellem Kulturkreis und die der Ford Foundation neue Telefonbenutzer in die Stadt. Mitten im Sommer gibt es amtliche Empfänge. Es sind aber auch Frau Bachmann hier, Peter Weiss, Josef Janker, Gombrowicz. Günter Grass fährt heute abend in die Ferien und überlässt uns den Rest.
Übrigens, die Schwierigkeiten des Luchterhand Verlages sind wohl übertrieben worden. Herrr Piper hat sich hinreissen lassen, ausgerechnet und tatsächlich Frau Bachmann zu beauftragen mit diskretem Vorfühlen bei Günter Grass. Er hat aber auch über deinen Brief sehr gelacht.
Neuigkeiten gibt es von Feltrinelli. Er bat mich nach Hamburg und trug mir einen Plan vor, der ein »Jahrbuch für Literatur« ergeben soll. Das Jahrbuch soll Arbeiten jüngerer »linker« italienischer Schriftsteller mit denen der deutschen Schriftsteller des Feltrinelli Verlages vereinigen, dazu auch Texte französischer, amerikanischer etc. Autoren aufnehmen. Die Frage war, ob nicht der italienischen Redaktion und Publikation etwas | auf deutscher Seite | entsprechen könnte. Ich versprach, dir das zu erzählen. Ferne dämmert wohl die Hoffnung, eine zweite Ausgabe des »Jahrbuches« könne schon dünner sein, die dritte einmal noch dünner, und die vierte ziemlich dünn könne dann schon internationale Zeitschrift heissen. Da hoffe ich nicht mit, vorläufig.
Unglaublicher noch hört sich die Einladung an, die die italienisch organisierte, gleichwohl international genannte Schriftstellervereinigung des Herrn Vigorelli[3] mir vermittelt hat für nichts als den diesjährigen Kongress in Leningrad im August. Es heisst, die sowjetischen Kollegen wünschten

mich ausdrücklich und bäten zudem, ich sollte ohne Sorge sein. Noch ist da nichts schriftlich, aber eine solche Reise, abgesehen vom Anlass, täte ich gerne und würde was erzählen.

Inzwischen haben wir unser Privatleben in eine Vierzimmerwohnung drei Ecken weiter verlegt.[4] Laut Rechnung der Spedition bestehen die Apparate unseres Privatlebens aus vier Möbelwagenmetern. Bei der Gelegenheit wurden wir bekannt mit fast allen Zweigen des freischaffenden Handwerks und verloren Treu nicht gründlicher als Glauben. In drei Zimmer wohnen wir schon. Wir haben auch eine Telefonverbindung von da in den obersten Stock der Niedstrasse 14, wo ich sitze ganz allein mit einer Schreibmaschine und die leeren Wände mich gelegentlich erinnern an die Redaktion einer internationalen Zeitschrift, die hier eingerichtet werden sollte. Meistens aber denke ich an was anderes.

Und wünsche euch Ferien wie ihr sie möchtet, grüsse die ganze Familie,

yours, truly,

Uwe.

1 Die Kostenrechnung beläuft sich auf 8.700 DM; der Suhrkamp Verlag zahlt schließlich 347 DM an den Sigbert Mohn Verlag. Siehe auch Brief 198, S. 307, und Brief 200, S. 311.

2 Josef-Hermann Dufhues, 1962-1966 Geschäftsführender Vorsitzender der CDU, hatte am 19. 1. 1963 erklärt, der Einfluß der Gruppe 47 sei der einer »geheimen Reichsschrifttumskammer«. Am 20. 3. erstatteten Alfred Andersch, Ingeborg Bachmann, Heinrich Böll, Heinz von Cramer, Hans Magnus Enzensberger, Günter Grass, Uwe Johnson, Siegfried Lenz, Hans Werner Richter, Ernst Schnabel, Wolfdietrich Schnurre, Martin Walser und Peter Weiss Anzeige gegen Josef-Hermann Dufhues. Die Verhandlung darüber findet am 10. 7. 1963 in Berlin statt. »Im Dezember 1963 hatte Hans Werner Richter den Prozess gegen die organisierten Christen satt, sehr zur Enttäuschung seiner Mitkläger [...] und gab sich zufrieden mit einem Vergleich, wonach die C. D. U.-

Fraktion lediglich abzurücken hatte von der Behauptung, Hans Werner Richter und seine Freunde verfolgten faschistische Tendenzen und die Absicht, eine Diktatur über Meinungen nach Art der ›Reichsschriftumskammer‹ errichten zu wollen.« (U. J., *Begleitumstände*, S. 286)

3 Giancarlo Vigorelli, Sekretär der Communità Europea Degli Scrittori (COMES), hatte auch eine deutsche Gruppe zu dem zusammen mit dem Sowjetischen Schriftstellerverband organisierten Kongreß »Probleme des zeitgenössischen Romans« vom 4.-8. 8. 1963 nach Leningrad eingeladen.

4 Die Adresse lautet: Stierstraße 3.

[181]

Sables d'Or-les-Pins
14. Juli 1963

Lieber Uwe –
heute, eben, im Wasser schwimmend, dachte ich daran, Dir zu schreiben und Dir für Deinen Brief vom 9. Juli zu danken. Wir hatten zwei Stunden lang im französischen Fernsehen das Défilé der französischen Armee vor de Gaulle aus Anlaß des Quatorze Juillet gesehen, und das reichte und machte ein Bad dringend. Der Sommer hier ist wenig sommerlich, die Temperatur ist angenehm warm, der Wind bringt aber eine scharfe Kühle, scheint die Sonne, ist es heiß, tritt die Wolke davor, wird es sofort kühl. Ich führe ein eher legeres Dasein, morgens ein kurzes Bad (außer uns badet an diesem herrlichen, 2,6 km langen schönsten Sandstrand niemand, oder nur selten noch ein paar Leutchen), spiele eine Stunde Tennis und lese dann; morgens und nachmittags französische Lektüre, den zweiten Roman der Dominique Rolin,[1] »Paris-Match«, »Figaro« und »Figaro littéraire«, »Aurore«, am späteren Nachmittag Bochenski[2], den ich durchgeackert habe und der sehr auf-

schlußreich ist, und anschließend die Marxschen »Frühschriften«, die »Heilige Familie« und das »Manifest«, das in seinem ersten Teil höchst einleuchtend, faszinierend und perspektivenreich ist: wie sehr verstehe ich jetzt, daß Brecht von diesem Text als Text schon angezogen war. Abends sehen wir meistens fern, nicht weil das Programm besonders angenehm und lehrreich wäre, aber es ist die angenehmste Art, de nous perfectionner dans la langue française, wir machen da Fortschritte, die Konversation geht schon ganz gut.

Mit dem Verlag bin ich in enger Verbindung, ich erhalte die wichtigere Post zugesandt und schreibe von hier aus, so komme ich nicht ganz aus der Übung. Am Dienstag wird Dr. Hornung mit seiner Frau für ein paar Tage hierher kommen; er und seine Frau waren noch nie in Paris, und so versprach ich ihnen diese Reise, als Dank für all das, was Hornung im Um- und Einzug ins neue Haus geleistet hat, und hier können wir das Angenehme mit dem Nützlichen verbinden, er bringt eine Reihe von Verträgen zum Unterschreiben mit, wir müssen Mitarbeiterfragen besprechen (Herr Rebmann hat sich als Leiter des Vertriebs nicht bewährt, wir wollen ihm kündigen, und mit Behncke bin ich ebenfalls nicht zufrieden, nicht nur weil ihm die Genehmigung zur Mohn-Anthologie nicht unterlaufen durfte), und schließlich wollen wir uns entscheiden zu einer neuen Bindeform für eine philosophisch-soziologische Bibliothek, die wir 1964 starten wollen. Das alles könnte man natürlich auch in Frankfurt besprechen und entscheiden, aber auch hier, und vielleicht ist für manche Frage die größere Distanz angemessen.

Auch ich bin heilfroh, daß die Angelegenheit der Anthologie bei Sigbert Mohn im ersten Stadium erledigt, d.h., daß das Unternehmen unterbunden ist. Ich finde aber das Verhalten von Mohn so unmöglich, daß ich es nicht auf sich be-

ruhen lassen möchte. Ich werde ihm nach meiner Rückkehr schreiben.
Du schreibst nichts von einem Termin zur Besprechung der Zeitschrift im August; ich nehme an, daß die Erwähnung der Ferien von Grass einen Aufschub des Termins bedeutet. Und dann droht ja eine Leningrad-Reise von Dir. Ich kann mir denken, wie sehr Dich das reizt. In jedem Fall ist aber eine schriftliche Einladung abzuwarten, ferner würde ich versuchen, von russischen Behörden, eventuell durch die russische Botschaft in Bonn, eine Art »Unbedenklichkeitsbescheinigung« zu erhalten, vielleicht kann dies Vigorelli durch seine Verbindungen erreichen: Du seiest zwar nicht geflüchtet, habest jedoch Deinen Wohnsitz aus der DDR nach West-Berlin verlegt, und dies ohne Genehmigung der Behörden in der DDR, Du wolltest keinesfalls die russischen Behörden der DDR gegenüber in Schwierigkeiten bringen und brächtest deshalb diesen Punkt ausdrücklich vorher zur Sprache; die Einladung müsste ausdrücklich in Kenntnis dieses Punktes erfolgen. – So etwas solltest Du doch haben, damit scheinen mir nicht alle Risiken ausgeschaltet, doch vermindert. Ohne eine solche Zusicherung würde ich nicht fahren.
Das Feltrinelli-»Jahrbuch« kann, wenn es bei uns erscheinen soll, eben kein Jahrbuch Feltrinelli sein, d.h., es kann nicht nur auf Feltrinelli zugeschnitten sein. Man müsste also irgendeine sinnvolle Ordnung, eine einleuchtende Konzeption des Buches sehen. Ein Anti-»Jahresring«[3] also, der aber müsste gearbeitet sein, damit nichts Zufälliges erschiene. Wer soll die Redaktion haben? Wer bestimmt die Konzeption? Aus reiner Addierung der Autoren wird sie nicht zu erreichen sein. Mir schiene folgendes sinnvoll: man bittet Autoren um eine Beschreibung von zwei oder drei Ereignissen des Jahres 1963 oder besser 1962/1963, diese Ereignisse können jeder Art sein, politisch, persönlich, wirt-

schaftlich, literarisch oder allgemeiner Art (das Eindringen einer Frau in den Weltraum und die damit verbundene totale Emanzipierung usw.), es müssten gearbeitete Originaltexte sein. Wieviel Autoren wirst Du dafür gewinnen? – Wir sollten uns im August darüber einmal gründlich unterhalten. Wenn die Zeitschriftenbesprechung nicht zustande kommt, will ich Ende August/Anfang September zu Mang nach Tjøme fahren, vorher hätte ich Dich gern gesehen und gesprochen, halte mich also im Hinblick auf Deine Termine auf dem Laufenden.

Ich sähe auch gern Deine neue Wohnung, um herauszufinden, welchen Einrichtungsgegenstand ich Dir aus Anlaß Deines Umzugs stiften könnte, 4 Möbelwagenmeter überschreiten ja wahrlich nicht das noch für »Nomaden« Zulässige. Hoffentlich habt Ihr in der neuen Wohnung auch ein Bad und warmes Wasser, Du schreibst darüber nichts, so mache ich mir Sorgen. Ist die Telephon-Nummer in der neuen Wohnung die selbe geblieben?

Ich hoffe sehr, daß Du Dich in Deiner alten Atelier-Wohnung nicht langweilst und daß dort allmählich etwas entsteht, ich hoffe dies für Dich und für mich und für viele andere. Wenn Du aber einmal nicht in Eigenes eingesponnen bist, so denke doch bitte nochmals an meine Bitte, uns für den Almanach der edition suhrkamp einen etwa zweiseitigen Text zu schreiben, der etwas biographischen Charakter haben sollte, wobei man aber das Biographische sehr weit fassen kann.

Schöne Grüße von uns allen,
für Dich und Elisabeth
Dein Siegfried

1 Der erste Roman von Dominique Rolin, *Das Bett*, erscheint in der Übersetzung von Walter Maria Guggenheimer 1963 im Suhrkamp Verlag, der zweite, übersetzt von Ernst Sander 1964, unter dem Titel *Jetzt und Früher.*

2 Siehe Brief 86, S. 119.

3 *Jahresring: Ein Querschnitt durch die deutsche Literatur und Kunst der Gegenwart. Jahrbuch für Kunst und Literatur.* Herausgeber ist der Kulturkreis des Bundesverbandes der Deutschen Industrie. Das Jahrbuch erscheint seit 1954.

[182]

[Berlin Friedenau]
21. Juli 1963

Lieber Siegfried,
ich bedanke mich für deinen Brief vom 14. Juli, der ein Sonntag war, das macht sich deutlich in der hartnäckigen Vorstellung: wie du mit zwei Fingern auf der Schreibmaschine arbeitest, noch Wassertropfen auf dem mächtigen Leibe, und abends wäret ihr wohl ins Dorf gegangen zum Briefkasten und zum Abendessen mit dem Wein, den du da immer auf die Zunge nimmst.

Ein solches Leben haben wir nicht mehr, seit wir über die Niedstrasse hinweg zurückgeflogen kamen. Das Telefon schreit kräftig, und gestern merkten wir, dass wir tatsächlich noch immer am Umzug arbeiten, den wir vor achtzehn Tagen beendet und abgetan glaubten. Zudem wird uns regelmässig weniger glaubhaft dass wir in die Herrichtung dieser neuen Wohnung zehntausend Mark gesteckt haben mit wenigen Schlägen der linken Hand, denn da wir davon nicht die zusätzlichen Möbel haben kaufen können, ist fast nichts von dem Geld zu sehen. Wenn du aber kommst, kannst du in der Niedstrasse übernachten (denn das Scheitern der internationalen Zeitschrift hat uns neben der neuen Wohnung tatsächlich ein Gästezimmer in der alten eingetragen) und uns in der Stierstrasse besuchen, denn vier Personen können sich bequem setzen.

Wirklich besorgt sind wir über die Lage von Ingeborg Bachmann. Am vorigen Sonntag musste sie in ein Krankenhaus gebracht werden. Ich besuche sie täglich, es sind aber kaum Besserungen in ihrem Befinden zu merken. Nach ihren sehr ungefähren Andeutungen kann man ihre Krankheit zurückführen auf psychische Belastung, die bei einer Übermässigkeit die Funktion von Kopfnerven stört, was wiederum den Kreislauf verhagelt. Sie ist öfters nicht bei Bewusstsein, muss bei Krämpfen im Bett festgehalten werden, wird auch unablässig unter Betäubungsmitteln gehalten. Sie ist auf einer Station für Internmedizin, die erst einmal eine Gesamtuntersuchung anstellt, aber bisher noch keine neurologische, auf die es wohl ankäme. Zu den Ärzten hat sie nicht das nötige Vertrauen; ihre Angelegenheiten, wie zum Beispiel die Fertigstellung ihrer Wohnung, sind ins Schwimmen geraten; oft ist sie tief bedrückt. Sie hat mich nicht beauftragt dir das zu schreiben.

Wenn du zurück bist, soll mir jeder Tag recht sein für die Besprechung von Zeitschriftenplänen und anderem; um die Mitte August sind wir alle zurück aus den Ferien und Leningrad; ich hatte auf einen Terminvorschlag von deiner Seite gewartet. Was aber die Feltrinelli-Angelegenheit angeht, so beschränkt sich mein Anteil daran aufs Weitersagen; ich hätte gar nicht die Zeit für eine Redaktion oder deren Vorbereitung, ich hüte auch eifrig das Lehrgeldandenken, das ich mir während des letzten Jahres mit den Vorbereitungen der internationalen Zeitschrift erworben habe.

Wegen der Einladung nach Leningrad muss man wohl unbesorgt sein, denn die sowjetische Seite kennt meine Verhältnisse, hat eine unbehelligte Rückkehr zugesichert und übrigens auf meiner Anwesenheit dringend bestanden: wie mir die italienischen Veranstalter beteuern. Wahrscheinlich wird es aber dennoch scheitern, nämlich an der Kürze der verbliebenen Zeit bis zum Beginn des Kongresses, und an

dem Raum, der in einem westberliner behelfsmässigen Ausweis für ein Visum fehlt, und der in dem von westdeutschen Behörden ausgestellten Reisepass eines Westberliners keinesfalls für ein sowjetisches Visum benutzt werden darf.[1]
Von dem Almanach der Edition Suhrkamp höre ich aber das erste Mal, mein Lieber, und auch von meinem irgendwie biografischen Beitrag dafür. So einer wird mir nicht leicht fallen, denn ich halte die Biografie eines Schriftstellers weder für eine Erläuterung noch für eine Erklärung seiner Vorbringungen, und umgehen kann man die Absicht nur mit etwas gequälten Witzen.
Was du dem Verlag Sigbert Mohn freundlich mitteilen willst kann ich dir ja überlassen, obwohl ich den Ansatz bei Herrn Jokostra für ergiebiger halte. Es liegt mir nur daran, dass die Leute bei Sigbert Mohn nicht glauben müssen, ich hätte anfangs in die Beteiligung an der Anthologie gewilligt und dann launenhaft mich geweigert ohne Rücksicht auf die Schwierigkeiten, die das dem Mohn Verlag bereitete; denn was mich angeht, hätte das Unternehmen vornherein ausfallen dürfen.
Denkst du wohl noch an meinen Vorschlag, eine Ausgabe von Friedrich Huch's »Pitt und Fox«[2] zu erwägen?
Ein anderer Vorschlag wäre »The Moviegoer« von Walker Percy. Das bedeutet nicht dass ich das Buch übersetzen wollte, nur dass man es einmal lesen sollte.[3]
Was schreibt dir denn Herr Boehlich, und wie gefällt es ihm überhaupt in Cambridge?[4]
Elisabeth grüsst, für das Kind sage ich gut, und ich grüsse auch.
Yours,
Uwe.

1 U. J. fährt nicht nach Leningrad. Die bundesrepublikanische Delegation besteht aus Hans Magnus Enzensberger und Hans Werner Richter.

2 Friedrich Huch, *Pitt und Fox. Die Lebenswege der Brüder Sintrup* erscheint nicht im Suhrkamp Verlag.
3 Der 1960 im Original erschienene Roman *The Moviegoer* wird erst 1980 unter dem Titel *Der Kinogeher*, übersetzt von Peter Handke, im Suhrkamp Verlag erscheinen.
4 Walter Boehlich nimmt 1963 am International Seminar an der Harvard University teil und kehrt im September aus den USA zurück.

[183]

Sables d'Or-les-Pins
24. Juli 1963

Lieber Uwe –
Bedanke mich sehr herzlich für Deinen Brief vom 21. Juli. Wiederum schreibe ich mit klammen Fingern, ich tauche eben aus dem Meere auf, nachdem ich vordem Tennis gespielt habe. Danach schmeckt die Arbeit zwar doppelt, aber sie geht im wörtlichen Sinn nicht so recht von der Hand.
Die Lage von Ingeborg ist zutiefst bedauerlich. Helfen kann ihr niemand, das weiß ich aus Erfahrung mit ihren Krankheiten, es sei denn, ein Mann, ein vermöglicher, nimmt sich ihrer an, und mit vermöglich meine ich nicht nur Materielles, sondern ein[en] Mann mit viel Zeit, die er ihr opfern kann. Aber wir müssen freundlich ihr gegenüber sein, und so sind Deine täglichen Besuche bestimmt gut. Aber soviel Zeit hast Du ja auch nicht.
Es beruhigt mich, was Du über die Einladung aus Leningrad schreibst.
Für die Zeitschriftenbesprechung käme von mir aus ein Termin um den 27. und 28. August in Frage. Aber Bedingung ist, daß Mang, Martin und Grass mit von der Partie sind, ohne diese drei geht es nicht, wobei ich von Deinem Dabeisein ausgehe. Vielleicht sollte man aber die Bespre-

chung weiter verschieben; ich nehme an, daß Mang im Oktober für längere Zeit nach Deutschland kommt (Büchner-Preis, Gruppe 47[1]), ob er vorher zu einer Reise zu bestimmen ist, scheint mir sehr fraglich. – Wir, Hilde und ich, werden höchst wahrscheinlich am 30. 8. - 2. 9 nach Tjøme[2] fahren.

Vom Almanach der e.s. habe ich Dir bei unserem letzten Telephongespräch, das Du nicht nur wegen der Annehmlichkeit unseres Gespräches, sondern leider auch wegen der immensen Kosten nicht vergessen haben wirst, erzählt. Nun hat sich in der Korrespondenz mit Mang herauskristallisiert, daß das Unternehmen unbedingt | gut | ist und zu machen sei, daß wir jedoch bedenken sollten, ob die Herausgabe nicht besser 1964 erfolge. Bitte gehe also noch nicht an die »biographische« Arbeit, ich gebe Dir dann Bescheid, sobald ich dies mit meinen Mitarbeitern in Frankfurt besprochen habe, ich will dies von hier aus nicht entscheiden, da wir schon vieles mit diesem Band vorhaben.

Die beiden Vorschläge Huch und Percy werden jetzt ernsthaft aufgenommen; ich hatte sie schon mal an Boehlich gegeben, aber sie sind, wie leider vieles, bei ihm versandet; ich hätte Grund, wirkliche Klagen zu führen; es bestand zwischen Boehlich und mir eine Art Verständigung, daß er aus dem Verlag ausschiede, wenn er abermals die Proust-Briefe nicht fertigstellen würde, und er hat es abermals nicht getan, der Termin war der Antritt seiner US-Reise; dafür musste er im »Monat« und in der »Zeit« schreiben, übrigens beides Aufsätze, die nicht das Boehlichsche Format hatten.[3] Er hat sich entschuldigt, er litte gegenwärtig unter Mangel an Konzentration. Nun ja . . .

Wenn Du reisest, nach Leningrad und anderswohin, reise vorsichtig, ich bin gespannt, was Du erleben wirst. Und sollte irgend etwas sein, ich meine, was Deine persönliche

Freiheit betrifft, so setzen wir Himmel und Hölle in Bewegung.
Ich bedanke mich sehr für Deine Grüße und für die von Elisabeth, ich freue mich sehr, Euch bald wiederzusehen.
Herzliche Grüße an die sainte famille
Dein Siegfried

Frage an Joachim: soll ich Johnson von Dir grüßen?
Er: Ja, immer
Frage an Hilde:
Sie: Ja, sehr herzlich, und Tochter und Frau, und wir hätten an Deinem Geburtstag an Dich gedacht, was der puren Wahrheit entspricht.

1 Hans Magnus Enzensberger erhält am 18. 10. 1963 den Georg-Büchner-Preis, die Tagung der Gruppe 47 findet in Saulgau vom 24.-28. 10. statt.
2 S. U. und Hilde Unseld treffen zwischen dem 28. 8. und 3. 9. 1963 Peter Weiss in Kopenhagen und Hans Magnus Enzensberger im norwegischen Tjøme, dessen damaligen Wohnsitz.
3 Unter dem Titel *Das Faustische. Gedanken zu einem ideengeschichtlichen Buch* rezensiert Walter Boehlich das Buch des Germanisten Hans Schwerte, *Faust und das Faustische. Ein Kapitel deutscher Ideologie*, in: *Der Monat*, 1963, 15. Jg., H. 178 (Juli), S. 26-29. W. B., *Der große goldne Meister und sein Lieblingsjünger. Zum Briefwechsel Stefan Georges mit Friedrich Gundolf*, in: *Die Zeit*, 18. Jg., 1963, Nr. 27 v. 5. 7. 1963, S. 13.

[184]

Berlin Friedenau
7. August 1963

Lieber Siegfried:
eine Berichtigung: Herr Boehlich hatte geschrieben, er werde sich etwa am 5. September einschiffen und gegen den 12. in Frankfurt sein. (Anders als ich sagte.)

Wegen der Anthologie der dva habe ich Herrn Hornung mit gleicher Post geschrieben.
Geh aus dem Haus! verschwinde! geh schwimmen!
Dies wünscht dir wirklich und wahrhaftig
yours,
Uwe.

[185]

Frankfurt am Main
9. August 1963

Lieber Uwe,
Dank für Deine Zeilen vom 7. August. Am Montag habe ich an Kissinger telegraphiert: »Grüsse, auch für Anne, und die Frage, lebt Boehlich noch.« Darauf erhielt ich nun gestern einen Brief von Boehlich, aus dem hervorgeht, daß er mürrisch und doch nicht ungern dort ist, ja daß er nochmals zurückzukehren gedenkt, um das Land in der größeren Ausdehnung kennenzulernen. Ich schrieb ihm daraufhin nochmals, er möchte möglichst dieses Kennenlernen jetzt anschließen, und bot ihm also eine Reise nach San Francisco an.
Die Mohn-Anthologie »Ohne Visum« schlägt weiter Wellen. Der Verlag teilt den Autoren die Einstellung des Unternehmens mit dem lapidaren Satz mit: »durch eine Maßnahme des Suhrkamp Verlages, die dieser im Interesse oder Auftrag seines Autors Uwe Johnson gegen das geplante Werk traf.« Da gibt es nun einige Autoren, die sich gegen einen solchen Eingriff und gegen eine solche Machtstellung des Suhrkamp Verlages wehren. Ich tue einiges, um die Wahrheit zu verbreiten, habe jetzt aber auch noch einmal direkt an Sigbert Mohn geschrieben.
Ich danke Dir für Deinen Wunsch, aber ich war noch nicht schwimmen, und dies ist traurig.
Herzlich Dein Siegfried

[186]

Berlin Friedenau
19. August 1963

Lieber Siegfried:
hier schicke ich dir in zwei Exemplaren einen Brief an Horst Bingel wegen seiner Anthologie bei der dva. Er hatte aus deinem Interview mit der »Frankfurter Neuen Presse« zitiert, so dass ich darauf eingehen musste. Bist du mit meinen Ausdrücken einverstanden, so behalte die Kopie für eure Akten und stecke das Original in den beigelegten Briefumschlag.
Danke auch für deinen Brief vom 9. August wegen der Anthologie bei Mohn. Das nimmt wohl kein leichtes Ende. Denn in der Vorschau auf die Veröffentlichungen im Herbst (der »FAZ«) habe ich dies Ding ohne Visum wiederum ernsthaft angekündigt gesehen, mit Umfang, Preis, Herausgeberschaft, als würde man es kaufen können.[1]
Möchtest du nicht einmal unter Tag Frau Bachmann anrufen über Westberlin 887 7591? Aus mir nicht bekannten Gründen kann sie sich zu einem Brief an dich nicht entscheiden; mir scheint aber sie würde gern mit dir reden, nicht über den Anlass ihres Zusammenbruchs, sondern nur so, und auch über einen Vertrag von Piper, zu dem sie Beratung braucht, eigentlich aber nur so.
Yours, truly,
Uwe.

[186a; Anlage, Brief von U.J.]

Berlin Friedenau
19. August 1963

Sehr geehrter Herr Bingel,
ich bedanke mich für Ihren Brief vom 15. August und bitte Sie gleich, mir zu glauben, dass ich Sie nicht in Schwierigkei-

ten bringen möchte, wenn ich nichts aufbringe für Ihre Anthologie deutscher Nachkriegsprosa in der Deutschen Verlagsanstalt.
Die Äusserung von Herrn Dr. Unseld über »Berliner Stadtbahn«, die Sie aus seinem Interview mit der »Frankfurter Neuen Presse« zitieren, ist missverständlich; damals hielt ich den Anlass allerdings für zu geringfügig, als dass eine Berichtigung von Nöten gewesen wäre. Tatsächlich ist dieser Text, wie auch »Jonas« für Pläne des Suhrkamp Verlages vorbehalten für die nächste Zeit.
Der Plan Ihrer Anthologie, und Ihre Absicht, dort ein Stück aus einem meiner Bücher aufzunehmen, ist mir erst seit dem 6. August bekannt. Am 7. August bat ich, durch Herrn Dr. Hornung vom Suhrkamp Verlag, die Deutsche Verlagsanstalt, auf meine Anwesenheit in dieser Anthologie zu verzichten. Dieser Entschluss richtet sich nicht gegen die ausgezeichnete Gesellschaft, in die ich gern gekommen wäre, nicht gegen den Plan überhaupt, nicht gegen den Verlag; nur gegen meine Eignung für anthologische Texte.
Ich verfüge nicht über kürzere Texte, die in sich abgeschlossen und für sich allein bestehen können. Das bedaure ich. Andererseits scheint mir der Abdruck von Romanstücken nicht vernünftig, da damit im besten Fall eine Präsenz des Autors erreicht wird und die Bruchstücke die Beziehungen zu ihrer Umgebung erbärmlich entbehren, wenn sie nicht gerade die Unabhängigkeit und Form einer Erzählung besitzen. Oft genug habe ich der Aufnahme von Romanstükken in Sammlungen zugestimmt, und habe inzwischen eingesehen, wie unglücklich die sich befanden da. Ich wäre Ihnen dankbar, könnten Sie diesen Grund verstehen.
Mit den besten Grüssen
Ihr sehr ergebener
Uwe Johnson.

1 Die *Frankfurter Allgemeine Zeitung*, Nr. 186 v. 14. 8. 1963, S. 8, zeigt als Neuerscheinung an: »*Ohne Visum*, hg. von Peter Jokostra. 352 S., 19,80 DM«.

[187]

Frankfurt am Main
20. August 1963

Lieber Uwe,
ich bedanke mich für Deine Zeilen. Mit Deinem Brief an Bingel bin ich sehr einverstanden, wir schicken ihn also los.
Auf meinen Brief an Herrn Mohn erhielt ich nur einen Zwischenbescheid, Herr Mohn sei noch auf Reisen; eine Antwort steht bis heute noch aus. Ich selber habe nichts weiteres von der Anthologie »Ohne Visum« gehört, aber ich weiß von verschiedenen Autoren, daß die Anthologie abgesetzt ist. Wahrscheinlich ist dann die Sache durch ein Versehen in die »FAZ« gerückt, oder sollte die »FAZ« da lügen.
Sie lügt nämlich gelegentlich. Ich weiß nicht, ob sie Dir die Erwiderung auf Enzensberger ebenfalls zugeschickt hat, von einer Sache abgesehen, eine köstliche Angelegenheit. Dieser Streitschrift gegen Enzensberger gelingt es viel besser, die Enzensbergerschen Thesen gegen die »FAZ« zu bestärken, als dies ihm selbst gelang.[1] Die eine Sache ist das juristische Faktum, daß man im zweitletzten Satz eines Nachworts Enzensberger »Verleumdung« vorwirft. Ich habe Enzensberger selber noch nicht erreicht, weiß also nicht, wie er reagieren wird. Ich habe jedoch vom Verlag aus verhindert, daß eine Anzeige der »FAZ« mit diesem Terminus im »Börsenblatt« erschien.
Ich weiß nicht, was mich abhält, mit Ingeborg Bachmann zu telefonieren, irgendwie fühle ich mich verletzt, aber ich werde mich doch aufraffen.
Für Dich herzliche Grüße
Dein Siegfried

1 In Hans Magnus Enzensbergers Sammelband *Einzelheiten* erscheint 1962 unter dem Titel *Journalismus als Eiertanz* eine Analyse der *Frankfurter Allgemeinen Zeitung*. In dieser Untersuchung, die Selbstverständnis, Aufmachung, Sprache, redaktionelle Zusammensetzung und die einzelnen Ressorts der *FAZ* kritsch beleuchtet, kommt Enzensberger zur Schlußfolgerung, die *FAZ* vollführe einen »Eiertanz zwischen ›echten‹ und ›falschen‹ Rücksichten, das augurenhafte Blinzeln, die hochgezüchtete Technik der Heuchelei und das tägliche Versteckspiel mit der Wahrheit«. Die *FAZ* bezieht in einem Artikel von Benno Reifenberg unter dem Titel *Hans Magnus, ein böswilliger Leser* am 7. 7. 1962 dagegen Stellung. Fast genau ein Jahr später, am 30. 6. 1963, erscheint eine 40seitige Broschüre *Enzensberger'sche Einzelheiten korrigiert von der Frankfurter Allgemeinen Zeitung*, auf die S. U. sich hier bezieht. Im Nachwort dieser Broschüre heißt es abschließend: »Nun, die vorangegangenen Seiten haben kein einziges Detail ausgelassen. Sie nehmen jeden Punkt vor mit dem Ergebnis, daß jeder der uns von Herrn Enzensberger vorgerechneten Tadel auf Irrtümern beruht. Und das ist ein höflicher Ausdruck. [...] War es nur ein Denkfehler? Wer behauptet, die Zeitung habe dieses oder jenes nicht gebracht, muß wohl nachprüfen, ob sie es nicht vorher gebracht hat. Wir fürchten, hier wurde ein Vorurteil zum Verhängnis. Mehr noch, es sollte die politische Haltung der Redaktion in ihrer Nachrichtenkundgebung und ihren Kommentaren verworfen werden, und es sollte bewiesen werden, daß sie verwerflich ist. Es sollte der Nachweis erbracht werden, die Redaktion habe mit ihren Nachrichten ein falsches Spiel getrieben. Dieser Nachweis ist mißlungen. Es bleibt nichts übrig als eine Verleumdung, leichtfertig und haßerfüllt. Sie richtet sich selbst.«

[188]

Frankfurt am Main
6. September 1963

Lieber Uwe,
mit gleicher Post sende ich Dir die vorletzte Nummer von »Time«. Vielleicht blätterst Du gern in dieser Nummer und findest unter dem Stichwort »The World« Dein Konterfei in Gesellschaft mit dem Philosopher Jaspers.[1]
Ich habe mir hin und her überlegt, wann und wo wir uns treffen könnten. Schließlich überlegte ich mir, ob ich Dich nicht einladen sollte, nach Frankfurt zu kommen, ich weiß ja, Du verreist ganz gern von Zeit zu Zeit. Ich könnte es aber auch so einrichten, daß ich das Wochenende 5./6. Oktober in Berlin verbrächte, es ist noch mein letztes Wochenende vor der Buchmesse, die am 9. Oktober beginnt. Am 5. abends führe ich zum dritten Brecht-Abend des Berliner Ensembles, in dem Gespräche aus dem »Messingkauf« vorgetragen werden.
Schreib mir, wie Du darüber denkst.
Herzlich Dein Siegfried

1 Vgl. den Artikel *It is still there*, in: *The Time Magazine* v. 23. 8. 1963, S. 22f., in dem es heißt: »A whole new literature in West Germany concerns itself with the alienation of East and West, ›the dreaded dreadful strangeness‹, as Uwe Johnson wrote in *Speculations About Jakob*, in which friends and relatives divided by the border gradually cease to be individuals in each other's eyes, instead become political symbols.« Neben einer aktuellen Photographie einer West-Berliner Demonstration zum Jahrestag des Mauerbaus werden links der »Philosopher Jaspers« und rechts der »Author Johnson« abgebildet.

[189]

in Friedenau
10. September 1963

Lieber Siegfried,
schönen Dank für deinen Brief vom vorigen Freitag.
Willkommen bist du. In der Niedstrasse würden wir dir ein Bett beziehen und ein Handtuch nebens Waschbecken hängen; mit dem Frühstück würden wir auf dich warten in der Stierstrasse, das ist fünf Minuten und eine Ecke weiter.
Nun würde ich ohnehin als Anlass für eine Reise nicht ausreichen. Zudem geht es mir mit Kopfschmerzen nicht gut, vielleicht bin ich jetzt nicht anregende Gesellschaft. Darum sähe ich dich lieber anderer und handfester Gründe wegen kommen, zu mir aber nur Spasses, Redens, Spazierens halber.
Andere Termine wären der Mittwoch vor der Tagung der Gruppe 47, der 23. Oktober, da könnte ich nach Frankfurt kommen und du nähmst mich mit nach Saulgau.
Alle zusammen könnten wir auch reden nach der Tagung der Gruppe 47, etwa in Friedrichshafen, wenn es dir, Mang, Martin passt. Mir wäre das recht, denn ich muss erst Anfang November nach England.
Vorher nach Frankfurt kommen möchte ich, entschuldige, nur, wenn ein Gespräch dringend dann nötig ist. Ich kann seit langem nicht gut arbeiten und möchte so lange in der Nähe der Maschine bleiben wie möglich.
Kämst du für den 5. und 6. Oktober aber ohnehin wegen der Brecht Erben, so würden wir uns freuen, wenn du in deiner freien Zeit unser Gast wärst.
Nun die Übersetzung von Knowles »In diesem Land« in Druck ist, dürfte ich um Überweisung des Honorars bitten?[1]
Mein Lieber, du hast, hattest, wirst gleich haben: Geburtstag, den Monat September weiss ich noch, glaube ich zu

wissen. Es ist ein Notizbuch weggekommen. An einem Geschenk denken wir noch herum. Wenn es fertig ist, sollst du es kriegen. Die Glückwünsche übergeben wir dir gleich, und erläutern sie mit dem Kennzeichen: voller Hoffnung, herzlich.
Yours, truly,
Uwe.

1 U.J. hat die Übersetzung dieses Buches am 10. 6. 1963 beendet.

[190]

Frankfurt am Main
17. September 1963

Lieber Uwe,
ich bedanke mich für Deinen Brief vom 10. September. Ich hatte schon vorgehabt, Deinetwegen die Reise zu unternehmen, die Aufführung beim Berliner Ensemble allein würde mich nicht locken. Ich würde vorschlagen, daß wir uns aber doch an diesem Wochenende 5./6. Oktober treffen, Spaßes, Redens, Spazierengehens halber, das ist dann doch Anlaß genug. Ich werde mich aber noch melden.[1]
In jedem Fall rechne ich damit, daß Du mit mir zur Gruppe 47 fährst. Ob wir uns nachher bei Martin treffen können, ist etwas fraglich, weil Martin zwar für kurze Zeit nach Saulgau kommen wird, sonst aber den Proben seines Stückes in Stuttgart beiwohnt.[2]
Ich sehe, daß Du die Überweisung Deines Übersetzerhonorars wünschst, es steht Dir gerne zur Verfügung.
Damit wir es hinter uns haben, bedanke ich mich für Deine Geburtstagswünsche und für die nicht ausgesprochenen für Frau und Sohn, wir habens mit dem Herbst.
Herzlich und auf bald
Dein Siegfried

1 U.J. und S.U. treffen sich nicht am 5./6. 10. 1963 in Berlin, sondern am 15. 11. (siehe Brief 202, S. 313). S.U. besucht zwischen dem 4. und 7. 10. 1963 Max Frisch in Rom, um über das Manuskript von dessen Roman *Mein Name sei Gantenbein* zu sprechen.
2 Martin Walser, *Überlebensgroß Herr Krott*, Uraufführung im Württembergischen Staatstheater, Stuttgart, am 30. 11. 1963, Regie: Peter Palitzsch. Siehe auch Brief 198, S. 307.

[191]

Berlin Friedenau
18. September 1963

Lieber Siegfried:
Herr Boehlich schreibt mir auf einer am 7. currentis in New Orleans abgestempelten Postkarte: eigentlich verstehe er mich. Auf der Rückseite ist abgebildet ein Rundfahrt-Dampfer vor grüner Landkante und Brückenzug.
Dann schreibt er: alle soll ich herzlich grüssen. Das möchte ich hiermit bei dir besorgt haben.
Yours, truly,
Uwe.

[192]

Frankfurt am Main
19. September 1963

Lieber Uwe,
besten Dank für Deinen Brief von Boehlichs Grüßen, derselbe ist inzwischen wohlbehalten zurückgekehrt.
Ich schicke Dir anbei zwei Briefe zu, ich habe dazu keine Meinung.[1]
Herzlich grüßend Dein Siegfried

1 Beide auf den 17. 9. datierten, an S. U. gerichteten Briefe betreffen die von Horst Bingel 1963 in Stuttgart herausgegebene Anthologie *Deutsche Prosa. Erzählungen seit 1945*.

[193]

in Friedenau
23. September 1963

Lieber Siegfried,
ich bedanke mich für die Übersendung der Briefe, die Herr Bingel und die Deutsche Verlagsanstalt dir wieder geschrieben haben wegen meiner Teilnahme an Herrn Bingels Anthologie.
Da wundere ich mich auch gehörig, dass du zu Herrn Bingels und der dva Vorschlägen keine Meinung hast. Nämlich nach eben deiner Meinung dachte ich mich zu verhalten, wenn ich den Text »Jonas« euch für die Edition S. vorbehielt.
Da dachte ich nichts zu verteidigen als die Interessen des Verlags. Was aber das Zerstückeln eines zusammenhängenden Buches angeht, so möchte ich aus den bisher vorliegenden Beispielen gelernt haben dürfen. Bei Büchern anderer Autoren, deren Kapitelform einer Erzählung gleichsieht oder nahesteht, mögen die Schnittverletzungen weniger gefährlich sein. Es ist mir nicht gegeben, die »Mutmassungen über Jakob« für eine Zusammensetzung anthologischer Texte ansehen zu können. Das erscheint mir als Einbildung nicht besonders hochfahrend.
Für Herrn Bingels Vorschlag, die Ausschnitt-Technik immerhin anzuwenden und im Anhang meine Abneigung gegen diese Technik zu vermerken, dafür dürfte dem Kritiker Bingel schwerlich eine dem Anthologisten Bingel angenehme Bezeichnung einfallen. Es steht ihm gleicher Massen

schlecht, gibt er seine werbetechnischen Gründe aus für Hochachtung meiner Schreibweise und will die dann präsentieren in einer verstümmelten Form, die Hochachtung nicht eben erlaubt.
Auch verstehe ich kaum Herrn Boehlichs Vorschlag: doch »nachzugeben«. Das Wort passt für mein Verhalten nicht, es trifft sich eher mit dem der anderen Seite, die wie Herr Bingel davon spricht, mich »kleinzukriegen«. Allerdings gefällt mir nicht die Methode des Nahkampfs, die in immer neuen Briefen und am Telefon meine säuberlich erklärten Gründe für eben nicht erklärt nimmt, Unterstellungen macht, Drohungen zu verstehen gibt und gewiss ist, übrigens durchzukommen mit der längeren Ausdauer, die ich tatsächlich auf etwas anderes lieber wenden wollte als auf die Verteidigung einer Meinung, die der Verteidigung nicht bedürfen sollte.
Hätte ich den Verlag missverstanden und wäre der Verlag bereit, den »Jonas« Herrn Bingel zum Abdruck zu überlassen, so wäre ich damit einverstanden, dagegen habe ich von Anfang an nichts eingewandt.
Die beiden Briefe schicke ich zurück. Nun sollten wir uns doch lieber beschäftigen mit vernünftigen Sachen, wie zum Beispiel deinem Besuch in Westberlin, den wir mit Vergnügen voraussehen.
Yours, truly,
Uwe.

[194]

Frankfurt am Main
26. September 1963

Lieber Uwe,
besten Dank für Deinen Brief vom 23. September. Wenn ich Dir schrieb, ich wäre keiner Meinung bei der neuen Recher-

che der DVA, so hieß dies doch nur, ich wollte Dich in Deiner Entscheidung, ob Du nun doch einen Auszug genehmigen wolltest, nicht beeinflußen. Gegen eine Vergabe von »Jonas« bin ich strikt. Ich werde jetzt definitiv absagen, damit ist die leidige Geschichte aus der Welt geschafft.
Herzlich Dein Siegfried

[195]

in Friedenau
11. Oktober 1963

Lieber Siegfried,
dank dir für den Anruf. Auch Elisabeth findet das Haus Werckmeister[1] im Winter gut bewohnbar für einen einzelnen Herrn; sie weist allerdings darauf hin, dass nur die unteren Räume mit Öfen beheizt werden können. Das sind zwei, ein kleiner, einer wirkt fast so gross wie euer Wohnzimmer.
Bei deiner Frau bedanke ich mich für die Möglichkeit bei euch zu übernachten. Am nächsten Sonnabend, 19. Oktober, mit dem Flug BEA 703 planmässig 12.10 Uhr komme ich auf dem Rhein/Main Flughafen Frankfurt an. Das sage ich so genau, nicht weil ich abgeholt werden möchte, sondern damit du es für eine sichere Sache hältst. So gegen 14.00 Uhr, mit deiner Erlaubnis, werde ich mich in der Klettenbergstrasse vorstellen. Dann möchte ich mitgenommen werden nach Darmstadt[2] und überhaupt.
Yours, truly
Uwe.

1 Siehe Brief 39, S. 68.
2 Zur Verleihung des Georg-Büchner-Preises durch die Deutsche Akademie für Sprache und Dichtung an Hans Magnus Enzensberger.

[196]

Frankfurt am Main
15. Oktober 1963

Lieber Uwe,
nur einen kurzen Dank für Deinen Brief vom 11. Oktober. Ich werde am Sonnabend um 12.10 Uhr am Flughafen sein. Sollte ich nicht im Flughafen sein, warte ich mit dem Wagen an irgendeiner Stelle vor dem Gebäude. Ich freue mich auf Dein Kommen.
Herzlich Dein Siegfried

[197]

Frankfurt am Main
17. Oktober 1963

Lieber Uwe,
wir liefern jetzt Deine Übertragung von John Knowles' »In diesem Land« an den Buchhandel aus. Wir druckten eine Auflage von 4.000 Exemplaren, der Ladenpreis beträgt DM 16.80. Mit Dir hatten wir ein Übersetzerhonorar von DM 150,- pro Druckbogen vereinbart, das Honorar in Höhe von DM 2250,- wurde Dir am 13. 9. 1963 überwiesen. Vom 6.-10. Tsd. bist Du mit 4 %, vom 11.-15. Tsd. mit 2 % Anteilen vom Ladenpreis beteiligt. Dir stehen 10 Freiexemplare zur Verfügung, bitte sage mir, wie Du über sie verfügen willst.
Ich habe mich bei diesem Buch strikt an Deinen Wunsch gehalten, Dich nicht anders als die anderen Übersetzer zu behandeln. Wir haben also kein besonderes publizistisches Aufheben von der Tatsache gemacht, daß Du diesen Roman übersetzt hast. Und doch war dem Buch von vorneherein eine größere Aufmerksamkeit sicher. Ich bin Dir jedenfalls

sehr dankbar für diese Deine Arbeit, die ich bewundere. Ich bin sehr froh, dieses Buch bei uns zu haben.
Herzlich Dein Siegfried

[198]

[Berlin Friedenau]
30. Oktober 1963

Lieber Siegfried,
eben noch vergass ich dir zu erzählen dass der Schauspieler Wolfgang Neuss sich wünscht, zusammen mit mir im Sender Freies Berlin die »Flüchtlingsgespräche« von Brecht vorzuführen. Die Aufsicht über eine angemessene Einstudierung würde er mir überlassen. So viel Grossartiges wie er verspreche ich mir davon nicht, es könnten aber die beiden Stimmen ungefähr passen. Hält der Verlag das für möglich?
In der Anlage übergebe ich die Liste der Leute, an die ich gern die Übersetzung von »A Separate Peace« geschickt wüsste.
Nach meiner Erinnerung ist die Anthologie »ohne Visum« des Sigbert Mohn Verlages aufgegeben, sind die Ausfälle bezahlt. Nun hat mir dieser Verlag aber einen Scheck und eine Gutschriftsanzeige über 140 Mark geschickt, unverständlicher Weise. Da die Lage vielleicht verändert ist von meinem Wissen in ein anderes, möchte ich lieber euch bitten, beides auf richtige Weise zurückzugeben, und lege es also bei.
In Stuttgart liess Herr Palitzsch mich zu bei einer Probe für den »Krott«, und ich gewann notwendig den Eindruck Martin würde da ein Gefallen nach dem andern erwiesen, was das Aufdecken von sprachlichen und psychologischen Beziehungen angeht. Martin allerdings meinte, das Publikum werde die Auflösung in einen Zusammenhang von

Feinheiten nicht leicht akzeptieren; er wünscht sich aber auch mehr vitales, komödiantisches Spiel. Am Donnerstag fährt er nach Friedrichshafen.
Gestern sass ich sieben lange Warteschleifen über dir und dem Nebel, fiel aus einem Flugzeug ins andere, am Abend warst du nicht in Nähe deines Telefons. Am Sonnabend fliege ich nach London. Bis zum 12. November ist meine Adresse manchmal das Piccadilly Hotel, Piccadilly, London W 1; Telefon REG 8000. Vielleicht auch habe ich Mitte November Aufenthalt in Frankfurt, um dich zu sehen.
Yours, truly,
Uwe.

[199; Anschrift: London, Piccadilly Hotel]

Frankfurt am Main
31. Oktober 1963

Lieber Uwe
ich bedanke mich für Deinen Brief vom 30. Oktober. Dein Weggehen aus der Gruppe ist bemerkt und registriert worden. Aber immerhin warst Du gegenwärtig, während das kurze Gastspiel von Martin übel vermerkt wurde.[1]
Ich habe nicht nur nichts gegen eine Lesung der »Flüchtlingsgespräche« von Dir und Neuss im Sender Freies Berlin, sondern ich freue mich sogar darüber. Am besten setzt sich der Sender Freies Berlin mit uns wegen der Rechte in Verbindung.
Mit dem Sigbert Mohn Verlag gibt es eine neue Schwierigkeit. Du weißt, daß ich mich bereit erklärt habe, die Kosten zu übernehmen, die nachträglich auf DM 8.700,- beziffert wurden. Ich habe mich nicht an dieser Ziffer gestoßen, aber ich habe vom Verlag Mohn eine Entschuldigung dafür verlangt, daß sie beabsichtigt haben, mit dieser Anthologie

Deinen »Gesinnungswandel« zu »demonstrieren«. Der Sigbert Mohn Verlag verweigert eine solche Entschuldigung, sieht daran den Schlichtungsversuch gescheitert und will nun mit dem Band voranmachen. Nun werden wir beide wahrscheinlich doch vor die Gerichte kommen. Ich werde jedoch in dieser Sache nicht nachgeben.
Allmählich drängt der Termin für Deinen Band in der edition suhrkamp. Wie ist nun der Inhalt, die »Beschreibung der Berliner Stadtbahn«, »Jonas«, die beiden Prosastücke, die Du mir vorlasest, und jenen neuen Beitrag, den Du noch schreiben möchtest, und wann wird er geschrieben, und kannst Du mir bereits diese beiden Stücke zuschicken? Ich brauche sie, auch weil Guggenheimer das Nachwort dazu schreiben wird; das scheint mir eine schöne Bereicherung des Bandes.
Herzlich Dein Siegfried

1 U.J. verläßt die Tagung vorzeitig wegen seiner Lesereise (siehe Brief 200, S. 311), Martin Walser wegen der Premiere von *Überlebensgroß Herr Krott.*

[200]

London Kensington
10. November 1963

Lieber Siegfried,[1]
ich bedanke mich für deinen Brief vom 31. Oktober, den ich im Piccadilly Hotel vorfand. Hoffentlich hast du dahin nicht mehr geschrieben, denn die Leute sind unbefangen genug, einem für eine Übernachtung fünfundvierzig Mark abzunehmen, die liess ich allein.
Deine Zustimmung zur Vorführung der »Flüchtlingsgespräche« soll dir nicht leid tun; hattest du, übrigens, nicht

etwas gegen Neuss? Der Sender Friees nein Freies Berlin wird so bald nicht schreiben, denn natürlich möchte ich nicht Termine verabreden, bevor ich mit Neuss einig bin über die Auffassung des Textes.
Habt ihr nun den Scheck für den Beitrag in einer Anthologie, an der ich nicht teilnehme, zurückgeschickt an die Veranstalter?[2]
Die Texte für den Band »Stadtbahn« werde ich dir am 30. Dezember übergeben haben, einen Monat vorher die beiden, die ich hatte in Saulgau vorlesen wollen. Vorschlagen möchte ich also:
– »Berliner Stadtbahn« 1961 (wie gedruckt im »Merkur« August 1961)
– »Boykott der Berliner Stadtbahn« 1963 (ähnlich einer Reportage mit Arien)
II aus der Gegend von Jerichow:
– »Geschenksendung Keine Handelsware«
– »Beihilfe zum Umzug« (beide kennst du)
– »Osterwasser« (bekommst du vielleicht zum 30. Nov.)
III
– (vielleicht) »Mitteilungen über Herrn Karsch«. Das muss ich noch schreiben.
| IV Jonas zum Beispiel |
Für lange Zeit ist dies ganz gewiss meine letzte Reise mit Vorlesen.[3] Der Nutzen für ein Publikum ist mir zu unbekannt, als dass ich ihn abstreiten oder behaupten wollte; offensichtlich verliert jedoch der Verfasser Zeit, Zeit zum Schreiben und Zeit zum Nachdenken, und alles auf lästige Art.
Gestern las ich in der »geistigen« Beilage der Zeitung »Die Welt« vornan Herrn Zehms gebildete Anmerkungen zu Mangs Darmstädter Rede, darin erwähnt er einen Hamburger Vortrag Hermann Kestens, und dessen Vergleich zwischen Mang und dem »unbegabten Nationalisten und Na-

tionalbolschewisten U.J.«.[4] Da hätte ich gern deinen Rat. Muss ich noch lange den wohlerzogenen Jüngeren spielen, nur weil Herr Kesten alt ist und (wie ich vermute) ein Jude? Offenbar versteht er nicht Fairness: nach dem Dementi seiner Erfindungen, nenn es wer wolle, habe ich jede Äusserung über ihn abgelehnt; in Florenz bekam er sichtbar genug meine Stimme als Sprecher der deutschen Delegation; Herrn Fassmanns »Offenen Brief«[5] umging ich höflich; denkt der Mensch nun ein Recht auszuüben? Da diese Anschwärzung weit über Methoden der Christdemokraten hinausgeht, könnte man ihn doch ersuchen seine Meinung zu beweisen. Was meinst du dazu?
Vielleicht kann ich dich sehen am 18. in Frankfurt, da riefe ich vom Flughafen aus an; am Abend dieses Tages bin ich in Berlin, da könnten wir jedenfalls sprechen.
Yours, truly,
Uwe.

1 Der Brief trägt den handschriftlichen Vermerk von S. U.: »mündl. erl.«. Der handschriftliche Zusatz in diesem Brief stammt von S. U.

2 Der Scheck wird am 31. 10. 1963 von Hanskarl Hornung per Einschreiben an den Sigbert Mohn Verlag zurückgeschickt.

3 Diese Lesereise führt U.J. vom 4. 11. - 15. 11. 1963 nach England (Bristol, Cambridge, London, Nottingham, Birmingham, Newcastle), Schottland (Glasgow) und Irland (Dublin).

4 Günter Zehm, *Denk' ich an Deutschland am Rednerpult. Anmerkungen zu Enzensbergers Büchner-Rede*, in: *Die Welt* v. 9. 11. 1963. In dem Artikel heißt es: »Dünnhäutige und zur Polemik angelegte Literaten haben denn auch sofort nach Publikwerden von Enzensbergers Büchnerrede ihr Schlachtroß herumgeworfen und die Lanze gegen den ›rechten‹ Enzensberger eingelegt. Hermann Kesten meinte in einem Hamburger Vortrag, die Rede von Enzensberger basiere auf einem überheblichen, unangemessenen ›Chauvinismus‹ und stelle ihren Autor in eine Reihe mit dem ›unbegabten Nationalisten und Nationalbolschewisten Uwe Johnson‹.«

5 Siehe Brief 123, S. 184f.

[201; Ansichtskarte »Picadilly Circus, London«, handschriftlich, Druckbuchstaben]

London
11. November 1963

Lieber Siegfried,
eben sagt man mir: Die Übersetzung von »Das dritte Buch über Achim« sei seit drei Monaten abgeschlossen.[1] Stimmt das? Die sähe ich ja gern mal durch.
Yours, truly,
Uwe.

1 Mit der englischen Übersetzung beauftragt war Ursule Molinaro. Sie erscheint jedoch nicht bei Grove Press, sondern bei Harcourt, Brace and World.

[202]

in Friedenau
19. November 1963

Lieber Siegfried,
hier bekommst du die drei Stücke für den zweiten Bezirk des Bandes in der Edition. Vorläufig, und wenn dir dies einleuchtet, möchte ich als Reihenfolge vorschlagen:

»Osterwasser«
»Beihilfe zum Umzug«
»Geschenksendung, keine Handelsware«.

Die Texte für den ersten Bezirk bekommst du, nachdem die Senatsverwaltung, Ressort Stadtbahn, sie durchgesehen hat. Der Mann muss aber um seine Gefälligkeit gebeten werden, ich kann ihn nicht gut drängen vor dem 10. Dezember zu sprechen.
Wir bedanken uns für deinen Besuch, und hätten nach dem

Wichtigen auch gern noch Unwichtiges beredet. Und einmal solltest du auch bei uns essen.[1]
Yours, truly, Uwe.

1 S.U. und U.J. treffen sich am 15. 11. 1963 in Berlin. Im Reisebericht heißt es: »Mit Uwe Johnson hatte ich ein ausführliches Gespräch über seine eigenen schriftstellerischen Arbeiten. Der suhrkamp text Johnson [*Karsch, und andere Prosa*] wurde definitiv beschlossen. Er enthält insgesamt sechs Texte, vier davon erhalten wir in kürze, einer kommt Ende November, der letzte folgt am 31. Dezember. Wir müssen für den Anhang die Bibliographie der Schriften über Johnson erarbeiten und eine Liste der Übersetzungen aufstellen. Diese beiden Texte gehen dann zur Kontrolle und Ergänzung an Johnson, der selbst eine Vita schreibt.«

[203]

Frankfurt am Main
19. November 1963

Lieber Uwe,
Du siehst mich wieder an meinem Schreibtisch. Ich bedanke mich für das Gespräch und den wohltuenden Spaziergang.
Ich kam nicht dazu (wir haben ja wirklich sozusagen nichts besprochen), Dir zu sagen, daß die englische Übersetzung des »Achim« nicht bei uns eingetroffen ist, wir fragen bei Grove und bei Tom Maschler nach, wie es damit steht.
An Ramseger habe ich geschrieben.[1]
Herzlich Dein Siegfried

1 S.U. schreibt am 18. 11. 1963 an Georg Ramseger, 1953-1969 Feuilleton-Chef der *Welt* bzw. der *Welt der Literatur*, um die Adresse von Hermann Kesten (siehe Brief 200, S. 311) in Erfahrung zu bringen.

[204]

Frankfurt am Main
21. November 1963

Lieber Uwe,
schönsten Dank für die Zusendung der Texte. Hast Du noch einen Separatdruck der Beschreibung der Westberliner Stadtbahn? Bitte schicke ihn uns zu.
Wir arbeiten schon am Anhang, eine Liste der Sekundärliteratur wird gegenwärtig erarbeitet, ebenso die Übersetzungsliste. Du wolltest uns die Vita zur Verfügung stellen.
Wir haben nicht nur bloß wenig besprochen, sondern auch Wichtiges vergessen. In letzter Minute ist mit Mohn eine Einigung erzielt worden. Mohn bringt die Anthologie, jedoch ohne Deinen Beitrag. Wir zahlten für angelaufene Unkosten DM 347,-. Damit wäre die Sache ausgestanden.
Herzlich Dein Siegfried

P. S.
Bitte überlege Dir doch die beiliegende Anfrage.[1]

1 In der Anlage wird U.J. gebeten, auf die Einladung zu einer Lesung an der Volkshochschule in Duisburg zu antworten. U.J. wird erst im Oktober und November 1965 wieder in Duisburg lesen.

[205]

Frankfurt am Main
25. November 1963

Lieber Uwe,
das »Osterwasser« habe ich gelesen, es hat mir gut gefallen. Könntest Du mir bald die Texte »Jonas« und die »Beschreibung der Berliner Stadtbahn« schicken, ich brauche sie für den Satz und für Guggenheimer.
Herzlich Dein Siegfried

[206]

Berlin Friedenau
3. Dezember 1963

Lieber Siegfried,
Gruss zuvor; hier bekommst du je zweimal

»Berliner Stadtbahn« 1961
»Boykott der Berliner Stadtbahn« 1963
»Jonas zum Beispiel«.

Statt gestern schicke ich es heute, durch die Luft, eingeschrieben und mit reitendem Boten, damit ich dir gleich die Sache mit dem Boykott beilegen kann für die Information Herrn Guggenheimers.
Das sollte man aber noch nicht setzen, weil sich umfängliche Korrekturen ergeben können.
Mit der Karsch-Geschichte hoffe ich bis Weihnachten fertig zu sein, kann aber vorher nichts aus der Hand geben. Versprechen könnte ich Herrn Guggenheimer: es wird der persönliche Reisebericht [des] Herrn Karsch, der im »Dritten Buch über Achim« übergangen ist, und soll enden mit neueren Ergebnissen dieser Reise.
Was meinst du: sollte ich für den Band noch aus dem Aufsatz über »Provinziell und Gesamtdeutsch«,[1] der in die kaum noch erinnerliche internationale Zeitschrift kommen sollte, einen Wörterbuchartikel ziehen über das Wort Gesamtdeutsch? (Martin und ich reden manchmal über den Plan zu einer zeitgenössischen deutschen Enzyklopädie und Wortbeschreibung.) Oder werden es dann zu viele Texte abhandelnder Art?
Am 15. Dezember spätestens werde ich dir Nachricht geben, ob Veränderungen an der Boykott-Reportage erforderlich sind.

Von deinem Telefongespräch mit Elisabeth habe ich gehört mit Interesse; anrufen werde ich nicht, da du es nicht wünschst.
Vielleicht aber doch, dann harmlos tun.
Yours, truly,
Uwe.

P. S.
Für Frl. Janert eine Antwort liegt bei.[2]
| Ebenso für Frau Ritzerfeld |

[206a; Anlage 1, Brief von U. J.]

3. Dezember 1963

Liebes Fräulein Janert,
ich bedanke mich für Ihren Brief vom 29. November 1963, vom Freitag.
An der beigelegten Liste von »Arbeiten über« meine Sachen wüsste ich wahrlich nichts zu ergänzen; tatsächlich bin ich dafür, alles darin Aufgeführte zu streichen. Das sind Rezensionen, Meinungen, Nacherzählungen; überdies alle in Zeitungen erschienen und schwer zu finden.
Arbeiten gibt es nur drei:
Herbert KOLB, »Rückfall in die Parataxe. Überlegungen zum Stil Uwe Johnsons«.
In: »Neue Deutsche Hefte« Berlin, Nr. 96, Heft Nov/Dez 1963
Hansjürgen POPP, »Möglichkeiten einer Einführung in U. J.s Roman ›Mutmassungen über Jakob‹«. Prüfungsarbeit für die pädagogische Prüfung für das Lehramt an Gymnasien, Sommer 1963 (Stuttgarter Studienseminar)
(Mir ist nicht bekannt, ob und wie die Arbeit zugänglich ist.)

Gotthart WUNBERG, »Struktur und Symbolik in U.J.s Roman ›Mutmassungen über Jakob‹«
In: »Neue Sammlung«, Göttingen, Nr. II/5, Heft Sept/Okt 1962.

Ihre Liste lege ich Ihnen wieder bei, aber in der dringenden Hoffnung, Sie könnten auf diese Titel verzichten.
Mit den schönsten Grüssen
Ihr sehr ergebener
Uwe Johnson.

[206b; Anlage 2, Brief von U.J.]

3. Dezember 1963

Liebe Frau Ritzerfeld,
den Brief von Frau Daves gebe ich gleich zurück. Würden Sie bitte am Rand Ihres nächsten Briefes an Frau Daves etwas bemerken? Nämlich, dass das Thema nichts für mich wäre, und dass ich wegen verschiedener Arbeiten zu anderem nicht komme? Dafür wäre ich dankbar.
Mit den besten Grüßen
Ihr sehr ergebener
Uwe Johnson.

1 Vgl. U.J., *Gesamtdeutsch, provinziell*, in: *Sprache im technischen Zeitalter*, 28.Jg., 1990, H. 114, S. 116-122; zuerst veröffentlicht unter dem Titel *Un vocabolo tedesco*, in: *Il Menabò di Letteratura. Una rivista internazionale*, Turin 1964, H. 7, S. 111-121 (übersetzt von Enrico Filippini).

2 Monika Janert hat unter dem Datum des 29. 11. 1963 an U.J. geschrieben: »[...] wie alle suhrkamp texte, die in der edition suhrkamp erscheinen, soll auch die ›Stadtbahn und andere Prosa‹ mit einer Bibliographie versehen werden. Darüber hinaus möchten wir einen Abschnitt ›Arbeiten über Uwe Johnson‹ hinzufügen. Ich habe nun eine Liste mit den allerwichtigsten Stimmen zu Ihren

Büchern zusammengestellt. Würden Sie nun bitte so freundlich sein, sie durchzusehen und sie zu ergänzen. Vor allem allgemeine Analysen über den Autor Uwe Johnson wären zur Abrundung der Bibliographie nötig.«

[207]

Frankfurt am Main
4. Dezember 1963

Lieber Uwe,
ich danke Dir für Deinen Brief vom 3. Dezember und gleichzeitig auch für den an Fräulein Janert. Die Manuskripte habe ich sogleich an Guggenheimer gesandt, nun müssen wir gespannt sein, was er aus ihnen zu machen vermag. Ich selbst bin freilich dafür, sein Nachwort nicht nur auf diese Texte basieren zu lassen.
Das Manuskript »Boykott der Berliner Stadtbahn 1963« gebe ich vorläufig nicht zum Satz frei, ich erwarte hier Deine weitere Nachricht. Für die »Mitteilungen über Herrn Karsch« ist der 2. Januar wirklich der letzte Termin, bis zum 20. Januar müssen wir den ganzen Band zum Druck imprimiert vorliegen haben. Natürlich wäre es herrlich, wenn man den Text doch noch vorher bekäme, doch arbeitet der Verlag zum letzten Mal am 20. Dezember und beginnt dann erst wieder am 2. Januar.
Für welchen Titel hast Du Dich entschieden? Ich wäre doch sehr für »Mitteilungen«, dies auch, nachdem ich nun etwas mehr von dem Boykott der Berliner Stadtbahn weiß.
Die Sekundärliteratur-Liste von Fräulein Janert werden wir noch etwas kürzen. Alles Aufgeführte läßt sich nicht streichen, und daß die Dinge schwer zu finden seien, ist für eine Bibliographie doch ohne Belang. Die Liste der Übersetzungen liegt hier nochmals an, bitte kontrolliere sie.

Du hast uns eine Vita versprochen. Bitte schicke sie uns so ausführlich, wie Du es nur verantworten kannst, jedoch auch so konkret wie möglich.
Herzlich Dein Siegfried

[208]

Berlin Friedenau
6. Dezember 1963

Lieber Siegfried,
ich bedanke mich für deinen Brief von vorgestern.
Den Artikel über den Boykott der Berliner Stadtbahn kann man setzen lassen.
Den Karsch-Text hoffe ich dir schicken zu können nach Weihnachten, so dass du ihn wenigstens in Ruhe lesen kannst.
Über den Titel denke ich noch nach.
Die Sekundärliste in der von Frl. Janert übersandten Form gefällt mir ganz und gar nicht. Versteht man unter »Arbeiten« alle längeren, konzentrierten Äusserungen, so ist damit jede Rezension begriffen, eine Auswahl unter ihnen sieht immer eigensüchtig aus, und überhaupt sehe ich keinen gern auf Rezensionen verwiesen.
Die »Arbeiten«, die diese Bezeichnung erfüllen, sind auch nicht alle richtig geraten; die wären mir dann doch lieber, erschienen mir korrekter.
In meinem vorigen Brief war eine Frage wegen eines Wörterbuchartikels über Gesamtdeutsch; könntest du noch einmal darauf eingehen?
In der Anlage bekommst du eine mögliche Vita. Nach deinen Wünschen habe ich sie geschrieben (»so ausführlich, wie ich es nur verantworten kann, jedoch auch so konkret wie möglich«). Ihrer Natur nach ist sie ein Vorschlag. Ich

bin da meiner Erinnerung nicht so ganz sicher. Sollte dir etwas daran nicht gefallen, müsste ich eine neue schreiben.
Yours, truly,
Uwe.

P. S.
In der Anlage auch die durchgesehene Liste der Übersetzungen. Die nur vorbereiteten wisst ihr sicher besser als ich. Hinzugefügt habe ich eine Übersetzung der »Berliner Stadtbahn«, da ihr sie schon einmal aufgenommen hattet; davon muss man aber eigentlich nicht gross Wesens machen, solche kleinen Sachen schreiben andere Herren sich jeden Abend eine.

[209]

Frankfurt am Main
9. Dezember 1963

Lieber Uwe,
ich danke Dir für Deinen Brief vom 6. Dezember. Ich nahm zur Kenntnis, daß wir die Arbeit über den »Boykott der Berliner Stadtbahn 1963« setzen lassen können; den Karsch-Text erhalten wir also noch vor Weihnachten.
Der Titel ist dringlich!
Die Vita ist so möglich, freilich mit Kürzungen. Ich schlage sie Dir hier vor, bitte schicke mir den Text danach wieder zurück. Vielleicht sollte man die Jahre 1961-1963 zusammenziehen?
Bitte entschuldige, daß ich Dir Deine Frage aus dem letzten Brief nicht beantwortet habe. Ich bin jedoch entschieden nicht dafür, für diesen Band noch weitere »Splitterstücke« aufzunehmen, er würde mir disparat.
Herzlich Dein Siegfried

[210]

Berlin Friedenau
13. Dezember 1963

Lieber Siegfried,
telefoniert haben wir, immerhin gehörigen Dank für deinen Brief vom 9., er hat übrigens meinen vom 6. missverstanden insofern als ich dir den Karschtext nach Weihnachten schikken zu können hoffe, nicht vorher; Fälle von Wundern und Erleuchtungen sind ausgenommen.
Hier bekommst du nun in zwei Exemplaren eine neue Fassung der vita. An der stimmt fast alles. Schickst du mir die Fassung vom 6. zurück, bitte?
Heute steckte mir die Post von dir ein Päckchen in blauem verziertem Papier ins Fach. Aufgemacht haben wir es noch nicht; bedanken wollen wir uns gleich.
Yours, truly,
Uwe

[210a; Anlage]

Vita Uwe Johnson

1945
elf Jahre alt, in Recknitz in Mecklenburg.
1946
bis 1954 Oberschule in Güstrow und Studium der Germanistik in Rostock.
1954
bis 1956 Studium der Germanistik in Leipzig, Diplom-Examen bei Prof. Hans Mayer.
1957
bis 1959 in Güstrow in Mecklenburg.

1959
ohne Genehmigung der ostdeutschen Behörden Umzug nach Westberlin mit Genehmigung der westberliner Behörden. Veröffentlichung von ›Mutmassungen über Jakob‹. Erstmals Gast der Gruppe 47.
1960
Fontane-Preis der Stadt Westberlin.
1961
vier Monate in den USA mit Unterstützung von Dr. Siegfried Unseld als Gast der Wayne State University in Detroit und der Harvard University in Cambridge, Mass. Veröffentlichung von ›Das dritte Buch über Achim‹.
1962
neun Monate in Rom und Italien als Gast der Stiftung Villa Massimo. Prix International de la Littérature.
1963
Vorlesereisen.

[211]

Frankfurt am Main
14. Dezember 1963

Lieber Uwe,
ich erhalte heute das beiliegende Schreiben von der Volkshochschule Wolfenbüttel. Ich habe Herrn Dr. Dorow geschrieben, daß Du Dich entschlossen hast, keine weiteren Lesereisen zu unternehmen. Aber vielleicht kannst Du Dich auf einen langfristigen Termin doch einlassen, ich würde es jedenfalls sehr empfehlen. Die Volkshochschule in Wolfenbüttel ist nicht unbekannt und hat ein sehr angenehmes literarisches Klima. Leider liegt der Ort an den sogenannten Zonenrandgebieten, die eher von allem vernachläßigt werden.
Herzlich Dein Siegfried

[212]

Frankfurt am Main
16. Dezember 1963

Lieber Uwe,
ich bedanke mich für Deinen Brief vom 13. Dezember. Könntest Du in Deiner Vita nicht doch Deinen Geburtsort vermerken? Die Rubrik 1961 ändere ich, auf Deine Genehmigung hoffend, wie folgt ab: »Gast der Wayne State University in Detroit und der Harvard University in Cambridge. Reisen in den USA. Veröffentlichung von ›Das dritte Buch über Achim‹.« So richtig es mir schien, meinen Namen in Verbindung mit Deiner Reise zu sehen, so wäre es doch besser, wenn die Nennung unterbliebe.[1]
Herzlich Dein Siegfried

1 Im Anhang zur ersten Auflage von *Karsch, und andere Prosa*, S. 97, erscheint die Vita von U. J. ohne Nennung des Geburtsdatums. Auf den S. 98-102 wurden die Bücher von U. J., die Übersetzungen und Arbeiten über U. J. aufgeführt.

1964

[213]

Berlin 410
Postfach 11
1. Januar 1964

durch Eilboten

Lieber Siegfried,
bitte, entschuldige, dass du das Anliegende nicht früher bekommen hast als wie ich hoffe morgen vormittag; ich kam mit dem Abschreiben in Verzug, weil ich mich schon einmal kümmern musste um das Vorhaben, von dem ich dir in Bergen[1] erzählte.
»Das« sage ich, weil es weder eine Erzählung noch eine Novelle noch sonst eine der eingeführten Formen ist, und ich wäre froh, könnte man auf eine Bezeichnung verzichten.
Bei dem Titel »Mitteilungen über Karsch« ist es nicht geblieben, da hier ja nur ein Jahr vorgetragen wird. Hoffentlich leuchtet dir der neue ein, und auch das darunter.
Übrigens mit der Jahreszahl 1960 unterm Titel möchte ich nicht zu verstehen geben: der Text sei 1960 geschrieben, sondern: dann fand die Reise statt, das möchte ich aber gern abgesetzt haben. Wüsstest du da eine Lösung?
Es wäre mir sehr recht, fändest du noch Zeit die Sache zu lesen, bevor du sie in Satz gibst, denn ich würde gern deine Meinung und Einwände so lange wie möglich vor der Korrektur bedenken.[2]
Du fragtest in deinem Brief vom 16. des vorigen: ob man nicht doch den Geburtsort angeben sollte. Ich finde ihn in

den meisten Fällen, insgemein meinem, nicht bedeutsam, und er würde mir auch den ersten Satz der Vita (der ja eine Erklärung enthält für das Fortlassen) zerhacken; lieber also sähe ich den unterdrückt. Mit deinem anderen Strich in der Vita bin ich natürlich einverstanden, wenn du es so für besser hältst.

Yours, truly,

Uwe.

1 Vermutlich ist in dem Gespräch das Projekt von U.J. erörtert worden, eine *Geschichte der Städte Berlins seit dem August 1961* zu schreiben, Vgl. auch Brief 217, S. 328f.

2 U.J. erhält »mit einem Gruß von Dr. Unseld« dessen Aktennotiz vom 3. 1. 1964: »Uwe Johnson sandte mir am 2. Januar seinen als ›Mitteilungen über Herrn Karsch‹ angekündigten letzten Beitrag unter dem Titel ›Reise wegwohin, 1960‹ für den suhrkamp text Johnson. Dieser Band war unter dem Titel ›Westberliner Stadtbahn und andere Prosa‹ als Band Nr. 59 der edition suhrkamp für März 1964 angekündigt. Ich spreche diesem neuen Beitrag von Johnson eine sehr große literarische wie politische Bedeutung zu und habe deshalb Johnson gebeten, die vorgesehene Anlage des Bandes zu ändern. Nach dem jetzt geführten Telefongespräch mit Johnson gilt nun das folgende:

Titel des Bandes:	›Karsch, und andere Prosa‹
Inhalt:	I ›Osterwasser‹
	II ›Beihilfe zum Umzug‹
	III ›Geschenksendung‹
	IV ›Reise wegwohin, 1960‹
	V ›Jonas zum Beispiel‹
Nachwort:	Walter M. Guggenheimer

Die beiden Texte ›Berliner Stadtbahn 1961‹ und ›Boykott der Berliner Stadtbahn‹ kommen nicht in diesen Band, sie sollen einem späteren editions-Band vorbehalten sein. Es ist vorgesehen, diese beiden Texte zusammen mit einem oder zwei neuen Texten essayistischen Charakters 1965 in der edition suhrkamp zu publizieren; darüber ist aber zu einem späteren Zeitpunkt mit Uwe Johnson eine Entscheidung herbeizuführen.

Es wird auffallen, daß der Titel ›Karsch, und andere Prosa‹ nicht als Überschrift der fünf Beiträge erscheint. Das ist bewußt so gemacht. Karsch, die Hauptfigur des Beitrages ›Reise wegwohin, 1960‹, ist ja auch füglich aus dem ›Dritten Buch über Achim‹ bekannt.«

[214; Ansichtskarte »St. Moritz 1800 m mit Piz Nair und Corviglia«, handschriftlich]

St. Moritz
11. Januar 1964

Lieber Uwe
Du siehst es mir nach, dass ich Dich an meinem letzten Abend doch nicht mehr angerufen habe, es war zuviel, das Wesentliche haben wir besprochen.
Den Lageplan siehst Du umseitig, das Hotel eingekreist.
Frisch will morgen hier erscheinen zur weiteren Besprechung des Manuskripts,[1] aber Du weisst ja, Autoren ...
Sonst: Schnee über 2500. Klima hochalpin: = müde, inaktiv.
So long Dein Siegfried
Grüsse an Elisabeth

1 Besprochen werden Änderungen am 700seitigen Typoskript des Romans *Mein Name sei Gantenbein*, der im Herbst 1964 im Suhrkamp Verlag erscheint.

[215]

in Friedenau
22. Januar 1964

Lieber Siegfried,
ein Nachtrag zu Günter Grass' Smoking,[1] nach dem du fragtest: er war gekauft bei C & A, für etwa zweihundert

Mark, und zwar von dem Filmproduzenten Pohland, der so was braucht für seine speziellen Bälle, und zwar in Rot, und Grass passte das alles wie Massarbeit. Die Neonbeleuchtung des Ballsaales machte die Farbe aber lila.
Hier sage ich dir etwas was man vor März nicht sagen soll: Für den diesjährigen Fontane-Preis ist Arno Schmidt vorgeschlagen.[2] Wenn man nun fürchten muss er lehnt ihn ab, wer sollte ihm das ausreden?
Drittens, in der Anlage schicke ich dir einen Zeitungsausschnitt.[3] Du kennst genug Leute, die das als Fälschung oder Wahrheit erkennen können, und würdest du sie danach fragen?
Yours, truly,
Uwe.

1 S. U. hält sich am 20. und 21. 1. 1964 in Berlin auf, dort wird am 21. – so eine Notiz im Kalendarium Johnsons – ab 16 Uhr »Oskars Geburtstag« gefeiert. Am 7. 1. 1959 hatte sich für Grass »das Ende der Fron« abgezeichnet. »Mit der ›Blechtrommel‹ bin ich langsam über den Berg, langsam geht's dem wohlverdienten Ende zu.« Am 19. 1. fehlten noch vier Kapitel, um »in jeder Beziehung fertig« zu sein, und am 1. 2. meldete Anna Grass: »Günters Roman ist fertig.«
2 Arno Schmidt erhält 1964 den Fontane-Preis der Stadt Westberlin, Laudator ist Günter Grass.
3 Der beigefügte Zeitungsausschnitt ist nicht erhalten.

[216]

Frankfurt am Main
27. Januar 1964

Lieber Uwe,
ich bedanke mich für Deinen Brief vom 22. Januar. Ich kann mir vorstellen, daß Arno Schmidt den Preis doch annehmen wird.

Vielleicht kann ich herausbringen, ob dieser Lebensmittel-[karten]druck tatsächlich stattgefunden hat. Im übrigen muß ich Dir sagen, daß ich mich darüber nicht empören kann, jede Regierung ist zur Vorsorge für Notstände verpflichtet.[1]
Herzlich Dein Siegfried

1 Die Auskunft bezieht sich offenbar auf den nicht erhaltenen Zeitungsausschnitt, der dem Brief 215 beigefügt war.

[217]

in Friedenau
1. Februar 1964

Lieber Siegfried,
bitte, kann das Haus in meinem Namen zweitausend Mark überweisen auf das Ausländerkonto Nr. 4 99 14 bei der Berliner Bank, Stadtzentrale, Berlin 12, Hardenbergstrasse 32, für Miss Joan Glenn. (Das betrifft den Plan des Sachbuchs.)[1]
Du reist, du reist. Gestern zum Beispiel wollte ich dich anrufen und hinweisen auf die Rezension des Sammelbandes von Frau Bachmann in der »Kulturschau« von »twen« Nr. 2/1964, AND besonders auf die Bemerkung in der zweiten Spalte über Rom, Frisch und Frau Bachmanns existentielle Kategorie des Scheiterns.[2] ... Morgen wüsste ich sicher was anderes: also bleib auch mal.
Yours, truly,
Uwe.

1 Von 1961 bis 1966 sammelt U.J. Zeitungsberichte, Publikationen und führt auf Tonband aufgezeichnete Gespräche. Ziel dieses Unternehmens ist es, die Vorgehensweise der Fluchthilfeorgani-

sationen sowie die Berichterstattung darüber möglichst lückenlos zu dokumentieren und so nach und nach ein Buch entstehen zu lassen, eine *Geschichte der Städte Berlins seit dem August 1961*. Das Projekt scheitert schließlich an der Komplexität der zu beschreibenden Sachverhalte. Das Vorhaben wird abgebrochen, die Tonbänder werden gelöscht. Vgl. U.J., *Begleitumstände*, S. 255-265.

2 Horst Krüger bespricht dort von Ingeborg Bachmann *Gedichte, Erzählungen, Hörspiele und Essays*, München 1964. Es heißt unter anderem: »Das Scheitern war immer ihre existenzielle Kategorie.«

[218]

Frankfurt am Main
5. Februar 1964

Lieber Uwe,
Dank für Deinen Brief vom 1. Februar. Ich reiste – ich reiste,[1] jetzt aber sitze ich für unausdenkliche Zeit an meinem Schreibtisch.
DM 2.000 werden in Deinem Auftrage auf das angegebene Konto überwiesen. Ich entnehme daraus also eine gute Nachricht. Auf bald!
Herzlich Dein Siegfried

1 S. U. hält sich vom 5. 1. - 18. 1. 1964 in Zürich, Winterthur und St. Moritz auf, fliegt vom 27. - 30. 1. 1964 nach London und besucht vom 31. 1. - 4. 2. 1964 Ninon Hesse in Montagnola.

[219]

Frankfurt am Main
18. Februar 1964

Lieber Uwe,
ich hoffe, Du hast das Vorausexemplar von »Karsch« erhalten. Es kam hier schon etwas zerknittert an, ich schickte es Dir ungern zu, aber Du batest darum. Hier sind nun die Exemplare eingetroffen, ich schicke Dir gleich nochmals zwei Bändchen vorab zu und veranlasse auch die Zusendung von weiteren 20 Exemplaren, die Du sicherlich benötigen wirst.
Die Auflage beträgt 20000 Exemplare, der Ladenpreis 3 DM, Dein Honorar DM -,20 pro Exemplar. Bitte verfüge über die restlichen 80 Freiexemplare.
Wie wirkt das Buch auf Dich, ich bin sehr froh über seine Komposition.
Herzlich Dein Siegfried

[220]

Berlin Friedenau
11. März 1964

Lieber Siegfried,
bei dem Honorar für die Sendung »Neuigkeiten von Cresspahls Tochter« das der Hessische Rundfunk nicht über euch verrechnet hat, handelt es sich um

DM 900 für Ausarbeitung
DM 900 für Sendung
DM 200 für Sprechen.

Die Sendung ist 54 Minuten lang, 16 Minuten davon erzähle ich Ungedrucktes.[1]
Könntest du noch einmal Bescheid sagen, man möge mir die restlichen 80 Freiexemplare »Karsch, etc.« schicken?

Schönen Dank noch einmal für die Gastfreundschaft, die von eben,[2] auch die kommende.
Yours, truly,
Uwe.

1 Vgl. U.J., *Neuigkeiten über Cresspahls Tochter*, gedruckt in: Siegfried Unseld (Hg.), *Wohin ich in Wahrheit gehöre. Ein Uwe Johnson Lesebuch*, Frankfurt am Main 1994, S. 93 f.
2 U.J. hält sich vom 5. 3. - 7. 3. 1964 als Gast in der Klettenbergstraße bei S. U. auf.

[221]

Frankfurt am Main
12. März 1964

Lieber Uwe,
das Honorar des Hessischen Rundfunks wollen wir wie folgt verrechnen: 200 DM sind von vornherein für Dich, bleibt ein Betrag von 1800 DM. Da Du Ungedrucktes gelesen hast, käme ein Viertel, also 450 DM, ebenfalls zu Deinem Anteil. Der Rest von 1250 DM [sic] wird nach unserem Vertragsschlüssel aufgeteilt; ich habe diesen im Moment nicht so im Kopf, wahrscheinlich sind es 20 oder 25 %. Wir belasten mit diesem Betrag also Dein Konto.
Die 80 Exemplare »Karsch« gehen Dir zu
Herzlich Dein Siegfried

[222]

in Friedenau
12. März 1964

Lieber Siegfried,
die Tagung der Gruppe 47 beginnt in diesem Jahr am 10. September um 10 Uhr morgens in Sigtuna, so vierzig Kilometer nördlich von Stockholm. Anreisetag ist der 9. September.
Der Plan, für eine gemeinsame Fahrt aller ein Charterflugzeug zu nehmen, ist gestrichen.[1]
Über die Woche nach der Tagung in Stockholm kann ich dir vorerst nicht mehr sagen als: doch wohl allerhand. Es wird einen Empfang geben im kgl. Schloss. Eine Ausstellung der Gruppengeschichte wird gezeigt. Die Kulturinstitute der skandinavischen Länder möchten gern Veranstaltungen mit Gästen der Gruppe 47 in den jeweiligen Hauptstädten anschliessen dürfen. Das Deutsche Kultur-Institut in Stockholm möchte während dieser Nachwoche in Stockholm gern als Veranstalter auftreten, das wird aber, nicht ohne Hinblick auf das bisher bezeigte Desinteresse dieser Dienststelle des Auswärtigen Amtes, von Hans Werner Richter abgelehnt.
Die Adresse Peter Weiss' wird immer angegeben als »irgend wie Pension Brinn oder so«, die ist aber nicht zu finden, andere erklären ihn wieder für umgezogen, noch andere wollen haben er sei schon im ehemaligen Gästehaus des S. Fischer Verlages, Berlin Grunewald Erdener Strasse (das wer wohl längst gekauft hat? Höllerer[2]). (Und bis zum Herbst will er vier Titel produzieren.) HW Richter stellt es so dar, als sei Herrn Weiss' unentschiedene Haltung in der Frage der Filmakademie für ihn Anlass vieler Beschäftigung gewesen: er habe P Weiss alle zwei Stunden neu beraten, da der alle zwei Stunden gewechselt habe von Ja zu Nein. Seitdem

er ihm aber als Produktionschef und Geschäftsführer den Pohland vorgeschlagen habe, sei vielleicht alles konsolidiert, denn seitdem habe keiner mehr ihn angerufen.[3]
Endlich wieder ausgeschlafen, fasse ich Mut genug, dir eine Liste zu geben mit den Titeln, die ich mir wünsche aus der Produktion des Insel Verlages. Bitte, versteh sie nicht als eine willentlich ungezogene Aufführung, sondern als Ausdruck unschuldiger Gier. | Und kürze sie nach Belieben, ja? |
Yours, truly,
Uwe.

1 Die Tagung der Gruppe 47 findet vom 9. 9. - 13. 9. 1964 in Sigtuna statt.
2 1963 wird mit Mitteln der Ford Foundation dieses Haus gekauft und Sitz des Literarischen Colloquiums Berlin.
3 Peter Weiss wird die Leitung der Filmakademie angetragen, die er schließlich ablehnt. Vgl. Peter Weiss, *Notizbücher 1960-1971*, Band 1, Frankfurt am Main 1982, S. 218, 221 und 228.

[222 a; Anlage, Bücherliste]
Uwe Johnson: Wünsche aus der Produktion des Insel Verlages

AKSAKOW, »Familienchronik«
BEER, »Winternächte & Sommertage«
BELYJ, »Petersburg«
–, »Die silberne Taube«
CARROLL, »Alice im Wunderland, Alice hinter den Spiegeln«
»Memoiren der Lady Diana Cooper«
COOPER, »Talleyrand«
»Eisherz und Edeljaspis«
GOETHE, »Gespräche« ohne die »Gespräche mit Eckermann«

GRIMMELSHAUSEN, »Simplicissimus«
HAWTHORNE, »Marmorfaun«
HEINSE, »Ardinghello«
HÖLDERLIN, »Sämtliche Werke«
HUCH, »Der Dreissigjährige Krieg«
HUGHES, »Der Fuchs unterm Dach«
King Ping Meh, »Der Traum der roten Kammer«
LE SAGE, »Gil Blas«
MORITZ, »Anton Reiser«
OLESCHA, »Neid«
RILKE, »Malte Laurids Brigge«
»Die Sagen der Juden«
STIFTER, »Gesammelte Werke«
VOLTAIRE, »Geschichte Karls XII«

[223]

Frankfurt am Main
13. März 1964

Lieber Uwe,
ich danke Dir für Deinen Brief vom 12. März. Freilich neige ich dazu, ihn bei all Deiner Freundlichkeit eher mürrisch zu beantworten. Du hast mir die falsche Auskunft gegeben, Deine Sendung ist nicht am 15. März, sondern war bereits gestern: ich konnte sie also nicht hören, und ich war so neugierig darauf. Du sagst, Du hast kein Manuskript? Das ist mir sehr ärgerlich!
Ich habe neulich, als ich Weiss bei Pohland anrief, lange mit Hans Werner Richter gesprochen, so daß ich also auch etwas Bescheid weiß. In der Tat zieht Weiss in das ehemalige Gästehaus des S. Fischer Verlages, das Höllerer für seine vielen Unternehmungen gekauft hat, ein. Weiss wird nicht die Direktion der Filmakademie übernehmen, sondern le-

diglich als künstlerischer Berater tätig sein, jedenfalls ist das im Augenblick der Stand.
Deine Insel-Liste nehme ich zur Kenntnis; ich will sehen, was ich tun kann.
| Ich habe nicht den Eindruck, Du machtest es Dir zu leicht |
Herzlich Dein Siegfried

[224]

Frankfurt am Main
5. Mai 1964

Lieber Uwe,
ich versprach Dir eine Übersetzung der Ausführungen von Vittorini und Leonetti in der Separat-Ausgabe des »Menabò«. Die Texte liegen hier an. Wie Du selbst feststellen kannst, war die Übersetzung keine leichte Aufgabe, ich drängte aber nicht auf weitere Vervollkommnung, weil ich nach Kenntnis des Textes doch der Meinung bin, daß sich eine Stellungnahme wirklich erübrigt. Doch vielleicht denkst Du anders darüber.[1]
Hat Klaus Roehler Dir schon die Manuskripte seiner Erzählungen gegeben? Es wäre mir nicht unlieb, wenn Du sie bald lesen könntest. Grüsse ihn bitte von mir.[2]
Herzlich Dein Siegfried

1 Siehe Anhang 2, S. 1136.
2 S. U. hält sich zwischen dem 22. und 30. 4. 1964 in Ost- und Westberlin auf. In seinem Reisebericht notiert er: »*Klaus Roehler.* Er will sich definitiv vom Piper Verlag trennen. Er hat ein Manuskript mit Geschichten, ist jedoch der Meinung, daß diese Geschichten einfach nicht gut genug für eine Ausgabe im Suhrkamp Verlag seien. Uwe Johnson wird das Manuskript lesen und uns Nachricht geben. [...] *Uwe Johnson.* Es ist eigentlich nur zu berichten, daß er die Arbeit an einem neuen Prosabuch [*Zwei Ansichten*] begonnen hat.«

[225]

in Friedenau
25. Mai 1964

Lieber Siegfried:
Die Texte in »Sowjetliteratur« 1 und 2 von 1964 sind nicht interessant. Das gilt leider auch für die Erzählung von Solschenyzin, die ihren Gegenstand mit Dialogen und oberflächlicher Schilderung verstellt und übrigens nicht mehr als innenpolitisch aktuell ist.[1] Hier gebe ich dir die beiden Hefte zurück.
Über die Texte von Roehler kann ich dir noch nichts sagen, weil er es vorzieht noch am Manuskript zu arbeiten. Er versprach mir sie noch in dieser Woche zu bringen, und ich werde dir so rasch als möglich Bescheid sagen.
Yours, truly,
Uwe.

1 In *Sowjetliteratur* 2/1964 erscheint von Alexander Solschenyzin *Im Interesse der Sache.*

[226]

Frankfurt am Main
22. Juni 1964

Lieber Uwe,
das ausgedruckte Programm für das zweite Halbjahr schicke ich Dir am Mittwoch. Mit gleicher Post erreicht Dich aber ein Leseexemplar Frisch.[1] Ob Du Dir wohl den »Merkur« gekauft hast?[2] Ich freue mich auf den 20. Juli.
Herzlich Dein Siegfried

1 U. J. erhält ein Leseexemplar von Max Frischs Roman *Mein Name sei Gantenbein.*

2 Unter dem Titel *Uwe Johnsons anderes Deutschland* rezensiert Günter Blöcker im *Merkur,* 18. Jg., 1964, H. 196, S. 590-592, *Karsch, und andere Prosa.* Er schreibt unter anderem: »[...] die Erzählung steht sprachlich nicht nur auf der Höhe des Romans [*Das dritte Buch über Achim*], dessen notwendige Ergänzung sie ist, sondern übertrifft ihn.«

[227; Brief von S. U. an Hans Magnus Enzensberger, Martin Walser, U. J.]

Frankfurt am Main
29. Juni 1964

Lieber Mang, lieber Martin, lieber Uwe –
ich schicke Euch heute das ausgedruckte Programm für das zweite Halbjahr. Eingelegt sind Übersichten der neuen Planungen für das Hauptprogramm 1. Halbjahr 1965, für die Bibliothek Suhrkamp und edition suhrkamp Mai 1965 bis Oktober 1965. Ich bitte um Kenntnisnahme, Kritik, Lob, Anregung und Ergänzung.
Herzlich Siegfried

[228]

in Friedenau
9. Juli 1964

Lieber Siegfried:
Hier schicke ich dir vier Wochen Rezensionen des östlichen Fernsehprogramms, die du lesen wolltest.[1] Es sind meine einzigen Belege, und ich wäre dankbar, könntest du die bei deinem Besuch mitbringen.
Vor einer Woche übergab mir Herr Roehler ein Manuskript, ich kann dir aber noch keine Meinung sagen.
Bei einigen Bändchen der »edition« fiel mir auf, dass sie Ver-

lagsreklame haben, wo mancher Leser Information über den Erstdruck des Textes und seine Beziehungen zum Gesamtwerk wünschen könnte, etwa bei Queneaus »Pierrot«. Bei Studienausgaben ist das kein unvernünftiger Wunsch. (Ich sage damit wenig gegen die Reklame, mehr für die Information.)
Nun komm. Wir werden dir einen braten, und einen eingiessen.
Yours, truly,
Uwe.

1 U.J. bespricht täglich – von sechs Ausnahmen abgesehen, an denen Klaus Roehler die Vertretung übernimmt – zwischen dem 4. 6. und dem 3. 12. 1964 für den Berliner *Tagesspiegel* Sendungen des Fernsehens der DDR. Im Gegenzug verpflichtet sich der *Tagesspiegel*, als erste und einzige Zeitung Westberlins, das Programm des Deutschen Fernseh Funks abzudrucken. Die Rezensionen sind wiederabgedruckt in U.J., *Der 5. Kanal*. »Unsinn hin, Unsinn her, es kam einzig darauf an, als eine Wirklichkeit anzuerkennen, dass man in Westberlin neben den beiden westdeutschen Anstalten noch das Programm einer dritten empfangen konnte«, so begründet U.J. seine Tätigkeit als Fernsehkritiker; vgl. U.J., *Begleitumstände*, S. 307; zu U.J.s rückblickender Beurteilung dieses Unternehmen vgl. auch S. 306-323.

[229]

Frankfurt am Main
10. Juli 1964

Lieber Uwe,
schönsten Dank für Deinen Brief vom 9. Juli. Deine Rezensionen werde ich mir vornehmen. Ich bringe sie dann mit. Ich rufe nach meinem Eintreffen in Berlin vom Hotel am Steinplatz aus an. Am Sonnabend bin ich mit Tumler, am Sonntag mit Klaus Heinrich verabredet, und am Montag-

vormittag und -nachmittag werde ich bei Frau Hauptmann sein. Ich komme aber rechtzeitig genug zurück, um den Tag dann mit Dir zu feiern.
Herzlich Dein Siegfried

[230]

Frankfurt am Main
13. Juli 1964

Lieber Uwe,
Deine Fernseh-Kritiken habe ich gelesen. Ich stelle es mir furchtbar vor, Dich jeden Abend, vielleicht für Stunden, vor solch öden Vorführungen sitzen zu sehen. Ist das nicht Zeitverschwendung? Und ein wenig fürchte ich doch auch die Abnutzung Deines Namens.
Mit herzlichen Grüßen und bis bald
Dein Siegfried

[231]

in Friedenau
15. Juli 1964

Lieber Siegfried:
Zwar können wir in fünf Tagen reden,[1] aber ich möchte auch gleich und schriftlich etwas gegen deine Sorgen setzen.
Wohl kann meine abendliche Beschäftigung mit dem ostdeutschen Fernsehen voreiligen Rezensenten Nebensätze anbieten, und gewiss verschwendet sie Zeit, Freizeit überdies; aber ich habe mir das nicht angenommen zum Vergnügen oder Geldes wegen.
Gemeint ist eine bescheidene contribution to the community. Mir scheint wenig vernünftig dass die westdeutsche

und westberliner Publizistik der Hallsteinschen Doktrin der Nichtanerkennung entspricht durch Nichtbeachtung Ostdeutschlands. Insbesondere in Westberlin, dessen Bürger durch Springers Presse zu strammem Frontkämpfergeist angehalten werden, zu Unkenntnis, Vorurteilen, Scheuklappen also, stellt der Abdruck des Ostprogramms die Möglichkeit der Auswahl wieder her. Der Handel ging so: die Zeitung »Tagesspiegel« druckt das Programm, wenn einer es rezensiert.

Darauf bin ich eingegangen der vorigen Gründe wegen, aber auch in der Hoffnung, den Lesern dieses konservativen Blattes die ostdeutschen Verhältnisse bekannter zu machen, und mögen sie auch die Kenntnis des ostdeutschen Bewusstseins- und Informationsstandes noch lange nicht brauchen für eine Gelegenheit von Wiedervereinigung, vielleicht stimmen sie Massnahmen der Entspannung einsichtiger zu.

Vielleicht wird der kleine Teil, den ich dazu beitragen kann, gar nicht akzeptiert; das ist vorläufig kein Grund nichts zu tun. Und natürlich könnte man mein Interesse für Zustände und Ergebnisse der Teilung in Deutschland einen sanften Tick nennen. Im übrigen handelt es sich nicht um eine andauernde Tätigkeit, versprochen habe ich sie für ein halbes Jahr. Dann wird ein anderer, oder ich anders, das weitermachen. Ich wollte dir nur rasch erklären, warum nach meiner Meinung das angefangen werden musste.

Yours, truly,
Uwe.

1 Von seinem Besuch bei U.J. am 20. 7. 1964 berichtet S.U.: »Abends bei Uwe Johnson. Abendessen aus Anlaß seines 30. Geburtstages. Danach las Johnson 35 Seiten aus seinem neuen Roman vor, fast eine Liebesgeschichte zwischen einem Westberliner und einer Ostberlinerin, wenn ich recht verstanden habe. Der Text war sehr schön und gefiel mir gut.«

[232]

Berlin Friedenau
15. Juli 1964

Lieber Siegfried:
Hier bekommst du den Durchschlag eines Briefes, den ich an Herrn Roehler geschrieben habe wegen seines Manuskriptes »Lokalgeschichten«.
Ich bin fast sicher, dass das Lektorat meine Meinungen verstehen könnte.
Bei unserer komplizierten Verabredung müssten wir nun abwarten, ob und in welcher Form wir das Manuskript bekommen. Aber es wäre nicht schlecht, könntest du am Anfang deines Besuches in Westberlin ihn um das Manuskript bitten, darin lesen, dann mit ihm darüber sprechen. Von den Geschichten, die ich vorschlage, kennst du ohnehin die meisten.
Yours, truly,
Uwe.

[232a; Anlage, Brief von U.J. an Klaus Roehler, Durchschlag]

in Friedenau
15. Juli 1964

Lieber Herr Roehler:
Hier bekommen Sie meine Meinung zu Ihrem Manuskript »Lokalgeschichten«. Ich rate Ihnen, davon ungefähr die Hälfte, unter gleichem Titel, zu publizieren.
Das sind die Geschichten

»Anton 16« (unter anderem Titel)
»Ein Fall von kalten Füssen«
»Die Leibwächter, oder« etc.
»Grossmutter bürgerlich«
»Das Loch«
»Ein angeschwärzter Mann«

»(Die wilden Tiere Afrikas)«
»Lokalgeschichte«,
natürlich mit der Reihenfolge, in der sie im Manuskript liegen.
Von der Publikation der Geschichten »Anton 1-15, 17-19« rate ich ab. Einheitlich durch eine Person verbunden, sind sie uneinheitlich. Angewiesen auf den Zusammenhang, kann keine allein stehen, mit einer Ausnahme.
Zum Beispiel. Die Entwicklung des Jungen Anton, die von 1 bis 9 konsequent an Ausmass und Tempo zunimmt, lässt eine Fortsetzung erwarten. Überdies begreift die Erzählart in 9 neue Dimensionen der Gesellschaft, auch der sprachlichen Vielfalt ein. Unmittelbar danach wird die Erzählung auf die engen Begrenzungen zurückgeführt, in 10 auf ein Ballett aus rein formalen Bewegungen, in 11 auf eine reduzierte Realität, die nach 9 enttäuscht. Zwischen 11 und 12 ist nicht nur eine Zeitlücke. Die vier Geschichten über den Besuch bei Grossvater treten auf der Stelle, auch wird von Anton abgelenkt, fast hat die Erzählung den Gegenstand gewechselt. Zwischen 15 und 16 ist wieder eine Lücke, nun wird an die Stelle der versprochenen Entwicklung vollends die statische Beschreibung gesetzt. Da sehe ich also drei Formentwürfe, die unverträglich sind, und unterschiedliche Ergebnisse zeitigen, insgesamt zu wenige.
Liesse man Anton 1-15, 17-19 aus, bliebe die Möglichkeit, aus der Folge 1-9 einen Roman zu entwickeln.
Bleibt der Roman aus, so geht doch nicht einer seiner wichtigeren Züge verloren. Die Blickweise und Existenz einer Person, die allen Möglichkeiten des Lebens, der Gesellschaft, des Zufalls begegnet ohne Appetit, auch ohne Feindseligkeit, nur registrierend, sind erhalten vornehmlich in der Geschichte »Das Loch«, auch in den anderen.
Eine Ausnahme ist Anton 16. Diese Geschichte rate ich zu publizieren, weil in ihr ein rundum geschlossenes Beispiel

von Vermessung der Existenz vorliegt, das Stützen oder Hinterland nicht benötigt. Natürlich muss bedacht werden, ob dieser Text bei der Rekonstruktion oder einem neuen Entwurf des Romans dringend benötigt würde.

Im andern Fall schlage ich vor, alle Verbindungen von Anton 16 zu den übrigen zu lösen. Dazu wäre ein anderer Titel nötig, in der Art von »Gewöhnliche Aussichten«. Ausserdem empfehle ich, die neueste Fassung wieder der anzunähern, die abgedruckt ist in dem Sammelband »Das junge Europa«, p. 71-78. Das bezieht sich auf das Präsens, die Familie; aus dem nördlichen Thüringen des Herrn Kummernuss müsste wieder Holstein werden, aus »ich heisse Anton Puppe« etwa: ich habe einen Namen.

Von der Publikation des »Sogenannter Hutbesitzersgruss« rate ich ab in der Besorgnis, die sämtlich überzogenen Mittel des Textes könnten ihn wirken lassen wie eine Parodie auf den Verfasser.

Zu »Die wilden Tiere Afrikas« muss ich den Vorbehalt machen dass ich nicht die Gelegenheit hatte das zu lesen.

Schliesslich die Geschichte »Die Leibwächter« bitte ich zu vervollständigen.

Die zum Druck vorgeschlagenen Seiten haben, geschätzt, einen Umfang von etwa 110 Seiten, im Format der edition suhrkamp wahrscheinlich mehr. (»Die wilden Tiere Afrikas« sind dabei ausgelassen, ebenso die Ergänzung von »Die Leibwächter«.) Die Sammlung kann einen Bericht geben über Arbeit seit »Die Würde der Nacht« und neue Möglichkeiten der Arbeit ankündigen mit der mehr vielfältigen, mehr offenen Sprache in »Die Leibwächter«.[1]

Bitte, halten Sie mir die Möglichkeit von Irrtum zugute.

Ihr ergebener

Uwe Johnson.

1 Das Manuskript erscheint 1966 als Band 165 in der edition suhrkamp unter dem Titel *Der angeschwärzte Mann*.

[233]

Frankfurt am Main
14. August 1964

Lieber Uwe,
Ich habe in der letzten Zeit verschiedene Gespräche wegen der Anlage des Betrages von DM 35.000,- geführt. Mit wem ich auch spreche, mit meinem Steuerberater wie mit Bankdirektoren, man empfiehlt mir die Aufnahme von festverzinslichen Wertpapieren. Der Verlag ließ sich von der Deutschen Bank ein Angebot kommen. Ich reiche es Dir weiter, ohne dazu Stellung zu nehmen.[1]
Der Hessische Rundfunk erwägt eine Hörspielbearbeitung der »Mutmassungen über Jakob«. Möchtest Du dem zustimmen? Wir fragen inzwischen nach, wer die Bearbeitung machen soll.
Mit besten Grüßen
Dein Siegfried

1 Lina Roser teilt U. J. unter dem Datum vom 3. 7. 1964 mit, daß die Festlegungfrist für das Preisgeld des Internationalen Verlegerpreises am 11. 7. 1964 endet und bittet um Mitteilung, »was mit dem Betrag geschehen soll«.

[234]

in Friedenau
18. August 1964

Lieber Siegfried:
Schönen Dank für die Mühe, die du dir wegen des Geldes gemacht hast, das ich fast schon lästig nenne. Den Brief der Deutschen Bank gebe ich hier zurück; er überzeugt mich nicht. Ich würde also bitten, das Geld einige Wochen normal auf dem Konto zu lassen, wenn das geht, und bis dann

werde ich mir eine Bauspra nein du weisst schon eine Bausparkasse ausgesucht haben.
Von den Absichten des Hessischen Rundfunks habe ich gehört. Ich bin nicht dafür, aus den »Mutmassungen« ein Hörspiel zu machen, und seien es zwei. Das hiesse zugeben, dass die Form, in der die Geschichte vorgetragen ist, beliebig sei und auswechselbar. So weit bin ich noch nicht. Und sollte ich dahin kommen, würde ich die neue Form jedenfalls allein suchen und machen müssen.
Für deinen Anruf bedanke ich mich noch einmal. Tatsächlich ist die Gebührenerhöhung ja nicht umwerfend; aber die allgemeine Hysterie wird sehr lustig umgedreht in Neussens verändertem Programm: – Bin ick neulich nach Hamburch gefahrn: sagt er sorgenvoll, Blick nach innen. – Ja! bestätigt er gereizt. -'ck hatte da eim was ze sagn.
Und schönen Dank auch für die Einladung zu deinem Geburtstag. Wirst du dir wohl was wünschen! Flugkarten brauchst du nicht zu schicken, da wir vom 10. September an in eine norddeutsche Wald- und Wassergegend[1] gehen für vierzehn Tage. Da finden wir niemanden für das Kind, so dass ich allein käme auf Zügen der Bundesbahn. Ist schade, aber wir wissen nicht anders.
Guten Tag.
Auf Wiedersehen.
Yours, truly,
Uwe.

1 Die Familie Johnson hält sich vom 10. - 22. 9. 1964 in Ratzeburg bei Lübeck auf.

[235]

Frankfurt am Main
18. August 1964

Lieber Uwe,
der guten Ordnung halber teile ich Dir meine Absprache mit der Deutschen Buchgemeinschaft mit. Du weißt, es gab Schwierigkeiten wegen der Ausgabe des »Achim« in der edition.[1] Nachdem Du die Doppelpublikation NOT wolltest, sind wir nun so verblieben, daß das Buch zu denselben Bedingungen nicht im Modernen Buch-Club, sondern im Hauptprogramm der Deutschen Buchgemeinschaft erscheinen wird, und zwar im vierten Quartal 1965. An den materiellen Bedingungen ändert sich wie gesagt nichts.
Mit besten Grüßen
Dein Siegfried

1 1964 erscheint *Das dritte Buch über Achim* als Band 100 der edition suhrkamp.

[236]

Frankfurt am Main
19. August 1964

Lieber Uwe,
schönsten Dank für Deinen Brief vom 18. August. Ich meine nicht, daß es richtig ist, sich gegen das Hörspiel zu sperren, zumal es expressis verbis andere sind, die diese Bearbeitung übernehmen, aber ich sehe Deinen Gesichtspunkt und respektiere ihn natürlich.
Könnten wir es wegen des 27. nicht doch so machen, daß Deine Frau mit Kind nach Königstein käme? Wir würden

Euch hier in Frankfurt abholen. Ich nehme an, daß auch Walsers ein oder zwei Kinder mitbringen werden.
So long.
Herzlich Dein Siegfried

| Mit gleicher Post geht Dir die Schallplatte Brecht vor dem Ausschuss antiamerikanischer Umtriebe zu. |

[237]

in Friedenau
31. August 1964

Lieber Siegfried:
Wir haben viel überlegt, noch dazu mit Vorsätzen, es ist uns nicht eingefallen wie wir anständig mit einem Kind kommen könnten. Darum wird Elisabeth zurückbleiben. (– Wie immer: sagt sie.)
Ich komme mit den westdeutschen Staatsbahnen am 27. mittags nach Frankfurt, wenn es dir recht ist.
Also würde ich doch um einen Flugschein bitten: Frankfurt-Berlin-Frankfurt (das zweite Bein als Entsprechung zur Bahnreise, oder wie immer).
Und ein Geschenk für dich habe ich auch. Ätsch.
Yours, truly,
Uwe.

[238]

Salem
16. September 1964

Lieber Siegfried:
Du wirst den Ort auf der Landkarte[1] schwerlich finden, er ist notdürftig mit Autobussen zu erreichen, ein Kino habe ich noch nicht gefunden, ausser Hetzblättern und Comics ist nicht viel Schriftliches erhältlich, und zur Zeit der telefonischen Anrufe kann man mitten auf dem Wasser sein, eben deswegen bin ich ja hier. Aber wenn man Schreibpapier braucht, muss man nach Mölln oder nach Ratzeburg, und so konnte ich nicht dem Nachrichtenmagazin entgehen, in das hinein du angekündigt hast du wolltest es mit einem Roman von mir im nächsten Jahr so machen wie in diesem mit einem anderen.[2]
Das streite ich ab, davon weiss ich nichts, nachdem ich seit längerer Zeit alle Fragen nach meiner Beschäftigung nicht beantwortet habe, aus Gründen, die du wohl kennst. Wenn ich dir einen Termin nenne, so halte ich das für vertraulich, und lese ich dir etwas vor, so meine ich keine öffentliche Bekanntmachung. Du aber gibst ein Interview, und schon steh ich im Hemde: bis zum nächsten Jahr ist meine Sache fertig, und ein Roman ist es auch.
Finde es lächerlich, meine Arbeit an einer unfertigen Sache wird behindert durch Äusserungen darüber, auch durch Äusserungen anderer. Insbesondere stört mich der Versuch, eine unfertige Sache schon zu verkaufen. Du hättest dich daran erinnern können.
Auch über die Währung der Bezeichnung Roman haben wir uns doch wohl unterhalten, um einander zu verständigen, nicht um das zu vergessen. Was ich schreibe ist keiner, und du wusstest es.
Drittens den grossen Aufwand, den du vorhast mit den Sei-

ten, die ich noch nicht geschrieben habe, halte ich für unpassend. Es wird ein geringfügiges Beispiel, das man nicht anpreisen darf, und du wusstest auch das.
Dein Verhalten kommt mir vor wie ein Vertrauensbruch und ist mir unbegreiflich.
Es tut mir leid das schreiben zu müssen vor deinem Jubelfeste; und tatsächlich wäre mir lieber gewesen, du hättest den Anlass nicht gegeben.
Yours, truly,
Uwe.

1 U. J. liest am 10. 9. 1964 in Salem bei Ratzeburg.
2 Im *Spiegel*, 18. Jg., 1964, H. 38, v. 16. 9., S. 105, heißt es unter der Überschrift *Weihnachten mit Gala* in einem Absatz mit der Zwischenüberschrift *Bestseller*: »Zwei Wochen nach Erscheinen wird ›Gantenbein‹ auf der Bestsellerliste notiert. ›43.628 Exemplare vorausbestellt‹, meldet der Suhrkamp Verlag, ›46.-60. Tausend in Vorbereitung.‹ Als ›Buchpremiere des nächsten Herbstes‹ kündigt Verlagschef Unseld einen neuen Roman von Uwe Johnson an.«

[239]

Frankfurt am Main
21. September 1964

Lieber Uwe,
bevor du mich des Vertrauensbruchs beschuldigst, hättest Du doch bitte vorher bei mir rückfragen können. Die Sache verhält sich wirklich ganz anders. Erstens: Ich habe kein Interview gegeben. Zweitens hat sich vor langer Zeit Herr Schwerbrock bei mir erkundigt, welche Bücher (es ging nicht um Gattungen) der Suhrkamp Verlag herauszugeben gedenkt; ich erwähnte Hildesheimer, Johnson, Tumler (in dieser alphabetischen Reihenfolge).[1] Du kannst

mich doch schlecht verantwortlich machen für das, was dann im »Spiegel« stand.
Ebenfalls yours truly
Siegfried

1 1965 erscheinen von Wolfgang Hildesheimer *Tynset* und von Franz Tumler der Roman *Aufschreibung aus Trient*.

[240]

in Friedenau
2. November 1964

Lieber Siegfried,
ich möchte dich hinweisen auf eine Serie, die der bewusstlose Teil des Herrn Bucerius, die Illustrierte »Stern« demnächst abzusondern gedenkt. Das ist ein Bericht über die Gruppe 47, an dem wie ich höre nicht weniger als vier Rechercheure seit einem Jahr arbeiteten, nun sind sie ungefähr fertig.
Darauf hinweisen möchte ich dich wegen der beschissenen Gestalt, in der die Gruppe 47 da offenbar präsentiert werden soll. Darauf komme ich durch ein Erlebnis Herrn Roehlers. Zu dem kam ein Herr Kienzle oder ähnlich vom »Stern« und war vorher bei der ehemaligen Frau Roehlers gewesen und hatte die nach ihrer Ehe gefragt, und miese Dinge erfahren der Art: das sei nach ihrer Meinung keine eigentliche Ehe gewesen; der grässliche Oberlehrer in »Riesenzwerge«[1] sei ein Porträt ihres ehemaligen Mannes; dergleichen, und nun sollte Herr Roehler auf diese hübschen Einzelheiten reagieren, auch mit dem Kind etc.
Ein Bericht dieser Art wäre unsinnig, weil er sich nämlich nach dem »Genusswert« von Schriftstellern orientiert. Da geht es mir nicht um meine Angelegenheiten, insbesondere

da Grass und ich nach Aussage des Reporters nur noch wenig »Genusswert« besitzen, aber man kann sich vorstellen dass die nach solchen Prinzipien dem Martin eine traurige Mädchenreihe aufstellen, oder die Trennung Frischs von Frau Bachmann auf das betrübendste mit Zeitlupe und Mikroskop ausbreiten.
(Zwar können die über mich sagen was sie wollen, was das angeht. Nur sollten sie die Umstände von Elisabeths Staatswechsel erwähnen, wäre ich betroffen. Das nähme mir für lange Zeit die Aussicht, jenen Bereich von Erfahrungen aufzufrischen, an dem ein geplantes Buch hängt. Meine Menschenhandelstätigkeit, wie das in offiziellem Ostdeutsch heisst, ist da zwar bekannt, wird aber nicht auf ewig ein Hindernis für eine Einreiseerlaubnis sein; erst dann allerdings, wenn die Sache öffentlich plakatiert wird. Der Schaden wäre für mich im Wortsinn unermesslich, nicht aufrechenbar. Dies zum Egoistischen.)
Von einem solchen Bericht muss man allgemein ein deformiertes Bild der Gruppe 47 erwarten. Das Missverständnis wäre dauerhaft, siehe die Folgen von Berichten im Nachrichtenmagazin »Spiegel«. Das Missverständnis wäre schlimm, die Gruppe 47 und ihre Gäste seien ähnlich zu behandeln wie Filmschauspieler, Leitbilder zum Wegschmeissen. Du erinnerst dich unserer Gespräche darüber gelegentlich der Fälle von bereitwilligen Mitarbeitern an solchen Ausverkäufen von seiten der Gruppe 47. Deswegen wollte ich fragen, ob du nicht einmal mit Herrn Bucerius reden möchtest.
Yours, truly,
Uwe.

1 Gisela Elsner, *Riesenzwerge. Ein Beitrag*, Reinbek bei Hamburg 1964.

[241]

Frankfurt am Main
3. November 1964

Lieber Uwe,
ich komme mit einer Zumutung. Ich habe Teilnehmern am Schaufensterwettbewerb für die edition suhrkamp, also jüngeren Gehilfen, eine signierte Ausgabe eines Bandes der edition versprochen. Die Wahl fiel auf »Das dritte Buch über Achim«. Kann ich Dir 400 Exemplare des ersten Bogens zuschicken mit der Bitte, daß Du sie vorne auf dem Deckblatt mit Deinem Namen signierst? Du würdest dem Verlag einen Gefallen erweisen, aber auch jüngeren Leuten ein wenig Freude machen und würdest dabei auch gleichzeitig der edition nützen. Bitte schreibe mir doch eine Zeile.
Ich werde dann bald mit einer zweiten Bitte kommen; Du siehst, ich trage Dir diese Dinge stufenweise vor.
Herzlich Dein Siegfried

[242]

in Friedenau
5. November 1964

Lieber Siegfried,
wie du richtig sagst sind vierhundert Unterschriften eine Zumutung, und wie du richtig vermutest, werde ich ihr nachkommen. Also schick die Bögen. Soll die Unterschrift datiert sein, oder besser: darf sie?
Ich wünsche dir einen nebligen Sonnabendnachmittag.
Yours, truly,
Uwe.

[243]

Frankfurt am Main
6. November 1964

Lieber Uwe,
herzlichen Dank für Deinen Brief vom 2. November. Ich will sehen, was ich machen kann; freilich befürchte ich, daß auch Bucerius wenig Einfluß auf Nannen in dieser Sache haben wird. Aber ich will es versuchen. Boehlich recherchiert schon eine Verbindung.
Herzlich Dein Siegfried

[244]

Frankfurt am Main
6. November 1964

Lieber Uwe,
ich bedanke mich wirklich für Deine freundliche Bereitschaft zur Signierung. Anliegend schicke ich Dir ein Muster zu, in dieser Form wirst Du die 400 Bogen erhalten. Bitte nichts daran falzen, Du kannst Deine Unterschrift auf die Schmutztitelseite anbringen, etwa in dem Rechteck, das ich anzeichnete, oder auch tiefer, je nachdem, wie es Dir passt. Die Unterschrift darf ruhig datiert sein, eben mit dem Tag der Unterschrift; das ist natürlich viel hübscher, aber ich wollte Dir diese zusätzliche Arbeit nicht zumuten. Ich nehme an, daß die Bogen in der nächsten Woche bei Dir sein werden, mit der genauen Anweisung, wohin sie zurückzuschicken sind.
Nachdem Du mir meinen Wusch so schön erfüllst, habe ich nun Mut zum zweiten, der dann in der nächsten Woche folgt, der aber nicht Suhrkamp, sondern Insel betrifft.
Herzlich Dein Siegfried

[245]

Frankfurt am Main
17. November 1964

Lieber Uwe,
ich sehe Dich hart signierend arbeiten, in der Zwischenzeit aber haben wir die Auflage für den Buchhandel fertiggestellt. Wie man so schön sagt, auf allgemeinen Wunsch, in Wahrheit aber, um die Möglichkeit des Weihnachtsgeschäfts mitzunehmen, lieferten wir den für Januar vorgesehenen Band schon jetzt mit den Dezemberbänden aus. Ich schicke dir vorab ein Exemplar per Luftpost zu, bitte schreibe mir, wieviele Freiexemplare Du haben möchtest. Wir druckten eine Auflage von 37 500 Exemplaren (bei der Papierdisposition ist in der letzten Minute ein Fehler entdeckt worden, so daß wir doch nicht ganz die 40 000 drucken konnten, das holen wir aber noch nach). Der Ladenpreis beträgt 3 DM, Dein Honorar DM -,20. Autorenfreiexemplare 5 pro Tausend, also 188 Exemplare, Du kannst also fürstlich verfügen.
Bitte laß von Dir hören.
Mit herzlichen Grüßen
Dein Siegfried

[246]

[Berlin Friedenau]
23. November 1964

Lieber Siegfried,
schönen Dank für deinen Brief vom 17. November. Diese 188 Exemplare bitte ich an meine Postfachadresse zu schikken, wenn möglich in kleinen Päckchen.
Ich muss dich warnen vor etwas, was mich noch mehr ärgert als dich, eben weil ich Versprechen lieber einhalte. Ich kann

die Zusage nicht einhalten, dir zum 1. Januar ein Manuskript zu schicken. Das wird erst später fertig sein, jedoch nicht später als 15. April. Es tut mir leid.
Yours, truly,
Uwe.

[247]

Frankfurt am Main
26. November 1964

Lieber Uwe,
die 188 Exemplare gehen Dir zu.
Der Aufschub betrübt mich, der 31. Dezember wäre ein idealer Termin gewesen. Der 15. April ist die allerletzte Möglichkeit für eine sinnvolle Vorbereitung. Ich weiß, daß Du Dich davon nicht beeinflussen lassen kannst, aber bitte denke daran, daß jede Woche früher ebenfalls dem Buch zugute kommen würde.
Herzlich Dein Siegfried

[248]

Frankfurt am Main
18. Dezember 1964

Lieber Uwe,
nur damit ich es nicht vergesse: Nach dem Telefongespräch habe ich mich sogleich an Frau Moosdorf gewandt. Sie hat mir sofort nach Eingang meines Briefes ein Telegramm geschickt: »Ich bin nicht der Anonymus« und heute auch nochmals ausführlich dazu geschrieben. Sie also ist es nicht.
Herzlich Dein Siegfried

[249]

Frankfurt am Main
30. Dezember 1964

Lieber Uwe,
es ging mir wirklich scheußlich, ich konnte nur froh sein, daß ich die Reise nicht angetreten habe. Jetzt regen sich die Schwingen wieder etwas, aber vielleicht auch nur, weil sie mich dann doch bald gen Süden in den Schnee bringen.
Ich erzählte Dir ja von dem Weigelschen Umschwung: Du solltest nun doch als Editor des »Me-ti« genannt werden. Das freut mich wirklich sehr, schon aus dem einen Grund, weil wir jetzt eine Sicherheit haben, daß wir die Texte bald satzreif bekommen. Sobald Du uns diese satzreifen Texte abgeliefert hast, lassen wir sie auch setzen, Frau Hauptmann bekommt sie erst in den Fahnen zu sehen. Das Erscheinen der Prosabände ist für den Herbst vorgesehen.
Ich schicke Dir hier anliegend Deine bisherigen Überlegungen. Mit gesonderter Post erhältst Du ein Konvolut von Texten, die sich jetzt eingefunden haben.
Mit herzlichen Grüßen
Dein Siegfried

1965

[250]

in Friedenau
8. Januar 1965

Lieber Siegfried,
wie ich sehe in der »Welt der Literatur« hast du dir schliesslich jemanden gesucht für die dankbare Aufgabe des Biographen, und weiss ich mich über dessen zart fühlenden Ton gar nicht zu lassen.[1]
Jenen bei Suhrkamps eingeschriebenen Verfasser, der anderen dort vorkommenden Verfassern nicht zu sagen wagt was er von ihnen hält, will ich nun nicht mehr wissen. Zwar ist die Aussicht unbehaglich, so einem Namenlosen da zu begegnen und ihm sein Benehmen abnehmen zu müssen.
Und behüte uns vor Patschkes.[2]
Die Hoffnung auf Funde in der Zeitschrift »Sowjetliteratur« könnten wir doch aufgeben. Interessant war im letzten Heft, das ich zurückgeschickt habe, die Erscheinung Stalins in dem Text von Simonow, aber natürlich nur für Neugierige.[3]
Zu »Me-Ti«. Die Bereitschaft Frau Weigels, den Herausgeber einen Herausgeber nennen zu wollen, ist etwas ungenau ausgefallen. Sicherlich wäre es riskant, daraus eine Billigung meines Exposés von 1962 verstehen zu wollen. Punkte, zu denen ich ein ausdrückliches Einverständnis doch vorzöge, sind: die Unterdrückung der »Tui«-Texte in den damals vorliegenden Mappen, die Aussonderung einzelner Texte der Mappen 129-136; die Reihenfolge der Texte; die Einfügung von »Me-Ti« in »Buch der Wendungen«; natürlich noch Detailfragen. Vorher kann man das wohl nicht einfach setzen lassen und den Erben erst die Fahnen zeigen.[4]

Zweitens, du drückst die lästerliche und gutgläubige Hoffnung aus, von mir gleich satzreife Texte zu bekommen. Ich wüsste zur Zeit nicht wie das machen. Denn die Fotokopien liegen bei dir, und die möchte bitte der Verlag, Seite 8 des Exposés, abschreiben lassen in der vorliegenden orthographischen Form, woraus ich dann eine Druckgrundlage herzustellen hätte.

Drittens, die neueste Sendung Fotokopien findet mich ratlos. Das sind dreihundert Blätter »Tui«-Texte, meist schlecht kopiert und schwer leserlich, und nachdem die sich jetzt »eingefunden« haben, kann man sich weiterer getrost versehen. Sehr vieles davon ist mir unbekannt. Es sieht so aus, als sei der Stoff nicht nur durch zwei sondern durch drei Formentwürfe gegangen. Diesen dritten muss man bei der Herausgabe berücksichtigen, und es ist leicht möglich, dass die bisherige Konstruktion der Herausgabe davon umgeschmissen wird. Jedenfalls ist eine völlig neue Untersuchung nötig, und das nenne ich eine deiner meist optimistischen Minuten, in der du diktiertest: »Das Erscheinen der Prosabände ist für den Herbst vorgesehen!« Für die Untersuchung würde ich also noch einmal die Mappen brauchen, auf denen das Exposé von 1962 aufbaut.

Übrigens verstehe ich recht gut, dass dich die Einzelheiten der Datierung, Textgestalt etc. eben bloss interessieren, sonst aber von Arbeit abhalten; und es ist in der Tat nicht wirtschaftlich, diese Fragen alle über dich laufen zu lassen; praktischer wäre wohl, könnte Frau Hauptmann einmal deswegen nach Westberlin kommen oder ich nach Ostberlin gehen, auch weil sie sich bloss auf eine Jahreszahl besinnen müsste, wo ich zweihundert Seiten zu vergleichen habe, zum Beispiel.

Den Erscheinungstermin begreife ich nicht recht. Jetzt haben alle die Fragen des Exposés fast drei Jahre vor sich hergeschoben, und vielleicht sollten die Erben noch einmal gründlich nachsehen ob nicht vielleicht noch irgend wo eine Mappe liegt. Da ich zur Zeit ausreichend beschäftigt bin mit meinen gestohlenen Autos und Krankenschwestern,[5] werde ich mit den neu angelieferten Texten nicht gerade sofort fertig sein können. Mir scheint es besser, sich für eine endgültige Festlegung bis zum Frühjahr Zeit zu lassen.

Yours, truly,

Uwe.

P. S.

Am 12. Februar möchte ich vor Studenten der hiesigen TU einen Teil meiner Autogeschichte vorlesen und ausprobieren, eine Stunde lang; Herr Schnabel möchte das aufnehmen und irgendwann im letzten Quartal seiner Amtszeit (beliebig zwischen Mai und März) über das III. Hörfunkprogramm des NDR/SFB ausstrahlen. Hast du dazu eine Meinung?

1 In der Serie *»Porträt eines Verlegers«* erscheint in: *Die Welt der Literatur*, Nr. 1 v. 7. 1. 1965, S. 12, der Artikel *Siegfried Unseld. Karikiert von Willy Wirsch.* Günther A. Zehm ist der Autor dieses Artikels.

2 Helmut Reinhard alias Patschke, ein ehemaliger SS-Sturmbannführer, war wegen des Verdachts der Beteiligung an Juden-Deportationen aus Norwegen in den Jahren 1942 und 43 Ende Dezember 1964 in Baden-Baden verhaftet worden. Während der NS-Zeit ließ er sich mit behördlicher Genehmigung Reinhard nennen. Unter diesem Namen machte er auch in der SS Karriere. Aus Furcht, entdeckt zu werden, nahm er nach 1945 wieder den Namen Patschke an. 1951 ließ seine Frau ihn unter dem NS-Namen für tot erklären. Im selben Jahr schloß Reinhard unter dem Namen Patschke mit seiner Frau in Mannheim erneut die Ehe. Bis zu seiner Verhaftung war er Verkaufsleiter des Nomos-Verlags, Baden-Baden, seit 1963 einer Tochtergesellschaft des Suhrkamp Verlags. Einen Ausriß der entsprechenden Meldung aus dem *Tagespiegel* vom 29. 1. 1965 bewahrte U.J. in seinen Unterlagen auf.

3 Im Dezemberheft 1964 von *Sowjet-Literatur*, der Monatsschrift des Schriftstellerverbandes der UdSSR, werden unter der Über-

schrift *Man wird nicht als Soldat geboren* einige Kapitel aus dem Schlußteil des gleichnamigen Romans von Konstantin Simonow abgedruckt. Vgl. *Sowjet-Literatur*, Jg. 1964, H. 12, S. 5-51.

4 Siehe Brief 282, S. 401 ff.

5 U. J. arbeitet in dieser Zeit an seinem Roman *Zwei Ansichten.*

[251]

Frankfurt am Main
15. Januar 1965

Lieber Uwe,
schönsten Dank für Deinen Brief, durch den ich auf meine »Biographie« in der »Welt« aufmerksam gemacht wurde. Meine Umgebung hat mir diese zart verschwiegen, und auch meine Frau hat ihren Zorn vor mir verheimlicht. Ich bin der einzige, der sich merkwürdigerweise nicht getroffen fühlt.
Frau Moosdorf ist definitiv nicht die Verfasserin jenes von Deschner erwähnten Briefes, das schrieb sie mir und übrigens jetzt auch Frau Deschner, deren Brief ich aber nicht beantworte.
Zu »Me-ti«: Die Bereitschaft von Frau Weigel ist als Billigung Deines Exposés zu verstehen, das heißt, die »Tui«-Texte werden nicht gebracht, und wir lassen auch die Texte weg, die Du aus den Mappen 129 und 136 aussondern wolltest. Wir fügen uns Deiner Reihenfolge und ebenfalls der Anordnung von »Me-ti« und »Buch der Wendungen«.
Zu den Texten: Ich schicke Dir das bei uns liegende Material zu. Bitte kreuze die Seiten an, die wir abschreiben sollen.
Ich kann nicht beurteilen, ob der Zeitplan eingehalten werden kann, das, was Du mir über die neuen Texte schreibst, beunruhigt mich natürlich. Aber ich dachte mir, Du könntest Dich nach Fertigstellung Deiner Arbeit, die allen ande-

ren vorgeht, dieser Beschäftigung zuwenden. Wie wollen wir es mit dem Honorar machen, 2.000 DM?
Daß Du einen Teil Deiner Autogeschichte[1] Studenten vorliest, ist sehr richtig. Ein wenig zögere ich vor der Sendung im Rundfunk, muß das wirklich sein? Einmal ist es ja dann schon keine Probe mehr; zum zweiten blockieren wir uns dadurch etwas die für die Wirkung Deines Buches in jedem Fall wichtigeren und entscheidenderen Stationen.
Herzlich Dein Siegfried

1 In *Zwei Ansichten* ist der Fotograf B. stolzer Besitzer eines roten Ponton, »einen solchen Wagen würde es nur ein einziges Mal geben im Umkreis von zweihundert Kilometern«. B. besitzt dieses Auto erst einen Monat, als es ihm gestohlen wird. – Am 12. 2. 1964 liest U. J. Auszüge aus seinem Roman Studenten an der TU Berlin vor.

[252]

in Friedenau
28. Januar 1965

Lieber Siegfried,
an den Texten des Brecht-Archivs, die ihr mir in der zweiten Sendung geschickt habt, fehlen an der Gruppe (Mappe) 129 die Blätter 01 bis 08. Das muss passiert sein, als ihr die Kopien aus den Originalmappen rausnahmt, die fehlen ja auch. Lass doch, bitte, gleich nachsehen.
Yours, truly,
Uwe.

[253]

in Friedenau
30. Januar 1965

Lieber Siegfried,
die Mappen des Brecht-Archivs Nr. 499, 560 und »Einzelne« habe ich jetzt durchgesehen und aufgenommen; diese Aufnahme lege ich dir bei, damit du einen ungefähren Eindruck bekommst.[1]
Die Texte in diesen Mappen gehören zum Komplex der »Tuis«, den wir aus der länger vorliegenden Mappe Nr. 148 kennen. Sie lassen als geplante Formentwürfe ein »Tuistück« und einen »Tuiroman« erkennen. Das sind Planskizzen, Kapitelentwürfe, Notizen, nur wenige hängen zusammen, zwei oder drei könnten wegen ihrer anekdotischen Form unabhängig publiziert werden. Der Komplex eignet sich nur zur Veröffentlichung als Ganzes, will man die Entwicklung eines Plans anschaulich machen. Diese Entwicklung hat aber nirgend wo eine präsentable Textqualität erreicht, auch nicht die des Komplexes »Me-ti«. Die Zeit der Texte geht durcheinander mit Mischungen von Altertum und Weimarer Republik, macht aus der letzteren eine karikierende Verkleidung, zieht sich oft in ein mythisches China oder Chima zurück. Insgesamt wird deutlich, dass diesem gegenüber der Komplex »Buch der Wendungen – Me-ti«, den wir veröffentlichen wollen, ein unabhängiger Formversuch ist. Mit den »Tui«-Formeln sollte ein Buch der Zeitgeschichte geschrieben werden, offenbar mit altchinesischen Gleichnissen; »Me-ti« ist angelegt mit philosophischen Dimensionen, als Interpretation zeitgeschichtlicher Vorfälle, als Lehrbuch. Von den über vierhundert Blättern der neueren Mappen sind nur sechs geeignet, in den »Me-ti«-Komplex zu kommen, wegen Personengleichheit zumeist; das beweist die Unabhängigkeit des »Me-ti«-Frag-

ments und eine lässliche Unordnung Brechts, vielleicht hat er auch nur gelegentlich die Mappen verwechselt. Diese 6 Texte werde ich selbst abschreiben.
Für die anderen schicke ich euch nun die Mappen 129, 130, 131, 132, 133, 134 und 136 eingeschrieben. Ein Verzeichnis der Blätter, die daraus abgeschrieben werden sollen, lege ich dir hier in doppelter Ausfertigung bei, desgleichen Hinweise zum Abschreiben.[2] Hoffentlich habt ihr die fehlenden Texte 129.01 bis 08 inzwischen gefunden, die müssen sämtlich aufgenommen werden.
Wenn du am Herbsttermin festhalten möchtest, sollte mit dem Abschreiben sogleich begonnen werden. 1 Original und zwei Durchschläge der Abschrift müsste ich so früh wie möglich bekommen, damit ich anfangen kann »herauszugeben«, das heisst eine Druckgrundlage herzustellen im Vergleich mit den Archiv-Kopien, und die Korrekturfahnen würde ich mir wahrhaftig für Mitte April wünschen.[3]
Zur Behandlung des Herausgebers möchte ich etwas sagen. Sein Verhältnis zu den Brechterben oder ihren Bevollmächtigten muss eindeutig sein. Der Verzicht des Archivs auf Beeinflussung der Textgestalt und Reihenfolge müsste zuverlässig sein. Andererseits könnten die Brechterben ihr Interesse an dieser Veröffentlichung ausdrücken, indem sie Fragen beantworten und Auskünfte geben; ein Verzeichnis dieser Erkundigungen fürs Archiv lege ich dir bei.
Und es geht nicht an, dass aus der Mappe 136, zum Beispiel, das Kopieblatt Nr. 81 fehlt. Die Erklärung auf dem Deckel »keine Aufnahme« ist keine, und wer verfügt da eigentlich?
Mit dir möchte ich mich verständigen über den Titel, die Zwischenüberschriften, die Einrichtung, die Reihenfolge.
Als Titel scheint mir am besten: »Me-ti«. Darunter »Buch der Wendungen«.

Für die Zwischenüberschriften schlage ich kleine Versalien vor (ich habe das richtige Wort vergessen), weil manche Stücke zwei Überschriften oder Reihentitel haben (ohne nacheinander zu liegen), diese Versalien also in der Hauptüberschrift, die zweite kursiv.
Zur Reihenfolge. Die Texte der Mappe 136, »Buch der Wendungen«, sollten den Anfang machen, da wir darin den letzten Formversuch erkannt haben, darauf die der Mappen 129 bis 134 folgen. Nun schiene mir am saubersten, bis zum Ende der 136er Texte die Verteilung der Stücke auf den Seiten so wie da zu übertragen; danach aber die Blätter zu bringen wie sie nacheinander liegen, also den posthum vorgefundenen Zustand (in der Hoffnung, bei der Aufnahme des Nachlasses sei der berücksichtigt worden, also auch in der Reihenfolge der Mappen), und zwar auch in der Verteilung der Texte auf den Seiten, also allein stehende Texte, und seien sie vier Zeilen lang oder zwei, allein auf eine Druckseite zu setzen, damit einerseits der diskursive Charakter der Arbeit, andererseits die Unterbrechung der Arbeit durch den Tod herauskommt. Das gäbe so dreihundert Seiten.
Ein Kompromiss wäre, nach dem Beispiel der Mappe 136 Texte von grösserer und solche von kleinerer Länge zusammenzusperren auf einer Seite; das ist sicherlich sparsamer; es ist aber ein ungerechtfertigter Eingriff, da eine solche Anordnung nur dem Autor zustünde und keiner seine Absichten angemessen verwirklichen könnte.
Das würde ich in einem Nachwort, zusammen mit Bemerkungen über die Abgrenzung des Komplexes und Allgemeinem erklären; falls nicht die Brechterben ein Nachwort schreiben wollen.
Mit dem Honorar bin ich einverstanden.
Den »Tui«-Komplex schicke ich gesondert zurück.
Mit den schönsten Grüssen,
yours, truly,
Uwe.

Nachtrag am Montag.
Bei den Hinweisen für die Abschrift habe ich um 3 Kopien, insgesamt also 4 Exemplare gebeten, damit wir über unsern Bedarf eins frei hätten für das Archiv.
Ich würde mir wünschen, im Archiv möchte eine bestimmte Person sich zuständig erklären für diese Publikation. Es ist trödelig und unwirtschaftlich, die Fragen alleweil erst über Frankfurt und dein Zimmer gehen zu lassen. Unter den Fragen in der Anlage, die ich also gleich weiterzuleiten bitte, sind welche noch von 1962.[4]
Herr Bloch hat bei seinem Besuch in Frankfurt vergessen dir zu sagen, dass zwei Herren in Ostberlin, Herr Seidel beim Brechtarchiv, Herr Jahn beim Aufbauverlag wissen möchten wie du dich stellen wirst zu einer vollständigen Ausgabe der Werke Walter Benjamins in der ddR. Diese deine Meinung möchtest du bitte Blochs mitteilen, damit die sie über Dritte nach Ostberlin zu verstehen geben; offenbar ist das Verfahren nötig, um das Projekt nicht zu früh zu gefährden.
Wie vorhin,
mit den schönsten Grüssen,
Uwe.

1 Auf den Abdruck dieses Verzeichnisses wird hier wegen dessen rein editionstechnischen Charakters verzichtet.

2 Gleiches gilt für die Hinweise an den Verlag zum Abschreiben der einzelnen Blätter.

3 Der Hintergrund dieses Terminwunsches: U.J. beabsichtigt, wie er in einem Brief vom 11. 3. 1965 an Helene Ritzerfeld schreibt, sich von Anfang Mai bis Mitte Juli dieses Jahres in den USA aufzuhalten (siehe auch Brief 266, S. 377).

4 Siehe Brief 154, S. 246.

[254]

Frankfurt am Main
2. Februar 1965

Lieber Uwe,
Deine Anfrage vom 28. Januar ist mir nicht ganz klar. Handelt es sich bei der zweiten Sendung um die Texte, die wir von Frau Weigel nachträglich erhielten und die Du noch gar nicht gesehen hast, oder handelt es sich um Texte, die wir Dir aus den hier liegenden Beständen zugeschickt haben?
Bestens
Dein Siegfried

[255]

in Friedenau
3. Februar 1965

Lieber Siegfried,
»zweite Sendung« war gemeint nach der Reihenfolge, in der die Pakete bei mir angekommen sind. Nach einer anderen Reihenfolge handelt es sich um die erste Sendung, nämlich die des Brecht Archivs an den Verlag. Aus dieser, die schon seit 1960 bei euch liegt, und zwar der Mappe 129, fehlen die Blätter 01 bis 08. Damals 1962, in den verschnürbaren Pappmappen, sind sie vollständig zu euch zurückgekommen; wahrscheinlich sind die acht Blätter verlegt worden, als die Mappen entfernt wurden.
Mit den schönsten Grüssen,
Uwe.

[256]

Frankfurt am Main
5. Februar 1965

Lieber Uwe,
die fehlenden Blätter 129/01-08 sind mir rätselhaft. Ich habe heute mein Stehpult, in dem diese Texte aufbewahrt waren, nochmals persönlich von oben bis unten durchforscht, und da fand sich nichts. Es war noch eine Mappe da, die ich Dir abermals schicke, aber ich bin sicher, daß Du dieses Material hast. Die fehlenden Blätter fordern wir beim Archiv an. Um die Abschrift werde ich mich kümmern.
Gestern gelang es mir, in einem Abend- und Nachtgespräch Mang zur Änderung seines Prinzips, zumindest ausnahmehaft, zu bewegen. Er hat Dich ja inzwischen schon angerufen. Ich wäre glücklich, wenn alles so ginge.[1]
Herzlich
Dein Siegfried

1 Im Mai 1965 soll das erste Heft der von Hans Magnus Enzensberger herausgegebenen und gemeinsam mit Karl Markus Michel redigierten Zeitschrift *Kursbuch* erscheinen. Günter Grass bietet Enzensberger den 1. Akt seines Theaterstücks *Die Plebejer proben den Aufstand*, das im Oktober uraufgeführt werden soll, zum Vorabdruck an. Enzensberger vertritt nach langen Gesprächen mit S. U. über das Stück, das sich kritisch mit der Haltung von Bertolt Brecht zum 17. Juni 1953 auseinandersetzt, die Überzeugung, das Angebot von Grass müsse angenommen werden und der 1. Akt im *Kursbuch 1* zu lesen sein: »das stück von grass muss nicht gegen uns, sondern von uns selbst zur diskussion gestellt werden. [...] ich bin sicher, daß diese handlungsweise in unserem interesse liegt; ich kenne den mechanismus der bewußtseinsindustrie in westdeutschland gut genug, um darüber ein urteil zu haben.« Das Stück von Grass wird nicht im *Kursbuch* publiziert. Am 20. 3. 1965 treffen sich Hans Magnus Enzensberger, U. J. und S. U. in Kopenhagen zu einer Beratung über das *Kursbuch*. S. U. notiert in seinem

Reiseberich: »In diesem Gespräch wurde das Erscheinen des ›Kursbuchs‹ definitiv vereinbart und auch eine vertragliche Basis mit Enzensberger besprochen.« Der Vertrag über das *Kursbuch* wird im Mai 1965 geschlossen. Nach Heft 20, im August 1971, wird dieser Vertrag aufgehoben, das *Kursbuch* erscheint danach im Rotbuch Verlag.

[257]

Frankfurt am Main
5. Februar 1965

Lieber Uwe,
ich schreibe Dir heute zu Deinem Brief vom 30. Januar. Zuvorderst meinen Dank für Deine prompte und präzise Arbeit.
Die Abschrift wird schon in dieser Woche begonnen. Es fiel mir auf, daß Du aus der Mappe 136 lediglich die Texte 1-72 abschreiben lassen willst, warum nicht die Texte 73-82 ?; Du wirst Gründe gehabt haben, aber ich merke dies jedenfalls hier an. Ich nehme an, daß ich Dir die Abschrift spätestens in vierzehn Tagen werde schicken können.
Du schreibst, daß Du Dir die Korrekturfahnen für Mitte April wünschest. Das wird kaum möglich sein. Gesetzt den Fall, Du schickst uns die korrigierte Abschrift wiederum in vierzehn Tagen, also Anfang bis Mitte März, zurück, so brauchen wir für den ja nicht ganz einfachen Satz mindestens sechs Wochen. Wir werden alles unternehmen, um die Sache so bald als möglich zu machen, aber Mitte April scheint mir hoffnungslos.
Die Texte aus den nachgesandten Mappen, die Du als zum Komplex der »Tuis« gehörig bezeichnest, scheiden wir also aus. Bitte gebe mir die zwei oder drei Texte an, die nach Deinem Urteil wegen der anekdotischen Form unabhängig pu-

bliziert werden können. Ich möchte dann diese Texte im Rahmen der »Prosa« unterbringen.
Das, was Du zur Behandlung des Herausgebers schreibst, leuchtet mir ein. Gestaltung und Textreihenfolge ist Deine Sache, eine Einwirkung der Brecht-Erben kommt nicht in Betracht.
Viel schwieriger ist die andere Frage, wer Dir Fragen beantworten und Auskünfte geben soll. Es gibt nämlich niemanden, der hierzu in der Lage ist, das ist das Schlimme; und das Archiv ist auch keinesfalls so in Ordnung, daß man sich da selbst durchfände. Du wirst hier sehr auf das eigene editorisch-detektivische Vermögen gestellt sein.
Ich werde heute an Frau Weigel schreiben und ihr vorschlagen, daß Frau Ramthun, die im Brecht-Archiv arbeitet, solche Fragen nach Möglichkeit beantworten soll. Aber Frau Ramthun kann keine Vorschläge machen, etwa in der Art, welche Titel für Texte vorgeschlagen werden. Bei all solchen Entscheidungen kann im Archiv niemand mitreden, dagegen kann man dort selbstverständlich helfen, Lesearten zu klären.
Mit dem Haupttitel »Me-ti« und dem Untertitel »Buch der Wendungen« bin ich einverstanden. Oder willst Du beide Titel gleichrangig behandeln?
Ich bin sehr damit einverstanden, daß wir mit dem »Buch der Wendungen«, also mit den Texten der Mappe 136, anfangen und dann daraufhin die Texte aus den Mappen 129 bis 134 folgen. Ich würde einen Kompromißvorschlag für die Anordnung machen. In der Regel soll der Umfang so vorgenommen werden, wie wir die Texte aufgefunden haben. Es würde meiner Ansicht nach aber nichts helfen, wenn man auf eine Seite, wenn sich das ergibt, einen Text mit drei Zeilen, dann einen sehr großen Abstand, dann einen Text mit drei Zeilen, dann einen sehr großen Abstand und unten vielleicht wieder einen sehr kleinen Text brin-

gen könnte; also bei Häufung von kleinen Texten eher ruhig mehrere Texte auf eine Seite; sonst jeden Text auf je eine Seite, auch wenn es sich einmal um einen Text mit zwei Zeilen handelt, der in der Mitte von größeren Texten steht.
Ich wäre also nicht dafür, etwa nach dem Beispiel der Mappe 136 anzuordnen.
Das Nachwort sollst selbstverständlich nur Du schreiben.
Herzlich grüßend und dankend
Dein Siegfried

[258]

in Friedenau
12. Februar 1965

Lieber Siegfried,
vielleicht liest du die beiliegende Kritik mit Interesse, was für welchem auch immer.
Ihr Verfasser hat das Stück »Schatten eines Mädchens« (aufgeführt in Ostberlin 1961) geschrieben und, in Zusammenarbeit mit Dramaturgie und Regie des Gorki-Theaters, das in der ddR reichlich diskutierte Schauspiel »Seine Kinder« (aufgeführt zu den Berliner Festtagen 1963, Ostberlin).[1]
Mit den schönsten Grüssen,
Uwe.

1 Beigefügt ist eine Theaterkritik von Rainer Kerndl, die unter dem Titel *Viele Fragen und einige Antworten. Zu zwei Westberliner Inszenierungen,* in: *Neues Deutschland* v. 12. 2. 1965, S. 4, erscheint. Besprochen werden die Aufführungen von Vlado Habunek Ionescos Drama *Der König stirbt* im Schloßpark-Theater und Peter Weiss' Schauspiel *Verfolgung und Ermordung des*

Jean-Paul Marat, dargestellt durch die Schauspielertruppe des Hospizes zu Charenton unter der Anleitung des Herrn de Sade im Schiller-Theater.

[259]

in Friedenau
23. Februar 1965

Lieber Siegfried,
Gestern sind die Umschriften der »Me-ti«-Texte gekommen, in der vorigen Woche die Fotokopie des Briefes von Frau Ramthun, schönen Dank.
Frau Ramthun schreibt etwas von »Anmerkungen«. An die ist nicht zu denken. Für die Erklärung von Details, Konjekturen, nicht dechiffrierten Personen bedürfte man der Hilfe des Brecht-Archivs, auf die ist nicht zu rechnen. Also werden Hinweise und Aufschlüsse zu den Texten sich in einem Rahmen halten, wie er für Nachworte üblich ist.
Was du in deinem Brief vom 5. schreibst über Anordnung und Reihenfolge, meine ich auch. Nun wüsste ich aber noch gern deinen Vorschlag zu den Überschriften. Da es Reihentitel gibt, die nicht nacheinander liegen, oder für einen Text zwei Überschriften, halte ich es für am besten, den jeweils obersten Titel in Kapitälchen zu setzen, und den zweiten jeweils kursiv. Würdest du mir noch dazu schreiben?
Was ist das für ein Band »Prosa«, den du erwähnst? Wer gibt ihn heraus, und aus welchen Komplexen kommen dessen Bestandteile?
Denn das wüsste ich gerne wegen einer andern Möglichkeit. Es sind aus dem »Tui«-Komplex ja nur 2 oder 3 Texte, die man wegen der anekdotischen Fassung gesondert bekannt machen könnte. Wir sollten uns überlegen, ob wir nicht die Hälfte der »Tui«-Trümmer publizieren sollten, um die Ent-

wicklung, die Formen, das Scheitern eines Plans vorzuführen. Freilich müsste dann das Archiv nach der Mappe mit den Texten des Stücks »Turandot (oder der Kongress der Weisswäscher)« suchen, von dem doch zu weitläufig die Rede war, als dass davon nur die paar Blätter der Mappe 499 existieren sollten.
Mit den schönsten Grüssen,
Uwe.

[260]

Frankfurt am Main
25. Februar 1965

Lieber Uwe,
schönsten Dank für Deinen Brief vom 23. Februar. Dir ist klar, daß wir die bisherigen Brecht-Werke in Abteilungen herausgebracht haben, also die »Stücke«, die »Gedichte« und die »Schriften zum Theater«. Jetzt soll die Abteilung »Prosa« folgen in mehreren Bänden, der »Dreigroschenroman«, »Die Geschäfte des Herrn Julius Caesar«, dann ein oder zwei Bände mit Erzählungen und Geschichten und schließlich der Komplex »Me-ti«. Die Erzählungen und Geschichten werden unseren Bibliotheksband[1] enthalten, ferner alle »Keuner-Geschichten« und dann noch etwa 200 Seiten bisher in Buchform nicht veröffentlichter, in Zeitschriften verstreuter oder überhaupt unpublizierter Texte. Frau Hauptmann hat uns bereits die Satzvorlage für den »Dreigroschenroman« und den »Caesar« gegeben, Frau Ramthun gibt uns die Manuskripte für den Geschichten- und Erzählungsband.
Du hast ganz recht, daß im Wesentlichen auf die Hilfe des Brecht-Archivs nicht zu rechnen ist. Im Ganzen finde ich das auch nicht so bedauerlich, dies Archiv gibt weit weniger her, als die Welt meint. Du kannst Dein Nachwort so anlegen, wie Du selbst es für richtig hältst.

Mit den Überschriften können wir so verfahren, wie Du vorschlägst. Bitte sieh Dir auch an, wie wir dieses Problem im Band 6 der »Schriften zum Theater« gelöst haben.
Ich habe neulich Frau Weigel gegenüber erwähnt, Du seiest der Meinung, man sollte den ganzen »Tui«-Komplex nicht bringen, eben weil er zu sehr fragmentarischen Charakter hat. Sie regte nun an, ob es nicht möglich sei, anschließend an »Me-ti« doch die »Tui«-Trümmer zu bringen. Nun deckt sich das ja auch mit Deinen Vorstellungen. Vielleicht sollten wir das Problem noch etwas offen lassen, bis Du Dich noch mehr eingearbeitet hast. Bis Ende April wird das Archiv übrigens nochmals genau durchforstet, und zwar von Herrn Hecht, der immer noch der Verläßlichste ist; vielleicht findet er weitere Spuren für die »Tui«-Texte.
Ich warte eigentlich täglich auf den Eingang des Manuskripts, spätestens jedoch hoffe ich, daß ich es bis 10. März in Händen halten kann. Du weißt ja, daß ich bis dahin in St. Moritz dringliche dienstliche Gespräche mit Frisch und Martin zu führen habe. Das Leben des Verlegers ist eben schwer!
Ich grüße Dich herzlich,
Dein Siegfried

1 Siehe dazu die Briefe 127, S. 190ff.; 130, S. 199.

[261]

in Friedenau
19. März 1965

Lieber Siegfried,
hier schicke ich dir den Brief wegen des Inserats in »Les Langues Modernes« (siehe PS) und dazu meine Antwort; das hätte ich dann gern zurück.[1]

Die Institutionen in den USA, die Grass und mich zum Vorlesen eingeladen haben, sind

Poetry Center, Lexington Ave. at 92d Street, New York City 28 (Miss Galen Eberl),
Goethe House, New York City,
Yale University, New Haven, Conn. (Prof. Demetz),
Smith College, Northampton, Mass. (Reinhard Lettau).

Die Termine sind alle zwischen dem 10. und 14. Mai.

Wenn es irgend geht, möchte ich die Druckvorlage für »Me-ti« doch erst gegen Ende April abliefern dürfen, weil der Schluss meiner Autogeschichte sich auf das kräftigste wehrt.

Bitte, schreibst du mir gleich, wenn der vorgesehene Termin für die Publikation von »Kursbuch«[2] No 1 geändert wird?

Yours, truly,
Uwe.

1 Gemeint ist die Antwort von U.J. auf eine Umfrage der Zeitschrift *Les Langues Modernes*, abgedruckt in: *»Ich überlege mir die Geschichte ...« Uwe Johnson im Gespräch*, S. 115 f. Die Frage lautet: »Welche Gefühle hat ein Schriftsteller, wenn seine Werke von der Schule entdeckt werden?«

2 Das erste Heft des *Kursbuches* erscheint nicht wie geplant im Mai, sondern im Juni 1965.

[262; Telegramm]

Berlin
7. Mai 1965

LIEBER SIEGFRIED DESINTERESSE KANN MAN PRAKTISCHER AUSDRUECKEN UWE JOHNSON[1]

1 Am 25. 3. 1965 sendet U.J. die ersten sechs Kapitel des Typoskripts von *Zwei Ansichten* an Walter Boehlich und schreibt dazu: »Wenn der Suhrkamp Verlag daraus ein Buch machen will, hoffe ich in Ihnen einen Anwalt für den Titel ›Zwei Ansichten‹ zu finden.« Am 3. 4. schickt U.J. die Fortsetzung des Manuskriptes und am 29. 4. die letzten drei Kapitel.

[263]

Frankfurt am Main
10. Mai 1965

Lieber Uwe,
Du täuschst dich gründlich. Ich habe Dein Manuskript nicht nur einmal, sondern wirklich dreimal gelesen. Meine Schuld war es nicht, daß wir uns nicht mehr sprechen konnten. Im übrigen hatte ich als zu verändernde Dinge wirklich nur solche, die auch Boehlich bekannt waren (eine Änderung unterblieb freilich – die Nachrichten im Flugzeug kommen nicht durch den Bordfunk, sondern durch die Lautsprecheranlage). Ich habe einen generellen Einwand, doch er ist nicht zu beseitigen – und über ihn wollen wir einmal in Ruhe sprechen, wenn Du wieder zurück bist.
Ich wünsche Dir einen angenehmen Aufenthalt. Bitte melde Dich, wenn Du wieder in Berlin bist.
Herzlich Dein
in Abwesenheit von Herrn Unseld
Elisabeth Conradi
(die Ihnen auch Schönes wünscht)

[264; Telegramm]

New York
13. Mai 1965

LIEBER SIEGFRIED MEINE ADRESSE IST BIS 21. MAI C/O HELEN WOLFF HARCOURT BRACE AND WORLD 757 THIRD AVENUE NEW YORK CITY

[265]

Frankfurt am Main
2. Juni 1965

Lieber Uwe,
Dein Telegramm geht mir nicht aus dem Kopf. Darüber werden wir sprechen, wenn Du kommst.
Heute gingen Dir zwei Fahnenexemplare zu. Bitte lies sie umgehend und retourniere eines. Sollten sich überhaupt keine Korrekturen ergeben, schicke bitte ein Telegramm. Um nichts aufzuhalten, gehen wir jetzt sofort an den Umbruch. Deine Korrekturen werden dann im Umbruch berücksichtigt. Wir wollen dann bald drucken, damit wir die 1.000 Leseexemplare für das Sortiment nicht später als Juli zur Verfügung haben. Das ist sehr wichtig, wenn wir einen Erfolg erzielen wollen, und ich nehme an, das ist auch in Deinem Sinne.
Herzlich Dein Siegfried

[266]

Dahmeshöved
13. Juni 1965

Lieber Siegfried,
ich bedanke mich für deinen Brief vom 2. Juni. Er klingt mir gekärnkt nein gekränkt und als sollte ich dir doch nicht ein ungerechtes Telegramm schicken.
Ich versuche es dir zu erklären. Ich hätte mich gern mit dem Verleger über das neue Buch verständigt, bevor ich in die USA fuhr, schon weil ich erst Mitte Juli zurückkommen wollte. Dass dafür am Ende nur vier Tage blieben, erkläre ich schamlos mit der Arbeit für Mangs Zeitschrift.[1] An einem dieser Tage stand ich in Berlin vor dem Ausgang zur Maschine nach Frankfurt, als ihr mich doch zum Dableiben auffordern liesset. Noch am Tag vor der Abreise nach New York wäre ich zu euch gekommen, und war erleichtert, als Herr Boehlich seinen Besuch in Berlin ankündigte; es war aber kaum möglich, ihm das »Me-ti«-Manuskript zu erklären, und unter den zehn Änderungen, die er mir vorschlug, bezog sich keine auf den Auto-Defekt, den du so dringlich berichtigt haben wolltest, und in die Luft musste ich, ohne mich darauf verlassen zu können, dass der Suhrkamp Verlag aus meinem Manuskript ein Buch machen wollte, was für eins und bis wann. Ihr hattet mir beigebracht, von euch Interesse zu erwarten.
Darauf habe ich dir mitgeteilt, man könne Desinteresse praktischer ausdrücken. Daran halte ich fest, denn wäre ich nicht früher zurückgekommen,[2] schwämmen die Druckfahnen nun als gewöhnlicher Brief sechs Wochen lang über den Atlantik, und du könntest mir an der Nase ansehen, dass ich von dir eine Aufklärung über den Auto-Defekt noch nicht bekommen habe.
Die korrigierten Druckfahnen schicke ich so bald als mög-

lich. Bald. Der kleine Satzspiegel, die grossen Typen lassen mich den Eindruck fürchten, hier werde ein kurzer Text zu einem langen aufgeblasen. Mir liegt sehr viel daran, den Umbruch auch korrigieren zu können, denn oft stellt ein Setzer bei der Berichtigung eines Fehlers zwei neue her, und zum anderen warte ich noch auf eine sachliche Information. Für Hinweise von eurer Seite auf Fehler und Irrtümer wäre ich dankbar.

Als Titel schlage ich dir vor: »*Königskinder*

Zwei Ansichten«.

Von Herrn Zimmer, dem Redakteur der »Zeit«, erfuhr ich, dass du die Publikation von »Kursbuch 1« angehalten hast oder haben sollst. Würdest du mir das erklären? In der Hoffnung, da sei etwas missverstanden worden, bitte ich um Sonderdrucke an meine berliner Adresse, und weiterhin, einen direkt zu schicken an Dr. Peter Werckmeister, Geisenheim am Rhein, Kirchgrubstrasse 2. (Oder Freiexemplare.)

Herr Kissinger lässt dich auf das netteste grüssen, ebenso Elisabeth.

Yours, truly,

Uwe.

1 U.J.s Typoskript von *Eine Kneipe geht verloren*, das im *Kursbuch 1*, 1965, S. 47-72, erscheint, trifft am 27. 2. 1965 im Verlag ein.

2 Siehe Brief 253, S. 365.

[267; Anschrift: c/o Werckmeister, Dahmeshöved]

Frankfurt am Main

15. Juni 1965

Lieber Uwe,

hätte ich heute nicht so einen fürchterlichen Heuschnupfen, der mir die Kehle wund und das Diktieren schwer macht,

müßte ich Dir jetzt jenen Brief schreiben, den ich seit Erhalt Deines Telegramms in meinem Kopf hin und her bewegt habe.
Du hast mir wirklich Unrecht getan. Dein Manuskript traf ein, und ich habe es sofort gelesen; Boehlich fing mit der Lektüre an, ich habe es parallel mit ihm ein zweites Mal gelesen. Den ersten Besprechungstermin mußten wir absagen, weil damals Boehlich die Sache noch nicht gelesen hatte; daß wir den zweiten Termin absagten, beruhte darin, daß Boehlich gerade nach Berlin mußte.[1] Wie konntest Du ein Desinteresse annehmen, und wie konntest Du überhaupt daran zweifeln, ob der Verlag aus diesem Manuskript ein Buch machen wollte? Das ist doch eine wirklich unrealistische Konstruktion. Ich erhoffe mir von diesem Buch viel, nicht nur, weil ich es für ein gutes Buch halte und weil es mir gefällt, sondern weil ich glaube, daß wir dafür ein großes Publikum erreichen können, wenn wir das Buch richtig präsentieren.
Du hast selber aber alles getan, die Vorbereitung dieser richtigen Präsentation zu verhindern. Ich kann Dir den Vorwurf nicht ersparen, daß Du Dich wie ein Großschriftsteller verhältst, der sein Manuskript seinem Drucker abgibt und dann irgendwie mehr oder weniger unerwartet verschwindet – und dem gleichgültig ist, wie nun aus dem Manuskript ein Buch wird. Diese Haltung ist mir unfaßlich (sie hat ihr Pendant in der Tatsache, daß Mang nach Erscheinen des ominösen »Spiegel«-Artikels[2] und jetzt bei Erscheinen des ersten Heftes vom »Kursbuch« nicht in Deutschland ist). Nicht wir haben ein Desinteresse an Deinem Buch gezeigt, sondern wirklich nur Du.
Du weißt ja sehr genau, wie die Dinge hier im Verlag gehen. Wir waren gezwungen, sofort Fotokopien des Manuskriptes zu machen und diese an die Vertreter zu geben; die Sitzung findet morgen statt. Wir mußten Ankündigungen ma-

chen und das Buch nun unter dem Titel ankündigen, zu dem Du es uns gegeben hast. Das Programm ist ausgedruckt und wird jetzt an Buchhandel und Presse verschickt. Natürlich kann man den Titel noch ändern. Aber abgesehen davon, daß »Königskinder« nach meinem Urteil kein guter Titel für das Buch ist, bringen wir nun mit der Änderung eine neue Unsicherheit in das Ganze hinein. Warum ist es nicht möglich, ein Buch abzuschließen und es dann einige Wochen in Ruhe liegen lassen zu können und mit den Beteiligten zu besprechen, die Titel-Frage zu klären und zu überlegen, wie man dieses Buch publizistisch vorbereitet? Aber nein, das ist alles nicht möglich, weil Deine Reise in die USA Dir wichtiger war als das Vorbereiten Deines Buches.

An einem bitteren Ton hindert mich, wie gesagt, mein Heuschnupfen, aber das wollte ich Dir doch gesagt haben. Du bist hier wirklich in einem Irrtum befangen.

Ich möchte jedoch vorschlagen, daß wir diese Frage mit dem Austausch unserer Meinungen für erledigt erklären und daß wir nun alles versuchen, dem Buch einen guten Start zu geben.

Jetzt ist folgendes dringlich: Solltest Du doch noch auf einer Änderung des Titels bestehen, so müssen wir eben das Ganze nochmals umwerfen, die Presse entsprechend benachrichtigen. In diesem Falle müßtest Du mich nach Erhalt dieses Briefes anrufen. Ich kann alle Versendungen noch bis zum morgigen Tag aufhalten, sonst rollt die Lawine.

Bitte schicke die Fahnen bald zurück. Wie ich Dir schon sagte, haben wir den Text schon umbrochen. Du erhältst dann nochmals eine Umbruchkorrektur.

Ich möchte das Buch sobald als möglich drucken, weil ich ca. 1.000 Leseexemplare an den Buchhandel im In- und Ausland verschicken möchte.

Wir haben an Leonhardt von der »Zeit« und an die »FAZ« Fahnen des Manuskriptes gegeben, um die Frage eines even-

tuellen Vorabdrucks zu klären.[3] Leonhardt schweigt sich – leider – noch aus, doch will die »FAZ« den Vorabdruck machen; sie kann ihn am 1. September beginnen. An sich wollte ich zu diesem Termin Dein Buch ausliefern, doch wünscht die »FAZ« natürlich einen viel späteren Auslieferungstermin. Ich möchte vorschlagen, daß wir dann Dein Buch Mitte September ausliefern, also zum 15. Das wäre immer noch ein guter Termin, da diesmal die Messe relativ spät ist.[4]
Bitte, laß von Dir hören.
Herzlich Dein Siegfried

P. S.
Wie das Gerücht zustande gekommen ist, daß ich das »Kursbuch« aufgehalten haben sollte, verstehe ich nicht. Nach Kopenhagen ist alles mit größter Dringlichkeit betrieben worden.

1 Walter Boehlich trifft U.J. am 6. 5. 1965 um 21.00 Uhr, so der Eintrag im Kalendarium Johnsons, in der Stierstraße 3. Am nächsten Tag fliegt U.J. nach New York, in den USA hält er sich, entgegen den Planungen, gemeinsam mit Günter Grass, bis zum 1. 6. 1965 auf.

2 Unter dem Zwischentitel »Enzensberger Zeitschrift« heißt es in dem Artikel *Gullivers Erbe* u.a.: »Am Sonnabend dieser Woche bringt Suhrkamp das lang geplante Debütheft [*Kursbuch* 1] in den Verkehr. Abonnementpreis der Publikation, die mit jeweils 160 bis 200 Seiten nach Enzensberger ›ein bißchen Buchcharakter‹ haben und keineswegs ›die Interessen des Suhrkamp Verlags vertreten soll‹: fünf Mark; Einzelpreis: acht Mark.« Vgl. *Der Spiegel*, 19. Jg., 1965, Nr. 24 v. 9. 6., S. 98 f.

3 Am 9. 6. 1965 schreibt U.J. an Helene Ritzerfeld: »Hat der Verlag schon entschieden, ob das neue Buch in einer Zeitung vorab gedruckt werden soll? Falls die Meinungen noch nicht fest sind, oder andere Möglichkeiten nicht zu finden, würde ich das gern dem ›Tagesspiegel‹ in Westberlin anbieten aus mehreren Gründen, deren einer wäre, die Leute zu einer Ablehnung zu nötigen. Würden Sie mir auch dazu schreiben?«

4 Der Abdruck der *Zwei Ansichten* in der *Frankfurter Allgemeinen Zeitung* erfolgt zwischen dem 18. 9. und 26. 10. 1965.

[268; Telegramm]

Dahmeshöved
16. Juni 1965

ZWEI ANSICHTEN BESTÄTIGT STREICHE KÖNIGSKINDER WEGEN PROSPEKT UND UMSCHLAG BITTE EILBRIEF ABWARTEN SCHÖNE GRÜSSE UWE

[269]

Dahmeshöved
16. Juni 1965

Lieber Siegfried,
einverstanden, und doch mit dem Wunsch, meinen Spass zu erwähnen an der Vehemenz, mit der deine Version, wie je, die komplementäre durchschlägt, als seien wir nicht durch den selben Vorgang verbunden gewesen! Und mit der Bitte, einstweilen beide Versionen für ungültig zu erklären.
Allerdings Mang möchte ich befürworten. Als er die Einladung zu der Konferenz bei New York annahm, wird er das verschobene Datum der Publikation von »Kursbuch« nicht haben voraussehen können, und er fehlt in Frankfurt also nicht aus Gleichgültigkeit, sondern aus Pünktlichkeit.
Ich bedanke mich für deinen Brief. Wenn du das Telegramm von heute nachmittag bekommen solltest, weisst du dass es mir recht ist bei meinem ersten Titel zu bleiben.
Zu dem Text, der auf den Umschlag und in den Prospekt soll, habe ich auf dem anliegenden Blatt Änderungen versucht.[1] Das ist nur ein Vorschlag, und sicherlich fällt euch Wirksameres ein. Ich bitte nur dringend zu vermeiden: Dass ich mit einem zugemessenem Thema geschlagen wäre; Dass das Wissen des Verfassers nicht über das der erfundenen

Personen hinausreicht (obwohl es bei diesem Buch zutrifft, hingegen nicht das Wichtigste an ihm ist); Dass ich über eine Poetik verfügte.

Zu dem Muster des Umschlags: Die Schrift gefällt mir gut. Das Bild finde ich nicht passend. Es sind Bauklötzer in schönen Farben, die der Blick einmal aufsteigen, einmal absteigen sieht; das hat nichts mit dem Buch zu tun, es kann alles bedeuten und ist demnach eine irreführende Ankündigung. Am meisten passend erschiene mir eine rein graphische Lösung; um die vorliegende zu vermeiden, wäre ich sogar zufrieden mit einem Messtischblatt, das den inneren Bezirk des früheren Berlin zeigt.

Auf dem Umschlag fehlt die Behauptung, dies sei ein Roman. Wird sie auch auf dem Titelblatt fehlen?

Wolltet ihr die Reihe, die durch die Ausstattung meiner beiden ersten Bücher hergestellt ist, in Zukunft noch fortsetzen, so möchte ich bitten, das erst mit einem anderen Buch zu tun und das vorliegende deutlich anders zu machen als die vorigen.

Mit dem Vorabdruck in der »FAZ« bin ich einverstanden. Damit entfällt mein Vorschlag wegen des »Tagesspiegel«.

Für die Auslieferung am 15. September hast du genauere Gründe als ich. Die Fahnen gehen morgen früh durch Eilboten an die Adresse des Verlages.

Könntet ihr meine Bedenken gegen den Umschlagtext und den Umschlag irgend berücksichtigen, wäre ich gewiss dankbar.

Mit den schönsten Grüssen,
Uwe.

P. S.

Bitte, gib mir einen Rat, wie die Darstellung des Auto-Defekts stichhaltig zu machen wäre.

1 Die Anlage ist nicht erhalten.

[270]

Frankfurt am Main
18. Juni 1965

Lieber Uwe,
ich danke Dir für Deinen Brief. Ich hoffe, wir haben diese Vorgeschichte ausgestanden. Dies nicht nur, weil ich Deinen Text wirklich sehr mag, sondern weil Du mich am Nerv meiner Arbeit getroffen hättest.
Zuvor eine Frage: Ich nehme doch bestimmt an, daß Du am 30. Juni in Berlin sein wirst. Ich selbst weiß nicht, ob es mir anerkannt wird, wenn ich der Einladung von Grass folge, aber ich bin ja ein rührender Mensch ... Wenn Du dann dort bist, können wir uns ja vielleicht am Abend, nachdem das Brautpaar verschwunden ist, sehen.[1]
Die Korrekturen im Text führen wir gerne aus. Wir setzen auch die Gattungsbezeichnung »Roman« wieder ein. Ich hätte dies nicht gewagt, aber vielleicht ist es in der Tat richtig, wenn Du diesen in letzter Zeit in Mißkredit geratenen Begriff wieder aufwertest.
Ein wenig enttäuscht bin ich natürlich über Deine Meinung zum Umschlag. Er hat nicht nur mir, sondern allen meinen Mitarbeitern und auch den Vertretern ganz besonders gut gefallen. Natürlich ist er nicht speziell berlinerisch, das heißt, er hat keine speziell berlinerische Atmosphäre, aber so notwendig scheint dies mir nicht zu sein, denn auch Deine Erzählung hat ja im Hinblick auf die Beziehung der beiden Personen objektiven Charakter. Ich finde, daß in diesem Falle Fleckhaus die Aufgabe, zwei Ansichten zu zeigen, gut gelöst hat. Können wir so verbleiben, daß die Vertreter zunächst mit diesem Umschlag reisen, daß Du mir dann am 30. Juni ein Meßtischblatt zeigst, und wir uns dann eine Änderung überlegen? Das wäre dann immer noch zeitlich ausreichend. Doch wie gesagt hoffe ich, Dich

zum Umschlag überzeugen zu können, ich finde ihn wirklich gut.
Ich glaube nicht, daß wir mit diesem Buch zu nahe an die Ausstattung Deiner anderen Bücher herankommen. Gewiss wollen wir keine gesammelten Werke machen, und doch meine ich, daß es nur recht und billig ist, wenn wir Deinen Büchern dasselbe Format geben; Umschlag und Leinen können und sollen anders sein.
Zum Auto-Defekt:
Was mir damals beim Abholen mit dem Volkswagen passierte: Ich hatte beim Starten zuviel Gas gegeben, dadurch ist zuviel Kraftstoff in die Benzinpumpe gekommen, sind die Kerzen naß geworden, und der Motor sprang nicht mehr an. Für Deinen Defekt: Es könnte sich herausstellen, daß sich der Wagen schon immer schlecht starten ließ, plötzlich läuft er nicht mehr an. Es ist ein Defekt an dem Schwimmernadel-Ventil (das wäre doch sehr schön), das heißt, dieses Ventil ist offen, die Benzinpumpe pumpt jedoch weiter und läuft über, dadurch werden kontinuierlich die Kerzen naß, und eine Zündung findet nicht mehr statt; ein anderer häufig vorkommender Defekt ist der Bruch der Benzinpumpe. Das kommt gerade bei neuen Autos vor. Durch den Ausfall der Benzinpumpe wird die gesamte Kraftstoffzufuhr unterbrochen.[2]
Herzlich Dein Siegfried

1 Günter Grass und Hans Werner Richter laden ein zur Hochzeit von Renate von Mangoldt und Walter Höllerer.

2 Im Roman wird die Autopanne dann wie folgt beschrieben: »So achtsam er die Töne der neuen Maschine abgehört hatte, es traf ihn unverhofft, als der Motor abstarb in dem trödeligen, von Ampeln unterbrochenen Verkehr einer kleinen Stadt. [. . .]
Während er auf die Reparatur wartete, rätselte er an der groben Antwort. Er fand sie unerklärlich. Er hörte dem Meister gar nicht zu, der ihm die falsche Einstellung des Leerlaufs, das Ver-

hältnis von Luftzufuhr und Benzin auseinandersetzte wie einem Anfänger. – Sie sind dann mit zu vollem Gas gefahren! sagte er rügend, unnachsichtig. B. hatte nicht zugehört. Der ausgesuchte Wagen, eingedreckt von Sprühregen und Tauwetterpfützen, stand mit offener Schnauze vor dem Schuppen, nach zwei Stunden schon kaputt.« U.J., *Zwei Ansichten*, S. 236f.

[271]

Dameshöved
18. Juni

Lieber Siegfried,
hier ist also der Rest der Fahnen.
Am Donnerstagabend bin ich wieder in Berlin; würdest du also den Umbruch dahin schicken lassen?
Mit den schönsten Grüssen,
Uwe.

[272; Telegramm]

Dahmeshöved
21. Juni 1965

NEIN SOLL NICHT ROMAN HEISSEN JOHNSON

[273]

Frankfurt am Main
1. Juli 1965

Lieber Uwe,
unser Gespräch war nicht allzu lang, aber ich hoffe, wir haben doch alles Vordringliche erörtert. Ich wiederhole nochmals die konkreten Punkte. Der Schutzumschlag schwebt noch zwischen uns. Es würde mich betrüben, wenn Du ihn definitiv nicht wolltest (doch würde ich ihn sofort ändern lassen), andererseits möchte ich kein Buch haben, dessen Umschlag Dir mißfällt.
Du erhältst sofort 100 Sonderdrucke Deiner Erzählung aus »Kursbuch« 1. Wir schicken Dir fünf Leseexemplare zu. Du erhältst auch dann drei Blindbände als Muster für das Leinen. Anbei der von Dir erbetene Brief. Ich werde auch an Frau Weigel in diesem Sinne schreiben.
Herzlich Dein Siegfried

[273a; Anlage, Bescheinigung]

Bestätigung

Frankfurt am Main
1. Juli 1965

Hiermit bestätige ich, daß der Schriftsteller Uwe Johnson, wohnhaft in Hamm/Westfalen, Knappenstraße 11, im Auftrage von Frau Professor Helene Weigel, der Erbin Bertolt Brechts, Band 5 der Gesamtausgabe der »Prosa« von Bertolt Brecht ediert. Er muß sich für diese Arbeit auch im Brecht-Archiv in Berlin N 4, Chausseestraße 125, aufhalten.[1]
Dr. Siegfried Unseld

1 Diese »Vortäuschung eines westdeutschen Wohnsitzes« (U. J., *Begleitumstände*, S. 331) ist notwendig geworden, weil eine Bitte von

Helene Weigel um eine Aufenthaltsgenehmigung für U. J. in Ostberlin am 28. 5. 1964 in einem Brief von Kurt Hager abgelehnt wird: »Sie haben sich wegen einer Aufenthaltsgenehmigung für Herrn Kipphardt und für Herrn Uwe Johnson an mich gewandt. [. . .] Beide Herren haben die Deutsche Demokratische Republik ohne staatliche Genehmigung verlassen. [. . .] Ich bedaure also, Ihnen in dieser Sache nicht helfen zu können.« (Zitiert nach Erdmut Wizisla, *»Aus jenem Fach bin ich weggelaufen«. Uwe Johnson im Bertolt-Brecht-Archiv – die Edition von »Me-ti. Buch der Wendungen«*, in: Roland Berbig/Erdmut Wizisla (Hg.), *»Wo ich her bin . . .« Uwe Johnson in der D. D. R.*, Berlin 1993, S. 306.)

[274]

[Berlin Friedenau]
2. Juli 1965

Lieber Siegfried,
allen hat das Fest gefallen, verüble ihm nicht was bei dir danach kam, inzwischen sprichst du sicherlich wieder mit ganzer Stimme.
Zu dem Umschlag fällt mir nichts ein. Ich finde nicht was das Quadrat mit den Bauklötzchen zu tun haben soll mit dem Buch oder seinem Titel. Das ist eine Tapete, gewiss mit angenehmen Farben, die passt für jedes Buch gleich verträglich, weil sie vieldeutig ist und allgemein. Ich kann nicht los von der Meinung, eine Dekoration auf dem Umschlag solle den Inhalt eines Buches auf eine individuelle und sinnfällige Weise ankündigen. Das scheint mir mit bloss einem Ornament nicht getan.
Ich gebe zu, ich weiss keinen Vorschlag, der dir gefiele. Überhaupt halte ich eine bildliche Darstellung von in Büchern dargestellten Sachen für kaum zu treffen. Eine Schrift wie die vorhandene, vielleicht grösser, und in dem obligatorischen Quadrat, wäre mir lieber, und genug.

Was den Preis angeht, so möchte ich Dich bitten, doch noch einmal eine Senkung um eine Mark zu erwägen. Ich müsste mich schämen für diese kurzen Erzählungen so viel zu nehmen.
Mit den schönsten Grüssen,
Uwe.

[275; Faltkarte von S.U., Hildegard und Joachim Unseld, schwedisch und in Form einer Buchstabenspriale gedruckt]

[ohne Ort,
ohne Datum]

[Außenseite:]
Herzlichen Glückwunsch_
Aber fülle das Jahr vorsichtig!
Nimm es gelassen!
Verlangsame das Tempo!
Schalte ab!
Setz Dich hin!

[Innenseite, Buchstabenspirale]
Vergiß nicht, daß das Alter seine Rechte fordert! – Mit den Jahren wird man mehr und mehr belastet – Die ersten ernsten Anzeichen von Gebrechen sind, daß man eine Karte nicht mehr in der Hand halten kann, wenn man sie liest – Sehr schlimm ist es, wenn man die Karte nicht lesen kann, ohne sie rund und rund und rund zu drehen.[1]

[Handschriftlich in gleicher Figur von Hildegard Unseld]
Hier in Ihrem Großvaterland gibt's so viele Johnsons – von Namen und auch Gestalt, daß es unmöglich ist, nicht Ihrer zu gedenken – besonders natürlich an Ihrem Geburtstag.

Herzliche Wünsche, auch bitte an Elisabeth und Kathrinchen. Ihre Hilde, Siegfried, Joachim U.

1 Aus dem Schwedischen übersetzt von Helene Ritzerfeld.

[276]

in Friedenau
4. August 1965

Lieber Siegfried,
ein Brief mit vier Sachen.
Erstens gebe ich einen Wunsch des Sowjetbürgers Lew Kopelew weiter. Er arbeitet über Brecht, ein Buch befindet sich eben in der Druckerei, eine Meinung über ihn habe ich nicht finden können. Er fände es angenehm, könnte der Verlag ihm von Brecht

die Bände »Gedichte« ausser V
die »Geschichten« und
die kommenden Prosabände

geschenkweise nach Moskau K 9, in die Gorkistrasse 6, Wohnung 201 schicken, und wäre zu Gegendiensten bereit, fielen uns solche ein. Für einen solchen Fall gab er mir seine Telefonnummer: 29 72 39. Warum solltest du nicht gelegentlich in Moskau sein.
Zweitens, Frau Brigitte Heckmann, geborene Klump, verheiratet mit dem Chef vom Dienst bei der münchner »Abendzeitung«, wohnhaft in Seeshaupt am Starnberger See, wirst du kennen. Es kann dir ja egal sein, dass die Dame ihr Vorleben in der ddR, zumeist Studium der Publizistik, Berliner Ensemble und erpresste Tätigkeit für den Staatssicherheitsdienst, angerührt hat zu einem primitiven Schlüsselroman[1] und ihn der Illustrierten »Quick« anbot unter einem mir nicht bekannten Titel und vielleicht unter dem

Pseudonym Janne Jasper, mit welchem bekleidet sie in ihrem gefühlvollen Lebenszeugnisse auftritt. Was dich – ja doch! interessieren sollte ist dass sie während ihrer Praktikantenzeit beim Berliner Ensemble widerrechtlich Abschriften aus Brechts »Tagebüchern« gemacht hat, die jetzt als eben solche deklariert in ihrem 17. Kapitel, im Manuskript ab Seite 87, erscheinen. Das sind die Aufzeichnungen Brechts vom

26. 01. 1940 (UdSSR & Sozialismus/Dialektik)
24. 04. 1941 (über die Uneinheitlichkeit der letzten Stücke)
17. 10. 1943 (über realistische Kunst)
10. 11. 1943 (über eine Rede J. R. Bechers »Deutsche Kultur«)
30. 11. 1948 (Verhältnis von Epos und Drama)
20. 01. 1949 (Ostdeutsche Reaktion auf »Mutter Courage«)
07. 02. 1954 (was man braucht an Erfahrungen, um Rollen wie Grusche und Azdak darstellen zu können).

Für ein prophylaktisches Vorgehen wüsste ich keine Vorschläge. Ich habe die Sache nicht von ihr erfahren, sie wäre wohl zu überrascht über deine Kenntnis. Möglicher Weise wäre Herr Hagen es weniger.

Drittens, wiederum anlässlich Brechts, wies mich Herr Bunge, mit dem du nicht übereinstimmst, der dich dennoch grüssen lässt –

darauf hin dass er beim Blättern in Brechts »Schriften zum Theater« im Band 6 einen Text von Bunge gefunden hat. Er beginnt auf Seite 358 in der Mitte und geht bis zum Ende der Seite 364.[2] Er ist einmal Brecht überreicht worden, der legte ihn in seine eigenen Mappen.

Viertens schicke ich dir in der Anlage den vollständigen Roman,[3] von dem wir beim letzten Mal in Königstein Proben besehen und angehört haben. Ich habe den Verfasser gebeten, doch ja nicht auf die Haltbarkeit eines Pseudonyms zu vertrauen, er hat sich noch nicht entschieden; herauskommen wird wohl der Entschluss, das Buch dann eben unter eigenem Namen zu veröffentlichen, und zwar wenn möglich bei uns. Wenn ihr es gelesen habt, würde ich mich gern mit euch darüber unterhalten.

Fünftens, aber das ist keine Sache, es sind die schönsten Grüsse.

Yours, truly,

Uwe.

1 Das Manuskript wird erst 13 Jahre später veröffentlicht; vgl. Brigitte Klump, *Das rote Kloster: eine deutsche Erziehung*, Hamburg 1978. Die genannten Tagebuchstellen Brechts finden sich nicht im Wortlaut abgedruckt.

2 In Bertolt Brecht, *Schriften zum Theater*, Frankfurt am Main 1964, Bd. 6, S. 374, ist unter dem Titel *Vorspiel* ein Text von Hans Bunge zu finden, der sich mit den Spielarten des Vorspiels von Brechts Stück *Der kaukasische Kreidekreis* befaßt. In dem 1966 von Werner Hecht herausgegeben Materialienband zu Brechts *Der kaukasische Kreidekreis* wird dieser Text zwar wieder abgedruckt (S. 79 f.), aber in den Anmerkungen heißt es: »Dieser Beitrag wurde unter anderen Typoskripten im Nachlaß Brechts aufgefunden und in die *Schriften zum Theater*, Bd. 6, aufgenommen. Wie sich inzwischen herausgestellt hat, ist der tatsächliche Verfasser des Beitrags Hans Bunge, der damals an der ›Kreidekreis-Inszenierung‹ des Berliner Ensembles mitgearbeitet hat. Wir bitten darum, das Versehen zu entschuldigen.« (S. 191)

3 Gemeint ist das Typoskript von Fritz Rudolf Fries' Roman *Der Weg nach Oobliadooh*; siehe auch Brief 290, S. 411 ff.

[277]

Frankfurt am Main
5. August 1965

Lieber Uwe,
der Wunsch des Sowjetbürgers Lew Kopelew sei erfüllt, wenn Du ihn befürwortest.
An Frau Brigitte Heckmann werde ich schreiben. Ich bin gespannt, wie sie reagieren wird.
Die Mißverständnisse mit Herrn Bunge nehmen kein Ende; erst die paar Zeilen in meiner Auswahl, nun ein Aufsatz in den »Schriften«. Ein wenig muß es doch auch an Herrn Bunge liegen, daß er die eigenen Arbeiten immer in die Brechtschen hineingeheimnist hat; wir werden also bei der nächsten Auflage das zu berichtigen haben.
Den Empfang des vollständigen Romanmanuskripts Deines Gewährsmannes bestätige ich Dir. Martin möchte es lesen, und ich gebe es deshalb heute gleich nach Friedrichshafen.
Ich darf Dich nochmals an unser Telefonat gestern erinnern. Es wäre mir sehr lieb, wenn Du einen Beitrag für »Dichten und Trachten« schriebest, der nur dort erschiene und der einem Verständnis Deines Buches dienen soll.
Herzlich Dein Siegfried

[278][1]

in Friedenau
7. August 1965

Lieber Siegfried,
die Auskünfte Frau Berlaus über »Buch der Wendungen« und »Me-ti« sind sämtlich nicht brauchbar, und ich konnte sie noch einschätzen in dem Wissen, dass die Dame tags zu-

vor im Archiv angerufen hatte um sich nach einem Manuskript »Buch der Wendungen etc.« zu erkundigen.
Geradezu unangenehm wurde es erst mit deinen Grüssen. Sie belegt dich, ohne gross auf Abwechslung und Steigerung zu achten, mit gewöhnlichen Schimpfworten wegen eines Briefes, in dem du ihr angeblich eintausend Mark für die Briefe Brecht in ihrem Besitz geboten hast. Du könnest sie nun nicht mehr erpressen, da ihre Mutter, 82 Jahre alt, schwer krank sei. Sie meinte umgekehrt, sie brauche eben wegen dieser Krankheit Valuta. Sie behauptete, es seien ihr fünf Briefe gestohlen worden, und auf die Frage nach dem Täter: es seien sieben Prozesse gewesen; diese Briefe habest du für die Erben zum Preis von viertausend Mark zurückgekauft, also kenntest du den Preis. Ich versuchte ihr dein Gebot von fünftausend klarzumachen. Sie konnte die eintausend nicht vergessen und bat mich, mit dem irren Lächeln wie es in den Lehrbüchern steht, dir zu sagen alle Briefe seien verbrannt, in den Ofen geworfen. Sie hat da Zentralheizung. Abwechselnd sprach sie davon, in Übereinstimmung mit Frau Weigel »die kleinen Liebessachen« zu streichen und die Briefe in der ddR zu publizieren, oder sie in Dänemark ausser Reichweite der Erben Brechts herauszugeben, oder sie Buckwitz zu verkaufen, oder sie dem Dietz Verlag in Ostberlin anzubieten; von dir wolle sie nichts mehr wissen, es sei denn zum Preis von 1000 Mark pro Brief. Ich rechnete ihr das Ergebnis von einer halben Million vor, und sie sagte: Ganz recht. Es ist nach Angaben Herrn Bunges, den sie sechsmal zu ihrem Universalerben einsetzte und ebensooft enterbte, unwahrscheinlich, dass es jemals so viele Briefe waren und dass sie überhaupt noch eine beträchtliche Anzahl besitzt. Mir zeigte sie Fotokopien mit der Archiv-Nummer 171. Beunruhigender finde ich die Äusserung: daran solle der Unseld-Verlag nicht verdienen, sie sei gar nicht einverstanden mit der frankfur-

ter Ausgabe, »das machen wir hier selbst«. Es tut mir leid, dass ich deinen Auftrag nicht ausführen konnte; ich habe es eine Stunde lang versucht, bis sie mich verabschiedete mit den Worten »Ich bin nämlich Kommunistin, Kleiner« und »Ich hatte mit Brecht nur eine Liebesgeschichte, das geht niemanden etwas an« und mit freundlichem Lächeln die Tür zuschlug mit einer Macht, dass der Putz im ganzen Treppenhaus abgefallen wäre, hätte man das nicht kürzlich renoviert.

Es kommt schlimmer. Sie zeigte mir Fotokopien von Brecht-Manuskripten, die in der Königlichen Bibliothek in Kopenhagen liegen. Es sind »Me-ti«-Texte darunter.

Es ist wahrscheinlich dass bei dem Material, das sie an die Akademie der Künste verkauft hat, weitere »Me-ti«-Sachen liegen. Das Material ist weder durchgesehen noch geordnet.

Einen Teil der Sachen hat Herr Bunge, als sie noch in ihrem Besitz waren, zum Fotokopieren entführt, so dass es im Archiv wenigstens so vorliegt, aber gewiss ist das nicht alles.

Es kommt weit schlimmer. Bei den Fotokopien, die mir Frau Berlau zeigte, waren auch solche mit einer Archivnummer, und zwar 164 und 169. Darunter sind »Me-ti«-Texte, und weder du noch ich haben sie je gesehen.

Wenn wir unseren Sinn für Humor beweisen wollen, verschieben wir das Projekt nicht.

Wäre hier ein Interesse an der Unterdrückung bestimmter Texte am Werk, könnten wir aufatmen, wüssten wir doch, womit wir zu tun haben. Es handelt sich um weit Gefährlicheres, um sanfte Schlamperei. Danach möchte ich nicht mehr glauben, es sei den Brecht Erben an einer ordentlichen Publikation gelegen, um allerhand politischen Einflüssen vorzubeugen. Immerhin möchte ich daneben doch glauben dürfen, es sei den Brecht Erben auch gelegen an Publikation überhaupt und den Honoraren. Es ist schlimm genug, dass

keine der Damen weiss, wann Brecht diese uns bekannten Blätter beschrieben hat. Es ist eigentlich nicht zumutbar, dass sie in ihrem Archiv nicht Bescheid wissen und uns die Sachen nur teilweise oder gar nicht zuschicken.
Lass uns den uns eigenen Sinn für Humor für etwas anderes verwenden und die Sache aufschieben.
Es wäre nötig: in Kopenhagen nachzusehen,
in der Akademie am Kochplatz nachzusehen,
im Archiv Mappe für Mappe und Blatt um Blatt umzuwenden.
Ich kann mir vorstellen was du sagst. Ich gestehe dir auf der Stelle zu: mit Leichtigkeit kann man im Nachwort die Verantwortung für Umfang und Auswahl des Materials den Erben bescheinigen. Die Blamierten wären wir doch.
Dies schicke ich dir per Eilboten, und hätte dir ein netteres Ereignis am Sonntag gewünscht.
Yours, truly,
Uwe.

P. S.
In meinem vorigen Brief mag es aussehen, als sei die Publikation jenes Schlüsselromans in der Illustrierten »Quick« beschlossene Sache. Das ist nicht so, oder, um es genauer zu sagen: das ist mir nicht bekannt.

1 Der Brief trägt den handschriftlichen Vermerk von S. U.: »tel[efonisch]. erl[edigt].«

[279]

in Friedenau
16. August 1965

Lieber Siegfried,
hier bekommst du meine Nachbemerkung zu »Me-ti – Buch der Wendungen«, und zwar in vier Exemplaren: eins für Herrn Bendixen, noch eins für Herr Bendixen, eins für Brechts Erben Inc. und eins für dich.
Du nimmst vielleicht Anstoss an seinem technischen Benehmen. Appetitlicheres kann ich mir auch vorstellen; es ging mir nicht nur um Definition meiner Verantwortung, aus einer solchen Beschreibung könnte auch der Zustand des nachgelassenen Fragments und ein Teil Arbeitsweise zu ersehen sein.
Im Archiv fand ich in der Mappe 164 tatsächlich 12 Blättter, deren Texte in der Ausgabe schon enthalten sind. Das beweist zunächst einmal den Zusammenhang dieser Mappe zu den anderen und meine Unfähigkeit zu begreifen, warum uns die nicht geschickt wurde. Dann aber fand ich 19 (neunzehn) uns nicht bekannte Texte, Gedichte in der chinesischen Manier an Frau Berlau, deren Name auch der provisorische Titel für die Mappe ist. Nun begreife ich eher, denn Frau Ramthun deutete mir in einer verlegenen Art die Meinung an, es seien die Lai-tu-Sachen ja gar nicht Bestandteil von »Me-ti – Buch der Wendungen«. Sie wollte diese Meinung nur gehört haben, sie sagte nicht von wem. Nun finde ich es erstaunlich, dass die Meinungsträger nichts finden bei den übrigen Lai-Tu-Sachen in Prosa, die sie im Exposé und in den Fahnen längst hätten berme nein bemerken können, uns dann aber die eigentlichen Liebesgedichte gar nicht erst zeigen. | (Die neuen Texte folgen bald.) |
Diese Meinung sollte man nicht anerkennen. Ja, käme Laitu allein auf der Welt vor! Solange sie in einen Zusammen-

hang gebracht ist mit Me-ti und Kin-jeh, muss sie im Buch bleiben, ob ihr Verhalten nun zu klassenkämpferischen und moralischen, oder zu Verallgemeinerungen der Liebe Anlass gegeben hat.
Als Konzession, die keine ist, könnte man sich feierlich abringen lassen, dass die Aufschlüsselung ihres Namens rückgängig gemacht wird. (Er ist nicht aufgeschlüsselt.)
Mang schreibt mir du kämst Ende des Monats nach Westberlin. Das bestätige mir doch. Zwar habe ich kein Kalb zu schlachten, aber zu einem Huhn möchte es ja reichen.
Yours, truly,
Uwe.

Durch Eilboten.

[280]

Frankfurt am Main
18. August 1965

Lieber Uwe,
herzlichen Dank für Deinen Brief vom 16. August, den ich eben noch vor meinem Abflug[1] erhielt. Das Nachwort habe ich überflogen, ich bin auch mit seiner etwas technischen Form einverstanden. Ich werde eine Kopie an Frau Weigel geben und mit ihr auch über Lai-tu reden. Ich melde mich dann.
Ich werde nicht am 28./29. nach Berlin kommen können, da ich da mit Martin verabredet bin.
Herzlich Dein Siegfried

1 S. U. ist zwischen dem 18. und 21. 8. 1965 in London. Dort trifft er mehrmals Helene Weigel: » Sie machte mir Vorwürfe wegen der Lai-Tu-Texte in ›Me-ti‹ und wegen des Besuchs von Johnson im

Archiv während ihrer Abwesenheit. Ihre Vorwürfe waren unberechtigt, doch war sie in diesem Punkt schwer ansprechbar. Sie weigerte sich, jene Texte zu lesen, die Johnson aufgrund von Ruth Berlaus Angaben noch nachträglich gefunden hatte. Johnson und ich werden ihr zu dieser Sache nochmals schreiben müssen.« Siehe Brief 282, S. 400ff.

[281]

in Friedenau
24. August 1965

Lieber Siegfried,
hier schicke ich dir was mir einfiel von den Begegnungen mit Suhrkamp.[1] Lieber hätte ich es dir am Telefon vorgelesen, um deine Anmerkungen rascher zu bekommen; ich muss jetzt aber zu amerikanischen Studenten und ihnen was vorlügen.
Die Bücher, die er mir beim ersten Besuch schenkte, waren von Radiguet »Der Ball des Comte d'Orgel«, das »Jugendbildnis« Alain-Fournier und das »Taschenbuch für junge Menschen«. Ich bat ihn um Hesses »Glasperlenspiel«, das wollte er mir nicht geben, offenbar aus erzieherischen Gründen. (Mit diesen Büchern geriet ich am Bahnhof Friedrichstrasse in eine Gepäckkontrolle und durfte sie nur behalten, weil dem Kontrolleur der Name Hesse bekannt war.)
Yours, truly,
Uwe.

1 Es handelt sich um den Text *»Schicksalhaft« war es nicht*, der 1965 bei der Buchhandlung Elwert und Meurer (Hg.), *Die Begegnung. Autor – Verleger – Buchhändler – Leser* in Berlin erschienen ist. Wiederabgedruckt in: U.J., *Porträts und Erinnerungen*, S. 7-9. U.J.

schildert hier, wie die Publikation von *Ingrid Babendererde* 1957 abgelehnt wurde. Im gleichen Band beschreibt S. U. unter dem Titel *Begegnung mit Uwe Johnson*, S. 65-67, warum er gegen eine Veröffentlichung der *Ingrid Babendererde* war.

[282]

in Friedenau
27. August 1965

Lieber Siegfried,
der Brief an Frau Weigel, von dem ich dir einen Durchschlag beilege, ist gestern vor 19 Uhr auf die Post gekommen. Sollte er sie in England nicht mehr erreichen, hielte ich für besser, ihr nach Jugoslawien ein neu geschriebenes Original und keinen Durchschlag zu schicken, Würde wegen, und bitte dich, mir die jugoslawische Adresse zu geben, sobald du sie weisst.
Im Fall sie sperrt sich ungeachtet all dieser Vorbringungen gegen die Aufnahme der »Lai-tu«-Texte, setzt sich quasi von selbst die Bemerkung ins Nachwort:

> »Ausgeschieden wurden auch Texte, in denen eine private Beziehung des Verfassers festgehalten ist, aus Rücksicht auf noch lebende Personen.«

Sollte Frau Weigel auch das noch nicht erträglich sein, etwa weil es dem Sachverhalt entspricht, oder weil es nicht wie ein kleines Liedchen formuliert ist, so müsste mein Name von der Rückseite des Titelblatts und unterm Nachwort verschwinden.
Zu den Büchern, die mir Suhrkamp im Juli 1957 schenkte, trägt Elisabeth noch nach: ich habe mir aussuchen dürfen, habe mir B. B.s »Gedichte und Lieder« gewünscht, was Suhrkamp mit einer Befriedigung betrachtete, als habe er es so erwartet (sagt sie habe ich erzählt).

Die anhaltende Wut der Herren vom Aufbau Verlag wundert mich doch. Sie könnten meine Bücher auch betrachten als Anlässe für viele und mehr differenzierte positive Äusserungen über ihren Staat. Immerhin bereite ich mich darauf vor, dass das neue Buch vor solchem Hintergrund mich noch kräftiger in die Ehren eines objektiven Feindes setzt. Dennoch bitte ich dich, ihnen »Zwei Ansichten« auf das billigste anzubieten, vielleicht mit Bezug auf dein Gespräch mit Abusch in Leipzig, und sei es um herauszufinden, wie betrunken er denn nun war.
Wenn es von der e.s. Band 59, »Karsch etc.«, noch Freiexemplare für mich gibt, bitte ich sie mir zu schicken.
Schlag mir vor was ich deiner Frau schenken könnte. Ich wünsche dir erträgliches und rasches Verschwinden der Angina. Es ist schwierig, jetzt mit Frau Walser zu telefonieren, und ich wäre dir dankbar, könntest du mir immer mitteilen was du Neues über Martins Zustand erfährst.
Bis zum 14.,
yours, truly, Uwe.

[282a; Anlage, Brief von U.J. an Helene Weigel, Durchschlag]

Postfach 11, 1 Westberlin 410
26. August 1965

Frau Prof. Helene Weigel
Carlisle House Hotel
Devonshire Terrace
London W 2

Sehr verehrte Frau Weigel,
so ungünstig die Gelegenheit ist, ich möchte sie doch benutzen, Ihnen zu danken für das Vertrauen, das Sie mir erwiesen haben mit dem Auftrag, aus Brechts Nachlass den Band »Me-ti – Buch der Wendungen« herauszugeben.

Wie Herr Unseld mir mitteilte, haben Sie Bedenken, in diesem Band solche Geschichten oder Gedichte gedruckt zu sehen, in denen eine fiktive Person »Lai-tu« vorkommt, wegen der darin festgehaltenen privaten Beziehung des Verfassers. Bitte, erlauben Sie mir, Ihnen meine Gründe für die Aufnahme dieser Texte vorzutragen.

Zwar hätte gegen das Prinzip der Vollständigkeit gerade bei diesem Band einiges gesprochen. Wahrscheinlich hätte Brecht bei einer eigenen Edition die Texte noch verändert, zum Beispiel das Zeitengemisch aus chinesischem Altertum und zwanzigstem Jahrhundert bereinigt, oder die durch den Mangel an Information entstandenen Irrtümer in der Darstellung des politischen Kampfes berichtigt, und so ist auch möglich, dass er die Blätter, auf denen »Lai-tu« vorkommt, nicht aufgenommen hätte. Jedoch wäre es nicht angemessen, diese nicht bekannte Entscheidung Brechts auf eine mutmassende Weise nachzuvollziehen; einem späteren Herausgeber steht nur zu, das Werk in dem Zustand zu publizieren, in dem es aufgefunden wurde, ohne Eingriffe und Unterdrückungen.

Wenn Sie den »Lai-tu«-Texten kritisch gegenüberstehen, weil Sie sie für privat halten, so wäre doch einzuwenden, dass darin allenfalls der Anlass der Niederschrift privat ist, nicht jedoch die Ausführung. Die persönliche Beziehung des Verfassers wird durchgehend objektiviert, einmal durch die chinesische Chiffre, mehr noch und gründlicher durch die Verwandlung des realen Vorgangs in ein Beispiel dialektischen Verhaltens oder in eine Lehre. Selbst wo ein Text über reine Darstellung nicht hinausgeht, haben wir es dennoch mit unabhängiger Literatur zu tun.

Bitte, denken Sie von mir nicht, ich wollte Ihre Bedenken gering schätzen. Ich möchte denen meine Gründe nicht entgegenhalten, ich wünschte mir nur, Sie würden Ihre Gründe mit meinen vergleichen. Wenn Sie also eine Bloss-Stellung durch die Publikation der »Lai-tu«-Geschichten fürchten, erlauben Sie mir zu entgegnen, dass der Kreis der Mitwisser, der jetzt besteht, durch eine Buchausgabe kaum vergrössert wird, insbesondere, weil »Lai-tu« im Register und Personen-Verzeichnis nicht entschlüsselt werden soll, gerade in der Absicht, den fiktiven und literarischen Charakter dieser Gestalt zu betonen. Den übrigen, den einfachen Lesern aber würde diese Gestalt als eine unter vielen begegnen, in objektiv literarischen Anekdoten oder Gedichten, und es wäre gegenüber solchen Lesern nicht gerecht, sie dieser Texte zu berauben.

Es ist ja nicht so, dass »Lai-tu« in diesem Fragment isoliert vorkäme, sondern vielmehr ist sie fest mit anderen Gestalten des Buches verbunden. Unterdrückte man »Lai-tu«, so verlöre man auch Blätter, auf denen Me-ti oder Kin-jeh mit ihr vorkommen. Durch einen solchen Eingriff würde nicht nur dies Buch beschädigt, sondern auch das Bild eines exemplarischen Lebens wäre dann weniger vollständig.

Schliesslich tragen die »Lai-tu«-Texte, so weit sie Gedichte sind, dazu bei, dem Werk eine Vielfalt der Formen zu sichern. Sicherlich wäre der Eindruck des Buches ohne diese Gedichte immer noch erheblich, aber eben unter dem Möglichen.

Sehr verehrte Frau Weigel, bitte verzeihen Sie, dass ein Unzuständiger den Gegenstand Ihrer Bedenken erörtert; es geht mir nur darum, diese Ausgabe so gut wie möglich zu machen. Ich bin überzeugt, dass man dem von Ihnen befürchteten Geschwätz gerade mit der Unterdrückung von Texten zu viel Ehre antut, und ebenso bin ich überzeugt, dass man von Ihnen keine anderen als literarische Rücksichten erwartet. Ich wäre Ihnen sehr dankbar, könnten Sie sich entschliessen, auch die »Lai-tu«-Texte zum Abdruck freizugeben, dem Buch zuliebe.

Ihr sehr ergebener
Uwe Johnson.

P. S.
Bis zu Ihrer Entscheidung gebe ich Ihnen die Abschriften zurück, die neuerdings in der Archiv-Mappe 164 aufgefunden wurden.
Herr Unseld bittet mich nachzutragen: Sollten Sie diese Texte für den Abdruck bestimmen, so würden sie entsprechend der durch die Mappen-Nummern hergestellten Reihenfolge an den Schluss des Bandes gestellt, also hinter »Die grosse Ordnung und die Liebe« (in Ihrem Umbruch-Exemplar auf Seite 184), darauf würden die Texte aus den Mappen 233 bis 977 folgen, die jetzt in ihrem Umbruch-Exemplar auf den Seiten 185 bis 188 stehen.

[283]

Frankfurt am Main
31. August 1965

Lieber Uwe,
eben sind im Verlag die ersten Exemplare der »Zwei Ansichten« eingetroffen. Diese Exemplare werden noch nicht verschickt, da der (mit der »FAZ« vereinbarte) Erscheinungstermin am 18. September ist. Der Ladenpreis des Buches beträgt 16 DM, Dein Honorar 12, 5 %, also 2 DM pro Exemplar. Wir haben vertraglich vereinbart, daß Du jederzeit à conto der Erlöse dieses Buches 10 000 DM bei uns abrufen kannst.
Ich schicke Dir heute drei Exemplare zu. Da wir eine Auflage von 10 000 Exemplaren druckten, stehen Dir insgesamt 100 Freiexemplare zur Verfügung, Du kannst am 18. September über sie verfügen. Vielleicht bereitest Du jetzt schon eine entsprechende Versandliste vor, es wäre mir nicht unangenehm, wenn Du über alle 100 Exemplare disponieren könntest.

In der Zwischenzeit haben wir bereits eine zweite Auflage gedruckt, das 11.-20. Tausend. Die Vorbestellziffern liegen jetzt etwas über 9.000 Exemplaren. Die zweite Auflage wird selbstverständlich ebenfalls schon bei Erscheinen vorliegen. Ich habe diese Trennung im Grunde genommen der Kritik wegen gemacht, damit wir nach außen hin nicht übertrieben sicher auftreten, darauf reagiert die Kritik dann doch allergisch. Es ist aber vorgesorgt, daß das Buch nicht ausgehen kann.

Ich finde nun den Umschlag halt doch ganz gut und gelungen. Es tut mir leid, daß wir in diesem Punkte nicht übereinstimmen können. Vielleicht wirst Du mir späterhin recht geben, wenn Du des öfteren das Buch im Schaufenster ausliegen sehen wirst. Dann haben wir einen Umschlag, der nicht nur paßt, sondern der sich auch von anderen Umschlägen unterscheidet.

Nun wünsche ich Dir und mir eine gute Wirkung des Buches.

Herzlich Dein Siegfried

[284]

Frankfurt am Main
2. September 1965

Lieber Uwe,

die Adresse von Frau Weigel in Jugoslawien: Hotel Pharos, Hvar. Ich würde ihr doch eine Kopie schicken und nicht noch ein Original, aber das soll Deine Sache sein.

An die Herren im Aufbau Verlag habe ich geschrieben, eine Kopie liegt hier an.

Von Deinem editions-Bändchen | – »Karsch« – | haben wir keine Freiexemplare mehr zur Verfügung, aber zum Autorenpreis stehen Dir beliebig viele Exemplare zur Verfügung.

Wenn ich bloß selbst wüßte, was ich meiner Frau schenken könnte, ich kann Dir da nichts sagen.
Herzlich Dein Siegfried

[284a; Anlage, Brief von S. U., Durchschlag]

Frankfurt am Main
1. September 1965

Aufbau Verlag
Berlin W 8
Französische Straße 32

Lieber Herr Gysi,
am 18. September wird der neue Roman von Uwe Johnson erscheinen, er trägt den Titel: »Zwei Ansichten«. Ich schicke Ihnen ein Exemplar dieses Buches zu. Ich meine es ganz ernsthaft, wenn ich Sie bitte, prüfen zu wollen, ob eine Veröffentlichung der Bücher von Uwe Johnson in der DDR letztlich nicht doch möglich wäre. Vielleicht errinnern Sie sich, daß in unserem Gespräch mit Herrn Abusch diese Möglichkeit ja kurz gestreift wurde; Herr Abusch schien mir nicht abgeneigt zu sein. Vielleicht müßten Johnsons Bücher bei Ihnen von einer besonderen Warte aus beurteilt werden. Es gibt ja nicht allzu viele Bücher, bei Ihnen wie bei uns, die Äußerungen über Ihren Staat enthalten. Bei Johnson sind es sehr differenzierte Äußerungen. Ich kann nur immer wieder sagen, daß ich, auf Ihrem Stuhle sitzend, nicht zögern würde, hoher Gesichtspunkte halber diese Bücher zu veröffentlichen.
Mit den besten Grüßen
Ihr Siegfried Unseld

[285]

in Friedenau
3. September 1965

Lieber Siegfried,
schönen Dank für deinen Brief von gestern. Was deine Veranstaltung mit mir zur Messe angeht, so gebe ich zu vergessen zu haben, ob du vom 16. (Sonnabend) oder 17. Oktober sprachst. Am 17. könnte ich gegen 14 Uhr in Dortmund[1] abfahren und wäre wahrscheinlich zwischen 19 und 20 Uhr in Frankfurt. Reicht dir das, wenn es der richtige Tag ist? Die Liste der Leute, an die ich 85 Bücher geschickt haben möchte, lege ich bei.[2] Die restlichen erbitte ich hierher.
Yours, truly,
Uwe.

1 Am 17. 10. 1965 liest U. J. im Studio der Stadt- und Landesbibliothek in Dortmund.
2 Die Liste ist nicht erhalten.

[286]

in Friedenau
8. September 1965

Lieber Siegfried,
jener Herr in | 4628 | Lünen, der dir zuliebe auf seine Veranstaltung am 16. Oktober verzichtet hat, heisst
Heribert Hoffmann und wohnt
Altdorfer Weg 6.
Da ihm überdies Kosten entstehen durch den Neudruck der Plakate, würde er sich über einen Brief von dir wahrscheinlich freuen.
Mit den schönsten Grüssen,
Uwe.

[287]

Frankfurt am Main
9. September 1965

Lieber Uwe,
ich erhielt eben einen Brief von Hildesheimer unter dem Datum vom 7. September. Er beginnt: »Ich gratuliere zum Johnson-Umschlag! Hervorragend! Ein neues Prinzip?«
Bitte, entschuldige.
Anliegend schicke ich eine Kopie meines Briefes an Herrn Hoffmann.
Herzliche Grüße Dein Siegfried

P. S.
Eben erhalte ich unter dem Datum vom 9. 9. folgende Zeilen von Ledig-Rowohlt: »Dank, Dank, Dank und herzlichen Glückwunsch zu dem ›Johnson‹. Das Buch ist ganz wunderbar ausgestattet. Ein herrlicher Schutzumschlag. Wir sehen uns ja bald. Inzwischen mit ...«

[287a; Anlage, Brief von S. U. an Heribert Hoffmann]

Frankfurt am Main
9. September 1965

Sehr geehrter Herr Hoffmann,
Uwe Johnson verständigte mich, daß Sie freundlicherweise auf eine Veranstaltung mit ihm verzichteten, um es ihm möglich zu machen, vor einem ausgesuchten Sortimenterkreis während der Buchmesse hier zu lesen und überhaupt wenigstens einen Tag während der Messetage anwesend zu sein. Das ist für Uwe Johnson und die Wirkung seines Buches sehr wichtig, und ich bin Ihnen deshalb aufrichtig dankbar, daß Sie Uwe Johnson eine Teilnahme ermöglichten. Der Verlag hatte diesen Termin mit Johnson angesetzt unter der Voraussetzung, daß das Vortragsamt jeweils die

Samstage zu Uwe Johnsons Verfügung gehalten habe, so ist es ja auch in der Regel, nur unglücklicherweise war am 16. der Termin mit Ihnen vereinbart.
Darf ich mir erlauben, Ihnen Uwe Johnsons Buch nach Erscheinen am 18. September als ein Zeichen unseres Dankes zu überreichen?
Mit besten Grüßen
Dr. Siegfried Unseld

[288]

in Friedenau
23. September 1965

Lieber Siegfried,
hier kommt, mit den schönsten Grüssen, das Interview für »D&T«.[1]
Bitte, betone doch in deiner Herstellung, dass ich den Schluss des Umbruchs von »Me-ti« noch einmal sehen muss, des Registers wegen und die nachgesetzten Texte zu prüfen.
Für den Fall, dass Frau Weigel die neu aufgefundenen Texte nun doch nicht schickt, entgegen ihrer Ankündigung, würde ich auch deinen Satz Xerographien brauchen.
Übrigens bestelle ich also fünfzig Exemplare der ES 59 zum Preis der Buchhändler.
Yours, truly,
Uwe.

1 Es handelt sich um *Auskünfte und Abreden zu »Zwei Ansichten« (Auf Fragen von Mike S. Schoelman)*, der in *Dichten und Trachten* 1965, S. 5-10, abgedruckt wird.

[289]

Frankfurt am Main
24. September 1965

Lieber Uwe,
schönsten Dank für Deinen Brief vom 23. September. Dein Interview habe ich sogleich gelesen, ich finde es gut. Nicht ohne Schmunzeln nahm ich natürlich manches zur Kenntnis. Ich weiß nicht, ob es richtig ist, so definitiv zu sagen, daß Du keine Poetik habest. An Deiner Stelle hätte ich eher gesagt, daß eine Poetik, wie es auf der Klappe des Schutzumschlages heißt, Dir nicht bewußt sei. Dann ist Deine Bemerkung, daß zwischen den Zeilen nichts stehe, ja doch anfechtbar. Natürlich stehen keine Druckbuchstaben zwischen den Zeilen, aber es gibt Schwingungen und Töne, früher sagtest Du selbst »Mutmaßungen«, die sich doch zwischen den Zeilen ausbreiten. Solches zu leugnen, scheint mir die Dinge etwas zu einfach sehen. – Wir geben den Text sofort zum Satz. Falls Du das eine oder andere noch ändern willst, so gebe es mir bitte jetzt an, Du erhältst davon keine Korrektur mehr.
Dagegen schicken wir Dir selbstverständlich noch die letzten Seiten von »Me-ti«.
Ebenfalls schicken wir Dir die Xerokopien der »Lai-tu«-Texte nochmals zu.
50 Exemplare des editions-Bändchens 59 zum Autorenpreis lassen wir Dir zugehen.
Zu den Auflagen der »Zwei Ansichten«. Ich habe Dir ja mitgeteilt, daß ich aus ganz bestimmten Gründen eine erste Auflage von 10000 Exemplaren angekündigt und dieses 1.-10. Tausend im Impressum vermerkt habe. Faktisch haben wir bereits 20000 Exemplare gedruckt, 15000 Exemplare mit dem Schutzumschlag der ersten Auflage, der Umschlag für die letzten 5000 Exemplare wird eben gedruckt. Sobald

dieser Umschlag vorliegt, schicke ich Dir Deine 30 Freiexemplare der zweiten Auflage. Ist Dir dies so recht?
Herzlich Dein Siegfried

| Ich finde es auch nicht richtig, daß Du Dich gegen die Formel »Dichter beider Deutschland« wendest. Gerade dazu solltest Du schweigen.[1] |

1 »Das Wort ›gesamtdeutsch‹ verstehe ich nicht, es ist in der Wirklichkeit schwer zu belegen, und mit dem Etikett ›Dichter beider Deutschland‹ können Sie mich jagen«, bemerkt U. J. in seinem fiktiven Interview *Auskünfte und Abreden zu ›Zwei Ansichten‹ (auf Fragen von Mike S. Schoelman)* in *Dichten und Trachten*, 1965, S. 5 f. Eingeführt wird diese Wendung von Günter Blöcker in einer Rezension zu *Das dritte Buch über Achim* in der *Frankfurter Allgemeinen Zeitung* vom 16. 9. 1961; dort heißt es: »Gleich mit seinem ersten Roman *Mutmassungen über Jakob* ist er zum Dichter der beiden Deutschland geworden, und mit seinem neuen Buch befestigt er diese Position auf das nachdrücklichste.«

[290]

Frankfurt am Main
24. September 1965

Lieber Uwe,
Martin hat sich noch während seines Frankfurter Aufenthaltes seine Einwände zum Roman »Der Weg nach Oobliadooh« überlegt. Ich habe nun gestern abend das Manuskript zu Ende gelesen. Ich schreibe Dir heute, weil ich annehme, ja weil ich hoffe, daß Du noch vor Deiner Abreise mit dem Autor Verbindung aufnehmen wirst.
Zunächst wiederhole ich noch einmal, was wir schon in Frankfurt besprachen. Ich bin sehr angetan von der schriftstellerischen Leistung dieses Autors und bringe den Roman

sehr gerne im Programm des zweiten Halbjahres 1966 des Suhrkamp Verlages heraus. Dieser Entschluß ist definitiv, gleichgültig, ob der Autor die nachstehenden Einwände akzeptiert und Veränderungen machen kann oder ob ihm das aus vielerlei Gründen nicht möglich ist. Doch wäre es natürlich gut, wenn er Einsicht hätte und sich zumindest unsere Anmerkungen überlegte. Noch einmal, als Ganzes ist der Text gelungen, ich bin auch sicher, daß wir ihn nicht ganz wirkungslos veröffentlichen können.

Ich persönlich hatte große Schwierigkeiten, in den Text hineinzukommen, mich störten die vielen fremdsprachlichen Zitate. Nun ist es mit den Anfängen ja ein eigenes Ding, wenn der Text sich hält, nimmt man gerne Schwierigkeiten in Kauf, und so ist es auch hier. Und doch will ich nicht ganz einsehen, daß diese bloß aufgesetzten Lichter sein müssen.

Enttäuschend ist das fünfte Kapitel. Beim Lesen ist man doch schon gespannt, daß jedes Kapitel etwas Neues und Wichtiges bringt. Das fünfte Kapitel berichtet nur eine Nichtigkeit. Meines Erachtens kann es als Mitteilung in Kapitel 4 oder 6 untergebracht werden; außerdem erlaubt es ja auch die angenehm lockere Knüpfart des Romans, Kapitel 6 ohne das fünfte Kapitel an das vierte anzuschließen.

Muß das Gedicht auf Seite 101 mit der anschließenden melancholischen Bemerkung sein? Sollte man es nicht streichen? Andererseits führt es eine Tonart des Buches weiter, doch ist eben die Frage, ob man einen Text, der ohnehin lyrisch gestimmt ist, in dieser Weise aufmutzen sollte.

Seite 107-109. Hier taucht Isabell noch einmal auf und geht dann für immer. Ist das richtig? Das Mädchen beginnt groß mit dem Buch, jetzt rutscht es auf zwei Seiten vorbei, man hat den Eindruck, hier erledigt der Autor etwas zu rasch seine Story. Natürlich erfährt man hier etwas, aber ist es nicht möglich, diese Information in anderer Weise mitzutei-

len. Also Isabell müßte entweder stärker aufgebaut werden oder doch an dieser Stelle verschwinden, das heißt, es müßte die Information gegeben werden, daß sie ein Kind bekommt; ohnehin schiene es mir besser, wenn dies indirekt geschähe, wer sagt das schon so direkt.
Kapitel 13 ist ebenfalls ein nichtiges, flüchtiges Zwischenkapitel. Zu viele Motive werden aufgenommen und zu wenige werden richtig ausgeführt.
Kapitel 13, die Erwin-Story. Man sollte sich überlegen, ob man dieses Kapitel nicht einfach streichen kann. Hier macht sich der Autor als schlechter Spaßmacher angreifbar.
In Frankfurt haben wir bereits über die Berücksichtigung der Rückkehr gesprochen. Wir waren uns darüber im klaren, daß die Beschreibung der Rückkehr großartig ist, daß aber ihre Berücksichtigung doch nicht ausreicht. Heimweh ist ja gut, aber müßte man die beiden nicht doch mehr unter der Fremdheit Berlins leiden lassen, vielleicht könnte man auch sagen, daß sie den Unterschied nicht aushalten. Daß sie zurückgehen, liegt also weniger an Ost oder West, sondern im unverschuldeten Unterschied.
Kapitel II/8 (Landarzt) und III/2 (Zu Gott) benutzen Anspielungen auf Kafka und Grass. Das ist sehr zu prüfen. Die Verwendung von Kafka geschieht zu leichtfertig. Das Grass-Zitat könnte Leser auf den Gedanken bringen, es handele sich hier um eine Imitation, das wäre doch schade; so einfach sollten wir es doch den Kritikern nicht machen, der Autor sucht sich dafür, wie ich meine, einen falschen Vergleich aus.
Schön ist dann wieder der Schluß, aus herrlichem Jean Paulischem Geiste.
Lieber Uwe, bitte den Autor, er möchte dies bedenken. Es wäre für uns sehr angenehm, wenn wir bis Ende Dezember oder Ende Januar einen in diesen Punkten geänderten Text hier hätten. Ich glaube, allzu viel braucht der Autor kaum

mehr zu machen, und bis Januar sollte ihm dies auch möglich sein.[1] Wir würden dann nochmals den Text lesen und mit dem Autor diskutieren, im April ging er dann in die Setzerei. Ich möchte rechtzeitig Leseexemplare herstellen können, eben weil ich dem Buch Chancen gebe.
Die Ankündigung der Veröffentlichung und der Autorenschaft geschähe frühestens Mai 1966. Bis dahin müssten die in diesem Zusammenhang entstehenden Fragen geklärt sein.
Herzlich Dein Siegfried

1 S. U. befindet sich zwischen dem 19. und 25. 11. 1965 in Ost- und Westberlin. In Ostberlin trifft er Fritz Rudolf Fries: »Wir hatten uns für ein dreistündiges Gespräch in der Wohnung eines Freundes von Johnson [Manfred Bierwisch] getroffen. Wir diskutierten zwei Stunden lang die besondere Verfahrensweise, also die Frage, ob das Manuskript einfach mir gegeben werden kann oder ob es an einen mitteldeutschen Verlag einzuschicken sei [...]. Dann aber kreuzte ich mit einem Vertrag auf, der schon formuliert war; wir haben im Vertrag die DDR und die sozialistischen Länder (handschriftlich) ausgenommen. [...] Anschließend ging ich mit Vertrag und Manuskript über die Grenze, und nur die Bescheinigung des Aufbau Verlages rettete mich vor einer genaueren Durchmusterung des Manuskripts, das die Zollbeamtin bereits in den Händen hatte.« *Der Weg nach Oobliadooh* erscheint unter dem Namen des Verfassers 1966 im Suhrkamp Verlag, 1989 in der DDR.

[291]

Frankfurt am Main
27. September 1965

Lieber Uwe,
ich habe der Buchhandlung Saucke versprochen, daß Du Dich während Deines Hamburger Aufenthalts ein Ständchen in der Buchhandlung zum Signieren aufhältst. Die

Buchhandlung fragt an, wann Du in Hamburg eintriffst und wann Dir diese Stunde recht sei, schon jetzt würde danach gefragt.
Möchtest Du nicht jetzt mit dem sehr netten Herrn Wolfgang Saucke, dem Juniorchef des Hauses, Verbindung aufnehmen?
(2 Hamburg 1, Paulstraße 6)[1]
Herzliche Grüße Dein Siegfried

1 Der Brief trägt den handschriftlichen Vermerk von U.J.: »11. Okt 11«, U.J. hat für den 11. 10. um 11 Uhr die Signierstunde festgelegt, dann aber noch auf den 9. 10. verschoben.

[292]

Frankfurt am Main
16. November 1965

Lieber Uwe,
ich habe gestern veranlaßt, daß Dir 15 Exemplare »Me-ti« zugeschickt werden. Ich hoffe, dies ist Dir so recht.
Das vereinbarte Honorar in Höhe von 2.000 DM haben wir Dir schon überwiesen. Nochmals meinen Dank für Deine präzise Arbeit.[1]
Herzlich Dein Siegfried

1 *Me-ti. Buch der Wendungen* erscheint als Band 5 der *Prosa* von Bertolt Brecht und als Band 228 der Bibliothek Suhrkamp.

[293]

Frankfurt am Main

Martin 3. Dezember 1965

Uwe

Mang

Anliegend schicke ich Euch die Programme der Reihen edition suhrkamp, Bibliothek Suhrkamp, sammlung insel und Insel-Bücherei. Das Programm der Reihen Mai bis Oktober muß jetzt fixiert werden. Falls Änderungswünsche vorliegen, bitte sogleich reagieren.

In den Februar 1967, also im Rahmen des nächsten Programms, fällt Band 200 der edition suhrkamp, den wir ja besonders »feiern« wollen. Welche Vorschläge gibt es hierzu? Nicht nur Wagenbach, auch ich möchte einmal eine Anthologie unserer Autoren haben! Oder: Enzensberger, »Politische Gänge«?

[294]

in Friedenau

13. Dezember 1965

Lieber Siegfried,

hier bekommst du einen Durchschlag meiner Bestellung für »ddR 1966«.[1] Es ist viel, und sieht wahrhaftig teuer aus, aber Titel ausscheiden kann ich erst nach einiger Erfahrung.

Den Namen des Verlages musste ich erwähnen, weil die Politische Polizei solche Abonnements kontrolliert und ich Verzögerungen durch Rückfragen etc. vermeiden wollte.

Das alles zu lesen geht noch über meine Vorstellung. In der ersten Zeit wird es wohl Arbeit sein für den ganzen Tag.

Mit den schönsten Grüssen,

Uwe.

1 U. J. plant, unter dem Titel *Das Ostdeutsche Jahr 1966* ein Kaleidoskop ostdeutscher Politik und Gesellschaft zu schreiben und dies aus Zeitungsmeldungen und -kommentaren zusammenzutragen. Das Projekt wird nicht verwirklicht. U.J. verläßt bereits im Frühjahr 1966 Berlin und wird gemeinsam mit Frau und Tochter zwei Jahre in New York leben.

[294a; Anlage, Bestellung]

13. Dezember 1965

An
Fa. Gebr. Petermann
Roennebergstrasse, 3
Berlin Friedenau, 41

Betrifft: Zusätzliches Abonnement von Ostpresse

Sehr geehrte Damen und Herren,
für eine Arbeit im Auftrage des Suhrkamp Verlages in Frankfurt am Main benötige und bestelle ich zum 1. Januar 1966:

»Freiheit«, Halle
»Ostseezeitung«, Rostock
»Schweriner Volkszeitung«
»Sächsisches Tageblatt«, Dresden
»Leipziger Volkszeitung«
»Berliner Zeitung«
»BZ am Abend«
»Der Morgen«
»Neuer Weg«
»Nationalzeitung«
»Forum«
»Sonntag«
»Junge Welt«
»Sozialistische Demokratie«
»Gesetzblatt«

»Dokumentation der Zeit«
»Tribüne«
»Einheit«
»Humboldt-Universität«
»Eulenspiegel«
»Fröhlich sein und Singen«
»Neue Deutsche Literatur«
»Einheit«
»Freie Welt«
»Magazin«
»Funk und Fernsehen«
»Film«
»Sinn und Form«.

Diese Publikationen bitte ich an meine Wohnung in der Niedstrasse 14, IV. Stock (Friedenau) zu liefern.
Mit Dank für Ihre Mühe,
Ihr sehr ergebener
Uwe Johnson.

[295]

Frankfurt am Main
14. Dezember 1965

Lieber Uwe,
ich bin erschrocken über Deine Bestellung, die Du mir mit Deinem Brief vom 13. Dezember mitgeteilt hast. Nicht der Kosten wegen, die ich überhaupt nicht übersehe (man sollte sich das ja auch einmal von daher überlegen), vielmehr von der Arbeitsökonomie her. Ich halte es für unmöglich und gar nicht sinnvoll, all diese Tageszeitungen überhaupt nur durchzublättern. Ich glaube, man müßte sich neben dem »Neuen Deutschland« auf zwei, drei Blätter beschränken, diese dann allerdings gründlich vornehmen. Jetzt nimmst

Du Dir einfach zuviel vor, Du wirst in Papier versacken, und schließlich wird auch die Aufgabe, die dahinter steht, zu gewaltig. Ich würde also doch meinen, daß Du nach einiger Zeit diese Bestellungen drastisch reduzieren solltest.
Bei dieser Gelegenheit scheint es mir doch richtig, daß wir nun auch eine vertragliche Vereinbarung schließen. Arbeitstitel des Buches: »Das ostdeutsche Jahr 1966«. Es sollte Februar 1967 in der edition suhrkamp erscheinen können. Schlußredaktion also 30. 11. 1966. In den Korrekturen muß man dann gegebenenfalls Dezember-Ereignisse einfügen, aber vielleicht ist das auch gar nicht wichtig, man sollte wahrscheinlich in der Tat den 30. November als entschiedenen Chronikschluß setzen.
Wir übernehmen die Unkosten, das heißt also das Material, Zeitungen, Reisekosten; diese wären zu belegen. Wir garantieren ein Honorar für 20000 Exemplare, das wären also 4.000 DM. Diese Summe steht Dir jederzeit zur Verfügung. Bist Du damit einverstanden?
Herzlich Dein Siegfried

[296]

Frankfurt am Main
14. Dezember 1965

Lieber Uwe,
ich übersehe im Augenblick nicht, ob ich Dir schon Exemplare der dritten Auflage der »Zwei Ansichten« zugeschickt habe. Wir haben schon vor einiger Zeit diese dritte Auflage in Höhe von 10000 Exemplaren, also das 21.-30. Tausend, gedruckt. Dein Honorar ist 12, 5 % vom Ladenpreis, also zwei Mark pro Exemplar. Du kannst auch bei dieser Auflage über 30 Freiexemplare verfügen.
Herzlich Dein Siegfried

1966

[297]

in Friedenau
3. Januar 1966

Lieber Siegfried,
mit der Antwort auf deinen Brief vom 14. Dezember habe ich gewartet, um den Plan »Das ostdeutsche Jahr 1966« erst einmal auszuprobieren. Immer noch nicht meine ich, dass die Sache so einfach und so billig auszuführen ist.
Wie du wolltest, habe ich von den 29 geplanten Abonnements 19 gestrichen. Eine solche Sparsamkeit halte ich aber für nicht nötig, und im Grunde für zu teuer. Es steht durchaus nicht in allen ostdeutschen Zeitungen das selbe: wir beschränken uns die Auswahl. Das Ausmass einer innen- oder kulturpolitischen Massnahme kann man auch mit der Häufigkeit der Angriffe gegen missliebige Entwicklungen beschreiben: wir werden sie nicht belegen können. Zudem kommt es vor, dass Diskussionen um einzelne Bücher etc. lange in einer Provinz-Zeitung auf der Stelle treten: sie werden uns fehlen. Übrig bleibt da, aus Hinweisen von Bekannten in Ostberlin und Meldungen der Westpresse Flickwerk zu bauen: aus der Westpresse wären die Zitate zu beziehen, aber nicht die vollständigen, und vielleicht der erste Druckort, aber nicht das Datum. So reicht allein das Material nicht, den stolzen Titel zu rechtfertigen.
Zweitens, auch 9 Abonnements sind nicht an einem einzigen Tag in der Woche zu verfolgen. Es braucht mehr Zeit, und zwar auf die einzelnen Tage verteilt, damit man die Haltung der Chronik durchhalten kann. In der Anlage schicke ich dir

den Durchschlag der Blätter von gestern und vorgestern. Du siehst: man kann das nicht zusammenkleben, man muss es neu schreiben. Weiterhin: es wird wahrscheinlich erforderlich sein, zu Gunsten der Lesbarkeit die Berichte auf Sachgebiete und die Dauer einer Woche zusammenzuziehen (im ärgsten Fall auf die Dauer eines Monats), was bedeutet: das täglich Geschriebene müsste wöchentlich oder monatlich neu geschrieben werden. Vielleicht solltest du dich entschliessen, den Plan aus der EDITION rauszunehmen und ihn als Paperback auszuführen. So ergäbe sich Zeit, den Dezember 1966, unserem Titel entsprechend, noch mitzubringen, so ergäben sich auch die zwölftausend Mark, die ich mir als Honorar ausgerechnet habe.
Andererseits, vielleicht sollte die Arbeit nicht unbedingt von mir gemacht werden. Die weniger detaillierte und sparsamere Konzeption könnte auch jemand im Verlag zusammenkleben. Über mir hängt ja auch noch die Möglichkeit einer unverhofften Einladung in die USA, und schliesslich: mir ist heute an der Grenze mitgeteilt worden, dass ich in Ostberlin »nicht mehr erwünscht« sei, was mir das Beschaffen von nicht abonnierten Belegen und vertraulichen Informationen abschneidet, auf die hatte ich mich ziemlich verlassen.
Wir wünschen dir ein Neues Jahr nach deinem Sinn, und Elisabeth lässt hinzufügen: es sei nicht Gin gewesen, sondern Slibowitz.
Yours, truly,
Uwe.

P. S.
Für die Freiexemplare der 3. Auflage von »Zwei Ansichten« wäre ich tatsächlich empfänglich.

[297a; Anlage, Manuskriptblätter]

1. Januar

Walter Ulbricht schlägt dem westdeutschen Bundestag in einer Neujahrsbotschaft vor: »Beide deutsche Staaten verzichten auf Atomaufrüstung und Beteiligung an der Verfügungsgewalt über atomare Waffen in jeglicher Form; beide deutsche Staaten anerkennen die bestehenden Grenzen in Europa; die DDR und die westdeutsche Bundesrepublik nehmen ... diplomatische Beziehungen zu allen Staaten der NATO bzw. zu allen Staaten des Warschauer Vertrages auf; beide deutsche Staaten erklären ihre Bereitschaft zu Verhandlungen über die Abrüstung in Deutschland; beide deutsche Staaten leisten feierlich Verzicht auf solche Massnahmen, Gesetze und Anordnungen, die den Weg zur Überwindung der Spaltung und zur Wiedervereinigung blockieren, wie z.B. atomare Aufrüstung, Notstandsgesetzgebung usw.; die Regierungen beider deutscher Staaten treten in Verhandlungen mit dem Ziel ein, die Beziehungen zwischen den deutschen Staaten und ihren Bürgern zu normalisieren.« Die Ansprache wurde im ostdeutschen Rundfunk und Fernsehen von einem Sprecher verlesen, der mitteilte, Ulbricht sei »indisponiert«, ihm sei »ärztlicherseits Bettruhe verordnet« worden. Die Rundfunkstationen erwähnen eine »schwere Erkältung«.
In einer »Mitteilung über den Aufenthalt der Regierungsdelegation der Demokratischen Republik Vietnam in der DDR«, der am Vortag zu Ende ging, ist die Rede von einer Vereinbarung »über weitere Hilfe der DDR für die DRV« und einem Abkommen über den Warenaustausch im Jahr 1966. Willi Stoph verspricht, »alles in den Kräften der DDR Stehende zu tun, um der DRV ... Hilfe und Unterstützung zu erweisen«.

2 Personen erreichen Westberlin über die Sektorengrenze, 2 über die Stadtgrenze. Die Schüsse der ostdeutschen Posten schlagen auch in Häusern Westberlins ein. Der britische Gesandte in Westberlin erhebt Protest.
Das Zweite (west-) Deutsche Fernsehen beginnt, in den Vormittagsstunden Programme über die Sender der ARD nach Ostdeutschland zu strahlen.
Das Exekutivkomitee des internationalen PEN-Zentrums beschliesst auf einer Tagung in Avignon, dass die ostdeutschen Angehörigen des PEN fortan als Bürger der DDR zu kennzeichnen sind.
Die Pressekampagne gegen aufsässige Schriftsteller, die Anfang Dezember 1965 begann und mit den Aussprachen im 11. Plenum des ZK der SED ihren Höhepunkt erreichte, wird fortgeführt. Die »Junge Welt« erklärt nochmals »Tendenzen des Subjektivismus« und »die der DDR und unserer Partei feindlichen ›Theorien‹ eines Biermann, Heym oder Havemann« für nicht »förderlich«. Das »Neue Deutschland« übernimmt aus der erfurter Parteizeitung »Das Volk« die Mitteilung eines weimarer Schuldirektors: »In einem Literaturforum trat ein Schüler für Biermann auf, den die meisten unserer Schüler überhaupt nicht kannten. Dieser Schüler arbeitete sehr interessiert in einem Zirkel mit, der vom Verband Bildender Künstler eingerichtet wurde. Sollte sich der Verband nicht ebenfalls verantwortlich fühlen für die politische und ästhetische Erziehung seiner Zirkelteilnehmer?« Der Schriftsteller Günther Deicke veröffentlicht in der »National-Zeitung« einen Rückblick auf Bücher im Jahr 1965 und spricht dort von »Minsk, der gar nicht langweiligen Hauptstadt der Belorussischen SSR«. Die Äusserung bezieht sich auf eine von Stefan Heym zitierte Äusserung Bertolt Brechts: »Ich werde Ihnen sagen, wann die in der Sowjetunion wieder eine Literatur haben werden. Wenn dort ein Roman erscheint, der ungefähr mit den Worten beginnt ... Minsk ist

eine der langweiligsten Städte der Welt« (in: »Die Zeit«, 29. Okt. 1965).

2. Januar

Um null Uhr läuft die Vereinbarung über Passierscheine für Westberliner aus. Für insgesamt 980 000 Personen waren Erlaubnisse zum Besuch von Verwandten in Ostberlin beantragt worden, 823 904 haben seit dem 18. Dezember 1965 Passierscheine ausgenutzt.
Mit den Beschlüssen des 11. Plenums, des ZK der SED, die unter anderem gegen die Schriftsteller Bieler, Biermann, Heym und gegen den Chemieprofessor Havemann gerichtet waren, erklären sich einverstanden: der Lyriker Helmut Preissler, Eisenhüttenstadt; der Komponist Siegfried Matthus, Ostberlin; der Schauspieler Horst Schulze, Berliner Ensemble in Ostberlin; der Generalmusikdirektor Werner Schöninger, Schwerin. Der Literaturwissenschaftler Hans Jürgen Geerdts, Greifswald, fordert die Kulturschaffenden auf, die Beschlüsse jener Tagung in kollegialen Gesprächen durchzusetzen, um überzeugend wirken zu können in »der Auseinandersetzung mit Berufskollegen aus den kapitalistischen Ländern«.

[298]

Frankfurt am Main
6. Januar 1966

Lieber Uwe,
schönsten Dank für Deinen Brief. Ich habe mir Deine Überlegungen durch den Kopf gehen lassen. Ich sehe schon, daß es viel Arbeit macht, viel mehr, als ich es mir ursprünglich vorstellte. Die mitgesandten drei Seiten leuchten mir ein,

vielleicht könnte der Text noch komprimierter sein. Aber an sich sind die mitgeteilten Fakten doch sehr gut und zeigen, daß wir den Plan machen sollen.
Ich löse das Unternehmen sehr ungerne aus der edition suhrkamp heraus. Eine Separatausgabe zwingt uns zu einem größeren Umfang, das bedeutet kleinere Auflage, das wiederum höheren Preis, Du kennst die Spirale. Ich würde aber dann doch eher meinen, wir sollten versuchen, einen 3-Mark-Band in der edition suhrkamp stärker unter die Leute zu bringen, so daß wir vielleicht auf eine Auflage von 40 000 Exemplaren kommen. Das wäre ein Honorar von 8.000 DM, zu dem noch die Spesen kämen. Bitte überlege es Dir nochmals, ob es auf dieser Basis möglich ist.[1]
Herzlich Dein Siegfried

1 S. U. und U. J. treffen sich am 6. 2. 1966 in Westberlin. S. U. notiert in seinem Reisebericht: »Mittagessen und nachmittägliches Zusammensein mit Uwe Johnson. [. . .] Weiteres Planen der Chronik der DDR müssen wir wohl aufgeben. Die Sache ist zu kompliziert und letztlich vielleicht dann doch zu unergiebig und zu teuer.«

[299]

in Friedenau
25. Februar 1966

Lieber Siegfried,
Elisabeth ist von dem Platz in den U. S. A., auf den Hans Werner Richter sie lud,[1] zurückgetreten, wegen der übermässigen Ehre und weil wir das Kind nun doch nicht in die Aufbewahrung geben möchten. Nun ist ein Platz zu 400 Dollar frei. Überlege einmal ob man nicht Teile des Manuskripts von Fritz Fries an das Sekretariat der Gruppe 47

schicken sollte und frech wie Oskar eine Einladung für ihn empfehlen. Ich meine nicht, das machte etwas schlimmer.
Yours, truly,
Uwe.

1 1966 findet die Tagung der Gruppe 47 vom 22. bis 24. 4. in Princeton statt.

[300]

Frankfurt am Main
1. März 1966

Lieber Uwe,
ich danke Dir herzlich für Deinen Brief vom 25. Februar. Du bist also wieder zurück. Hoffentlich war die Lesereise nicht allzu anstrengend, ich hörte im übrigen Gutes über sie.[1]
Hans Werner Richter wird sich mit Fries in Verbindung setzen, ich habe ihm seine Adresse gegeben. Es wäre schön, wenn er reisen könnte.[2]
Herzliche Grüße, auch für Elisabeth,
Dein Siegfried

| Denkst Du an einen Vorschlag für 20 (oder 50) erste Bücher einer Insel-Bibliothek der Weltliteratur? |

1 U.J. ist vom 7. - 20. 2. 1966 auf Lesereise unterwegs mit Terminen in Nürnberg, Mainz, Saarbrücken, Koblenz, Wolfsburg, Hannover, Mühlheim, Remscheid, Münster, Duisburg, Winterthur und Zürich.
2 Fritz Rudolf Fries erhält von Hans Werner Richter eine Einladung nach Princeton, ihm wird allerdings von der DDR die Ausreisegenehmigung verweigert.

[301]

Frankfurt am Main
7. März 1966

Lieber Uwe,
ich halte nochmals unser Telefonat fest. Du warst netterweise bereit, zu unserem Suhrkamp-Mittagsmahl am Sonntag, dem 27. März, nach Frankfurt zu kommen.[1] Das Essen wird um 13 Uhr im Restaurant »Alte Post« stattfinden. Anschließend gehen wir dann in die Klettenbergstraße. Bitte sage mir, welche Unkosten Dir dann durch den Umweg entstehen. Ich freue mich sehr, daß Du kommen kannst.
Herzlich Dein Siegfried

1 Anlaß für das Mittagessen in Frankfurt-Bergen-Enkheim ist Peter Suhrkamp, der am 28. 3. 1966 75 Jahre alt geworden wäre.

[302]

in Friedenau
8. März 1966

Lieber Siegfried,
über meine Vorschläge zu Everyman's Library wirst du nicht glücklich sein, ich bin es auch nicht und gar nicht sicher, dass diese längst vorliegenden Texte in einer neuen Verpackung noch einmal auf ein Bedürfnis rechnen können.
Den 27. habe ich mir aufgeschrieben. Nun wüsste ich aber auch gern den Ort des Zusammentreffens, denn zwar ist dein Haus nur eine dreiviertel Stunde vom Flugplatz entfernt, Königstein aber doch wohl zwei Stunden, und ich würde ja gern den richtigen Flug bestellen.
Beigelegt habe ich auch eine Liste der Bücher, die ich mir

aus dem Insel Verlag wünschte. Du besassest sie schon einmal, sie ging dann verloren wer weiss wie, und zu meinem Erstaunen hast du mich um eine neue gebeten.[1]
Dann ist da noch ein Brief an Frl. Bartelmann.[2]
Martin hat mich beauftragt, in den Fahnen seines neuen Buches[3] Längen anzustreichen; würdest du mir also ein Exemplar schicken lassen?
Wenn du etwas zu übersetzen hast, gib es mir. Von Anfang Juli an hätte ich Zeit.
Lieber Siegfried, du weisst hoffentlich was du an deiner Frau hast. Die wir auf das schönste grüssen.
Yours, truly,
Uwe.

1 Siehe Brief 222, S. 333f.
2 Im Brief an Ilse Bartelmann lehnt U.J. die Einladung zur Lesung in einer Buchhandlung im April 1966 ab: »Denn die reine Wahrheit ist, dass ich seit dem vorigen Herbst ungefähr fünfzigmal (ich wage es nicht genau auszurechnen) ans Pult getreten bin, und ich hoffe, auch Sie werden finden, dass das zu oft war und dass man im April still auf seinem Stuhl sitzen soll oder es mit einer Reise nach Amerika genug sein lassen soll.«
3 1966 erscheint von Martin Walser der Roman *Das Einhorn*.

[302a; Anlage 1]

Uwe Johnson
8. März 1966

Einige Vorschläge für »Everyman's Library«:

Das »Pantschatantra«
»Tuti Nameh«
Äsop, »Fabeln«
Schwab, »Sagen des Altertums«

»1001 Nacht«, Auswahl
Grimms, »Deutsche Sagen«

Homer, »Ilias«
Homer, »Odyssee«
Sophokles, »Tragödien«
Aristophanes, »Komödien«
Herodot, »Geschichte«
Sueton, »Leben der Cäsaren«
Sallust, »Verschwörung des Catilina«
Cäsar, »Bürgerkrieg«

Defoe, »Moll Flanders«
Sterne, »Tristram Shandy«
Fielding, »Tom Jones«
Poe, »Erzählungen«
Joyce, »Dubliners«
Twain, »Leben auf dem Mississippi«
Melville, »Weissjacke«
Anderson, »Winesburg«
Hemingway, »A Farewell to Arms«
Wolfe, »Schau heimwärts, Engel!«
Faulkner, »Licht im August«

Garschin, »Erzählungen«
Gogol, »Die toten Seelen«
Leskow, »Erzählungen«

Diderot, »Jakob und sein Herr«
Montaigne, »Essais«
La Bruyère, »Charaktere«

Grimmelshausen, »Simpl[icissimus]«
Seume, »Spaziergang nach Syracus«
& »Mein Leben«

Lichtenberg, Auswahl mit Briefen
Justus Möser, Auswahl
Bräker, »Der arme Mann im T[ockenburg]«
Mann Th., »Buddenbrooks«
Mann H., »Untertan«
Musil, »Törless«
Feuchtwanger, »Erfolg«: es gibt keinen Neuschnee

[303]

Frankfurt am Main
9. März 1966

Lieber Uwe,
schönsten Dank für Deinen Brief vom 8. März. Deine Insel-Liste nehme ich mit in den Insel Verlag. Ich glaube, sie ist zu erfüllen mit Ausnahme der »Gesammelten Werke« von Stifter; hier haben wir nur noch ein paar Exemplare, und die brauchen wir natürlich für den Verkauf zur Überbrückung bis zu einer Neuauflage. Dann ist der Goethe/Reinhard-Briefwechsel nicht lieferbar. Von ein paar Titeln lasse ich Dir leicht beschädigte Exemplare zugehen, aber das wird Dich nicht stören. Sonst freut es mich, diese Bücher bei Dir zu wissen.
Dank auch für Deine Liste für die Weltliteratur. Wir haben jetzt hier eine erste sehr intensive Sitzung gehabt, sie verlief ungefähr so wie unsere damalige editions-Sitzung in Wasserburg.[1] Ich vermisse jedoch auf Deiner Liste eine Angabe. Du wolltest Doch eventuell einen amerikanischen Text ins Deutsche übertragen. Willst Du dies noch nachholen? Sollte uns ein Titel für eine Übersetzung in die Hände kommen, werden wir uns gerne an Dich wenden.
Von Walsers Roman liegen noch keine Fahnen vor. Die bei-

den Manuskripte, die Walser eingeschickt hat, werden gegenwärtig gelesen und dann am Wochenende mit ihm diskutiert werden.
So long Dein Siegfried

1 Zur Sitzung über die edition suhrkamp siehe Brief 135, S. 211. Während des Jahres 1966 finden Gespräche über eine neue Reihe im Insel Verlag mit dem Namen Insel-Bibliothek der Weltliteratur statt. Im Dezember 1966 wird dieser Plan aufgegeben.

[304]

Frankfurt am Main
14. März 1966

Lieber Uwe,
wiederum planen wir eine Programmfolge für die edition suhrkamp. Können wir nun mit einem Berlin-Band von Dir rechnen? Es schiene mir doch richtig, wenn wir uns einen konkreten Termin vornähmen, der Dich zwänge, diese eine Arbeit zu diesem Thema noch zu schreiben, vielleicht wäre dann dieser Komplex für Dich abgeschlossen. Das, was Du mir neulich im Flughafen erzählt hast, hat mich sehr beeindruckt.
Im übrigen mehren sich die Anfragen nach »Eine Kneipe geht verloren«. Auch sie hätte ich gern in Buchform vorliegen.
Wir sollten dann doch einmal die Frage einer Taschenbuchausgabe der »Zwei Ansichten« diskutieren. Die edition suhrkamp wird ja immer mehr zu einer Edition der Erstausgaben, nicht so sehr der Nachdrucke. Es schiene also richtig, wenn wir hier eine reine Taschenbuchlizenz vorsähen. In diesem Fall bin ich etwas Ledig-Rowohlt verpflichtet, wegen des Preises damals, das weißt Du.[1] Andererseits hat

Fischer wegen der »Mutmassungen« ein gewisses Vorrecht, das freilich üblicherweise juristisch nicht fixiert ist. Fischer bietet eine Auflage von 60 000 zu DM -,15 (was Du bitte Ledig nicht sagen darfst). Ledig konnte ich zu einer Auflage von 100 000 für DM -,12 bewegen. Wenn Du damit einverstanden bist, dann könnte der Band, sagen wir Ende 1967 oder Anfang 1968, erscheinen.
Herzliche Grüße
Dein Siegfried

1 S.U. spielt auf die Vergabe des Internationalen Verlegerpreises 1962 an U.J. für *Das dritte Buch über Achim* an. Siehe Brief 131, S. 203.

[305]

Frankfurt am Main
22. März 1966

Lieber Uwe,
ich schicke Dir in der Anlage eine gedruckte Übersicht über bisherige Titel in der edition suhrkamp einschließlich der schon fixierten 7. Folge. Ein Plan der 8. Folge liegt hier an. Diese Titel müßten wir jetzt festlegen. Wie steht es nun mit Deinem Band »Berliner Aufsätze«. Ich sähe ihn gern in dieser 8. Folge veröffentlicht. Vielleicht können wir ja Sonntag darüber sprechen.
Herzliche Grüße Dein Siegfried

[306; Notiz, handschriftlich]

New York, Mansfield Hotel
12 West 44th Street – Off Fifth Avenue
[Mai 1966]

Dear Uwe
You are indeed a strange guy
Hildegard is angry with you because of Vernachlässigung
Me leaving tomorrow evening
Would you like to do a helicopter ride with me?
If yes, please call or message Algonquin this very night.[1]
Yet Yours Truly
Siegfried

1 U. J. und S. U. reisen nach dem Ende der Tagung der Gruppe 47 nach New York. Am 28. 4. 1966 lesen Jürgen Becker, Hans Magnus Enzensberger, U. J. und Peter Weiss im Goethe-House in New York, S. U. führt die vier Autoren ein. S. U. berichtet über den Abend: »Jürgen Becker las eine neue Geschichte; Uwe Johnson einen Lebenslauf, der thematisch in den Zusammenhang der ›Mutmassungen‹ gehört [wahrscheinlich *Neuigkeiten von Cresspahls Tochter*]; Enzensberger Gedichte und Peter Weiss ein Stück aus dem ›Gespräch der drei Gehenden‹.« S. U. bleibt bis zum 4. 5. 1966 in New York und besucht die dortigen Verlage, unter anderem Harcourt, Brace & World. »Ein ausführliches Gespräch hatte ich mit William Jovanovich. Er drängt auf engste Zusammenarbeit und will praktisch jedes Buch nehmen, das von uns kommt und von uns empfohlen wird. Überhaupt ist das Interesse an deutscher Literatur in Amerika ungemein groß, und es ist weiter im Wachsen. Allgemein wird die deutsche Literatur im Augenblick als die wichtigste aller europäischen Literaturen empfunden.«

[307]

New York[1]
20. Juni 1966

Lieber Siegfried,
lassen wir lieber gleich offen Weswegen (denn was ich mir da vorstelle hilft auch nicht), weswegen du Mrs. Wolff mitteilst, betreffend den Uebergang meiner Buecher von Grove Press zu Harcourt, Brace & World: »Wir haben lange mit uns gerungen, aber dann hat doch die Verehrung fuer Ihren Mann den Ausschlag gegeben.« Bei allen deinen Beweggruenden, es musste die andere Version doch mit Notwendigkeit herauskommen, ja sie haette der Dame sogar bekannt sein koennen, so dass ihr die Spekulation auf ihre Witwensentimentalitaet vielleicht auffiel. Das weiss ich nicht, aber was ich wusste habe ich ihr gesagt, als sie mich fragte, gedankenlos, nachdem ich doch eben erst einen gedehnten Herbst und ein ausgiebiges Fruehjahr lang Buchhaendlern und anderen deiner Gespraechspartner zu erklaeren versuchte dass es, so zu sagen, historisch falsch ist sich von dir gekraenkt zu fuehlen, dich nach Martins Richtlinien verteidigend. Mag sein dass mir nichts einfiel.
Lass mich festhalten wie es nach meiner Erinnerung war: Von Grove Press wegzugehen entschloss ich mich im Mai 1965, und zwar erstens, weil dieser Verlag da immer noch nicht die Uebersetzung eines 1961 erschienenen Buches abgeschlossen hatte (zur gleichen Zeit, als ich an dem Beispiel der »Hundejahre« von G Grass sehen konnte, dass es anderen Verlagen moeglich ist, ein um einiges dickeres und um einiges spaeter erschienenes Buch schon uebersetzt und auch schon gebunden vorzulegen), weil Grove Press ueberdies, statt mir das Manuskript der Uebersetzung zu schikken, es einer Bearbeitung durch unzustaendige Leute aussetzte, so dass ich an diesem ersten Grund immer weniger

zu bereuen finde, wenn ich nach den Buerostunden, in meiner freien Zeit, die Uebersetzung durchgehen und reinigen muss. Den zweiten Grund bildeten die Erfahrungen, die du im Umgang mit Grove allgemein gesammelt hattest, und der dritte setzte sich zusammen aus Anerkennung fuer das damalige Bemuehen von Grove Press, in teuren Prozessen Literatur gegen den Vorwurf der Pornographie zu verteidigen, und aus der Abneigung gegen das andere und anwachsende Bemuehen von Grove Press, den Anteil der Literatur im Verlagsprogramm zu Gunsten effektiver Pornographie einzuschraenken. Einen solchen Hergang muesstest auch du leicht bestaetigen koennen, da du mir im Juni vorigen Jahres im Telefongespraech sagtest: du akzeptiertest meinen Wunsch, zu Harcourt, Brace & World zu gehen, und hieltest diesen Wunsch fuer falsch, und auf Befragen: sie sei zu alt und koenne zu einem unguenstigen Zeitpunkt sterben. Und wie immer es mit deiner »Verehrung fuer ihren Mann«[2] im Mai dieses Jahres stand, du hast dich doch wieder wegen ihres »Alters«, das heisst der Nachfolge im Todesfall, bei Mr. Jovanovich erkundigt. Es kommt mir nicht darauf an, dass die von dir benutzte Version der Wuerde eines Geschehnisses ermangelt; es kommt mir darauf an, dass du mich vor die Wahl stellst, entweder Mrs. Wolff ins Gesicht zu sagen, ich haette lange mit mir gerungen etc., oder aber dich zu verteidigen.

Ohne Anlass haette ich dir dies kaum in die Luefte geworfen, und ich habe wahrlich nicht auf einen gewartet, da kam er schon und besagte: du wuesstest nichts von einer Uebermittlung von Geld im Verhaeltnis 1:2,5 an einen ostdeutschen Autor, nicht dass du wuesstest. Entsinne dich, es kann nicht schwer sein. An einem Abend in der Holiday Inn in Princeton bestandest du darauf, mit deinen Autoren zu reden, und holtest sie von ueberallher zusammen an einen Tisch in der Ecke, und ludest dann eine Dame nach der an-

deren an diesen Tisch, um mit ihnen zu reden, und lange Zeit spaeter, nach Aufenthalten an anderen Tischen und im Foyer, bliebst du mit mir uebrig, so dass ich dir auf dem Parkplatz hinter dem Motel erklaeren konnte: ich hatte einen Telefonanruf bekommen. Ein Westdeutscher, der unseren Autor besucht hatte, erzaehlte von seinen Geldverlegenheiten. Andererseits kenne ich jemand, der guenstige Transaktionen vermitteln kann. Du warst einverstanden.
Nun bleibt dein gutes Recht, mit den Behoerden Ostdeutschlands auf vertraegliche Art auszukommen, nichts zu tun was sie aergert, so dass sie tun was dich freut; angesichts der Gruende bin ich dafuer. Wenn du diesen Grundsatz aber auch fuer die Uebermittlung von privatem Honorar nach Ostdeutschland anwenden willst, dann sag es mir, und naemlich gleich, auf dem Parkplatz, wenn du dabei bist zu tun was zu tun dich draengte, wenn du mit mir redest. Lass mich nicht im Glauben, ich sollte nun Bescheid sagen und dir Bescheid sagen lassen und den knappen Platz auf solchen Konten blockieren, nur damit du dich erstens nicht erinnerst und zweitens wegen der Ungesetzlichkeit scheust. Du wirst nun von einem Mittelsmann einen groben Brief bekommen, wahrscheinlich unhoeflicher als angemessen, und du kannst ihn vergessen, und die ganze kaputte Sache auch.
Aber dein »Gedaechtnis, die Aufmerksamkeit fuer die Angelegenheiten meiner Autoren«, das solltest du nicht vergessen. Und mich kannst du brieflich anbruellen, und dir solche Themen verbitten wegen der empfindlichen Nerven deiner Privatsekretaerin, wenn du nur achten wolltest auf deine Wirkungen auf andere, Autoren, Buchhaendler, Verleger und Mittelsleute, wenn du anderen nur den Herrn Unseld zeigen wolltest, den deine Freunde in dir vermuten duerfen.
Yours, truly,
Uwe.

1 U. J. hält sich bis zum 20. 8. 1968 in New York auf und arbeitet im ersten Jahr als Verlagsangestellter in der Schulbuchabteilung des amerikanischen Verlags Harcourt, Brace and World. Das zweite Jahr des Amerikaaufenthalts wird durch ein Stipendium der Rockefeller-Foundation finanziert. Seit Mai 1966 wohnt die Familie in New York, Riverside Drive 243, Appartment 204. Helen Wolff verhilft der Familie mit ihren Referenzen zu dieser Wohnung, die in der *New York Times* inseriert war und einer Mietpreisbegrenzung unterliegt, weil sie vor dem 1. 2. 1947 erbaut wurde.

2 Kurt Wolff hatte 1913 in Leipzig den Kurt Wolff Verlag gegründet und war *der* Verleger des literarischen Expressionismus in Deutschland. 1933 heiratete er Helen Wolff bereits im Exil in London; 1941 emigrierten die Wolffs nach Amerika. Dort gründeten sie den Verlag Pantheon Books Inc., der 1961 an Random House verkauft wird. 1963 verunglückt Kurt Wolff bei einem Besuch in Deutschland tödlich. Zuvor hatten die beiden ein Angebot von William Jovanovich angenommen, unter dem Imprint »A Helen and Kurt Wolff Book« einen selbständigen, kleineren »Verlagsorganismus« innerhalb des Konzerns einzurichten, der dem Präsidenten direkt unterstellt war. Vgl. auch E. Fahlke, *»This smile: a hidden interest in a project«. Uwe Johnson und seine amerikanische Verlegerin Helen Wolff*, in: *Johnson-Jahrbuch* 2/1995, S. 50-66.

[308]

Frankfurt am Main
24. Juni 1966

Lieber Uwe,
würdest Du die Güte haben, Deinen Brief vom 20. Juni in ein Niveau zurückzuübersetzen, das ich verstehe. Wann und wo habe ich Mrs. Wolff mitgeteilt: »Wir haben lange mit uns gerungen, aber dann hat doch die Verehrung für Ihren Mann den Ausschlag gegeben«? Mein Gedächtnis ist notorisch schlecht, aber ich kann mich auch beim besten Willen nicht erinnern, daß ich mich bei Jovanovich wegen

des Alters von Mrs. Wolff erkundigt haben sollte. Ich halte dies für eine Legende, die böswillige Leute über mich in New York ausstreuen.

Was das Honorar Fries betrifft, so erinnere ich mich selbstverständlich unseres Gesprächs. Jedoch nicht daran, daß ich es im Verhältnis 1:2,5 auszahlen sollte. Das geht doch gar nicht. Außerdem kommt ja auch die Steuerfrage hinzu. Ich sehe nur folgende Möglichkeiten:

a) ihm das Honorar regulär zu überweisen, dann bekommt er es 1:1 ausgezahlt,
b) daß er das Honorar hier in Frankfurt liegen läßt und darüber verfügt, wenn er auf Reisen geht, oder in der Art, daß ihm von diesem Honorar etwas geschickt wird.

Du müsstest bedenken, daß alle Zwischenlösungen für ihn gefährlich sein können, da er doch sehr beobachtet wird.

Ich möchte Dir nun auch den versprochenen Auftrag für die Übertragung und Neuedierung von Stevensons »Schatzinsel« geben. Das wird ein Band von etwa 240 Seiten, also 16 Bogen. Das Übersetzungshonorar beträgt 180 Mark pro Bogen, das wäre also ein Betrag von 2.880 DM. Kannst Du das übernehmen? Vielleicht kannst Du in den dortigen Bibliotheken auch etwas zusätzliches Material finden, mit dem wir unsere Ausgabe auszeichnen könnten. Und wie wäre es mit einem Nachwort? Dafür stünde Dir dann nochmals ein Betrag von 500 Mark zur Verfügung. Sobald Du zusagst, lasse ich Dir vom Insel Verlag einen Vertrag zugehen.

Yours truly
Siegfried

[309]

New York, N. Y.
apt. 204, 243 Riverside Drive
7. Juli 1966

Lieber Siegfried:
An deinem Brief vom 24. Juni gefaellt mir dass du von solchen Aeusserungen gegenueber und ueber Mrs. Wolff nichts weisst. Zwar moechte ich nun nicht an den Personen nachpruefen ob dir das wegen eines Missverstaendnisses oder aus Boeswilligkeit nachgesagt wurde; allerdings begruesse ich dass dergleichen also nicht passiert ist.
Ueber die Sache Fries sind wir, jeder mit seiner Seite, offenbar einig. Er hat mir, etwas betruebt, mitgeteilt dass er von euch nichts hoert ueber die Aufnahme seines Buches. Vielleicht soll ich das weitersagen. Da er vielleicht vorzieht, ueber seine Beduerfnisse und seine Umstaende nicht das erste und nicht das deutlichste Wort zu haben, faende ich es guenstig, wenn du ihm einmal schriebest und dich naiv stellend fragtest ob ihr etwas fuer ihn tun koennt.
Ueber die Uebersetzung von Stevensons »Schatzinsel« haben wir gesprochen, als mein Umzug nach New York noch ein blasser Wunsch war, eine uebersehene Notiz auf einem verlorenen Zettel, und in Berlin haette mich das vier Wochen gekostet und waere eine Ehre gewesen. Hier aber habe ich regelmaessige Buerostunden zu halten und taeglich eine Stunde zu verfahren und sogar die Essenszeit rechne ich mir schon aus, um Platz zu behalten fuer eine Stunde an meinen Sachen. Da blieben fuer eine solche Uebersetzung sechs Stunden in der Woche, und zwar unter betraechtlichem Druck, und die Ehre haette sich allmaehlich verfluechtigt in den vier Monaten, die ich hier fuer die Arbeit brauchen wuerde. Deswegen moechte ich den Auftrag nicht mehr annehmen.

Mein erster Auftrag fuer die Schulbuchabteilung von H. B. W. ist ein deutschsprachiges Lesebuch fuer siebzehn- bis neunzehnjaehrige Schueler, die den vierten Band von H. B. W.s Deutschkursus eben auslernen oder ausgelernt haben.[1] Der Auftrag ist ein wenig albern, denn seine Mass-Staebe sind nicht die Qualitaeten, sondern die Stoffe, und zwar sollen deren Dimensionen gerade fuer diese Altersgruppe interessant sein und gleichzeitig nach dem Blindekuhkodex der Schulaufsichtsbehoerden alle sexuellen Andeutungen & sadistischen Zwischenfaelle & alkoholischen Ausschweifungen vermeiden. Da solche Sachen schwer zu finden sind, suche ich schon in der sechsten Woche. Von Suhrkamp-Autoren habe ich bisher gefunden

ENZENSBERGER, »Landessprache«,
Rrisch, nein
FRISCH, »Burleske«
Hildesheimer, na ja, »Das Ende einer Welt«,

und von Martin geht nicht einmal »Ein Flugzeug ueber dem Haus«. Bitte, lass mir gleich einen Band »Luegengeschichten« schicken, damit ich den dem Goethe House widmen kann. Und fuer Vorschlaege zu dem Lesebuch waere ich dir dankbar.

Nun noch die laestigen Wuensche:

Ausser den »Luegengeschichten« bekaeme ich gern noch 2 Exemplare der Nummer 5 von »Kursbuch«, den Band von K Roehler aus der Edition (falls er schon erschienen ist, oder die Fahnen) und sonst noch Veroeffentlichungen, die nach deiner Meinung in das Lesebuch nicht nur gehoeren sondern auch passen.

Fraeulein Conradi waere ich dankbar, wenn sie mir die Post jede Woche einmal nachschicken wollte. Es ist nicht dass mich die Umfragen und Einladungen so schnell erreichen sollen, es ist wegen der Antiquariatsrechnungen, die ich gern so rasch wie moeglich bezahlen moechte, damit man mir nicht die Kataloge entzieht.

Die Drucksachen und Buchsendungen hingegen moechte sie an meine Schwester schicken,

Frau Elke an Huef
Konr. Kreutzer-Strasse, 7
75 Karlsruhe West Baden,

ausgenommen die Sachen, von denen ihr wollt, dass ich sie gleich zu Gesicht bekomme, also eure eigenen.

Frau Roser waere ich dankbar fuer eine Ueberweisung von sechstausend Mark auf mein hiesiges Konto bei der

Merchants Bank of New York
757 Third Avenue
New York, N. Y. 10017;

man muss den Namen angeben und kann ihn durch die Adresse (243 Riverside Drive) ein bisschen weniger verwechselbar machen. Wir kommen zwar mit den netto $502.00 im Monat aus und wollen nur fuer solche Sachen wie einen Hitzschlag etc. vorsorgen.

Weisst du, was die Persoenliche Sekretaerin Jovanovichs regelmaessig ausruft, ob man nun mein Visum verzoegert hat oder ich das hiesige System der Sozialversicherung erst noch lernen muss oder ich erstaunlicher Weise doch eine Wohnung in der richtigen Gegend und zum richtigen Preis gefunden habe? Na: sagt sie. – Das ist mal wieder ne nuetzliche Erfahrung. Das ist doch ein huebscher kleiner Stoff fuer eine Kurzgeschichte. Das werden wir zweifellos alles in einem Roman wiederfinden –,

und ich habe nicht gesagt dass ich das nicht hoffe, ich habe gesagt: Na –?

Yours, truly,

Uwe.

1 Das Schullesebuch erscheint 1967 unter dem Titel *Das Neue Fenster. Selections from Contemporary German Literature* bei Harcourt, Brace, Jovanovich. Inhalt: *Preface*/Martin Walser, *Ein deut-*

sches Mosaik/Ingeborg Bachmann, Gedichte: *Früher Mittag, Alle Tage, An die Sonne*/Franz Fühmann, *Das Judenauto*/Johannes Bobrowski, *Mäusefest*/Stephan Hermlin, *Arkadien*/Wolfgang Borchert, *An diesem Dienstag*/Friedrich Dürrenmatt, *Das Unternehmen der Wega*, Max Frisch, *Burleske*/Heinrich Böll, *Mein Onkel Fred*/Alfred Andersch, *Mit dem Chef nach Chenonceaux*/ Reinhard Lettau, *Mißglückte Landnahme*/Günter Grass, Gedichte: *Brandmauern, Kinderlied, Klappstühle*/Wolfgang Hildesheimer, *Das Ende einer Welt*/Wolfdietrich Schnurre, *Eine Rechnung, die nicht aufgeht*/Peter Rühmkorf, *Variation auf ›Gesang des Deutschen‹ von Friedrich Hölderlin*/Siegfried Lenz, *Nachzahlung*/Hans Magnus Enzensberger, *Landessprache*/Heinz Piontek, *Die Traurigkeit in eines Bären Brust*/Peter Bichsel, *Die Tante*/ Wolfgang Koeppen, *Wahn*/Günter Eich, Gedichte: *Inventur, Der Mann in der blauen Jacke, Botschaften des Regens*/*Vocabulary.*

[310]

Frankfurt am Main
12. Juli 1966

Lieber Uwe,
Deinen Brief vom 7. Juli habe ich erhalten. Ich bedauere, daß Du jetzt die Übersetzung des Stevenson nicht übernehmen kannst. In New York hast Du mir gesagt, daß dieser Auftrag Dir besonders willkommen wäre, weil Du auch die Möglichkeit hättest, amerikanische Bibliotheken in Anspruch zu nehmen.
Für Deine Schulbuch-Sache habe ich Dir noch Erzählungen und Geschichten von Hesse und Brecht vorgeschlagen. Oder sollen es nur Zeitgenossen sein? Schreibe mir noch darüber, damit ich Dir noch Vorschläge machen kann.
Deine Wünsche wird Fräulein Conradi besorgen.
Herzliche Grüße
Dein Siegfried

[311]

New York City
28. Juli 1966

Lieber Siegfried,
ja, ich erinnere mich, auch noch in Princeton habe ich ueber jene Uebersetzung gesprochen wie ueber Moegliches, und ahnungslos. Dann aber sass ich in der Zelle bei HBW, die ich mir gewuenscht hatte, und sicherlich werden mir die Inhalte dieser Fensterrahmen fuers Leben bleiben, der Dunst aus Dreck und Naesse jenseits des East River, das Gruen der Hammarsjkoeldplaza zwischen gestuften Magazinkaesten, das Gewimmel von Schornsteinen und Oberlichten auf der niedrigen Daecherlandschaft vorm Haus, der immer leere Dachgarten links mit gruener Markise, die Wohnmaschine rechts mit flatternden Vorhaengen, da brauche ich mir nichts aufzuschreiben; eben so wenig werden mir die halben Stunden in der subway verloren gehen; aber es ist nicht moeglich, hier Bemerkungen niederzuschreiben von der Art

> Ein Streifenwagen der Stadtpolizei, der sich mit Sirenen und kreisendem Rotlicht die Strasse freigepfluegt hat, beginnt inmitten des Spaliers aus Autos und Fussgaengern die Fahrt zu verlangsamen, wild schreiend tritt er auf der Stelle, waehrend die beiden Uniformierten ueber dem Stadtplan die Schlaefen an einander kleben, verliert ...

zum Beispiel, und dafuer brauche ich die after hours, selbst um dergleichen dann doch nicht aufzuschreiben. Es tut mir leid, dass ich vielleicht gesagt habe, und dass ich jetzt nicht ja sagen kann.
Die provisorische Ausgabe von Martins neuem Buch ist gekommen, und wir sind noch ziemlich ungluecklich darueber. Es wiederholt die Motive der »Halbzeit«, gekuerzt um Geschichte und Gesellschaft; nun koennte ja sehr wohl erotische Besessenheit Welt enthalten und herstellen, aber diese

Figur Kristlein schafft es nicht, fuerchte ich. Es ist sehr schade, dass ich es erst bekam, als Anmerkungen keine praktischen Aussichten mehr hatten; wofuer aber vielleicht noch Zeit ist, sind Korrekturen an den englischen Partien. Die sehen, wo sie nicht Zitate sind, nicht englisch aus, und sie muessten noch einmal geprueft werden von einem Sprecher dieser Sprache.
Auf der Rueckseite habe ich noch zwei Wuensche an Fraeulein Conradi untergebracht.[1]
Mit den schoensten Gruessen,
Uwe.

1 U.J. bittet, seine bisher publizierten Bücher bzw. Band 5 der »Prosa« Bertolt Brechts »moeglichst in neutraler Verpackung« an zwei Personen in Rostock bzw. Leipzig zu senden.

[312]

Frankfurt am Main
1. August 1966

Lieber Uwe,
schönsten Dank für Deinen Brief vom 28. Juli. Ich freue mich sehr, daß es doch so Interessantes in New York zu schreiben gibt, und verzichte deshalb weniger unglücklich auf Deine Übertragung der »Schatzinsel«;[1] vielleicht wird Manhattan diese Insel für Dich.
Martins Buch ist in einer Auflage von 20 000 ausgedruckt. Sind wirklich soviel Fehler in den englischen Texten enthalten? Da ist gar nichts mehr zu ändern, denn die Auslieferung wird in den nächsten Tagen stattfinden.
Deine Bücherwünsche werden von hier aus erledigt.
Herzlich Dein
Siegfried

1 *Die Schatzinsel* erscheint schließlich 1973 als insel taschenbuch 65 und richtet sich nach der früheren, von Karl Erbs übersetzten Ausgabe: R. L. Stevenson, *Die Schatzinsel*, Insel Verlag Leipzig und Wiesbaden 1953.

[313]

New York City
1. August 1966

Lieber Siegfried,
hier schicke ich dir aus der »N. Y. Times« von heute eine Kritik des neuen Buches von John Knowles, das eben erschienen ist.[1] Sie sieht nicht ermunternd aus; wenn du aber einen anderen Eindruck hast, will ich mir das Buch gern kaufen und dir darueber schreiben.
Zwar begreife ich noch warum ich 1962 so fuer die Aufnahme seines ersten Buches war, aber es geht nun auf mich zurueck dass der Verlag damals ein Buch bekam und nicht einen Autor, und ich aergere mich wie es sich gehoert.
Danke dir fuer die Hinweise auf passende Autoren fuer das Lesebuch; vorerst will ich es nun doch versuchen mit solchen, die erst nach 1945 anfingen zu veroeffentlichen, da die Aelteren ueberreichlich in Auswahlen und Schulbuechern verbreitet sind.
Von Koeppen moechte ich gern nehmen seine Antwort auf die Umfrage »Ich lebe in der Bundesrepublik« (enthalten im List-Taschenbuch Nummer 163[2]). Im Impressum dieser Sammlung ist ein Copyright des List-Verlages reserviert; heisst das wohl dass Harcourt, Brace & World sich an List wenden muesste? Oder ist ein solches Copyright auch auf dich uebergegangen?
Ganz wie dich freuen wird hat das Umschlagbildchen von »Zwei Ansichten« auch hier allen gefallen und wird also

auch unter »Two Views« sitzen wie die versteckte Erklaerung des Titels und Loesung des Raetsels; noch im deutlichen Gefuehl der Niederlage wuensche ich mir allerdings, es moechten die Schoepfer solchen Buchschmucks durch Gesetz gehalten sein, SCHRIFTLICH niederzulegen was sie sich dabei durch den Kopf gehen liessen.
Das Programm fuer das Zweite Halbjahr ist gekommen und sehr imposant; bitte vergesst ja nicht mir die Buecher an die Adresse meiner Schwester zu schicken, dass mir keins verloren geht.
Im »Boersenblatt« 46 sah ich eure Anzeige wegen eines Geschaeftsfuehrers und bin sehr einverstanden, dass du endlich Arbeit abgeben willst. Ueberhaupt waere ich dankbar fuer Nachrichten aus dem Verlag: was ihr so macht, am Tag wie abends, etc.
Zu meiner Erleichterung hat Martin gleich geantwortet auf meinen Eindruck von seinem »einhorn«, er will aber dir davon nichts sagen, um deinen »eher positiven Eindruck« nicht zu stoeren, und nachdem ich dir schon davon geschrieben habe, bitte ich dich, fest anzunehmen dass ich mich irre.
Yours, truly,
Uwe.

1 In *The New York Times* vom 1. 8. 1966, S. 25, rezensiert Eliot Fremont-Smith unter der Überschrift *Unjust Deserts* das neue Buch *Indian Summer* von John Knowles, das 1966 bei Random House in New York erscheint. U. J. hat folgende Sätze der Besprechung unterstrichen: »Of course, as hinted, the problem may lie with one's too hopeful expectations. Perhaps ›Indian Summer‹ is not intended as serious fiction; there are crudities, other than ideological, to suggest the possibility.«

2 Wolfgang Koeppen, *Wahn*, in: Wolfgang Weyrauch (Hg.), *Ich lebe in der Bundesrepublik*, München o. J., S. 32-36.

[314]

Frankfurt am Main
5. August 1966

Lieber Uwe,
ich bedanke mich für Deinen Brief vom 1. August. Bitte, sieh Dir doch einmal den »Indian Summer« von John Knowles an. Nach einem römischen Frühling wäre ja ein indischer Sommer nicht schlecht. Dein Eindruck würde mich doch sehr interessieren. Wir werden wahrscheinlich automatisch eine Option erhalten.
Das Copyright für den Koeppenschen Text wird beim List Verlag (München 15, Goethestr. 43) liegen.
Ich kondoliere zum Umschlagbildchen »Two Views«.
Für heute nur dieses Gestoppel. Ich schreibe Dir gern einmal mehr, falls ich nicht doch überraschend im Oktober nach New York komme.

| Der »Geschäftsführer« wird gesucht für Dr. Hornung, der am 1. Jan. 68 als Verlagsleiter zu List nach München gehen wird. |
Herzliche Grüße, auch an Elisabeth
Dein Siegfried

[315]

New York City
10. August 1966

Lieber Siegfried,
freudestrahlend zeigt der Horst Erdmann Verlag, Herrenalb im Schwarzwald, mir eine Anthologie »Deutsche Erzaehlungen aus zwei Jahrzehnten« an, herausgegeben von Wolfgang Langenbucher, und dass ich darin vertreten sein werde.

Das ist mir neu. Denn ich habe eine Abneigung gegen Anthologien dir gegenueber nicht verhehlt und nach einem Reinfall, der glaube ich »Junges Europa« hiess,[1] euch gebeten mich in jedem Fall zu fragen.
Ob Herr Langenbucher denn hinter eurem Ruecken entschieden hat?
Mang war eben bei mir, um ueber meine Zelle zu lamentieren, und er hat sich gleich entschlossen, sie zufriedenstellend zu nennen. Bei dieser Gelegenheit wies er mich darauf hin, dass noch besser als eine Luegengeschichte von Martin sein »Deutsches Mosaik« fuer das High-School-Lesebuch geeignet waere, und es leuchtet mir ziemlich ein. Nach meiner Erinnerung ist das in »Erfahrungen und Leseerfahrungen« enthalten, und da ich dies Baendchen hier nicht finden kann, waere ich dankbar, wenn ihr mir das per Luftpost schicken koenntet. Gewiss, es sind Belaestigungen, mit denen ich immer wieder komme; ich hoffe sie sind doch nuetzlich.
Danke fuer deinen letzten Brief. Du solltest doch Arbeit abgeben.
Yours, truly,
Uwe.

1 Siehe dazu Brief 131, S. 202.

[316; Telegramm]

Frankfurt am Main
11. August 1966

HERR SCHASIEPEN FRUEHER SPANDAUER VOLKSBLATT BEWIRBT SICH ALS GESCHAEFTSFUEHRER STOP HAST DU EINEN EINDRUCK GRUSS SIEGFRIED

[317]

Frankfurt am Main
11. August 1966

Lieber Uwe,
mein Telegramm wirst Du erhalten haben. Hoffentlich bist Du aus ihm schlau geworden, und hoffentlich gibst Du mir irgendeine Antwort. Herr Schasiepen kommt nämlich morgen schon nach Frankfurt.
Heute aber etwas anderes. Wir wollen zum 70. Geburtstag von Brecht eine Dünndruckausgabe seiner Werke veranstalten, in die auch die Prosa aufgenommen werden wird. Hast Du für den Band »Me-ti« irgendwelche Korrekturen?
Herzliche Grüße
Dein Siegfried

[318]

New York City
11. August 1966

Lieber Siegfried:
Herrn Schasiepen kenne ich aus einer Unterredung und aus Erzaehlungen Anderer.
Nach diesen Mitteilungen ist er von der Betriebsberatung Thompson zum »Spandauer Volksblatt« in Westberlin geschickt worden und dort gleich angestellt worden mit der Aufgabe die Zeitung tuechtiger zu machen. Innen war, bei einer Auflage von etwa 30000 Exemplaren und dem entsprechenden Apparat, wohl nicht viel zu rationalisieren. So versuchte er es mit dem Einfall, das Blatt ansehnlich zu machen durch die Mitarbeit bekannter Schriftsteller. Das waere fuer ein Wochenblatt gut genug gewesen. Er hoerte sich an, wenn man ihm erklaerte, dass die Gastspiele promi-

nenter Leute nicht ausreichten, das Blatt aus dem Vorort Spandau in die ganze Stadt zu bringen, dass vielmehr die Zeitung sich aus den Interessen spandauer Inserenten und Abonnenten hinausbegeben muesse zu den Interessen und Vorfaellen in allen Stadtteilen. Er hat solche Ansichten auf Besprechungen mit dem Besitzer der Zeitung und Redakteuren wiederholt, als sei er ueberzeugt von ihnen, und hat sich nicht durchgesetzt. Schliesslich hat er zugelassen, dass einige seiner intellektuellen neuen Mitarbeiter behindert wurden in der Aeusserung ihrer Meinung und einer rausgeschmissen wurde. Darauf kuendigten die uebrigen, das »Spandauer Volksblatt« ist wieder fest in seinem Vorort angebunden und hat die liberale Chance verpasst, auf die einer der schaerfsten Rechner, unser Prof. Augstein, jetzt viel Geld setzen will.[1] Da hat Herr Schasiepen also versagt, wie ich meine: aus Mangel an Autoritaet und aus Mangel an Konsequenz.

In der Unterredung, die ich mit ihm hatte, kam er mir vor wie einer, der eine Faust macht und sich dann begnuegt, sie zu zeigen. Er gab sich wie einer, den eine Uebermacht wenn nicht heute dann morgen frueh besiegt hat, also gibt er schon gleich auf. An eine solche Fronde gegen ihn moechte ich nicht glauben. Die Bereitwilligkeit, mit der er auf Argumente einging, sie akzeptierte und ohne Begruendung fuer nicht praktikabel erklaerte, hatte etwas Weinerliches. Am meisten hat mich beeindruckt, dass er seiner Frau in einem klagenden Ton vorstellte: dann (wenn er wirklich sich um die Erste Seite und die Schriftgrade und den Umbruch selbst kuemmern muesse), dann muesse er ja wieder die Nacht bis zum Morgen arbeiten und in der Druckerei schlafen ... es war das Notwendige, ueber das er klagte wie ein ungerechtes Schicksal. Er ist liebenswuerdig, verstaendig, anspruchsvoll.

So, und jetzt kommt schon wieder ein Wunsch (den man

vielleicht mit dem von neulich zusammenlegen kann): Koenntet ihr mir die Erzaehlungen »Nachtzuege« von Thomas Valentin, 1964 bei Classen, schicken lassen? Ich verstuende dass ihr euch aergert, bei aller meiner Ueberzeugung, es muesste einer in solchen Lagen den Verlag als sein exekutives Sekretariat ansehen duerfen, ich verstuende dass ihr euch aergert ueber meine Bitten wieder und wieder, aber bitte euch auf das artigste, es nicht zu tun.
Yours, truly,
Uwe.

1 Im Jahre 1966 kursierten Gerüchte, wonach der *Spiegel*-Herausgeber die Berliner Tageszeitung *Telegraf* aufkaufen wollte.

[319]

New York City
15. August 1965

Lieber Siegfried,
heute wirst du meinen Brief wegen Schasiepen bekommen haben; hoffentlich aergert er dich nicht in deinem Entschluss. Entschluss.
Ja: ich glaube mich mindestens eines Druckfehlers in »Meti« zu entsinnen. Wenn ihr mir den Band schickt, will ich ihn sofort suchen.
In einer Duenndruckausgabe wuerde das Buch wohl mit anderen zusammen in einen Band kommen, und mitten drin naehme das Register sich vielleicht unpraktisch aus. Am besten stuende es demnach am Ende eines Bandes.
Wie viele Baende sollen es denn werden? Was werden die Unterschiede zu der vorhandenen Ausgabe sein?
Mit den schoensten Gruessen,
Uwe.

[320]

Frankfurt am Main
16. August 1966

Lieber Uwe,
ich danke Dir für Deine beiden Briefe vom 10. und 11. August. Dein Telegramm mit der »Drei minus« für Schasiepen kam genau eine Stunde vor der entscheidenden Unterredung mit ihm an.[1] Ich bedanke mich sehr. Mein Eindruck deckt sich mit dem, was Du schriebst, ich habe mich nicht entschließen können, Herrn Schasiepen diese Stellung anzubieten.
Aber ich habe mich nun doch an einen anderen Mann gebunden: Herbert Nabbefeld, 33 Jahre alt, in Essen lebend, Geschäftsführer einer Großdruckerei mit 600 Leuten, betriebswirtschaftliche Ausbildung, überhaupt ein Mann mit einigen kaufmännischen Erfahrungen. Er macht eine sehr sympathische Figur. Er wird am 1. 11. eintreten. Nun wollen wir sehen.
Wir bestellen Valentin »Nachtzüge« für Dich und schicken mit gleicher Post Walsers »Erfahrungen und Leseerfahrungen«.
Ich kann im Moment, da Fräulein Ritzerfeld im Urlaub ist, nicht feststellen, wie das mit dem Erdmann Verlag gelaufen ist. Es gab ein langes Hin und Her mit diesem Verlag im Hinblick auf jegliche Rechte etc. Ich war natürlich der Meinung, daß Du von der Sache gewußt hast. Sollte der Verlag Dich nicht gefragt haben, so bedaure ich dies und möchte mich dafür entschuldigen. Es soll nicht wieder vorkommen.
Das nur für heute.
Herzliche Grüße
Dein Siegfried

1 Das Telegramm ist nicht erhalten.

[321]

New York City
22. August 1966

Lieber Siegfried:
Herr Boehlich macht mich aufmerksam auf eine Stelle im Nachwort zu Brechts »Me-ti«, die wahrscheinlich in einer neuen Auflage verbessert werden koennte, und also auch deswegen, nicht nur wegen des vermuteten Druckfehlers im Text, waere ich dankbar fuer ein Exemplar.
Die zweite Sache ist vertraulich.
Fuer eine Arbeit, die ich vorbereite, muesste ich mir etwas in Mecklenburg ansehen, aber es waere nicht mit einer normalen Aufenthaltsgenehmigung bei Verwandten zu erreichen, und ich bezweifle auch dass die Behoerden mich durch ein normales Verfahren liessen.
Mir sind die weinseligen Sprueche wieder eingefallen, die Herr Abusch dir in Leipzig machte auch meinetwegen, und ich halte fuer moeglich, dass man ihn inzwischen wieder behutsam daran erinnern duerfte. Von dem Kulturminister Gysi weiss ich mir nichts zu versehen, halte aber ein gleichgueltiges Verhalten fuer wahrscheinlich, nachdem er seine Wut Anfang dieses Jahres mit einem Einreiseverbot fuer Ostberlin immerhin befriedigen konnte.[1]
Natuerlich muesste das Vorhaben zuerst durch den Filter deines Urteils, auch deiner Kenntnisse. Wenn du es nicht fuer durchaus aberwitzig haeltst, wuerde ich dich bitten davon beiseite mit diesen Herren zu sprechen. Was ich mir vorstelle sind acht Wochen im Herbst 1967, eine Reiseerlaubnis fuer die Bezirke Rostock, Schwerin und Neubrandenburg, die Kosten saemtlich von mir bestritten, und ueberhaupt nichts Offizielles.
Was meinst du?
Yours, truly, Uwe.

1 Siehe Brief 284, S. 406, bzw Brief 297, S. 421.

[322]

Frankfurt am Main
25. August 1966

Lieber Uwe,
schönsten Dank für Deine Briefe vom 15. und 22. August. Ein Exemplar des »Me-ti« geht Dir zu. Die Prosaabteilung der Dünndruckausgabe entspricht genau den fünf Bänden. Hinzu kommen noch die »Tui«-Fragmente, die jetzt gegenwärtig Elisabeth Hauptmann in Händen hat und noch in diesem Jahr bei uns erscheinen sollen. Die »Tui«-Fragmente sollen selbstverständlich an »Me-ti« anschließen. Ich wäre doch dafür, »Me-ti« als geschlossenen Komplex zu behandeln und nach dem Abdruck des Textes Deine Nachbemerkung sowie die von Dir aufgestellten Register zu bringen. Geplant ist eine sechs- oder siebenbändige Ausgabe. Band 1 und 2: »Stücke«, Band 3: »Gedichte«, Band 4: »Prosa«, Band 5: »Schriften zum Theater«, Band 6: »Allgemeine Schriften«. Eventuell müssen wir den Prosaband doch wegen des Umfangs teilen.
Ich hoffe, am 7. September mit Gysi sprechen zu können; ich habe mich dort angemeldet, aber noch keine Bestätigung von ihm erhalten. Ich muß mit ihm in einer auch ihm dringlichen Sache sprechen und kann dann auch Deine Wünsche vortragen.
Herzlich Dein Siegfried

P. S.
Lieber Uwe, ich will versuchen, Harcourt, Brace das »Einhorn« zuzuschieben. Sicher wird Frau Wolff mit Dir darüber sprechen. Ich vertraue sehr darauf, daß Du Martins Buch richtig empfehlen wirst.

[323]

Frankfurt am Main
26. August 1966

Lieber Uwe,
noch ein Nachtrag zu meinem »Me-ti«-Brief. Frau Ramthun merkt mit Recht an, daß wir doch vielleicht die Gedichte, die nicht direkt zum »Me-ti«-Komplex gehören, herausnehmen (weil diese ja auch in den »Gedichten« erscheinen), und ebenfalls müßte man wohl auf die Keunergeschichten verzichten. Das Prinzip dieser Ausgabe muß es sein, daß Doppelveröffentlichungen vermieden werden.
Herzlich
Dein Siegfried Unseld
(eben verreist[1])

[324]

New York City
2. November 1966

Lieber Siegfried:
Glueckwunsch zu den Einkaeufen in der Schweiz! Ich las davon in einem Nachrichtenmagazin, zweifle aber nicht dass es stimmt.[1]
Vom Verkauf eines Einhorns am Telefon ist mir auch erzaehlt worden. Das trifft den unguenstig, den ihr beauftragt, dieses Einhorn bei einer anderen Dame ins rechte Licht zu setzen. Eben noch hatte Frau Wolff eingewilligt, Martins Werk von der ersten Seite an neu zu lesen, einen Moment vorher ist es verkauft. Wird denn Athenaeum wenigstens mit »Halbzeit«[2] beginnen?
Sicherlich kannst du mir sagen wo Wolfgang Koeppen sich befindet. Wegen einer Nachdruckerlaubnis habe ich ihm

ueber den List Verlag geschrieben und habe ihm ueber seine Adresse im »Kuerschner« geschrieben und weiss ja am Koeppenschen Schweigen die Hoeflichkeit zu schaetzen. Vielleicht wisst ihr aber noch eine mehr sichere Adresse. Es handelt sich um den Text »Wahn«, der 1961 im List-Taschenbuch Nummer 163 erschienen ist, und trotz eines Copyright-Vermerks sehen sich die Listleute ausserstande, einen Nachdruck zu genehmigen. Da ich sicher bin, dass Herrn Koeppen ein Ja nichts kostet ausser einen Brief, und dass er diesen Preis nicht zu erlegen gedenkt, faende ich am schoensten, der Suhrkamp Verlag, dem er doch schon grosse Teile seiner Haut versprochen hat, wuerde fuer dies kleine Fetzchen von vier Seiten gutsagen.
Was sind so die Sachen, die dir am »Kursbuch« missfallen?
Einmal sprachst du davon, William Faulkners Gesamtwerk in einer es-Ausgabe zu publizieren, und zwar in einer neuen Uebersetzung. Ich wiederhole ungefragt, dass mich ab Januar 1968 keine mir bekannten Gruende hindern wuerden, die Uebersetzung zu einem kleinen Lebenswerk zu machen, und zwar weil eine hiesige Universitaet ein Uebersetzungsinstitut eingerichtet hat, dem der Uebersetzer sein Verlegerhonorar einzahlt im Austausch fuer eine Summe, die der Arbeit mehr entspricht. Ich bin da halb und halb gefragt worden nach einem allgemeinen Interesse, und waere dankbar fuer deine Auskunft, ob ich da ein bestimmtes Interesse habe.
Mit den schoensten Gruessen
Uwe.

(Zu deinem Gespraech mit Elisabeth muss ich nachtragen: Sie hat dir die idealen Bedingungen der mecklenburgischen

Reise richtig dargestellt. Acht Wochen waere das Mindeste zu wuenschen.)

1 Unter der Überschrift *Literatur-Geschäft* ist in *Der Spiegel*, 20. Jg., 1966, Nr. 45 (v. 31. 10. 1966) zu lesen: »Eine der bedeutendsten literarischen Transaktionen der letzten Jahre schloß der Frankfurter Verleger Siegfried Unseld in der vorletzten Woche ab: Der Chef der Verlage Suhrkamp, Insel und Nomos erwarb aus dem Zürcher Rhein Verlag die Rechte am Gesamtwerk der Schriftsteller James Joyce (*Ulysses*) und Hermann *Broch (Der Tod des Vergil*) sowie an Hauptwerken des Biologen Adolf Portmann und des jüdischen Religionsforschers Gershom Scholem. [...] Laut Branchenondit zahlte Unseld für die Rhein-Rechte über 300 000 Mark.«

2 1967 erwirbt der Verlag Athenaeum die Rechte für *Das Einhorn*. Der Roman erscheint jedoch nicht.

[325]

Frankfurt am Main
8. November 1966

Lieber Uwe,
ich wollte Dir schon seit langem mal schreiben, wie alles geht und steht. Ich bin nicht unzufrieden, der Verlag entwickelt sich organisch weiter. Nun kommt Dein Brief, und es ist wohl besser, ich gebe Dir rasch Antwort auf das, was Dir wichtig ist. Es wird der persönliche Brief dann etwas später folgen. Die Nachricht, die Du im »Spiegel« lasest, trifft zu. Die Werke von Joyce, Broch, Portmann und Scholem bilden doch eine schöne Erweiterung unseres Programms.
Ich habe gelesen, was Du Frau Wolff über das »Einhorn« geschrieben hast. Martin auch, er hat Dir dazu geschrieben. Ich habe mir meinen Vers darauf gemacht, nämlich den, daß Frau Wolff das Buch nicht nehmen würde. So sah es auch

aus während der Buchmesse. Doch Frau Wolff wollte wohl, als sie die Diskussion sah, die Sache sich noch einmal überlegen. In der Zwischenzeit aber hat Cornelia Schaeffer gehandelt, sie hat das Buch gelesen und sich zur Veröffentlichung entschlossen.

Koeppen treffe ich heute Nachmittag, ich frage ihn nach dem Text »Wahn« (er wohnt übrigens in München 23, Löwithstraße 2).

Im »Kursbuch« mißfiel mir die Kontroverse Weiss/Enzensberger, und zwar von beiden Seiten her.[1] Auch mißfällt mir, daß ich gelegentlich (in Sachen Degussa und Heiner Müller durch Professor Kaul) angegriffen werde,[2] für etwas, wozu ich zwar nicht nach dem Impressum, jedoch nach dem Presserecht verantwortlich bin; vielleicht sollte man hier noch eine minimale Änderung schaffen. Im Ganzen aber ist »Kursbuch« eine sehr respektable Sache.

Die Angelegenheit Faulkner hat sich nicht weiter entwikkelt. Ich nehme Deinen Brief zum Anlaß, um noch einmal zu recherchieren beim Goverts Verlag, die aber wollen Faulkner eher einmotten als unter die Leute bringen. Sollte sich das noch ändern, schreibe ich Dir gleich, aber ich glaube nicht daran.

Schreibst Du weiter an Sachen, die sich in der Stadt New York ereignen?

Herzlich Dein Siegfried

1 Unter der Überschrift *Peter Weiss und Hans Magnus Enzensberger. Eine Kontroverse* erscheint in: *Kursbuch*, H. 6, 1966, S. 165-170 der Text *Enzensbergers Illusion* von Peter Weiss. In ihm zitiert er aus Enzensbergers Artikel *Europäische Peripherie*, in: *Kursbuch*, H. 2, 1965, S. 154-173, den Satz: »Keine Tat und keine Vorstellungskraft genügt, um sich in die Lage eines schwarzen Grubenarbeiters, eines asiatischen Reisbauern oder eines peruanischen Indio zu versetzen.« Dem setzt Peter Weiss entgegen: »Ich halte diesen Ausgangspunkt für gefährlich, denn es wird damit der Anschein einer

Solidarität mit den Unterdrückern geweckt.« (S. 165) Dem entgegnet Hans Magnus Enzensberger unter dem Titel *Peter Weiss und andere* (S. 171-176): »Die Moralische Aufrüstung von links kann mir gestohlen bleiben. [. . .] Widerspruchsfreie Weltbilder brauche ich nicht. Im Zweifelsfall entscheidet die Wirklichkeit.«

2 Im *Kursbuch*, H. 7, 1966, wird auf S. 23-51 das Theaterstück von Heiner Müller, *Der Lohndrücker* abgedruckt, auf S. 52 f. das Gedicht *Oedipus, Tyrann. Ein Kommentar.* In der redaktionellen Anmerkung (S. 170) heißt es: »*Der Lohndrücker* wurde seit 1958 in der DDR weder neu verlegt noch aufgeführt. Das Gedicht *Oedipus, Tyrann* kommentiert eine Neubearbeitung der Tragödie des Sophokles, mit der Heiner Müller beschäftigt ist.«

[326]

Frankfurt am Main
9. November 1966

Lieber Uwe,
ein Nachtrag zu meinem gestrigen Brief: Koeppen ist damit einverstanden, daß Du den Text »Wahn« aufnimmst.
Herzlich Dein Siegfried

[327]

Frankfurt am Main
15. November 1966

Lieber Uwe,
im März 1968 wird die edition suhrkamp den 250. Band erreicht haben. Mir erscheint das als eine Zäsur, gleichzeitig auch als eine Möglichkeit, hier einen Band besonders wirkungsvoll zu präsentieren. Wenn irgend möglich möchte ich hier etwas »Programmatisches« veröffentlichen. Es ist mir klar, daß ich niemand bitten kann, nun dazu einen solchen Text zu schreiben, aber vielleicht könnten die deut-

schen Autoren des Verlages, für die die edition suhrkamp ja vornehmlich als Plattform gedacht war, doch zu diesem Termin einen »programmatischen« Beitrag schreiben, einen Beitrag vielleicht zum Thema »schreiben heute« oder »Aufgaben der Literatur«. Darf ich Dir zumuten, über die Anlage eines solchen Bandes nachzudenken? Und darf ich Dich bitten, für den Fall, daß Du hierzu Vorstellungen oder Einfälle hast, mir diese zu schreiben? Es liegt mir daran, etwas Sinnvolles zu machen.
Herzliche Grüße Dein Siegfried

[328]

New York City
14. Dezember 1966

Lieber Siegfried,
hinter diesem Blatt liegt ein Verzeichnis der noetigen Korrekturen in Brechts »Me-ti/Buch der Wendungen«. Es waere mir lieb, koenntest du Herrn Boehlich bitten, sie einzutragen, insbesondere, weil ich zu einigen moeglichen Korrekturen gern sein Wort haette. Ein Brief an ihn liegt bei.
Wenn du Register und Nachbemerkung in die neue Ausgabe uebernehmen willst, muesste ich einen Umbruch sehen, um die veraenderten Seitenzahlen zu uebertragen. Oder wollt ihr das im Hause machen?
Erlaube mir, die Meinung zu wiederholen, es koennten die »Tui«-Fragmente doch nur in einer wissenschaftlichen Ausgabe, als Entwicklung und Scheitern eines Entwurfs, recht gewuerdigt werden. Fuer eine Lese-Ausgabe scheinen sie mir zu kaputt.
Frau Ramthun in allen Ehren, wenn auch mein Vertrauen in ihre Urteile abgenommen hat, seit ich ein von ihr redigiertes Kinderbuch aus dem ostdeutschen Kinderbuchverlag gese-

hen habe. Es ist mir auch noch im Gedaechtnis wie sie eindeutig zu »Me-ti« gehoerende Texte vor mir versteckt hat. Ich stimme ihr zu darin, dass nichts doppelt gedruckt werden sollte. Ich sehe jedoch nicht ein, wieso etwas aus dem Band 5 entfernt werden sollte. Fuer alle Gedichte kann ich aus Brechts Manuskript beweisen dass sie zu »Me-ti« gehoeren. Es ist eben Frau Ramthun, die sich geirrt hat, als sie solche Gedichte in den falschen Zusammenhang setzte. Sicherlich, es nimmt sich nicht uebermaessig reinlich aus, wenn abseits von den Keunergeschichten im Band 5 noch einmal zwei vorkommen; das ist jedoch unerlaesslich, wollen wir das Manuskript weiterhin respektieren. Die Geschichte auf Seite 58 in Band 5 steht zusammen mit den vier vorhergehenden auf einem Blatt, unter einem Obertitel. Willst du da schneiden? Die zweite Erscheinung Keuners, auf Seite 66, steht sogar im Rahmen einer »Me-ti«-Geschichte. Isoliert waere sie sinnlos, und sollen etwa Me-ti und Ki-kau und Kin-jeh und Schen-te in Keuners Welt umgepflanzt werden?
Zurueckgeben in die reinen Gedichtbaende koennte ich »Der Knecht des Raeubers«, p. 107, »Ueber die Unfruchtbarkeit«, ebenda, denn obwohl die Originale in den »Me-ti«-Mappen liegen, sind sie mit dem Komplex nicht durch Obertitel oder Personen verbunden. Das Argument, es faenden sich Varianten der uebrigen Gedichte aber auch in anderen Mappen, beweist nicht etwa eine von Brecht gewuenschte Ordnung sondern eine ihm unterlaufene Unordnung. Die Unterteilung des Nachlasses in Mappen und deren Zustand legen uns vielmehr nahe, die Komplexe beisammenzuhalten.
Wegen deines Briefes vom 15. November lege ich noch ein Blatt zu.
Yours, truly,
Uwe.

[328 a; Anlage, Brief v. U.J.]

New York City
14. Dezember 1966

Lieber Siegfried,
schoenen Dank fuer die Adresse Wolfgang Koeppens. Er hat nun tatsaechlich geantwortet.
Zu deinem Brief vom 15. November, wegen einer programmatischen Nummer 250 in der »edition s.«.
Eine anthologische Nummer unter dem von dir vorgeschlagenen Titel »schreiben heute« oder »Aufgaben der Literatur« wird wahrscheinlich nicht gelingen, da das Thema laengst erfasst ist von den grundsaetzlichen Aeusserungen eines nach dem anderen, von Grass' Rede ueber das Gelegenheitsgedicht[1] ueber Hans Magnus' Entstehung eines Gedichts[2] bis zu Martins keltischem Muster[3] oder Nossacks Schwierigkeiten, die Wahrheit zu schreiben[4]. Mir fiele da erst recht nichts Ungesagtes ein.
Sauer macht aber auch lustigk. Wir haben da einen faelligen Streit anfangen sehen zwischen Peter Weiss und H.M. Enzensberger, und mir will scheinen, als gingen seit dem vorigen Herbst noch viel mehr Haltungen und Meinungen unserer besseren und schlechteren Bekannten gegeneinander. Die Energie, die auf die hirnverbrannte Debatte ueber die Gruppe 47 verschwendet worden ist, wird doch wohl von ernsthafteren Sachen erzeugt, und vielleicht waere dies eine Gelegenheit, Martin endlich zu einer Formulierung seiner Meinung ueber Wahlreden fuer die so genannte Espede zu bringen, und Grass zu einer Beschreibung eines Elfenbeinturms, und Heissenbuettel zu dem Eingestaendnis, dass die andern alle Idioten sind, und mich zu der Befuerchtung, wir hielten wohl besser fuer eine Weile alle den Mund. Was dir hieran nicht gefaellt kann ich mir vorstellen, und uebrigens ist die Zeit bis Maerz naechsten Jahres fuer die redaktionellen Probleme wohl zu kurz.

Gibt es denn kein Buch, das man zur Feier des kleinen Jubilaeums in eine Ausgabe der »edition« verwandeln koennte?

Bei Nummer 500 waere es einfacher, man koennte da schon »Das Beste aus KURSBUCH« versammeln.

Zum andern: Wer kriegt nun Brechts »Tagebuecher« zur Herausgabe? Wollt ihr halb und halb eine neue Faulkner-Uebersetzung? Wo reise ich im Herbst naechsten Jahres? Reicht es Martin fuer ein Haus? Hast du dich mit Mang wieder vertragen?

Wegen der Uebernahme von Titeln der »edition« fragt mich Harcourts College Department kein Bein, da frage ich sie auch nicht. Ich wuesste gern was sie dir ueber ihre Plaene sagen.

Yours, truly

Uwe.

1 Günter Grass, *Das Gelegenheitsgedicht oder Es ist immer noch, frei nach Picasso, verboten, mit dem Piloten zu sprechen*, in: *Akzente* 1961, H. 1, S. 8-11.

2 Hans Magnus Enzensbergers Frankfurter Poetikvorlesung *Die Entstehung eines Gedichts* ist 1962 in der edition suhrkamp in dem Band *Gedichte. Die Entstehung eines Gedichts* erschienen.

3 Martin Walsers *Freiübungen* (in: *Erfahrungen und Leseerfahrungen*, Frankfurt am Main 1965, S. 94-110) tragen den Untertitel: *Der Versuch, ein keltisches Muster anzupreisen.*

4 Die Rede Hans Erich Nossacks bei der Entgegennahme des Georg-Büchner-Preises 1961 *So lebte er hin ...* (in: H. E. N., *Die schwache Position der Literatur*, Frankfurt am Main 1966, S. 51-61) endet mit dem Satz: »Und der Stadt Darmstadt und dem Land Hessen habe ich dafür zu danken, daß sie mich in die Lage versetzten, weiter nach meiner Wahrheit zu suchen.«

[329]

Frankfurt am Main
20. Dezember 1966

Lieber Uwe,
ich erhielt heute Deinen Brief vom 14. Dezember. Ich weiß, ich schulde Dir längst einen Brief, aber ich kam einfach nicht dazu. Ich mußte viel verreisen, nach Paris zu Paul Celan (sic),[1] zu Frisch, der ein neues Stück[2] eben abschließt – und dann nach Stockholm, wo Nelly Sachs den Preis[3] erhielt und Peter Weiss mir den ersten Akt seines Vietnam-Stückes vorlas. Hier erwarteten mich wiederum Probleme.
Eines davon ist die Aufnahme von »Me-ti« in die Gesamtausgabe. Klaus Völker hat den Text noch einmal genau mit den Vorlagen verglichen und einige Fehler gefunden, die bereinigt werden. Das ist ja nicht so problematisch, sondern eher selbstverständlich und klar. Schwierig wird es, daß wir im Gesamten von Deiner Gliederung abweichen. Du bist streng nach den Mappen bzw. der Folge der Mappen vorgegangen. Dabei ergaben sich Überschneidungen, die im Rahmen der großen, fast vierzigbändigen Ausgabe nicht schlimm sind. Jetzt aber müssen wir diese Überschneidungen vermeiden und mußten uns deswegen zu einem etwas anderen Verfahren entschließen. Das »Buch der Wendungen« bleibt, wie Du es ediert hast. Aber die anderen Teile werden mehr nach Komplexen geordnet: die Keuner-Geschichten kommen zu den Keuner-Geschichten, die Tui-Geschichten in den »Tui«-Komplex, und die Lai-tu-Geschichten fassen wir ebenfalls am Schluß von »Me-ti« zusammen. Das gibt ein anderes Bild, aber eines, das durchaus neben dem Deinen wird bestehen können; die Kritik hat ja jetzt die Möglichkeit, beide Anordnungen vergleichen zu können.

edition suhrkamp 250. Es geht nicht um den März 1967, sondern um den März 1968. Man sollte meinen, daß bis November 1967, dem Ablieferungstermin für die Manuskripte, unseren Freunden doch noch etwas einfällt. Was Deine politische Idee für den Band 250 betrifft, so kann ich mich mit ihm nicht befreunden. Ich halte es hier notabene ganz mit Dir: es wäre besser, für eine Weile den Mund zu halten, deswegen also auch keinen Band darüber. Aber es gibt noch keine passablen Vorschläge.

Brechts »Tagebücher« wird nach Lage der Dinge wohl Hecht in etwa fünf Jahren zu edieren beginnen.

Eine neue Faulkner-Übersetzung hätte ich sehr gerne, aber wir haben die Rechte nicht.

Für Deine Reise muß ich passen. Weder Klaus Gysi noch auch Abusch antworten. Ich will es im neuen Jahr noch einmal versuchen, aber mache Dir keine Hoffnungen.

Bei Martin reichts für das Grundstück.

Wie ich höre, sollen Martin und ich im Januar mit Mang zusammentreffen.

Harcourts haben offenbar mit der edition kalte Füße bekommen,[4] die geben's rasch auf.

Saisonübliche Wünsche und herzliche Grüße

Dein Siegfried

1 S. U. hält sich zwischen dem 26. und 30. 11. 1966 in Paris auf. Über seine Begegnung mit Paul Celan notiert er: »Mit ihm hatte ich ein nicht unkompliziertes Gespräch. Er hat auch ein Angebot des Walter Verlages, und er war offensichtlich ganz überrascht, daß ich ihm gar nicht abgeraten habe, dort zu publizieren. Aber er möchte lieber zu Suhrkamp. Wir diskutierten Vertragspunkte. Ich werde ihm sogleich einen Vertrag schicken.« Im Dezember 1966 wird mit Paul Celan ein Verlagsvertrag über *Neue Gedichte* (Arbeitstitel) abgeschlossen.

2 1967 erscheint von Max Frisch das Theaterstück *Biografie: Ein Spiel.*

3 S. U. ist zwischen dem 10. 12. 1966 – dem Tag, an dem Nelly Sachs

gemeinsam mit Schmu'el Josef Agnon den Nobelpreis für Literatur erhält – und dem 12. 12. 1966 in Stockholm. Er trifft darüber hinaus Olof Lagercrantz und Peter Weiss: »Das Vietnam-Stück ist in der Tat vielversprechend. Ich habe den ersten Akt zu drei Viertel lesen können.« Peter Weiss arbeitet an dem *Diskurs über die Vorgeschichte und den Verlauf des lang andauernden Befreiungskrieges in Viet Nam als Beispiel für die Notwendigkeit des bewaffneten Kampfes der Unterdrückten gegen die Unterdrücker sowie über die Versuche der Vereinigten Staaten von Amerika die Grundlagen der Revolution zu vernichten* zwischen Herbst 1966 und Frühjahr 1968. Das Stück wird am 20. 3. 1968 an den Städtischen Bühnen Frankfurt in der Regie von Harry Buckwitz uraufgeführt.

4 Im Mai 1966 erscheinen bei Harcourt, Brace & World die ersten fünf Bände der »edition suhrkamp in American text editions, edited by Victor Lange and Siegfried Unseld«. Diese amerikanische edition suhrkamp wendet sich an Deutschschüler und -studenten. Jeder Band enthält eine *Introduction*, dann den deutschen Text und am Ende ein *Vocabulary*. Vier weitere Bände erscheinen 1968, die letzten vier 1972; unter diesen: Uwe Johnson, *Karsch, und andere Prosa*, edited by Ralph S. Fraser.

[330]

New York City
27. Dezember 1966

Lieber Siegfried,
ich bedanke mich fuer deinen Brief vom 20. Dezember und fuer die »saisonueblichen Wuensche«, die ich erwidere.
Eure Ordnungssucht, angewandt auf Brechts »Me-ti«, macht mir Sorgen, aber ich uebergebe die Sorgen an euch. Es wird nicht moeglich sein, Herrn Keuner aus einer »Me-ti«-Geschichte herauszubrechen, denn »Me-ti«-Figuren im Keuner-Komplex werden sonderbarer aussehen als Keuner an einem Tisch mit Me-ti. Bitte vergleiche dazu noch einmal die Beispiele, die ich in meinem Brief vom 14. Dezember genannt habe. Weiser waere es zuzugeben dass Herr Keuner in vielen Welten lebte.

Wenn ihr aber die Prosa ueberhaupt in Schubfaecher, und besonders »Me-ti« nach Personengruppen umstellen wollt, werdet ihr auf meine Nachbemerkung zu dem Band 5 der »Prosa« verzichten muessen, da sie ja eine ganz andere Ordnung, naemlich die originale, beschreibt. Zitierbar waere hoechstens der Anfang, naemlich die Bemerkungen ueber Anlass, wahrscheinliche Entstehung und Zustand des Manuskripts. Jedoch waere die neue Edition des Fragments dann eure Verantwortung, nicht mehr meine.
Um den Vertretern hiesiger Kirchen in hiesigen Schulaufsichtsraeten einen gerechten Zorn unterm Hintern wegzuziehen, hatte ich im Sommer Martin gebeten, im »Deutschen Mosaik«, seinem Beitrag zu jenem Lesebuch, einige Zeilen zu streichen, die sich auf einen Moench sowie feinste Damenwaesche bezogen. Er hat es mir erlaubt, und eine Bestaetigung von dir versprochen, die aber nicht kam. Soll mir seine Handschrift genuegen duerfen, oder waere es erst mit deiner Bekraeftigung so richtig gesetzmaessig?
Inzwischen wirst du von Bill Jovanovich einen Brief bekommen haben, der finanzielle Anteilnahme verspricht fuer den Fall dass ich eine »Biographie Brechts« versuchen sollte. Das geht zurueck auf eine Anregung Helen Wolffs, die sich nicht einschuechtern liess durch die etwas naeher liegenden Hindernisse, naemlich die Unwahrscheinlichkeit einer Autorisation durch die Witwe, was doch bedeuten muesste: durch die DDR. Das, und damit das Projekt, scheint mir selbst ohne Aussichten.
Danke dir fuer deine Muehe wegen meiner Reise.
Mit schoenen Gruessen zum Neuen Jahr,
yours, truly,
Uwe.

1967

[331]

Frankfurt am Main
6. Januar 1967

Lieber Uwe,
Dank für Deinen Brief vom 27. Dezember. »Me-ti« müssen wir wohl oder übel umgruppieren. Nach dem Schema der gesamten Ausgabe[1] geht das nicht anders. Ich werde mit Herrn Völker besprechen, wie das nun mit Deinen Bemerkungen geht. In jedem Fall wird die Geschichte nach außen hin ganz offen dargelegt.
Mit Martin war ich jetzt ein paar Tage zum Skifahren. Er hat mir nichts davon erzählt, daß Du als sein Zensor auftreten möchtest, aber Du hast jedenfalls auch meine Einwilligung zur Streichung.
Eine ganz andere Frage ist die der Brecht-Biographie. Ich wäre glücklich, wenn ich eine hätte und wenn ihr Verfasser Uwe Johnson hieße, aber, Uwe, ist das Ganze realistisch? Ich glaube nicht. So, wie es jetzt aussieht, hast Du nicht einmal die Möglichkeit, den demokratischen Sektor von Berlin zu betreten, und damit entfällt für Frau Weigel die Möglichkeit einer Unterstützung. Und dabei brauchst Du ja nicht nur das Archiv, sondern als wichtigste Quellen Elisabeth Hauptmann, Busch und Wekwerth und einige andere. Und wie sollte Dir dies bei den gegenwärtigen politischen Verhältnissen, die sich ja nicht ändern werden, möglich sein? Bitte, verrenne Dich nicht in diese Idee. So schön sie ist, ich halte sie für kaum realisierbar.
Vielleicht können wir so verbleiben: Ich habe jetzt noch ein-

mal an den »sehr geehrten Herrn Kulturminister Gysi« geschrieben und ganz offiziell um die Genehmigung ersucht, daß Du für drei Monate (sechs Monate schien mir zuviel) Mecklenburg besuchen kannst.[2] Warten wir ab, was nun darauf erfolgt. Es geht halt nicht anders: daß man große Entscheidungen nicht selber trifft, sondern daß sie einem abgenommen werden durch die Konstellation der Umstände.
Herzliche Grüße
Dein Siegfried

1 1967 erscheinen im Suhrkamp Verlag Bertolt Brechts *Gesammelte Werke* in einer Dünndruckausgabe in acht Bänden und in einer Taschenbuchausgabe in 20 Bänden. S. U. schreibt über die aus Anlaß des 70. Geburtstags von Bertolt Brecht entstandene Ausgabe: »Die vorliegende Gesamt-Ausgabe mit ihren 39 Bänden war für den Gebrauch zu unhandlich, und Brecht war ja ein Autor, der zum Gebrauch auffordert. Im Februar 1966 begannen die Gespräche mit Helene Weigel und Elisabeth Hauptmann, und unmittelbar danach begannen die Vorarbeiten für die Ausgabe, die am 30. September 1967 erschien.« (S. U., *Bertolt Brecht und seine Verleger*, in: S. U., *Der Autor und sein Verleger*, S. 147.

2 Unter dem Datum des 6. 1. 1967 schreibt S. U. an Klaus Gysi: »Uwe Johnson hat den dringenden Wunsch, seine Heimat Mecklenburg für längere Zeit, etwa für 3 Monate, zu besuchen. Er schreibt an einem Roman, der der Rekonstruktion seiner Jugend gewidmet ist. Sie selbst, sehr verehrter Herr Minister, kennen ja den Schriftsteller Johnson und wissen, daß er als Fanatiker der Präzision den Roman nicht schreiben kann, ohne eine neuerliche Bekanntschaft mit seiner Heimat zu haben. Ich wäre Ihnen sehr dankbar, wenn Sie mir mitteilen könnten, ob ein solcher Aufenthalt, der natürlich von Herrn Johnson selbst finanziert würde, überhaupt in Betracht gezogen werden kann.«

[332]

New York City
10. Januar 1967

Lieber Siegfried,
danke fuer deinen Brief vom 6. Januar.
Demnach nehme ich an dass ihr und Herr Voelker fuer die neue Ausgabe von »Me-ti« geradestehen wollt, und es ist mir unter diesen Umstaenden recht. Allerdings, mit mildem Interesse, sehe ich der Kunst entgegen, mit der ihr jene Geschichte zerschneiden werdet, in der Me-ti und Herr Keuner gemeinsam vorkommen, so dass dann Me-ti an seiner neuen Stelle einen Vorfall ohne Ergebnis berichtet und Herr Keuner, eingesperrt in das ihm zustehende Gefaengnis, auf eine Frage antworten muss, die ihm gar nicht gestellt wurde.
Danke fuer die Erlaubnis, in Martins »Deutschem Mosaik« einen Franziskaner und Damenwaesche zu streichen; jedoch bin nicht ich es, was immer ihr glaubt, der als Martins Zensor auftritt, sondern die Sittlichkeit der katholischen Kirche.[1] Uebrigens wundert mich kaum, dass er dir davon nicht waehrend eures Ski-Urlaubs gesprochen hat, denn die Anfrage stammt aus dem Sommer, und den Sommer verbringt ihr doch selten im Schnee.
Im »Boersenblatt« sehe ich immer wieder eure Bitte um einen Hersteller, und die Wiederholung laesst es ganz aussichtslos aussehen. Hat nun jemand es mit euch versuchen wollen?
In deinen Bemerkungen zur Brecht-Biographie zitierst du was ich dir schrieb: das Vorhaben hat fuer mich keine Zukunft. Ich hatte dich lediglich vor einem davongelaufenen Einfall dieser Firma warnen wollen.
Danke fuer deinen neuen Brief an das Ministerium fuer Kultur in Ostberlin. Ueber deine Korrektur von sechs Monaten in nur drei bin ich sehr erleichtert, da ich immer nur

von acht Wochen gesprochen und geschrieben habe und jene Herren einen solchen Termin geradezu fuer ein Einwanderungsbegehren halten muessen, was mir aber ferne ist. Nur zum Beispiel, wie wir mit Zukunftsstuecken schmeissen, erwaehne ich, dass wir jetzt Direktor des Goethe-Hauses in New Delhi[2] werden sollen, weil das meiner lieben Frau so gut zu ihrem Hobby passen wuerde. Es beweist zumindest, dass wir nach dieser Reise noch an andere denken.
Dein Schluß-Satz von den weggenommenen Entscheidungen klingt mutlos. Was ist dir fehlgeschlagen?
Yours, truly,
Uwe.

1 In *Ein deutsches Mosaik* streicht der »Schulbuchlektor« U.J. im zweiten Teil *Süddeutsche Miniatur* (S. 10) folgende Zeilen: »Die Karren sind sorgfältig überladen mit Paketen von einer einzigen Firma: Charmor. Der Franziskaner läßt die Charmor-Kolonne geduldig passieren. Man sieht ihm nicht an, ob er weiß, was in den Pappschachteln knistert.« Im folgenden Satz: *»Das läßt sich noch begreifen als ein Bild: das Kälbergeschrei, Charmor en masse, ein Franziskaner* [...]« streicht U.J. »Charmor en masse«. Charmor war in den sechziger Jahren eine bekannte Firma für Damenunterwäsche.

2 An den unteren Rand des Briefes hat U.J. eine (spätere) Notiz aus der *Zeit*, Nr. 13, v. 1. 4. 1967, S. 21, angeheftet. Dort ist unter der Überschrift *Eigenberichte vom Tage* zu lesen: »Uwe Johnson, der sich seit fast einem Jahr in New York aufhält, wird in absehbarer Zeit nicht nach Deutschland zurückkehren. Er wird vielmehr demnächst die Leitung des Goethe-Hauses in Neu-Delhi übernehmen. Vermutungen, daß es sich bei dieser Nachricht um einen von Günter Grass lancierten Aprilscherz handele, erwiesen sich als unzutreffend.« Die Notiz ist von »Z.« gezeichnet, ein Hinweis darauf, daß Dieter E. Zimmer Multiplikator dieser »Nachricht« war (siehe auch Brief 338, S. 478 ff.).

[333]

Frankfurt am Main
19. Januar 1967

Lieber Uwe,
ich danke Dir für Deinen Brief vom 10. Januar. Ich gehe noch einmal für ein paar Tage in den Schnee, bin jedoch am 28. Januar wieder zurück in Frankfurt. Ich habe bis heute keine Antwort von Herrn Gysi. Wir müssen wohl damit rechnen, daß solche Briefe nicht beantwortet werden.
Nun also muß man sich daran gewöhnen, Dich in Zukunft vielleicht mit Herrn Direktor anreden zu müssen. An sich wäre ein befristeter Aufenthalt in einem solch exotischen Land nicht das schlechteste. Aber ich mache mir natürlich meine Gedanken um den Schriftsteller.
Die Dinge im Verlag entwickeln sich gut. Wir haben nun auch Herstellungsleute gefunden. So viel nur für heute.
Herzliche Grüße
Dein Siegfried

[334]

Frankfurt am Main
15. Februar 1967

Lieber Uwe,
ich schicke Dir heute zwei – leider eher schlechte – Nachrichten. Einmal das Ergebnis meines Gesprächs mit Helene Weigel, und zum anderen traf nun heute, nach der letzten Reklamation, ein Brief von den Behörden der DDR ein, er ist »self-explanatory«.[1]
Herzlich
Dein Siegfried

1 Dem Brief liegt die Kopie eines Schreibens des Ministerrats der Deutschen Demokratischen Republik, Ministerium für Kultur, Büro des Ministers, vom 9. 2. 1967 bei.
»Sehr geehrter Herr Doktor Unseld,
auf Ihre Anfrage vom 6. 1. 1967 wegen eines eventuellen Aufenthaltes Herrn Uwe Johnson in der DDR muss ich Ihnen im Auftrage des Ministers für Kultur mitteilen, dass wir zurzeit einen solchen Besuch nicht befürworten können.
Wir bedauern dies. Jedoch ist unsere Stellungnahme nicht zuletzt durch die Haltung Ihres Autors gegenüber der DDR bedingt.
Mit vorzüglicher Hochachtung
Dr. Münzer«

[334a; Anlage 1, Brief von S. U., Durchschlag]

Frankfurt am Main
15. Februar 1967

Mrs.
Helen Wolff
757 Third Avenue
New York 17

Verehrte Frau Wolff,
ich war am vergangenen Wochenende in Ostberlin und habe ausführlich mit Helene Weigel gesprochen. Ein Gesprächsgegenstand war die Brecht-Biographie. Sie können sich denken, daß dieses Vorhaben schon oft zwischen Frau Weigel und mir diskutiert wurde und daß wir immer wieder die Personen erörtert haben, die für die Autorschaft in Frage kommen. Wir haben die Möglichkeit, Uwe Johnson mit dieser Aufgabe zu betrauen, nach allen Seiten hin ventiliert. Helene Weigel schätzt Uwe Johnson, und sie weiß auch, daß er ein Kenner des Brechtschen Werkes ist, und sie vermag, wie wir alle, einzuschätzen, was es bedeuten würde, wenn Uwe Johnson eine solche Aufgabe übernehmen und ausführen würde. Doch hat Frau Weigel einen entscheiden-

den Einwand vorgetragen, der auch mir einleuchtet. Bei allem Verständnis des Brechtschen Werkes verfügt Uwe Johnson doch nicht über die Erfahrungen und Kenntnisse in der Theaterarbeit, die vielleicht beim spezifischen Gegenstand Brecht vorausgesetzt werden müßten. Es stellte sich nun auch heraus, daß sich seit längerer Zeit ein junger Regisseur des Berliner Ensembles auf diese Aufgabe vorbereitet; dieser junge Mann hat auch noch Brecht bei der Arbeit erlebt, er arbeitet selbst seit über zehn Jahren am Berliner Ensemble, und Frau Weigel schenkt ihm ihr ganzes Vertrauen.[1]
Nach diesem Gespräch müssen wir also die an sich so schöne, ja bedeutende Idee, Uwe Johnson mit einer solchen Aufgabe zu betreuen, aufgeben. Ich habe heute überdies von den Behörden der DDR die Nachricht erhalten, daß auch ein Aufenthalt von Johnson zur Zeit dort nicht erwünscht ist.
Ich bedaure sehr, daß ich Ihre Anregung nicht aufgreifen kann.
Mit besten Grüßen, auch für William Jovanovich,
Ihr Siegfried Unseld

1 Helene Weigel denkt an Joachim Tenschert. Er schreibt die Biographie jedoch nicht.

[335]

Frankfurt am Main
21. Februar 1967

Lieber Uwe,
wir können in der edition suhrkamp den »Achim« nicht mehr neu auflegen, der Ladenpreis der Reihe läßt einen solchen Umfang nicht zu. Wir haben die Ausgabe einmalig als

Band 100 in einer Auflage von 37000 Exemplaren hergestellt, aber wir können keinen Nachdruck mehr veranstalten, sonst geraten wir in doppelter Weise in rote Ziffern. Ich möchte also den Titel in der edition suhrkamp auslaufen lassen. Es ist mir aber gelungen, mit der Fischer-Bücherei eine Ausgabe zu verabreden, dort soll der Band im Dezember 1969 erscheinen; Auflage 30000 Exemplare, Honorar 16 Pfennig. Ich hoffe, Du bist einverstanden. | Bitte reagiere bald, der Vertrag liegt von S. Fischer unterschrieben vor. |
Herzlich Dein Siegfried

| Gespräch mit Mang hat stattgefunden. We are again on a speaking level! |

[336]

New York City
25. Februar 1967

Lieber Siegfried,
ich bedanke mich für deine Schreiben vom 15. und 21. Februar.
Bist du wirklich sicher dass das Ministerium für Kultur in Ostdeutschland auch noch in drei Monaten Anstoss an meiner »Haltung« nimmt? Diese Absage vom 9. Februar aus dem Munde eines Unterbeamten hatte ich noch erwartet, aber doch in der Hoffnung, nach einiger Zeit und Wiederholung doch eine mürrische Zusage zu hören. Mit dieser Reise fiele mir nicht wenig von einem Plan ins Wasser. Aber wenn du es für sinnlos hältst jetzt noch nicht aufzugeben, lass mich immerhin versichern dass ich da nicht von Heimweh geleitet war. Und ich bedanke mich für die Mühe, die du dir gemacht hast.
Da du wohl darauf bestehen wirst, »Das dritte Buch über

Achim« von der Fischer-Bücherei verbraten zu lassen, bin ich also einverstanden. Diesmal möchte ich mir aber ausgebeten haben dass ich den einführenden Text zu Gesicht bekomme und den Umschlag gleichermassen, bevor sie endgültig sind.
Es ist mir ja recht dass du und Mang wieder Guten Tag und anderes austauschen können, aber da es offenbar auch um das »Kursbuch« gegangen ist, wüsste ich auch gern, worin denn nun das Einvernehmen besteht.
Überhaupt kannst du dich darauf verlassen dass er auch nicht schreibt, wenn du nicht schreibst. Dann höre ich von Falschen, was ich lieber von dir erfahren hätte, etwa: »Auch bei den grossen Verlagen fängt die Regression an: Rowohlt nimmt Kredite auf und Unseld entlässt Leute.« Was ist daran?
Yours, truly
Uwe.

[337]

Frankfurt am Main
1. März 1967

Lieber Uwe,
herzlichen Dank für Deinen Brief vom 25. Februar. Ich glaube nicht, daß sich in absehbarer Zeit die Haltung der Behörden der DDR ändern wird. Ganz im Gegenteil, man steuert dort auf eine totale Staatsverselbständigung zu und möchte gerade im kulturellen Bereich die Kontakte eher unterbinden als fördern. Seit neuestem haben auch die Brecht-Leute Schwierigkeiten mit Reisen in die Bundesrepublik. Selbst Sänger und Dirigenten erhalten keine Genehmigungen mehr. Im Bereich des Ost-West-Handels zeigt man gerade gegenüber Verlagen kalte Schultern. Ich spüre das auch

an dem Insel Verlag in Leipzig, der mehr und mehr Projekte, die für gemeinsame Ausgaben vorgesehen waren, zurücknimmt. Das sieht alles nicht so aus, als ob sich daran bald etwas ändern würde.

Deine Zustimmung zur Ausgabe in der Fischer-Bücherei nehme ich zur Kenntnis. Ich werde den Fischer-Verlag bitten, daß man Dir den Einführungstext und möglichst auch den Umschlag zugehen läßt.

Mit Mang fand ein ausführliches Gespräch statt. Martin war eigens von Friedrichshafen nach Frankfurt gekommen. Hauptpunkt des Gesprächs, obschon nur in Minuten berührt, war Mangs Beteiligung am Luchterhand Schullesebuch[1] und seine mich verletzende Begründung dafür. Das haben wir bereinigt, wenn auch Stacheln bleiben. Über das »Kursbuch« wurde am ausführlichsten gesprochen. Martin rügte die Inaktualität, während ich die Abwesenheit von Literatur beklagte. Ich weiß nicht, wie weit Mang das berücksichtigen wird. Nummer 9 soll ein Revolutionsheft werden, Nummer 10 dann eine »Tummelwiese« für Literatur jüngerer Talente. Im September geht Mang dann für neun Monate in die USA.

Von einer Regression im Verlagswesen kann man nicht sprechen, noch nicht sprechen, wenn auch zweifellos härtere Tage kommen. Was ist schon dabei, wenn ein Verlag Kredite aufnehmen muß, freilich, er muß sie zurückzahlen können. Entlassungen in größerem Ausmaß sind mir nur von Bertelsmann bekannt, die traditionellen Verlage schränken sich nur mählich ein. An der Meldung »Unseld entlässt Leute« ist nur soviel wahr, daß im Insel Verlag Herr Dr. Kippenberg ausscheidet, weil durch die Zusammenlegung der Abteilungen beider Verlage sein Arbeitsbereich überflüssig wurde. Außerdem scheidet Herr Dr. Bezzel aus, er wird jedoch durch Herrn Dr. Urs Widmer, die bisherige rechte Hand von Otto F. Walter, ersetzt. Im übrigen hat der

Verlag durch den Umzug einiger Abteilungen und durch die Zusammenlegung der Vertriebs-, Werbe- und Presseabteilungen beider Verlage einiges an Effektivität gewonnen.
Schönste Grüße
Dein Siegfried

1 Hans Magnus Enzensberger ist neben Rainer Nitsche, Klaus Roehler und Winfried Schafhausen Herausgeber des 1972 im Luchterhand Verlag erscheinenden dreibändigen Schullesebuchs *Klassenbuch. Ein Lesebuch zu den Klassenkämpfen in Deutschland 1756-1971.*

[338; Typoskript ist durchgestrichen und mit dem handschriftlichen Vermerk versehen: »nicht abgeschickt«]

New York City
3. April 1967

Lieber Siegfried:
Für mein Schweigen auf deinen Brief vom 1. März biete ich dir die folgende Erklärung an: ich habe mich geaalt in dem Bewusstsein dass zu antworten nicht nötig war. Die Regel ist in unserem Briefwechsel dass über technische Ja und Nein mit wendender Post entschieden werden soll; hier hatte ich von dir eine menschliche Antwort bekommen auf eine Frage wegen menschlicher Aspekte und obendrein die Versicherung dass ihr mich nicht abgeschrieben habt in dem Sinne dass mich nicht anginge was ihr denn so macht.
Ich will dir nun auch die Quelle der Gerüchte enthüllen, die mir von deinen Entlassungen und Rowohlts Krediten kündete: es war Klaus Wagenbach, der ja ohnehin Schreckensnachrichten über Kollegen genüsslicher zerkaut als eigene Einbussen, Kassandra für andere Rechnungen als seine, der

von Ausläufern der »Rezession« bei »grossen Verlagen« in die Luftpost mir Atem gab. Am Ende hättest du von mir die Meinung vermuten dürfen dass »Rowohlt ohne Kredite« einen Rattenkönig als Rattenkönig als Herrn Abs beschreiben hiesse. Eingedenk der Klagen über meine Ausdrucksweise bitte ich dich mich wiederholen zu lassen dass ich mich wohlfühle im Ton des Einbezogenseins. Könntet ihr öfter machen, würd ick ze würdijen wissn.
Lieber Siegfried, riechen kann man es nicht, aber lesen kann man aus Vorigem die Besorgnis die mich ergriff, als Hans Magnus mir einen Zeitungsausschnitt übersandte mit folgendem Text:

> ... Uwe Johnson ... wird in absehbarer Zeit nicht nach Deutschland zurückkehren. Er wird vielmehr demnächst die Leitung des Goethe-Hauses in Neu-Delhi übernehmen. Vermutungen, dass es sich bei dieser Nachricht um einen von Günter Grass lancierten Aprilscherz handele, erwiesen sich als unzutreffend. ... Z. ...

und zwar, indem er sagte, dass es aus der »Zeit« war, ohne dass er sagte AUS WELCHER. So aus der Zeit gefallen, an den Rändern des Zeitschachtes kratzend, ohne irgend gewerkschaftliche Hilfe per Bohrung und Personengehäuse, und vielleicht kniend, lenke ich deine Aufmerksamkeit auf meinen Brief an dich vom 10. Januar dieses Jahres wo ich dir mitteile dass »wir« Direktor des Goethe-Hauses in New Delhi werden »sollen«, »weil das meiner lieben Frau so gut zu ihrem Hobby passen würde«. Leider hat meine 1. Frau nicht die Oberaufsicht in meiner Firma, jedoch ist ihr derart Nominelles zugestanden, zwar will sie wie ich nicht in westdeutsche Regierungsdienste treten, allerdings ist Leuten wie uns das verbaut. Lieber Siegfried, du warst der einzige, dem wir meiner Frau Wünsche nach einer Eintrittskarte reichlich mehrerer Bibliotheken angedeutet haben, und wir vermuten dich als denjenigen, der jenen Hahn auf-

gemacht hat, mag sein wegen des ersten Tages im neuen Monat. Nu mach ihn wieder zu.
Lieber Siegfried, schreib mir noch einmal. Obwohl du dir bei meinen Zeilen nichts denkst, du kannst dich drauf verlassen dass ich mir was denke. Erklär mir, warum ihr so enthaltsam seid im »Börsenblatt«. Und anderswo.
Dies wüsste gern,
yours, truly,
Uwe.

[339; Telegramm]

New York
7. April 1967

BITTE ALLE ZEITUNGSAUSSCHNITTE UEBER ENZENSBERGERS IN BERLIN[1] SAMMELN HERZLICHE GRUESSE UWE

1 U.J. stellt seine Wohnung in der Stierstraße 3 ab Januar 1967 der früheren Frau von Hans Magnus Enzensberger, Dagrun, zur Verfügung. Die Atelierswohnung in der Niedstraße 14 wird von einem der Brüder Hans Magnus Enzensbergers, Ulrich, seit Mai 1966 bewohnt. Dagrun und Ulrich Enzensberger haben Kontakte zur Kommune I, deren Mitglieder sich überwiegend in der Atelierwohnung in der Niedstraße treffen. Einige dieser Mitglieder werden am 4. 4. 1967 unter dem Verdacht festgenommen, sie planten in Berlin ein Attentat auf den amerikanischen Vizepräsidenten Humphrey. Am nächsten Morgen sind in der Berliner Presse Schlagzeilen zu lesen wie »Attentat auf Humphrey von Kripo vereitelt – FU-Studenten fertigten Bomben mit Sprengstoff aus Peking« oder »Maos Botschaft in Ost-Berlin lieferte die Bomben gegen Vizepräsident Humphrey«. Doch bereits am gleichen Morgen hat ein Experte der Berliner Polizei nachgewiesen, daß der »Sprengstoff« aus nichts weiter bestanden hat als Rauchkerzen,

Pudding, Joghurt und Farben in Plastikbeuteln. Drei der Festgenommenen, darunter Dieter Kunzelmann, einer der Wortführer der Kommunarden, werden bereits am nächsten Tag, dem 6. 4., wieder freigelassen. Am selben Tag landet der amerikanische Vizepräsident auf dem Flughafen Tempelhof und wird unter ungewöhnlich strengen Sicherheitsmaßnahmen durch Berlin eskortiert. Mit Frist zum 15. 4. 1967 fordert U.J. Dagrun Enzensberger auf, seine Wohnung zu verlassen; sie kommt dieser Aufforderung nach. Die Atelierwohnung in der Niedstraße wird von Günter Grass geräumt, der sich auf eine notarielle Ermächtigung Johnsons stützt. U.J. macht für diesen Vorfall in seiner Wohnung Hans Magnus Enzensberger verantwortlich; der Briefwechsel zwischen den beiden Autoren bricht nach diesem Zwischenfall ab. In den *Jahrestagen* wird Gesine Cresspahl dann einen Bericht der *New York Times* über das »Attentat« lesen können: »Einmal nach Mitternacht ging sie, vorsichtig und den Blick geradeaus, durch die heißen Nebenstraßen, vorbei an flüsternden Gruppen und einer Schlägerei um eine betrunkene oder bewußtlose Frau, auf den Broadway, der jetzt dicht mit Polizisten, Prostituierten, Rauschkranken bestanden war, und kaufte die früheste Ausgabe der New York Times und schlug sie auf unter der Acetylenlampe am Giebel des Kiosks und fand die Nachricht, die nun wahrer war als die reißerische Überschrift, die sie den Nachmittagsblättern nicht hatte glauben mögen (das war als Frau Enzensberger in Berlin den Stellvertreter des Präsidenten mit Bomben aus Puddingpulver erledigen wollte).« *Jahrestage*, Bd. 1, S. 15. Die Berichte der Sonderkorrespondenten der *New York Times* John W. Finney, *Berliners Applaud Humphrey Speech On War in Vietnam*, und *Suspect's Lawyer Denies Danger to Humphrey*, aus *The New York Times* vom 7. 4. 1967 bewahrt U.J. auf.

[340]

Frankfurt am Main
10. April 1967

Lieber Uwe,
auf Dein Telegramm hin habe ich die mir erreichbaren Freitag- und Samstag-Zeitungen durchgesehen. Hier sind die ersten Ausschnitte. Weitere werden sicherlich folgen.
Herzlich Dein
Siegfried

[341]

New York City
28. April 1967

Lieber Siegfried,
ich bedanke mich fuer die Uebersendung der Zeitungsberichte ueber die revolutionaere Aktivitaet der Enzensbergerschen Sippe gegen meine Wohnung. Der juengste wurde mir erst vor einem Jahr vom Aeltesten beschrieben als jemand, der von sich werde reden machen, und ich haette mir das eben gesagt sein lassen sollen.
Hier geht ein Geruecht umher, macht sich klein und wiederholt dennoch dass die Gebrueder Reinhart erwaegen, sich vom Suhrkamp Verlag zurueckzuziehen und dass Herr Holtzbrinck (wie immer der Name ist) aus Hamburg sich bei dir einkaufen moechte. Bitte sende mir einen Hammer, damit dem Geruecht aufs Haupt zu schlagen.
Mein Wunsch, noch bis zum Sommer 1968 hier zu bleiben, naemlich ohne Anstellung, wird von Harcourt, Brace & World auf die folgende Weise unterstuetzt. Die Abteilung Kurt & Helen Wolff Books und Mr. Jovanovich sind bereit mir je $ 3000.00 Vorschuss zu geben auf ein nicht geschrie-

benes Buch. Voraussetzung ist dass ihnen damit die englischsprachigen Rechte des imaginaeren Buches bereits zustehen, und zweitens, dass du dich mit $ 2000.00 an den Aufwendungen fuer eine Verlaengerung meines Aufenthalts beteiligst. Zu diesem Punkt konnte ich erklaeren, dass ich wahrscheinlich eine Fortsetzung der monatlichen Zahlungen als deinen Beitrag definieren darf. Zu dem ersten Punkt haette ich gern deinen Kommentar.
Die Anstellung endet am 31. Mai. Im August moechte ich auf vier Wochen nach Deutschland kommen, und wuesste gern, wann du in Frankfurt anzutreffen waerest.
Es waere nett, wenn Fraeulein Conradi sich des Wunsches am Ende des Blattes annehmen wollte.
Yours, truly
Uwe.

BITTE, 1 Volker Braun, »Provokation fuer mich« &
1 Alexander Kluge, »Lebenslaeufe« (Goverts)
SCHICKEN AN:
Miroslaw Holub, 519 Magnolia Blvd, Long Beach, N.Y. 11561.

[342]

Frankfurt am Main
2. Mai 1967

Lieber Uwe,
ich sehe, Du erntest nur Undank mit Deiner Freundlichkeit. Auch jetzt wundert man sich in Berlin über Deine Demarche Grass, über die ich mich persönlich gar nicht wundere. Ich hätte wie Du, ohne zu zögern, die Damen und Herren an die Luft gesetzt.
Ich sehe, New York hinkt doch, was Gerüchte betrifft, et-

was hinterher, hier in der Bundesrepublik beginnen sie allmählich abzuflauen. Du kannst ruhig eine Axt nehmen, an diesem Gerücht stimmt nicht einmal die Regel, daß sonst wenigstens Quentchen daran wahr sind. Ich bin im allerschönsten Einvernehmen mit meinen Mitgesellschaftern, wir haben Pläne, die Verbindung über Jahrzehnte zu konstituieren.

Können wir nicht im August (ich werde den ganzen Monat hier sein) über die Modalitäten der Finanzierung Deines Amerika-Aufenthaltes sprechen? Ich bin, das darfst Du voraussetzen, gerne bereit, daran mitzuwirken, aber ich wehre mich, so etwas forschen Bedingungen ausgesetzt zu sein. Solltest Du es aber brauchen, so darfst Du gerne wissen, daß die monatlichen Zahlungen fortgesetzt werden können.

Fräulein Conradi wird sich Deiner Wünsche annehmen.

Ich habe meinerseits eine Bitte: Wir wollen im Herbst innerhalb einer Werbung für die sammlung insel eine Beilage in die edition suhrkamp einlegen: »Autoren von Rang über die sammlung insel«. Es wäre sehr nett, wenn Du mit ein paar Zeilen vertreten wärest; sie können über ein einzelnes Buch Deiner Wahl gehen oder über das gesamte Unternehmen oder über die Tendenz der Reihe.

Herzliche Grüße

Dein Siegfried

[343]

New York City

8. Mai 1967

Lieber Siegfried,

ich bedanke mich für deinen Brief vom 2. Mai und habe auch die Gerüchte auf das Haupt geschlagen, wenn es auch wohl nur eines von siebenen ist. Und du wärest recht erstaunt zu hören oder zu sehen, wie viele Personen in diesem Land Unseld-Beobachter als ihre Profession angeben könnten, und über ihre Analysen, wenn auch weniger über was ich sage. Es wiederholt sich dermassen regelmässig, dass ich einem Muster zu antworten meine.

In diesem Brief verstehe ich nicht recht, dass du Harcourts Bedingungen, unter denen eine Fortsetzung meines Aufenthalts in dieser Stadt finanziert werden könnte, »forsch« nennst. Es ist ja nicht so, dass das HB&W-Imperium mich belatschert hätte wegen der englischsprachigen Rechte für ein noch nicht geschriebenes Buch. Es ist eher so, dass ich, neben anderen, auch diesen Verlag bat, sich Gedanken zu machen über eine Verlängerung meines Aufenthaltes. Hannah Arendt zum Beispiel wollte sich bei foundations stark machen, erreichte jedoch nichts. In dieser Lage haben zwei Leute in HB&W es nicht ertragen können, dass ich vom Ziel meiner Wünsche würde abgeschnitten sein. Bevor ich dir schrieb, Helen Wolff und Dabbelju Dschei würden zu gleichen Teilen je $ 3.000 auf sich nehmen, hatte schon W. J. sich zwei Drittel der Belastung gewünscht. Ich wies ihn auf die miesen Chancen dieses Geschäftes hin, und er vertraute mir an dass es Geschäfte gäbe, wo man das Rechnen lassen solle; ich hatte ihn nur darauf hingewiesen dass die Optionen und Rechte für die englisch sprechenden Länder diesen Vorschuss ja bei langem nicht oder erst bei langem abdecken würden. Darauf sprach er von HB&W's Johnson grant. Lieber Siegfried, diese angelsächsischen Rechte wären Bestandteile eines Vertrages, den wir noch gar nicht ausgemacht haben; und was deine Beteiligung über $ 2.000 angeht, so habe ich niemandem verraten, dass deine Buchhaltung es mir von meinem Guthaben abzieht, und möchte nicht, dass du das tätest; von dir als erstem würde ich die Ansicht erwarten, dass Diskussionen über etwas Nichtgeschriebenes Aber-

glauben erregen in dem, der es bloss im Kopf hat. Es wird vielleicht eines von den schönen Donnerwettern sein des Abends, an dem ich dich also in Frankfurt besuchen darf; die Vereinbarung für diese Stadt soll aber am 1. Juni beginnen. Nun schreib mir gleich.
Yours, truly
Uwe.

[344]

Frankfurt am Main
12. Mai 1967

Lieber Uwe,
ja, man staunt über die Gerüchte, die sich häufen. Ich komme gerade aus Berlin zurück, wo ich auch wiederum einiges über meinen Finanzstatus hören mußte. Aber vielleicht kommt die Sache auch anders. Ein polnischer Übersetzer hat Martin gefragt, ob er wüßte, daß Hanser sich in Finanznot befände, und er war sehr verwundert, daß Martin ob dieser Frage schallend lachte ...
In Ostberlin habe ich ebenfalls Merkwürdiges erfahren: man weigert sich dort, unsere neue Brecht-Ausgabe zu übernehmen und auch die Prosa in unserer Form herauszubringen, weil Du als Redakteur für »Me-ti« gezeichnet hast. So tief sitzt Du also als Schock im Bewußtsein dieser Herren. Das zweite Hemmnis ist das Kuba-Gedicht.[1] Die haben Sorgen ...
Nun aber kein Dreipunkte-Brief. Ich wiederhole Dir gerne, daß die monatlichen Zahlungen weiterlaufen können. Muß ich mich noch an Harcourt, Brace in dieser Sache wenden? Eigentlich tät ich's lieber nicht, Dir muß doch meine Zusicherung genügen.
| Vor dem Abflug in ein hoffentlich pfingstliches Rom[2] |
Herzlich Dein Siegfried

[U.J. notiert links unten handschriftlich auf diesem Brief:]
»Postkarte 15. Mai
Lieber Siegfried, mit deinem Brief vom 12. einverstanden, grüsst dich abends,
yours truly, Uwe.«[3]

1 Gemeint ist das im Sommer 1953 entstandene Gedicht *Die Lösung* von Bertolt Brecht. Es bezieht sich auf einen Artikel von Kuba (eigentlich Kurt Barthel), 1953 Sekretär des Schriftstellerverbandes der DDR und Mitglied des Zentralkommitees der SED, der am 20. 6. 1953 im *Neuen Deutschland* die protestierenden Arbeiter angreift und ihnen damit droht, daß sie künftig noch mehr arbeiten müßten. Kubas Einlassungen führen zu heftigen Auseinandersetzungen in der DDR-Presse und zu dessen Absetzung. Brechts Gedicht lautet: »Nach dem Aufstand des 17. Juni/Ließ der Sekretär des Schriftstellerverbands/In der Stalinallee Flugblätter verteilen/Auf denen zu lesen war, daß das Volk/Das Vertrauen der Regierung verscherzt habe/Und es nur durch doppelte Arbeit/Zurückerobern könne. Wäre es da/Nicht doch einfacher, die Regierung/Löste das Volk auf und/Wählte ein anderes? (Bertolt Brecht, *Werke*, Bd. 12, S. 310.

2 S.U. hält sich zwischen dem 12. und 16. 5. 1967 in Rom auf. Über sein Gespräch mit Ingeborg Bachmann notiert er: »Mit ihr wurde ausführlich die Situation der Übernahme ihrer Verlagsrechte erörtert. Die Entscheidung ist definitiv gefallen, daß sie unter Überlassung einer Arbeit an Piper in Zukunft bei uns erscheinen wird.«

3 Die Postkarte ist nicht erhalten.

[345]

New York City
16. Mai 1967

Lieber Siegfried,
ich bedanke mich fuer deinen Brief vom 12. und nehme also an du wolltest dich ueber die »forschen Bedingungen« lie-

ber erst im August und muendlich mit mir unterhalten. Es ist mir recht, sie muessen dann erst einmal bis dahin gelten, und natuerlich brauchst du deswegen nicht an Herrn Jovanovich oder Frau Wolff zu schreiben.
Die Herren im Aufbau-Verlag scheinen mir das Problem zu verkennen, wenn sie sich einer Brecht-Ausgabe widersetzen, die ich gemacht habe. Es faengt eher damit an dass sie erst einmal Brecht nicht haetten erfinden sollen.
Sag mir doch einmal was der westberliner Zweig der Dynastie Enzensberger ueber mich sagt, denn mir sagen sie es nicht. Aus Andeutungen glaube ich zu verstehen dass ich als der eigentliche Boesewicht in diesem Familiendrama fungiere, und saehe mich gern einmal von der Seite.
Hier wird eine nette Geschichte erzaehlt. The nicest things happen to people who carry traveler checks. Es sitzen die Herren Raddatz, Harpprecht[1] und Molden in Hotels dieser Stadt und telefonieren mit der Agentur, die die Buchrechte an den Erinnerungen Frau Alliluyevas[2] vergibt. Sie fangen bei $ 120.000 an und quaelen sich bis $ 128.000, darauf wird es Harpprecht zu dumm und er will die Konkurrenz mit einem Schlage abhaengen. $ 160.000: sagt er. Darauf die Agentur: You may think you've given me a ceiling, but let's consider it a floor; ruft die anderen beiden Herren an und laedt sie zu einer neuen Runde ein. Molden blieb fuer $ 200.000 haengen, und Harpprecht, der mir dies alles nicht erzaehlte, wollte lediglich den Kommentar hergeben dass Moldens Kalkulation unmoeglich sei. Denn die Zeitschriftenrechte hat er fuer den »Spiegel«[3] ergattert. Und wer sitzt in einem Haus an der Fifth Avenue mit geliehener Dienerschaft, einschliesslich einer »social secretary« zum Ordnen der Blumen? S' ist Ingelein, des Verlegers Gattin.[4]
– Und wie kommen Sie mit Unseld aus? fragte ich Harpprecht. Er: ich seh ihn selten, und wir kommen aus. Er ist tough, wissen Sie ja. Das kann ich aber, wenn es sein muss,

bis zu einem gewissen Grade, auch sein. Mein gedankenvolles Nicken nahm er fuer eine Antwort.
Koennte ich eine Kopie von Martins Koelner Ansprache[5] bekommen, und womoeglich Berichte ueber die Tagung?
Yours, truly,
Uwe.

1 Klaus Harpprecht ist zwischen 1966 und 1969 Leiter des S. Fischer Verlags, Fritz J. Raddatz arbeitet als Lektor im Rowohlt Verlag von 1960-1969.
2 Das Buch erscheint im Verlag von Fritz Molden: Martin Ebon (Hg.), *Die zwei Leben der Swetlana,* Wien/Frankfurt/Zürich 1968.
3 *Der Spiegel* bringt die Memoiren von Swetlana Allilujewa 1967 von Nr. 38 (v. 11. 9. 1967) bis Nr. 41 (v. 2. 10. 1967) im Vorabdruck. Die *Jahrestage* (Bd. 1, S. 167) kommentieren diesen Vorabdruck der Erinnerungen von Stalins Tochter: »In dem westdeutschen Nachrichtenmagazin haben sie doch ohne den Blick niederzuschlagen unsere dowe alte Tante Hallelujah abgedruckt was die so Memoiren nennt [...].«
4 Inge Feltrinelli.
5 Martin Walser hält im Mai 1967 bei der Frühjahrstagung der Deutschen Akademie für Sprache und Dichtung in Köln eine Rede über *Die Politiker und die Literaten – die Literatur und die Politik*. Dieser Vortrag ist auszugsweise abgedruckt unter der Überschrift *»Warum wählen wir noch?« Über Parteien, Staat und Wirtschaft* in: *Der Spiegel*, 21. Jg., Nr. 21, v. 15. 5. 1967, S. 137. Martin Walser sagt unter anderem: »Warum wählen wir eigentlich noch? Warum noch dieser politische Anstrich? Warum nicht gleich die Interessenverbandsvertikale? Jeder durch seinen Interessenverband unmittelbar nach Bonn.« (Zitiert nach: Martin Walser, *»Warum wählen wir noch?« Über Parteien, Staat und Wirtschaft*, in: M. W., *Werke*, Bd. 11, S. 211-213.) Karl Heinz Bohrer schreibt in seinem Bericht über die Frühjahrstagung in der *Frankfurter Allgemeinen Zeitung*, Nr. 105 (v. 8. 5. 1967), S. 22: »Es wäre wahrscheinlich bei einem Klub alter Forumskameraden geblieben, hätte nicht Martin Walser sein Papier aus der Tasche gezogen, ein Stückchen Demagogie, mit dem er Wohlbefinden und formiertes Einvernehmen

hinwegraunzte.« Hans Schwab-Felisch schreibt über die Rede von Martin Walser in der *Süddeutschen Zeitung* v. 8. 5. 1967, S. 14: »Zutreffende Beobachtungen waren vermischt mit unhaltbaren Behauptungen, Ressentiments mit Dämonisierungen, dann wieder Verharmlosungen.«

[346]

Frankfurt am Main
18. Mai 1967

Lieber Uwe,
ich danke Dir für Deinen Brief vom 16. Mai. Wir stimmen also überein, daß wir die monatlichen Zahlungen weiter laufen lassen.
Ich war neulich einen Abend bei Enzensberger. Es wurde aber von seiner Seite aus außer dem Wort der »leidigen Familienangelegenheit« nichts über die Sache gesprochen. Ich sah danach auch keinen Grund, von mir aus die Sprache darauf zu bringen. Ich selbst habe auch nicht den Eindruck, daß Mang Dir persönlich grollt.
Die Verlegergeschichte, die Du mir erzählst, habe ich auch von anderer Seite schon gehört, wenn auch nicht mit diesen herrlichen Details. So spielen also große Verleger Verlag! Der Erfolg wird ihnen nicht versagt bleiben. Ich gehe sogar so weit, daß ich ihnen diesen Erfolg gönne, nur, es ist genau die Art Verlag, die ich nicht machen möchte, und deswegen ist's ja auch gut so und ist die Welt gut verteilt.
Ich schicke Dir eine Kopie von Martins Kölner Ansprache. Er hat sich mit dieser, wie ich finde, eher milden Rede vielleicht um den Büchner-Preis gebracht, wer weiß, jedenfalls, die silbergrauen Herren der Akademie waren entsetzt, am meisten Karl Korn, der sich freilich darüber wundern mußte, daß am nächsten Tag in seiner Zeitung ein höchst an-

derslautender Bericht veröffentlicht war. Schwab-Felisch scheint gegen die Rede geschossen zu haben. Ich versuche, Dir etwas aufzutreiben, aber ich bin nicht sicher, ob wir Belege dafür haben.[1]
Die römischen Tage waren laut, die Stadt wird immer mehr von Autos besetzt. So hatte also jeder von uns in diesen Tagen eine Inge (unter uns, die meine ist mir lieber)!
Herzliche Grüße
Dein Siegfried

1 Martin Walser erhält den Georg-Büchner-Preis 1981.

[347]

New York City
15. Juni 1967

Lieber Siegfried:
Am 2. Juli, wie uebrigens jeden Vormittag um 10 Uhr, versucht eine Boeing 707 vom Kennedy-Flughafen loszukommen. Nicht nur das, sie wird auch in Frankfurt am Main um 23.45 Uhr Ortszeit erwartet.
Vielleicht schafft sie es aber nicht einmal bis London. In diesem Fall vergiss das Folgende.
Sie waere dann eben auf einen Sonntag gefallen.
Um 23.45 an einem Sonntag habt ihr schon alles gesagt, und ich wuerde nur stoeren.
Also waere ich dankbar, wenn ihr mir fuer diese Nacht ein Zimmer im Flughafenhotel reservieren lassen wuerdet, und die spaete Ankunft eigens vorhersagt.
Gewiss taete ich das lieber selbst, aber meine Erinnerung nennt mir beharrlich den Namen »Wildschweinstiege«, und ich moechte ihr nicht trauen.
Wenn du gerade am 3. Juli in Rom bist, werde ich nicht anrufen. In Frankfurt wuerde ich dich gern sehen.

Sonst ginge ich gleich am Morgen nach Berlin meine Wohnungen ansehen, vor denen es mir aber graut.[1]
Und was moechte deine Frau denn so mitgebracht kriegen.
Yours, truly,
Uwe.

1 U. J. kommt am 2. 7. 1967 nach Frankfurt, trifft dort S. U. und fliegt am 4. 7. weiter nach Berlin. Siehe Telegramm 339, S. 480f. Am 25. 7. 1967 kehrt er nach New York zurück.

[348]

Frankfurt am Main
19. Juni 1967

Lieber Uwe,
schönsten Dank für Deinen Brief vom 15. Juni. Ich bin am 2. Juli nicht in Rom, aber in Calw, wo mir die Hermann-Hesse-Medaille verliehen wird. Du wirst überrascht sein, wenn ich Dir schreibe, daß mich gerade diese erste Ehrung sehr freut. Ich komme erst am 3. wieder zurück. Weil Du dann gleich nach Berlin weiterfliegst, haben wir Dir vom 2. auf 3. Juli im Waldhotel in der Unterschweinstiege (!) ein Zimmer bestellt. Wann können wir uns dann sehen?
Meine Frau möchte nichts mitgebracht haben als Deine Zuneigung. So do I. | Or the same for me. |
Herzlich Dein Siegfried

[349; Postkarte]

[New York]
26. Juni 1967

Lieber Siegfried,
wenn du am 3. Juli wieder in Frankfurt bist, sag doch der Unterschweinstiege Bescheid, wann an diesem Tag du mir deine Medaille zeigen willst.
Mit schoenen Gruessen aus der Stadt des Poetry Festival,[1]
Uwe.

1 Günter Grass, so ist der Eintrag im Kalendarium Johnsons wohl zu deuten, spricht am 26. 6. 1967 in New York bei Helen Wolff über Alfred Döblin.

[350]

Frankfurt am Main
4. Juli 1967

Lieber Uwe,
Raddatz schrieb heute, er hätte gerne für die Taschenbuch-Ausgabe der »Zwei Ansichten« Deinen Text »Auskünfte und Abreden zu ›Zwei Ansichten‹«, den wir damals in »Dichten und Trachten« veröffentlicht hatten. Ich halte das eigentlich für keine schlechte Idee. Was meinst Du dazu?
Herzlich Dein Siegfried

[351]

c/o Günter Grass
Niedstrasse 13, 1 Berlin West 41
19. Juli 1967

Lieber Siegfried:
Möchte doch Fritzchen Raddatz mir nach New York schreiben an welche Stelle seiner Ausgabe von »Zwei Ansichten« er das Interview mit Schoelman stellen möchte, mit welchen Kürzungen, und warum er in diesem Fall von der üblichen Vorbemerkung abweichen möchte; und grüssen lass ich ihn auch.[1]
Grüssen tu ich dich selber.
Yours, truly,
Uwe.

1 *Zwei Ansichten* erscheinen im August 1968 als rororo Taschenbuch.

[352; Telegramm]

Frankfurt am Main
20. Juli 1967

LIEBER UWE MAN KANN DICH NICHT ANRUFEN
UND DU MELDEST DICH TELEFONISCH AUCH
NICHT ALSO BLEIBT MIR NUR DIESER WEG ZU
HERZLICHEN GLUECKWUENSCHEN
ALLES GUTE DEIN SIEGFRIED

[353]

Riverside Drive, New York
21. Oktober 1967

Lieber Siegfried:
Nach Berichten in der Presse gehörst du zu den Verlegern, die der neuesten Resolution der »Gruppe 47«[1] folgen und in den Zeitungen und Zeitschriften des Konzerns Springer nicht mehr inserieren wollen, und am besten frage ich gleich dich.
Gilt diese Regelung lediglich für jene Autoren, die die Resolution unterschrieben haben, oder für alle von dir verlegten Bücher?
Hat es bei der Diskussion über die Resolution auch das Argument gegeben, dass solche Autoren, die noch andere Leute als die Leser der verbleibenden bürgerlichen Publikationen erreichen wollen, den Boykott eigentlich über sich selbst verhängen? Die moralische Isolierung der Institution Springer wurde ja seit langem vom gleichen Personenkreis betrieben.
Drittens, könntest du mir beschreiben, ob dem Haus Springer mit einem literarischen Boykott überhaupt Schaden entsteht, ob der in Geld ausdrückbar ist und was für Folgen er möglicher Weise nach sich zieht?
Etwas anderes
Wie ich höre wird in Frankfurt und wurde insbesondere auf der Buchmesse erzählt, Bill Jovanovich habe die Reise nach Deutschland wegen eines Herzinfarktes aufgeben müssen. Vielleicht interessiert dich, dass Jovanovich sich tatsächlich nicht von einem Infarkt, sondern von Überarbeitung erholt.
Im Dezember werden wir uns nun ernstlich auf unsere berühmte Reise nach Mexiko[2] machen, und leider fängt sie so an, dass ich Frau Roser bitten muss, mir achttausend Mark

zu überweisen auf mein Konto bei der Merchants Bank of New York, 757 Third Avenue, New York, N. Y. 10017. Danach werden wir ihr eine Ansichtenpostkarte schicken können, und dir, wenn du willst, auch.
Mit den schönsten Grüssen,
Uwe.

1 Auf der Tagung der Gruppe 47, die sich zwischen dem 5. und 8. 10. 1967 im Gasthof Pulvermühle bei Waischenfeld in der Fränkischen Schweiz versammelt, wird von der Mehrheit der Anwesenden folgende Resolution verabschiedet: »Der Springer-Konzern kontrolliert 32,7 Prozent aller deutschen Zeitungen und Zeitschriften. [. . .] 1. Wir haben daher beschlossen: Wir werden an keiner Zeitung oder Zeitschrift des Springer-Konzerns mitarbeiten. 2. Wir erwarten von unseren Verlegern, daß sie für unsere Bücher in keiner Zeitung oder Zeitschrift des Springer-Konzerns inserieren. 3. Wir bitten alle Schriftsteller, Publizisten, Kritiker und Wissenschaftler, die Kollegen im PEN und in den deutschen Akademien, zu überprüfen, ob sie eine weitere Zusammenarbeit mit dem Springer-Konzern noch verantworten können.« (Zitiert nach Hans Schwab-Felisch, *Politik in der Pulvermühle*, in: *Süddeutsche Zeitung*, Nr. 234, v. 9. 10. 1967.)
Auf der sich anschließenden Frankfurter Buchmesse beschließen die Verlage Hanser, Insel, Kiepenheuer & Witsch, Luchterhand, Piper, Rowohlt, Suhrkamp und Wagenbach, in Publikationen des Springer-Konzerns keine Anzeigen für ihre Bücher mehr zu veröffentlichen.

2 Zur Finanzierung der Reise nach Mexiko hatte Max Frisch der Familie Johnson zu Beginn ihres Amerika-Aufenthaltes 5000 DM überwiesen. Die Reise findet dann aber doch nicht statt.

[354]

Frankfurt am Main
24. Oktober 1967

Lieber Uwe,
ich danke Dir für Deinen Brief vom 21. Oktober, meinen werde ich nicht unterschreiben können. In einer halben Stunde fahre ich auf den Flughafen, wo mich »mein« Flugzeug gen Süden entführt. Die Verlage Insel und Suhrkamp haben eine Ausstellung in der Deutschen Bibliothek in Rom,[1] und vorher möchte ich noch ein wenig in südlichen Gewässern schwimmen.
Zu der Springer-Sache. Wir haben im Ganzen in diesem Jahr vielleicht drei Anzeigen in der »Welt der Literatur« aufgegeben, weitere Aufträge laufen nicht. Nach außen hin habe ich mich bereit erklärt, die Bücher jener Autoren nicht mehr in Organen des Springer-Konzerns anzuzeigen, die die Resolution unterschrieben haben. Diese Haltung kann man natürlich so lesen, daß ich andere Bücher anzeige; das muß ich tun, denn einen juristischen Boykott möchte ich nicht betreiben, ohnehin ist schon das Bundeskartellamt da gewesen. Die Sache gibt also ein juristisches Nachspiel von seiten dieses Amtes; dem sehe ich aber mit Gelassenheit entgegen. Ich glaube schon, daß dem Hause Springer, insbesondere der »Welt der Literatur«, Schaden entsteht, denn wenn acht interessante Verlage nicht mehr anzeigen, wird das Blatt, das ohnehin schon reizlos ist, noch unwichtiger.
Frau Wolff hat mir selber erzählt, daß Bill Jovanovich sich von einer Überarbeitung erholt. Raddatz kam übrigens gerade noch an einem Herzinfarkt vorbei, er liegt hier in der Klinik. Der Verleger Seix vom spanischen Verlag Seix Barral rannte in die Straßenbahn und wurde schwer verletzt. Ich hatte großen Ärger an allen Fronten, insbesondere mit

dem eigenen Berufsverband. Aber das führt jetzt zu weit.
Die DM 8 000,- werden wir Dir schicken. Ich wünsche Dir viel Spaß!
Herzlich und wie immer
Dein Siegfried

1 Am 27. 10. 1967 wird in der Deutschen Bibliothek in Rom die Ausstellung der Verlage Suhrkamp und Insel eröffnet. Während seines Aufenthalts bis zum 2. 11. 1967 trifft S. U. erneut Ingeborg Bachmann.

[355]

[New York]
19. Dezember 1967

Lieber Siegfried:
Als ich im August dieses Jahres meine Schwaegerin bat, fuer die Dauer unseres Aufenthalts in New York in meiner westberliner Atelierwohnung einzuhueten, hatte ich zwei Absichten. Die eine war, die Wohnung dadurch gegen moegliche neue Aktionen der enzensbergerschen Kommune zu sichern.
Die andere war, diesem Maedchen eine in meinen Augen bessere Lebensmoeglichkeit zu verschaffen. Sie lebte in einem Hinterhaus an der Uhlandstrasse zusammen mit anderen Studenten in einer Wohnung, die mir schmutzig und deprimierend vorkam, und ich nahm an, dass diese Umstaende es ihr schwierig machten, regelmaessig zu studieren und ihre Angelegenheiten in Ordnung zu halten. Wir hatten ihr seit 1962 mit Geld geholfen, Krankenhausaufenthalt und Miete und Universitaetsgebuehren fuer sie bezahlt; dies war auch ein Versuch, ihr behilflich zu sein. Sie bekam von mir seitdem monatlich zweihundert Mark durch einen Dauer-

auftrag, dazu Geld fuer Universitaetsgebuehren, sie zahlte keine Miete, auch die Rechnungen fuer das Telefon und den Verbrauch von Gas und Strom wurden automatisch von meinem Konto abgebucht. Ihre Gegenleistung sollte darin bestehen, auf diese Wohnung aufzupassen.

Nach den Untersuchungen der westberliner Kriminalinspektion hat sie in der Nacht zum 12. November im Bett geraucht, dadurch einen Brand verursacht, den sie zu spaet bemerkte, wahrscheinlich weil sie unter der Wirkung von Schlaftabletten war, und ist am Rauch erstickt. Die Polizei schliesst ein Fremdverschulden aus, und einen Selbstmord auch.[1]

Bevor ich ihr die Wohnung uebergab, hatte ich sie gefragt, wie das denn jetzt waere mit Schlaftabletten. Frueher hatten uns Freunde aus der Uhlandstrasse darauf hingewiesen, dass sie zuviel von dem Zeug naehme, aber sie hatte das als Erfindungen oder Uebertreibungen abgetan, und sagte in diesem Sommer wieder, dass sie wohl einmal eine zum Einschlafen naehme, aber nicht etwa Tabletten im Uebermass, und ich gab mich damit zufrieden, umso eher, als ich waehrend meines Besuches in Berlin bei ihr nur Thomapyrin gesehen habe, ein Mittel gegen Kopfschmerzen, ueber Kopfschmerzen hatte sie aber schon vor zehn Jahren geklagt, und meine Frage sollte eigentlich fuer mich sicherstellen, dass sie regelmaessig ass (und nicht, wie Rauschsuechtige, zu wenig).

Nach deiner Auskunft waere ich also fuer die beim Brand entstandenen Schaeden nicht haftbar, da mir bei ihr eine gefaehrliche Neigung zu Tabletten, mit Brandfolgen, nicht bekannt war. Nun ist der Brand ja auch eher durch Rauchen im Bett entstanden, eine alltaegliche Fahrlaessigkeit. Und haette ich bei ihr eine solche Unternehmung voraussehen koennen, haette ich doch nicht [noch] einmal die Wohnung mit Moebeln und Buechern riskieren moegen.

Der Rechtsanwalt, der mir versichert, ich muesste fuer den

Schaden haften, heisst Horst Bräutigam und wohnt in der Bleibtreustrasse 34-35 in Berlin West 15. Er hat von mir schon zweitausend Mark fuer diese und weitere Auskuenfte; und raetst du mir, ihn sitzenzulassen?
Von anderen Sachen weiss ich noch nichts mitzuteilen, wohl aber demnaechst.
Mit herzlichen Gruessen,
Uwe.

1 Für die Berlin-Ausgabe der *Bild-Zeitung* liefert die Meldung vom Tod der Schwägerin von U.J. in dessen Atelierwohnung den Aufmacher der Ausgabe vom Montag, dem 13. 11. 1967. Über einem großen Bild von Jutta Maria Schmidt titelt die Zeitung in Balkenüberschrift: *Feuer in Friedenau: Flammen schnitten Studentin den Weg ab. Sie verbrannte in Uwe Johnsons Wohnung.*

1968

[356]

Frankfurt am Main
22. Januar 1968

Lieber Uwe,
die Bibliothek Suhrkamp erfreut sich durchaus der Beliebtheit. Der Absatz ist in den letzten Jahren leicht zurückgegangen, aber im vergangenen Jahr haben wir wieder Terrain gewonnen. In diesem Jahr wollen wir eine neue Initiative für die Bibliothek Suhrkamp starten. Mir liegt diese Bibliothek ja doch sehr am Herzen, aus der Vergangenheit ihrer Gründung her, sie war ja Suhrkamps ureigenes Kind, aber auch weil ihr eine gute Idee zugrunde liegt, die wir nicht verwässert, sondern, nach meinem Urteil, erhalten und gesteigert haben.
Unter manchen Möglichkeiten haben wir uns eine Sache vorgenommen. Wir wollen im September eine besondere Präsentation machen und einen Zeitraum von 14 Tagen zu »Wochen der BS« erklären. Die Sortimenter stellen in diesen Tagen die Bibliothek Suhrkamp bevorzugt ins Fenster, machen Sonderausstellungen und werben bei ihren Kunden; vielleicht kann man Lesungen oder Vorträge damit verbinden. Ich möchte nun denjenigen Leuten, die sich entschliessen, *in diesem Zeitraum* Bücher der Bibliothek Suhrkamp zu kaufen, ein Geschenk machen. Wir denken an ein Buch, das es *nur zu dieser Gelegenheit* gibt, ein Buch, das also nicht im Handel ist, sondern nur in der Auflage hergestellt und verschenkt wird, wie sie für diesen Zweck benötigt wird.
Nun wollen wir natürlich keinem Autor zumuten, uns einen Text zu geben, der nur für diesen Zweck publiziert wird,

denn das Buch ist ja gewissermaßen nicht öffentlich. So kamen wir auf die Idee, eine Sammlung, eine Anthologie mit dem von Beckett entliehenen Titel »Aus aufgegebenen Werken« zu machen.[1]
Wir bitten einige unserer Autoren, uns für dieses Buch einen Text zur Verfügung zu stellen, der (in Buchform und vielleicht auch sonst) unveröffentlicht ist und der ursprünglich für ein größeres Werk vorgesehen war, das dann aufgegeben wurde.
Ich wäre sehr froh, lieber Uwe, wenn Du Dich mit dieser Idee befreunden könntest. Es geht um Fragmente, um eine Ausführungsform also, die durchaus zeitgenössisch ist. »Es gibt viele Arten, auf die vergeblich versucht werden mag, zu sagen, was ich vergeblich zu sagen versuche«, schrieb Beckett und folgerte: ». . . daß Künstler sein in einem Maße Scheitern ist, wie kein anderer zu scheitern wagt«.[2] Vielleicht kann, zusammengenommen, das Buch doch etwas bedeuten und nicht ohne Reiz sein. Im übrigen darf ich auf das Johannes-Evangelium 6, 12 verweisen:

> Colligite quae superaverunt fragmenta, ne pereant.
> Sammelt die Fragmente, die übrig geblieben sind, damit sie nicht zugrunde gehen.

Ich wäre Dir sehr dankbar, wenn Du Deine Schublade befragtest und uns einen Text schicktest. Du hilfst damit der Bibliothek und dem Verlag in einer wichtigen Sache.
Herzliche Grüße
Dein Siegfried

P. S.
Ich denke bei Dir vielleicht an den Anfang von »Ingrid Babendererde«. Wie denkst Du darüber?

1 Samuel Beckett, *Aus einem aufgegebenen Werk und kurze Spiele*, Frankfurt am Main 1966 .

2 Das erste Zitat Becketts ist entnommen dem Text *Three Dialogs*, der zuerst in *transition*, Dezember 1949, erschienen ist (siehe S. B., *Disjecta*, London 1983, S. 144), das zweite Zitat ist entnommen dem Text *Bram van Velde*, der in einem Bildband dieses Malers (Pozzo Verlag, Turin) zuerst 1961 erschien (siehe *Samuel Beckett*, herausgegeben von Hartmut Engelhardt, Frankfurt am Main 1984, S. 11).

[357]

New York City
25. Januar 1968

Lieber Siegfried,
schönen Dank für deinen Brief vom Montag.
Der Einfall, zu Gunsten der Bibliothek Suhrkamp ein Buch mit Stücken aus aufgegebenen Büchern zu verschenken, ist verführerisch, nicht nur weil ich wenigstens auf diese Art gern in den Umkreis dieser Sammlung käme, sondern weil unter den von dir aufgeforderten Autoren[1] mancher ist, von dessen Wegwerf-Methode ich zu lernen hoffte, und ich bin sicher, dass die zweite Verführung für Leser ziemlich unwiderstehlich ist.
Deine Vermutung ist richtig: es gibt ein fünfzehnseitiges Stück in »Ingrid Babendererde«, das ich ohne Scham und Kürzungen für die Sache hergeben würde.
Wenn ich könnte. Denn das Manuskript liegt in Westberlin, zusammen mit anderen angekohlten Sachen von dem Brand in der Niedstrasse. Da wir während unseres Aufenthalts im vorigen November keine Ordnung unter den geretteten Sachen einrichten konnten, und aus anderen Gründen, kann ich niemanden beauftragen, für mich aus dem wirren Haufen das Manuskript von »Ingrid Babendererde« herauszusuchen.
Das müsste ich selber tun. Das würde dich ein Ticket von

New York nach Westberlin nach New York kosten, gültig vier Tage, und ich nehme an, dass eine solche Ausgabe sich dir nicht lohnt.[2] Wenn das Gegenteil wahr ist, müsste ich die Sache noch im Februar erledigen können.
Mit den schönsten Grüssen,
Uwe.

P. S.
Bitte, würdest du Herrn Michel fragen, ob er für »Kursbuch« einen etwa zwanzigseitigen »Brief aus New York« brauchen kann. Es ist ein Aufsatz, der sich befasst mit dem Viertel, in dem wir wohnen, der Upper West Side von Manhattan.[3]

1 Neben Uwe Johnson beteiligen sich an dem Buch: Samuel Beckett, Paul Celan, Wolfgang Hildesheimer, Wolfgang Koeppen, Karl Krolow, Hans Erich Nossack, Nelly Sachs, Martin Walser und Peter Weiss.

2 S. U. sieht das anders und geht auf das Angebot ein; vgl. Telegramm 358, S. 505. U.J. fliegt am 6. 2. 1968 über Amsterdam nach Hamburg, trifft dort mittags mit Rudolf Augstein und abends mit Fritz J. Raddatz zusammen, am nächsten Tag hält er sich in Reinbek auf und trifft den Lektor des Rowohlt Verlags, Bernt Richter. Am 9. 2. fliegt er von Hamburg nach Berlin, dort trifft er u. a. Günter Grass, am 10. 2. von Berlin nach Frankfurt am Main; am späten Nachmittag findet ein Gespräch mit Walter Boehlich und S. U. in der Klettenbergstraße statt, daran schließt sich der Empfang zum 70. Geburtstag Brechts an; am 11. 2. 1968 fliegt U.J. dann wieder zurück nach New York.

3 Im *Kursbuch 10*, 1967, war bereits ein Text von U.J. unter dem Titel *Ein Brief aus New York*, S. 189-192, erschienen. Johnsons neuer Beitrag wird nicht im *Kursbuch* veröffentlicht, sondern erscheint unter dem Titel *Ein Teil von New York* in: *Neue Rundschau*, 1969, H. 2, S. 261-274. Am 31. 1. 1967 notiert U.J. im Kalendarium: »›Upper Westside‹ doch der ›N. Y. Review of Books‹ anbieten, oder noch besser dem ›New Yorker‹.«
Zu diesem Text schreibt U.J. später in *Begleitumstände*, S. 424:

»Von der Lektüre wird abgeraten, da das Stück von vornherein produziert wurde als eine Eiserne Ration für den berechenbaren Notfall, in dem New York als ein gegenwärtiger Ort zum Schreiben fehlen würde, und inzwischen fast ganz vom Projekt des Buches aufgefressen wurde. Da hat jemand sich mit der eigenen Sachkenntnis Mut machen wollen.«

[358; Telegramm]

Frankfurt am Main
5. Februar 1968

LIEBER UWE MIT FLUGTICKET EINVERSTANDEN FALLS EINTREFFEN DIESEN SAMSTAG (10. 2.) ZUM BRECHT-EMPFANG DES VERLAGES MOEGLICH GRUSS SIEGFRIED

[359; Telegramm]

New York
6. Februar 1968

ARRIVING SATURDAY 10 AM PAA 683 UWE JOHNSON

[360]

Frankfurt am Main
12. Februar 1968

Lieber Uwe,
wir haben uns zu schnell verabschiedet, das bedauere ich sehr, aber Du weißt ja, es war Martins Fehldisposition. Sonst aber fand ich es sehr angenehm, wieder einmal mit Dir

gesprochen zu haben. Ich habe Dich auch etwas beneidet, wenn ich mir vorstelle, daß Du quasi am Nachmittag einen Tee uptown oder downtown trinken kannst.
Du wirst mir bald »Ingrid Babendererde« schicken? Verändere nicht allzuviel, denn sonst komme ich ja in Schwierigkeiten wegen meiner ja bekanntgewordenen Ablehnung von damals.[1] Ich drücke Dir fest den Daumen, daß das Manuskript gut wird. Du wolltest es ja bis zum 1. Mai fertig haben. Wenn es irgend geht, wäre mir ein früherer Termin lieber; ideal wäre Ende März.
Bitte benenne mir Deine Unkosten, damit ich den Betrag überweisen lassen kann.
Schöne Grüße Dein Siegfried
(nach Diktat verreist[2]) – und deshalb mit vielen Grüßen
Ihre Burgel Geisler

1 Siehe Brief 281, S. 399f.
2 S. U. ist zwischen dem 12. und 14. 2. 1968 in Ost- und Westberlin.

[361]

New York
17. Februar 1968

Lieber Siegfried:
Der Schnupfen, mit dem deine Frau am vorigen Wochenende zu tun hatte, erweist sich als unvermindert kräftig in meinen Atemwegen. Sag ihr bitte, dass ich sie jetzt noch deutlicher zu bedauern wüsste.
Jedoch bin ich nicht benommen genug, um über kleine Nachrichten hinwegzulesen, und eine davon lege ich dir abgeschrieben bei. Es steht alles so da. Wieso konntest du am 10. Februar wissen, was erst nach dem 11. ausbrach?[1]
Nebenan findest du den Beitrag für den Band »Aufgege-

bene Geschichten«. Der Umfang, den ich auf etwa 25000 Anschläge schätze, dürfte dir wohl passen. Ebenso wie der Leser habe ich beim Abschreiben geseufzt über die Torheiten in der Grammatik und Wortwahl, aber es war ja wohl Ehrlichkeit beim Ausgraben verabredet, und deswegen liegt mir an der Vorbemerkung. Solltest du den Auszug letzten Endes doch für ungeeignet halten, wäre ich nicht erschüttert.[2]

Die reinen Reisekosten belege ich dir mit beigefügtem Flugschein. Es wäre mir lieb, wenn ihr den Betrag der Merchants Bank, Third Avenue branch, überweisen wolltet, denn er ist das Haushaltsgeld für März.

An deinen »Schreibübungen des Verlegers«[3] habe ich den Titel nicht ganz verstanden. Es ist doch eher ein autobiographischer Bericht über eine Nacht im Schnee. »Schreiben« heisst, etwa nach Thomas Mann, dass man sich aus den Dingen etwas macht, dass man den tatsächlichen Vorfall für eine Geschichte benutzt. Trotz der Verwendung der dritten Person, und der Klammer zu den internationalen Nachrichten, schlägt gleichmässig durch, dass du in der beschriebenen Situation bist. Deswegen halte ich den Privatdruck eher für einen Brief an die Freunde, schon weil du selbst über den Abdruck bestimmst. »Schreibübungen« hätten, meine ich, in die Konkurrenz gehört, in die Redaktion einer Zeitschrift zum Beispiel.

Leb wohl, und geh schwimmen hinterher.

Uwe.

1 In der *New York Times*, 128. Jg., 1968, Nr. 40, erscheint folgende Meldung:

»GERMAN POET HAILS

›JOY‹ OF LIFE IN CUBA

MIDDLETOWN, Conn., Feb. 16 (AP) – The German poet, Hans Magnus Enzensberger, has left a fellowship at Wesleyan University with a blast at United States foreign policy and praise for Cuba, where he said he wants to live.

Mr. Enzensberger took off from New York City today for California and a trip around the world, according to a friend on the Wesleyan campus.

The 38-year-old poet told a university audience this week that a recent three-week visit to Cuba had convinced him the Cuban people have ›a sense of joy, meaningful and significance.‹ He viewed United States foreign policy as an attempt to impose the will of the United Staates on smaller countries throughout the world.« U.J. fügt diese Meldung in eigener Übersetzung unter dem Eintrag des 17. Januar 1968 ins Erzählen der *Jahrestage* ein; vgl. S. 737-738. Der *Offene Brief,* den Enzensberger an den Präsidenten der Wesleyan University richtet, um die Rückgabe seines Stipendiums und seinen als Affront inszenierten Weggang nach Kuba zu begründen, wird unter dem Eintrag vom 29. Februar 1968, S. 794-804, ins Erzählen integriert.

2 U.J., *Eine Abiturklasse*, in: Siegfried Unseld (Hg.), *Aus aufgegebenen Werken*, Frankfurt am Main, S. 107-124. Die Vorbemerkung, im Anhang auf S. 193 abgedruckt, erläutert, daß es sich bei der Geschichte um einen Auszug aus *Ingrid Babendererde. Reifeprüfung 1953* handelt. »Der Auszug besteht aus dem 37. Kapitel (ohne dessen Anfang), dem 38. Kapitel und dem 39. Kapitel (ohne dessen Schluß) von insgesamt V [Teilen] und 61 Kapiteln.«

3 U. J. bezieht sich auf einen 19seitigen Privatdruck von S. U., *Abfahrt* von 1968, der auf dem Vorsatzblatt den Vermerk trägt: »Für die Freunde. Schreibübungen des Verlegers«. Der Text erscheint unter dem Titel *Letzte Abfahrt* in: Peter Weiermair (Hg.), *Winterspiele. Neue Skigeschichten*, Salzburg 1975, S. 104-118.

[362]

Frankfurt am Main
21. Februar 1968

Lieber Uwe,

ich bedanke mich für Deinen Brief vom 17. Februar. Die Reisekosten überweisen wir auf die Merchants Bank, Third Avenue branch, New York. Ich bedanke mich nochmals für Dein Kommen.

Ich habe eine ausgesprochene Freude an dem Text aus »Ingrid Babendererde« in unserem Band. Auch hierfür schönen Dank.
Endlich hat einer den Titel »Schreibübungen des Verlegers« nicht verstanden! Doch vielleicht ist dies nicht so wichtig, oder er geht Dir noch auf. Ob zu ihm die Konkurrenz einer Zeitschrift gehört, vermag ich nicht zu beurteilen. Natürlich ist er in erster Linie als Privatdruck und Mitteilung für die Freunde gedacht. Ich sah natürlich eine Nuance mehr in ihm, aber ich nehme zur Kenntnis, daß Du diese literarische Nuance nicht siehst.
Herzliche Grüße, auch für Elisabeth, und sei fleißig!
Dein Siegfried

P. S.
Ich war heute früh schon schwimmen!

[363; Telegramm]

Frankfurt am Main
19. Juli 1968

HERZLICHE GLUECKWUENSCHE UND GUTE WIEDERKEHR DEIN SIEGFRIED

[364]

New Amsterdam
19. Juli 1968

Lieber Siegfried,
für ein meinetwegen druckfertiges Manuskript werde ich mindestens ein halbes Jahr länger brauchen als ich dir im Februar sagte.[1]

Jetzt kann ich dir die Ursache nicht erklären, jedoch bin ich sicher, du begreifst sie nachdem du alles gelesen hast.
Yours, truly,
Uwe.

1 In der Besprechung am 11. 2. 1968 vor dem Brecht-Empfang des Verlags in Frankfurt am Main; siehe Brief 357, S. 504.

[365]

Frankfurt am Main
24. Juli 1968

Lieber Uwe,
ich bin natürlich sehr enttäuscht über Deine Nachricht, daß Du ein halbes Jahr später fertig wirst. Muß es wirklich ein ganzes halbes Jahr sein? Damit wäre ja der Herbsttermin äußerst bedroht. Aber wir werden darüber sprechen können. Noch eine andere Frage aber vorab: Du weißt ja, daß ich während der Buchmesse einen herausragenden Empfang gebe. Einen Empfang für ausgesuchte Kritiker. Möchtest Du da nicht aus Deinem neuen Roman lesen (Donnerstag, 19. 9. 68)? Bitte bedenke die Situation. Die Leute haben lange nichts mehr von Dir gehört, und manche wundern sich. Diese Gelegenheit wäre ziemlich einzigartig, zu zeigen, daß Du doch an der Arbeit warst.
Yours truly,
Siegfried

[366]

New York
27. Juli 1968

Lieber Siegfried,
schönen Dank für deinen Brief vom Mittwoch.
Wenn du mein neues Buch nicht im Frühjahr 1970 machen willst, soll mir der Herbst auch recht sein. Wenn ich damit fertig bin, will ich es für eine Weile vergessen. Und warte lieber, bis du es siehst. Vielleicht ist es dir zu dick.
Zu deinem herausragenden Empfang für ausgesuchte Kritiker am 19. September möchte ich nicht kommen. Wenn ich wieder in Westberlin bin, muss ich mir erst eine Schreibmaschine besorgen, und einen Tisch für die Schreibmaschine, und einen Stuhl für die Schreibmaschine; die Folgen des Brandes werden mich genug aufhalten. Ich kann nicht einsehen, dass ich mitten in einer Woche verreisen soll, weil »die Leute lange nichts mehr von mir gehört« haben »und manche wundern sich«. Ich bin dafür, dass solche sich wundern. Sicherlich wäre die Gelegenheit geeignet, »zu zeigen, dass ich doch an der Arbeit war«, aber man kann wohl nicht eine Meinung kurieren, nach der ich in New York sitze für teures Geld, und zwar auf der Tribüne an der Pferderennbahn.
Der dritte Grund ist, dass ich aus dem Manuskript überhaupt nicht vorlesen möchte, bevor es abgeschlossen ist, denn es hat ein eigenartiges Strickmuster, und ich möchte das nicht verraten. Ich wünschte, du könntest wenigstens einen von diesen Gründen akzeptieren.
Yours, truly,
Uwe.

[367]

Frankfurt am Main
29. Juli 1968

Lieber Uwe,
schönen Dank für Deinen Brief vom 27. Juli. Ich habe es schwer, einen Deiner drei Gründe für akzeptabel zu finden. Über den letzteren kannst leider nur Du entscheiden. Aber ich kann mir nicht vorstellen, daß man nicht ein Stichpröbchen daraus bieten könnte. Das Interesse an schöngeistiger Literatur läßt ja in erschreckendem Maße nach, wir müssen dagegen ankämpfen. Hier wäre es besonders schön gewesen, wenn man ein vorzeigbares Stück gehabt hätte, aber ich kann Dich natürlich nur bitten und leider nicht mehr als bedrängen. Vielleicht überlegst Du Dir das doch noch einmal.
Über die Einrichtung in Berlin können wir ja noch sprechen. Du hast ja mich, doch wen habe ich?
[. . .][1]
Herzliche Grüße
Dein Siegfried

1 Hier wurde ein Satz ausgelassen zur Wahrung der Persönlichkeitsrechte Dritter.

[368]

New York
4. August 1968

Lieber Siegfried,
als ich die Aufräume-Arbeiten erwähnte, die mir in Westberlin bevorstehen, wollte ich dir keineswegs Hilfe-Angebote nahelegen, sondern erklären dass meine Zeit knapp sein wird.

Früher hätte ich mich dafür verbürgt, dass du schreiben für wichtiger hältst als repräsentieren. In der Überraschung durch das Gegenteil, und weil du dich gibst wie ein von Jedem verlassener Mensch, gebe ich nach.
Wenn du einverstanden bist, dass ich auf deinem Empfang am 19. September tatsächlich nur ein »Stichpröbchen« vorlese, aus dem das Strickmuster nicht notwendig hervorgeht, und zwar 25 Minuten, schick mir in vier Wochen für diesen Tag ein Ticket, gültig für einen Flug, der gegen 13 Uhr in Westberlin, und einen, der gegen 20.30 Uhr in Frankfurt abgeht.[1]
Wir denken am 23. August vormittags in Westberlin anzukommen. Bitte, würdest du im Haus Bescheid sagen dass ich mir also vom 18. an meine Post an die Adresse *Stierstrasse 3, 1 Berlin West 41* wünsche, wenn da Post ist.
Leb recht wohl.
Uwe.

1 Der Kritikerempfang (im Rahmen der Buchmesse vom 19. - 24. 9. 1968) findet um 17.00 Uhr in der Klettenbergstraße 35 statt. U.J. hält folgende Namen im Kalendarium fest: »EICH, WOLFF, AUGSTEIN, NOSSACK, I. FELTRINELLI, KRÜGER, HABERMAS, BRAUN, HÖLLERER, MARIANNE OELLERS«.

[369]

Frankfurt am Main
7. August 1968

Lieber Uwe,
Schreiben ist nicht nur wichtiger als Repräsentieren, sondern für einen Schriftsteller das einzige Existenzberechtigende, und so müßte ich auf Deinen Brief vom 4. August sagen: verzichten wir also auf die Lesung, und bleibe Du bei

Deinem Manuskript. Aber wir wollen doch vernünftig sein. Es ist wirklich eine sehr gute Möglichkeit, den Kulturbetriebsleuten einen Einblick in die Werkstatt des Schriftstellers u.j. zu geben. Also machen wir es so. Ich freue mich sehr darüber, daß Du kommst. Wir werden die gewünschten Buchungen und Reservierungen so vornehmen. Das Ticket geht Dir rechtzeitig zu.
Die Einladungen an die Kritiker gehen Anfang September heraus. Dürfen wir schreiben: »Uwe Johnson liest aus einem neuen Roman« oder aus einem »Text«, oder welche Formulierung ziehst Du vor?
Deine Adressenänderung haben wir zur Kenntnis genommen. Post wird also vom 18. August an in die Stierstaße 3 geschickt.
Da ich für ein paar Tage in die Bretagne verschwinde, werde ich wohl keine Gelegenheit mehr haben, Dir eine gute Reise und einen guten Umzug zu wünschen. Ich tue dies also jetzt hiermit schon.
Schöne Grüße, auch für Elisabeth,
Dein Siegfried

[370; Ansichtskarte »Water Tower and Bathing Beach, Jones Beach State Park, Long Island, N.Y.«, handschriftlich, Druckbuchstaben]

New York
13. August 1968

Lieber Siegfried,
»Aus einem Roman« ist mir recht.
Yours, truly,
Uwe.

[371; Rundbrief an Autoren]

Frankfurt am Main
24. August 1968

Liebe Freunde,
Günter Grass, Max Frisch und Peter Bichsel haben (in Anwesenheit von Pavel Kohout) den anliegenden Aufruf geschrieben. Sie bitten um Ihre Unterschrift. Wir wollen mit diesem Aufruf einen großen Kreis erreichen. Es ist daran gedacht, nach der Veröffentlichung des Aufrufs die Öffentlichkeit allgemein zur Unterschrift aufzufordern.
Bitte geben Sie Ihre Zustimmung zur Unterschrift spätestens bis Montag morgen telefonisch oder telegraphisch.[1]
Telefon: 0611/72 08 81 bis 83
Telegramm: Suhrkampverlag Frankfurtmain.
Die Veröffentlichung soll Dienstag erfolgen; wir geben dann auch an, wohin die Unterschriften geschickt werden sollen.
Mit freundlichen Grüßen
Dr. Siegfried Unseld

[371a; Anlage, Aufruf]

Fünf Armeen, darunter abermals eine deutsche, haben, drei Wochen nach der Vereinbarung von Bratislava, die Tschechoslowakei überfallen: gegen die legale Regierung, gegen den Willen des Volkes, gegen die Beschlüsse der kommunistischen Partei, die in keiner Stunde die Kontrolle über die sozialistische Evolution in ihrem Land verloren hat, wird der Versuch, den bürokratisierten und im Dogmatismus erstarrten Sozialismus zu überwinden, militärisch verhindert. Die sowjetischen, ungarischen, bulgarischen, polnischen und DDR-Armeen, die durch ihren Einmarsch vom 20. 8. 1968 die staatliche Souveränität ihres Bundesgenossen verletzt haben, verteidigen nicht, wie sie vorgeben, den Sozialismus gegen Konterrevolution, sondern unterbinden die Entwicklung des Sozialismus; sie verteidigen einzig ein Dogma, das diese Entwicklung fürchtet; sie sind reaktionär.

Das Verbrechen der USA in Vietnam, die Besetzung Tibets durch die chinesische Volksrepublik, die Stützung der Militärdiktatur in Griechenland, der von westlichen und östlichen Staaten geförderte Völkermord in Biafra und der völkerrechtswidrige Überfall auf die Tschechoslowakei sind, trotz ideologischer Divergenzen, ihrem Wesen nach gleichwertig: Manifestationen imperialistischer Politik. Solange sich Koexistenz lediglich als Übereinkunft atomarer Großmächte versteht, dient der heiße Draht zwischen Washington und Moskau nur dazu, die Interessen der beiden Machtblöcke auf Kosten Dritter auszuhandeln. Die notwendige Unterzeichnung des Atomsperrvertrages wird fragwürdig durch den Machtmißbrauch der Sowjetunion und der Vereinigten Staaten von Amerika.

Die militärische Intervention in der Tschechoslowakei, geführt von der UdSSR, verrät die jahrzehntelange Arbeit der europäischen Linken für Wandel und Fortschritt durch Entspannung.

Rückfall in den kalten Krieg, der die produktiven Kräfte aller Völker paralysiert, ist keine Antwort auf die brutale Machtpolitik der Sowjetunion; der Widerstand des tschechoslowakischen Volkes, der Arbeiter wie der Intellektuellen, verbietet die Resignation. Freiheit und Sozialismus bedingen einander. Die progressive Intelligenz in den sozialistischen Ländern denkt nicht anders, nur kommt sie vorläufig nicht zu Wort. Ihre Entmündigung verzögert den geschichtlichen Prozeß, der unabwendbar ist. Nicht die Politik der Entspannung hat versagt, der kalte Krieg war und ist ohne Zukunft.

Solidarisch mit den sozialistischen Schriftstellern der Tschechoslowakei, die die Wegbereiter des neuen demokratischen Sozialismus in ihrem Land sind, stellen wir heute fest:
der tschechoslowakische Versuch ist nicht gescheitert; Freiheit und Sozialismus bedingen einander.
Wir rufen auf zur Unterschrift unter diese Erklärung!

1 U. J. unterzeichnet mit 35 weiteren Autoren diese Erklärung, die in der *Zeit*, Nr. 35 v. 30. 8. 1968, S. 12, veröffentlicht wird.

[372]

Frankfurt am Main
5. September 1968

Lieber Uwe,
ich komme am 12. September um 15.50 h in Tempelhof an. Könnten wir uns sehen? Ich wäre gern unmittelbar nach meiner Ankunft in Berlin mit Dir zusammen, weil ich dann gegen 18.00 Uhr zu Enzensberger gehen möchte. Ich kann aber auch erst zu Enzensberger gehen und dann zu Dir kommen. Um 20.00 Uhr habe ich dann wieder eine Verabredung. Es wäre doch gut, wenn wir uns einmal wiedersähen. Meinst Du nicht auch?
Herzlich, auch an Elisabeth,
Dein Siegfried

[373; Ansichtskarte »Berlin Friedenau«, handschriftlich, Druckbuchstaben]

[Berlin]
6. September 1968

Lieber S.
Ich nehme also an du besuchst mich am 12. nachmittags wann immer du Zeit hast.[1]
Yours,
Uwe.

1 S. U. notiert von dieser Begegung in seinem Reisebericht: »Ich las etwa 15 Seiten seines neuen Romans. Er soll sein chef d'œuvre werden. 700 Seiten! Er erwartet hier Partnerschaft vom Lektorat aus, offenbar auch etwas unter dem Eindruck meiner spontanen Detailkritik. Aber das Ganze kann durchaus eine wichtige Sache werden. Er wird ausschließlich an diesem Text arbeiten, bis Juni 1969 (früher geht es leider nicht) hofft er fertig zu sein.« Darüber hinaus notiert S. U. von seinem Besuch: »Gespräche mit Grass und Habermas, aus denen sich ein Treffen der Intellektuellen am Sonntag, dem 22. September, ergeben wird.« Siehe Brief 374.

[374; Rundbrief an Autoren]

Frankfurt am Main
16. September 1968

Lieber Uwe,
Heinrich Böll hat mit seiner Bemerkung, »diese Linke sollte sich eine ganz neue Heimat endlich suchen«,[1] einen Nerv getroffen. Wir wollen das diskutieren.
Am Sonntag, dem 22. September, 19 Uhr
in der Klettenbergstraße 35
wird Ludvík Vesely ein Referat über die Vorgänge in der ČSSR halten. Im Anschluß an dieses Referat und nach Gesprächen mit den anderen anwesenden tschechoslowaki-

schen Schriftstellern wollen wir Möglichkeiten diskutieren, wie die linke Intelligenz in der Bundesrepublik und in Westeuropa einen stärkeren Zusammenhalt finden kann. Günter Grass wird die Diskussion einleiten. | Vielleicht telephonierst Du mit ihm. | Ich lade Dich freundlichst dazu ein und hoffe, daß Du kommen kannst.
Mit herzlichen Grüßen
Dein Siegfried

P. S.
Diese Einladung ist persönlich; wegen des beschränkten Raums in meinem Hause bedaure ich, daß zusätzliche Gäste nicht teilnehmen können.

1 In einem Interview mit Klaus Rainer Röhl unter dem Titel *Ändern Dichter die Welt?*, in: *konkret*, 14. Jg., Nr. 10 v. 10. 9. 1968, S. 17-19, erklärt Heinrich Böll (S. 18): »Diese Linke sollte sich eine ganz neue Heimat endlich suchen, und ich meine, daß der Eingriff der Sowjetunion sie endlich und endgültig von der Gefahr befreit hat, in dieser Richtung noch ein Heil zu suchen.«

[375]

Frankfurt am Main
17. September 1968

Lieber Uwe,
wir haben in Berlin kurz über Deine finanzielle Situation gesprochen. Du hast jetzt noch ein Guthaben von DM 6.800,-, davon geht die Septemberrate ab, die in diesen Tagen überwiesen wird, so daß Dir noch ein Betrag von DM 5.300,- verbleibt.
Mir liegt daran, Deine Existenz-Basis zu sichern, damit Du Deinen Roman, von dem ich jetzt, nachdem ich diese Seiten

gelesen haben, mehr denn je überzeugt bin, in Ruhe zu Ende schreiben kannst. Ich möchte Dir also vorschlagen, daß wir Dir auch dann, wenn Dein Guthaben abgelöst ist, bis zum 31. 12. 1969 à conto der Honorare des Buches eine monatliche Vorauszahlung von DM 1.500,- leisten. Ich hoffe, daß Dir dies angenehm ist.
Ich bin darüber hinaus bereit, Dir ein Darlehen zu gewähren für die Dinge, die Du für die Einrichtung Deiner Wohnung brauchst. Darüber können wir im einzelnen noch sprechen.
Was die Schreibmaschine betrifft, so ist meine Situation die, daß ich zu einem reinen Geschenk im Moment nicht in der Lage bin. Ich mache Dir aber folgenden Vorschlag: die erforderliche Summe erhältst Du vom Verlag, zinslos, à conto der Tantiemen (also nicht Honorare, sondern Tantiemen, die sich aus Lizenzvergaben ergeben). Der Betrag wird Dich also nicht belasten. Dieser Betrag ist dann außerdem ein Darlehen, so daß Du ihn jetzt nicht zu versteuern brauchst. Ich möchte auch hier um eine Stellungnahme von Dir bitten.
Herzlich Dein Siegfried

[376]

[Berlin Friedenau]
19. September 1968

Lieber Siegfried:
Wahrscheinlich werden wir heute in Frankfurt nicht dazu kommen, über deine beiden Briefe vom 16. und 17. zu sprechen, und ich schreibe dir meine Antwort lieber auf.
Dein Angebot, mir die monatlichen 1500 Mark auch in den roten Zahlen bis Ende 1969 zu schicken, ist sehr freundlich, und ich nehme es gerne an.
Leider ist es so, dass ich das darüber hinaus von dir angebotene Darlehen auch brauchen würde für Reparaturen und

Einrichtung der Wohnung. Dafür wären 5000 Mark ausreichend, und dieser Betrag würde die Schreibmaschine einschliessen.
Heinrich Bölls Bemerkung »diese Linke sollte sich eine ganz neue Heimat endlich suchen« finde ich nicht diskutabel. Inzwischen haben die Betroffenen lange genug bewiesen dass es die organisierte politische Front einer Linken nicht gibt, und es überrascht mich die Unterstellung ihre Heimat sei andauernd der von der Sowjetunion verwaltete Sozialismus gewesen. Für mich trifft das nicht zu, und ich habe auch nicht die 180 Mark, die mich eine Diskussion darüber kosten würde. An allen praktischen Ergebnissen der Gespräche mit den Schriftstellern der CSSR wäre ich sehr interessiert, und an möglichen Formen der Zusammenarbeit würde ich versuchen teilzunehmen.
Yours, truly,
Uwe.

[377]

Frankfurt am Main
25. September 1968

Lieber Uwe,
ich danke Dir für Deinen Brief vom 19. September. Ich nehme zur Kenntnis, daß Du mein Angebot, die monatlichen Zahlungen von DM 1,500,- auch bis Ende 1969 fortlaufen zu lassen, angenommen hast. Ein Darlehen von DM 5.000,- steht Dir zur Verfügung. Einen Vertrag machen wir, sobald ich von meiner Reise zurück bin.[1]
Herzliche Grüße
Dein Siegfried

1 Der Darlehensvertrag wird zu den genannten Bedingungen am 11. 10. 1968 abgeschlossen.

[378]

Berlin Friedenau
19. Oktober 1968

Lieber Siegfried:
Beigelegt ist der Flugschein, mit dem man meine Anwesenheit in Frankfurt beweisen kann. Vergiss bitte nicht die fünfzig Mark, die du mir am letzten Morgen geliehen hast.[1]
Inzwischen ist mir eingefallen, wie womöglich das allgemeine Verlangen nach einer Sozialisierung des Verlages in die Gedächtnisstütze der Lektoren geraten ist noch nach der allgewaltigen Unterweisung in diesem Problem durch Herrn Habermas: nämlich durch eine spätere Äusserung Martins, die sich bezog auf eine viel frühere Diskussion dieser Sache unter euch beiden und die wahrscheinlich lediglich das Klima der Auseinandersetzung entspannen sollte. Ich bin sicher, dass die Mehrzahl der Anwesenden das als eine Arabeske und nicht als einen Anlass zum Widerspruch aufgefasst haben. Wenn dergleichen aber schon einen Konsensus der ganzen Versammlung erweisen soll, dürfte sich für künftige Veranstaltungen die Benutzung eines Tonaufzeichnungsgerätes empfehlen.
Yours, truly,
Uwe.

1 U. J. fliegt am 14. 10. von Berlin nach Frankfurt und trifft um 16.00 Uhr in der Klettenbergstraße 35 ein. Im Kalendarium hält er fest: »19.30 SV-Konferenzzimmer, 9 Lektoren, UNSELD, NABBEFELD, RITZERFELD, ROSER – M. FRISCH, G. EICH, HE NOSSACK, J. BECKER, MARTIN WALSER, J. HABERMAS, H. M. ENZENSBERGER bis 4.00«. Am Dienstag, dem 15. 10., notiert er. »11.00 Klettenbergstrasse: FRISCH, EICH«, und nachmittags heißt es dann von 15.00 bis 18.00 Uhr »mit G. EICH durch Frankfurt«. Am Mittwoch, dem 16. 10., ist dann wieder zu lesen: »10.30-

22.00 SV – Konferenzzimmer WALSER, RITZERFELD, STAUDT, BRAUN, BUSCH & UNSELD & BOEHLICH«. Am unteren Rand der Seite notiert U.J. schließlich: »Walser: Boehlich fährt dann nach New York & heiratet Gesine.« Am Morgen des 17. 10. verläßt U.J. Frankfurt wieder und kehrt mittags nach Berlin zurück.

[379]

Frankfurt am Main
21. Oktober 1968

Lieber Uwe,
schönsten Dank für Deinen Brief vom 19. Oktober. Den verauslagten Betrag für die Flugkarte überweise ich Dir nach Berlin. Du hast auch für diese Tage, in denen Du hier warst, Anspruch auf ein Tagegeld. Ich würde sagen, eben auf die DM 50,-, die ich Dir gegeben habe. Damit ist das also erledigt.
Bitte stell Dir vor, wie lange eine Sekretärin arbeiten müßte, um das Tonband der nächtlichen Sitzung zu übertragen. Natürlich wäre es schön gewesen, hätte man dieses Band, aber . . .
Ich bedanke mich noch einmal für Deinen nächtlichen Anruf von gestern. Wir bleiben in Verbindung.
Herzlich Dein Siegfried

[380]

Frankfurt am Main
21. Oktober 1968

Lieber Uwe,
hier der angekündigte Brief nebst Anlagen. Ich bedanke mich sehr.
Herzlich Dein Siegfried

[380a; Anlage, Brief von S. U. an Max Frisch]

Frankfurt am Main
21. Oktober 1968

Lieber Max,
Du warst Zeuge und Teilnehmer der von mir einberufenen Besprechungen am 14./15. Oktober. Du kennst die Vorgänge, den Brief der Lektoren an mich vom 27. September (Anlage 1) und die diesem Brief beigegebene »Lektoratsverfassung« (Anlage 2). In diesen Besprechungen wurden noch einmal die Vorgänge auf der Buchmesse (Anlage 3) ausführlich diskutiert, auch Beschlüsse gefaßt und gemeinsam eine Nachricht formuliert, die (jedoch nur auf Anfrage) an die Presse gegeben werden soll.
Die Herren Boehlich und Busch wurden am Dienstag, dem 15. Oktober, von »FAZ«-Redakteuren angerufen und gaben, soweit korrekt, die Meldung durch. Die in der »FAZ« vom Mittwoch, dem 16. Oktober, veröffentlichte Notiz ist in einem minimalen, aber für den Geist der Lektoren kennzeichnenden Punkt gegenüber der von unserem Plenum beschlossenen Fassung abgeändert worden: obschon unser Plenum ausdrücklich diskutiert und beschlossen hatte, daß man nach innen wie nach außen hin keinen Unterschied zwischen Lektoren und Verlagsmitarbeitern machen sollte, wurde dieser Unterschied in der »FAZ«-Notiz wieder ausgedrückt. (Siehe Anlage 4: die vom Plenum beschlossene Fassung. Anlage 5: die »FAZ«-Notiz.)
Darüber hätte man sicher noch hinwegsehen können. Am Mittwoch, dem 16. Oktober, ereignete sich aber noch anderes. Du weißt, daß wir die Angelegenheit Boehlich nicht in dem größeren Kreis vom Montagabend diskutieren wollten, der Montagkreis hatte dafür Delegierte ausgewählt. (Erwähnt sei das Ergebnis dieses Gesprächs: ich modifizierte meinen ursprünglichen Vorschlag, Boehlich einen

lebenslangen, von meiner Seite unkündbaren Vertrag als freier Mitarbeiter anzubieten, dahingehend, daß Boehlich, gewissermaßen als »Heil- und Schonzeit«, nur drei Jahre freier Mitarbeiter, danach wieder automatisch Angestellter sein sollte. Boehlich schlug vor, er wolle noch ein Jahr, gewissermaßen zur Probe und Bewährung, Angestellter bleiben, und sich dann wieder diesem Gremium unterwerfen, das dann abstimmen sollte, ob er in Zukunft Angestellter bleiben oder meinen Vorschlag der freien Mitarbeit akzeptieren sollte. Eine Umfrage (ohne Stimme von Boehlich und mir) ergab vier Stimmen (Walser, Johnson, Ritzerfeld, Staudt) für meinen, zwei Stimmen (Braun, Busch) für Boehlichs Vorschlag. Da Boehlich aber nicht annehmen wollte, vereinbarten wir ein neues Gespräch bis zur Rückkehr von Martin Walser aus Israel am 8. November.)
Im Verlauf dieses Gesprächs kamen wir auf die Montagsdiskussion zurück. In diesem Zusammenhang lasen Boehlich und Braun ein Aide-mémoire vor, das einen Plenum-Konsensus des Montagsgesprächs protokollierte. Ich erkannte sofort, daß hier abermals der Versuch einer »Umfunktionierung« des Gesprächsergebnisses gemacht worden ist. Für mich ist dieses Aide-mémoire, d.h. die in diesem Papier ausgedrückte Haltung der Lektoren, entscheidend und ausschlaggebend geworden. Wiederum wurden Gesprächspunkte schlicht verdreht, wieder wurden unrichtige Behauptungen aufgestellt, wieder wurde nicht das Verlagsganze bedacht, sondern nur die Perspektive der Lektoren, wieder wurde ein Papier erarbeitet, an [scil.: zu] dem weder die noch in Frankfurt anwesenden Autoren Johnson, Nossack, Walser, Habermas noch die am Gespräch beteiligten Verlagsmitarbeiter mit herangezogen waren, von meiner Person zu schweigen. Hier entzündete sich nun in mir ein ganz neuer Entschluß.
Ich berief am Donnerstag, dem 17. Oktober, die Lektoren

und die Prokuristen des Verlages zur Entgegennahme einer Erklärung. Ich verlas das Aide-mémoire der Lektoren (Anlage 6), verlas meine Erklärung dazu (Anlage 7). Nach dieser Erklärung führte ich dem Sinne nach folgendes aus:

I. a) Meine Enttäuschung über das Vorgehen der Lektoren, über ihren Versuch, nicht *mit* mir und *mit* den Verlagsmitarbeitern und *mit* den Autoren zu handeln, sondern nur die eigenen »Machtinteressen« im Auge zu haben.

b) Wir würden im Verlag das am Montag abend Besprochene weiter verwirklichen. Die Lektoratsversammlung würde einberufen, jedoch zu Programmfragen. Die weitergehenden Dinge zur Verbesserung der Betriebsstruktur würden in einem großen Kreis besprochen, in dem die Lektoren anteilig beteiligt sind.

c) Ich hielte eine weitere Protokollierung des Montagabends nicht für sinnvoll, sondern möchte dann die vorgesehene Wiederholung des Montagsgesprächs im Januar oder Februar 1969 abwarten.

II. Ich führte dann aus, daß ich nunmehr einen Vorschlag machen würde, der diese Erklärung wie alles Vorangegangene im Hegelschen Sinne »aufheben« würde. Ich schlug vor:

a) Boehlich, Busch und Michel sollten aus dem Verlag austreten.

b) Boehlich, Busch und Michel sollten einen auf totaler sozialistischer Basis arbeitenden neuen Verlag gründen.

c) Boehlich, Busch und Michel erhielten von mir ein Startkapital (dessen Modalitäten noch abzusprechen seien) von ca. DM 600.000,-. Ich formulierte dann die Bedingungen, zu denen ich dieses Kapital zur

Verfügung stellen wollte; sie sind niedergelegt in einer Notiz an Boehlich, Busch und Michel, die ich als Anlage 8 hier beilege. Bis zum 4. November müssen sich die drei Herren schriftlich äußern, ob sie mein Angebot anzunehmen gedenken.

Danach führte ich das Folgende aus:

Mir sei es mit diesem Modell bitter ernst. Ein solches Modell könne nur verwirklicht werden auf der Basis einer neuen Produktion ohne Belastungen durch Älteres. Ich erklärte auch, daß dies »mein« Verlag hätte sein können, wäre ich fünfzehn oder zehn Jahre jünger, wäre ich nicht gebunden durch Verträge, die ich unterschrieb, durch das organisch gewachsene, materielle Volumen der Verlagsunternehmungen, durch die hieraus resultierenden Verantwortlichkeiten auch gegenüber den Mitarbeitern und deren Familien und Erben, durch Loyalitäten, auch gegenüber meinen Gesellschaftern, die mich großartig unterstützt haben und ohne deren Mitwirkung die Entwicklung der letzten zehn Jahre gar nicht möglich gewesen wäre (ohne daß sie ein Wort der Kritik am Programm geäußert oder je eine Einflußnahme versucht hätten), und ich kann das vor allem auch nicht, weil ich das liebe, was ich bisher machte, diesen Verlag, seine Mitarbeiter und dann die Autoren und ihre Bücher; von diesen Autoren und von diesen Büchern bin ich geprägt worden und werde geprägt bleiben. Und schließlich habe ich den Verlag aus den Händen von Peter Suhrkamp erhalten, und das verpflichtet mich.

Ich führte dann weiterhin aus, daß der Suhrkamp Verlag (Insel eingeschlossen) mit unveränderter politischer Tendenz, mit unveränderter, ja vielleicht erhöhter Kraft, mit einer progressiv verbesserten Betriebsstruktur weiterarbeiten werde. Ich kann mich auf das Wort von Habermas vom Montag abend beziehen: ein Verlag, der eine so progressive Literatur vorlege, dessen Produktivkräfte, also die Autoren, mehr als zufrieden seien, der im großen und ganzen tadellos funktioniere und der hohes Ansehen genieße, dürfe gerade von einer theoretischen Einsicht her seine Grund- und Besitzstruktur nicht ändern, bevor die Gesellschaft in ihrer Grund- und Besitzstruktur geändert sei.

Ich schloß meine Erklärung mit Voltaires Satz: »›Sehr richtig‹, gab Candide zu, ›aber wir müssen unsern Garten bestellen‹.«

Lieber Max, ich selber bin am glücklichsten über meine Idee und mein Angebot. Ich wünsche wirklich, daß es verwirklicht würde. Ich bringe dafür ein beträchtliches materielles Opfer. Sicher wird es, vor allem, wenn das Modell funktioniert, die eine oder andere Schwierigkeit mit den Autoren geben. Ich fürchte das nicht. Das Modell muß einmal ausprobiert werden. Doch nicht von mir, sondern von denen, die es auch für den literarischen Sektor für unablässig erachten (in der Geschichte gab es zahlreiche Versuche solcher Art, Gesellschaften auf gemeinnütziger Basis, Verlage als reine Autorengesellschaften), also von denen, die die neue Literatur wollen und die gleichzeitig die bisherige Literatur in den Abfalleimer werfen oder sie doch verächtlich machen. Ich werde mit meiner Arbeit den Satz von Boehlich widerlegen: »Literatur ist tot, Autoren gehören abgeschafft.« (Boehlich hat sich soweit entwürdigt, daß er jetzt die erste Hälfte des Satzes in einen bestimmten Kontext bringen will, die zweite Hälfte hätte er so nicht gesagt, doch erhoben sofort Martin und ich den Eidesfinger: wir haben es so gehört.) Ich bin für unsere bisherige Literatur, und ich will mich gleichzeitig um eine neue Literatur bemühen, aber ich bin nicht der Mensch für »tabula rasa«. Und ich bin sicher, daß mir hierin die Mehrheit der bisherigen Autoren wie auch die Mehrheit meiner Mitarbeiter (und das heißt, außer den Lektoren wohl alle) folgen werden.

Warten wir also ab, wie die Herren sich entscheiden. Jetzt

endlich können sie gemeinsame Entscheidungen treffen und tragen dann auch das Risiko dafür. Ich bin gespannt. Ich halte Dich auf dem laufenden.
Herzlichst Dein
Siegfried

Anlagen:
1) Brief der Lektoren vom 27. 9. 1968
2) Lektoratsverfassung
3) Notiz über die Vorgänge auf der Buchmesse
4) Vom Plenum beschlossene Pressenotiz
5) »FAZ«-Notiz
6) Aide-mémoire der Lektoren
7) Meine Erklärung zum Aide-mémoire
8) Notiz an Boehlich, Busch, Michel.[1]

1 Die Anlagen sind abgedruckt im Anhang 3, S. 1137ff.

[381]

Frankfurt am Main
13. Dezember 1968

Lieber Uwe,
anbei zwei Kopien meines Briefes an den »Oobliadooh«-Menschen. Vielleicht hast Du eine Gelegenheit, ihm diese Kopie zuzuspielen für den Fall, daß er meinen nicht bekommen sollte.
Ich danke Dir sehr für den Hinweis darauf. Die Korrespondenz zwischen Fries und Boehlich ist wirklich köstlich. Aber auch Köstlichkeiten sollten realisiert werden.
Ich bin, wie immer,
Dein Siegfried

1969

[382]

Berlin Friedenau
9. Januar 1969

Lieber Siegfried:
Den Brief Fritz R. Fries', von dem du mir eine Kopie geschickt hast,[1] verstehe ich mit den folgenden Fragen:
Dein Erstaunen ist so hilflos, dass es die Annahme zulässt, es sei zu keiner Zeit im vorigen Herbst vom Mitteldeutschen Verlag in Halle ein Manuskript Erzählung[en] von F. R. Fries an euch geschickt worden, zusammen mit dem Angebot, das in Lizenz zu übernehmen.
Womöglich habt ihr das Fries'sche Manuskript »dankend zurückgeschickt« mit dem Bemerken, es komme euch nicht auf die Lizenz an sondern auf das originale Copyright.
Womöglich hat F. R. Fries aus den Erklärungen des Mitteldeutschen Verlags verstanden, ihr hättet das Manuskript aus Missvergnügen an der Qualität returniert.
Ziemlich offensichtlich ist wohl, dass Herr Fries nicht durch euch von der westlichen Seite der Verhandlungen unterrichtet wurde. Das verstört ihn zu Recht.
Seine Hoffnung, der grosse Suhrkamp Verlag könne ihn befreien von der gesetzlichen Auflage, seine Produktion zuerst dem ostdeutschen Büro für Urheberrechte zum Weiterverkauf zu übergeben – diese Hoffnung teile ich nicht.[2]
Man sollte bedenken dass Herr Fries in seinem Land in der Luft hängt, nicht ausgewiesen als ein Schriftsteller. Ein Ausweis könnte ein Vertrag zwischen ihm und dem Mitteldeutschen Verlag sein. Unter diesen Umständen würde eine Lizenzausgabe bei Suhrkamp vielleicht sogar helfen.

Nicht nur hierüber würde ich mit ihm bei einem Treffen reden, sondern auch darüber, dass seine in der D.D.R. nicht auffällige Rolle und mehr noch ein bescheinigter Hinweis auf seine Krankheit ein Antrag auf Emigration nach Italien zumindest den Versuch wert sein könnte.
Dass sein Verhältnis zum Suhrkamp Verlag so misstrauisch und mutlos geworden ist, bedaure ich sehr. Es würde sich lohnen ihm Gründe für eine andere Auffassung zu liefern.
Mit deiner Erlaubnis übergebe ich dir auf drei Karteikarten die Titel jener Bücher von Suhrkamp und Insel, die mir auf vielfältige Weise weggekommen sind, und ich würde mich freuen, wenn du einer Ersatzlieferung zustimmen könntest.[3]
Bei dieser Gelegenheit erführe ich gern, bis zu welcher Grenze ich Bücher anderer Verlage über euch bestellen dürfte. Die Frage erklärt sich dadurch, dass ihr früher solche Beträge von meinem Honorarkonto abbuchen konntet, und dass jetzt nichts mehr abzubuchen da ist.
Drittens.
Ich schlage der Lektoratsversammlung vor, einmal das folgende Buch anzusehen:

»We came as Children
A Collective Autobiography«
Edited by Karen Gershon
Harcourt, Brace & World
© 1966 by Karen Gershon

Den englischen Verlag weiss ich nicht.
Mich hat an dem Buch interessiert, was Martin die verlässliche Realität nennen würde. Es sind die Erinnerungen von Juden aus Westeuropa, vornehmlich Deutschland, die in den Jahren vor dem Krieg durch Hilfskomitees nach England gebracht wurden, ohne ihre Eltern. Es beschreibt ihre Erfahrungen mit der fremden Sprache, der englischen Mentalität, der mühsamen Eingliederung in Arbeitsmarkt und Bildungs-

wege, schliesslich rückblickende Zusammenfassungen über Leben in England, mögliches Leben in Westdeutschland. Es ist von der üblichen Erinnerungsliteratur unterschieden durch die Vielzahl der Aussagenden und durch die Gliederung der Aussagen in Sachgebiete oder Themen. Es gehört nicht zu der Art Bücher, die man von Suhrkamp erwartet; es könnte von Wichtigkeit sein für die Generation der heute 30-40jährigen, die ihr eigenes Leben seit 1936 hier mit einer verblüffenden Gleichaltrigkeit und Verschiedenheit der Erfahrungen konfrontiert finden könnten.

Viertens, sollen wir Frau Hauptmann noch einmal Obst zukommen lassen?[4]

Fünftens, ruf mich an, wenn du in Westberlin bist.

Yours, truly,

Uwe.

1 Am 8. 1. 1969 schickt S. U. eine Kopie des an ihn gerichteten Briefes von Fritz Rudolf Fries vom 31. 12. 1968 an U. J. mit der Bemerkung: »Lieber Uwe, was hältst Du von diesem Brief? Herzlich, Dein Siegfried«. Fries schildert in diesem Brief seine Sicht der Lage: »[...] im November holte ich mir im Mitteldeutschen Verlag die Auskunft, daß SV meinen sog. Erzählband in Lizenz nicht übernehmen möchte und das angebotene Manuskript dankend zurückgeschickt habe. Über die Maßen erstaunt mich das nicht. Weder traue ich dem angebotenen MS über den Weg, noch schien meine Korrespondenz mit SV, die mit dem lieben Walter Boehlich ausgenommen, so angelegt zu sein, als daß da große Lust zu destillieren war, sich einen halben Autor halten zu wollen. Und es soll ja Verlage geben, die ihre Autoren aus dem Geschling gewisser Bestimmungen herauszuziehen verstehen. Wie immer, Ihre Zusage freut mich; was Sie noch bei den Mitteldeutschen erreichen können steht aber auf einem anderen Blatt.«

2 Seit 1965 mußte in der DDR jedes Manuskript, das im westlichen Ausland veröffentlicht werden sollte, dem »Büro für Urheberrechte« (es unterstand der »Hauptverwaltung Verlage und Buchhandel«) vorgelegt werden. Darüber hinaus mußte es zunächst einem DDR-Verlag angeboten werden, der seine Entscheidung dem

»Büro« mitzuteilen hatte. Das »Büro« verhandelte dann mit den westlichen Verlagen über die Lizenzverträge. Sämtliche sich daraus ergebenden Zahlungen an die Autoren mußten an das »Büro« erfolgen.

3 Die Anlage mit der Liste der »Ersatzlieferung« jener Bücher, die beim Brand in der Niedstraße 14 in Mitleidenschaft geraten waren oder von den zwischenzeitlichen Untermietern in Beschlag genommen worden waren, ist nicht erhalten.

4 Im Reisebericht zum Berlin-Aufenthalt vom 12. bis 13. 11. 1968 schreibt S. U.: »Der Bersuch bei Elisabeth Hauptmann deprimierte mich tief. Sie war verzweifelt, ungeduldig und, was schlimmer ist, hoffnungslos. Sie kann kaum mehr Bücher lesen, Radio haßt sie, den Fernseher schaltet sie nicht ein. Sie liegt unbeweglich im Bett und kann auch nicht mehr schlafen. An ›Arbeit‹ ist natürlich nicht zu denken, und doch wäre das noch die einzige Therapie.«

[383]

Frankfurt am Main
10. Januar 1969

Lieber Uwe,
schönen Dank für Deinen Brief vom 9. Januar. Die Situation Fries ist heillos durcheinander. Niemand weiß hier etwas. Fries hatte mir am 25. April 1968 Manuskripte geschickt:
»Das Haus gegenüber«
»Ringling in Amerika«
»Leben meines Großvaters in Utopia«
»Joshua fit the battle«
»Gander on Season«
»Pan Tadeusz«
»Der Seeweg nach Indien«
»Der Bananenkönig«
»Beschreibung meiner Freunde«
Ich gab diese Manuskripte am 2. Mai an Herrn Dr. Widmer.

Bis heute, 10. Januar, hat Herr Widmer, wie er sagte, »etwa 70 % gelesen«. Die Manuskripte seien ganz gut. Die Manuskripte lagen bei Herrn Widmer, der sie mir jetzt heraus gab. Ich schicke Dir diese Manuskripte. Darf ich Dich bitten, gegen ein Honorar von DM 250,- diese Manuskripte zu lektorieren. Wenn Du eine Publikation empfiehlst, läge mir auch daran, einen kurzen Text über die Geschichte zu geben.
Wir wollen uns jetzt nicht mehr auf die zurückliegenden Dinge beschränken, sondern die Sache jetzt selber in die Hand nehmen. Wo willst Du ihn treffen, und wie kommst Du da rüber?
Ich danke Dir für Deinen Hinweis auf das Buch »We came as children«. Wir holen eine Option ein.
Dr. Braun ist von heute bis Montag in Berlin und Ostberlin. Ich höre von ihm, wie es Elisabeth Hauptmann geht.
Dann informiere ich Dich, daß wir einen studentischen Botengänger haben. Ich gebe Dir eine Kopie der Bescheinigung, die ich dem Mann mitgab. Vielleicht kannst Du ihn Dir gelegentlich ansehen. Er ist mir von vertrauenswürdigen Leuten als vertrauenswürdig geschildert worden.
Du hast ja allerhand Bücherwünsche. Ich erfülle sie aber gerne. Auch als Dank dafür, was Du 1968 für den Verlag gedacht und geleistet hast. Schwierig wird es bei den »Kursbüchern«, die Dir fehlen. Die fehlen nämlich auch hier. Aber ich werde mein Sekretariat bitten, nach Restbeständen zu forschen.
Ich rufe Dich immer an, wenn ich in Westberlin bin. In der Regel sehe ich Dich sogar. So bin ich nun einmal.
Yours, truly
Siegfried

[383a; Anlage, Bescheinigung]

Frankfurt am Main
9. Januar 1969

Herr Christoph Borkowsky, 545 Neuwied/Rhein, zur Zeit wohnhaft in Berlin-West, ist von uns beauftragt, Manuskripte und Korrekturen nach Berlin-Ost zu bringen, die für folgende Stellen bestimmt sind:

1. Frau Prof. Helene Brecht-Weigel, 104 Berlin, Chausseestraße 125
2. Bertolt-Brecht-Archiv, 104 Berlin, Chausseestraße 125
3. Berliner Ensemble, 104 Berlin, Am Schiffbauerdamm 4a
4. für Mitarbeiter des Bertolt-Brecht-Archivs bzw. des Berliner Ensembles, insbesondere
   Frau Elisabeth Hauptmann, 104 Berlin, Friedrichstraße 129/CII
   Herr Werner Hecht, 1058 Berlin, Dimitroffstraße 56
5. Aufbau-Verlag, 108 Berlin, Französische Straße 32

Es handelt sich bei diesen Manuskripten und Korrekturen um Unterlagen, deren persönliche Überbringung für beide Seiten wichtig ist, vor allem auch um Zeit zu sparen und etwaige Verluste dieser wichtigen Dokumente auszuschliessen.

Suhrkamp Verlag
Dr. Siegfried Unseld

[384]

Berlin Friedenau
14. Januar 1969

Lieber Siegfried:
Gestern bekam ich vom Suhrkamp Verlag ein Manuskript von Fritz Rudolf Fries, ohne einen erklärenden Zusatz,

nicht einmal mit einer Antwort auf meine Fragen zu Fries' Lage vom 9. Januar, und ich finde von hier an den ganzen Vorgang durchaus unpassend.
Das Manuskript ist einfach in einen Umschlag gestopft worden, ohne Einschreiben abgeschickt, und sein Papier befindet sich überhaupt in einem schlechten Zustand. (Es ist möglich, ein Manuskript nach der Lektüre neu zu heften und durch Pappdeckel zu schützen.) Ich nehme nicht an, dass ihr euch von Verpflichtungen gegenüber dem Autor entbunden habt durch einen Revers, demzufolge er jedenfalls ein Exemplar besitzen müsse und ihr für einen Ersatz des eingeschickten nicht aufkämt.
Das Manuskript ist unvollständig. Nach der Mitteilung des Autors liegt die fehlende Erzählung »Fernsehkrieg« seit dem Januar 1968 bei der Redaktion von »Kursbuch«, einer Publikation des Suhrkamp Verlages. Wieso ist es binnen eines ganzen Jahres nicht möglich, ein Manuskript von einer Abteilung zur anderen zu bringen?
Wie soll man ein Manuskript beurteilen, dessen womöglich wichtigste (nämlich für das »Kursbuch« bestimmte) Erzählung nicht mitgeschickt wird?
Es ist ungehörig, den Eingang eines Manuskriptes am 2. Mai 1968 anzuerkennen, mit dem Versprechen, Herr Unseld werde nach seiner Rückkehr von einer Reise von sich hören lassen. Warst du verreist? Warst du ein halbes Jahr auf Reisen, bevor du endlich Mitte Dezember an Fries schriebst?
Nach deiner Notiz ist das Manuskript erst am 10. Januar 1969 bearbeitet worden, aber nur bürokratisch. Der zuständige Lektor hat in den sieben nein acht Monaten lediglich »70 %« gelesen und weiss nicht mehr als dass es »ganz gut« sei. Bei einem solchen Verhalten gegenüber der Arbeit einer Person kommt mir bei den Demokratisierungsphrasen der Lektorenkonferenz nicht etwa gläubiges Staunen hoch. Solche Lektoren sind die schlimmsten Feinde, die ein Autor haben kann.

Rechnet man ein die besondere, gefährliche, Lage dieses Autors, ist das Verhalten des Verlages infam.
Mein Ärger rührt nur zum Teil daher, dass ich dergleichen nun doch nicht in einem Verlag wie Suhrkamp für möglich gehalten habe.
Schlimmer ist für mich, dass ich dem Autor zu einer Veröffentlichung bei Suhrkamp geraten habe.
Auch im Interesse des Verlages sollte die entstandene Lage unverzüglich bereinigt werden.
Wenn es nicht möglich ist, seine Erzählungen ganz oder teilweise aus den Rechten des Mitteldeutschen Verlages zu lösen, sollte der Suhrkamp Verlag sich mit einer Lizenz-Ausgabe abfinden.
Natürlich muss versucht werden auf alle praktischen Weisen, ihn doch von diesen und den staatlichen Zwischenhändlern zu befreien.
Dabei darf nicht vergessen werden, dass der Autor in seinem Land irgend einen juristischen Boden unter die Füsse bekommen muss. Wenn ein Gesuch um Auswanderung völlig ohne Aussicht ist, kann er sich am besten auf die Dauer nur so sichern, dass er sich hält an die in seinem Gebiet herrschende Gesetzgebung.
Er deutet etwas an von einer Sonder-Regelung, die andere Verlage für ihre ostdeutschen Autoren erreicht haben. Gibt es Sonderregelungen? Im positiven Fall dürfte es nicht unter der Würde des Suhrkamp Verlages sein, sie ihm zu beschaffen.
In literarischer Hinsicht gibt es nach meiner Meinung keine Gründe gegen eine Publikation der Erzählungen.
Mir ist die Politik des Suhrkamp Verlages vom Suhrkamp Verlag immer so beschrieben worden: Dem Haus geht es nicht um einzelne Bücher, sondern um einen Autor, um ein mögliches Werk. Das bedeutet Verantwortung für einen Autor.

Im Fall dieser Grundsatz ist nicht abgeschafft ist es entgegen den Interessen des Verlages, dass der Verfasser von »Der Weg nach Oobliadooh« mit dem Eindruck lebt, der Verlag wolle ihn verlieren.
Der Verlag kann Verhandlungen des Autors mit anderen Verlagen schon deshalb nicht fördern wollen, weil die in seinem Fall angewandte Praktik dann anderen Verlagen bekannt würde.
Yours, truly,
Uwe.

Anlage
1 Manuskript
Eingeschrieben.[1]

1 Unter dem Datum des 15. 1. 1969 schreibt Burgel Geisler per Einschreiben an U.J.: »[...] heute kam Ihr langer Brief vom 14. Januar. Vielen Dank. Dr. Unseld steht vor einer kurzen Reise, und da er meint, daß ich Ihnen diesen ganzen FRIES-Wirrwarr besser erklären kann als er selbst, nehme ich die Gelegenheit gerne wahr, das zu probieren [...]. [...] Am besten, ich halte mich zunächst einmal an Ihren letzten Brief: Ihren Brief vom 9. Januar hat Herr Dr. Unseld am 10. beantwortet – allerdings haben wir diesen Brief abends nicht abgeschickt, weil sich herausstellte, daß bei Dr. Widmer ein (von Fries selbst geschicktes) Manuskript lag und bei Herrn Boehlich zu Hause ebenfalls ein (vom Mitteldeutschen Verlag geschicktes) Fries-Manuskript. Ich habe also diesen Brief zurückgehalten, dagegen hat meine Kollegin das in eben diesem Brief erwähnte Manuskript schon gesondert an Sie auf den Weg gebracht, ohne Anschreiben, nicht per Einschreiben. [...] Hauptsächlich wurde der Brief an Sie zurückgehalten, weil wir nach Vergleichen der beiden Manuskripte einen neuen Brief an den Mitteldeutschen Verlag schreiben wollten. Nun gebe ich Ihnen den für Sie bestimmten Brief vom 10. Januar beiliegend. Gestern brachte mir Herr Boehlich nun das Fries-Manuskript. Und jetzt stellt sich heraus, daß in diesen beiden Manuskripten nur ganze drei Geschichten identisch sind. [...] Der ›Fernsehkrieg‹ ist auch da: Fries hatte diese Geschichte am 11. 12.

1967 an Enzensberger geschickt; dieser legte sie in eine Mappe mit Publikations-Angeboten, die fürs ›Kursbuch‹ nicht in Frage kommen. Und aus dieser Mappe habe ich mir die Geschichte heute herausholen lassen. [...] Wollen Sie jetzt zunächst das Lektoratsangebot annehmen und evt. aus den beiden Manuskripten einen Band zusammenstellen, damit wir von uns aus dem Mitteldeutschen Verlag sagen können, welche Geschichten wir aus dem direkten Fries-Manuskript und welche wir aus dem Mitteldeutschen Verlag-Fries-Manuskript gern in unserem Band sähen?«

[385]

Berlin Friedenau
16. Februar 1969

Lieber Siegfried:
Dieser Brief betrifft die Erzählungen von Fritz Rudolf Fries. Wenn ich ihn an dich, statt an die Lektoratskonferenz richte, so weil ich von deren Bestehen lange nichts gehört habe.
Ich schlage vor, aus den beiden Manuskripten, die vom Verfasser und vom Mitteldeutschen Verlag vorgelegt wurden, unter dem Titel

»Viva América!«

die folgenden Erzählungen zu publizieren:

»Viva América!«	15 p.
»Der Seeweg nach Indien«	15,5 p.
»Der Bananenkönig«	10,6 p.
»Ringling in Amerika I u. II«	10 p.
»Gestern«	3 p.
»Leben meines Grossvaters in Utopia«	5 p.
»Der Fernsehkrieg«	14 p.
»Beschreibung meiner Freunde«	9,5 p.

Das sind ungefähr 164000 Anschläge.
Unter Umständen, da in diesen Fällen mein Urteil auf der Kippe steht, kämen dazu noch

»Das Haus gegenüber« 2 p.
»Joshua fit the battle« 3 p.
»Gander on Season« 2,2 p.

Wenn der Verlag sich zu ihnen entschliessen sollte, stünden sie am besten in dieser Reihenfolge zwischen »Leben meines Grossvaters in Utopia« und »Der Fernsehkrieg«.

Begründung der Auswahl

I. Negativ

»Die Entbindung«

Hinter der vorgeblichen Naivität der Briefschreiberin steckt eine peinliche Ehrfurcht vor den Manieren freiberuflicher Intellektueller und damit eine indirekte Rechtfertigung für den heiligen jungen Mann, der eine schwangere Krankenschwester hat sitzen lassen. Der Anlass wird über seine Banalität nicht hinausgeführt, die landschaftliche und soziale Umgebung kommt über einen Zitatcharakter nicht hinaus. Mir scheint, der Widerwille des Autors gegen diese Art Optimismus hat ihn gehindert, diese Sache durchzuarbeiten.

»Der Park von Varna«, »Das Haus gegenüber«, »Der Schlaf des Diktators«

Diese drei Erzählungen entsprechen nicht der charakteristischen Dramaturgie des Autors. Die zweite zeigt wohl eine gewisse, womöglich autobiographische, Dringlichkeit, ist aber von der subjektiven Ebene nicht genug abgehoben; dieser Blick und die Empfindung in ihm sind nicht verdolmetscht. Die erste Erzählung ist keine, sondern eine feuilletonistische Reise-Impression. Die dritte ist das auch, einmal wegen des salzlosen Schlusses, zweitens weil der Gegensatz zwischen dem Leben des Diktators und dessen musealer Ausstellung nicht genügend ausgenutzt ist. Ausser dem spricht gegen eine Aufnahme dieser letzten Erzählung, dass sie wiederum ein kubanisches Thema behandelt, und zwar so ungleich gegenüber »Viva América!«, dass beide, nebeneinander stehend, sich gegenseitig schädigen würden.

»Liebold«, »Die Bücher«
Beides sind Versuche, endlich einmal der Theorie des Sozialistischen Realismus eine körperliche Existenz zuzuschanzen; das Gespenst will aber gar nicht ins Leben. Der Autor versucht die Richtlinien für das Porträt des Arbeiterveteranen mit konkreten Situationen und Handlungen weniger zu unterlaufen als weiter zu entwickeln, die Richtlinien fressen seine Absicht auf. Der Autor versteht als Person den Widerstandskämpfer, die moralische Umwertung des Anstands in aktiven Kommunismus kann er nicht mehr nachmachen, und so kommt es zum Quietschen von Kreide aus dem 19. Jahrhundert auf der Schultafel (»Zeichnungen ... seiner jungen Freunde auf dem Nachttisch«).
Auch die zweite Geschichte gleitet zu oft ab in beschädigtes Sprachmaterial (»Sie lächelte ihr schönes Lächeln ...«) und Verlegenheit. Das scheint weniger an der Rührseligkeit des Gegenstandes zu liegen als an der sentimentalen Reaktion auf das Thema der spanischen Emigration. Wieder scheitert er an dem Optimismus, für den es nicht genug ist dass gelegentlich das Gute siegt, der vielmehr diese Möglichkeit zu einem Tendenzgesetz umbauen muss. Die Idylle, die der Autor am Schluss noch ironisch zu zitieren glaubt, hat die Macht über die Geschichte längst übernommen.

»Pan Tadeusz«
ist eine Parabel nicht weit vom Sonntags-Feuilleton. Es ist schade um die verschwendete Eleganz.

»Joshua fit the battle«
irritiert mich wegen der Verbindung dieser Nacherzählung mit einem Muster, durch die Widmung[1], und weil das Muster im Grunde nicht sehr variabel ist.

»Der Läufer auf dem Dach«
weist eine ungleichmässige, unglückliche Mischung auf von Realismus, Mythologie und exzentrischer Psychologie. (Das unglaubwürdige Verhalten eines Familienvaters, der es nach Jahren der Trennung versäumt, wenigstens von aussen etwas über seine Familie zu erfahren, wollen wir doch erklärt haben.) Das Antigone-Motiv wird merkwürdig plump eingeführt, erst nach sechs Seiten überhaupt vorbereitet, und verbindet sich nicht mit den übrigen Materialien. Die Entwicklung nach den ersten Seiten sieht nach einer Notlösung aus und wird durch die Nachbemerkung in klassischer Manier eher zum Schmerz im Zahn.[2] (Ich erinnere auch an »Berliner Antigone« von Rolf Hochhuth.)

»Gander on Season«
Der subjektive Ansatz des Erzählens ist nicht ausreichend gerechtfertigt. Die Erinnerung konzentriert sich zu stark auf Verhältnisse und weicht Personen aus, auch ist sie reichlich modisch. In einem Tagebuch machte sie sich besser. Bemerkenswert ist, dass hier der transatlantische Flugverkehr noch über Gander geht, Gegenwart für Ostblockbürger, Vergangenheit für westdeutsche Leser.

Begründung der Auswahl
II. Positiv
Wenn ich die Überschrift von »Viva América!« als Titel für den gesamten Band vorschlage, so nicht nur weil ihm Aufmerksamkeit sicher ist. Tatsächlich zöge er Leser unverhofft ins Gespräch, weckte Appetit. Darüber hinaus zeigt er das

hinterhältige Verfahren des Verfassers ehrlich an. Das anfängliche Missverständnis zu Gunsten der diskreditierten U.S.A. stolpert über die spanische Schreibweise und wird eine solide Basis für die Erwägung dass unter solchem Titel auch an ein sozialistisches Amerika zu denken wäre, vorerst an Cuba.
Der Titel empfiehlt sich nicht nur durch seine dialektische Andeutung. Mindestens drei der übrigen Erzählungen haben als Szene »Amerika«.

»Viva América!«
Die Erzählung selbst am Anfang könnte in eine Grundhaltung des Verfassers einführen. Sie verwendet Emotionen nur geprüft, vermeidet das Vorurteil beider Richtungen, gibt den erheblichen Fakten den Vorzug vor den dekorativen und leistet sich Genuss nur beim konkreten Beweis. Ein solches Verhalten gegenüber dem Stoff hat auf der ideologischen Ebene zur Folge einen nicht enthusiastischen, nicht larmoyanten, fast sachlichen Entschluss zu sozialistischen Perspektiven. Das Beispiel der Erzählung ist die Flucht einer Familie aus dem revolutionierten Cuba, die von Anfang an eingeholt wird von biographischer Vorgeschichte und nationalen Gewohnheiten. Wenn die Flucht schliesslich als ein Irrtum dargestellt wird, so weil die Teilnehmer versäumt haben, sie mit tatsächlich individuellen Anlässen vorzubereiten, und purer Antikommunismus nicht ausreicht. (Sicherlich ist dem Verfasser die mögliche Parallele zur D.D.R. bewusst; er kann für sich ins Feld führen dass dort die gesellschaftlichen Rechte für gewöhnliche Leute vernünftiger begrenzt sind als für Schriftsteller.)
Ausser dem ist »Viva América!« das beste Stück der vorgeschlagenen Auswahl. Die Methode ist seelenruhiger Realismus, der auf die Wirkung der Anschauung vertraut. Das Ziel ist nicht die Durchsetzung eines Beweises, sondern die

Vorführung einer Geschichte. Hinter dem biederen Gestus steckt sorgfältige, gewitzte Handhabung des Werkzeugs. Die gediegensten Ergebnisse sind: die lakonische Einführung jenes toten Sohnes, der zu den Partisanen ging, gegen den Willen und das Bewusstsein der Familie zum privaten Nationalhelden wird und durch die leitmotivische Wiederkehr die Entscheidung für die Heimat herstellt; zweitens, solche Kunst-Stücke wie die Auflösung der Phrase von der »guten alten Zeit« in die Perspektiven der bislang Vernachlässigten (erste Seite unten); drittens die Einführung des Kapitalismus auf einer unbesiedelten Insel unter Schiffbrüchigen. Bei der Ankunft auf der Insel sind die Soldaten, denen der Titelschrei gilt, eben nicht die Amerikaner sondern cubanische Miliz; so erfüllt der Titel noch einmal die erste Erwartung des Lesers und wird zum Denkmal der gescheiterten Flucht, auch einer Einsicht in eine Notwendigkeit ohne viel Glanz, deren Präsenz aber zumindest die Betroffenen überzeugt. Die Folgen der Revolution werden ausgebreitet an Hand der Veränderungen im Einkommen der Familie, und den Phrasen der Revolution wird die gebührende Distanz, wenn der jüngste Sohn, analphabetisch, sie als Zeitungenverkäufer ausschreit. Wer aus dem Mosaik immer noch eine Apologie für Castro lesen will, wird sich im letzten Satz darüber belehrt finden, dass die Geschichte den Umschichtungen von Familienverhältnissen galt. Überhaupt sind die Schlüsse dieses Autors von einer Art Witz, die nicht nur die Verblüffung über die Existenz unvermuteter Beziehungen ausnützt, viel mehr deren Relevanz.

»Der Seeweg nach Indien«
stünde passend an zweiter Stelle als historischer Rückgriff auf die Zeit, in der Amerika erst einmal entdeckt wurde. Wie zu erwarten kommt es der Erzählung darauf an, die Expedition als ein kommerzielles Unternehmen zu erklären,

sie bezieht ihre Spannung aber aus den Reibungen zwischen der feudalen Gesellschaftsmaschine und dem ingeniösen Spinner Columbus, dessen Absichten nur kurze Zeit mit denen der Beutemacher gleichlaufen können, übrigens auch da von ihnen missbraucht. Die Erzählung nimmt ihm den Ruhm und versucht ihn als Person sichtbar zu machen. Das ist alles ziemlich fasslich belegt, mit ironischen Anpassungen an die zeitgenössische Religion. Die gesellschaftlichen und historischen Einsichten, die hier angeboten werden, mögen nicht besonders neu sein. Indessen geht es hier eigentlich um die Frage, was für jemand dieser Columbus gewesen sein könnte. Die Antwort ist sorgfältig, ohne die Zudringlichkeit historisierenden Mutmassens, auch interessant.

»Der Bananenkönig«
ist eine Eisenbahngeschichte, und zwar eine sächsische. Zwar wird sie nicht erzählt im geschlossenen Abteil eines Zuges, aber doch in dem eines Krankenhauszimmers, von einem Patienten, dem der andere nicht entkommen kann, und eisenbahnmässig in der klassischen Art insofern als sie hanebüchene Fragen und Widersprüche offen lässt, ohne dass man dem Erzähler zuzusetzen wagte, in diesem Falle nicht wegen der Fremdheit sondern wegen des Unterschieds an Alter und Erfahrung zwischen den Beteiligten. Es ist eine sächsische Eisenbahngeschichte, denn sie führt ein in die eigentliche schriftstellerische Heimat von Fries, die Stadt Leipzig, deren Vorgeschichte hergestellt wird mit einem Fragespiel über Baedeckerdaten und unversehens gegenwärtiger wird mit der frechen und unglaubwürdigen Rettung eines Juden durch ihn selbst; die Spannung wird aber umgewandelt in ein neues Beispiel für die Anpassungsfähigkeit des Staatsbürgers, auch an die neueren Verhältnisse der Stadt Leipzig, die das Krankenzimmer vorstellbar umgibt.

(Gegen die Geschichte ist einzuwenden dass der Autor sich gelegentlich zu stark ins Blickfeld legt. Da wären ein paar Zeilen ohne Schaden zu streichen.)

»Ringling in Amerika«
beschreibt die Entfaltung eines Irrsinns zusammen mit seinen Ursachen. Zumindest ist es billig zu vermuten dass jener Pferdepfleger und Kleber von Zirkusplakaten, unwiderruflich enthalten in den Grenzen der D.D.R., nicht ausreichend Gelegenheit findet, seinen Traum von amerikanischer Erbschaft an einer noch anderen als der ihm verstatteten Welt zu messen, und im Gespräch zwischen dem Arzt für die Irren und einem Reporter bietet der amerikanische Wahn den sozusagen lebenswirklichen Erörterungen über Begrenzungen und die Staatsgrenze zumindest ebenbürtig Widerpart. Der Kranke verschwindet unfassbar, und seine Krankheit hallt längst wirklicher nach als die Gesundheit der Einsichtigen.
Der zweite Teil der Erzählung setzt das geträumte Amerika zusammen in einem Gespräch unter Personen, die dem Leser bereits auf dem Weg nach Oobliadooh begegnet sind, nämlich ein surreales Amerika aus vermischten Zeiten, Zwischendeck neben Düsenflugzeug, moderne Fernsehwerbung neben einem versunkenen Hoboken, einen der schlüssigsten Beweise dafür dass Schiller kein Bier trinken gehen musste mit Tell. Die Beschränkungen, denen die Informationen des Verfassers unterliegen, hat er in eine märchenhafte Freiheit des Beliebens umgesetzt. Übrigens bleibt der Verfasser sich treu und gibt den imaginären Ringling auf, nachdem der es in »Amerika« zu Erfolg gebracht hat: der braucht ihn nicht mehr, und er braucht nicht mehr ihn.

»Gestern«
ist ein Versuch über das Gedächtnis. Zwei Erlebnisstränge werden hier verschränkt, der eines Zehnjährigen und der eines Sechsundzwanzigjährigen, der Krieg und der Nachkrieg, die gefährliche Urteilslosigkeit eines Kindes und ein studentischer Intellektualismus, der sich mit Trauer schon über seinen gegenwärtigen Zustand beugt wie über eine Vergangenheit. (Die Szene ist wiederum Leipzig.) Das macht das Gedächtnis alles von allein, hier gibt es keine Partei und keine Präferenz, da gilt nur Blick und Geruch und Gehör. Die Mischung ergibt nicht etwa ein autobiographisches Bruchstück (das ohnehin der erfundenen Person Arlecq gehören würde) sondern zwei Ansichten zeitgenössischer Wirklichkeit, deren sehr farbige und plastische Einzelheiten nicht nur Gleichaltrigen eine Ergänzung der eigenen Erlebniskonstellation anbietet.

»Leben meines Grossvaters in Utopia«
ist ein Porträt von, ein Nachruf auf einen Bürger, der viel zu früh ausser Tritt mit der Zeit kam, festhielt an der einen, für die er sich gemacht glaubte, der aus allen jeweils wichtigen Wirklichkeiten wegtrat zu unpraktischen Erfindungen, den seine Umwelt schliesslich nur noch mit einer Hinrichtung verstehen kann. An ihm, um ihn gehängt, wird der gesellschaftliche Aufstieg und Abfall einer Familie beschrieben, trauriges Verhalten in einer melancholischen Haltung vorgetragen, die verurteilend zu nennen wäre, dränge nicht die Aufmerksamkeit des Verfassers durch, Aufmerksamkeit für einen abseitigen und verschollenen Typ, der noch einmal vorgestellt werden muss, ehe es unmöglich wird solche Leute überhaupt noch zu verstehen.

»Der Fernsehkrieg«
ist ein Beispiel für die Ökonomie des Verfassers. Er schickt drei Tanten in ausländische Hauptstädte, nach New York, Paris, Madrid, und eine in das besondere Gebiet Westberlin, placiert jeder eine meissner Statuette auf das Fernsehgerät, Heimatandenken, und stellt in den vier entsprechenden Fernsehprogrammen die Eskalation des Vietnamkrieges historisch und den Zustand des jeweiligen Landes statisch dar. (Die Verkoppelung dieser drei Motive hätte anderen zu einem Roman gelangt.) Die Gewohnheiten und der Status der Tanten sind dargestellt mit der gewohnten distanzierten Mischung aus Mitleid und Aufmerksamkeit, das Vehikel ist das durchschnittliche Verwandtschaftsverhältnis; aber hier zum ersten Mal macht sich das Informationsdefizit des Verfassers peinlich bemerkbar. Es ergibt eine undifferenzierte, naive Haltung gegenüber jenem Krieg, die unter westdeutschen wie amerikanischen Literaten aus Geschmacksgründen belächelt würde. Das geht allerdings nicht bis zur Sentimentalität, ist durch die Würzgurkenqualität des Arrangements und der Ausdrucksweise im übrigen aufzuwiegen und könnte hier auch ausgestellt werden als eine spezifisch ostdeutsche Haltung, von der man auf dieser Seite nicht eben viel Ahnung hat.

»Beschreibung meiner Freunde«
ist nicht mehr als der Titel verspricht. Es sind Freunde in Leipzig, offenbar kaum verkleidet, ihre Wohnung und ein zwar nicht privates aber doch stark persönliches Wohlbehagen des Erzählers gelegentlich eines Besuches. Der Erzähler beschreibt seine Freunde mit dem deutlichen Versuch, in ihnen notwendige, nützliche Leute zu erkennen, vielleicht weil ihm diese Qualität nicht reichlich gegeben ist, vielleicht weil er so oft hat daran zweifeln hören dass es solche überhaupt gebe. Ich weiss dazu nicht viel zu sagen, betone jeden-

falls die Arbeit, die sich der Verfasser mit fast zehn Seiten gemacht hat und empfehle die Geschichte am liebsten mit dem Schluss-Satz, der der anfangs beschriebenen Fries'schen Fähigkeit entspricht, Schluss zu machen. Der letzte Satz ist bedingt optimistisch, und könnte dem Verfasser an dieser Stelle recht sein.[3]

Zusammenfassend
weise ich hin auf die Vielfalt des Ansatzes, die dem Verfasser zu Gebote steht. Die Formentwürfe sind sämtlich unterschiedlich und den Gegenständen auf den Leib geschneidert. Die investierte Kunst und Handfertigkeit sind versteckt unter der vermeintlich harmlosen Haltung des Geschichtenerzählers. Die Geschichten sind heruntergespielt zu Mitteilungen, die Mitteilungen haben aber das Gewicht erheblicher Eröffnungen, und sie entbehren nicht des Salzes unverhoffter Wendungen. Die Spannweite des Interesses reicht von Cuba über Amerika und Westeuropa zu der eigentlichen Erzählheimat Leipzig. Eine besondere Eigenschaft dieser Prosa hat »Time Magazine« am 10. Januar 1969 am zitierbarsten umschrieben: »Moments of fiction materialize, cooly precise, sharp and fresh as the crinkle of ice that can be skimmed from the edge of a winter puddle (Hier nehmen Momente der Erfindung Gestalt an, auf eine kühl präzise Weise, so scharf und frisch wie das Eis, das man vom Rand einer winterlichen Pfütze abnehmen kann).«[4]
Es ist das Buch eines Autors, dessen ersten Roman der Verlag hat ohne schlimme Enttäuschungen publizieren können. Die Machart und Wichtigkeit dieser Erzählungen sind nicht unter der Ebene, die dem Verfasser durch sein erstes Buch als ein Mass-Stab gesetzt ist. Die Sammlung ist in einer angenehmen Weise nicht sensationell, sondern ordentliche Arbeit.

In den vorgeschlagenen Texten sind noch sachliche Irrtümer, Ausdruckshärten, Wortwiederholungen hier und da. Ich habe sie nicht angeführt, weil ich dazu in den Fahnen Vorschläge machen könnte. Und wenn ich dich richtig verstanden habe, wolltest du ja vor allem einen Bericht, mit dem du fürs erste weiter arbeiten kannst.
Die Rechte für vier der Arbeiten

»Seeweg nach Indien«
»Der Bananenkönig«
»Der Fernsehkrieg«
»Beschreibung meiner Freunde«

liegen also beim Mitteldeutschen Verlag in Halle.
Nach Auskunft des Verfassers ist die gegenwärtige rechtliche Lage, so weit sie nicht überhaupt der Schlamperei bei Suhrkamps anzulasten ist, entstanden durch seinen Versuch mit der »Möglichkeit einer kombinierten Ausgabe bestehend aus Arbeiten, die der Mitteldeutsche Verlag angenommen und abgelehnt hatte. Dies mit Genehmigung des Büros für Urheberrechte. Gegenwärtig sehe ich dafür kaum eine Chance, es sei denn Herr Unseld verhandelt darüber mit dem besagten Büro. Der Hallenser Verlag ist nur an einer Lizenzvergabe interessiert, also an einer Reproduktion dessen was er selbst drucken will«.
Für die vom Autor gewünschte Lösung gibt es ja den Präzedenzfall Volker Braun.[5] Allerdings wäre es richtig, solche Verhandlungen mit dem ostberliner Copyright-Verwalter bald aufzunehmen. Der Autor hat lange genug gewartet. Er hat es mir nicht mitgeteilt, aber Verlage wie Luchterhand oder Rowohlt meinen wohl auch, sie hätten lange genug auf uns gewartet. Schliesslich wird das Frühjahr nur eine bemessene Frist abwarten, innerhalb der aus dieser Sammlung ein Herbstbuch zu machen wäre.[6]
Sincerly yours,
Uwe.

Anlagen: Fries, Erzählungen, vom Mitteldeutschen Verlag
Fries, Erzählungen, an den Suhrkamp Verlag
Vergleichendes Inhaltsverzeichnis beider Ms.
Bisheriger Korrespondenzvorgang (zweieinhalb Blatt).

1 Die Erzählung *Joshua fit the battle* ist weder in der Ausgabe des Mitteldeutschen Verlags noch in derjenigen des Suhrkamp Verlags enthalten; die Widmung ist daher nicht mehr zu ermitteln.

2 Die Erzählung beschreibt am Ende den Sturz des vor der Gestapo flüchtenden Protagonisten vom Dach und endet mit folgendem Satz: »Es gab nach Einzug der Roten Armee in den Nachkriegsjahren Wichtigeres und Bedeutenderes zu tun, als Fälle dieser Art bis ins Detail zu verfolgen, ihnen gar einen Sinn zuzusprechen.« (Zitiert nach Fritz Rudolf Fries, *Der Fernsehkrieg*, Rostock, Hinstorff Verlag, 1975, 2., erw. Auflage, S. 66.)

3 Der Schlußsatz dieser Erzählung in der im Suhrkamp Verlag erschienen Ausgabe lautet: »Ihre Stimme klingt am Telefon so, als hätte sie einen Kampf gewonnen.«

4 Die Rezension *Drang nach Osten. The Road to Oobliadooh,* S. 61-63 im *Time Magazine* vom 10. 1. 1969, beginnt mit einem Vergleich zwischen U. J. und Fritz Rudolf Fries: »The people's republic of East Germany has already produced one gifted novelist, Uwe Johnson (*Speculations About Jakob*). Now, in Fritz Fries, it may have the makings of another.« Die englische Übersetzung des Buches von Fritz R. Fries besorgte Leila Vennewitz.

5 1965 debütiert Volker Braun in der DDR im Mitteldeutschen Verlag mit dem Gedichtband *Provokation für mich*. Im Gedichtband *Vorläufiges*, erschienen 1966 im Suhrkamp Verlag, sind 23 Gedichte aus *Provokation für mich*, daneben aber auch bisher unveröffentlichte Texte enthalten.

6 Unter dem Datum des 24. 2. 1969 schreibt S. U. an Fritz Rudolf Fries einen Brief. In ihm schlägt er die Publikation eines Erzählungsbandes entsprechend dem Gutachten von U. J. vor.

[386]

Frankfurt am Main
21. Februar 1969

Lieber Uwe,
ich war in Stockholm und habe mit Peter Weiss gesprochen.[1] Er hat sich schon vor meinem Kommen dafür entschieden, mit den Aufführungsrechten kommender Stücke beim Suhrkamp Verlag zu verbleiben.[2] Wir haben die Situation gründlich besprochen, aber der Hauptgegenstand unseres Gesprächs war die Diskussion seines neuen Stükkes.[3]
Bei der Verabschiedung sagte mir Peter Weiss, er wäre auch bereit, eine Erklärung abzugeben, wenn sein Verhalten nicht eindeutig sei. Ich fuhr von Stockholm nach London, las dort den »Spiegel«[4] und schickte ihm darauf ein Telegramm, daß jetzt eine Äußerung von ihm doch angebracht sei. Peter Weiss hat diese dann dem Verlag geschickt, und Karl Markus Michel hat sie der Presse übergeben. Da die Presse die Erklärung aber nur zu einem Teil veröffentlicht hat, schicke ich Dir die ganze Erklärung zu. Ich selbst habe erst nach meiner Rückkehr Kenntnis vom Text erhalten.
Herzliche Grüße
Dein Siegfried

Anlage[5]

1 S. U. trifft Peter Weiss am 15. 2. 1969 in Stockholm.
2 Am 9. 2. 1969 wird in Frankfurt am Main der Verlag der Autoren gegründet. Zu den Gründungsautoren zählen Peter Handke, Hartmut Lange, Gerlind Reinshagen, Martin Sperr, Dieter Waldmann, Konrad Wünsche, Joachim Ziem – deren Theaterstücke bisher vom Suhrkamp Theaterverlag vertrieben wurden – sowie Bazon Brock, Wolfgang Deichsel, Günter Herburger und Erika Runge.

3 Peter Weiss arbeitet zwischen November 1968 und Juni 1969 an *Trotzki im Exil*, das am 20. 1. 1970 im Düsseldorfer Schauspielhaus unter der Regie von Harry Buckwitz uraufgeführt wird; siehe auch Brief 420, S. 592.

4 In der Nr. 8 des *Spiegels* von 1969, S. 138-140, wird unter der Überschrift *Verlag der Autoren. Gebrochenes Bein* über die Gründung des Verlags der Autoren berichtet.

5 Die Anlage ist die »Erklärung zur Frage des Theaterverlages«, die Peter Weiss unter dem Datum des 20. 2. 1969 formuliert. Darin begründet er, warum er weiterhin seine Theaterstücke und Prosa im Suhrkamp Verlag veröffentlichen wird. Gegen den Verlag der Autoren spricht für ihn, »dass ein solcher Verlag in einer kapitalistischen Gesellschaft [nicht] mehr werden kann als ein Zwitterwesen. Die grosse Arbeit an der Veränderung der Gesellschaft ist mir wichtiger als die Politik der kleinen Schritte, der Kompromisse und Utopien im Verlagsgeschäft. Der Bruch mit einem kapitalistischen Verlag setzt konsequenterweise auch den Bruch mit dem Buchhandel, den Agenturen, den Theatern und den Verlagsverbindungen in allen andern kapitalistischen Ländern voraus. Da ich dazu nicht bereit bin, sondern meine Angriffe gegen den Kapitalismus und Imperialismus auf breitester Basis durchführen möchte, bleibe ich in dem Verlag, der mir bisher die Möglichkeit dazu gegeben hat. Solange dieser Verlag, und dessen Leiter, Herr Dr. Siegfried Unseld, gewillt ist, meine Arbeiten zu publizieren, solange dieser Verlag seine progressive Linie einhält, sehe ich keinen Grund, mich nach anderen Publikationsmöglichkeiten umzusehen.« Der vollständige Text der »Erklärung« wird abgedruckt in *Die Zeit*, 28. 2. 1969, S. 13.

[387]

Berlin Friedenau
12. März 1969

Lieber Siegfried,
aus einer Postkarte von F. R. Fries geht hervor dass ihm gelegentlich Post, etwa von mir, nicht ausgehändigt wird und dass er deutlich wünscht du mögest mit dem ostdeutschen

Büro für Urheberrechte verhandeln und zugleich befürchtet du tätest das am Ende nicht.
Ein neues Beispiel für unterschiedliche Ausgaben einer Erzählungen-Sammlung des selben Autors hat die D.D.R. für Günter Kunert zugelassen: »Kramen in Fächern« beim Aufbau Verlag und »Die Beerdigung findet in aller Stille statt« haben zwar einige Texte gemein, sind jedoch unterschiedlich in Umfang, Aufmachung, Format, · Qualität.[1]
Morgen abend gegen 6 werde ich zum ersten Mal versuchen euch anzurufen.
Bis dahin, sincerely yours,[2]
Uwe.

1 *Die Beerdigung findet in aller Stille statt* erscheint 1968, im gleichen Jahr wie der Band *Kramen in Fächern*, im Hanser Verlag in München.
2 Der Brief trägt den handschriftlichen Vermerk von S.U. »erl[edigt]«.

[388]

Berlin Friedenau
21. März 1969

Lieber Siegfried:
Herr Roderich Feldes nennt seine Geschichte »Hugo Metzger« einen »Bildungsbericht«. Zu dieser Ansicht bin ich nicht gekommen. Denn die Geschichte bringt lediglich vor dass ein gesichtsloser Junge sich freiwillig zur Bundeswehr meldet, von deren Betrieb verwirrt ist, durch die Vernachlässigung einer Dienstvorschrift verletzt wird und sich von dem verantwortlichen Offizier eine Befürwortung der anfangs versagten Offizierslaufbahn einhandelt. Da ist nicht

viel Entwicklung. Was da ist an »Bildung«, also Formung einer Person, ist von aussen gesehen und wegen der fehlenden psychologischen Dimension nicht schlüssig. Sicherlich ist das zum Teil verursacht durch die Stellung des Erzählers, der seine Distanz zur Figur Hugo Metzger durch Konjekturmaterial auszufüllen sucht und vielleicht nicht genug einer autobiographischen Situation enthoben ist.
Das Ergebnis ist aus mehreren Gründen dürftig. Der Autor glaubt eine Person zu charakterisieren, wenn jemand »nach dem golden Schnitt geraten (war), nicht prüde, aber auch nicht das Gegenteil«; »er war eben mehr ein Knickerbocker- und kein Bluejeanstyp«. Das im Verein mit der Erklärung dass »finanzielle Unabhängigkeit« die Ursache für die Meldung zur Armee war, nachzulesen auf Seite 8, stellt die Hauptperson nicht hin, geschweige denn her. Demzufolge ist später bei allen Vorgängen nur die äussere Hülle der Person zu beobachten, zusätzlich einiger Grundreaktionen, von denen keine ausreichend überrascht.
Zweitens, der Verfasser handhabt das von ihm erfundene Verfahren unachtsam und mangelhaft. Er unterbricht die Erzählung mit eingerückten Äusserungen, die anfangs den soldatischen Umgangston charakterisieren sollen, später inneren Monolog tragen und schliesslich in Dialog ausarten. Die technische Abwandlung ist für eine so schlichte und kurze Erzählung (von etwa 40 Seiten mit nicht langen meist 33 Zeilen) zu gewichtig. Bemerkenswert ist dass der Verfasser gelegentlich versäumt, die optisch vollzogene Trennung von Erzählung und eingerücktem Mono- oder Dialog in der Grammatik zu berücksichtigen. Ein Beispiel dafür findet sich auf Seite 11 unten und Mitte, wo die Sätze ohne die Einschübe entweder absurd zusammenkommen oder nicht vollständig werden. Andererseits kann der monologische Einschub, wie auf Seite 16.18, ein Ordnungsmittel enthalten, das nur der Erzähler benutzen dürfte, nämlich jenes

»oder«. Schliesslich lässt sich der Verfasser, auf Seite 30f., so hinreissen von der Entdeckung dass man in der Erzählung auch unverhofft Theater spielen kann, dass er szenische Anweisungen einführt, und zwar nicht am normalen Rand des Erzählers, sondern eingerückt, als wär das nicht fremdes Material.
Da der Verfasser es vorzieht, den berichteten Vorgang mit solchen beispielhaften Klischees wie auf Seite 8 zu dokumentieren, oder aber den Beleg durch Realien überhaupt unterlässt, muss er den Rest der Strecke mit Sprache füllen. Davon sind die Zitate aus dem Soldatenjargon interessant, vielleicht aber doch nur für verwunderte Zivilisten, denn den Rest scheint der Verfasser nicht unter Kontrolle zu haben. Das wechselt zwischen lyrischen Klimmzügen und flachem Selbstlauf. Beispiele für verdrehte Metaphern sind der Seite 5 zu entnehmen: Die Sonne wird animiert, und ihre Strahlen fallen *deswegen* flach aus. Soldaten gleiten durch nein *über* Schnee wie Sensen der Bauern *durchs* Gras. Da das nicht schön genug ist, wird ergänzt: die Sensen der Bauern. Es könnten ja die Sensen von Feinmechanikern gewesen sein. Der Anspruch wird unverhofft von Slang unterlaufen: »aber das Knieöl, der Achillessprungmechanismus und noch so einiges schienen eingefroren zu sein«. Der Gedankenflug ist manchmal ratlos: »Lange wurde auch am Rande erörtert ...« ohne Sinn für Entweder/Oder, oder aber erreicht die Gegebenheiten nicht, wie auf Seite 22.1, wo einige das Testbild des Fernsehens *hören*, statt den Testton. Ein Beispiel für das andere Extrem des Leerlaufs findet sich auf Seite 16 unten:

> Eins weiss ich aber genau, dass Hugo nicht ahnte, dass an jenem Morgen die Wende kommen sollte, an die er nicht mehr zu denken wagte, dass die Zäsur, vielleicht die Hauptzäsur in seinem Leben bevorstand.

So wurden im vorigen Jahrhundert Hausfrauen darauf vor-

bereitet dass der Gatte gleich auf einer Tür nach Hause gebracht wird, und zwar tot.
Auf Seite 3.11 oder in einer anderen Zeile scheint ein Anführungszeichen zu fehlen.
Die Erzählung hat keinen Schluss.
Die Erwartungen, die das Vorwort weckt, sind zwar ungeheuer, können aber nicht exakt enttäuscht werden, da das Vorwort nicht verständlich ist.
Eines aber, das macht mir Sorge. Du weisst doch, o emsiger Verleger, wo auf Schreibmaschinen sich die Taste mit dem ß befindet. Ganz recht, rechts oben. Wenn jemand da hinlangt, dann nicht ohne Absicht. Es ist aber nicht eine Absicht billigenswert, die ein Relativpronomen mit einem ß schreibt: Seite 4.6. Und es gibt Leute, die würden es nicht verstehen können dass ein Schriftsteller sich in der Consecutio Temporum irrt, wie dieser auf Seite 4.10, »hatten« vor »haben«. Im Eigenheim dieses Autors gibt es falsche Konjunktive, Seite 7.6, da wird etwas blank »gewie*h*nert«, Seite 8.3, da haben Plakte nein Plakate an der Wand »gehängt«, 11.18, da werden substantivierte Infinitive kleingeschrieben, Seite 14.14, da wird »schuld« das eine Mal gross geschrieben wo es ebenso klein hätte bleiben können, Seite 30.20, und mir ist, als würde ich doch lieber nicht in einem solchen Zimmer warten, sondern lieber draussen. Und draussen würde ich ein Schild anhängen mit der Behauptung dass die zweite Person Merh nein Mehrzahl in ihrer Funktion als Anrede immer gross geschrieben wird, und nicht wie bei Herrn Feldes klein: auf den Seiten 13.4; 29.33; 30.18; 34.5, 6, 9, 12; 35.22, 35; 36.8. Ich verhehle nicht meinen Eindruck, dass hinter dieser Häufung eine kaltblütige Überlegung steht.
Die beiden angehängten Kurzstücke namens »Der Patriot« und »Manöver« beruhen im Grunde auf der Theorie dass Worte sich durch blosse Reihenfolge zu Landschaften oder

Porträts montieren. Ich wüsste ein anderes Mittel, sage es aber nicht. Das muss man allerdings gelesen haben. Finde jemand, der es dir vorliest, und höre im Sitzen zu, gefasst auf die Stelle:

> ... schau dir die Helden an: Siegfried hatte nur eine Stelle zwischen den Schulterblättern, Achill seine Fersen, aber ich habe Herz, Seele und Gehirn ... ich kann keine Frau mit Eisenbusen freien, was hätte ich auch davon?

Meine Antwort auf die Frage, ob die drei Stücke einen Band für sich allein verlangen, besteht in der ernsten Bitte, mir zum ersten und einzigen Mal ein Werk deiner Produktion nicht zu schicken.

Etwa acht Erzählungen von der Länge des »Hugo Metzger«, schön orthographisch geschrieben, grammatisch bereinigt, versehen mit mehr Fülle des Lebens, vollständigen Personen, vorgebracht in ausgewählter und beaufsichtigter Sprache, ergäben einen Band.

Da dir dies so eilig ist, lege ich eine Mark zu und schicke es dir express.[1]

Ein Wochenende wünschend,
sincerely yours,
Uwe.

Anlagen

3 Typoskripte von Roderich Feldes: »Hugo Metzger«, »Der Patriot«, »Manöver«;

1 undatierter handschriftlicher Brief des Verfassers auf 2 Blättern.

1 S. U. sendet diese Begutachtung dem Autor. Roderich Feldes bedankt sich dafür und räumt in seinem Antwortbrief ein, daß seine Erzählung schwach ist. U. J. erhält den Brief von Feldes in Kopie.

[389]

Berlin Friedenau
27. März 1969

Lieber Siegfried:
Heute ist der Briefwechsel zwischen Suhrkamp und Hesse gekommen; schönen Dank. Ich werde ihn aber zu den Büchern über und von Suhrkamp stellen, nicht nur wegen des biographischen Materials, auch weil in seinen Briefen mehr als in denen des Partners die Person deutlich wird. Das Fehlen meines Namens im Register hat mich nochmals erinnert daran, wie dringlich mir daran lag sein Interesse einmal zu verdienen.[1]
Der Todestag ist auch für uns beide ein Jubiläum und vielleicht eine Gelegenheit dir zu bestätigen dass trotz unangenehmer Vorfälle zwischen uns mein Verhältnis zum Verlag Suhrkamps an deine Person gebunden ist.
Für deine vergangenen zehn Jahre möchte ich dir Glück nachsagen, nicht im landläufigen Sinne, sondern indem deine Arbeit über die Anstrengung hinaus noch gelungen ist. Jetzt wünsche ich noch, in der Vorstellung Martins, dass du wieder unter Händereiben und mit Vergnügen auf deinen Schreibtisch und Schwierigkeiten zugehen könntest.
Sincerely yours,
Uwe.

1 Anläßlich des 10. Todestages von Peter Suhrkamp am 31. 3. 1969 erscheint im Suhrkamp Verlag *Hermann Hesse – Peter Suhrkamp. Briefwechsel 1945-1959*, herausgegeben unter Mitwirkung von Helene Ritzerfeld von Siegfried Unseld.

[390]

Frankfurt am Main
8. April 1969

Lieber Uwe,
herzlichen Dank für Deinen Glückwunsch zu diesem merkwürdigen Doppeldatum, das mich der freundlichen Reaktionen wegen doch berührte. Ich bin Dir dankbar für Deine Worte, für Deine Bereitschaft, für Deine Mitwirkung. Du weißt ja auch, daß Du auf mich bauen kannst.
Mit herzlichen Grüßen
Dein Siegfried

[391]

Berlin Friedenau
16. April 1969

Lieber Siegfried:
Hiermit bekommst du einen weiteren Durchschlag des von dir verlegten Manuskriptes und meine Versicherung dass ich es für geeignet halte, den Tod der Literatur in der geplanten letzten Nummer von »dichten und trachten« zu kennzeichnen.[1]
Wie du wünschtest habe ich Herrn Fries nun lediglich gefragt wie auf seinem Terminkalender die Zeit für den Roman und die für Übersetzungen zueinander sich verhalten, und ob die Termine sehr eng stehen. Seine Äusserung über ein Telefongespräch mit seinem Büro für Urheberrechte wird Frau Ritzerfeld dir ausgerichtet haben.[2]
Wir danken euch noch einmal für eure Gastfreundlichkeit.[3]
Sincerely yours,
Uwe.

1 Es handelt sich um Johnsons eigenen, in englischer Sprache verfaßten Nachruf zu Lebzeiten, *Dead Author's Identity in Doubt; Publishers defiant*. Es erscheint nicht in *Dichten und Trachten*, da mit Heft 30 von 1968 diese Publikation eingestellt wird. Er wird zuerst publiziert in K.H. Kramberg (Hg.), *Vorletzte Worte. Schriftsteller schreiben ihren eigenen Nachruf*, Frankfurt am Main 1970, S. 116-124. Die deutsche Übersetzung von Herbert Feuerstein unter dem Titel *Identität des verstorbenen Autors zweifelhaft; Verleger verweigern Auskunft* ist auf den Seiten 38-49 abgedruckt.

2 Unter dem Datum des 15. 4. 1969 schreibt U.J. in einem Brief an Helene Ritzerfeld: »Bitte, würden Sie Herrn Unseld das folgende Zitat aus einem Brief vom 7. April von Herrn Fries übermitteln: Das Büro für Urheberrechte hat mir telefonisch mitgeteilt, daß es de facto nichts gegen eine kombinierte Ausgabe wie vorgeschlagen hat, de jure müssen sie es noch ausklügeln.«

3 U.J. hält sich am Wochenende des 12. und 13. 4. in Frankfurt auf.

[392]

Frankfurt am Main
18. April 1969

Lieber Uwe,
schönen Dank für Deinen Brief vom 16. 4. Möchtest Du diesen Nachruf nicht für »Dichten und Trachten« übersetzen?
Herzlichst,
Dein Siegfried

[393]

Berlin Friedenau
20. April 1969

Lieber Siegfried:
Schönen Dank für die Anregung jenen Nachruf für »Dichten & Trachten« aus dem Englischen zu übersetzen. Erlaube mir zu wiederholen dass eine Parodie auf die »New York Times« in deutscher Sprache ihren Sinn einbüsst. In der gegenwärtigen Form würden auch bescheidene Kenner der fremden Sprache auf das Gemeinte kommen können.
Mit den schönsten Grüssen,
Uwe.

[394]

Berlin Friedenau
22. April 1969

Lieber Siegfried:
Herr Wolfgang Körner, dessen erstes Buch bei Suhrkamp veröffentlicht wurde, hat dem Luchterhand Verlag ein Romanmanuskript von etwa 290 Seiten eingereicht. Herr Roehler hat diesen Roman für Luchterhands Frühjahrsliste 1970 angenommen.[1]
Du solltest nun wissen dass Herr Körner von Herrn Roehler auf mögliche Verpflichtungen gegenüber dem Suhrkamp Verlag hingewiesen wurde. Darauf erklärte Herr Körner sich für ausserstande, noch einmal mit Suhrkamps zusammenzuarbeiten, wegen der Behandlung, die ihm von jenen Lektoren zuteil wurde. Nunmehr glaubte Herr Roehler sich zur Arbeit mit Herrn Körner berechtigt; nach wie vor liegt ihm daran, dass du nicht bei ihm Illoyalität vermutest.

Hast du gestern Dorsts »Rotmord« angesehen? Mir kam das vor wie eine der mehr ernstlichen Manifestationen faschistischen Bewusstseins.[2]
Sincerly yours,
Uwe.

1 1967 erscheint im Suhrkamp Verlag von Wolfgang Hermann Körner der Band *Normalfälle. Geschichten*. Im Luchterhand Verlag wird 1970 sein Roman *Krautgärten* veröffentlicht.

2 Am 21. 4. 1969 sendet die ARD das vom WDR produzierte Fernsehspiel *Rotmord* von Tankred Dorst und Peter Zadek unter Mitarbeit von Wilfried Minks. Das Fernsehspiel basiert auf Dorsts Theaterstück *Toller* und beschäftigt sich mit der Rolle der Literaten in der Münchener Räterepublik 1919. Dorst sagt zu dem Film: »Der Titel *Rotmord* ist der Titel eines Nazibuches über die Räterevolution. Die Nazis haben eine bestimmte Einstellung zu dieser Revolution, und diese Einstellung wird von vielen Leuten geteilt. Das Fernsehspiel bezieht an manchen Stellen die Position der Nazis, das erwarten die Leute nicht und das macht sie hoffentlich unsicher, weil sie nicht genau wissen, welche Position der Film gerade vertritt.« (Zitiert nach *Tankred Dorst*, herausgegeben von Günter Erken, Frankfurt am Main 1989, S. 119.)

[395]

Frankfurt am Main
30. April 1969

Lieber Uwe,
ich bin aus New York zurück und habe dort die Angelegenheit der Nachfolge Joan Daves gut lösen können. In die Agentur von Robert Lantz-Candida Donadio zieht Michael Roloff ein. Wir sind danach optimal vertreten. Roloff wird auch eine Scout-Tätigkeit für den Verlag übernehmen.[1] Er machte in diesem Zusammenhang aufmerksam auf ein Buch

von Leonard Gardner »Fat City«. Darf ich Dir das schikken?
Mitte Mai bin ich in Berlin.
Herzliche Grüße
Dein Siegfried

Anlage

1 S. U. hält sich vom 20. - 29. 4. 1969 in New York auf, unter anderem, um nach der Trennung von der Literaturagentin Joan Daves eine neue Vertretung des Suhrkamp und Insel Verlags einzurichten.

[396]

Frankfurt am Main
5. Mai 1969

Lieber Uwe,
schönen Dank für Deinen Brief vom 22. April. Ich weiß von keiner »Behandlung«, die »jene Lektoren« Herrn Körner zuteil werden ließen, aber sei's drum.
Herzliche Grüße
Dein Siegfried

[397]

Berlin Friedenau
7. Mai 1969

Lieber Siegfried,
ich zitiere dir aus einem Brief von Fritz Rudolf Fries, datiert den 24. April:
»Ich sehe, mein unterschwelliges Deutsch kam nicht an.

Also versuch ich mein Glück in plain words. Tatsächlich meinte der Satz, ob sich Herr Unseld meiner bei Ihnen fördernd erinnert hat: Geld. Auf das nächstliegende kommt gemeinhin keiner. Ich hatte Herrn K.H. Braun gebeten diese Frage direkt zu vermitteln, nämlich wie hoch ist mein Anteil aus der amerikanischen Übersetzung. Diesen Anteil bat ich, bitte ich zur Hälfte dem Büro f. Urheberrechte zu schicken. Der Rest sollte die unverstandene Frage erklären, you see? Verzeihen Sie, dass ich Sie zum Mittler in diesen Dingen mache; ich glaubte dies längst vermittelt. Inzwischen hat Herr Unseld vermutlich einen Brief der Geld verlangt bekommen. Ich bedankte mich darin auch für die Post ans Büro. Neues zur Lizenzvergabe weiss ich nicht. Das Büro hat gegen die Form nichts einzuwenden; den Inhalt der Erzählungen freilich muss der Hallenser Verlag verantworten, das ist des Pudels Kern, und ob er das tut bleibt abzuwarten.

...

Mein Terminkalender, nach dem Sie freundlich fragen, ist voll. Eine Calderon Übersetzung, eine Biographie Lope de Vega[1] (für Reclam) und noch immer ein Ritterroman aus dem Spanischen des 13. Jahrhunderts. Einschübe sind möglich wenn sie eine Honoraranzahlung bringen ....«

Die Schreibfehler sind alle von mir.

Leider werden wir uns nicht sehen, wenn du nächstens nach Berlin kommst. Denn ich befinde mich an Frau Werckmeisters Ostsee und dichte.[2]

Müsste das erste Wort in der vierten Zeile des Zitats nicht doch gross geschrieben werden?[3] Dieser Schreibfehler ist nicht von mir. Ich stimme dir zu: gerade jener Satz klingt recht naseweis und nasehoch und ist nach meiner Nase nicht. Sicherlich wird er sich nach einiger Zeit zu mehr Verständlichkeit herablassen.

Über »Fat City« schreibe ich dir Ende der Woche, wenn ich mein Pensum hoffentlich wieder erjagt habe.
Lebe recht wohl, grosser Verleger, und grüsse alle, die dir dabei helfen.
Sincerely yours,
Uwe.

P. S.
Herr Fries erlaubt sich zu erinnern an einen Bücherwunsch, der vielleicht nicht gleich erfüllt werden konnte: die »11«, über die Adresse des Berliner Ensembles.

1 Die Biographie *Lope de Vega* erscheint 1977 bei Reclam in Leipzig und 1979 im Insel Verlag.
2 U. J. hält sich vom 12. bis 25. 5. 1969 in Dameshöved an der Ostsee auf. S. U. ist zwischen dem 15. und 18. 5. 1969 in Ost-und Westberlin. Ein Treffen mit Fritz R. Fries findet nicht statt.
3 Das Wort »nächstliegende«.

[398]

Frankfurt am Main
9. Mai 1969

Lieber Uwe,
es ist sehr schade, daß ich Dich in Berlin nicht sehe, aber so sind die Verhältnisse. Wir haben nicht mehr über das Werkstattbuch gesprochen. Denkst Du noch daran? Ich habe über das Ganze hier im Hause noch nicht gesprochen, möchte es dann aber doch gerne tun, falls Du entschlossen bist.[1]
Ich hoffe, Fries zu sehen. Ich habe mich bei ihm angemeldet und kann dann alle Fragen klären. Du weißt ja, daß der Mitteldeutsche Verlag auf seiner Auswahl besteht und unseren Vorschlag abgelehnt hat mit dem Hinweis, daß andere west-

deutsche Verlage seine Auswahl unbeanstandet übernähmen. Vielleicht könntest Du ihm noch einen Rat geben? Ich werde Fries nach dem seinen fragen.
Wir haben mit Fries völlig korrekt abgerechnet. Ich werde ihm aber eine Abrechnung nochmals mündlich übergeben.
Seine Bücherwünsche haben wir ihm erfüllt. Ich weiß nicht, welcher da noch offenstehen soll, und was heißt »›die 11‹ über die Adresse des Berliner Ensembles«?[2]
Herzliche Grüße
Dein Siegfried

1 1970 erscheint als Band 405 der edition suhrkamp *Über Uwe Johnson*, herausgegeben von Reinhard Baumgart.
2 Vermutlich ist *Kursbuch* 11 gemeint, das im Januar 1968 erschienen und der »Revolution in Lateinamerika« gewidmet ist.

[399]

Berlin Friedenau
2. Juni 1969

Lieber Siegfried:
In der Anlage gebe ich dir »fat city« von Leonard Gardner zurück zusammen mit Bemerkungen darüber.
Zusammenfassend könnte man sagen dass der Arbeit weder Fehler noch Unkenntnis des gewählten Ausschnittes Wirklichkeit noch widerliches Verhalten nachgesagt werden darf, sogar dass die Arbeit ordentlich ist, und doch nicht dass man sie liest mit Aufregung, dem Bewusstsein Neues zu erfahren, dem Wahrnehmen einer entschiedenen Person hinter dem Text. Vielleicht bin ich dem nicht gerecht geworden; lass noch jemand anders lesen.
Mit den schönsten Grüssen,
Uwe.

[399a; Anlage, Buch und Brief]

Berlin Friedenau
2. Juni 1969

Herrn Dr. Unseld
Suhrkamp Verlag K. G.

Betrifft: »fat city« von Leonard Gardner
(Farrar, Straus and Giroux, New York, 1969)

»fat city« besteht aus 118 gehefteten Druckfahnen, davon 112 mit dem eigentlichen Text. Rechnet man den Text um auf Seiten zu 35 Zeilen, ergeben sich ungefähr 147. Das würde in einer deutschen Übersetzung ungefähr 160 Textseiten bedeuten.

Der Text, nicht als Roman oder als Novelle ausgewiesen, besteht aus 24 Kapiteln unterschiedlicher Länge. Davon sind

um	11	Fahnenseiten:	1
"	8	"	: 2
"	7	"	: 3
"	6	"	: 2
"	5	"	: 8
"	4	"	: 1
"	3	"	: 4
"	2	"	: 3.

Die wechselnde Länge der Kapitel scheint nicht systematisch, und Akzente sollen durch die Unterschiede der Quantität offenbar nicht gesetzt werden.

In diesen 24 Kapiteln werden abwechselnd oder mehrmals nacheinander drei Hauptpersonen und zwei Nebenpersonen verfolgt.

Die erste ist Billy Tully, ein abgeschlagener Boxer von 30 Jahren, der die Trennung von seiner Frau nicht verwinden

kann und zwischen Sauferei, Arbeiten als Schnellkoch und Tagelöhner in der Landwirtschaft immer wieder Versuche mit dem Boxen macht, schliesslich ohne Erfolg.
Der zweite ist Ernie Munger, ein achtzehnjähriger Tankwärter, der durch einen zufälligen Boxkampf mit dem vorigen in die Karriere kommt und nebenbei in eine Ehe getrickt wird.
Der dritte, weniger ausführlich gewürdigt, ist Ruben Luna, dem zum Leben seine Familie nicht reicht und der mit dem Trainieren junger Boxtalente sucht zu Erfolg zu kommen.
Die beiden wichtigeren Nebenpersonen sind die weisse Prostituierte Oma, deren Streitsucht Tullys Versuch mit ihr zu leben bald abbricht, und, unverhofft im 21. Kapitel, der mexikanische Boxer Lucero, gegen den Tully seinen letzten Kampf ohne Triumph gewinnt.
Hiermit wäre die Handlung beschrieben. Ihre Durchführung beweist dass der Verfasser schreiben kann, jedoch machen seine Fähigkeiten einen unpersönlichen, eklektischen, im Grunde nicht entschiedenen Eindruck. Personen stellt er so dar:

> »Die Frau (Oma) war weiss, fast so alt wie Tully, mit dünnen Strichen wo ihre Augenbrauen gewesen waren und mit so einer gebrochenen Nase wie er sie hatte.« (10)

oder:

> (Seine Frau war) »Eine Serviererin am Autoschlag in engen schwarzen Hosen, eine aufsehenerregende Erscheinung«. (Spectacular image; 12)

Über Geschlechtsverkehr:

> »Während er ihr wortlos einen Namen gab, der nicht der ihre war, drang er durch in einen Bereich jenseits aller Persönlichkeit«.(18)

Ein Beispiel für Beschreibung:

> »An einem abzweigenden Feldweg, den Liebespaare und Fischer benutzten, fuhr er auf den Damm hinauf

> und parkte, ausser Sichtweite von Häuserzügen, und die stumpfgrauen Wasserhühner flatterten weg in den späten Nachmittag, rannten fliegend über das Wasser. An den schlammigen Ufern des Flusses sangen rotflüglige Amseln im Rohr. Wie früher auf so vielen anderen unbefahrenen Strassen hatte Ernie seine Arme um Faye gelegt und flüsterte und blies in ihr kleines bitteres Ohr«. (24)

Es gelingt dem Verfasser, seine Personen mit einer gewissen Individualität auszustatten. Dazu tragen psychologische Witze mehr allgemeiner Art bei wie:

> »Wenn Faye badete, seifte er sie ein mit dem Empfinden eines Privilegs«. (Nachdem sie ihn immerhin für ihre erste körperliche Erfahrung hatte mit der Heirat bezahlen lassen; (61)

oder:

> »Er fühlte sich sinnlos. Sein Leben schien nahe am Ende. In vier Tagen würde er dreissig sein«. (75)

Mit solchen Mitteln erreicht der Verfasser meistens eine zusammenhängende Bildlichkeit seiner Szenen, auch wo er sich nach dem Beispiel Hemingways auf den Dialog allein verlässt (Kapitel 19, Tullys Streit mit Oma). Allerdings sind diese Szenen beschränkt auf die »Welt des Boxens«, auf die Qualen der Landarbeit, auf das halb oder ganz eheliche Leben. Die Gesellschaft fehlt im praktischen Sinne: von »fat city« (etwa: der satten Stadt) werden nur Hotels, Bars, Arbeitssammelstellen, Vorortlandschaft vorgeführt, so dass sie nicht eigentlich als Stadt erscheint. Zudem hat dem Verfasser wenig daran gelegen aus seinem Material eine Geschichte zu machen: so gut seine Beobachtungen sind, sie richten sich doch auf banale Zustände, erwartbare Abläufe. Den Personen stösst nichts zu, was sie in einem persönlichen Sinn verändert. Der Schluss läuft ins Leere, so dass er an der Notwendigkeit des Anfangs zweifeln macht. Das

Gefühl beim Lesen unterhält lange den Appetit und geht schliesslich über in Enttäuschung mit der Gewissheit dass es immer so weiter gehen könne.
Mit der Bitte, diese lahme Ausdrucksweise zu entschuldigen, sowie auch die Schreibfehler,
mit den schönsten Grüssen,
Uwe.

[400]

Frankfurt am Main
4. Juni 1969

Lieber Uwe,
schönsten Dank für Deinen Brief vom 2. Juni mit der Stellungnahme zu Leonard Gardners »Fat city«. Auf Deinen Wunsch hin lasse ich es noch einmal gegenlesen, Herr Dr. Hildebrandt wird dies machen. Dein Honorar lasse ich Dir überweisen.[1]
Herzliche Grüße
Dein Siegfried

1 Das Honorar beträgt 200,- DM. Nach einem weiteren negativen Gutachten lehnt S. U. eine deutsche Übersetzung ab. *Fat City* erscheint nicht im Suhrkamp Verlag, sondern erst 1991 bei Rowohlt in der Übersetzung von Ursula Locke-Groß und Michael Naumann.

[401]

Berlin Friedenau
27. Juni 1969

Lieber Siegfried,
von Fritz Rudolf Fries-Petershagen bekam ich heute einen Brief, datiert den 15. Juni, in dem es heisst:

> N Nachwort von Ihnen zu meinem Erzählten was müsste das für eine Freude sein. Das ist ein Quergedanke, denk ich an meine Geschichten, die SV, so der Stand vor meiner Reise, nur in der inzwischen gedruckt vorliegenden Form und Fassung nach-machen kann. Denn ob Herr Unseld im Mai etwas anderes beschieden bekam, weiss ich nicht. Auch nicht, ob er die im Henschelverlag ausgesprochene Drohung, mich nicht mehr drucken zu wollen, weil ich eine Übersetzung in den Verlag der Autoren gebe, kapitalistisch wahr gemacht hat. Darf ich Ihnen dazu sagen, dass ich mit Übersetzungen dort hausieren gehe, wo ich etwas dafür bekomme, und Herr Dr. Braun hatte mir ein Theater besorgt, das sich für meine Calderón-Übersetzung interessierte.

Für mich habe ich hierzu anzumerken dass ich ein Nachwort zu seinen Geschichten in einem ostdeutschen Verlag bisher nicht gedacht und nicht erwähnt habe.
Für deine Anmerkungen habe ich dir einen Platz gelassen.
Sincerely yours,
Uwe.

[402]

Frankfurt am Main
2. Juli 1969

Lieber Uwe,
nach meinem Urteil braucht der Fries-Band ein Nachwort nicht. Aber ich will mich hier nicht prinzipiell verhalten. Dr. Hildebrandt wird am Wochenende zu Dir kommen. Er wird am Montag mit Fries zusammentreffen. Es wäre gut, wenn Ihr Euch abstimmtet.[1]
Schöne Grüße
Dein
gez. S. U. | ← verreist Burgel Geisler |

1 *Der Fernsehkrieg* erscheint 1970 im Suhrkamp Verlag ohne Nachwort U. J.s.

[403]

Friedenau
15. Juli 1969

Lieber Siegfried,
hier schicke ich dir eine Besprechung des Buches »Viet Nam – The Origins of Revolution« von John T. McAlister Jr. durch David Halberstam, aus der »New York Times Book Review« vom 22. Juni 1969.[1]
Womöglich ist dir gerade nach Standardwerken.
Sincerely yours,
Uwe.

1 In der Rezension heißt es unter anderem: »John T. McAlister Jr.'s book is thoughtful, careful, intelligent and infinitely relevant; we are all in his debt, for there is a dearth of precise knowledge about

the Vietnamese revolution in the English language. With this book Mr. McAlister becomes our leading academic scholar on Vietnam.«

[404]

Frankfurt am Main
17. Juli 1969

Lieber Uwe,
schönen Dank für Deinen Hinweis. Wir suchen nach den Rechten.[1]
Herzlich
Dein Siegfried

| Du sollst an der Ostsee so schön aus Deinem Buch gelesen haben. Die Leute haben's dort gut![2] |

1 Das Buch erscheint nicht im Suhrkamp Verlag.
2 U. J. hat am 7. 7. 1969 im Amerika-Haus in Hamburg aus den *Jahrestagen* vorgelesen.

[405]

Frankfurt am Main
1. August 1969

Lieber Uwe,
hättest Du Lust, im Auftrag des Goethe-Instituts zwei, drei Lesungen in Israel zu machen? Martin hat ja letztes Jahr dort gelesen. Ich finde Israel durchaus eine Reise wert. Freilich kann man nur hoffen, daß sich die politischen Verhältnisse bis ins nächste Jahr hinein nicht verschlechtern.
Herzliche Grüße
Dein Siegfried

[406]

Berlin Friedenau
4. August 1969

Lieber Siegfried,
ich bedanke mich für deinen Brief vom 1. August. Wenn ich nicht jeden Tag ein neues Lied zu dichten hätte, würde ich gern einmal nach Israel fahren.
Auf Einladung des Goethe-Instituts nicht. Die Goethe-Institute werden von der Bundesregierung beaufsichtigt, und die kulturfeindliche Haltung dieser Koalition macht mir wenig Lust, dafür in im Ausland gelegenen Instituten zu werben.
Zum anderen liefe ein privater Darsteller in einem Haus der westdeutschen Regierung Gefahr, mit der Politik dieser Regierung identifiziert zu werden. Dem möchte ich mich nicht in Israel aussetzen und nicht anderswo.
Yours, truly,
Uwe.

[407]

Berlin Friedenau
8. September 1969

Lieber Siegfried,
cox wird im »Random House Dictionary« beschrieben als saloppe Abkürzung von coxswain, Steuermann, Bootsführer. Im »American Thesaurus of Slang« erscheint es im Kapitel 786, das die Ausdrücke für Seeleute und Segler enthält. Ein Wort *coxey*, aufgeführt im Kapitel 563, Personen & Verhältnisse an der Börse, bedeutet da einen Anfänger. *Coxy*, verzeichnet im Kapitel 301, Stolz, unter eingebildet steht da zusammen mit 31 entsprechenden Worten, von denen ledig-

lich »in the ether« in Richtung deiner Frage weist. *Coxy* erscheint dann noch einmal im Kapitel 353 unter Umschreibungen für sich verlieben.
Deswegen nehme ich an dass Benjamins Wort nicht amerikanisch inspiriert ist, sondern nur eine Schreibvariante darstellt vom umgangssprachlichen *Koks* (nach dem »Duden« spanisch-indianischen Ursprungs) für Kokain.
Y., t.,
Uwe.

[408]

Frankfurt am Main
8. September 1969

Lieber Uwe,
ich werde am Sonntag, den 21. September, etwa gegen 17.00 h bei Dir sein können. Um 20.00 h ist die Uraufführung eines Stückes der Duras. Ist Dir der Termin recht?[1]
Herzliche Grüße | +Dank für Deinen Besuch[2] |
Dein Siegfried

1 S. U. ist vom 20. bis 22. 9. 1969 in Berlin. Über seinen Besuch bei U. J. hält er im Reisebericht fest: »Ausführliches Gespräch über die ersten 80 Seiten des Manuskriptes ›Jahrestage‹. Das Ms. ist nahezu perfekt. Ich hatte nur Quisquilien einzuwenden. Wir besprachen trotz des großen Umfangs von ca. 1100 Seiten eine einbändige Ausgabe mit dem dünnen Papier der Insel-Klassiker. Wir gehen jedoch auf etwas größeres Format des Buches. Johnson weiß, daß der Ladenpreis etwa DM 38,- betragen wird.« Anschließend besucht er die deutsche Premiere von Marguerite Duras' *Suzanna Andler* im Renaissance-Theater in der Inszenierung von Heinrich Koch.

2 U. J. trifft S. U. und Walter Schmögner am 7. 9. 1969 in der Klettenbergstraße.

[409]

[Berlin Friedenau]
10. September 1969

Lieber Siegfried,
es ist mir recht, wenn du am 21. gegen 17 Uhr kommst.
Eine ostdeutsche Veröffentlichung

TIMM KRÖGER, »Leute eigener Art. Novellen.«
Herausgegeben und kommentiert von Fritz Meyer-Scharffenberg
Buchverlag DER MORGEN, Berlin,
1968 oder 1969

bringt mich auf den Gedanken dass dieser Autor in die Insel passen könnte. Er ist ein Schüler Storms, und gewiss nicht norddeutscher als jener. Biographische und bibliographische Einzelheiten findest du bei WILPERT. Die Gesamtausgabe in sechs Bänden von 1914, die er anführt, ist bei Alfred Janssen in Hamburg erschienen. Wenn ihr nicht eine eigene Auswahl daraus treffen wollt, könntet ihr ja die ostdeutsche übernehmen, die mit Nachwort und Worterklärungen versehen ist.
Sincerely yours,
Uwe.

[410]

Frankfurt am Main
11. September 1969

Lieber Uwe,
ich erzählte Dir ja von der Anthologie »Deutsches Mosaik«. Es ist jetzt seit gestern abend klar, daß wir dieses Buch als repräsentativen Geschenkband des Olympischen Komitees herausgeben können.[1]

Anbei die Überlegungen zur Konzeption des Bandes. Ich weiß, Du hast den Kopf dafür nicht frei, aber vielleicht schreibst Du mir die 4 oder 5 Beiträge auf, die Dir spontan oder nach einiger Überlegung einfallen, also die Texte, in denen Du die 70 Jahre deutscher Geschichte interessant und vorbildlich gespiegelt siehst.
Ich freue mich, Dich am 20. zu sehen.
Herzliche Grüße
Dein Siegfried

P. S.
Schönen Dank für Deinen Brief vom 10.9. Herr Beckermann wird sich um Timm Kröger kümmern.[2]

[410a; Anlage]

»Deutsches Mosaik«
Herausgegeben von Dieter Hildebrandt und Siegfried Unseld
450 Seiten, Leinen, Suhrkamp Verlag

Die erste Überlegung für einen repräsentativen Geschenkband zielte auf das von Peter Suhrkamp edierte Lesebuch »Deutscher Geist«. Werner Bergengruen hatte es als »ein wahres Pantheon deutschen Geistes« bezeichnet, Thomas Mann als »ein reiches, edles Werk, ein wahres Füllhorn schön gebildeten Geistes und ein Besitz ersten Ranges«. Und Karl Korn schrieb zur Neuauflage: »Das Lesebuch ›Deutscher Geist‹ ist eine Bibliothek. Es ist mehr als das: geistiges Notgepäck.«[3]
In den Diskussionen des Kunstausschusses wurde jedoch deutlich, daß dieses Lesebuch in seiner Konzeption sich eher an Deutsche richte, während der Sinn des Geschenkbandes ja sein sollte, von außen her und für Ausländer das

geistige Deutschland zu zeigen. Eine bloße Auswahl aus dem Lesebuch »Deutscher Geist« verbot sich, und so wurde ein neu zu konzipierendes Lesebuch mit dem Titel »Deutsches Mosaik« beschlossen, das ausschließlich für diesen spezifischen Geschenkzweck konzipiert werden wird.
Die Grundlinien sind festgelegt:

1.) Ziel des Bandes ist, für einen Ausländer, jedenfalls für einen, der im Ausland aufgewachsen ist, das zu zeigen, was sich vielfach facettiert im deutschen Sprachraum dieses Jahrhunderts ereignet hat. Der Band soll auch zeigen, wieviel von dem, was heute an Kräften in der Welt wirkt, auf »deutsche Anstöße« zurückgeht.
2.) Herausgeber und Verlag bemühen sich gerade bei den »schwierigen« Autoren, die nicht fehlen dürfen, bei der Auswahl in erster Linie um Verständlichkeit und um Lesbarkeit, vielleicht sogar auch um eine gewisse Spannung der Texte.
3.) Ähnlich dem Prinzip »Deutscher Geist« sollen keine poetischen Texte, schon gar nicht Auszüge, sondern Essays, Abhandlungen, Aufsätze, Briefe, Tagebuchnotate aufgenommen werden. – Jeder Autor wird am Schluß mit einem Kurzporträt (wie im »Deutschen Geist«) vorgestellt werden.
4.) Der Band setzt zeitlich ein mit dem Beginn der eigentlichen Moderne, also direkt bei der Jahrhundertwende, mit Gerhart Hauptmanns Realismus und Freuds Traumstudien. Einstein entwickelt die Relativitätstheorie, Brücke und Blauer Reiter signalisieren die kopernikanische Wende der Kunst. Hugo von Hofmannsthal »Das Schrifttum als geistiger Raum der Nation«. Später verändern Psychoanalyse und Existenzphilosophie die Welt. Der Erste Weltkrieg, die Jahre des Dritten Reichs, der Zweite Weltkrieg werden gespiegelt in den Reaktionen der Schriftsteller, Künstler und Wis-

senschaftler: Hermann Hesses »Wort an die deutsche Jugend«; Einsteins Aufruf, Thomas Manns »Deutschland und die Deutschen«. Die Diskussion des Begriffes »politisch« durch die Wissenschaft: Max Weber: »Politik als Beruf«; Hermann Heimpel: »Kapitulation vor der Geschichte«; Gottfried Benn: »Zum Thema Geschichte«, Hermann Broch, Walter Benjamin. Das Exil gezeigt in Texten von Brecht, Döblin, Anna Seghers, Heinrich Mann, Max Beckmann, Kurt Weill, Alban Berg. Die Diskussion der Nachkriegszeit geführt von Theodor Heuss, Heidegger, Bloch, Jaspers, Carl Friedrich von Weizsäcker, Werner Heisenberg.

5.) Lebende Autoren sollen nur wenige aufgenommen werden, ihre Werke müssen eine Doppelprobe bestehen: ihre Bedeutung muß bei uns wie in der Welt fest beschreibbar sein: Max Frisch, Erich Kästner, Heisenberg (»Goethes Naturbeschreibung«); Robert Minder (»Schiller und Frankreich«); Carl Friedrich von Weizsäcker (»Bedingungen des Friedens«). Eventuell Texte von Böll, Grass und Martin Walser (Text aus seiner Prosafolge »Deutsches Mosaik«).

6.) Die einzelnen Arbeiten sollten eine gute Mitte im Umfang halten, freilich nicht zu kurz sein, in der Regel nicht unter 15 Seiten. Bei 35 Autoren käme man dann auf etwa 400 Seiten. Vorwort ca. 20 Seiten. Kurzporträts der Autoren ca. 20 Seiten.

Vorgesehener Inhalt des Bandes:
Die Angaben sind approximativ, weil

a) Professor Jens für die definitive Auswahl mindestens ein halbes Jahr Zeit benötigt; die nachstehenden Texte sind eine von Walter Jens und Siegfried Unseld diskutierte Vorwahl für etwa die Hälfte der Autoren;

b) wir von deutschen Verlagen Lizenzrechte erwerben müssen; die Angaben geschehen unter dem Vorbehalt der (freilich zu erwartenden) Zustimmung deutscher Verlage.

Alphabetisch:

1.) Walter Benjamin, Aus der »Berliner Kindheit«
2.) Gottfried Benn, »Zum Thema Geschichte«
3.) Bertolt Brecht, Ein Dialog aus den »Flüchtlingsgespräche«
4.) Sigmund Freud, entweder ein Kapitel aus der »Traumdeutung« oder ein Stück aus der »Selbstdarstellung«
5.) Max Frisch, »Zwei Kulturen«. »Das Klima der Sympathie«. »Heimat«
6.) Hermann Heimpel, »Kapitulation vor der Geschichte«
7.) Werner Heisenberg, »Goethes Naturbetrachtung«
8.) Hermann Hesse, »Ein Wort an die deutsche Jugend« (oder »Ansprache in der ersten Stunde des Jahres 1946«)
9.) Theodor Heuss, »Betrachtungen zum Schwäbischen«
10.) Hugo von Hofmannsthal, »Das Schrifttum als geistiger Raum der Nation« (oder »Preußen und Österreich ein Schema«)
11.) Heinrich Mann, »Bekenntnis zum Übernationalen«
12.) Thomas Mann, »Deutschland und die Deutschen«
13.) Robert Minder, »Schiller, Frankreich und die Schwabenväter«
14.) Robert Musil, »Kunst und Moral des Crawlens« (oder »Nation als Idee und Wirklichkeit«)
15.) Joseph Roth, »Juden auf Wanderschaft«
16.) Martin Walser, Aus dem »Deutschen Mosaik«
17.) Max Weber, »Politik als Beruf« oder »Wissenschaft als Beruf«
18.) Carl F. von Weizsäcker, »Bedingungen des Friedens«

Der Suhrkamp Verlag verpflichtet sich, dem Organisationskomitee 10 000 Exemplare »Deutsches Mosaik« in bester, vorbildlicher Ausstattung zum Preis von je DM 15,- zu liefern. In dem Preis sind eingeschlossen: Autoren- und Verlagshonorare; Herausgeberhonorare.
Der Suhrkamp Verlag wird mit Inter Nationes Finanzierung und Vertrieb von Übersetzungen des Werkes besprechen. Bis jetzt sind Übersetzungen in mindestens sechs Sprachen gesichert; für weitere schweben Verhandlungen.
Die Entscheidung muß jetzt dringlich definitiv werden, da wir für die endgültige Auswahl ein gutes halbes Jahr, für die Übersetzungen und Disposition ausländischer Ausgaben mindestens zwei Jahre brauchen.

1 Der Kunstausschuß zur Vorbereitung der Olympischen Spiele 1972 in Deutschland beschließt im Juni 1968, dem Vorstand des Olympischen Komitees die Publikation und den Ankauf von 10 000 Exemplaren des von S. U. vorgeschlagenen Sammelbandes *Deutsches Mosaik* zu empfehlen. Im September 1969 macht sich der Vorstand diesen Vorschlag zu eigen. Siehe auch Brief 538, S. 756.
2 Die Novellen von Timm Kröger werden nicht in das Programm des Insel Verlags aufgenommen.
3 *Deutscher Geist. Ein Lesebuch aus zwei Jahrhunderten*, herausgegeben von Peter Suhrkamp, Berlin 1940; 2., erw. Ausgabe Frankfurt am Main 1953.

[411]

[Berlin Friedenau]
12. September 1969

Lieber Siegfried:
Wann soll ich dir glauben? Wenn du deinen Besuch für den 20. ankündigst, oder wenn du doch lieber am 21. kommen willst?

In dem Buch »Fetisch Revolution« von Hans G ohne Punkt Helms fand ich das U des Registers mit keinem als deinem Namen besetzt und zitiere zu deiner Unterhaltung von Seite 156:

> Doch die »Macht« und der etwaige Einfluss Adornos ... beruhen auf Konzessionen des Monopolkapitals an das proletarisierte Bildungsbürgertum ... Die Zuwendungen von der Industrie oder vom Staat können verknappt oder ganz eingestellt werden. Oder Herr Unseld ist mit dem Verkauf der Schriften Adornos unzufrieden und verlegt nicht mehr. Oder ...

Sicherlich wäre ein so gescheiter Kritiker für die Vermittlung von zwei Pfund Sachkenntnis dankbar.
Zu eurem »Deutschen Mosaik«. Die Namen Bloch, Kafka, Karl Kraus gebe ich allgemein zu bedenken. An einzelnen Texten fallen mir ein:

BÖLL, »Stadt der alten Gesichter«, oder »Raderberg, Raderthal« (dies in Wagenbachs »Atlas«)
RICHTER, »Bansiner Topografie« (ebenda)
BARLACH, »Als ich von dem Verbot der Berufsausübung bedroht war«
TUCHOLSKY (etwas über die »Verächtlichmachung der Republik durch ihre Diener«, oder dergleichen)
WEISENBORN, Aus dem »Memorial« (Stücke 11, 73, 153, 181)
RILKE, »Bericht über die Revolution in München«
KOEPPEN, »Ein Kaffeehaus« (in Wagenbachs »Atlas«).

Gegen einige dieser Texte ist einzuwenden dass sie leicht verständlich sind. Wenn ihr aber auch einmal an die ausländischen Empfänger des Buches denkt; macht nur den Entwurf nicht noch kopflastiger mit Abstraktem.
Bitte entschuldige die Schreibfehler.
Sincerely yours,
Uwe.

N. B.
Anbei ein Kuriosum. Es ist ja nun lange her. Vielleicht interessiert es dich als Hinweis auf den Ton der Briefe, die deine Autoren heimlich austauschen.

[411a; Anlage, Brief von U.J. an Peter Weiss, Durchschlag]

Uwe Johnson

29. Oktober 1968

Sehr geehrter Herr Weiss:
Bei unserem zweiten Telefongespräch sagte ich Ihnen, inzwischen sei ich in Frankfurt gewesen zu Besprechungen über grundsätzliche Angelegenheiten des Suhrkamp Verlags, und es habe mir nicht gefallen, dass Sie trotz einer Einladung an diesen Besprechungen nicht teilnahmen. Deshalb hielte ich eine Unterhaltung zwischen uns beiden gerade jetzt nicht für sinnvoll. Ich bestätige Ihnen diese Äusserung.
Nun schreiben Sie mir einen Brief und bezeichnen meine Äusserung als ›von einer unglaublichen Überheblichkeit‹. Ist einer für Sie gleich unglaublich überheblich, wenn ihm Ihr Verhalten nicht gefällt? Sie vertrauen mir an, ›dieser Ton‹, der Ihnen ›in diesem Lande nur allzu häufig begegnet‹, verschlage Ihnen die Sprache und kennzeichne die gegenwärtige Situation der ›Unversöhnlichkeit‹; Sie machen mich schlankweg zum ›Deutschen‹, gesehen mit den Augen des Auslands. Dass der Deutsche in den Augen des Auslands sich meistens als der ehemalige und künftige Nazi ausnimmt, ist mir aus zwei Jahren in New York vertraut, und ich bewundere die Eleganz Ihrer Andeutung. Sie werden aber verstehen, dass ich nach so langer Abwesenheit den gegenwärtigen Ton der Unversöhnlichkeit in diesem Lande verpasst habe, und dass ich ohnehin dem allgemeinen Ton einen individuellen vorziehe. Sie sagen mir nach das Vorge-

hen eines, ›der sich das Recht anmasst, sich zum Schulmeister über einen anderen zu erheben‹, und Sie irren abermals: ich wünschte mir nicht, Ihr Schulmeister zu sein. Sie bestehen darauf, dass Sie mir keine ›Rechenschaft‹ schuldig seien. Ich habe Sie nicht um Ihre Rechenschaft gebeten; ich wüsste nicht, was ich damit anfangen sollte. Sie unterstellen meiner Haltung eine ›politische Gegnerschaft‹ und dass ich feige genug wäre, sie hinter einem Vorwand zu verstecken. Sie haben vergessen, dass wir vor den Besprechungen in Frankfurt schon verabredet waren. Selbst bei einer politischen Gegnerschaft, zitieren Sie, dürften nicht ›die einfachsten Formen der Höflichkeit‹ ausser Acht gelassen werden. Erwarten Sie, dass ich Ihnen widerspreche? Ich stimme Ihnen zu, und halte für eine noch höhere Form der Höflichkeit, dass ich zugab, nun keine Lust mehr auf eine Unterhaltung mit Ihnen zu haben, und dass ich Ihnen den Grund nannte.
Bitte grüssen Sie Ihre Frau.
Ihr Uwe Johnson.

[412]

[Berlin] Friedenau
24. September 1969

Lieber Siegfried,
das Antiquariat H. TH. WENNER in Osnabrück bietet in seinem Katalog Nr. 227 (Volkskunde/Kulturgeschichte) unter Nummer 1568 den folgenden Titel an:

GRÖBER, K., »Kinderspielzeug aus alter Zeit. Eine Geschichte des Spielzeugs.« Mit 12 farbigen Tafeln, 306 Abbildungen und Textillustrationen. Grossoktav. Berlin, Deutscher Kunstverlag, 1928. Original-Halbleinwand, 67 Seiten Text. »Selten und gesucht!« DM 185,-

Vielleicht interessiert dich das im Zusammenhang mit Benjamin. Die Adresse des Antiquariats ist 45 Osnabrück, Grosse Strasse 69; die Telefonnummer 0541-28101 + 28102.
Mit den schönsten Grüssen,
Uwe.

[413]

Berlin Friedenau
8. Oktober 1969

Lieber Siegfried,
dies aus einem Gespräch mit Dr. Raddatz wird dich interessieren:
von dem Ballonversand von der D. D. R. unangenehmer Literatur in die D. D. R. hatte er keine Ahnung.[1] Seine Unschuld lässt sich sehr schlüssig aus der Konstruktion und Arbeitsweise des Verlages Rowohlt erklären.
Seine Verfassung ist davon bestimmt dass Herr Ledig eine zehnjährige Arbeit und Loyalität in einer niederträchtigen Art belohnt hat; zweitens davon dass die Ballonaffäre, seinen Überzeugungen und seiner Haltung entgegengesetzt, an seinem Namen doch kleben wird.
Er hat drei Möglichkeiten. Erstens, die F. U. Westberlin hat ihm ein Ordinariat angeboten. Zweitens, für einen eigenen Verlag würden Freunde ihm Geld geben, wahrscheinlich nicht weniger als eine halbe Million. Drittens, und diese Möglichkeit erscheint bereits in Fragen an ihn, er könnte zu dir gehen.
Er stellt sich ein Auskommen eurer Temperamente nicht leicht vor. Er würde sich auf eine Verabredung nur einlassen wollen, wenn er grundsätzlichen Vertrauens sicher sein kann. Der Entschluss zu einer der drei möglichen Tätigkeiten wäre für ihn auf Dauer angelegt.

Er wünscht sich eine Arbeit im verlegerischen Bereich (nicht dem des Lektorats). Als er von einer hypothetischen Partnerschaft zwischen euch beiden sprach, wies ich ihn darauf hin dass du wohl wünschtest das Gesicht des Verlages zu bleiben. Das akzeptierte er, über das Selbstverständliche eines solchen Zugeständnisses hinaus, mit einer Würdigung und Anerkennung deiner Leistungen, worin du dich wohl hättest erkennen mögen.
Von seinem Besuch bei mir[2] weisst nur noch du. Aus verschiedenen Gründen wäre es vorzuziehen dass die Initiative zu einem Gespräch von dir ausginge.
Meine Vorstellungen von dem, was er für dich tun könnte, habe ich ihm nicht beschrieben.
Mit herzlichen Grüssen,
Uwe.

1 Im Vorfeld der Frankfurter Buchmesse wird im September 1969 bekannt, daß der Rowohlt Verlag während der beiden vorangegangenen Jahre insgesamt 50000 »Sonderanfertigungen« der antistalinistischen Memoiren von Jewgenia Ginsburg, *Marschroute eines Lebens*, an das Verteidigungsministerium in Bonn geliefert hatte. »Auf das Format der Mao-Bibel verkleinert, in grünen Kunststoff gebunden und in Frischhaltebeuteln wasserdicht verpackt, wurden die Dünndrucksachen von Spezialisten der Bundeswehr in die DDR geschickt – mit Raketen und bei Westwind per Luftballon«, ist im *Spiegel*, 23. Jg., 1969, Nr. 38, S. 206, zu lesen. Wegen der sog. Ballonbücher kommt es zum Bruch zwischen dem Cheflektor Fritz J. Raddatz und seinem Verleger Heinrich Maria Ledig-Rowohlt.
2 Eine Verabredung mit Fritz J. Raddatz ist im Kalendarium Johnsons am 6. 10. 1969 für 20.30 Uhr verzeichnet.

[414]

Berlin Friedenau
17. Oktober 1969

Lieber Siegfried:
Heute bekam ich eine Briefkarte von Herrn Raddatz, in der es heisst:

> herr unseld hat sich nicht bei mir gemeldet. obwohl – wie ich inzwischen hörte – walser und jürgen becker ihm »winke« zukommen liessen; mich deprimiert dabei ein bisschen, dass nicht einmal ein anruf möglich schien, und wenn nur um dem unterlegenen gegner (besser: konkurrenten) guten tag zu sagen.

Darauf habe ich ihm geantwortet:

> das selbe wie Sie auf Ihrer Karte hat Herr Unseld mir gestern abend am Telefon gesagt. Er mochte Sie nicht anrufen, weil er Ihnen hätte sagen müssen was Ihnen nicht erfreulich hätte sein können. Seine Gründe sind denen ähnlich, mit denen Sie Ihr Bedenken darstellten, und laufen auf eine Unvereinbarkeit Ihrer beider Temperamente hinaus. Wenn ich Ihnen das sage, so im Vertrauen darauf, dass Sie hier nicht eine Kränkung erkennen wollen sondern Vernunft gegenüber einem Sachverhalt, an dem niemand schuldig ist. Sie glauben mir dass solche Realität nicht nur für Sie bedauerlich ist.

Ein Wort hierzu schien mir nicht nur aus Gründen der Fairness geboten. Ich hoffe, es ist in deinem Sinne ausgefallen.
Yours, truly,
Uwe.

[415]

Frankfurt am Main
21. Oktober 1969

Lieber Uwe,
Dank für Deinen Brief vom 17. Oktober. Weil mich Becker so dringend bat, habe ich am Samstag, 18. 10., von Köln aus Raddatz angerufen und ihm erklärt, daß ich ihn auf der Buchmesse nicht sehen konnte. Wir sind für diesen Freitag in Hamburg verabredet! Ich fahre da eigens hin; so freundlich bin ich. Ich danke Dir aber, daß Du ihm durch Deine Briefkarte die für ihn schmerzliche Nachricht schon gegeben hast. [1]
Herzlich
Dein Siegfried

1 S. U. schreibt in seinem Reisebericht über sein Treffen mit Fritz J. Raddatz am 24. 10. 1969 in Hamburg: »Ausführliches Gespräch mit Fritz Raddatz. Wir lernten uns eigentlich zum ersten Mal näher kennen. Man bekommt doch ein anderes Bild von ihm. [...] Was seine Zukunft betrifft, sieht er nur drei Alternativen: einen eigenen Verlag, eine free-lance-Tätigkeit oder eine Tätigkeit im Suhrkamp Verlag. Dabei schwebt ihm eine Junioren-Stellung vor, die ihm die Möglichkeit gibt, eine eigene Raddatz-Reihe im Suhrkamp Verlag aufzuziehen. Das Gespräch blieb offen. Wir werden es Freitag dieser Woche fortsetzen.«

[416]

Frankfurt am Main
3. November 1969

Lieber Uwe,
du siehst, ich habe bei Helen Wolff sofort wegen Martins Büchern reagiert. Das ist hier die Antwort. Daraufhin kann ich aber auch bei Athenaeum und Calder nicht absagen.
Herzlich
Dein Siegfried

| Raddatz: nach dem zweiten (!) Besuch überwogen die Bedenken die Positiva[1] |

Anlage[2]

1 Über sein zweites Treffen mit Fritz J. Raddatz am 30. 10. 1969 in Hamburg konstatiert S. U. in seinem Reisebericht: »Gespräch mit Fritz Raddatz, in dem bei aller Bekundung freundschaftlichen Zusammenwirkens doch das ›nein‹ für eine Zusammenarbeit ausgesprochen wurde.«
2 Bei der Anlage handelt es sich um einen Brief von Helen Wolff an S. U. mit dem Datum des 28. 10. 1969. Darin schreibt sie, sie habe sich mit dem Werk von Martin Walser bisher nicht detailliert beschäftigt, da seine Bücher von anderen amerikanischen Verlagen publiziert worden seien, sie wolle diese Lücke aber nun schliessen.

[417]

[Berlin Friedenau]
20. November 1969

Lieber Siegfried,
das anliegende Buch von Alexander Fadejew, »Die Neunzehn«, scheint mir geeignet für die BS. Man darf dagegen

einwenden dass es im Werk des Verfassers einzeln steht; nach dem Ausdruck Peter Suhrkamps also: dass der Verlag also doch nur ein Buch nähme, nicht einen Autor. Dann bleibt dem Roman noch die Qualität des Dokuments, und allerdings einer literarischen Arbeit, die Babels »Reiterarmee« nicht immer unterlegen ist.
Solltest du dich gegen die Annahme entscheiden, hätte ich den Band gern zurück.
Sincerely,
Uwe.

[418]

Frankfurt am Main
24. November 1969

Lieber Uwe,
schönen Dank für Alexander Fadejews »Die Neunzehn«. Der Gedanke ist nicht übel. Ich werde das Buch lesen und Dir dann schreiben. [1]
Herzlich
Dein Siegfried

1 Das Buch erscheint nicht in der Bibliothek Suhrkamp.

[419]

Frankfurt am Main
im Dezember 1969

Lieber Uwe,
das Jahr 1970 soll ein Jahr für die »Jahrestage« werden.
In diesem Sinne grüße ich Dich herzlich.
Dein Siegfried

1970

[420]

Frankfurt am Main
5. Januar 1970

Lieber Uwe,
ich bin doch ein Schaf! So ist es, wenn man Termine zu Hause ausmacht: am 20. Januar ist die »Trotzki«-Premiere in Düsseldorf, und ich muß dorthin.[1] Leider können wir uns also nicht sehen. Doch gilt Folgendes: nachmittags kannst Du gern im Verlag fotokopieren, und das Zimmer in der Klettenbergstraße steht Dir auch ohne unsere Anwesenheit herzlich gern zur Verfügung.[2]
Herzliche Grüße
Dein Siegfried

1 Siehe Brief 386, S. 553.
2 Am 6. 1. 1970 schreibt U.J. an Burgel Geisler: »[...] Aus für gewöhnlich gut informierten Kreisen ist mir die Erlaubnis geworden, in vierzehn Tagen das Haus des Verlags aufzusuchen und dort ein Kopiergerät zu benutzen. Wissen Sie etwas davon? Denn ich wüsste gern ob Sie an jenem 20. Januar gegen 16 Uhr im Hause sind.« Burgel Geisler antwortet am 7. 1.: »[...] Es sieht so aus, daß Verlag, Kopiergerät und ich am 20. Januar hier in Frankfurt sind.« U.J. trifft am 18. 1. 1970 dann doch noch S.U. in Frankfurt, liest am 19. 1. im Amerika-Haus in Tübingen und am 20. 1. im Amerika-Haus in Frankfurt am Main. Am 21. 1. findet eine Lesung auf Einladung der Buchhandlung Franz Leuwer und des »United States Information Service« im Goldenen Saal der Böttcherstraße in Bremen statt. Von dort aus geht es auf der kurzen Lesereise mit Texten aus den *Jahrestagen* weiter nach Biberach (22. 1.) und Friedrichshafen (23. 1.). Nach einem Treffen mit Ingeborg Bach-

mann am 24. 1. kommt er am am 25. 1. von Friedrichshafen aus wieder nach Frankfurt. Dort nimmt er am 26. 1. vormittags an einer Konferenz im Suhrkamp Verlag teil und kehrt nachmittags nach Berlin zurück.

[421]

[Berlin Friedenau]
27. Januar 1970

Lieber Siegfried,
aus dem beiliegenden Angebot des Zentralantiquariats der D.D.R. geht hervor, dass die Firma in der Regel nicht Titel nach Westdeutschland, Westberlin, Österreich und in die Schweiz verkauft, wenn es davon westdeutsche Ausgaben gibt: siehe die Nummer 49, Feuchtwanger.
Die Ausnahme ist, dass sie bereit ist, die ostdeutsche Ausgabe eines deiner Bücher überallhin zu liefern: siehe die Nummer 59, Fries.
Vielleicht ist das eine Verletzung des Vertrags zwischen Suhrkamp und dem Mitteldeutschen Verlag; sicherlich kann dir durch deren niedrigeren Preis Schaden erwachsen.
Ich stelle anheim.
Ich stelle zu.
Ich schliesse.
Geschlossen.
Ich unterschreibe.
Uwe.
Unterschrieben.

[422]

[Berlin Friedenau]
27. Februar 1970

Herrn Dr. Unseld
Verlagesmensch

Lieber Siegfried:
In der Anlage übergebe ich dir eine Kritik von »The True Adventures of Huckleberry Finn« von JOHN SEELYE aus »Time« vom 2. März und mache darauf aufmerksam, dass das Buch offenbar und zur Abwechslung mit einem literarischen Thema auch befasst ist.[1]
Gestern abend, als wir von Herrn Wagenbach zur Besichtigung des durchreisenden Dichters Kunert gebeten waren, machte der aufstrebende Verleger die Andeutung, dass eben andere (Piper, Luchterhand, Suhrkamp) nun doch wieder Anzeigen an Springers Zeitungen geben, auch für Werke von Autoren, die die Abstinenz davon gut und gern unterschrieben haben.[2] Als ich das genauer wissen wollte, wusste er für Piper einen Fall, dessen genaue Einzelheiten ihm in dem Moment nicht gegenwärtig waren, für Luchterhand einen Fall, für den Herr Walter bei ihm sich entschuldigt hat, und für Suhrkamp doch keinen. Er hat mir versprochen, von nun an eigens für mich Suhrkamps Anzeigen zu überwachen. Denn er liest jeden Morgen »Die Welt«, damit er gleich zu Tagesanfang »dem Klassenfeind ins Auge« geblickt hat. Er gab dann zu, dass er diesen Umweg benutzt, weil er nicht jeden Tag zum Rasieren kommt.
Lebe recht wohl
Dein Uwe.

1 In der Rezension zu John Seelyes *The True Adventures of Huckleberry Finn* in *Time* v. 2. 3. 1970, S. 66, heißt es unter der Überschrift

Huckleberry Jam: »John Seelye has pulled off one of the best literary stunts in a long while. He has substantially altered *The Adventures of Huckleberry Finn* in a puckish attempt to satisfy those critics who have found Mark Twain's masterpiece either artless, craftless, sexless, a gutless accommodation with commercialism or an overstuffed moral cop-out.«

2 Siehe Brief 353, S. 495 f.

[423]

Frankfurt am Main
4. März 1970

Lieber Uwe,
schönen Dank für Deinen Brief vom 27. Februar. Die Besprechung der »True Adventures« habe ich gelesen. Ich gebe sie auch an Frau Shaked weiter. Ob man das heute noch verkaufen kann? | : No! |
Der Suhrkamp Verlag ist der einzige Verlag, der sich an die damalige Absprache gehalten und keine Anzeigen [in] der »Welt« oder einer anderen Springer-Zeitung aufgegeben hat. Lediglich in der Oster-Beilage der »Welt der Literatur« wird eine Anzeige der BS erscheinen. Es ist die einzige, eine Wiederholung findet nicht statt. Wenn Wagenbach Dich darauf anspricht, sage zu ihm »Ätsch« (wegen Sonderbedingungen | + weil nicht Gruppe 47-Autoren |).
Schöne Grüße
Dein Siegfried

[424]

Frankfurt am Main
10. März 1970

Lieber Uwe,
anbei der Entwurf von Fleckhaus für die »Jahrestage«. Wir sind hier alle begeistert. Und Du?
Herzliche Grüße
Dein Siegfried

Anlage
(zurückerbeten)

[425]

[Berlin Friedenau]
11. März 1970

Lieber Siegfried:
Schönen Dank für die Übersendung des Entwurfs, den Herr Fleckhaus für die »Jahrestage« gemacht hat. Bitte grüss ihn und versichere ihm, dass mir die Farbe ungemein gefällt und dass ich mir insgeheim gewünscht habe, was er als Anspielung auf die »New York Times« ausgeführt hat. Gerade wegen des Verständnisses, das er in dieser Lösung gezeigt hat, bin ich sicher, dass er einer weiteren Diskussion zustimmen wird.
Was die Frakturschrift für »Jahrestage« angeht, so sollte man bedenken, dass sie in Deutschland nicht allgemein als Anspielung auf die »New York Times« verstanden wird, eher als Erinnerung an die grossväterlichen Zeiten bis 1942, als Goebbels die Benutzung der »Judenschwabacher«[1] verbot. Wenn die »New York Times« die Fraktur beibehält, so um darauf zu verweisen, dass sie schon gestern da war.

Wenn wir das ohne weitere Erklärung benutzen, so kommt an Zeitgefühl, Haltung und Gesinnung ins Spiel, was wir und das Buch nicht meinen.
Zweitens, der Entwurf übernimmt das diesjährige Kennzeichen der Produktion Suhrkamp, ich meine jenes, das Zeitungenkolumnen similiert. Was bei »Rätzel« von Hubert Wiedfeld zumindest Aufmerksamkeit erregt,[2] muss deswegen noch lange nicht eine zutreffende Auskunft über sein Buch sein: es ist eine abstrakte graphische Lösung. Wo sie aber tatsächlich etwas über das Buch mitteilt, nämlich über die Integration der »New York Times« in die »Jahrestage«, ist sie noch nicht genau genug. Denn der Fülltext ist in vier verschieden lange Spalten aufgeteilt; Störung der direkten Assoziation. Und der Text, wahrscheinlich in der letzten Fassung fortlaufend geplant, könnte in diesem Fall eben nicht aus dem Buch exzerpiert sein oder aus Beschreibung des Buches bestehen, da das Buch selbst originale Texte der »New York Times« in verschiedenen Zuständen vorführt. Auf diesen Sachverhalt müsste eine endgültige Lösung abzielen.
Drittens, der Zustand meines Antlitzes kommt mir nicht vor wie eine Information über das Buch, und deswegen auf dem Schutzumschlag entbehrlich.
Herr Fleckhaus, und wohl auch ihr, werdet wahrscheinlich für ungebildet halten, dass ich schamlos vorschlage, auch einmal von einer echten Titelseite der »New York Times« auszugehen. Es scheint banal; es wäre nicht ohne Rechtfertigung.
Nicht nur wird das Buch zu etwa einem Achtel aus Transkripten von »Times«-Meldungen bestehen; die Zeitung ist auch qualitativ ein Element des Romans, indem sie für die Hauptperson eine Vermittlung mit ihrer Gegenwart und Umgebung liefert. Insofern ist die Zeitung eine persönliche Beziehung der erzählenden Person, angefüllt mit subjekti-

ven Reaktionen der Wertschätzung wie des Zweifels, der Anerkennung wie des Distanzierens.
Zur Auswahl stehen da sämtliche Titelseiten zwischen dem 26. Mai 1961 und dem 20. August 1968. Es müssten sich bei schon flüchtigem Blättern solche finden lassen, die graphischen Ansprüchen entgegenkommen.
Wenn man eine echte Titelseite als Hintergrund oder als Block benutzt (oder Teile einer echten Titelseite, solange sie nur den Kopf enthalten), ist die Frakturschrift für »Jahrestage« keinen Missverständnissen mehr ausgesetzt.
Die Frabe wäre dadurch nicht gefährdet. Ich meine: Die Farbe.
Wenn Herrn Fleckhaus aber ein echtes Zitat »New York Times« für zu plump hält, wäre mir eine Lösung lieber, die auf Zeitung überhaupt nicht anspielt, also eine ohne Kolumnen.
Dies ist was mir dazu einfällt. Das habt ihr vom Fragen.
Mit den schönsten Grüssen,
dein Uwe

N. B.
Irgend ein Feind hat den Autogrammsammlern der Bundesrepublik geraten, mich um Bild und Handschrift anzugehen. Nun muss ich für jedes solches Ansinnen sechzig Pfennige bezahlen, manchmal noch das Porto dazu. Was würde es bei euch kosten, wenn ihr mir sagen wir fünfzig Postkarten drucken würdet nach einem Negativ von 24x36 Millimetern?

1 Die »Schwabacher Schrift«, eine gotische Druckschrift, ist in der Renaissance und während der Reformationszeit in Deutschland vorherrschend. Die nach der mittelfränkischen Stadt Schwabach benannte Schrift tritt zuerst um 1485 in Nürnberg auf. Martin Bormann, der Stellvertreter Adolf Hitlers, verkündet in einem Rundschreiben vom 3. 1. 1941: »In Wirklichkeit besteht die soge-

nannte gotische Schrift aus Schwabacher Judenlettern. Genau wie sie sich später in den Besitz der Zeitungen setzten, setzten sich die in Deutschland ansässigen Juden bei Einführung des Buchdrucks in den Besitz der Buchdruckereien und danach kam es in Deutschland zu der starken Einführung der Schwabacher Judenlettern. Am heutigen Tage hat der Führer [...] entschieden, daß die Antiqua-Schrift künftig als Normalschrift zu bezeichnen sei.« (Zitiert nach: *Schätze der Typographie. Gebrochene Schriften*, herausgegeben vom Polygraph Verlag, Frankfurt am Main o. J.)

2 Der erste Roman von Hubert Wiedfeld, *Rätzel*, erscheint im Februar 1970 im Suhrkamp Verlag.

[426]

Frankfurt am Main
13. März 1970

Lieber Uwe,
schönen Dank für Deinen Brief vom 11. März. So ist das halt: jetzt waren wir hier im Haus – Herstellung, Lektorat und meine Wenigkeit – einmal völlig überzeugt von einer Umschlaglösung. Jetzt hast Du Bedenken.
Zur Frakturschrift: ich möchte sie verteidigen. Schließlich hat auch die »FAZ« eine solche Schrift, und ich meine nicht, daß man hier in irgendeiner Weise Sentimentales herauslesen könnte. Und zum zweiten: der Zustand Deines Antlitzes scheint mir doch etwas zum Buch zu gehören. Die Art ist ja, wenn ich so sagen darf, sehr »suhrkampisch«. Denk an den Briefwechsel Hesse–Suhrkamp, an Joyce, an gute Gesellschaft also.[1]
Herr Fleckhaus hat sich mit der Wiedergabe von Textstellen auf dem Umschlag etwas gedacht. Er entwirft nun seit über 10 Jahren Umschläge für uns, und wir sehen immer wieder, daß diese Umschläge nachgeahmt werden, erst in größerer Frequenz, jetzt schon radikal. Er hatte die Idee, daß wir je-

nes Monopol, das wir nun einmal haben – nämlich die Texte –, auch ausdrücken. Diese Texte auf der Vorderseite der Umschläge dienen einmal zur Kennzeichnung eines Umschlag-Typus Suhrkamp (Barthelme »Unsägliche Praktiken«, Bloch »Atheismus«, Nossack »Dem unbekannten Sieger« etc.), aber auch der Information. Welche Texte hier wiedergegeben werden, ist Fleckhaus in jedem Falle gleichgültig. Ich sähe natürlich gerne einen werbenden Text, sei es nun einer von Dir oder ein Auszug aus der »New York Times«. Ich würde also doch sehr dafür plädieren, daß man die Form dieses Umschlags beläßt. Wir überlassen aber den Text, der auf die Umschlagseite kommt, Dir. Wegen der unterschiedlichen Länge der Spalten würde ich mir keine Sorgen machen. Es geht hier um technisch-künstlerische Gesichtspunkte, nicht nur um solche der Dokumentation.
Ich habe Fleckhaus gebeten, Dich einmal anzurufen und mit Dir darüber zu sprechen. Wir hängen halt hier an diesem Umschlag.
Herzlich
Dein Siegfried

P. S.
Zu den Postkarten ist Folgendes zu sagen:
Die Druckkosten würden bei 50 Stück ca. DM 130 bis 150 betragen. Billiger wäre es, die Karten auf fotografischem Wege herzustellen. Das würde ca. DM 35,- kosten.

1 Auf dem Umschlagentwurf zu den *Jahrestagen* ist, ähnlich wie auf den Umschlägen der Frankfurter Ausgabe von James Joyces *Werken* und des Briefwechsels zwischen Hermann Hesse und Peter Suhrkamp, in der linken oberen Ecke ein Foto des Autors in der Art eines Paßbildes abgedruckt.

[427]

[Berlin Friedenau]
16. März 1970

Lieber Siegfried:
Die Fraktur, die ihr für den Umschlagtitel wünscht, ist die »New York Times« als Zitat. Die Zeitung ist in Westdeutschland nicht allgemein bekannt. Demnach kann die Allusion nicht bedient werden. Übrigens versteht die »New York Times« ihr Festhalten an der Fraktur als Eigenanzeige, nämlich ihrer langjährigen und traditionellen Rolle in der Geschichte der U.S.A. Dieser Anspruch samt Selbstverständnis kann hierher schwerlich übertragen werden. Eine westdeutsche Reaktion auf die Fraktur, blind und ungeführt, wäre in Gefahr, die »Frankfurter Allgemeine Zeitung« zu identifizieren. Das kann uns nicht recht sein. Eine naivere Deutung wird in der Fraktur das Symbol jener alten Zeiten erkennen, in denen diese Schrift noch in Büchern und Zeitungen benutzt wurde, mit diesen Zeiten aber auch eine zumindest konservative Gesinnung. Das kann uns nicht recht sein. Solange die Fraktur nicht durch den tatsächlichen Kopf der »New York Times« lokalisiert wird, führt sie in die Irre und gibt eine falsche Auskunft über das Buch. Das ist kaum Aufgabe des äusseren Titels.
Zweitens, wenn ihr in einem Briefmarkenfoto ernstlich ein stilistisches Element verehrt, will ich nichts gesagt haben.
Zum dritten, die Nachahmung von Zeitungkolumnen auf dem Umschlag, einschliesslich des Textes, ist gewiss eine anziehende Lösung, wenn sie abstrakt benutzt wird. Bei einem Buch, in dem eine wirkliche Zeitung quantitativ und qualitativ mitlebt, muss ihr konkretes Auftreten gezeigt werden: wie sie aussieht. In diesem Fall würde der Text in der bloss generellen Nachbildung von Zeitung sich ungenau beziehen auf die im Buch vorkommende echte

Zeitung und so an die Schreibweise gestellte Erwartungen irritieren.
Darum wünschte ich mir, dass ihr entweder die »New York Times« echt zitiert, nämlich als meinetwegen blassen Hintergrund, auf dem dann noch ganz ungebrauchte Titellösungen möglich wären; oder ein Arrangement organisiert, das auf Zeitung überhaupt nicht abzielt, also jedenfalls ohne Kolumnen. In diesem zweiten Falle könnte man ja durchaus mit einem Nebeneinander oder einer Mischung von Fraktur und Antiqua für den Titel spielen und die voraussehbaren westdeutschen Reaktionen gleichzeitig ausnutzen und abfangen.
Gegen Text auf dem Umschlag habe ich gar nichts (wenn er nicht Zeitung spielt). Dafür stelle ich mir eine Biographie der erzählten & erzählenden Person vor. Gelegentlich müsste ich den geplanten Umfang wissen.[1]
Mit den schönsten Grüssen (auch an Herrn Fleckhaus),
dein Uwe.

1 Unter dem Datum des 16. 3. 1970 schreibt U.J. einen »Text-Entwurf für Umschlag«: »CRESSPAHL, Gesine, geb. 3. März 1933 in Jerichow/Mecklenburg-Schwerin als Tochter von Heinrich Cresspahl, Tischler, (geb. 1888 bei Malchow/Meckl.) und Elisabeth C., Hausfrau, (geb. Papenbrock, 1906 Vietsen bei Waren/Meckl.)
1933 Umzug der Familie von Richmond/Greater London nach Jerichow/Meckl.
1934 Aufbau einer Werkstatt und Kundschaft in Deutschland; wirtschaftliche Schwierigkeiten
1935 Lieferungen für die Reichswehr/Deutsche Wehrmacht; Eintritt des Vaters in die N.S.D. A.P.
1938 Tod von Elisabeth (›Lisbeth‹) Papenbrock«
Handschriftlich fügt U.J. hinzu:
»1935 ›Lisbeth ick schlä di dot‹ (?), Geh mal zur Heeresverwaltung
1938 ›So verwandt bin ich‹

1939-1944 Militärverpflichtung des Betriebes Cresspahl, Cresspahl dienstverpflichtet durch Flugplatz Jerichow
1942 Kinder kennen die 5. Sinfonie, aber nur die ersten 4 Töne
1943 ›Pommern/Mecklenburg‹ auf einem Drehpfahl in Althofen Regenmäntel aus Kiew
1944 ›auch in Litauen ist die Ostsee: eine blitzende Schlange im Wald‹
1945 ›im Schwarzhandel werden Kinder nicht betrogen‹
1945 Einsetzung von Cresspahl als Bürgermeister durch die britische Besatzungsmacht; Einzug der Familie Abs, zusammen mit anderen Flüchtlingen, in Cresspahls Haus
1946 Absetzung des Bürgermeisters C. durch die sowjetische Besatzungsmacht«

[428]

Frankfurt am Main
24. März 1970

Lieber Uwe,
Deinen Einwand vom 16. März verstehe ich zwar von Deiner Seite aus, aber Du siehst meine Schwierigkeiten: der Umschlag ist schön, Fleckhaus ist ein großer Mann und deshalb unbeweglich, und schließlich gefällt dieser Umschlag hier im ganzen Hause. Was Du nicht beachtet hast, ist die Verkäuflichkeit und Attraktivität dieses Umschlages. Das ist vielleicht kein Argument für Dich, aber doch ein wichtiges für mich. Ich habe Fleckhaus gebeten, Dich anzurufen. Er ist freilich jetzt unterwegs und kommt um den 8./9. April herum für einige Tage nach München zurück. Leider muß die Angelegenheit bis dahin ruhen – wenn Du Dich letztlich nicht doch mit dem Umschlag einverstanden erklären kannst; dann könnte er sofort aufgenommen werden, und die Vorbereitungen könnten anlaufen.
| Dein Brief geht an Fleckhaus. |
Herzliche Grüße
Dein Siegfried

[429]

[Berlin Friedenau]
26. März 1970

Lieber Siegfried,
was soll das heissen: »Fleckhaus ist ein grosser Mann und deshalb unbeweglich«! Dann ist er doch einfach nicht gut.
Ihr habt von mir nichts anderes erwartet als Begeisterung für seinen Umschlag-Entwurf. Auf andere Reaktionen seid ihr nicht geeicht. Wenn ihr nicht gedenkt, meine Antworten zu berücksichtigen, so erspart mir doch eure Fragen.
Ich hab auch die Zeit nicht für solche Spiele. Vielleicht später mal.
Allerschönste Grüsse![1]
Uwe.

1 Auf dem Brief notiert S. U. handschriftlich: »mündlich erl[edigt]«.

[430; Telegramm, Anschrift: Frankfurt, Klettenbergstr. 35]
[Berlin Friedenau]

20. Mai 1970

BITTE DICH DRINGEND NUN DOCH DREITEILUNG DES BUCHES ZU ERMOEGLICHEN ANDERS SCHAFFE ICH ES NICHT[1] REST DES ERSTEN DRITTELS 150 BIS 180 SEITEN FOLGEN BINNEN 10 TAGEN HERZLICHE GRUESSE = UWE[2]

1 In dem am 20. 3. 1970 von U. J. unterzeichneten Verlagsvertrag für die *Jahrestage* heißt es unter § 1: »›Jahrestage‹ erscheint in zwei

Bänden. Teil 1 im Herbst 1970 und Teil II je nach Ablieferung des Manuskriptes entweder im November 1970 oder im Frühjahr 1971.«

2 Auf dem Telegramm notiert S.U. handschriftlich: »tel[efonisch] erl[edigt]«. In der Programmvorschau des Suhrkamp Verlags für das zweite Halbjahr 1970 heißt es: »Jahrestage. Aus dem Leben von Gesine Cresspahl. Das erste Buch erscheint am 1. September. ca. 500 Seiten, ca. DM 25,-. Insgesamt 3 Bände (ca. DM 70,-).«

[431]

[Berlin Friedenau]
1. Juli 1970

Lieber Siegfried,
ich möchte dir noch einmal versichern, dass ich keineswegs versuche, deine Reiseberichte gegen den Strich ihrer Funktion zu benutzen, also sie zu lesen als epische Prosa; wenngleich ich hinzufügen möchte, dass mir deine Ausdrucksweise bündig und anschaulich genug vorkommt, nämlich mit Eigenschaften versehen, die den Bereich der Kommunikation nicht verlassen, sondern ihn besser organisieren. Ich wiederhole auch, dass ich sehr zufrieden bin mit deiner Entscheidung, diese Berichte auch mir anzuvertrauen, einmal weil ich meine Anteilnahme an unserem Verlag für nicht geringer einschätze als sie bei den bisherigen Empfängern zu vermuten ist, und zum anderen, weil ich nun bei unseren Gesprächen über den Verlag besser ausgerüstet sein werde und wir insgesamt die früher für solche Information benutzte Zeit für das konkret Anliegende frei haben werden. Schliesslich, und insgesamt, danke ich dir für dein Vertrauen.[1]

Elisabeth möchte dich aufmerksam machen auf den tschechischen Schriftsteller Vladislav Vančura, geboren 1891, 1942 von den Nazis hingerichtet oder sagen wir genauer:

umgebracht. Allgemeine Auskünfte findest du bei WILPERT, Seite 1370. Elisabeth möchte dem noch hinzufügen, dass seine Sprache durch die Einverleibung des älteren Tschechisch und der Volkssprache an Welt nicht etwa verliert sondern gewinnt. Sie empfiehlt dir vor allem das Buch »Pekař Jan Marhoul«, nämlich für die B. S., in die du es unbesehen übernehmen könnest, als einen klassischen Gegenstand. Nicht ganz unbesehen allerdings. Sie kennt das Buch in einer miserablen deutschen Übersetzung von 1959 (vielleicht erschienen beim Verlag Volk und Welt in Ostberlin, unter dem Titel »Der Bäcker J. M.«). Diese Übersetzung ist ohne Verständnis für die sprachlichen Künste und Schönheiten des Originals. Es sollte also eine neue angefertigt werden, und zwar von jemand, der in diesem Fache so gut ist wie Enzensberger in dem seinen, und mindestens so gut wie Peter Demetz. Die Empfehlung für die B. S. gilt vor der Hand erst einmal der Stützung deiner Domäne; sie hält aber nicht für ausgeschlossen, ihn mit mehreren seiner Bücher wieder unter die Leute zu bringen. (Unter Umständen mag für die Qualität seiner Arbeit sprechen, dass er im »Lexikon der Weltliteratur« des VEB Bibliographisches Institut in der Auflage von 1966 nicht verzeichnet ist.)
In der vorigen Woche wurde ich angerufen von Fritzchen Raddatz, der sich reichlich besorgt nach dem Verbleiben von Dr. Hildebrandt im Verlag erkundigte und das Gerücht von einer Kündigung bestätigt oder sagen wir mal: identifiziert haben wollte. Er erwähnte auch einen Briefwechsel mit Dr. Hildebrandt über sein (Fritzchens) Buch[2] und gab sich »als Autor unsicher«, was du so gleich am Anfang und unter den Umständen von Fritzchens Person vielleicht auch lustig findest. Da zu den Umständen von Dr. Raddatz neuerdings eben eine Verbindung mit dem Nachrichtenmagazin »Der Spiegel« gehört, habe ich mich noch ein bisschen dümmer gestellt als ich es in Wahrheit bin. Ich erwähne den Anruf

nur, weil ich annehme, dass dies ein Gerücht ist, das dem Verlag nun tatsächlich nicht gut tut, und dass eine klare Aussage doch vorzuziehen wäre.
Danke dir für das Lese-Exemplar von Augustins »Mamma«.[3] Es ist eine durch und durch vergnügliche Lektüre, solange man dem Verfasser gedanken- und gewissenlos und ohne nachzudenken geschweige denn sich umzusehen auf seine Gedanken-Gänge folgt, und besonders amüsant ist es zweifellos für Leser mit literarischen Kenntnissen. Du hast ganz recht: wer imstande ist, nicht nach links oder nach rechts zu blicken, solange er das Buch vor sich hat, der frisst es in einem Sitz auf. Und wenn ich der wäre, so genierte er sich hinterher. Befriedigung bleibt nur über die elegante Konstruktion der Erzählung (und es muss nicht einen Einwand bedeuten, dass der erste der drei Brüder nicht gleich ganz hätte verschwinden sollen, im Gegensatz zu den folgenden; denn mit seiner Präsenz entgeht einem womöglich ja auch eine Genuss-Gelegenheit). Das Genante wirst du mäklerisch finden: ihr versprecht (ihr warnt vor) Handlung,[4] Handlung entsteht da aber oftmals dadurch, dass einer, der von Pelzkäufen wegen mangelnder Kenntnis des Gewerbes zurücktritt, im selben Gedanken wegen ausgezeichneter Beherrschung des Pelzmarktes zum Erwerb der Pelze schreitet, und es ist nicht allzu versöhnend, dass man für den Bruch ja mit noch und noch mehr und vor allem fortgesetzter Handlung entschädigt wird. Unter Kennern erkennbar mag sein, dass die fremden Länder alleweil nicht mit ihrer Realität, sondern mit ihren historisch[en] und literarischen Vorurteilen eingeführt werden, von Schweden bis Italien, so dass man aus dem Buch Zitate statt Neuigkeiten bezieht, wie immer lustig; es setzt sich aber auch das Bewusstsein durch, dass der Autor ein dünnes Brett bohrt, nicht das dicke, das die Realität ihm schliesslich auch noch hingehalten hatte. Schliesslich, dass der Autor das sub-bür-

gerliche, das proletarische Milieu ausspart, hätte man als freiwillige oder eben unabänderliche Beschränkung seiner Optik hingenommen; eine solche Stelle wie »Der Mann mit dem Hund und dem Handwagen unterstreicht das soziale Milieu, der Drahtzaun, Eingang zu einer Kohlenhandlung etc.« verrät die Unkenntnis hinter dem Bestehen auf dem Klischee, wenn nicht die Diskriminierung, ganz gewiss Hochmut. Dieses also gefällt mir nicht. Alles andere ist von einer Art, dass mir deine Hoffnung und Zuversicht reell erscheinen.

Mich wundert es, dass ich immer noch nicht Korrekturen von meinem Buch bekommen habe, da es euch doch so eilig schien. Zur Sicherheit merke ich an, dass ich am 9. Juli zum letzten Mal in Westberlin Post bekommen kann und danach zu erreichen bin c/o Dr. Ingeborg Bachmann, Via Bocca di Leone 60, Roma, Italien.[5] Wegen der merkwürdigen Verhältnisse in der dortigen Post schlage ich vor, dass ich die Korrekturen in mehr als den gewöhnlichen Exemplaren bekäme, und am besten in separater Verpackung.

Erlaube dass ich eine Liste beilege mit den Namen und Adressen von Leuten, die sich besonders dringlich ein Lese-Exemplar ausgebeten haben.

Bitte lass mich gelegentlich wissen, zu welchen Zeiten du nicht in Frankfurt sein wirst.

Sincerely yours,

Uwe.

1 Im ersten Reisebericht, den U.J. erhält, schreibt S.U. über seinen Aufenthalt in New York zwischen dem 26. 4. und dem 5. 5. 1970.

2 In der Programmvorschau des Suhrkamp Verlags zunächst unter dem Titel *Literatur der DDR* für das erste Halbjahr, dann als *Tradition und Tendenzen* angekündigt für das zweite Halbjahr 1971, erscheint *Traditionen und Tendenzen. Materialien zur Literatur der DDR* von Fritz J. Raddatz 1972, eine überarbeitete Fassung seiner bei Hans Mayer an der Technischen Universität Hannover eingereichten Habilitationsschrift.

3 Im September 1970 erscheint der Roman *Mamma* von Ernst Augustin, der mit diesem Roman in den Suhrkamp Verlag eintritt.
4 U.J. spielt auf die Ankündigung des Romans von Ernst Augustin in der Vorschau des Suhrkamp Verlags für das zweite Halbjahr 1970 an. Dort heißt es: »Vorsicht: Handlung. Achtung: Es wird wieder erzählt. Warnung an den Leser: Hier passiert etwas, auch mit ihm. [...] Ein Buch für Leute, die sich lange nicht mehr beim Lesen ertappt haben. Vorsicht: Handlung.«
5 U. J. hält sich, gemeinsam mit Frau und Tochter, vom 11. 7. bis zum 19. 8. 1970 als Gast in der Wohnung Ingeborg Bachmanns in Rom auf.

[432]

[Berlin Friedenau]
8. Juli 1970

Lieber Siegfried,
ich möchte mich nun doch verwahren gegen deine Behauptung, es sei meine Schuld, dass das Buch hineingeraten ist in eine Zeit, in der die Buchdruckereien am meisten bedrängt sind. Es ist vielmehr so, dass ich dir wenige Tage nach dem 20. Mai den Rest des Manuskripts für den 5. Juni ankündigte. Das war ein fester Termin, du siehst es daran, dass wir zu der gleichen Zeit mit Enzensberger verabredet waren. Von diesem Termin aus war eine andere Planung möglich. Selbst wenn ihr mir nicht trautet, es hätte euch noch am 5. Juni gelingen können, die vielleicht eben doch benötigte Kapazität eher zu mobilisieren als es jetzt ausgefallen ist. Und selbst wenn es neuerdings unausweichlich ist, dass man für die ersten 80 Seiten Umbruch vier Wochen braucht, macht doch die Vorwürfe nicht mir.
Die Geschichte mit dem einen Umbruch-Exemplar ist grässlich. Die darf man gar nicht laut sagen. Die glaubt dein ärgster Feind unter den Verlegern nicht von dir.

Sobald ich das eine Exemplar hatte, am 3. Juli morgens, rief ich in Memmingen an und bat Herrn Katzensteiner um ein zweites Exemplar. Er sagte das zu, und hat sich nicht getraut, gegen eure Weisung zu handeln. So verging erst einmal wieder schön Zeit, ehe ich dich doch anrief.[1]
Wer im Ernst denkt, eine Umbruchkorrektur könne an einem einzigen Exemplar gemacht werden, die dann wieder abgegeben wird, der ist in einem Verlagshaus ein Idiot.
Wer dafür sorgt, dass der Autor ein einziges Exemplar seines Umbruchs kriegt, der Verlag aber so Stücker zwanzig, wäre an anderem Ort sicherlich auch produktiver. Ich glaube nicht, dass die Neugier der Herren *Literaturproduzenten* dem Buch selbst in diesem Masse vorgehen sollte.
Am 7. Juli morgens bekam ich endlich das zweite Exemplar, nicht von Herrn Katzensteiner, sondern von euch. Nun, nach einer halben Woche, erlaubtet ihr es mir. Ihr machtet das mit einem Zettel, in dem ich als Firma angegeben bin und die Tatsache der Übersendung von einer offenbar ausserirdischen Person namens »bs« mitgeteilt wird. Ich habe nicht nur nicht das Recht auf eine Erklärung, ich soll auch nicht wissen, mit wem ich spreche. Dass die Manieren neu sind, gebe ich zu.
Schönen Gruss an bs.[2]
Dass ich die Korrekturen mangels anderer Anweisung an die Druckerei schicken muss, dass die dann wieder in den Verlag zurückgehen, dass ich von nun an ausdrücklich und unbedingt und nur und ausschliesslich mit dem Verlag zu arbeiten habe ... das sind wohl interne Rationalisierungen. Das werdet ihr für effektiv halten, oder für billig, oder für zeitsparend.
Die Sache mit den Abständen zwischen den Kapiteln ist noch grässlicher. Als ich zugestimmt hatte, dass die gewöhnlichen Absätze nicht mehr durch eine ganze Leerzeile angedeutet werden, wurde mir versprochen, dass ein Teil

des gewonnenen Raums einem grösseren Abstand zwischen den Kapiteln zugute kommen soll. Wenn dann der Umbruch kommt, ist der Abstand unverändert. Ihr habt mit meiner Zustimmung was gewonnen. Dann gebt ihr dem Buch nichts ab. Wer seine eigenen Versprechen nicht hält, erwartet der, dass man ihm eines hält?

Ich möchte noch einmal sagen, dass der Satzspiegel kleinlich aussieht, knickerig, hässlich. Suhrkampsch sieht er nicht aus. Das gilt für die Seiten, wo Kapitel enden und anfangen.

Ich weiss auch schon, wie der Umschlag aussehen wird. Es wird jene unbedarfte, verständnislose, linkische Mischung von Elementen sein, über die ihr so gern meine Meinung wissen wolltet. So wird er aussehen.

Es ist das erste Mal, dass ich besorgt bin, was ihr mit dem Buch machen werdet.

Insgesamt werde ich durch solche Vorgänge nicht an den Verlag erinnert, in den ich einmal als einzigen wollte, sondern an die, von denen du nichts hältst.

Sincerely yours,

Uwe.

1 Die ersten drei Bände der *Jahrestage* werden von der Verlagsdruckerei der *Memminger Zeitung* in Memmingen gesetzt und gedruckt.

2 Barbara Brandes unterzeichnet mit »bs« am 6. 7. 1970 einen vorgedruckten Lieferschein der Herstellungsabteilung: »Beiliegend erhalten Sie einen Abzug der Bogen 1-5.«

[433; Anschrift: c/o Ingeborg Bachmann, Rom, Einschreiben]

Frankfurt am Main
17. Juli 1970

Lieber Uwe,
auf meinem Schreibtisch in der Klettenbergstraße liegen seit ihrem Eingang Deine beiden Briefe vom 1. und 8. Juli.
Noch einmal zum Brief vom 1. Juli, über den wir ja schon telefoniert haben. Sage bitte Elisabeth noch einmal meinen Dank für ihren Hinweis auf den tschechischen Schriftsteller Vančura. Wie ich Dir schon sagte, ist der »Bäcker Jan Marhoul« schon in unserer engeren Planung. Da wir 1971 einen Hašek-Band planen, kann Vančura dann 1972 erscheinen.[1]
Über Ernst Augustins »Mamma« haben wir uns verständigt. Ich werde also einen Satz von Dir in unsere Vorwerbemusik aufnehmen.
Dr. Hildebrandt hat sich vorgestern nun definitiv entschieden, zum Jahresende aus dem Verlag auszuscheiden. Sein Hauptmotiv war seine Wohnung in Berlin, zu deren Aufgabe er sich nicht entschliessen konnte. Er hat kein anderes Motiv für sein Scheiden und legt auch Wert darauf, mit dem Verlag in freier Mitarbeit verbunden zu bleiben. Ohnehin gibt es ja schon jetzt Projekte, die in das Jahr 71 hineinreichen (Horváth[2] und das »Deutsche Mosaik«[3]). Mir war Herr Hildebrandt sehr angenehm, und ich bedauere, daß er geht. Er hat doch eine neue, freundliche Atmosphäre in die Lektoratsatmosphäre gebracht. Andererseits hat er es hier im Hause und bei manchen Autoren (Martin!) nicht allzu leicht. Nun, ein Nachfolger wird sich finden. Hast Du einen Vorschlag?
Fritzchen Raddatz braucht sich nicht verunsichert zu fühlen. Ich verstehe, daß neue Autoren immer gleich in aller

Breite umarmt werden wollen. Aber so unerfahren im Verlagsgeschäft ist er ja nicht. Das also noch als Nachtrag zu Deinem Brief vom 1. 7.

Nun zu Deinem Schreiben vom 8. Juli. Dieses, lieber Uwe, hat mich sehr wenig erfreut. Und hätte ich mir nicht im Umgang mit den Autoren abgewöhnt, mich gekränkt zu fühlen, so müßte ich jetzt schreiben, daß dieser Brief mich wirklich verletzt hat. So geht es nicht, und wenn Du unsere Beziehung in den letzten Jahren bedenkst – ich meine unsere Beziehung jenseits der unmittelbar auf Deine Bücher bezogenen Vorgänge -, so mußt Du verstehen, daß ich mich mit dem letzten Satz Deines Briefes nicht einverstanden erklären kann und sehr bedauere, daß Du ihn überhaupt niedergeschrieben hast.

Konkret ist zu Deinem Nörgeln folgendes zu sagen: Du erinnerst Dich vielleicht – insbesondere da Dein Gedächtnis besser ist als das meine -, daß ich es war, der auf eine größere Type drängte. Im Gespräch mit Herrn Staudt, der uns Umfangsbetrachtungen vorhielt, entschiedest Du Dich für die Kolumne des »Buches der Agonie« von Kaplan. Daran haben wir uns gehalten. Ich habe mich überzeugt, daß das Satzbild der »Jahrestage« genau dem des Kaplan-Buches entspricht.[4] Daß beim Umbruch die Abstände nicht ganz so eingehalten wurden, wie Du Dir dies vorstellst, mag zu rügen sein. Aber deswegen darf man dem Verlag nicht abschwören.

Daß Du nur ein Umbruchexemplar erhieltest, ist ein Fehler, der vorkommen kann, weil auch in unserer Herstellung Menschen sitzen. Und eine der reizvollsten und tüchtigsten Erscheinungen des Verlages ist jene Dame »bs«, die es wagte, Dir nur mit ihren Initialen den zweiten Umbruch zu schicken. Es ist Frau Brandes, sie ist schon seit 7 Jahren im Verlag. Es fällt Dir doch kein Stein aus der Krone, wenn eine so tüchtige Mitarbeiterin Dir den Text so schickt.

Und am meisten ärgerst Du mich mit Deiner Stellungnahme zum Umschlag. Du kennst doch das Problem der Umschläge. Sie werden zum Teil von Fleckhaus, zum Teil hier im Hause entworfen. In den letzten Jahren hat es keinen Umschlag gegeben, der allen Mitarbeitern, den Vertretern, den Buchhändlern und auch noch dem betreffenden Autor gefiel. Dieses Wunder ist eingetreten bei dem Umschlag »Jahrestage«. In der Tat hat jeder – ich schwöre es Dir –, der diesen Umschlag sah, ihn für hervorragend gehalten, und zwar ganz spontan auch Autoren, die mich besuchten. Nur Du fandest den Umschlag nicht gut. Und weil dem so ist, habe ich Dir versprochen, einen neuen zu machen. Wieso kommt also Dein Vorwurf? Ich dachte, Du hättest Dich wenigstens gefreut, daß ich trotz der großen Zustimmung den Auftrag zu einem neuen Umschlag gegeben habe. Hinzu kommt, daß die Vertreter jetzt seit 6 Wochen mit dem alten Umschlag reisen und der alte Umschlag von den Buchhändlern positiv aufgenommen wird! Doch wie dem auch sei, ich habe Herrn Fleckhaus persönlich gebeten, noch einmal zu arbeiten. Du kennst ja diesen Star. Wie würdest Du reagieren, wenn ich Dich bäte, die »Jahrestage« noch einmal zu schreiben (verzeih diesen Vergleich!)? Herr Fleckhaus hat also einen neuen Umschlag entworfen, und ich muß Dir gestehen, daß ich ihn hervorragend finde. Und ich setze gleich hinzu, daß ich mich Überlegungen hingebe, daß ich hier von meinem Vertragspunkt Gebrauch machen und diesen Umschlag akzeptieren würde auch auf die Gefahr hin, daß er Dir vielleicht nicht gefiele.[5] Anbei dieser Umschlag. Ausgetauscht werden noch Titelzeile und Autorenzeile: also Uwe Johnson kommt nach oben. Wir fügen noch eine kleine 1 unterhalb des Untertitels ein. Auf dem Rücken wird stehen: Johnson »Jahrestage 1. Teil«. Ich hoffe, Du bist damit einverstanden.

Revidierst Du nun den letzten Satz Deines Briefes? Ich bitte Dich darum.

Nun zu erfreulicheren Dingen. Ich habe den Eindruck, daß wir mit dem Buch sehr erfolgreich sein werden. Die Leseproben haben den günstigsten Eindruck gemacht. Wir wollen alles daran setzen, um die Buchhändler zu überzeugen, daß sich hier ein »bestseller« vorbereitet. Wir haben das hier anliegende Blatt an Buchhändler verschickt und legen es auch der gesamten Verlagskorrespondenz bei.[6] Ich habe wirklich den Eindruck, lieber Uwe, wir schaffen es diesmal besonders gut.
Um Dich noch einmal in totales Unrecht zu setzen. In einem Nebensatz erwähnst Du einmal, daß Du die Ostberliner Festschrift für Helene Weigel haben möchtest. Das Buch geht Dir nach Rom zu.[7]
Es tut mir wirklich leid, daß ich Dir so viele Beweise Deines Unrechts aufführen muß. Nichts für ungut.
Truly yours
Siegfried

Anlagen

1 *Der Bäcker Jan Marhoul* von Vladislav Vančura erscheint 1978 als Band 576 der Bibliothek Suhrkamp in der Übersetzung von Peter Pont.
2 Ödön von Horváths *Gesammelte Werke* in vier Bänden erscheinen 1970, herausgegeben von Dieter Hildebrandt und Traugott Krischke.
3 Siehe Brief 410, S. 577ff.
4 *Buch der Agonie. Das Warschauer Tagebuch des Chaim A. Kaplan.* Herausgegeben von Abraham J. Katsh, Frankfurt am Main 1967.
5 Die betreffende Vertragsklausel lautet: »Der Verlag bestimmt den Erscheinungstermin, die Ausstattung und den Ladenpreis sowie die Höhe der ersten und aller weiteren Auflagen.«
6 Die Anlage ist nicht erhalten.
7 Im Ostberliner Henschelverlag erscheint 1970 der Band *Helene Weigel zum 70. Geburtstag*, herausgegeben von Werner Hecht und Siegfried Unseld.

[434; Anschrift: c/o Ingeborg Bachmann, Rom]

Frankfurt am Main
21. Juli 1970

Lieber Uwe,
eine Frage, gibt es Fotos von Dir in New York, d. h. Fotos, die Dich im Vordergrund einer New Yorker Silhouette zeigen? Ich frage dies im Hintergrund einer internen Buchhandelswerbung für die »Jahrestage« (z. B. Dossier für Buchhandelsangestellte).
Bitte, gib mir doch eine Nachricht.
Herzliche Grüße
Dein Siegfried

| Wir warten dringlich auf Korrekturen!
i. e. Rücksendung der Fahnen mit (möglichst wenig) Korrektion |

[435; Telegramm]

Rom
22. Juli 1970

EMPIRE STATE BUILDING UNERTRAEGLICH STOP ZOEGE SOGAR ALTEN UMSCHLAG VOR HERZLICHE GRUESSE UWE

[436]

Rom
25. Juli 1970

Lieber Siegfried,
hier bekommst du die restlichen Korrekturen für »Jahrestage I«.
Obenauf liegt ein Verzeichnis von nachträglichen Korrekturen für die ersten fünf Bogen, die euch bereits vorliegen. Bitte doch Herrn Staudt, sie dort nachzutragen.
In diesen ersten fünf Bogen habe ich Leerzeilen-Korrekturen oft mit der Anmerkung versehen »wenn möglich«. Es wäre nett, wenn du dem zuständigen Bearbeiter mitteiltest, dass du diese Einschränkung für nicht mehr notwendig hältst.
Ein Problem schienen mir noch die mit Pünktchen gefüllten Abstände in den Zitaten aus der »New York Times« zu sein: die Sache ist auf den Seiten 401-404 anders gelöst als bei den beiden anderen Stellen, nämlich 116-117 und 438-439. Bitte sieh dir das doch einmal an.
Übrigens wäre es möglich, wenn es dir gefällt, die Copyright-Zeilen der »New York Times« in kleinerer Schrift zu setzen, in der der Datumszeilen. Es ist nur ein Einfall.
Hier habe ich nicht meine Lexika, und ich bitte dich um deine Hilfe. Könntest du für mich nachschlagen und wenn nötig korrigieren: Ist auf Seite 155.34 *apparement* richtig, oder müssen es zwei r sein? Sind die Worte *Tha-mes* (330.3), *Wil-liam* (335.13) und *Bristol* (380.5) korrekt nach der angelsächsischen Art getrennt?
Die ausgelassene Manuskriptseite ist an die Seite 358 geheftet. Ich habe es mir überlegt, aber das Buch kann doch nicht gut auf sie verzichten, weil sie Lageveränderungen für gleich zwei Personen markiert.
Bitte verzeih die Schreibfehler. Heute liegt hier etwas in der

Luft, das bei einem zweiten Versuch höchstens eine andere Fehlermischung zulassen würde.
Sag das Hilde, damit sie mich nicht um den Aufenthaltsort beneidet, und grüss sie schön von uns.
Danke dir für die Mühe, die du dir mit dem Buch machen wirst.
Sincerely yours,
Uwe.

[437; Anschrift: c/o Ingeborg Bachmann, Rom]

Frankfurt am Main
27. Juli 1970

Lieber Uwe,
ich bin sehr froh über das heutige Telefonat, habe ich doch den Eindruck, wir haben uns über alles verständigt und eventuell bestehende Mißverständnisse und Mißstimmungen ausgeräumt. Oder irre ich mich da?
Wie wir Dir mitgeteilt haben, imprimieren wir jetzt die ersten beiden Drittel. Deine Korrekturen für das letzte Drittel werden selbstverständlich noch berücksichtigt.
Ich habe die Anweisung gegeben, daß Dir von der Druckerei aus (also ohne weiteren Kommentar oder Begleitbrief des Verlages) die Titelseiten noch einmal zugesandt werden. Ich lege großen Wert darauf, daß wir uns hier in jeder einzelnen Nuance richtig verstanden haben.
Im übrigen drucken wir eine Auflage von 10000. Und nochmals ein übriges: ich bin sicher, wir verkaufen diese 10000 auch.
Herzliche Grüße,
Dein Siegfried

[438; Postkarte]

Rom
9. August 1970

Lieber Siegfried,
ich habe eine Einladung zu der *Darmstädter Lesung* (06151-70741), zusammen mit H. C. Artmann und Beat Brechbühl, für den 28. September 1970, vermutlich abends, angenommen.[1] Würdest du mir schreiben, ob das deine Pläne stört, und im anderen Falle, ob ich bei euch an diesem Abend übernachten dürfte.
Wegen der anderen Sachen schreib ich dir noch. Es ist ja nicht eilig, und ich möchte es mir lieber so gut überlegen, dass sie dann vergessen werden können.
Mit herzlichen Grüssen,
sincerely,
Uwe.

1 W. Christian Schmitt vermerkt im *Darmstädter Echo* vom 30. 9. 1970 hierzu unter dem Titel *Im Kabinett diverser Unterhaltung*: »Ist Johnson ein Egg-head? Er spricht, als wolle er einen Dokumentarfilm synchronisieren. [. . .] Das ist schon wochenschauhaft. [. . .] Wenn er liest, ›wo ich her bin, das gibt es nicht mehr‹, dann hat es fast jenen Klang von TV-Sprechern, die dann sagen: ›Und nun schalten wir um zu den Spätnachrichten . . .‹«

[439]

Roma
13. August 1970

Lieber Siegfried:
Es ist ja beruhigend, dass ihr längst auf das Werk von Vančura verfallen seid; andererseits kamen wir dadurch um eine Gelegenheit, dir gefällig zu sein.

Ich versuche es noch einmal, wiederum mit den nötigen Vorbehalten, dass ihr mir ein Missverständnis eurer Planung und Absichten nachsehen wolltet, und dass ich hier überdies nichts zuverlässig nachschlagen kann.
Der erste Vorschlag, entweder für das allgemeine Programm oder die BS gemacht, ist eine Auswahl aus den Erzählungen von KATHERINE MANSFIELD, womöglich aber nicht in der waghalsigen und halsbrecherischen Uebersetzung von Herlitschka. Neben einem Band in der BS, der mir jederzeit möglich erscheint, würde ich sogar die Ueberlegung empfehlen, die auf eine Fast-Gesamt-Ausgabe zielt, jedenfalls einschliesslich der Tagebücher.
Der zweite richtet sich auf das Buch »Auf den Spuren von Marcel Proust« von ANDRÉ MAUROIS, im Jahre 1956 bei Claassen erschienen. Womöglich ist das viel mehr noch verbreitet als ich annehme, vielleicht ist ein Umfang von 366 Seiten in der BS nicht möglich; sicherlich ist es für die Fachleute recht viel weniger informativ als für mich, und zuverlässig befindet er sich an den zwei Stellen, wo er über das Verhältnis von Wort und Wirklichkeit sich äussert, in einem unangenehmen Zustand. Dennoch, es könnte gut passen neben die übrigen Bände über PROUST in der Bibliothek.[1]
Ueber Ernst AUGUSTINs »Mamma« haben wir uns insofern am Telefon verständigt, als ihr in der Werbung meinen ersten Satz vollständig zitieren könnt, also mit der Einschränkung », solange . . . «.[2]
Fritzchen Raddatz' Aengste habe ich dir eigentlich mehr zu deinem Vergnügen mitgeteilt. Es scheint mir unnötig, einen im Fach so befahrenen dschungn Mann hierüber zu trösten.
Nun erlaube mir, dass ich doch eingehe auf den Rest deines Briefes vom 17. Juli. Ich habe mir überlegt, ob es nicht möglich und tunlich wäre, darüber mit verdächtigem Schweigen

hinwegzugehen, und ich finde das Gegenteil. Es geht mir nicht darum, mein Sagen zu bekommen, nachdem du deines haben durftest; ich möchte nicht, dass wir offene Löcher lassen, über die eine gegenseitige Verständigung zumindest eine Hängebrücke für Fussgänger hätte legen können. Ich bitte dich also, das Folgende mit Geduld zu lesen, und dir dazu einen freundlichen Tonfall mit den passenden Absichten vorzustellen.

Du nimmst meine Anmerkungen zu persönlich. Ich weiss nicht, ob im Verhältnis zwischen uns ein solcher Bereich der Massen scharf isoliert werden kann, aber nehmen wir es einmal an, nicht nur zu Zwecken dieses Versuchs.

Meine Anmerkungen vom 8. Juli zur Behandlung meines Buches durch deinen Verlag hätten dich also »wirklich verletzt«: dich persönlich. Das aber habe dir der »Umgang mit den Autoren abgewöhnt«: für mich gilt der persönliche Aspekt nicht, sondern der durch ein allgemeines Vorurteil über Autoren abgegrenzte. Nun kann es erstens sein, dass ich überzeugt bin, mich nie wissentlich oder willentlich verhalten zu haben nach Art jener der von dir beklagten (wegen Wehleidigkeit, übersteigerter Ansprüche, alberner Einbildungen: nimm was du willst) »Autoren«; und zum anderen kann es sein, dass ich nicht dich, deine mir schlicht und lediglich als Person zugewandte Seite habe kränken wollen, sondern etwas Anderes. Ich könnte dir versichern, dass es so ist; es wäre mir ganz lieb, du fändest es durch das Phantastische der vorgeschlagenen Ueberlegung heraus.

Jenes Andere gibt es allerdings. Es ist das Geschäft, das wir mit einander haben: dass ich etwas produziere, von dir sogar meistens finanziert, und dass du mein Produkt in deinem Betrieb in einen anderen Zustand verwandelst und schliesslich vertreibst. Anmerkungen zur Praxis dieses Vorgangs können folgerichtig, nach deinem Wunsch, nicht dich treffen, sondern die von dir unterhaltene Produktionsanstalt.

Hier bist du es aber selbst, der die Abtrennung der persönlichen Beziehung aufhebt und auf eine durchaus intime Art reagiert, zum Beispiel, indem du meine Kritik sogleich in etwas Unkonstruktives, in ein kleinliches »Nörgeln« abwertest. Auf mich, deinen Freund, hat das nicht die Wirkung, dass ich mich auch in unserer geschäftlichen Beziehung respektiert fühle, sondern die, dass der erste Produzent des Buches bei dem folgenden keine Rechte mehr haben soll. Der Sachverhalt ist aber der, dass mir für meinen Verzicht auf Leerzeilen zwischen Absätzen durch das gesamte Buch, der euch eine nicht unbeträchtliche Papier-Ersparnis eingebracht hat, je eine Leerzeile mehr zwischen den Kapiteln versprochen wurde und nicht gegeben. Damit ist mein Akt der Solidarität zu euren Gunsten bedient worden mit einem Wortbruch. Ein »Nörgeln« wird aus dieser Feststellung nur, indem man sie durch Verzicht auf Abänderung der Uebereinkunft zur Klage über etwas Unabänderliches macht.
Erlaube mir die Bemerkung, dass eine rein persönliche Beziehung nur davon profitieren kann, wenn ihr auf der geschäftlichen Ebene ein ähnliches Mass von Freundschaft und Gutwilligkeit entspricht.
Auf dieser aber schien dir nicht einmal Gleichberechtigung tragbar. Am Telefon wirfst du mir vor, ich »ideologisierte« die Fehler, obwohl ich sie ganz konkret, mit der Bitte um Richtigstellung, beschrieben hatte. Das reicht dir nicht, und du unterstellst mir Anlagen zum Personenkult, nur weil ich die Abzeichnung einer Uebersendung mit mir unverständlichen Initialen nicht prima fand. Es waren nicht die Initialen, die mir nicht gefielen. Du weisst selber, dass die Herren, die die Fehler angestellt haben, nun auch die Courage hätten aufbringen sollen, in Person und mit ihrer eigenen Unterschrift die Korrektur der Fehler zu zeichnen, statt dies unangenehme Geschäft einer Unschuldigen und mir Unbe-

kannten zu übergeben. Hättest du lieber, ich drückte mich, wenn unangenehme Dinge zu verhandeln sind, und weinte mich an der Schulter eines Anderen aus, damit der dir schreibt?

Zum Schutzumschlag lass mich nur sagen, dass ich die dauernde Tabuisierung von Herrn Fleckhaus als eines »Stars« für unpraktisch halte. Dann kann man doch mit ihm nicht arbeiten.

Jetzt kommt die Sache mit dem Zurücknehmen. Ich weiss nicht mehr, was ich geschrieben habe. Wahrscheinlich lief es darauf hinaus, dass ich angesichts solcher Vorgänge mich mit Wehmut erinnere an die Eleganz, Zuverlässigkeit, an das Verständnis, mit denen mein erstes Buch bei euch produziert wurde. Oder darauf, dass dies der Verlag nicht mehr ist, in den ich einmal unbedingt wollte. Oder darauf, dass dir selbst das nicht gefallen kann, was neuerdings so fällig ist.

Ich kann aber nicht zurücknehmen, dass ich nur ein Umbruch-Exemplar bekam, und dass im Verlag Stücker zwanzig umliefen. Ich kann nicht einen Wortbruch zurücknehmen, den ich nicht begangen habe. Ich kann nicht die Behauptung zurücknehmen, dass du in früheren Zeiten ein Buch von mir ganz durchgelesen hast, ehe du über die Eignung eines Schutzumschlages oder über die Höhe der ersten Auflage entschiedest.

Und was machst du, wenn ich mich nicht zu einer Zurücknahme imstande sehe? Lässt du mich dann erschiessen?

Dein Brief schliesst mit einem letzten Beispiel dafür, dass du dir einen persönlichen Aspekt für beide Ebenen unseres Umgangs reservierst, mir aber nur für die eine.

Nämlich, um mich »noch einmal in totales Unrecht zu setzen« (als hättest du es schon einmal getan. Du setzt das Ergebnis fest, ohne meine Auffassung abzuwarten), schickst du mir ein Buch, das ich einmal bei dir habe liegen sehen und vielleicht sogar hätte haben mögen. Das Gegenstück dazu wäre, dass ich im Bereiche des Verlags dich total ins Unrecht gesetzt habe, indem ich dir nämlich im persönlichen Bereich schon vor vielen Wochen einen Haufen Geburtstagsgeschenke unter einem Kilometerstein an der Strasse nach Kronberg vergraben habe. Denn das habe ich getan, wenn auch nicht da, und mithin bist du »in totales Unrecht« überführt.[3]

Ich führe die Schrecken einer solchen Argumentation gar nicht an, um auf eine wirklich vollständige Trennung des Persönlichen und des Verlegerischen zu plädieren. Ich wünsche mir nur, dass das dann für beide gilt, für uns beide, meine ich.

Es könnte dir die Verletzungen ersparen, die du gerade dadurch bestätigst, dass du sie abstreitest. Sieh mal, du machst mir in einer teuren Telefonleitung Vorwürfe, wenn ich auf anderthalb Tage von Rom nach Grosseto fahre. Ich halte das gar nicht für Neid bei dir, sondern für die Angst, ich könnte deinen Einsatz, deine persönliche Beschäftigung mit meinem Buch nicht würdigen. Lieber Siegfried, ich weiss es zu schätzen. Und ich gönne dir auch deine Ferien, und es tut mir also leid, dass du sie nicht gerade mitten in der Augustproduktion machen kannst. Und als ich bei Grosseto in einer Laube sass und etwas für das nächste Buch schrieb, hatte ich dein »Und sei fleissig, ja!« im Ohr, und ich verstand, dass mich gar nicht dein vorgefasstes Urteil über habituelle und konstitutionelle Faulheit der »Autoren« verletzen sollte, sondern dass du darauf hinweisen wolltest, dass du unermüdlich für andere Bücher und eben auch meines arbeitest, und ich entschloss mich, es dir eigens zu schreiben: dass ich das weiss, und dass ich dafür dankbar bin.

Und nun erlaube mir den Vorschlag, dass wir, freundschaftlich in der Freundschaft, sachlich im Verlag, jegliches Miss-

verständnis, die obigen eingeschlossen, sogleich abwürgen und beseitigen, indem wir an ihre Stelle jene unbedingte Verständigung setzen, auf die es uns doch von Anfang an angekommen ist.
Mit herzlichen Grüssen,
Uwe.

1 1971 erscheint als Band 286 der Bibliothek Suhrkamp *Auf den Spuren von Marcel Proust* von André Maurois.
2 Siehe Brief 431, S. 607ff. In einem Brief von S. U. an die Buchhändler vom 4. 9. 1970 heißt es zu *Mamma*: »Es ist, wie der unbestechliche Leser Uwe Johnson urteilt, ›eine durch und durch vergnügliche Lektüre‹.« Auf einem Werbeplakat zu Ernst Augustins Roman wird U. J. folgendermaßen zitiert: »Es ist eine durch und durch vergnügliche Lektüre ... wer imstande ist, nicht nach links oder rechts zu blicken, solange er das Buch vor sich hat, der frißt es in einem Satz auf.«
3 Am 9. 6. 1970 schreibt U. J. an Burgel Geisler: »[...] demnächst kommt ein Päckchen, es sieht nach was aus, Ihr Name steht drauf, und nun wäre es wirklich passend, wäre es für Sie. Es ist nicht für Sie. Es bedeutet sogar Arbeit für Sie. Denn ich möchte Sie bitten, die Sendung aufzubewahren bis zum Geburtstagsmorgen des Herrn Unseld, sie dann zu öffnen und den Inhalt ihm zu überreichen.«

[440]

Roma
18. August 1970

Lieber Siegfried,
seit Jahr und Tag ist zwischen uns fest vereinbart, dass der Verlag mich informiert und befragt, wenn er Texte von mir zum teilweisen, zum Vorabdruck vergeben will.
In der »Spiegel«-Ausgabe dieser Woche steht ein Kapitel aus den »Jahrestagen I«.[1] Ich bin weder informiert noch gefragt worden.

Gewiss, ihr meintet es gut. Und ihr haltet nicht für nötig, Rücksicht auf den zu nehmen, dem gutzutun ihr euch vorstellt.
Ihr tut mir mit dem Vernachlässigen unserer Vereinbarungen nie etwas Gutes, auch diesmal nicht. Denn der von euch in den »Spiegel« getane Text ist Bestandteil eines Vorabdruckes im »Merkur«, den ich Herrn Paeschke vor Abschluss unseres Vertrages gegeben hatte.[2] Herr Paeschke wird es nicht witzig finden, ausgerechnet vom »Spiegel« dupliziert zu werden.
Da ich nicht möchte, dass er mir eine Schuld an solchem Unsinn zudenkt, schlage ich dir vor, dass der Verlag sich bei Herrn Paeschke entschuldigt, und sicherlich wird es dem Verlag möglich sein, mir einen Durchschlag des Schreibens an Herrn Paeschke nach Berlin zu schicken.
Lieber Siegfried, es kann doch nicht so weiter gehen.
Sincerely yours,
Uwe.

1 Im *Spiegel* Nr. 34 v. 17. 8. 1970 wird unter dem Titel *Eine Tante mit nützlichen Manieren. Romancier Uwe Johnson über die »New York Times«* ein Auszug aus *Jahrestage* I abgedruckt. Unter dem Datum des 31. 8. 1967 stellt sich Gesine Cresspahl die *New York Times* als »eine Tante aus vornehmer Familie« vor; der Abdruck entspricht, abgesehen von wenigen Auslassungen, weitgehend dem Text der *Jahrestage*.
2 In der Nummer 267 des *Merkur* vom Juli 1970 werden unter der Überschrift *Gesine Cresspahl liest die ›New York Times‹* neben dem später im *Spiegel* veröffentlichten Text auch Auszüge aus den Einträgen vom 22. 8., 11. 9. und 29. 9. 1967 der *Jahrestage* abgedruckt.

[441]

Frankfurt am Main
24. August 1970

Lieber Uwe,
ich halte Deinen Brief vom 18. August in Händen und bin ratlos. Also, wir haben wiederum einen »Unsinn« produziert. Wie sieht die Sachlage aus: der »Spiegel« drängte auf einen Abdruck, den er nur in dieser Woche hätte machen können. Du hast einem Abdruck im »Spiegel« zugestimmt, aber Du hast deutlich gemacht, daß ein Abdruck nur aus einem gültig korrigierten Exemplar heraus erfolgen könnte. Nun hast Du an den »Merkur« selbst einen Text gegeben. Da wir also annehmen konnten, daß dies ein genehmigter Text ist, gestatteten wir den Nachdruck dieser vorabgedruckten Seiten im »Spiegel«. Jetzt schreibst Du, daß Herr Paeschke »es nicht witzig« finden wird, und rätst uns, wir möchten uns bei Herrn Paeschke »entschuldigen«. Wie ist das nun aber eigentlich: Herr Paeschke hat nicht nur nichts gegen diesen »Spiegel«-Nachdruck, im Gegenteil, er ist sehr stolz, daß zum ersten Mal der »Spiegel« Texte nachdruckt, die schon im »Merkur« vorabgedruckt waren! Du bist also im Unrecht. Und doch ist Herrr Paeschke verärgert, nicht jedoch wegen der Haltung des Suhrkamp Verlages, sondern wegen der von Uwe Johnson. Der Abdruck im »Merkur« sei schon seit langem vereinbart gewesen, Du hättest ihm erst relativ spät die Textunterlagen zugeschickt. Er, Paeschke, hätte sich aber sehr geärgert, daß die »Neue Rundschau« die Texte aus den »Jahrestagen« früher drukken und veröffentlichen konnte als der »Merkur«.[1] Das ist der Grund einer Verärgerung.
Lieber Uwe, es kann mit Deinen Klagen so nicht weiter gehen.
Sincerely yours,
Siegfried Unseld

1 Im ersten Heft der *Neuen Rundschau* von 1970 erscheinen Auszüge aus den *Jahrestagen* I, die den Einträgen vom 23. 8., 28. 8., 6. 9., 10. 9., 14. 9., 17. 9., 20. 9., 23. 9., 30. 9. und 4. 10. 1967 entnommen sind.

[442]

[Berlin Friedenau]
27. August 1970

Lieber Siegfried:
Wenn du dich nicht erinnerst, schlag es nach: in meinem Brief vom 18. August hatte ich festgestellt, dass der Verlag wiederum gegen unsere ausdrückliche Vereinbarung, ohne mich zu informieren und zu befragen, einen Text von mir zum Teilabdruck weggegeben hat. Das bedeutete gewiss eine Beschwerde, mehr aber noch die Bitte, der Verlag möge sich an die Vereinbarungen halten. Es ist wohl nötig, dich daran zu erinnern.
Denn dein Brief vom 24. August befasst sich nicht damit, sondern mit der Praxis des Wortbruchs selbst. Das scheint mir, insbesondere im Nachhinein, weniger erheblich. Ich will aber darauf eingehen.
Du behauptest, ich hätte einem Abdruck im »Spiegel« zugestimmt. Nach meiner Erinnerung habe ich lediglich erbeten, dass Herr Augstein bevorzugt ein Leseexemplar vom Verlag bekommt.
Folgen wir aber einmal deiner Erinnerung, so weiss sie noch genau von meiner Bedingung, »dass ein Abdruck nur aus einem gültig korrigierten Exemplar heraus erfolgen könnte«. Solch Verfahren leuchtet mir ein. Wenn es aber dem Verlag als Bedingung bekannt ist, warum hält er sich nicht daran? Warum baust du die Diskussion post factum freiwillig aus mit dem Argument, der Text im »Merkur« sei genehmigt,

weil von mir an den »Merkur« gegeben? Selbst ein oberflächlicher Leser meines Buches müsste bemerkt haben, dass die Rahmen der Kapitel mit ihren Datenangaben für eine Zeitschriften-Veröffentlichung umgeschrieben oder weggelassen werden mussten. Es gab an keinem Ort ein »gültig korrigiertes Exemplar« als im Suhrkamp Verlag. Das Argument, das mich zermalmen soll, offenbart am Ende, dass der Verlag wiederum eine Bedingung ausser acht gelassen hat.

Einverstanden, du hast recht damit, dass Herr Paeschke den Nachdruck seines Vorabdrucks mit guter Miene aufgenommen hat. Da habe ich mich geirrt.

Diese Genugtuung reicht dir nicht, du musst gleich das Volumen vervielfachen. Herr Paeschke, so schreibst du: »ist sehr stolz, dass zum ersten Mal der ›Spiegel‹ Texte nachdruckt, die schon im ›Merkur‹ vorabgedruckt waren! Du bist also im Unrecht«. Ich habe mich bei Herrn Paeschke erkundigt. Er schreibt mir: »Der Abdruck im ›Spiegel‹ könnte mich qua ›Merkur‹ gar nicht berühren, weil er Wochen nach dem ›Merkur‹-Abdruck erfolgte«,[1] und am Telefon sagt er mir, von einem Nachdruck durch den »Spiegel« könne er nichts haben, solange der »Spiegel« den »Merkur« nicht als Quelle nenne. Von deinem Satz stimmt also nichts.

»Und doch ist Herr Paeschke verärgert«: schreibst du: ». . . wegen der (Haltung) von Uwe Johnson«. Ich hätte ihm »erst relativ spät die Textunterlagen zugeschickt«. Herr Paeschke schreibt mir aber »am 11. Februar bedankte ich mich für die vier Stücke und bemerkte ausdrücklich zur Frage des Termins der Veröffentlichung, dass ›Sie früher schickten als abgemacht‹«. Wiederum ist an deiner Behauptung kein Wort wahr.

Du schreibst: »Er, Paeschke, hätte sich aber sehr geärgert, dass die ›Neue Rundschau‹ die Texte aus den ›Jahrestagen‹ früher drucken und veröffentlichen konnte als der ›Merkur‹«. Im Gegenteil versichert Herr Paeschke mir, er »hätte am liebsten schon im März-Heft gedruckt«; »dass der Vorabdruck erst im Juli-Heft erfolgte, hängt allein damit zusammen, dass dieses Heft Amerika zum Schwerpunkt hatte«. Was du mir von ihm ausrichtest, hat er nie geäussert.

»Ich habe weder mit Herrn Unseld noch mit einem Angehörigen des Verlages in Sachen des Vorabdrucks aus Ihrem Buch irgend einen Kontakt gehabt«: schreibt mir Herr Paeschke. Da hielt ich es nicht mehr aus und rief ihn an und fragte, woher du denn das alles wissen könntest mit seinem Stolz, mit seinem Ärger. Er sagte, unter anderem: von ihm könntest du das nicht wissen.

Du hast mit ihm nicht einmal gesprochen. Du hast dir dies alles aus den Fingern gesogen.

Es ist nicht das Schlimmste, dass du mich, den du deinen Freund nennst, so dreist anlügst.

Das Schlimmste ist, dass du selber wissen müsstest, dass so etwas nach höchstens drei Tagen herauskommt. Das Schlimmste ist, dass du es trotzdem versuchst. Die Gründe, die dich da leiten könnten, machen mir Sorge.

Das objektive Ergebnis ist, dass du nicht mehr imstande bist, Briefe in Sachen des Verlages sachgemäss zu beantworten, sondern darauf bestehst, mit rhetorischen Kraftproben oder schlicht mit Erfindungen das letzte Wort zu bekommen oder das, was du »recht« nennst.

Damit ist unsere Diskussion über das Persönliche und das Sachliche in unseren Beziehungen wohl beendet.

Sincerely yours,

Uwe.

1 Die Zitate stammen aus einem Brief Hans Paeschkes an U.J. vom 26. 8. 1970.

[443]

Frankfurt am Main
1. September 1970

Lieber Uwe,
in Deinem Brief vom 27. August stellst Du fest: »Du hast dir dies alles aus den Fingern gesogen. Es ist nicht das Schlimmste, daß du mich, den du deinen Freund nennst, so dreist anlügst«; außerdem: daß ich »nicht mehr imstande« sei, »Briefe in Sachen des Verlages sachgemäß zu beantworten«.
Ich überreiche Dir anbei eine Erklärung von Frau Kalow über den Sachverhalt.
Ich bitte Dich, Du möchtest Dich für Deine Beleidigung und Deine Feststellung raschestens entschuldigen, wenn nicht, richtet Deine rücksichtslose, Verbindungen mit Füßen tretende, starrsinnige Unvernunft Dauerverheerungen an.
Sincerely yours,
Siegfried

Anlage[1]

1 In der Anlage erklärt Marianne Kalow, »notfalls unter Eid«, daß sie am Freitag, dem 21. 8. 1970, vormittags mit Herrn Paeschke am Telefon gesprochen und S. U. den Inhalt dieses Gesprächs in seinem Brief vom 24. 8. an U. J. exakt dargestellt habe.

[444]

[Berlin Friedenau]
2. September 1970

Lieber Siegfried,
ich verstehe deine Enttäuschung darüber, dass ich nicht eher deiner Darstellung vertraute als der von Herrn Paeschke.

Ich habe es versucht, und nicht geschafft. Denn wie du meine Geschäfte mit dem »Merkur« schilderst, haben sie sich nicht zugetragen, und Herr Paeschke hat mir das in seinem Brief vom 26. August, und am nächsten Tag noch einmal in einem Telefongespräch, bestätigt. Wenn du jetzt eine fast eidesstattliche Erklärung hast, dass er dem Suhrkamp Verlag in jedem Punkt eine entgegengesetzte Auskunft gab, muss er nicht nur seine Briefablage seit Februar dieses Jahres vernichten, sondern auch die meine. Bitte lies die anliegende Kopie seines Briefes sorgfältig durch. Du wirst begreifen können, dass ich empört war über die Behauptungen, die er also dich hat weitergeben lassen. Ich gestehe dir gern zu, dass das Wort Lüge hier nun nicht mehr anwendbar ist.
Was deine Behandlung von Sachen des Verlags in Briefen angeht, und ob sie sachgemäss ist, so habe ich nicht deine Korrespondenz im allgemeinen, sondern die mit mir beurteilt. Nimm den Vorgang »Merkur« als Beispiel. Du bist nicht imstande, festzustellen, dass der Verlag wiederum gegen die Vereinbarung mich nicht wegen eines Teilabdruckes befragt hat; nicht einmal magst du versprechen, dass dies nach Möglichkeit nicht wieder vorkommen soll. Einen Fehler des Verlages, also einen Fehler von dir, gibt es nicht, jedenfalls darf er nicht schriftlich wirklich werden. Wozu dir die Gelegenheit aber gut ist, ist der entschlossene Versuch, nun mir Fehler nachzuweisen, nämlich in meinen Beziehungen zum »Merkur«, die weder zur Sache gehören noch dich im geringsten interessieren können. Dies taktische Schema ist nicht selten in deinen Briefen zu beobachten. Es läuft jedenfalls darauf hinaus, dass meine Ausstellungen als hysterische Kritteleien klassifiziert werden, und darauf, dass die Unfehlbarkeit des Verlags noch reiner erstrahlt vor dem Hintergrund des Unrechts, in das ich ja ausser dem und überhaupt im täglichen Leben mich gesetzt hätte. Das fand ich nicht sachgemäss.

Was nun die »Dauerverheerungen« in unserem Verhältnis angeht, mit denen du mir drohst, oder etwa die Verbindungen, die mit Füssen getreten werden, so glaube ich, dass mir solche Sachen & Empfindungen bekannt sind. Denn in deinem neuesten Brief rechnest du wiederum gar nicht damit, dass ich stichhaltige Gründe gehabt haben könnte, oder zum Beispiel jenen Brief von Herrn Paeschke, sondern du sprichst gleich von meiner »Unvernunft«. Dir hat von Anfang an festgestanden, dass du der Sieger sein würdest.
Mir liegt aber an einem solchen Siege überhaupt nicht, und ich habe unseren Briefwechsel bisher nicht als kriegähnliche Auseinandersetzungen auffassen mögen.
Sincerely yours,
Uwe.

[445]

Frankfurt am Main
4. September 1970

Lieber Uwe,
ich danke Dir für Deinen Brief vom 2. September. Ich will weder siegen, noch glaube ich, daß der Verlag oder meine Person unfehlbar sind, das Letztere ganz im Gegenteil, ich kenne meine Schwächen, meine Fehler und auch mein Temperament. Der Verlag hat Fehler begangen, er hat nicht korrekt gehandelt Dir gegenüber. Du hast es mir aber schwer gemacht, mich dafür zu entschuldigen, indem Du mir Vorwürfe der gravierendsten Art machtest, die darin gipfelten, daß ich nicht mehr in der Lage sein sollte, sachlich zu argumentieren und letztlich auch den Verlag korrekt zu führen. Daß ich mich dagegen wehren mußte und daß mich in dieser Abwehr mein Temperament mehrfach weit über das Ziel hinausschießen ließ, das bedauere ich. Aber bitte begreife

auch, daß mir dieser Verlag keine Angelegenheit eines Jobs, keine Sache des bloßen Geschäfts ist, sondern daß ich mit Haut und Haar, mit meinem gesamten Blutkreislauf, mit all meinen Nerven, oder was du sonst noch willst, mit dieser Aufgabe verbunden bin, und von hierher reagiere ich dann eben, wenn ich glaube, ich werde in meiner Sache unterhalb der Gürtellinie angegriffen.

Und vielleicht darf ich auch das noch einmal sagen: Ich »drohte« nicht mit »Dauerverheerungen«, sondern, lieber Uwe, ich litt doch unter dieser Auseinandersetzung, in der ich mich wie ein zu Unrecht geprügelter Hund fühlte, und ich wollte eine Belastung unserer Beziehung für die Zukunft vermeiden.

Doch, ich meine, wir sollten nun die Empfindlichkeiten sein lassen und versuchen, zur Sache überzugehen. Ich werde mich jedenfalls darum bemühen. Ohnehin können wir beide nicht mehr das auslöschen und aus unserem Gedächtnis streichen, was wir da zu Papier gebracht haben.

Dein letztes Imprimatur für Dein Buch traf bei uns am 12. August ein. Es war deshalb unmöglich, das Buch, wie ursprünglich vorgesehen, zum 1. 9. 1970 fertig gebunden vorliegen zu haben. Die Auslieferung des Buches ist jetzt auf den 21. September festgelegt. Das Buch wird also unmittelbar nach bzw. auch schon während der Buchmesse in den Buchhandlungen sein können. Zur Buchmesse wird es in Frankfurt fertig vorliegen.[1]

Ich sehe, daß wir auch einen weiteren Fehler begangen haben, und möchte mich dafür entschuldigen: wir haben für die erste September-Woche Lesungen von Dir, von Bernhard, Becker und Augustin vorgesehen. Das war von langer Hand geplant. Wir hatten gehofft, daß wir zu dieser ersten September-Woche dann auch die Bücher vorliegen haben würden. Das konnte nun leider nicht mehr der Fall sein, nicht verschuldet vom Verlag, sondern weil sich bei prak-

tisch allen Autoren die Korrekturen verzögert haben. So mußten wir diese Lese-Reise absagen, bis auf München, dort war nun alles schon für eine Lesung Augustin/Eich arrangiert, aber dann sagte Augustin ab, der Hemmungen hatte, in München, dem Ort seiner Arbeitsstätte, zu lesen. Wir mußten auch diese Veranstaltung absagen. Ich war in engem Kontakt mit den Autoren Augustin, Becker, Bernhard und Eich; diese Autoren sind auch jeweils präzise benachrichtigt worden. Du warst in der fraglichen Zeit irgendwo zwischen Rom und Berlin bei Baumgart oder bei Eich,[2] ich glaubte dich nicht erreichen zu können und versäumte es dann, Dich in Berlin sofort, als Du da warst, zu benachrichtigen. Bitte, sieh es mir nach; es wird nicht mehr vorkommen.
Der Presse-Abteilung habe ich die Anweisung gegeben, daß in Zukunft kein Abdruck mehr vergeben wird, ohne daß Du Deine konkrete Zustimmung gegeben hast.
Nun zur Buchmesse: es wäre natürlich sehr gut und für das Buch sicherlich nützlich, wenn Du hier sein könntest. Aber ich kenne ja Deine Termine nicht. Mir selbst wären die folgenden Tage die wichtigsten: Donnerstag, 24. September, 17.00 h Klettenbergstraße Kritikerempfang. Max Frisch wird lesen. Hier wäre Deine Anwesenheit, glaube ich, doch sehr wichtig. Am Sonnabend, den 26. September, kommt ein kleinerer Sortimenterkreis – vielleicht 30 oder 50 Sortimenter – um 18.00 h zu mir in die Klettenbergstraße. Es wäre schön, wenn man da in legerer Folge kurze Lesungen machen könnte. Augustin wird da sein und auch Jürgen Becker; es wäre sehr gut, wenn Du auch zu einem Gespräch mit den Sortimentern zur Verfügung stündest.
In der nächsten Ausgabe der »Zeit« wirst Du eine Suhrkamp-Ausgabe [scil.: Anzeige] finden, die den »Jahrestagen« gewidmet ist. Sie ist etwas größer als die üblichen Anzeigen, aber wir hatten die Idee, das Panorama von

New York mit in die Anzeige hineinzunehmen; 100 mm – DM 2.000,-.
Übrigens sind bis heute 3.573 Exemplare vorausbestellt, insgesamt kein schlechtes Ergebnis.
Und noch eine Bitte: könntest Du uns die genauen Termine und Orte Deiner Lese-Reise nennen? Wir bereiten hier Plakate und Prospekte vor und möchten uns dann doch mit dem ortsansässigen Buchhandel in Verbindung setzen.
Schöne Grüße
Dein Siegfried

P. S.
Eben treffen Deine beiden Briefe vom 3. September an Fräulein Geisler ein. [3]
Für den 28. September haben wir es uns so gedacht, daß Hilde mit Dir nach Darmstadt fährt, die Lesung mitmacht, anschließend den Empfang und Dich dann am Abend noch nach Frankfurt fährt. Ob ich nach Darmstadt mitkommen kann, läßt sich jetzt noch nicht sagen, sondern dies hängt von Messeverpflichtungen ab. Es wäre aber uns sehr angenehm, wenn Du doch noch die letzte halbe Stunde dieses Tages mit uns verbringen könntest. Aber man kann das natürlich auch anders machen, und Du kannst in Darmstadt bleiben, wie du es wünschst oder wie es Dir am liebsten ist.
Wir erwarten entweder für heute nachmittag oder für Montag hier eingehend die Aushänger der »Jahrestage«; ein Exemplar geht dann sofort nach Sils Maria an Hans Mayer| ; heute nachmittag erledigt. |
D. O.

1 1970 findet die Frankfurter Buchmesse in der Zeit vom 24. 9. bis zum 29. 9. statt.
2 U. J. fährt am 19. 8. von Rom nach Verona, um Reinhard Baumgart

in Bogliaco zu treffen; am 22. 8. reist er dann weiter nach Bayrisch Gmain und bleibt bis zum 24. 8. bei Günter Eich.

3 Im ersten Brief vom 3. 9. 1970 an Burgel Geisler verzichtet U. J. auf eine Übernachtung in der Klettenbergstraße. Im zweiten Brief bittet er darum, ein Exemplar der *Jahrestage* an Hans Mayer zu senden.

[446]

[Berlin Friedenau]
7. September 1970

Lieber Siegfried,
ich danke dir für deinen Brief vom 4. September.
Es wäre erfreulich, wenn der Verlag ein Lese-Exemplar schicken könnte an Mrs. *Helen Wolff* c/o Frau Elisabeth Steinbeis, 8206 Bruckmühl/Mang, Obb.
und eins an mich.
Ich bin gern bereit, zu den von dir gewünschten Terminen zu kommen. Die eine Lösung wäre, dass ich am frühen Nachmittag des 24. käme und mit dem letzten Flug um 22.00 Uhr nach Berlin zurückreise. Dies hätte den Vorteil, Hildes Belegungsplan nicht zu sehr zu strapazieren und mir anderthalb Arbeitstage freizuhalten bis zum Nachmittag des 26., wo ich also wiederkäme und erst für die Nacht zum Sonntag wegen Unterbringung auf euch angewiesen wäre. Die andere Lösung ergäbe sich dadurch, dass du es für bildend hältst, dass ich auch am 25. in Frankfurt an den Ecken stehe. Wie immer du dich entscheidest, ich bitte dem Bescheid diesmal einen Blanco-Flugschein beizulegen, denn mein Portemonnaie ist gegenwärtig etwas klamm, entschuldige.
Mit der Darmstädter Lesung ist es so, dass wir den Tag davor und den Tag selbst auf sozusagen Familiäres wenden

müssen. Am Sonntagmorgen käme Elisabeth mit Katharina, und wir würden uns befassen mit jener Frau Hensan aus Rostock,[1] die du vielleicht von ihrem vorjährigen Besuch in Frankfurt erinnerst, und am Tag der Lesung selbst will Elisabeth ihren verschollenen Bruder vor Zeugen wieder auffinden und ihn sowie auch eine mitgebrachte Ehefrau neu kennenlernen. Da wir von euren Plänen nichts hörten, haben wir für diese beiden Tage Hotelzimmer in Darmstadt bestellt. So wäre es sehr schön, wenn Hilde zu Lesung und Empfang käme, nur könnte ich nicht zurückfahren mit ihr; es sei denn: wir alle drei, und könnten ab Sonntagmittag bei euch wohnen. Dies schien uns eine unwahrscheinliche Möglichkeit. Hoffentlich ist es mir gelungen, dies als etwas Kompliziertes darzustellen.
Ich lege dir einen Ausschnitt aus einem Antiquariatskatalog bei mit vier Titeln Buchhandel & Buchkunst, Adresse & Telefon sind auf der anderen Seite. Ich hatte gelegentlich den Eindruck, du sammeltest dergleichen.[2]
Sincerely yours,
Uwe.

1 Im Souterrain des Rostocker Hauses der Hensans, St.-Georg-Straße 71, hatte U. J. während seiner Studienzeit an der Universität Rostock von 1952 bis 1954 ein Zimmer gefunden. In der Mutter der Vermieterin Alice Hensan, der »Granny« genannten Ada Hensan, traf U. J. auf eine Gesprächspartnerin, die sein Englisch anhören und korrigieren konnte. Die gebürtige Engländerin war von einem Rostocker Juristen, zuletzt Landgerichtsdirektor, geheiratet und nach Mecklenburg geholt worden. Die Verbindung zu den Hensans in Rostock, Alice Hensans Tochter Dora-Elisabeth war die dritte in dem Frauenhaushalt, hielt U. J. bis zu seinem Tod aufrecht.

2 Die Anlage ist nicht erhalten.

[447]

[Berlin Friedenau]
7. September 1970

Lieber Siegfried,
du fragtest noch nach den Terminen meiner Lesereise. Die Liste ist noch nicht fertig, und da die Reise erst Anfang November beginnt, hat die Antwort vielleicht noch Zeit.
Der einzige Termin davor, ausser der »Darmstädter Lesung«, ist der 1. Oktober bei Cordes in Kiel.
Sincerely yours,
Uwe.

[448]

Frankfurt am Main
10. September 1970

Lieber Uwe,
schönen Dank für Deinen Brief vom 7. September. Ein Aushänge-Exemplar ist an Helen Wolff geschickt worden, sie wird es in Bruckmühl vorfinden. An Dich ist ebenfalls ein Exemplar abgegangen.
Es ist mir recht, wenn Du am Nachmittag des 24. September nach Frankfurt kommst und am späten Abend wieder nach Berlin zurückfliegst. Ist Dir folgender Plan angenehm:

ab Berlin	14.20 h PAA
an Ffm	15.15 h 691
ab Ffm	22.00 h AF/BE
an Berlin	23.00 h 1860

Die Plätze sind reserviert, die Flugkarte bestellt. Wenn Du also einverstanden bist, brauchst Du nichts weiter zu tun, als uns zu verständigen. Die Flugkarte schicken wir Dir dann zu.

Was Deinen Aufenthalt für die Darmstädter Lesung betrifft, so scheint es mir nach Lage der Dinge doch das Beste, wenn Du es bei dem in Darmstadt reservierten Hotelzimmer beließest. Unser Haus ist ja während der Buchmesse allzu unruhig für die Aufnahme der ganzen Johnson-Familie, und es wäre sicherlich auch für Deine Frau und für die Tochter nicht so angenehm, spät abends am Montag noch nach Frankfurt fahren zu müssen. Ich legte nur Wert auf ein spätes Treffen am 28., da an diesem Tage ja mein Geburtstag ist. Aber das Vernünftigere ist sicher, wir belassen es so, wie Du es geschrieben hast. Hilde wird sicherlich nach Darmstadt kommen, und mein Kommen hängt von den Messe-Verpflichtungen ab, die ich noch nicht ganz übersehe.
Besten Dank für den Ausschnitt aus dem Antiquariats-Katalog.
Bitte schicke mir, sobald es geht, Deine Reiseliste; wir wollen nämlich die Buchhändler, bei denen Du liest oder die bei Deinen Lesungen einen Büchertisch machen, speziell auf Deine Bücher hinweisen und diesen Buchhandlungen auch Sonderangebote unterbreiten.
Schöne Grüße
Dein Siegfried

[449]

[Berlin Friedenau]
11. September 1970

Lieber Siegfried,
ich bedanke mich für deinen Brief von gestern. Bitte, lass mir also die Flugkarte mit den von dir genannten Buchungen schicken.
Deine Meinung, wir sollten aus Anlass der »Darmstädter Lesung« doch lieber in Darmstadt wohnen, halte ich auch

für praktischer als dass wir Hildes Belegungsplan strapazierten.
Das schliesst aber nicht aus, dass ich mich an deinem Geburtstag beteilige. Die Lesung könnte ja um 21:30 zu Ende sein. Von dem anschliessenden Empfang der Verleger und Veranstalter kann ich mich nicht gut völlig drücken, aber doch wohl gegen 23 Uhr. Um die Zeit gehen noch zwei Züge nach Frankfurt, so dass ich bequem um dreiviertel zwölf in der Klettenbergstrasse sein könnte. Oder, wenn Hilde tatsächlich kommen will, führe ich mit ihr, und wäre noch früher da. Zurück ins Darmstädter Hotel käme ich mit einem Zug, der gegen 1 fährt. Wäre es dir so recht?
Ich würde es gern machen; um so mehr, als ich von Martin erfahren habe, dass er am Morgen deines Geburtstages nach Lübeck zu Krott-Proben[1] fahren muss, und so könnte ich ihn denn ein wenig vertreten.
Wegen meiner Reise-Liste für November/Dezember habe ich sofort geschrieben, und ich hoffe, du bekommst einen (vielleicht noch etwas provisorischen) Stand in der nächsten Woche. Den Termin bei Cordes in Kiel am 1. Oktober hatte ich dir genannt.
Sincerely yours,
Uwe.[2]

1 Martin Walsers Stück *Überlebensgroß Herr Krott. Requiem für einen Unsterblichen*, geschrieben in den Jahren 1962 und 1963, hat in Lübeck am 10. 10. 1970 Premiere.

2 Auf dem Brief notiert S. U. handschriftlich »mündl[ich] erl[edigt]«. U. J. trifft am Abend des 28. 9. nach dem Empfang in Darmstadt in Frankfurt ein.

[450]

Frankfurt am Main
16. September 1970

Lieber Uwe,
bist Du am Freitag, dem 26. Februar 1971, frei? Dann möchte Dich das Deutsche Buchhändler-Seminar (es ist jenes Fortbildungs-Institut, das auf meine Anregung entstanden ist) zu einer Lesung einladen: Lesung und anschließendes Zusammensein mit den Seminaristen.[1] Das sollte an jenem Freitagabend stattfinden. Am Nachmittag vorher soll Reinhard Baumgart über die Situation der Literaturkritik mit spezieller Berücksichtigung der Rezeption Deiner Werke referieren. Wenn es also geht, wäre ich Dir für eine Zusage dankbar. Man trägt die Reisekosten (ich hoffe, Du übernachtest dann bei uns) und ein Honorar von DM 500,-. Bitte, gib mir eine Zeile.
Schöne Grüße
Dein Siegfried[2]

1 In der Nr. 75 des *Börsenblatts für den Deutschen Buchhandel* vom 17. 8. 1996, die sich unter anderem mit dem 50. Gründungstag der Deutschen Buchhändlerschule befaßt, wird die Entstehung des Deutschen Buchhändler-Seminars auf 1968 datiert; die Anregung dazu wird schon 1963 gegeben: »Der Frankfurter Verleger Dr. Siegfried Unseld regt in seinem Referat vor der Abgeordnetenversammlung [des Börsenvereins] [...] die Einrichtung von besonderen Seminaren zur Heranbildung von Führungskräften im Buchhandel an. Damit ist der erste Schritt zur Erweiterung des Aufgabengebiets der Schule über eine reine Lehrlingsausbildung hinaus getan.« Unter dem Titel *Möglichkeiten buchhändlerischer Fortbildung* schildert S. U. die Situation von Buchhändlergehilfen, die von ihren beruflichen Aussichten ernüchtert und enttäuscht sind: »Wer mit dem Buch als geistigem Phänomen ernsthaft konfrontiert ist, wer mit ihm die Bewegung und Wandlung des modernen Geistes mitmacht – und das eben ist ja das Wesentliche und die

eigentliche Schönheit unseres Berufes –, fühlt unablässig den Drang, Kenntnis und Erkenntnis für sich zu assimilieren, Grenzen seiner Vorbildung zu überschreiten, Lücken seines Wissens aufzufüllen. Was aber bieten wir nun jenen Tüchtigsten unseres Berufes? Wir vermögen weder ihren geistigen Hunger zu stillen noch ihnen Impulse zu geben. Wir bieten ihnen den ›Gehilfenbrief im Buchhandel‹, mitunterzeichnet von der Industrie- und Handelskammer.«

2 Auf diesem Brief notiert U.J. handschriftlich »telefonisch zugesagt 17. Spt 1970«.

[451]

Frankfurt am Main
18. September 1970

Lieber Uwe,
ich weiß nicht, ob Du die »Zeit« regelmäßig liest. Eine erste Anzeige für »Jahrestage« haben wir dort veröffentlicht. Hoffentlich kommt sie Dir nicht allzu sehr wie eine Werbung für TWA vor.[1] Sie hat im übrigen doch einiges Aufsehen erregt.
Schöne Grüße
Dein Siegfried

Anlage

1 Dem Brief liegt die Anzeige des Suhrkamp Verlags zu den *Jahrestagen* bei, die in der *Zeit* vom 18. 9. 1970 erscheint und die Skyline von New York zeigt.

[452; Ansichtskarte »Cefalù«, handschriftlich]

Cefalù
9. Oktober 1970

Lieber Uwe,
Capri schien uns zu belastet, und so entschieden wir uns kurz vor Capri für Sizilien. Die Mitte zwischen Europa und Afrika ist erträglich angenehm in dieser Jahreszeit, das Meer ist groß! Sonntag/Montag sind wir bei I. B. in Rom.[1]
Herzlich Deiner gedenkend + Grüße für Elisabeth
Siegfried
Hilde Unseld

1 S. U. hält sich vom 10. bis zum 13. 10. 1970 in Rom auf. In seinem Reisebericht schreibt er über seinen Besuch bei Ingeborg Bachmann, mit der S. U. seit dem gemeinsamen Besuch des International Seminar der Harvard University im Juli 1955 befreundet ist: »Das Wichtigste: Sie hat jetzt ein definitives Übereinkommen mit Piper getroffen. Piper behält ihr bisheriges Werk und bekommt noch einen Sammelband mit Erzählungen unter dem Titel ›Simultan‹, den er im Herbst 1971 herausbringen kann; mit diesem Erzählungsband erfüllt IB die Optionsverpflichtungen. Herr Klaus Piper ist informiert, daß ihr Roman bzw. die Romanfolge dann nicht mehr bei Piper, sondern bei uns erscheint und daß der erste Band auch schon im 1. Halbjahr 1971 herauskommen kann. Das Allerwichtigste: Sie ist mit dem ersten Buch ›Malina‹ so gut wie fertig, soweit fertig, wie sie wahrscheinlich einen Text fertigmachen kann. [. . .] Ingeborg Bachmann hat heilige Eide geschworen, das Manuskript des ersten Buches am 29. 10. abzuschicken, ein Exemplar per Eilboten in die Klettenbergstraße, zwei weitere Exemplare eingeschrieben an das Postfach des Verlages. IB legt großen Wert darauf, daß Martin Walser und möglichst auch Uwe Johnson das Manuskript lesen. Ich habe ihr gesagt, daß außer mir Herr Oehlenschläger das Manuskript lesen wird. Dann müßte eine Besprechung erfolgen. Von IB und mir, d. h. den Verlagsgegebenheiten aus, wäre diese Besprechung in den Tagen vom 17., 18. und 19. November möglich. Es hängt jetzt davon ab, ob Martin Walser

und Uwe Johnson an einem dieser Tage werden nach Frankfurt kommen können. Das ist zu klären und IB dann noch mitzuteilen.« U.J. schreibt dazu Burgel Geisler in einem Brief vom 17. 10.: »[...] *Lektorat auf Reisen.* Ein Exemplar von Frau Bachmanns Manuskript könnte mich erreichen am 2. November im Parkhotel im Kaiserpark in 405 Mönchengladbach, am 5. November im Schlossberg-Hotel, 665 Homburg/Saar, am 9. November im Parkhotel, Breitscheidstr. 15, 851 Fürth. Zu einer Diskussion in Frankfurt könnte ich am 19. November kommen, für die Zeit von 12:38 bis 17:08, und lasse die Beteiligten höflich fragen, ob sich das lohnt.«

[453]

Frankfurt am Main
16. Oktober 1970

Lieber Uwe,
bist Du am Montag, dem 2. November, noch in Berlin? Wenn ja, wäre es schön, wenn wir uns am späteren Abend sehen könnten. Ich habe ein Fernsehgespräch und eine Diskussion über Hesse mit Hans Werner Richter und anderen.[1] Anschließend soll ein Abendessen bei Richter sein, aber ich denke, daß ich mich da um 22.00 Uhr empfehlen kann. [2]
Schöne Grüße
Dein Siegfried

1 In seinem Reisebericht über den Aufenthalt in Berlin am 2. und 3. 11. 1970 erklärt S.U. zu diesen Gesprächen: »Ich hatte zwei Fernseh-Interviews zu bestreiten, einmal eines mit Hans Werner Richter allein über Hermann Hesse in Amerika und dann am Abend mit Hans Werner Richter, Fritz Raddatz, Hans Mayer und drei jungen Leuten über die Frage: ›Liest man Hesse heute?‹ Die beiden Aufnahmen werden in einer Fernseh-Sendung des SFB und wahrscheinlich auch des WDR im Februar gesendet werden. [...] Diese Diskussionen verliefen so, wie Diskussionen verlaufen. Gerade am Sand vorbei.«

2 Unter dem Datum des 17. 10. 1970 schreibt U. J. an Burgel Geisler: »[. . .] *Jeder einmal in Berlin*. Bitte tragen Sie doch Herrn Unseld in seinen Kalender hinein, dass ich am 2. November die Ehre haben werde, für die Paniere des Verlages in Mönchengladbach aufzutreten, und also des Vergnügens entbehren muss, ihm die mehr verrufnen Sachen dieser unserer Siedlung Friedenau und Berlin zu zeigen.«

[454]

Frankfurt am Main
20. Oktober 1970

Lieber Uwe,
anbei die Programme Suhrkamp und Insel für das 1. Halbjahr 1971. Welchen Eindruck macht das auf Dich?
Sehr herzlich
Dein Siegfried

| Falls Du mit dem 2. Manuskript doch früher fertig wirst, kommt das sehr gerne noch ins Programm für das 1. H. 71 |

[455]

Friedenau
21. Oktober 1970

Lieber Siegfried,
zu der Liste meiner Gesangstournee möchte ich anmerken, dass jene »Buchhandlung Weege«, vorgesehen für den 14. November, nicht irgend wo, sondern in (492) Lemgo sitzt.[1]
Ich weiss nicht, was genau ihr zur Ausstattung der Reise tun wollt, und mehr aufs Geratewohl füge ich dir eine Aufstellung jener Veranstalter bei, die ausdrücklich Wünsche ge-

äussert haben. Das Datum links unter der Adresse ist das des Auftritts.
Entschuldige, dass ich dich hiermit belästige; ich weiss nicht genau, wer in der Presse-Abteilung dafür zuständig wäre.
Hier ist es nicht schön. Ich sammle die Fernsehteams der III. Programme, und die hinwiederum sammeln meine Vormittage.[2]
Dies wünscht dir nicht,
dein Uwe.

1 Auf seiner Lesereise, die am 2. 11. 1970 in Mönchengladbach beginnt, liest U.J. in insgesamt 42 Städten in der Zeit vom 2. 11. bis zum 16. 12.; lediglich der 7., der 22. 11. sowie der 5. 12. sind lesefreie Tage.
2 U.J. führt, so die Einträge im Kalendarium, am 15. 10. ein Interview mit Herrn Hassel vom WDR, am 20. 10. findet eine Aufzeichnung für das Literarische Colloquium statt.

[456]

Frankfurt am Main
27. Oktober 1970

Lieber Uwe,
schönen Dank für Deine Liste der Gesangstournee; wir hoffen, daß wir gute Begleitmusik dazu machen. Das hier anliegende Plakat wirst Du hoffentlich überall finden. Wir werden auch die beteiligten Buchhändler mit Sondersendungen bedenken.
Herzliche Grüße und guten Erfolg,
Dein Siegfried

[457]

Frankfurt am Main
19. November 1970

Lieber Uwe,
leider ist das Gespräch, das Du mit Hildebrandt führtest, für den Abdruck in unserem Informationsheft 2 nicht geeignet gewesen. Das bedauere ich natürlich sehr.[1] Nun wird sicherlich die Rezension von Rolf Becker auch ihre Wirkung tun.[2] Anfang Februar wollen wir das dritte Heft der »suhrkamp information« herausgeben. Hier nun noch einmal eine Rezension zu bringen, wäre etwas einfallslos. Wir werden wahrscheinlich eine | spezifische | Zusammenstellung von Kritiken bringen. Aber das will mir nicht ganz ausreichend scheinen. Wäre etwas anderes möglich, z. B. ein Text von Dir »Reise durch die Bundesrepublik für Lesungen aus den ›Jahrestagen‹«? Ich könnte mir vorstellen, daß Du hier einige Eindrücke von Lesereaktionen beschreiben könntest, und das wäre ja doch – zumindest unterschwellig – eine Werbung für das Buch.
Bitte denk doch darüber nach | (in einsamen Hotelstunden!) |
Herzliche Grüße
Dein Siegfried

1 Erhalten ist der »Torso« (Dieter Hildebrandt) dieses Interviews, das U. J. am 7. 10. 1970 zugesandt wird.

2 Rolf Beckers Rezension der *Jahrestage* aus dem *Spiegel* vom 5. 10. 1970 ist in Heft 2 der *suhrkamp information* von 1970 unter dem Titel *Jerichow in New York* abgedruckt. Im ersten Heft der *suhrkamp information*, erschienen 1970, erklärt S. U. in einem »Vorsatz«: »Die suhrkamp information ist das neue Werbemittel des Suhrkamp Verlages: wir zeigen hier unsere neuen Bücher an, und wir wollen das nach Möglichkeit so tun, daß unser Programm einleuchtet, daß unsere Autoren Ihnen, den Lesern, sympathisch werden und daß Sie die Bücher, die wir hier vorstellen, bei Ihrem

Buchhändler kaufen werden. Die suhrkamp information ist Nachfolger unserer ›Jahresschau ‚Dichten und Trachten'‹. Dreißigmal ist ›Dichten und Trachten‹ erschienen.«

[458] Frankfurt am Main
20. November 1970

Lieber Uwe,
ich hoffe, dieser Brief mit der Anlage erreicht Dich bei einer »Verschnaufpause« in Berlin! Bei der Anlage handelt es sich um die Liste einer kommenden Suhrkamp Taschenbuch-Reihe. Mir scheint nach langem Hin und Her und wirklich reiflicher Reflexion dieses Unternehmen wichtig, erforderlich, ja für die Zukunft notwendig zu sein. Es wird ja so sein, daß wir ein[en] Teil unserer Neuerscheinungen in Zukunft nur noch im Taschenbuch dann vorlegen werden; die Lese- und Kaufgewohnheiten der jungen Leute ändern sich in unseren Zeiten radikal. Das Taschenbuch ist unübersehbares Gebrauchsgut geworden.
Du findest einen Titel Uwe Johnson, »Beschreibungen«. Ich würde mich freuen, wenn es möglich wäre, unter einem solchen (oder anderen) Titel Deine mehr theoretischen Arbeiten zusammenzufassen. Es gibt da ja einiges; ich denke an »Berliner Stadtbahn«, an Deine Erklärung auf der Pressekonferenz,[1] an Kritiken des Ost-Berliner Fernsehprogramms, Dein[en] Bericht über Hans Mayer, oder »Über eine Haltung des Protestierens«; vielleicht auch Dein »Brief aus New York«, Dein »Versuch, eine Mentalität zu erklären«. Dies, wie gesagt, sind einige Vorstellungen, zu denen andere hinzukämen. Wie denkst Du darüber?
Schöne Grüße
Dein Siegfried

Anlage[2]

1 Gemeint ist U.J.s Erklärung auf der Pressekonferenz in Frankfurt am Main zum Konflikt mit Hermann Kesten. Siehe Brief 115, S. 166ff.

2 Die Anlage enthält, nach Monaten geordnet, die für die suhrkamp taschenbücher geplanten Titel. Vorgesehen ist ein Start mit 10 Titeln im September 1971, dann pro Monat jeweils 5 Titel. In dieser Programmliste ist als Band 26 mit Erscheinungstermin Januar 1972 vorgesehen *Uwe Johnson, Beschreibungen*; siehe auch Brief 622, S. 860f.

[459]

Saarbrücken
2. Dezember 1970

Lieber Siegfried,
danke dir für deinen Brief vom 20. November. Über die Anlage, den Plan einer *Suhrkamp Taschenbuch*-Reihe, bin ich recht erschrocken. Meine Bedenken wegen der finanziellen Belastung durch diese neuerliche Expansion wirst du als Aberglauben abtun. Zweitens, ich halte den Markt für gedrängt voll, und bin nicht sicher, dass der Handel dir schon wieder einen neuen Raumgewinn einräumen kann, oder will. Zum dritten, ich glaube nicht, dass eine solche neue Reihe spezifisch andere Inhalte unterbringen kann, als die vorhandene *edition* suhrkamp es tut. Überhaupt fürchte ich, eine Erhöhung der Reihen-Zahl wird die Identität des Verlages eher verwischen als profilieren, und könnte das nicht wünschen.

Was den dafür von mir gewünschten Band angeht, so wäre ich mit dem Titel »Beschreibungen« ziemlich einverstanden, bin aber nicht sicher, dass das vorliegende Kleinzeugs für einen Band tatsächlich ausreicht. Da müsste wohl noch erst ein Aufsatz geschrieben werden, und ich glaube nicht, dass das neben den Fortsetzungen der »Jahrestage« leicht sich einstellt.

Für das dritte Heft der *Information* möchte ich die bisherigen Rezensionen als »Ratschläge an einen Verfasser« destillieren. Was meinst du dazu? Zeit dafür hätte ich erst im letzten Drittel des Dezember, denn ich bin ja bis kurz vor Weihnachten mit Vorlesen unterwegs.
Auf dieser Reise habe ich wieder und wieder den Eindruck nicht vermeiden können, dass irgend jemand im Verlag an diesen Verkaufsmöglichkeiten nicht interessiert ist. Die Buchhändler klagen allgemein über den Verlag. Die Promptheit der Auslieferung wird gelegentlich bemängelt. Es heisst, dass schriftliche Abmachungen mit der Presse-Stelle oft nicht gültig sind und das nicht gelieferte Werbematerial telefonisch, und zwar mehrmals, nachgemahnt werden muss. Ein Buchhändler, der auf eurer Liste als Veranstalter steht, ist vom Verlag gefragt worden, ob er nicht sich an dieser in seine Stadt kommenden Veranstaltung mit einem Büchertisch beteiligen wolle. Wiederholt ausgesprochne Meinung ist, dass Suhrkamp die kleinen Städte für keiner Mühe wert halte, bloss weil sein Geschäft in den grösseren Städten von allein laufe, und da könne der Verlag sich eines Tages irren. Luchterhand hingegen, nach sorgfältiger Startvorbereitung, stünde in Werbung und Pünktlichkeit mit einem Mal da wie eine Eins, und einer hielt sogar Piper für effektiver. Es gibt Ausnahmen, aber mir ist in den bisher dreissig Veranstaltungen doch die Verärgerung über Suhrkamp sehr deutlich erschienen. Was die Volkshochschulen als Veranstalter angeht, so habe ich von da gehört, es sei nicht verständlich, dass der Verlag das Werbematerial für sie einfach vergesse, nur weil keine Vollbuchhandlung am Ort sei, und ob man mir denn den Werbeeffekt für die Buchhandlung am nächsten Ort vorenthalten wolle. Ich kann da dich verteidigen, weil du den Verlag nicht machst an den defekten Stellen, ich kann nicht die Identifikation deiner Person mit dem Verlag verhindern, und an manchen Stellen

muss ich den Mund halten, einfach weil ich der Betroffene bin.
Entschuldige: der Zug fährt gleich.
Herzliche Grüsse!
Uwe.

[460]

Frankfurt am Main
9. Dezember 1970

Lieber Uwe,
von meiner Reise zurückgekehrt, halte ich Deinen Brief vom 2. Dezember in Händen. Schönen Dank. Ich höre, daß wir wegen Deiner Reise in den nächsten 14 Tagen nicht werden kommunizieren können. Ich bedauere dies, es gäbe ja einiges Wichtige zu bereden. Doch ich hoffe, ich werde Dich zwischen Weihnachten und Neujahr in Berlin aufsuchen können.
Vordringliches Thema sind mir dann die Taschenbücher. Ich muß Dich überzeugen, daß die Sache für den Verlag richtig ist. Doch darüber mündlich.[1]
In Sachen Bachmann dränge nicht ich, sondern es drängen vor allen Dingen die Autorin und vor allen Dingen die Umstände. Ich möchte hier nichts überstrapazieren. Aber mehr als Martin nach Rom zu schicken, kann ich schließlich auch nicht tun.[2]
Dein Bericht über den Buchhandel hat mich sehr irritiert. Ich lasse Dir hier noch einen ausführlichen Bericht zugehen.
Schöne Grüße
Dein Siegfried

1 S. U. hält sich vom 27. bis 29. 12. 1970 in Berlin auf. In seinem Reisebericht ist über das Gespräch mit U. J. am 27. 12. zu lesen: »Johnson wird mit dem Manuskript für ›Jahrestage 2‹ nicht vor Ende April fertig sein. Seinen Text für die suhrkamp information 3 will er sofort in den ersten Januar-Tagen schicken. [...] Gespräch mit Uwe Johnson über das ›Tagebuch‹ von Max Frisch.«

2 S. U. schreibt im Reisebericht über seinen Aufenthalt in Tübingen und Stuttgart vom 21. und 22. 11. 1970 unter dem Stichwort »*Martin Walser*«: »Gespräch über die Anlage des Romans von Ingeborg Bachmann, Fixierung des Titels. Wir diskutierten unsere gegenseitigen Eindrücke und möglichen Verbesserungen. Walser wird am Dienstag nach Rom fliegen, um den definitiven Text mit Ingeborg Bachmann zu erarbeiten. Am Montag, dem 30. November, wird er das Ms. im Verlag haben. Wir wollen jetzt sofort eine Satzprobe unternehmen, damit wir über die Typographie im klaren sind. Endgültiger Titel des Buches: ›Malina. Roman.‹« Eckart Oehlenschläger schickt am 30. 12. 1970 den Umbruch von *Malina* an U. J.; der Roman erscheint 1971. Ein Durchschlag des Typoskripts von *Malina* befindet sich im Nachlaß U. J.s.

1971

[461]

Berlin Friedenau
4. Januar 1970 [sic]

Lieber Siegfried,
hier bekommst du mit reitendem Boten die Ratschläge der Rezensenten an mich. Bitte lass offensichtliche grammatische oder orthographische Fehler nicht berichtigen; sie sind zitiert. Das Zeichen + meint Abstände.
Die mystische Vereinigung zweier Personen, körperlich unabhängig, in nur einer einzigen Person liegt mir schwer im Magen, und im Kopfe auch. Ich stelle mir vor, dass ihr grade ganz reizende Abende verbringt.
Sincerely yours,
Uwe.

[461a; Anlage]

Uwe Johnson
Die beratende Funktion der westdeutschen Rezension[1]

Kann man ein literarisches Unternehmen beurteilen, von dem erst ein Teil vorliegt? *Helmut Heißenbüttel*
Soweit es den ersten Teil betrifft, ist der Verfasser hinter das, was die »Mutmaßungen« bedeuten, zurückgefallen. *Helmut Heißenbüttel*
Und wem wäre jetzt mit einer Rezension noch oder schon gedient, deren Einwände – und es wären allerdings Einwände zu machen – doch nicht mehr berücksichtigt werden können? *Hans Scholz*

Im Nebel von Brooklyn ist die Szene dieses Buches. Gemeint ist natürlich Roslyn, Long Island. Nein, Union City, New Jersey. *Hans Bertram Bock*
In Düsseldorf läßt sich die »New York Times« ebenfalls abonnieren und studieren. *Marcel Reich-Ranicki*
Der Roman wird erst zu beurteilen sein, als Kunstleistung, wenn er vollständig vorliegt. *Roland H. Wiegenstein*
Uwe Johnson ist immer quer über die Gleise gegangen. *Marcel Reich-Ranicki*
Ist der Verfasser eigentlich neu? Oder ist er alt in neuer Auflage? *Peter Meier*
Warum sollten wir den Verfasser bewahren vor Fehlern, die wir ihm viel überzeugender werden vorhalten können, wenn sie unabänderlich gedruckt sind? *C. H. O. R.*
Jerichow liegt in Pommern. *Richard Kirn*
Hauptfigur, die auch die erste Perspektive der Erzählebene für sich in Anspruch nimmt, ist die nach U.S.A. emigrierte Gesine Cresspahl aus Jerichow in Mecklenburg und deren Tochter. *Geno Hartlaub*
Gesine Cresspahl aber, Tochter des Heinrich und Mutter der Marie, ist nicht viel mehr als bloßer *Zuordnungspunkt* der Geschichte, so daß das »Leben von Gesine Cresspahl«, im Untertitel des Buches deutlich herausgestellt, für den epischen Bericht kaum eigene Relevanz zu besitzen scheint. *Hans Mayer*
Und es zeigt sich, daß Gesine im Zentrum der »Jahrestage« steht. *Peter Müller*
Johnson kann sich in den beiden nächsten Bänden seines Romans auch noch zugrunde erzählen. *Jost Nolte*
Unzählige Figuren treten auf, manche gewinnen Kontur, andere bleiben im Halbschatten. *Werner Tamms*
Aber jeder Satz ist satt von Kraft der Vergegenwärtigung. *Georg Ramseger*
Gesine Cresspahl ist eine junge Frau, die wie beinahe alle Fi-

guren bei Johnson schattenhaft bleibt (dem Rezensenten jedenfalls gelang es nicht, sie zu sehen). *Richard Kirn*
Heinrich Cresspahl und Frau Lisbeth, ihre Eltern, den stockkonservativen Großvater Papenbrock sehen wir leibhaftig vor uns. *Werner Tamms*
Das Buch ist im Hofmannsthalschen Sinne »geschrieben«, d. h. in mühsamster Klein- und Fleißarbeit ist Seite um Seite, ja Wort um Wort bewußt formuliert worden. Der Rezensent hat den Verfasser bei seinem fehlerhaften Verhalten mit eigenen Augen überwacht. *Peter Meier*
Der Johnson-Kenner wird sich vielleicht wundern über die Tageszeitungssüchtigkeit der Gesine Cresspahl. *Joachim Kaiser*
Daß nämlich die Büroangestellte Cresspahl so hingebungsvoll Medienkritik betriebe, nimmt ihr der Rezensent nicht ab. Wie kommt eine Büroangestellte dazu, Zeitung lesen zu wollen! *Peter Meier*
Es gibt kaum ein anderes Buch eines Nichtamerikaners, das dieses Manhattan zwischen Hudson und East River so genau mitteilte. *Hans Mayer*
Johnson schildert nicht New York. *L. O.*
Greift eine Thomas-Mann-Wendung auf. *Joachim Kaiser*
Nämlich den unsagbar knorpeligen Satz »Cresspahl war sich nichts vermutend gewesen«. *Hans Scholz*
Häufig wechselt die farbige Exaktheit der Erzählweise allerdings in stelzendes Altertümeln hinüber: »Cresspahl war sich nichts vermutend gewesen.« *Werner Tamms*
Johnson hat viel zu sagen. *Jost Nolte*
Es ist relativ wenig. *L. O.*
Wenig Weizen unter viel Spreu. *Werner Tamms*
Cresspahl macht dem Mißtrauen, das ihn als Ausländer umgibt, ein Ende, indem er die Parteimitgliedschaft erwirbt. *F.A.Z., Redaktion*
»Cresspahl macht dem Mißtrauen, das ihn als Ausländer um-

gibt, ein Ende, indem er die Parteimitgliedschaft erwirbt.« *Peter Hamm, zitierend*
Cresspahl, der ehemalige Sozialdemokrat und beargwohnte Ausländer trat in die Nazi-Partei ein. *Peter Müller*
So wie Lisbeth ihren Mann quasi veranlaßt, der N.S.-Partei beizutreten! *Manfred Durzak*
Daß die Geschehnisse in den dreißiger Jahren in Mecklenburg in einer politischen Verwandtschaft zu denen Amerikas der sechziger Jahre stehen könnten, ist Johnson ernsthaft nicht untergekommen, wäre so pauschal und ohne Differenzierung sicherlich auch nicht wahr. *Christian Gebert*
Der Verfasser ist ein Sklave seines Zettelkastens. Oft hat er mir sein Leid geklagt. *Joachim Kaiser*
Könnte es angehen, daß ein Schriftsteller in konsequenter Auflehnung gegen die Konvention so weit zielt, daß er am Ende auch den Leser abschaffen möchte? *Dieter Lattmann*
Eine schon erschreckende Unsinnlichkeit ... Gut, vielleicht ist es unbillig, von jedem Buch zu fordern, daß es eine Axt sei für das gefrorene Meer in uns. *Peter Hamm*
Er führt immer vor, was er beherrscht, statt den Schritt in wilde Landschaften (der Seele, der kollektiven Tendenzen) zu wagen. *Joachim Kaiser*
Diese Gelassenheit aber ist oft schwer erträglich, weil es ja wie Arroganz wirken muß, wenn einer denn nun gar nie aus der Haut fährt und lieber einmal bereit ist, etwas ganz falsch zu machen als gar nichts zu machen und gelassen abzuwarten. *Peter Hamm*
Der Roman wird insgesamt 1400 bis 1500 Buchseiten umfassen. Also wird es schiefgehen. *Marcel Reich-Ranicki*
Uwe Johnsons Ironie liegen Fakten zugrunde. *Horst Thiemer*
Der sich in Ironie flüchtet, was mit Realitätssinn nicht zu erfassen ist. *Sabine Schultze*

Es sind aber einige Tage ohne Notiz geblieben, zum Beispiel der 6. Oktober und der 7. Dezember, ohne daß dafür ein Grund angegeben, noch einzusehen wäre. *Hans Scholz*
Tag für Tag, kein Tag ausgelassen. *Herbert Ahl*
Sprachliche Detailbesessenheit, ein schier unersättlicher »Verantwortungsdrang«, angesichts dessen man sich mit einiger Beklemmung fragt: wie soll das im angekündigten zweiten und dritten Band der »Jahrestage«, insgesamt 1000 Seiten, weitergehen? *M. Durzak*
Der D.D.R.-Ausreißer und B.R.D.-Bewohner ... es war wieder in Berlin, wo sein drittes Buch entstand. *Sabine Schultze*
Es hieß, er sei in Amerika. Er war in Amerika, in New York. Und was tat er in New York? Was er wirklich tat, wissen wir nicht. Oder doch? *Herbert Ahl*
Fast 500 Seiten, und doch nur ein erster Band. Wer endgültig urteilen möchte, muß abwarten können. *Hans Mayer*
Der Autor hat mit der körperlichen auch die geistige Magerkeit hinter sich gelassen. *Werner Helwig*
Eine Inversion ist eine Unart. *Peter Meier*
Mit manchen Naturbeschreibungen gerät Johnson in die unmittelbare Nachbarschaft der Blut-und-Boden-Literatur von gestern. *Marcel Reich-Ranicki*
Das Mittel, den Leser durch Diskontinuität zu »verunsichern«, wie man heute zu sagen pflegt, ist inzwischen so abgenutzt, daß es schon wieder altmodisch wirkt. Johnson strapaziert es mit norddeutscher Gründlichkeit.
Der Verfasser hat einen Baum beschrieben. Die Nazis liebten das Beschreiben von Bäumen. Der Verfasser ist Neofaschist. *Marcel Reich-Ranicki*
Das Prinzip ist geheimnisvoll, unberechenbar psychologisch. *Adolf Haslinger*
Da die Individualpsychologie so kurz kommt, erhofft und erwartet man dann doch ein Zeitgemälde. *Joachim Kaiser*

Die Kritik verlangt nicht einen Goldschmied, sondern einen Bildhauer am Werk! *Peter Meier*

Den Gebrauch seines Vornamens muß der Verfasser schlicht als kritisches Instrument verstehen, auch wenn der Schulhof nicht zitiert werden kann, auf dem er mit mir die Schweine hütete. Und mit meinem Vornamen kann man das eben nicht anstellen. Uwe spinnt sein Garn, ist das klar? *Helmut Heißenbüttel*

Uwe Johnson nennt die U-Bahn Ubahn; verstopft sind beide Versionen. *Rolf Heuer*

Er sagt »Bildfunk« statt Fernsehen. Er soll aber immer »Fernsehen« sagen, wie wir alle! *Rolf Becker*

Der Verfasser brauchte sich nur etwas zurückhaltender den vorgegebenen Gebrauchsmustern der neueren Literatur verpflichtet zu fühlen, laß er doch andere geschrieben haben und schreiben, was immer sie wollten und wollen, sollte sich der kniffligen und manieristischen Verpackung dessen, was er zu sagen hat, mehr und mehr entschlagen. *Hans Scholz*

Das Stigma des bürgerlichen Romans, der Abhub von der Wirklichkeit, neutralisiert durchs beschwichtigende Imperfekt ... *Chr. Gebert*

Da wäre noch die Sache mit der Villa, die der Rezensent dem Verfasser angedichtet hat, vergeblich zwar. Wird er ihm also diesmal lediglich ein geräumiges Dachgeschoß einer Berliner Villa anhängen. Wenn es auch nicht stimmt, so läßt es sich doch noch beim fünften Mal mit Anmut sagen, und irgendeine kritische Funktion wird es schon haben.

Aber Remarque hat sich nie bemüht, die Klischees zu umgehen, er hat sie geradezu gesucht, um sich jenen verständlich zu machen, die er unterhalten wollte. Das ist ihm gelungen. Millionen waren ihm dafür dankbar. *Marcel Reich-Ranicki*

Was weiterhin nötig wäre, wäre eine Methode, die sich alle Einsichten der Selbstentblößer, der Exhibitionisten, zu eigen macht. *Helmut Heißenbüttel*

Wie ich morgen über dieses Buch denken werde? Ich weiß es nicht. Denken Sie jetzt mal gefälligst selbst darüber nach. *Peter Hamm*

Jetzt weiß der Verfasser wenigstens Bescheid, und wonach er sich in den folgenden Bänden zu richten hat! *C. H. O. R.*

1 Die Anlage ist nicht erhalten. Der hier wiedergegebene Text folgt *Die beratende Funktion der westdeutschen Rezension. Vorgeführt von Uwe Johnson anläßlich der Veröffentlichung von »Jahrestage I«*, in: *suhrkamp information*, H. 3, 1971, S. 9-11. U. J. hat bei dieser Zitatenmontage einigen Rezensenten Sätze zugeschrieben, die sich in den Besprechungen nicht finden (sie sind unterstrichen). Er bezieht sich auf folgende Besprechungen: Herbert Ahl, *Ein Deutscher in New York*, in: *Diplomatischer Kurier*, H. 25, v. 9. 12. 1970; Rolf Becker, *Jerichow in New York*, in: *Der Spiegel*, 22. Jg. v. 5. 10. 1970; Hans Bertram Bock, *Im Nebel von Brooklyn*, in: *Nürnberger Nachrichten* v. 13. 10. 1970; Manfred Durzak, Besprechung der *Jahrestage*, gesendet im Hessischen Rundfunk am 18. 10. 1970; Christian Gebert, *United States of Mecklenburg*, in: *Frankfurter Rundschau* v. 14. 11. 1970; Peter Hamm, *Uwe Johnson, der Schwierige*, in: *konkret* v. 20. 11. 1970; Geno Hartlaub, *Jerichow gewinnt Weltformat*, in: *Deutsches Allgemeines Sonntagsblatt* v. 3. 1. 1971; Adolf Haslinger, *Fakten aus dem blauen Absurden*, in: *Salzburger Nachrichten* v. 28. 11. 1970; Helmut Heissenbüttel, *Uwe spinnt sein Garn*, in: *Christ und Welt* v. 25. 9. 1970; Werner Helwig, *Das Leben der Gesine Cresspahl*, in: *Augsburger Allgemeine Zeitung* v. 22. 10. 1970; Joachim Kaiser, *Faktenfülle, Ironie und Starrheit*, in: *Süddeutsche Zeitung* v. 8. 12. 1970; Richard Kirn, *Gesine, die New York Times und anderes*, in: *Frankfurter Neue Presse* v. 25. 11. 1970; Dieter Lattmann, Besprechung der *Jahrestage*, gesendet im Bayrischen Rundfunk am 28. 9. 1970; Hans Mayer, *Das erste Buch über Gesine*, in: *Die Weltwoche* v. 4. 12. 1970; Peter Meier, *Ein neuer Uwe Johnson?* in: *Tages-Anzeiger* v. 20. 11. 1970; Peter Müller, *Wie und wo leben?*, in: *Zürichsee-Zeitung* v. 4. 12. 1970; Jost Nolte, *Uwe Johnson in Amerika*, in: *Die Welt* v. 24. 9. 1970; Georg Ramseger, *Welt zwischen Buchdeckeln*, in: *National-Zeitung* v. 22. 11. 1970; Marcel Reich-Ranicki, *Uwe Johnsons neuer Roman*, in: *Die Zeit* v. 2. 10. 1970; Hans Scholz, *Mutmaßungen über Gesine*,

in: *Der Tagesspiegel* v. 1. 11. 1970; Sabine Schultze, *Sprung über den eigenen Schatten*, in: *Rhein-Neckar-Zeitung* v. 21. 11. 1970; Werner Tamms, *Von Mecklenburg nach USA*, in: *Westdeutsche Allgemeine Zeitung* v. 31. 10. 1970; Horst Thiemer, *Visite bei der alten Tante*, in: *Die Zeit* v. 16. 10. 1970; Roland H. Wiegenstein, Besprechung der *Jahrestage*, gesendet im Westdeutschen Rundfunk am 23.11. 1970. Der C.H.O.R. verkündet die Meinung von U.J.

[462]

Frankfurt am Main
11. Februar 1971

Lieber Uwe,
der Fischer-Verlag kündigt einen Band »Leporello« an, u.a. auch mit einem Beitrag von Dir, »Anselm Kristlein«.[1] Ich kann mir vorstellen, was das Ganze bedeuten soll, doch habe ich eine Frage: Hast Du bereits einen Vertrag mit Fischer gemacht? Wenn nein, so sieh doch bitte vor, daß der Fischer-Verlag nur das Recht erhält, den Beitrag in dem Zusammenhang dieses Buches aufnehmen zu können, daß er also keine weitergehenden Rechte hat, die bei Dir verbleiben sollten. Ich denke daran, daß wir ja doch Deine Texte hier im Suhrkamp Verlag konzentrieren wollen und wir dann nicht von einer Genehmigung des S. Fischer-Verlages abhängig sein möchten. Das ist auch in Deinem Interesse.
Schöne Grüße
Dein Siegfried

1 Der Text erscheint unter dem Titel *Brief an Walser* in: Peter Härtling (Hg.), *Leporello fällt aus der Rolle. Zeitgenössische Autoren erzählen das Leben von Figuren der Weltliteratur weiter*, Frankfurt am Main 1971, S. 216f.

[463]

Frankfurt am Main
22. März 1971

Lieber Uwe,
solche Absprachen wie die mit Thomas von Vegesack vom 13. März sollten doch besser nach Rücksprache mit Fräulein Ritzerfeld getroffen werden. Nichts für ungut, aber wir wollen doch nur das Beste.[1]
Herzliche Grüße
Dein Siegfried

1 S. U. reagiert auf den ihm von U. J. zugesandten Durchschlag seines Briefes an Thomas von Vegesack vom 13. 3. 1971: »[...] Es ist gar keine Frage, dass ich mich auf Ihre Einschätzung des schwedischen Buchmarktes verlasse; dementsprechend bin ich damit einverstanden, dass Sie zunächst mit einer Übersetzung und Ausgabe von ›Mutmassungen über Jakob‹ (ob nun in Leinen oder als Taschenbuch, werden Sie entscheiden) beginnen und die endgültige Entscheidung über ›Jahrestage‹ erst beim Vorliegen des vollständigen Buches treffen werden.«

[464]

[Berlin Friedenau]
25. März 1971

Lieber Siegfried,
in der Anlage schicke ich dir eine Sondernummer der »New York Times Book Review« über Taschenbücher.[1] Einiges habe ich angestrichen; vielleicht ist es noch geeignet für deine Reihe oder für die *edition*; womöglich findet ihr Anderes, oder mehr.
Wegen der Habilitation von F. J. R.[2] habe ich mich noch einmal erkundigt. Danach ist das Habilitationsverfahren einge-

leitet, aber noch lange nicht beendet. Zwar ist die Arbeit angenommen, aber einer der Gutachter (oder noch einer) verlangt vom Verfasser der Schrift Änderungen, Ergänzungen, Überarbeitungen in einem. Das dürfte sich bis zum Sommer hinziehen (und erklärt vielleicht die seltsamen Portionen, in denen ihr das Manuskript bekommt); im Herbst ist F.J.R. aber mit ziemlicher Sicherheit habilitiert.
In der zweiten Anlage schicke ich dir Bemerkungen über den zweiten Band von »Jahrestage«. Hoffentlich genügt es dir in dieser Form.
Danke für deinen Besuch gestern abend.[3]
Sincerely yours,
Uwe.[4]

[464a; Anlage, Brief von U.J.]

[Berlin Friedenau]
25. März 1971

Lieber Siegfried:
Der zweite Band von »Jahrestage« wird dem ersten nicht als eine unabhängige Einheit gegenüberstehen, sondern ihn fortsetzen, im Personal, im Stoff, in den Formen des Vortrags. Er wird die Kapitel für die Tage vom 20. Dezember 1967 bis zum 19. April 1968 enthalten.
Erlaube, dass ich noch einmal die zweifache Erklärung des Titels wiederhole. Es sind Tage eines Jahres im Leben einer Person Gesine Cresspahl auf der Ebene familiären, beruflichen, städtischen Alltags zu unserer Zeit, in New York. Es sind zum anderen wiederholte Tage, Jahrestage (erwarteter Massen nicht Jubiläen) aus der Vergangenheit der Person, im Mecklenburg des Grossdeutschen Reiches.
Es ist demnach ein Bestandteil des Versuchs, dass eine der wichtigsten Funktionen des Erzählens, die Erinnerung, in ihren Wirkungen vorgeführt wird, also wie sie so genannte Fakten beschädigt, verunstaltet, mindert, verschönt und in

der unwahrscheinlichen Version zuverlässig reproduziert.
Die Beschäftigung der Person G.C. mit Erinnerung und Gedächtnis geht zurück auf das Bedürfnis herauszufinden, was in der Vergangenheit sie in ihren gegenwärtigen Zustand gebracht hat. Das Bedürfnis ist verursacht durch die Annahme, dass man zu einem Leben in New York 1967/68 sehr wohl durch Ereignisse im Mecklenburg der Jahre 1937/38 abgeschickt worden sein kann. Im weiteren ist das die Auffassung, dass eine Person die Summe ihrer Vergangenheit ist, der bewussten wie der nicht bewussten, dass also hinter ihren subjektiv selbstherrlichen Entscheidungen, sei es für eine Partnerwahl oder einen Umzug, längst die gesellschaftliche Konditionierung gewartet hat, eine Konditionierung, die auf das unverdächtigste von verwandten oder geliebten Personen verabreicht wurde, die ein Mensch leider erst dann (in der Regel) in Zweifel ziehen kann, wenn er zwar seine höchste Fähigkeit erreicht hat, sie ein wenig zu durchschauen, aber schon zu viel Energie verloren hat, sein Leben entsprechend der neuen Erkenntnis zu ändern. Das ist so um die dreissig, und ein Aspekt der Generation, von der ich eine Person vorführen möchte.
Eine Variante solcher Versuche, die Vergangenheit wenigstens als Vorstellung zu prüfen, ist die Neugier eines zehnjährigen Kindes, jener Marie Cresspahl, auf das Leben der Mutter, wo denn die abrundende Erfindung des Erzählten offen eingestanden werden muss; obendrein die Neugier eines in sechs Jahren New York reichlich amerikanisierten Kindes, das nicht nur eine Erklärung sondern geradezu eine Verteidigung jener doch so zu sagen wirklichen Geschichten aus einer deutschen Kleinstadt unter den Nazis als »wahre«, weil anders nicht glaubhafte Geschichten herausfordert.
Davon wird der zweite Band das Leben in Jerichow wäh-

rend der Jahre 1936 bis 1945 vorstellen, also das zweite gesellschaftliche System, das sich um die Herrichtung der Person G. C. für seine Zwecke bemühte. Das sind im besonderen die Beziehungen der Familien Cresspahl und Papenbrock zu den neu eingeführten Organisationen und Mechanismen von Herrschaft, allgemein das Kleinstädtische wie unausrottbar unter einer Diktatur, neben einem ausgewachsenen Militärflughafen. Bei den Papenbrocks Gewinnstreben bis zuletzt, Heldentod, umgestossene Testamente, auch Besinnung auf vergessene bürgerliche Tugenden. Auf der Cresspahlschen Seite ist ein Kind vom fünften Lebensjahr ohne Mutter grosszuziehen, kann das Kind noch vor Schulbesuch fremde Sprachen in der Werkstatt seines Vaters erlernen; befindet sich übrigens mitten im Krieg im Haus versteckt ein englisches Geldstück mit dem Prägejahr 1940, zwar nur ein halber Penny, der dennoch ausreichen wird für die Bestallung zum ersten Bürgermeister der Stadt Jerichow während der grossdeutschen Kapitulation. Eine Kindheit, und das Ende davon.

Für die Gegenwart des Buches, das Leben in New York, kann auch weiterhin nicht haarsträubende Aktion versprochen werden, da dergleichen die biographische Situation der Person G.C. zwar vielleicht aufregend, gewiss jedoch zur Unglaubwürdigkeit hin verändern würde. Das sind nach wie vor office hours, Familienleben mit einem Kind, die amerikanische Sprache, die soziale Landschaft der Stadt New York, wie sie durch die dunkelhäutigen Freunde des Kindes Marie, durch die jüdischen Freunde von Mrs. Cresspahl erfahren werden kann. Ein 35. Geburtstag. Was man noch kann mit 35 Jahren. Korrespondenz mit europäischen Freunden. Unentscheidbare Überlegungen wie die: ob man dem eigenen Kind die Grundsätze anerziehen darf, an denen man selbst scheiterte, und das, obwohl dem Kind dadurch die Tarnversuche in der Schule, in der Strasse erschwert werden. Eine Seite von New York, eine einzige subjektive; und zwar weiterhin im Zusammenleben mit der Zeitung »New York Times«, die einem einen kleinen Teil der Abwesenheit in Arbeit etc. (was man so Entfremdung nennt) rückkoppelt durch Vermittlung mit dem verpassten Todesfall im Nebenhaus und etwas mehr Todesfällen in Südostasien, wofür man die Zeitung eben nicht gehässig als »Tante« tituliert und empfindet. Zur Verteidigung der Szene New York noch, dass menschliches Leben dort womöglich längst in der westdeutschen Zukunft als Gegenwart stattfindet; wie das Wort von der affluent society, in den U. S. A. erfunden, in der westdeutschen Republik am bereitwilligsten übersetzt wurde, so mag uns nach dem überseeischen Modell eine Gesellschaft bevorstehen, sozial, moralisch, ethnisch, individuell kaputt, und mag bei uns eines Tages so streng verboten sein wie da, die Leuchtreklamen des offiziell demokratischen Selbstverständnisses zu beschädigen. Weiterhin die Verteidigung der Stadtlandschaft von New York als eines Platzes auf der Welt, wo nicht nur eine ausgewanderte Deutsche leben kann mit dem nicht aushungerbaren Gefühl, sie sei wirklich da, wirklich am Leben.

Dies ist sicherlich dem geneigten Hausfreund längst bekannt; denn durch seinen Kalender erfährt er's ein Jahr früher als andere Leute.

Sincerely yours,

Uwe.

1 Anlage nicht erhalten.

2 Fritz J. Raddatz, siehe auch Brief 431, S. 606f.

3 Über den Besuch bei U. J. in Berlin am 24. 3. 1971 schreibt S. U. in seinem Reisebericht: »Angenehmes Zusammensein. Ich bin jetzt beruhigt, er schreibt weiter an den ›Jahrestagen‹ (zehn Tage sei er im Rückstand, Ablieferungstermin also etwa 10. Mai 1971). Lektüre und Diskussion der ersten drei Seiten des neuen Bandes. Der Band beginnt mit der Wasserbeschreibung fast parallel mit dem er-

sten Band. Diese Seiten scheinen mir vollkommen gelungen zu sein. [...] Für die Taschenbücher wird der Titel ›Beschreibungen‹ doch nicht fertig. Hierfür muß Johnson noch zwei Texte mit je 30 Seiten schreiben, und dazu kommt er jetzt nicht. Aber der Band wird für das zweite Programm [der suhrkamp taschenbücher] fertig. Langes Gespräch über Fritz Raddatz. Und ebenfalls ausführliches Gespräch über P. H. [Peter Huchel], dem ich über Jürgen Becker und die Akademie ein Verlagsangebot zukommen lasse.«

4 Der Brief trägt den handschriftlichen Vermerk von S. U. »tel[efonisch] erl[edigt]«.

[465]

Friedenau
29. März 1971

Lieber Siegfried:

Von Jürgen Becker[1] soll ich dir etwas ausrichten. Auf seine Bitte ist Herr Dr. Zimmermann[2] unverzüglich und sogar vermittels eines Blitzgesprächs mit Herrn Huchel in Verbindung getreten, da der Besuch eines Lektors von S. Fischer unmittelbar bevorstand.[3] Huchel habe sich überrascht gezeigt über dein Angebot, nahezu in einer freudigen Weise, ungefähr positiv. Denn ein solches Angebot gibt es von S. Fischer nicht. Andererseits ist sein nächster Gedichtband (hier gebrauchte Herr Becker ausweichende Formulierungen wie: so zu sagen, irgend wie) an S. Fischer gebunden; jedoch verneinte Herr Becker die Frage, ob es einen ordentlichen Vertrag zwischen Huchel und S. Fischer gebe.

Etwa in vierzehn Tagen plant Herr Huchel einen neuen Besuch in Westberlin, und Herr Becker wie ich werden es darauf anlegen ihn zu treffen. Zwar wissen wir den Termin nicht genau; Herr Becker hält aber ein direktes Gespräch, zumindest telefonisch, zwischen Herrn Huchel und dir für angebracht. Also wäre es nett, wenn du uns in Andeutungen

bekannt gäbst, wo du dich demnächst so aufhalten wirst, und unter welchen Nummern.
Wie hat eigentlich der Verlag den 80. Geburtstag von Peter Suhrkamp wahrgenommen?
Könntest du eine Bitte an Frl. Geisler übermitteln: ob sie, in ihrer unerschütterlichen Güte, die Raiffeisen-Leute noch einmal fragen könnte, diesmal nach gezielten Angaben von Literatur und Berichten über die Prozesse, die nach 1945 in der damaligen Sowjetzone gegen die Institution und ihre Angehörigen geführt wurden?[4]
Was ich von dir gern hätte: Meldungen von Frau Bachmanns Reise durch das literarische Leben der Bundesrepublik, von Hamburg über Ausgsburg nach Berchtesgaden, oder wohin immer. Augsburg, du weisst schon.
Sincerely yours,
Uwe.

1 Jürgen Becker wohnt und arbeitet zwischen Februar und Mai 1971 in der Akademie der Künste in West-Berlin.

2 Hans-Dieter Zimmermann ist von 1969 bis 1975 Sekretär der Abteilung Literatur der Akademie der Künste in West-Berlin.

3 Hans-Jürgen Schmitt, zu diesem Zeitpunkt Lektor im Fischer Verlag, besucht Peter Huchel. 1963 war dessen Gedichtband *Chausseen Chausseen* im Fischer Verlag erschienen. Siehe auch Brief 478, S. 683 f.

4 Am 4. 12. 1970 schreibt Burgel Geisler an U. J. »Raiffeisen, der alte Neuwieder, hat viel hinterlassen, es ist eine Menge Material vorhanden. Die Unterlagen bekomme ich am Montag, wohin kann ich sie schicken?« Mitte Dezember 1970 sendet sie U. J. den »nicht allzu umfangreichen Vater-Raiffeisen-Katalog«.

[466]

Frankfurt am Main
30. März 1971

Lieber Uwe,
wir werden ja telefonieren, aber in jedem Fall schönen Dank für die beiden Briefe vom 25. März. Mit Raddatz hatte ich ein sehr angenehmes Gespräch, das freilich die heiklen Punkte ausklammerte. Deine Bemerkungen über den 2. Band der »Jahrestage« sind voll ausreichend. Schönen Dank.[1]
Herzliche Grüße
Dein Siegfried

P. S.
Ich bedanke mich sehr für den Hinweis auf die amerikanischen Taschenbücher. Einiges davon versuche ich für uns zu bekommen. Schönen Dank.
| Eben ging Dein Brief vom 29. 3. ein.
Bitte mit P. H. weiter argumentieren. |

1 U. J. sendet am 27. 4. 1971 dem Verlag die Überarbeitung des auf Brief 464a beruhenden Vorschautexts, der dann in der Programmvorschau für das zweite Halbjahr 1971 gedruckt wird.

[467]

[Berlin Friedenau]
31. März 1971

Lieber Siegfried,
nicht mit Behagen lese ich den Briefwechsel zwischen der Akademie der Künste Berlin und dem Suhrkamp Verlag um die von der Akademie hergestellten Horváth-Kopien

zu 50 Pfennig und die DM 10,134.00, die ihr dafür nicht bezahlen wollt. Die Akademie hat mich, als Mitglied, um eine Vermittlung gebeten, und obwohl eine Ausgabe von mehr als 10,000 Mark für euch mir selber wehtut, glaube ich leider, dass ihr einfach das Gesicht wahren müsst und zahlen.
Zu diesem Eindruck komme ich durch eine Reihe von Unterlassungen, die für den Verlag eben eine Verpflichtung ergeben. In der Vereinbarung zwischen Herrn Hildebrandt, der damals für den Verlag stand, und der Akademie, vertreten durch Herrn Huder, will der Verlag »etwa entstehende Unkosten« übernehmen. Gibt es denn bei euch keine Postkonferenz mehr? Liest du nicht die Durchschläge? Die Unkosten sind nicht genau bezeichnet. Sicherlich sind 50 Pfennig pro Kopie der Preis, den die Kaufhäuser nehmen, meinetwegen um 150% über euren Selbstkosten für eine Fotokopie; ihr habt euch aber auf *etwa* entstehende Unkosten eingelassen. (Im selben Brief fällt mir auf, dass *drei* Kopien bestellt werden; geliefert und berechnet aber *vier*, nämlich zusätzlich eine für den Verlag, in dem doch Herr Hildebrandt schon eine hatte. Von dessen Exemplar hätte ja sicherlich eine Kopie auf eurem eigenen Gerät angefertigt werden können.)
Zweitens, euer Einspruch gegen die Gesamtrechnung. Du ringst da nach Atem, aber nicht völlig zu Recht. Denn der Einspruch wäre nach der ersten Teilrechnung fällig gewesen, der vom 5. Dezember 1969, wo die Kosten einer Kopie mit 50 Pfennig angegeben werden. Nun hat aber der Verlag keineswegs die Vereinbarung revidiert oder zurückgezogen, sondern am 9. Februar (als schon die zweite Rechnung vom 27. Januar 1970 vorlag) ausdrücklich vorgeschlagen, die Bezahlung nach Abschluss der ganzen Aktion vorzunehmen. Das heisst: *»die Bezahlung vornehmen«*, nicht gegen den Preis protestieren. Herrn Nabbefelds schnippi-

scher Hinweis, dass ein Buchverlag seine Möglichkeiten auf die Herstellung von Büchern und nicht auf die von Fotokopien konzentrieren müsse, ist sicher belehrend und unterhaltsam für eine Akademie der Künste, geht aber vorbei an der ausdrücklichen Vereinbarung, dass die Akademie die Kopien für den Verlag herstellen sollte. Zum anderen, dein Brief wie der von Herrn Nabbefeld vom 5. Juni 1970 kommen um ein halbes Jahr zu spät. Der Verlag kannte die von der Akademie berechneten Kosten seit dem 5. Dezember.

Dann seid ihr unfein geworden. Herr Nabbefeld unterstellt dem Sekretär des Senats schlicht, die Akademie wolle da einen Gewinn erzielen. Jetzt seid ihr auch noch moralisch im Unrecht. Denn es ist Sache der Akademie, wie wirtschaftlich sie arbeitet, und was da an Kosten herauskommt, hat sie euch mitgeteilt.

Bei dieser Lage könnt ihr euch, nach meinen Vorstellungen, kaum leisten, dass die Akademie euch Gott behüte auf Überweisung des Betrags verklagt. Denn ihr habt bestellt, ihr kanntet die Kosten; warum müsst ihr jetzt nicht zahlen?

Ich bin da zu gar nichts ermächtigt, die Akademie nimmt mich schlicht als ihr Mitglied und Vertreter des Suhrkamp Verlages; es ist in diesem Falle kein so angenehmes Gefühl. Also rate ich schlicht herum, wenn ich dir vorschlage, mit der Akademie über eine gütliche Lösung zu reden, eine Ermässigung der Rechnung. Viel Geld käme da nicht heraus, und ein ganz klein wenig ärmliches Aussehen gewänne der Verlag dabei auch. Überdies, wenn die Akademie nicht will, ist sie mit euren eigenen Unterschriften in ein Recht dazu gesetzt.

Eine allerwinzige Kleinigkeit habe ich gefunden: wenn man die Einzelbeträge der Rechnungen addiert, kommt die oben angekommene Summe heraus. Addiert man hingegen die Kopien und kommt auf ganze 20,266 Stück, ergibt sich als

Rechnungssumme: 10,133.00 Mark, eine weniger. Wenn sich das bei eurer Überprüfung als richtig herausstellen sollte, würde ich dir schweren Herzens raten, der Akademie einen Brief zu schreiben und die Rechnung, eine Mark abgestrichen, zu bezahlen. Es wäre schmerzhaft, es wäre ordentlich.
Hiervon schicke ich keinen Durchschlag an die Akademie.
Sincerely yours,
Uwe.

[468]

Frankfurt am Main
1. April 1971

Lieber Uwe,
schönen Dank für Deinen Brief vom 29. März. Hoffentlich kommen wir in eine Verbindung mit Peter Huchel. Ich würde natürlich gerne mit ihm telefonisch sprechen, aber es wird sicherlich schwierig sein, mich zu erreichen. Hier ungefähr meine Termine: heute, Donnerstag, mit Ingeborg Bachmann in München, ebenfalls noch am 2. April. Vom 8. - 10. April in Hamburg (Bond-Premiere[1]), 11. April Neuwied (Elisabeth Borchers[2]), 15. - 18. April Bamberg (Wollschläger[3] und PEN-Club[4]), Dienstag München, 24. April Premiere »Kinderspiel« in Stuttgart[5]. An den anderen Tagen erreichst Du mich mit Sicherheit im Verlag bzw. in der Klettenbergstraße.
Der Verlag hat den 80. Geburtstag von Peter Suhrkamp sicherlich kaum wahrgenommen, aber die paar Beteiligten von alters her dachten sehr herzlich des Gründers unseres Hauses. Von auswärts kamen drei Briefe, die an diesen Tag erinnerten.

Weißt Du eigentlich, daß Friedrich Podszus gestorben ist?
Soweit ich höre, hat Frau Bachmann die Lesereise sehr gut durchgehalten. Ich werde das ja morgen in München noch einmal genauestens für Dich recherchieren können. Ich hoffe, ich kann Dir dann auch einen Bericht schicken.
Viele Grüße, lieber Uwe – manchmal habe ich den Eindruck, nur wir beide (und natürlich die Damen meines Sekretariats) arbeiten, während sonst die Welt sich in Müßiggang ergeht –.
Herzlich
Dein Siegfried

P. S.
Im »Wiesbadener Kurier« lese ich von unserem Frankfurter Abend das folgende: »Auflehnung nicht in schrillen Tönen, sondern verhalten, leise, intensiv und um so stärker treffend – durch das Wort, um das sie kämpft, um das Allerwortewort: Liebe; Beschwörung, hartnäckig, inständig; die erwartete ›Anrufung‹, nun aber mit der ›verbrannten Hand‹. – Freundschaftlich die Geste von Siegfried Unseld, der nach der Lesung ihr Mut machte, der sie hinwies auf kommendes Lob, aber auch auf möglichen Tadel, mögliche Absage.«[6]

1 *Die Hochzeit des Papstes* von Edward Bond wird am 8. 4. 1971 im Deutschen Schauspielhaus in Hamburg in der Regie von Peter von Wiese in Deutschland erstaufgeführt.
2 Elisabeth Borchers tritt am 1. 10. 1971 als Lektorin in den Suhrkamp Verlag ein.
3 Im Reisebericht von S. U. heißt es: »Besuch bei Hans Wollschläger, dem Übersetzer von Joyce, ›Ulysses‹. Sehr merkwürdig, wir unterhielten uns über alles andere mehr und länger als über die Übertragung.«
4 Im Reisebericht von S. U. heißt es über die Tagung: »Seitdem Böll

Präsident des Clubs ist und Thilo Koch der Generalsekretär werden die Veranstaltungen des PEN lebendiger und wirklicher. Die öffentliche Veranstaltung mit dem Thema ›Pornographie‹ war sehr gut besucht.«

5 Martin Walsers *Ein Kinderspiel* wird am 24. 4. 1971 in der Regie von Alfred Kirchner am Württenbergischen Staatstheater in Stuttgart uraufgeführt.

6 Ingeborg Bachmann liest zwischen dem 23. 3. 1971 (Frankfurt) und dem 1. 4. 1971 (München) auf 9 Stationen aus *Malina*. S.U. bezieht sich hier auf einen Artikel von Alexander Hildebrand im *Wiesbadener Kurier* vom 26. 3. 1971, in dem unter dem Titel *Gedichteschreiben – ein Zustand, der mit dreißig vorüber ist* von einem Presseempfang für Ingeborg Bachmann in Frankfurt und der anschließenden Lesung der Autorin aus *Malina* im Haus der Gesellschaft für Handel, Industrie und Wissenschaft berichtet wird.

[469]

Frankfurt am Main
5. April 1971

Lieber Uwe,
ich schicke Dir zu Deiner Information und mit der Bitte um Stellungnahme einige Programm-Listen der Verlage zu. An den Titeln der edition suhrkamp arbeitet Günther Busch noch. Sie folgen dann nach.

Bei der Bibliothek Suhrkamp bin ich natürlich im Hinblick auf Titel 300 nicht so glücklich. Ich hätte hier natürlich viel lieber die Erzählung von Dir gehabt.[1]

Du hast mir vor einiger Zeit Kellermanns »Tunnel« und Heinrich Manns »Untertan« vorgeschlagen.[2] Kellermann scheint mir, nach dem Wort des verehrlichen P. S., doch nicht ganz »bibliotheksreif«, oder, anders gesagt, ich glaube nicht, daß man ihn würde gut verkaufen können. Was H.

Mann betrifft, so schrieb ich am 7. 1. 1970 an den Aufbau Verlag, der mich an Claassen verwies, der mir jedoch mitteilte, es läge eine Taschenbuch-Ausgabe vor. Jetzt bemühen wir uns um eine Lizenz von Manns »Kleiner Stadt«. – Bitte, überlege Dir doch weiterhin Texte »klassischer« Autoren, die aktuell sind und verkauft werden können. Wie wäre es eigentlich mit einem Norman Mailer? Noch mal mit einem Hemingway?

Bitte, lies auch noch einmal in Ruhe und ohne Voreingenommenheit die Titel der Taschenbücher durch. Ich glaube, gegen diese Reihe wird man nicht nur nichts einwenden können, sie wird auf dem Buchmarkt attraktiv und auch ein wenig unübersehbar sein.[3]

Auf der Liste Literarisches Hauptprogramm findest Du unter den Sonderausgaben auch die »Zwei Ansichten«. Ich möchte Deine Zustimmung für diese »Sonderausgabe« erbitten. Wir haben von diesem Buch ca. 30.000 Exemplare gedruckt und bis zum 28. 2. 1971 24.749 Exemplare verkauft zum Ladenpreis von DM 16,-. Der Verkauf hat gewaltig nachgelassen, im Februar 1971 betrug er noch 6 Exemplare. Wir haben aber noch 5.644 fertig gebundene Exemplare auf Lager, für die wir seit längerem eine beträchtliche Miete zahlen müssen. Mein Vorschlag: Wir geben 5.000 Exemplaren einen neuen Umschlag, weiß mit schwarzer einfarbiger Schrift und dem Vermerk »Einmalige Sonderausgabe DM 8,-«. Vielleicht schaffen wir dann den Verkauf bis spätestens 31.12.1972. Da wir ziemliche Unkosten haben und diese Sonderausgabe mit erhöhtem Rabatt anbieten müssen, kann ich Dir freilich nur DM -,50 als Honorar anbieten.

Die restlichen 644 Exemplare lassen wir auf der hohen Kante und setzen hier vielleicht ab 1. 1. 1972 den Ladenpreis auf DM 20,- fest. Diese Ausgabe würde dann über Jahre hindurch lieferbar sein. Diese Lösung hätte auch den Vorteil,

daß sie uns eine evtl. Taschenbuchausgabe nicht verbauen würde. Bist Du einverstanden?
Schöne Grüße
Dein Siegfried

1 Der Reisebericht von S. U. über den Besuch bei U. J. am 22. 1. 1971 vermerkt: »Noch ist es nicht ausgeschlossen, daß uns Uwe Johnson für den Band 300 der Bibliothek Suhrkamp eine Erzählung mit dem Arbeitstitel ›Erste Liebe‹ schreibt.« Als Band 300 der Bibliothek Suhrkamp erscheint: Hermann Hesse, *Mein Glaube. Betrachtungen.*
2 U. J. schreibt im Brief vom 6. 1. 1970 an Burgel Geisler: »Würden Sie Herrn Unseld etwas ausrichten? Das wäre: dass manche Studienausgaben am besten durchschossen abgegeben würden, dass ›Der Tunnel‹ von Bernhard Kellermann UND ›Der Untertan‹ von Heinrich Mann womöglich für die BS geeignet wären, dass das ›und‹ hinter Kellermann sich sinnlos wie aus Hochmut erhöhte und dass dies Vorschläge sind, die grossen Mangel an Ahnung freimütig eingestehen.«
3 Im Oktober 1971 erscheinen die ersten 20 Bände der suhrkamp taschenbücher.

[470]

Frankfurt am Main
7. April 1971

Lieber Uwe,
schönen Dank für Deinen Brief vom 31. März in der Angelegenheit der Horváth-Kopien. Ich wäre Dir doch sehr dankbar, wenn Du Dich aus dieser Angelegenheit heraushalten könntest. Du kommst hier in eine Interessenkollision. Die Sache ist für alle drei Stellen, für die Akademie wie für die doch eher unverantwortlich reagierenden Herausgeber und für den Suhrkamp Verlag, peinlich. Wir müssen das mit der Akademie selbst durchfechten. Es muß und wird zu

irgendeiner mittleren Lösung kommen, die ich schon eingeleitet habe. Wieder einmal bin ich hier hereingelegt worden und muß dafür zahlen ...
Schöne Grüße
Dein Siegfried

[471]

[Berlin Friedenau]
7. April 1971

Lieber Siegfried,
schönen Dank für deinen Brief vom 5. April.
Nimm es mir nicht übel, ich wüsste dem nichts Erhebliches hinzuzufügen, was ich dir neulich über das neue Programm gesagt habe.
Es ist auch so, dass ich zur Zeit nicht Briefe schreiben kann, bei einer Menge Jahrestage.
Noch einen Text Hemingways für die Bibliothek würde ich dir nicht vorschlagen. Auch keinen von Norman Mailer, weil der gelegentlich und oft mit der Sprache schlampig umgeht. Über andere Möglichkeiten werde ich nachdenken, sie sogleich melden.
Was kosten denn so 5 644 Exemplare »Zwei Ansichten« Lagermiete?
Mit deinem Vorschlag, daraus eine Sonderausgabe und eine Reserve zu machen, unter den von dir beschriebenen Bedingungen, bin ich einverstanden.
Sincerely yours,
Uwe.

[472]

[Berlin Friedenau]
8. April 1971

Lieber Siegfried,
in dem Literaturblatt der »Zeit« von heute ist mir die Anzeige von Fritz J. Raddatz' Buch über die Literatur der D.D.R. aufgefallen. Hast du dich nun entschieden, oder läuft alles ganz anders als vermutet?[1]
Schöne Ostern und ebensolche Grüsse an deine Frau wünscht dir
Uwe.

1 Siehe Brief 431, S. 608.

[473]

[Berlin Friedenau]
10. April 1971

Lieber Siegfried,
es soll mir nur recht sein, mich herauszuhalten aus der Angelegenheit der Horváth-Kopien. So bereitwillig ich deine Aufforderung verstehe, ich darf dich doch daran erinnern, dass ich mich nicht eben hineingedrängelt habe sondern von der Akademie um eine Vermittlung gebeten war.
Mit verspäteten Grüssen zu Ostern,
sincerely yours
Uwe.

[474]

Frankfurt am Main
15. April 1971

Lieber Uwe,
Fräulein Saebisch und ich danken Dir für Deine Briefe vom 8. und 10. April. Ich weiß nicht, ob ich Deine Zeilen so lesen sollte, daß Du Dich in Zukunft doch von der Mühe der Lektüre der Reiseberichte befreien möchtest. Das würde ich ja nur verstehen.[1]
Mit Raddatz haben wir am 3. bzw. jetzt am 5. Mai eine Verabredung für das Gespräch. Von diesem Gespräch wird abhängen, ob und wann das Buch erscheinen wird. Ich nehme an, zum 1. September 1971.
Schöne Grüße
Dein Siegfried

1 Am 1. 4. 1971 schreibt U.J. an Burgel Geisler: »[...] Und ich bedanke mich weiterhin für die Übersendung von Herrn Unselds Reisebericht. Nun ich diese Sachen kriege, werde ich ja die Überlegung nicht los, dass die mich betreffenden Passagen etwas anders abgefasst sind als früher. So ist nichts vollkommen.« Am 6. 4. reagiert Ingrid Saebisch darauf in einem Brief an U.J.: »[...] Fräulein Geisler, die in Urlaub gefahren ist, fragt Sie, inwiefern die betreffenden Passagen in Dr. Unselds Reisebericht, die Sie betreffen, anders abgefaßt sind als die früheren Passagen, die Sie ja wohl nicht kennen.« Darauf antwortet U.J. in einem Brief an Ingrid Saebisch vom 8. 4. 1971: »[...] Offensichtlich kann ich nicht die Fassung von Berichten beurteilen, die ich nie gesehen habe, und verzichte darauf. Was ich mir tatsächlich habe zu Schulden kommen lassen, war unschuldiger, demgemäss freundlicher, Zweifel, ob nicht ein noch so tugendsamer Mensch, und sei es Herr Dr. Unseld, Esq., in einer Zuhörerschaft über einen Betroffenen geringfügig anders sich vernehmen liesse, als in der Anwesenheit des Betroffenen. Es war also ein Spass, für mich obendrein ein akademischer, denn ich erfahre meins ja abonnierter Massen aus dem Munde des Pferdes, wie wir Schotten sagen.«

[475]

[Berlin Friedenau]
17. April 1971

Lieber Siegfried,
ich danke dir für deinen Brief von vorgestern.
Keineswegs möchte ich so verstanden werden, als wollte ich mich »in Zukunft doch von der Mühe der Lektüre der Reiseberichte befreien«.
Schöne Grüsse!
Sincerely yours,
Uwe.

[476]

Frankfurt am Main
19. April 1971

Lieber Uwe,
Du hast neulich nach unseren Kosten für die »Zwei Ansichten« gefragt. Die reinen Bindekosten für die 4.684 Exemplare betrugen 1965 DM 1,17 pro Exemplar, also insgesamt DM 5.480,-. Bitte rechne hierzu einen jährlichen Zinsbetrag in Höhe von DM 384,-, dies also mindestens mal 5. Die Lagerkosten für 5.000 Exemplare betragen im Jahr DM 250,-.
Yours truly
Siegfried

[477]

[Berlin Friedenau]
21. April 1971

Lieber Siegfried,
ich bedanke mich für deinen Brief von vorgestern und für die erbetene Auskunft über »Zwei Ansichten«. Was deine Pläne mit dem Rest dieses Buches angeht, so habe ich dir mein Einverständnis ja schon mitgeteilt.
Du fragtest mich neulich, ob mir der Tod von Friedrich Podszus bekannt sei. Du hast mich davon schon durch eine Erinnerung in der »Frankfurter Allgemeinen Zeitung« in Kenntnis gesetzt. Daran hat mir besonders gefallen, dass seine Differenzen mit Suhrkamp nicht nur zugegeben sondern auch beschrieben werden.[1]
Das Folgende ist weiterhin sehr vertraulich und sollte gegenüber Dritten nicht erwähnt werden. P. H. wird am 27. aus der D. D. R. entlassen.[2] Am 28. ist er in München. Er hat sich noch einmal erfreut über deinen Vorschlag geäussert, möchte jedoch warten, ob der Verlag Fischer etwas Entsprechendes anbieten wird. Im Grunde ziehe es ihn mehr zu Suhrkamp.
Herr Becker, von dem ich dies weiss, wird in den folgenden Tagen versuchen, die Hotel- oder andere Adresse P. H.s in München herauszukriegen. Unter anderem nimmt er an, dass die Bayerische Akademie da vermitteln, also auch informiert sein wird. Die Weiterreise P. H.s nach Italien ist für den 29. vorgesehen. Du musst nun selbst entscheiden, ob dir die Sache eine Reise nach München wert sein sollte.
Sincerely yours,[3]
Uwe.

P. S.
Als einzige direkte Verbindung zwischen Potsdam und München habe ich den D 144 gefunden. Er soll Potsdam um 20:05 verlassen und um 6:08 in München ankommen.

1 Im Nachlaß von U. J. befindet sich eine Kopie des Nachrufes auf Friedrich Podszus, den S. U. am 10. 3. 1971 in der *Frankfurter Allgemeinen Zeitung* unter dem Titel *Der Literator. Zum Tode von Friedrich Podszus* veröffentlicht hat. Dort heißt es: »Friedrich Podszus wurde am 8. März 1971 ›in aller Stille‹ beerdigt. Jeder hat das Recht auf einen eigenen Tod, auch auf ein eigenes Begräbnis. [...] 1950, schon im stattlichen Alter, berief ihn Suhrkamp als Lektor in seinen neugegründeten Verlag in Frankfurt. Er wurde zu einer Art Gewissen von Suhrkamps Verlagsplänen. Suhrkamp war der inspizierende [sic] Geist, Podszus half ihm bei der Verwirklichung der Autorenpläne. Suhrkamp hatte ganz bestimmte Vorstellungen von Anspruch und Rang eines Autors, es war nicht leicht, ihn für junge, neue Autoren, die dem Experiment zugewandt waren, zu überzeugen. Podszus trat für die Experimente ein. Günter Eich, Wolfdietrich Schnurre, vor allem Martin Walser wurden von ihm empfohlen, und er verstand es, Suhrkamp von diesen Autoren zu überzeugen. [...] Es bleibt die dauernde Leistung von Friedrich Podszus, an der Vorbereitung der Edition der Schriften von Walter Benjamin mitgewirkt zu haben. Ohne die Mitwirkung von Friedrich Podszus hätten die beiden Bände [*Schriften*, herausgegeben von Theodor W. Adorno und Gretel Adorno unter Mitwirkung von Friedrich Podszus, Frankfurt am Main 1955] kaum erscheinen können. Und wegen Details dieser Ausgabe zerstritt er sich mit Peter Suhrkamp.«

2 Peter Huchel, der nach seiner Absetzung als Chefredakteur der Zeitschrift *Sinn und Form* 1962 in der DDR isoliert wurde, darf nach mehrfach abgelehnten Ausreiseanträgen am 27. 4. 1971 überraschend mit einem für zehn Jahre gültigen Paß gemeinsam mit Frau und Sohn die DDR verlassen.

3 Dieser Brief trägt den handschriftlichen Vermerk: »telef[onisch]/mündl[ich] erl[edigt]«.

[478]

[Berlin Friedenau]
23. April 1971

Lieber Siegfried,
damit du es gleich schriftlich hast:
P. H. wird am 28. morgens in München erwartet. Es scheint jedoch offenbar nicht nötig, was du zu tun bereit warst, denn nach Herrn Beckers Ermittlungen will er bis zum 4. Mai bleiben.[1]
Du möchtest jedenfalls am 28. anrufen.
Die Adresse ist:
Pension Morena
Kaulbachstrasse, 35
Telefon: 28 54 84.
Hoffentlich hat Paris euch geleistet was ihr benötigtet.[2]
Womit ich mich deiner Frau empfehle
und mit den schönsten Grüssen verbleibe,
sincerely yours,
Uwe.

1 S.U. besucht Peter Huchel am 2. 5. 1971 in München. In seinem Reisebericht hält er fest: »Ich kam wegen des Bummelstreiks mit 2 Stunden Verspätung in München an; gleich nach der Eröffnung des Gesprächs sagte Huchel, er müsse mir eine ›Enttäuschung‹ offerieren: er hätte dem S. Fischer Verlag von meinem Angebot erzählt und Härtling hätte nach mehreren Rücksprachen bei Holtzbrinck ihm mitgeteilt, daß der S. Fischer Verlag in mein Gebot ›einsteigt‹. Immerhin hat jetzt Huchel dadurch monatlich DM 1.500,- bekommen. Ich sprach noch eine Stunde mit ihm, und im Laufe des Gesprächs wurde er in seiner Entscheidung doch wieder schwankend. Ich bin jedoch nicht mehr in ihn gedrungen.« Peter Huchel wird dann doch Autor des Suhrkamp Verlags. S.U. trifft ihn während der Herbsttagung der Deutschen Akademie für Sprache und Dichtung am 23./24. 10. 1971 in Darmstadt und hält von dieser Begegnung in seinem Reisebericht fest: »*Peter Huchel:* seine

erste Frage: Wollen Sie mich noch als Autor? Als ich überrascht mit der Gegenfrage antwortete, ›Ja, warum denn nicht?‹ reagierte er, der Versponnene, Weltabgewandte, mit der Antwort: ›Weil Sie mir die vereinbarten monatlichen Zahlungen noch nicht überwiesen haben!‹ Das müssen wir also jetzt schleunigst unternehmen. [...] Ich hatte mehrere Gespräche mit Huchel, die alle samt und sonders sehr angenehm verliefen, er wird bis spätestens 15. April [1972] das Manuskript seines Gedichtbandes schicken, 40 Gedichte sind schon fertig, weitere 20 oder 30 will er zu diesem Termin fertigstellen. [Der Band erscheint 1972 unter dem Titel *Gezählte Tage*.] Mit großer Freude vernahm er meine Bereitschaft, in der e.s. zum Termin des Gedichtbuches einen Band ›Über Peter Huchel‹ herausgeben zu wollen. Hier müssen wir noch einen Herausgeber suchen [...].« Der Band, herausgegeben von Hans Mayer, erscheint 1973.

2 S.U. hält sich gemeinsam mit seiner Frau Hilde vom 23. bis 25.4. 1971 in Paris auf. Dort trifft er u.a. Samuel Beckett (der Reisebericht hält fest: »Das Gespräch mit ihm zählt zum Schönsten, was es für mich überhaupt gibt. Beckett ist für mich als Mensch wie als Autor vorbildlich und vollkommen«), Elmar Tophoven, Werner Spies und Robert Minder.

[479]

[Berlin Friedenau]
27. Mai 1971

Lieber Siegfried,
an deinen Reiseberichten habe ich Freude und Vergnügen, insbesondere an dem neuesten, New York betreffend. Freude an Optimismus und pep; Vergnügen, weil du ziemlich deutlich zu sehen bist. Hör nur nicht auf, mich so zu informieren. [1]
Der Bericht über deinen letzten Besuch in Berlin enthielt eine Unrichtigkeit, von der ich herzlich gern wünschte, sie wäre geringfügiger. Vielleicht war es deine Präokkupation mit dem Tod Frau Weigels und dem fertigen Stück von Jür-

gen Becker, die dich verstehen liessen, ich hätte das satzfertige Skript von »Jahrestage II« für Mitte Juni versprochen. Ich habe dir, niedergeschlagen genug, Mitte Juli als Termin genannt.[2]
Das ist schlimm; ich weiss es. Für mich ist es auch schlimm. Einmal, weil ich gern in allem pünktlich wäre; zum anderen, weil ich ernsthaft zu zweifeln beginne, ob ich New York je hätte verlassen sollen, bevor das Buch fertig ist.
Die Seiten 1 bis 209 habe ich heute eingeschrieben an Herrn Beckermann geschickt, zusammen mit einem Brief, der ihm die womöglich für den Umschlag geeigneten Stellen bezeichnet. Über die anderen Sachen, Bezifferung und die Möglichkeit des Durchnumerierens, wird er gewiss mit dir sprechen.[3]
Du hast dich einmal als Auskunftsperson obendrein bezeichnet, und ich versuche es gern: Wüsstest du etwas über den Betrieb eines mittleren Militärflughafens bei Grossdeutschens, oder jemand, der das weiss?
Ein anderes Problem ist ein Einfall, bei dem du mich beraten könntest. Einmal angenommen, Mrs. Cresspahl beschriebe einem deutschen Psychiater in einem Brief, dass sie »Stimmen hört«, und bäte ihn um eine Auskunft darüber: dürfte man dafür Prof. Mitscherlich um eine fiktive Antwort bitten, oder würde er dann auf die Albernheit von Ferndiagnosen verweisen, beziehentlich grundsätzlich ablehnen?
Wenn du mit der D. D. R.-Regierung anfängst, über die Sache Brecht/Weigel zu sprechen, wäre es vielleicht ganz gut, du distanziertest dich von dem Wort »enteignen«, mit dem die »Welt« dich aus New York zitiert hat. Darüber könnten die sich gegiftet haben.[4]
Bitte, sei so freundlich und schick den anliegenden Zettel weiter an Frau Ritzerfeld.[5]
Mit herzlichen Grüssen,
dein Uwe.

1 U. J. bezieht sich auf den Reisebericht von S. U. über seinen Aufenthalt in New York zwischen dem 14. und 22. 5. 1971. Dieser beginnt mit den Sätzen: »Motiv und Datierung der Reise waren bestimmt durch den 60. Geburtstag von Max Frisch am 15. Mai. Aus diesem Anlaß und natürlich auch zur Erledigung verlegerischer Dinge begleitete mich Fräulein Helene Ritzerfeld.«

2 U. J. bezieht sich auf den Reisebericht von S. U. über seinen Aufenthalt in West- und Ostberlin zwischen dem 11. und 13. 5 1971, dessen Anlaß die Beerdigung der am 6. 5. verstorbenen Helene Weigel ist. Dort heißt es: »Mehrere Gespräche mit Uwe Johnson und *Jürgen Becker*. Jürgen Becker hat sein Stück beendet ›Die Zeit nach Harriman‹. [...] *Uwe Johnson*. Er ist in Schwierigkeiten. Er kommt mit dem Teil II der ›Jahrestage‹ nicht so voran, wie er sich das vorgestellt hat, aber immerhin: Mitte Juni können wir mit dem gesamten Manuskript rechnen. Ein Teilmanuskript von früher und auch den Text für den Umschlag werden wir erhalten.«

3 Unter dem Datum des 7. 5. 1971 schreibt U. J. an Thomas Beckermann: »Wenn es Ihnen und Herrn Unseld einleuchtet, so sollte der Untertitel ›aus dem Leben von G. C.‹ beim Band II erhalten bleiben. Die ›2‹ würde ich mir nicht nur auf den Rücken des Buches, [sondern] auch auf den des Umschlages [wünschen].«

4 Am 13. 5. 1971, einen Tag nach der Beerdigung von Helene Weigel, wird aufgrund eines Beschlusses des Ministerrats der DDR der Nachlaß von Bertolt Brecht und Helene Weigel zur »Aufgabe der Nation« erklärt. S. U. schreibt in seinem Reisebericht über seinen Aufenthalt bei Barbara Brecht-Schall am 13. 5. 1971: »Dann kam plötzlich ein Anruf aus dem Ministerratsbüro. Es meldete sich ein Herr Dr. Münzer an, er möchte Frau Barbara Brecht eine Ehrung für Bertolt Brecht und für Helene Weigel mündlich erläutern. Wir waren etwas ratlos, dann aber kam mir ein furchtbarer Verdacht: ich erinnerte mich an einen einschlägigen Paragraphen in dem DDR-›Gesetz über das Urheberrecht vom 13.9.1965‹. Dort heißt es in § 35: (1) Der Schutz des Nachlasses bedeutender Schriftsteller, Künstler oder Wissenschaftler kann durch Beschluß des Ministerrats zur Aufgabe der Nation erklärt werden. (2) In dem Beschluß kann die Wahrnehmung der Urheberrechte an dem Nachlaß einem staatlichen Organ oder einer anderen Institution übertragen werden. (3) Die vermögensrechtlichen Ansprüche der Erben der Urheber auf die Erträgnisse aus der Nutzung des Werkes während der Dauer der Schutzfrist bleiben gewahrt. [...] Ich

eilte zu Stefan Brecht und erzählte ihm von meiner ›Phantasmagorie‹. Um 16 h gingen wir – Stefan und ich – zu Barbara. Um 15.00 h waren die Herren Münzer und Hoffmann bei ihr gewesen, und sie hatten ihr eröffnet, daß in der Tat das eintreten wird, was ich befürchtet hatte. Der § 35 kam zur Wirkung. Die große Ehrung war die Erklärung, die Angelegenheit Brecht und das Andenken an Helene Weigel zur ›Aufgabe der Nation‹ zu machen. Und das bedeutet, daß den Brecht-Erben sämtliche Verfügungsrechte über die Werke und Aufführungen Brecht in der DDR entzogen werden, daß das Archiv der Akademie der Künste unterstellt wird; die materiellen Einnahmen der Brecht-Erben sollten nicht geschmälert werden [...]. [...] Barbara Brecht erzählte mir, daß die Abgesandten der DDR-Regierung ihr ausdrücklich erklärt hätten, daß sie die bestehenden Verträge zwischen dem SV und den Brecht-Erben respektierten und respektieren werden und daß sie ebenso respektieren und respektieren werden die Lizenzverträge, die der SV mit den Verlagen der DDR geschlossen hat, es sei denn, der SV verbiete Ausgaben in der DDR, dann würde die ›Enteignung‹ auch für diesen Punkt eintreten. [...] Ich ging dann über die Grenze, mit sehr gemischten Gefühlen und wahrscheinlich schon beobachtet. Drüben traf ich noch kurz Uwe Johnson, mit ihm formulierte ich die Pressemeldung des Suhrkamp Verlages, die dann nach dem Gespräch mit meinen Mitarbeitern am Abend desselben Tages wie folgt formuliert wurde: Der SV gibt, aus Anlaß der Meldungen aus der DDR, bekannt: 1. Die Publikationen, Aufführungen und Sendungen der Werke Bertolt Brechts in der Bundesrepublik, in West-Berlin und im westlichen Ausland werden unverändert in verlegerischer Verantwortung des Suhrkamp Verlages Frankfurt am Main fortgeführt werden. 2. Anläßlich der Beschlüsse des Ministerrats der DDR über das Werk Bertolt Brechts in der DDR bestätigte die Regierung der DDR ausdrücklich, daß sie den zwischen dem Suhrkamp Verlag und den Brecht-Erben bestehenden Generalvertrag und die zwischen dem Suhrkamp Verlag und den Verlagen der DDR bestehenden Lizenzverträge respektiert und respektieren wird. 3. Als nächstes bisher unveröffentlichtes Werk Bertolt Brechts aus dem Nachlaß werden zum Datum des 75. Geburtstages die ›Arbeitsjournale‹ Brechts im SV erscheinen.« In einer Meldung der *Welt* vom 24. 5. 1971 wird S. U. unter dem Titel *Suhrkamp dementiert Differenzen um Brecht-Nachlaß* zitiert: »[...] ›Die Weltrechte für alle veröffentlichten und unveröffentlichten Werke Brechts hat seit zwanzig Jahren mein Verlag, und das bleibt auch so‹, erklärte Unseld in einem dpa-Gespräch in New York. Die ›DDR‹ habe nach dem Tode der Brecht-Witwe Helene Weigel zwar das Brecht-Archiv in Ost-Berlin enteignet und der Kontrolle der Ostberliner Akademie der Künste unterstellt. Sein Verlag sei aber vom ›DDR‹-Ministerrat darüber informiert worden, daß dies keinen Einfluß auf die Copyright-Rechte außerhalb der ›DDR‹ haben werde.«

5 Im Brief vom 27. 5. 1971 an Helene Ritzerfeld gibt U.J. seine Zustimmung zur Übersetzung von *Osterwasser* ins Bulgarische.

[480]

Frankfurt am Main
1. Juni 1971

Lieber Uwe,
schönen Dank für Deinen Brief vom 27. Mai. Als Nachspiel zum New Yorker Bericht die Kopie meines Briefes an Michael Roloff.
Was meinen Berlin-Bericht angeht, so ist das ein Tippfehler. Es muß bei der Ablieferung von »Jahrestage II« wirklich Mitte Juli heißen. Ich diktiere diesen Brief am Sonnabend-Vormittag, bis dahin ist das Manuskript, das Du an Herrn Beckermann geschickt hast, noch nicht eingetroffen, aber ich nehme an, bis zur Unterschrift dieses Briefes kann ich Dir das bestätigen. | (leider noch nicht)[1] |
Zu Deiner ersten Bitte: ich kenne niemanden, der etwas über den Betrieb eines mittleren Militärflughafens bei Großdeutschens weiß, aber vielleicht ist mir doch eine Vermittlung möglich. Ich bin in gelegentlicher Korrespondenz mit einem Luftwaffenassistenten von de Maizière. Kannst Du mir einen Brief schicken, in dem die Fragen gestellt sind, und ich leite diese Fragen mit einem Briefchen an jenen Herrn Obersten weiter?
Zu Deiner zweiten Bitte: schreibe doch an Alexander Mit-

scherlich, vielleicht gibst Du auch diesen Brief an mich, und ich schicke ihn dem großen Alexander mit entsprechendem Anschreiben zu.
Du hast ganz recht mit dem Hinweis auf das »enteignen«. Leider war das nun, obschon in Anführungszeichen, nicht mein Text. Ich mache immer wieder diese betrüblichen Erfahrungen, die schwierigste mit Henry Raymont von der »New York Times«. Er kam eines Morgens zu mir und zeigte mir einen bereits auf Matrize geschriebenen Aufsatz über meinen Versuch, internationale Verleger gegen die DDR zu mobilisieren. Ich habe ihm kein Wort gesagt; er hat das angenommen und es sofort als mein wörtliches Zitat bringen wollen. Auch der Rest seines Artikels ist mir peinlich genug; da es sich um die alte Tante »New York Times« handelt und Du darin ein Bild von »president Unseld« findest, schicke ich Dir die Nummer zu.[2]
Mit sehr herzlichen Grüßen und allen guten Wünschen
Dein manchmal trauriger Siegfried

1 U.J. schickt die Manuskriptseiten 1-209 der *Jahrestage 2* am 27. 5. 1971 von Berlin ab.
2 Der Artikel von Henry Raymont in der *New York Times* vom 21. 5. 1971 trägt die Überschrift: *West Fights East on Brecht Works.* Dort heißt es: »A group of international publishers has made known its determination to block any attempt by the East German Government to control world rights to the literary estate of Bertolt Brecht. [...] Plans to protect Western access to Brecht material, including still-unpublished diaries and letters, were disclosed here yesterday by Dr. Siegfried Unseld, president of Suhrkamp Verlag, a leading German publishing house. [...] The West German Publisher indicated that he would take legal action, together with publishers in Britain and France, ›if there were the slightest attempt by East Germany to dictate copyright‹ or to hinder access to the Brecht Archives in East Berlin. [...] ›The East German Government's decision to assume control over Brecht's literary legacy could have been a devastating blow to us were it not for the

fact that Brecht himself had taken steps to thwart any infringement of his literary freedom,‹ Dr. Unseld said. [. . .] German publishing sources estimated that royalties from foreign rights had been totaling in excess of $500,000 a year. The income was shared by Miss Weigel and Brecht's three children – Stefan S. Brecht of New York, Mrs. Barbara Schall-Brecht of East Berlin and Brecht's older daughter from an earlier marriage, Mrs. Hanne Hiob, an Austrian citizen.«

[481]

[Berlin Friedenau]
3. Juni 1971

Lieber Siegfried,
es kann mir nicht recht sein, wie du dich unterzeichnet hast; denn du gehörst doch nicht zu denen, die mit einem halben Tag Ferien in der Gesellschaft von Freunden eigene oder gemeinsame Schwierigkeiten einmal beiläufig und beiseite angehen und dann schon aus dem Atmosphärischen der Gelegenheit Erholung beziehen; und nun weiss ich nicht, was ich tun sollte.
Bist du Mitte Juli in Frankfurt? Dann würde ich dir das restliche Skript ja gern in Person abliefern.
Die erste Rate, die mittlerweile hoffentlich angekommen ist, war an Herrn Beckermann adressiert, weil ich den Termin deiner Rückkehr aus New York nicht wusste und überdies annahm, er solle über die Auswahl des Textes für den Umschlag entscheiden.
Was Henry Raymont aus deinen Worten gemacht hat ist sehr unerfreulich, scheint mir. »WEST FIGHTS EAST ON BRECHT WORKS«, es könnte dir immer als Kampfansage vorgehalten werden. Und dass der Verlust des Copyrights für den Verlag ein »devastating blow« wäre, verheerend, verwüstend, vernichtend, es ist ja geradezu eine Offenle-

gung der Suhrkampschen Finanzlage, die bei allem Mangel an Stimmigkeit zur Attackierung von Blössen geradezu einlädt. Ich weiss nicht, wie das ginge; dennoch fände ich nachgerade nicht völlig falsch, wenn du von dir aus an die neuen Verwalter von Brechts Erbe dich wendetest mit einem Statement, das deine Auffassung unmissverständlich definierte.

Für deine Bereitschaft, wegen eines Militärflughafens im Zeitraum von eintausend Jahren zu vermitteln, danke ich dir herzlich. Der Zettel liegt bei. Aus den Fragen geht ja hervor, dass deren Verfasser von primitivsten Ahnungen ausgeht; bitte, betone das doch noch einmal und deute es aus als Hilflosigkeit, damit Bedürfnis nach Hilfe.

Die andere Sache, betreffend den Brief an einen Psychoanalytiker, habe ich dir nur vorgetragen, um an deiner Reaktion zu sehen, ob du sie für ganz undenkbar hältst. Damit käme ich später, wenn du erlaubst.

Der Durchschlag des Briefes an Roloff lag nicht bei, aber mach dir damit keine Mühe; ich kann mir ja leider denken, wie der hat ausfallen müssen.

Mit herzlichen Grüssen,
dein
Uwe.

N. B.

Du sprachst einmal von Vorlesungen wegen Band II. Ich muss nun hinzufügen, dass sie erst nach dem 16. November möglich wären. Denn vorher muss ich, Band III zuliebe, wahrhaftig noch einmal nach New York.[1]
U.

[481a; Anlage, Fragen-Katalog zu einem Flugplatz an der Ostsee]

Der Flugplatz ist angenommen an der mecklenburgischen Ostsee, zwischen Lübeck und Wismar, zwei Kilometer von einer Steilküste, gebaut Frühjahr 1935 bis Herbst 1938, in Dienst genommen Ende Oktober 1938.
Also ein nicht geringfügiges Objekt, zu gross für einen anfänglich angenommenen Jägerstützpunkt. Was könnte da noch angesiedelt werden? Ein Lager, von dem aus Nachschub ausgeteilt würde nach Skandinavien oder Griechenland? Ausbildungsbetrieb? Bomber? Flakartillerieschule? Luftraumüberwachung durch Funkmesstechnik?
Es ist daran gedacht, der nahegelegenen Kleinstadt bei der Eröffnung doch nur anmarschierendes Personal bis zu 300 Mann vorzuführen; wäre das begründbar mit Absichten der Irreführung?
In was für einem Rang wäre der erste Kommandant von 1938? Wie viele Kommandanten kann eine solche Anlage bis 1945 gehabt haben, und was wären ihre Ränge gewesen? Ist es möglich, dass der erste der älteste war, und die folgenden wegen der Personalverluste immer jünger?
Die Anlage sollte für die britische Abwehr interessant sein, allerdings nicht über Routine hinaus.
In welchen Richtungen sollten die Start- und Landebahnen verlaufen, nördlich aufs Meer hinaus oder beileibe nicht? Wie würden die verschiedenen Abteilungen betrieben werden, von was für Offizieren, mit was für Kompetenzen? Wem unterstünden Handwerker, die zur Instandsetzung verpflichtet wären, nach dem Kommandeur dem Luftwaffengau oder dem Ministerium? Was für ein Luftwaffengau müsste das überhaupt sein?
Wie wäre der Flugplatz gegen feindliche Infiltration gesi-

chert? Gestapo oder Sicherheitsdienst? Wie würden dort Aufträge der eigenen Abwehr bearbeitet?
Was für ein Dienst wäre anzunehmen während eines feindlichen Angriffs auf nahegelegene Städte (Lübeck 1942)?
Was wäre an einem »Tag der Luftwaffe« gesperrt, oder sonstwie versteckt?
Welche von den in Absatz II genannten (gefragten) Aufgaben würden mit Fortschreiten des Krieges abgezogen, und wohin? Selbst wenn der Flugplatz allmählich stiller würde, was für Aktivitäten könnte er doch bis Kriegsende unterhalten? Und auf welche Weise würden sie aufhören, und wann?[2]

1 U. J. hält sich vom 1. 9. bis zum 5. 10. 1971 in New York auf.
2 U. J. benötigt nähere Angaben zur Gestaltung »seines« Fliegerhorstes Mariengabe auf dem Gelände des Flugplatzes von Jerichow Nord. Vgl. *Jahrestage,* Bd. 2, S. 964 ff., oder Bd. 3, S. 1242.

[482]

Frankfurt am Main
8. Juni 1971

Lieber Uwe,
schönen Dank für Deinen Brief vom 3. Juni. Über meine »Unterzeichnung« sprechen wir einmal, wirklich, Du kannst dich darauf verlassen, ich muß es ja auch von der Seele bekommen.
Nun das Wichtigste: leider lag das Manuskript zwei Tage bei Herrn Beckermann; ich habe erst durch Deinen Brief erfahren, daß es da ist, inzwischen hat er Dir ja telefonisch, wie er mir sagte, den Eingang bestätigt. Ich diktiere diesen Brief am Sonnabend-Vormittag; ich habe mir den ganzen Sonntag

für die Lektüre vorgenommen. Du hörst darüber von mir.
Deinen Brief leite ich weiter an einen der Stellvertreter des Inspekteurs der Bundesluftwaffe. Ich bin gespannt, ob ich Dir da helfen kann.[1]
Henry Raymont ist leider nicht nur ein naiver Journalist, sondern ein gefährlicher. Ich mußte seinen Bericht dementieren, aber Du weißt ja, was Dementis ausrichten. Leider hat auch Stefan Brecht die Sache zu sehen bekommen, und es ist ganz klar, daß auch er etwas sauer reagiert hat. Ich bin sehr in Verbindung mit den Erben, ich glaube, es läuft alles gut.
Im Juli bin ich noch ziemlich terminfrei; ich würde mich freuen, wenn wir einmal etwas länger Gelegenheit hätten, wieder miteinander zu sprechen. Wie wäre das Wochenende 17./18. Juli, oder läßt Dich Deine Familie für den 21. Juli frei (oder könnten wir es so machen, daß Du schon am 20. kommst und Elisabeth und Katharina zum 21.: dies natürlich auf Einladung des Verlages)? Bitte, sag mir, wie es Dir angenehm ist.
Schöne Grüße
gez. Dein Siegfried Unseld
i. A.
| Ihre Burgel Geisler |

1 Am 7. 6. 1971 sendet S. U. die Fragen von U. J. an Oberstleutnant Jörg Bahnemann.

[483]

Berlin Friedenau
9. Juni 1971

Lieber Siegfried,
ich danke dir für deinen Brief von gestern und für die fürsorgliche Weiterleitung meiner Fragen an die rechte Schmiede.
In einer Zeitung lese ich, dass Martin in der Paulskirche das so genannte Deutschlandlied gesungen hat, und kann es nicht glauben. Hast du ihn bei der Gelegenheit gesehen?[1]
Wenn du im Juli wirklich noch nicht so sehr festgelegt bist, würde ich mir doch sehr gern den 24. Juli wünschen, einen Sonnabend. Könntest du dich dazu verstehen?
Sincerely yours,
Uwe.

1 Am 4. 6. 1971 beginnt in Frankfurt am Main der 1. Bundeskongreß bildender Künstler, dessen Eröffnung in der Paulskirche stattfindet. Im *Tagesspiegel* vom 8. 6. 1971 ist unter der Überschrift *Für eine Solidarität der Einzelgänger* zu lesen: »Martin Walser pfiff in der Paulskirche – das Deutschlandlied. Als kleine Demonstration gegen einigen Kunst- und Künstlerschmus, gegen die Rede von der völkerverbindenden Kraft der Kunst, gegen die Rede vom Höheren. Doch schon beim feierlichen Eröffnungsakt des 1. Künstlerkongresses in Frankfurt am Main blieben solche traditionellen Reverenzen am Rande [...]. Martin Walsers Idee einer IG Kultur, einer Gewerkschaft aller Kulturproduzenten, noch vor einem Jahr als utopisch verlacht, hat auf diesem Kongreß realistische Konturen angenommen.«

[484]

[Berlin Friedenau]
14. Juni 1971

Lieber Siegfried:
Nachdem ich mir meinen unterbrochenen Briefwechsel mit Herrn Fries noch einmal angesehen habe, scheint es mir doch nicht günstig, ihn wieder aufzunehmen mit einem wie immer verkleideten Anlass, der eben nicht meine Initiative verriete, sondern eine Angelegenheit des Verlages.
Es käme mir vernünftiger, und ganz natürlich, vor, wenn Frau Borchers Herrn Fries einen Brief schreibt, in dem sie sich vorstellt als die neue Lektorin, die seine Angelegenheit (vielleicht sogar: »in einem für Sie, lieber Herr Fries, wie für den Verlag gleich wenig wünschenswerten Zustand«) übernommen hat und zu erspriesslichen Weiden führen möchte.
Und später hätte sie ja doch mit ihm zu tun, nicht ich.
Der versprochene Durchschlag des Briefes an Herrn Johann[1] liegt bei.
Solche Gespräche mit dir wie das von gestern abend, was immer der Anlass, gefallen mir recht gut.
Sincerely yours,
Uwe.

| N. B.
TATSÄCHLICH 2 ANLAGEN |

1 U.J. erhält 1971 den Georg-Büchner-Preis. Ernst Johann ist zwischen 1960 und 1978 Generalsekretär der diese Auszeichnung verleihenden Deutschen Akademie für Sprache und Dichtung in Darmstadt. Der Brief ist nicht erhalten.

[485]

Frankfurt am Main
16. Juni 1971

Lieber Uwe,
schönen Dank für Deinen Brief vom 9. Juni. Ich habe den 24. Juli fest vorgemerkt und freue mich, Dich dann zu sehen.
Schöne Grüße
Siegfried

[486]

Frankfurt am Main
21. Juni 1971

Lieber Uwe,
nur eine Zeile des Dankes für Deinen Brief vom 14. Juni. Ich habe selber an Herrn Fries geschrieben; ich hoffe, die Angelegenheit läßt sich in unserem Sinne regeln.
Dank auch für die Kopie des Briefes an Ernst Johann. Ich werde heute abend mit Dolf Sternberger darüber sprechen.
Auf bald,
Dein Siegfried

[487; handschriftlich]

Frankfurt am Main
22. Juni 1971

Lieber Uwe,
zurück aus Zürich, darüber erhältst Du Bericht.[1]
Anbei Kopie des Originalschreibens C. O. Abrell. Beachte den Stempel: ich war verreist (siehe meinen Reisebericht 4./

5. März München-Zürich) und mein Sekretariat gab Brief & Ms direkt (aber ohne daß ich es sah) an Th. B.
Yours truly,
Dein Siegfried

1 S. U. besucht am 18. 7. Martin Walser in Nußdorf, trifft am darauffolgenden Tag Barbara Brecht-Schall in Zürich und nimmt dort an einer von Freunden veranstalteten Nachfeier von Max Frischs 60. Geburtstag teil.

[488]

Gross Friedenau
22. Juni 1971

Lieber Siegfried,
danke für das Schreiben von gestern.
Heute abend und mogen abend gehen vom Band II die Seiten 210 bis 364 satzfertig an dich ab, das Original eingeschrieben, der Durchschlag mit gewöhnlicher Post.
Damit belästige ich dich ungern; weiss aber nicht wer dein Sekretariat versieht in der Zeit, da sie aus Heiratsgründen nach Ungarn fährt. Es muss nicht Ungarn sein; Ungarn würde mir einleuchten.[1]
Manchmal, wenn ich angerufen werde von Herrn Beckermann oder Herrn Carlé, gerate ich in die Kriminalromanvorstellung, es würden bei euch die Informationen recht hoch, oder kaum, gehandelt. Dann weiss Herr Beckermann nicht, dass Herr Carlé von mir einen Durchschlag hat, und dergleichen. Es ist wunderlich, nicht zum Fürchten, aber nun wusste ich die Zuständigkeiten nicht mehr so recht und überlasse es dir, das Typoskript weiter zu verteilen.
Du sprachst von Vorlesungen, die im Herbst gewünscht werden. Der erste mögliche Termin ist der 25. Oktober. Die

Tage vom 8. bis 11. November bin ich um Detmold herum, am 12. oder 15. in Duisburg, und aus der Woche vom 22. bis 26. November wollen die Universitäten Karlsruhe/Heidelberg/Mannheim sich was heraussuchen, sind aber noch nicht entschieden.[2]
Die Darmstädter Akademie war durchaus nicht erstaunt über meinen Wunsch, von Mrs. Blücher-Arendt[3] behandelt zu werden. Sie ist ihr Mitglied, und Herr Johann hat bei ihr angefragt.
Für jeden Fehlerhinweis im Text des II. Bandes wäre ich empfänglich und dankbar; das weisst du.
Mit den schönsten Grüssen für deine Frau,
sincerely yours,
Uwe.

1 Burgel Geisler und Werner Zeeh heiraten am 16. 6. 1971.
2 U.J.s Lesereise beginnt am 26. 10. 1971 in Frankfurt am Main und endet am 3. 12. in München.
3 U.J. wünscht sich Hannah Arendt als Laudatorin für die Verleihungszeremonie der Büchner-Preis-Vergabe. Sie lehnt zur Enttäuschung von U.J. ab. Die Laudatio auf den Preisträger hält Reinhard Baumgart.

[489]

Frankfurt am Main
24. Juni 1971

Lieber Uwe,
ich danke Dir für Deinen Brief vom 22. Juni. Ich möchte ausgesprochen darum bitten, daß Du mir Deine Manuskripte zuschickst, und ich bestätige Dir also hiermit den Eingang der Seiten 210 bis 364; ich werde mich in den nächsten Tagen an die Lektüre machen und mich dann melden.

Professor Sternberger war sehr erfreut über Deinen Arendt-Wunsch; er will mit ihr selber sprechen.
Deine Vorlesungstermine gebe ich an die Mitarbeiter des Vertriebs weiter.
Dies nur für heute als ganz kurze Nachricht. Ich melde mich bald wieder.
Yours truly,
Siegfried

[490]

Frankfurt am Main
25. Juni 1971

Lieber Uwe,
jetzt, da ich dies diktiere, ist es schon zu spät, Dich anzurufen. Deine Erzählung, wenn Du sie schreiben kannst, möchte ich wirklich in der »Bibliothek Suhrkamp« haben, aber wie wäre es mit einem Band »Beschreibungen«? Das hatten wir ja schon einmal für die suhrkamp taschenbücher diskutiert.[1] Ich meine, dieser Band könnte doch für den September 1972 realisiert werden. Das Manuskript bräuchten wir am 1. Juni. Könntest Du Dir dies nicht durch den Kopf gehen lassen, ich meine, nicht nur durch den Kopf.
Herzliche Grüße
Dein Siegfried

1 Siehe Brief 458, S. 649.

[491]

Frankfurt am Main
28. Juni 1971

Lieber Uwe,
ich habe jetzt im zweiten Teil der »Jahrestage« die Seiten 1-209 gelesen. Mich faszinierte die Lektüre, und es war mir wirklich nicht möglich, diesen Text kritisch zu mustern. Mir drang sich bei der Lektüre von der ersten bis zur letzten Zeile eine Spannung auf, die ich wirklich in den letzten Wochen und Monaten beim Lesen selten empfunden habe. Ich bin sicher, lieber Uwe, Du schaffst da etwas Großes, Realitätsmaterial aus Vergangenheit und Gegenwart zu verbinden mit einer poetischen Imagination. Also, ich freue mich auf die weitere Lektüre!
Zwei Tage habe ich zweimal gelesen, weil ich an ihnen doch einhakte; es sind dies der 16. und 17. Januar, die Seiten 151-166. Hier scheint mir die sonst so gelungene Balance gebrochen zu sein. Überleg Dir doch, ob die Geschichte jenes Prozesses nicht doch zu weit vom Handlungsstrang abführt. Das wäre ein prinzipieller Einwand, und hierzu gleich noch ein konkreter. Er betrifft die Details. Natürlich liegt auch hier der Gott der Erzählung im geschilderten Detail, aber Du darfst nicht vergessen, daß das für Leser, die nicht eingeweiht sind, oft verwirrend sein kann. Gehen wir einmal die Seiten durch.
Seite 151: dort wird von einem zur Gestapo abgestellten Kriminalkommissar gesprochen, braucht man das?
Seite 152: DNVP – ich weiß, was gemeint ist, doch weiß man das noch heute? Muß auf Seite 152 unten noch der Fall Zentner eingefügt werden?
Seite 153: ist die Beschreibung von Wegerecht nicht doch zu ausführlich? So, wenn er träumte vom Fahren im Auto, oder daß er zu schwach war, die Kurbeln zu bewegen.

Seite 154: ich verstehe den Satz nicht ganz »und liess die Familie nicht von sich weg« – von ihm weg? Ich weiß, was der Horch bedeutet, aber weiß das noch ein anderer? Muß Wegerecht dann auf die Gustloffstraße gehen?
Seite 155: ist er wichtig, dieser Disput zwischen dem höheren Führer des Arbeitsdienstes? Man müßte die Funktion der beiden Klammersätze überprüfen.
Seite 157: unten wird Theo Swantenius eingeführt. Braucht man das?
Seite 158: muß hier Gisela, das Pflichtmädchen, auftauchen?
Seite 160: oben. Ist in der zweiten und dritten Zeile dieses Platt notwendig?
Sehr schön auf den Seiten 161, 162, die englischen Einfügungen aus der Bibel.
Seite 162: unten. Er wählte die *christliche* Form des Eides. Vorher wurde zwischen weltlicher und religiöser unterschieden.
Seite 163: ist es in diesem Prozeß von Wichtigkeit, das Detail der erkrankten Kuh einzuführen? Wer weiß (ich weiß es freilich), was eine Kuhkasse ist. Etwas unklar ist die Möglichkeit, daß Semig einen Anteil am Gewinn überhaupt hätte annehmen können.
Bitte, sieh das nicht als Kritteleien an, aber an diesen beiden Tagen scheint mir etwas die Balance aus den Fugen geraten zu sein, und der Prozeßbericht geht mir allzu sehr ins Detail. Andrerseits muß ich Dir auch wiederum sagen, nachdem ich jetzt die Texte dieser beiden Tage dreimal gelesen habe, wird mir alles ganz deutlich und auch interessant. Nur weiß ich nicht, was eine Ünnerhollunk ist, aber vielleicht ist das nicht so wichtig.[1]
Jetzt freue ich mich auf die Lektüre des weiteren Teils.
Schöne Grüße
Dein Siegfried

1 Vgl. *Jahrestage*, Bd. 2, S. 596-608.

[492]

Friedenau

BEACHTEN SIE DEN 8. JULI 1971, AN DEM DIE EHEMALS SELBSTÄNDIGE LANDGEMEINDE FRIEDENAU EINHUNDERT IN WORTEN EINHUNDERT JAHRE BESTEHT

den 30. Juni [1971]

Lieber Siegfried,
wir sind es gewöhnt dass du es mit deinen Ferien etwas geheimniskrämerisch anstellst. Nur, du rechnest nicht mit den Leuten, die von der »New York Times« auch das Magazine lesen, und darin obendrein die kleinen Anzeigen. Wir wünschen dir also schöne Tage als Boxlehrer in dem Sportlager Shenandoah in Virginia und machen dich lediglich darauf aufmerksam, dass die Änderung eines Vornamens zu einem wirksamen Pseudonym nicht ausreicht. Siehe auch die Anzeige.[1]
Mit den schönsten Grüssen,
sincerely yours
Uwe.

N. B.
Würdest du dem zuständigen Menschen im Vertrieb sagen, dass der Termin in Duisburg nun auf dem 2. November steht, dafür aber fest. (Vielleicht sollte ich erwähnen, dass mein Honorar besteht aus DM 450 + DM 30 Reisekostenanteil, in der Regel. Auf Rückfragen könnte man sagen, dass ich diesen Preis seit 1965 nicht geändert habe.)
U.

1 Wes Unseld nimmt laut *New York Times Magazine* v. 23. 5. 1971 an einem »Sports Camp« zwischen dem 20. 7. und 6. 8. 1971 teil.

[493]

Friedenau
1. Juli 1971

Lieber Siegfried,
ich bedanke mich für deinen Brief vom 28. Juni und für dein aufmerksames Lesen.
Sicherlich muss die Geschichte des auf den Seiten 151-166 beschriebenen Prozesses vorerst wie ein Nebenweg und, wenn ich dich recht verstehe, auch zu umfänglich erscheinen. Er hat dennoch gewisse Funktionen. Er ist der letzte Anstoss für Dr. Semigs Entschluss zur Auswanderung, für eine Sache, die in den vorigen Kapiteln doch mit einiger Ungeduld erwartet wurde. Er ist noch eine fast nicht erträgliche Belastung für Lisbeth Cresspahl und bereitet vor, was ihr um die Mitte des Bandes zustösst. Der Prozess allgemein ist ein Beitrag zur grossdeutschen Rechtspflege, gewiss eine Variation einer Szene von Brecht, aber doch ein neues Beziehungssystem zwischen den Personen. Der Prozess wird seine Entsprechungen haben in denen, die im dritten Band, in der neuen Zeit der D. D. R., geführt werden. Schliesslich, mit den Kindern der neu eingeführten Personen wie Wegerecht und Ramdohr wird Gesine C. nach dem Krieg zur Schule gehen. Da werden die Eltern nicht unwichtig sein, zum Beispiel, weil Schüler auch nach der sozialen Herkunft beurteilt wurden.
Der zur Gestapo abgestellte Kriminalkommissar ist ein Beispiel nicht nur für Prozessvorbereitung in den tausend Jahren; er kommt späterhin mit mehreren Personen zusammen, auch anlässlich des Todes von Lisbeth C; ich brauche ihn auch noch im III. Band. Es ist aber offenbar vergessen worden, ihn mit Namen zu nennen. Es sollte heissen: *Wenn Vick, dem zur . . .*(151)[1]
D. N. V. P. Sie hat im I. Band eine Rolle gespielt als Machtein-

lage des alten Papenbrock. Sie ist wegen ihres kurzfristigen Bündnisses mit den Nazis bemerkenswert und hat zumindest in Mecklenburg bei vielen als illusionäre Alternative gegolten, |noch lange. | (152)

Die Beschreibung von Wegerecht scheint mir in den von dir zitierten Sätzen insofern nicht zu ausführlich, weil sie die Verschärfung seiner Krankheit andeuten, und die Krankheit wiederum ihn zu kranken Erwägungen verleitet. (153)

liess die Familie nicht von sich weg: du hast recht, das macht undeutlich. Gemeint ist, dass Ramdohr sich, immer von Familie umgeben, gegen den Besuch schützt. Wie wäre es mit: *und liess sich nicht anders sprechen als von Familie umgeben*? (154)[2]

Horch hiessen nun einmal damals die Wagen der Firma, die heute den AUDI produziert. Solange die Bezeichnung als die eines Autos erkennbar ist, richtet sie wohl nicht grossen Schaden an, und ist doch auch eine Art Wirklichkeit. (154)

Gustloff. Seine Ermordung kommt vorher in jerichower Gesprächen vor, bereitet auf den Anschlag auf vom Rath vor und auf die Reichskristallnacht, die in Jerichow zu zwei Todesfällen führt. Im übrigen könnte die Strassenbezeichnung auf das alberne Bestehen auf Umbenennungen hinweisen, in der dies Regime wohl nicht übertroffen worden ist. Es gab auch »Strassen der S. A.«. (154)

Der *Disput* ist eine neuerliche Vorstellung von Griem. So ist er, und deswegen wird man sich weniger wundern über das, was man im III. Band, nach Ende des Krieges, von seinen Taten erfährt. (155)

Theo Swantenius wird aus ähnlichen Gründen wie Griem eingeführt; er ist nun einmal der Kreisleiter der Partei, und er wird wieder auftreten. (157)

Gisela, das Pflichtmädchen ist mir erheblich, weil sie Wegerecht in seiner Verwirrung zeigt, und weil sie verhindert, was zu wünschen gewesen wäre. (158)

Plattdeutsch. Ich habe nicht das Typoskript und kann nur raten, dass du wahrscheinlich die Aussagen der Angeklagten vor Gericht meinst. Das ist dann kein Plattdeutsch, sondern der misslingende Versuch, aus Respekt und Angst Hochdeutsch zu sprechen. Das Ergebnis ist »Missingsch«, und soll das soziale Gefälle andeuten. *Plattdeutsch überhaupt*, daran liegt mir sehr viel, weil es damals noch die Sprache der Gegend war und vieles an den Personen nur so auszudrücken ist. Die Sprache ist auch die Heimat, nach der hier von New York aus gesucht wird. Gewiss entsteht da für den Süddeutschen eine Distanz, aber doch nur ein leichter flirrender Schleier, nur für Sekunden sichtbar, der das Verständnis des Vorfallenden nicht hindert. Der Anteil des Plattdeutschen ist im II. Band nicht erheblicher als in I. (160)

christliche Form des Eides statt der religiösen sollte sich auf das »Judentum« des Zeugen Semig beziehen. Vielleicht nimmt es sich inmitten der Prozessterminologie überzogen aus, und sollte doch *religiös* sein. (162)[3]

Die *erkrankte Kuh* und die *Kuhkasse* sind nötig, um die völlige Verdrehtheit der Anschuldigung herauszuholen. Die Kuhkasse wird ein Leser doch wohl als eine Art Versicherung erkennen; in der Tat wird sie ja in der Klammer so identifiziert. Und es kommt eben darauf an, dass Semig sich ja am Gewinn NICHT hätte beteiligen lassen. (163)

Die *düre Ünnerhollung* war die Unterhaltung im Zug, mit der die Sache angefangen hat und die nun so kostspielig ausfiel. Und dir zu umfangreich, wie es scheint. Vielleicht können wir am 24. noch einmal über die möglichen Streichungen sprechen.

Wegen des 24. Juli wollte ich schon neulich fragen, ob es dieser Nachmittag und Abend allein sein soll, oder womöglich noch der folgende Sonntag. An diesem Sonntag kommt Elisabeth mit dem Kind in München an, das war anders

nicht mehr einzurichten, und es wäre natürlich schön, wenn ich von da aus mit ihr zusammen weiterfahren könnte. Dazu müsste ich am 25. entweder um 12:35 aus Frankfurt abfliegen oder mit der Bahn um 11:05 abfahren. Wenn du aber den Sonntag dazunehmen willst, kann ich immer noch am Montag fahren und sie unterwegs in Italien treffen. Ich möchte lediglich wissen, wie du hier geplant hast.[4]
Jeden Tag, wenn ich die »Süddeutsche Zeitung« an einer gewissen Stelle aufschlage, erwarte ich einen Bericht von oder über Martin in der Sowjetunion. Geht es dir auch so? Und eine Rede wird der Schriftstellerkongress offenbar auch von ihm erwarten.[5]
Demnächst kommt eine weitere Sendung Typoskript. Was das Kapitel für den 29. Februar angeht, einen Offenen Brief von Hans Magnus betreffend, so wolle doch nie aus dem Auge verlieren, dass darin private Intentionen weder auftreten noch behandelt werden und es um nichts geht als die ideologische, intellektuelle und meinetwegen moralische Haltung eines Schriftstellers.[6]
Die darmstädter Rede steht mir sehr bevor, immer wieder kommt sie mir hoch. »Das schöne Abendbrot« heisst es bei Benn.[7]
Aus einem Brief von Herrn Baumgart geht hervor, dass er zur anderen Rede dieser Gelegenheit aufgefordert wurde; offenbar also hat Frau Arendt abgesagt. Herr Baumgart will die Sache erst unternehmen, wenn die Akademie nicht »Ihnen und mir und den Zuhörern zuliebe einen frischeren Literaten für die Laudatio finden könnte«.
Mit schönen Grüssen an deine Frau,
sincerely yours
Uwe.

1 Die Passage wird im Buch nicht geändert.
2 Die Passage wird im Buch nicht geändert.

3 Die Passage wird im Buch geändert.
4 U. J. kommt am 24. 7. nachmittags nach Frankfurt und fliegt am 27. 7. weiter nach Mailand. Gemeinsam mit der Familie bleibt er dann bis zum 5. 8. zum Urlaub in Italien.
5 In seinem auf den 21.6. 1971 datierten Reisebericht schreibt S. U. zu seinem Aufenthalt bei Martin Walser in Nußdorf: »Walser brach am übernächsten Tag zu einer 14tägigen Reise in die Sowjetunion auf. Er war vom sowjetischen Schriftstellerverband eingeladen, freilich war bis Freitag früh das Visum noch nicht eingetroffen.«
6 Vgl. *Jahrestage*, Bd. 2, S. 794 f.
7 Die erste Strophe von Benns Gedicht *Nachtcafé*, auf die U. J. hier anspielt, lautet: »824: Der Frauen Liebe und Leben./Das Cello trinkt rasch mal. Die Flöte/rülpst tief drei Takte lang: das schöne Abendbrot./Die Trommel liest den Kriminalroman zu Ende.« (Zitiert nach Gottfried Benn, *Gesammelte Werke in acht Bänden*, herausgegeben von Dieter Wellershoff, Wiesbaden 1960, Bd. 1: *Gedichte*, S. 18.)

[494]

Frankfurt am Main
5. Juli 1971

Lieber Uwe,
ich bedanke mich für Deinen Brief vom 1. Juli. Er wirft einige Probleme auf, die wir aber bei unserem Gespräch am 24. Juli leicht klären können. Nur soviel: ich mache in der Lektüre Fortschritte und mir gefällt der Text; ich finde Deine Schreibweise souverän, gelassen, ja, meisterlich.
Was den 24. Juli betrifft, so dachte ich mir die Sache eigentlich anders, aber wahrscheinlich habe ich das mißverstanden: ich meinte, Du bliebest etwas länger und wir würden zu zweit oder dritt, je nachdem, wie es Dir konveniert, eine Autofahrt machen, zum Beispiel in Richtung Basel oder in Richtung Taunus. Wenn wir die Zeiten gut wählen, früh oder spät fahren, wird die Autobahn vielleicht doch befahr-

bar sein. Ich habe mich also auf den 24. und 25., vielleicht auch den 26. Juli eingerichtet, aber Du kannst das so bestimmen, wie es Dir angenehm ist. Ich könnte mir vorstellen, daß es schwierig wäre, der Familie nach Italien nachzureisen. Bitte, entscheide Du das.

Ich kann mir vorstellen, daß Dich die Darmstädter Rede ein wenig beunruhigt, aber Du mußt ja keinen »Büchner«-Vortrag halten. Warum gibst Du nicht einen Bericht von Schwierigkeiten und Schönheiten des Schreibens? Das wäre ja für die Zuhörer aufschlußreich und sicherlich in jedem Fall erwünscht.

Bei dieser Gelegenheit: Herr Goldschmit von der »SDZ« schrieb mir heute, es sei Tradition, daß die Preisreden vollständig nicht in der »FAZ« oder »Welt«, sondern in der »SDZ« vollständig abgedruckt erscheinen. Das ist bisher in der Tat so gewesen, und wir haben Herrn Goldschmit in dieser Weise immer geholfen. Könnten wir dann diese Zusage auch in Deinem Fall machen?

Ich weiß nicht, ob Frau Arendt abgesagt hat, Sternberger sieht sie erst in vier Wochen. Aber wahrscheinlich hat der Sekretär das nicht für realisabel gehalten, ich werde mich danach erkundigen.

Herzlich

Dein Siegfried

[495]

Friedenau in Berlin

7. Juli 1971

Lieber Siegfried,

schönen Dank für deinen Brief von vorgestern.

Die Seiten 365 bis 511 des II. Bandes gehen dir mit getrennter Post heute zu, eingeschrieben.

Was das Kapitel für den 29. Februar 1968 angeht, so verweise ich noch einmal auf meine Anmerkung in dem Brief vom 1. Juli dieses Jahres und hoffe dass es überflüssig ist, bei dir doppelt nähen zu wollen.
Herrn Goldschmit von der »SDZ« habe ich bereits für seine Glückwünsche gedankt und ihm den Abdruck der Rede zugesagt.[1]
Was das Wochenende des 24. angeht, so habe ich ja eigens nach deinen Vorstellungen gefragt. Danach will ich mich nämlich richten. Ich bitte dich also, über dein Sekretariat entweder einen Flugschein für den *26. Juli, Flug LH 272, 12:45 ab Frankfurt, 14:50 an Milano*, zu besorgen, oder (für den Fall dass du mit mir ins Reisen kommen willst) einen Flugschein für den *27. Juli, AZ 443, 9:05 ab Stuttgart, 10:00 Milano*, oder etwas Entsprechendes ab Basel, Zürich oder wo immer wir sein wollen für den 27. Juli, in jedem Fall ohne Rückflug. Wenn ich dich um diese Besorgung bitte, so weil ich solche Sommerflüge für ziemlich ausgebucht und Eile für günstig halte.
Den Betrag kann mein Konto bei dir wohl noch vertragen; bitte erschrick nicht über die Ankündigung, dass ich dich in zweieinhalb Wochen auch fragen möchte, ob du mir etwas Bargeld in die Hand geben kannst. Denn ich habe für Italien nicht ganz genug, und für die sechs Wochen New York danach erst recht nichts. Wenn es mit einer Vorauszahlung nicht zu machen geht; ginge es wieder mit einem Darlehen?
Hast du die neue Fassung des Frisch'schen »Tagebuches« schon gesehen? Es ist nämlich ausgemacht, dass ich ihn dessentwegen Ende August im Tessin besuche. (Dies darf Frau Bachmann in keinem Falle erfahren.) (Dies ahnst du.)
Mit herzlichen Grüssen,
sincerely yours
Uwe.

1 Die Rede von U.J. zur Entgegennahme des Georg-Büchner-Preises wird unter dem Titel *Nachforschungen in New York* in der *Süddeutschen Zeitung*, 27. Jg., 1971, v. 30./31. 10. 1971, S. 131 f., abgedruckt.

[496]

Frankfurt am Main
8. Juli 1971

Lieber Uwe,
Bahnemann, unser Luftwaffengewährsmann, hat reagiert. Ich schicke Dir eine Kopie seines Schreibens und seiner Darstellungen. Möchtest Du ihm nicht eine Zeile des Dankes schreiben?
Schöne Grüße
Dein Siegfried

P. S.
Seine Anschrift lautet: Oberstleutnant Jörg Bahnemann, Freie Akademie der Künste in Hamburg, 2 Hamburg 20, Heilwigstraße 39[1]

1 Unter dem Datum des 12. 7. 1971 erhält U.J. von Renate Steinsiek die richtige Adresse von Jörg Bahnemann: 2 Hamburg 55. Manteuffelstr. 20, Führungsakademie der Bundeswehr, Abt. Luftwaffe.

[497; Telegramm]

Massa [Italien]
21. Juli 1971

AUGURI AUGURI AMICHEVOLMENTE = SIEGFRIED UNSELD

[498; Anschrift: c/o Ingeborg Bachmann, Rom]

Frankfurt am Main
28. Juli 1971

Lieber Uwe,
ich habe mit Herrn Beckermann gesprochen. Er erinnerte sich nicht, daß Du ihm einen Klappentext gegeben hast, aber eine Stunde später kam er dann doch mit diesem Text. Er ist übrigens bereits veröffentlicht, und zwar in der Ankündigung des Programms unserer Bücher im 2. Halbjahr 1971.
Ich habe diesen Text für den Umschlag noch einmal umformuliert, und zwar nicht nur, weil ich das Generationenproblem darin nicht aufwerfen möchte, sondern auch, weil ich den Text gerne leichter und lockerer hätte. Er hat schließlich eine Hauptfunktion: an der Auslösung des Kaufentschlusses mitzuwirken. Bitte, streiche oder ändere das, was Dir unangenehm ist. Es wäre schön, wenn Du mir den Text von Rom aus zuschicktest.
Die Tage mit Dir waren angenehm. Ich erwarte Dich gerne wieder am 31. August. Ich werde den Brief nicht mehr unterschreiben können, weil ich morgen in der Frühe zu Martin fahre, | doch war Frau Steinsiek schneller |
Schöne Grüße, auch für Elisabeth,
Dein Siegfried

[498a; Anlage, Klappentext[1]]

Das Erscheinen des ersten Bandes von Uwe Johnsons großangelegtem Roman »Jahrestage« löste ein lebhaftes Echo aus. Hans Mayer sprach von »einer ungewöhnlichen literarischen Leistung«. Karl Heinz Bohrer resumierte, daß hier »der politische Roman« gelungen sei, »eine enzyklopädische Erkundung des gesellschaftlichen und psychologischen Ge-

ländes damals und heute«. Und Rolf Becker nannte Johnson im »Spiegel« »einen hervorragenden Autor«.
Im zweiten Band der »Jahrestage«, der vier Monate, die Zeit vom 20. Dezember 1967 bis zum 19. April 1968, umschließt, wird die Geschichte weitererzählt. Die Geschichte Gesines und ihrer Tochter im New York unserer Tage und synchron dazu die Geschichte des Heinrich Cresspahl in den Jahren von 1936 bis 1945 im Mecklenburgischen.
Es sind wiederum Jahrestage im Wortsinne. Tag für Tag die strengen Bürostunden von Gesine Cresspahl, die als Fremdsprachensekretärin in einer New Yorker Bank arbeitet. Es sind auch Tage mit einer Zeitung, der »guten alten Tante« »New York Times«, die das verpaßte Leben nachträgt; sei es nun ein Todesfall im Nachbarhaus oder mehr Todesfälle (in immer kleinerem Druck) in Südostasien; oder sei es Überfall, Mord, oder die Nachricht von der Schließung eines Geschäfts. Nur wenige Stunden kann Gesine Cresspahl Freunden widmen, solchen mit dunkler Haut, mit jüdischer Religion oder solchen mit Heiratsangeboten. Es sind Tage in New York, einer metropolitanen Landschaft, die Gesine Cresspahl das Bewußtsein gibt, hier sei sie da, hier wirklich am Leben.
Ihre Tochter Marie, mittlerweile zehn Jahre alt geworden, hat sich die Fähigkeit zu fragen bewahrt. Ihr erzählt sie die Geschichte ihrer Kindheit, damit die Geschichte ihrers Vaters Cresspahl und die Geschichte der kleinen Stadt an der Ostsee, die Geschichte ihrer Bewohner, ihr Gottvertrauen, ihre Geschäftstüchtigkeit, ihre bürgerlichen Tugenden zu Zeiten der Nazidiktatur. Die Erzählung reicht bis zur Zerschlagung des letzten deutschen Reiches, bis der Tischlermeister Cresspahl von den englischen Besatzern zum Bürgermeister gemacht und Gesine also unverhofft Tochter eines Bürgermeisters wurde, über Nacht in einer Zeit, die allen Ernstes neu genannt wurde.

Dieses Buch »Jahrestage« ist, wie selten ein anderes, Roman und Chronik zugleich. Einmal wird man in ihm die Geschichte unserer Zeit aufgeschrieben finden.
Im Anhang des Bandes befindet sich ein vorläufiges Register zu einigen Personen der ersten beiden Bände »Mit den Augen von Cresspahl«.

1 Diese Anlage wird U.J. erst am 11. 8. 1971 zugesandt.

[499]

Friedenau
12. August 1971

Lieber Siegfried,
heute habe ich die neue Fassung des Klappentextes zu »Jahrestage II« bekommen. Du wiesest mich so streng auf seine eigentliche Funktion hin, als befürchtetest du eine unnütze Reaktion; nimm diese Anmerkungen unbesorgt für das Gegenteil:
Zeile 18:
Todesfälle (in immer kleinerem Druck) in Südostasien. Der Inhalt der Klammer greift nicht recht zu, da die »New York Times« allerdings gegen die Fortsetzung des Krieges in Viet Nam auftritt. Nur hält sie die Betonung der Todesfälle im lokalen Umkreis von New York nicht für das geeignete Mittel, eher schon die würdige Äusserung von Meinung. Deshalb sollte die Klammer wohl eher gestrichen werden und der Textverlust an anderer Stelle gutgemacht sein.
Zeile 24-25:
Marie ... hat sich die Fähigkeit zu fragen bewahrt: kann man das sagen von einem zehnjährigen Kind?
Eine Alternative wäre: »hat in New York das Fragen gelernt, auch nach der Vergangenheit der Mutter«.

Zeile 25:
ihrer Kindheit. Es läuft da das Personalpronomen in so vielerlei Form umher, dass ich hier vorziehen würde »der eigenen Kindheit«.
Zeile 30-33:
Bürgermeister … Bürgermeisters. Die Wiederholung scheint mir nicht glücklich. Könnte man wohl so fortfahren: »und Gesine unverhofft hinüberkam in eine Zeit, die …« (»das Kind Gesine …«)
Solche Sachen sind brieflich schwer zu behandeln; sässen wir einander gegenüber, hätten wir es gleich heraus.
»Mit Cresspahls Augen« ist etwas, das wehrt sich kräftig. Oft komme ich mir vor wie ein Kind in den grossen Ferien, dem der Lehrer eine ausgesucht harte Aufgabe auferlegt hat bis zum Schulanfang, zum Besten des Schülers versteht sich. Aber du sollst es bekommen.
Mit Herrn Frisch ist nun verabredet, dass ich am 26. zu ihm fahre. Er sprach davon, dass er nun anfangen werde »Blätter zusammenzusuchen«; er will jedoch, dass wir in drei Tagen fertig werden.[1]
Sincerely yours,
Uwe.

1 U. J. besucht vom 26. bis 29. 8. Max Frisch in Berzona, um mit ihm das letzte Jahr des *Tagebuchs 1966-1971* zu erörtern. Vgl. hierzu *Max Frisch/Uwe Johnson. Der Briefwechsel*, S. 28 ff.

[500]

Frankfurt am Main
17. August 1971

Lieber Uwe,
schönen Dank für Deinen Brief vom 12. August, und danke Dir auch für Deine kluge Lektüre des Klappentextes.[1]

Ich warte gerne auf »Mit Cresspahls Augen«. Ich meine, das ist zwar für Dich jetzt schwierig zu machen, aber doch auch sehr wichtig.
Schöne Grüße und schönen Dank,
Dein Siegfried

1 U.J.s Änderungsvorschläge werden für den Klappentext der Erstausgabe übernommen. Die Zeile 18 des Manuskripts wird geändert in »[...] oder (in immer kleinerer Type) immer mehr Todesfälle in Südostasien [...]«; die Zeilen 30 bis 33 lauten im Klappentext: »Die Erzählung reicht bis zur Zerschlagung des letzten deutschen Reiches: Cresspahl reüssiert bei den englischen Besatzern, und Gesine wird unverhofft Tochter eines Bürgermeisters [...].«

[501; handschriftlich]

Frankfurt am Main
24. August 1971

Lieber Uwe,
hier das Nachwort, vielleicht telephonieren wir[1]
Dein Siegfried

1 S. U. sendet als Anlage das Typoskript seines *Nachworts* zu Hermann Hesse, *Mein Glaube. Eine Dokumentation*, der 1971 als Band 300 der Bibliothek Suhrkamp erscheint.

[502; Anschrift: c/o Helen Wolff, Harcourt, Brace & World, New York]

Frankfurt am Main
8. September 1971

Lieber Uwe,
ich nehme an, Du bist trotz der Verspätung angenehm gelandet. Du weißt ja, wie ich dich beneide, daß Du die nicht immer unreine Luft New Yorks atmen darfst.[1]
Zwei Meldungen: 1. HME. Es war ein sogenannter reizender Abend, doch, Spaß beiseite, wir haben ein sehr sympathisches Gespräch geführt und den Versuch gemacht, das Alte zu erneuern. Als ich ihm die Passage vom 29. Februar 1968 zeigen wollte, erwiderte er mir lachend, er wolle sie nur im Kontext des Buches lesen, vielleicht tadeltest Du ihn zu Recht wegen dieser Sache, vielleicht hätte er also unrecht gehabt. In jedem Falle wolle er die Sache hinnehmen, wenn Du es geschrieben und ich es verlegt hätte. Das ist doch Haltung![2]
2. Du hast Dich geirrt, es war in Berzona kein Höflichkeitsbesuch, sondern eine Arbeitstagung comme il faut. Alles ist sehr schön, sehr angenehm, sehr freundschaftlich verlaufen. Dies als erste Meldung nach meiner Rückkehr aus Berzona.
Schöne Grüße und recht gute Wünsche
Dein Siegfried

1 S. U. trifft am 31. 8. U. J. in Frankfurt vor dessen Abflug nach New York (1. 9. - 5. 10. 1971). Über ihre Unterredung hält er in einer Notiz fest: »Uwe Johnson war drei Tage in Berzona, wo er mit Max Frisch im wahrsten Sinne des Wortes ›arbeitete‹. Johnson brauchte anderthalb Tage, um noch einmal das gesamte Tagebuch zu lesen, und dann einen weiteren Tag, um die Diskussion mit Frisch zu führen. Johnson war jedoch sehr angetan von den Änderungen und nun auch vom Ganzen.

Unser Gespräch war lange geplant; es war sein letzter Tag auf dem Kontinent, am nächsten Tag flog er nach New York. Wir hatten ein eingehendes Gespräch über seine Arbeitssituation. Es ging um den von mir gewünschten Anhang zu ›Jahrestage II‹ ›Mit Cresspahls Augen‹ [*Jahrestage*, Bd. 2, Anhang]; ich bat um ein Register, und Uwe Johnson schrieb einen Roman nach dem Roman. Ein kleines Meisterstück, aber der Leser wird sich anstrengen müssen. Wir legten die Typografie anders fest, als er am Nachmittag mit den Lektoren besprochen hatte. Gespräch über seine kommende Büchnerpreis-Rede, die er noch nicht geschrieben hat – er hätte viele Möglichkeiten, aber keinen zentralen Einfall. Er kommt aus Amerika zum Termin der Preisverleihung zurück, wohnt in der Klettenbergstraße, danach geht er auf die Sortimenterreise bis zum 10. Dezember, anschließend Aufarbeitung der Post, kurzer Urlaub. Vom 1. Jan. bis Ende April schreibt er das Manuskript für die ›Jahrestage III‹. Er ist sicher, daß die Niederschrift dieses dritten Teils reibungslos vor sich geht, in jedem Fall will er es bis Ende April beendet und in jedem Fall möchte er den Erscheinungstermin im zweiten Halbjahr haben. Nach der Niederschrift arbeitet er an einem Materialien-Band zu den ›Jahrestagen‹. Das wird dann Ende Juni abgeschlossen sein, er hofft dann auch die Korrekturen für ›Jahrestage III‹ gelesen zu haben.«

2 Siehe Brief 493, S. 707.

[503]

Manhattan
15. September 1971

Lieber Siegfried,

ich bedanke mich für deinen Brief vom 8. September.

Worin eigentlich besteht mein Irrtum, was deinen Besuch im Tessin angeht? Du hattest für deine Seite ein diplomatisches Verhalten angekündigt, und es soll mir ja recht sein, dass es dabei nicht geblieben ist (und das war, was ich annahm).

Deine Mitteilung über das Verhalten Hans Magnus Enzens-

bergers finde ich erfreulich (I like the spirit). So, ohne persönliche Irritation oder Investition, ist die Analyse seines Offenen Briefes ja auch geschrieben worden, und sogar das Wort »tadeln« wäre da zuviel. Dann könnte er sich bei der Lektüre geradezu unterhalten, auch Erinnerungen an eine Freundschaft finden.
Würdest Du bitte Frau Zeeh sowie auch Frau Geisler diese beiden Ansinnen ausrichten:

1. Sie möchte mir für die Zeit vom 22. bis 24. Oktober ein Einzelzimmer mit Bad im Parkhotel Darmstadt reservieren (Abreise am 25. morgens).
2. Sie möchte mir herausschreiben, wie die konventionelle Anrede zu Beginn der Büchner-Preis-Rede[1] lautet.

Was aber die Schallplatte angehe, so habe ich mich bei einem praktizierenden Musiker beraten lassen. Sie wird schon wissen.
Ja. Du hast ein wenig recht, mich zu beneiden um sechs Wochen in New York; ich vergesse auch nicht, wie du mir dazu geholfen hast. Ich finde reichlich Sachen für den III. Band, insbesondere für die Personen. Nur gelegentlich bin ich in der Lage Eines, der in seiner eigenen Stadt angekommen ist und ein Hotelzimmer nehmen muss, und das nicht etwa, weil die Maler in der Wohnung sind. Das ist allerdings privat, und es stört die Arbeit nicht.
Sincerely yours,
Uwe.

1 Der Georg-Büchner-Preis der Deutschen Akademie für Sprache und Dichtung wird U.J. am 23. 11. 1971 in Darmstadt verliehen. Unter dem Datum des 20. 9. 1971 schreibt Burgel Zeeh (aus deren Mädchennamen Geisler U.J. das Spiel mit den Damen Zeeh und Geisler als Anrede entwickelt) an U.J. in New York: »Lieber Herr Johnson, Ihre Lettern vom 15. September sind eingetroffen, wir danken dafür, insbesondere Herr Unseld, der Sie herzlich grüßen

läßt und mir die Antwort überläßt, da er gerade aus Berlin und Stuttgart zurückgekommen ist und natürlich einen Postberg vorfand. So helfe ich ihm beim Bergabtragen. Zu Ihren Anliegen: das Einzelzimmer mit Bad im Parkhaus-Hotel (nicht Parkhotel) in Darmstadt ist bestellt, bestätigt.
Die Deutsche Akademie für Sprache und Dichtung hat ein ›Jahrbuch 1970‹ herausgegeben. Die vielen dort abgedruckten Reden beginnen folgendermaßen:

Meine Damen und Herren ... (Janheinz Jahn)
Sehr verehrter Herr Präsident, hochgeschätzte Mitglieder der Akademie, meine Damen und Herren ... (Erik Lunding)
Meine sehr verehrten Damen und Herren ... (Joachim Kaiser)
Meine sehr verehrten Damen und Herren ... (Günter Blöcker)
Verehrte Anwesende ... (Thomas Bernhard)

Daraus würde ich schließen, daß es jedem Redner quasi freigestellt ist, wie er seine Rede beginnt.« U. J. wählt die Anrede »Meine Damen. Meine Herren.«
Vom 21.-23. 10. hält sich S. U. in Berlin auf und trifft auch U. J. Im Reisebericht notiert S. U.:
»*Uwe Johnson*. Der Kurzbesuch diente der Durchsicht seiner Büchner-Preisrede. Sein Manuskript hätte eine Rede von 50 Minuten ergeben, wir besprachen Kürzungsmöglichkeiten.«

[504; handschriftliche Notiz]

Frankfurt am Main
27. Oktober 1971

Lieber Uwe
Frühstück + Zeitung in der Küche.
Die Nacht, mit Dir unter einem Dach, war angenehm.[1]
Auf bald
Dein Siegfried

1 Nach einem Besuch bei Marie Luise Kaschnitz in der Wiesenau 8 und einer Lesung in der Buchhandlung Harksen in Frankfurt am Main übernachtet U.J. vom 26. auf den 27. 10. in der Klettenbergstraße 35.

[505; Telegramm, Anschrift: Klettenbergstr. 35, Frankfurt]

[Berlin Friedenau]
15. Dezember 1971

AN DICH DENKEND. JUERGEN[1] DEINER MUEHSAM INNEWERDEND UWE UEBERSCHUETTET JUERGEN MOECHTE GERN UWE UND ELISABETH GEHT UND KOMMT UND IST DA UND IST ANDERS VERSTEHST DU DU LIEBER SIEGFRIED SAGT JUERGEN UND UWE SAGT ES ANDERS WEISST DU DENN WIE AN DICH DENKEND TAG WENN WIR MAL TOT SIND ANDERS ALS NELLY SACHS JUERGEN UWE HERZLICHES WIEDERSEHEN IN TOKIO JUERGEN JUERGEN JUERGEN UWE JOHNSON

1 Jürgen Becker

1972

[506]

Friedenau
24. Februar 1972

Lieber Siegfried,
hoffentlich kannst du dies Interview mit Marie Cresspahl nun auch brauchen
Wenn ihr obendrein die beiliegenden Fotos benutzen wollt, so schlage ich vor, das eine zwischen die dritte und vierte Zeile zu setzen (unter den Titel von I), das andere in den auf Seite 43 angedeuteten Leerraum. (Das erste ist bezeichnet mit »2. Jan. 1972« auf der Rückseite, das zweite ebenso mit »3. Jan. 1972«.).[1]
Wegen der Vorschläge für s. t. schreibe ich dir morgen.
Mit schönem Dank für den Anruf von gestern,
und mit herzlichen Grüssen,
sincerely
Uwe.

1 Das *Interview mit Marie H. Cresspahl* besteht aus zwei Stücken; das erste wird an der Uferpromenade von Richmond, London, geführt, das zweite auf dem Bahnhof Herne Hill im Südosten Londons. Es wird publiziert in: *suhrkamp information* 1972 (September), S. 122-145. Ungekürzt veröffentlicht wird es unter dem Titel *Marie H. Cresspahl, 2.-3. Januar 1972*, in: *»Ich überlege mir die Geschichte ...«*, S. 90-110. Siehe auch Brief 512, S. 731 f.

[507]

Friedenau in Berlin
26. Februar 1972

Lieber Siegfried:

Wenn ich dein Vorhaben »suhrkamp taschenbuch« richtig verstanden habe, so könnten die beiden folgenden Bücher unter Umständen für die Reihe geeignet sein.

1.

THOMAS POWERS: »Diana, The Making of a Terrorist«.
HOUGHTON MIFFLIN Company, April 1971.

Das ist die Lebensgeschichte von Diana Oughton, geboren 1942 in einer Landstadt von Illinois als Kind reicher Eltern, die am 6. März 1970 in New York umkam bei dem Versuch, eine Bombe für terroristische Zwecke zu konstruieren. (Vielleicht erinnerst du dich: dabei ging das Haus 18 West Eleventh Street in Manhattan ziemlich vollständig mit hoch.) Es ist eine Biographie amerikanischer Art: faktenselig, ein wenig zu früh intim mit der beschriebenen Person, jedoch nur an ganz wenigen Stellen sentimental. Die Sache dieses Lebens: wie ein privilegiertes Kind in den U.S.A. mehr Musse hat und gerade durch Erziehung mehr anfällig wird für Moralismen. Wie ein Kind auf die Befestigung seiner Privilegien verzichtet und es vorzieht, die Beseitigung der Ungerechtigkeiten auf eigene Faust zu versuchen, etwa mit Entwicklungshilfe in Guatemala. Die unausbleibliche Erkenntnis, dass dies eine Kur am Symptom bleiben muss. Die Schlussfolgerung, es dann zu Hause von Grund auf zu beginnen: mit Kindern, in Gruppen. Widerstand der akademischen Gemeinde Ann Arbor und eigene Fehler bringen zwar dieses Projekt zum Scheitern, bringen das Kind aber in den S.D.S. (Students for a Democratic Society) und von da in immer radikalere Organisationen, die sich im Entwurf neuer Lebensformen und durch gesellschaftliche Uneffektivität frustriert fühlen, bis sie in die Illegalität gezwungen werden und Wirkung nun mit Bomben anstreben. Das ist alles konkret erzählt.[1] Von Interesse für studentische Leser in Deutschland könnte die Parallele sein in der Entwicklung von der Kommune bis zu der Gruppe um Frau Meinhof. Weiterhin, Information über die spezifischen Formen, die das in den U. S. A. annahm, eine genauere Auflösung über Abkürzungen S. D. S., P. L., N. I. C., R. E. P., W. S. A. etc. und deren Publikationen, deren tatsächliche Aktivitäten und Pläne die journalistischen Kanäle über den Atlantik ja nicht überstehen. Es ist alles da, die wilden Sommer von 1968 an, Kämpfe nach innen um Auflösung der persönlichen Integrität und Herstellung einer revolutionären, Kämpfe nach aussen mit Polizei, Geheimdienst und Elternhaus, alles doch etwas konsequenter und unversöhnlicher als man dies den Bewegungen in Europa nachsagen kann. Dem Buch sind Bilder beigegeben. Im Anhang sind drei programmatische Verlautbarungen. Die Taschenbuchausgabe umfasst 172 Seiten, so dass eine deutsche Fassung wohl an 250 Seiten herankäme. Vielleicht sollte ich es noch einmal wiederholen: Für Leser mit Interesse an studentischer Politik ist dies spannende Lektüre, und für andere auch: wie du an mir siehst.

2.
ANTHONY LEWIS & »The New York Times«: »Portrait of a Decade. The Second American Revolution«. RANDOM HOUSE, Oktober 1964.

Das sind die Jahre von 1953 bis 1964 in den U. S. A., als eine Geschichte des Kampfes um die Bürgerrechte für die Neger-Minderheiten. Beschrieben werden die einzelnen Stadien, die Integration in die Schule, die gewaltlosen Aktionen, die Taktiken der Bundesregierung, der Streit um das Stimmrecht, die Wendungen in der Rechtsprechung, ebenso die Schauplätze: Little Rock, Montgomery, New Orleans,

Atlanta, Alabama, Mississippi, schliesslich die Veränderungen des Nordens im Zusammenhang. Die Formen der Beschreibung wechseln: es sind erzählende Darstellungen des Verfassers, Zitate aus Berichten der »New York Times« und ihres Magazins, statistische Zeichnungen, geographische Überblicke, Stellungnahmen von Martin Luther King bis J. F. Kennedy etc. Dabei ist nicht trockene Historie entstanden sondern tatsächlich ein Bild, das Porträt des Titels, in dem nicht nur eine Gruppe sondern die ganze herausgeforderte Gesellschaft des Establishments sich bewegt. Es ist eben angelsächsisch gemacht, readable, was man mit dem Worte appetitlich ungefähr andeuten kann. Zur Verbesserung des westdeutschen Bildes von den U.S.A. ziemlich unentbehrlich, für Arbeiter in den politischen Wissenschaften gleich wertvoll als Information und als Nachschlagebuch. Leider hat das Taschenbuch, eng gedruckt, 260 Seiten, so dass im Deutschen 350 zu erwarten wären.
Du wirst es mir nicht übelnehmen, wenn ich beide Exemplare zurück haben möchte, sobald du sie dir angesehen hast. Während der weiteren Arbeit an Band III hätte ich sie ziemlich gern zur Hand, eben zum Nachsehen.
Sincerely yours,
Uwe.

1 Die Geschichte der Diana Oughton verwendet U.J. im *Interview mit Marie H. Cresspahl*:
»M. H.C.: [...] Am 20. August 1967 war Gesine an der See, in New Jersey. Diesen Tag hat der Schriftsteller als ersten genommen. Und weil er ein Buch aus Jahrestagen machen wollte, hört er genau ein Jahr später auf. Das ist das Ende.
FRAGE: Vielleicht stilistische Gründe.
M. H. C.: Um einen Preis. Denn nun kann er nicht mehr aufschreiben, was am 21. August 1968 mit uns und mit Prag war. Er weiß wohl, daß Dr. Kliefoth im November starb, weil er mit 82 Jahren nicht mehr ärztlichen Beistand haben wollte; es kann aber nicht in das Buch getan werden. Und er würde wohl was darum geben,

wenn er noch Diana Oughton hätte hineinnehmen können.
FRAGE: Diana Oughton.
M. H. C.: DIANA OUGHTON. Geboren 1942 in Dwight, Illinois. Mitglied der radikalen Studentengruppe The Weathermen. Machte am 6. März 1970 in New York, im Hause 18 West Elfte Strasse einen Fehler beim Versuch, eine Bombe zusammenzubauen, und wurde kurz vor Mittag zusammen mit dem Haus zerstört.«

[508]

Friedenau in Berlin
29. Februar 1972

Lieber Siegfried:
Man schleppt mir Post an, als hätte ich so eine mittlere Drahtseilfabrik mit fünfzig Prozent Export, und weil ich durch vernachlässigte Antwortpflichten ziemlich gewissenlos geworden bin, will ich einmal einen Brief freiwillig schreiben, nämlich an dich, und du brauchst ihn nicht zu beantworten, da du ja tatsächlich solchem Unternehmen vorzustehen hast.
Da es dir demzufolge gut ergeht, will ich nicht zögern mit der Meldung: Mir auch. Denn man ist von unterschiedlichen Seiten an mich herangetreten mit der Aufforderung, die im III. Band fällige Einführung des Sozialismus in einen Teil Deutschlands doch zu Gunsten des Sozialismus ausfallen zu lassen, und ich habe die Freude, mich durchaus besorgt geben zu können.
Weiterhin, auf ganz anständige Weise bin ich an ein Briefzitat eines westdeutschen Literaturkritikers gekommen, und leider darf ich es nicht verwenden:

> Und für mich natürlich, obwohl ich ja keinerlei Gründe habe den Kerl gut zu finden, der mich nicht ausstehen kann, die Beschreibung New Yorks so bewegend . . .

Nie hätte ich gewagt, die Existenz eines solchen Kriteriums im westdeutschen Feuilleton auch nur zu vermuten. Hier ist es. Zeigte ich jenem Rezensenten meine Liebe etwas deutlicher, hätte er reichlich Gründe, meine Arbeit gut zu finden.

Den gestrigen Tag begingen wir ohne Aufsehen, jedoch nicht ohne deiner zu gedenken und jenes Moments vor zehn Jahren, als du, in Beihilfe zu einer auch dir verdächtigen Handlung, sorgfältig eine Träne zerdrücktest . . .

In dem Typoskript, das ich dir am Wochenende schickte, müssen auf Seite 37 die Zeilen 19 bis 22 gestrichen werden.

Wenn du es drucken willst, könnte ich gelegentlich den Termin des Erscheinens wissen? Es gibt eine Möglichkeit, dass der Norddeutsche Rundfunk von Hannover das für eine Sendung im August produzieren will, und ich möchte gern so lange als sittlich tun können, als wüsste ich nichts von einer Publikation im Druck.

Ist Martin krank? ich hab ihn gegen das bayerische Rundfunkgesetz auf keinen Marktplatz gehen sehen.[1] Da ist doch eine seiner Arbeitsstellen betroffen, und erlaubt das denn die D. K. P.?

So leb denn wohl. Und wenn du deine Hilde siehst, so sag, ich liess sie grüssen.

Sincerely yours,

Uwe.

1 Unter der Überschrift *Gespenst geht um* berichtet *Der Spiegel*, 26. Jg., 1972, Nr. 8 (v. 14. 2.), S. 22, von dem Versuch der CSU, mit einem neuen Gesetz den Bayrischen Rundfunk »umzukrempeln«; es sei der erste Schritt »einer langfristigen Medienpolitik, die in einem Geheimpapier bereits festgelegt ist«. Mit einem »Schnellgesetz« werde ermöglicht, daß im Rundfunkrat neben den ständischen Vertretern statt bisher neun künftig 21 Parteipolitiker sitzen werden (nach dem damaligen Parteienproporz gehörten da-

von 13 der CSU an). Verträge mit leitenden Angestellten, die bisher vom Intendanten ausgehandelt wurden, sollten künftig auf fünf Jahre befristet und vom Rundfunkrat in geheimer Sitzung beschlossen werden. Erleichterte Gegendarstellungen sollten schließlich die »Laienkritik am Funk- und TV-Programm ermuntern.« – Martin Walser sympathisiert seinerzeit mit der DKP, war aber niemals deren Mitglied.

[509]

Frankfurt am Main
2. März 1972

Lieber Uwe,
Du beschämst mich mit herrlichen Briefen! Schriftsteller müßte man sein! Und natürlich Uwe Johnson heißen! Mir bleibt das Diktiergerät!
Das Interview mit Marie Cresspahl habe ich gelesen, und dies mit größtem Vergnügen. Ich habe gelernt und gelacht. Für den Zweck der »suhrkamp information« ist der Text freilich etwas zu lang geraten. Ich mache Dir einen Kürzungsvorschlag. An sich, Du siehst, wie vage das ist, wollten wir die erste neue »suhrkamp information« zum 1. Mai herausgeben. Doch außer mir scheint sich im Hause niemand dafür zu engagieren, so daß auch diese Sache auf meinen schwachen Schultern ruht. Ich nehme an, daß wir das Heft vielleicht Mitte Mai herausgeben können; vielleicht kannst Du dem Norddeutschen Rundfunk vorschlagen, die Sendung integral zu bringen, während wir dann nur eine Art Vorabdruck brächten (was freilich von der Sache her nicht stimmt).[1]
Schönen Dank für Deinen Hinweis auf die beiden Bücher
Thomas Powers: »Diana, The Making of a Terrorist«
und
Anthony Lewis & »The New York Times«: »Portrait of a Decade«

Das letztere möchte ich mit Sicherheit nicht übernehmen, in dieser Art haben wir die Themen gelegentlich in der e. s. gebracht. Das Buch schicke ich Dir zurück.

Anders ist die Situation bei »Diana«; hier scheint mir ein symptomatischer Lebenslauf vorzuliegen, der sich gut in die konkreten Portraits der e. s. einfügen ließe; ich kümmere mich um die Rechte.[2] Das Buch behalten wir vorläufig noch hier.

Wer war der westdeutsche Literaturkritiker, der sich so bewegt gab? Und was geschah am 28. Februar 1962?

Herzlich

Dein Siegfried

2 Anlagen

(Buch & Reisebericht[3])

1 Das fünfte Heft der *suhrkamp information* erscheint im ersten Halbjahr 1972 und befaßt sich ausschließlich mit dem wissenschaftlichen Programm des Verlags; ab September 1972 ist die neue *suhrkamp information* erhältlich: »Von diesem Heft an veröffentlichen wir die ›suhrkamp information‹ im Format der suhrkamp taschenbücher.«

2 Thomas Powers' *Diana. The Making of a Terrorist* wird nicht in das Programm des Verlags aufgenommen.

3 Der Reisebericht schildert den ersten Besuch von S. U. bei Marieluise Fleißer am 1. 3. 1972.

[510]

Friedenau, am Rathaus
6. März 1972

Lieber Siegfried,
in deinem Brief vom 2. März lese ich etwas von einem »Heft« und kann darin nicht die neue Form der Suhrkamp-Werbung erkennen, erinnere ich doch einen solide gebundenen Band in Art und Format der edition, welch selben der dankbare Leser sammeln möchte als ersten einer langen Reihe, wie dies einmal geschah, als Trachten noch nicht unfein war ...
Du machst mir einen Kürzungsvorschlag: Punkt. Wo ist er? Wenn du ihn nicht erläuterst: willst du die Kürzung selber vornehmen? Wenn ich das Kürzen besorgen sollte, hätte ich gerne zwei Foto-Kopien und eine Andeutung des gewünschten Umfangs in Prozent oder Seiten.
Andernfalls hätte ich immer noch gern eine Kopie, sie Helen Wolff zu schicken.
Der bewegte Kritiker hat sich soeben in der »Neuen Rundschau« geäussert, mit etwa drei sachlichen Fehlern, etc., und du musst es nicht lesen.[1]
Da du eigens fragst: Am 28. Februar 1962 morgens warst du auf dem Römer und beaufsichtigtest eine Ehe-Schliessung.
Damit du nicht mehr zu fragen brauchst: es war die unsere.
Herzlich,
Uwe.

1 In der *Neuen Rundschau*, 83. Jg., 1972, H. 1, S. 125-133, schreibt Roland H. Wiegenstein über *Jahrestage*, Bd. 2.

[511]

Frankfurt am Main
6. März 1972

Lieber Uwe,
bitte, sei mir nicht böse über meine Kürzungsvorschläge. Ich kann annehmen, daß Dich jeder Strich schmerzen wird, doch haben wir nicht so viel Raum. Bist Du mit diesen Änderungen einverstanden, oder möchtest Du andere Kürzungen ähnlichen Ausmaßes vorschlagen?
Herzlich
Dein Siegfried

[512]

am Rathaus Friedenau
8. März 1972

Lieber Siegfried,
im Gegenteil ist mir recht, dass du mir das Geschäft der Kürzungen abgenommen hast.
Dazu einige Anmerkungen:
Der auf Seite 7 unten beginnende Strich müsste die erste Zeile der nächsten Seite einbeziehen.
Der oben auf Seite 9 einsetzende Strich sollte doch besser nur bis Zeile 6 wirken. Die anschliessende FRAGE scheint mir aus argumentativen Gründen schlecht entbehrlich.
Der zweite Strich auf Seite 25 sollte seine zwei ersten Zeilen verschonen und am Ende der Seite 27 aufhören. Einmal hängen die Stücke dann besser zusammen, und auf das am Kopf der Seite 28 angeschlagene Thema bin ich zu oft angesprochen worden.
Solltest du dich zu diesen Vorschlägen verstehen können, biete ich als Ersatz die folgenden Kürzungen an:

Seite 1, Zeile 20-22 bis einschliesslich zweite Zeile auf Seite 2.

Seite 10, Zeile 6 bis einschliesslich Zeile 10.

Dies müsste der Menge nach ungefähr ausreichen.
Werdet ihr die Fotografien verwenden?
Wird das neue Ding (eben, ich weiss das Wort nicht) nun tatsächlich die Gestalt eines Heftes haben oder einem Taschenbuch ähnlich sein?
Und all das auf deinen schwachen Schultern.
Sonst geht es mir gut, nachdem ein junger Fernsehdiskutierer und Dokumentarist von Martins Seite mir bescheinigte, ich hätte die Anforderungen der kapitalistischen Herrschaft schon so weit verinnerlicht, dass ich's nicht mehr merkte, ein Fall, von welchem man in Berlin zu sagen pflegt: Der hat's jut, der is blöde, der merkt nischt mehr.
Sonst kein Berliner,
sincerely yours,
Uwe.

[513]

Frankfurt am Main
10. März 1972

Lieber Uwe,
schönen Dank für Deinen Brief vom 8. März. Leider haben wir zwar eine Fotokopie des Originals, jedoch nicht meine Einstreichungen. Könntest Du deshalb dieses Exemplar noch einmal hierher retournieren?
Die Fotografien werden wir verwenden.
Wie die neue »suhrkamp information« aussehen soll, wissen vorläufig nur die Götter und Willy Fleckhaus. Feststeht das Format e.s. bzw. s.t. Du hast recht, wenn Du von meinen schwachen Schultern sprichst. Ich plane nämlich auch

gleich das zweite Informationsheft, das Walter Benjamin gewidmet ist und das wir am 30. Juni jenen Leuten in die Hand drücken wollen, die zu einer Benjamin-Veranstaltung des Suhrkamp Verlages nach Frankfurt kommen. Zum Beispiel: Uwe Johnson, der herzlich (mit Flugkarte) dazu eingeladen ist.[1]
Da ich mich zu solchen Sonderausgaben aufschwinge, muß ich Dich natürlich auch fragen, welches Honorar Du forderst oder wünschst für dieses Interview.
Herzlich
Dein Siegfried

P. S.
Den »Lieben Christian« können wir nicht ausmachen, deshalb senden wir den Brief, der irrtümlich im Umschlag steckte, an Dich zurück. (Anlage)

1 Der *Pressedienst* der Verlage Suhrkamp und Insel vom 16. 5. 1972 meldet: »*Walter Benjamin* wäre am 15. Juli dieses Jahres 80 Jahre alt geworden. Aus diesem Anlaß veranstaltet der Suhrkamp Verlag am 30. Juni in der Frankfurter Universität einen Vortrag von Jürgen Habermas über Walter Benjamin. Jürgen Habermas wird sich bei dieser Gelegenheit zum ersten Mal über Walter Benjamin äußern. Im Rahmen einer weiteren Suhrkamp Veranstaltung wird Gershom Scholem einen Vortrag halten mit dem Thema ›Walter Benjamin und sein Engel‹. Am 1. Juli findet eine öffentliche Diskussion statt.« Im Juni 1972 erscheint als Band 150 der suhrkamp taschenbücher *Zur Aktualität Walter Benjamins. Aus Anlaß des 80. Geburtstags von Walter Benjamin herausgegeben von Siegfried Unseld.* Mit Beiträgen von S. U. *(Walter Benjamin zu ehren)*, Werner Kraft *(Über Benjamin)* Gershom Scholem *(Walter Benjamin und sein Engel)*, Jürgen Habermas *(Bewußtmachende oder rettende Kritik – die Aktualität Walter Benjamins)* sowie Texten von Walter Benjamin und Bertolt Brecht.

[514]

am Rathaus Friedenau
13. März 1972

Lieber Siegfried,
ich bedanke mich für deinen Brief vom 10. Die Fotokopie kommt hier zurück. Deine Kürzungen sind unverändert; dennoch hoffe ich, dass du auf meine sanft vorgetragenen Vorschläge wirst eingehen können.
Ausgezeichnet, dass ihr bei dem Format eines Taschenbuches bleiben wollt. Allein der gebundene Rücken, das Gewicht erst recht werden machen, dass der Interessent es anfasst wie etwas nicht Wertloses, etwas Besseres als bloss Reklame, etwas zum Aufheben. Die Treue der Sammler aber, das kannst du mir glauben, ist verlässlicher als die Anhänglichkeit der Wegwerfer.
Was ich mir für ein Honorar wünsche? ein gutes. Ein sehr freundliches. Mit einem kleinen Bonus für eine Erfindung ausserhalb der Arbeitszeit. Ein gutes. So wie du es für richtig hältst.
Sincerely yours,
Uwe.

[515]

Frankfurt am Main
15. März 1972

Lieber Uwe,
herzlichen Dank für Deinen Brief vom 13. März. Deine »sanft« vorgetragenen Vorschläge sind bis auf Minima berücksichtigt; so ließ ich auf Seite 1 doch die Zeilen 20-22 und auf Seite 2 die ersten beiden Zeilen stehen.
Du wünschst Dir ein gutes Honorar, ich möchte Dir aber ein sehr gutes bezahlen. Wie wäre es mit einem Tausender?
Herzlich
Dein Siegfried

[516]

in Friedenau, am Rathaus
23. März 1972

Lieber Siegfried,
es ist das zweite Mal binnen dreier Wochen, dass unser wechselseitiges Gedenken von Daten irgend welcher Eheschliessungen behext worden sein muss,
denn an jenem 15. März, als du mir ein sehr gutes Angebot machtest,
stand ich auf dem Standesamt Berlin-Schöneberg und bezeugte durch Unterschrift, dass ich, zwar nicht in Tränen wie du, an solcher Zeremonie amtlich teilgenommen hatte und möchte dein Angebot also froh und friedlich annehmen.
Sincerely yours,
Uwe.

[517]

Frankfurt am Main
27. März 1972

Lieber Uwe,
falls ich es vergesse: im »Spiegel« vom 20. März ist ein geradezu entzückendes Foto von Dir abgebildet. Warum bekommen wir solche schönen Fotos nicht, oder überrascht der »Spiegel« auch Dich damit?[1]
Schöne Grüße
Dein Siegfried

1 In *Der Spiegel*, 26. Jg., 1972, Nr. 13 (v. 20. 3.), S. 14, wird das Foto zusammen mit einem Leserbrief U. J.s abgedruckt, in dem er zu einer Darstellung Berliner Verkehrsprobleme im Heft 9/1972 des Nachrichtenmagazins Stellung nimmt.

[518]

Frankfurt am Main
28. März 1972

Lieber Uwe,
noch eine Bitte: wir brauchen bald einen Text für die Vorderseite des Umschlags. Den Umfang kennst Du ja. Welche Stelle möchtest Du so hervorgehoben wissen? Ich freue mich sehr über unsere Gelb-Wahl.
Als Foto möchte ich jenes »Spiegel«-Foto nehmen;[1] ist Dir das recht?
Herzlich
Dein Siegfried

1 Für den Schutzumschlag des 3. Bandes der *Jahrestage* wird das Foto aus dem *Spiegel* verwendet.

[519]

Frankfurt am Main
11. April 1972

Lieber Uwe,
dies ist der Text, mit dem wir die »Jahrestage 3« ankündigen wollen. Bist Du damit einverstanden?[1]
Es war doch angenehm, daß wir zusammen waren. Hoffentlich hast Du die Fußballunterbrechung als nicht allzu störend empfunden.[2]
Herzlich
Dein
(Herr Unseld ist nach dem Diktat nach St. Moritz entflohen)
i. A.
Renate Steinsiek

1 Die Anlage ist nicht erhalten.
2 S. U. trifft U. J. am 5. 4. 1972 in Westberlin. Am Abend desselben Tages spielt Bayern München im Europapokal der Pokalsieger 1:1 gegen Glasgow Rangers, der Ausgleich erfolgt durch ein Eigentor von Reiner Zobel.

[520]

am Rathaus Friedenau
15. April 1972

Lieber Siegfried,
hier schicke ich dir den Text für die Ankündigung von Band III mit meinen Anmerkungen.
Einen Satz, der stehen bleiben muss, hätte ich recht gern vom Papier geschafft: die Aussage, ich sei fertig. Ich bin es nicht, überdies sitze ich in einer ausgesuchten Klemme; nun tadle ich mich ungemein, dass du mir doch wieder einen Termin hast abluchsen können. Wenn ich ihn nicht schaffe, wird die ganze Zeit bis dahin der Konstruktion eines unbehaglichen Gewissens gedient haben.
Gern hingegen gedenke ich deiner Träne beim bayerischen Eigentor. So sähe ich dich gern öfter; anders jedoch auch.
Mit herzlichen Grüssen,
sincerely yours,
Uwe.

[521]

Frankfurt am Main
21. April 1972

Lieber Uwe,
schönen Dank für Deinen Brief vom 15. April. Deine Korrekturen für die Ankündigung von Bd. 3 berücksichtigen wir gerne.

Du mußt durch! In Deinem Interesse, in dem Interesse des Buches und seiner Leser. Ich weiß, daß Du diesen Gesichtspunkt selbst hast, so daß ich ihn gar nicht zu strapazieren brauche.
Meine Tränen weine ich meistens allein.
Herzlich
Dein Siegfried

[522]

Am Rathaus Friedenau
27. April 1972

Lieber Siegfried,
wir haben schon davon gesprochen:
An der Wisperstrasse im vorigen August wolltest du eine Überweisung von viertausend Mark verstanden wissen als einen Beitrag des Verlages zu meiner Reise nach New York, da die Reise ja so zu sagen einem Unternehmen auch des Verlages dienlich sein werde. Darauf bezog sich auch eine Unterhaltung im vorigen Oktober in Bezug auf eine Passage der Rede zum Büchner-Preis.[1]
Nun finde ich bei der Zusammenstellung meiner Steuer-Materialien diese Überweisung versehen mit dem Vermerk »a Cto Hon.«, was mir ein Widerspruch zum Vorigen zu sein scheint.
Als was soll ich den Betrag nun aufschreiben? Und wenn es eine Spende (Beihilfe, Stipendium) bleiben sollte, was für einen Rat gäbst du mir für die steuerliche Beschreibung davon?
Heute um 14:22 gab American Forces Network die endgültige Stimmenzahl gegen das Strauß'sche Misstrauensvotum bekannt.[2] Ich hatte geschrieben in dem Moment: »Siege«, am Anfang eines Absatzes. Danach entschloss ich mich, die Fort-

setzung des Satzes mit einem Punkt zu unterbinden. Nach dem Punkt geht es weiter: »Und doch –«. Ich versichere dir also, dass dies meine erste absichtliche Privat-Datierung beim Schreiben war, und dass ihr keine folgen wird.[3]
Sincerely yours,
Uwe.

1 Am Ende seiner Rede anläßlich der Entgegennahme des Georg-Büchner-Preises, in der U. J. erzählt, wie er einen Monat zuvor das Preisgeld von 10 000 DM für Recherchen in New York für die *Jahrestage* ausgegeben hat, heißt es: »Er [U. J.] dankt jenen, die ihm behilflich waren über die Mittel des Büchner-Preises hinaus; für Gastfreundschaft, für Stipendien.« Siehe U. J. *Rede anläßlich der Entgegennahme des Georg-Büchner-Preises*, in: *Johnsons Jahrestage*, S. 72.
2 Der »konstruktive Mißtrauensantrag«, mit dem die CDU/CSU-Fraktion im Deutschen Bundestag die Koalitionsregierung von SPD und FDP unter Bundeskanzler Willy Brandt durch ihren Kandidaten, Rainer Barzel, ablösen lassen will, scheitert am 27. 4. 1972 an zwei Stimmen.
3 Vgl. *Jahrestage*, Bd. 3, S. 1023.

[523]

Frankfurt am Main
28. April 1972

Lieber Uwe,
was wir an der Wisperstraße wisperten, gilt: die DM 4.000,- stellten ein Stipendium für Fahrt und Aufenthalt nach und in den USA dar. Du benötigtest diesen Aufenthalt ja dringlich zum Auftanken für die »Jahrestage«.
Wein folgt.
Herzlich
Dein Siegfried

[524]

Friedenau in Berlin
12. Mai 1972

Lieber Siegfried,
es tut mir leid, dass du erregt warst, weil du den Text für den Umschlag immer noch nicht hattest.
Der Grund liegt in den Schwierigkeiten dieses III. Bandes, die ich dir erklärt habe. Die Zeitverluste mögen dich anders ärgern als mich, jedoch gewiss nicht mich weniger.
Um so mehr, und fast täglich, bedaure ich, dass ich dir nun doch wieder einen Termin für die Ablieferung des fertigen Typoskripts genannt habe. Du wünschtest es so sehr, und neben der Gefälligkeit war es wohl auch Hoffnung, die mich auf einen 10. Juni vertrauen liess. Das stellt sich nun heraus als ein Versprechen, als ein gebrochenes obendrein, und es drückt.
Deswegen bitte ich dich herzlich um deine Zustimmung zu folgendem Verfahren: ich melde dir in regelmässigen Abständen, um wieviel Tage ich hinter dem angenommenen Termin her bin, und du meldest mir, bitte, nicht Kummer, nicht Sorge, nicht Vorwurf. Diese drei Sachen besorge ich mir jeden Morgen und Abend allein.
Der Stand von heute ist also, dass ich 31 (einunddreissig) Tage hinter dem Termin zurück bin.
In der Anlage schicke ich dir die ersten 30 abgeschriebenen Seiten. Bitte, sucht euch heraus, was für den Text auf der Vorderseite des Umschlags passen könnte.
Mein Vorschlag sähe so aus: Zu beginnen auf Seite 16 oben, aufzuhören mit der Zeile 19. Also den letzten Absatz auszulassen und danach die ersten 12 Zeilen der Seite 17. Dann fortzufahren ab »Jerichow, all das . . .« bis ins Beliebige. Das Prinzip ist, wohl den new Yorker Anfang ins Recht zu setzen, dann aber die Erinnerung an die Vergangenheit etwas

kräftiger anzukündigen. Wenn ihr es der Identifizierung zuliebe für nötig haltet, könnte man auf der Seite 16 in der Zeile 7 das »sie« durch »Gesine Cresspahl« auswechseln (jedoch nur für die Zwecke des Umschlags).[1]
Mit herzlichen Grüssen,
Uwe.

1 Auf dem Schutzumschlag der *Jahrestage*, Bd. 3, ist der – bis auf den letzten Satz – unveränderte Anfang des Eintrags vom Montag, dem 22. 4. 1968, abgedruckt.

[525]

Frankfurt am Main
17. Mai 1972

Lieber Uwe,
schönen Dank für Deinen Brief vom 12. Mai. Ich habe Dir am Telefon den Eingang der ersten 30 abgeschriebenen Seiten bestätigt. Die Lektüre faszinierte mich. Also: nur weiter so. Sorge wollen wir doch gemeinsam haben und tragen. Was die Termine anbelangt: einen Vorwurf habe ich Dir wohl nie gemacht! Ich bin also ganz einverstanden mit dem, was Du vorschlägst. Ich drücke Dir den Daumen und bin sehr herzlich,
Dein Siegfried

P. S.
Uns ist aufgefallen, daß die Seite 11 in der Paginierung zweimal dabei ist, die Seite 13 fehlt. Wir haben das jetzt so geändert:
Seite 10: ein Kind ... wenn schon
Seite 11: der erste Versuch ... Armeehubschraubers
Seite 12: hingenommen ... geradezu zärtlich
Seite 13: In Bonn ... und sie

[526]

[Berlin Friedenau]
27. Mai 1972

Lieber Siegfried,
die traurige Erfüllung unserer traurigen Verabredung besteht heute darin, dass ich nunmehr 46 (sechsundvierzig) Tage hinter dem Termin bin.
Günter Eich weist darauf hin, dass Ernst Schnabel seit dem Jahr 1935 mit Peter Suhrkamp bekannt war, und er hofft, dass Herr Schnabel auf eurer Fragebogenliste ist.[1]
In der Anlage geht es um eine Sache, über die ich mich zu ärgern vorhabe. Weil ich sonst keine Sorgen habe.
Bitte, könntest du bei einer deiner Fahrten zum Schwimmen am nördlichen Amerikaner-Viertel Frankfurts vorbeifahren und feststellen, welche Namen diese »cities« oder »-villes« tragen? Deine Erinnerung wird dir gewiss entscheiden, welche Bezeichnungen schon seit dem Jahre 1954/55 gelten.
Sincerely yours,
Uwe.

[526a; Anlage; Brief von U.J., Durchschlag]

Berlin Friedenau
27. Mai 1972

Sehr geehrte Frau Grunert-Bronnen,
der Verlag von »publikation« schickt mir Werbehefte, und so lese ich, etwas verspätet, im Dezemberheft des vorigen Jahres eine neue Fassung des Gesprächs, das wir am 30. November im Hotel Kaiserhof in Erlangen geführt haben.[2]
Sie stellen dem Interview eine Personenbeschreibung voran, die mit der Bemerkung endet:

> so dass unwahrscheinlich wird, was manche sagen: dass diese Johnsonsche Verhaltensweise auch spontanen, unbesonnenen Zorn, das Ungebändigte beherberge.

Sie führen da, mit dem Mittel der angedeuteten Zurücknahme, dennoch einen Leumund ein. Gewiss werden Sie so freundlich sein, die Sache für mich aus dem Bereich von Gerücht und Nachrede in einen anderen zu überführen. Dazu genügte es, wenn Sie mir von Ihren »manchen« Zeugen fünf (oder beliebig mehr) namhaft machten.
Mit den besten Grüssen,
Ihr Uwe Johnson.

1 Der Fragebogen diente der Vorbereitung des 1975 erscheinenden Buchs *Peter Suhrkamp. Zur Biographie eines Verlegers in Daten, Dokumenten und Bildern*, vorgelegt von Siegfried Unseld unter Mitwirkung von Helene Ritzerfeld.

2 Vgl. Barbara Bronnen, *Gedanken über Gesine*, in: *Publikation. Der literarische Markt*, München, 21. Jg., 1971, H. 12, S. 33 f.

[527]

[Berlin Friedenau]
1. Juni 1972

Lieber Siegfried,
den anliegenden Brief von Frau Werckmeister solltest du vielleicht kennen, als ein Beispiel für allzu edle Reaktionen auf den Suhrkamp-Fragebogen.
Bitte, schick ihn mir zurück, und vielleicht brauchst du nicht zu versuchen, die Dame umzustimmen.
Was ich ihr geantwortet habe:

> inzwischen habe ich Herrn Unseld erklärt, aus welchen Gründen Sie den Fragebogen über Peter Suhrkamp nicht beantworten möchten, und es scheint nicht nötig, dass Sie sich die Mühe eines besonderen Briefes an ihn machen.
>
> Herr Unseld wird, wie ich, den Verlust Ihrer Mitarbeit gewiss bedauern. Vielleicht ist es doch ein Missverständ-

nis, aus der Art der Fragen auf die Haltung des künftigen Buches zu schliessen. Und gerade Herrn Unseld traue ich nicht eine Geisteshaltungauffassung zu, die an der Wirklichkeit des Toten vorbeigehen wird.
Deswegen bleibe ich bei der Hoffnung, dass das Vorhaben doch noch einmal Nutzen von Ihrem Wissen haben wird, und sei es von Aufzeichnungen, die gegen die von Ihnen vermutete Haltung angehen.
Etc.

Die schreckliche Meldung: mit dem heutigen Tage bin ich um 50 Tage hinter dem Termin zurück.
Mit betrübten Grüssen, herzlichen auch,
sincerely yours,
Uwe.

[528; Tagesblatt eines Tischkalenders, handschriftlich[1]]

Frankfurt am Main
2. Juni 1972

Welche Farbe? ich bin für Bronze!
Dein Siegfried

1 Wie aus dem Brief von U. J. vom 7. 6. 1972 (siehe Brief 531) hervorgeht, liegen dem Kalenderblatt verschiedenen Farbmuster für den Umschlag von *Jahrestage*, Bd. 3, bei.

[529; Notiz auf Einladungskarte, handschriftlich]

Frankfurt am Main
[zwischen dem 2. und 6. Juni 1972]

Lieber Uwe
Du bist eingeladen[1]
(Flugticket bei Frau Zeeh bestellen
Klettenbergstr. Unterkunft gesichert)
Dein Siegfried

1 U.J. wird zu drei Veranstaltungen des Suhrkamp Verlags aus Anlaß des 80. Geburtstages von Walter Benjamin (15. 7. 1972) am 30. 6. und am 1. 7. 1972 in Frankfurt eingeladen (siehe Brief 513, S. 733).

[530; Notiz, ohne Ort, ohne Datum]

Lieber Uwe –
soeben erfahre ich den Titel des Vortrages von Jürgen Habermas: »Über Kultur und Gewalt. Die Aktualität Walter Benjamins«.
Das wollte ich Dir doch noch sagen.
Herzlich –
Dein Siegfried

[531]

Friedenau, nördlich des Rathauses
7. Juni 1972

Lieber Siegfried,
ich bedanke mich für deine Vorschläge zum Umschlag, datiert den vorigen Freitag. Inzwischen hatten wir die Verab-

schiedung Günter Eichs[1] zu seinem pariser Wunder-Rabbi sowie auch einen Betriebsausflug der Akademie zu überstehen, so dass ich nicht gleich antworten konnte.
Du schreibst, deine Vorliebe sei Bronze.
Meine war es auch, bis ich von Elisabeth und anderen darauf hingewiesen wurde, das von mir als bronzen aufgefasste Muster sei eher alt-khaki, eine Bildung nach dem Worte altrosa. Hingegen sei das von mir als gelb angesprochene Farbgemisch die Bronze, die die Ratgeber wie du für den besten Partner der ersten beiden Bände ansehen. |
Wie ich. |
Damit wir uns recht verstehen, hefte ich einen Zettel an dieses Exemplar.
Für den Fall, dass dies die Bronze wäre, wünsche ich mir, dass sie ihre Verwandtschaft mit Gelb etwas deutlicher offenbar machen würde. Etwas kneifend Zitroniges stelle ich mir dals = da als Zusatz vor, auch mit Blick auf die ersten beiden Lösungen.
Verzeih, dass ich mich an den Veranstaltungen aus Anlass des 80. Geburtstages nicht beteiligen werde. Ich danke dir für deine Einladung, die Sache hätte für mich auch ihr Festliches gehabt, und ich kann nicht.
Es wären zwei Tage, die ich insgesamt verlöre für die Beschäftigung mit meinem Sorgenkind, und auch dir möchte ich nicht Zeitverluste antun, die andere Ursachen haben als absolute Unumgänglichkeit.
(Erwähne dagegen bloss nicht den Betriebsausflug der Akademie! Es war die erste Möglichkeit für den Vizepräsidenten,[2] das verwaltende Personal wenigstens ungefähr kennen zu lernen, und so gern ich sie abgekürzt hätte, es ging alles auf einem Dampfer vor sich, und wäre ich ins Wasser gesprungen, so hätten sie gewendet und mich aufgefischt.)
Danach denke ich also lieber an die zwölf möglichen Sei-

ten Geschriebenes, und ich hoffe, dass auch dir das bei meiner Abwesenheit am 30./1. als eine Art Entschuldigung gilt.

Mit herzlichen Grüssen,
dein Uwe.[3]

1 Der (bereits schwer kranke) Günter Eich hält sich in Berlin auf und trifft U.J. regelmäßig abends zwischen dem 23. 6. und dem 4. 7. 1972.

2 Der Betriebsausflug der Akademie der Künste, Berlin, findet am 6. 6. statt; U.J. ist seit 1969 Mitglied der Akademie und amtiert von 1972-1974 als deren Vizepräsident.

3 S.U. vermerkt handschriftlich auf diesem Brief »Uwe kommt«, S.U. hat ihn vermutlich telefonisch zu einer Meinungsänderung bewegt. U.J. schreibt unter dem Datum des 12. 6. 1972 an Burgel Zeeh: »da ich nun doch nach Frankfurt kommen werde, soll ich Sie um einen Flugschein bitten, und dies wären die ungefähren Zeitwünsche: 30. Juni gegen 14 Uhr ab Berlin-Tempelhof, 1. Juli gegen 14 Uhr ab Frankfurt-Rhein/Main.« – U. J. übernimmt am 30. 6. beim Vortrag von Gershom Scholem (siehe Brief 513, S. 733) die Referenten-Rolle des Verlegers, der nach einem Autounfall im Krankenhaus liegt, und trägt dessen Text *Walter Benjamin und Frankfurt* vor, den er zuvor noch lektoriert. Auf einem Blatt notiert er sich handschriftlich für die Einleitung: »Stellvertretung/ Benjamin zu ehren; Gesammelte Schriften/ Flugversuch, Verspätung, wird kommen,/aber erst in zwölf Tagen. Deshalb,/um bei aller Abwesenheit doch hier/ zu sein, hat er sich meine Stimme geliehen/für Bemerkungen über«. Keiner der Anwesenden versteht so recht, warum S.U., der einen »Flugversuch« unternommen habe, zwar kommen werde, aber erst mit zwölftägiger Verspätung. Das aber hat U.J. wohl gerade beabsichtigt. Was er mit dem »Flugversuch« meint, wird aus seinem Brief an Burgel Zeeh vom 20. 6. 1972 verständlich: »Der Mensch [S. U.] hört sich geradezu abgestürzt an; wozu ja stimmen könnte, dass er versuchte zu fliegen.« S.U. kommt mit seinem Auto am 15. 6. 1972 durch Aquaplaning von der Straße ab.

[532]

Friedenau in Berlin
17. Juni 1972

Lieber Siegfried,
anfangs war es ja nicht zum Glauben. Das konntest ja nicht du sein, der an einem Donnerstag im Juni durch einen schwäbischen Regen fährt und sein so wenig achtet, dass er dabei von der Strasse abkommt und ein dickes Auto umschmeisst. Dann haben sie mich zum Glauben gezwungen; unglücklich sitze ich da und muss mir noch denken, dass sie dich wohl nicht an ein Telefon lassen, in das ich hineinrufe:
Möge dich das Ding nicht allzu sehr schmerzen, das dir zwischen Brusthandbein und Schulterblatt kaputt gegangen ist. Möge dein Arm nicht allzu stark gehangen haben. Möge die retrograde Amnesie dir gnädig sein.
Die Strafe stelle ich mir fürchterlich vor, für dich. Statt in dauerhafter Bewegung, musst du nun im Liegen Pläne machen, einen Arm angebunden und was nicht noch. So stelle ich mir das vor, und erwarte doch schon mit Vorfreude, was du dir nun wieder ausdenken wirst. Jedoch wünschte ich, darunter sei auch dies:
Wenn du mit Hilfe eines Linienflugzeuges auf einer sonst nicht bewohnten Insel bei Australien verschellen wolltest, du hättest dazu nicht selber etwas getan. Ein Schiff in der Nacht, auf dem du einem anderen per Zusammenstoss begegnest, du hättest da nicht am Radarschirm gesessen. Wenn die Bundesbahn wieder einmal zu schnell gefahren ist in ihren langsamen Kurven, du wärst es nicht, den sie aus dem Führerstand zu schweissen hätten. Hier aber warst du am Steuer, und liegst nun da, als hättest du es gewollt. Es kann uns nicht recht sein.
Du wirst womöglich nichts weiter entgegnen als dass du

Glück gehabt hättest. Gewiss. Aber Glück ist eine unterkellerte Sache, und da gibt es auch einen ominösen Zwischenboden, da sind Sachen an den Wänden zu lesen. Nun lies mal.
Nimm es nicht als Roheit, dass ich so ausdrücke, was mir gestern vormittag an Schreck und Sorge und noch neuer Anhänglichkeit in die Glieder gefahren ist. Ich wünschte bloss, du bliebst länger da, und dass du dies nicht einem beliebigen Juniregen überlässt, sondern selber etwas tätest dazu. Wenn du dies einrichten könntest dir zuliebe, ich würd es ansehen als eine Gefälligkeit für mich.
Nun sage ich noch das von der guten Besserung und dem hochgenommenen Kopf. Zwar werde ich nicht aus deinem Zimmer geworfen, mit dem Auflegen ist es auch nichts, aber einen Punkt mache ich nun.
Sincerely yours,
Uwe.

[533]

in Friedenau, an der Zehlendorfer Bahn
22. Juli 1972

Lieber Siegfried,
die Aufgabe war pünktlich da heute morgen, und sie ist mir sauer geworden. Eines war, dass ich Martins neuesten Entwurf womöglich nicht mit seinem Wissen gelesen habe, und das andere war der beliebige Versuch, jemandem behilflich zu sein, der nach seiner Auffassung in einem fremden Gelände so viel Statur und Intimität gewonnen hat, dass er einen Zuspruch schon als Einmischung, wenn nicht gar Beleidigung missverstehen muss. Wenn ich sonst noch nicht zufrieden bin, so vielleicht, weil man einen ehemals verstehbaren Freund weiterhin möchte begreifen können. Dies ist mir nicht gelungen.

»Der Grund zur Freude«,[1] ich nannte ihn einen bekömmlichen Titel, setze ihn jetzt jedoch mehr in die Nähe von Möbelinseraten, wegen seiner Quer- und Frontstellung zum Untertitel »99 Formeln zur Erbauung des Bewusstseins«. Es sind also nicht genau 100 Formeln, sondern kokett eine weniger; es erinnert mich an Staatsmänner, die ihre Macht sicher glauben, Algerien oder DDR, wie du willst. »Zur Erbauung des Bewusstseins«, da ist die Anleitung zur Montage und die Sonntagsschule auf eine geradezu enzensbergerische Weise schick gemischt, gemeint und abstreitbar. An der einen Seite des Titels, der anderen auch, leider, musste mich stören, dass ein uns bekannter Mensch nicht mehr von normalem Fussboden aus agierte, sondern geradezu auf einen Tritt gestiegen war, als wären ihm die jeweiligen Kenntnisse, Erkenntnisse und Forderungsrechte vorbehalten. Du weisst, Martin kann das als persönlichen Gestus unwidersprochen vorführen; in diesem Manuskript jedoch will er nicht nur das Leben von Freunden ändern, sondern von ihm Fremden. Der erhabene Anspruch zerfällt, und ich hatte es nicht gern aus erster Hand. Er will uns da einen Marxismus verordnen in einer populären Verkleidung, die mit der einen Hand den schönen Griff Blochs nachzumachen trachtet und mit den Bewegungen der anderen verrät, dass nicht einmal das steuernde Bewusstsein erzogen wurde in dem, was man so die Grundlagen des Marxismus und der angeschlossenen Taschenspielerei nennt. Wiederum eine Verführung durch den moralischen Impetus von Religion und daraus abgewandelter Soziologie, abermals bloss Stellen gelesen. Der Mangel an Deckung macht die Forderungen blamabel. Oft habe ich ihn gebeten, Residenz zu nehmen auf wenigstens ein Jahr in einem Land, wo der Sozialismus an den Leuten probiert wird; unberaten schlägt er mit seinen Formeln noch denjenigen ins Gesicht, die dort gehalten sind zu le-

ben. Da gibt es Minderjährige, die könnten ihm Denken oder Literatur nachweisen. Vielleicht ärgert mich ja, dass er mich nur wegen eines mit dir strittigen Teils um Rat gefragt hat, und nicht wegen des Ganzen. Das Ganze denunziert nun den Untertitel. Darin führt eine einzelne Person der Öffentlichkeit ihren konfusen Zustand vor, und hält es für verdienstvoll, also betreibt Gewissenserforschung im Öffentlichen auf Kosten anderer. Und herausgekommen ist ein Dokument, ein privates. So geht es ihm also. Das darzustellen genügt ihm, er verwandelt diese Erfahrungen nicht in die Demonstrationsmöglichkeiten seines Faches. Zeig dies nicht Martin, er könnte solche Meinung nicht verzeihen, weil er in seiner Lage hiervon nichts verstehen kann als den Versuch der Bevormundung; noch mehr aber möchte ich ihn nicht verlieren. Kurz, er wird in uns eher Agenten oder Beeeinflusste des Monopolkapitalismus erblicken, die ihn an der theoretischen Ausweitung des Klassenkampfes hindern wollen, als Freunde, die ihn entweder nur wohlgerüstet in die Schlacht entlassen wollen (wenn sie denn da angelangt wäre), als Freunde, die ihm im Gegenteil eine Blosstellung gerade bei seinen Gesinnungsgenossen ersparen möchten, also auch bei uns.
Du findest in der Anlage einige Blätter, auf denen ich Kommentare zu seinen Formeln versucht habe. Sie sind mir eben seinetwegen in der Regel dialogisch geraten. Er wird damit nichts anfangen können, es erübrigt sich also, sie ihm mitzuteilen. Wenn sie dir nützlich sind, so allenfalls, dass du dir die Diskussion vorstellen kannst, die nicht stattgefunden hat.
Die Veröffentlichung wird uns keine Freude machen. Ihm auch nicht, das ist ihm noch unbekannt. Da er ein solches Argument wie die vorgezogenen Wahlen zum Bundestag für eine vorzeitige Publikation benutzt, wird er andere für vergiftet halten. Mir scheint es demnach nicht möglich, ihm

einen solchen Grund zur Freude auszureden; überdies hat er die Sache seit fast einem Jahr überlegen können. Er hat Stücke daraus abgegeben an bürgerliche Zeitungen, die er verachtet, wahrscheinlich nicht, um sich deren Verachtung zu vergewissern. Gewiss bist du ihm im Wort, alles von ihm musst du drucken lassen; du kannst angesichts seiner Lebensführung und seines neu erworbenen Lebenssinnes nicht mehr den väterlichen Berater darstellen, der ihn von etwas Ungeschicktem abhalten möchte. Suhrkamps bringen es heraus; zu verantworten hat er es.

Suhrkamps haben schon so manches herausgebracht, dafür kennt man die ja.

Für die Besprechung zum Text wünschte ich mir, dass Martin hingewiesen wird auf die Geschichte der Form. Anzuführen wären da die »Maximen und Reflexionen«, in deren Mitte ein wie immer gewaltsam organisiertes Zentrum stand, weiterhin Blochs »Spuren« und Benjamins »Einbahnstrasse«: in welchen Werken die konkrete Anschauung in stark ausgebildeter Form dem Leser etwas anbietet als eigene Schlussfolgerung, also erstens gesichert und zweitens nicht als Immediatpost vom Berge Athos, auf dem der Autor sich selber erschien. Auf diesen Vorschlag vertraue ich nicht allzusehr, weil Martin neuerdings imstande wäre, die Diskussion über den Formalismus abermals zu eröffnen.

Für die Ausstattung wüsste ich zwei Möglichkeiten, mit deren erster ich kräftiger winken würde: ein Heftchen im Format Din A 6, aus edelstem Dünndruckpapier, gebunden in lilanes Ziegenlieder mit schwarzer Titelprägung. Die Alternative wäre ein Pappheft in der Art, wie die Post uns Kennziffern für den Fernsprechverkehr übermittelt.

Mit herzlichen Grüssen,

Dein Uwe.

Anlage: 11 Seiten Antworten | Vom Druck dieser Antworten bitte ich jeden Falles abzusehen. (Zusatz am 23. XII. 1982[2]) |
| Uwe Johnson. |

1 *Der Grund zur Freude. 99 Sprüche zur Erbauung des Bewußtseins* von Martin Walser erscheint nicht im Suhrkamp Verlag, sondern 1978 im Verlag Eremiten-Presse in Düsseldorf.
2 Die Herausgeber folgen dieser Bitte.

[534]

Frankfurt am Main
25. Juli 1972

Lieber Uwe,
könntest Du Peter Weiss helfen? Er sucht einen Stadtplan von Berlin aus den Jahren 1933 bis 1940 mit einem Straßenverzeichnis. Gibt es so etwas noch? Vielleicht in einem Berliner Antiquariat? Bitte, mach Dir keine allzu große Mühe, wenn es nicht geht, dann beauftrage ich hier einen Antiquar, das zu suchen. Wenn es aber geht, so möchte der Antiquar die Sache mit Rechnung an Peter Weiss schicken (Stockholm, Storgatan 18).[1]
Ich werde jetzt bald einmal in das amerikanische Viertel gehen, um Deine Fragen zu klären.
Wie immer herzlich
Dein Siegfried

1 Peter Weiss beginnt am 9. 7. 1972 mit der Arbeit an *Die Ästhetik des Widerstands. Roman.* Der Handlungsort des ersten und dritten Bandes, 1975 bzw. 1981 erschienen, ist Berlin zur Zeit des »Dritten Reichs«. In seinen *Notizbüchern 1971-1980*, Frankfurt am Main 1981, S. 115, notiert er am 9. 6. 1972: »Karte von Berlin der Dreißigerjahre beschaffen«.

[535]

Friedenau
28. Juli 1972

Lieber Siegfried,
wegen des von Peter Weiss gewünschten Stadtplans von Berlin aus den Jahren 1933 bis 1940 habe ich in sechs Antiquariaten angerufen. Fünfmal bekam ich eine negative Antwort, die sechste war aufklärend: solche Stücke sind sehr gesucht, und die Vormerklisten seit Jahren nicht befriedigt. Wenn ich die Sache selbst schon nicht besorgen konnte, so doch die Beschreibung. Was Herr Weiss sucht, ist

1. H. HEYDE, »Plan von Berlin«. Berlin (1936). 56,5 mal 79 cm; 1:25000. G. Westermann.
2. G. WESTERMANN, »Plan der Stadt Berlin«. Berlin, Braunschweig, Hamburg (1937). 115,5 mal 177,5 cm; 1:25000.
3. »Pharus«-Plan. Berlin mit den 20 Verwaltungsbezirken. Berlin, 1940. 121 mal 181 cm; 1:25000.

Mehr nicht, leider.
Herzliche Grüsse!
Uwe.

[536]

Frankfurt am Main
7. August 1972

Lieber Uwe,
obschon ich damit rechne, daß wir telefoniert haben werden, nenne ich Dir hier noch einmal die Straßen des Amerikaner-Viertels in Frankfurt. Ich bin sie heute mit Hilde abgefahren, und wir erinnerten uns, daß wir im Jahre 1952 und '53 dort die amerikanische Familie Janz oft besucht haben.

Es handelt sich um die Straßen: Franz-Kafka-Straße, Stefan-Zweig-Straße, Franz-Werfel-Straße, Platen-Straße (hier wohnte die Familie Janz), Sundermann-Straße.[1]
Hoffentlich nützen Dir diese Angaben.
Herzlich und wie immer
Dein Siegfried

1 Vgl. *Jahrestage*, Bd. 4, S. 1860.

[537; Karte]

[ohne Ortsangabe]
im August 1972

AN DIE FREUNDE

Ich möchte herzlich danken für die Bekundungen des Anteilnehmens, die ich im Krankenhaus erhielt.
Mein Unfall hätte leicht anders verlaufen können ... Ich weiß also, daß ich meine Schutzengel diesmal strapaziert habe. Ich habe Erfahrungen gemacht: Gesundsein und die Freude, arbeiten zu können, werden gerade in der sozialen Welt des Krankenhauses als Werte deutlich.
In der Zeit meines Krankenhausaufenthaltes habe ich eine Einleitung, ein Nachwort und einen Redetext geschrieben, die ich nun zum Zeichen meines Dankes an die verschicke, die mir ihre Grüße, Wünsche, Gaben zukommen ließen. Auch das ist eine Erfahrung: es ist wirklich schön, Freunde zu haben.
Wie sagte Nestroy: »Am besten ist's halt doch, wenn man g'sund ist und recht viel Geld hat, denn was hat schon der Arme von seiner Krankheit.«
Herzlichst grüßt
Siegfried Unseld

[538]

Frankfurt am Main
24. August 1972

Lieber Uwe,
bei aller Aufregung[1] wollen wir ja die »Jahrestage III« nicht vergessen. Du hattest uns für den 22. August wieder 100 Seiten versprochen. Kommen diese jetzt bald? Ich habe Herrn Staudt gesagt, daß die letzten Seiten nicht später als Ende September kommen. Ich hoffe sehr, daß das möglich sein wird, denn sonst bricht die Auslieferung in diesem Jahr zusammen.
Doch ich hoffe, Du bist guten Mutes.
Herzliche Grüße
Dein Siegfried

1 Nach Protesten der Delegationsleitung der DDR und der Sowjetunion wird die vom Suhrkamp Verlag in deutscher, englischer und französischer Sprache publizierte Anthologie *Deutsches Mosaik* (siehe Brief 410, S. 577ff.) als offizielles Präsent zurückgezogen. Den Anlaß des Protestes liefert U. J.s Beitrag aus dem Jahre 1964 *Boykott der Berliner Stadtbahn.*

[539]

Friedenau, zwischen Ring und Wannseebahn
11. September 1972

Lieber Siegfried,
nachdem du dich losrissest vom tempelhofer Feld,[1] begab ich mich auf den Weg nach Wannsee, Herrn Koeppen jene tausend Mark zu übergeben. Er erkundigte sich, ohne viel Hoffnung, ob diese Zahlung am Ende als Angebot einer Versöhnung von deiner Seite zu nehmen sei, und als ich das zu verneinen hatte, mochte er es nicht gern behalten und verstand

sich dazu bloss angesichts seiner scheusslichen Umstände. Allerdings erlaubte ich mir die Bemerkung, womöglich werde ein abgeschlossenes und bald abgeliefertes Skript die Verhältnisse zwischen euch ein wenig in Ordnung bringen. Er verstand diese Auskunft als ungefähr und auf meine eigene Faust gemacht; zu ein wenig Hoffnung schien sie zu reichen. Er kam mit nach Friedenau, zu keinem anderen Zweck, als etwa dreihundert Blatt Spezialpapier entgegenzunehmen, das ihm das Hantieren mit Kohlepapier ersparen wird.[2]
Helen Wolff[3] bedankt sich für deine Grüsse und hat nicht versäumt sie zu erwidern. Allerdings weist ihr Kalender noch keine Verabredung mit dir auf, anders als deiner, und sie hofft, es komme doch zu einer solchen Gelegenheit.
Helen Wolff sah bei mir die ersten Bände der Gesamtausgabe Walter Benjamin und zeigte sich zuversichtlich, auch sie werde sie, zur Vorbereitung weiterer Ausgaben in den U.S.A., von euch bekommen.
Die Beerdigung von Andreas Wolff ist am Mittwoch (13. September) um 16 Uhr, von der Russisch-Orthodoxen Kirche in Tegel aus.
Hans Mayer wollte doch heftig gehofft haben, du hättest ihn grüssen lassen. Er erwartet, dich bei den Celan-Veranstaltungen in Paris zu treffen, wenn nicht anderswo. Einer Mitarbeit an der Huchel-Biographie sieht er nach meiner Beschreibung mit Interesse entgegen.[4]
Im Verlag, so ist ihm berichtet worden, liegt das Typoskript einer australischen Germanistin, das sich mit Arbeiten Peter Huchels befasst. Hans Mayer bekäme dies gern für den »Über Peter Huchel«-Band zugeschickt.
Bitte, könntest du mir die Adresse G. Scholems geben?
Mit wiederholtem Dank für deine Geduld,
und herzlichen Grüssen,
dein Uwe.

| ANLAGE: FÜR FRAU ZEEH. |

1 U.J. trifft S.U. gemeinsam mit Jürgen Becker am 6.9. abends in Berlin. S.U. hält von dieser Begegnung in seinem Reisebericht fest: »*Uwe Johnson*. Er ist selber sehr bedrückt, daß er das Manuskript nicht termingerecht abschließen konnte. Wir besprachen die Konsequenzen. Es sieht so aus, als würden wir den letzten Teil des Manuskripts im Dezember erhalten. Er übergab mir jetzt die Seiten 117-197.«

2 Die Spannung im Verhältnis zwischen Wolfgang Koeppen, der seit Januar 1972 Autor des Suhrkamp Verlags ist, und S.U. rührt daher, daß Wolfgang Koeppen für März 1972 »definitiv« die Fertigstellung eines Romans mit dem Titel *Der Maskenball* zugesagt hat, diese Ankündigung jedoch nicht wahrmacht.

3 Helen Wolff hält sich in Berlin auf und trifft U.J. am 6. 9. im Hotel Ambassador, am 7. 9. in der Stierstraße 3 und am 9. 9. wieder im Hotel Ambassador. S.U. reist zur Beerdigung von Andreas Wolff nach Berlin. Von seiner Begegnung mit U.J. notiert er: »abermals Thema Erscheinungstermin der ›Jahrestage 3‹. Johnson will jetzt das Manuskript bis spätestens Ende d.Js. ganz abliefern.«

4 U.J. weiß aus dem Reisebericht von S.U., daß am 4. 9. 1972 mit Peter Huchel folgendes Projekt besprochen wurde: »[...] er möchte seine Erinnerungen schreiben, aber diese Aufgabe steht für ihn wie ein unbesteigbarer Berg vor ihm. Er hat noch nie Prosa in Länge geschrieben. Darüber führten wir die eingehendsten Gespräche. Schließlich akzeptierte er meinen Vorschlag: er sollte die Zäsuren seines Lebens in Stichworten festhalten, dann würden wir diese gemeinsam bedenken und einen bestimmten Zeitraum, etwa jenen, den er in der DDR zubrachte, herausnehmen, Huchel wird dann jeweils zu den Stichworten fünf bis fünfzehn oder zwanzig Seiten schreiben. Dazwischengeblendet sind Protokolle von Gesprächen, die seine Kollegen mit ihm führen, um ihn, Huchel, noch zu Vertiefungen seiner Ausführungen über die einzelnen Punkte zu bewegen. Gedacht ist an Ernst Bloch (über die Situation der Intellektuellen in der DDR), Hans Mayer (über Becher), Max Frisch (über Brecht), Uwe Johnson (über die Entstehung der DDR), Walter Jens (über die Redaktionsprobleme ›Sinn und Form‹).« Das Projekt wird nicht realisiert.

[540]

in Friedenau, an der Wannseebahn
20. September 1972

Lieber Siegfried,
es ist keines feinen Mannes Art, dass ich dir aus einem Brief Herrn Koeppens zitiere; dennoch möchte ich, dass du ungefähr von seiner Lage weisst:
Er könne sagen, es gehe voran, fünf oder sechs Seiten am Tag seien das Ergebnis. Dabei seien dies in Wahrheit oft fünfzehn Seiten, nämlich nach zweimaliger Bearbeitung. Die Schreibzeit seien die Stunden zwischen acht und drei Uhr nachmittags, auch danach komme er ohne Störung zum Nach- und Weiterdenken. Er sehe seine Frau erst am Abend, sie könne sich hier allein halten. Also fast alles günstiger und sicherer als in München denkbar wäre. So lange es gehe, wünsche er sich die Arbeitssituation am Wannsee.
Die Mitteilungen sehen aus, als hätte er vorgezogen, sie dir selbst zu machen; das soll also die Entschuldigung für meine Indiskretion sein.
Wir danken dir für die Übersendung von Marianne Frisch und haben sie in gutem Zustand erhalten, so zuverlässig wir das eben während dreier Abendstunden überprüfen konnten. Es befriedigt uns, dass der Ferienwert von Berlin allmählich erkannt wird.
Gestern in der Akademie war Herrn Höllerers Ausstellung[1] immer noch kaum fertig, obwohl sie am Freitagabend eröffnet werden soll. Was mag hier für ein Gesetz verborgen sein. Herr Becker hat für sein Berlingedicht eine lange Wand bekommen und es recht appetitlich mit Fotos garniert (die von mir beeinträchtigen die Schönheit ein wenig); ich sah da gleich das wenn auch dünne Buch, das daraus werden könnte.[2] Herrn Höllerer habe ich anvertraut, der neueste Gruss laute: Also dann bis Freitag! und gleich schien er ein wenig mehr durchsichtig.

Du wirst Lampenfieber haben wegen der Veranstaltung am Sonnabend. Wenn es dich tröstet: uns geht es kaum anders.[3]

Mit herzlichen Grüssen,
dein Uwe.[4]

1 Die von Walter Höllerer zwischen dem 22. 9. und 22. 10. 1972 in der Akademie der Künste veranstaltete Ausstellung trägt den Titel *Welt aus Sprache*. Vgl. Akademie der Künste (Hg.) *Die tägliche Arbeit*, Berlin 1979, S. 152-162.

2 In Jürgen Beckers *Berliner Programm-Gedicht; 1971* ist u. a. zu lesen: »Die ganze Umgebung/wird überschaubar in Friedenau/auf den Meßtischblättern von Johnson.« Es erscheint 1974 in dem Band *Das Ende der Landschaftsmalerei*, Frankfurt am Main, S. 9-26, ohne Bilder.

3 Am 22. 9. 1972 wird in Frankfurt der 50. Geburtstag von Hilde Unseld gefeiert. U. J. kommt aus diesem Anlaß nach Frankfurt.

4 Der Brief trägt den handschriftlichen Vermerk von S. U.: »münd-l[ich] erl[edigt]«.

[541]

in Friedenau, unter der Einflugschneise
21. September 1972

Lieber Siegfried,
zu den Messen begibt unser Herr Fries sich nach Leipzig, in der Hoffnung auf alte Bekannte wie auf neue, und dies Mal fand er Mrs. Vennewitz, die sein »Oobliadooh« übersetzt hat und nun für mich »Anniversaries« herstellt. Ihr erzählte er seine Lage so: Er werde an allen möglichen Enden und Fäden kurz gehalten. Die Begründungen seien nicht recht fasslich; gewiss aber hänge ihm am meisten die Veröffentlichung von »Oobliadooh« am Nacken. Es sei dies Buch etwa zu vergleichen mit dem, was man in früheren Zeiten die jüdische Grossmutter nannte. (Ich bin im Zweifel, ob dieser Ausdruck nicht doch von Mrs. Vennewitz gebraucht

wurde.) Das bedeutet dauerhaft beschnittene Einkünfte, starke Eingriffe in Buchsendungen aus dem nichtsozialistischen Ausland und dass der örtliche Schriftstellerverband ihn nicht als Mitgliederverband zum Mitglied nehmen wolle. Am schlimmsten aber sei die Unmöglichkeit, diese vielen Einzelheiten in einem Briefe deutlich zu machen, von dem Gesamtbild gar nicht zu reden, und die aus solcher Behinderung wachsenden Missverständnisse.

Hier fragte Mrs. Vennewitz, in ihrer Herzensgüte, ob sie dies etwa auch mir ausrichten könne, und er hat es ihr nach einigem Drucksen zugestanden.

Eine Anfrage hat er beantwortet mit telegraphischem Willkommen, und so habe ich für den 30. September ein Visum für den Besuch in Petershagen beantragt.

Dahin ginge ich ja nun nicht als Besitzer einer Glatze und eines wunderlich währenden Unbedenklichkeitszeugnisses von seiten der Deutschen Volkespolizei, sondern vor allem als Vertreter des Verlags.

Am Sonnabend werden wir darüber nicht sprechen können, mit dem Anrufen bei dir wird es wohl auch heikel werden, besonders während des Besuches vom Bodensee, und so bitte ich dich denn um einen Brief mit Verhaltensmassregeln für das suhrkampsche Auftreten in Petershagen bei Berlin.

Mein Friseur sagte heute zum Abschied: Damals hätte er mir diss mit der S-Bahn ja übel genommen. Nach dem münchner Ärger hätte sich diss ja nu noch rascher jejehm als sonst der SSahn der SSeit es schaffe. Und unsere Nachbarin, die wir für eine C.D.U.-Mitläuferin halten, sagt in einer neckischen Art: So, Sie sind also der Bösewicht, wegen dem nu die gantssen Bücher in München rumliegen!

Mit herzlichen Grüssen,
dein Uwe.[1]

1 Der Brief trägt den handschriftlichen Vermerk von S. U.: »mündl[ich] erl[edigt]«.

[542; Ansichtskarte »Capri, Panorama und Faraglioni«, handschriftlich]

Capri
14. Oktober 1972

Lieber Uwe
Hier ist das »Besondere«, das Du in Seckbach vermißtest.
Herzliche Grüße, auch an Elisabeth
Dein Siegfried

[543; Ansichtskarte »Luftkurort Morsum, Sylts älteste Kirche St. Martin«, handschriftlich]

Morsum auf Sylt
[3. November 1972]

Lieber Siegfried,
hiermit weise ich aus, dass die Reise nach Sylt aus dienstlichen Anlässen unternommen wurde. (Hilde bekommt noch ein privates Päckchen.)
Herzlich,
Uwe.

St. Severin, Keitum, besichtigt.

[544]

Friedenau, nahe der zehlendorfer Bahn
6. November 1972

Lieber Siegfried,
für die »Information II« schlage ich als Beispiel aus den »Jahrestagen III« vor das Kapitel für den 15. Mai 1968; das umfasst in dem bei euch liegenden Typoskript die Seiten | 182 | bis | 187 |.[1]

Am Sonnabend wird in der Akademie die Vorbereitung des Samuel Beckett Colloquiums besprochen. Es wäre sehr nützlich, von dir bis dahin eine schriftliche Zusammenstellung deiner Pläne zu bekommen. Suhrkamps in der herkömmlichen Pracht, verstehst du.
Leider muss ich nachtragen, dass das Meerwasser-Schwimmbad unter dem freien Himmel von Keitum inzwischen geschlossen ist. Dir hätte es gut gefallen in den 23 Wassergraden, die bei kälterer Luft dicke Wolken zwischen die Schwimmenden legten. Was für Überraschungen wären da möglich gewesen!
Mit herzlichen Grüssen,
dein Uwe.

1 In der *suhrkamp information* 1973/1 werden die S. 1062-1065 und die S. 1077-1079 abgedruckt.

[545]

Frankfurt am Main
20. November 1972

Lieber Uwe,
Deutschland, die Welt und Uwe Johnson: das ist einmal etwas Anderes.
Schade, daß wir uns neulich nicht sahen.[1]
Frisch hat mich angerufen und das Treffen des 6. Dezember erklärt. Wir, Hilde und ich, werden wahrscheinlich schon am 6. Dezember abends, in jedem Fall aber vom 7. Dezember mittags an in Zürich sein. Adresse: Hotel Zürich, Neumühlequai 42, Telefon 00411-62 22 40.
Wir hoffen sehr, Dich und Martin dann zu sehen.
Das Dringendste aber: wir warten auf neuen Manuskript-Nachschub für die »Jahrestage 3«.
Herzlich
Dein Siegfried

1 S.U. sendet U.J. die *Frankfurter Allgemeine Zeitung* v. 17. 11. 1972. Dort ist auf S. 12 ein Photo abgedruckt, das U.J. und Stephan Hermlin im Gespräch zeigt während der Tagung des Internationalen PEN in der Westberliner Akademie der Künste vom 14. - 18. 11. 1972. S.U. hält sich vom 16.-18. 11. 1972 in Berlin auf, ohne U.J. zu sprechen.

[546]

Friedenau in Böhmen am Meer
21. November 1972

Lieber Siegfried,
ich bedanke mich für deinen Brief von gestern und erwidere ihn gleich mit einer Bitte, die sich blind verlässt auf dein Erbarmen mit der leidenden Kreatur: Versuche, mich nicht zu drängen.
Den dritten Band »Jahrestage« habe ich im Kopf, noch wenn ich mich des Schlafes erfreuen sollte, und es ist auch schon zu einer Abneigung gegen das Rasieren gekommen. Ich weiss, dass du wartest; ich kann es ja nicht vergessen. Wenn du mich abermals erinnerst, höre ich den Vorwurf mit. Bei mir ist ausreichend schlechtes Gewissen vorhanden, und wenn es vermehrt wird, läuft die Sache nicht eben leichter.
Du hast nun das Erscheinen für das Frühjahr angekündigt, nachdem du mir aber das Versprechen eines Termins erlassen hattest. Auch ich wünsche mir das Frühjahr, so wie ich mir den vergangenen September gewünscht hätte; ich habe aber nichts als diesen Wunsch und Hoffnung.
Übrigens hättest du doch nicht verraten sollen, in welchem Büro ich an dieser Arbeit sitze; wenigstens nicht in Berlin.
Werdet ihr nun den Tag des 7. Dezember mit Martin und mir verbringen wollen, oder auch den Abend? im letzteren Fall bitte ich Frau Zeeh, auch für mich ein Zimmer in eurem Hotel Zürich zu reservieren.[1]

Bitte, richtest du Frau Borchers etwas aus? Der neue Leiter des D.A.A.D. ist Herr Ruhrberg, für vernünftiges Verhalten bekannt aus Düsseldorf, und Herr Höllerer hat versprochen, sich bei ihm für eine andere Entscheidung im Falle Gaston Salvatore zu verwenden. (Erstens war ich in der passenden Phase verreist, und zweitens hat Walter Höllerer wohl doch die längeren Arme, jemand zu umarmen.)[2]
Kennst du die Biographien, die W.A. Swanberg über die Herren Pulitzer, Hearst und neuerdings Henry R. Luce geschrieben hat?[3] Bei allem amerikanischen Kolorit bieten sie doch anschauliche Parallelen zu unserer Situation am Beispiel einer monopolisierten und manipulierten Presse, insbesondere im Falle des Herrschers von »Time«, dem wir nämlich einen Grossteil des koreanischen und des vietnamesischen Krieges verdanken und die westdeutsche Remilitarisierung. Die Bände sind umfangreich, und ihre Übersetzungskosten mögen nicht gut passen zur Kalkulation der Reihe s.t.; sie könnten jedoch einen prächtigen Drillingsmörser ergeben.
Mit herzlichen Grüssen,
dein Uwe.

1 Der Reisebericht von S.U. vermerkt unter dem 7. 12. 1972: »Am Vormittag Zusammentreffen mit *Martin Walser* und *Uwe Johnson*. Mittags mit *Max Frisch*.« Am 8. 12. treffen sich die Genannten mit Peter Reinhart in Winterthur.

2 U.J. reagiert mit dieser Mitteilung auf einen Brief von Elisabeth Borchers vom 19. 10. 1972. In diesem heißt es: »[...] es geht um Gaston Salvatore und dies angesichts Ihres doch sehr großen Einflusses in Berlin. Herr Nestler, der Leiter des Akademischen Austauschdienstes, hatte ein Stipendium für Gaston abgelehnt, weil er als Deutscher ›eingestuft‹ wird. Eine Einstufung, die reichlich absurd ist, weil er ständig unter dem Druck der Ausweisung (als unerwünschter Ausländer) leben muß. Seine Aufenthaltsgenehmigung wurde nun noch einmal für drei Monate verlängert (zur Stunde der Premiere [von Gaston Salvatores Theaterstück *Büchners Tod*] lag

dem Darmstädter Oberbürgermeister ein Haftbefehl vor; zum Glück erklärte er seiner Polizei, daß Gaston nicht auffindbar sei und basta!). Wenn nun Herr Nestler über welche Schatten auch immer springen würde, wäre Abhilfe für so manche Kalamitäten geschaffen [. . .]. Würden Sie sich für ihn verwenden wollen?«

3 Vgl. W. A. Swanberg, *Citizan Hearst: A biography of William Randolph Hearst,* New York, 1961; W. A. S., *Pulitzer,* New York 1967, W. A. S., *Luce and his empire,* New York 1972. Die Bücher erscheinen nicht im Suhrkamp Verlag.

[547]

Berlin Friedenau
28. November 1972

Lieber Siegfried,
heute sagt mir das Kursbuch die Antwort auf deine Frage:
Wenn der Besuch am 8. Dezember in Winterthur erlaubt, dass ich am selben Nachmittag den D 480 um 16:07 in Zürich erreiche und somit das letzte Nachtflugzeug aus Stuttgart nach Berlin,
möchte ich recht gern mitkommen nach Winterthur und bitte um eine Zimmerreservierung in Zürich vom 7. auf den 8. Dezember.
Die kleine Einlage in diesem Brief ist bestimmt für Frau Zeeh und ihre Schwester.[1]
Herzliche Grüsse!
Dein Uwe.

1 Die »Einlage« ist nicht erhalten.

[548]

Frankfurt am Main
30. November 1972

Lieber Uwe,
schönen Dank für Deinen Brief vom 28. November. Wenn Du am 8. Dezember den Zug um 15.24 in Winterthur erreichst, wirst Du um 15.53 in Zürich sein, um 16.07 abfahren, um 19.19 in Stuttgart sein und den letzten Flug um 20.00 erreichen. Dies für den Fall, daß Du nicht auf meinen anderen Vorschlag eingehen möchtest; Zürich-Berlin: ab 17.35/21.00 oder ab 19.05/21.40. Übrigens wäre das vernünftiger. Und kostet Dich auch nicht mehr.
Ein Hotel haben wir für den 7./8. Dezember bestellt: Hotel ZÜRICH, Neumühlequai 42, Telefon 60 22 40.
Frau Zeeh bedankt sich für die Anlage; ich bin sicher, sie wird das während meiner Abwesenheit weidlich ausnützen!
Herzlich
Dein Siegfried

1 Anlage[1]

1 Die Anlage ist nicht erhalten.

[549; Ansichtskarte »Arosa, Bergkirchli mit Skigebiet«, handschriftlich]

Arosa
14. Dezember 1972

Lieber Uwe
in letzter Minute schicken wir Dir + Elisabeth herzliche Grüße
Dein Siegfried
und Hilde

1973

[550; Telegramm]

Berlin Friedenau
7. Januar 1973

MEINUNG GEAENDERT WAS HANDKE BETRIFFT: WAS MAN IM LEBEN NICHT PRAKTIZIERT HAT SOLL MAN TOTEN NICHT ANTUN. UWE[1]

1 Dieses Telegramm trägt den handschriftlichen Vermerk von S. U.: »O Uwe. Auch der Weltenrichter hat seine schwache Stelle!« Der Anlaß für dieses Telegramm ist wohl Peter Handkes im Herbst 1972 erschienenes Buch *Wunschloses Unglück*, in dem er vom Leben und Selbstmord seiner Mutter erzählt.

[551]

Frankfurt am Main
12. Januar 1973

Lieber Uwe,
ich versprach Dir noch einmal eine Nachricht zu unserem Eich-Unternehmen am 1. Februar.[1] Alle von mir angesprochenen Autoren haben definitiv zugesagt; es gibt auch eine Übereinstimmung, daß wir an diesem Abend nicht über das Werk von Günter sprechen, sondern nur aus seinem Werk lesen.
Ich füge hier den Text meiner kurzen Begrüßung bei, aus ihr ersiehst Du auch den Ablauf des Abends und die Teilnehmer. Eine zweite Liste gibt eine Übersicht, welche Texte die

Autoren lesen wollen. Alle Beteiligten wissen, daß die Lesung etwa 6-8 Minuten dauern soll.
Ilse wird mit Clemens und Mirjam anwesend sein, sie werden am 31. Januar nach Frankfurt kommen.
Ich werde mit Ilse und einigen Editoren am Nachmittag des 1. Februars über die geplante Eich-Gesamtausgabe konferieren. Ilse wird nachmittags also im Verlag sein. Ich möchte jedoch vorschlagen, daß wir uns alle um 18.00 h im »Frankfurter Hof«, Salon V, treffen und dann gegen 19.30 h gemeinsam in den Cantate-Saal gehen, der in unmittelbarer Nähe des »Frankfurter Hofs« liegt. Im Anschluß an die Lesung im Cantate-Saal haben wir ein »Treffen der Freunde Günter Eichs« organisiert. Näheres geht aus beiliegender Karte hervor.
Wir haben die Frage der Kosten bzw. Honorare noch nicht diskutiert. Der Verlag trägt die Kosten für die Saalmiete, die Organisation, den Empfang, auch die Hotelkosten für die beteiligten Autoren und für die Eich-Familie. Der Eintritt am Abend ist frei, es werden sich also keine Einnahmen ergeben. Ich nehme an, daß die beteiligten Autoren aus diesem Anlaß ihre Reisekosten selbst übernehmen und für ihre Lesung kein Honorar wünschen. Ich möchte auch Dich sehr herzlich darum bitten und gleichzeitig Elisabeth einladen, mit nach Frankfurt zu kommen. Die Reisekosten für sie werde ich übernehmen; sprich das bitte mit Frau Zeeh ab, sie wird die Flugkarte über unser Reisebüro hier besorgen. Ihr wohnt selbstverständlich in der Klettenbergstraße.
Den Abend möchte ich sehr gern auf ein Tonband aufzeichnen lassen und überlegen, ob wir später daraus eine Schallplatte machen. In diesem Fall wird dann selbstverständlich ein Honorar anfallen, von dem ich aber auch vorschlagen möchte, daß wir es Ilse zur Verfügung stellen. Ob eine Fernsehaufzeichnung erfolgt, die honoriert werden wird, vermag ich im Augenblick noch nicht zu sagen.

Dies also die Formalien. Ich freue mich sehr, Euch in Frankfurt zu sehen.
Herzliche Grüße
Dein Siegfried

Anlagen

| ich kann Dir nach Lage der Dinge keine Reisekosten bezahlen, doch vielleicht die Akademie? |

[551a; Anlage 1; Begrüßungsrede von S. U.]

GÜNTER EICH ZU EHREN

»Den letzten Schlag,/gab ich euch allen./Mich triffst du nicht mehr,/solang ich auch rufe.«[2]
Günter Eich ist am 20. Dezember 1972 gestorben.
Unsere Gedenkstunde »Günter Eich zu ehren« veranstalten wir auf Wunsch der Freunde Günter Eichs in Verbindung mit den vier Akademien und dem PEN-Club, denen Günter Eich als Mitglied angehörte.
Für die Bayerische Akademie liest Clemens Graf Podewils, für die Berliner Akademie Uwe Johnson, für die Darmstädter Akademie Karl Krolow, für die Mainzer Akademie Marie Luise Kaschnitz und für den PEN-Club Heinrich Böll. – Ich danke Ihnen, daß Sie aus diesem Anlaß nach Frankfurt gekommen sind, dem Ort seines Verlages, und in den Cantate-Saal, wo Günter Eich am 2. November 1959 in Anwesenheit von Ilse Aichinger sein Marionettenspiel »Unter Wasser« und Gedichte las.
Unsere Gedenkstunde ist ausschließlich dem Werke Eichs gewidmet. Wir können uns dabei auf ihn selbst beziehen, dessen Vorschlag aus Anlaß der Berliner Akademie-Feier zu E.T.A. Hoffmanns 150. Todestag es war, nicht über E.T.A.

Hoffmann zu sprechen, sondern Schriftsteller zu bitten, das Werk zu lesen. Dieser Idee folgen wir, wenn wir die Günter Eich am engsten befreundeten Schriftsteller gebeten haben, die Stücke aus seinem Werk zu lesen, die ihnen selbst wesentlich sind.

Es lesen in alphabetischer Reihenfolge:

Heinrich Böll
Max Frisch
Günter Grass
Wolfgang Hildesheimer
Walter Höllerer
Peter Huchel
Uwe Johnson
Marie Luise Kaschnitz
Karl Krolow
Clemens Podewils

Davor spricht, auf Wunsch von Ilse Eich-Aichinger, Clemens Eich jene drei Gedichte, die er bei der Beerdigung seines Vaters am 22. Dezember vorgetragen hat.[3]

1 Günter Eich, geboren am 1. 2. 1907, stirbt am 20. 12. 1972 in einem Salzburger Krankenhaus. Die Hommage »Günter Eich zu ehren« wird an dem Tag veranstaltet, an dem Günter Eich 66 Jahre alt geworden wäre.

2 Günter Eich, *Huhu*, zweite und letzte Strophe des Gedichts aus dem Band *Zu den Akten* von 1964, S. 58; wiederabgedruckt in: G. E., *Gesammelte Werke*, Frankfurt am Main 1991, Bd. 1, S. 135.

3 Die definitive Einladung zur Veranstaltung »Günter Eich zu ehren« lautet: »Wegen der überaus großen Nachfrage nach dieser Veranstaltung mußten wir uns entschließen, den Ort der Lesung zu wechseln. Die Lesung der Autoren Peter Bichsel – Heinrich Böll – Günter Grass – Peter Handke – Wolfgang Hildesheimer – Walter Höllerer – Peter Huchel – Uwe Johnson – Marie Luise Kaschnitz – Karl Krolow -Clemens Graf Podewils – Jörg Steiner und Clemens Eich findet nicht im ›Cantate-Saal‹ statt, sondern – dank eines freundlichen Entgegenkommens des Hessischen

Rundfunks – im Großen Sendesaal des Hessischen Rundfunks, Frankfurt/M., Bertramstraße 8, Donnerstag, 1. Februar 1973, 20.00 Uhr.«

[552]

Friedenau bei Ostberlin
16. Januar 1973

Lieber Siegfried,
ich bedanke mich für deinen Brief vom 12. currentis und habe nun eine Bitte an dich. Sei doch so freundlich und teile deinem Sekretariat mit, dass ich an der Lesung Günter Eich zu ehren am 1. Februar und dem anschliessenden Treffen der Freunde teilnehmen werde.
Dahin die Reise will ich gern bezahlen, ein Honorar erwarte ich nicht, und etwa zukünftige aus Aufzeichnungen sollen an Ilse gehen. Dies als förmliche Bestätigung.
Elisabeth bedankt sich auf das schönste für die Einladung und bedauert, dass sie nicht wird kommen können. Sie wird hier festgehalten sein von einem workshop der Kennedy School und auch von Katharina, die inzwischen schon mehr Bedenken hat, bei anderen Leuten abgesetzt zu werden. Beiden werde ich ja dann erzählen können, wie es war.
Bitte, nimm es nicht übel, wenn ich dir rate, einen Satz deiner geplanten Begrüssung zu ändern. Wenn man die Teilnahme von Clemens Eich so ausdrücklich zurückführt auf einen Wunsch von Ilse, so könnte das klingen nach Nachgiebigkeit gegenüber einem Verlangen, das man nicht ganz einsieht. Obendrein, vielleicht siehst du es ja ein, und so mancher andere auch. Wenn aber nicht, sind Erklärungen doch wohl eher die Sache von Clemens.
Gestern abend rief Frau Mundt an und lud ein zu einem Treffen der münchner Freunde Günter Eichs am kommen-

den Mittwoch. Zu einem Münchner bin ich offenbar durch einen Wunsch von Ilse geworden. Die Einladung umfasste auch das Wohnen bei Mundts, bis wir dann alle gen Frankfurt fahren, die paar Tage, und so möchte ich mal leben, wie die sich das Unternehmen einer freien Schriftstellerei vorstellen. Aber nicht lange.
Überschwemmt von Wünschen nach »Bildautogrammen« wie ich bin ... ihr habt doch so Fotografien, auf denen ich genau so aussehe, wie mein Friseur es will. Könntet ihr mir davon so Stücker vierzig für den angegebenen Zweck drukken lassen? Es ist zwar nur ein kleiner Auftrag, und eure Provision wird gering sein, jedoch wird der Pfennig geehrt sein bis zuletzt.
Bitte teile mir mit, was du dir zu deinem Geburtstag wünschest!
Lebe wohl! Wehe, wenn nicht! Hier hat es nachts geschneit.
Sincerely yours,
Uwe.

Bei euch wohnen aber, das möchte ich gern. Und mit Hilde frühstücken, das auch.

[553]

Frankfurt am Main
19. Januar 1973

Lieber Uwe,
ich werde diesen Brief nicht unterschreiben können, sieh es mir nach, Herr Heinemann möchte mir die Hand drükken.[1]
Schade, daß Elisabeth nicht mitkommen kann, ich hätte sie gerne hier in Frankfurt gehabt.

Du hast recht, was Du mir zur Begründung der Teilnahme von Clemens Eich schreibst. Es reicht ja, wenn ich sage, daß er die Gedichte bei der Beerdigung »gelesen« hat.
Merkwürdig ist die Einladung zu Frau Mundt, denn Ilse Aichinger will am 31. schon hier sein. Ich kann mir nicht vorstellen, daß das Unternehmen einer freien Schriftstellerei so lange Tage umfassen kann.
Dein Konterfei drucken wir gerne, wenn wir wüßten, welches Foto Du haben möchtest. Vielleicht weiß Frau Zeeh das.[2]
Also auf Wiedersehen bis zum 1. Du kannst gerne bei uns wohnen und mit Hilde frühstücken (ich werde schwimmen zu dieser Zeit).
Herzlich Dein
– Herr Dr. Unseld ist nach Diktat verreist –
| Ihre Renate Steinsiek |

1 S.U. besucht am 19. 1. 1973 einen Empfang bei Bundespräsident Gustav Heinemann in der Villa Hammerschmidt in Bonn.
2 Am 22. 1. 1973 schreibt U.J. an Burgel Zeeh: »Herr Unseld sucht ein Photo, und weiss nicht wo. Bitte, verweisen Sie ihn doch auf seine beiden Briefe vom 27. und 28. März vorigen Jahres [siehe Briefe 517, 518, S. 735f.].« Burgel Zeeh sendet unter dem Datum des 2. 2. 1973 die gewünschten Postkarten des *Spiegel*-Fotos an U.J.

[554]

Friedenau-Mitte
5. Februar 1973

Lieber Siegfried,
was die »F.A.Z.« berichtete über unsere Anstalten Günter Eich zuliebe, es hat dich vielleicht auch geärgert. Es ist aber eher eine Information über die Zeitung. Wenn sie die

Freunde Günter Eichs in Anführungszeichen druckt, so möchte sie bei anderen als Heuchelei denunzieren, was sie offenbar als Praxis kennt: auch monetären und werbenden Gründen intime Beziehungen zuschreiben, die in Wahrheit nicht da sind oder waren. Ebenso ist die Vermutung, es sei Günter Eich zu seinen Lebzeiten nicht von Freunden geholfen worden, nur ein Beispiel für die sittliche Verrohung, die eine vornehme Zeitung in Frankfurt eben für gang und gäbe ansieht, und was den Schreiber Grn. angeht, so hat er sich lediglich im voraus bedanken wollen für den Fusstritt, mit dem ein so veranlagter Brotgeber ihn einmal von der Tränke stossen wird.[1]

Deine Anmerkung zum Kutscher-Test im »Briefwechsel Hesse-Suhrkamp« war dann doch nicht so leicht aufzuklären, da das Namensregister Herrn Kutscher nicht verzeichnet und den Bescheidgeber Herrn Göpfert auch nicht. Nunmehr teile ich dir mit: es ist die Anmerkung auf S. 431, zu Brief 151, auf Seite 198, vom 13. November 1951. Dazu berichtet »Der Spiegel« vom 1. November 1950 auf den Seiten 40 und 41: Kutscher befragte seine Studenten auf eine Anregung des P. E. N.-Clubs hin. Dabei kam Hesse im Jahre

1928 auf den 10. Platz,
1933 auf den 6. Platz,
1936 auf den 17. Platz,
1949 auf den 3. Platz,
und, nach dem »Spiegel« Nr. 47/1950, Seite 40,
1950 auf den 1. Platz, in diesem Jahre hinter ihm: Hauptmann, Rilke, Thomas Mann. Für den Ausgang des Tests von 1951, auf den Suhrkamp sich bezieht, kann ich nichts liefern: jener Jahrgang fehlt mir.[2]

Bitte, sei so freundlich und lass mir die Adresse jener Personen schicken, auf die wir uns mit Hans Mayer als mögliche Teilnehmer des Beckett-Colloquiums geeinigt haben.[3]

Auf die Brecht-Ausgabe freut sich wunschgemäss, gehorsam und freiwillig,[4]
auch mit den schönsten Grüssen,
dein Uwe.

1 Am 3. 2. 1973 schreibt Ulrich Greiner in der *Frankfurter Allgemeinen Zeitung* unter der Überschrift »Eich zu Ehren«: »Zu Ehren des Dichters Günter Eich [...] fand im Großen Sendesaal des Hessischen Rundfunks eine vom Suhrkamp Verlag veranstaltete ›Gedenkstunde‹ mit den ›Freunden Günter Eichs‹ statt. [...] Ob die Scharen der Zuhörer [...] ein Zeichen für die Heimkehr der Dichter ins öffentliche Bewußtsein sind? Dieser Schluß wäre hochgegriffen. Denn zuallererst, aus nächster Nähe betrachtet, war das Ganze eine Werbeveranstaltung des Verlags: eine legitime allerdings, denn man darf hoffen, daß Eichs Witwe ihren Nutzen von dem Aufwand haben wird; spät zwar, denn zu Lebzeiten Eichs wäre eine solche Hilfe der ›Freunde‹ willkommener gewesen.«

2 Peter Suhrkamp schickt Hermann Hesse im genannten Brief eine »Notiz über den Ausgang des diesjährigen Kutscher-Tests«; in der dazugehörigen Anmerkung wird erklärt: »Prof. Kutscher hat spätestens seit den dreißiger Jahren mit den Studenten zu Beginn seiner Vorlesung zwei Teste veranstaltet. Im Sommersemester fragte er sie: welche zwanzig lebenden Dichter halten Sie für die bedeutendsten? Im Wintersemester fragte er: welche zwanzig Stücke halten Sie für die bedeutendsten? Es ist anzunehmen, daß in einem solchen Test einmal Hermann Hesse von den Studenten am meisten genannt wurde.«

3 Unter dem Datum des 16. 2. 1973 sendet Renate Steinsiek U.J. eine Liste mit 41 Teilnehmern für das Colloquium über Samuel Beckett. Das von Hans Mayer und U.J. geleitete Colloquium findet zwischen dem 26. 10. und dem 30. 10. 1973 in der Akademie der Künste statt (siehe auch Brief 614, S. 851).

4 Bertolt Brecht, *Arbeitsjournal*, herausgegeben von Werner Hecht, Frankfurt am Main 1973.

[555; Ansichtskarte »Luftseilbahn Silvaplana-Corvatsch mit Silsersee«, handschriftlich]

Corvatsch
17. Februar [1973]

Lieber Uwe,
dort unten am See kannst Du noch den Geist von Nietzsche, Adorno + Hesse verspüren (+ Szondi + Hans Mayer!). Sonst: ich spiele Buchstabe im Schnee, faste, um abzunehmen, rede mit Hildesheimers und Pedrettis (auf Gian P. hast Du einen großen Eindruck gemacht, er will Dich malen!).
Auf bald + hoffend (!!!) + Grüßen für Elisabeth
Dein Siegfried

[556]

Frankfurt am Main
27. März 1973

Lieber Uwe,
Hilde und ich reisten acht Tage quer durch Holland. Wir haben etwas für Dich mitgebracht, das ich Dir freilich persönlich übergeben möchte, mit der Post ist das zu kompliziert. Bitte, gedulde Dich also mit diesem holländischen Gruß.[1]
Hildesheimer schreibt mir eben das Folgende:
»A propos andere Autoren. In Frankfurt fiel mir auf, daß Uwe Johnson mich nach Möglichkeit meidet. Vielleicht mag er mich nicht, das würde ich ihm nicht übelnehmen, ich mag ihn trotzdem. Aber plötzlich fiel mir ein, daß er vielleicht – unwahrscheinlich! – den Ausfall gegen den Namen Uwe in ›Masante‹ gelesen hatte. Dazu ist zu sagen, daß über diesen Namen noch reflektiert wurde, negativ: Kai Uwe, positiv: ›andrerseits heißt so ein Schriftsteller, den ich schätze, und der nicht dafür kann.‹ Das hat mir Walter Jens,

der Johnson sehr schätzt, herausgestrichen, weil er, mit Recht, meinte, daß ich, wenn ich andere Schriftsteller erwähne, nicht mehr als ein fiktiver Ich-Erzähler, sondern als Wolfgang Hildesheimer schriebe.«[2]
Schöne Grüße
Dein Siegfried

1 Über seinen Aufenthalt in den Niederlanden zwischen dem 18. 3. und dem 26. 3. 1973 schreibt S. U. in seinem 14seitigen Reisebericht unter anderem: »Anlaß der Reise war eine Einladung der Genootschap Nederland-Duitsland zu vier Vorträgen ›Hermann Hesse heute‹ in Amsterdam, Rotterdam, Utrecht, Den Haag. [...] Den Veranstaltern fiel auch auf, daß nicht das übliche ältere Emigranten-Publikum anwesend war, sondern in der überwiegenden Mehrzahl junge Leute, eben Leser von Hermann Hesse. Auch in den Niederlanden ist Hesse zu einem Phänomen geworden [...]. Der Respekt der niederländischen Intellektuellen gilt Uwe Johnson, er würde in persönlicher Weise deutsche Geschichte aufarbeiten, aber es sei eben doch schwer, dieses große Opus der ›Jahrestage‹ in den niederländischen Sprachbereich zu übertragen.«

2 Fern von dem Ort Masante versucht sich Wolfgang Hildesheimers Protagonist am Rande der Wüste, an einem Punkt des Zufalls, zunächst zeitlich und räumlich zu orientierten. Mit Hilfe eines Wandkalenders hält er die Tage fest, nicht als numerische Daten, sondern in Form von Namenstagen. Die Namen der Heiligen, die ihm jener Wandkalender anbietet, geben Anlaß zur folgenden Reflexion: »Peter allein, das klingt mir nicht übel. Ja, allen, die Peter heißen, ist bei mir ein Punkt vorgegeben, der sich freilich bei näherer Kenntnis verwirken mag. Jedenfalls haben sie es in meinem Register leichter als jene, die etwa Uwe heißen. Ein Peter muß sich mir erst als unwürdig ausweisen, bevor er abgewiesen und gestrichen wird. Uwes Prüfung ist das Gegenteil: wie kann er seinen Namen wettmachen? Das ist ungerecht, ich weiß.« Zitiert nach Wolfgang Hildesheimer, *Masante,* Frankfurt am Main 1973, S. 28 f. Vgl. auch W. H., *Gesammelte Werke in sieben Bänden*, Frankfurt am Main 1991, Bd. 2: *Monologische Prosa,* S. 169. Der Brief von Wolfgang Hildesheimer an S. U. ist vom 18. 3. 1973.

[557]

Friedenau, am Rathaus
29. März 1973

Lieber Siegfried,
mit Dank und Vorfreude beantworte ich Deine Ankündigung eines Mitgebrachten aus Holland. Jedoch will ich lieber nicht darüber nachdenken, wieso die Bundespost damit nicht fertig wird, und sehe einer Übergabe von Hand um so lieber entgegen, weil sie einen deiner Besuche in die Nähe rückt.
Eine andere Gelegenheit wäre der 20. April. Am Vorabend habe ich in der Reithalle des Kurfürsten von Mainz, im heutigen Landesmuseum, in einem lebendigen Fernsehprogramm etwas über den Roman anzubieten und könnte euch also an jenem Freitag vor dem Rückflug besuchen. Allerdings ist dann schon der Anfang von Ostern, und womöglich werdet ihr nicht gerade in Frankfurt sein.[1]
Danke für den neuesten, den holländischen Reisebericht. Dergleichen lese ich mit einer Teilnahme, in der die Bewunderung für deine intensive Arbeit sich mischt mit einer Sorge wegen deiner persönlichen Anstrengung. Das ist es nicht allein. Manchmal, nämlich, kann ich in deinen Sätzen dich recht gut sehen.
An Herrn Hildesheimer schriebe ich selbst, wüsste ich seine Adresse. Bitte, würdest du ihm ausrichten, dass ich jene Stelle über einen Vornamen wie den meinen in »Masante« bisher nicht kannte und anderen Falls einen Satz wie »und der nicht dafür kann« sofort zurückführen würde auf die Namensgebung, nicht auf die Schätzung. Es sind darin ja die Umstände von 1934 aufbewahrt, und ich lernte den Vornamen früh genug hassen, weil im Deutschunterricht ein Gedicht deklamiert werden musste, das schloss mit der erhabenen Wendung: »Sagt Mutter, s' ist Uwe«.[2] Die Wut des

Neunjährigen reichte dann nicht aus für eine Änderung, und wenigstens die Lächerlichkeit solchen Namens ist ja später durch einen Fussballkünstler aus Hamburg[3] ein wenig abgearbeitet worden.
Was das Vermeiden in Frankfurt angeht, so sollte das nicht eine Absicht andeuten, sondern Rücksicht darauf, dass Herr Hildesheimer recht beschäftigt war. Dennoch hatten wir Gelegenheit, uns über die Firma Dunhill zu verständigen, aus früherer Zeit erinnere ich mich gern an ein Abendessen in Kronberg, und aus noch früherer daran, dass ich Herrn Hildesheimer hinwies auf eine Kerbe im Pfeifenbesteck der Firma Duncan, vermittels derer man den Reiniger aus dem Kopf der Pfeife herausziehen kann, ohne sich die Finger zu beschmutzen: das erklärt man nicht jemandem, gegen den man feindliche Gesinnungen hegt. Es müssen schon Gesinnungen anderer Art sein, und mit solchen lasse ich seine Frau und ihn grüssen.
Hier wird es ein nicht leichtes Wochenende geben: Herr Frisch will dann mit mir seine Werkausgabe diskutieren, womöglich wie jenes Mädchen, das bat: Råd mi good, oewe råd mi nich af![4]
Mit herzlichen Grüssen,
dein Uwe.[5]

1 U.J. ist nach der Lesung am 19. 4. 1973 nicht in Frankfurt.
2 In der Ballade *Nis Randers* von Otto Ernst rettet der Titelheld einen Matrosen, bei dem es sich, wie sich schließlich herausstellt, um seinen Bruder Uwe handelt. Sie endet mit den Zeilen: »Und Auge und Ohr ins Dunkel gespannt . . ./Still – ruft da nicht einer? – Er schreit's durch die Hand:/›Sagt Mutter, 's ist Uwe!‹«. (Zitiert nach *Zum Sehen geboren. Zum Schauen bestellt. Ein Gedichtband für das 7.-11. Schuljahr*, Braunschweig 1951, S. 67f.)
3 Der Stürmer des Hamburger Sportvereins und Mannschaftskapitän der deutschen Fußball-Nationalmannschaft Uwe Seeler.
4 In seinem Reisebericht zum Aufenthalt in Zürich vom 6. bis 9. 12.

1972 schreibt S.U. zum Projekt der Werkausgabe Frischs: »Das Hauptproblem: Werkausgabe oder Reader? [...] Die Reader-Möglichkeit möchte er [...] nicht akzeptieren. Das sähe ihm doch – wie auch immer man das begründe – nach Verwertung aus. Und biete keine echte Chance für die Kritik. Er würde es aber sehr gerne sehen, wenn man eine einbändige Auswahl hätte, die Uwe Johnson treffen sollte, also ein Buch: Max Frisch gesehen durch Uwe Johnson [siehe Briefe 618-630, S. 855-872]. Im übrigen (und besonders nach dem Nobelpreis an Böll) ist er entschieden für eine Gesamtausgabe, und zwar möglichst [...] eine gleichzeitige Ausgabe in Dünndruck und in einer Werkausgabe. Er wäre dafür bereit, seine frühen Werke, die er nicht mehr auflegen läßt, freizugeben und auch einzelne Essays, die nur verstreut in Zeitungen bzw. Zeitschriften veröffentlicht sind. Das Ganze ist jedoch eine Herausgeberarbeit.« 1976 erscheinen Max Frischs *Gesammelte Werke in zeitlicher Folge* in sechs Bänden, herausgegeben von Hans Mayer unter Mitwirkung von Walter Schmitz. 1986 schließt sich Band 7 mit den Arbeiten aus den Jahren 1976 bis 1985 an. Vgl. hierzu auch *Max Frisch/Uwe Johnson. Der Briefwechsel*, S. 59f.

5 Der Brief trägt den handschriftlichen Vermerk von S.U. »mündl[ich]«.

[558]

Frankfurt am Main
17. April 1973

Lieber Uwe,
nun, seid ihr froh, daß ihr mich wieder los seid? Trotz des PEN-Clubs war Berlin doch eine Reise wert.[1]
Ich schicke Dir im Original die Karte, die Samuel Beckett mir schrieb. Frau Steinsiek hatte wie immer die Aufgabe, den französischen Text zu entziffern. Sie versuchte das, ich lege Dir auch ihre Übertragung bei.[2]
Anbei noch die Kopie eines Briefes an Hans Mayer.
Herzliche Grüße
Dein Siegfried

1 S. U. hält sich wegen der Jahrestagung des PEN-Zentrums vom 12. bis 15. 4. 1973 in Westberlin auf. In seinem Reisebericht formuliert er: »Nichts Besonderes aus Berlin. Die Tagung des PEN war mittelmäßig wie immer; darüber wird die Presse noch berichten. Der Besuch lohnt nur, wenn man weiß, welche Autoren für Gespräche anwesend sind. In der Reihe der Totenehrungen sprach Jürgen Eggebrecht für Günter Eich und ich für Hanns W. Eppelsheimer. Dafür lobte mich sogar Uwe Johnson. [. . .] Berlin war eine Reise wert wegen der angenehmen Aufenthalte mit Uwe Johnson und Max Frisch.«

2 Die Karte von Samuel Beckett ist die Antwort auf eine Anfrage von S. U. nach einer möglichen Anwesenheit des Autors bei dem Berliner Colloquium, die U. J. in Kopie erhalten hat. Unter dem Datum des 31. 3. 1973 schreibt Samuel Beckett:
»Cher ami,
Merci de votre lettre du 13 reçu hier.
1. qu'on veuille consacrer une colloque à mon travail sous l'égide de la Berliner Akademie der Künste, c'est là pour moi un grand honneur. Mais vous savez comme je suis incapable d'assister même partiellement et passivement à une telle occasion. J'en suis désolé.
2. Encore mon hélas. Me trouver à Berlin à cette époque, en tant que metteur en scène, tout en me tenant à l'écart du colloque, cela me parait impossible.
Une dernière mise en scène au Schiller, celle de *Godot* précisement, dans les mêmes conditions de tranquilité que par le passé, avec Held, Bollmann, Wigger et Hern, au Festival 74 par exemple, là je ne dirais pas non.
Encore merci et pardon à tous. Bien amicalement Sam. Beckett.«
Samuel Becketts Inszenierung von *Warten auf Godot* hat in der Besetzung Horst Bollmann (Estragon), Stefan Wigger (Wladimir), Klaus Hern (Lucky) und Carl Raddatz (Pozzo) am 8. 3. 1975 im Schiller-Theater Berlin Premiere.

[559]

Frankfurt am Main
7. Mai 1973

Lieber Uwe,
anbei die Fotokopie des »Herrnburger Berichts«, das kannst Du mir gelegentlich zurückgeben. Hoffentlich gefallen Dir diese Grüße von und an Stalin, Mao Tse-tung und die »Tanzende Bewegung über die Mauer«.[1]
Schöne Grüße
Dein Siegfried

1 Am 3. Juli 1951 notiert Bertolt Brecht im *Arbeitsjournal*: »schrieb den text für eine kantate dessaus HERRNBURGER BERICHT zu den weltjugendfestspielen [August 1951]; nicht zuletzt, um ihm gelegenheit zu geben, verhältnismäßig einfach musik beizusteuern.« (S. 956) Das Werk ist angelegt als semi-szenischer Bericht. In elf Stücken berichten Jugendliche über einen Vorfall, der sich im Mai 1950 an der Grenze bei Lübeck abgespielt hat. In den *Jahrestagen* wird dieses Werk Brechts neben dem Gedicht *Die Erziehung der Hirse* Lehrstoff im Deutschunterricht der Schulklasse von Gesine Cresspahl: »Vom selben Autor wurde bei Frau Selbich studiert das Werk ›Herrnburger Bericht‹, eine poetische Erinnerung an den Empfang, der den westdeutschen Besuchern des Deutschlandtreffens von 1950 am Grenzübergang Herrnburg bereitet wurde von ihrer Schupo. Das Innenministerium von Schleswig Holstein hatte verordnet, die Jugendlichen seien nach ihren persönlichen Daten samt Arbeitsplatz zu registrieren und ärztlich zu untersuchen, weil sie auf Stroh übernachtet hatten; die Rückkehrer wehrten sich mit Steinwürfen und Handgemenge, biwakierten anderthalb Nächte auf freiem Feld, bis sie nachgaben und ihre Ausweise hinhielten für den Stempel ›Erledigt‹ oder ›In Ordnung‹: Daraus war bei dem Dichter Brecht geworden, sie hätten die Fahne der F. D. J. auf das Dach des lübecker Hauptbahnhofs ›gepflanzt‹ und gesiegt, mit einem Befund über zwei Parteivorsitzende in der Bundesrepublik:

Schuhmacher, Schuhmacher, dein Schuh ist zu klein,
In den kommt ja Deutschland gar nicht hinein.
Adenauer, Adenauer, zeig deine Hand,
Um dreißig Silberlinge verkaufst du unser Land.

Das wurde aufgeführt zu den III. Weltjugendfestspielen der F.D.J. in Berlin, und die englischen Mädchen mit dem sozialistischen Gewissen um unseren Hg. Knick in kurzen Hosen mochten es gewiß *awful* finden, was er ihnen übersetzte:

Deutsche wurden von Deutschen gefangen
Weil sie von Deutschland nach Deutschland gegangen
. . . Schlagbaum und Schanzen.
Hat das denn Zweck?
Seht doch, wir tanzen
Drüber hinweg.

Wir waren albern genug, eine Inszenierung des Chorwerkes auch vorzuschlagen für die Fritz Reuter-Oberschule in Gneez (weil Herrnburg doch Nachbarschaft sei), zur Begeisterung von Bettina S. (über ihre pädagogischen Erfolge).« U.J., *Jahrestage*, Bd. 4, S. 1819. Der *Herrnburger Bericht* wurde 1951 als Broschüre gedruckt und ist danach erst in *Werke*, Bd. 15, S. 246-253, wieder erschienen.

[560]

Frankfurt am Main
17. Mai 1973

Lieber Uwe,
könnten wir uns vor dem Höllerer-Festival sehen und sprechen? Ich komme am Montag, dem 28. Mai, um 17.15 h in Tempelhof an (PA 694) und könnte Dich ab 18.00 h im Hotel am Steinplatz erwarten.
Einsam ankommen ist ja immer schmerzhaft, vielleicht raffst Du Dich zu einer Busfahrt nach Tempelhof auf, um Deinen alternden Verleger abzuholen?[1]
Herzlich
Dein Siegfried

1 Gemeint ist der Verlagsempfang am Abend des 28. 5. 1973, bei dem der Roman *Die Elephantenuhr* von Walter Höllerer vorgestellt wird. Aus diesem Anlaß hält U.J. eine kleine Rede, deren Text im Nachlaß allerdings nicht erhalten ist. S.U. hält in seinem Reisebericht fest: »Erstaunlich war die Tatsache, daß von ca. 150 eingeladenen Leuten ca. 120 gekommen waren: Schriftsteller, Kollegen von Walter Höllerer, Akademie-Mitglieder, Kritiker, Journalisten, Buchhändler.«

[561; Ansichtskarte von S.U. und Peter Huchel, handschriftlich]

Muzot
4. Juni [1973]

Lieber Uwe,
für mich großartige Landschaft
Dein S
Aber eine fliegende Elster liess mich plötzlich an die Mark, an Mecklenburg denken.
Herzlich Peter Huchel[1]

1 S.U. schreibt über den Anlaß der Reise nach Muzot im Reisebericht: »3. Juni 1973. Ich hole *Peter Huchel* ab zur Fahrt ins Wallis. [...] Peter Huchel ist von Balthasar Reinhart zu einem dreiwöchigen Aufenthalt im Château Muzot eingeladen worden, in jenes berühmte Château also, in dem Rilke die Jahre 1921-1926 verbrachte und dort die ›Duineser Elegien‹ und ›Sonette an Orpheus‹ schrieb.«

[562]

Frankfurt am Main
17. Juli 1973

Lieber Uwe,
ich freute mich sehr, Deine Stimme zu hören. Noch mehr natürlich Deine Nachricht, daß wir bis Mitte September mit 200 Seiten und Ende September mit den letzten 200 Seiten des Manuskriptes rechnen können. Wie vereinbart benachrichtigen wir den Buchhandel, daß die »Jahrestage 3« in diesem Jahr erscheinen werden. Ich bin sehr froh darüber.
Nun drücke ich Dir dringlichst und herzlichst den Daumen, daß alles so gelingt.
Anbei eine Fotokopie von Martins »Grund zur Freude«.[1]
Für uns ist das ja nun wirklich kein Grund zur Freude, aber ich finde, wir sollten das drucken, in der edition suhrkamp wäre das vielleicht möglich. Ich nehme an, Du wirst Dich nach Deinem Urlaub wieder melden. Im übrigen grübele ich nach einer Möglichkeit, Dich vor dem 1. August in Berlin besuchen zu können.
Herzliche Grüße
Dein Siegfried

P. S.
| Bitte überlege Dir diese Terminzusage noch einmal, bevor Du abreist. Es wäre gut, wenn es so gelänge, eine Katastrophe, wenn wir *nach der jetzigen neuen Ankündigung* wieder absagen müssten. |

1 Siehe Brief 533, S. 749ff.

[563]

Friedenau in Berlin
18. Juli 1973

Lieber Siegfried,
ich bedanke mich für deinen Brief von gestern.
Nun kann ich dir lediglich wiederholen, dass es meinem begründeten und ausgerechneten Plan entspricht, dir das vollständige Typoskript von »Jahrestage« III bis Ende September zu übergeben.
Die Katastrophe, die du für den anderen Fall ankündigst, würde auch eine für mich. Eben deshalb möchte ich meinen Plan ganz und gar gegen aussen verstellen: indem ich mich am Telefon für verreist ausgeben lasse, Besuche nicht einladen kann und mich überhaupt gar nicht verhalte, ausser gegen das Buch.
Wenn du vor dem 1. August nach Berlin kämst, so wäre es angenehmer, du hättest einen mehr praktischen Anlass als mich. Sehr gern würde ich dich sehen, aber dies wäre um des Vergnügens willen, da ich ja in der Sache der Fertigstellung vorläufig nicht das Geringste zu sagen habe über unser Gespräch von neulich hinaus.
Mit herzlichen Grüssen,
dein Uwe.

N. B.
Du hast die bessere Ausgabe von Goethes Werken: könntest du mir schreiben wo, und in welchem Kontext er den Wunsch ausgedrückt hat, es möge sein Reisekoffer ungeöffnet durch die deutschen Lande passieren?[1]

1 Der Brief trägt den handschriftlichen Vermerk von S. U. »tel[efonisch] erl[edigt]«. Siehe Brief 566, S. 790.

[564]

Frankfurt am Main
23. Juli 1973

Lieber Uwe,
anbei der Umschlag für die »Jahrestage 3«. Bist Du mit allem einverstanden? Mit dem Text des Umschlags, der Farbe, den Klappentexten? Oder hat sich jetzt etwas verändert? Wir sollten das doch noch vor Deinem Weggang klären.[1]
Schöne Grüße
Dein Siegfried.

Anlage

1 U.J. hält sich vom 1. 8. - 10. 8. 1973 in Mecklenburg (Rostock, Güstrow, Schwaan, Schwerin) auf und reist dann von Rostock aus bis zum 1. 9. 1973 über Kopenhagen auf die Insel Bornholm.

[565]

Friedenau in Berlin
24. Juli 1973

Lieber Siegfried,
ich bedanke mich für deinen Brief von gestern.
Mit der Farbe des Umschlags für »Jahrestage« III bin ich einverstanden, und der Text darauf scheint mir als Ankündigung so geeignet wie jeder andere.
Im Klappentext ist mir unten auf der ersten Hälfte aufgefallen, dass das Personalpronomen »Ihr« keinen rechten Anschluss an den vorderen Satz hat, und dass es selber in einem ungenauen, wenn nicht unnötigen Satz steht. Den, von »Nicht« bis zu »verändert« oben auf der zweiten Klappe würde ich gern in ungefähr dieser Richtung verändert sehen:

Zeitgeschichte, die aber für die Person (oder: diese Person) nicht nur die Beobachtung verändert, sondern auch den Beruf und geradezu das Privatleben.

Weiter unten auf der zweiten Klappe will mir der Ausdruck »der Gesine Cresspahl« etwas pathetisch vorkommen, und ich würde die folgende Lösung vorziehen:

So erklärt sich ein Weg von Mecklenburg durch andere deutsche Provinzen, Sachsen, Westberlin ...

(Sachsen sollte nicht ausgelassen werden.)

Schliesslich, von D.E. Zimmer will ich mir gern einen Befund gefallen lassen, aber es wäre mir doch recht und lieb, wenn der zweite nicht herrühren müsste von Herrn Marschner, insbesondere nicht aus einer österreichischen Quelle.

Hier regnet es angenehm. Auch unser Kind schreitet fort in den Ferien: Katharina hat die Freischwimmer-Prüfung bestanden.

Vor unserer Abreise nach Rostock und Bornholm bekommst du noch Typoskript. Bitte schreib mir (Frau Zeeh weiss die Adresse) deine Meinung zu dem Kapitel für den 4. Juni 1968. Denkst du auch an das Goethe-Zitat?

Mit herzlichen Grüssen,
dein Uwe.

[566]

Frankfurt am Main
30. Juli 1973

Lieber Uwe,

schönen Dank für Deinen Brief vom 24. Juli. Die Korrekturen auf dem Umschlag werden vorgenommen mit einer minimalen Änderung: Herrn Marschner würde ich doch gern auf dieser Klappe lassen, weil er eingeht auf den Band 3. Das

ist eine interessante Nuance. Ich habe jedoch die Quellen sowohl bei ihm als auch bei Zimmer weggestrichen.
Glückwunsch für die Freischwimmerin!
GOETHE schrieb/sprach am 23. Oktober 1828 zu Eckermann:

> Mir ist nicht bange, daß Deutschland nicht eins werde; unsere guten Chausseen und künftigen Eisenbahnen werden schon das ihrige tun. Vor allem aber sei es eins in Liebe unter einander! und immer sei es eins gegen den auswärtigen Feind. Es sei eins, daß der deutsche Taler und Groschen im ganzen Reiche gleichen Wert habe; eins, daß mein Reisekoffer durch alle sechsunddreißig Staaten ungeöffnet passieren könne. Es sei eins, daß der städtische Reisepaß eines weimarischen Bürgers von dem Grenzbeamten eines großen Nachbarstaates nicht für unzulänglich gehalten werde, als der Paß eines Ausländers. Es sei von Inland und Ausland unter deutschen Staaten überall keine Rede mehr. Deutschland sei ferner eins in Maß und Gewicht, in Handel und Wandel, und hundert ähnlichen Dingen, die ich nicht alle nennen kann und mag.

(Nachzulesen in: »Goethe über die Deutschen«, Insel-Bücherei Nr. 851, S. 49, Anmerkung Nr. 228.)[1]
Wir müssen uns noch sprechen, wenigstens telefonisch, bevor Du losfährst.[2]
In dem für Dich bestimmten Postkorb bei Frau Zeeh liegt ein verspätetes Geburtstagsgeschenk für Dich: Thomas Manns Briefwechsel mit seinem Verleger. Das Buch ist jederzeit – auch nach Dänemark – abrufbereit.[3]
Herzliche Grüße
Dein Siegfried

1 Vgl. U. J., *Jahrestage*, Bd. 4, S. 1860.
2 Der Brief trägt den handschriftlichen Vermerk: »telefonisch am

31. 7. durchgegeben (Dr. U[nseld].). Brief bleibt bis Ende Aug. liegen. Zeeh«. Daß U. J. während seiner Abwesenheit keine Post nach Berlin geschickt wird und wie mit der anfallenden Post zu verfahren ist, haben U. J. und Burgel Zeeh vereinbart. U. J. schreibt unter dem Datum des 14. 7. 1973 an sie: »Bitte, dürfte ich für die Dauer des Monats August alle Post an einen Pappkarton unterhalb Ihres Schreibtisches adressieren und sie Anfang September abrufen? Denn es ist gerade eben bei uns eingebrochen worden, und wir möchten die Herren Ganoven nicht auch noch in der angegebenen Zeit aufmerksam machen auf die Verlassenheit unseres Briefkastens, etc.«

3 Von diesem Buchwunsch Johnsons hat S. U. aus einem Brief U. J.s an Burgel Zeeh vom 21. 6. 1973 erfahren: »Mit gleicher Post möchte ich Sie bitten, mir doch vom Fischer Verlag den Briefwechsel zwischen Thomas Mann und Gottfried Bermann Fischer zu einem Rabatt von annähernd 87 Prozent zu besorgen, denn zwar betrachte ich mich als eine Bibliothek, muss es aber dennoch billiger haben.«

[567; Telegramm]

Rønne [auf Bornholm]
13. August 1973

TEXT FOLGT MASCHINE KAPUTT BITTE SENDE TELEGRAFISCH ACHTHUNDERT MARK AN ELISABETH POSTE RESTANTE DK 3700 ROENNE[1] HERZLICHE GRUESSE UWE

1 Burgel Zeeh veranlaßt die Überweisung am selben Tag.

[568; Telegramm, Anschrift: Godset, Smedgardsvej, DK 3700 Rønne/Dänemark]

Frankfurt am Main
20. August 1973

VERZWEIFELT UEBER AUSBLEIBEN TEXT SUHRKAMP INFORMATION
GRUSS BURGEL – UNSELD

[569]

südlich von Rønne
20. August 1973

Lieber Siegfried,
von dem letzten Kapitel der »Jahrestage« 3 kann ich dir nur eine Seite liefern. Darauf siehst du aus dem Leben Gesine Cresspahls ein Stück, das kennst du. Schon auf dem nächsten Blatt geriete ich an etwas, das kann ich ausser der Reihe nicht weggeben; womöglich bin ich für sie noch nicht sicher genug. Das mag ein Grund sein. Der andere ist einer von der ordentlichen Art und hat mir inzwischen acht Tage lang als Reihenfolge bewiesen, dass das Letzte des Vorletzten bedarf und als Summe erst recht verrutscht, wenn nicht einmal das dritte Kapitel vor dem Schluss entdeckt und bekannt und geschrieben ist. So bekommst du gleich zwei missliebige Nachrichten auf einmal, und gewisslich möchtest du dich nun nach meiner Freizeit erkundigen.
Von Freizeit kann ich nicht viel melden. Hier bin ich unter einem Dach eingesperrt, zusammen mit dieser Maschine und ein paar Stücken aus dem Leben Gesine Cresspahls, die ich eben »nur noch hinschreiben« muss. Wie es auf der Insel Bornholm zugeht oder wie sie aussieht, das werde ich dies

Mal nicht erfahren. In die Stadt durfte ich, als die Schreibmaschine die Buchstaben nicht mehr nach einander setzte; alles andere wird mir von daher mitgebracht, als Vergünstigung gelegentlich eine Zeitung, der ich entnehme, was ich bisher ansah als unser Geheimnis, nämlich dass ich Ende September auf der letzten Seite angekommen sein möchte ... danach habe ich auf solche Linderung der Arbeitsbedingungen verzichtet. Auch verschlingen dergleichen Abwechslungen Zeit.

Übrig bleibt am Morgen eine Stunde, der Weg zum Strand und zurück. Er führt entlang an einer Pferdekoppel, die ist nicht mit Draht eingezäunt, sonder mit gespaltenen Schleeten, damit des Bauern Lieblinge sich ja nichts tun. Es gibt trockene Heideflächen, da lass die Hoffnung fahren, daneben aber einen grossen Schlag mit gedrungenem Weizen. Am nächsten Morgen liegt das Stroh in säuberliche Würfel gebunden, am Rand in Säcken wartet das Korn. Wieder einen Tag später, trau deinen Augen, siehst du das Stroh im Boden über dem Pferdestall, die Säcke sind abgefahren, und morgen wird die Stoppel wohl gestürzt sein. Das ist sie, und von der Drillmaschine wirst du bloss die Spuren zu Gesicht bekommen. Auf dem angrenzenden Acker ist die Luzerne schon hoch über die abgeerntete Stoppel gewachsen, eben vor dem Blühen, und in einer Reihe sind dort acht braune Kühe zum Fressen angestellt, Tag für Tag werden sie weitergepflockt, für Ungläubige liegt der Holzhammer da. Am Ende der Woche werden sie die Luzerne halb abgeräumt haben. Eines Mittags erhebt sich ein wild tutender Ton über das Land, selber darf ich seine Verfertigung nicht besichtigen; nach gutwilligen Zeugenberichten kam das Geräusch vom Aggregat eines Kesselwagens, in den ein Arbeiter auf Planen gelagerten Weizen hochsaugte. Angeblich tat er das ohne Panik, nämlich mit Ohrenschützern. Die ergiebigen Felder sind hier mit fülligen Wänden aus Laubbäumen ab-

gedichtet gegen den Seewind, mit Knicks geradezu, wie sie auch im nordwestlichen Mecklenburg eine Stubenlandschaft herrichten. Doch, es wächst Unkraut in den Weggräben, Melde, Fuchsschwanz, Rainfarn, Schafgarbe, Wegewarte, schönes unnützes, schädliches Zeug. Warte nur, bis es reif ist zum Aussamen, schon hat der Rauch von gestern mittag es weggebrannt. Neben den Rüben stehen die Kartoffeln ärmlich. Auch sie werden nicht ohne Bedenken aus der Erde geholt, alle zwei Tage sind ein paar Reihen angewrackt; nicht eher wird ihre Ernte beginnen, als sie lohnen was sie können.
So ein Weg ist das, recht passend für den müssigen Gang. Tatsächlich bin ich da beschäftigt mit dem Gespräch, das die Partnerin in diesem Buch mir einredet, und es kann anfangen in eher unfreundlichem Ton:

– Siehst du.
– Gewiss. Andere betreiben hier Ferien und fliegen spazieren über Bornholm.
– Nein. Der Acker.
– Auf den Tag genau umbrochen. Nicht ein Stein drin.
– Siehst du. Das besessene Wirtschaften des Agrarkapitalismus. Mecklenburg bis 1943.
– Fehlt das im Buch?
– Es ist davon nicht genug da. Und ein Landkind bin ich gewesen, nicht nur ein kleinstädtisches. Als ob ich nicht wüsste, wie man Milch durchs Tuch seiht!
– Das Abkommen über Länge der Kapitel –
– wird gebrochen durch den Vertrag vom 10. August 1967. Dass ich mich eingelassen habe auf solche Biographie!
– Alles sollte es nicht sein.
– Maurice und Albert waren nicht bloss »unsere« Kriegsgefangenen. Dass ich erst 1945 mit ihnen das verbotene Lied gesungen habe, es ist zu wenig.

– Cresspahls Kind hat von ihnen Französisch gelernt.
– Und sie von mir Deutsch! Dass Unordnung Möl heisst oder Schnurrmurr. Was eine Tüsche ist, und die ehrlichen Ansprüche des Wortes Schiet, avec een Cislaweng!
– Sind das nicht doch quantitative Beschwerden?
– Qualitative. Qualität der Beziehungen.
– Wird behoben.
– Siehst du. Sonst wäre eine ganze Reise nach Frankreich glatt verschwitzt worden. Um alles muss man sich selber kümmern!
– Weitere Mängelrügen.
– Als ob ich ein Kind gewesen wäre wie Gabriel Manfras, von dem die Geistlichkeit sagte »hat nie gelernt zu lachen«.
– Wo soll gelacht werden?
– In dem Buch darf ich lachen, wenn zwei fremde Sachen unverhofft doch erkannt werden unter einem Hut, wenn es einem Argument dient oder vernünftig passt. Nie bloss so.
– Bloss so.
– Wenn Schorse Balu, olympiaverdächtiger Schwimmtrainer, vom Dreimeterturm ins Wasser fiel.
– Als Lilott Lakenreisser die Klasse nicht mehr vom ebenen Boden aus regieren wollte, sondern von einem Gebirge aus Schreibtisch und Lehrerstuhl herab.
– Siehst du. Ich will nicht hingestellt werden als verrannt in Politik. Ich bin nicht bitter. Ich habe nicht aufgegeben.
– Mrs. Cresspahl hat nicht aufgegeben.
– Dass Marie gelegentlich dasteht wie ein verantwortungsbewusster Topf Verstand. Sie ist kein »ernstes Kind«. Sie kann hübsch dalbern.
– Das tut sie.
– Oft kriegt das Pathetische den Vorzug.
– In der amerikanischen Bedeutung des Wortes?
– Finde du gefälligst, was die Deutschen da sagen!

– Nonsense als der grössere Teil des Lebens.
– Nämlich der lustige Unsinn. Es mag ja der Theorie vom Roman nicht passen.
– Das wird auf Kosten der Zeit in Hessen gehen.
– Bleiben muss aus der Zeit der Kerl, der sich Jimmy Larsen nannte.
– Kenn ich nicht.
– Der hatte seine Wohnung neu tapeziert, im Gedenken an einen Urlaub in Italien. Das Muster zeigte Fiaschi, Weissweinflaschen, Cognacschwenker, Gläser mit Long Drinks, immer wieder einen Steinkrug mit Römer, Schnapsstangen jede Menge, ganz selten aber Pfanne mit Spiegelei oder Tasse Kaffee. Inmitten jeder Dekorgruppe jedoch prangte eine bukolische Gartenuhr, deren Zeiger hielten auf sieben Minuten vor Fünf. Was dieser Mann zu warten hatte den Tag über! Nebenbei schützte er die westdeutsche Verfassung.
– Ach der.
– Der. Aber als Säufer mit Eigenkuren.
– Lehmann hiess er.
– Und diese Besserwisserei soll nicht einreissen! Es ist schlimm genug, dass ich im Buch nicht weiter wissen kann als bis zum 20. August 1968.
– Das ist eine Warnung für alle Fälle.
– Vorsorglich. Auch muss die Notierung des Mecklenburgischen ordentlicher werden. »Waesen wierst.« Was ist denn das!
– Waest wierst.
– Und mehr Alltag soll in das Buch. Wie man darin verschwinden kann. Eine Stunde sind Marie und ich über den Broadway gezogen, davon ist uns beiden nicht ein Gesicht, nicht ein fasslicher Gedanke verblieben. Was ist da mit uns passiert?
– Und zwar das Eintönige nicht mit eintönigen Mitteln.

– Gewiss. Wir sind dir nicht nur Lieferanten.
– Was ist das eigentlich mit der Westküste. Die Nordküste bei Rande lag doch dichter zu Jerichow.
– Das ist die Westküste des Fischlandes. Muss etwas Bestandteil eines Kindes werden, nur weil es in der Nähe war? Die Westküste sitzt vor den westlichen Winden. Meist ist da Bewegung im Wasser. Noch geringer Wellengang reicht der Sonne für die Abbildung von Rautennetzen im Grund. In Jerichow fiel uns die Nacht von der Seite an, in der rander Bucht kam sie von hinten geschlichen. Auf dem Fischland ging das Licht vor unseren Augen weg, apen un ihrlich. Bei Jerichow tobte das Ungeziefer über dem Strand, bei Althagen wurde es über Land geblasen. Wenn wir da morgens ankamen, war der Sand noch kühl. In Jerichow war ich nie mit Alexandra am Wasser.
– Die Westküste noch einmal, ihr zuliebe.
– Anfangs wollte ich von New York gleich umziehen nach San Francisco, der Westküste wegen. Und wo haben wir gemietet in dänischen Ferien?
– An westlichen Küsten.
– Wann waren wir in Klampenborg?
– Als ihr über Esbjerg und Harwich zurückfuhrt (und nicht über Genf).
– Wie kamen wir nach Bornholm?
– Im Auto auf der Fähre.
– Ohne Auto im Flugzeug. Wie haben wir auf Bornholm gewohnt?
– In einer geliehenen Datscha südlich von Rönne.
– Südlich von Hasle, tiefer im Land.
– Ausflüge mit dem Rad.
– Nach Dueodde, Neksø, Svaneke, Gudhjem, in den Wald Almindingen, nach Allinge und Sandvig. Wir waren hier. Es war erheblich. Hier haben wir ein ungescheites Mädchen namens Hanusine singen und sagen hören von traurigen

und wundersamen Erlebnissen mit noch einem Herrn Eriksen. Es gehört zu unserem Leben. Sieh dir das an, Genosse Schriftsteller. Sieh es dir an.
– Für ganz Bornholm wären vierzehn Tage das Mindeste.
– Nicht wahr. Und daraus muss mehr werden als der Obelisk aus schwarzem Granit am neuen Friedhof von Allinge, zum Gedenken der sowjetischen Soldaten, die hier von Mai 45 bis Mai 46 gestorben sind. Es darf nicht fehlen, wie Marie hier reiten lernte, dazu gehört das bedauernde Lächeln des Krämers, wenn wieder ein Hundertkronenschein fällig wurde, die Räucherheringe, die wir express nach Rostock geschickt haben, die Grabsteine, die mecklenburgische Schiffe von hier holten, die Rettung eines Vogels, die Igel und die Pferde auf der Wiese hinter unserem Haus, i køkkenet planerer og regerer Fru Cresspahl, die Nacht im Boot auf der Ostsee, Åge Riddersborg heisst der Mann. Spricht Bornholmisch und Dänisch.
– Fru Cresspahl, du hast nun mehr Zeit als du willst. Mit Bornholm aber erreicht der Schriftsteller den Termin nicht mit Müh und nicht mit Not. Ende September. Der Verlag hat es in die Zeitung setzen lassen.
– Bornholm muss ins Buch. Oder wir kündigen den Vertrag, dann steht ihr da mit flatternden Enden. Noch gibt es eine Wahl.

Womit, lieber Verleger, die tägliche Freistunde endet und ich mich, solche Belehrungen im Ohr, an die Maschine kette, weiterhin Stücke aus dem Leben von Gesine Cresspahl aufzuschreiben, bis zu einem Ende.
Übrigens gehst auch du morgens schwimmen.
Mit herzlichen Grüssen,
sincerely yours,[1]
Uwe.

Anlage: 1 Blatt.

1 Im Telefonat vom 31. 7. 1973 vereinbaren U.J. und S.U., daß U.J. dem Verlag vorab das letzte Kapitel der auf drei Bände geplanten *Jahrestage* zum Abdruck in der *suhrkamp information* (siehe Telegramm 567 und 568, S. 791 f.) zusendet. Anstelle des letzten Kapitels der *Jahrestage* schickt U.J. dann diesen Brief. Da er weiß, daß der Brief veröffentlicht werden soll, hat er zuerst einen Entwurf verfaßt (und aufbewahrt) und dann diese überarbeitete Version erstellt. Sie wird in gekürzter Form in der *suhrkamp information* 1973/2, S. 64-68, publiziert (und wiederabgedruckt in: *Johnsons Jahrestage*, Frankfurt am Main 1985, S. 89-93). Vorangestellt ist eine Doppelseite mit vier Photos von U.J. unter der Überschrift: »Uwe Johnsons Trilogie ›Jahrestage‹ abgeschlossen«. Bei dem beiliegenden Blatt aus dem angeblich letzten Kapitel der *Jahrestage* handelt es sich um die als iii bezeichnete Seite des Typoskripts *Versuch, einen Vater zu finden* (siehe U.J., *Versuch, einen Vater zu finden*, S. 94).

[570; Telegramm]

Rønne
21. August 1973

SECHS SEITEN CIRKA NEUNTAUSEND ANSCHLAEGE KUERZBAR UNTERWEGS STOP MASCHINENDEFEKT WIEDERHOLE BITTE ACHTHUNDERT MARK TELEGRAFISCH GRUSS UWE

[571]

Frankfurt am Main
31. August 1973

Lieber Uwe,
ich wurde gebeten, mich öffentlich zur Frage der Rechtschreibreform zu äußern;[1] die westdeutschen Kultusmini-

ster denken ja an eine generelle Einführung der Kleinschreibung bei der deutschen Sprache. Wie beurteilst Du diese Änderung? Bei mir wehrt sich alles gegen die Kleinschreibung. Das ideologische Moment, die Erlernung der deutschen Sprache sei für weniger Privilegierte dadurch leichter, kann ich nicht gelten lassen. Zur Aufklärung gehört eben doch ein Maß einer Bemühung, wenn nicht schon die Anstrengung, das groß zu schreiben, was als Substantiv gedacht ist.
Mich würde Deine Meinung zu dieser Frage sehr interessieren. Etwa die Beantwortung der Fragen:

a) Siehst Du in einer generellen Kleinschreibung einen Fortschritt in der Demokratisierung gesellschaftlicher Verhältnisse?
b) Könntest Du Dir vorstellen, unsere Klassiker in neuen Editionen mit kleingeschriebener Schrift lesen zu können, Goethe und Marx in Kleinschreibung also?
c) Würdest Du Dich selbst im Falle des Beschlusses der Kultusministerkonferenz dazu motivieren lassen, in Zukunft nur noch kleine Buchstaben zu verwenden?
d) Könntest Du Dir in der Reform einen Kompromiß vorstellen: es werden außer den Namen alle klar erkennbaren Substantive und substantivierten Verben groß geschrieben, alle Zweifelsfälle jedoch klein. Als weiteren Kompromiß könnte man sich vorstellen, daß man die Groß- und Kleinschreibung lehrt, daß man jedoch in der Rechtschreibung, nicht aber in der Groß- und Kleinschreibung Noten gibt.

Ich wäre Dir für eine Stellungnahme sehr dankbar.
Freundliche Grüße
Dein Siegfried

1 S. U.s Beitrag findet sich unter dem Titel *Großschreibung oder Kleinschreibung? Plädoyer zu einem Denkproblem* in Band 7 der Schriftenreihe des Börsenvereins des Deutschen Buchhandels: *Großschreibung oder Kleinschreibung? Meinungen zu einem umstrittenen Thema*, Frankfurt am Main 1974, S. 39-63.

[572]

südlich Rønne
21. September 1973

Lieber Siegfried,
solch undeutliche Adresse, sie war doch kein dichter Zaun um die »Jahrestage« und die Stücke aus Gesine Cresspahls Leben, die ich noch zu schreiben habe. Die Gefahr kam aus einer anderen Ecke: sie machte mir die Kapitel immer länger. Die restlichen 120 würden nach meiner Schätzung ein Buch von 800 Seiten ergeben. Kann man das noch halten mit einer Hand? Das weisst du besser, du brauchst eine Erklärung. Hier ist meine:
Mittlerweile habe ich jene Mrs. Cresspahl, Jahrgang 1933, Bankangestellte in New York City – ich bin mit ihr jetzt in den Jahren nach dem Krieg. Zu der Zeit ist sie zwölf, dreizehn, vierzehn. Da fängt es deutlicher an mit einem Menschen. Was aber sie da sieht in ihrem britisch/sowjetischen Mecklenburg, ist die Einführung der sozialistischen Ordnung von oben. Aus den bürgerlichen Zeiten ist ihr erzählt worden, das war mehr vergangen als dies, liess sich abkürzen. Nun, fast mit einem Male, ist sie selbst dabei, spürt die Tücken von Wahrheit und Wirklichkeit am eigenen Leibe, mit eigenen Augen. Mehr noch, sie wird ihre Beteiligung daran nicht los; obendrein muss sie es so ordnen, dass da in New York nicht eine elfjährige Antikommunistin heranwächst, in Gestalt der eigenen Tochter. Die Personen der Nachkriegszeit werden also wichtiger, sichtbarer, beides in anderer Weise. Da liess viel nicht sich abdrängen aus dem Manuskript. Gewiss, diese G. Cresspahl geht später weg aus einem Staat der Arbeiter und Bauern, bloss weil Bauern und Arbeiter Aufstand machen gegen solchen Staat; jene frühe Erziehung in Sozialismus sitzt fest in ihr, sie hat ja auch das Schwimmen nicht verlernt, und nur mit ausführlicher Be-

schreibung des Anfangs werde ich zeigen können, wie sie es, im Alter von 35 Jahren, doch noch einmal versuchen will mit dem Sozialismus, nach reichlich Enttäuschungen mit dem, der in der Tschechoslowakei fast ein halbes Jahr dauerte. Dies, dazu der bevorstehende Abschied von der neuen Heimat New York, alles zusammen macht das dicker, was wir uns als dritten und letzten Band gedacht haben.
Werden die Kapitel umfangreicher, dauert das Schreiben länger. Ich fürchte sehr um den Termin. Deswegen bitte ich dich um die Überlegung, ob wir nicht den dritten Band noch einmal teilen könnten: in einen dritten, der die Tage vom 20. April bis 19. Juni 1968 enthält, samt Vergangenheit. Er bekäme einen tragbaren Umfang. Den kannst du gleich drucken.
Später gäbe es dann einen »vierten«, die Tage bis zum 20. August 1968, samt Vergangenheit, Oberschule, Liebschaften, Flüchtlingslager, Westen Westen Westen bis zum Hafen von New York City.
Wie immer du entscheidest, es wird deine Pläne stören. Das kommt davon, wenn man einer gewöhnlichen Person ihr Leben beschreibt; ich habe vorher nicht gewusst, wie das zugeht. Das ist meine Schuld, es tut mir leid. Bussfertig werde ich dich am 4. Oktober abends anrufen.
Mit herzlichen Grüssen,
sincerely yours,[1]
Uwe.

1 Da S. U. vom 28. 9. bis 4. 10. 1973 sich in Portugal aufhält und telefonisch nicht erreichbar ist, sendet Burgel Zeeh am 28. 9. 1973, dem 49. Geburtstag von S. U., ein Telex ins Hotel Algarve in Portimaio: »lieber s. u., die umstaende – sie sind nicht so. deshalb muss ich sie schweren herzens gleich bei der ankunft mit einem telex ueberfallen. uwe johnson ist in berlin zurueck. wir haben das ms. bis s. 455 vorliegen, druckreif, abgeschlossen bis zum 20. juni 1968. eine rueckfrage ergab, dass die zeit bis zum 20. august 68 noch einmal

rund 400 ms.-seiten bringt. herr staudt kommt somit auf gut 755 seiten (jahrestage 1 und 2 je 480 seiten). bei dem vorgesehenen und vorliegenden Papier wird das ein klotz von buch, der preis von dm 24,- ist voellig unhaltbar. 1. ueberlegung von uwe johnson: ›jahrestage 3‹ wird unterteilt in teil 1 und 2. teil 1 liegt vor, der band endet mit dem 19. juni 1968. teil 2 beginnt mit dem 20. juni 68. das ms. dafuer wird aber keinesfalls vor dem 30. 10. 73 vorliegen koennen. fazit: ›jahrestage 3, 1/2‹ wird nicht mehr im november erscheinen koennen. 2. ueberlegung von uwe Johnson von heute (der auch herr staudt u a voll zustimmen): ›jahrestage 3‹ endet mit dem 19. juni 68 und erscheint, wie angekuendigt, im november, zum preis von dm 24,-. der druck beginnt, wie vorgesehen, am montag. umfang des bandes ca. 400 s. es wird einen band ›jahrestage 4‹ geben, inhalt: 20. 6. - 20. 8. 68. ms. erhalten wir bis ende oktober, umfang weniger als 400 seiten. erscheinungstermin anfang 74. was halten sie davon? ich habe eine einzige bitte – die letzte fuer die naechsten 8 tage -: bitte, rufen sie samstag- oder sonntagabend uwe johnson in berlin an, nach 20.00 uhr – also es muss nicht heute, am 28. 9., sein – ausrufezeichen. er braucht/wir brauchen ihre entscheidung. sie kennen selbst am besten die wichtigkeit. ich werde bei uwe johnson am montag anrufen und erfahren, wie sie entschieden haben. vielen dank. mir bleibt nichts, als ihnen einen schoenen geburtstagsabend zu wuenschen – trotz des schreibens hier.« Im Telefonat zwischen U.J. und S.U. am 4. 10. 1973 wird vereinbart, daß es einen vierten Band der *Jahrestage* geben wird und daß der dritte mit dem Eintrag für den 19. Juni endet. Am 11. 10. 1973 liest U.J. auf dem Kritikerempfang des Suhrkamp Verlags aus *Jahrestage*, Bd. 4. Die *Frankfurter Allgemeine Zeitung* berichtet darüber am 13. 10. 1973 unter der Überschrift *Johnson wird noch länger*: »Am Donnerstagnachmittag konnte Suhrkamp-Chef Siegfried Unseld vor versammelten Kritikern ankündigen, daß Uwe Johnson zwar den dritten Band seines Romans um das Mädchen Gesine Cresspahl, ›Jahrestage‹, vollendet habe, dies aber auch in einer so gründlichen Weise, daß der dritte Band um drei- bis vierhundert Seiten zu lang geworden sei, weswegen der Verlag also ›Jahrestage‹ nun vierbändig herausbringen müsse und werde. Johnson las aus diesem ›verlängerten Teil‹ Proben, eine halbe Stunde lang. Die Ausführlichkeit seiner Beobachtungen, das Diskursive seiner Schilderungen, die Gründlichkeit seines Sprechens machten den Zuhörern, die Johnson mit seinem mecklenburgischen Deutsch oft zum Schmunzeln brachte, klar, warum der Roman sich zieht. Johnson meinte, Freunde hätten ihm geraten, er möge seine Heldin doch endlich – vielleicht mit fremder Hilfe – umbringen. Er werde das schon allein schaffen, sagte Johnson zögernd.«

[573; handschriftlich auf Brief an Martin Walser]

[Berlin Friedenau]
[23. Oktober 1973]

Lieber Siegfried,
verschweigen wollen wir uns ja nicht allzu viel. Sonst, entschuldige.
Mit herzlichen Grüssen,
Uwe.

[573a; Anlage, Brief von U.J. an Martin Walser, Durchschlag]

Friedenau in Berlin
23. Oktober 1973

Lieber Martin,
hier schicke ich dir das Gedächtnisprotokoll, das Siegfried sich gemacht hat von dem, was er in den zwei Tagen nach Ingeborg Bachmanns Tod in Rom sah und tat.[1]
Leider bin ich mit ihm nicht in allen Punkten einverstanden, so nicht in der neutralen Haltung, die später noch in eine Rückenstärkung für die Familie überging. Zwar verstehe ich wohl, dass er sich mit den Erben nicht überwerfen durfte; dennoch hätte ich ihm zugetraut, Bruder und Schwester zu der angemessenen Entscheidung hinzuführen. Aus irgend einem Grunde hat er das nicht gewollt.
Denn ich meine, die Familie sei in einem Irrtum, weil Klagenfurt falsch ist.
Jene Freunde in Rom
(so irrational sie sich gegeben haben; von denen Elisabeth

nach der ersten Lektüre von Siegfrieds Bericht den Eindruck bekam, allesamt trügen sie ein schlechtes Gewissen mit sich herum),
sie haben recht, weil der Englische Friedhof in Rom der richtige Ort ist.
In Ingeborg Bachmanns Briefen an mich hat sie Klagenfurt oft genug genannt als einen Ort, in dem sie nicht einmal leben könne, und Rom beschrieben als eine Stadt, die sie sich für ihr Leben, nach Niederlagen, verdient habe. Auch ihre Erinnerung an eine »Kindheit in einer österreichischen Stadt«[2] habe ich noch einmal gelesen, die sprechen ebenso gegen solche Rückführung.
Die drei Wochen Wartens bis zu ihrem Tod waren schlimm genug. Als sie dann doch starb, hätte ich ihr ein Grab gewünscht, wo sie am liebsten gelebt hat.[3]
Bitte, entschuldige diesen Kommentar.
Mit herzlichen Grüssen an euch alle,
dein Uwe.

1 Im Reisebericht über seinen Aufenthalt in Rom zwischen dem 18. und 20. 10. 1973 schreibt S. U.: »Flug nach Rom am 18. Oktober. Am Tage zuvor war Ingeborg Bachmann gestorben. Ich besprach mit den Erben, Herrn Heinz Bachmann und Frau Moser, Bruder und Schwester von Ingeborg Bachmann, Nachlaßfragen. Die Erben entschieden, daß eine Beisetzung im engsten Familienkreise in Klagenfurt stattfinden sollte; darauf beschlossen die römischen Freunde, keine Trauerfeier zu veranstalten.« Ingeborg Bachmann wird am 25. 10. 1973 auf dem Friedhof Annabichl in Klagenfurt beigesetzt.

2 Ingeborg Bachmann, *Jugend in einer österreichischen Stadt*, erscheint 1961 in: I. B., *Das dreißigste Jahr*, München.

3 Auf die Grabstätte von Ingeborg Bachmann geht U. J. ein in: *Eine Reise nach Klagenfurt*, S. 96-106.

[574; Ansichtskarte »Klagenfurt mit Motiv des Lindwurmbrunnens«, handschriftlich, Druckbuchstaben)

Klagenfurt
29. Oktober 1973

Lieber Siegfried:
Links von diesem niedlichen Tier die kärntner Buchhandlung: edition s, Bibliothek S, schöne Insel-TB. Prominent hingestellt. Auch Auslieferung kostenloser Schulbücher sowie Verkauf von Schreibwaren.
Herzliche Grüsse![1]
Uwe.

1 U. J. hält sich vom 29. 10. - 1. 11. 1973 in Klagenfurt auf für Studien zu *Eine Reise nach Klagenfurt*. Zur Unterstützung seiner Recherchen hat er sich einen Brief von S. U. an den Stadtphysikus Dr. Brandl vom Magistrat erbeten. Der Brief vom 26. 10. 1973 hat folgenden Wortlaut: »Sehr geehrter Herr Dr. Brandl, der Schriftsteller Uwe Johnson ist Autor meines Verlages. Er ist, wie ich selber, ein langjähriger Freund der jetzt verstorbenen Dichterin Ingeborg Bachmann. Herr Johnson kommt als mein Beauftragter zu Ihnen; er möchte aus Anlaß der in Klagenfurt geborenen und auf dem Friedhof Annabichl beigesetzten Ingeborg Bachmann einige Nachforschungen anstellen, die ihm Aufschluß geben über die Bedeutung des Friedhofes, seine Lage, seine Entstehungsgeschichte usw. Ich würde es sehr begrüßen, wenn Sie ihn bei seiner Arbeit mit Rat unterstützen könnten. Um diese Hilfe möchte ich Sie hiermit bitten und Ihnen schon im voraus meinen verbindlichen Dank sagen.
Dr. Siegfried Unseld«

[575; Ansichtskarte von U. J. und Gert Jonke »Österreichische Puppen – Hol-la-da-rai di-o«, handschriftlich, Druckbuchstaben]

Klagenfurt
30. Oktober 1973

Lieber Verleger,
Dein Herr Jonke, hier ansässig in gefährlicher Nähe einer Zeitschriften-Redaktion, hat aber ein Stück geschrieben! [Hier folgt ein nicht zu entziffernder Satz von Gert Jonke]: Sagt er überzeugend.[1]
Uwe.

1 Gert Jonkes Theaterstück *Die Hinterhältigkeit der Windmaschinen* erscheint 1974 in dem suhrkamp taschenbuch *Im Inland und im Ausland auch,* S. 147-231. Als erstes Buch von Gert Jonke wurde 1969 der *Geometrische Heimatroman* im Suhrkamp Verlag veröffentlicht.

[576]

Friedenau a. d. Fr.
7. November 1973

Lieber Siegfried,
wenn es dir denn so gut gefallen hat, schlage ich dir einen Vertrag vor, in dem du mir das ausschliessliche Lektorat für deine schriftlichen Arbeiten überträgst.
Bitte, könntest du dir das folgende Buch

NICO ROST, »Goethe in Dachau. Literatur und Wirklichkeit.« (Aus dem Holländischen übersetzt von E. Rost-Blumenberg) WILLI-WEISMANN-Verlag, München 1949

beschaffen lassen und ein wenig darin lesen? (Das sollte ich

selber tun, nur kann ich jetzt nicht von der Maschine weg zu anderen Sachen, und die Entscheidung liegt ja doch bei dir.) Es ist mir neulich eingefallen, dass das, unter Umständen, für die Bibliothek Suhrkamp geeignet wäre. Sollte meine Erinnerung mich täuschen, so bitte ich um Entschuldigung für die Störung.
Es wäre nett, wenn du die anliegende Karte für deine Frau mit ihrer jetzigen Adresse versehen und auf die Post geben würdest.
Sincerely yours,
Uwe.

[577]

Frankfurt am Main
12. November 1973

Lieber Uwe,
schönen Dank für Deinen Brief vom 7. 11. »Goethe in Dachau« – das kann doch einfach nicht gut gehen. Mir wehrt sich alles gegen diese »Literatur und Wirklichkeit«, aber ich laße mir das Buch beschaffen.[1]
Ich war ganz froh über diesen Eich-Text, den ich, von unserer Begegnung stimuliert und gewissermaßen »im Himmel«, schrieb.[2]
Sincerely yours
Siegfried

1 Nico Rosts *Goethe in Dachau* erscheint nicht im Suhrkamp Verlag.

2 S.U. gibt 1973 den Band *Günter Eich zum Gedächtnis* heraus; darin findet sich auf den Seiten 5 und 6 der von ihm verfaßte Text *Zum 20. Dezember 1973*. U.J. ist in diesem Band (S. 74-77) mit dem Text *Einatmen und hinterlegen* vertreten.

[578]

Frankfurt am Main
27. November 1973

Lieber Uwe,
ich sende Dir anbei noch einmal die Anschriften von Ingeborg Bachmann in Rom, die Dir Frau Zeeh schon einmal ergänzt nannte. Sie sind gecheckt durch den Bruder und die Schwester. Ich glaube, wir haben alle Anschriften aufgeführt.
Schöne Grüße
Dein Siegfried

Anlage[1]

1 Die Anlage ist nicht erhalten; die Anschriften werden in *Eine Reise nach Klagenfurt* aufgeführt.

1974

[579]

Frankfurt am Main
15. Januar 1974

Lieber Uwe,
was meinst Du zu dieser Umfrage der Amnesty International? Can Yücel ist der Übersetzer von Peter Weiss' Angola-Drama »Gesang vom Lusitanischen Popanz«. Ich meine, da wäre vielleicht eine Unterschrift gerechtfertigt. Sonst bin ich ja dagegen.
Schöne Grüße
Dein Siegfried

Anlage[1]

1 Die Unterschriftenaktion der Sektion 326 von Amnesty International ist ein Offener Brief an den türkischen Staatspräsidenten Korutürk und hat den Wortlaut: »Wir, die Unterzeichner, möchten den Staatspräsidenten der Türkei an das Schicksal der türkischen Schriftsteller und Übersetzer Can Yücel, Süleyman Ege, Muzaffer Erdost, Vahap Erdoğdu, Rasih Nuri Ileri, Osman Saffet Arolat, Mehmet Ermin Bozarslau, Professor Ismael Besikci, Ahmet Hamdi Diuller, Mete Duval und Abdulla Neges erinnern. Die Artikel 10-62 der türkischen Verfassung garantieren die Menschenrechte: Meinungs- und Gedankenfreiheit, Pressefreiheit, die Freiheit, Ideen mündlich oder schriftlich zu verbreiten. Die Inhaftierung der oben aufgezählten Personen steht im Widerspruch zur türkischen Verfassung und der Allgemeinen Menschenrechtserklärung der Vereinten Nationen vom 10. 12. 1948. Deshalb fordern wir Sie auf, alle genannten Gefangenen im Namen der Menschlichkeit zu entlassen.«

[580]

Frankfurt am Main
24. Januar 1974

Lieber Uwe,
Karsten Witte macht mir einen Vorschlag für die Bibliothek Suhrkamp:
»Hannah Arendt, ›Sechs Essays‹, zuerst und einzig erschienen (soweit ich weiß) in Heidelberg 1948, Schriften der Wandlung, herausgegeben von Dolf Sternberger. Mir ist nicht bekannt, warum die Autorin, auch bei ihrem Verlag (Piper?), diese Essays nie wieder vorlegte. Vielleicht wären sie um einige, noch unpublizierte zu ergänzen. Inhalt: Zueignung an Karl Jaspers, Über den Imperialismus, Organisierte Schuld, Was ist Existenz-Philosophie?, Die verborgene Tradition (Heine, Kafka, Chaplin), Juden in der Welt von gestern (St. Zweigs Autobiographie), Franz Kafka. (Der Band ist broschiert, in gr[oß] 8°, 149 S.) Ich meine, diese Essays wären im Programm der BS, neben Scholem und Kraft zum Beispiel, gut aufgehoben.«
Was meinst Du dazu, und, falls Du das begrüßt, würdest Du eine Zeile an Frau Arendt schreiben und sie fragen, was sie dazu meint? Sie kann mir dann auch am besten sagen, wo die Rechte dieser Arbeiten liegen.[1] Hoffentlich nicht bei Piper, denn sonst wird's vielleicht ein bißchen schwierig, aber vielleicht auch nicht.
Schöne Grüße
Dein Siegfried

1 In einem Brief vom 25. 1. 1974 schreibt U.J. an Hannah Arendt unter anderem: »Mein Verlag unterhält eine Reihe, genannt nach ihrem Erfinder Peter Suhrkamp, Bibliothek S. Er hat sie aufgebaut als ein Arsenal, das die klassische, die notwendige Literatur der Zeitgenossenschaft enthalten soll, und bei diesem Verständnis ist die Reihe, unbeschadet einiger Veränderungen in der Defi-

nition und der Ausstattung, über die Jahre hinweg geblieben. Dies wissen Sie schon. Oder, hierüber denken Sie anders. Was Sie aber noch nicht wissen: für diese Reihe wünscht sich der Verlag etwas von Ihnen. Es sind die *Sechs Essays*, die Sie 1948 in den Schriften der Wandlung (herausgegeben von Dolf Sternberger) in Heidelberg haben erscheinen lassen. Ein broschierter Band, Grossoktav, 149 Seiten, er ist Ihnen bekannt. Dem Verlag aber ist nicht bekannt, ob Sie diese Texte wirklich seitdem nicht wieder vorgelegt haben; er möchte das nämlich tun. Da finde auch ich, dass solche Gegenstände wie die in den *Sechs Essays* enthaltenen [sich] gut ausnehmen würden in der Bibliothek S., neben Titeln von Scholem und Kraft; das finde ich aber als Konsument von Büchern und überhaupt. Für den Verlag aber soll ich fragen, ob Sie einer neuen Veröffentlichung dieser Essays wohlmeinend ins Auge blicken, und ob Sie vielleicht auch noch andere Texte dazugeben würden. Und wo, bitte, die Rechte liegen. Es ist also so eingerichtet, Verleger kennt man, dass Sie Ihre Absage mir an den Kopf werfen würden. Im anderen Falle hätte Herr Dr. Unseld schlicht grünes Licht und dürfte Ihnen in dieser Sache schreiben, als wär nichts gewesen.« Eine Kopie der ersten Seite dieses Briefs schickt U.J. am selben Tag an S.U., als Beilage zu einem Brief an Burgel Zeeh mit der Bemerkung: »In der Anlage ist die Kopie eines Briefes, den ich auf seinen Wunsch hin geschrieben habe. Wollen Sie ihm das mit zarter Gebärde auf den Tisch legen? Denn es ist ja so eine Sache mit Arbeiten, die man ausser Haus gibt ...«

[581]

Frankfurt am Main
25. Januar 1974

Lieber Uwe,
hier der Andruck für den vierten Band der »Jahrestage«. Ist diese Farbe Dir angenehm? Ich meine, das Grün strahlt Hoffnung aus! Im übrigen werden wir in Zukunft Schwierigkeiten mit diesen Glanzfarben bekommen, angeblich soll

man sie nicht mehr herstellen. So verschwindet eben der Glanz aus unserer Welt.
Herzlich
Dein Siegfried

Anlage

[582]

Friedenau in Berlin
26. Januar 1974

Lieber Siegfried,
was soll das heissen, es verschwindet der Glanz aus unserer Welt! Entwickelst du dich nicht auf das graziöseste zu einem Professor of Publishing whom you can even understand!
Nicht nur lehrreich, auch geschickt finde ich diesen Vortrag gemacht. Denn durch die Benutzung bloss (so zu sagen beliebiger) Beispiele hast du dir jene Nische gelassen, von der aus du einmal ja doch den Startsprung wirst wagen müssen in jene Fluten, wo solche Sachen wie das »Herrnburger Berichtlein« taumeln, ganz und gar nicht mit der Taufe des suhrkampschen Copyrights versehen.[1]
Auf Seite 8, Zeile 8 von unten, muss der Konjunktiv des Verbs bitten doch wohl in einen Indikativ versetzt werden (etwas Nörgelei muss sein; sonst glaubst du mir ja nicht).
Hiermit gebe ich dir die Lizenz, die du auf Seite 26 so schmerzlich entbehrst: Mich darfst du bedienen mit einer namentlichen Antwort auf die Frage, wer denn der bedeutendste D. seiner Zeit sei. Und auf deine Gegenfrage, wer denn der bedeutendste V. seiner Zeit sei, werde ich nicht zögern.[2]
Nun bedanke ich mich für den Andruck des Umschlags für

den IV. Band der »Jahrestage«. Es ist eine delikate Frage, ob die Farbe denn wirklich Hoffnung ausstrahle. Mir will eher vorkommen, dieses Grün verleite den Betrachter zu jener Überlegung, was es denn am Ende bedeuten möge. Und das ist mir recht, wie bei allen vorherigen Umschlagfarben für »Jahrestage«: dass sie den Inhalt der einzelnen Bände eben nicht symbolisch ankündigen und nur so viel Spannung vermitteln, als legitim ist.
In dem Text, den ich euch dafür geliefert hatte, steht nach meiner Kopie ein Komma nach dem ersten Absatz, wie es ja auch grammatisch zu verantworten wäre. Dort habt ihr einen Punkt geschaffen. Dies für Puristen.
Nun, lieber Siegfried, noch die Bitte: ängstigt mich nicht wieder so bald mit technischen Fragen und Erörterungen, die auf mich alle so wirken, als sei das Buch schon fertig und da. Es ist sehr irritierend bei dem Bemühen, es fertig zu machen.[3] Wer sollte das mittlerweile genauer erfahren haben als ein frischer P. of P.!
Mit herzlichen Grüssen,
dein Uwe.

1 Siehe Brief 559, S. 783 f.
2 Mit Brief vom 23. 1. 1974 sendet Burgel Zeeh U. J. eine Kopie des Vortrags von S. U. an der Johannes Gutenberg-Universität Mainz (22. 1. 1974) mit dem Titel *Schwierigkeiten bei der Edition eines »klassischen« Autors oder »Alles braucht Änderungen«* (in modifizierter Form abgedruckt in: S. U., *Der Autor und sein Verleger*, S. 114-171). In ihm beschäftigt sich S. U. mit den Beziehungen Brechts zu seinen Verlegern. Auf S. 26 des Manuskripts (S. 146 in der Druckfassung) heißt es in einem kurzen historischen Rückblick: Georg Joachim »Göschen hatte einen Fehler begangen, der für einen Verleger freilich der unverzeihlichste ist: auf die Frage, wer ist der bedeutendste Dichter der Zeit (eine Frage, die ein Verleger nie mit einem Namen konkret beantworten darf), nannte Göschen eben nicht Schiller, sondern Christoph Martin Wieland.«
3 U. J. und S. U. treffen sich in Berlin am 2. 1. 1974. S. U. berichtet

darüber: »Worüber wir, nach unserer Vereinbarung, nicht sprachen: Ablieferungstermin für ›Jahrestage 4‹. Uwe Johnson war noch einmal für ein paar Tage nach Leipzig gereist und war am Neujahrstag erst zurückgekommen. Für ihn sei dies eine Art Abschied gewesen. Den vierten Band würden die sich nicht mehr bieten lassen, meinte er, und er glaube nicht mehr daran, in Zukunft noch eingelassen zu werden. Die ›Jahrestage 4‹ reifen, im wahrsten Sinn des Wortes, und wenn sie kommen, ist ein großes Werk vollendet. Johnson, der in seinem Eich-Gedenkblatt ›Einatmen und hinterlegen‹ einen herrlichen Text geschrieben hat (›der beste Beitrag des Buches‹, Hildesheimer), schreibt an einem nun zu 50 Seiten wachsenden Manuskript über Ingeborg Bachmann; er wünscht seine Publikation in dem Band ›Ingeborg Bachmann zum Gedächtnis‹ und auch als Einzeldruck.«

[583; Telegramm]

Frankfurt am Main
28. Januar 1974

LIEBER UWE ICH WEISS WIRKLICH WER DER BEDEUTENDSTE UND MIR LIEBSTE IST ABER DAS SAGEN WIR NIEMANDEM
HERZLICH
DEIN SIEGFRIED

[584]

Frankfurt am Main
25. Februar 1974

Lieber Uwe,
ich denke an die Herausgabe eines Buches mit Beiträgen deutschsprachiger Autoren zum Thema: Erste Leseerlebnisse. Der Titel besagt exakt, was ich meine. Martin Walser

hat mich mit seinem »Hölderlin auf dem Dachboden« zu diesem Plan ermutigt; er schrieb dort: »dabei hat wahrscheinlich jeder schon die Erfahrung gemacht, daß Literatur in der Naturgeschichte eines Lebens eine Rolle spielen kann, die so wichtig ist wie die Rolle des Vaters, des ersten Gewitters oder der ersten Eisenbahnfahrt«.[1]

Darum geht es: wie war jene erste Begegnung mit Literatur? Blieb sie beständig, weil sie wesentlich oder folgenreich war? Trifft eine erste Begegnung mit Literatur das Bewußtsein stärker als spätere Begegnungen? Mir scheint, das Thema ist von Belang für den, der schreibt, wie für den, der liest, für den also, der sich seines Wegs durch Literatur bewußt wird. Vor allem jedoch für den jungen Leser, der, dringlicher denn je, der Orientierung, Anregung und Ermutigung bedarf.

Dieses suhrkamp taschenbuch sollte im Frühjahr 1975 erscheinen; die Manuskripte sollten bis zum 1. Oktober im Hause sein. Das Honorar wird pro rata bei Erscheinen überwiesen. Die erste Auflage beträgt 25 000 Exemplare. Umfang mindestens 3 Seiten, maximal (also etwa für Dich) 20 Seiten.

Ich bitte um ein Wort, ob ich mit einem Beitrag rechnen kann. Ich würde mich sehr freuen.

Herzlich
Dein Siegfried

1 Martin Walser, *Hölderlin auf dem Dachboden*, in: M. W., *Erfahrungen und Leseerfahrungen*, Frankfurt am Main 1965, S. 113.

[585]

[Berlin Friedenau]
3. März 1974

Betrifft: HANNAH ARENDT, »6 (oder mehr) Essays« für die B. S.

Lieber Siegfried:
Frau Arendt hat auf meinen Brief vom 25. Januar (von dessen erster Seite du eine Kopie bekamst) unter dem Datum des 12. Februar unter anderem geschrieben:
»Nun zu Suhrkamp: Die sechs Essays könnt Ihr gerne haben, wobei ich allerdings den Aufsatz ›Was ist Existenzphilosophie?‹ gerne ganz herausnehmen möchte, auf jeden Fall den Abschnitt über Heidegger. (...)
(...) ob ich noch andere Texte dazu geben könnte. Das (...) ist ein langer Essay, der 1945 hier im ›Menorah Journal‹ (...) erschienen ist unter dem Titel ›Zionism Reconsidered‹. Dabei entstehen folgende Probleme: Erstens: Der Artikel existiert nur in (englisch); *ich* werde ihn bestimmt nicht übersetzen, man müsste also einen vernünftigen Übersetzer in Deutschland finden, (...).
Sachlich infrage käme noch ein aus dem Jahre 1931/32 stammender Aufsatz ›Aufklärung und Judenfrage‹, (...).
Was die Rechte betrifft, so liegen m. E. alle bei mir, schon weil die Verlage oder Zeitschriften nicht mehr existieren. Hingegen würde ich bitten, sich wegen eines endgültigen Vertrages, falls Suhrkamp wirklich interessiert ist, mit Bill Jovanovich in Verbindung zu setzen, der freundschaftlicherweise auch als mein Agent fungiert.«
Die Druckorte sind jeweils auf den ersten Seiten der erwähnten Aufsätze angegeben. Diese liegen in Fotokopie bei.

Was mich angeht, so halte ich beide Zutaten für geeignet. Was daran datiert ist, macht sie eher interessant; ohnehin kann der Leser die Perspektive leicht nachvollziehen. Wichtig sind die Informationen und wie sie präsentiert werden; beim ersten finde ich besonders überzeugend die Haltung eines Insiders, der unabhängig genug ist, das Urteil des Schiedsrichters durchzuhalten.
Mit herzlichen Grüssen,
dein Uwe.

[586]

Friedenau in Westberlin
10. März 1974

Lieber Siegfried,
ich danke dir für deine Anfrage vom 25. Februar, betreffend einen Beitrag für eine Anthologie »Erste Lese-Erlebnisse«. Grundsätzlich fürchte ich, es werde nicht allen Teilnehmern so taktvoll das Mitbringen von Privatem misslingen, wie Martin das in seinem Beitrag und unter seinem Dache fertigbrachte.
Überlegen werde ich mir das. Nur muss ich dein Blatt liegen lassen wegen einer anderen Sache, die du kennst und erwartest. Deswegen kann ich mich nur so verpflichten: wenn bis zum Termin 1. Oktober eine solche Auskunft von mir im Hause ist, dann war es mir möglich, sie zu geben.
In der Hoffnung auf dein Verständnis,
und mit herzlichen Grüssen,
dein Uwe.

[587; Ansichtskarte »Berlin, Strandbad Wannsee«, handschriftlich, Druckbuchstaben[1]]

Berlin Friedenau
11. März 1974

Lieber Siegfried,
am 15. März, Freitag, begeht Marianne Frisch ihren 35. Geburtstag. (Das weisst du längst!)
Mit herzlichen Grüssen an Hilde,
Sincerely yours,
Uwe.

1 Auf dem Bild des Strandbades mit vollbesetzten Liegestühlen vermerkt U.J. handschriftlich: »Wo bist du?«

[588]

Frankfurt am Main
15. März 1974

Lieber Uwe,
schönen Dank für Deine Karte. Merkwürdige Reklame machst Du für Geburtstage anderer Leute!
Die Literaturgeschichte wird Dir dankbar sein für das, was Du bei mir persönlich angerichtet hast.
Schöne Grüße
Dein

(Herr Unseld ist nach Diktat verreist[1])
– mit einem Extragruß –
Ihre Renate Steinsiek

1 S.U. fährt am 15. 3. 1974 zum Nomos-Verlag in Baden-Baden und hält sich am 16. 3. in Staufen und Lörrach bei Peter Huchel auf.

[589]

Berlin Friedenau
23. März 1974

Lieber Siegfried,
wenn du wieder einmal in deiner Grussformel das Herzliche austauschst gegen das Schöne, ich sehe das gerne. Wundere dich nicht, bitte; mich freut da immerhin, dass du mir gegenüber deine Stimmung nicht versteckst. Wenn Stimmungen das rechte Wort ist, können sie zwischen uns nichts verändern als zum Besseren, was mich angeht.
Nun gut, ich habe dich aufmerksam gemacht auf den 35. Geburtstag von Marianne Frisch. »Merkwürdige Reklame« nennst du es, und du wirst es dir wohl merken wollen, aber gefallen tut es dir nicht. Da hatte ich einen Grund, den findest du weiter unten.
Als wird mir die Literaturgeschichte dankbar sein für das, was ich bei dir »persönlich angerichtet« habe. Es ist nicht raus, wofür die Literaturgeschichte mir im einzelnen dankbar sein wird. Jedoch will ich aus solcher Voraussage entnehmen, dass du lange genug leben möchtest, um sie in Person nachzuprüfen.
Mein Lieber, du hattest mich gefragt. Du kennst mich seit fast fünfzehn Jahren. Wenn du mich zu diesem Gespräch nach Frankfurt bittest, warum bereitest du dich nicht vor auf den, der dann kommt, sondern auf einen anderen.[1]
Meine Ratschläge liefen zum ersten darauf hinaus, dass ich wünschte, du würdest den Vorabend deines Geburtstages mit den Angestellten des Verlages am selben Ort und mit etwa fünfundsiebzig Prozent der Umstände begehen, die du am folgenden Abend mit deinen Freunden benutzen wirst.
Zum anderen wünschte ich, der Verleger Siegfried Unseld möchte sich zu seinem Geburtstag nicht zwei selbstverlegte

Gegenstände schenken, konkret: dass du deine Essays einem anderen Verlag anbietest, womöglich für eine der dir so verhassten Reihen, und dass du deine Hesse-Arbeiten beiläufig den anderen Hesse-Materialien des Suhrkamp Verlages beigesellst.[2]
Bitte, nimm dies als Gedächtnisstütze.
Damit ist gar nichts »angerichtet«. So bezeichnet man die Handlungen eines Kindes oder sonst wie unverantwortlichen Menschen. Hingegen wirst du doch es sein, der diese Ratschläge zusammen mit denen anderer benutzt, verändert, verwirft, diskutiert und schliesslich etwas, nämlich das schliesslich von dir für richtig Erachtete »anrichtet«, und zwar diesmal im richtigen Sinne, wie man ein festliches Essen, ein Fest, einen Geburtstag anrichtet. Du.
Was nun Herrn Frisch (und mit ihm seine Frau) angeht, so möchte ich dich aus deiner jetzigen Haltung locken. Sie ist nicht günstig für dich. Wenn du ihm einen Zwischenfall nicht vergeben kannst von einer Sorte, wie du sie Martin auf das vielfältigste nachgesehen hast am Ende, so muss ich da eher eine Verkrampfung erkennen als Souveränität. Überdies stellst du gerade mit dieser Insistenz her was du verleugnen möchtest: das Gewicht dieser Beziehung, nicht ihre Entbehrlichkeit. Sei dem so. Zeig es nicht. Verzeih ihm nicht. Aber achte auf korrekte Beziehungen, sei es zum Schein. Gewiss denke ich an den Schaden, den eine Verärgerung Frischs dem Verlag zufügen kann; ich denke da vornehmlich an dich und dass als Schmoll-Rolle erscheint, was ich dir gerne glauben will als echte Verletzung. Halt dir grade, Mensch!
Das heisst: der Schmerz, den du hast, wird von mir respektiert.
Das heisst: Nun gerade wünsche ich mir von dir die artigsten Aufmerksamkeiten für eine Person, mit der Max Frisch verbunden ist.

Folgerecht halte ich es für unklug, mich auf deiner Geburtstagsfeier zu verwenden als den Doyen der Autoren. Es mag nach der Freundschaft hinreichen; es geht nicht in Hinsicht des Alters, des Werkvolumens und der Anciennität der Beziehungen, die du mit anderen Autoren unterhältst. Schliesslich ist es unmöglich, einer Öffentlichkeit (und dieser dein Geburtstag ist eine) auch noch unter die Nase zu reiben, dass du mit einem deiner wichtigsten Autoren überkreuz bist.

Dass ausgerechnet ich, verschrien für Intransigenz, Insistenz, Arroganz, dass ich ausgerechnet dich zu taktischem Verhalten überreden sollte!

Deswegen darf ich dir in einem weiteren Schritt auch gleich noch das Unmögliche zumuten: einen Brief, von dir unterschrieben, gerichtet an Max Frisch, enthaltend die Mitteilung, du würdest am 28. September 50, sowie die Bitte, er möge da die passenden Worte sagen, von denen man immer sagt, vorher dürfe nichts gegessen werden.

Dies, so meine widerliche Meinung, bist du deiner Souveränität schuldig.

Wenn Max Frisch dann sich verweigern sollte mit dem Schnupfen, den er für Ende September voraussieht, dann, dann gerne will ich dir die drei Sätze ins Gesicht sagen, ohne die ein solches Fest nicht richtig anfangen kann.[3]

Nun könnte ich ja, wie du, nach Diktat verreisen. Nur, leider, es geht mir nicht so. Wenn ich diktieren wollte, kein Aas hört zu. Das bringt mich auf den fatalen Umstand, dass ich dem Verlag für eine Honorarabrechnung über das zweite Halbjahr 1973 zu danken habe, jedoch wiederum nicht zu erkennen vermochte, welche von den zwei möglichen Zahlen mein Guthaben oder meine Verschuldung anzeigt. Jetzt gehe ich hin und wette mit Elisabeth darüber. Dich aber bitte ich um eine kleine Ansichtspostkarte, auf der nichts zu stehen braucht als die Zahl. Diese Karte lege ich dir

adressiert und freigemacht bei.[4] Grüss deine Frau. Lebe gefälligst recht wohl.
Mit herzlichen Grüssen,
dein Uwe.

1 U.J. trifft S.U. am 4. 3. 1974 in Frankfurt zu einem Gespräch zur Vorbereitung der Feier des 50. Geburtstages, für 20 Uhr notiert U.J. auch die Namen »Kaschnitz/Klasen/Gallwitz«, die in die Gespräche zur Vorbereitung des Geburtstags einbezogen sind.
2 S.U., *Begegnungen mit Hermann Hesse*, Frankfurt am Main 1975.
3 Bei der Geburtstagsfeier in Königstein im Taunus am 28. 9. 1974 sprechen Ernst Bloch, Jürgen Habermas, Peter Huchel, Uwe Johnson.
4 Die Ansichtspostkarte mit dem Motiv des Interhotels »Zlatý lev« (»Der goldene Löwe«) in Liberec (ČSSR) hat U.J. nicht nur adressiert und freigemacht, sondern auch mit folgendem maschinenschriftlichen Text versehen: »Lieber Uwe, die richtige Endziffer ist ...«. Danach hat U.J. zwei Zeilen Platz gelassen und dann selbst die Grußformel geschrieben: »Mit schönen Grüssen, dein (Siegfried Unseld).« S.U. sendet diese Karte am 10. 4. 1974 zurück, ersetzt dabei die Silbe »End« handschriftlich durch »Guthaben-[ziffer]«, setzt den Betrag »5.052,77« ein und unterstreicht seinen Vornamen.

[590]

Frankfurt am Main
9. April 1974

Lieber Uwe,
schönen Dank für Deinen Brief vom 23. März. Über Deine persönliche Beratung bei meiner Angelegenheit sind noch nicht alle Wasser in das Meer geflossen, doch lassen wir das. Ich muß Dir Auskunft geben über Deinen Kontostand. Das Guthaben per 31. 6. 73 betrug DM 28.000,-. Danach haben wir die monatlichen Zahlungen in Höhe von DM 23.743, 21

abgezogen. Am 31. 12. verfügtest Du über ein Guthaben von DM 5.052, 77. Daraufhin haben wir ja wieder monatliche Zahlungen geleistet.
Insgesamt sieht die Sache ja doch eigentlich sehr gut aus.
Herzliche Grüße
Dein Siegfried

[591]

Friedenau in Berlin
22. Mai 1974

Lieber Siegfried,
hier bekommst du das Ergebnis meiner Reise nach Klagenfurt im vorigen Herbst, und ich hoffe, du verstehst nun doch, warum ich fahren musste.
Es ist wahr, ich habe daran Zeit verloren, die den »Jahrestagen« hätte zukommen sollen. Aber ich konnte nicht anders als diese Aufzeichnung einschieben, denn ich fürchtete, mittlerweile zu viel zu vergessen von jenen vier Tagen in Kärnten.
Nicht nur des Umfangs wegen würde ich mich ja freuen, wenn du dies separat publizieren wolltest.[1]
Hustest du noch? Liegst du im Bett mit Kamille?[2]
Dies wünscht dir nicht,
mit herzlichen Grüssen,
dein Uwe.

1 Der geplante Sammelband *Ingeborg Bachmann zum Gedenken* (siehe Brief 582, S. 815) erscheint nicht. Das Typoskript von *Eine Reise nach Klagenfurt* mit dem ursprünglich von U. J. vorgesehenen Titel *Klagenfurt-Rom* umfaßt 97 Seiten.

2 Burgel Zeeh schreibt mit Brief vom 20. 5. 1974 an U. J.: »Ihrer größeren Postsache [Manuskript von *Eine Reise nach Klagenfurt*] sehe ich mit Interesse entgegen; den Chef kriegen wir schon wie-

der hin. Zur Zeit laboriert er an einer grippösen Erkrankung mit argen Hustenanfällen herum, er hat es vorgezogen, heute nicht in den Verlag zu kommen.«

[592]

Friedenau in Berlin
6. Juni 1974

Lieber Siegfried,
Gruss zuvor. Eben am Telefon warst eher du es, der sich erkältet anhörte; gottlob nur im Halse.
Ein Fachmann für den Friedhof Klagenfurt-Annabichl hat mich darauf hingewiesen, dass in dem Text über Ingeborg Bachmann einige Streichungen unerlässlich sind. Bitte, würdest du die nach dem Muster der beiliegenden Seiten 75-77 in dein Exemplar übertragen lassen?
Ein Blatt mit weiteren Korrekturen ist angeheftet.
Eben bekam ich einen Brief von einem Herrn Jürgen C. Weichert, nicht den ersten, ich zitiere:

> ... aber man wartet nun auf Nachricht von Gesine und Marie, mit zwiespältigem Gefühl: weil es ganz wichtig und gut ist, dass Messe- und Verlagstermine nicht in den Ablauf eingreifen (es war gut von Ihnen zu hören, dass Sieger Unseld in dieser Hinsicht ein wahrhaftiger Verleger ist), ...

Tatsächlich danke ich dir dafür, dass du mich in der letzten Zeit nur noch ganz am Rande nach einem Termin für die Fertigstellung des IV. Bandes gefragt hast. Der Druck, den die Notwendigkeiten des Verlages und die Papierkrise ausüben, ist mir ja ohnehin gegenwärtig, aber wenn auch du ihn noch formulierst, verstärkt er sich bis zu fast lähmenden Effekten, so als ob du mir Sabotage vorwürfest, Vertrauen entzögest ... damit kann ich schlecht bloss an das Weiterschreiben denken. Also: danke.

Dafür nenne ich dir nun den 18. Juli, plus/minus zwei Tage, an dem sollst du das fertige Typoskript haben. Es wäre mir lieb, wenn du vorher nicht Lieferungen erwarten wolltest, denn ich habe in diesem Schluss-Stein so viele Fäden einzumauern, dass immerfort rückwärts greifende Korrekturen vorkommen, die ich keines Weges in einer zeilengleichen Umbruchkorrektur zu integrieren vermöchte.
Bitte, versuchst [du], dies auszuhalten?
Sincerely yours,[1]
Uwe.

1 Der Brief trägt den Vermerk von S.U.: »handschriftl[ich] beant[wortet]«. Siehe Brief 593.

[593; handschriftlich]

Frankfurt am Main
10. Juni 1974

Gut, mein Lieber. Ich notiere in meinen Kalender
Sonntag 21. 7.
Lesetag.
Ich drücke Dir die Daumen
Dein Siegfried

[594]

Frankfurt am Main
10. Juni 1974

Lieber Uwe,
ich habe Dein I.B.-Manuskript gelesen. Wiederum bewundere ich Dich, wie Du dieses Projekt schriftstellerisch in die Hände bekamst, d.h., wie sehr es Dir gelungen ist,

ohne jeden hagiographischen Akzent in Deiner Sprache Ingeborgs Klagenfurt aufleuchten zu machen. Meinen Glückwunsch!
Ich mache sehr gerne ein Buch daraus, ein suhrkamp taschenbuch. Ich nehme an, es ist Dir recht, wenn es zum 17. 10. 1974 erscheint, d. h., wir werden es, damit es zu diesem Datum rechtzeitig vorliegt, im September ausliefern –
Wegen des Titels möchte ich mit Dir argumentieren:
»Ingeborg Bachmann, Klagenfurt-Rom«, ist nicht nur nicht gut, dies ist eigentlich kein Titel, und er stimmt nicht. Du reistest nach Klagenfurt und beschwörtest Ingeborg in dieser Stadt. Auch das Kapitel, dem Du den Namen »Rom« gabst, ist ja nicht ausschließlich Rom gewidmet. Also mein Vorschlag:
»Reise nach Klagenfurt«
oder
»Eine Reise nach Klagenfurt«.
Wenn Du glaubst, Ingeborg Bachmann schon im Titel ausdrücken zu müssen (was meines Erachtens nicht notwendig wäre, ja, es schiene mir besser, wenn das die Leser und Kritiker selber herausfinden müßten), dann sag doch:
»Die Reise nach Klagenfurt, Ingeborg Bachmann zuliebe«.
Wie denkst Du darüber?
Mein Lieber: Du kannst schreiben. Freilich, manchmal ärgerte mich auch die pure Aufzählung von Straßen und Namen, von Daten und Ziffern; in diesen Stellen siehst Du nichts durch Dein Temperament, sondern bist nur Vollzugsbeamter. Vielleicht können wir doch noch gemeinsam ein paar Striche überlegen.
Schöne Grüße,
Dein Siegfried

[595; Brief von Max Frisch und U.J.]

Stierstrasse 3, D-1 Berlin West 41
10. Juni 1974

Lieber Siegfried,
gleich wirst du fragen, wieso wir dir Vorschläge zu machen hätten auch noch zur Gästeliste anlässlich deines Geburtstagsfestes, und wir wollen es dir gern erklären, wenn auch nicht gleich, wenn auch nicht vor dem 28. September.
Aus diesem Grund, so still und düster er noch liegt, möchten wir dich bitten, zum Begehen Deines Fünfzigsten jeden Falles die Autoren einzuladen, die in der beiliegenden Liste aufgeführt sind. Da du nicht weisst, warum du gerade ihrer Anwesenheit nicht wirst haben entbehren wollen – was bleibt dir nun, als uns zu vertrauen?[1]
Mit herzlichen Grüssen,

dein & dein
Max Uwe

1 Seit Juni 1973 planen Max Frisch und U.J. gemeinsam mit Burgel Zeeh, ohne Wissen des Verlegers, ihm zu dessen 50. Geburtstag eine Kassette mit Geburtstagswünschen von Autoren zu überreichen. Deshalb senden sie ein »Zirkularschreiben« an Autoren der Verlage Suhrkamp und Insel, in dem es heißt: »Im Herbst nächsten Jahres hat Siegfried Unseld, unser Verleger, seinen fünfzigsten Geburtstag. Die beiden Unterzeichner dieses Briefes laden Sie zu einem gemeinsamen Geburtstagsgruß ein, der nicht eine Festschrift sein soll, sondern eine Mappe mit zeichnerischen Beiträgen.« Die im Brief erwähnte Liste der zum Geburtstag Einzuladenden führt die Namen jene Autoren an, die bis zu diesem Zeitpunkt ihren Beitrag zum höchst geheimen »Projekt WALKÜRE« abgeliefert hatten. Vgl. hierzu: *Max Frisch/Uwe Johnson. Der Briefwechsel*, S. 72f.

[596]

Friedenau in Westberlin
14. Juni 1974

Lieber Siegfried,
es freut mich sehr, dass du den I. B.-Versuch nicht hast lesen müssen als ein Beispiel für Zeitverschwendung, weil wir in dieser Sache denn nun doch endlich wieder einig wären.
Was für ein Buch du daraus machen willst, ist mir durchaus recht, auch der Zeitpunkt.
Über die Streichungen, die du für nötig hältst, können wir reden, wann es dir passt. Erlaube mir nur vorab eine Erklärung: Wenn ein paar von den neuen Strassennamen aufgeführt werden, die die Nazis in Klagenfurt durchsetzten, bedeutet das nicht bloss einen Katalog für mich, sondern macht deutlich, wie gewalttätig das einmarschierte System das Stadtbild umbaute: und was die Kinder damals lernen mussten, zum Beispiel. Desgleichen habe ich die Zeiten und die Dauer der Luftangriffe nicht verzeichnet als ein Vollzugsbeamter, sondern um einem Leser zu zeigen, wie oft, wie lange (und, ich gebe es zu: wann) die Kinder in den Keller mussten; solche Fakten erklären einen Abschied von Klagenfurt. Andererseits, die Reisemöglichkeiten nach Klagenfurt auf Seite 4-5 sind mir tatsächlich zu ausführlich geraten; die aber, fast eine ganze Seite, habe ich eingestrichen, das siehst du.
Dein Titel ist selbstverständlich, also besser, und ich nehme ihn gerne an. Auch ist die Erwähnung des Namens tatsächlich erlässlich. Also: »Eine Reise nach Klagenfurt«.
Nun sage mir eins: was machst du in diesen Tagen, wenn die Fussballspiele während der Geschäftszeit übertragen werden? hast du dir einen T. V.-Apparat in dein Arbeitszimmer stellen lassen?[1]
Hierbei wünscht dir viele Bewegungen des Herzens,
sincerely yours,
Uwe.

1 Vom 13. 6. 1974–7. 7. 1974 finden in Deutschland die Spiele um die Fußball-Weltmeisterschaft statt.

[597; Brief an Max Frisch und U. J.]

Frankfurt am Main
20. Juni 1974

Lieber Max,
Lieber Uwe,
Euren Brief vom 10. Juni habe ich gestern erhalten. Er ist mir beim ersten Lesen in den falschen Hals gekommen, und ich kriege ihn dort nicht mehr heraus. Schon seit einiger Zeit beobachte ich, wie wichtig der 28. September 1974 von Euch beiden Berlinern genommen wird. Das rührt mich, obschon ich lieber sähe, jede Sekunde Eurer kostbaren Zeit würde Eurem Schreiben vorbehalten sein und nicht so sehr jenem Tag.
Nun schickt Ihr mir eine »Gästeliste« und bittet mich, »in jedem Fall« die angegebenen Autoren einzuladen. Was auch immer der Hintergrund für dieses Vorgehen sein mag, das Ganze scheint mir doch eine Zumutung zu sein, nun gibt es zumutbare und unzumutbare Zumutungen. Aber ich frage mich doch, wie Ihr Euch verhalten würdet, wenn ich Euch eine »Gästeliste« zu einem Geburtstag schickte? Ist es nicht so, daß wenigstens an diesem Tage ich einmal allein bestimmen darf, wen ich hier bei mir haben möchte? Die Einzuladenden werden in erster Linie nach dem Prinzip oder der Kategorie von Treue gewählt sein.
Die Liste ist mir aus vielen Gründen unverständlich. Wieso soll Eliade aus Chicago nach Frankfurt kommen?
Wieso Lucebert aus dem nördlichsten Zipfel Hollands?
Wieso Szabó aus dem südlichen Ungarn?
Was ist das für ein Aufwand? Was ist das für eine Prätention? In jedem Fall ist es nicht mein Fest.

Die Liste ist mir auch aus anderen Gründen unverständlich. Wieso soll ich Autoren einladen, die die Bindung zum Verlag eindeutig gebrochen haben (welches selbstverständlich ihr gutes Recht ist)? Warum Autoren, die einmal mit einem Buch vertreten sind und sicherlich nicht wieder bei uns publizieren wollen? Warum sollen Autoren, mit denen ich nun wirklich befreundet bin, nicht eingeladen werden? Weder Thomas Bernhard, noch Peter Handke, noch Peter Huchel, noch Hans Erich Nossack, Habermas und Mitscherlich sind ebenso wenig auf der Liste wie Hans Mayer. Wieso kann ich aber George Steiner zumuten, von Cambridge oder aus den USA nach Frankfurt zu kommen? Kurzum, es tut mir leid, ich kann Euren Wunsch nicht erfüllen. Und ich möchte sehr herzlich darum bitten, daß die Auswahl der Gäste doch mir überlassen bleibt. Frau Zeeh und ich werden mit Gerechtigkeit vorgehen, und, wie gesagt, nicht die Prominenz, sondern die Treue zum Verlag und zu seinem Verleger soll ausschlaggebend sein.[1]

Ich habe, wie üblich, einiges zu tun, und ich mache mir selbstverständlich auch Gedanken über den 28. Ich will eine kleine, etwa 6-8minütige Rede halten, in der ich u. a. auch auf eine Frucht meiner verlagshistorischen Forschungen eingehe. Samuel Fischer hat, als er seinen Verlag gründete, als Vorbild einen Verleger gesehen, der damals gewissermaßen als ein Suhrkamp der beiden letzten Jahrzehnte des ausgehenden 19. Jahrhunderts hätte gelten können. Dieser Verleger konzentrierte alle wichtigen deutschsprachigen Autoren in seinem Verlag. Er war aktiv, druckte alle die von seinen Autoren gewünschten Bücher, verkaufte sie gut, sorgte für die Autoren, hielt Händchen, bezahlte Schulden, kurz: war unermüdlich für sie da. An seinem 50. Geburtstag war sein Verlagsschaffen auf einem absoluten Höhepunkt. Dann warf er das Handtuch. Er verkaufte den Verlag totaliter und zog sich an den Gardasee zurück.[2]

Nichts für ungut.

Mit herzlichen Grüßen

Siegfried

1 Dem Brief ist ein Schreiben von Burgel Zeeh an Max Frisch und Uwe Johnson vom 20. 6. 1974 beigefügt. In dem Schreiben heißt es: »In beiliegendem Umschlag befindet sich von Herrn Unseld an Sie ein Brief; er betrifft WALKÜRE. Er weiß das nicht. Den Brief konnte ich nicht verhindern. Und ich meine fast, es ist gut, er hat sich seinen Gram von der Seele geschrieben.
Die Liste hat ihn arg getroffen, das konnte man nicht ahnen, oder hätte man müssen? Jetzt, nachdem ich versucht habe, die Liste mit seinen Augen, in diesem Falle also wirklich einmal mit den Augen eines Unwissenden, zu sehen, ist es mir klar, wieso ihn das betroffen machte. Wüßte er, daß das alles unvollständig und zufällig ist. Er weiß das nicht. Ich konnte ihm nicht weiterhelfen, konnte seine Argumente nicht entkräften, stellte mich dumm. [...]
Und das mit dem Gardasee: das ist so gar nicht seine Gegend!« Am 25. 6. schreibt U.J. in seinem Antwortbrief an Burgel Zeeh: »Liebe Frau Zeeh, auch mir ist das Gesicht stark verrutscht, als ich des Verlegers Reaktion auf unsere ›Gästeliste‹ las. Mit allem, was Sie in Ihrem Begleitschreiben vom selben 20. Juni sagen, gehe ich einig. [...] In dem beiliegenden Schreiben [Brief 599, S. 833f.] an ihn habe ich mich von Herzen entschuldigt, aber das Geheimnis hinter dem Missverständnis keineswegs aufgeklärt. Nun können wir eben so gut bis zum 28. September durchhalten.«

2 In seiner Dankesrede am 28. 9. 1974 bezieht sich S. U. auch auf den Verleger Wilhelm Friedrich: »Wilhelm Friedrich, 1851 geboren, wurde 1878 Verleger [...]. Innerhalb von 10 Jahren hatte er tausend literarische Titel herausgebracht. Seinem Verlag gehörten alle deutschen Autoren von Rang an [...]. Doch dann – ich war der Meinung an seinem 50. Geburtstag – warf er das Handtuch. Er verkaufte seinen Verlag in jähem Entschluß [...]. Ich recherchierte: der Verkauf geschah im Jahre 1895, der Verleger Wilhelm Friedrich war damals nicht 50, sondern 44 Jahre alt. Offensichtlich gibt es für Verleger die Krise des Mannes im 44. Jahr.« (Zitiert nach

S. U., *Wenn einer fünfzig wird*, Privatdruck, unpaginiert. S. U. versendet diesen Privatdruck als Dank für die Glückwünsche zu seinem 50. Geburtstag.)

[598]

Frankfurt am Main
24. Juni 1974

Lieber Uwe,
schönen Dank für Deinen Brief vom 14. Juni. Ich freue mich, daß wir übereinstimmen. Wir geben den Text zum Satz. Vielleicht überlegst Du Dir doch noch einige Kürzungen.
Es ist ja fast gut, daß wir gestern gegen die DDR verloren. Ein wenig nimmt das Interesse nun doch ab.[1]
Schöne Grüße
Dein Siegfried

1 Die DDR besiegt die Mannschaft der BRD am 22. 6. im Vorrundenspiel in Hamburg mit 1:0.

[599]

Friedenau a. d. Pechsträhne
25. Juni 1974

Lieber Siegfried,
deinen Brief vom 20. Juni habe ich bekommen und gelesen mit beträchtlicher Betrübnis.
Es ist doch nicht so, dass wir haben dir vorschlagen wollen, du sollest nur die von uns Genannten einladen, sondern: auch diese, ausdrücklich in dem Wunsche, du mögest uns vertrauen.

Nun empfindest du eine Zumutung, eine unzumutbare, eine so unverständliche, dass du Rückzug vom Verlag erwägst.
Fällt es mir auch schwer, das bis zum Ende nachzudenken, so begreife ich doch deinen Schmerz in diesen Ausdrükken.
Da bleibt mir nur übrig, dir zu versichern, dass ich gar keine Kränkung vorhatte, und dass ich mich entschuldige.
Mit herzlichen Grüssen,
dein Uwe.

[600; Ansichtskarte »Klagenfurt, Lindwurmbrunnen am Neuen Platz«, handschriftlich]

Klagenfurt
11. Juli 1974

Lieber Uwe,
Kein Siegfried, ein bärtiger Herkules besiegte diesen Drachen. Ich folge Dir also wieder einmal.[1] Ingeborgs Papiere sind, wie sie war: vielschichtig.
Herzlich, den 20/7 erwartend
Dein Siegfried

1 S. U. hält sich am 10. und 11. 7. in Klagenfurt auf, um den Nachlaß von Ingeborg Bachmann zu sichten.

[601; handschriftlich, Druckbuchstaben]

[Berlin Friedenau]
19. Juli 1974

Lieber Siegfried,
Hier hast du die Kapitel für die Tage vom
20. Juni bis 10. Juli 1968.
Es tut mir leid, dass mehr nicht fertig ist.[1]
Mit herzlichen Grüssen,
dein Uwe.

1 Diesem Brief liegen die Typoskriptseiten 452-628 der *Jahrestage* bei. U. J. hat, so erklärt sich die Paginierung, bis zum Oktober 1973, als die Entscheidung fällt, daß es einen vierten Band geben wird, so viel in einer vorläufigen Fassung niedergeschrieben. Über diese Seiten schreibt U. J. am 26. 3. 1975 an Burgel Zeeh: »Es wäre auch freundlich, könnten Sie ihn [S. U.] daran erinnern, dass er zusagte, mir das bereits bei ihm abgelieferte Typoskript von Band IV noch einmal zu schicken. Da hätte ich nun was zu ändern.« Am 27. 3. 1975 sendet Burgel Zeeh dieses Typoskript nach Sheerness.

[602; Telegramm, Anschrift: c/o Jean Louis Guiot, 17 Pelham Road, Bexleyheath, Kent/England[1]]

Frankfurt am Main
19. Juli 1974

DASS DEIN NAECHSTES JAHRZEHNT FREUNDLICH WIRD WUENSCHT DIR DEIN SIEGFRIED UNSELD

1 Auf der Suche nach einem neuen Domizil hält sich U. J. zwischen dem 19. 7. und dem 12. 8. 1974 in England auf und kehrt noch einmal vom 17. 8 bis zum 23. 8. 1974 dorthin zurück.

[603]

Berlin Friedenau
30. August 1974

Herrn Dr. Siegfried Unseld
Herrn Karsten Witte
zur Kenntnis:
Frau HANNAH ARENDT schreibt mir (nicht datiert, wahrscheinlich Ende Juli/Anfang August):

> Gerade fällt mir noch die Suhrkamp-Geschichte ein. Entsinnen Sie sich noch? Es handelt sich um einen alten Essay-Band von mir. Ich habe nie etwas von dem Verlag gehört und nehme also an, dass die es sich anders überlegt haben. Nach all dem einfach nicht zu antworten, scheint mir – unhöflich, to put it mildly.

Da in dieser Sache meine Vermittlung erbeten wurde, wäre ich dankbar, wenn Frau Arendt demnächst doch eine Nachricht bekäme.
Uwe Johnson.

[604]

Berlin Friedenau
23. September 1974

Lieber Siegfried,
hier, wie versprochen, die Kopie des Briefes von Frau Isolde Erbenmoser.[1] Auch die Kopie ihres Schreibens an dich habe ich bekommen.
Zwar glaube ich nicht, dass die Dame richtig denkt. Immerhin, wenn es geht, möchte ich mit ihr nichts zu tun haben.
Mit herzlichen Grüssen,
dein Uwe.

1 Isolde Moser, die Schwester Ingeborg Bachmanns und Miterbin des Nachlasses, beschuldigt U.J. in diesem Brief des Vertrauensbruchs und der Verletzung der Urheberrechte: In *Eine Reise nach Klagenfurt* zitiert U.J. einige Sätze aus Briefen von Ingeborg Bachmann an ihn.

[605; Anschrift: Sheerness-on-Sea, Marine Parade[1]]

Frankfurt am Main
4. Oktober 1974

Lieber Konzeptkünstler,
jetzt verstehe ich, warum Du am Abend des 28. nichts Freundliches über mich sagen konntest. Du hast das ja schon gesagt. Hier, in Deiner Collage, feierst Du mich, den Torwart der Liebe, den Saunafreund, den Almjodler, und zum Glück gibt's, was man so braucht, nicht CSU, sondern SU.
Hab Dank, Du Tagesgespräch in Europa. An Morgen denken, an den Abschluß der »Jahrestage«.
Schöne Grüße
Dein Siegfried

1 In einer Aktennotiz vom 8. 10. 1974 schreibt Burgel Zeeh: »Uwe Johnson hat eine neue Anschrift, die nur über das Sekretariat nach außen hin bekannt gegeben werden sollte:
Uwe Johnson
26 Marine Parade
Sheerness-on-Sea
Kent Me12 2BB / England
Die neue Anschrift gilt ab sofort [...].«

[606; Ansichtskarte »Montréal, Gebäude von Radio-Canada«, handschriftlich]

Montréal
6. Oktober 1974

Lieber Uwe
ein Rätsel: den Brecht-Kongreß in Montréal besucht[1]/Vor Brecht-Experten einen Vortrag gehalten, der gar Beifall erhielt/dann an einem Weltwunder vorbei ganz lässig zu Fuß in die USA eingewandert. Wo kann das gewesen sein?
Als Augenzeuge: Joachim.
Noch einmal Dir und Elisabeth Dank für Eure Anwesenheit am 28. 9. – Diese Konstellation wird sich nicht mehr ergeben.
Herzlich grüßend
Siegfried

1 Auf dem von der Internationalen Brecht-Gesellschaft in Montreal veranstalteten Kongreß hält S.U. einen Vortrag mit dem Titel *»Seine Verleger hatten es nicht leicht mit ihm«*, abgedruckt in: John Fuegi/Reinhold Grimm, Jost Hermand (Hg.), *Brecht-Jahrbuch 1974*, Frankfurt am Main 1975, S. 92-105.

[607]

26 Marine Parade, Sheerness, Kent ME12 2BB, England
20. Oktober 1974

Lieber Siegfried,
aus Canada kam eine Karte, in der du mich einludst, dich mit den Niagarafällen zu vergleichen. Das war ein leichtes Rätsel. Ausser dem hiess es dort, eine solche Konstellation wie die am 28. September werde »sich nicht mehr ergeben«. Soll das zielen auf Max Frisch und dein Verhältnis zu ihm?

Meinst du die Art, wie wir zu einander stehen? Das ist kein Rätsel für Anfänger in dieser Kunst.
Auch tat die Karte ihr Gutes, indem sie den Postboten an unsere Adresse gewöhnte. Denn so konnte er mich auch finden mit dem Brief vom 4. Oktober, auf dem die Hausnummer unterdrückt war. Das sind auf diesem Blatt die ersten beiden Zeichen links oben.
Wenn du meinst, ich hätte am Abend deines Geburtstages »nichts Freundliches« über dich gesagt oder gar sagen können, so fühle ich mich unrichtig verstanden. Das kann ich mir erklären mit der Erinnerung, dass du während meiner Darlegungen von dem scharfen Flüstern Karola Blochs umhüllt warst und dich selber ablenktest mit Anweisungen für den Betrieb des Magnetofons. Vorläufig will ich es also zufrieden sein, dass du jenen Teil des Abends auf Band hast und später einmal abhören kannst, ob denn von mir wirklich »nichts Freundliches« kam.
Vorerst merke ich mir also, dass du mir deine londoner Bewandtnisse für das nächste Wochenende nicht mitgeteilt hast, so dass ich mit jenem Ausflug kaum rechne.
Hast du nun das von mir gestiftete Schachproblem selber zu Ende geführt, oder die Lösung dem Umschlag entnommen?
Mit herzlichen Grüssen,
dein Uwe.

[608]

Sheerness
21. Oktober 1974

Lieber Siegfried,
es freut mich ungemein, dass wir einander also doch sehen werden am Sonnabend, und besonders, dass du hierher

kommen willst. Frau Zeeh hat bei mir einen »Fahrplan«[1] für dich bestellt, der sähe so aus:
Für den Weg vom Hotel zur Victoria Station wirst du ein Taxi vorziehen. Dafür allein würde ich zwanzig Minuten annehmen. Du musst aber noch eine Fahrkarte erstehen, was sich zum Sinn des Wortes auswachsen kann. Bist du dann vor einem Schalter für Stationen in Kent, verlange die von dir gewünschte Anzahl »day return(s) to Sheerness-on Sea«. Der amtliche Fahrplan bietet dir für einen Sonnabendmorgen diese Züge:

Victoria	8:40	9:10	9:40	10:10	10:40	11:10
Sittingbourne	9:38	10:11	10:37	11:11	11:37	12:11
Sheerness	10:01	10:31	11:01	11:31	12:01	12:31.

Die Endstation ist jeweils Dover (Priory oder Marine), danach erkennst du die Nummer des Bahnsteigs auf der Anzeigemaschine. Benutze bitte einen der ersten vier Wagen. Die erste Klasse errätst du aus dem gelben Streifen über den Waggonfenstern. Angelangt in Sittingbourne, gehst du einfach auf die andere Seite des Bahnsteigs, da wartet der Zug nach Sheerness. In Sheerness warte ich ab 10:00 vor dem Bahnhof. Kannst du dich schon vorher für einen bestimmten Zug entscheiden, könntest du uns anrufen: die Nummer ist 07956-2931.
Für die Rückfahrt müssten diese beiden Züge ausreichen:

Sheerness	16:10	16:37
Sittingbourne	16:30	17:00
Victoria	17:36	18:06,

je nachdem, ob du noch einmal ins Hotel willst, oder gleich zum West End Air Terminal fahren willst. Dort solltest du gegen 18:45 einen Bus besteigen, dann passt er zu deinem Abflug mit Lufthansa um 20:20. Dass diese Busse unterschiedliche Terminals in Heathrow zum Ziel haben, es ist dir gewisslich bekannt.
Der Aufenthalt in sitzendem Zustand ist bei uns noch hei-

kel. Es geschieht dir recht, denn so werden wir viel spazieren. Es kann hier recht windig sein, oft ist reichlich Regen im Wind, also bringe deinen besten Schal, einen wahren comforter.[2]
Elisabeth, von einer Leiter herab malend, grüsst auf das schönste, und ich unterschreibe mich als
yours, truly
Uwe.

1 Mit Brief vom 17. 10. 1974 schreibt Burgel Zeeh an U. J.: »Der Verleger kommt, wie angekündigt und notiert, nach London und hat die Absicht, am Samstag, dem 26. Oktober, nicht nur die Sea, sondern vor allem Sie und alles zusammen in Sheerness-on-Sea zu besuchen. Was meinen Sie? Könnten Sie wohl so lieb sein, die englischen Kursbücher zu befragen, wie Herr Unseld am Samstagmorgen von London (Kensington) aus zu Ihnen gelangt? Sind zwei Stunden Bahnfahrt immer noch die schnellste Verbindung? Bitte berücksichtigen Sie bei Ihren Überlegungen, daß Herr Unseld am Abend um 20.20 h die LH-Maschine nach Frankfurt erreichen sollte. Sie sehen, ich breite seine Pläne vor Ihnen aus: er hat den ganzen Samstag über Zeit für Sie! Und bitte, würden Sie den ›Fahrplan‹ in sein Londoner Hotel schicken? Da er bereits am Montag auf Reisen geht, erreicht ihn die Post hier nicht mehr.«

2 Über seinen Besuch im Haus von U. J. in Sheerness-on-Sea am 26. 10. 1974 schreibt S. U. im Reisebericht: »Ich sah dort sein Haus, das sich sehr angenehm in die Häuserfront direkt am See einfügt. Es war noch nichts eingerichtet, und es sah auch nicht so aus, als würde das Haus bald eingerichtet sein. Johnson kommt im November noch einmal nach Berlin und nimmt dann den Umzug vor. Wir machten lange Spaziergänge, diese in kühler Seeluft, die aber angenehm, wenn auch ermüdend waren. Dann waren wir so müde, daß wir die Gretchenfrage besprechen konnten: er will den vierten Band nun auch hinter sich bringen, freilich: einen Termin will und will er nicht nennen, aber eines ist sicher: im 1. Halbjahr 1975 würde das Buch in corpore erscheinen, also spätestens zum Jubiläum [25jähriges Bestehen des Suhrkamp Verlags] ausgeliefert werden können.«

[609; handschriftlich auf einem Brief an Max Frisch]

Frankfurt am Main
1. November 1974

Lieber Uwe
Gewitterwolken wegen Zürich. Frisch will sich öffentlich erklären. Hoffentlich ist er nicht zu unvernünftig[1]
Dein Siegfried

[609a; Anlage, Brief von S.U. an Max Frisch]

Frankfurt am Main
1. November 1974

Lieber Max,
es tut mir sehr leid, daß Du Dich in diese Züricher Sache so verstrickt sehen mußt. Wir sind beide in einer schwierigen Lage. Ich habe Dich heute früh angerufen, aber in Zürich meldete sich niemand. Ich wollte Dir ein Gespräch übers Wochenende anbieten, doch vielleicht ist es besser, wenn ich den schriftlichen Versuch mache, mich Dir doch einmal zu erklären. Du wirst mir ja zubilligen, daß die Schwierigkeit eine objektive ist, nicht durch Mutwillen oder Leichtsinn herbeigeführt.
Du sagtest mir gestern, es sei kühn von mir, zu hoffen, daß die Züricher Mitarbeiter, »von der künftigen Arbeit von Suhrkamp Zürich überzeugt, ihre jetzige Entscheidung bedauern werden«. Bitte, sieh auch meine Situation. Zbinden hat erklärt, »Suhrkamp Zürich ist vorerst gestorben«. Darauf mußte ich reagieren, vorläufig freilich nur mit einer Hoffnung. Dabei beinhaltet die »künftige Arbeit« ja nicht unbedingt ein neues Programm an Büchern, zu dem mir im Augenblick jeglicher Einsatz fehlt; doch vielleicht gelingt es uns, aus der reinen Präsenz des Suhrkamp Verlages

Frankfurt etwas zu entwickeln, was »künftige Arbeit« bedeuten kann. Du mußt verstehen, daß ich nach außen hin diese Hoffnung brauche, um überhaupt existieren zu können.

Gestern fragtest Du mich auch, vor wem ich mich verantwortlich fühle. Sicher in erster Linie vor den Autoren. Ich könnte mir vorstellen, daß Martin, Uwe und der von Dir gestern genannte Ernst Bloch in dieser Sache meinen Entscheid sicherlich nicht billigen, aber daß sie ihn verstehen würden. Jeder der drei wäre mutmaßlich für eine Publikation dieser Dokumentensammlung, aber ebenso sehr nehme ich an, daß sie mir die Publikation unter den gegebenen Umständen nicht raten würden. Es gibt in allem, was wir tun, die Frage der Verhältnismäßigkeit. Ich kann und darf nicht wegen einer Sache das Ganze aufs Spiel setzen.

Verantwortung – wovor? Ich habe hier fast 100 Mitarbeiter, für deren Arbeitsplatz ich auch in der Zukunft verantwortlich sein möchte, und ich denke an viele Autoren, Übersetzer, Herausgeber, an Angehörige von Autoren, denen es unangenehm wäre, wenn dieser Suhrkamp Verlag in Schwierigkeiten käme. Verantwortung – wovor? Auch vor Peter Suhrkamp, der mir diesen Verlag übergab in einer vielleicht skeptischen Hoffnung, ich könnte ihn leiten und dann in andere Hände übergeben, die dann wieder den Bestand dieses Verlages sichern. Aus dieser Verantwortung heraus, lieber Max, muß ich doch handeln, und ich möchte Dich sehr herzlich bitten, mir dies abzunehmen.

Daß auch ich mich in Zwängen befinde, | weißt Du, | in dem Zwang, den das System dieser Gesellschaft nun einmal für jeden hat, im Zwang auch einer wirtschaftlich-politischen Entwicklung, die für uns hier in Deutschland kompliziert zu werden verspricht. Und sicherlich in einer Art Zwang gegenüber denen, die finanziell diesen Verlag mittragen, das

sind die Reinharts, aber auch deutsche Banken, von denen wir Kredite erhalten, weil die Herren Reinhart dafür bürgen.
Und ich stehe natürlich auch im Zwang der ökonomischen Entwicklung des Verlages. Sicher, wir stehen hier besser da als die anderen Verlage, die Umsatzrückgänge von 20, 25 und gar 30% haben. Immerhin – die edition suhrkamp geht deutlich zurück, und da sie materiell der wichtigste Pfeiler war, ist das nicht leichtzunehmen; jetzt sind die Herstellungskosten ganz allgemein um etwa 25 % gestiegen, die allgemeinen Kosten um 8-10%, wie das auffangen, wenn der Umsatz nicht mehr wächst, sondern zurückgeht oder auch nur gleichbleibt? Auch hier haben wir wieder Glück, indem der Insel Verlag in günstigem Aufwind liegt, aber die materiellen Verhältnisse Insel/Suhrkamp sind 1:7, so daß das noch keine gravierende Rolle spielt.
Du siehst, mein Dasein ist nicht so, wie es nach außen hin oft scheint, wie mein eigener Optimismus, den ich vielleicht wie eine Maske vor mir her trage, es vermuten läßt.
Und warum kann es nicht wirklich etwas geben, worauf wir alle uns doch einigen können, nämlich daß dieser Suhrkamp Verlag Frankfurt doch etwas ist, womit alle Beteiligten, sagen wir einmal, zufrieden sein können.
Noch einmal: lieber Max, ich sehe Deine Situation und weiß, wie schwierig es für Dich ist, sich in ihr zu verhalten. Ich bitte Dich nur immer wieder, an das Ganze in Frankfurt zu denken, an das, was wir hier gemacht haben und was die Mitarbeiter und ich hier stündlich machen.
Mit herzlichen Grüßen
Dein Siegfried

1 Im Dezember 1973 wird die Suhrkamp Verlags AG Zürich gegründet. Im März 1974 erfolgt die Präsentation des Verlages auf einer Pressekonferenz. Im September 1974 schlagen Geschäftsführer

Hans-Ulrich Zbinden und der literarische Berater Dieter Bachmann S. U. ein Programm mit 15 Titeln vor. Über einen dieser Titel, *Schweizerische Arbeiterbewegung. Dokumente zu Lage, Organisation und Kämpfen der Arbeiterbewegung von der Frühindustrialisierung bis zur Gegenwart*, kommt es zur Auseinandersetzung zwischen den Zürcher Verlagsmitarbeitern, Max Frisch und Adolf Muschg auf der einen, S. U. auf der anderen Seite. Der Standpunkt von S. U.: Der Suhrkamp Verlag Zürich sollte literarische Bücher aus der Schweiz bringen, die für Suhrkamp Frankfurt zu spezifisch schweizerisch sind, keine sozialwissenschaftlichen. Der Titel erscheint nicht im Suhrkamp Verlag.

[610]

Frankfurt am Main
11. November 1974

Lieber Uwe,
hab herzlichen Dank für Deinen Brief vom 20. Oktober, dessen Inhalt ja nun durch allerlei Freundliches und Unfreundliches überholt ist.
Aber ich habe Dir noch nicht gesagt, daß ich das von Dir gestiftete Schachproblem doch dem Umschlag entnommen habe!
Im übrigen will ich mich jetzt auch um das Band zum Abend des 28. 9. kümmern. Es müßte ja möglich sein, es abzuschreiben.
| * | Von Frisch habe ich noch keine Nachricht. Mit Martin habe ich telefoniert. Er war kurz in Frankfurt auf dem Wege nach Portugal. Er will jedoch am Freitag wieder hierher nach Frankfurt kommen.
Das Leben geht so weiter. Wir arbeiten jetzt an der Realisierung des Programmes für das 1. Halbjahr 75, an den Texten, an der Präsentation. Ich müßte jetzt auch Entscheidungen treffen, wie man das Datum selbst begeht.[1] Du kannst Dir

vorstellen, daß eine Lust hierzu nicht vorhanden ist, aber, was schlimmer ist, auch meine Kräfte scheinen spürbar nachzulassen, ich meine die äußeren wie die inneren.
Herzliche Grüße
Dein Siegfried
| *doch, heute, Montag abend, eine positive Reaktion von Frisch[2] |

1 Am 1. 7. 1975 besteht der Suhrkamp Verlag 25 Jahre.
2 Der Brief von Max Frisch an S. U. beginnt mit den Sätzen: »Lieber Siegfried, ich bin sehr froh um deinen Brief, den zweiten, Express vom 1. 11. So können wir miteinander reden. Ich habe volles schweres Verständnis für deine Schwierigkeit, wenn du sie fundamental siehst; weder bin ich dein Gegner noch einer, der deine Leistung nicht zu schätzen wüsste. Du siehst meine Schwierigkeit – Noch ist die Sache nicht ausgestanden.« Max Frisch veröffentlicht in der *Weltwoche* v. 6. 11. 1974 einen Artikel, in dem es unter anderem heißt: »Die Schweiz als Idyll ohne politische Problematik, das ist die herablassende Einschätzung deutscher Touristen, zum Teil auch deutscher Literaturkritik [...].« Am 28. 11. 1974 hält sich S. U. in Zürich auf. Im Reisebericht heißt es: »Der Tag war ganz den Problemen Suhrkamp Zürich gewidmet. Auflösung des Geschäftsführervertrags mit *Herrn Zbinden*; er scheidet mit Wirkung vom 31. 12. 1974 aus. [...] Mit *Dr. Bachmann* wurde eine Vereinbarung getroffen; er scheidet ebenfalls zum 31. 12. 1974 aus, wird jedoch noch einige konkrete Lektoratsaufträge übernehmen.
Das Ganze: Beerdigung 2. Klasse.
Als wir jedoch dann zu dritt zusammensaßen, konnten wir das Ganze immer noch nicht fassen. [...] In der Nacht [in Küsnacht] Gespräch mit *Max Frisch*. Die beabsichtigte Diskussion fand nicht statt, sie wurde vertagt. Frisch nahm die Lösung mit Zbinden und Bachmann zur Kenntnis; auch er scheint die Angelegenheit für abgeschlossen zu halten; im übrigen hat er eigene Probleme, private und eine neue Arbeit betreffend.«

[611] Frankfurt am Main
11. Dezember 1974

Lieber Uwe,
am 25. Februar dieses Jahres schrieb ich Dir zu einem Editionsplan, den wir im Hinblick auf das 25jährige Jubiläum des Suhrkamp Verlages 1975 realisieren wollen: eine Sammlung »Erste Lese-Erlebnisse«. Martin Walser hat mich mit seinem Erlebnis »Hölderlin auf dem Dachboden« zu unserem Plan angeregt. Wie war jene erste Begegnung mit Literatur für Dich? Blieb sie beständig? War es sogenannte »gute« Literatur oder, wie Siegfried Lenz in seinem Beitrag zu dem Band schrieb, sogenannte Abenteuer-Literatur, die Neugier und Spannung erweckte? Was prägte uns als Leser zum ersten Mal? – Ich wäre dir, lieber Uwe, sehr dankbar, wenn Du uns zu diesem, ja wahrlich nicht unwichtigen Thema einen Beitrag von wenigstens zwei bis drei Seiten beisteuern könntest. Wir brauchen Deinen Beitrag bis spätestens 5. Januar 1975. Ich rechne fest mit Dir.
Und dann gleich eine zweite Bitte: im selben Jubiläums-Programm wollen wir einen Band veröffentlichen, der als Ehrung für Brecht gedacht ist: Brechts Gedichte, ausgewählt von Autoren. Wir wollen etwa 50 deutschsprachige Autoren bitten, uns *ihre drei Gedichte* zu nennen. Ich bitte Dich sehr herzlich um Deine Nennung, dies bitte bald, möglichst »postwendend«, denn ich nehme ja an, daß Dir Deine drei Gedichte parat sein werden. Falls Du Deine Auswahl begründen willst, so wäre dies sehr erwünscht, aber dies ist keinesfalls Bedingung. Ernst Bloch, der diese Ehrung für Brecht lebhaft begrüßt und sie mit dem Ausruf begleitete »Brecht aufs Panier«, will den Kommentar zur Auswahl und zum Lesen der Gedichte von Brecht schreiben.
Bitte lasse uns bei beiden Anliegen nicht im Stich.
Herzlich grüßend
Dein Siegfried

[612; Durchschlag]

Sheerness
18. Dezember 1974

Betrifft: HANNAH ARENDT, »Sechs (oder mehr) Essays« für die B.S.

Lieber Siegfried,
entschuldige bitte, aber ich möchte mich beschweren.
Am 24. Januar batest du mich, bei Frau Arendt Erkundigungen einzuholen, ein solches Projekt betreffend. Das habe ich am 25. Januar getan. Am 3. März konnte ich dir aus ihrer Antwort vom 12. Februar zitieren, wie es mit den Rechten steht und welche zusätzlichen Aufsätze sie für den Band vorschlägt; von denen bekamst du die Fotokopien.
Im Juli schrieb sie mir; oder irgendwann im Sommer, undatiert:

> Gerade fällt mir noch die Suhrkamp-Geschichte ein. Entsinnen Sie sich noch? Es handelte sich um einen alten Essay-Band von mir. Ich habe nie etwas von dem Verlag gehört und nehme also an, dass die es sich anders überlegt haben. Nach all dem einfach nicht zu antworten, scheint mir – unhöflich, to put it mildly.

Dem war schlecht widersprechen. So setzte ich für dich und Herrn Witte unter dem Datum des 30. August eine Erinnerung auf. Die hab ich nicht mehr; mir bleibt die Annahme, ich hätte euch hingewiesen auf die Unterschiede solchen Verfahrens zu unserer Selbst-Darstellung, Hoffnung voll.
Nun finde ich unter meinen Umzugs-Spänen einen Brief von Frau Arendt, datiert 27. Oktober, darin teilt sie mit:

> Von einer gewissen Elisabeth Borchers aus dem Suhrkamp-Verlag erhielt ich einen Brief, in dem sie schreibt, dass sie gehört hätten, dass »die deutschen Rechte zur

Zeit frei seien«, was in dieser Form nicht stimmt, und sie wollten wissen, »um welche Rechte es geht«. Ich habe den Brief nicht beantwortet.

Das, so finde ich leider, brauchte sie nun nicht mehr. Denn ihr wusstet, um welche Rechte es euch geht, und in welcher Form was stimmt.

Wenn ihr mir schon meinen Kummer über solche Vorkommnisse in »meinem« Verlag nicht abnehmt, so wollt doch, bitte, berücksichtigen, dass ihr mich gebeten habt, Frau Arendt den Plan eines solchen Buches vorzustellen, und dass ihr weniger blamiert vor ihr dasteht als vielmehr ich, der Fürsprech.

Ende der Beschwerde.

Mit herzlichen Grüssen,

dein Uwe.

1975

[613]

Frankfurt am Main
15. Januar 1975

Lieber Uwe,
ich habe neulich am Telefon doch etwas vergessen: meine beiden Bitten, drei Gedichte von Brecht für die Anthologie und, bitte, lieber Uwe, einen Text über Dein erstes Leseerlebnis. Du darfst in diesem Band einfach nicht fehlen. Ich möchte Dich sehr darum bitten. Schicke mir doch den Text bis zum 10. Februar zu.
Herzliche Grüße,
Dein Siegfried

[614]

Sheerness
4. Februar 1975

Lieber Siegfried,
hier schicke ich dir meine Beiträge zu deinen beiden Anthologien, neun Seiten über drei Gedichte von Bertolt Brecht,[1] vier Seiten zu ersten Lese-Erlebnissen,[2] jeweils in einem Original und einem Durchschlag. Bei der zweiten Sache bin ich mit Mühe hinausgekommen über das von dir vorgeschriebene Minimum von drei Seiten, auch angesichts des Ergebnisses möchte ich mich trösten mit der Tatsache, dass es eben kaum jedermann so gehen muss wie Martin, dessen Dachbodenerlebnis das Vorbild der Sammlung ist. Sodann,

wie du es wünschest, bedanke ich mich für die »erholsame Unterbrechung«, die du mir beschert hast, und hoffe deren Wirkung bald zu verspüren.
Schon aus den Zeitungen habe ich über unser Programm für 1975 zumindest erfahren, dass du, trotz aller Bemühungen auf seiten der Kollegen, wieder einmal den Vogel abgeschossen hast, und finde das in eurer soliden Drucksache bestätigt. Das allererste im Interesse ist, wie du erwartet haben wirst von mir, Brechts Jugendtagebuch; schon deshalb begrüsse ich diese Chance, weil jetzt ein Stein weniger liegen müsste auf dem Wege zur Veröffentlichung doch wenigstens ausgesuchter Briefe.[3] Zweitens, die Beckett-Werkausgabe kommt ja nun zu eleganter Zeit. (Du weisst, dass ich die Übersetzungen der englischen Colloquium-Beiträge durchgesehen habe, bis auf eine, deren Originalverfasser solche Sorgen haben, dass sie mich morgen besuchen werden.[4]) Weiterhin, versteht sich, bin ich ausserordentlich gespannt auf Koeppens Roman, auch weil ich darin Spiegelungen seines letzten Besuches in Berlin erwarte; allerdings bedaure ich, dass der ursprüngliche Plan nun soweit zurückgestellt scheint.[5] Auch will ich mir bei Karin Struck gern jenes Leben im »mecklenburgischen Diepholz« ansehen, welche Ansiedlung meine Grossherzoglichen Staatskalender gar nicht verzeichnen, und immer vom grafschaftlichen Diepholz in Niedersachsen absehen.[6] Weiterhin sehe ich einen Band »Spectaculum« Nummer 22 angezeigt und bemerke zu meinem Schrecken, dass mir davor Band 20 und 21 abgehen, weshalb ich ergebenst um diese drei zu bitten mir erlaube. Mit Vorfreude und Bedauern nehme ich zur Kenntnis, dass Hans Mayer wieder einmal die Anfertigung seiner Autobiografie (»Wie ich Leipzig änderte«) hat umgehen können.
Was meinen Besuch bei euch um die Mitte des März angeht, so werde ich ihn verschieben müssen, weil die westdeut-

schen Vorlesungen gleich an die amerikanische Sache[7] anschliessen und ich dann doch lieber gleich die Hauptsache fertigmachen möchte. Sicherlich wirst du früher noch als ich nach Frankfurt nach London kommen und den Weg zu uns noch wissen.

Mit herzlichen Grüssen,

dein Uwe.

1 Für die Anthologie *Bertolt Brecht. Gedichte. Ausgewählt von Autoren. Mit einem Geleitwort von Ernst Bloch* (Frankfurt am Main 1975) sucht sich U. J. die Gedichte *Wer im guten Glück*, *Merkwürdig* und *Man sollte nicht zu kritisch sein* aus. Bevor er sie in seinem Beitrag *Drei Gedichte von B. Brecht* (S. 89-98) nennt, zitiert er aus zahlreichen anderen Gedichten Brechts.

2 Dieser Text ist erschienen in S. Unseld (Hg.), *Erste Lese-Erlebnisse*, Frankfurt am Main 1975, S. 107-110.

3 Bertolt Brecht, *Tagebücher 1920-1922. Autobiographische Aufzeichnungen 1920-1954*, herausgegeben von Herta Ramthun, Frankfurt am Main 1975.

4 Samuel Beckett, *Werke*, Bd. 1-4, herausgegeben von Elmar Tophoven und Klaus Birkenhauer liegen entgegen der Programmvorschau erst 1976 vor. Die von U. J. gemeinsam mit Hans Mayer unter dem Titel *Das Werk von Samuel Beckett. Berliner Colloquium* veröffentlichten Beiträge (siehe Brief 554, S. 776) erscheinen 1975 als suhrkamp taschenbuch. U. J. trifft sich – so sein Eintragung im Kalendarium – am 5. 2. 1975 mit Gerhard Wilke und Carla Wartenberg. Gerhard Wilke hat gemeinsam mit Ernest Parkin den Beitrag *Schluß mit Warten! Eine Untersuchung der Hauptstücke Samuel Becketts* für das Kolloquium erarbeitet, der in einer Kurzfassung vorgetragen wurde, vgl. S. 87-132 im suhrkamp taschenbuch. – Im Brief vom 10. 2. 1975 schreibt Burgel Zeeh an U. J.: »Pünktlich zum Stichtag 10. Februar sind Ihre Texte eingetroffen. Ich sage Ihnen Dank im Namen des Chefs, der sich für eine Woche von der Truppe abgesetzt hat. Schnee ist das magische Wort! [...] Die ›Spectaculum‹-Bände 20 und 21 folgen mit getrennter Post, Band 22 nach Erscheinen.«

5 Für das erste Halbjahr 1975 verspricht die Programmvorschau des Suhrkamp Verlags den Titel *In Staub mit allen Feinden Branden-*

burgs von Wolfgang Koeppen. Der Roman ist nie erschienen; siehe auch Brief 539, S. 758.

6 Karin Struck, *Die Mutter,* Frankfurt am Main 1975.

7 Vom 15. 2. - 6. 3. 1975 fliegt U. J. für drei Wochen nach New York. Anlaß ist die Präsentation des ersten Bandes der amerikanischen Ausgabe der *Jahrestage* unter dem Titel *Anniversaries.* Die anschließende Lesereise führt ihn vom 9. 3. - 15. 3. 1975 von Duisburg, über Gütersloh, Herford, Kamen und Köln nach Düsseldorf.

[615]

c/o Harcourt Brace Jovanovich, Trade Department
757 Third Avenue, New York, N. Y. 10017
21. Februar 1975

Lieber Siegfried:

Nun ist es traurig, dass du jenen Brief der Erklaerung oder Entschuldigung an Frau Arendt nicht geschrieben hast. Denn wenn so etwas besprochen wird, so ist es ja die Reputation des Verlages, von dem ich gerne sagte (und sagen hoerte), dergleichen komme bei ihm nicht vor.[1]

Sonst ist das hiesige Wetter fuer einen Februar zu freundlich, und bei einer Gelegenheit werde ich dich fragen, was du bloss angestellt hast mit einer Dame namens Patricia Blake.

Sincerely yours,

Uwe.

1 Am 10. 3. 1975 schreibt Gottfried Honnefelder an U. J. nach New York: »Lieber Herr Johnson, Herr Unseld wollte unbedingt noch vor seiner Reise an Hannah Arendt schreiben, ist aber selbst nicht mehr dazu gekommen. Da die Sache keinen Aufschub duldete, hat er mich gebeten, in seinem Namen die Verbindung wieder aufzunehmen. Ich darf Ihnen zu Ihrer Information eine Kopie des Briefes schicken, den ich heute an Frau Arendt gesandt habe.« Die acht Essays erscheinen unter dem Titel *Die verborgene Tradition* im Februar 1976 in den suhrkamp taschenbüchern.

[616; Anschrift: Hotel Komet, Düsseldorf]

Frankfurt am Main
4. März 1975

Lieber Uwe,
erinnerst Du Dich noch, daß Du die Idee hattest, Hilde und mich am Urlaubsort Zermatt zu besuchen? Ich hätte noch einige Bücher zu besprechen. Ich gebe Dir auf jeden Fall die Telefonnummer. Vielleicht schaffen wir ein Telefongespräch.
Telefon: Zermatt 004128-77155
Freundliche Grüsse,
Dein Siegfried[1]

1 U.J. notiert handschriftlich auf diesem Brief:
»Telefonisch ein ›Frisch-Brevier‹ versprochen am 15. 3. 75.
U. J. erster Anrufer«.

[617]

Frankfurt am Main
20. März 1975

Lieber Uwe,
sicher denkst Du schon darüber nach, was Du mir zum nächsten Geburtstag schenken kannst. Es ist ein neuer, großer »Shell-Atlas« zu DM 29.80 erschienen. »Mit dem Neuen fahren Sie besser« vermerkt die Verlagsanzeige. Wie wäre es, wenn Du mir diesen Band schenken würdest? Die Schwestern Zeeh-Geisler werden entzückt sein, Deinen Auftrag auszuführen.[1]
Herzliche Grüße
Dein Siegfried

Anlage
Verlagsprospekt

1 Unter dem Datum des 26. 3. 1975 schreibt U.J. an Burgel Zeeh: »Herr Dr. Unseld hat schriftlich seiner Überzeugung Ausdruck gegeben, dass ich mich beschäftige mit Grübeln über sein nächstes Geburtstagsgeschenk, und schlägt mir den neuen ›Grossen Shell Atlas 1975/76‹ vor. Würden Sie mir helfen, da einverstanden zu sein? Zu diesem Behufe lege ich eine zwar unterschriebene, aber sonst blanco belassene Überweisung vor und einen beschrifteten Aufkleber, den Sie, bitte, vorn in das Kartenwerk einkleben wollen. Tun Sie das wohl?«

[618]

Frankfurt am Main
2. April 1975

Lieber Uwe,
Herr Staudt fleht mich an, bei Dir zu intervenieren, ob wir das Manuskript des »Frisch-Breviers«[1] nicht doch bis zum 1. Juli haben könnten?
Ich habe ihm den mit Dir vereinbarten 15. Juli-Termin angegeben. Unklar ist, ob wir Deine Auswahl Frisch noch zeigen müssen? Ich meine eigentlich nicht, es sollte ja auch für ihn eher eine Überraschung sein. Im übrigen gibt es keine Korrekturmöglichkeit mehr, d.h., die Texte des Manuskripts müssen definitiv sein.
Aus »Montauk« würde ich nicht zitieren. Wie dachtest Du die Quellenverweise? Vielleicht sollte man die Texte durchnumerieren, aber Du wirst Dir da schon was ausgedacht haben.
Übrigens, die DM 10.000,- stehen Dir natürlich jederzeit zur Verfügung.
Und noch eins: Max Frisch ist von der Idee sehr angetan, und er findet auch den Titel »Stich-Worte. Ausgesucht von Uwe Johnson« passend.
So long – herzlich
Dein Siegfried

1 Am 17. 3. 1975 besucht S. U. Max Frisch in Berlin. Er notiert in seinem Reisebericht: »Ich trug ihm behutsam den Plan unseres Jubiläums-Bandes zur Suhrkamp-Buchwoche [siehe Brief 632, S. 876] vor. Ich spürte beim Vortrag seine wachsende Sympathie. Als ich kurz vor der ›Enthüllung‹ war, meinte er, daß er wisse, worauf ich hinauswolle. So nahm er also meinen Plan eines Frisch-Breviers, eines Buches mit Frisch-Schlüssel-Wörtern, mit Frischs Wörterbuch, mit wachsender Zustimmung, um nicht zu sagen Begeisterung, auf. [. . .] Beim Rückflug fiel mir als Titel ›Stichworte. Ausgesucht von Uwe Johnson‹ ein. Uwe Johnson stimmte zu.«

[619]

Sheerness
4. April 1975

Lieber Siegfried,
ich danke dir für deinen Brief vom 2. April und werde versuchen, dir die Montage der Frisch-Texte bis zum 1. Juli zu übergeben.
Max Frisch und ich haben uns geeinigt auf seinen Einfall, der Titel solle so aussehen:

Max / FRISCH / ANGESTRICHEN / von / Uwe / JOHNSON.

Bitte, sei so freundlich und teile Frau Laux mein Bedauern mit darüber, dass sie die Korrekturen von »Berliner Sachen« nicht, wie gewünscht, gestern bekommen konnte, da sie erst vorgestern angekommen sind. Heute aber hoffe ich sie auf die Post geben zu können.
In New York bin ich recht nachdrücklich hingewiesen worden auf den Autor *Thomas Pynchon* und stand vor manchem Auditorium blamiert in meiner Unkenntnis. Die mir bekannten Titel sind »V.« (LIPPINCOTT 1963, vier Auflagen im selben Jahr, neun Auflagen als Bantam Book zwischen März 1964 und September 1973), »The Crying of Lot

49« (LIPPINCOTT 1966, zwei Auflagen im selben Jahr, neun Auflagen als Bantam Book seit Mai 1967) und »Gravity's Rainbow« (VIKING 1973, drei Auflagen im selben Jahr, zwei Auflagen als Bantam Book seit März 1974). Es liegt auf deiner Hand, dass ich nichts davon lesen kann, jedoch zitiere ich dir einige Stimmen zu dem letztgenannten Buch: »Of all the American novelists who emerged in the 1960's, only Vonnegut, Barth and Heller are his peers.« (»The New York Times Book Review«); »A picaresque, apocalyptic, absurdist novel that creates a complex mythology to describe our present predicament ... our entire country.« (»The New Yorker«); »Inside his head is a movie screen on which an endless series of very funny and ghastly one-reelers is being projected.« (»Atlantic Monthly«). Danach scheint es mir eurer Aufmerksamkeit wert zu sein.
Mit herzlichen Grüssen,
dein Uwe.

[620]

Frankfurt am Main
11. April 1975

Lieber Uwe,
schönen Dank für Deinen Brief vom 4. April. Es tut mir leid, daß ich den Titel

Max / FRISCH / ANGESTRICHEN / von / Uwe / JOHNSON

nicht übernehmen kann, wir müssen bei den »Stich-Worten« bleiben. Fleckhaus macht schon den Umschlag, und wir müssen ihn rasch drucken, wir brauchen ja die Bestellungen schon im Laufe des Monats Mai.
ANGESTRICHEN finde ich – entschuldige – ausgesprochen schlecht und auch unzutreffend. Anstreicher erinnert

außerdem noch an den Großen Führer, an den weder Du noch Frisch erinnern willst. »Stich-Worte« hat diesen schönen Doppelsinn, und es besagt schon, daß es eben Schlüsselworte sind und nicht zufällig Angestrichenes.
Ich werde mit Frisch sprechen, wenn ich ihn sehe, und hoffe, daß ihn meine Argumente überzeugen.
Thomas Pynchons »Gravity's Rainbow« haben wir geprüft; das ist ein bedeutendes Buch, aber es sind, wenn ich mich noch recht entsinne, 600-700 Seiten und deswegen nicht recht zu machen. Hab Dank für Deinen Hinweis, wir werden weiter auf Thomas Pynchon achten.
Herzlich
Dein Siegfried

| Lieber Uwe
herzlichen Dank für das wegweisende Geburtstagsgeschenk. Es freut mich tief und wird mich gut zum 28. 9. geleiten.[1] |

1 Die Idee, S. U. ein vorzeitiges Geburtstagsgeschenk zu machen, geht auf Burgel Zeeh zurück, die unter dem Datum des 3. 4. 1975 an U. J. schreibt: »Der Atlas ist bestellt. Es ist Ihnen doch sicher recht, wenn ich ihn, so oder so verfrüht, zum 20. April überreiche? Nein, nicht aus dem Anlaß, den Sie jetzt wieder denken, im Gegenteil, es ist der Sonntag JUBILATE!«

[621; Postkarte]

[Sheerness]
1. Mai 1975

Lieber Siegfried,
den Umschlag und die Beschreibung des Projekts »Stichworte« habe ich bekommen.[1] Insofern die von dir genann-

ten Gruppen meine nicht beschränken oder festlegen, deckt der Text meine Auswahl. Wir haben es gut, wir dürfen was tun. Du aber musst an diesem Tage marschieren.
Mit herzlichen Grüssen,
dein Uwe.[2]

1 U.J. erhält zuvor von S.U. den Vorschautext zu den *Stich-Worten*; darauf hat S.U. handschriftlich vermerkt: »deckt das Deine Auswahl?«
»Vorschautext/Vertretertext
Max Frisch
Stich-Worte
Ausgesucht von Uwe Johnson
Etwa 250 Seiten. Leinen DM 5,-
Das Buch erscheint einmalig und ist nur während der Suhrkamp-Buchwoche erhältlich.
Unter den ersten beiden Büchern, die Peter Suhrkamp 1950 in seinem neugegründeten Verlag veröffentlichte, war Max Frischs *Tagebuch 1946-1949*; damit gehört Max Frisch von Anfang an zum neuen Suhrkamp Verlag. Peter Suhrkamp hat das Entstehen der Werke von Frisch intensiv begleitet, Max Frischs Roman *Stiller* erreichte von allen Romanen des Suhrkamp Verlages – faßt man sämtliche Ausgaben zusammen – die höchste Auflage. Es ist deshalb nur zu selbstverständlich, daß der Verlag mit seinem Jubiläum-Buch diesen Autor ehren möchte.
›Wovon erzählt Frisch?‹ so fragt Marcel Reich-Ranicki: ›Von der Liebe, also von der Vergänglichkeit; vom Tod, also von der Angst vor dem Tod. Frisch praktiziert Moral ohne Predigt und Zeitkritik ohne Propaganda. Er demonstriert Engagiertheit ohne Gereiztheit und Protest ohne Hysterie. So wurde er zum Klassiker unter den schreibenden Zeitgenossen deutscher Sprache.‹
Diesem Klassiker gilt das Buch seiner *Stich-Worte*, die Uwe Johnson ausgesucht hat. Ein Schriftsteller der mittleren Generation zieht eine Summe aus dem Werk des Schriftstellers einer Generation zuvor. Die *Stich-Worte* werden zur Quintessenz, zum Konzentrat von Erfahrung. Sie enthalten die Schlüsselworte von Alter, Angst und Architektur bis hin zur Zuversicht und Zweifel. Das Buch ist kein Brevier im Sinne der Erbauung, es beschreibt das Klima unserer Zeit. Max Frischs *Stich-Worte* Freundschaft, Feind-

schaft, Liebe, Eifersucht, Ehe und Scheidung, Sympathie, Höflichkeit, Mißtrauen, Verzweiflung sind auch die *Stich-Worte* seiner Zeitgenossen.« Der Text erscheint unverändert in der Programmvorschau des Suhrkamp Verlags für das zweite Halbjahr 1975 auf S. 2.

2 Diese Postkarte trägt den handschriftlichen Vermerk von S. U.: »tel[efonisch]«.

[622]

Frankfurt am Main
30. Mai 1975

Lieber Uwe,
als Du neulich morgens um neun Uhr das Hotel am Steinplatz verließest, betrat ich es am Nachmittag.[1] Schade, daß wir uns nicht sahen, aber ich sehe, Du gehst mir jetzt, in schwieriger Zeit, aus dem Weg. Doch höre ich von Frisch, daß Du im August nach Berzona möchtest, um dort die Korrekturen[2] zu lesen. Wohlan denn . . .
Elisabeth sicherte mir am Telefon wieder zu, daß wir das Manuskript der »Stich-Worte« bis zum 30. Juni haben werden. Bei der großen Aktion, die wir unternehmen, und bei der wahrscheinlich doch hohen Auflage, die wir drucken, ist mir das sehr wichtig. Eventuell sollten wir uns am Sonntag, dem 29. Juni, in London zur Manuskriptübergabe treffen. Dies freilich nur dann, wenn das Manuskript, wie ich hoffe – vielleicht auch schon früher –, fertig werden wird. Hat Max Frisch schon etwas gesehen, und muß er es sehen?
In den suhrkamp taschenbüchern erschienen jetzt Deine »Berliner Sachen«. Ich freue mich, daß wir das gemacht haben, denn jetzt wird doch eine wichtige Station in Deinem Lebensgang festgehalten. Ich habe natürlich meine Erinne-

rung an deine Berliner Textel * |; hoffentlich nehmen sie viele Leser auf.
Herzlich grüßend
gez. Dr. Siegfried Unseld
| (via Hegel-Kongress Stgt
dafür Ihre Burgel Zeeh |

P. S.
|* | Wir druckten eine Auflage von 12000 Exemplaren; Ladenpreis DM 5,-. Honorar 7%, Verrechnung wie üblich.

1 U. J. hält sich vom 23. 5. - 25. 5. 1975 zur Tagung der Akademie der Künste in Berlin auf. Das Hotel Steinplatz in der Uhlandstraße verläßt er am Morgen des 25. Mai, um von Berlin Tempelhof aus weiter nach Hannover zu fliegen.
2 Der Besuch bei Max Frisch in Berzona zum Korrekturlesen von *Montauk* wird nicht verwirklicht, weil U. J. zu dieser Zeit schwer erkrankt ist.

[623]

Sheerness
3. Juni 1975

Lieber Siegfried,
ich bedanke mich für deinen Brief vom 30. Mai.
Allerdings ging ich am 25. morgens aus dem Hotel am Steinplatz zum Flughafen, nicht um eine Begegnung mit dir zu vermeiden; nämlich ich musste bis zum Abend das Deutsche Theater in Göttingen erreichen.
Immerhin, du hast recht, es sind schwierige Zeiten, und ich bin dir dankbar für die Rücksicht, mit der du mich in Ruhe lässt.
Die Frisch-Sache wirst du schon zum 29. Juni haben können; einer von uns könnte sie dir nach London bringen.

Herr Frisch hat darauf verzichtet, das Ergebnis vorher zu sehen.
»Mein Letztes Kapitel« ist für die Zeitung von Reich-Ranicki wohl erledigt, denn ich sehe dafür einen Umfang von siebzig Druckseiten voraus.
Wie du siehst, sind an dieser Maschine inzwischen die Funktionen von z und t beschädigt; entschuldige bitte.
Mit herzlichen Grüssen,
dein Uwe.

[624]

Frankfurt am Main
13. Juni 1975

Lieber Uwe,
schönen Dank für Deinen Brief vom 3. Juni. Halten wir fest, daß wir das Manuskript am 29. Juni in London abholen. Wenn ich nicht kann, wird Joachim an meiner Stelle sein (der gestern mit einem Preis seine Prüfung bestanden hat!). Ich freue mich sehr, daß das so pünktlich geht.
Wie Du Dir vorstellen kannst, überlege ich mir natürlich, in welcher Zeit man 70 Seiten schreiben kann.
Herzliche Grüsse, wie immer,
Dein Siegfried

[625; handschriftlich von Elisabeth Johnson, unterzeichnet von U. J.[1]]

Sheerness
30. Juni 1975

Lieber Siegfried
Die Einteilung in Kapitel ist abgeschlossen, die Reihenfolge der Kapitel steht nicht fest. Desgleichen ist über die Anordnung der einzelnen Texte innerhalb der Kapitel nicht entschieden. Es hätte sich bei dieser Fein-Einteilung ergeben können, daß die Kapitel einander nicht im ganzen Stück gefolgt wären, sondern in Teilen einander abgewechselt hätten. So wäre, zum Beispiel, sicherlich das Kapitel »Manieren« in Stücken zwischen die anderen gespleißt worden. Die Siglen bedeuten:

»Bin«	
MNSG	»Mein Name sei Gantenbein«
Ta	»Tagebuch 1946-1949«
Tx	»Tagebuch 1966-«
S	»Stiller«
HF	»Homo faber«
DS	»Die Schwierigen«
BES	»Biografie: Ein Spiel«
ads	»achtung die schweiz«
DB	»Dienstbüchlein«
RA	Reden und Aufsätze (hier Jahres- statt Seitenzahlen)

Wenn Du in Person diese Arbeiten übernehmen kannst (wozu ja auch noch das Auszählen der Textmasse gehört und das Ausscheiden quantitativ überschüssigen Materials) sollten unsere Namen wohl gemeinsam auf Umschlag und Titel erscheinen. Ein Vorwort liegt bei. Über meine Lage berichtet der Brief, der Dir heute hätte übergeben werden sollen.
Uwe.

P. S.
Sei so freundlich mir von diesem Brief eine Fotokopie zu schicken.

1 Am 18. 6. 1975 erleidet U.J. einen Herzinfarkt (siehe Brief 633, S. 877). Deshalb wollen Elisabeth und Uwe Johnson keine persönliche Übergabe des Manuskripts der *Stich-Worte* und es statt dessen am 1. 7. 1975 per Post nach Frankfurt auf den Weg bringen. Nach einem Telefonat mit S. U. stimmen sie zu, Joachim Unseld am 29. 6. 1975 das Manuskript in der Marine Parade 26 zu übergeben. In Anbetracht des Gesundheitszustands von U. J. überlegen sie es sich anders und möchten die Übergabe um eine Woche verschieben. Nach einem erneuten Telefonat erklären sie sich dazu bereit, daß Joachim Unseld am 30. 6. 1975 die Satzvorlage in Sheerness abholt. An diesem Tag übergeben sie diesen Brief und den folgenden.

[626]

Sheerness
30. Juni 1975

Lieber Siegfried,
als wir nicht wollten, dass Dein Sohn eigens von London nach Sheerness gefahren kommt, um die Druckvorlage Frisch abzuholen, sollte es ihn nicht kränken. Da er mit der Eisenbahn nach Deutschland zurückfährt, wäre ja Zeit nicht gewonnen worden.
Dahinter ist ein anderer Grund. Es wäre uns ja gegen die Art gegangen, hätten wir uns von ihm am Bahnhof verabschiedet statt ihn zu uns einzuladen. Dies zu tun waren wir aber nicht imstande, weil ich mich in etwas befinde, was die Ärzte eine medical condition nennen. Ich glaube, es hat etwas mit dem Herzen zu tun, mag das aber nicht einsehen. Ich bitte Dich eingedenk unserer Freundschaft, dies strikt für Dich zu behalten. Zur Gestaltung der beifolgenden

Druckvorlage mache ich den Vorschlag, dass die einzelnen Abteilungen mit durchlaufenden Kopfleisten, womöglich von Linien gerahmt, Seite für Seite identifiziert werden.
Zur Zeit kann ich nicht arbeiten. Diese Ärzte haben mir professional work verboten für die nächsten zwei Monate »or so«, richtig mit Attest, so dass ich meine Verpflichtungen für den Herbst auch noch mit fachmännischer Rückendeckung absagen kann.
Wenn Du es für unbedingt notwendig hältst, dass ich, obwohl selbstverständlich ohne abgeschlossene »Jahrestage«, und bloss so als Frisch-Anstreicher, bei Eurer Buchwoche anwesend sein muss, will ich mich bemühen, diese Verabredung einzuhalten, bitte Dich aber, es so einzurichten, dass es nicht zu anstrengend wird.
Indem ich Dich nochmals um Deine Verschwiegenheit bitte, grüsse ich Dich herzlich.
Uwe.

P. S.
Wenn Du diesen Brief von Elisabeth empfängst, bitte, frage sie nichts weiter, denn ich glaube, es ist für sie schwer darüber zu sprechen, und ich möchte nicht, dass sie noch mehr belastet wird.

[627; Telegramm]

Frankfurt am Main
1. Juli 1975

LIEBER UWE IDEE UND AUSWAHL DER
»STICHWORTE« SIND ÜBERRASCHEND,
BEEINDRUCKEND UND VON GROSSER ART STOP
DIE GLIEDERUNG WIRD SICH ERGEBEN HERZLICHE
WUENSCHE DEIN SIEGFRIED

[628]

Frankfurt am Main
2. Juli 1975

Lieber Uwe,
zuerst und zuvörderst noch einmal: Du hast wirklich etwas Unerwartetes und Faszinierendes geschaffen. Das ist eine Biographie ungewöhnlichster Art, geordnet nicht nach Daten und Fakten, sondern nach Erfahrungen und deren Resultaten. Ich freue mich über dieses ungewöhnliche Buch und hoffe, daß wir es in der gewünschten Weise über die Runden bringen.[1]

Nun die noch zu lösenden Punkte:

1. Wenn wir richtig gezählt haben, gibt es jetzt 21 Kapitel und den Schluß-Aphorismus (welcher sehr gut ist). Vielleicht könnte man sich rein der äußeren Form halber nicht 21, sondern 20 Kapitel denken, aber das ist ein äußerlicher Gesichtspunkt, 3×7 ist ja auch schön.

2. Nach welchem Prinzip möchtest Du die einzelnen Kapitel gliedern? Sicherlich fängst Du nicht an [mit] »Die Alternative USA«; nach meiner Vorstellung wäre es am besten, anzufangen mit »Biographie ist auch nicht mehr das, was sie einmal war«, und danach würden die Texte geordnet nach der Erfahrung, die Frisch machte, also dann wohl »Nationalität Schweiz«, dann wohl sein »Beruf: Architekt«. Daß es natürlich hier auch Schwierigkeiten gibt, ist klar, die Deutschen sieht er früh anders als später und von den Wandlungen des Kanoniers Frisch ganz zu schweigen. Aber ich nehme an, daß Du doch das Ganze chronologisch denken kannst.

3. Der schwierigste Punkt: Du hast überreiches Material gesammelt, das nun leider gekürzt werden muß. Du mußt Dir folgendes vorstellen: die Auflage des Buches beträgt 200 000 Exemplare. Wir haben das Papier gekauft, und dies liegt

schon bei zwei (sic!) Druckereien, weil eine Druckerei das nicht mehr schaffen würde (es wird ebenfalls in zwei Buchbindereien gebunden, die Firmen haben gekürzte Arbeitszeiten bzw. Urlaubstermine). Wir sind auf 224 Seiten fixiert; ein Bogen mehr kostete bei der großen Auflage DM 18.000,-, ganz abgesehen davon, daß wir dann die Auflage verkleinern müßten – also leider, 224 Seiten sind ein Absolutum. Und in ihnen sind Titelei, Vorwort und eine Anzeigenseite enthalten.
Du erhältst anbei ein Muster einer vollen Seite, Schrift 10/12 Garamond.
Am besten wäre es, Du könntest folgende Kürzungen vornehmen: 50 Buchseiten fest streichen, 30-40 Seiten als mögliches Material angeben, d. h., es dann uns vom Umbruch her überlassen, ob wir davon 25 oder 35 Seiten bringen können. Exakt ist leider vorher der Umfang nicht zu berechnen, weil wir ja mit den Zwischenräumen rechnen müssen und wir nun keine Ahnung haben, wie Du streichst.
Im übrigen ist vielleicht das Prinzip der Streichung nicht allzu schwierig. Das Buch heißt »Stich-Worte«, und wenn es einen Punkt gibt, wo ich leicht von Dir differiere, so den: wir hätten nicht gedacht, unter »Stich-Worte« längere Texte aufzuführen. Ich glaube, hier sollst Du einfach rigoros streichen. In jedem Fall den ausführlichen Text über Brecht, den ausführlichen Text über Lyrik; der Brecht-Text ist bekannt und verbreitet, Lyrik ist nicht zentral für Frisch. Beim Text »Gier nach Geschichten« ist sicherlich auch eine Streichung möglich. Ist Henry Kissinger nicht eine Figur für Frisch ganz am Rande? Und mußt Du einen Text auswählen, in dem Donald Barthelme erwähnt ist?
Also ich bin sicher, daß man das kürzen kann.
4. Wir folgen Deinem Wunsche und machen dann beim Umbruch einen lebenden Kolumnen-Titel mit einer Linie.

5. Im Gegensatz zu dem, was ich eben Elisabeth am Telefon gesagt habe, wollen wir Deinem Wunsch folgen und übernehmen die Quellenverweise jeweils an den Schluß der Beiträge, und zwar übernehmen wir Deine Siglen, jedoch mit einer Änderung: »Tagebuch I« bezeichnen wir als Ta I, »Tagebuch II« als Ta II, dann ersparen wir uns ein kompliziertes Register am Schluß.
6. Dein Vorwort ist exzellent! Du brauchst nichts daran zu ändern, es beschreibt das Buch in bester Weise. Wir setzen dies in Kursiv, und zwar 10· Garamond (wie wir auch die Kolumnentitel und Deine Kapitelüberschriften in Kursiv setzen). Meine Idee ist dabei, daß wir Deinen Text kursiv, den Text von Frisch aufrecht stehend drucken. Ist Dir das recht?
7. Die Titelei wie auf dem Umschlag:

Max Frisch
Stich
Worte
Ausgesucht von
Uwe Johnson

Das sieht doch gut aus.
Wir geben also heute die Texte in Satz. Mittwoch, 9. Juli, 12 Uhr, kommen die Fahnen. Ich werde mit Elisabeth verabreden, daß am Mittwochvormittag oder -mittag ein reitender Bote (Joachim oder Frau Zeeh oder der Verfasser dieses – dies nach Eurer Wahl –)[2] zu Euch kommt, um das Manuskript abzuholen. Der Bote ist also am Mittwochabend in Frankfurt. Bis dahin sind die Fahnen vom Korrektor gelesen, am Donnerstag machen wir dann anhand Eures Manuskriptes Gliederung und Kürzung. Dies führt dann die Druckerei am Freitag und Samstag aus, so daß dann in der darauffolgenden Woche die Filme für den Druck gemacht und in der Mitte der Woche der Druck begonnen werden kann.

Das Ganze ist eine Generalstabsarbeit,[3] weil, wie gesagt, die Druckereifirmen und Buchbindereien Urlaubszeiten haben und wir, wie Du verstehen kannst, zur Buchwoche natürlich die »Stich-Worte« brauchen.

Ich hoffe sehr, daß Du Dich bei all diesem Hin und Her nicht unnötig aufregst und daß Du Dich vielleicht jetzt bei der Arbeit doch mehr beruhigst.

Herzliche Grüße von uns allen und besonders von

Deinem Siegfried

P. S.

Ich übergebe Dir nur zur gfl. Ansicht ein kleines Büchlein.

1 Am 2. 7. 1975 bringt Joachim Unseld das Manuskript der »Stich-Worte« wieder nach Sheerness, damit die definitive Anordnung der Kapitel und eine Streichung von 50 Seiten vorgenommen werden können.

2 Burgel Zeeh reist am 8. 7. 1975 nach Sheerness. Dort erhält sie die für U. J. definitive Druckvorlage. Sie ist auch die Botin des Briefes vom 8. 7. 1975.

3 In einem Brief vom 2. 7. 1975 an Elisabeth Johnson hält S. U. nochmals den »Generalstabsplan« schriftlich fest und teilt mit, wann er wo zu erreichen ist. Der Brief endet: »Alles Gute, ich denke an Dich, und ich weiß, wie schwer für Dich die Zeit sein wird. Und noch etwas: Uwes medizinische Fürsorge darf nie am Geldproblem scheitern. Anruf genügt.«

[629; handschriftlicher Vermerk »Diktiert«]

Sheerness
8. Juli 1975

Lieber Siegfried,

hier bekommst du 392 Seiten Frisch-Druckvorlage, bestehend aus Vorwort, Texten mit Zwischentiteln, Siglenverzeichnis, Registervorlage. Es sind insgesamt 21 Themenkreise in 49 Unterteilungen (das letzte das Motto). Du siehst, dass der Kolumnentitel manchmal in der Mitte statt am Kopf der Zeile stehen werden muss, aber hier wie auch sonst verlasse ich mich auf das, was Herr Staudt seine kleinen Zaubereien nennt.

Deinem Wunsch gemäß habe ich »50 Buchseiten« gestrichen und meine nun leider, dass ein eher zu kurzes Buch übrig geblieben ist. Die herausgenommenen Partien bekommst du gesondert geheftet und kannst sie, sollte das nötig sein, in die einzelnen Kapitel eingliedern, aber nicht ohne Rücksprache mit Max Frisch oder mir. Max Frisch ist ja wohl in Frankfurt. Er wird ja wohl die Komposition erkennen.

Die beiden veröffentlichten »Tagebücher« von Max Frisch dürfen nicht einfach als I und II unterschieden werden, sondern brauchen die gründlichere Differenz Ta und Tx, da er zwischen diesen beiden veröffentlichten andere Tagebücher verfasst hat, deren Veröffentlichung wir doch nicht ausschliessen können, weswegen eine endgültige Numerierung erst für spätere Zeit zu erwarten ist.

Du siehst, die Kapitel haben sich geändert in zwei Punkten. Aus »Auswärts« ist »Reisen« geworden, »Unterwegs« ist weggefallen und ersetzt durch »Brecht«. Wie von dir gewünscht, ist der Brecht-Text, betreffend Lyrik, rausgenommen. Du sagst, »Lyrik ist nicht zentral für Frisch«; demgegenüber meine ich doch, sie sei wesentlich für den Leser Frisch, du selber hast ihm ja gerade eben für eine Anthologie seine drei liebsten Brecht-Gedichte abverlangt.[1] (Solltest du dich zur Wiederaufnahme dieses Lyrik-Textes entschliessen, schiene mir eins der Arrangements »Dank an Kollegen und Zeitgenossen« mehr geeignet. Aber die exakte Stelle müsste Frisch bestimmen, oder, wenn er die Sache nun doch nicht in Frankfurt kontrollieren muss, eben leider ich. Aber ich bin ja hier von dir nur um eine telefonische Tarifzone mehr entfernt als ich es war in Westberlin.) »Gier nach Geschichten«, da

hast du recht, das soll überhaupt nicht wieder aufgenommen werden. Was Herrn Kissinger angeht, so habe ich bei meiner letzten Reise in die U.S.A. erlebt, dass fast jeder Reporter und studentische Frager mich in eine Beziehung zu diesem Aussenminister zu setzen versuchte; auch dir wird es doch wohl so gehen, dass jener Teil deines Lebenslaufes, der zu beschreiben wäre als Zugehörigkeit zu den Kissinger boys, unter der und auf der Hand im Stellenwert verändert wurde. Und anders als wir ist doch Max Frisch dieser leider welthistorischen Figur mit Worten sehr nahe gekommen. Warum ein Text mit Donald Barthelme unabgeltlich, und zwar gegens Ende, dabei sein muss, könnte sich erklären aus der Verbindung, die er herstellt zwischen diesem Buch und dem doch fast gleichzeitig erscheinenden »Montauk«; ich bin sicher, dass Herr Frisch in diesem Falle eher mir beipflichten als widersprechen würde.
Bitte, macht hieraus ein Buch, das klug aussieht, lebendig und elegant.
Was mich angeht, so befinde ich mich ziemlich tief unten. Für die Belege deiner beiden neuesten Anthologien bedanke ich mich; bist du denn nun zufrieden? Wenn Herr Frisch es erlaubt, möchten wir gerne ein Exemplar der Fahnen von »Montauk« bekommen. Nichts für ungut, alles in allem.
Sincerely yours,
Uwe.

1 Max Frisch hat für *Bertolt Brecht. Gedichte. Ausgewählt von Autoren. Mit einem Geleitwort von Ernst Bloch* die Gedichte *An die Nachgeborenen, Erinnerung an die Marie A.* und *Vom ertrunkenen Mädchen* benannt.

[630; telefonisch aus Sheerness von Elisabeth Johnson verlesen und von Burgel Zeeh niedergeschrieben[1]]

Sheerness
9. Juli 1975

Ihr habt mich um eine Arbeit gebeten, Ihr habt eine Arbeit von mir bekommen. Es tut mir leid, daß Max Frisch darin sich mißverstanden fühlt. Was Ihr damit vorhabt, ich hätte es zu verantworten. Verfahrt, wie Ihr wollt. Ersetzt meinen Namen auf dem Titelblatt und beim Vorwort durch Siegfried Unseld. Überweist mir 70% des Honorars auf mein Postscheckkonto, nachdem ich meine Arbeit gemacht habe. Dieser mein Entschluß hat nichts zu tun mit Arroganz, Eigensinn, Einbildung, sondern mit dem Zustand meiner Krankheit, für den die Ärzte Anstrengungen dieser Art strikt untersagt haben. Wenn Joachim den Befund der Ärzte nicht strikt hat lesen können, so biete ich Euch ein konkretes Beispiel an: sie erlauben mir nicht, die Eisenbahn zum Landeskrankenhaus nach Maidstone zu benutzen, sie bestehen auf Transport durch Ambulanz.
Nichts für ungut.

1 Bei der Umfangskalkulation der neuen Satzvorlage für *Stich-Worte* stellt sich heraus, daß noch zusätzlich 40 Seiten gekürzt werden müssen. S. U. teilt dies telefonisch U. J. mit. Darüber hinaus erklärt er ihm, daß Max Frisch, im Verlag anwesend, gegen die Aufnahme der Texte über Donald Barthelme und Henry Kissinger sei. Daraufhin diktiert U. J. diesen Brief. Seine Übermittlung ist mit der Aufforderung an S. U. verbunden, innerhalb von 2 Stunden mitzuteilen, ob über die Herausnahme der beiden genannten Texte und die Streichung einer Abteilung hinaus noch zusätzliche Kürzungen vorgenommen würden. Falls dem so sei, solle man wie im Brief angegeben verfahren. Es werden keine weiteren Streichungen vorgenommen, vielmehr wird der Umfang des Buches vergrößert. Vgl. auch *Max Frisch/Uwe Johnson. Der Briefwechsel*, S. 136-141.

[631]

Frankfurt am Main
18. August 1975

Lieber Uwe,
ich höre aus Deinen Zeilen an Burgel Zeeh, daß Deine Rekonvaleszenz Fortschritte macht.[1] Das freut mich sehr, und ich wünsche Dir die baldige Genesung dringlich.
Denke bitte daran, daß Du ein Angebot hast, in das Sanatorium von Frau Dr. Ansorge zu gehen. Ich rate Dir dies sehr. Elisabeth kann sicher in der Nähe des reizvoll gelegenen Sanatoriums eine angenehme und auch für sie erholsame Unterkunft finden. Ich bin gerne bereit, Dir für einen angenehmen Transport meinen Citroën zur Verfügung zu stellen.
Noch einmal alle guten Wünsche –
Dein Siegfried[2]

1 Im Brief vom 8. 8. 1975 schreibt U. J. an Burgel Zeeh: »Als die Ambulanz mich gestern ins Landeskrankenhaus geholt hatte, wurde ich einem vierköpfigen Ärztekollegium vorgeführt, ohne Vorwarnung, und kam mir sogleich vor wie ein Angeklagter. Die Herren zeigten sich aber befriedigt über das dritte Elektrokardiogramm und gaben mir die Erlaubnis, von nun an gesund zu werden. Verordnet sind Spaziergänge und der Anfang kleiner schriftlicher Arbeiten, wie denn also dieser erste Brief seit dem Unfall eine darstellt.«

2 Der Brief trägt den Zusatz von Burgel Zeeh: »Lieber Herr Johnson, der Brief an Sie sollte die Unterschrift von Siegfried Unseld tragen, doch er fuhr für 10 Tage nach Frankreich, ohne diesen Brief noch unterschreiben zu können, der auf Band diktiert war. Ich möchte ihn ungern bis zur nächsten Woche liegen lassen, alleine schon der guten Wünsche wegen. So sende ich Ihnen diese Zeilen im Sinne des Briefschreibers und lege meine nicht minder guten Wünsche dazu.«

[632; handschriftlich auf Bögen mit Privatadresse]

Frankfurt am Main
15. September 1975

Lieber Uwe

Über »The Hardships of Publishing« zum 28. 9. habe ich mich sehr gefreut (dabei habe ich den »Shell-Atlas« – c'est Shell que j'aime zu diesem Datum). Hab herzlichen Dank, ich habe schon die ersten zwanzig Seiten gelesen. Solche »Mühsale« stärken mich![1]

Ich fand das Buch vor, als ich nach einer Woche Kreta mit Hilde wieder heimkehrte. Dieser Kreta-Aufenthalt wird sich (später!) als eine Zäsur in meinem Leben begreifen lassen. Ich schwamm und schwamm, wirklich Stunden, in einem herrlichen Meerwasser (das mich 1944 schon einmal schwimmend gerettet hatte) und las und las Proust und (neben herrlichem Wein und Fisch und vielem tiefen Schlafen) dachte und dachte nach über den Verlag und seine Autoren. Ein Ergebnis dieses Nachdenkens wird sich erst in Jahren zeigen ...

Ich sah natürlich auch meine Situation: ich wachse in eine große Einsamkeit hinein. Und dies bei all dem Trubel, bei all meiner täglich 16-18stündigen Belastung, bei all der neuen Kommunikation durch Bücher, die meinen Namen in der Autorschaft führen. Und gerade wegen des Unternehmens Suhrkamp Buchwoche: für die mir dort zugefallene Rolle des Atlas fühle ich mich zu alt, auch von Enttäuschungen zu sehr angeschlagen.[2]

Deine Herzattacke trat ein, als bei uns das öffentlich so hochgestylte Unternehmen Suhrkamp Buchwoche vor einem Kollaps stand. Ich werde nie wieder ein Unternehmen dieser Art machen, das, so exponiert, von Launen der Autoren abhängt. Natürlich auch von deren Bedingungen und Einstellungen. In diesem Sinne hat mich jener Brief, den Elisabeth mir telephonisch übermittelte – als Diktat von Sheerness-on-Sea fungiert er in meinem Bewußtsein – tief getroffen. Abgesehen von dem materiellen Aspekt litt ich unter Deiner Intoleranz gegenüber dem Buchprojekt, auf dem die ganze Buchwoche und damit so etwas wie das Schicksal des Verlages beruhte. Wo blieb da eigentlich das, was uns seit 16 Jahren verband, das, was uns in Zukunft verbinden sollte, was wir besprachen, was wir uns erhofften. Und warum die Geheimnistuerei um Dein Kranksein. Ich weiß, dies ist Deine Natur, und ich respektiere sie. Ich kenne Dich, lieber Uwe, mehr, als Du es ahnen kannst. Auch Du mußt durch diese Deine Krankheit und durch Deine spezifischen Schwierigkeiten allein hindurch. Aber auch Du wirst einsehen müssen, daß wir ohne menschliche Kommunikation unmenschlich werden, daß wir Freundschaften oder eine Freundschaft, in der man sich öffnet, brauchen und daß wir immer weniger Richter als Anwälte solcher Freundschaften sein sollten.

Ich bin heute, Montag, früh aufgestanden, um Dir zu schreiben (– das Frankfurter Morgenlicht steht freilich in keiner Beziehung zu den Lichtspielen des kretischen frühen Himmels, wenn dort die Sonne aufgeht und das Meer vergoldet und in Milliarden Wassersterne verwandelt –). Du kannst Dir vielleicht denken, wie es schon hier in der Klettenbergstraße nach meiner achttägigen Abwesenheit aussieht und wie es gleich im Verlag sein wird. Aber ich wollte Dir dies noch geschrieben haben. Für mich ist mit dieser »Stich-Worte«-Erwähnung der Stachel genommen, ich gehe zu meiner Aufgabe über, für das Buch zu werben.

Es ist ein schönes Buch geworden, ganz anders oder verschieden von dem, was ich mir dachte und wie ich es gemacht hätte. Aber Deine Konzeption ist besser, überzeugender, sie brachte ein eigenes, neues Frisch-Buch zuwege, und Dein Vorwort ist glänzend – wie das nachgestellte Motto.

Ich stürze mich nun also in diese Flut hinein, hoffend, sie möchte mich tragen wie die ägäische. Es gibt ja glücklicherweise nicht nur die »Hardships«, sondern auch spezifische Erfahrungen und Freuden dieses – wie Suhrkamp sagte – »schönen Verlegerberufs«.
Werde bald gesund.
Herzlich
Dein Siegfried

1 Der Autor des zum Geburtstag überreichten Buches, das 1893 in London erschienen war, ist William Heinemann.
2 Zum 25jährigen Bestehen des Suhrkamp Verlags finden zwischen dem 19. und 28. 9. 1975 in Frankfurt, Düsseldorf, Gütersloh, Hamburg, Itzehoe, Bielefeld, Bonn und Bremen Lesungen von Autoren des Verlages statt. Eine prominente Rolle nimmt dabei Max Frisch ein, der aus *Montauk* liest. An Stelle des erkrankten U.J. trägt ein Schauspieler Texte aus den *Stich-Worten* vor. Das Unternehmen wird zwischen dem 29. 9. und 3. 10. 1975 (in Wien: Lesung von Thomas Bernhard, Graz und Innsbruck) fortgesetzt.

[633]

Sheerness
18. September 1975

Lieber Siegfried,
vier Briefseiten, von dir mit der Hand geschrieben – ich weiss es zu schätzen. Ich danke dir für alles Freundliche darin.
Zwar, betrübt bin ich auch. Wegen der Vorgänge um die »Stich-Worte« könnte ich dir eine Chronik machen, du könntest sie erwidern mit einem Protokoll, dann streiten wir uns. Die Möglichkeit davon ist schrecklich, schon eingedenk der Missverständnisse, die uns im Sommer 1970 von

Herrn Paeschke eingebrockt wurden. (Ich habe dem Mann seitdem keinen einzigen Brief beantwortet.)[1]
Das Folgende möchte ich sagen dürfen in dem Bedürfnis, wir möchten einer des anderen Seite verstehen, und danach wünschte ich die Sache vergessen. Lieber Siegfried, du sprichst da von meinen »Launen«, an denen dein Buchwochenprojekt fast gescheitert wäre. Ich war krank. Ich hatte Sprech-Schwierigkeiten (Joachim wird mich dir ja wohl doch beschrieben haben), so kam es zu dem, was du das »Diktat von Sheerness« nennst. Es ist doch keine Laune, wenn ich eine Struktur der Auswahl, die eine Entwicklung abbildet, verteidige gegen eine solche, die mir statisch erscheint. Ich hätte doch etwas zu verantworten gehabt, was nicht von mir war. Du sprichst von meiner »Intoleranz gegenüber dem Buchprojekt«. Siegfried, wir haben es gemeinsam entworfen, ich unterbrach eigens meine andere Arbeit, noch den von dir gewünschten Titel habe ich akzeptiert, und um diesen deinen Titel herum habe ich das Vorwort geschrieben. Es ist doch eher eine freundschaftliche Handlung.
Du wirfst mir »Geheimnistuerei« um meine Krankheit vor. Siegfried, besinne dich doch, ihr wart die einzigen, denen ich es gesagt habe, dir geschrieben habe ich es am 30. Juni, und sonst keinem von den Leuten aus Gernsbach, Hamburg, Berlin, Kampen, die mich deswegen fragen. »Medical condition«, es ist ungenau, war aber alles, was ich damals wusste. Die Diagnose lautet nunmehr auf Infarkt, mit Schäden in den Herzkranzgefässen.
Es ist heute auf den Tag drei Monate her, dass mir das passierte, und in den letzten Wochen habe ich einige Male schon mehr als eine Seite pro Tag geschrieben. Nur vor den Passagen, die für einen lustigen, oder komischen, Verlauf anstehen, graut es mir. Denn übrig geblieben ist eine wüste Depression. Ich kann ohne Scham, weil wahrheitsgemäss,

solche Plattheit versichern wie: dass ich keine Lust mehr habe zu leben, und mir jede Handlung abquälen muss als Pflicht.[2] Es ist dein Vertrauen, das mich hält. Bitte, glaube nie, dass ich wissentlich etwas täte gegen unsere Freundschaft.
Dein Uwe.

1 Siehe Briefe 440-444, S. 625 ff.
2 U.J. führt seinen Herzinfarkt und die damit einhergehende Schreibhemmung und Depression auf eine Krise in seiner Ehe zurück. Die Schreibhemmung dauert bis ins Jahr 1979. Am 8. 1. 1979 notiert er in sein Kalendarium: »Plötzlicher Entschluss: ›Jahrestage‹ fertig machen. Den anderen Spass gönne ich ihnen nicht.« Im selben Jahr entsteht die Frankfurter Poetik-Vorlesung (siehe Brief 688, S. 950).

[634]

Frankfurt am Main
6. Oktober 1975

Lieber Uwe,
aufgetaucht aus den Wogen der Suhrkamp Buchwoche hier und in Österreich und bald versinkend in die der Buchmesse will ich Dir nur kurz danken für Deinen Brief vom 18. September.
Du mußt durch Dein Tal hindurch, lieber Uwe, und Du wirst das auch schaffen. Wir alle brauchen Dich, wir, Deine Leser, wir, der Verlag, den Autor und ich den Autor und Freund.
Ich höre, daß Du zur Entgegennahme des Raabe-Preises nach Braunschweig kommst.[1] Wie sind Deine Reisepläne? Kommst Du da nicht über Frankfurt? Ein Aufenthalt hier wird Dir guttun.
Herzliche Grüße und Wünsche
Dein Siegfried

1 U.J. nimmt den Raabe-Preis der Stadt Braunschweig am 18. 10. 1975 entgegen. Er reist am Vorabend direkt aus Sheerness an. In seiner Dankesrede spricht er öffentlich von seinem Herzinfarkt: »Verdient habe ich ihn [den Preis] nicht. Denn ich soll ihn bekommen für die *Jahrestage* einer Gesine, für etwas Abgeschlossenes. Davon weiss ich zwar das letzte Wort, aber dass es auch hingeschrieben wäre, damit hapert es. Allerdings ist es eine Krankheit gewesen, die mich für fünf Monate umgeworfen hat, heute auf den Tag genau; da dürfte ich ein Attest beibringen und wäre zur Not entschuldigt.« (Zitiert nach Eberhard Fahlke (Hg.), *Die Katze Erinnerung. Eine Chronik in Briefen und Bildern*, Frankfurt am Main 1994, S. 272.) S. U. notiert in seinem Reisebericht über die Begegnung in Braunschweig: »Wir treffen um 9.30 Uhr Uwe Johnson und seine Frau. [. . .] Das körperliche Befinden von Uwe Johnson gibt zu Sorgen Anlaß, immerhin, er arbeitet an den ›Jahrestagen‹ 4 weiter, immerhin hält er eine kleine, fast launige Dankesrede. Er durchsteht ein Mittagessen und eine amtliche Lesung.«

[635]

Sheerness
10. Oktober 1975

Lieber Siegfried,
ich danke dir für deinen Brief vom 6. Oktober.
Bitte, nimm es nicht übel, ich möchte nach Frankfurt doch nur kommen, wenn es geht um einen unaufschiebbaren sachlichen Anlass. Denn ich würde da noch viele andere Leute treffen als dich; ich bin aber in meinem niedergeschlagenen Zustand menschenscheu geworden. Auch vertrage ich nicht viel körperliche Anstrengung; Braunschweig wird mir sauer genug werden.
Ein anderer Anlass dieser Reise ist der Umstand, dass Frau Boveri mich zum Verwalter ihres autobiografischen Nachlasses gemacht hat, den will ich abholen, oder wenigstens ansehen. Sie hat bestimmt, dass als erstem Verleger Herrn

Piper eine Prüfung des Vorhandenen angeboten wird, denn er hat ihr einmal in einem Prozess beigestanden.[1] Nun habe ich dem beschrieben, was bei mir als Kopie liegt, mit der Frage, ob er es denn ansehen will. Das war am 30. August, und noch heute habe ich keine Antwort.

Weil ich unterwegs aus den Pantinen kippen könnte, wird Elisabeth mit mir reisen. Dies, und weil das Kind hier bei Bekannten zurückbleibt, war der neueste Anlass für mich, ein Testament zu machen. Der Vollstrecker ist ein Freund, Dr. Felix Landgraf, Scharnhorststrasse 25 A, 3057 Neustadt am Rübenberge, Telefon (05032) 2290. Dir mochte ich es nicht noch einmal zumuten. Sollte der dies Haus verkaufen, so denke doch noch einmal an den Plan eines Hauses, in dem Autoren Ferien machen können und arbeiten. So wie meine Arbeitszimmer nun eingerichtet sind, so gut habe ich es noch nie gehabt, das könnte technisch auch vielen anderen passen.

Für den literarischen Nachlass aber habe ich dich als die entscheidende Person benannt. Das bedeutet nichts als dies: du bestimmst, ob du es veröffentlichen willst, soweit ich es nicht überhaupt vernichtet wünsche.

Hierbei fällt mir ein, dass du eine ganze Sammlung Testamente von mir haben könntest, und es wäre nett, wenn du die mir mal schicken könntest. Ich bin neugierig zu lesen, was ich mir in früheren Jahren so gewünscht hätte.

Mit herzlichen Grüssen,
dein Uwe.[2]

1 Margret Boveri stirbt am 6. 7. 1975 in Westberlin. Margret Boveri, *Verzweigungen.* Herausgegeben und mit einem Nachwort versehen von Uwe Johnson erscheint 1977 im Piper-Verlag München.

2 Der Brief trägt den handschriftlichen Vermerk von S. U.: »münd-[lich] bespr[ochen]«.

[636]

Frankfurt am Main
4. November 1975

Lieber Uwe,
Jürgen Becker schickte uns das Manuskript »Target Practice – An Exercise in Learning in Two Parts« von Gene Carter. Angeblich seist Du an einer Übersetzung interessiert oder interessiert gewesen. Ich kann mir das nicht so recht vorstellen. Vielleicht schreibst Du mir eine Zeile, welchen Eindruck Du von dem Manuskript hast.
Herzlich | + mit guten Wünschen |
Dein Siegfried

[637]

Sheerness
8. November 1975

Lieber Siegfried,
ich bedanke mich für deinen Brief vom 4. November.
Ein Manuskript namens »Target Practice – An Exercise in Learning in Two Parts« von Gene Carter ist mir unbekannt, und Jürgen Becker muss mich verwechseln mit jemandem, wenn er meint, ich hätte das übersetzen wollen.
Denn, siehst du, ich habe ja keine Zeit. Ich sitze im Keller und schreibe an einem Buch, dessen Titel wir hier lieber nicht erwähnen wollen. Da geht es so zu, am Abend muss man mir sagen, wie tagsüber das Wetter war, denn ich sehe ja nur das Geländer der Strandpromenade und den Himmel. Regen allerdings fällt mir auf.
Auch später werde ich mit anderem beschäftigt sein. Denn mir ist zum ersten Mal beim Schreiben eines Buches der Plan zu einem anderen zugestossen, darauf habe ich so viel

Appetit, dass ich dieses so bald als möglich aus dem Weg haben möchte.[1]

Gestern sind die Urkunden des Fontane- und des Büchner-Preises an dich abgegangen. Für den Status des Eingeschriebenen waren sie zu schwer, so dass sie nun als gewöhnliches Paket etwas länger unterwegs sein werden.

Jetzt ist es fast auf den Tag ein Jahr her, dass du uns hier besuchtest und im indischen Restaurant ein Guinness trankst, weil einige deiner Autoren es bevorzugen. Dein erstauntes Gesicht beim Eintreffen des Geschmacks in deinem Munde ist uns so freundlich in Erinnerung wie deine Sorge, ob wir denn würden leben können in diesem Haus. Es ist möglich geworden, es war die beste Lösung. So still habe ich es selten gehabt.

Lieber Siegfried, lass es dir gut gehen, grüsse deine Frau.

Yours, truly,

Uwe.

1 Siehe Brief 658, S. 906f.

[638]

Frankfurt am Main
17. November 1975

Lieber Uwe,

hab Dank für Deinen Brief vom 18. November. Jürgen Becker muß sich also getäuscht haben.

Ich freue mich, diese Nachrichten, die Du mir schickst, zu kennen. Ich versuche ja nicht nur das Problem kleine Wut – große Wut zu lösen, sondern auch das der kleinen und großen Geduld.

Die Urkunden der Preise erwarten wir gerne.

Ich bin auch wirklich glücklich darüber, daß Dir Dein Haus

so sehr zur inneren wie äußeren Behausung geworden ist. Möge dies anhalten.
Hier gibt es nichts Besonderes. Frisch berichtete mir kürzlich in Berlin seine wirklich interessanten chinesischen Eindrücke.[1] Ich selber hielt in Wien einen Vortrag über Rilke, das war das erste Mal, daß ich mich über Rilke öffentlich äußerte, und der Vortrag schien auch noch gefallen zu haben.[2] Du erhältst bald eine Einladung zu unseren Rilke-Unternehmungen, dies gilt in erster Linie zur Information, denn Du wirst kaum deswegen kommen wollen.
Alles Gute, mein lieber Uwe, für Dich, wie immer
Dein Siegfried

P. S.
Sagt Gene Carter Dir auch nichts, wenn es sich um die Frau von Reinhard Lettau handelt? Das schrieb ich Dir in meinem ersten Brief nicht dazu.
| Max Frisch ist im Haus, er läßt Dich grüßen |

1 Max Frisch begleitet als Mitglied der offiziellen deutschen Delegation Bundeskanzler Helmut Schmidt auf dessen Reise nach China vom 28. 10. - 6. 11. 1975. – Max Frisch und S. U. treffen sich am 17. 11. 1975 in Berlin.

2 S. U. hält auf dem Symposion »Rilke heute« aus Anlaß von Rilkes 100. Geburtstag (4. 12. 1975) am 12. 11. 1975 in Wien einen Vortrag mit dem Titel *Rainer Maria Rilke und seine Verleger.* Eine überarbeitete Version dieses Vortrags findet sich in S. U., *Der Autor und seine Verleger*, S. 172-240.

[639]

Sheerness
20. November 1975

Lieber Siegfried,
ich danke dir für die Zeilen zu meinem Brief vom 8. November. Darin hatte ich nichts geschrieben, was passen könnte zu deiner Anspielung von der kleinen und grossen Wut, der kleinen und grossen Geduld. Ich bin ziemlich in Unruhe, und bitte dich um eine Aufklärung.
Dein Uwe.

[640]

Frankfurt am Main
27. November 1975

Lieber Uwe,
es gelingt einfach nicht, wenn wir Briefe à la Johnson schreiben, ich meine, Briefe mit Enigmatischem.
Ich meinte die große Geduld, die ich mit Deinem Manuskript habe, nichts anderes.
Ich fahre für ein paar Tage in den Schnee, komme dann zurück, um Rilke zu »begehen«.[1]
Herzlich und mit guten Wünschen
Dein Siegfried

1 Am 6. 12. 1975 findet in Frankfurt die Matinee »Rilke zu ehren« statt.

1976

[641]

Frankfurt am Main
21. Januar 1976

Lieber Uwe,
einmal eine ganz andere Frage: Thomas Bernhard möchte sehr gerne in den USA an vier oder fünf Stellen lesen. Du hast doch eine sehr gute Verbindung zu dem Goethe-Institut. Könntest Du nicht einmal an einer einschlägigen Stelle verlauten lassen, daß Thomas Bernhard dies gerne machen möchte? Natürlich kann ich es auch tun, aber es hat größeres Gewicht, wenn Du diesen Vorschlag machst.
Herzliche Grüsse,
Dein Siegfried

[642]

Sheerness
27. Januar 1976

Lieber Siegfried,
hier bekommst du den Brief wegen Thomas Bernhard, nämlich den Durchschlag davon. Ich traue mir keine besonderen Finessen in der Diplomatie der Anregung zu, dreimal hab ich das Ding von Anfang zu Ende geschrieben und bin nun immer noch unsicher, ob du denn zufrieden wärest.
Wenn du mal eines Abends eine Viertelstunde frei hast auf deinem Diktiergerät, so würde ich dich um einen Gefallen bitten. Ich bin so leichtsinnig gewesen, Mrs Cresspahl nach

Westdeutschland zu lassen in einer Zeit, als ich weit entfernt davon war, so dass sie jetzt etwas wissen muss, was sich meiner Kenntnis eben entzieht. Da will ich mich behelfen mit einer Konstruktion aus Nacherzählung und Stichworten, und diese letzteren sind es, die fehlen mir.[1] Weder in Zeitschriften noch in Lexika sind sie zu finden, eben weil sie vornehmlich im öffentlichen Bewusstsein lebten, und könntest du einmal nachdenken, was dir da so auf Anhieb einfällt pro Jahr, so ab 1953?
Weisst du, es sind solche Sachen wie die mit dem Grundgesetz, das Höcherl nicht unterm Arm tragen konnte, und es ist etwas dünner als ein Reclamheft. Das weiss ich aber schon, und auch, wann er das gesagt hat.[2] Solche Sachen: Morgens Rei – abends frei, Man trägt wieder Hut, Bonn ist – ja, was? Und in welchem Jahr kam das auf, so als allgemeine Überzeugung: Wir sind wieder wer? Solche Perlen würde ich brauchen mindestens zwei pro Jahr, und mein Faden ist jämmerlich dünn besetzt. Man muss eben doch da gelebt haben. Aber mit etwas Hilfe würde ich es wohl schaffen. Allerdings, Mühe bereiten darf es dir nicht.
Die neuen Jyce-Bände habe ich bekommen, nein: Joyce.
Ich habe natürlich nur die ersten drei Seiten ansehen können, aber Elisabeth hat mehr gelesen, und wir sind wahrhaftig überzeugt, dass diese riesenhafte Anstrengung sich gelohnt hat für den Verlag.[3]
Ach, wenn du das doch noch einmal mit Faulkner hinkriegen könntest!
Ich bin dir sehr dankbar, dass du nicht fragst, worauf ich dir antworte, dass ich sehr zuversichtlich bin, solange du nicht fragst. Es kommen Fragen danach genug, die sind mir gleichgültig, von dir her erschreckte es mich. Verlass dich darauf: Ja, Siegfried, ich bin fleissig.
Mit herzlichen Grüssen,
dein Uwe.

[642a; Anlage, Brief von U. J. an Frau Dr. Renate Albrecht, Goethe-Institut München, Zentralverwaltung, Durchschlag]

Sheerness
27. Januar 1976

Sehr geehrte Frau Albrecht,
heute habe ich eine Gelegenheit, nochmals mein Bedauern auszusprechen wegen der vielen Mühe, die das Institut für meine U. S. A.- und Canada-Reise im Herbst vorigen Jahres aufgewandt hat, ohne dass ich sie angetreten hätte. Es war mir ausserordentlich unangenehm, diese Verpflichtung nicht erfüllen zu können; es ist sonderbar genug, dass selbst die gültigste Entschuldigung in Gestalt eines ärztlichen Verbotes ein schlechtes Gewissen zurücklassen sollte.
Die Gelegenheit rührt her aus einer offenbar allgemeinen Überzeugung, die ich bisher für mich allein und privat unterhalten habe, nämlich der, dass meine Verbindung mit dem Institut erfreulich sei. Wie das eine öffentliche Reputation werden konnte, es entzieht sich meiner Kenntnis wie Ahnung. Sie scheint zu bestehen, so dass man mir sagt, Thomas Bernhard möchte gern einmal unter Ihrer Regie an vier oder fünf Plätzen der U. S. A. vorlesen: als könnte ich dazu etwas tun. Das meine ich keineswegs, aber doch, dass Sie mir einen Hinweis auf die Liste seiner Veröffentlichungen im Suhrkamp Verlag erlauben werden und dazu die Bitte um die Überlegung, ob Sie einen solchen Autor nicht einmal einem nordamerikanischen Publikum vorstellen möchten.
Was meine eigene, durch die Krankheit verhinderte Reise angeht, so könnte ich sie ab September dieses Jahres nachholen,[4] möchte jedoch ganz in Ihre Entscheidung stellen, wann und ob überhaupt ich das tun soll.
Mit freundlichen Grüssen
Ihr Uwe Johnson.

1 Das »Nachwort«, mit dem U.J. die *Jahrestage* »beschweren« wollte, ist Fragment geblieben. Für das Projekt unter dem Titel *Heute Neunzig Jahr* ist er frühzeitig schon auf der Suche nach »sprachlichen Sedimenten«, die für das jeweilige Jahr einprägsam sind. Überall sucht er nach solchen »›wahrsagenden, witzelnden, dummen Sprüchen‹, mit denen er den ganzen Text durchsetzen wollte, ›um die persönliche Zeitgenossenschaft zu verbinden mit der gesellschaftlichen‹.« Vgl. Norbert Mecklenburg (Hg.), *Uwe Johnson. Heute Neunzig Jahr*, S. 159f.

2 Nachdem 1963 verschiedene Medien berichtet haben, daß ehemalige SS-, SD- und Gestapo-Angehörige im Bundesamt für Verfassungschutz tätig sind und die deutschen mit den alliierten Behörden bei Telephonabhör- und Postüberwachungs-Aktionen auf illegale Weise eng zusammenarbeiten, verteidigt Bundesinnenminister Hermann Höcherl (CSU) am 8. 9. 1963 die Verfassungsschützer, die »nicht den ganzen Tag mit dem Grundgesetz unter dem Arm herumlaufen« könnten, sondern den Linksradikalismus und den Rechtsradikalismus bekämpfen und die Spionageabwehr handlungsfähig halten müssten. Vgl. Die Titelgeschichte *Gutes Gewissen* in: *Der Spiegel*, 17. Jg., 1963, Nr. 38, S. 19–30.

3 Im zweiten Halbjahr 1975 erscheint im Suhrkamp Verlag als Bd. 3.1 und 3.2 der Frankfurter Ausgabe von James Joyce' *Werken Ulysses* in der Neuübersetzung von Hans Wollschläger.

4 Gemeinsam mit seiner Frau hält sich U.J. vom 11. 10. bis zum 5. 11. 1976 auf einer Vortragsreise in den USA und Kanada auf. An verschiedenen Universitäten trägt er unter dem Titel *Versuch, einen Vater zu finden*, auch Abschnitte aus dem Fragment *Heute Neunzig Jahr* vor; siehe auch Brief 651, S. 901.

[643]

Frankfurt am Main
5. Februar 1976

Lieber Uwe,
habe Dank für Deinen Brief vom 27. Januar 1976 und für die Kopie Deines Schreibens an Frau Albrecht. Warten wir ab, wie sie darauf reagieren wird.

Ich bedanke mich auch für Deine schöne Vorstellung meines Gedächtnisses, wenn Du glaubst, ich könnte am Abend so eine Viertelstunde »Perlen« diktieren. Aber Burgel Zeeh hat eine sehr schöne Idee gehabt,[1] deren Spuren wir verfolgen, und vielleicht werden wir in Deinem Sinne fündig.
Ich freue mich über Deine Freude an Joyce. So etwas ist freilich nicht wiederholbar. Suhrkamp hat damals mit Proust und Benjamin den Verlag in finanzielle Bedrängnis gebracht. Ich tat's einmal mit Brecht und dann wieder mit Joyce. Vor Wiederholungen hätte ich Angst. Was nützt es mich, wenn wir nur Sonne und Mond betreuten, und die vielen anderen Sterne müßten Schaden nehmen durch eine mangelnde oder fehlende Verlagsmöglichkeit.
Ich verschwinde für acht Tage in den Schnee.[2] Du kennst ja den Urheber der Redeperle »Skifahren sei das Drittschönste«.
Herzliche Grüße,
Dein Siegfried

1 Dem Brief U.J.s vom 27. 1. 1976 liegt ein Brief an Burgel Zeeh bei. In diesem heißt es: »Möchten Sie wohl einmal den zweiten und dritten Absatz in dem Brief an Herrn Unseld ansehen? Hätten Sie wohl Lust, da mitzumachen?« In einer Aktennotiz unterbreitet Burgel Zeeh darauf folgenden Vorschlag: »Wegen der Schlagworte für Uwe Johnson habe ich mich schon bemüht. [...] Uns kam die Idee, daß eigentlich nur ein deutsches Kabarett aus diesen 50er Jahren solche Schlagworte auch jetzt noch bereit hat, sei es auf Platte, sei es als Textbuch. So habe ich Sammy Drechsel angerufen, der ja der Kopf der Münchner Lach- und Schießgesellschaft war.« U.J. antwortet mit Brief vom 10. 2. 1976 an Burgel Zeeh: »[...] Was jene historischen Schnäcke für das Nachwort zu den ›Jahrestagen‹ angeht, so haben Sie uns doch noch einmal verblüfft mit dem Schwung, den Sie in die Sache bringen wollen. Wir hätten es erwarten sollen von Ihnen. Nur, wir haben uns das anders gedacht. Einmal, es sollen ja spontane Erinnerungen sein [...]. Nun habe ich an Sie und Herrn Unseld wohl den zehnten Fragebogen in die-

ser Sache geschrieben und will einsehen, dass es so nicht geht. Zum anderen, um Hilfe bitten kann ich nur Freunde, die mir ihre Einfälle schenken. Es wäre für mich undenkbar, damit Leute von der Lach- und Schiessgesellschaft behelligt zu wissen, zum Beispiel, und ebenso, dass da jemand hingehen sollte und für mich arbeiten. Ich werde mich schon behelfen und notfalls so genau lügen, dass es stimmt.«

2 U. J. notiert handschriftlich auf dem Briefbogen: »S. ›Spiegel‹ 7/76 p 59«. In der Titelgeschichte *Streß: »Neue Krankheit des Jahrhunderts«* ist auf S. 59 zu lesen: »Kein Wunder, daß Antistreß-Programme aller Art zu einem der gängigsten Markenartikel geworden sind, ob nun in der volksnahen Form der Trimm-dich-Kampagne oder in der exklusiveren Variante, wie sie jeder bessere Kurort nun anbietet. ›Wer langläuft, lebt länger‹, künden die Wintersportplätze, Meerwasserschwimmbäder empfehlen sich zur Streßprophylaxe. Und wenn es ganz fein kommt, nennt es sich ›Psychophysisches Fitnesstraining‹, so bei dem Diplom-Sportlehrer und ehemaligen Eisschnelläufer Günter Traub, der seine Klientel, von Niki Lauda bis Siegfried Unseld, von Dunja Raiter bis Niki de Saint Phalle, in St. Moritz versammelt. Traub: ›Alle gestreßt, aber noch nicht desolat.‹« Vgl. *Der Spiegel,* 30. Jg., 1976, Nr. 7, S. 46-59.

[644; Telegramm]

Frankfurt am Main
12. Mai 1976

GRATULIERE ZUM 125. GEBURTSTAG JENER
INSTITUTION,[1] DIE DU SO GLANZVOLL
BESCHRIEBEN HAST. UEBERALL IN DEUTSCHLAND
ERWARTET MAN DICH. ICH AUCH. WILLST DU
NICHT AM 30. MAI NACH FRANKFURT KOMMEN,
WIR BRINGEN DICH ZUM 31. MAI NACH KASSEL.[2]
HERZLICHST DEIN SIEGFRIED

1 Am 18. September 1851 wird die erste Ausgabe der *New York Times*, bis 1857 noch *New-York Daily Times* genannt, in den Straßen New Yorks verkauft: vier bedruckte Seiten zum Preis von einem Penny.

2 Am 31. 5. 1976 liest U.J. anläßlich des hundertjährigen Jubiläums der Stadtbücherei Kassel auf Vermittlung der Buchhandlung Vaternahm in der Stadtbücherei.

[645]

Frankfurt am Main
12. Juli 1976

Lieber Uwe,
eben erschien der Band 800 der edition suhrkamp Karl Marx »Die ethnologischen Exzerpthefte«. Zum ersten Mal erscheinen diese Texte in deutsch. Mich würde Deine Meinung darüber sehr interessieren.
Freundliche Grüße,
Dein Siegfried

P. S.
Ich bitte um Beachtung: komplizierter Satz, 520 Seiten, DM 14,-

[646]

Sheerness
17. Juli 1976

Lieber Siegfried,
ich bin sehr erleichtert, dass ich mich dir anvertraut habe,[1] und ich danke dir für die Freundschaft, die du mir wiederum bewiesen hast.
Du sagst, da gebe es doch Heilmittel, nämlich die Zeit, und Arbeit. Beim ersten bin ich noch ausserstande, dir zuzustimmen, beim zweiten hast du recht.

Aber die Ablenkung, die du mir mit deinem grosszügigen Vorschlag verschaffen möchtest, werde ich in Frankfurt nicht finden. Denn ich habe es versucht, in einer ähnlich gemeinsamen Stadt und bin überhaupt nicht losgekommen von der Erinnerung, die hochkam schon aus dem Bahnhof, erst recht aus dem Platz am Esstisch und das Zimmer mit dem Bett. Diese Quälerei kann ich auch hier haben. Und ich würde dich belasten mit meinem Zustand, da müsstest du dich wehren; es soll aber keine Unannehmlichkeiten zwischen uns geben. Und ich würde schlecht arbeiten.
Ich verstehe, wie hilfreich du es meinst. Aber dieser Auftrag der hundert Bände, der stellt sich mit Hilfe eines Sekretariats von selbst her, meine ich; und welche Arbeit du wirklich von mir haben willst, das ist der Abschluss der »Jahrestage«. Das Material dazu steckt nun einmal in diesem Haus, und ich will es noch einmal versuchen. Solange mir ab und an ein Kapitel gelingt, habe ich die Zuversicht, es in diesem Jahr zu schaffen.
Sei von Herzen bedankt für deine Güte und dein Verständnis.
Dein Uwe.

1 U.J. hat mit S.U. über seine Ehe gesprochen.

[647]

Sheerness
7. August 1976

Lieber Siegfried,
mit diesem Brief wirst du so wenig zufrieden sein wie ich das für mich voraussehe. Denn die Frage, ob die Literatur bedroht sei,[1] ist eine theoretische und erfordert Voraussicht in die Zukunft, in beiden Disziplinen bin ich mittelmässig

... Nach vielem Nachdenken will ich dir nun doch lieber einfach schreiben, was mir einfällt.
Eine echte Gefahr sähe ich lediglich in den Erwägungen von Kultusministerien, für die »musischen« Fächer die Stundenzahl herabzusetzen, wodurch die Schüler denn auch noch die bescheideneren Voraussetzungen für den Umgang mit Literatur verpassen würden. Gegen die Überlegung, die Industrie rascher mit Arbeiternachwuchs, womöglich unkritischem, zu versorgen, spricht der Umstand, dass auf diese Weise Literatur verloren ginge als ein Mittel zur Regeneration der Arbeitskraft.
Von den Medien her sehe ich keine erhebliche Bedrohung. Denn sie alle – Film, Rundfunk, Fernsehen – haben, nach meiner Meinung, dazu beigetragen, die Funktion und die Stelle der Literatur genauer zu definieren. Wo sie mit der Literatur konkurrieren, im Hörspiel und im Film, können sie bloss Elemente der erzählenden Darstellung benutzen (auch die vielberühmte Rückblende ist dem Erinnern des Romans und der Novelle entlehnt). Sie alle stellen verschiedene Stufen der Unterhaltung und der Information dar, unterschiedliche Ebenen des Anspruchs an die Vermittlung von Wirklichkeit durch Erzählen und anderer wörtlicher Mitteilung. Den umfassenden Zugriff der Sprache, die nichts auslassen muss, entbehren sie. Das Lebensgefühl der Bundesrepublik von 1960 könnte der Film in einzelnen Aspekten rekonstruieren; einheitlich und nachprüfbar wird das erst durch einen Roman wie Martins »Halbzeit«[2] (wie ich denn das Ende des deutschen 19. Jahrhunderts bei Fontane verlässlicher fände als in der Verfilmung eines seiner Romane). Der Film, ob nun im Kino betrachtet oder vom eigenen Sessel aus, legt die Phantasie fest: Effi Briest soll also ausgesehen haben wie diese oder jene Schauspielerin, da kann dann ja nur das Kostüm stimmen; wo der Roman mir Vorschläge macht für das Imaginieren des Szenariums,

sperrt der Film mich darin ein. Ein Film nach einer Erzählung von Heinrich Böll läuft eben ab, ohne dass man die Möglichkeit des Nachprüfens, des Nach-Sehens hätte, und notwendig muss er bei der Wiedergabe der Vorlage sie verstümmeln durch die Beschränkungen seiner Mittel; einleuchtend, und behaltbar, ist mir die Geschichte dann erst durch das Nachlesen geworden. Wie wenig der Fernsehfilm seine Konsumenten zusammenholt in eine Gemeinschaft der Kommunikation, könnte man beweisen mit dem Umstand, dass noch kein Ausspruch aus jenem Lautsprecher Umgangssprache geworden wäre, eine Formel, in der eine heikle oder komplizierte Lage sprachlich zusammengefasst würde: Das ist ein weites Feld . . . Barkis is willing.[3]

Neulich hat Elisabeth in der gut versorgten Leihbibliothek von Sheerness ein Buch von Joseph Conrad gesucht, da waren von der ganzen Ausgabe nur drei Bände vorhanden. Als Ursache gab die Bibliothekarin an, es sei vor kurzem ein Fernsehfilm nach einem Roman von Conrad gelaufen. Die Zuschauer wollten also erstens nachsehen, wie die Sache denn nun »tatsächlich« (vollständig) zugegangen war, und dann sind sie auf den Geschmack geraten, den der Personalstil des schreibenden Urhebers in stärkerem Masse bieten kann als der Regisseur, auch er gewiss der Hersteller einer Welt gesehen durch ein Temperament, aber doch angewiesen auf Spezialkenntnisse seiner Konsumenten. Allerdings gibt es Filme, die möchte man noch einmal sehen; solcher Wunsch ist abhängig von den Kalkulationen des Verleihs oder anderer Programmdirektionen. Möchte ich aber in das Milieu von Böll oder Grass zurückgehen, so ist das Buch jeweils vorhanden und bereit; auch werde ich dem neuen Buch entgegengehen in Erwartung dessen, was sie nun wieder für mich herausgefunden haben, während ich anderswo abgehalten war.

Schliesslich halte ich die Literatur für so zu sagen ewig versichert durch den Widerspruch, der bestehen wird zwischen der Verfassung, die ein Gemeinwesen sich gibt, und der, in der seine Angehörigen leben. Da wird sich immer wieder jemand finden, der sich und die anderen wundgerieben fühlt zwischen Wort und Wirklichkeit, und wird versuchen, das der Gesellschaft vorzutragen mit erfundener Erzählung, deren Vorfälle eben hätten passieren können, weil der Leser sie wiedererkennt. Und unweigerlich, immer von neuem, wird ein Einzelner seine persönliche Situation von Glück oder Unglück für so unvergleichlich ansehen, dass er sie in Worte gebracht anderen mitteilen möchte, oft genug doch mit dem Ergebnis, dass auch die Gedanken und Gefühle des Lesers mit einer möglichen Klärung konfrontiert werden. Mit einer Sache aus Sprache und einem unabhängigen Verleger kann er sich an jedermann wenden, der lesen kann, darüber stimmen die Leser ab; anders etwas, das erst noch der Umwandlung durch staatseigene Apparate bedarf und schon am Anfang scheitern kann an einem ihm ungemässen Veto. Natürlich gibt es wie beim Herstellen von Kunst auch bei ihrer Benutzung eine Begabung; so mancher wird einen zusammengefassten Blick auf die Welt eben eher erlangen in der Malerei und Literatur für gering achten. Davon abgesehen meine ich, dass die Versuche der Medien mit literarischem Material sie selbst zu Unterabteilungen der Literatur machen. Schliesslich, die erzählende wie die lyrische Literatur kann sich verlassen auf das, was Peter Suhrkamp einmal sinngemäss die Neugier des Menschen auf den Nachbarn und sich selbst genannt hat; die ist nicht abzuspeisen durch Ablenkung oder Unterhaltung allein, die braucht die wörtliche Mitteilung.

Du wirst dies ja nicht missverstehen als in Sachen des eigenen Faches gesprochen. Dies ist die Meinung eines Lesers, der auf jede Strecke, die er zum zweiten Mal reist, ein Buch mitnimmt und für den das Krankenhaus keine Schrecken darstellt insofern, als man ihm da das Fernsehen verbieten könnte wie das Radiohören, aber nur in sehr kritischem Falle das Buch. Vierundzwanzig Jahre haben wir nun das Fernsehen in der Bundesrepublik, und immer noch nicht gefragt, welche Videokassette wir denn da mit Spezialvorführgerät im Gepäck gewünscht hätten, wenn die Fahrt auf jener unerreichbaren Insel endete, oder mit Hilfe welcher Literatursprechplatten wir zu überleben gedächten: immer müssen es die drei oder fünf Bücher sein.

8. August

Heute, einen Tag später, habe ich noch nachzutragen:

Es ist natürlich mehr als die Senkung der Stundenzahl in den »musischen« Fächern, was für die Literatur gefährlich sein könnte, nämlich die Pläne zur Neugestaltung des Deutschunterrichts. Wenn ihm ein Teil abgeknapst wird zur Vermittlung solcher staatsbürgerlicher Fähigkeiten wie Lesen und Analysieren von Zeitungsnachrichten, so muss das zu Lasten der Literatur gehen, insbesondere der Lyrik, da dann eine rudimentäre Unterweisung in den Formen schwerlich noch möglich ist.

Nach den grossbürgerlichen Zeiten, in denen ein gefüllter Bücherschrank den Status bestätigte, nicht aber immer die Beschäftigung mit dem Inhalt garantierte, hat eine breiter gestreute Schulbildung Generationen von Intellektuellen hervorgebracht, die ihre Bücher kaufen, um sie zu benutzen.

Auch die Entdeckung von Autoren, die die amtliche Kritik aufgegeben hat (Hesse als Prophet einer ganzen Jugendbewegung), wäre als Argument zu benutzen.

Bitte, nimm dies wenigstens für den Beweis eines guten Willens. Abschicken mag ich es eigentlich nur, weil es dir versprochen ist.

Mit herzlichen Grüssen,

dein Uwe.

1 S. U. hält am 28. 8. 1976 auf einer Tagung des Europäischen Forums in Alpbach »Die Bedrohung der Freiheit des Wortes« einen Vortrag mit dem Titel *Ist Literatur bedroht?*
2 Von Martin Walsers 1960 erschienenem Roman *Halbzeit* heißt es im Klappentext der Erstausgabe: »Wir schreiben 1960. Es ist Halbzeit, nicht nur in Deutschland. Eine Epoche läuft ab, eine neue beginnt. Die Zeit der deutschen Jahrhundertmitte hat Martin Walser mit den Mitteln weitausholender Romantechnik sichtbar gemacht. Aus vielen Facetten setzt sich so ein Sozialgebilde zusammen [. . .].«
3 In Charles Dickens' Roman *The Personal History, Adventures, Experience, and Observations of David Copperfield, the Younger*, der in Fortsetzungen 1849/50 erscheint, überbringt David Copperfield diese Nachricht Anne Peggotty. Obwohl der Kutscher Barkis Anne Peggotty nur einmal gesehen hat, ist er bereit, sie zu heiraten (vgl. Ch. D., *David Copperfield*, edited by Nina Burgis, Oxford 1981, S. 55 f.).

[648]

Frankfurt am Main
10. August 1976

Lieber Uwe,
hab Dank für Deinen Brief vom 17. Juli. Ich habe lange über ihn nachgedacht. In punkto »Erinnerungen« solltest Du den Frankfurter Platz vielleicht doch differenzierter sehen: Du hättest ein Zimmer im Verlag und würdest nicht im Hause der Klettenbergstraße, sondern in der Wohnung von Hilde in der Nordendstraße wohnen. Und die von mir so sehr gewünschte »Bibliothek für junge Leute« ist keinesfalls eine Sekretariatsarbeit. Autoren müssen motiviert werden für eine Auswahl und für das Nachwort. Dieses Nachwort muß kritisch und kreativ angesehen werden. Die Teile sollen ja eine Einheit ergeben. Das wäre schon eine große Arbeit.

Selbstverständlich sollen und müssen die »Jahrestage« kommen, die Pause wird auch immer lähmender. Aber wichtiger als dies ist Dein eigener Zustand. Hier hätte ich gedacht, daß eine andere Arbeit Dir vielleicht förderlich sein könnte. Aber es ist Deine Entscheidung.
Mir wäre es übrigens auch recht, wenn Du im Januar kommen könntest und hier am Plan dieser Bibliothek arbeitest. Wie denkst Du darüber?
Herzliche Grüße
Dein Siegfried

[649]

Frankfurt am Main
24. August 1976

Lieber Uwe,
ich habe Dir sehr herzlich zu danken für Deinen ausführlichen Brief vom 7. August 1976. Dein Brief bestätigt meine These, die Literatur ist nicht bedroht. Bedrohter als früher sind vielleicht die Bedingungen des Entstehens von Literatur; und natürlich ist Literatur bedroht, wenn der Staat schon die Sprache zensiert.
Habe Dank für Deine Überlegungen, die mir sehr wichtig waren.
Mit guten Wünschen und herzlichen Grüßen,
Dein Siegfried

[650]

Frankfurt am Main
29. September 1976

Lieber Uwe,
ein Band der Insel-Bücherei ist geziert mit den Namen Philipp Otto Runge und Uwe Johnson.[1] Ich freue mich sehr darüber. Anbei schicke ich Dir Dein Belegexemplar zu und danke Dir noch einmal herzlich. Bitte verfüge über beliebige Freiexemplare.
Dein Siegfried

1 S. U. schickt an U. J. das erste Exemplar von *Von dem Fischer un syner Fru. Ein Märchen nach Philipp Otto Runge mit sieben Bildern von Marcus Behmer, einer Nacherzählung und einem Nachwort von Uwe Johnson*, das 1976 als Band 315 der Insel-Bücherei erscheint. Die Vorgeschichte: Am 14. 4. 1976 schreibt Elisabeth Borchers an U. J.: »Lieber Herr Johnson, wir möchten es wagen, Sie einen Augenblick lang mit einer Lappalie von Ihrer wichtigsten Arbeit abzulenken.
Wenn Sie einen Blick auf das Fotokopierte werfen, wird Sie eine Ahnung überkommen. Das Märchen vom Fischer un syner Fru gehört seit langem, mit den Bildern von Marcus Behmer, der Insel-Bücherei an; zur Zeit ist der Band vergriffen, wir möchten ihn neu auflegen. Und diesen Vorgang bedenkend und den Text neu lesend, kam mir die Überlegung, daß diesem Originaltext eine Nacherzählung in hochdeutscher Sprache beigegeben werden sollte. Und Siegfried Unseld tippte auf Sie. Bitte überlegen Sie, schreiben Sie, sobald es möglich ist. Die Vorschau ist in Arbeit und sollte, wenn Sie einverstanden wären, den Hinweis auf Ihre Mitarbeit aufnehmen. Unsere Freude wäre sehr groß.« Darauf antwortet U. J. am 20. 4. 1976: »Liebe Frau Borchers, ich bedanke mich für Ihren Brief vom 14. April und will die Nacherzählung des Märchens ›Vom Fischer und syner Fru‹ gern besorgen.
Verstehen Sie darunter eine freie Übersetzung oder tatsächlich nur eine zusammenfassende Wiedergabe?
Da ich über dies Märchen zufällig etwas weiss, würde ich gern eine

Notiz anfügen. Da ich aber nicht genug weiss, wäre ich Ihnen dankbar, wenn Sie mir in der Universität aus den Pommerschen und Mecklenburgischen Wörterbüchern sowie aus einer kritischen Ausgabe von Grimm's ›Märchen‹ die folgenden Sachen suchen lassen könnten:

Pommersch: die Bedeutung von ›du Düffelkee‹ und Hinweise auf die Bedeutung von ›Manntje, Manntje Timpete‹

Mecklenburgisch: ›Manntje, Manntje . . .‹

Ausgabe der Märchen: der Fundort dieses Märchens.

Bitte, würden Sie mir den Termin mitteilen, zu dem Sie die Druckvorlage brauchen.« Elisabeth Borchers antwortet am 29. 4. 1976: »[. . .] ich möchte überschwenglich werden: so sehr hat uns Ihr Brief gefreut, der eben eintraf.

Nein, nein: nicht zusammenfassende Wiedergabe, eine Nacherzählung sollte es sein, oder eine freie Übersetzung, ganz wie Sie's nennen wollen. Nichts willkommener als eine ›Notiz‹ dazu, sprich: Nachwort?

Kann das Manuskript bis zum 1. Juli im Hause sein? Genauer: es müßte . . .«

[651]

The University of Texas at Austin
Department of Germanic Languages
[ohne Datum[1]]

Lieber Uwe,

ich höre, daß Du zugesagt hast, am 15. 12. in Frankfurt zu lesen.[2]

Schön, Dich zu sehen.

Meine dringliche Bitte: Die Frau des Bundesministers Friderichs hat in Mainz in einem Vorort aus eigener Initiative eine Bibliothek errichtet. Sie soll eingeweiht werden mit einer Lesung. Ihr Wunsch war es, Du möchtest das tun, und ich war so kühn, ihr solches als möglich zu versprechen. Könntest Du also am 14. oder 16. 12. in Mainz lesen, oder

zu welchem anderen Datum? Selbstverständlich will you get a lift and a very specific chauffeur; colour of the car will be white.
Yours truly
Siegfried

1 S.U. lehrt vom 24. 10. 1976 bis 2. 12. 1976 als Gastprofessor an der University of Texas in Austin/Texas. S.U. hält ein Seminar über zeitgenössische deutsche Literatur und eine Vorlesung über Rainer Maria Rilke und seine Verleger sowie Robert Walser und seine Verleger (siehe S.U., *Der Autor und sein Verleger*, S. 172-341). Über den 2. 11. 1976 berichtet er: »Mit Dr. Willson zum Flughafen. *Uwe Johnson* kommt. Das Flugzeug trifft später als erwartet ein. [...] Johnson kommt, mit Frau Elisabeth. Wir fahren sogleich zu seinem Motel Villa Capri und von da in die Universität; eine halbe Stunde später beginnt sein Vortrag. Im selben Gebäude, wo mein Seminar stattfindet (Business Economy Building, gen. BEB), lud die Universität ein: The Department of Germanic Languages of the College of Humanities presents a lecture entiteled: ›On the Writing of a Novel‹ by Uwe Johnson. Es sind vielleicht 20 Studenten da, die Professoren des Departments. Was Johnson dort vortrug, war schlichterdings brillant. Er trug alles frei vor, ohne jegliche Notiz, in einem herrlichen Amerikanisch, von dem ich jedes Wort verstand, die Grammatik war Oxford-like, das Idiomatische von seiner New Yorker Erfahrung getränkt. Und wunderschön sein Humor, seine Leichtigkeit, seine Güte, mit der er seine Ausführungen versah. ›Erschrecken Sie nicht, Sie müssen von mir keine Theorie anhören, ich habe zwar 5 oder 6 Bücher geschrieben, Romane auch, aber ich habe keine Theorie, wie Romane zu schreiben seien. Schon gar nicht in Anwesenheit meines Verlegers ... Ja, ich habe es immer gut gehabt mit meinen Verlegern, you will see. Well, I am born ...‹ Herrliche Beschreibung seiner Kindheit in Mecklenburg, die ersten Erfahrungen, die erste Liebe. Er hätte darüber ein Buch geschrieben, aber der hier anwesende Verleger hätte dies sein erstes Manuskript nicht angenommen, he turned it down, simply ... Und so gings weiter.«

2 Die Absicht kann nicht verwirklicht werden, weil U.J. Anfang Dezember ins Krankenhaus eingeliefert wird und am 7. 12. 1976 einen mehrwöchigen Kuraufenthalt im Alpensanatorium in Bad Wiessee antritt.

1977

[652; Ansichtskarte »Shiraz«,[1] handschriftlich]

Schiras
5. Mai 1977

Lieber Uwe,
Iran:

1.)	2.)	3.)
S. U.	T. B.	H. U.

1.) Polizei, Ikonen, Rosen
2.) KERKER, ARMUT, SCHMUTZ
3.) Männchen
Weibchen
Zeitvertreibchen
1.) the white Hesse-Horse
2.) the red Nerz, Thomas Bernhard
3.) Die blaue Rose v[on] Stambul

1 S. U. hält sich mit seiner Frau und Thomas Bernhard zwischen dem 3. und 8. 5. 1977 im Iran auf. Zu einer Lesung von Thomas Bernhard im Goethe-Institut in Schiras finden sich 5 Zuhörer ein. Thomas Bernhard erinnert sich an den Iran-Aufenthalt: »Ein kleiner stinkender Ölofen in einem Hotel in Schiras inspirierte ihn eines Abends mit Vehemenz zu einer durch und durch philosophischen Lebens- und Weltauffassung bis drei Uhr früh. [...] In Teheran schaute ich an seiner Seite [S. U.s] wie er vom dreizehnten Stock des Sheratonhotels in das Schwimmbecken, in welchem kein Wasser, aber der Hotelmüll gelagert war. Nie, weder vorher noch nachher, habe ich einen so traurigen Unseld gesehen.« (Thomas Bernhard, *Unseld*, in: *Der Verleger und seine Autoren*, Frankfurt am Main 1984, S. 52f.

[653; Ansichtskarte »Town Hall, Birmingham«]

[Sheerness]
25. Mai 1977

Liebe Hilde, lieber Siegfried,
seid Ihr am 12. Juni, einem Sonntag, zu Hause? Darf man euch da besuchen und bei euch übernachten? Ich muss wieder einmal nach meiner Schwester sehen; bei der Gelegenheit würde ich ungern an euch vorbeifahren.
Mit herzlichen Grüssen,
euer Uwe.

[654]

Frankfurt am Main
1. Juni 1977

Lieber Uwe,
ich freue mich sehr, Dich am 12. Juni zu treffen. Hilde wird verreist sein; ich selbst bin wahrscheinlich auch den Tag über unterwegs. Ich bin aber ab 19 Uhr für Dich in der Klettenbergstraße.[1]
Herzliche Grüße
Dein Siegfried

1 Nach dem Besuch der Veranstaltung *Provinz als Weltmodell* im Studio der Akademie der Künste in Berlin am 11. 6. fliegt U. J. am 12. 6. nachmittags weiter nach Frankfurt am Main und triffft S. U. wie vereinbart abends in der Klettenbergstraße 35.

[655]

Frankfurt am Main
2. August 1977

Lieber Uwe,
anbei ein Brief der Odenwaldschule und die gedruckten Bedingungen. Falls Du doch an einen früheren Termin bei der Odenwaldschule denken möchtest, würde ich mich dann noch einmal dafür stark machen.[1]
Herzlichst,
Dein Siegfried

Anlage

1 Die Anlage ist nicht erhalten. Soweit zu ermitteln war, findet die Lesung in der Odenwaldschule nicht im Jahre 1977 statt.

[656]

Frankfurt am Main
7. Dezember 1977

Lieber Uwe,
an unserem Abschiedsabend für Hans Werner Richter im Hotel »Kleber-Post« am 17. September 1977 in Saulgau[1] versprachen wir ihm noch eine Art Festschrift. Wir wollten auf einem DIN A 4-Blatt eine »Erinnerung an Hans Werner Richter« aufschreiben. Nach Möglichkeit handschriftlich, nach Möglichkeit eine bis drei Seiten. Das Wichtige wäre, daß im Zentrum dieser Erinnerung wirklich Hans Werner Richter steht, und wenn das eine oder andere Richter-Ereignis von Verschiedenen erinnert wird, so wäre dies nur ein besonderer Reiz.
Ich habe die Liste derer, die heute die Gruppe 47 bilden, in

diesen Tagen von Hans Werner Richter erhalten (und ich werde dieses bislang wohlbehütete Geheimnis weiterhin im Safe des Verlages lassen), so daß diese Bitte um Mitarbeit erst jetzt herausgehen kann. Ich stelle mir vor, daß nicht jeder sofort zur Feder greifen kann und daß wir also den letzten Text und seine Einbindung in eine schöne Leder-Kassette nicht mehr zu Weihnachten 1977 schaffen. Ich möchte vorschlagen, daß wir uns als Abgabetermin den 2. Januar 1978 vornehmen. Also meine herzliche Bitte: rechtzeitig zum genannten Termin diese Erinnerung für Hans Werner Richter an mich per Adresse Suhrkamp Verlag schicken. Wir werden im Januar die Kassette erarbeiten und sie zu einem passenden Termin im Kreise von Freunden Hans Werner Richter übergeben.
Mit freundlichen Grüßen
Dein Siegfried

P. S.
Aus Gründen der einheitlichen äußeren Form liegen hier einige Blatt Bütten an.

1 Vom 16. bis zum 19. 9. 1977 findet im Hotel »Kleber-Post« in Saulgau, Baden-Württemberg, die Tagung der Gruppe 47 statt. S.U. schreibt hierzu im Reisebericht: »Fahrt mit *Uwe Johnson* im Zug. Gespräch über das Allgemeine und sein Besonderes, was freilich keine neuen Aspekte bietet. Doch insgesamt hat er sich gefestigt, er hofft, bis Endes des Jahres noch [mit den *Jahrestagen*] fertig zu werden. Es gab einige Details aus seinem persönlichen Leben. Als er während der Diskussion der Gruppe zweimal das Wort – zugegebenermaßen etwas weltenrichterlich – ergriff, wurde er von verschiedenen Seiten als ›doktrinär‹ gerügt.«

[657]

Frankfurt am Main
21. Dezember 1977

Lieber Uwe,
vielleicht kannst Du Dir ein wenig vorstellen, wie meine »letzten« Arbeitstage in diesem Jahr hier aussehen. Irgendwie geht es bei uns rund um die Uhr. Aber das ist ja auch gut so. Bewegen ist alles.
Ich denke herzlich an Dich, und ich werde auch noch, bevor das Jahr zu Ende geht, mit Dir ein längeres Telefonat führen.
Dies nur als Zeichen meines Denkens an Dich.
Ich hoffe, es geht Dir gut, und Du schreibst an dem Buch, das ich mir so sehr wünsche.
Herzlichst
Dein Siegfried

[658]

Neustadt am Rübenberge[1]
23. Dezember 1977

Lieber Siegfried,
ich habe mich sehr zu deinem Brief gefreut und danke dir. Noch einmal danken möchte ich dir für dein Einverständnis dazu, dass die »Jahrestage« erst einmal liegen bleiben dürfen. Für mich waren sie ja etwas dir Versprochenes, und das Bewusstsein, dir gegenüber säumig zu sein, hat mich ziemlich belastet. Ich empfinde also die Aufforderung zum Aufschreiben jener Sache, die mir in der Mitte sitzt, durchaus als eine Erlaubnis.
»Marthas Ferien« soll das heissen.[2] Das erste Kapitel habe ich. Schwierig beim Verfertigen ist manchmal der fröhliche

Ton, auf den die Sache im ursprünglichen und nichtsahnenden Plan gestimmt war, und der ja durchaus beibehalten werden muss – fürs erste. Aber ich bin sicher, das wird kaum auffallen.
Neulich aber hast du mir einen dicken Knüppel zwischen die Schreibmaschinentasten geworfen. »Erinnerungen an Hans Werner Richter« – wie macht man das? Und dann auch gleich bis zum 2. Januar!
Du kündigst da einen Anruf an. Lass mich vorsorglich bemerken, dass zwar in diesem Hause mehrere Telefone stehen, aber sie stehen alle im Dienst einer Tierarztpraxis, also keines an einem irgend wie privaten Ort. Über die besseren Sachen kann man sich da schlecht unterhalten, und ich hätte solche auch immer noch nicht zu melden.
Von dir lese ich gerne, dass es bei euch »rund um die Uhr« geht, dass du das ganz gut findest, schmecke das nach und freue mich daran.
Dir und Hilde wünsche ich ein Jahr 1978, wie ihr es nur haben wollt.
Mit herzlichen Grüssen,
dein Uwe.

1 U.J. hält sich vom 30. 12. 1977 bis zum 19. 1. 1978 bei der Familie des befreundeten Tierarztes Dr. Felix Landgraf in Neustadt am Rübenberge (in der Nähe von Hannover) auf. Den Aufenthalt unterbricht er am 14. und 15. 1. für einen Kurzbesuch in Berlin zu einer Sitzung der Akademie der Künste.

2 Der Text ist Fragment geblieben und wird 1988 aus dem Nachlaß veröffentlicht. Vgl. Norbert Mecklenburg (Hg), *Uwe Johnson. Versuch, einen Vater zu finden. Marthas Ferien.* (Texte und Tonkassette), Frankfurt am Main 1988, S. 35-50; siehe auch Brief 637, S. 881 f.

1978

[659]

Neustadt am Rübenberge
2. Januar 1978

Lieber Siegfried,
hoffentlich habt ihr damit gerechnet, dass einer sich um anderthalb Tage verspätet mit der Ablieferung seiner »Erinnerung an Hans Werner Richter«, und ich bitte um Entschuldigung. Die Suche nach etwas Anbietenswertem war doch mühselig, und obendrein erschwert dadurch, dass ich mich ja in der Hauptsache um Ereignisse auf den märkischen und mecklenburgischen Gewässern im Frühsommer 1932 zu kümmern habe.[1]
Wenn er einen guten Graphologen zur Hand hat, hat er uns dann alle in der Hand. Damit er aber weiss, was er in meiner Handschrift nicht lesen kann, habe ich eine Übertragung als drittes Blatt beigelegt.
Ärgerst du dich auch über das Manifest des »Bundes Demokratischer Kommunisten Deutschlands« in der D. D. R.? Mir fällt das leicht. Zu den ärgsten Vorstellungen gehört für mich, dass ein solcher Aufruf tatsächlich von ostdeutschen Parteimitgliedern verfasst worden sein könnte, weil sie mit ihrer naiven Moral die Wirklichkeit so komplett verfehlen. Bei manchen Stellen glaube ich das nicht, etwa wenn sie vom »Chefredakteur Marx« sprechen oder nicht glauben wollen an »Gottvater Marx, Jesus Engels oder gar den Heiligen Geist Lenins«, denn die religiöse Blasphemie ist zu dumm und billig und widerspricht sogar dem anderswo geäusserten Urteil, diese Trinität werde in der D. D. R. für so gefährlich geachtet,

dass man sie als Ausgewiesene zu betrachten habe. Es ist fast gar keiner ihrer Vorschläge machbar, nicht einmal wenn sie nach Lenins »weisem« (wieder die unnötige Invektive) Wort einen »Frieden ohne Kontributionen und ohne Annexionen« herstellen möchten, was doch hinausläuft auf die Rückführung Danzigs in deutsche Verwaltung und die noch groteskere Möglichkeit, dass die Sowjetunion ihre Reparationen zurückzahlt. »Wir sind nicht verblendet« ... gewiss nicht. Dahin würde ich ein anderes Wort setzen.[2]
Im Vertrauen sage ich dir, dass Günter Grass in der westberliner Akademie aus dem Verdienst »für« sein letztes Buch eine Stiftung bürgerlichen Rechts einrichten will, für die Vergabe eines nach Alfred Döblin benannten Preises, also einer Auszeichnung, bei der man garantiert Günter Grass mitdenken wird. Es ist eine der vielen Gelegenheiten, bei denen man ihm aus schierer Freundschaft abraten möchte (es gibt ja Hilfsfonds bei der Akademie wie beim Schriftstellerverband, deren Dürftigkeit man verringern könnte), aber er wird ja wohl darauf bestehen und eines Tages der gute Mensch von Danzig genannt werden. Na, sag es nicht weiter.[3]
Mit herzlichen Grüssen,
dein Uwe.

1 Siehe Brief 658, S. 907.
2 Unter dem Aufmacher *»Wir sind gegen die Einparteien-Diktatur«* veröffentlicht *Der Spiegel*, 32. Jg., 1978, Nr. 1, S. 21-24, und Nr. 2, S. 26-30, *Das Manifest der ersten organisierten Opposition in der DDR*. Die anonymen Autoren nennen sich »Bund demokratischer Kommunisten«, nach Angaben des *Spiegels* wird er von mittleren und höheren Funktionären der SED getragen. »Ursprung und Authentizität des ›Manifest‹ [sind] bislang nicht vollständig aufgeklärt. [...] Das ›Manifest‹ bot einerseits eine mit beißender Schärfe formulierte Abrechnung mit dem SED-Regime auf nahezu allen Politikfeldern, andererseits war die ideologische Basis [...] ein Konglomerat verschiedener Konzepte der deutschen und internationalen sozialistischen Basis.« Christoph Kleßmann,

Die Opposition in der DDR vom Beginn der Ära Honnecker bis zur polnischen Revolution 1980/81, in: *Materialien der Enquete-Kommission »Aufarbeitung von Geschichte und Folgen der SED-Diktatur in Deutschland«*, Baden-Baden 1995, Band VII/2, S. 1104.

3 Das »letzte Buch« von Grass, aus dessen Verdienst er den Alfred-Döblin-Preis stiftet, ist der 1977 im Luchterhand Verlag erschienene Roman *Der Butt.*

[660; Anschrift: c/o Landgraf, Theodor-Heuss-Str. 25A, Neustadt a. R.]

Frankfurt am Main
3. Januar 1978

Lieber Uwe,
hab herzlichen Dank für Deinen Brief vom 2. Januar. Viele, die Erinnerungen für Hans Werner Richter aufschreiben sollten, baten um Aufschub und machten auch den Vorschlag, diese Mappe erst zu seinem 70. Geburtstag im November zu überreichen. Dem will ich gerne entsprechen, denn wenn man das vorher machte, käme er vielleicht auf die Idee, ich solle das zum 70. drucken – und das wäre doch dann eine sehr aufwendige Ehrung. Wir wollen es also verschieben und ihm in der Tat die Mappe zum 70. Geburtstag überreichen, Deinen Text behalten wir natürlich hier![1]
Über das »Manifest« des »Bundes« kann ich mich weder ärgern noch wundern; solche Typen, die dies schreiben können, gibt es bei uns wie in der DDR, und daß irgendwann drüben das Erstarrte ausschlägt, scheint mir auch nur eine Frage der Zeit.
Herzliche Grüße und gute Wünsche,
Dein Siegfried

1 U. J.s *Erinnerungen an Hans Werner Richter* erscheinen in: Hans A. Neunzig (Hg.), *Hans Werner Richter und die Gruppe 47*, München 1979, S. 209 f.

[661]

Sheerness
19. Februar 1978

Lieber Siegfried,
hier bekommst du meine Umschrift deines Tonband-Gespräches mit Herrn Peter Roos. Es war nicht ganz leicht, weil er mit seinen Fragen springt, aber nun denke ich mir doch, du könntest so gesprochen haben, wie es in meiner Fassung aussieht.
Einige Umstellungen schienen mir unumgänglich. In der ersten habe ich an deine Antwort über Beissner (PR p. 7) herangeholt, was du später ergänzend darstellst (PR p. 15 = Umschrift p. 5 und 5a).
In der zweiten habe ich deine persönliche Ansicht von Beissner von PR 11 eingefügt in den Streit mit ihm (PR p. 10 = Umschrift p. 6).
Deine Antwort unten auf Seite PR 13, wo du eine Zusammenfassung beginnst, habe ich in den Schluss (Umschrift p. 9) eingebaut, weil du ja am Abschliessen gehindert wurdest.
Bei PR 16 wirst du sehen, dass ich unten einen Satz etwas hochgeholt habe zu dem gemeinsamen Gegenstand Ernst Bloch (= Umschrift p. 8).
Der erste erhebliche Strich schien mir nötig auf Seite 14 von PR. Denn deine Antwort auf seine lange Frage, wie man sich denn so fühle nach einem solchen Lebenswege, beantwortest du recht ungefähr, und auf seine Erkundigung nach deiner Arbeit über Mörike sprichst du über Hesse, und zwar in einer so allgemeinen Art, endend bei deinem Verhältnis zu Literatur überhaupt, dass ich meine, dies schon einmal bei dir gelesen zu haben.
Der nächste Strich betrifft deine ersten Lese-Eindrücke, deinen Jungvolkführer Scholl und die inhaltliche Verzaube-

rung durch Rilke. Da wünscht Herr Roos sich weitere Ausführungen, ich aber würde dir davon abraten, ganz einfach weil das Ulmer Sachen sind und das Gespräch doch etwas über Tübingen erbringen soll.
Die Seite 17 habe ich nicht umgeschrieben, weil er da doch recht unverhofft zu sprechen kommt auf jenen Streit um die Mitbestimmung. Das gibt keine Auskunft über Tübingen, und wenn du dies doch irgend wo, etwa gelegentlich deines Eintritts in den Suhrkamp Verlag, einbauen möchtest, so bitte ich dich, seine Frage genau zu kürzen um den Bezug auf jenen »Schlüsselroman«.
Ebenso auf dieser Seite habe ich weggelassen seine Frage, ob du Beissners Publikationen und Nachlass veröffentlichen würdest, denn deine Antwort dazu fehlt, und wenn es eine geben soll, müsste sie wohl da eingefügt werden, wo von Beissner die Rede ist.
Bitte, achte besonders auf drei Einfügungen von mir, die ich für unerlässlich ansah. Die erste besteht aus den Worten »nur im Schriftlichen« (Umschrift p. 7, Ende des ersten Absatzes), denn die Pointe ist ja, dass du im Mündlichen Examen dir ein rite eingehandelt hast.
Die zweite Einfügung ist der Nebensatz »konventionell wie es war« (Umschrift p. 8, dritter Absatz), auf die damalige Art des Studierens bezogen. Sie würde vielleicht dem Leser helfen, deinen Ausdruck »durchmogeln« schneller zu begreifen.
Die dritte Einfügung von mir ist in der Umschrift ebenfalls auf Seite 8, Absatz 5: »durch die gemeinsame Zeit, die gemeinsamen Erfahrungen« sei man mit diesen Schriftstellern auf einer Wellenlänge. Die ist da bloss zum Zweck einer Erläuterung.
Die Umschrift von Herrn Roos liegt bei, ebenso sein dreiseitiger Brief an dich vom 3. Februar.
Da du so stoisch erwartetest, dies alles würde verloren ge-

hen, schicke ich es dir eingeschrieben. Das mag die Ankunft verzögern, nimmt aber mir die Sorge, mit der du mich angesteckt hast.
Mit herzlichen Grüssen
dein Uwe.

P. S.
Die Kopie meines Briefes an Raddatz soll zu deiner Information dienen. Wenn du es für richtig oder notwendig hältst, kann Martin sie kennen lernen.

[661b; Anlage 2, Brief von U. J. an Fritz J. Raddatz, Durchschlag]

26 Marine Parade, Sheerness-on-Sea,
Kent ME12 2 BB, England
19. Februar 1978

Herrn Dr. F. J. Raddatz
DIE ZEIT, Feuilleton
Postfach 1068 20
2 Hamburg 1

Liebes Fritzchen,
wir sind gewöhnt an diese Anrede, aber Sie machen mir die schwer, so wenn Sie unser Zusammentreffen am 9. dieses Monats in Hamburg[1] für Martin Walser am Telefon zusammenfassen in der Darstellung, »wir« hätten anlässlich des neuesten Ausrutsches von Reich-Ranicki über Martin Walser »den Stab gebrochen«.
Ich bestreite das durchaus und bitte Sie, dies in Ordnung zu bringen.
Fragen Sie die vier Leute, die ausser uns am Tisch sassen, und auch ich will Ihrer Erinnerung auf die Sprünge helfen.

»Wir«, das klingt nach einer trauten Zweisamkeit; Sie selbst stellen in Ihrem Brief vom 10. Februar fest, ich sei »gewohnheitsgemäss mürrisch« gewesen. Ja, nur dass es von etwas anderem kam als von der Gewohnheit, nämlich von Ihren unablässigen Anspielungen auf die Tatsache, dass ich mit einer Dame im gleichen Zug von Hannover angefahren kam, denken Sie mal, im gleichen Hotel wie sie übernachten werde, stellen Sie sich das vor, und womöglich Zimmer an Zimmer. Sie waren ja nicht aufzuhalten in Ihren Witzeleien, und so mag ja der feine Ton der hamburger Geisteswelt sein, aber seit wann denken Sie, dass mir der gefällt?

Zum anderen, sobald wir am Tisch versammelt waren, habe ich Sie hingewiesen auf Ihr Versprechen, meinen Sheerness-Text[2] weder mit einer grafischen noch einer fotografischen Illustration zu versehen, und auf den Umstand, dass Sie gerade das getan haben. Sie stritten das Versprechen ab, und ich mochte Ihnen nur noch antworten, dass es mir jedoch im Gedächtnis bleiben werde. Haben Sie tatsächlich den Eindruck, dass danach noch so vertrauliches Gespräch zwischen uns vorkam, dass »wir« über jemand etwas brechen, zum Beispiel einen Stab?

Es ist Ihnen bekannt, dass ich Herrn Reich-Ranicki eine Mitarbeit an seinem Feuilleton verweigert habe, ausdrücklich wegen seiner Warnung vor einem Buch Martin Walsers, es lohne sich nicht, davon auch nur eine einzige Zeile zu lesen.[3] Wie das in Ihrem Verständnis zusammenpasst mit einem derartigen Bruch meiner Solidarität Martin Walser gegenüber, es ist mir unerfindlich.

Erklären Sie das, bitte, Martin Walser, und mir.

Mit freundlichen Grüssen

Ihr Uwe Johnson.

1 Am 9. 2. 1978 liest U. J. abends im Malersaal des Deutschen Schauspielhauses in Hamburg, am Nachmittag trifft er sich mit Fritz J. Raddatz.

2 U. J., *Ach! Sie sind ein Deutscher?* in: *Die Zeit*, 33. Jg., 1978, Nr. 6 (v. 6. 2.), S. 38.

3 Marcel Reich-Ranicki beginnt seine Rezension des Romans *Jenseits der Liebe* in der *Frankfurter Allgemeinen Zeitung* v. 27. 3. 1976 mit den Sätzen: »Ein belangloser, ein schlechter, ein miserabler Roman. Es lohnt sich nicht, auch nur ein Kapitel, auch nur eine einzige Seite dieses Buches zu lesen.«

[662]

Frankfurt am Main
16. März 1978

Lieber Uwe,
hab Dank für Deinen Brief vom 19. Februar. Ich sehe, welche Mühe Du Dir gegeben hast mit diesem Interview. Hab herzlichen Dank. Ich habe aufgrund Deiner Version das Ganze nun doch noch einmal überarbeitet, für diese Überarbeitung war aber sehr gut, was Du aufgenommen, und vor allen Dingen, was Du weggelassen hast. Ich habe das übernommen.[1]
Herzlichen Dank – zu Gegendiensten gerne bereit,
Dein Siegfried

1 Die von S. U. überarbeitete Fassung des Gesprächs ist als »Viertes Gespräch« abgedruckt in Peter Roos, *Genius loci. Gespräche über Literatur und Tübingen*, Pfullingen 1978, S. 56-65. Zur von U. J. überarbeiteten Fassung dieses Interviews siehe Anhang 4, S. 1149 ff.

[663; Ansichtskarte »San Francisco«, handschriftlich]

San Francisco, California
8. Mai 1978

Mein lieber Uwe,
Man scheint meine Vorträge auch in Californien zu mögen![1] Gestern erhielt ich ein Orakel: »you will live long with happiness and joy.« Also!
Dir sehr herzliche Grüße
Dein Siegfried

1 S.U. reist vom 28. 4. bis 18. 5. 1978 in die USA: Er ist vom 6. bis 10. 5. in San Francisco. Er hält an der Universität Berkeley einen Vortrag über *Hermann Hesse's Call: Be yourself*, in Austin, Chicago und an der Stanford University in Palo Alto sowie in Los Angeles spricht er über *Some Reflections on Goethe's Poem ›The Diary‹ and its Impact on Rainer Maria Rilke*.

[664]

Sheerness
7. Juni 1978

Lieber Siegfried,
mit gleicher Post habe ich bei Hilde angefragt, ob euch mein Besuch um den 19. Juli genehm wäre, und wiederhole das nun bei dir.
Sollte da etwas zustande kommen, so verschweige deiner Frau doch, bitte, dass ich am 20. Geburtstag habe. Denn wie ich sie kenne, wird sie dazu etwas veranstalten wollen, diese Mühe möchte ich ihr gern ersparen, und dies um so mehr, als ich dies Datum schon seit vielen Jahren nicht für einen Anlass angesehen habe.
In einer Sache möchte ich aber jetzt schon deinen Rat erbitten. Ich gehöre zu der Jury für den Fontane-Preis 1979,[1] den

die westberliner Akademie der Künste alle sechs Jahre vergibt, und blicke nun etwas ratlos um mich. Denn leider könnte meine Entscheidung für Martins »Fliehendes Pferd« missverstanden werden als Bevorzugung eines Freundes und des eigenen Verlages,[2] was mir noch nicht eben viel ausmachen würde, aber schaden tut es sicher. Sonst aber wüsste ich kein neueres Buch, dem ich notfalls die Mühe einer Laudatio widmen würde. Das kann daran liegen, dass meine Besuche in westdeutschen Buchhandlungen, die Lektüre von »Zeit« und »Spiegel« eben doch unzureichend sind für ein umfassendes Bild, und da wäre mir eben von dir ein Hinweis auf ein nach deiner Meinung preiswürdiges Buch sehr recht.

Weiterhin wüsste ich gern deine Ansicht zu der Frage, ob man diese Frage auch anderen Verlagen stellen darf (und an wen man sich auf dem besten Dienstwege wendet bei Rowohlt, Luchterhand, Hoffmann und Campe). Ich möchte nicht, dass es am Ende aussieht wie ein Schnorren um unentgeltliche Bücher, Bücher habe ich nachgerade genug, es geht mir tatsächlich um Information. Schreibst du mir deswegen gelegentlich?

Warum erkenne ich nur deine Stimme nicht am Telefon, wenn du englisch sprichst? Ich hatte dich durchaus für einen Angelsachsen gehalten. Aber vielleicht störte mich mein Zögern über dem Problem, ob der »unbekannte« Anrufer nun den U.S.A. oder diesem Lande zuzurechnen wäre.

Wishing you a long life with happiness & joy, California style,

yours, truly,

Uwe.

1 U. J. ist 1979 zum zweiten Mal, nach 1971, Mitglied der Jury des Fontane-Preises. Dieser wird 1979 Alexander Kluge zuerkannt.

2 Martin Walsers Novelle *Ein fliehendes Pferd* erscheint 1978 im Suhrkamp Verlag.

[665; vervielfältigter Brief von S.U. an U.J. und andere Autoren]

Frankfurt am Main
14. Juni 1978

Liebe Ilse Aichinger, Verehrte Alice Ceresa,
liebe und geehrte Autoren,
ich komme auf unsere Züricher Veranstaltung zu Ehren von Robert Walser am 14. April 1978 zurück.[1] In ihrer Art schien sie mir vollkommen, ich kann mir kein besseres Eintreten für einen Dichter denken. Ich habe mich am Abend schon bei Ihnen bedankt, ich möchte das aber noch einmal auch im Auftrage des gemeinsamen Veranstalters, der Präsidialabteilung, der Carl Seelig-Stiftung und des Suhrkamp Verlages sehr herzlich tun.
Ich habe erst jetzt von der Präsidialabteilung der Stadt Zürich eine Übersicht über die Abrechnung erhalten. Leider ergibt sich nun doch ein größeres Defizit; die Präsidialabteilung der Stadt Zürich und der Suhrkamp Verlag waren sich einig, daß aus einem eventuellen Überschuß Honorare an die Autoren gezahlt werden sollten, ein Verlust aber von uns hälftig getragen werden sollte.
Wie gesagt, ich habe diese Übersicht erst jetzt erhalten und möchte mich deshalb mit meinem nochmaligen Dank an Sie mit folgendem Anerbieten wenden:
Wir möchten Ihnen für Ihre Lesung an diesem Abend Bücher der Verlage Suhrkamp/Insel in Höhe von DM 500,- anbieten; sollten Sie von diesem Angebot keinen Gebrauch machen, sind wir bereit, Ihnen DM 250,- zu überweisen.
Wir haben den Abend auf Band aufgenommen und nun auch eine 100minütige Band-Kassette zur Dokumentation für Archive und Bibliotheken sowie für besonders Interessierte (in kleinster Auflage, die sich hier beim Verlag gemeldet haben) hergestellt. Ich möchte Sie bitten, auch hier einverstan-

den zu sein, daß wir im Rahmen dieser Dokumentation Ihre Stimme aufnehmen dürfen.
Wir planen, die Rede von Martin Walser über Robert Walser im Schauspielhaus auf einer Schallplatte festzuhalten. Falls Sie Wert darauf legen, diese Schallplatte zu erhalten, so teilen Sie uns dies bitte mit.
Noch einmal: herzlichen Dank an Sie für Ihre Mitwirkung.
Ich glaube, der Abend wird denk-würdig bleiben.
Mit freundlichen Grüßen
Ihr Siegfried Unseld

Anlage

1 Vom 14. bis 16. 4. 1978 findet in Zürich und Biel eine »Zentenar-Feier« zu Ehren von Robert Walser statt. Neben der Eröffnung der Ausstellung *Robert Walser/Karl Walser* und dem Robert-Walser-Symposion in Zürich sowie der Verleihung des Robert-Walser-Preises in Biel steht für den Abend des 14. 4. eine »Hommage à Robert Walser« auf dem Programm, veranstaltet vom Suhrkamp Verlag Zürich, bei der deutschsprachige Schriftsteller aus Walsers Werk lesen. U. J. schreibt hierzu am 16. 3. an Burgel Zeeh: »[. . .] für den 14. April und Zürich habe ich mir jetzt den Lebenslauf Simon Tanners ausgesucht (ROBERT WALSER, ›Geschwister Tanner‹, BS 450, p. 320-332). Nun wüsste ich ja gerne, ob etwa einer der anderen Fest-Sprecher auf genau das gleiche Stück verfallen ist. Dann würde ich versuchen, nachzugeben.« Auf Burgel Zeehs Information hin, daß jedem Autor 5 bis 8 Minuten zur Verfügung stehen, reagiert U. J.: »Wenn die Zeit für die einzelnen Teilnehmer so begrenzt ist, will ich dennoch bei dem von mir ausgewählten Text bleiben und ihn lieber kürzen. Was für eine gewaltige Veranstaltung! ich habe sechzehn Namen gezählt.« Martin Walsers Rede über Robert Walser mit dem Titel *Über den Unerbittlichkeitsstil* ist abgedruckt in: M. W., *Werke in zwölf Bänden*, Bd. 12, S. 294-321. Die Schallplatte mit der Rede erscheint 1978.

[666]

Frankfurt am Main
21. Juni 1978

Lieber Uwe,
hab Dank für Deinen Brief vom 7. Juni. Vielleicht war das alles ein Juni/Juli-Mißverständnis. Selbstverständlich freuen wir uns, wenn Du am 19. Juli kommst, und wir werden Deinen Geburtstag einfach feiern!
Am 19. Juli hat Herbert Marcuse seinen 80. Geburtstag. Es gibt Gerüchte, daß er nach Deutschland kommen wird. Aber das braucht Deine Pläne nicht zu stören.
Herzliche Grüße
Dein Siegfried

[667]

[Sheerness]
4. Juli 1978

Lieber Siegfried,
sei auf das schönste bedankt für deine Arbeit über Goethes »Tagebuch«, beglückwünscht dazu aber auf das herzlichste.[1] Vor allem gefällt mir der Ton, der die wissenschaftliche Ermittlung und das Vergnügen am Fund und Finden glücklich vereint. Das ist eine deiner Privat-Dissertationen, und von mir aus bist du nun Professor »with tenure«.
Jenen Geburtstag am 20. Juli wollen wir aber doch lieber übergehen; ich hab nichts zum Feiern.
With richest regards,
yours, truly,
Uwe.

1 S. U., *»Das Tagebuch« Goethes und Rilkes »Sieben Gedichte«*, Frankfurt am Main 1978 (Insel-Bücherei Nr. 1000).

[668]

Sheerness
4. August 1978

Lieber Siegfried,
mögest du dich wohl befinden im Hotel von Herrn und Frau Braun.[1] Aber glaube diesem rüstigen Paar nur unter Vorbehalten, so wenn du versuchen solltest, mich anzurufen, und sie dir mitteilen, der Teilnehmer melde sich nicht. Denn meinem Telefon ist das Bewusstsein geschwunden, der Sprechstrom ist mir verwehrt, und infamer Weise wird es deinem Ohr geduldig den rufenden Doppelton anbieten, mich aber aus allen zehn Löchern der Wählscheibe scheinheilig anschweigen. Das wird wohl so bleiben bis zu deinem Besuch in London, denn die Techniker dieser Branche gedenken sich ihre Bezüge aufzubessern vermittels eines Diensts nach Vorschrift, davon scheinen Reparaturen ausgeschlossen.
Vorkommenden Falles bitte ich also um ein Telegramm – die Postboten gehören zu einer anderen Gewerkschaft.
Mit herzlichen Grüssen,
Uwe.

1 S. U. hält sich zwischen dem 10. und 12. 8. 1978 in London auf anläßlich der Uraufführung von Edward Bonds *The Woman*. Er wohnt in dieser Zeit im Hotel Brown und trifft Elisabeth und Uwe Johnson sowie die Familie Walser.

[669]

Frankfurt am Main
17. August 1978

Lieber Uwe,
also zu Deiner Preis-Frage: ich meine, E. Y. Meyer verdient diesen Preis für seinen Roman »Die Rückfahrt«. Ich lege Dir einige Kritiken bei. Ich würde schon sagen, daß hier ein hervorragender Autor ausgezeichnet würde.
Herzlich und wie immer –
Dein Siegfried

Anlagen

[670]

Sheerness
18. August 1978

Lieber Siegfried,
wenn ich mir heute die Notizen durchlese, in denen ich Einzelheiten von Martins mitternächtlichem Ausbruch festgehalten habe, kommt mir die Szene unwirklich vor. Denn ich war ja nach London gekommen mit der Versicherung, die Walsers, »man würde sich sehr freuen« über meinen Besuch oder eine Nachricht.[1] Und tatsächlich haben wir einen vergnügten Nachmittag und Abend verbracht, ganz in dem von mir gewünschten Ton, an dem ich doch seit 1959 meine Freude habe. Zwar hat er sich am nächsten Morgen mit einem Brief im Hotelfach entschuldigt für die Form, und nochmals am 15. mit einem Eilbrief, in dem er bedauert, dass er »nichts vermochte gegen das Aufwallen der ältesten Gekränktheitserinnerungen« und dass ich mir das anhören musste, so seine Worte.

Aber ich hätte mir das mit aller Bereitschaft angehört, wenn er damit im Frühjahr 1974 herausgekommen wäre. Da nennt er meine Anmerkungen zu seinen »Gründen zur Freude«[2] noch bloss »Kalauer oder, wenn Du's lieber kantisch hast, analytische Urteile«. Damals wäre ja eine unaufgeregte Diskussion möglich gewesen, die nun verhindert ist durch vier Jahre heimlichen Gekränktseins. Wie rein mein Gewissen war, beweist doch mein Vorschlag von damals, seins und meins gemeinsam zu veröffentlichen, und es ist mir unerfindlich, aus welchem Grunde er damals glaubte, seine wahre Reaktion verheimlichen zu müssen.
Wie gross mein Vertrauen auf das vermeintlich gute Einvernehmen war, siehst du daran, dass ich auch nach London fuhr mit dem Vorsatz, ihm meine privaten Verhältnisse mitzuteilen, wie man das »besten Freunden« glaubt schuldig zu sein. Nun bin ich allerdings erleichtert, dass ich so lange gezögert habe und es schliesslich unterlassen.
Der Schmerz, ihn verloren zu haben, ist gewichtig genug, einen anderen, den ich für tiefer gehalten habe, des öfteren zu vertreiben.
Mit herzlichen Grüssen,
yours, truly,
Uwe.

P. S.
Bitte, schick mir doch gelegentlich die genauen Bedingungen für jene Vorlesungen.
Ein zweiter Brief liegt bei.

1 Am 4. 8. 1978 schreibt Burgel Zeeh an U. J.: »Lieber Herr Johnson, ein Gruß zuvor von Martin Walser: er wird vom 10. - 13. August in London sein, und zwar mit Käthe und Franziska Walser. Die family wohnt im SHERATON HOTEL TOWER; man würde sich sehr freuen, wenn Sie sich melden wollten oder eine Nachricht hinterlegten.« U. J. und Martin Walser treffen sich am 12. 8. 1978.
2 Siehe Brief 533, S. 749ff.

[671]

Sheerness
19. August 1978

Lieber Siegfried,
bitte, sag mir gelegentlich deine Meinung zu meinem Brief an Herrn Raddatz, der in Kopie beiliegt.[1]
Das Ärgste an der kaltschnäuzigen Geschwätzigkeit dieses Menschen ist die Folge, dass ich nunmehr zumindest Max Frisch den Sachverhalt zugeben muss, damit er ihn nicht erfährt in der Form eines Gerüchts. Und der Gebrauch der vorgedruckten divorce/seperation cards, wie sie hier im Handel sind, ist mir ja verwehrt.
Das neueste Angebot von den Immobilien-Maklern: ein Haus in der Alma Street, parallel zur Marine Parade. In die Alma Street kann ich hineinblicken. Aber ich habe ja anderes zu tun.
Mit herzlichen Grüssen,
yours, truly,
Uwe.

[671a; Anlage, Brief von U.J. an Fritz J. Raddatz, Durchschlag]

Sheerness
19. August 1978

Wundersames Fritzchen:
Gestern nachmittag sass ich an einer Sache, mit der ich weiterhin mein langes Schweigen abzubüssen gedachte. Es war etwas fast Lustiges, ergattert auf einer Reise, und es schien sich durchaus zu lohnen, das aufzuschreiben für ein Fritzchen und die »Zeit«. Nun habe ich es endgültig aus der Maschine genommen.
Denn ich wurde unterbrochen durch die telefonische Mitteilung, man erkundige sich bei Herrn Unseld und seiner

Sekretärin, ob meine Frau und ich in der Tat getrennt leben. Jedes Mal wurde als Quelle dieser Frage genannt: Raddatz von der »Zeit«, Hamburg.

Wäre etwas an der Freundschaft, die Sie so gern beschwören, so hätten Sie eine solche Frage angehalten, statt sie in Gang zu bringen. Wenn Sie denn wahrhaftig einer Antwort bedürften, so gab es doch wohl nur eine einzige richtige Adresse, die unsere. Der Diskretion, die einem Verehrer Tucholskys angestanden hätte, zogen Sie eine undelikate Gerüchtemacherei vor.

Sie lohnen uns schlecht, dass wir zu Ihnen standen in einer Zeit, da Ihre Reputation noch mehr umstritten war. Sie danken uns mit Infamie für unsere Gastfreundschaft, unsere Aufmerksamkeit für Ihre Konfidenzen, unsere Nachsicht gegenüber Ihrem Personalstil, den wir wieder und wieder verteidigt haben gegen Leute, die er verletzt. Für Ihr Verhalten gibt es nur einen Namen: Illoyalität, westdeutsche Spielart.

Sie haben durch Veröffentlichung einer Frage, die in jedem Betracht hätte verbleiben müssen im Privaten, unsere Lebensumstände wie die anderer Menschen unverantwortlich belastet, lediglich Ihrem kindlichen Spieltrieb, Ihrer unmanierlichen Klatschsucht zuliebe.

Nun bedauern wir gründlich, nie gehört zu haben auf jene Reihe Leute, die uns davor warnten, Ihnen je zu vertrauen.

Ihr
Uwe Johnson.

1 Der Brief trägt den handschriftlichen Vermerk S. U.s: »tel[efonisch] erl[edigt]«.

[672]

Sheerness
5. September 1978

Lieber Siegfried,
hier schicke ich dir drei Sachen.

Die eine besteht aus sieben Seiten Notizen zu jener Nacht mit Martin. Für die Reihenfolge seiner Anschuldigungen kann ich nicht völlig einstehen, für ihren Inhalt leider durchaus. Bitte, gib mir das bei Gelegenheit wieder.

Die zweite ist der Durchschlag meines Leserbriefes an den »Spiegel« in Sachen Reich-Ranicki. Damit bin ich so unzufrieden, wie du es wohl sein wirst; es ist da bloss etwas Selbstverständlich[es] in Variation gesagt.[1]

Die dritte ist der Durchschlag eines Briefes an Max Frisch, den du dann ja zerreissen kannst. Ich wollte nur, dass du an den zwei angestrichnen Absätzen siehst, wieviel ich habe sagen mögen.[2]

Nun aber zu deinem guten alten Richard Scheunenfeld! Gestern nachmittag muss er sich bass gewundert haben, denn so oft wurde er in letzter Zeit sicherlich nicht geweckt mit seinem Namen. Bei Foyle's wie bei Dillon kannten sie seinen Namen nicht, aber ich habe wenigstens heraus, dass »Cynthia, ...« out of print ist. Geht man nach den Antworten der Antiquare an der Charing Cross Road, so ist das schon seit 1595 der Fall gewesen, und kann so bleiben.

Jetzt werde ich an die Universität von Kent schreiben. Allerdings bin ich sicher, du würdest im Anglistischen Seminar der Universität Frankfurt rascher bedient.

Auch bei M. Ekstein (90 Jermyn Street, London SW1Y 6JJ, Telefon 930 20 24) bin ich gewesen, und richtig stand da deine russische Bäuerin im Fenster, allerdings halb von anderen Dingen verdeckt, so dass ich erst im Laden sah, dass sie nicht »einfach so dasteht«, wie du sagst. Sie hat einen

länglichen Blumenkorb vor dem Bauch, hält ihn allerdings so locker an den Händen, dass der Eindruck des aufrechten Dastehens erhalten bleibt. Aber fragen will ich dich lieber, ob es die sein soll. Zum anderen, sie kostet nicht 150 Pfund, sondern 345, und so viel hatte ich nicht in der Tasche. Es sei möglich, dass ich wiederkäme, habe ich Herrn Ekstein gesagt, aber das hängt nun von dir ab.
Nun vergiss, bitte, nicht deinen Geburtstag. (Bei meinem letzten Besuch hatte ich dir etwas auf den Schreibtisch gelegt.) Hier die herzlichen Glückwünsche
deines, yours, truly,
Uwe.

1 Im *Spiegel*, 32. Jg., 1978, Nr. 37 v. 11. 9. 1978, S. 10, wird ein Leserbrief von U.J. abgedruckt, der auf einen Artikel von Christian Schultz-Gerstein im *Spiegel*, Nr. 35, über Marcel Reich-Ranicki Bezug nimmt. »Wenn Herr Schultz-Gerstein es schwierig findet, ›über (Herrn) Reich-Ranicki überhaupt noch zu schreiben‹, warum wiederholt er dann über sechs Spalten die sprachlichen und photographischen Belege für dieses Kollegen Begabung zum Lesen? Die Debatte ist doch geschlossen, seit ein Schriftsteller seinem Buch die Widmung voranstellte ›für Marcel Reich-Ranicki in Liebe‹ – eben wegen des fälligen Hinweises auf die vielerlei Quellen für die Empfindung, die man so ›Liebe‹ nennt.
Erheblich unzulässig ist jedoch die Behauptung Ihres Redakteurs, ›eine moralische Leibwache von wohlmeinenden Deutschen‹ habe ihm seit seiner Ankunft in der Bundesrepublik seine Erfahrungen mit den Deutschen in Polen jeweils abgezogen von seinen Bemühungen um Literaturkritik. Die Absurdität solcher Unterstellung wird offenbar durch ihre Übertragung auf andere Berufszweige, etwa auf den Elektriker, dessen Ratlosigkeit gegenüber einem Stromkreis zu entschuldigen wäre mit seinen Leiden im Getto Warschaus. Noch schlimmer ist die vergeßliche Art, in der hier Schindluder getrieben wird mit der Sache der ›Wiedergutmachung‹, bis zur Einladung in die Gleichung: die westdeutsche Republik zerstörte Menschenleben gegen Geld, die Leser des Herrn Reich-Ranicki entschädigen ihn mit Feigheit. Das ist Herrn

Schultz-Gersteins ureigene Feinbestimmung von ›wohlmeinenden Deutschen‹, und sollte so privat auch bleiben.«

2 Die beiden von U.J. angestrichenen Absätze in seinem Brief vom 31. 8. 1978 lauten: »Elisabeth und ihre Tochter leben seit einigen Monaten von mir getrennt, unter einer mir unbekannten Adresse.
Eine Erklärung für diese Lage, kommt sie nun von einem der Betroffenen, wird sich selbst der Parteilichkeit verdächtigen, und, obendrein, ich bin immer noch ausser Stande, sie in ein Schriftbild zu bringen. Vorläufig bitte ich Sie, bei der schlichten Tatsache bleiben zu dürfen.« Vgl. *Max Frisch/Uwe Johnson. Der Briefwechsel*, S. 204.

[673]

Sheerness
7. September 1978

Lieber Siegfried,
bitte, entschuldige, dass ich dich schon wieder belästige. Aber es ist eine Sache, die ich klar haben möchte, und nur du könntest mir da helfen.
Leider hat es wieder etwas zu tun mit Herrn Raddatz, Fritzchen, Macher von Meinungen, Schicksalsstifter. Nicht nur verlangt er von mir eine Entschuldigung, er spricht auch von meiner

> »Überreaktion in Sachen Walser (über die selbst Martin Walser lachte)«.

Ist es möglich, dass Martin mir das eine sagt und einem Feuilleton-Redakteur das andere? für eine Lüge ist die Behauptung doch zu frech. Aber Martin könnte mir helfen bei dem Beweis, dass es eine ist. Bitte, könntest du dies für mich bei ihm vermitteln?
Yours, truly,
Uwe.

[674]

Sheerness
16. September 1978

Lieber Siegfried,
hier hast du sie, deine »Cynthia«. Die Kopie ist nach der Ausgabe seiner »Poems 1594-1598«, herausgegeben von Edward Arber, veröffentlicht 1896. Nach der Bibliographie dieses Buches gibt es nur noch ein Exemplar der Originalausgabe von 1595, in der Bodleian Library zu Oxford.
Was aber wird nun mit deiner russischen Figur? es kann doch jeden Tag einer daherkommen und sie dir wegkaufen. Wenn du sie haben willst, bin ich gern erbötig, sie aus London abzuholen. Dazu brauchtest du mir nur 345 Pfund in einem eingeschriebenen Brief zu schicken. Wenn auch du zur Ausstellung wegen des Büchner-Preises (die Vergabe an Herrn Lenz hat mich sehr gefreut) nach Bonn kommst, und das halte ich ja für unabdingbar, könnte ich sie dir da übergeben.[1]
Nochmals: Vergiss deinen Geburtstag nicht!
Yours, truly,
Uwe.

1 Hermann Lenz erhält 1978 den Georg-Büchner-Preis. Zum Empfang im Rahmen der Ausstellung »wegen des Georg-Büchner-Preises« schreibt U.J. unter dem Datum des 15. 9. 1978 an Burgel Zeeh: »Nun komme ich an ein Parkett, auf das Sie schon so manchen Walzer hingelegt haben, wo aber von mir nur ein linkisches Betragen und Stopperei zu erwarten wäre, und so bitte ich Sie denn um eine Führung. Es ist das Parkett des Bundeskanzleramtes. Dieses hat die Träger des Büchnerpreises nach Bonn geladen zu einer Ausstellung in Sachen dieses Preises, und mit dem Bundeskanzler zu Abend essen sollen sie auch. Das war im April, da habe ich zugesagt, und immer noch ist mir nicht mitgeteilt, in wel-

ches Hotel man mich stecken will von Amtes wegen und an wen ich bescheiden mich wenden darf wegen der Erstattung der Reisekosten, und am 11. Oktober geht die Chose los, und am 7. soll ich reisen. Da ich die verbleibenden drei Wochen ungern mit einem Vielleicht verbringen möchte, fände ich es prima, wenn Sie da mal Herrn Unseld fragen würden, der ja mit dieser Gelegenheit zu tun haben muss, oder mit Bundeskanzlers telefonieren.
Sollte das überhaupt zustandekommen, so erbitte ich Ihren Rat, ob ich Herrn Schmidt das Folgende mitbringen sollte: Ein alter Bauer wird belehrt dahingehend, dass neue Besen scharf kehren. – Ja: sagt er, da haben Sie wohl recht, man sagt so. Gewiss. Aber: Ein alter Besen weiss, wo der Dreck ist! (An old bromm knows 'ere the doit is!) Dies im Hinblick auf Neuwahlen.« Am 12. 10. 1978 wird in Bonn die Ausstellung *Der Büchner-Preis 1951-1978* eröffnet. S. U. notiert: »Immerhin: von den 27 Büchner-Preisträgern sind 14 Autoren des Suhrkamp und Insel Verlages. Anwesend waren Koeppen, Johnson, mit denen ich herzliche Gespräche führte, dann Sternberger, Greven.«

[675]

Frankfurt am Main
18. September 1978

Lieber Uwe,
ich bin unterwegs, so kann ich Dir nur kursorisch danken für Deine Briefwerke. Ich schicke Dir Deine Aufzeichnung zum 12. August zurück. Ich danke Dir, ich bin jetzt informiert.
Mit Martin sprach ich am Telefon über Deinen nachgesandten Brief: er schwört, mit Raddatz nie über diesen 12. August gesprochen zu haben, offensichtlich muß sich das auf eine frühere Angelegenheit beziehen, die wir aber doch wohl am besten vergessen. Martin will über diesen Abend mit niemandem – außer mit mir – gesprochen haben, und auch will er mit niemandem darüber sprechen.

Wegen der Bäuerin melde ich mich noch einmal. Hab Dank für Deine Mühe. Bitte jetzt nichts mehr unternehmen in Sachen Cynthia. Herzlichen Dank. Du hörst wieder von mir.
Schöne Grüße
Dein
gez. S. U.
Herzlichst, Ihre Burgel Zeeh

Anlage

[676]

Frankfurt am Main
25. September 1978

Lieber Uwe,
hab Dank für Deinen Brief vom 16. September. Nun habe ich also die »Cynthia«, sie kam gewissermaßen in letzter Minute, aber rechtzeitig, und machte Eindruck, eben bei Cynthia. Herzlichen Dank.
Die russische Figur: ich versuchte, Mr. Ekstein anzurufen, denn es geht mir nicht um die Bäuerin mit Korb für 345 Pfund, sondern um die Bäuerin, die ihre Hand an der Stirn hat, um weit zu sehen – für 150 Pfund. Aber offensichtlich ist sie nicht mehr da. Könntest Du bitte noch einmal anrufen? Nur so. Just for fun.
Herzlich grüßend
Dein Siegfried

[677]

Frankfurt am Main
28. September 1978

Lieber Uwe,
es ist heute der 28. September, wenn ich das diktiere. Hab Dank für Dein Buch. In der Tat, die beschriebenen Gegenstände sind überholt, aber Historie hat eben doch auch ihre historischen Vorzüge. Hab Dank für Dein Gedenken.
Freundliche Grüße
Dein Siegfried

[678; Ansichtskarte »High Street, Sheerness-on-Sea, early 1900's«]

Sheerness
29. September 1978

Lieber Siegfried,
Herr Ekstein hat noch eine russische Bäuerin (»it's Gardner«), die hat eine Hand an der Stirn, ins Ferne blickend, *und* einen Korb in der anderen, und diese kostet einhundertfünfundsiebzig Pfund.
Wenn du sie nach dieser neuen, bloss telefonisch erteilten, Beschreibung noch möchtest, schicke mir, bitte, die Pfunde eingeschrieben und per Eilboten – am 7. Oktober reise ich.
Herzlich,
Uwe.

[679]

Sheerness
21. Oktober 1978

Lieber Siegfried,
weder in der »Krone« von Ulm, noch im »Ochsen« von Ehingen, wahrscheinlich doch im »Königshof« von Bonn muss ich mir die Grippe zugezogen haben, die mir seit meiner Rückkehr das Gehirn verhängt; es wird also dahinstehen, ob du und ich zufrieden sein werden mit den folgenden Erinnerungen.
Die Geschichte von der Gruppe 47 gehörte zu den schwerer fasslichen unter denen, die du mir 1959 erzähltest in deinem Bemühen, mich einzuführen in dein Land. Erstaunlich nämlich, dass eine lakonische Postkarte von Hans Werner Richters Hand ausreichte, einen fest gefügten Terminplan von zehn Tagen umzustülpen; befremdend, dass es unumstösslich comme il faut sein sollte, einer solchen Einladung zu folgen, auch wenn einer bisher ein einziges Buch veröffentlicht hatte; verblüffend, dass nun im Suhrkamp Verlag gesucht wurde nach einem Exemplar jenes Typoskripts, das zu veröffentlichen der Suhrkamp Verlag vor Jahren abgelehnt hatte, damit ich etwas vorzulesen hätte bei der Tagung der Gruppe 47, wie es dort üblich sei. Als wir uns auf das einmal akzeptierte Urteil zu besinnen hatten, liessest du mich ohne Text auf die Reise, denn wenigstens Anwesenheit war unerlässlich, und damit ich ja auf dem Wege blieb ins südlichere Bayern, auf die Elmau, nahmst du dir die Mühe und dein Auto, mich dahin zu überführen. Wenn du aber genug hattest davon, mir das Spiel Autobahn beizubringen, erzähltest du von der Gruppe 47, die offenbar zu den Grundkenntnissen eines Schriftstellers auf dieser Seite Deutschlands gehörte.
Nicht nur brachten deine Scheinwerfer sehr wenig Weiss in

den nachtschwarzen Serpentinenwald unterhalb der Elmau, auch kam ich aus einer Gegend, in der der Literatur eine durchaus andere Öffentlichkeit bereitet wurde als die, die du mir in Kurve nach Kurve ankündigtest. Hab vielen Dank für deine Geduld:
Meine Vorbehalte gegen die Einpersonenherrschaft Hans Werner Richters zerstreutest du zuversichtlich mit deiner Erwartung, er wie ich würden aus der Nähe unserer Herkunftsorte bald eine Verwandtschaft erkennen; so private Verhältnisse waren mir bei Tagungen unbekannt und verdächtig. Kaum hattest du mir auseinandergesetzt, dass diese Vereinigung gar keine sei, lediglich ein Freundeskreis Hans Werner Richters, beständig erweitert durch seine Neugier auf neue Stimmen und Gesichter, kam ich dir mit jener Verwendung, die der Begriff Gruppe in der Sprache der grossdeutschen Militärs erfahren hatte, und du musstest mir aus den Umständen der ersten Jahre nach dem Krieg bei euch die Notwendigkeit auch einer anderen Art von Militanz herleiten. Bei dem »Elektrischen Stuhl«, auf dem die jeweils Vorlesenden so lange sitzen durften, bis es dem Publikum und seinem Vorsitzenden unzumutbar schien, fiel mir die Benutzung eines solchen Möbels gegen Sacco, Vanzetti und andere ein; du wusstest eine Menge von Leuten anzuführen, die tatsächlich gerettet wurden vor dem Berufe des Schriftstellers und zufrieden in einem anderen, wenn Hans Werner Richter im Verein mit seinen Zuhörern ihn hingerichtet hatte mit der Bitte, doch lieber aufzuhören – offenbar gab es nach solcher Exekution eine Auferstehung. Meinen Bedenken gegen solch einen offenen Markt, auf dem die Verleger mit ihren Vorverträgen eingriffen in den Vorgang des Schreibens, wusstest du zu begegnen mit dem Hinweis, oftmals müsse eben dieser Vorgang finanziert werden bei euch, schlicht dem zukünftigen Buch zuliebe, und noch für die Anwesenheit von Rundfunkanstalten führtest du an, sie er-

leichtere nicht nur vielen Teilnehmern an Hans Werner Richters jährlichen Festlichkeiten die Reise dahin, sondern verschaffe auch späterhin der westdeutschen Literatur eine Öffentlichkeit, gründlicher als sie hergestellt werden könne durch die gleicher Maßen vertretenen Subjekte des Feuilletons – und im übrigen, wenn auch selten nach dem Augenschein, würde ich ja sehen, wie anders es sich verhalte mit Hans Werner Richters privat-öffentlicher, friedmütig-militanter Freundeskreis-Gruppe. Denn nun kamen wir an, und mitten hinein in die Löcherigkeit des Augenscheins, denn auf dem Hof des Hauses, in dem die zuschussbedürftigen Schriftsteller tagten, waren grossmächtige Autos abgestellt, und wenn das des Verlegers Siegfried Unseld auch einmal ein Vorführwagen gewesen war, dessem rechten Vordersitz Peter Suhrkamp vertraut hatte, es blieb doch ein betagter V.W., dem von seiner Eleganz wenig mehr als die schwarze Farbe verblieben war.
Damals war es drei Jahre her, dass ich mein Examen abgelegt hatte bei Professor Hans Mayer, Leipzig, aber ich hatte durchaus in Erinnerung, dieser Mann tanze nur auf den lohnenden Hochzeiten. Als er mich auf der Tagung der Gruppe 47 begrüsste, sahst du mich ein wenig von der Seite an, glaube ich.
So, obendrein belehrt über die Gruppe 47 auch als einen Ort, an dem man unbefangen reden kann über den einfachen deutschen Satz, erst einmal unbeschadet der Rücksichten auf Bedürfnisse der jeweiligen Machtverwalter, gabst du mich in die Lehre von Hans Werner Richter. Von dieser für mich ersten Tagung von 1959 erinnere ich zwei Regeln. Die erste, offenbar für eine Anzahl der Anwesenden unverbrüchlich, schien zu besagen, ein Neuling verzichte besser auf eine Teilnahme an der Diskussion von etwas Vorgelesenem, und zwar erst recht, wenn es von einer Ingeborg Bachmann verfasst war. In Hans Werner Richters Augen schien

dies ungültig, ich sah es an seinem Zwinkern. Zweitens, er verlor kein Wort darüber, dass ich spazieren ging mit einer Dame unterhalb jener für mich lernenswerten Berge, nur weil sie dazu eine Lust hatte, während die anderen im Saal brüteten über dem, was ihnen zu Ohren gekommen war; einen Blick verlor er, und in der Folge habe ich mir, wie immer selten, ausdrücklich Urlaub genommen von der Arbeit, die er mit seinen Freunden und Kollegen veranstaltete. Er bestand darauf, dass seine Gäste sich das Fest verdienten, das er ihnen zu schenken pflegt. Und ich bin sicher, auch für dich ist diese Arbeit oft genug verwandelt worden in die Vorfreude auf das fertige Buch, dessen Anfänge im Vorlesen kenntlich – nein, erahnbar wurden, denn Bücher sind erst im Lesen zu begreifen. Recht ungeteilt war für mich das Vergnügen an jenen Geschichten, die Hans Werner Richter erzählte von seiner aalräuchernden Verwandtschaft, die aber waren ein Bestandteil des Festes. Vielleicht wirst du mir beistimmen auch darin, dass der Umgang und das Wiedersehen jeweils mit der Person Hans Werner Richter die am besten verdauliche Erbschaft aus der Gruppe 47 geblieben sind.

Lieber Siegfried, dies dürfte das fünfte Mal sein, dass mir Erinnerungen in dieser Richtung sauer geworden sind; so kannst du sicher sein, hier den allerletzten Rest meiner Vorräte vor dir zu haben. Benutze davon, was du gebrauchen magst, auch die Reiseführer- und Dolmetscher-Situation, wenn ich dabei nicht allzu augenfällig erscheine als eine Unschuld vom Lande.

Aber auf die Reise nach Saulgau werde ich verzichten.[1] Das ist mir zu dicht an der Gegend Martins, und er könnte sich ja in letzter Stunde zu einem Auftritt entschliessen.

Auch entginge mir ja das Fest notwendig über dem hartnäckigen Bemühen um das Vorzeigen guter Manieren und dem Vorsatz, Herrn Dr. Raddatz nicht auf das Maul zu schlagen.

Nun mag ich Hans Werner Richter nicht geradezu ins Gesicht schreiben, dass mir an einigen seiner Gäste ihr Benehmen zuwider sein werde, und deshalb bitte ich dich, nach deiner Ankunft in Saulgau ihm meine schönsten Grüsse auszurichten zusammen mit meinem Bedauern darüber, daß ich wegen einer bös verschleppten Grippe nicht feiern helfen kann, so gern ich das getan hätte.
Weiterhin wäre ich dir verbunden, wenn du die Besitzer des Hotels verständigen würdest, mit dem Zusatz, ich bäte um ihre Schadenersatz-Forderungen.
Leid tut es mir gewiss um unsere gemeinsame Autofahrt, auch weil du der einzige bist, mit dem ich über meine Sachen reden könnte. Aber ich hoffe auf eine andere Gelegenheit und will mich vorläufig trösten mit dem Gewinn von ganzen fünf Arbeitstagen.
Bitte, veranlasse doch die Veranstalter der »Poetischen Vorlesungen«, mir die Bedingungen mitzuteilen.[2] Bei einem so umfangreichen Plan fühlte ich mich sicher mit etwas Schriftlichem in der Hand und würde mich gern jetzt schon einstellen auf genaue Termine und die Auskunft, ob es denn fünf Stunden zu vierzig Minuten sein sollen oder vier zu fünfzig.
Bei mir im Regal lehnt ein Umschlag, darin sind 181 englische Pfund. Aussen ist er beschriftet mit »S.U.«. Aber die Dame heisst ja ganz anders.
Mit herzlichen Grüssen,
yours, truly,
Uwe.

P. S.
Bitte, verzeih die Schreibfehler. Wenn man so schnell schreibt, wie diese Buchstabenschreiber mit elektrischem Antrieb es wollen, begehen sie ihre eigenen Fehler.

1 In Saulgau feiert Hans Werner Richter am 12. 11. 1978 seinen 70. Geburtstag. Dabei wird ihm die Mappe mit Erinnerungen von Mitgliedern der Gruppe 47 überreicht.

2 Gemeint sind die Poetik-Vorlesungen, die U.J. im Sommersemester 1979 an der Johann Wolfgang Goethe-Universität in Frankfurt am Main hält; siehe auch Brief 688, S. 953.

[680]

Frankfurt am Main
7. November 1978

Lieber Uwe,
ich habe Dir noch nicht für Deinen Brief vom 21. Oktober gedankt, der der Erinnerung an Hans Werner Richter galt. Ich bin Dir dankbar, ich konnte doch Einiges daraus entnehmen.
Ich habe mit Christa Wolf[1] nun gesprochen. Sie ist persönlich nicht nur bereit, sondern hocherfreut, sie muß freilich die Genehmigung ihrer Behörden abwarten, die in Aussicht steht. Sie gibt mir in zwei bis drei Wochen Bescheid; Ende November findet eine Sitzung in der Universität statt, dann schreibe ich Dir alles Nähere. Es bleibt bei dem, was ich Dir gesagt habe.
Hast Du noch den Umschlag mit den englischen Pfund oder schon das damit eingetauschte Porzellan? Ich hoffe, es ist so, denn zu Weihnachten wird mir da nichts Anderes einfallen.
Alles Gute – wie immer
Dein Siegfried

1 Ursprünglich war geplant, daß Christa Wolf im anschließenden Wintersemester 1979/1980 die Poetik-Vorlesungen an der Frankfurter Universität übernimmt. Im Wintersemester 1979/1980 ist Adolf Muschg Poetikdozent. Christa Wolf hält ihre Vorlesungen im Sommersemester 1982.

[681]

Sheerness
11. November 1978

Lieber Siegfried,
ich gratuliere dir zu der Anerkennung und dem Lob, das deine Arbeit über Rilkes Goethe-Erkenntnis bei George Steiner findet (weniger zu den Bemerkungen von Werner Helwig im »Berner Tagblatt«,[1] die mir vorkommen wollen als unsicheren Geschmacks), wie ich ja erfreut bin über jede Vermehrung meiner Anhänger in der Überzeugung, dass du längst ein Professor bist.
Jene Dame, die uns diesmal für kurze Zeit mit einander verbindet, wurde mir bei Eksteins in London vorgeführt von einem ernsten jungen Mann (in Oberhemd mit Schlips, ohne Jacket, fein wie ein Barmixer in einem Hotel, das sich für fein hält), und nun erkannte ich sie unzweifelhaft. Als Herrn Eksteins Eleven aufging, dass ich sie mit mir zu führen gesonnen war, bat er mich zum Sitzen an einer Vitrine, in der noch andere appetitliche Dinge den Kunden weiterhin verführen sollen, aber ich breitete über sie viele bunte Scheine, da ich ja nicht verfüge über die Sprache der Scheckkarten. Da dies aber unfein war, wurde es von dem Verkäufer übersehen, was nun wieder ich für Unhöflichkeit ansah, bis mir bewusst wurde, dass sein Betragen von Entgegenkommen bis Förmlichkeit bis Finsternis immerzu abwärts gegangen war und er dies Mädchen offenbar ungern ziehen liess. In der Ladentür haben wir einander fast drohend angesehen.
Vorgestern reiste sie mit mir nach Bonn. Dort sah ich sie zuletzt unter den Händen eines Postbeamten, und da sein Interesse kaum heftig zu nennen war, wird es wohl einer von seinen Kollegen sein, der sie dir ins Haus bringt.
Sollte jedoch dieser hinwiederum Anstalten machen, sie selbst zu behalten, so könntest du ihm beigefügten Einliefe-

rungsschein vor die Nase hängen. Weiterhin beigelegt sind die Quittung der Bank und der Rest von sechs Pfunden; am wichtigsten ist aber der Brief von den Ecksteins, betreffend »a young girl with floral hairdress and left hand to brow«. Es waren angenehme Tage mit ihr, und ich danke dir für die Vermittlung unserer Bekanntschaft.
Mit herzlichen Grüssen an Hilde und dich,
yours, truly,
Uwe.

1 George Steiners Besprechung erscheint unter dem Titel *Variations on a fiasco* im *Times Literary Supplement* v. 20. 10. 1978, S. 1209; die von Werner Helwig unter dem Titel *Die intimsten Gedichte Goethes und Rilkes* im *Berner Tagblatt* v. 7. 10. 1978.

[682]

Frankfurt am Main
4. Dezember 1978

Lieber Uwe,
Du siehst, ich vermittele Dir auch noch Damenbekanntschaften! Ich kann Dir voller Beruhigung mitteilen, daß die Dame unberührt, ohne Defloration oder sonstige Beeinträchtigungen bei uns gelandet ist, die Damen Geisler-Zeeh haben sofort Hand an sie angelegt und sie entblößt, soweit das möglich ist. Jetzt steht das »young girl with floral hairdress« neben Sigmund Freud, der sich freilich, weil er bei ihr keine sexuellen Komplexe entdecken konnte, von ihr abgewandt hat. Solches trauliches Beisammensein wird aber nur noch bis zum 20. Dezember möglich sein, dann wird die Dame ihrer endgültigen Bestimmung übergeben.
Herzlichen Dank, mein Lieber, für das, was Du getan hast, I really do hope to be able to reciprocate your kind activity.

Dann tagte der Stiftungsrat für [die] Gastdozentur Poetik; alles läuft wie vorgesehen, Du bist Nummer 1 und startest also im Sommer-Semester 1979; nach Dir, im Winter, Christa Wolf, den dritten Kandidaten für Sommer 1980 suchen wir noch, und als vierter Kandidat im Winter 1980 folgt Martin.
Du siehst, es ist eine gute Gesellschaft, und ich freue mich, Dich dann hier zu haben.
Dein Siegfried

[683; Ansichtskarte von S. U., Max Frisch, Hilde Unseld, Joachim Unseld »Hotel Hirschen, Glottertal, südlicher Schwarzwald«, handschriftlich]

[Glottertal]
16. Dezember 1978

Lieber Uwe,
wir denken an Dich und grüßen herzlich
Dein Siegfried

Diesmal bin ich unter Arzt-Kuratel,[1] aber nicht tragisch.
Ich grüsse Sie sehr herzlich, Uwe
Ihr Max Frisch

Herzliche Wünsche v.[on] D.[einer] Hilde und Joachim

1 Max Frisch hält sich vom 2. bis zum 23. 12. 1978 zur Kur in Waldkirch im Schwarzwald auf.

1979

[684; Brief von S. U. und Burgel Zeeh]

Frankfurt am Main
16. Januar 1979

Lieber Herr Johnson,
in meine Grüße vorab und zum Schluß möchte ich einen Brieftext von Siegfried Unseld einbetten, den wir in diesen Tagen seiner Abwesenheit an einige Autoren verschicken und der folgenden Wortlaut hat:

Lieber Uwe,
die Bibliothek Suhrkamp bereitet mit dem Buchhandel im Mai dieses Jahres eine Werbeaktion »Poesie« vor. Ein schönes, bislang doch einmaliges Unternehmen. Etwas spät ist uns eine schöne Idee eingefallen: wir möchten in aller Schnelle eine Werbe-Anthologie für die Gedichtbücher der Bibliothek Suhrkamp schaffen. Jeder lyrische Autor soll in dieser Anthologie mit vier Seiten vertreten sein, zwei Seiten mit Gedichten, eine Seite mit einem Foto und eine Seite mit einem neugeschriebenen Porträt. Dieses Porträt, mit 25 Schreibmaschinenzeilen, will natürlich keinen »wissenschaftlichen« Anspruch erheben, aber es sollte informativ sein und attraktiv, um für Gedicht und Autor zu werben, im guten Sinn also feuilletonistisch.
Ich würde Dich sehr darum bitten, mit von der Partie zu sein. Könntest Du aus den Dir so vertrauten Bänden der Bibliothek für BERTOLT BRECHT zwei Gedichte auswählen und für ihn das Porträt schreiben? Die Zeit ist eilig, das Honorar mit DM 100,- nicht hoch, aber es geht ein

wenig doch um die Sache. Wir sollten die Texte in vier Wochen hier haben. Ich entschuldige mich für das Bedrängen und grüße Dich herzlich, Dein S. U.

Ich hoffe, der Brief erreicht Sie bald, und wir alle hoffen, Sie beteiligen sich an der Aktion.[1]
Die Nachrichten, die von England herüberkommen durch Funk und Fernsehen, sind ja wirklich nicht die besten.[2] Rationiert wird, hört man. Würde es Ihnen, als meiner englischen Bezugsperson, helfen, wenn ich für Sie ein Kilo Zucker und 250 g Salz horte – soviel sollte man, nach den jüngsten Verbraucher-Berater-Informationen, für alle Fälle immer im Hause haben?
Zunächst schicke ich Ihnen meine besten Wünsche und herzliche Grüße.
Ihre Burgel Zeeh.

1 U. J. nimmt den Auftrag an. Am 21. 1. 1979 schreibt er an Burgel Zeeh: »[. . .] in zwei Exemplaren sende ich das Gewünschte, aber ist es das am Ende? Noch nie habe ich gehört von dem Portrait eines Gedichts, und es sollte mir ein rechtes Sonntagsmorgengefühl beibringen, dass ich es wenigstens versucht habe. Sonntagmorgen ist es, aber das Gefühl fehlt. Wenn Siegfried Unseld seldisch sein sollte und nörgeln, so wollen Sie ihn, bitte, hinweisen auf die gewisse Undeutlichkeit in der Beschreibung des Auftrags. Auch sollten es zwei Gedichte sein. Aber es fällt immer nur ein Gedicht auf einen Tag, und es war eben dieses, wenngleich etwas lange. Ich wäre mir unehrlich vorgekommen, hätte ich mit Anstrengung nach zweien gesucht, die gestern und heute fehlten in der Litanei der Erinnerung.« Der Text von U. J. erscheint unter dem Titel *Zu Bertolt Brecht »An die Gleichgeschalteten«* im Mai 1979 in: *Poesie. Aus den Gedichtbüchern der Bibliothek Suhrkamp* auf S. 29.

Uwe Johnson
Zu: BERTOLT BRECHT, »An die Gleichgeschalteten«, in: B. B., *Gesammelte Werke*, IV, 679 ff.

Der Titel, eingedenk der nationalsozialistischen Gesetze vom Frühjahr 1933 zur Übertragung der deutschen Länderrechte auf Adolf Hitlers Reichsregierung, ist entbehrlich, bis auf die Manier, die sich wendet an die, die einer Macht die Unwahrheit nach dem Munde reden, und die sich zu gut ist für eine unmittelbare Ansprache. Es wird über sie gesprochen, in öffentlicher Verhandlung, und wie ihr Verhalten ewig ist, verdient es die Wendungen der Bibel. Ausgenommen ist die Beschreibung des Vorgangs, der »nur eine kleine Zeit durchgeführt werden« kann, für den reicht die technische, die geradezu bürokratische Phrase. Es ist ein Gedicht aus der svendborger Zeit, gesprochen von einem, der ist mit siebenunddreissig Jahren ausgestossen von seinen Landsleuten, ohne einen einzigen Halt als die ewige Hoffnung und Wissenschaft, dass die Lüge keine bleibende Statt habe im Gedächtnis der Menschen. Es geht hinaus über die Warnung, es ist schon die Verdammnis ausgesprochen über die, die für ihr Auskommen bezahlen mit dem Verzicht auf das Einzige, das sie einmal bestehen liess als einen unverwechselbaren, ungleichen Menschen, indem sie ihr Denken und Sprechen verraten. »Das Können ist nötig und die Leidenschaft wird verlangt.« Hohn für ein Können, das sich selbst auflöst im Missbrauch, Verachtung für Leidenschaft, die zum Trick verkommt im vortäuschenden Gehabe. Auch Verwunderung ist da über so viel Unvernunft, die den kostbarsten Besitz der eigenen Person zersetzt, zusammengefasst in der zwingenden Verbindung, die einstigen Anstand in eine kriminaltechnische Aufklärung sperrt, bis zu der Musik, dem Orgelklang in der verwandelten Wiederholung der ersten Zeile, der Strafe für den geringsten Schritt vom Wege der persönlichen Wahrheit, unverzeihbar und nur obendrein begleitet vom Verlust der Bequemlichkeit. Sich selbst werden sie niemals zurückbekommen.

2 Anfang des Jahres droht Großbritannien unter der Labour-Regierung von James Callaghan, dessen Lohnpolitik gescheitert war, durch eine Welle wilder Streiks eine Versorgungskrise größeren Ausmasses. Die Streiks führten zu Panikkäufen in der Bevölkerung.

[685; Ansichtskarte »Hawaii's snow-capped Mauna Kea viewed from Hilo – on the big Island – Hawaii«, handschriftlich]

Hawaii
18. Januar 1979

Lieber Uwe,
alles ist hier schön bis auf den Punkt: Du solltest hier sein!! Wir denken an Dich im Moment eines Sonnenunterganges, ein golden feuriger Ball taucht ins Meer! Die Insel: eine Mischung aus Griechenland und Exotik.
Herzlich grüßend
Dein Siegfried
Und der Welt aktivster Vulkan, hier ist Welt noch am Entstehen: der Prozess noch nicht abgeschlossen. Grüße Joachim
Aloha vom Hula-Mädchen: Hilde

[686]

Frankfurt am Main
27. März 1979

Lieber Uwe,
aus Anlaß des 20. Todestages von Peter Suhrkamp und der Übernahme meiner verlegerischen Verantwortung lade ich Dich zu einem

Abendessen im kleinen Kreis

ein. Es findet statt am Sonntag, dem 1. April 1979, um 19.30 h im Hotel Sonnenhof in Königstein.
Ein Zimmer für Dich ist reserviert in der Frankfurter Klettenbergstraße.
Herzlichst
Dein Siegfried

[687]

Sheerness
29. März 1979

Lieber Siegfried –
wer weiss, wann dies auf deinen Tisch findet. Denn bei meiner Rückkehr fand ich hier etwas vor, was die Einheimischen, zweifellos in Furcht vor den Eumeniden, eine »industrielle Aktion« im Postwesen nennen. Das eine Ergebnis dieses Streiks vorenthält mir alles, was in London sortiert wird, also die Rundschreiben des P.E.N. wie eine dreizehnte Umfrage über das Leben der Literatur zum Sterben hin, und ein wenig fühle ich mich schon verlassen. Das andere zeigt sich in der amtlichen Aufforderung, nur »Wesentliches« auf den Postweg zu bringen, wie in Kriegszeiten, als auch hier ein jeder sich fragen sollte: »Is your journey really necessary?« Hiermit erkläre ich diesen Brief für wesentlich.
Denn du willst ja durch Holstein und Schleswig reisen mit mir im Juni, und den ersten wie den letzten Tag davon möchte ich sicher haben im Kalender. Mit mir verhält es sich so, dass ich am 12. Juni in Paris auftreten soll (sofern der dortige D. A. A.D. ein zuverlässiges Gedächtnis unterhält).[1] So könnte ich dich am 13. nachmittags in Frankfurt abholen oder abends in Hamburg treffen. Von dann hätten wir nur noch darauf zu achten, dass ich am 15. um 19:15 Uhr ein paar Stunden in Sankelmark bei Flensburg verbringe. (Bitte, sag mir, ob du diese Akademie des »Deutschen Grenzvereins e. V.« kennen lernen möchtest, damit ich dich rechtzeitig einladen lassen könnte.) Und was hast du für den 16. vor? Bitte grüss deine Agentin (nicht jeder hat eine im eigenen Vorzimer) und frag sie, was dein Terminspiegel hierzu sagt.[2]
Wie du in deinem hamburger Hotelzimmer,[3] fand ich in

meinem einen Apparat zum ferneren Sehen vor, aber niemanden, der mir den umgestellt hätte auf den Sender D. D. R. 1. – Für die D. D. R. habn wiä keine Antenne! sagte jemand am Telefon.
Tatsächlich kann man in Hamburg die Düdü-äh! nur empfangen, wenn man ein so hohes Haus wie ein Rudolf Augstein hat: sagte mir selbiger am nächsten Morgen, denn er hatte meiner Einladung zu einem Frühstück im Hotel nur widerstehen können mit einer Einladung zum Frühstück in seiner gegenwärtigen Wohnung.[4] Den Film, den ich hatte sehen wollen, »Affäre Blum«, bezeichnete er als einen künstlerisch wertvollen Ufa-Film, hierin der »Ehe im Schatten« vergleichbar.[5] Manchmal war er so beschäftigt mit dieser Begabung, Unwiderlegliches zu äussern, dass er, egregio gratia, überhören musste, dass ich meinen Eindruck von diesem Film eben im Alter von sechzehn Jahren erlitten habe. Auch hat er mir sehr geduldig erklärt, warum unser Sonntagsfreund Herr Bundespräsident[6] sich nur lächerlich machte mit einer nochmaligen Kandidatur, und dass Herr Carstens als Symbolfigur der westdeutschen Republik allein schon aus verfahrensrechtlichen Gründen unausweichlich ist.[7] Du siehst, dass wir mühelos ins Tausendste gekommen sind. Weder die Verfassung von Wolfgang Harich noch die von Fritzchen Raddatz fehlte, und es ist ziemlich wahllos, wenn ich noch herausgreife, dass Herr Augstein das Einreiseverbot der D. D. R. inzwischen etwas satt [hat]. – Ich will auch einmal nach Potsdam, und die Wartburg sehen! sagte er mit einem maulenden Ausdruck, wie ein Kind, dem man nun zu lange entzogen hat, worauf es ein Recht hat. Und wenn ein ehemaliger Mecklenburger einmal die Heimat besuchen will, wird ihm das verweigert, wenn er in Hamburg von Berufs wegen einen Herrn Augstein chauffiert. (Du siehst, für wen alles die geheimen Dienste Material beschaffen, und was für welches.) Und Joachim Unseld hat ihm gut gefallen.

Also, die Unterhaltung fortzusetzen, fuhr er mich zum Flughafen. Als ich mich und das Gepäck abfertigen liess (»Fenster/Raucher«), sah er mich von der Seite an und fragte, wie ungläubig: Wirklich? Rauchen Sie? Nun war es an mir, ihn staunend zu betrachten, denn ich hatte ihn doch eben noch Zigaretten nehmen sehen von der jungen Dame, die vorhin dabeigewesen war. – Ja: gab er zu. – Zur Gesellschaft tu ich das schon. Aber ich kann gar nicht rauchen!
In der Flughafenbar mussten wir dann noch einmal reden über das künftige Flaggschiff der Bundesrepublik, und Herr Augstein versicherte, dass allenfalls mit einem Prozess etwas zu hindern sei. Was übrigens die Begabung dieses Herrn Carstens zur Verdrängung angeht, so wusste Herr Augstein ein anders erstaunliches Beispiel: Helmut Schmidt hat einmal an einer Verhandlung vor Freislers Gerichtshof teilnehmen müssen. Wenn er aber davon erzählt, spricht er unweigerlich von einem ganz anderen, von dem er nämlich ein Bild gesehen hat, auf dem ein General die Hosen mit den Händen halten muss, weil ihm die Träger abgenommen sind. Aber Schmidt war auf einer ganz anderen gewesen, und als Herr Augstein ihm das auf den Tag genau, mit den Namen der Angeklagten, der Zeugen, der Sache dokumentierte, soll ihm unheimlich zumute gewesen sein.
Hierüber mögen wir gesprochen haben, um aus der Nähe einer anderen Sache zu kommen. Denn Rudolf Augstein ist dabei, seine vierte Frau loszuwerden, und obendrein einen sechsjährigen Sohn zu verlieren. Auch er war verblüfft über die Entdeckung von Verhaltensweisen, die er einmal für unmöglich angesehen hatte. So zeigte er mir ausdrücklich im offenen Flur der Wohnung unter der von ihm benutzten ein Telefon. – Sehen Sie sich das nur an: sagte er, wie ein Fremdenführer. – Da ist ein Schloss drin! Er musste mir das wahrhaftig erklären: Seine Frau will mit diesem blockierten Telefon darauf hinweisen, dass er ihr zu wenig Geld erlaubt

und dass die Gespräche des Hauspersonals davon zu viel wegnehmen würden. Nun liegen manchmal Zettel vor der Tür mit der Nachricht: Bin telefonieren. Denn schon wegen einer Aufschnittplatte muss das Hausmädchen auf die Strasse, zur Zelle, und er wagt nicht die Folgen auszudenken, wenn einmal beide Eltern ausser Haus sind und der Sohn einen Arzt braucht. Er zwang sich, dies aus dem Gespräch zu drücken, aber es kroch ihm immer wieder hinein, so wie es mir ginge, wäre ich in deiner Nachbarschaft.
Nun will ich dir noch sagen, was du anfingest, sässest du in einem Haus wie diesem: du liessest die Gartenfläche verwandeln in einen Swimming Pool, überdacht und geheizt.
Yours, truly
Uwe.

1 Der »Auftritt« in Paris wird von U.J. aus persönlichen Gründen abgesagt. Siehe Brief 689, S. 954f.
2 Burgel Zeeh bezieht sich in einem Brief vom 3.4.1979 auf diese Terminanfrage: »[...] derweil Siegfried Unseld in dem auch Ihnen bekannten Hausener Bad mit der ganzen Familie seine Abschiedsrunden dreht (11.30 h), bevor er um 13.30 h gen New York abfliegt – eine Kopie Ihres Briefes vom 29. März im Gepäck –, möchte ich Ihnen rasch diesen Brief bestätigen. [...] Die Termine, ja, wenn man die ohne Alternativ-Vorschläge macht! Wenn Sie mich fragen, so wird es nichts mit der Reise zu den von Ihnen genannten Terminen: Vom 10. - 16. Juni findet in Zürich das diesjährige Joyce-Symposion statt. Wir planen für den 14. Juni einen Empfang des Suhrkamp Verlages und für den 15. Juni einen öffentlichen Abend.« Die für Juni geplante gemeinsame Reise »nach Holstein und Schleswig« wird nicht verwirklicht.
3 U.J. wird am 25.3.1979 in Lübeck der Thomas-Mann-Preis verliehen. Seine Dankrede ist unter dem Titel *Lübeck habe ich ständig beobachtet* abgedruckt in: *»Ich überlege mir die Geschichte ...«. Uwe Johnson im Gespräch*, S. 79-85. U.J. und S.U. reisen auf getrennten Wegen über Hamburg nach Lübeck. S.U. schreibt im Reisebericht: »Lübeck. Dort, nach dem Besuch im Holsten-Tor und der Folterkammer holsteinischer Prägung mitten in der Stadt

Uwe Johnson getroffen. Es sind die alten Probleme, die ihn bedrängen, aber immerhin scheint er in guter Form.«

4 Vor seinem Rückflug von Hamburg nach London am 27. 3. trifft U.J. Rudolf Augstein.

5 *Affäre Blum* ist eine Produktion der DEFA aus dem Jahre 1948 (Regie: Erich Engel), *Ehe im Schatten* eine Produktion der DEFA aus dem Jahre 1947 (Regie: Kurt Maetzig).

6 Walter Scheel.

7 Der Professor für Staats- und Völkerrecht, Karl Carstens, wird am 23. 5. 1979 mit den Stimmen von CDU und CSU zum Bundespräsidenten gewählt.

[688; handschriftlich]

Sheerness, den 1. April 1979

Lieber Siegfried –

möge das Datum dir zeigen, dass ich immerhin in Gedanken dabei bin, wenn ihr heute abend ein Abendessen »in kleinem Kreise« abhaltet. Zum ersten Mal musste ich mir versagen, einer Einladung von dir zu folgen, wenngleich aus einem Grunde, den du selbst den vorzüglichsten nennst: dem Fleiss zuliebe, oder doch zumindest dem Willen dazu. Am 7. Mai soll ich antreten in Frankfurt mit 110 Seiten Skript, daran fehlen mir zu viele, als dass ich die zwei Reisetage entbehren dürfte. (Denn zu oft kommen Arbeitszeiten, da kehre ich mit den bestwilligen Vorsätzen heim zu dieser macchina da scrivere, das Pensum fertig geplant im Kopf – unvermittelt sitze ich vor dem Tastenfeld gelähmt, und so bis zum Abend, ohne dass das Papier bewegt worden wäre. (Selbstverständlich gibt es hierfür eine medizinische Ausdeutung.)) Denn ich fasse diese Vorlesungen auf als einen Auftrag von dir, ich möchte den so ausführen, dass sie stehen können unter dem Zeichen »Für Siegfried Unseld«.[1]
Du wirst Reden anhören müssen, und die meine kannst du

dir denken. Nun hat der Brief den Vorteil, dir sagen zu dürfen, was ich dem Zuhören anderer vorenthalten würde. Denn nach dem Rückblick auf diese deine zwanzig Jahre Arbeit und Erfolg habe ich anzuführen, dass dieses Jubiläum auch eines für mich ist. Im März vor zwanzig Jahren hast du etwas von mir angenommen, »daraus ein Buch zu machen«; im Hotel Huster an der Schloss-Strasse von Steglitz. Du wirst dich erinnern: ich hatte jemand mitgebracht als Beistand, da ich ihn mehr vertraut glaubte mit den Listen der westlichen Gesellschaft, der ich nun überantwortet werden sollte, aus wie immer ansehnlichem Grunde – so misstrauisch war ich, und bin es gegenüber dir nie mehr gewesen. Es ist dir unvergessen, wie pfleglich und umsichtig du meinen Übergang in eine andere Lebensart behütet hast – angefangen mit deiner Entscheidung, dass jemand wie ich im Jahre 1959 genau sechshundert Mark im Monat brauchte zum Leben in Westberlin. So frappierend es war, dass hier ein Verleger von seinem Autor das Darben abwenden wollte, die Vervielfachung dieser Sechshundert hat mir lange Sorge bereitet. Denn ich sah, wie konnte ich anders, in dir vorläufig den Geschäftsmann, der sein Geld einklagen würde mit fürchterlicher Gewalt. Das hat sich endgültig gegeben bei einer Gelegenheit im Sommer 1960, als du mich vom frankfurter Flughafen nach Mainz kutschiertest, schlicht weil du dich ansahst als die günstigste Verbindung zwischen beiden Orten. Auf dieser Fahrt bot ich dir an, meine viertausend Mark aus dem westberliner Fontanepreis zu verrechnen gegen meine Schulden bei Suhrkamps, und du erwidertest mit Gelächter. Ich konnte begreifen, dass es eher Vertrauen war, was du in mich investieren wolltest, und ich danke dir, dass ich bis auf den heutigen Tag ohne eine solche Unruhe arbeiten konnte.

Und wie man sagen könnte, nach einem Schriftsteller U. Johnson suchte man vergebens ohne deinen beharrlich fortgesetzten Entschluss, ihn zu verwirklichen, so wären wiederum deine letzten zwanzig Jahre gewiss anders verlaufen, hätte Hilde einen anderen Weg gewählt als den, euer Haus zu halten – für dich und, für wie viele andere Autoren, auch für mich. Sie hat das Haus 35 an der Klettenbergstrasse eingerichtet als einen Ort, an dem bin ich mit Frankfurt auf gutem Fuss. Auch ihr danke ich für zwei Dekaden Gastlichkeit und Freundschaft.

Von Anfang an bist du ein guter Wegweiser gewesen in dem Gelände, das für mich eine Fremde war. Ich weiss noch deine Sorge, ich könnte mich zu früh locken lassen in den »Süden«, bevor ich denn eine rechte Ahnung hätte vom »Westen«. So hast du ein Ferienhaus an der ostholsteinischen Ostsee in meine Richtung geschoben. Vorsorglich verordnetest du mir eine Woche Paris, vielleicht auch damit ich Frankfurt in genauerem Verhältnis sähe, und hier danke ich dir für eine Aufführung von Becketts »Das letzte Band«, ein Mittagessen im Silbernen Turm und für die Freiheit der Métro. Und nach Italien liessest du mich erst, nachdem du mir vier Monate in God's own country zur Aufgabe gemacht hattest, ein Geschenk, das uns zehn Jahre später die »Jahrestage« eingetragen hat, von denen du noch in diesem Jahr das letzte Wort gelesen haben wirst.

Denn auch das bist du für mich: mein erster Leser. Nach zwanzig Jahren einvernehmentlichen wie streitbaren Gesprächs hast du auch erfahren von dem Ungeschriebenen, und so bist du für mich der menschliche Ort geworden, ohne den das einsamste Leben unmöglich ist: die Gewissheit, dass es in der Welt einen Menschen gibt, bei dem man als zusammengefasste Kenntnis sicher aufgehoben ist. Obwohl ich keiner Probe darauf bedurft hätte, hast du mir geholfen im schlimmsten Unglück meines Lebens, als ich mich jenseits von Hilfe glaubte. Damit ist erwiesen, warum von allen Freundschaften, die ich seit 1959 gefunden habe,

die mit dir als einzige sich erwiesen hat als in allen Stücken zuverlässig und haltbar, und wenn es nach mir geht, soll das so bleiben, wie ich auch weiterhin zum »kleinen Kreis« gehören möchte.
Ich unterschreibe mich dir (1959-1979)
als dein
Uwe Johnson.

1 U.J. ist im Sommersemester 1979 erster Dozent der nach elfjähriger Unterbrechung von S.U. wieder ins Leben gerufenen Stiftungs-Gastdozentur für Poetik an der Johann Wolfgang Goethe-Universität in Frankfurt am Main. Er hält seine 5 Vorlesungen am 7., 14., 21., 28. 5. und am 18. 6. 1979. Die erweiterte Fassung dieser Vorlesungen erscheint 1980 unter dem Titel *Begleitumstände*; siehe auch Briefe 709, 711, S. 982-984.

[689]

Frankfurt am Main
19. April 1979

Lieber Uwe,
aus den USA zurückgekehrt,[1] fand ich zwei Briefe von Dir vor, einen vom 29. März und dann den handschriftlichen vom 1. April. Ich kann Dir kaum sagen, wie sehr mich dieser Brief beglückt hat. Daß ich ihn zu dieser Zeit auch dringend brauchte, wird einmal die Verlagsgeschichte belegen.[2] Jedenfalls hast Du recht getan, den Zeitraum von 20 Jahren von Deiner Sicht aus zu markieren. Ich erinnere mich ja allzu genau, daß ich an jenem Morgen des 31. März ein Manuskript aus dem Sterbezimmer nahm und daß meine Verantwortung an der Lektüre gerade dieses Manuskriptes gewachsen ist. Es gibt Dinge, die man einfach bei sich hat, die man nicht nur nicht vergißt, sondern die da sind und die einem helfen, zu leben. Ich danke Dir, mein Lieber.

Die Geschichte von Charlie hat Burgel Zeeh und mich sehr bewegt.[3] Richte Dich nach Deinem Befinden ein, ich hoffe, es ist tragbar für Dich. Das Tragbare – es wird immer mehr zu einer Kategorie für mich, und ich verspreche Dir, daß wir andere Motive für die Reise mit dem Tierchen Jaguar finden werden.
Dann also bis zum 7. Mai!
Herzlich – und wie immer,
Dein Siegfried

1 S. U. hält sich vom 3. bis 6. 4. 1979 in New York, am 7./8. an der Yale University anläßlich eines Hermann Broch-Symposions, danach wieder in New York und am 10./11. in Boston auf.
2 In das Jahr 1979 fallen die Planungen für die edition suhrkamp Neue Folge, die 1980 mit Band 1001 gestartet wird (siehe Brief 707, S. 979ff.).
3 U. J. ruft Burgel Zeeh am 3. 4. 1979 zu Hause an und bittet sie, die Lesung am 12. 6. 1979 in Paris (siehe Brief 687, S. 946) abzusagen ebenso wie die mit S. U. geplante Reise im Juni wegen einer »Sache auf Leben und Tod«. Am 4. 4. 1979 schreibt er an Burgel Zeeh: »[. . .] hier folgt die Aufklärung, warum ich gern befreit sein wollte von jenem pariser Termin: es ist Charlie zuliebe.
Charlie ist einer der Autochthonen der Insel Sheppey, vierundsiebzig Jahre alt in diesem Monat, Mr. Wilson ist sein Name! Seit wir auf einen Redefuss gekommen sind, bestand er darauf, mir die Rosen zu beschneiden, mit dem überzeugenden Argument, darauf verstehe er sich nun einmal besser. Sonst reden wir just über das Wetter. Nur einmal, als ihm nach lange vergeblichem Bemühen endlich die Scheidung von seiner Frau gelungen war, entfuhr ihm über das weibliche Geschlecht der Befund: Oh, they are wicked, Charlie. Wicked.
Auch sein Wellensittich heisst Charlie.
Und auf den Namen Charlie bin ich im Dezember 1974 getauft worden. So kennt mich hier jeder; nur der Postbote redet mich an mit dem Nachnamen. Dem aber habe ich zu Neujahr ein ganzes Pfund gestiftet.
Nun ist einer von uns drei Charlies krank, und leider ist es nicht der Vogel, sondern der älteste von uns, an einer zähen, schmerz-

haften Geschwulst in der Bauchgegend. Er hat schon viele Wochen kein Essen bei sich behalten können und mit der Abmagerung so viel Kraft verloren, dass das Gehen ihm unsicher gerät. Störrisch ist er auch, so dass er erst neulich um eine Röntgen-Untersuchung eingekommen ist. Sein Zustand ist auffällig; dennoch hat man ihn an das Ende der Warteliste gesetzt, so dass er erst in drei Wochen an die Reihe kommen wird.
Ja. Was Sie denken, das fürchte ich auch.
Aber es gibt Tage, an denen ist die Geschwulst zurückgegangen, er ist fast ohne Schmerz, er hat einen Milchbrei essen können; an solchen Tagen spricht Charlie von den Zeiten, in denen er wieder gesund sein wird. Auf die Insel Man wird er dann reisen.
Was soll der Besucher sagen? Er weiss auch bloss: Gute Idee. Charlie.
Gestern hat er mich (– Entschuldigen Sie, Charlie, ich will nicht persönlich werden) gefragt, was ich denn so vorhätte im Juni, und ich habe es ihm erzählt. Da blieb keine Woche frei.
– Schade: sagte er. – Im Juni will ich doch auf die Isle of Man, und da hätt ich Sie gern um Ihre Begleitung gebeten.
So ist das, und deswegen musste ich Sie stören an Ihrem privaten Telefon, denn wer im Juni reisen will, sollte besser schon Anfang April gebucht haben.«

[690]

Frankfurt am Main
19. April 1979

Lieber Uwe,
Du bist in Lübeck mehrfach konterfeit worden, ich schicke Dir eine Reihe dieser Fotos, ich habe teilweise Duplikate hier für meinen privaten Bereich und für das Verlagsarchiv.
Herzliche Grüße
Dein Siegfried

[691]

Sheerness
4. Mai 1979

Lieber Siegfried,
zwar sehen wir einander am Tage nach übermorgen, aber ich nehme an, dies muss schriftlich gemacht werden:
Am 22. Januar 1962 überliessest du mir eine Kopie deiner Aktennotiz über deine Besprechung mit Dr. von Brentano am 19. Januar 1962.
Bitte, würdest du mir daraus diese Einzelheiten freigeben zum indirekten Zitieren:
»Herr Dr. von Brentano hatte um eine Unterredung mit dem Leiter des Suhrkamp Verlages, Herrn Dr. Siegfried Unseld, gebeten, oder darum nachgesucht. Im Verlauf des Gesprächs im Frankfurter Hof verneinte Brentano, je den im berliner ›Tagesspiegel‹ zitierten Satz über das ›Aushalten lassen‹ gesprochen zu haben. Diese Wendung sei ohnehin ausserhalb seines Vokabulars.
Er sehe inzwischen ein, durch Hermann Kesten ›objektiv falsch‹ berichtet gewesen zu sein. Das verändere die Situation für ihn. Er sei empört, dass jemand Giangiacomo Feltrinelli Manipulationen an einem Tonband unterstelle.
Zu der kleinen S.P.D.-Anfrage meinte Brentano, Höcherl habe diese Erklärung mit ihm abgestimmt. Parlamentarisch sei dadurch die Sache bereinigt.
Im Unterschied zu anderen strittigen Argumenten stimmte Brentano überein mit dem, wonach die Bundesrepublik keine nationale Alternative gegenüber der D.D.R. sei.
Brentano erklärte, er habe von sich aus daran gedacht, an den Schriftsteller J. zu schreiben. Auch habe er vor, sich bei seinem nächsten Rom-Aufenthalt mit J. zu treffen, denn ›Gespräche mit Gegnern sind immer fruchtbar‹. Er versprach Herrn Dr. Unseld eine Kopie jenes Briefes.«[1]

Es genügte, wenn du mir dies Blatt mit deiner Paraphe und einem »Ja« zurückschicktest. Bitte, entschuldige die Mühe.
Mit herzlichen Grüssen,
Yours, truly,
Uwe.

1 Siehe Brief 118, S. 172. Diese Passage wird, leicht modifiziert, in *Begleitumstände*, S. 236f., eingefügt.

[692]

Frankfurt am Main
10. Mai 1979

Lieber Uwe,
besten Dank für Deinen Brief vom 4. Mai. Du kannst die von Dir gewünschten Einzelheiten gerne benützen. Wofür brauchst Du das?
Schöne Grüße
Dein Siegfried

[693; Ansichtskarte »Darmstadt – Friedensplatz mit Landesmuseum«]

Sheerness
18. Mai 1979

Lieber Siegfried,
ich danke dir für die Freigabe jener Aktennotiz aus dem Jahre 1962. Wozu ich sie brauche? das hoffe ich dir am 28. Mai vorzuführen.
Mit herzlichen Grüssen,
yours, truly,
Uwe.

[694]

Frankfurt am Main
19. Juni 1979

Lieber Uwe,
ich weiß gar nicht, was Du hast, auf dem Foto siehst Du doch ganz manierlich aus.
Schöne Grüße
Dein Siegfried

[695; Ansichtskarte »Whig Hall und Clio Hall, Princeton University, New Jersey«, handschriftlich]

New Jersey
23. Juni 1979

Liebe Hilde, lieber Siegfried:
Aus den ersten Ferien[1] seit sechs Jahren grüsst herzlich & wishes you were here:
Uwe.

1 Nach Abschluß der »Frankfurter Vorlesungen« fliegt U. J. am 20. 6. von London-Heathrow aus nach New York und bleibt bis zum 30. 6. in den USA.

[696]

Frankfurt am Main
3. Juli 1979

Lieber Uwe,
schönen Dank für Deine Karte aus New York.
Wir sprachen schon einmal über Deine Übersetzung von Melvilles »Israel Potter«. Wo erschien das damals? Weißt

Du noch, welchen Vertrag Du unterzeichnet hast? Es wäre ein schöner it-Band!
Schöne Grüße
Dein Siegfried

[697]

Sheerness
13. Juli 1979

Lieber Siegfried –
Gruss zuvor.
Meine Übersetzung von HERMAN MELVILLEs »Israel Potter. Seine fünfzig Jahre im Exil« erschien 1960 in der DIETERICHSCHEN VERLAGSBUCHHANDLUNG zu Leipzig in erster Auflage, und zwar ohne die Nennung meines Namens. Herr Dr. Rudolf Marx fürchtete seinem Verlag durch eine öffentliche Verbindung mit einem »Republikflüchtling« bei den Kulturbehörden seines Landes zu schaden, und ich habe der anonymen Ausgabe schriftlich zugestimmt.
Die zweite Auflage erschien 1973 und gab mich an als den Übersetzer. Im gleichen Jahr teilte Herr Marx mir mit, der VERLAG VOLK UND WELT beabsichtige für 1974, »eine Lizenzausgabe des ›Israel Potter‹ in seiner Heftreihe ›Romanzeitung‹, die vor allem an Kiosken verkauft wird, herauszubringen«. Was daraus geworden ist, entzieht sich meiner Kenntnis.
Der Vertrag zwischen Herrn Marx und mir vom Februar 1960 sah zehn Mark für die Manuskriptseite zu 2000 Anschlägen vor; das ergab damals »M« 2.180. Für die zweite Auflage (von 10000 Stück) betrug das Honorar 30% dessen für die erste: »M« 654, abzüglich 20% Honorarsteuer, Nettobetrag: »MDN« 523.20.

Einzelne Titel der »Sammlung Dieterich« werden übernommen von CARL SCHÜNEMANN, Bremen. Soviel ich weiss, ist dieser Band *Nr. 213* bisher davon ausgenommen.
Es würde mich gewiss freuen, wenn es euch gelänge, daraus ein Insel-Taschenbuch zu machen.[1]
Bei dieser Gelegenheit wäre ich dankbar, wenn du Herrn Rudolf Marx meine allerbesten Empfehlungen ausrichten wolltest.
(Du kennst ihn ja wohl überhaupt, und auch von den Seiten 123 ff. des »Oobliadooh« von F. R. FRIES.)
Übrigens habe ich neuerdings wieder eine Antwort auf deine Frage, obzwar ich sie lediglich ahne aus langer Gewohnheit: Jawohl. Es ist eine Lust, zu arbeiten.
Mit herzlichen Grüssen,
yours, truly,
Uwe.

1 U. J. s. Übersetzung von Herman Melvilles *Israel Potter* erscheint als insel taschenbuch 517 im Jahre 1980.

[698]

Frankfurt am Main
17. Juli 1979

Lieber Uwe,
ein kompliziertes Problem: Wir haben von George Steiner bisher drei Bücher veröffentlicht, ein viertes, »Nach Babel«, steht kurz vor dem Erscheinen; er – Inhaber zweier berühmter Lehrstühle, bedeutendster Literaturkritiker in England und USA, Jude und Erfinder der »Suhrkamp-Kultur« im »TLS«[1] – hat ein Buch geschrieben, das ich aus Gründen ablehnen möchte, und George Steiner respektiert

meine Gründe, bat mich aber doch, [bei] Autoren, mit denen ich befreundet sei, nochmals um Rat nachzusuchen.[2]
Der romanhafte Bericht heißt »The Portage to San Cristobal of A. H.«, ca. 120 Seiten. »The Kenyon Review«. Die Geschichte ist ganz einfach: Hitler hat nicht sich, sondern ein Double umbringen lassen und lebt im brasilianischen Urwald. Eine Gruppe – vier Juden und ein Indianer – findet ihn und will ihn nach Israel entführen. Auf dem Weg bildet sich eine Art Tribunal, bei dem jedoch Adolf Hitler als Apologet seiner selbst dominiert. Soweit so akzeptabel. Aber die Thesen des Buches: Hitler entschuldigt sich damit, daß er zwar 6 Millionen Juden umgebracht habe, Stalin aber 30 Millionen Menschen. Ohne Holocaust hätten die Juden nicht den Mut zum Unrecht der Vertreibung der Araber gehabt, das Reich hätte also Israel geschaffen, und eigentlich oder vielleicht sei Hitler jener Messias, um den die alten Rabbis beten, weil er sein Volk nach Hause führen sollte.
Natürlich ist das alles sehr kompliziert dargestellt, ich vereinfache bei meiner Beschreibung, aber ich befürchte natürlich auch Vereinfachungen in den Reaktionen. »Suhrkamp rechtfertigt Hitler«, die Schlagzeile möchte ich mir nicht einhandeln. Aber immerhin gebe ich den Wunsch von George Steiner weiter und möchte Dich fragen, ob Du das Buch lesen und mir dann Deinen Eindruck bekanntgeben möchtest, den ich dann direkt oder indirekt an George Steiner weitergebe. Sollen wir Dir den Text zuschicken?
Ich bitte um Entschuldigung für diese Belästigung, aber es ist wirklich eine besondere Sache. George Steiner will sich unserem Urteil beugen, das heißt, der Text wird nicht in Deutsch erscheinen, wenn er nicht bei Suhrkamp herauskommt. Unnütz zu sagen, daß George Steiner mit seinem Text natürlich keine Rechtfertigung Hitlers beabsichtigte.
Herzliche Grüße
Dein Siegfried

P. S.
Die Bitte geht, auf Wunsch von George Steiner, auch an: Frisch – Enzensberger – Walser.

1 George Steiner bespricht am 9. 3. 1973 im *Times Literary Supplement*, S. 25 f., unter der Überschrift *Adorno: love and cognition* drei Bände der *Gesammelten Schriften* von Theodor W. Adorno. Dort heißt es: »Like Bloch and Walter Benjamin, Adorno has profited formidably from what one might call ›the Suhrkamp culture‹ which now dominates so much of German high literacy and intellectual ranking.«
2 S. U. hatte die Übersetzung des Manuskripts von George Steiner für den Suhrkamp Verlag abgelehnt. In einem Gespräch zwischen George Steiner und S. U. am 12. 7. 1979 in Genf stimmte der Autor der Bitte von S. U. zu, sich dem Urteil wichtiger Autoren zu unterwerfen.

[699]

Sheerness
23. Juli 1979

Lieber Siegfried –
deine Beschreibung von George Steiners »The Portage to San Cristobal of A. H.« hat mich recht erschreckt, und es liegt mir sehr daran, dies vor einer deutschsprachigen Veröffentlichung zu lesen.
Schon jetzt kann ich dir von meiner Seite einen gründlichen Widerstand gegen die Lektüre versprechen.
Denn G. Steiners Unternehmen, damit es überhaupt in Gang kommen kann, hebt eine geschichtlich gesicherte Tatsache auf, obendrein eine von den wenigen, die mir willkommen ist. Die sowjetischen Historiker sind sich mit denen der Alliierten einig darüber, dass A. H. sich umgebracht hat (umstritten ist da bloss, ob nur mit Gift, oder zusätzlich durch Erschiessen).

Nehmen wir einmal das von G. Steiner konstruierte Double an, so geraten wir in Schwierigkeiten bei der Unterbringung. Die erreichbaren Skizzen der Raumverteilung im Führerbunker lassen kein weiteres Apartment zu für den April 1945, und noch weniger den damit verbundenen Service für die Person, die doch nach Steiners Entwurf bis zum letzten Augenblick hätten geheim gehalten werden müssen.
Soll auch dies noch aus unserem Bewusstsein gestrichen sein, werden wir uns aber immer noch erinnern an den Gesundheitszustand A. H.s am 30. April 1945: zeit seines Lebens war er befallen mit Beschwerden in Magen und Darm. 1940 war er täglich angewiesen auf Schlaf- und Kolatabletten, auf Verdauungspräparate, auf Mittel gegen Grippe und Vitaminkapseln. An Injektionen brauchte er Sulfonamide, Drüsenstoffe, Traubenzucker, Hormone. Eine Zeit lang war er täglich abhängig von 28 verschiedenen Fremdstoffen. Schon für den August 1941 sind Schwächeanfälle bekannt, Anfälle von Übelkeit, Schüttelfrost, Ödeme an den Unterschenkeln; seit Stalingrad brauchte er Antidepressionsmittel und hatte »immer das Gefühl, nach rechts zu fallen«, also Störungen im Gleichgewicht. Die Menge und Mischung der Medikamente bewirkte, dass A. H. »jedes Jahr nicht ein Jahr, sondern vier bis fünf Jahre gealtert« sei (Prof. Karl Brandt[1]); demnach die frühzeitige Vergreisung, das wrackartige Erscheinungsbild, aufflackernd in Euphorien. 1945 konnte A. H. kaum noch gehen, das Fehlen des Gleichgewichtsgefühls zwang ihn beim Stillstehen zum sofortigen Hinsetzen, die Augen waren blutunterlaufen, aus den Mundwinkeln troff ihm der Speichel. Auch mental war er nach den massierten Gaben von Psychopharmaka aus dem Lote und fiel von hysterischer Aggression in depressive Lethargie. Nun will G. Steiner uns glauben machen, ein solcher Mensch, der weder eine Entziehungskur noch eine Operation überstanden hätte, sei zu einem Ausbruch aus

dem umkämpften Berlin imstande gewesen. Eine Person in solchem Zustand, die umgehend eine, unter illegalen Umständen unbeschaffbare, Intensivstation benötigt hätte, ist nach G. Steiner kräftig genug für den Umzug in einen Urwald Südamerikas. Und da die Geheimdienste der meisten Nationen dort vergeblich nach ihm gefahndet haben, werden wir allereinsamste Lebensumstände annehmen müssen, unter denen der Todkranke sich selbst erhält, Bäume rodend. Denn für G. Steiner ist er – mit einundneunzig Jahren – körperlich imstande, in der Begleitung von vier Juden und eines Indianers auf eine weite Reise zu gehen, nach Israel, unter geheimen, beengten und kräftezehrenden Bedingungen. Was er während solcher Strapazen an Entschuldigungen vorbringt, passt jedoch zu seiner Krankengeschichte und seiner geistigen Zerrüttung: er habe durch den versuchten Genozid an den Juden die Errichtung ihres Staates erzwungen und sei folgerichtig der Messias.

Ist das, warum er sich im Verborgenen gehalten hat? Aber warum hat er dann als vermeintlich toter A. H. ein politisches Testament hinterlassen, das seinen Anhängern die Fortführung des Kampfes gegen die Juden aufträgt? Was soll nun gelten: dies Vermächtnis, oder sein Verdienst als Erlöser der Juden?

Nach dieser Logik war Stalin der erfolgreichste Agent und historische Liebling all jener, die der Idee des Kommunismus und des Sozialismus für mindestens ein Jahrhundert das Rückgrat gebrochen wünschten.

Es gibt Leute, die verkünden das eine, oder das andere. Aber dann stehen sie an Hyde Park Corner oder sind zahlende Gäste eines Sanatoriums. Wenn G. Steiner eine solche These unter die Leute bringen möchte, sollte er ehrlich genug sein für einen Versuch in der Form des Pamphlets.

Denn nach all diesen umkippenden Voraussetzungen, wozu kann das Mittel der Literatur denn noch dienen? als Klei-

ster. Als Verkleidung. Nachdem ich all die Barrieren der Unglaubwürdigkeit übersprungen habe, was habe ich da zu gewärtigen? Das zynisch wie masochistisch ausgelaugte Klischee vom Überleben A. H.s in Brasilien. Einen Abklatsch der Eichmann-Entführung. Und einen Schriftsteller, der bereit ist, die Person A. H. literarisch zu verstehen, aus ihrem Subjekt heraus zu argumentieren.
Dies, lieber Siegfried, wüsste ich aus Rezensionen, dem Klappentext, dem Anblättern des Buches, bevor ich mich für oder gegen seinen Ankauf entscheiden müsste. Sogar die Lektüre würde ich verweigern.
Da es aber noch kein Buch ist, bitte ich dich dringend um die Zusendung des Manuskriptes.
Vielleicht jedoch wäre es praktischer, wenn ich es bei meinem Besuch am 9./10. August[2] mitnehmen könnte, denn inzwischen bin ich ja ein wenig auf Reisen.[3]
Yours, truly,[4]
Uwe.

1 U. J. bezieht sich hier auf Joachim Fest, *Hitler. Eine Biographie*, Frankfurt/Berlin/Wien 1973, S. 921. »Professor Karl Brandt, der ebenfalls zum engsten ärztlichen Personal Hitlers gehörte, hat nach dem Krieg geäußert, Morells Behandlung habe bewirkt, ›daß sozusagen das Lebenselixier von Jahren vorausgenommen und verbraucht wurde‹ und Hitler gleichsam ›jedes Jahr nicht ein Jahr, sondern vier bis fünf Jahre gealtert‹ sei.« Die Äußerungen von Karl Brandt weist Joachim Fest nach als Zitate aus: Henry Picker (Hg.), *Hitlers Tischgespräche im Führerhauptquartier 1941-1942*, Bonn 1951, S. 108 f.

2 Am 10. 8. 1979 verleiht der Hessische Ministerpräsident Holger Börner in Frankfurt am Main das Bundesverdienstkreuz an S. U.

3 U. J. liest am 25. 7. in Bamberg, am 27. 7. in Regensburg, am 30. 7. in Hamburg.

4 Der Brief trägt den handschriftlichen Vermerk von S. U. »mündlich«.

[700; Postkarte »High Street, Sheerness-on-Sea, the early 1900's«]

Sheerness
4. August 1979

Lieber Siegfried,
am 9., mit dem Flug der BA Nr. 728, soll ich doch erst um 17:55 in Frankfurt ankommen, also wahrscheinlich noch später, so dass ich es wohl erst gegen 20:30 schaffen werde bis zu eurer Tür.
Mit herzlichen Grüssen an Hilde & dich,
yours, truly,
Uwe.

[701]

Sheerness
23. August 1979

Lieber Siegfried,
entschuldige, ich bin ein bisschen spät dran mit meinen Anmerkungen zu G. Steiners »The Portage«, aber es war doch auch ein mühselig schweres Stück Arbeit, ausführlich zu argumentieren gegen eine Tendenz, die genau so gerecht abgetan wäre mit einem einzigen Worte, einem einsilbigen obendrein. Der Text ist genau so schlimm, wie du ihn angekündigt hast, ja du hast ihn sogar noch geschont. Wenn der Verfasser seine These glaubt, ist er in beträchtlicher Gefahr für seine Orientierung in der Welt; hat er bloss mit einem gag eine grosse Diskussion in Gang bringen wollen, ist er in einer anderen. Es ist tatsächlich »zu meiner Entlastung«, wenn ich diesem Brief die gewünschte Äusserung beilege und dir den Text mit getrennter Post zuschicke.
Bist wirklich du derjenige, der Damen in London meine

Adresse gibt mit seinen Empfehlungen? Die dann Judith heissen und einen Beitrag wünschen für eine Radiosendung? Das muss ein Irrtum sein, eine Verwechslung von Personen. Du bist doch derjenige, der will, dass man arbeitet.

Denn das tue ich, mit Gestöhn und Beschwer. Der grössere Teil der letzten Vorlesung, der längsten, war ja frei gesprochen, keines Weges schriftlich fixiert; das muss ich nun nachholen, und dann steht mir eine Abschrift bevor, die leicht die Seitenzahl 225 erreichen könnte.

Als Titel habe ich inzwischen gefunden: »Begleitumstände. Frankfurter Vorlesungen.«

Für eine eurer Reihen habe ich einen Titel gefunden. Die Begründung für seine Tauglichkeit lautet wie bei den beiden vorigen. Es ist

> LION FEUCHTWANGER, »Der Teufel in Frankreich. Erlebnisse.«
> (Erstausgabe 1942 unter dem Titel »Unholdes Frankreich«, auch in einer englischen Fassung. Neuausgabe 1954 im (Copyright) Greifenverlag zu Rudolstadt (D.D.R.) mit 249 Seiten und einem (entbehrlichen) Nachwort von Alfred Kantorowicz bis S. 275)

Lieber Siegfried, ich danke dir für Adornos Singspiel. Es ist mir ein Bedürfnis, dich wissen zu lassen, dass auch ich in meiner Jugend[1] ...

Yours truly,
Uwe.

1 U.J. machte als Oberschüler die Ansage, wenn der Güstrower Schulchor auf Reisen war; vgl. *Begleitumstände*, S. 59 - 61. 1979 erscheint von Theodor W. Adorno: *Der Schatz des Indianer-Joe. Singspiel nach Mark Twain* im Suhrkamp Verlag.

[702]

Sheerness
23. August 1979

Lieber Siegfried:
Der Versuch von George Steiner, »The Portage to San Cristobal of A. H.«, verdirbt sich schon im Ansatz durch seinen Mangel an Respekt vor historischer Wahrheit. Der Tod Hitlers ist in westalliierten Untersuchungen und dem sowjetischen Obduktionsbericht dokumentiert. Stalins Auskunft, ausgeteilt Ende Juli 1945 bei der Konferenz von Potsdam, Hitler halte sich auf in Spanien oder »Südamerika«, sollte die Anhänger des Toten in einer hoffenden und seine entkommenen Opfer in einer ängstlichen Schwebe halten; es scheint zumindest frivol, wenn jemand diese Taktik unterstützt, die sogar von der neuen sowjetischen Führung durch Bestellung und Genehmigung des Buches von Lew Besymenski, »Der Tod des Adolf Hitler« (Hamburg 1968), aufgegeben wurde. Ein angenommenes Double, benutzt für einen vorgetäuschten Tod, ist in der Fachliteratur weder behauptet noch nachgewiesen, auch die Menge und Anordnung der Räumlichkeiten in Hitlers letztem Bunker schliessen es aus; allerdings hat es gegeistert in Gerüchten (deren Albernheit allgemein sich erwies im Scheitern des Bühnenstücks von Erich Kästner »Die Schule der Diktatoren«[1]). Neben der Tatsache dieses Todes ist es ihre Prominenz, die jeglicher, noch einer bejahenden, Fiktion das Wasser abgräbt.
Danach wird der Leser lediglich seine Höflichkeit vor dem Ansehen des Verfassers beweisen, lässt er sich ein auf dessen Fiktion. Schlecht gelohnt, soll er nun obendrein seinen medizinischen Verstand, und halte der sich in laienhaften Grenzen, aufgeben zu Gunsten der Annahme, ein körperlich und psychisch so ruinierter Hitler wie der vom April

1945 hätte eine Flucht um die halbe Welt überstehen können und sei in einem Alter von etwa neunzig Jahren imstande, eine durch Urwald und Sümpfe behinderte Rückführung in die Zivilisation zu ertragen. Das Verhalten des Verfassers gegenüber dem Leser ist unbescheiden, gelinde gesagt.

Und wie wird dem Leser ein fortgesetzt guter Wille gedankt? mit einer primitiven Abwandlung der Entführung von Adolf Eichmann. Mit der einfallslosen Übernahme der Lokalität »Südamerika«. Mit der singulären Pointe, die von allen interessierten Geheimdiensten allein den israelischen mit dem Auffinden Hitlers beglückt. Mit ersten Reaktionen bei vieren seiner Kriegsgegner und den Westdeutschen in Ausmalungen, die gerade an ihren so überaus erwartbaren Wahrscheinlichkeiten und Klischees zu Schanden werden. Das Kapitel 4 bereits, die Szene einer Vernehmung in Moskau, macht deutlich, worauf sie letzten Endes alle hinauslaufen: Vorlagen für ein Film-Drehbuch, oft genug vom Range eines grade-C thrillers, wie er auf Seite 69 angeführt wird. Denn warum muss im Kapitel 8 eine indianische Konkubine vorgezeigt werden als ein schmutziges Tier? damit sie Raum vorbereitet für ein Pendant, eine Musik übende deutsche Bürgerstochter, deren einziger Bezug zu des Verfassers Konstruktion eben dieser ist. Die Namensgebung ist fahrlässig; deutsche Personen, wie immer am Rande, werden angeboten als ein Fräulein Schalktritt, als ein Beamter, der auf der einen Schulter an dem Namen Thaddeus trägt und auf der anderen an Binswanger, Österreich wird ein männlicher Vorname »Jahn« aufgedrängt, einen Juden aber soll man anreden mit »Herr Lieber«. Der Umgang mit der Sprache ist gewandt, jedoch konventionell, ausgenommen die Brüche in Dialogen und beschreibenden Sätzen. Diese, indem sie Erlebnisbrüche und Denkschritte andeuten, wirken anfangs gewiss hypnotisch, verschleissen sich aber in

ihrer Forcierung über 120 Seiten und können gelegentlich schwer ins Auge gehen, so in den ersten drei Sätzen des Kapitels 17, Seite 114, deren semantische Verknotung dem Leser eine mittlerweile vergeudete Mühe abfordert.
Denn inzwischen muss ihm aufgegangen sein, dass G. Steiners Versuch auch Techniken der Fiktion missbraucht, um die Plattform für eine These aufzubauen. Die »Überführung nach«, ausdrücklich versprochen, wird willkürlich abgebrochen; die Erzählung drückt sich vor der Imagination der internationalen Lage, die bei einem tatsächlichen Erscheinen Adolf Hitlers in der Nähe eines Flughafens im Jahre 1979 zu erwarten wäre; diese Phantasie begnügt sich mit Hubschraubergeräuschen. In Missachtung ihrer Befehle, von deren Strenge der Verfasser selbst so viel hergemacht hat, hält die Bergungsmannschaft an, ihrem Mündel ein Tribunal zu bereiten, die Gelegenheit für seinen Auftritt. Darum ging es von Anfang an, nur das sollte erschlichen werden mit Mitteln der Literatur.
An der These selbst ist zuerst bedauerlich, dass der Verfasser sich dazu hergibt, Adolf Hitler verstehen zu wollen, aus dem Inneren dieser Person heraus zu argumentieren, mit dem Anspruch der epischen Erzählung, die durch Verstehen ihrer Subjekte auch sich einlassen muss auf ein Minimum an Einverständnis, an Verzeihung sogar. Widerwärtig in der Ausführung ist die rhetorische Eleganz, die Hitler zugestanden wird, indem Gedächtnisschwächen und Defekte im Denken als insistierendes Stilmittel fungieren sollen. Leider gelingt es dem Verfasser unfreiwillig, ohne sein Wissen, das Ausmass der geistigen Zerrüttung bei seinem Neunzigjährigen anzudeuten in der Deduktion, er habe durch den versuchten Genozid an den Juden die Errichtung des Staates günstig beeinflusst, nein, ihn geschaffen! und sei folgerichtig der Messias.
Also der Retter und König der Juden, der erscheint, nach-

dem Jehovah sein erwähltes Volk in einem neuen Reiche versammelt hat. Was da als Tatbestand eines Sakrilegs erfüllt ist, mag der Verfasser mit seinen religiösen Beratern ausmachen oder, noch besser, mit sich selber.
Bemerkenswert der zweite Teil der Voraussage vom Messias: Ist er einmal da, erheben die Toten sich aus ihren Gräbern, ihren Teil an seinem Ruhm zu geniessen, und Gott beginnt mit dem Gericht über ihre Bedränger.
Bei der Vorstellung, die nach dem Willen Hitlers ermordeten Juden in all ihrer Zahl kämen zurück aus ihrer Asche, ihn zu preisen als den Erlöser, darf man getrost aufhören, dem Sophismus des Verfassers zu folgen. Seine Logik, wonach jede Untat gegen Juden von Gott gewollt sei, wenn sie am Ende nur zuverlässig einen jüdischen Staat ergebe, verrät einen pervertierten Chauvinismus, der an Hitler nur den jüdischen Aspekt erkennt und dem die übrigen 55 Millionen Tote von Hitlers Krieg ein Mittel sind in diesem Zweck.
Lediglich aus hygienischen Gründen bedarf des Verfassers These eines Widerspruchs: sie enthält eine Entschuldigung Hitlers, eine Freisprechung geradezu.
Einmal in der Rechnung, Stalin habe Hitler in der Zahl seiner Mordopfer um das Fünffache übertroffen. Wie zu erwarten ungenau ist die Behauptung, Stalin, zur Macht gekommen 1924, habe den Genozid bereits vervollkommnet gehabt, als Hitler noch ein namenloser Schreiberling in München gewesen sei – mit einem ersten Staatsstreichversuch 1923; peinlich ungenau gedacht ist die Zusammenfassung, in der Stalins Kulaken, Genossen und Ehefrau erscheinen gegenüber den einheitlich jüdischen Toten Hitlers. Die Rückführung der Qualitäten unzählig vernichteten individuellen Lebens auf eine blosse Quantität ist unmenschlich. Es bliebe besser die Privatsache des Verfassers, wenn er einem Mörder als Rechtfertigung zubilligt, einem seiner Kollegen sei auch nur ein Opfer mehr nachzuweisen.

Zum anderen in dem, was der Verfasser Hitler für sich selbst ins Feld führen lässt. Es ist gewiss dümmlich, sich für die Toten von Coventry zu entlasten mit denen von Hiroshima, indem ohne die einen ja die anderen unterblieben wären; es gibt in Westdeutschland genug Leute, die begierig sind auf Lieferung und Verbreitung von Argumenten solchen Ranges. Die ohnehin unberatene Diskussion des westdeutschen Publikums über Hitlers »Endlösung« würde auf einen Umweg geleitet und in Zeitverlust gebracht mit der Psychologie des Gutachtens, das ihn so entkriminalisieren möchte: schlicht »die Zeiten stanken nach Hunger und Blut« (Seite 119). Die wahnwitzige Vereinfachung, Hitlers Reich habe Israel gezeugt, geschaffen, spricht alles zum Guten – »auch das zum Guten« –, was an Unrecht getan wurde in diesem Reich, zum Beispiel die Lagerhaft eines uns bekannten Mannes, der daran vierzehn Jahre später gestorben ist: Peter Suhrkamp.

»Beweis erbracht!« ist in diesem Text der endgültige Befund über Hitlers Apologie, ausgerufen von einem Primitiven, »der die Worte nicht verstanden hatte, nur ihre Bedeutung« (Seite 120).

Du tätest uns einen Gefallen, wenn du verzichtetest auf ein Buch, das literarisch auf der Stelle tritt und in der Theorie zurückgeht in das zweite Jahrhundert vor der Zeitrechnung.

Yours, truly,

Uwe.

1 In der 1957 uraufgeführten »Komödie in neun Bildern« lassen die Machthaber, nachdem der Diktator bei einem Attentat ums Leben gekommen ist, 14 verschiedene Imitatoren bei diversen Anlässen auftreten, ohne daß die Bevölkerung die Fälschungen erkennt.

[703]

Frankfurt am Main
3. September 1979

Lieber Uwe,
herzlichen Dank für Deinen Brief vom 23. August und ganz besonders für Deine ausführliche Stellungnahme zu George Steiners Opus; einer Trivial-Arabeske wird Weltschicksal aufgebürdet – das geht doch wohl nicht![1] Übrigens waren alle angefragten Autoren eindeutig Deiner Meinung, nur einer tanzte aus der Reihe, es ist unser Freund Mang. Ich gebe Dir eine Kopie seiner Meinung.
Ich bin sehr froh, daß es Dir nun gelungen ist, auch die letzte Frankfurter Vorlesung formulierend zu fixieren. Der Titel »Begleitumstände. Frankfurter Vorlesungen« gefällt mir, gerne erwarte ich den Text.
Und Dank auch für den Hinweis auf Lion Feuchtwanger,[2] wir kümmern uns darum.
Herzliche Grüße
Dein Siegfried

1 Das Buch von George Steiner erscheint nicht in deutscher Sprache. 1982 wird es vom Verlag Simon & Schuster in New York publiziert.
2 Das Buch *Der Teufel in Frankreich. Erlebnisse* von Lion Feuchtwanger erscheint nicht im Suhrkamp Verlag.

[704]

Sheerness
6. September 1979

Lieber Siegfried,
aus Deiner Nähe wird mir geschrieben, du seiest auf Reisen, und so möchte ich dich denn fragen, nach deiner Rückkehr: How's the world been treating you?[1]

Das habe ich gestern eine alte Frau zu einer anderen sagen hören, zärtlich und mitleidig. Die hatten einander vielleicht zwei Tage lang aus den Augen verloren.
Hättest du mich gefragt nach einem unanständigen Buch, mitzunehmen auf die Reise, von mir wäre ein Hinweis gekommen auf eines namens »Frauen schreiben«, verfasst von einem Herrn Jürgen Serke im Auftrag und Verlage der Illustrierten »stern«. Daraus kannst du mal was lernen. Mit fotografischem Nachweis erfährst du, zum Beispiel, mit wem Sarah Kirsch zuerst einmal verheiratet war, wer der Vater ihres Kindes ist und wer ihr nach diesem zur Seite lag. Hättest du das von Herrn Meckel gedacht, nach dem Herrn Mickel? So verwickelt selbst dir das liebende Leben von Frau Struck erschienen sein mag, mit Hilfe dieses Buches kannst du es jetzt in einer Zeichnung nachbilden; allerdings haben die Herren bloss den ersten Buchstaben ihres Nachnamens vorzuzeigen. Ein Lyriker Arnfried A., wer wird denn den erkennen! Frau Wohmann wohnt in deiner Nähe, aber wahrscheinlich erfährst du erst jetzt, dass ihre letzten Veröffentlichungen im Grunde bloss illustrieren, wie sie einmal zwischen Herrn Wohmann und dem Kollegen Ernst Meister stand wie Buridans Esel. Auch sollst du ernstlich würdigen, wie das Ehepaar Wohmann, eigens für die Veröffentlichung in »stern« und eben diesem Buch, sich auf und hinter ein Sofa bauen, da schneidet der eine der anderen die Haare, festgehalten für die Ewigkeit.
Schlimm wird es, wenn der Verfasser die Wehrlosigkeit der Verstorbenen ausnutzt. (Frau Kaschnitz muss ihm unpassend vorgekommen sein für sein Hohes Lied von der Emanzipation aus der Ehe heraus, die lässt er einfach aus.) Von Frau Bachmann weiss er ganz genau, und macht es öffentlich, wie denn sie ins Feuer kam. »Dann alarmierte sie per Telefon eine Bekannte.« Man muss Maria noch Glück wünschen, dass sie unter solcher Bezeichnung unkenntlich wird.

Nach dieser Quelle war Ingeborg Bachmann »eine Frau, die zugleich publikumsscheu und publikumssüchtig war«. Verstehst du? so wie ein Mensch einen rechten Arm hat, im Gegensatz dazu aber einen linken. Drei Absätze später zitiert der feinfühlige Verfasser ihre Bitte: »Haltet Abstand von mir, oder ich sterbe«; um so massiver rückt er ihr auf den Leib: »Ingeborg Bachmann hat zwei Männer geliebt«: Henze nämlich, und Frisch. Nun wissen wir doch. Möchtest du was sagen? Hast du mich was sagen hören? Der Voyeur verrät sich in einem Protest: »Ja was ist denn nun passiert, dass diese Beziehung /zu Frisch/ zerbricht? Was soll dieser Exhibitionismus, der sich nicht traut?« Denn er möchte es noch genauer wissen, der kleine Junge, und am liebsten wäre er wohl dabeigewesen. Ausgerechnet so jemand gibt sich sodann das Recht, Max Frisch moralisch hinzurichten. Denn, wie dir sicherlich erinnerlich, er hat sie »verlassen«. »Verlassenwerden aber ist Tod erleben. Das ist das Brutale an Max Frisch und zugleich das Menschliche, weil es so alltäglich ist.«[2] Das ist uns doch schon immer an Max Frisch aufgefallen, eigentlich von Anfang an, oder? diese Züge von Brutalität an ihm. Und der Frau Moser, »Ingeborg Bachmanns Erben«, sollten wir eigentlich einen Brief schreiben, gemäss ihres Lamentierens vom Herbst 1974.[3] Denn dies konnte ja nur mit ihrer Erlaubnis gedruckt werden, einschliesslich des Bildes von der Fünfzehnjährigen, das diese Sorte Erben beisteuerte, obwohl das im Bildnachweis unterschlagen ist – sie werden sagen, in ernstem Ton: Aus Scham.

Eine andere Leseprobe ist: »Zeldas Mann, der berühmte Scott Fitzgerald, empfand seine Frau als unerträgliche Konkurrentin und steckte sie in Nervenheilanstalten.« Darauf erhob ich mich denn doch und las nach in fünf Büchern: der Biographie Zeldas, der Biographie Fitzgeralds, der seines Lektors, der von Hemingway und in seinen pariser Erinne-

rungen.[4] Nun weiss ich immerhin, dass der Verfasser von »Frauen schreiben« wenig Aussichten hat in der Literaturwissenschaft, zumindest in der amerikanischen.
Dabei fiel mir auf, dass sie für die deutschsprachige Gegend fehlen, diese umfangreichen Biographien angelsächsischer Art, in denen das Nachweisbare stimmt und das Zweifelhafte dem Entschluss des Lesers überlassen wird. Du hast mir einmal ein Muster für diese Art des Lebensberichtes geschenkt: das Buch von Ellmann über Joyce.[5]
Etwas von dieser Art wünschte ich mir im Grunde auch über Benn, Brecht, Hesse, Musil, Rilke, Schmidt. Es ist wahr, noch versteht sich im Deutschen kaum jemand auf solche positivistische Biographie. Aber vielleicht kann man sie bei uns vorbereiten, indem man zunächst solche Bücher in deutscher Sprache vorstellt wie das von Bair über Beckett, Turnbull über Fitzgerald, Blotner über Faulkner, Baker über Hemingway, Schorer über Lewis, Turnbull über Wolfe, Bell über Woolf[6] in einer Reihe S. B.: Suhrkamp Biographie.
Na?
Etwas zum Geburtstag liegt zwar bei, aber etwas anderes ist auf der Post. Aber diesmal wirst du wohl etwas anderes sagen als das übliche: »So was kriege ich ja immer von dir.« Und ich hoffe sogar, du verstehst meine Aufforderung, ausgesprochen in drei Bänden.
And according to your wishes, beneficial to your needs, that's how the world may be treating you, at home and abroad.
Yours, truly,
Uwe.

[704a; Anlage, Ansichtskarte aus der Tate Gallery – Dante Gabriel Rossetti, »Proserpine«, ohne Ort und ohne Datum, handschriftlich]

Lieber Siegfried:
Diese Dame und ich –
wir gratulieren.
Yours, truly,
Uwe.

1 S. U. ist am 7. 9. 1979 in Salzburg: »Der Grund der Reise: Ich übergebe Peter Handke die ersten Exemplare seines Buches ›Langsame Heimkehr‹.«

2 Die von U. J. angegebenen Zitate sind dem Text von Jürgen Serke, *Ingeborg Bachmann. »Haltet Abstand von mir oder ich sterbe, oder ich morde mich selbst«* in: J. S., *Frauen schreiben. Ein neues Kapitel deutschsprachiger Literatur (mit Fotos von Stefan Moses)*, Hamburg 1979, S. 122-135, entnommen.

3 Siehe Brief 604, S. 836f.

4 In U. J.s Bibliothek befinden sich: Zelda Fitzgerald, *Save me the Waltz*, New York 1968; Scott Fitzgerald, *The Romantic Egoist. A Pictorial Autobiography*, New York 1974; Andrew Turnbull, *Scott Fitzgerald*, New York 1968; Carlos Baker, *Ernest Hemingway. A Life-Story*, New York 1969; Ernest Hemingway, *Paris – Ein Fest fürs Leben*, Reinbek bei Hamburg 1965.

5 Richard Ellmann, *James Joyce*, Zürich 1959.

6 Mark Schorer, *Sinclair Lewis. An American Life*, New York 1961; Deirdre Bair, *Samuel Beckett. A Biography*, London 1978; Joseph Blotner, *Faulkner. A Biography*, London 1974; Andrew Turnbull, *Thomas Wolfe*, New York 1967; Quentin Bell, *Virginia Woolf. A Biography*, New York 1972. Alle von U. J. genannten Biographien sind in seiner Bibliothek zu finden.

[705]

Frankfurt am Main
10. September 1979

Lieber Uwe,
schönen Dank für Deine Karte an Burgel Zeeh. Diese Schuhe waren also nicht Deine Schuhe; ich dachte mir schon, daß Du auf größerem Fuß lebst![1]
Hilde schickt Dir zwei Photos und läßt Dich damit herzlich grüßen.
Dein Siegfried

1 Burgel Zeeh schreibt an U.J. am 29. 8. 1979: »[...] In der Klettenbergstraße beginnt [wegen eines Umbaus] so langsam das Aussortieren, das Räumen. Dabei stieß man wohl in dem Zimmer, in dem Sie letztens nächtigten, auf ein paar schwarze Herrenschuhe. Vermissen Sie solche? Sie zeigen unten die Grösse 43 an und sind ansonsten ganz normal.« U.J. beantwortet die Frage von Burgel Zeeh auf einer Karte vom 4. 9. 1979: »[...] es ist mir nachträglich unbehaglich, dass ich in einem Zimmer mit ganz fremden Schuhen geschlafen habe, denn so ist es: mit der Grösse 43 stehe ich auf überhaupt keinem Fusse, nicht einmal einem normalen.«

[706]

Frankfurt am Main
17. September 1979

Lieber Uwe,
habe Dank für Deinen Brief vom 6. September. Du kennst doch meine Charakterisierung von Herrn Jürgen Serke! [...][1]
Suhrkamp Biographien: Eine Form für Bildbiographien haben wir ja vorgelegt, für die von Dir jetzt erwähnten Biographien nach angelsächsischem Muster fehlt uns hauptsäch-

lich eines: Autoren, die ihrer Sache so dienen und die dann diese Sache so glänzend beschreiben können. Wenn wir diese Autoren hätten, wäre eine Buchreihe »Suhrkamp Biographie« sinnvoll und erfolgreich. Habe Dank für Deinen Vorschlag; ich werde weiter darüber nachdenken.
Jetzt weiß ich, warum Du so gern allein in Deinem Haus bist! Mit Proserpine zusammenzusein ist schon eine Sache. Hat sie Dir diesen Paradiesapfel gereicht?
Herzlich
Dein Siegfried

1 An dieser Stelle werden zwei Sätze zur Wahrung der Persönlichkeitsrechte Dritter ausgelassen.

[707; Rundbrief an die Autoren des Suhrkamp Verlags]
Frankfurt am Main
10. Oktober 1979

| Lieber Uwe, |
am Dienstagvormittag überraschte mich Günther Busch mit der Nachricht, daß er den Suhrkamp Verlag verlassen und die Leitung des Lektorats der Europäischen Verlagsanstalt übernehmen möchte; heute entschieden wir gemeinsam, seinen Austritt beim Kritikerempfang während der Buchmesse bekanntzugeben.
Günther Busch hat 16 Jahre lang die edition suhrkamp redigiert und ihr besonderes Prestige geschaffen. Der Verlag schuldet ihm Dank. In den letzten Jahren mußte er, wie wir alle, erfahren, daß die edition suhrkamp als Reihe von Monat zu Monat in ihrer Resonanz, in der Verbreitung und im Umsatz rückläufig ist. Und wir alle wußten, daß diese Entwicklung, wenn wir sie nicht ändern konnten, zwangsläufig zu einem Einbruch führen mußte. Über Änderungen in der

Konzeption hatte ich mit Günther Busch manches Gespräch. Für mich war klar, daß wir nach Band 1000 die Chancen eines Neubeginns wahrnehmen und eine Neue Folge versuchen sollten, die an die ursprüngliche Konzeption der Reihe anknüpfte; sie sollte, ohne Abstrich an wichtiger kritischer Theorie, sich wieder mehr der jüngeren, insbesondere deutschsprachigen Literatur widmen. Günther Busch brachte in unseren Gesprächen Verständnis für meine Haltung auf, so wie ich für ihn Verständnis habe, wenn er jetzt nach den ersten Sitzungen der durch neue Lektoren verstärkten edition suhrkamp-Redaktion der Auffassung ist, daß er dieses Neue, diese Literatur nicht machen, sondern »seine Sache weiterstricken möchte« – dies seine Worte.

Günther Busch geht. Die edition suhrkamp wird in der Neuen Folge neue Wirkungen entfalten. Jüngere, der neuen Literatur verbundene Lektoren, werden ihr Programm denken. Wir werden es, wie vorgesehen, im Frühjahr 1980 ankündigen.

Der Text unserer Pressemeldung liegt hier an. Ich weiß, was den Verlag, weiß, was mich persönlich erwartet. Eine meiner Erfahrungen der letzten 20 Jahre ist es ja, daß ich als Verleger nicht so sehr an den Büchern, die wir verlegen, gemessen werde, sondern an Mutmassungen und Prophezeiungen über das, was ich wohl vorhaben könnte. Nicht anders wird es jetzt sein. Es wird in der Neuen Folge der edition suhrkamp kein Wechsel von Positionen oder Tendenzen stattfinden – aber dies wird wieder prophezeit werden. Wir werden das gelassen hinnehmen, eben von den jahrzehntelangen Tat-Sachen unserer Bücher überzeugt. Die Tendenz eines Verlages wie Suhrkamp wird ja nicht so sehr von uns, die wir den Verlag machen, sondern vielmehr von den Autoren bestimmt, die jene Bücher schreiben, die wir verlegen.

Und ich selbst kann und will auch gar nichts anderes machen als das, was ich nun schon seit 20 Jahren verantwortlich zu realisieren versuche.
| Du kennst mich ja! |
Herzlich
Dein Siegfried

[707a; Anlage, Pressemitteilung des Suhrkamp Verlags]

Günther Busch, seit 1963 Redakteur der edition suhrkamp, wird nach Abschluß seiner Arbeit an den ersten tausend Titeln der edition suhrkamp den Suhrkamp Verlag verlassen und die Leitung des Lektorats der Europäischen Verlagsanstalt übernehmen.
Der Suhrkamp Verlag, Autoren, Mitarbeiter und der Verleger bedauern das Ausscheiden von Günther Busch, der der edition suhrkamp großes Ansehen geschaffen hat. Die edition suhrkamp wird, wie angekündigt, mit einer Neuen Folge fortgeführt, die in deutlicher Kontinuität zu den bisherigen Positionen kritischer Theorie und innovatorischer Literatur stehen wird. Das Programm der Neuen Folge wird im Januar 1980 bekanntgegeben, die ersten 20 Bände werden im Mai 1980 ausgeliefert werden.

SUHRKAMP VERLAG

Frankfurt, am 11. Oktober 1979
18.00 Uhr

[708]

Frankfurt am Main
31. Oktober 1979

Lieber Uwe,
dürfen wir das Manuskript der »Begleitumstände« nun erwarten? Es wäre uns sehr angenehm.
Herzliche Grüße
Dein Siegfried

[709]

Frankfurt am Main
6. Dezember 1979

Lieber Uwe,
schön, daß die Niederschrift Deiner Vorlesungen nun da ist. Ein Teil fehlt, und ich hoffe, er wird bald kommen.
Ich habe Deine Widmung gelesen. Das muß doch wohl nicht sein, ich meine, die Artikulierung von Verdruß und Vergnügen. Jedenfalls, wenn Du darauf bestündest, würde ich lieber auf die Widmung verzichten. Ich glaube, die Widmung brauchte keinen weiteren Zusatz, und ich befürchte auch, daß sich die ganze Kritik nur an dieser Sache aufhängen würde.[1]
Herzliche Grüße
Dein Siegfried

1 Am 27. 11. 1979 sendet U. J. vier der fünf Kapitel der *Begleitumstände* an den Verlag. Die dem Manuskript beiliegende Widmung lautet:
»für SIEGFRIED UNSELD
geschrieben mit Verdruss
und
mit Vergnügen«.

[710]

Frankfurt am Main
7. Dezember 1979

Lieber Uwe,
wir wollen im frühen Frühjahr, genau gesagt am 15. März 1980, einen Suhrkamp-Almanach »Im Jahrhundert der Frau« herausgeben. Darin darf natürlich Ingeborg Bachmann nicht fehlen, und da wir nichts Neueres bringen können, war unsere, Elisabeth Borchers' und meine, Idee, die »Vaterträume« gesondert zu veröffentlichen. Es handelt sich etwa um Texte aus den Seiten 182, 187, 199, 207, 241 ff. Es wäre gut, wenn Du eine Seite oder eine halbe Seite Einleitung dazu schriebest, damit die Texte nicht so ganz unvermittelt dastehen. Ich würde mich sehr freuen.
Herzliche Grüße
Dein Siegfried

[711]

Sheerness
12. Dezember 1979

Lieber Siegfried –
auf das schönste bitte ich, mich allsogleich zu entlassen aus dem Auftrag, für die »Vaterträume« in Ingeborg Bachmanns »Malina« eine Einleitung zu schreiben, damit sie im Suhrkamp-Almanach »Im Jahrhundert der Frau« mit einer Ankündigung dastehen.
Den heiligen Wittgenstein rufe ich an, wenn ich beschwöre: wenn man von einer Sache nichts weiss, soll man von ihr auch nicht schreiben.[1] »Man« ist dein dir sehr ergebener.
Ich finde keinen Weg, zu rechtfertigen, dass diese fünf – zu-

gegebener Maßen in ihrer Art verwandten – Stücke herausgenommen werden aus den Zusammenhängen des Romans, aus denen allein sie sich ernähren können.
Zum anderen, es sind Träume der Angst vor einem Angehörigen der Feindesmacht Mann, wie sie passen mögen zu dem »Ich«, das sich auf Seite 8 eher vernebelnd als genau vorstellt, nicht aber zu Frau Bachmann, die sich zuverlässig gehütet hat, eine Identifikation mit diesem »Ich« zu erstreben oder zuzugeben.
Von ihrem privaten Verhalten gegenüber der Spezies Mann wird dir erinnerlich sein, dass sie sich ihrer gelegentlich recht souverän bedient hat (»wie ein Gang zum Zahnarzt«). Mit diesen Träumen von Hilflosigkeit und Unterlegenheit wäre sehr irreführend in einem »Jahrhundert der Frau« eine Frau Bachmann vorgestellt, die einen persönlichen Ruhm erworben hat mit der Frage, ob man denn noch nicht gewusst habe, dass alle Männer krank seien.
Dieser Meinung war sie allen Ernstes, und die ist es, mit der sie in einer so betitelten Auswahl porträtiert werden sollte. Es gibt gewiss Gedichte von ihr, die dafür stehen können, und am besten geeignet für diesen euren Zweck erscheint mir die Erzählung »Undine geht«.
Bitte, würdet ihr den Plan in dieser Richtung bedenken und dabei darauf achten, dass euch dabei kein Mal mein Name einfällt. (Ich muss etwas schreiben für euch.)
Es betrübt mich selbstverständlich, dass dir die Widmung missfällt, mit der die »Begleitumstände« anfangen sollen. Denn »geschrieben« sollte heissen, dass dies eine für dich persönlich angefertigte Fassung ist; der »Verdruss« konnte nur aus gelegentlichen Zwischenfällen in der beschriebenen Sache rühren; das »Vergnügen« hingegen verdankte sich ganz und gar der Freude, einen deiner Wünsche erfüllen zu können und nebenher auch wieder das so genannte Schreiben zu erlernen. Könntest du die Widmung anneh-

men, wenn ich die Emotionen in einer Streichung verschwiege?
Mit herzlichen Grüssen,
yours, truly,
Uwe.

1 Das Kryptozitat spielt auf den letzten Satz aus dem *Tractatus logico-philosophicus* an: »Wovon man nicht sprechen kann, darüber muß man schweigen.« Vgl. Ludwig Wittgenstein, *Schriften 1*, Frankfurt am Main 1969, S. 83.

[712]

Frankfurt am Main
21. Dezember 1979

Lieber Uwe,
schönen Dank für Deinen Brief vom 12. Dezember. Schade, daß Du uns keinen Text zu Ingeborg Bachmann zur Verfügung stellen kannst, aber ich verstehe Dich.
Wann erhalten wir das letzte Kapitel der »Begleitumstände«? Und, Du wirst es nicht glauben, gestern auf dem großen Empfang der Bundesbank, aus Anlaß der Einführung des neuen Präsidenten,[1] wurde ich von einem Teilnehmer gefragt, wann wohl Band 4 der »Jahrestage« käme. Ich frage das ja nicht; ich stelle es nur fest.
Herzliche Grüße und das Saisonübliche,
Dein Siegfried

1 Karl Otto Pöhl übernimmt am 1. 1. 1980 (bis 1991) das Amt des Bundesbankpräsidenten von seinem Vorgänger Karl Klasen, der zehn Jahre zuvor in das Amt eingeführt wurde.

1980

[713; Telegramm]

Frankfurt am Main
7. Februar 1980

LIEBER UWE
WIR BRAUCHEN DRINGLICH DEN TEXT DER
5. VORLESUNG
HERZLICH SIEGFRIED UNSELD

[714; Telegramm]

Sheerness
16. Februar 1980

COMPOSITION OF 5TH LECTURE FINISHED
STARTING TRANSCRIPTION THANK YOU FOR YOUR
ORDER
YOURS TRULY
UWE

[715; Ansichtskarte »Memorial Church at Harvard University«, Anschrift: Suhrkamp Publishers INC., 380 Green Street, Cambridge, Mass. 02139, USA[1]]

Sheerness
16. April 1980

Lieber Siegfried:
Möge auch diese Anschrift dir gereichen zu etwas, an dem du deine Freude hast, einen Gewinn und einen Spass! (Und wenn du da einmal einen Hausmeister benötigst ...)
GOOD LUCK!
Yours, truly,
Uwe.

1 Nachdem verschiedene Formen der Kooperation mit amerikanischen Agenturen und Agenten sich als weniger effektiv als erwartet erwiesen haben, gründet S.U. eine Niederlassung des Suhrkamp Verlags in Boston. Burgel Zeeh sendet am 10. 4. 1980 folgende Pressemitteilung an U.J.:
»Der Suhrkamp Verlag Frankfurt und Zürich eröffnet am 1. Mai 1980 eine Neugründung in Boston, Massachusetts, USA:
SUHRKAMP PUBLISHERS BOSTON INC.
Der Suhrkamp Verlag möchte sich damit für die USA eine neue verlegerische Basis schaffen. Zunächst wird der Verlag in Verbindung mit der amerikanischen Niederlassung des Schweizer Birkhäuser Verlages als Auslieferungsstelle für die deutschsprachigen Bücher der Verlage Suhrkamp und Insel Frankfurt arbeiten. Zu einem späteren Zeitpunkt wird Suhrkamp Publishers Boston Inc. eine eigene Verlagsproduktion entwickeln, die sowohl Übersetzungen unserer deutschsprachigen Titel bringt wie auch Titel, die original englisch geschrieben sind und die dann im Programm des Suhrkamp Verlages Frankfurt und Zürich deutsch erscheinen. [...]
Die Eröffnung von Suhrkamp Publishers Boston Inc., zu der Professor Dr. Egon Schwarz von der Washington University St. Louis sprechen wird, findet am 1. Mai 1980 in den Räumen des Goethe Institutes Boston statt. Gleichzeitig wird im Goethe Institut Boston zum ersten Mal eine Ausstellung der originalen Aquarelle

von Hermann Hesse eröffnet. In dieser Verbindung ist auch die erste Publikation von Suhrkamp Publishers Boston Inc. zu sehen. In limitierter Auflage von 1.000 Exemplaren erscheint am 1. Mai ›Hesse as Painter. Painting for pleasure.‹ Translated by Ralph Manheim. With 20 water-colours by Hermann Hesse. Zum gleichen Zeitpunkt erscheint in The University of Chicago Press das Buch des Verlegers Siegfried Unseld, ›Der Autor und sein Verleger‹, in einer amerikanischen Ausgabe: ›The Author and His Publisher.‹ Translated by Hunter Hannum and Hildegarde Hannum.
Der Präsident von Suhrkamp Publishers Boston Inc. ist Dr. Klaus Peters, Chairman Dr. Siegfried Unseld.

Adresse: Suhrkamp Publishers Boston Inc.,
380 Green Street
Cambridge/MA 02139«

Tel.: (617) 876-23 33. Telex 951041
Wir freuen uns, in dieser Weise in den USA für unsere Autoren und unsere Bücher arbeiten zu können.
Suhrkamp Verlag
Frankfurt – Zürich – Boston«

[716; Telegramm]

Frankfurt am Main
4. Juni 1980

AUCH BEIM ZWEITEN MAL LEKTUERE BEGLEITUMSTAENDE FASZINIEREND STOP MANCHE UMSTAENDE SIND VIELLEICHT ETWAS ZU UMSTAENDLICH DARGESTELLT STOP ABER DAS GANZE IST VON IMPONIERENDER ART STOP ICH DANKE HERZLICH UND GEBE AUCH NACHTRAEGLICH DIE GENEHMIGUNG ZUR VERWENDUNG DER VIELEN UNVEROEFFENTLICHTEN BRIEFE UND SUHRKAMP-UNSELD-MATERIALIEN
HERZLICH DEIN SIEGFRIED

[717]

Sheerness
20. Juni 1980

Lieber Siegfried,
ich bin recht erleichtert, dass meine Karte doch dich erreicht hat in Cambridge, Massachusetts. Denn auf der Rückseite zeigte sie dir eine Ansicht von Cambridge, dich an etwas zu erinnern, und zum anderen wollte ich unter den ersten Gratulanten sein.
Hier kommt, erstens, der Text, den ich vorschlagen möchte für deine »M.L.A.«-Anthologie. Anders als gewünscht »in der Regel« bei euch, ist er zum ersten Mal in einer Zeitung abgedruckt worden, wie ersichtlich. Für ihn könnte unter 1(a) sprechen, dass ich ihn wie gewünscht und mit Absicht »schlicht« abgefasst habe, nämlich nicht für die Zeitung sondern auf Bitten des deutschsprachigen Lektorats der Universität Ibadan in Nigerien. An Schwierigkeiten setzt er lediglich das Futurum voraus und die Einrichtung des Adverbiums.
Des »spannenden« Elementes, wie unter 1(b) vorgeschrieben, mag er ein wenig entraten; vielleicht kannst du ihn ansehen für »unterhaltsam«, wie in deiner Bestellung unter 1(c) angegeben. Denn er befasst sich mit einer Dame und einem Herrn, er hat ein betrübendes Ende und kann zur Not szenisch aufgeführt werden.
Zu seinen Gunsten zählt mit Glück noch, dass er sich ein wenig passend verhält zu dem autobiographischen Resumé, das ich zweitens nach deiner Anleitung geschrieben habe. Bitte, wolle aus den ebenfalls beiliegenden Blättern ersehen, dass ich in nur 27 Zeilen den *Amerikanischen* Sektor von Berlin, die *U.S.A.*, *New York City* und das Buch zu *New York City* untergebracht habe, des weiteren die Rundfunkstation der *New York Times*, WQXR, und die von mir be-

vorzugte Untergrundbahn dieser Stadt, die *I.R.T. subway*, *I*nterborough *R*apid *T*ransit.
Sollte alles dieses am Ende deinen Beifall gewinnen, so bäte ich um die Verwendung jenes Fotos, das meine »Begleitumstände« einläutet.
Auf deine dritte Frage muss ich antworten, mit glaubwürdigem Bedauern, dass offenbar neuerdings keine meiner Sachen in einer U.S.-amerikanischen Zeitung oder Zeitschrift abgedruckt worden sind. Eine Schande ist es, und wird wohl so bleiben.
Mit herzlichen Grüssen,
yours, truly.
Uwe.

[717a; Anlage 1, Typoskript]

Uwe Johnson

Born in 1934, he was for the present counted among the subjects of Hitler's Greater German Reich. When the Soviets took over their part of Germany, they considered him one of the natives in their occupation zone. In 1949 they had this changed into a German Democratic Republic and a citizenship bestowed on Mr. Johnson. Having examined this award at two universities and in three years of wandering, he gave it up in 1959 and went to live in West Berlin. This made him a native once again, in the American Sector of that city. The countries east of it refused to acknowledge the passport the Federal Republic of Germany had been permitted to lend to him; the countries on the other side of the fence accepted him as a German with valid papers. In 1961 he took up the invitation of the U.S.A. for the first time; after another visit in 1965 he returned there in 1966, to stay for more than two years in order to prepare the ground for a

book about the life of a person called Gesine Cresspahl, born 1933 in Germany and currently residing and working in New York City. In the German version, some 1400 pages of this undertaking have been published. Mr. Johnson, occupied with the 400 pages to conclude the project, has recently been issued a fresh passport of the Federal Republic of Germany, with the tacit sufferance of the German Democratic Republic, as if he had been a citizen of the other country all the time, although he never lived there. One of the reasons seems to be that Mr. Johnson makes his home now, as a German, in England. The English authorities list him as a E.E.C. resident. There are literary critics who hold him to be a specialist on a few aspects of the so-called German question. Privately, he likes to throw doubt upon this.
Hobbies: WQXR. I.R.T.[1]

1 Dieser Text erscheint in: *contemporary german writers and poets. A Suhrkamp Almanac*, Suhrkamp/Insel Publishers Boston 1980, S. 95 f. Er dient als biographischer Abriß, dem auf S. 99-101 *Ach! Sie sind ein Deutscher*? folgt, der zuerst in der *Zeit* v. 3. 2. 1978 erschienen ist.

[718; Ansichtskarte »Paradiesgärtlein, Oberrheinischer Meister um 1410«, handschriftlich]

Frankfurt am Main
[7. Juli 1980]

Lieber Uwe,
so sind unsere Freunde: Esther Gallwitz las in den letzten drei Wochen* »Jahrestage 1-3«. – Wir alle warten nun auf Band 4.
Yours truly,
Siegfried

*zum zweiten Mal nach einem New York-Aufenthalt, und es war sehr wichtig!
Ihre Esther Gallwitz
Grüße aus dem Städel und auf Wiedersehen am Main
Ihr Klaus Gallwitz
Wie geht es Dir?
Deine Hilde

[719]

Frankfurt am Main
29. Juli 1980

Lieber Uwe,
ich weiß nicht, ob Du ein regelmäßiger Leser der »FAZ« bist und ob Du daher die Rezension der »Begleitumstände« von Günter Blöcker[1] gelesen hast. In jedem Fall schicke ich Dir das noch einmal in Kopie zu. Ich teile Blöckers kritische Meinung am Schluß nicht; zustimmen kann ich ihm vielleicht nur in der Über-Dokumentation des Falles Hermann Kesten, aber sonst finde ich gerade den Schluß sehr überzeugend. Andererseits: Wie immer auch ein Kritiker den Ausspruch eines Autors gegen diesen wendet, meist fällt dies als Bumerang auf den Kritiker zurück.
Schöne Grüße
Dein Siegfried Unseld
– nach Diktat verreist –

1 Günter Blöcker, *Uwe Johnsons Glanz und Hader. Die Frankfurter Vorlesungen zur Poetik*, in: *Frankfurter Allgemeine Zeitung*, Nr. 171 v. 26. 7. 1980, *Bilder und Zeiten*, S. V. Im Schlußabsatz heißt es: »So endet das Ganze in trüber Privatheit. Wir werden zu Zeugen des (um Johnsons Vokabular zu benutzen) ›zuwideren‹ Schauspiels der unfreiwilligen Selbstdemontage eines Schriftstellers, der Wichtigeres zu tun hätte, als sich in überflüssigen Rechen-

schaftsberichten und törichten Privatkriegen zu verbrauchen. Es sei nicht die Aufgabe der Literatur, ›die Geschichte mit Vorwürfen zu bedenken‹, hatte er früher einmal bemerkt. Vielmehr sei es ihre Aufgabe, ›eine Geschichte zu erzählen‹, den Lesern ›ein Modell der Welt‹ vorzulegen, das ihnen Gelegenheit gebe ›zum unterhaltsamen Vergleichen mit ihrer eigenen Version‹. Es wäre gut, wenn Uwe Johnson sich daran gelegentlich erinnerte.«

[720]

Frankfurt am Main
7. August 1980

Lieber Uwe,
Max Frisch wird im Mai 1981 siebzig Jahre alt werden. Wir möchten diesen Geburtstag mit einer Festschrift begehen, deren Beiträge ausschließlich von Autorenkollegen geschrieben sein sollen. Ich möchte Dich herzlich bitten, Dich an dieser Festschrift zu beteiligen.
Wir haben uns lange überlegt, ob wir die Festschrift unter ein einheitliches Thema stellen sollten. Das Werk von Max Frisch, das Werk dieses großen Zweiflers und Skeptikers, dieses passionierten Beschwörers der Formel »Ich stelle mir vor«, dieses Schöpfers dringender und damit irritierender Fragen böte genügend tragende Themen. Wir verzichteten schließlich auf die Vorstellung eines einheitlichen Themas; wenn wir uns ausschließlich an Autoren wenden, dürfen wir keiner Originalität vorgreifen.
Dein Manuskript würden wir zum 5. Januar 1981 erwarten. Wir wollen aus den Beiträgen ein Buch machen und dieses im Buchhandel vertreiben; für jeden Beitrag bieten wir pro rata ein Honorar von 12 % vom Ladenpreis.
Ich wäre Dir herzlich dankbar, wenn Du mitwirken und mich dies bald wissen lassen könntest.
Herzliche Grüße
Dein Siegfried

[721]

Sheerness
22. September 1980

Lieber Siegfried –
»wir haben es mit dem September«: schriebst du mir einmal von Hilde und dir,[1] und so habe ich denn die freundlichste Jahreszeit als einen Merkzettel für eure Geburtstage. Seid auf das schönste beglückwünscht, gratulor!
Die Blumen bitte ich nachliefern zu dürfen, desgleichen eines jener Werke aus der Buch- oder Druckgeschichte, auf die ich dich abonniert habe.
Du bist ausführlich und zuverlässig gegenwärtig in dem Zimmer, in dem ich die Stunden des Tages verbringe. (Dein Bedürfnis nach Vergewisserung vorausahnend, antworte ich dir ungefragt: es ist das mit der Schreibmaschine.) Nämlich du bist dort im Bilde anwesend. Früher warst du dort in der Haltung des Senators, die Madame Meller Marcowicz dir angemessen glaubte, zweifelsohne mit einem Recht. Seit du aber eine fotografische Mitteilung über deinen Ehrendoktor an der Universität Washington versandt hast, ist es jene Aufnahme.[2] Mir gefällt daran eine Mischung von Haltungen, oder Eigenschaften. Zeremoniell aufgerichtet wirst du dem Habit von Barett und Talar gerecht, deine Würde ist dir wie der Gelegenheit angemessen. Aber unübersehbar auch fällt es ins Auge, dass du dich freust; das lädt ein zur Teilnahme an der Festlichkeit. Gleichzeitig aber weisst und zeigst du, dass dies für dich eine gewöhnliche Auszeichnung ist, eine von der Tagesordnung: nämlich, du hast sie verdient, und ich stimme bei. Das liebste jedoch an dieser Darstellung eines Augenblicks ist für mich deine Miene, mit der du den Betrachter aufforderst zu der Stimmung und Laune und Überzeugung: dies sei alles ganz hübsch, aber man müsse es auch behüten vor allzu blindem Ernst. Ich

glaube oft, dass du meistens so leben kannst, und ob das nun eine von dir ausgebildete Eigenschaft ist oder eine Haltung, zu der du dich eigens erzogen hast, ich beglückwünsche dich dazu, eigens zum Geburtstag.

Schicklicher Weise hat ein Geburtstag seine ernsthaften Momente, und ich bitte um die Erlaubnis, einen davon wahrnehmen zu dürfen. Das ist mein Dank für deine Arbeit, mich herauszuholen aus der Grube, in die ich vor fünf Jahren gestossen wurde. Es sind deine Anteilnahme, deine Arbeitsvorschläge gewesen, die mir allmählich wieder verholfen hat zu dem Mut, die Sache mit Mrs. Cresspahl zu einem Ende zu bringen. Gewiss, es schreiben auch Leser der bisher fertigen Bände und wünschen einen Abschluss; was aber mir dazu verhelfen wird, das ist dein geduldiges Warten gewesen und mithin das Bewusstsein, ich sei es deinem freundschaftlichen Vertrauen schuldig. Wie deine Heilversuche angeschlagen haben, du wirst es demnächst sehen an dem Beitrag zur Festschrift für Max Frisch, sowohl an dessen Gegenstand, als auch an der Unverfrorenheit, die ich mir angesichts seiner wieder zutraue. Das hast du geschafft, und es möchte mein Dank dafür zu deinen Geburtstagsgeschenken gehören dürfen.

Yours, truly,

Uwe.

1 Siehe Brief 190, S. 301.

2 Am 16. 5. 1980 wird S. U. der Dr. honoris causa der Washington University in St. Louis verliehen. S. U. hält fest: »Es ist natürlich ein merkwürdiges Gefühl, Ehrendoktor zu sein. Die sichtbaren Zeichen des Alters nehmen zu, aber freuen tat's mich doch.«

[722; Ansichtskarte »Hotel da Balaia, Algarve«, handschriftlich]

Albufeira, Portugal
1. Oktober 1980

Lieber Uwe,
für Deinen Geburtstagsbrief, der mich *sehr* gefreut hat, herzlichen Dank. – Ich bin fünf Tage hier ». . . wo das Land endet und das Meer beginnt«. Das Meer, einer meiner Lehrmeister, verpflichtet zu Erinnerungen.
Alles Liebe für Dich
Dein Siegfried

[723]

Frankfurt am Main
8. Oktober 1980

Lieber Uwe,
Dein Freundchen Fritz hat sich wieder einmal etwas in Szene gesetzt. Nicht ärgern, nur wundern. Und zu Belegen bist Du nicht verpflichtet.[1]
Herzlichst,
Dein Siegfried

1 In *Die Zeit* v. 10. 10. 1980 schreibt Fritz J. Raddatz in dem Artikel *Lesebücher deutscher Not und deutscher Schande. Uwe Johnsons »Frankfurter Vorlesungen« und Stephan Hermlins »Aufsätze und Reden«:* »Uwe Johnson bezichtigt in Wort und Schrift seine Frau Elisabeth, Mutter seiner Tochter Katharina, Agentin des tschechoslowakischen und damit des DDR-Geheimdienstes gewesen zu sein, über viele Jahre [. . .]. Uwe Johnson, ein Mann ausgeprägten Gerechtigkeitssinns, ein Schriftsteller, der (nicht nur in diesem Buch) Wert legt auf präzisesten Beleg von Fakten, hat die Pflicht, diese Anschuldigung zu beweisen.« (S. 7 f.) U. J. behauptet in den *Begleitumständen* nicht, daß seine Frau Agentin eines Geheimdienstes gewesen ist.

»Jedenfalls bitte ich Sie: hängen Sie mich weit weg und recht einzeln.« – Theodor Heuss und Siegfried Unseld am Stand des Suhrkamp Verlags während der Frankfurter Buchmesse 1959

»Lieber Johnson, die Fotos sind sehr schön, vor allem ›bedeutend‹.« – Ernst Bloch und Siegfried Unseld 1960

Uwe Johnson und Siegfried Unseld 1961

Uwe Johnson und Martin Walser 1961

Giangiacomo Feltrinelli, Uwe Johnson und Enrico Filippini 1961 in Mailand

Siegfried Unseld während der »Generalstabsbesprechung« in Wasserburg 1962

1964

Uwe Johnson
Zwei Ansichten

Suhrkamp Verlag

Die Atelierwohnung in Berlin-Friedenau, Niedstraße 14,
Foto: Horst Tappe

Bei der Arbeit 1968:
auf der Buchmesse und
beim Kritikerempfang
Foto r. S. u.:
Georg Puttnies

Hallenaufsicht

Jahrestage

Aus dem Leben von Gesine Cresspahl

Uwe Johnson

23. August, 1967
Mittwoch

Die Luftwaffe flog gestern 132 Angriffe auf Nordvietnam. Die Zeitung setzt unter ein Bild von den Trümmern eines Flugzeugs in Hanoi, daß die Kommunisten dies für ein abgeschossenes Flugzeug erklären. Das Foto war wichtig genug für die erste Seite, aber erst auf der sechsten, verstellt von Neuigkeiten aus Jerusalem, finden wir die amtlichen Todeserklärungen für vierzig Soldaten, nur die Toten aus New York und Umgebung namentlich genannt, fünfzehn Zeilen Lokales.

In der Nacht in New Haven gingen fünfhundert Polizisten Patrouille in den Negervierteln, durchsuchten Autos, hielten Scheinwerfer gegen die Fenster, verhafteten hundert Leute. Und wäre sie gestern nachmittag am Foley Square gewesen, hätte sie einen Führer der radikalen Afrikaner rufen hören können, daß Krieg sei mit den Weißen und Gewehre vonnöten, als sie die 95. Straße West hinunterging, entgegen dem immer noch feucht verwischten Parkbild mit dem Fluß inmitten. Sie stellt sich vor, daß sie die Gesichter der Polizisten beobachtet hätte, deren eines zu sehen ist unter der erhobenen schwarzen Faust in der Zeitung, mit einem ungläubigen Ausdruck fast altersweiser Art, noch im Nachgeschmack der vorangegangenen Prügelei.

Im August 1931 saß Cresspahl in einem schattigen Garten an der Travemündung, mit dem Rücken zur Ostsee, und las in einer englischen Zeitung, die fünf Tage alt war.

Er war damals in seinen Vierzigen, mit schweren Knochen und einem festen Bauch über dem Gürtel, breit in den Schultern. In seinem graugrünen Manchesteranzug mit Knickerbockers sah er ländlicher aus als die Badegäste um ihn, er betrug sich vorsichtig und seine Hände waren klobig, aber der Kellner sah es, wenn er die Hand hob, und setzte ihm das Bier bald neben die Hand, nicht ohne Redensarten. Darauf antwortete Cresspahl mit leisem, vergeßlichem Knurren. Er sah an seiner zerknitterten Zeitung vorbei auf einen Tisch in der sonnigen Mitte des Gartens, an dem eine Familie aus Mecklenburg saß, jedoch in einer zerstreuten Art, als habe er seine veralteten Nachrichten satt. Er war damals füllig im Gesicht, mit trockener schon harter Haut. In der Stirn war sein langer Kopf schmaler. Sein Haar war noch hell, kurz in kleinen wirbligen Knäueln. Er hatte einen aufmerksamen, nicht deutbaren Blick, und die Lippen waren leicht vorgeschoben, wie auf dem Bild in seinem Reisepaß, den ich ihm zwanzig Jahre später gestohlen habe.

Er war vor fünf Tagen aus England abgefahren. Er hatte in Mecklenburg seine Schwester verheiratet an einen Vorarbeiter beim Wasserstraßenamt, Martin Niebuhr. Er hatte das Essen im Ratskeller von Waren gestiftet. Er hatte sich Niebuhr zwei Tage lang angesehen, ehe er ihm tausend Mark gab, als Darlehen. Er hatte das Grab seines Vaters auf dem Friedhof von Malchow auf zwanzig Jahre im voraus bezahlt. Er hatte seiner Mutter eine Rente hinterlassen. Hatte er sich nicht losgekauft? Er hatte einen Vetter im Holsteinischen besucht und ihm einen Tag Korn einfahren helfen. Er hatte seinen Paß um fünf Jahre verlängern lassen, nach den Vorschriften für die Einbürgerung. Er hatte noch fünfundzwanzig Pfund in der Tasche und wollte nur wenig davon ausgeben, bis er zurück war in Richmond, in seiner Werkstatt voll teuren Werkzeugs, bei verläßlicher Kundschaft, in seinen zwei Zimmern am Manor Grove, in dem Haus, auf das er ein Gebot gemacht hatte. Er hatte auf der Reise noch einmal gesehen, wo er ein Kind gewesen war, wo er das Handwerk gelernt hatte, wo er zum Krieg eingezogen

Suhrkamp

Zu Beginn der siebziger Jahre

1. Februar 1973: Gedenkfeier »Günter Eich zu ehren«

E ZEITUNG

Deutschland und die Welt

Machen die Dichter den Anfang mit dem Austausch von Erfahrungen und Kenntnissen? Die Begegnung zwischen dem Ost-Berliner Schriftsteller Stephan Hermlin (links) und dem West-Berliner Schriftsteller Uwe Johnson auf dem zur Zeit in Berlin stattfindenden PEN-Kongreß demonstriert vielleicht mehr als nur ein Händeschütteln. Hier treffen sich zwei, die sich zum Thema Deutschland jeweils anders entschieden haben: der 57jährige Hermlin lebte einige Jahre in Frankfurt am Main, bevor er nach Ost-Berlin ging und Mitglied der SED wurde; Uwe Johnson, 38 Jahre alt, machte sein Staatsexamen 1956 in Leipzig und verließ dann die DDR. — Der Kongreß, an dem 200 Schriftsteller aus 84 Nationen teilnehmen, dauert noch bis zum Samstag. Foto Barbara Klemm

»Deutschland, die Welt und Uwe Johnson: das ist einmal etwas Anderes.« – *Frankfurter Allgemeine Zeitung* vom 17. November 1972, Foto: Barbara Klemm

Ernst Bloch spricht zum 50. Geburtstag von Siegfried Unseld 1974.

Uwe Johnson, Burgel Zeeh, Max Frisch und Siegfried Unseld, Zürich 1978

15. Mai 1981, der siebzigste Geburtstag von Max Frisch: Uwe Johnson, Siegfried Unseld, Peter Weiss, Max Frisch, Martin Walser, Foto: Mara Eggert

Thomas-Mann-Preis März 1979 in Lübeck: Siegfried Unseld, Uwe Johnson, Walter Scheel, Foto: Jo Marwitzky

Porträts: »Früher warst du [anwesend] in der Haltung des Senators, die Madame Meller Marcowicz dir angemessen glaubte, zweifelsohne mit einem Recht. Seit du aber eine fotografische Mitteilung über deinen Ehrendoktor an der Universität Washington versandt hast, ist es jene Aufnahme ... weisst und zeigst du, dass dies für dich eine gewöhnliche Auszeichnung ist, eine von der Tagesordnung: nämlich du hast sie verdient.«

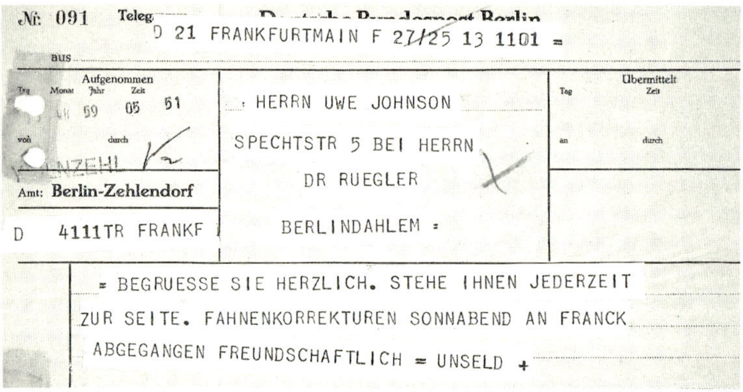
Nr. 091 Teleg

D 21 FRANKFURTMAIN F 27/25 13 1101 =

aus

Aufgenommen

Tag Monat Jahr Zeit

59 05 51

von durch

Amt: Berlin-Zehlendorf

D 4111TR FRANKF

HERRN UWE JOHNSON

SPECHTSTR 5 BEI HERRN

DR RUEGLER

BERLINDAHLEM =

Übermittelt

Tag Zeit

an durch

= BEGRUESSE SIE HERZLICH. STEHE IHNEN JEDERZEIT ZUR SEITE. FAHNENKORREKTUREN SONNABEND AN FRANCK ABGEGANGEN FREUNDSCHAFTLICH = UNSELD +

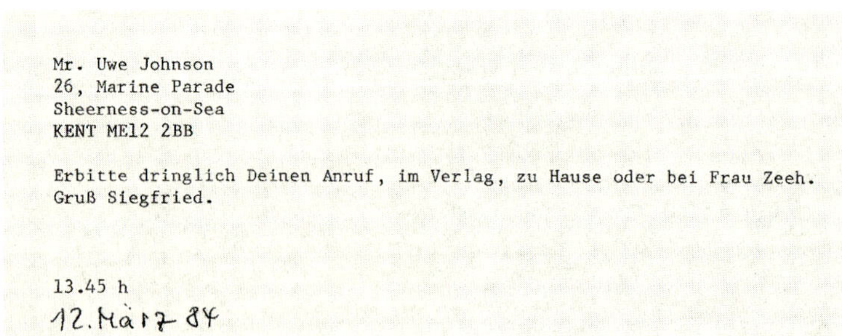
Mr. Uwe Johnson
26, Marine Parade
Sheerness-on-Sea
KENT ME12 2BB

Erbitte dringlich Deinen Anruf, im Verlag, zu Hause oder bei Frau Zeeh.
Gruß Siegfried.

13.45 h
12. März 84

Zu Beginn der achtziger Jahre

Der Briefwechsel beginnt mit dem Telegramm vom 13. Juli 1959 und endet mit dem Telegramm vom 12. März 1984.

1981

[724]

Sheerness
15. Januar 1981

Lieber Siegfried und Herausgeber
von »Begegnungen« zu Max Frischs Jubelfeier!
Hier bekommst du in zwei Exemplaren auf 33 Seiten meinen Beitrag, eine Variation über ein Frischsches Thema.[1]
Bitte, verzeih, dass ich mich um fast zwei Wochen verspätet habe. Zum einen wurde ich von einer Krankheit unterbrochen, zum anderen wollte das Manuskript nicht aufhören zu wachsen.
Ich wäre dir sehr verbunden, wenn du dir den Schluss des 11. Abschnitts besonders genau ansehen wolltest. Denn dort sollte ursprünglich ein kleines Furioso stehen, ein Disput über Max Frischs Thesen zur Eifersucht im »Tagebuch 1946-1949« und seine mehr lässigen Äusserungen in »Mein Name sei Gantenbein«, à la: »Warum soll die Frau, die man liebt, nicht andere Männer haben? es liegt in der Natur der Sache.«[2]
(Unabhängig von den nun anstehenden Feierlichkeiten, schon im September 1975, habe ich ihm dazu den Entwurf eines Manuskriptes geschickt, ohne dass er auch nur den Empfang bestätigt hätte.[3])
Gerade noch rechtzeitig ging mir auf, dass eine Festschrift kaum der Ort ist für das Angebot eines Streitgesprächs, und so fiel der in Aussicht genommene »Schluss vor dem Schluss« weg.
Was ich an seine Stelle gesetzt habe (Seite 32/33), macht mich

den Verdacht schöpfen, ich hätte da eine Kleinigkeit versiebt, so etwas wie ein Adverb oder einen Absatz von vier Zeilen. Ich bitte um deinen Rat.
Übermorgen werde ich verwandelt in ein Mitglied einer »package tour« und in diesem Zustand nach New York geflogen, auf acht Tage, und am 26. Januar soll ich zurück sein.[4]
Die Reisenden sind versichert, und ich lege dir ein Blatt bei, auf dem die Leistungen beschrieben sind, mit der ausdrücklichen Bestimmung, dass sie an den Suhrkamp Verlag gezahlt werden, sollte der Ausflug gefährlicher verlaufen, als die Veranstalter versprechen.
Dies unterschreibe ich gesondert: Uwe Johnson.
Mit herzlichen Grüssen an Hilde und dich,
yours, truly,
Uwe.

1 Für *Begegnungen. Eine Festschrift für Max Frisch zum siebzigsten Geburtstag,* Frankfurt am Main 1981, S. 69-107, schreibt U. J. die *Skizze eines Verunglückten.* Der Titel spielt an auf *Skizze eines Unglücks,* in: Max Frisch, *Tagebuch 1966-1971* (*Gesammelte Werke,* Bd. 6, S. 204-225).
2 Vgl. Max Frisch, *Eifersucht,* in: *Tagebuch 1946-1949* (*Gesammelte Werke,* Bd. 2, S. 713-716) sowie M. F., *Mein Name sei Gantenbein* (*Gesammelte Werke,* Bd. 5, S. 185).
3 Als Anlage zum Brief vom 11. 9. 1975 sendet U. J. an Max Frisch eine Vorfassung der *Skizze eines Verunglückten.* Vgl. *Max Frisch/Uwe Johnson. Der Briefwechsel,* S. 141-145.
4 Nachdem U. J. am 15. 1. die *Skizze eines Verunglückten* beendet hat, fliegt er vom 17. 1. bis zum 25. 1. 1981 mit kurzfristig gebuchter Pauschalreise nach New York.

[725]

Frankfurt am Main
6. Februar 1981

Lieber Uwe,
ich nehme an, Du bist wieder zurück von Deiner package tour, und ich hoffe, sie erfüllte ihren Zweck.
Deine »Skizze eines Verunglückten« habe ich natürlich mit Spannung gelesen und mir meine eigenen Hintergedanken über Herrn Hinterhand gemacht. Vielleicht hat dieser Text auch eine solche Wirkung wie die Vorlesungen der »Begleitumstände«.
Du könntest ja mir den Schluß vor dem Schluß schicken...
Ein fehlendes Adverb oder fehlende vier Zeilen konnte ich nicht entdecken.
Du erhältst noch eine Korrektur, mit der es dann freilich eilt. Und merke Dir dann den 15. Mai schon vor. Frisch kommt dann von den USA nach Frankfurt, um mit den Schreibern der »Begegnungen« in der Klettenbergstraße zu feiern. Für Dich ist da schon ein Zimmer reserviert.
Herzliche Grüße
Dein Siegfried

[726]

Frankfurt am Main
26. Februar 1981

Lieber Uwe,
ein früher Autor des Suhrkamp Verlages und ein sehr lieber Mensch, Alfred Marnau (»Verlangen nach der Hölle«),[1] lebt seit vierzig Jahren in London. Er hat mich jetzt wieder nach langer, fünfundzwanzigjähriger Pause in Frankfurt besucht, und als er nach Dir fragte, erzählte ich ihm von Deinem Auf-

enthalt. Er würde sich sehr freuen, wenn Du ihn einmal anläßlich eines Londoner Trips besuchen könntest. Hier seine Adresse: 120 Eye Court, Finchley Road, London NW 8.
Wie gesagt, ein lieber Mensch, der Dir freundlich gesonnen ist. Solche seltenen Pflanzen soll man ja hegen.
Herzliche Grüße
Dein Siegfried

1 Der Roman *Verlangen nach der Hölle* von Alfred Marnau war 1952 im Suhrkamp Verlag mit einer Zeichnung von Oskar Kokoschka erschienen.

[727]

Frankfurt am Main
2. März 1981

Lieber Uwe,
»Mutmassungen über Jakob«: nun in der Bibliothek Suhrkamp. Was hätte der Altmeister Peter Suhrkamp dazu gesagt, Dich unter seinen Klassikern der Moderne zu sehen.
Ich freue mich.
Herzlich
Dein Siegfried

[728]

Frankfurt am Main
24. März 1981

Lieber Uwe,
bevor ich nun meinerseits nach USA am Montag entfleuche,[1] antworte ich Dir gerne auf Deine Frage, ob wir Dir eine Ankunft in Frankfurt schon am 14. erlaubten.[2] Selbst-

verständlich jederzeit wird für Dich ein Zimmer bereit sein. Ich selber werde am 14. nicht in Frankfurt sein, sondern in Zürich. Dort ist für Max Frisch folgendes vorgesehen: 17 Uhr Festvortrag von Hans Mayer über Frisch an der ETH, 18.30 Uhr bis 20.30 Uhr ein Empfang des Suhrkamp Verlages im Zunfthaus zur Meisen. Diese beiden Veranstaltungen dienen der öffentlichen Begehung des Geburtstags von Frisch in der Schweiz. Ob Hilde da mitkommen wird oder in Frankfurt bleiben möchte, vermag ich heute noch nicht zu sagen. Aber ungeachtet, ob wir hier sind oder nicht: Du bist herzlich willkommen, und es wird auch jemanden geben, der Dich in Empfang nimmt.
Herzliche Grüße
Dein Siegfried

1 S.U. hält sich zwischen dem 30. 3. und 9. 4. 1981 in den USA – Begegnung mit Max Frisch, Programmplanung Suhrkamp Boston – und in Mexiko (Besuch bei Octavio Paz) auf.

2 U.J. fragt am 19. 3. 1981 in einem Brief an Burgel Zeeh: »[...] Herr Unseld hat mich für den 15. Mai in sein Haus eingeladen. Weil es mir aber so gänzlich verwirrend erscheint nach den Umbauten, nähme ich es gern etwas länger in Augenschein. Könnten Sie ihn wohl bitten, mir eine Ankunft *schon am 14. Mai* zu erlauben?«

[729]

Frankfurt am Main
27. März 1981

Lieber Uwe,
wir haben nun alle Fahnen für die Frisch-Festschrift »Begegnungen« zurückbekommen, wir werden die Korrekturen berücksichtigen und das Buch fertigstellen. Die Auslieferung des Bandes ist für Ende April vorgesehen, ich schicke Dir dann zwei Belege zu.

Nun zum Geburtstag selbst. Max Frisch hat sich das Procedere sehr lange überlegt. Sein Wunsch ist es, seinen Geburtstag im Kreise jener Autoren zu feiern, die an der Festschrift beteiligt sind. Seinem Wunsche folgend – und auch zu meiner Freude – lade ich Dich deshalb für Freitag, den 15. Mai 1981, nach Frankfurt ein. Wir wollen den Geburtstag ab 17 Uhr in meinem Hause Klettenbergstraße 35 feiern. Ich könnte mir den Verlauf des Nachmittags und Abends so denken, daß einige Autoren bereit sein könnten, ihren Text aus der Festschrift vorzulesen.
Bei dieser Gelegenheit möchte ich Dich auch noch über die Vorfeier in der Schweiz informieren, die der Suhrkamp Verlag veranstaltet: Am Vortag, also am Donnerstag, dem 14. Mai, 17 Uhr, wird Hans Mayer an der Eidgenössischen Technischen Hochschule einen Vortrag über Max Frisch halten. Im Anschluß daran findet von 18.30 bis 20.30 Uhr ein Empfang des Verlages im Zunfthaus zur Meisen statt. Auch hier bist Du herzlich willkommen.
Bitte sag mir noch, ob Du am 14. nach Frankfurt oder zunächst nach Zürich kommst.
Schöne Grüße
Dein Siegfried

[730]

Sheerness
1. April 1981

Lieber Siegfried,
ich danke dir für die ausdrückliche Versicherung, dass ihr die Korrekturen (für die Frisch-Festschrift) berücksichtigen werdet. Denn mir war etwas bange wegen der achtzehn (zeilengleich) auszutauschenden Zeilen in meinem Beitrag.
Bitte, könntest du mir ein Exemplar des fertigen Buches in

das Zimmer legen lassen, das ich am 14. und 15. Mai bei euch bewohnen werde? Denn einen Tag früher wollte ich kommen, auch um das Buch zu lesen, bevor es zum Anlass werden wird.
Es ist betrüblich, dass ich erst jetzt höre von der Vorfeier in Zürich. Dahin kann ich mich schlecht umdirigieren, weil ich meinen Flug längst gebucht habe, wegen der strammen Belegungen auf der Route London-Frankfurt, und zwar zum billigsten Preis, für den man allerdings den Verzicht leisten muss, die Buchung zu ändern. Auch habe ich das Bedürfnis, mir die Gesellschaft von Max Frisch nicht zu verderben durch die eines Menschen, der in Zürich obligat zu erwarten ist, in Frankfurt hingegen kaum. Deswegen bitte ich, mich für den 14. in Frankfurt anzumelden.
Dein Hinweis auf Alfred Marnau hat mich ein wenig in Verlegenheit gesetzt. Denn du beschreibst ihn als einen lieben Menschen, der mir freundlich gesonnen sei, und fügst hinzu, solche seltenen Pflanzen solle man ja hegen. Da liegt es nahe zu vermuten, nur wenige Leute seien mir freundlich gesonnen; solltest du das so gemeint haben, würde ich dich gelegentlich um eine Namensliste bitten. Zum anderen aber, und ernsthafter, ich habe Alfred Marnaus Namen in keinem meiner Lexika gefunden. Ebenso ging es mir mit dem von dir zitierten Buchtitel, und ein wenig muss man doch wissen von einem Menschen, dem man ins Haus fällt, und sei es mit einer Empfehlung, und sei es dieser: Sie sind also eine von jenen seltenen Pflanzen, die mir freundlich gesonnen sind, Herr Marnau?
Die Adresse jedoch ist notiert. Allerdings wird es seine Zeit dauern, bis ich ihr mich nähere. Du scheinst mich fast wöchentlich auf Reisen nach London zu vermuten; in Wahrheit vermögen nur Zahnschmerzen mich auf den Weg dahin zu bringen, da jetzt schon die Tagesrückfahrkarte fast fünf Pfund kostet, und Pfunde habe ich wenig, seit die britische

Währung einen so gefährlich hohen Aussenwert hält, und ich spare schon seit langem vergeblich für eine Reparatur am Hausdach.
Mit den »Mutmassungen« in die Bibliothek Suhrkamp zu kommen, ich verstehe [es] als eine Ehre. Gleichzeitig fühle ich mich wie jemand, dem sie ohne alles Verdienst erwiesen wird; wollte ich doch da mit einem Originalskript aufgenommen werden, seit ich Suhrkamps kenne. Dieses Skript ist angefangen, hält bei Seite 125 und wird dir als nächstes nach dem Schluss der »Jahrestage« übergeben, in der bangen Erwartung, du möchtest es befinden für würdig, eingereiht zu werden in die . . .[1]
Als ich eine Woche lang in New York war, habe ich mich für fast jeden Tag beworben um eine Audienz beim dritten der Leute, die da heissen Harcourt, Brace und Jovanovich. Aber der schien gerade ein neues Bündel Zeitschriften zu kaufen und einen Fernsehsender dazu; mildes Bedauern liess er mir ausrichten.
Inzwischen ist mir bewusst, dass mein Anliegen bei dir noch besser aufgehoben ist. Es geht um den Geburtstag von Helen Wolff, den 27. Juli 1981.[2] Ich bin sicher, es ist ein »runder«, aber ob im siebzigsten oder fünfundsiebzigsten Jahr, das steht wiederum in keinem meiner Nachschlagebücher, und die Dame selbst zu fragen, es verbietet sich. Du könntest das herausfinden, und dann entscheiden, ob nicht etwa gerade du der Rechte wärest, Helen Wolff ein solches Jubiläumsgeschenk zusammenzubauen, wie Max Frisch es demnächst bekommt. Bessere internationale Verbindungen wie hierbei erforderlich traue ich dir allemal mehr zu als Bill Jovanovich, und es nähme sich von deiner Seite ungemein ritterlich aus. Und es ist doch selten, dass eine Festschrift ausschliesslich Verleger zu Autoren haben könnte. Schirmherrschaft: SIEGFRIED UNSELD, Mitarbeiter: GALLIMARD, EINAUDI, BONNIERS . . . wie wäre das?

Nun zu einem anderen Geburtstag. Den begeht, in der D. D. R., ein Mensch, mit dem ich mal auf einer Schule zusammen und seitdem befreundet war. Er betreibt eine Wissenschaft, die dem Anschein nach mit ähnlichem Misstrauen aufgenommen wurde wie die Kybernetik in jenem Lande, so dass die Ehrungen ausbleiben oder spärlich sind. Das hat nun Freunde in seiner Wissenschaft, Engländer, Niederländer, vielleicht Gott behüte Amerikaner und Westdeutsche, aber niemanden aus der D. D. R. zu dem Plan bewogen, etwas so Ausgefallenes wie eine Festschrift zu betreiben. Der Betroffene muss ihnen seine Verbindung mit mir anvertraut haben, denn sie baten mich um ein »persönliches Vorwort«, ohne dass ich die Herausgeber je gekannt hätte. Dies Vorwort, fern von jener Wissenschaft, habe ich getreulich angefertigt, eine Art Porträt, privat und im politischen Bereich vorsichtig. Kurz, die Sache ist gesetzt (in Hong Kong), es wird für meinen Beitrag die Zustimmung des Jubilars eingeholt, und was kommt heraus dabei? Seine Verzweiflung und flehentliche Bitte, mein Vorwort zurückzuziehen. Es gefällt ihm, er fühlt sich darin rundum zutreffend geschildert; veröffentlicht werde es für ihn schlimmste Folgen haben (Verbot, ins westliche Ausland zu reisen, zum Beispiel), und warum? »Da du ja zugleich der Autor wohlbekannter anderer Veröffentlichungen bist.« Das ist sein kategorisches Alles. Ist es in der Tat vernichtend für einen Bürger der D. D. R., seinen Namen im Druck in der Nähe des meinen zu finden, oder ist dieser Mensch ängstlicher als vernünftig wäre? Ich wäre dir ziemlich dankbar, wenn du dies, und damit eine amtliche Bekundung von seiten der D. D. R.-Behörden zu meinem Status in ihren Augen, herausfinden könntest bei deinem nächsten Mittagessen mit Herrn Höpcke oder wie die Würdenträger dort eben heissen.

(Ich sollte hinzufügen, dass die Grenzpolizei der D. D. R. mich wie jeden anderen, nach Entrichtung der nunmehr

fünfundzwanzig Mark, sowohl nach Berlin wie ins Innere der D. D. R. reisen lässt, ohne dass es je zu Anständen gekommen wäre. Einmal hatte ich versehentlich ein Buch von Günter Grass bei mir, »Tagebuch einer Schnecke«, da fand der Kontrolleur, offenbar germanistisch ausgebildet, auf Anhieb die einzige Seite, auf der ein Einmarsch in einen »sozialistischen Bruderstaat« im Jahre 1968 erwähnt ist, und musste das Corpus delicti einziehen, aber ganz mit meiner Einwilligung. Und was den von jener wissenschaftlichen Festschrift Bedrohten angeht, so hat er mich kein einziges Mal gebeten, von Besuchen in seiner Wohnung abzusehen.)
Denn wenn es tatsächlich die D. D. R. selbst darstellt, die so im Bewusstsein des Betroffenen sich abbildet, dass sie eingreifen sollte auf die Veröffentlichung eines englisch geschriebenen Buches in einem akademischen Verlag in den Niederlanden, so liefe das immerhin hinaus auf eine Aussen-Zensur.[3]
Und dazu wäre zu erinnern, dass auch du gelegentlich Bücher druckst von Leuten, die sind den Behörden anderer Länder missliebig oder auch nur unverständlich. Insofern sehe ich hier ein Grundsatzproblem.
Ungern weiss ich dich in den U. S. A., wo Essensgäste unterschiedlicher Eminenz beim Verlassen von Hilton-Hotels angeschossen werden, und wir, auf unseren Fernsehschirmen, bekommen dann den Salat. (Verwunderter Kommentar eines Briten: I didn't think it would be that easy.) Meide die Etablissements von Conrad Hilton! Vermeide es unbedingt, dort zum Präsidenten gewählt zu werden! Kehre heim! Suche Schutz und Behagen in der Sicherheit von Frankfurt.[4]

Mit herzlichen Grüssen an Hilde und dich,
mit Dank für die Gastfreundschaft im Mai,[5]
yours, truly,
Uwe.

1 Die *Mutmassungen über Jakob* erscheinen als Band 726 der Bibliothek Suhrkamp. Das »angefangene Skript« *Heute neunzig Jahr* ist Fragment geblieben.

2 Helen Wolff begeht an diesem Tag ihren 75. Geburtstag. Ihre Zusammenarbeit mit Uwe Johnson hatte im Mai 1965 begonnen; siehe Brief 264, S. 376.

3 Das für die von Wolfgang Klein und Willem Levelt herausgegebene Festschrift zum 50. Geburtstag von Manfred Bierwisch – *Crossing Boundaries in Linguistics*, Dordrecht/Boston/London 1981 – bestimmte Porträt des Freundes *Twenty-five years with Jake, a. k. a. Bierwisch* ist in der englischen Originalfassung abgedruckt in: U. J., *Porträts und Erinnerungen*, S. 95-108. Vgl. hierzu auch E. Fahlke, *»Wenn man einem Freund eine Festschrift macht ...«. Zum Festschriftenbeitrag Uwe Johnsons*, in: Roland Berbig/Erdmut Wizisla (Hg.), *»Wo ich her bin ...« Uwe Johnson in der D. D. R.*, Berlin 1993, S. 69-79. In diesem Band ist auch die deutsche Übersetzung des Textes von U. J. publiziert.

4 Auf den amerikanischen Präsidenten Ronald Reagan wird am 30. 3. 1981 in New York beim Verlassen des Hilton-Hotels ein Attentat verübt. Eine Stunde später landet S. U. auf dem J. F. Kennedy-Flughafen.

5 U. J. hält sich vom 8. 5. bis 10. 5. 1981 zur Frühjahrstagung der Akademie der Künste in Berlin auf, fliegt am 11. 5. vom Ostberliner Flughafen Schönefeld aus nach Prag weiter und am 14. 5. von dort nach Frankfurt am Main zur Feier des 70. Geburtstages von Max Frisch am 15. 5. im Verlag und in der Klettenbergstraße 35. Am 16. fliegt er dann zurück nach London und hält am 17. im Kalendarium fest: »Home, Sweet Home«.

[731]

Frankfurt am Main
16. April 1981

Lieber Uwe,
schönen Dank für Deinen Brief vom 1. April. Wir nehmen zur Kenntnis, daß Du nicht mehr am 14. Mai nach Zürich kommen kannst, Du wirst am 14. Mai hier in Frankfurt ein-

treffen und wohl empfangen werden! In Deinem Zimmer erwartet Dich auch ein Exemplar der Festschrift.
In der Tat findet man Alfred Marnau kaum in Lexika. Sagt das etwas über die Bedeutung eines Autors aus? Auch Kafka wurde nirgendwo zu Lebzeiten verzeichnet. Frau Zeeh hat Dir den Umschlag des Bandes »Das Verlangen nach der Hölle« fotokopiert; es gibt auch sehr wenig über den Autor zu sagen: etwa 60 Jahre alt, Österreicher, Emigrant der ersten Stunde. Vor unserem Buch war ein Roman »Der steinerne Gang«, der 1948 im Nest-Verlag [erschien]; Marnau war ein Freund von Jesse Thoor, Freund ist hier zu gering gesagt – ohne Marnau hätte Thoor kaum überleben können.[1] Er hat sehr warmherzig von Dir gesprochen, und deshalb meinte ich, Dir einen Besuch bei ihm vorzuschlagen.
Nun aber zu Deinem Anliegen Helen Wolff und der 27. Juli 1981. Mein Lieber, es ist jetzt zu spät, eine Festschrift zu arrangieren, und irgend etwas zu machen, verbietet sich. Gewiß, Du, Frisch, Grass und Jurek Becker würdet so rasch reagieren, daß man das noch produzieren könnte, aber wer sonst? Ich habe beim Lesen Deines Briefes gedacht: wie wäre es, wenn man einen Kreis von Leuten anschriebe, die eine Seite handschriftlich füllen sollten. Aber wer wird hierzu bereit sein? Du darfst ja eins nicht vergessen: sie ist in erster Linie im deutschsprachigen Bereich bekannt. International ist da sehr schwer etwas zu organisieren.
Du bist und bleibst wie der Endunterfertigte ein naiver Mensch. (Mein Satz: nur naive Menschen bewegen die Welt!) Wer auch immer es ist, der in der DDR lebt und mit einer Festschrift bedacht werden soll, ein Vorwort von Dir für diese Festschrift wäre für den Bedachten ruinös. Ich weiß wirklich nicht, wie man sich so etwas überhaupt denken kann. Reisen kannst Du ja gewiß überall in der DDR, aber als Ein-Leitender für irgend etwas in der DDR kommst Du nach Lage der Dinge nicht in Frage.

Hilde läßt Dich herzlich grüßen. Wir sehen uns am 15. Mai morgens.
Herzliche Grüße
Dein Siegfried

Anlage

P. S.
| Am 15. 5. geben wir hier mittags im Verlag einen Empfang für Frisch (mit den bereits vorhandenen Autoren und den Mitarbeitern) | [handschriftlicher Zusatz von Burgel Zeeh]

1 Alfred Marnau hat 1956 *Die Sonette und Lieder* von Jesse Thor bei Lambert-Schneider herausgegeben.

[732; Ansichtskarte mit vier Photos von Grimaud, handschriftlich]

Grimaud[1]
2. Juni 1981

Cher ami,
»Rien de plus beau sous le soleil que d'être sous le soleil.«
Mais tout aussi bien:
Rien de plus difficile que d'apprendre la langue française en mon âge.
J'espère et parfois je suis désolé.
De tout mon cœur
Bien à toi
Siegfried

1 S. U. hält sich in den ersten drei Juniwochen in Grimaud bei St. Tropez zu einem dreiwöchigen Crash-Kurs zur Verbesserung seines Französisch auf.

[733]

Frankfurt am Main
2. September 1981

Lieber Uwe,
auf den Artikel in der »FAZ« vom 28. August habe ich gestern mit einem Brief an die Herausgeber reagiert; mir liegt daran, daß Du auch aus der Sicht des Verlages diesen Vorgang kennenlernst.
Schöne Grüße
Dein Siegfried

2 Anlagen

[733a; Anlage 2,[1] Brief von S. U. an die Herausgeber der »Frankfurter Allgemeinen Zeitung«]

Frankfurt am Main
1. September 1981

Sehr geehrte Herren,
ich möchte Sie bitten, in Ihrer Herausgeberkonferenz den Artikel »Am Ende. edition suhrkamp: Neue Folge« zu besprechen, der in der »FAZ« am 28. August 1981 veröffentlicht wurde. Dieser Artikel hat nichts mit Information oder Literaturkritik, jedoch handfest mit Verleumdung und Geschäftsschädigung zu tun.
Selbstverständlich ist eine Reihe, wenn etwa 80 Titel vorliegen, als solche kritisierbar geworden, niemand kann erwarten, daß alle Titel einzeln rezensiert werden. Immerhin hat die »FAZ« von diesen 80 Titeln der Neuen Folge 34 Titel besprochen und davon 20 ausdrücklich positiv. Ist schon von diesem Faktum her das pauschale Verdammungsurteil, die Neue Folge sei ein »Auffangbecken für Reste und Abfälle«, zu rechtfertigen? Offenkundig bezieht sich Herr Wittstock in seiner pauschalen Rüge nicht allein auf die erschienenen,

sondern auch auf angekündigte Bände, das sind dann insgesamt 120 Titel, die Herr Wittstock mit der Zitierung von acht Titeln abqualifiziert. Allein dieses Mißverhältnis läßt einen Mangel an journalistischer Sorgfaltspflicht erkennen. Doch bei seinen acht Zitierungen unterlaufen Herrn Wittstock nicht weniger als vier direkte Fehleinschätzungen:
1. Der Titel »Mythos und Bedeutung« von Claude Lévi-Strauss ist keine »zufällige Sammlung von belanglosen Rundfunksendungen«, sondern die einzige verständliche, weil für Rundfunkhörer gesprochene (aber für den Druck bearbeitete) eigene Einführung in sein Denken. Die »FAZ« hat am 13. 11. 1980 über diesen Band eine sehr positive Rezension veröffentlicht und eine Umfrage wiedergegeben, nach der Claude Lévi-Strauss in der Liste der bedeutendsten Köpfe Frankreichs an erster Stelle steht.[2]
2. Walter Benjamins »Moskauer Tagebuch« ist, wie Gershom Scholem belegt, eine bedeutsame Erstausgabe und von der Kritik so gewürdigt; siehe auch hier die Rezension in der »FAZ« vom 23. 8. 1980.[3]
3. Den Text von Karl Marx, »Enthüllungen«, dürfen wir durchaus als »Entdeckung« ansehen, weil Karl A. Wittfogel diesen Text definitiv rektifizierte und ihn durch seine Analyse in ein neues Licht stellte.[4]
4. Meisterbeispiel des Meinungsjournalismus von Herrn Wittstock ist die Disqualifizierung eines Titels von Marguerite Duras als »banale Interviewsammlung«. Der Titel ist im Deutschen noch gar nicht erschienen. Herr Wittstock kann keine Ahnung haben, wie die deutsche Fassung aussehen wird.[5]
Kein Wort von Herrn Wittstock, daß in den Bänden der Neuen Folge bedeutende Autoren vertreten sind, wissenschaftliche Autoren von Rang wie Roland Barthes, Leo Löwenthal, Darcy Ribeiro, zwei Arbeiten von Norbert Elias stehen vor dem Erscheinen, William G. Niederland, Karl

Heinz Bohrer (der sich besonders freuen wird, sein neues Werk in einem Rest- und Abfallkorb zu finden). Daß die »Frankfurter Vorlesungen« von Uwe Johnson, Martin Walser und Adolf Muschg, die allesamt von der »FAZ« positiv gewürdigt wurden, in der Neuen Folge erschienen sind und daß die Reihe bedeutende literarische Texte enthält von Alejo Carpentier, Julio Cortázar, Stanisław Lem, um nur einige zu nennen, ein so bedeutendes Buch wie die »Suche nach einer Mitte« von Octavio Paz, von dem Robert Held sicher bestätigen wird, daß es die Summe des poetischen Denkens des Autors enthält – dies alles wird nicht erwähnt.[6] Die schludrige Recherche von Herrn Wittstock und seine falschen Akzentsetzungen sind alles andere als Zeichen journalistischer Objektivität, auf die Ihr Blatt so großen Wert legt.

Ich habe mich nie gewehrt, wenn Bücher oder die Verlagsarbeit fundiert und belegt angegriffen werden. Wir leisten unsere Arbeit öffentlich und müssen gewärtigen, öffentlich kritisiert zu werden. Was sich aber Herr Wittstock geleistet hat, ist keine Literaturkritik, es ist auch keine Glosse, die die persönliche Meinung des Referenten ausdrückt. Der ursprüngliche Titel »Stumpfe Speerspitze« wurde geändert in das Verdikt »Am Ende«, und dieser Text wurde mit dieser Überschrift von einem Verantwortlichen der »FAZ« ins Feuilleton an eine unübersehbare Position eingerückt. Man kann nach dem Prinzip pars pro toto urteilen, aber dann muß es fair gemacht werden, und die Fairneß wurde verletzt. Daß aber das Unternehmen einer Reihe als »am Ende« bezeichnet wurde, das bedeutet eine Geschäftsschädigung des Suhrkamp Verlages, auf die ich Sie, angesichts der Verbindungen zwischem Ihrem und unserem Hause, zu reagieren bitte.

Mit besten Grüßen
Dr. Siegfried Unseld

1 Anlage 1 ist die Fotokopie eines Artikels von Uwe Wittstock in der *Frankfurter Allgemeinen Zeitung* vom 28. 8. 1981 unter dem Titel *Am Ende. Edition Suhrkamp: Neue Folge*. Dort ist zu lesen: »[. . .] Mittlerweile kann man die Produktion von knapp zwei Jahren der lautstark angekündigten ›Neuen Folge‹ überschauen, und es scheint der Zeitpunkt gekommen, eine Revision der alten Vermutungen und Befürchtungen vorzunehmen. [. . .] Die ehemals so stolze *edition* ist nicht zur ›Speerspitze‹ des Suhrkamp Verlags geworden, sondern zu dessen Auffangbecken für Reste und Abfälle. [. . .] Natürlich ist der Ruf des Suhrkamp Verlages nach wie vor außerordentlich. Doch sollte man sich in diesem Hause davor hüten, ihn leichtsinnig aufs Spiel zu setzen.«

2 Claude Lévi-Strauss, *Mythos und Bedeutung. Fünf Radiovorträge. Gespräche mit Claude-Lévi-Strauss*, herausgegeben von Adelbert Reif, Frankfurt am Main 1980.

3 Walter Benjamin, *Moskauer Tagebuch.* Aus der Handschrift herausgegeben und mit Anmerkungen von Gary Smith. Mit einem Vorwort von Gershom Scholem, Frankfurt am Main 1980.

4 Karl Marx, *Enthüllungen zur Geschichte der Diplomatie im 18. Jahrhundert*, herausgegeben von Karl August Wittfogel, Frankfurt am Main 1981.

5 Marguerite Duras/Michelle Porte, *Die Orte der Marguerite Duras*, Frankfurt am Main 1982.

6 Es handelt sich, in der Reihenfolge ihrer Nennung, um folgende Titel: Roland Barthes, *Leçon/Lektion*, Französisch und Deutsch. Inauguralvorlesung am Collège de France, Frankfurt am Main 1980; Leo Löwenthal, *Mitmachen wollte ich nie. Ein autobiographisches Gespräch mit Helmut Dubiel*, Frankfurt am Main 1980; Darcy Ribeiro, *Unterentwicklung, Kultur und Zivilisation*, Frankfurt am Main 1980; William G. Niederland, *Folgen der Verfolgung: Das Überlebenden-Syndrom Seelenmord*, Frankfurt am Main 1980; Karl Heinz Bohrer, *Plötzlichkeit. Zum Augenblick des ästhetischen Scheins*, Frankfurt am Main 1981; Martin Walser, *Selbstbewußtsein und Ironie*, Frankfurt am Main 1981; Adolf Muschg, *Literatur als Therapie? Ein Exkurs über das Heilsame und Unheilbare*, Frankfurt am Main 1981; Alejo Carpentier, *Stegreif und Kunstgriffe. Essays zur Literatur, Musik und Architektur in Lateinamerika*, Frankfurt am Main 1980; Julio Cortázar, *Reise um den Tag in 80 Welten*, Frankfurt am Main 1980; Stanisław Lem, *Dialoge*, Frankfurt am Main 1980; Octavio Paz, *Suche nach einer*

Mitte. Die großen Gedichte. Spanisch und Deutsch, Frankfurt am Main. Die beiden Bände von Norbert Elias, *Mozart* und *Die Außenseiter und ihre Gesellschaft*, erscheinen nicht in der edition suhrkamp.

[734]

Frankfurt am Main
30. September 1981

Lieber Uwe,
fast vergißt man ja Geburtstage, aber mit ungeheurer Pünktlichkeit kommt Dein Geschenk an. Ich danke Dir für die Typographie des »Thames and Hudson Manual«.[1] Alt wie man ist, kann man daraus immer noch etwas lernen. Hab also herzlichen Dank.
Wie geht es Dir? Die Kommunikation auf Geschenke zum Geburtstag beschränkt ist doch etwas wenig.
Herzliche Grüße
Dein Siegfried

1 U. J. schenkt S. U. das Buch von Ruari McLean, *The Thames and Hudson manual of typography* zum Geburtstag, das 1980 in New York erschienen ist.

1982

[735]

Sheerness
7. Januar 1982

Lieber Siegfried –
rechtzeitig möchte ich den Brief abkündigen, den ich dir vorausgesagt habe.
Mit Anmerkungen. Verdankt hat sich das Vorhaben dem Erstaunen über deine Aufforderung, dir doch einmal einen Brief zu schreiben. Denn seit langem bedaure ich, dass die Verständigung zwischen uns auf das Fernmündliche verwiesen ist, also im Nachlesbaren nicht erhalten, und habe mich abgefunden mit der Einsicht, der Umfang deiner Geschäfte nehme dir schon die Zeit für die ehemals vorkommenden Vertraulichkeiten auf Papier. Somit hielt ich es für ungehörig, dich zu behelligen. Deine Einladung war so überraschend, fast hat sie mich verleitet zu einer vollständigen Aufrechnung meiner Verluste und Gewinne.
Die aber war behindert durch die Erinnerung an deine Gewohnheit, all und jedes aufzubewahren, es muss nur auf Papier geschrieben sein. Nun weiss ich zwar Niemanden, dem ich mit weniger Zögern meine Umstände darlegen würde, so lächerlich sie seien, und lehrreich doch wohl bloss für mich allein; aber mich schaudert angesichts der Vorstellung, irgend jemand anders sollte an Hand deiner Papiere meine Privat-Fassung vergleichen können mit dem, was ich daraus immerhin erst zu machen gedenke. Ein Umweg über eine Verkleidung im Fiktiven ist dann gescheitert an zu geringem Abstand zwischen der und dem Gegenstand; durchgesetzt hat sich die

Aussicht auf den 3. Februar, auf die Verfertigung der Gedanken im Gespräch mit dir.[1]
Vollends abgehalten war ich in der letzten Woche durch Magenbeschwerden, die mir den aufrechten Gang wie das aufrechte Sitzen verdarben (sehr zu meinem Erstaunen, da ich gegen solche Attacken mich gefeit glaubte. Und komisch, da ich sowohl den Bettlägrigen darzustellen hatte als die Pflegekraft beim Süppchen auf dem Herde). So blieb nur dieser Abend, das vorhandene Manuskript zu beseitigen und unsere Unterhaltung ganz und gar auf den Mittwoch in der ersten Februarwoche zu verschieben.
Denn morgen lasse ich noch einmal, zum letzten hoffe ich, mich verfrachten nach Manhattan und Umgebung, eingesperrt in die Touristenklasse und eine unabänderliche Buchung und für sieben Nächte nur (mit einem Strafzuschlag für Einzelgängertum im Hotelzimmer); da muss ich auf Arbeit gehen (»Einbahnstrassen nachprüfen«: wie es heisst in der Festschrift Frisch[2]). Jedoch werde ich auch achten darauf, dir etwas mitzubringen.[3]
Yours, truly,
Uwe.

1 U.J. fliegt am 3. 2. von Berlin-Tegel aus nach Frankfurt und kehrt am 4. 2. nachmittags nach London zurück.
2 In *Begegnungen*, der Festschrift zum 70. Geburtstag von Max Frisch, heißt es in dem Beitrag von Jürgen Becker *New York, Fifth Avenue Hotel, 1972 oder: Wie eine Erzählung eine Begegnung mit Max Frisch verändert* auf S. 14 in Anspielung auf U.J.s Romanfigur Karsch: »Karsch, der einen Roman über das Leben einer Emigrantin in dieser Stadt [New York] schrieb, war hiergewesen, und bloß deshalb war er aus Berlin herübergeflogen, weil er wieder einmal genau wissen wollte: steht der Briefkasten in der Westend-Avenue auf der linken oder rechten Straßenseite?«
3 U.J. hält sich vom 8. 1. bis 15. 1. 1982 in New York auf.

[736]

Sheerness
1. März 1982

Lieber Siegfried,
da ich nun einmal, auf dein Anraten, am 22. April zu Bonn ein Abendessen einnehmen soll, könnte ich mir für diesen Tag einen Flug bestellen, der gegen 16 Uhr in Frankfurt am Main eintrifft. Wäre dir das noch genug für die Reise nach Bonn?
Und wird in Bonn übernachtet?
Schliesslich, wünschest du auch meine Rückkehr nach Frankfurt am 23. zu einem Abflug von dort, oder sollte ich den näher bei der Bundeshauptstadt aufgebauten Flughafen dafür benutzen?
Zu deiner Unterhaltung teile ich dir mit: There is still romance in this world! So wurde mir gestern erst gesagt, von einer öffentlichen Anstalt, so einer zum sprachlosen Ansehen, weisst du. Da ich die Geduld hatte, die hier fällige Aufklärung abzuwarten, kann ich sie mit dir teilen: SLUMBERDOWN QUILTS!
Yours, truly,
Uwe.

[737]

Frankfurt am Main
9. März 1982

Lieber Uwe,
die Idee für den 22. April besteht darin, daß wir mit dem Wagen von hier nach Bonn fahren und am Abend wieder zurück. Du kannst also in Frankfurt übernachten und auch von Frankfurt aus wieder zurückfliegen.[1]

Nach Plan sieht das so aus:
ab London 13.35 h/an Frankfurt 16.00 h
ab Frankfurt dann je nach Wunsch von Dir.
Über Deinen Schlußabsatz, der mir unverständlich ist, rätsele ich gerne weiter nach.
Herzliche Grüße
Dein Siegfried

P. S.
Schreiben Sie mir noch ein Kärtchen, wie Sie's mit dem Rückflug halten wollen, damit ich Ihnen das Ticket schikken kann? Und Dank für Ihren Brief – Wünsche werden erledigt!
Herzlichst, Ihre Burgel Zeeh

1 S. U. berichtet über den Abend: »*Der Bundespräsident und Frau Carstens* baten zum Abendessen: Gespräch mit Schriftstellern sollte es heißen, und Siegfried Lenz, Hermann Lenz (die beiden Lenze, die sich zum ersten Mal begegneten), Uwe Johnson und Wolfgang Koeppen waren mit von der Partie, dazu Albrecht Schöne mit Frau, Hilde und ich. Der Abend war angenehm, das Essen etwas quälend, im Anschluß daran setzte man sich im neu eingerichteten ersten Stock in einem Kreis ›zum Gespräch‹. Der Bundespräsident wollte gerne wissen, woran die Autoren schrieben. Ja, das war etwas peinlich gefragt, denn was sollten die Autoren sagen – daß sie ihre ›Gegenwartsbewältigung‹ beschrieben? Dann: Ist Ihr Tag genau eingeteilt? Schreiben Sie zu bestimmten Stunden? Nun, das Gespräch plätscherte so dahin.«

[738]

Frankfurt am Main
18. Mai 1982

Lieber Uwe,
bei unserer letzten Begegnung, die vielleicht auch etwas zu kurz war, habe ich etwas vergessen Dir vorzutragen. Es geht darum, daß wir sehr gerne die in der Frisch-Festschrift erschienene »Skizze eines Verunglückten« als Einzelausgabe in der Bibliothek Suhrkamp bringen würden. Vom Umfang her ginge das und von Gehalt und Gestalt her ja nicht weniger. Ich hoffe also sehr, Du bist damit einverstanden. Wenn wir Glück haben, könnten wir hier ja auch eine schöne Anzahl von Exemplaren verkaufen, das ergäbe endlich wieder einmal Honorar für Dich, das Dein Konto dringlichst brauchen kann, von Dir zu schweigen.
Schöne Grüße
Dein Siegfried

[739]

Sheerness
10. Juni 1982

Lieber Siegfried,
wenn du überzeugt bist, die »Skizze eines Verunglückten« für die Festschrift Max Frisch könne eine Publikation in der Bibliothek Suhrkamp vertragen, bin ich einverstanden.
Zwar habe ich, jedenfalls was den Umfang angeht, meine Bedenken. Es sind ja nur 39 Seiten. Ich habe einen Zusatz probiert, als Nachwort oder »im Nachlass vorhandene Aufzeichnungen«, aber gefunden, dass ein Kommentar zu einem so kurzen Text in beliebiger Länge eine quantitative Lächerlichkeit herausfordert.

Der Hinweis auf den schlimmen Stand meines Kontos wird hierorts verstanden in geradezu schmerzhafter Spiegelbildlichkeit. Siehe auch »Begleitumstände«, Seite 166 unten, Seite 167 oben.[1]

In Erinnerung an unsere Ferien in Stockholm: Deine Nachgiebigkeit, ja deine Bereitwilligkeit gegen den Journalisten Serke, nach allem was er dir angetan hatte, wird mir lange erinnerlich bleiben als eine Anleitung in Diplomatie, auch als eine mir unerreichbare Tugend. Mein solidarisches Misstrauen gegen ihn ist neuerdings befestigt durch die Auskunft, er habe mich in seinem Bericht über die Beisetzung von Peter Weiss dargestellt als eine Privatperson, statt als Abgesandten der westberliner Akademie, und als jemand, der im »londoner Exil« lebe. Einmal ist der Ort falsch, zum anderen der Begriff. Auch hier wäre Hilde mir ein Vorbild, mit ihrem Hausverbot.[2]

Und: Auf Arlanda habe ich versehentlich einen Blick in deinen (von dir aufgeschlagenen) Pass getan, lieber Siegfried, und weiss nun deinen Namen etwas genauer. Sei jedoch unbesorgt, ich werde ihn auf das hartnäckigste verschweigen.[3]

Die Äusserung von Rühmkorf über deine Geschicklichkeit bei festlichen Anlässen liegt bei.[4]

Bitte, würdest du dich, bei allem ja denkbaren Widerstreben, doch noch erinnern an deine Ankündigung, du würdest mir von Martins neuestem Buch[5] die Aushängebögen schicken? da ich hier ja werde sagen können wie nur je ein Rezensent: man legt es ergriffen aus der Hand und weiss: dies geht mich an.

Mit herzlichen Grüssen,
yours, truly,
Uwe.

1 Auf den beiden Seiten ist in *Begleitumstände* zu lesen: »Inzwischen hatte es Epochen gegeben, da war der Abstand zwischen den unverdienten sechshundert Mark im Monat und dem Guthaben aus Verkäufen des Buches erträglich gering. Dann wieder vervielfachten die Sechshunderter sich beängstigend, und der Verleger war amüsiert mit dem Vorschlag des Autors, er wolle seine Rückstände begleichen aus der Dotierung eines Literaturpreises. Das Gelächter wurde endgültig verstanden im Dezember 1960, ein halbes Jahr später, als der Suhrkamp Verlag mit dem Autor die ›Vereinbarung‹ traf, ihm ein ›Sonderhonorar‹ zu zahlen, ohne Anrechnung auf Honorare, fünftausend Mark honoris causa, ehrenhalber. [siehe Brief 71, S. 106] Es lag also weniger an dem Geld, das hier investiert wurde, als an dem, was das Geld bedeutete. Es kamen schliesslich ganze Jahre, in denen für die Einkünfte des Autors nur die rote Farbe taugte; kein einziges Mal musste er eine Störung seiner Arbeit durch Ungeduld des Verlages auch nur befürchten; es ist möglich, dass er noch heute auf den Ausgleich seines Kontos dringlicher wartet, als der Verlag das tut. Es war ein Jahr mit sehr schwarzen Zahlen, als er seinem Verleger anbot, ihn auf ein Fixum zu setzen, das gelten sollte selbst für den Fall höherer Einnahmen. Der Verleger versprach, darüber nachzudenken.«

2 U. J. und S. U. nehmen am 24. 5. 1982 an der Beisetzung des am 10. 5. 1982 gestorbenen Peter Weiss in Stockholm teil. Jürgen Serke schreibt im *stern* Nr. 23 v. 3. 6. 1982, S. 166-168 unter der Überschrift *Verlassen auch im Tod*: »Von den deutschen Schriftstellern hatte nur Uwe Johnson den Weg nach Stockholm gefunden, und der lebt im Londoner Exil.«

3 Der zweite Vorname von S. U. ist Karl.

4 »/Ledig/ Er liebte wirklich und nicht nur von Geschäfts wegen die Dichter, vor allem die, die er nicht kriegen konnte, und diese sentimentalische Passion trieb ihn häufiger als man ahnt zu alkoholischen Exzessen weit über die Rentabilitätsgrenze hinaus. Wo all die anderen, Piper, Unseld, sehr genau wussten, wann Geschäftsschluß war und wo der Leberschaden begann, ließ er sich erst richtig in Unendlichkeitsgespräche verwickeln. Wo andere längst verstohlen auf den Terminkalender geblickt hatten /etc./.« Peter Rühmkorf, *Die Jahre die Ihr kennt*, Reinbek bei Hamburg 1972, S. 131.

5 Martin Walser, *Brief an Lord Liszt.* Frankfurt am Main 1982.

[740; Postkarte »The Continental Ferry off Sheerness«]

Sheerness
5. Juli 1982

Lieber Siegfried,
dies wolltest du wissen:
Der Akademie der Künste, Westberlin, habe ich als Kosten der Stockholm-Reise angegeben und nachgewiesen
Skr. 1348.00.
Ausgezahlt hat sie mir
DM 612.80.
Mit herzlichen Grüssen,
Uwe.

[741]

Frankfurt am Main
12. Juli 1982

Lieber Uwe,
schönen Dank für Deinen Brief an Frau Dessauer.[1] Ich kann unmöglich in der Bibliothek Suhrkamp erwähnen, daß das als Gabe zum 70. Geburtstag gedacht ist. Wir können das im Klappentext erwähnen, keinesfalls auf Umschlag oder Titelei, das hat damit nichts zu tun. Wir müssen dem Text einen selbständigen Charakter geben. Selbstverständlich erfolgt, wie gesagt, ein Hinweis sowohl auf dem Klappentext als auch im Impressum auf der Titelrückseite. Ich glaube, das reicht.
Schöne Grüße
Dein Siegfried

1 U.J. schreibt am 1. 7. 1982 an Maria Dessauer: »[...] ich bedanke mich für Ihren Brief vom 25. Juni und bewundere wieder einmal

die Geschwindigkeit bei Suhrkamps. Am 18. Mai wurde ich gefragt, wie denn das wäre mit der Aufnahme von ›Skizze eines Verunglückten‹ in die B.S.; am 23. Juni sah ich dies im Prospekt des Verlags fest für den Oktober angekündigt; heute, da Ihre Post durch die Tür gesteckt wurde, ist Donnerstag, und am Montag wünschen Sie den Text in Satz zu geben. Hier aber hat man während der Arbeit Teepausen und Streiks, so dass meine Antwort Sie kaum rechtzeitig erreichen wird.
Vor allem käme es mir darauf an, dass die Sache im Buch selbst – nicht etwa bloss auf dem Umschlag – gekennzeichnet wird mit dem Anlass zu dem sie angefertigt wurde. Denn ich habe die Ehre, mit jenem Herrn de Catt/J. Hinterhand ausführlich bekannt zu sein, und wollte ich einmal seinethalben von ihm erzählen, ich hätte es gewiss mit einem anderen Ansatz angefangen und vollständiger. In einer Festschrift aber soll man vermeiden, sich breit zu machen, und auch für den Jubilar Beziehentliches auswählen, weswegen also andere Beleuchtungen und Gewichte jenes Lebenslaufes zur Seite gedrängt wurden. Aus diesem Grunde wünsche ich mir einen Vorspruch, in der Art einer Widmung:
ZU MAX FRISCHS SIEBZIGSTEM (1981).
Bitte, könnten Sie das einrichten?«

[742; Ansichtskarte »La Jolla, California«, handschriftlich]

La Jolla, California
18. August 1982

Lieber Uwe,
wir lesen den »New Yorker« vom 2. 8., der auch Dich interessieren dürfte.[1]
Herzliche Grüße
Dein Siegfried

(dem sich J[oachim] U[nseld] anschließt)

1 Nachträglich zum 75. Geburtstag veröffentlicht Herbert Mitgang unter der Überschrift *Imprint Helen Wolff* in der Serie »Profiles« eine ausführliche Würdigung ihrer Arbeit als Verlegerin in: *The New Yorker* vom 2. 8. 1982, S. 41-73.

[743]

Frankfurt am Main
8. September 1982

Lieber Uwe,
Frau Zeeh gab mir Deinen Brief vom 26. August zur Kenntnis.[1]
Du mußt Dir keine Sorge um uns machen, die Weiße Saison wird stattfinden, die Bescheidwisser brauchen wir nicht zu überzeugen, im übrigen hat der Buchhandel ganz positiv reagiert, die Sache sieht gut aus. Daß es auch andere Stimmen gibt, das erfährst Du aus der »Weltwoche«,[2] die wir Dir als Anlage schicken.
Es ist ja ziemlich fürchterlich, was Du da von Deinem Nachbarhaus schreibst. Sollte dies nicht ein Anlaß sein, doch den Versuch zu machen, Dein Haus zu verkaufen? Warum sollst Du zwei Jahre lang leiden? Oder willst Du, Leidengeübter, das vielleicht gerade?
| Mit Marianne Frisch habe ich auch gesprochen. |
Schöne Grüße
Dein Siegfried

P. S.
Die Ernst Weiß-Ausgabe, die wir als Freistück nur an wirklich Interessierte abgeben, sollst Du haben![3]

1 In diesem Brief schreibt U. J. unter anderem: »[...] Die Anstände, die auch und gerade Sie haben mögen mit der weissen Saison, die

Suhrkamps fürs nächste Frühjahr ausgeschrieben haben, als käme es bestimmt. Nach dem, was mir darüber zu Gesicht kommt, haben Sie arge Mühe, die beamteten Bescheidwisser zu einem Einverständnis in dieser Sache zu bewegen.
Dies alles, während Vater & Sohn sich in La Jolla, California vergnügen. (Nachgewiesen durch Original-Postkarte.)
Schliesslich, als ein gleichfalls auffälliger Verursacher von Umständen einen Ihrer Autoren, der bloss darauf gewartet hat, dass die ›Gesammelten Werke‹ von ERNST WEISS erhältlich würden und nun Sie belästigt mit der Frage, ob er die wohl geschenkt bekommen könnte, nach Ihrer Entscheidung in Leinen oder keinem, zusammen, versteht sich, mit dem Materialienbuch *st 2020* ...
Wissen Sie, raten Sie wohl, wer dazu sich traut?
Ich bin's. [...]
Habe ich Ihnen erzählt [...], dass das Haus westlich von diesem, bisher auf das mausestillste bewohnt von einer gehbehinderten Dame, gleich nach ihrem Ableben verkauft wurde an einen Menschen, der es verwandeln möchte in vier Schubladen Wohnung über einander? Jetzt, während der Umbau-Arbeiten, erkenne ich mit Ohren und Nerven, dass die Trennmauer bloss einen Stein dick ist. Wenn der Mann mit dem Hammer nebenan eine Pause macht, höre ich ihn gemütlich pfeifen. Nie weiss man, wann der nächste Schlag zu erwarten ist, jeder ist auf schmerzliche Weise überraschend. Wer hat das gesagt, es sei keine Lage so schlecht, als dass sie nicht noch verschlimmert werden könnte? Der wird für mich recht bekommen, wenn an diese Wand erst Leute gezogen sind, die sich an einem Pianino erfreuen, die lautes Getolle als nur nützlich für die Entfaltung der lieben Kinderseelen erachten, die an ihren Stereokästen nur einen Knopf zu bedienen wissen, den für volume, Lautstärke ... Dies als Vorsorge zu dem allfälligen Versuch, ein Darlehen zwecks Anbringung schalldämmender Platten zu erbitten.
Von der unaufhaltsamen Verschmutzung und Verelendung der Stadt Sheerness habe ich gewiss ein Wort fallen lassen. Nun muss ich die Unerfindlichkeit anstücken, dass die Behörde für Wasser Süd diese unsaubere Belanglosigkeit zu schützen gedenkt mit einer Erhöhung der Flutmauer vor dieser Hauszeile auch noch. Diesem Unternehmen vorangehen muss unausweichlich ein Abtragen des vorhandenen Dammes, mit allen Garagen, Lagerräumen und aufgesetzter Betonmauer, also Bewegung von schwerem Gerät,

vom Bagger bis zum Schreitkran mit der dicken Betonbirne. Deswegen hat Wasser Süd in alle Häuser den Beauftragten einer vereidigten Vermessungsfirma entsandt, damit er darin den baulichen Zustand aufnehme, als Versicherung gegen die Klagen, die als Folge von Abriss und Neubau von den Bewohnern erwartet werden. Mit brechenden Wänden muss man also rechnen, mit berstenden Fenstern desgleichen. Ich trage Ihnen dies keines Weges vor in der Erwartung, dass es wohl tut zu klagen (eine ausreichend als irre überführte Hypothese), sondern um Sie für eine Weile, so an die zwei Jahre, abzuhalten von der Erkundigung, wie es mir denn so gehe.«

2 Als Anlage beigefügt ist der Artikel von Felix Müller: *Jahr der Einkehr*, in: *Die Weltwoche*, Nr. 34 v. 25. 8. 1982, in dem es unter anderem heißt: »[. . .] mag sein, dass Unseld zur höheren Notwendigkeit stilisiert, was nackte wirtschaftliche Gegebenheiten erzwungen haben. Aber sein Einfall besticht und sollte Nachahmer finden. Könnten sich alle Verfolger dazu aufraffen, für ein ganzes Jahr die Luken zu schliessen und nur das Neue von gestern zu pflegen, so wäre das wohl eine Segnung in einem Zeitalter, in dem weitherum die Manager die Verleger abgelöst und das Buch zu einer Verkaufsware gemacht haben. [. . .] Manchmal liegt der Fortschritt eben im Stillstand.« Im Frühjahr 1983 legt der Suhrkamp Verlag keine Novitäten vor, sondern 33 Titel, die während der 33 Jahre seit Verlagsgründung publiziert wurden. Sie haben alle einen weißen Umschlag, und so heißt das Programm: weißes Programm. In dieser Ausstattung erscheinen auch die *Mutmassungen über Jakob.*

3 1982 erscheinen die *Gesammelten Werke in sechzehn Bänden* von Ernst Weiß, herausgegeben von Peter Engels und Volker Michels.

[744; Ansichtskarte »Andy Warhol: Goethe, Nach Tischbein ›Goethe in der Campagna‹«, handschriftlich]

Frankfurt am Main
29. September 1982

Lieber Uwe,
In der Schmiede der Schrift,
in der Schmiede des Verlags.
Wer ist Hammer, wer Amboß?
Ich danke Dir.
Herzliche Grüße
Dein alter Siegfried

[745]

Frankfurt am Main
4. Oktober 1982

Lieber Uwe,
also, die »Skizze eines Verunglückten« ist in der Bibliothek Suhrkamp erschienen. Ich habe es wiedergelesen, und auch diese Lektüre bestätigt: Es war richtig, daß wir das gemacht haben. Diese Variante ist eine von den geglückten.[1]
Herzliche Grüße
Dein Siegfried

1 S. U. spielt damit an auf eine Passage in der *Skizze eines Verunglückten*: »Er [Joe Hinterhand] halte sich an einen Befund, den MAX FRISCH vor elf Jahren veröffentlicht habe: es sei nicht die Zeit für Ich-Geschichten. Auch er habe einmal sich bemüht, einzelne Personen nur zu zeigen in ihrem Zusammenhang mit mehreren, in der Einrichtung der Gesellschaft, und sei Geschichten aus dem Wege gegangen, wenn sie ihm befangen schienen in nur einem Menschen, oder zweien, müßig, unverantwortlich, unstatthaft. Und doch, so die Antithese, vollziehe das menschliche Leben sich

am einzelnen Ich, oder verfehle sich daran. Nirgends sonst. Demnach sei er eine von den verfehlten Varianten, eine von den verunglückten.« (S. 74 f.)

[746]

Sheerness
8. Oktober 1982

Lieber Siegfried,
mit der Ausgabe der Werke von Ernst Weiss und dem Band der dazugehörigen Materialien habt ihr mir eine erhebliche Freude bereitet. Diese ernährt sich aus der nun endlich erreichten Vollständigkeit des Textes, jedoch auch aus dem Gesamteindruck von Seitenspiegel, Gewicht, Einband und Schutzumschlag. Letzterer, in seiner Affinition zu Bänden der Bibliothek Suhrkamp, bezeichnet die endgültige Aufnahme des Autors in einen Verlag, der sein Werk in Ehren und Ordnung halten wird, so erscheint es mir. Und es ist ein Genuss, den einzelnen Band beim Lesen in einer Hand zu halten; leicht ist er, und der elastische Einband schmeichelt den Fingern.
Von Herrn Volker Michels denke ich mir, er gehe dieser Tage umher wie jemand, der eine ausgezeichnete Sache gemacht hat. Bitte, würdest du ihm meine Glückwünsche ausrichten.
Jedennoch werde ich vorläufig auf die ausführliche, stöbernde, nachschlagende, suchende Lektüre von Ernst Weiss zu verzichten haben, da die Abende zu kurz sind für jeweils ein ganzes Buch und mir die Aufnahme in Häppchen widersteht.
Denn tagsüber bin ich untergebracht in dem Bemühen, eine störrische Gesine Cresspahl auf den Weg zu einer verspäteten, nachgeholten Konfirmation zu ziehen in den Zeiten des

neu aufgelegten Kirchenkampfes in Mecklenburg.[1] Du fürchtest, da sei sie erst fünfzehn, aber es darf ein Jahr zugelegt werden, und auch mit achtzehn wie neunzehn Jahren ist sie mir bereits erschienen.

Deinem Ausspruch von der Zeit, die alles heile, kann ich eine wie immer eingeschränkte Bestätigung nachliefern für meinen Fall. Denn dies ist das erste Jahr nach der Herzgeschichte, dass das Schreiben auch ferne der Maschine, bei Spaziergängen oder beim Einkaufen, sich fortsetzt in Einfällen und Entwürfen, wie es früher war und sein soll. Manches heilt sie eben, die Zeit.

Die »Skizze eines Verunglückten« als Band 785 der Bibliothek Suhrkamp ist in einem Stück angekommen und will mir im äusseren Auftreten gefallen. Keine Druckfehler, und der Umschlag von einem so intriganten Grün, dass ich reinweg fragen möchte, was der Vor- und Nachname dieser Farbe sind. Das Buch gemahnt mich an mein abermals gescheitertes Verlangen, mit einer Arbeit sogleich, ohne Umwege, so zu sagen von Rechts wegen in diese Reihe zu gelangen; eines meiner Lebensziele.

Von seiten der Besprechergilde sehe ich den Einwand voraus, die Menge des Textes rechtfertige kaum seine Unterbringung zwischen zwei Deckeln. Aber hier hast du entschieden, und auch wenn meine Zustimmung vor einem bekannt schmerzlichen Hintergrund sich abhob, ich will nun darauf vertrauen: »Es war richtig, dass wir das gemacht haben.«

Zum einen ist das zwar gemacht, um Max Frisch vorzuführen, was ich von ihm hätte gelernt haben können, und um ihm eine Variation über eines seiner Themen anzudienen. Ob es ihm eingeleuchtet hat, ich vermag es nur zu hoffen; denn im brieflichen Umgang hat er sich ausgeschwiegen, im Gespräch andere Dinge auf den Tisch gelegt als gerade dies.

Zum anderen war das ein Versuch, die Person Joe Hinterhand festzustellen, im Verfahren einer Anamnese erst ein-

mal; es ist für mich dazu noch herausgekommen, dass er etwas von dem Leben seines Freundes Peter Niebuhr erzählen könnte. Und da ich immerhin seit 1959 besorgt gewesen bin, es könnte mir jemand seine andere Identität, den Joachim de Catt wegnehmen, wünschte ich hier ein privates Copyright erstellt.[2]
Dies im Vertrauen.
Ich habe versäumt, euch die Nummern meiner Lebensversicherungen bei der Allianz A. G. Stuttgart zu nennen, und trage sie nach: es sind die 148270300 und 189609671.
An deinem Brief vom 8. September ist mir die Frage aufgefallen, warum ich denn »zwei Jahre lang« leiden solle unter den Umbau-Geräuschen an der Wand neben mir und dem Krach, den der Neubau der Flutmauer vor dem Haus erzeugen wird. Wie kommst du auf exakt zwei Jahre?
Mit der Anregung, dies Haus zu verkaufen, habe ich mich oft beschäftigt. Es kommt jeweils dabei heraus, dass ich dann zwar meine Schulden bei Marianne Frisch auf einen Schlag los wäre, ohne Not, da der Vertrag mir noch elf Jahre Zeit lässt, und auf der kalten blanken Strasse stände, ohne Arbeitsplatz, von den Materialien dazu entfernt durch Kistenwände, für die immerhin auch noch eine Mietgebühr zu zahlen wäre. Lieber will ich den Baulärm eben aushalten, solange er eben dauert. Schlimm könnten erst laute Nachbarn werden hinter der dünnen, bloss auf einen Stein gemauerten Wand. Aber hier denke ich, anders als 1978 und im Sinne deiner wirkenden Zeit: wer weiss, auch dies könnte gut ablaufen, oder: erträglich abgehen.
Ich hoffe, der Geburtstag in Venedig (»so this is, so this is, is Venice – and where do we park the car?«) habe euch gefallen wie behagt, und bitte Hilde empfohlen zu werden.
Mit herzlichen Grüssen,
yours, truly,
Uwe.

Bitte, gestatte als Anlage eine Frage an Frau Zeeh (Postkarte).

[746a; Anlage, Postkarte »Kingsferry Bridge, Isle of Sheppey, Kent«]

Sheerness
8. Oktober 1982

Liebe Frau Zeeh,
im Begriffe, im vierten Band der »Jahrestage« einen tschechischen Satz aus dem zweiten zu zitieren, sehe ich ihn so dastehen:

Jěstě dělám chyby. (Ich mache immer noch Fehler.)

Dies sieht mir nun unglaublich aus, ja fehlerhaft, obwohl meine Kenntnisse in jener Sprache auch dafür zu mangelhaft sind. Bitte, könnten Sie einen der tschechischen Autoren des Verlages oder einen Übersetzer in dieser Sache um Auskunft oder Berichtigung bitten? Das würde recht beruhigen Ihren
herzlich grüssenden
Uwe Johnson.[3]

1 Siehe *Jahrestage*, Bd. 4, S. 1601 f.

2 U. J. spielt darauf an, daß er ursprünglich daran gedacht hatte, die *Mutmassungen über Jakob* unter dem Pseudonym Joachim Catt zu veröffentlichen.

3 Burgel Zeeh antwortet am 14. 10. 1982: »[...] Also Herr Künzel, den ich um Hilfe bat, läßt Sie herzlich grüßen. Es ist alles so richtig, wie es da steht. Man könnte die ersten beiden Worte auch tauschen, aber da wir annehmen, daß Sie den Satz sozusagen als Entschuldigung bringen, ist es sogar besser, wenn er *so* steht!« Dieser tschechische Satz findet sich in *Jahrestage*, Bd. 3, S. 1134 und 1169, sowie Bd. 4, S. 1808.

[747] Frankfurt am Main
19. Oktober 1982

Lieber Uwe,
herzlichen Dank für Deinen Brief vom 8. Oktober. Ich hoffe sehr, daß Du die störrische Gesine Cresspahl auf den Weg bringst. Ich zähle die Tage bis zum 31. Dezember.[1]
Die »Skizze eines Verunglückten« hat bislang ein gutes Echo gefunden, dies jedoch mehr in Gesprächen als in veröffentlichten Meinungen.
Die Nummern der Lebensversicherung bei der Allianz in Stuttgart haben wir notiert.
Wenn ich von zwei Jahren sprach, die Du gestört sein könntest, so dachte ich hier nicht nur an den Umbau, sondern an das, was da alles an Störfaktoren auftauchen kann. Und daß es halt doch schön wäre, wenn Du wieder unter Menschen wärst. Mit Marianne Frisch habe ich gesprochen. Der ganze Betrag würde im Falle eines Verkaufs nicht fällig. Ich drücke mich da absichtlich etwas apokryph aus, aber ich wollte nur, daß Du Bescheid weißt.
Hilde ist in Djerba, Joachim in Paris, und einer muß ja Geld verdienen. Aber alle drei lassen Dich grüßen.
Sehr herzlich
Dein Siegfried

1 Bei der Begegnung am 3./4. 2. 1982 (siehe Brief 735, S. 1016) stellt U.J. die Fertigstellung der *Jahrestage* für den 31. 12. 1982 in Aussicht.

[748] Frankfurt am Main
7. Dezember 1982

Lieber Uwe,
wir müssen über Deine Finanzen reden. Der Soll-Saldo war am 30. 11. 1982 DM 230.094,89. Auf dieser Basis kann ich

die monatlichen Zahlungen nicht mehr ad infinitum leisten. Ich möchte gerne mit Dir darüber sprechen. Die Zahlungen laufen jetzt noch bis zum 31. März 1983. Wie gesagt, ich möchte gerne mit Dir darüber reden, irgend etwas sollte nun doch geschehen.
Ich bin sicher, daß auch Du dafür Verständnis hast, daß wir dieses Gespräch gerade bei den sich ja nun sehr stark ändernden ökonomischen Voraussetzungen führen müssen.[1]
Herzliche Grüße
Dein Siegfried

1 Da S.U. seit dem 3. 2. 1982 weiß, daß U.J. wieder an Band 4 der *Jahrestage* arbeitet (siehe Brief 746, S. 1029) und daß der angekündigte Termin der Fertigstellung (31. 12. 1982) nicht eingehalten wird, will er mit diesem Brief erreichen, daß U.J. sich auf einen Manuskriptabgabe-Termin verpflichtet, der einzuhalten ist. Zu den Zahlungen siehe Brief 757, S. 1065.

[749]

Sheerness
23. Dezember 1982

Lieber Siegfried,
bitte, entschuldige, dass ich deinen Brief vom 7. Dezember erst heute beantworte. Es ist mir inzwischen schlecht ergangen (am Auge. Zwar habe ich schriftlich, in Gestalt einer Arztrechnung, ein Glaukom sei ausgeschlossen worden; seine Symptome bilden sich wiederholentlich ab im Blick).
Ich bin einverstanden, und sehe es ein. Wenn ich Ende November bei euch einen Saldo von rund 231 Tausend Mark hatte, so ist das mehr, als du gegenüber den Gesellschaftern vertreten kannst; folglich musst du einer Vermehrung des Saldos vorbeugen, indem du mir für den März 1983 zum

letzten Mal eine Pauschale von 3 Tausend Mark anweisen lässt.
(Aus reiner Wissensbegier erführe ich gern: warum zu diesem Datum? Weil der Saldo dann 243 Tausend betragen wird? Haben wir uns darüber irgend wann vertraglich verabredet? Ist der Verkauf des Geschenkartikels für Max Frisch in der Verpackung der B.S. der Maßen enttäuschend?)
Was nach deiner Entscheidung anfällt an Gesprächen, es muss sich bewegen um meine Verpflichtung, dem Suhrkamp Verlag diese Schuldsumme zu erstatten.
Als eine erste Sicherheit habe ich euch meine Lebensversicherung überschrieben.
Zur Herstellung einer zweiten schlage ich vor, dass der Verlag mir einen Vertrag macht, nach dem mir vom 31. März an keinerlei Gelder aus meinem Copyright mehr zufliessen, bis zu dem Zeitpunkt, da die Schuld bezahlt ist.
Drittens verpflichte ich mich, an euch vollständig den Erlös zu überweisen, der aus dem Verkauf dieses Hauses noch auf meine Person entfällt.
Als eine vierte Sicherheit stelle ich mir eine Arbeit anderer Art vor, von deren Ertrag ein monatlicher Anteil benutzt würde zur Abzahlung meiner Schuld bei euch. Da wäre für mich von allerhand Interesse, ob dein Angebot vom Mai 1976 noch gilt, das Lektorat.[1] Im andern Fall glaube ich, dem Verlag in der Niederlage [sic] Boston von Nutzen sein zu können. Ist auch diese Möglichkeit besetzt, wäre ich dankbar, wenn du mir behilflich sein wolltest bei der Suche nach einer Anstellung anderswo (die »Frankfurter Allgemeine Zeitung« immer ausgenommen).
Allerdings erbitte ich hierfür einen Aufschub. Jedoch soll dieser den Verlag keine weitere Mark kosten.
Es ist nämlich so, dass ich neben oder nach den »Jahrestagen« noch eine weiter führende Sache fertig machen

möchte, die zu diesem Buch etwa sich verhält wie »Eine Reise wegwohin« zu »Das dritte Buch über Achim«.[2] Für dieses Unternehmen glaube ich ungefähr sechs Monate zu benötigen, und ich hoffe, sie könnten finanziert werden aus dem Verkauf meiner Manuskripte.
Vollständig erhalten sind das von

»Mutmassungen über Jakob«,
»Das dritte Buch über Achim«,
»Zwei Ansichten«,
»Jahrestage 1«,
»Jahrestage 2«,
»Jahrestage 3«;

»Jahrestage 4« käme nach dem Abschluss hinzu. Dabei denke ich mir, dass du noch in Zeiten wie diesen Leute an der Hand hast, die für sieben Originale sechs mal dreitausend Mark hergeben würden.
Damit wäre, wenn du dazu helfen willst, bis zum 30. Oktober mein Platz an der Schreibmaschine abgestützt. Was nach diesem Datum wird, wir werden es sicherlich besprechen können in der Zeit bis dahin. Einmal wirst du schon genug englische Geschäfte haben, die eine Reise nach London rechtfertigen.
Solltest du es jedoch für unmöglich halten, dass ein Sammler oder eine Bibliothek für diese Sachen aufzutreiben wäre, so müssten die Punkte zwei bis vier auf der vorigen Seite beschleunigt werden.
Bitte, lass' mich deine Meinung so bald wissen, dass mir die (wohlverdiente) Strafe für die Verspätung meiner Antwort erlassen bleibt.
Mit herzlichen Grüssen,
Uwe.

1 Siehe Brief 646, S. 892.
2 *Heute Neunzig Jahr*

1983

[750; Rundbrief an die Autoren des Suhrkamp Verlags]

Frankfurt am Main
7. Januar 1983

Lieber Uwe,
eine Nachricht, die für das neue Jahr wie auch für die kommenden Jahre wichtig ist und die, wie ich meine, Gutes vorwegnehmen möge: nachdem Joachim schon seit fünf Jahren Gesellschafter und, mit Dr. Marré und Dr. Honnefelder als Dritter im Bunde, Geschäftsführer der Verlage Suhrkamp und Insel ist, wird er am 3. Januar 1983 aktiv in die Verlagsarbeit eintreten. Ich möchte ihn auf meine Nachfolge vorbereiten. Joachim wird bis auf weiteres für den Bereich Verkauf/Vertrieb bei Suhrkamp und Insel verantwortlich sein. Bücher, gute und schöne Bücher zu machen, ist ja eine Sache, sie zu verkaufen die ebenso wichtige andere.
Gottfried Honnefelder, der bisher den Bereich Verkauf/Vertrieb verantwortet hat, wird sich als Leiter des Suhrkamp Taschenbuch Verlages den wachsenden Aufgaben unseres Taschenbuch-Verlages zuwenden können und den Deutschen Klassiker Verlag realisieren.[1]
Ich erhoffe mir vom Eintritt Joachims die Sicherheit der Kontinuität dessen, was Peter Suhrkamp begann und was ich weiterführen darf.
In den »Wahlverwandtschaften« wird vom möglichen Widerspruch zwischen Vater und Sohn gehandelt und ein »vernünftiges Mittel« erwähnt, »das aber von den Menschen selten angewandt wird«: »Der Vater erhebe seinen Sohn zum

Mitbesitzer, er lasse ihn mitbauen, -pflanzen, und erlaube ihm, wie sich selbst, eine unschädliche Willkür.«[2]
Mit freundlichen Grüßen
Dein Siegfried

1 Der Deutsche Klassiker Verlag wird 1981 gegründet.
2 Johann Wolfgang Goethe, *Die Wahlverwandtschaften*, in: J. W. G., *Sämtliche Werke. Briefe, Tagebücher und Gespräche,* Bd. 8, in Zusammenarbeit mit Christoph Brecht herausgegeben von Waltraut Wiethölter, Frankfurt am Main 1994, II. Teil, 8. Kapitel, S. 455.

[751]

Frankfurt am Main
13. Januar 1983

Lieber Uwe,
heute traf Dein Brief vom 23. Dezember 1982 ein. Von einer Strafe oder gar einer wohlverdienten für die Verspätung Deiner Antwort darf doch keine Rede sein. So einfach konnte diese Antwort ja gar nicht geschrieben werden.
Doch bevor ich nun zu Deinem Brief im Detail Stellung nehme, möchte ich Dich aber um die Beantwortung der Gretchenfrage bitten; davon hängt doch alles ab. Wir brauchen uns keine Sorgen zu machen, wenn »›Jahrestage 4‹ nach dem Abschluß hinzukäme«. Wann wird der Abschluß sein?
Bitte schreibe, telegraphiere, telefoniere mir dies. Du erhältst dann sofort und umgehend eine Dich befriedigende Antwort.
Herzlich, wie immer,
Dein Siegfried

[751a; U.J. an Burgel Zeeh]

Sheerness
26. Januar 1983

Liebe Frau Zeeh,
mit gefl. Bezug auf oben Kopiertes[1] gestehe ich zwar zu, dass meiner Anschrift zum Geheimnis etwas fehlt, spreche jedoch für solchen Fall, da Leute wahrhaftig noch fragen müssen, den dringenden Wunsch aus, es möge der Verlag mitteilen: der von Ihnen gewünschte Verfasser ist auf einem Auge schreibblind, auf dem anderen diabetisch bedroht, weswegen er den Rest seiner Organe zu verwenden sucht auf die Vervollständigung eines Unternehmens, das sogar im eigenen Hause als Abschluss irgend welcher »Jahrestage« bekannt sei; wobei an die Stelle der medizinischen Auskünfte allerdings etwas mehr Anmutiges gesetzt werden dürfte, wie man gemeinhin überhaupt die mindere Wahrheit zu nennen hat.
Bitte, nehmen Sie vorlieb. Seien Sie herzlich gegrüsst
von Ihrem ergebenen
Uwe Johnson.

1 Das »Kopierte« ist eine Anfrage von Lektoren für deutsche Sprache und Literatur der Universität Oxford, ob U.J. im Laufe des Sommertrimesters oder im nächsten Studienjahr zu einer Lesung, einem Vortrag oder einem informellen Treffen nach Oxford kommen könne.

[752]

Berlin West 21
4. Februar 1983

Lieber Siegfried,
mir ist wohl bewusst, woran du denkst, wenn du solche Reise zum Tode des Akademiepräsidenten missbilligst.[1]
Es ist aber auch an dem, dass die Akademie meine einzige Verbindung darstellt zu einer Stadt, die einmal mein Zuhause war, die verlassen zu haben ich überaus bedaure. Ich hätte den Mitgliedern und Mitarbeitern der Akademie schlecht in die Augen sehen können, wenn sie mir vorwerfen dürften, dass ich der Witwe des Präsidenten ihren Wunsch nach meiner Beteiligung verweigerte.
Übrigens hätte ich auch ohne solche Aufforderung zu dieser Beisetzung fahren müssen, denn der Verstorbene war ein Freund.
In der Anlage bekommst du, in manchmal mangelhafter Fotokopie, die Kapitel für den 22. bis 25. Juli 1968.
Das Kapitel für den 23. ist in medizinischer Hinsicht fehlerhaft. Ich warte da auf einen Bescheid, den zu erzwingen mir unmöglich ist. Über solche Entwürfe, da ich weiss sie sind falsch, komme ich schlecht hinüber.
Mit getrennter Post schicke ich die Reinschrift der Kapitel davor in zwei Exemplaren. An diese Reinschrift habe ich noch Wünsche. Ich möchte darin das Wort »nicht« ausmerzen, wo es möglich ist.
Mit herzlichen Grüssen,
Uwe.

1 Am 26. 1. 1983 stirbt der Präsident der Westberliner Akademie der Künste, Werner Düttmann. In einer Aktennotiz von Burgel Zeeh an S.U. vom 8. 2. heißt es: »Anruf von Karin Kiwus: Johnson hat ihr in Berlin keinen schlechten Eindruck gemacht, es hat ihn nur

sehr belastet, diese Trauerrede halten zu müssen.« Vgl. U. J., *Erinnerung*, in: *Werner Düttmann zum Gedenken. Präsident der Akademie der Künste 1971-1983*, Berlin 1983, S. 31-43.

[752a; Burgel Zeeh an U. J.]

Frankfurt am Main
22. Februar 1983

Lieber Herr Johnson,
das erste Exemplar der »Mutmassungen über Jakob« im Gewand des WEISSEN PROGRAMMS werden Sie erhalten haben. Ich wollte Ihnen ankündigen, daß fünf weitere Belege in den nächsten Tagen (oder zwei, drei Wochen) zu Ihnen gelangen. Vielleicht sagen Sie mir en passant, ob Sie noch weitere Exemplare nach Sheerness haben möchten. Der Ladenpreis des Bandes beträgt DM 18,-.
Ich erwarte eigentlich stündlich den Anruf eines Arztes, der mir klipp und klar sagt, was mit Anita wohl gewesen sein mag – aber die Angelegenheit scheint nicht so einfach zu sein. Jedenfalls melde ich mich sofort, wenn es dies oder jenes zu berichten gibt.
Im übrigen hoffe ich Sie guter Dinge!
Herzliche Grüße
Ihre Burgel Zeeh.

[752b; U. J. an Burgel Zeeh]

Sheerness
24. Februar 1983

Liebe Frau Zeeh,
liebe Doktorin Allwissend:
Gab es in der Drehe um 1954/55 in Düsseldorf [1] eine Bibliothek, in der für einen gewöhnlichen Bürger *abends* Zeitungen (insbesondere »Der Spiegel«) aus der vorhergegangenen Zeit, ab 1948, erhältlich waren?
Oder: *an Wochenenden?*

Gab es damals schon ein »Spiegel«-Büro in Düsseldorf (laut Impressum: kaum), und hätten die dort tätigen Leute eine Besucherin geduldet, die kommt nach der Arbeit vorbei und will gern die Jahrgänge aus den Frühzeiten lesen?
Hier wird kopiert: wie man eine Deutschlehrerin ins Gerede bringen kann und ihre Karriere anknicken. Wie ein Knabe evangelisch aufwachsen soll in einem deutschen Land, das nennt sich demokratisch. Und: jeder einmal in Berlin, besonders aber zum pfingstlichen Treffen der jungen freien Jugend aus jenem Land. Für morgen ist Kreikemeyer an der Reihe. Ihnen sagt der Name wenig; der war aber einmal der Generaldirektor der Deutschen Reichsbahn.[2]
Und weil die Maschine gelegentlich Papier frisst ohne es mit Abbild herzugeben, wäre ich Ihnen sehr verbunden wenn Sie mir für den

3M Kompakt Kopierer 323

250 Blatt »607« Trockenkopierpapier DIN A 4
sowie auch
250 Blatt »655« Übertragungspapier DIN A 4
könnten schicken lassen.
Solch einen Satzbau hat eine Dame namens Anita an sich, Ihnen bereits vorgestellt, die fragt sich weiterhin in Bescheidenheit, wie denn im Jahre 1949 eine verschleppte (seit vier Jahren vergessene) Gonorrhöe so sich auswirkt, dass man ahnungslos in die Klinik geht, und wie eine solche Krankheit behandelt wurde in einem Lande, da gab es kein Penizillin auf genehmigtem Wege.[3] Sie hat es tatsächlich vergessen.
Liebe Frau Doktor Allwissend, es grüsst herzlich:
Ihr Uwe Johnson.

1 Vgl. *Jahrestage*, Bd. 4, S. 1864-1872
2 Vgl. *Jahrestage*, Bd. 4, S. 1684-1686
3 Anspielung auf eine Episode, die der »roten Anita«, der besten Freundin von Gesine Cresspahl, widerfährt; vgl. *Jahrestage*, Bd. 4, S. 1614 f., sowie S. 1863.

[753]

Sheerness
25. Februar 1983

Lieber Siegfried,
als ich dir am 4. Februar in Kopie des Manuskriptes jene vier Kapitel schickte, die sich anschliessen an die Reinschrift, habe ich offenbar versäumt, sie zu numerieren. Ich wäre dankbar, wenn das auf eurer Seite nachgeholt werden könnte.
Vorab ist zu bemerken, dass die Numerierung der Reinschrift abweicht von der des Manuskriptes.
Am 4. Februar übersandte ich die Kapitel
22. Juli 1968, das sind die Seiten 490-499;
23. Juli 1968, das sind die Seiten 500-512;
24. Juli 1968, das sind die Seiten 513-518
(in dieses gehört eine Seite 516a; ihr Text soll ersetzen die Zeilen 25-28 auf der Seite 516. Diese Seite 516a liegt hinter diesem Blatt, zuoberst auf der neuen Sendung);
25. Juli 1968, das sind die Seiten 519-527
(das eine Seite 526a enthält, die ist aber bei euch in Kopie vorhanden).

Die heutige Sendung enthält die Kapitel
26. Juli 1968, Seite 528-535;
27. Juli 1968, Seite 536-546;
28. Juli 1968, Seite 547-551;
29. Juli 1968, Seite 552-556;
30. Juli 1968, Seite 557-566;

sie folgen in der Numerierung der bei euch gewünschten.[1]
Yours, truly,
Uwe.

1 Auf diesen Brief bezieht sich eine Aktennotiz von S. U. an Elisabeth Borchers vom 3. 3. Dort heißt es:
»Anbei Johnsons Brief vom 25. Februar und seine Texte des Juli 1968. Er wird bis zum 21. März in Sheerness bleiben und am 22. März die letzte Seite geschrieben haben. Ich habe mit ihm telefoniert. Eine Woche Frankfurt liegt bei ihm nicht drin, da er seine Lesereise antreten will und an 40 Abenden zu je 600,- lesen will. Dies mache er aus Loyalität zum Verlag, aber 40×600,- oder 800,- Mark ist ja auch eine Sache [U. J. ist vom 18. 4. bis 26. 5. 1983 auf Lesereise. Anlaß: das weiße Programm]. Er wird sich aber darauf einrichten, an Wochenenden hierher zu kommen, um ggf. Korrekturen zu besprechen. Und dann mein Wunsch: die ›Personen der Handlung‹ aufzuschlüsseln. Das wollte er mir jetzt nicht zusagen, ja, er glaubte, sich nicht einmal mit diesem Gedanken jetzt beschäftigen zu können. Aber irgendwie leuchtete es ihm schon ein.«

[753a; U. J. an Burgel Zeeh]

Sheerness
28. Februar 1983

Liebe Frau Dr. Allwissend,
ich wünsche Ihnen einen erspriesslichen Anfang des März und bedanke mich für Ihren Brief vom 22. Februar.
Mehr als die fünf angekündigten Belege der Weissen »Mutmassungen« sind hierorts unnötig.
Ang passang möchte ich bemerken dürfen, dass Enzensbergers »Furie des Verschwindens«[1] an mir vorübergegangen ist und dass ich das bedaure.
In der Anlage erblicken Sie meinen dritten Versuch, einen Arzt um Auskunft zu bitten wegen Anita.[2] Vielleicht erkennen Sie an den da aufgeführten Fragen noch einmal, woran es mir fehlt.
Aus der zweiten Anlage, einem Schreiben an Herrn Dr. Honnefelder, können Sie ersehen, woran es mir sonst noch mangelt.[3] Es ist das Geld, und ein kleines Stück könnte ich gewinnen, wenn die Hürlimann-Brauerei aus Zürich mir ein offiziell anmutendes Schreiben in englischer Sprache zu-

kommen liesse mit der Bescheinigung, sie verwende für ihr in England unter Lizenz verfertigtes »lager« (Hürlimann/ Stern Bräu) echten Hopfen, keinen chemischen. DIES IST EINE ERNSTE SACHE. BITTE DAS LACHEN ZU UNTERLASSEN. Eine Gefälligkeit ist es auch, und ich erbitte Ihre Vermittlung.

Recht geniert beginne ich mit einem zweiten Anliegen. In den »Vierteljahresheften für Zeitgeschichte«, Nr. 19 (D. V. A. Stuttgart 1969), steht ein Aufsatz von einem PETER HÜTTENBERGER, »Die Gauleiter«. Da könnte man herausfinden, *wo* der ehemalige Gauleiter von Mecklenburg, Friedrich Hildebrandt, gefangen genommen wurde, *von wem, welcher Taten* wegen er 1947 von einem amerikanischen Militärgericht angeklagt und verurteilt wurde, *ob* er 1948 in Landsberg *gehenkt oder erschossen* wurde. Dies stelle ich mir vor als nützlich für mein Manuskript. Kennen Sie jemand im Historischen Seminar der Universität (wenn es dort ein solches gibt), der Ihnen einen Gefallen schuldig wäre (was ich mir vorstellen kann)?

Bei einer Bewertung meiner Ansinnen bitte ich in Gnaden zu erwägen, dass ich eben meistens nur Sie habe und um Hilfe angehen kann.

Mit herzlichen Grüssen,

Ihr Uwe Johnson.

1 Hans Magnus Enzensbergers Gedichtband *Die Furie des Verschwindens* erscheint 1981 als Band 1066 der edition suhrkamp.

2 Unter dem Datum des 28. 2. schreibt U. J. an den ihm bekannten Arzt, Dr. Thoemmes, und dessen Frau in Lübeck: »[...] Anita hat etwas zu verschweigen. Sie ist 1945 von der Roten Armee der Sowjetunion überrascht worden an der Memel, da wurde sie eben elf Jahre alt, von einer Vergewaltigung hat sie eine Gonorrhöe davon getragen. Die hat sie versucht zu vergessen. Bei einer klinischen Untersuchung kommt die verschleppte Krankheit heraus, sie wird ins Seuchenheim Schwerin getan und dort behandelt mit ... Das

eben ist die Frage. Penicillin gab es in der Ostzone/D.D.R. nur für solche Leute, die eines ›Kaderschutzes‹ würdig waren; in solcher Einstufung ist Anita armer Leute Kind. Die Behandlung in Schwerin erschien ihr ungenügend, so dass sie ausriss; endlich fand sie in Gneez einen Arzt mit privater Praxis, der verschaffte ihr Penicillin aus Westberlin, daran hatte sie hübsch abzuzahlen. Ich nehme da an: vier Injektionen pro Tag, aber über welchen Zeitraum, das wüsste das Manuskript gern genauer. Und auch: woran hat sie 1948 plötzlich oder allmählich gemerkt, dass ein Gang zur Poliklinik angebracht und gescheit sei? Blieben ihr die Blutungen aus? Was für Schmerzen hatte sie, dass sie freiwillig zur Untersuchung ging? Was machte ihr Verdacht in Schwerin?
Heute ist Anita ein hübsches Kind, mein liebstes in dem ganzen Buch, sie ist gesund, verheiratet und kriegt in Westberlin oft Briefe von einer Mrs. Cresspahl. [...]«

3 Unter dem Datum des 28. 2. 1983 bittet U. J. Gottfried Honnefelder darum, daß der Verlag ihm den Betrag für ein Flugticket nach Hamburg vorstreckt; U. J. liest am 23. 3. in Husum und hat an den beiden folgenden Tagen jeweils eine Lesung in Kiel.

[753b; Burgel Zeeh an U. J.]

Frankfurt am Main
4. März 1983

Lieber Herr Johnson,
eben trifft Ihr Brief vom 28. Februar ein, gleichzeitig mit der ärztlichen Auskunft, um die ich Anitas wegen Prof. Hacker angegangen bin; ich lege Ihnen hier alles an (ich bitte Sie um Verständnis, wenn ich in dieser oder nachfolgenden Fragen Ihren Namen preisgebe, das regt die Gemüter doch etwas schneller an, als wenn ich nur für einen »Autor« bitte. Aber Sie können sicher sein, in gewissen Fällen halte ich mich zurück!). Ich hoffe, daß Sie nun in dieser Frage weiterkommen und daß die Dres. Thoemmes auch zu so einem Schluß kommen.
Wegen des Hürlimann-Biers habe ich gelacht, denn schließlich ist Lachen gesund, und ich habe das bitter nötig, von der

Grippe bald ganz genesen zu sein. Also pardon – und ich kümmer mich. Und auch alles andere versuche ich in die Reihe zu bekommen.
Eine technische Frage zu den Manuskripten, die noch nicht ganz ins Reine geschrieben sind: Sollen wir vorsehen, daß dies hier erledigt wird, oder wollen Sie da selbst noch einmal Hand anlegen?
Ich denke, Sie hören bald wieder von mir, deshalb herzliche Grüße für die nächsten paar Tage
Ihrer Burgel Zeeh.

[753c; U.J. an Burgel Zeeh]

Sheerness, Kent, ME122BB near Paris, France
7. März 1983

Liebe Frau Zeeh,
guten Morgen!
Anlässlich Ihres Schreibens vom 4. März voriger Woche.
Kann ich Ihrer werten Schwester, Frau Dipl. phil. Ursula Geisler, nur aufs Leben vergeben und verbunden sein, wenn sie tatsächlich die Hürlimann Brauerei A.G. zu Zürich bewegen wird, mir ein kl. Dokument in englischer Sprache zu übersenden, in dem die Verwendung von Hopfen bei der Herstellung von »lager« versichert steht. Dies in aller Bescheidenheit, da ich auf eine notarielle Beglaubigung ja verzichte. Bitte, mir dies anrechnen zu wollen. Gruss an Ihre Schwester!
Bitte, haben Sie die Güte, die vorvorletzte Zeile einmal betrachten zu wollen, auf die perverse Verschlingung eines n mit einem e. Wie kommt eine International Bureau Machine dazu. Wird es am Ende bedeuten, ich brauche eine neue? Käme mir ungelegen. Allein die Wartung dieser kostet mich jährlich achtzig Pfund. Deswegen wollen Sie eine Antwort lieber unterlassen. Vielen Dank.
Nun zum schöneren Teil, meiner Freundin Anita. Ich

danke, bitte zu danken, Herrn Prof. Dr. Hacker, für seine Anweisungen. Bitte, wollen Sie ihn vormerken auf einer Liste der künftigen Empfänger von »Jahrestage« 4.
Obwohl ihn das am Ende wenig erfreuen [wird]. Die »endometritis« auf p. 507 des Manuskripts,[1] ich nehme sie gern an. Des weiteren, dass das Kind also wegen der Penicillin-Injektionen nur vier Tage im Krankenhaus verbracht hat. Da müsste es heissen auf p. 508:

> anfangs wegen der vier Injektionen an
> bloss vier Tagen hinter einander,
> dann nach dem Belieben des einweisenden
> Arztes wegen Unterernährung; wir reisten ...

Wegen des Glückwunsches auf p. 507, zweiter Absatz, vorletzte Zeile, bin ich ratlos. Der Rhythmus benötigt dort einen Glückwunsch. Worauf könnte der sich richten, wenn es um die Abwesenheit von Schmerzen geht?
Da, nach Herrn Hackers Auskunft, die dort erwähnten Adnextumore das Gleiche sind wie die Pyosalpinx auf p. 509, Zeile 9. Dann darf die stehen bleiben.
Wie es aber zur Sterilität gekommen ist, wenn nach Dr. Hacker eine Infektion nur des cavum uteri und des cervix dafür ungenügend ist, das fehlt mir noch. »Diese /die Sterilität/ ist eine Folge der weiter aufsteigenden Erkrankungen«: schreibt er. Ja, welche wären das denn?
Wegen der für Anitas Gefühl unsachgemässen Behandlung mit »Zinksulfat« sehe ich eine Wellenlinie, aber keine Berichtigung. In Herrn Hackers Brief werden zwar drei andere Kuren erwähnt, aber wie soll man da wählen, und zwar mit einem Vertrauen, da er spricht von »seinen allerdings nicht sehr vollständigen Büchern«, diese Krankheit angehend?
Zwar lege ich mir sein Blatt ins Manuskript, aber mit dem Bewusstsein, hier harre etwas immer noch einer Ausheilung.

Liebe Frau Zeeh, wenn Sie Ihre Memoiren zu Papier bringen, so hüten Sie sich davor, einen Vorabdruck etwa der Zeitschrift »L' 80« zu überlassen. Denen hab ich geschätzte fünfzehn Seiten gegeben, weil Günter Grass anerkannt schön bitten kann, und was übersenden die mir heute? 202.50. Seien Sie gewarnt.[2]
Sie schreiben, ob Sie etwa vorsehen sollen, die Reinschrift des restlichen Manuskriptes im Verlag zu erledigen. Wenn Sie mich sehen könnten! so perplex bin ich.
Denn ein solches, wenn auch per Diktat, habe ich Ihnen schon tastend angesonnen, wegen der »Begleitumstände«, damit der Verlag rascher zu einer Druckvorlage kommt. Mit grossem Auge haben Sie mich betrachtet; unauslöschlich weiss ich seitdem, was eine Zumutung wäre für eine Maschinenschreiberin. Nun dies.
Gern. Vor vierzehn Jahren brauchte ich einen Tag für vierundzwanzig Seiten zu je zweitausend Anschlägen, davon waren zwei unweigerlich falsch. Da ich mich dem Gitterbett des Alters nähere, oder wie sagt man, würde ich heutzutage länger brauchen, und mehr Fehler begehen. Ausser dem könnte ich erst daran gehen, wenn die mir vom Verlag verordnete Lese-Reise (schreckliches Wort) zu Ende gegangen ist, was bei circa 35 Veranstaltungen ab 18. April, die leeren Wochenenden abgerechnet, etwa den 15. Juni meint. Dann hätte der Verlag eine Reinschrift so Mitte Juli.
Hier stelle ich anheim. Sollte jemand im Verlag sich die Aufgabe zumuten wollen, so möchte ich den Namen dieser Person nie erfahren, da ich die Gefühle fürchte, die sie fortan heften wird an meine Person. Obwohl ich meine Verbesserungen gefertigt habe mit einer Kinderhandschrift. Aber es geht mitunter arg her mit den Zeichen, die nur ein Drucker kennen muss.

Für solchen Fall merke ich an:
auf p. 505, zweiter Absatz,
unten, muss es in Wahrheit heissen:

> ~~sorgfältig zu ziehen an der Zigarette aus Dresen, nachgemachte »Lucky Strike«?~~

Und Strich und Leerzeile
und kursiv.
Ganz falsch. Es muss
da heissen:

> sorgfältig zu ziehen an der Zigarette aus Dresden, das Stück immerhin zu zwölf Pfennigen und nachgemachte »Lucky Strike«?

Desgleichen, p. 518,
Zeile 6:

> see Gneez, »Lucky Strikes« aus Bulgarien, oder war es doch Dresden?

Und Absatz und Alex
war siebzehn etc.

Auf Seite 551 wird
gegen Ende des dritten Absatzes ein
»Vasata« erwähnt.
Das muss heissen: U Svatého Václava

Auf Seite 535, in
der Mitte des dritten Absatzes:

> – Das Jahr vergess ich. Du warst achteinhalb. Da waren wir zu Besuch in einem sozialistischen Land, hatten Anita treffen

wollen, stiessen statt ihrer auf diese
Person und feierten,

Wie immer der Entscheid über die Reinschrift ausfällt, es wäre vielleicht nützliche Vorsorge, das ins Manuskript zu übertragen.
Allerdings gebe ich zu, dass ich auch bei einer Reinschrift »selbst noch einmal Hand anlegen« zu dürfen bitte, und dass ich für dies Buch einkomme um Fahnen statt Umbruch, da der Zwang zu zeilengleicher Korrektur zwar wirtschaftlich ist aber sonst eine Quälerei. Dies so für den August.
Bitte, würden Sie Ihrer verehrten Schwester meine gütigsten Wünsche gegen ihre Grippe ausrichten. Gern würde ich sie abermals zum Lachen bringen, aber in meinen Tagesläufen erfahre ich tatsächlich nur, wie man zwei Oberschüler von einer Residenz in Mecklenburg an die einer ganz anderen Provinz verlegt, oder dass ein Junge von achtzehn, Axel Ohr hiess der, für das versuchte Verscheuern von drei Kilo Elektrolytkupfer in Westberlin (gegen Maschinengarn für Mähbinder) fünf Jahre Zuchthaus bekam.[3] Und heute soll ich eine Todesnachricht überbringen. Zwar ist eine Lehrerin dabei, über die würde Ihre liebe und mir gewogene Schwester sich hoffentlich erheitern können, Bettinchen ist das, die übersende ich mit nächstem.[4]
Mit herzlichen Grüssen
Ihr Uwe Johnson.

1 Vgl. *Jahrestage,* Bd. 4, S. 1614.
2 Günter Grass ist neben Heinrich Böll, Tomas Kosta u. a. einer der Mitherausgeber der Zeitschrift *L'80. Demokratie und Sozialismus. Politische und literarische Beiträge.* In Heft 25 vom Februar 1983 erscheint ein Vorabdruck aus den *Jahrestagen* 4 unter dem Titel *Der aufhaltsame Aufstieg des Dr. Kliefoth* (S. 56-66).
3 Vgl. *Jahrestage,* Bd. 4, S. 1678.

4 Die Lehrerin Bettina Selbich wird als »kommissarische Schulleiterin« abgelöst und danach als »Fachkraft für Deutsch und Gegenwartskunde« eingesetzt; vgl. *Jahrestage,* Bd. 4, S. 1682-1684.

[753d; Burgel Zeeh an U. J.]

Frankfurt am Main
8. März 1983

Lieber Herr Johnson,
heute, am Internationalen Frauentag, hatte ich einfach Glück, weil ich auf Anhieb einige Auskünfte bekommen konnte, für die man sonst Tage braucht. Sie kennen das ja, denke ich.
Ich beantworte also zunächst das, was aus Ihrem Brief vom 24. Februar zu beantworten ist:
1. In der Drehe 1954/55 gab es in Düsseldorf die Landes- und Stadt-Bibliothek, Am Grabbeplatz; diese Bibliothek ist 1970 in die Universitätsbibliothek Düsseldorf übergegangen.
Die Landes- und Stadt-Bibliothek existierte leidlich in einem zwar repräsentativen Haus am Rande der Altstadt, aber drumherum war noch längst nicht alles wieder aufgebaut. Die Informationen gab mir der Ltd. Bibl.Dir. Prof. Dr. Günter Gattermann, der die damalige Leiterin der Bibliothek sehr gut kannte. Er versicherte mir, daß sich diese Bibliothek durch gute und lange Öffnungszeiten auszeichnete und daß man in einem Lese-Saal Bücher und Zeitschriften einsehen konnte, u. a. auch den »Spiegel« mit den früheren Jahrgängen. Man ist also auch den Berufstätigen entgegengekommen.
2. Der »Spiegel« hat erst 1958 in Düsseldorf ein Büro eröffnet.
3. Das Kopierpapier ist bestellt und
4. Die Auskunft zu Anita dürfte inzwischen bei Ihnen sein.

Kommen wir zum Brief vom 28. Februar:
1. Den Band von HME werde ich Ihnen schicken.
2. Ich hoffe, daß Sie schon sehr bald ein Schreiben von Herrn Martin Hürlimann, dem Chef der Hürlimann-Brauerei, erreicht. Die Aussichten auf einen Gewinn sind gut: mir versicherte der Brauer von BINDING[1] (mir schmeckt das ja auch nicht so, aber er kennt wiederum den Herrn Hürlimann duzenderweise persönlich!), es gäbe keinen chemischen Hopfen. Erfahre ich, wenn der Brief kommt?
Zum Gauleiter Hildebrandt hoffe ich morgen ausführlich berichten zu können. Der Brief soll noch heute weg, damit Sie sehen: es bewegt sich was! Was mache ich nur, wenn Sie keine Fragen mehr haben???
Herzlichst,
Ihre Burgel Zeeh.

1 Burgel Zeeh leitet am 8. 3. 1983 U.J.s Anfrage an Dr. Alfred Mauritz von der Binding-Brauerei in Frankfurt weiter.

[753e; U.J. an Burgel Zeeh, Ansichtskarte »L. S. Lowry, ›Lincoln 1950‹, Oil on canvas«]

Sheerness
9. März 1983

Liebe Frau Zeeh,
hier schicke ich Ihnen die Kapitel für den 31. Juli bis 6. August 1968 der »Jahrestage«, das sind die Seiten 567-622, darin die angekündigte Bettina. Hoffentlich hat Ihre Schwester sich erholt.
Mit Grüssen an diese, Ihren Mann und Frau Zeeh,
yours, truly,
Uwe Johnson.

[753f; U.J. an Burgel Zeeh]

Sheerness
10. März 1983

Liebe Frau Zeeh,
auf der Seite, die im Verlag hoffentlich als 515 numeriert wurde (im Kapitel über Anita als Patin, 24. Juli 1968), muss der fünfte Absatz so lauten:

- Auch in der Roten Armee gibt es Faktionen: sagte sie.

So dass also das Folgende gestrichen würde, bis zum Anfang des neuen, 6. Absatzes: »Anita mit Anhang in einer ...«.
Da haben Anita und ich einander missverstanden, wie das so gehen kann am Telefon. Mrs. Cresspahl war zur Zeit jenes Todesfalles in den U. S. A.; es war Anita, die sich auf den Weg machte.
In der Anlage übergebe ich einen Brief, samt angehefteter Postkarte. Beide, so hoffe ich, sprechen für sich selbst.[1]
Was ich neulich schrieb über Enzensbergers »Furie des Verschwindens«, Sie wollen es bitte vergessen. Denn heute morgen kamen in der Weissen Ausgabe »Die Gedichte«, da ist es ja enthalten, das Furiöse.
Dankbar wäre ich, wenn Sie mir den Empfang meiner gestrigen Sendung bestätigen wollten. Tun Sie ja so wie so. Will bloss mein Gewissen beruhigen. Hab etwas ohne Einschreibgebühr verschickt.
In der Hoffnung, der hereinschleichende Frühling möge sich günstig auswirken auf die allgemeine Stimmung Ihrer Schwester, insbesondere auf den Grad ihrer Neigung zu mir.
Mit herzlichen Grüssen,
Ihr Uwe Johnson.

1 Die Anlage ist nicht erhalten.

[753g; Burgel Zeeh an U.J.]

Frankfurt am Main
10. März 1983

Lieber Herr Johnson,
zum *Gauleiter Friedrich Hildebrandt* hat Herr Fellinger für Sie recherchiert und folgendes berichtet:
Herr Fellinger hat aus dem Buch von P. Hüttenberger die ersten 50 Seiten und alle anderen Seiten, auf denen der Gauleiter von Mecklenburg erwähnt wird, kopiert. Dies hat jedoch Ihre Fragen nicht beantwortet; daraufhin hat Herr Fellinger mit Professor Hüttenberger telefoniert: im konkreten Fall weiß er nichts über das bereits Gesagte hinaus (schwierig, der Satz, aber ich hoffe, Sie verstehens). Generell, so seine Auskunft, sind die Nachkriegsbiographien der ehemaligen Gauleiter nur schwer zu eruieren, da sich die Akten meist noch im Besitz der jeweiligen Alliierten befinden. Erschwert wird dies im Falle Mecklenburg dadurch, daß – falls die Akten freigegeben wurden – sie in die DDR gegangen sind, die jedoch keinen Einblick gewähren. Herr Professor Hüttenberger will sich aber in Koblenz, wo er die Leute kennt, umhören. Er wird uns das Ergebnis seiner Recherchen mitteilen, doch, das kann Wochen dauern.
Die Kopier-Papier-Firma rief mich heute an: es gibt 200er und 500er Packungen. Vorsichtig, wie ich bin, habe ich zunächst die 200er Packungen für Sie bestellt.
Und wie geht es nun weiter?
Herzlichst,
Ihre Burgel Zeeh.

[753h; U.J. an Burgel Zeeh, Ansichtskarte »L. S. Lowry, ›A Street in Clitheroe‹, Oil on canvas«]

Sheerness
14. März 1983

Liebe Frau Zeeh,
hier schicke ich Ihnen die vier Kapitel für den 7. bis zehnten August (die Seiten 623-651).
Bitte, würden Sie den beiliegenden Brief an Herrn Bahnemann mit einer Adresse versehen und spedieren (da er wahrscheinlich inzwischen eine andere Adresse hat als die mir von 1971 her bekannte)?[1]
Ihre Schwester anbetend wegen der Bemühung um Hopfen & Hürlimann,
mit herzlichen Grüssen,
Ihr Uwe Johnson.

1 Siehe Brief 481, S. 691 ff.

[753i; U.J. an Burgel Zeeh, Ansichtskarte »High Street, Sheerness-on-Sea«]

Sheerness
14. März 1983

Liebe Frau Zeeh,
hier folgt noch in schriftlicher Fassung der Dank für Ihre Briefe vom 8. und 10. März, vor allem für Ihre Mühe.
Der Hildebrandt soll zum Teufel gehen. Ich habe nun eingebaut, was ich vorrätig besass. Allerdings, wenn *nun noch ungebeten* etwas kommt; ich nähm's.
Mit herzlichen Grüssen,
Ihr Uwe Johnson.

[753j; Burgel Zeeh an U.J.]

Frankfurt am Main
16. März 1983

Lieber Herr Johnson,
Ihren Brief vom 7. März, Ihre Karte vom 9. März mit den Manuskriptseiten 567-622 habe ich Ihnen bereits telefonisch bestätigt, desgleichen kann ich das heute für Ihren Brief vom 10. März tun. Die Post funktioniert.
In Kiel wird Ihnen Frau Mörler das Kopierpapier übergeben.
Zu Ihrem Brief vom 7. März bzw. zu Anita: ich denke, wir warten zunächst einmal ab, was Ihr Arzt-Ehepaar herausfindet, dann kann ich Herrn Professor Hacker ja nochmals die Fragezeichen vorlegen oder einen anderen »Spezialisten« befragen, den ich allerdings noch nicht gefunden habe.
Zum Abschreiben des Manuskriptes: das war eine Idee und Frage, die auftauchte, weil der erste Teil des Manuskriptes sich von den folgenden Teilen im Äußeren unterscheidet. Aber die Experten meinen: das geht auch so, zumal Sie die Korrekturen sehr deutlich und leserlich angebracht haben und zumal das Manuskript ja auf FAHNEN gesetzt werden wird. Also nehmen Sie sich selbst diese bange Last von der Seele – es bleibt alles so. Allerdings fürchte ich, Ihr Zeitplan kommt etwas durcheinander, wenn Sie schreiben »Dies /Korrektur/ so für den August«: im August werden Sie wahrscheinlich an der zweiten Korrektur und dann an der des Umbruchs sitzen ...
In Sachen Friedrich Hildebrandt habe ich mich an das Institut für Zeitgeschichte gewandt und lege zum Beweis die Kopie meines Briefes bei.
Herr Dr. Unseld ist heute in Sachen Weißes Programm unterwegs nach Husum, Sie werden ja in der kommenden Wo-

che dort seine Spur finden oder aufnehmen; ganz sicherlich werden Sie dort auch auf Herrn Udo Steinke stoßen, der sich schon nach Ihnen erkundigt hat.[1]
Last but not least herzliche Grüße, auch von meiner ganzen von Ihnen akzeptierten Anverwandtschaft,
Ihre Burgel Zeeh.

P. S.
Falls Sie planen sollten, Frau Mörler etwas mit nach Frankfurt zu geben: bitte nicht, sie bleibt drei Wochen an der See dort oben!

1 S. U. hält sich am 16. und 17. 3. in Hamburg und Husum in Sachen Weißes Programm auf.

[753k; Burgel Zeeh an U. J., Ansichtskarte »Erholungsgebiet Gunzesrieder Tal«, Anschrift: c/o Buchhandlung Otto Melchers, Bremen, handschriftlich]

Gunzesried/Allgäu
18. März 1983

Lieber Herr Johnson,
In den Norden wollte ich Ihnen ja immer schon mal eine Karte aus dem Süden schreiben. Meine Schwester kam auf die Idee! Sie ist ein wenig bedrückt, weil sie keinen tägl. Bericht mehr erhält, zeigt es aber nicht. So gehen unsere Tage durch Wandern dahin – und Ihre? Ich hoffe, wir hören uns bald.
Herzliche Grüße von Mann und Maus,
Ihre Burgel Zeeh.

[753l; U.J. an Burgel Zeeh]

Sheerness
23. März 1983

Liebe Frau Zeeh,
es versteht sich, heute ist der 19. März; dass ich den oben genannten Tag erlebe, es ist bloss eine Annahme.
Sollte sie zutreffen, gedenke ich in Husum zu sein und Ihnen die Kapitel für den

11. August, 1968, die Seiten 658-661,
12. August, 1968, die Seiten 662-676,

schicken zu können. Sollte ich mehr haben, werde ich das am Fuss der Seite nachtragen.
Ich hoffe, Sie haben inzwischen die Kapitel für den 7. bis 10. August, die Seiten 623-651.
Ich möchte etwas nachtragen zum Aussehen des Textes. Es sind bloss Fotokopien des täglich Geschriebenen, da Herr Unseld und ich ursprünglich uns geeinigt hatten auf ein lektorierendes Gespräch und ich die allenfalls anzubringenden Änderungen erst in einer Reinschrift berücksichtigen wollte.
Nun der Verlag es in Fahnen setzen will, ist das weiterhin möglich, und dennoch gewinnt er Zeit; was mich erleichtert.
Was wir über Herrn Hildebrandt ertrotzen konnten, Sie erblicken es im Kapitel für den 10. August 1968 und finden es wenig. Alles was noch kommt könnte ich gut verwerten in dem Projekt, das Ihnen sicherlich bekannt ist aus meinem Brief an Herrn Unseld vom 23. Dezember 1982.
Es läge mir viel daran, dass der letzte Absatz auf S. 584 des Typoskripts rechtzeitig so ergänzt würde:

Wir knicksten, seitlich die Röcke raffend, die damals übers Knie gingen. We curtseyed.

Das müssten Sie doch verstehen, als Frau. Oder, fragen Sie Ihre Schwester.
Der wie Ihnen ich herzlich zugetan bin für alles was Sie Anita zuliebe, in deren Vergangenheit unternehmen.
Für das Kapitel zum 12. August lege ich zwei Seiten Kopie bei von dem Buch *Universität zwischen Demokratie und Diktatur* von Thomas Ammer, Verlag Wissenschaft und Politik, Köln 1969.[1] Sie sehen, da habe ich mich bedient. Bitte, muss man da um Genehmigung einkommen?
Yours, truly,
Uwe Johnson.

1 Vgl. *Jahrestage*, Bd. 4, S. 1793-1795, sowie Thomas Ammer, *Universität zwischen Demokratie und Diktatur. Ein Beitrag zur Nachkriegsgeschichte der Universität Rostock,* Köln 1969, S. 86 f.

[753m; U.J. an Burgel Zeeh]

»Husum«
23. März 1983

Liebe Frau Zeeh,
die Adresse auf diesem zweiten Blatt ist wieder mal Angabe. Erst mal ankommen in Hamburg!
Statt am Fuss der vorigen Seite trage ich hier nach, welche Kapitel ich ausser den beiden dort genannten einreiche:

13. August 1968, p. 677-682
14. August 1968, p. 683-695.

Weitere Beilagen sind:

1 erneuerte Seite 608 b
3 neue Seiten (593, 593a, 593b) für die alte 593.

Das Institut für Zeitgeschichte hat geschrieben.[1] Erhängt haben ihn die Amerikaner, den Friedrich Hildebrandt, wegen Tötung gefangener Angehöriger der U.S. Air Force. Ich habe mich bedankt bei einem Herrn Hermann Weiß.
Bleibt meine Sorge mit Anita.
Zwar habe ich ihr soeben zu einem Abitur verholfen; nichtsdestotrotz ist es wie ein Gehen auf zu dünnem Eis, wenn da eine Stelle fehlt in der Vergangenheit.
Bitte, wollen Sie einer weiteren Beilage zu ihrem Empfänger verhelfen: Siegfried Unseld.
Für eine »Furie des Verschwindens« habe ich zu danken und tue es hiermit.
Liebe Frau Zeeh, dies sieht alles so durcheinander aus; ich bitte um Verzeihung. Es ist eben alles andere als eine Kleinigkeit, als gleich zwei Mädchen durchs Abitur zu helfen im Mecklenburg von 1952.
Vielleicht wird Ihre verehrte Schwester ein Wörtchen für mich einlegen.
Mit herzlichen Grüssen,
Ihr Uwe Johnson.

1 Am 17. 3. 1983 wird die Anfrage nach dem Schicksal Friedrich Hildebrandts vom Institut für Zeitgeschichte in München beantwortet.

[754]

Sheerness
23. März 1983

Lieber Siegfried,
wenn du dies liesest, wird der Bestand an Manuskript für »Jahrestage« 4 im Verlag sich vermehrt haben um die Kapitel bis zum 14. August 1968 einschliesslich.

Das bedeutet, es sind noch sechs abzuliefern.
Leider halten die Veranstaltungen in Husum und Kiel mich bis zum 28. März von der Arbeit fern.
Obwohl mir die letzten sechs Kapitel nach einer Reihe von 359 als schwierig erscheinen wollen, nehme ich doch an, dass ich das letzte am 17. April an den Verlag abgeschickt haben möchte, damit den Schluss.
Yours, truly,
Uwe.

[754a; Burgel Zeeh an U.J.]

Frankfurt am Main
29. März 1983

!Llieber Herr Johnson – Sie sehen, diese meine Maschine macht auch nicht immer das, was sie soll.
Wir hier meinen, die »Jahrestage« 4 hätten ein sehr aktuelles Foto von Ihnen verdient. Wären Sie einverstanden, daß wir bei einem Ihrer ersten Aufenthalte während der Lesereise hier in Frankfurt – und da zeichnen sich ja die Tage vom 28. 4.ff. ab – einen solchen Foto-Termin mit Digne Meller Marcowicz vereinbaren? Wir benötigen ein Foto für den Schutzumschlag, für die Werbung, die Presse etc. Ich würde um ein Wort bitten, wenn Sie *nicht* mit der genannten Dame einverstanden wären, was ich mir hinwiederum schwerlich vorstellen kann. Meine Schwester übrigens auch nicht. Die Dame wohnt nämlich nicht nur nur um die Ecke, sie kann auch fotografieren.
Ich grüße Sie mit allen mir Nahestehenden,
Ihre Burgel Zeeh.

[755]

Frankfurt am Main
30. März 1983

Lieber Uwe,
hab Dank für Deine Zeilen vom 23. März. Ich bin natürlich auch durch Frau Zeeh auf dem laufenden gehalten worden und freue mich, daß wir soweit alles beisammen haben. Für den Abschluß der letzten sechs Kapitel wünsche ich Dir Glück und ein gutes Gelingen!
Es ist vorgesehen, daß an Helen Wolff jeweils die Fahnenabzüge geschickt werden.[1]
Bevor Du Dich auf die Reise begibst, werden wir noch einmal telefonieren, ich gehe am 28. April für ca. 10 Tage in die USA, bin also nicht in Frankfurt, wenn Du Ende April hier Station machst.[2] Aber Hilde wird da sein, wir sehen uns dann später.
Meine besten Wünsche für Dich,
Dein Siegfried

1 In einer Aktennotiz Burgel Zeehs an S. U. vom 29. 3. 1983 heißt es: »Uwe Johnson bat darum, daß wir an [die erkrankte] Helen Wolff sukzessive einen Fahnensatz der ›Jahrestage‹ 4 schicken, nicht wegen der schnellen Publikation in den USA, sondern damit sie den Vorgang tatsächlich noch erlebt.«

2 S.U. hält sich vom 27. 4. bis 4. 5. 1983 in Boston, Amherst und New York auf; er befaßt sich dabei u. a. mit Angelegenheiten der Suhrkamp Niederlassung in Boston und hält beim »Fourteenth Amherst Colloquium on German Literature – Hermann Hesse and his Time: Political and Critical Aspects« einen Vortrag.

[755a; U. J. an Burgel Zeeh]

Sheerness
30. März 1983

Liebe Frau Zeeh, Gruß zuvor –
dies ist bloss zum Aufräumen.
Ehe die vier Fahrausweise für die Episode Husum/Kiel unter meinen Zetteln sich verstecken, schicke ich sie besser in die Sicherheiten Ihrer Ordnung, for safekeeping.
Den Empfang eines Flugtickets, ausgeschrieben nach Berlin, sowie einer Bundesbahn-Netzkarte bestätige ich. Kann ich schlecht abstreiten.
Und könnte mal jemand heimlich nachsehen auf dem Tische der abwesenden Frau Mörler? denn in ihrer ansonsten vorzüglichen Liste ist nur ab und an eine abendliche Zeit genannt für die Veranstaltungen mit dem berüchtigten Wanderprediger J.; gern bekäme ich Anlässe für die Hoffnung, das sei in der Regel so vorgesehen.
Herrn Udo Steinke mag ich entgangen sein in Husum; wer aber mich noch vors Hotel brachte gegen ein Uhr in der Nacht, das war ein Konservativer vom Dienst. Der versuchte immer von neuem das so genannte »Gespräch« über eine »Neuordnung Europas« zu drehen, welches historische Reizwort neben seinem anderen, einer »Geopolitik«, ihn sogleich auswies als überlebende Hitlerjugend. Wenn Roosevelt ankündigte: so wollte der wissen: die Staaten würden kämpfen, bis die Deutschen am Boden liegen – war das doch wohl auch eine Aufforderung zum Genozid? Und alle, alle lauschten ihm ernst. Eisern ist des fahrenden Sängers Höflichkeit.
Das Neueste ist, Sheerness bekommt ein gläsernes Dach. So steht es in einem amtlich anmutenden Schreiben, auf dessen Couvert eine Gesetzesnovelle zur Stadtplanung gedruckt ist. Zunächst werden die beiden Hauptstrassen, High Street

und Broadway, pedestrianisiert. Sorry, die Leute sagen hier so. Der nächste Schritt ist das Aufstellen importierter Palmen in Kübeln, daher später die Verglasung. Das Ziel ist, Sheerness ein tropisches Klima zu verschaffen. Und wann treten diese Anordnungen in Kraft? am 31. März 1983, um vierundzwanzig Uhr.

Ihrer Schwester bitte ich weiterhin empfohlen zu werden. Neulich hat mir geträumt, ich dürfe sie auf einen Golfplatz chaperonieren, sehr zu meiner Verlegenheit; das Spiel ist mir unvertraut. Es stünde nun bei Ihnen zu entscheiden, ob sie diesen bedenklichen Vorfall ihr zu verstehen geben mögen.

Mit herzlichen Grüssen auch an Sie & Ihren Mann,

Ihr Uwe Johnson.

[756]

Frankfurt am Main
31. März 1983

Lieber Uwe,

wir müssen die »Jahrestage« 4 ankündigen, und Frau Borchers hat einen Text geschrieben. Siehst Du das bitte freundlich-kritisch durch? Wir haben auch Rezensionen zusammengestellt. Sind das für Dich die richtigen – oder hättest Du andere Vorschläge?

Ich wäre Dir dankbar, wenn Du bald darauf reagieren könntest, eventuell rufe ich Dich an, damit wir Korrekturen auch am Telefon durchsprechen können.[1]

Herzliche Grüße und nochmals alle guten Wünsche für den Endspurt. Ich finde es ganz großartig, daß Du dies so schaffst.

Dein Siegfried

Anlage[2]

1 In einer Aktennotiz von S. U. vom 5. 4. 1983 heißt es: »Ich hatte am Karfreitag, 1. April 1983, ein langes Telefonat mit Uwe Johnson in Sheerness. Ihm wurde die Wahl zum Präsidenten der Berliner Akademie der Künste angeboten. Verbunden mit dieser Berufung ist eine monatliche Aufwandsentschädigung von DM 200,-, jedoch bezahlt die Akademie seinen Umzug von Sheerness nach Berlin und ›besorgt‹ ihm in Berlin ein Domizil.
Ich wußte schon lange von dieser Absicht und habe sie nach Möglichkeit unterstützt, denn mir mußte daran liegen, Uwe Johnson zu einer Umsiedlung zu bewegen, zu einem Verlassen von Sheerness, dem Ort, an dem ihm persönlich so Schweres widerfahren ist. Eine Umsiedlung war für ihn nicht möglich, weil er all sein Arbeitsmaterial für die *Jahrestage* 4 in Sheerness hat. [...]
Voraussetzung für die Akzeptierung seiner Wahl durch ihn ist jedoch die Tatsache, daß ich bereit bin, ihm die monatlichen DM 3000,- für die Dauer von drei Jahren zu bezahlen. Es gab eine Korrespondenz zwischen ihm und mir, in der ich diese monatlichen Zahlungen zur Diskussion gestellt habe.
Ich habe Uwe Johnson gesagt, daß er *unter der Voraussetzung* der Ablieferung des Manuskriptes für die *Jahrestage* 4 diese Zahlungen auf die Dauer von drei Jahren erhielte. Da sich ja abzeichnet, daß wir in 14 Tagen den noch ausstehenden kleineren Rest bekommen werden, können wir also von diesem Faktum ausgehen. Es sollen also die Zahlungen an Uwe Johnson weiterlaufen und vom Moment seiner Wahl an, wahrscheinlich Juni, dann mit der Laufzeit von drei Jahren.« Die monatlichen Zahlungen an U. J. laufen ab dem 1. 4. 1983 weiter; nicht U. J. wird Nachfolger von Werner Düttmann als Präsident der Akademie der Künste, sondern Günter Grass.

2 Bei der Anlage handelt es sich um Rezensionen der *Jahrestage*. U. J. datiert seine Korrekturen zu Elisabeth Borchers' Textvorschlag auf den 6. 4. 1983 und vermerkt handschriftlich auf der ersten Seite: »Mit der Auswahl der Rezensionen einverstanden. Schönste Grüsse!« Auf den Seiten 14 und 15 der Programmvorschau des Suhrkamp Verlags für das zweite Halbjahr 1983 werden Auszüge aus den Rezensionen von Hans Mayer, Rolf Becker, Karl Heinz Bohrer, Georg Ramseger, Werner Helwig, Günter Blöcker, Dieter E. Zimmer und Thomas Kielinger abgedruckt.

[756a; Burgel Zeeh an U.J.]

Frankfurt am Main
31. März 1983

Lieber Herr Johnson,
während ich Ihnen diesen Brief schreibe und Sie beim Spaziergang weiß, denke ich an Sie. Versprochen ist versprochen.
Da Frau Mörler noch zwei Wochen in Ferien ist, kam die nachfolgende Anfrage an mich: am Mittwoch, dem 11. Mai, lesen Sie bei Palm & Encke in Erlangen. Die Stadt Erlangen möchte die Gelegenheit nutzen und Sie für den Nachmittag einladen, im Rahmen der Altenhilfe vor einem Kreis von ca. 90-100 älteren Leuten zu lesen; das Honorar übernimmt die Stadt. Beginn der Veranstaltung ist 14.30 h.
(Meine Schwester hat inzwischen herausgefunden, daß Sie dann wohl so gegen 9.48 h in Weiden aufbrechen müssen, um via Neukirchen (Höllerer!) über Nürnberg spätestens um 13.28 h in Erlangen anzukommen.)
Ich lege Ihnen diese Anfrage ans Herz und grüße Sie wie immer sehr herzlich,
Ihre Burgel Zeeh.

[756b; U.J. an Burgel Zeeh, Ansichtskarte »Smirnoff, Big Splash«, handschriftlich]

Sheerness
31. März 1983

Dear Mrs Zeeh –
Well they said anything could happen . . .
but a letter from Hürlimann Ltd. didn't yet.
Yours regretfully,
Uwe Johnson.

[756c; U.J. an Burgel Zeeh]

Sheerness
2. April 1983

Liebe Frau Zeeh,
mit Dank für Ihr Schreiben vom 29. März und ein befremdliches Foto sende ich Ihnen, siehe die Rückseite, eines zur Vergeltung, das sich auszeichnet in ähnlicher Art.[1]
Wenn Ihre Schwester mir zu einem Treffen mit Frau Meller Marcowicz rät, wer wäre denn ich, mich zu weigern? Wie ich sehe, soll ich mich am 29. in Frankfurt aufhalten, bis ein Auto mich nach Friedberg transportiert.[2] Wie wäre es mit einem Termin um 11 Uhr vormittags im Verlag?
Bitte, würden Sie Ihrer Schwester ausrichten: Happy Easter!
Wenn das erledigt ist, hätte ich die Ehre, Ihnen und Herrn Zeeh ein Gleiches zu wünschen.
Yours, truly,
Uwe Johnson.

1 U.J. schreibt diesen Brief auf der Rückseite der Kopie eines Fotos von sich und vermerkt darauf handschriftlich »FÜR DIE SCHWESTER VON FRAU ZEEH – Uwe Johnson. 1 APRIL 1983«.
2 U.J. liest am 28. 4. in der Buchhandlung an der Katharinenkirche in Frankfurt, am 29. 4. in der Bindernagelschen Buchhandlung in Friedberg.

[756d; U.J. an Burgel Zeeh]

Sheerness
7. April 1983

Liebe Frau Zeeh,
ich bin erleichtert, dass wir der Erforschung obiger Nachricht näher scheinen, und ich bedanke mich bei Ihnen auf das schönste für die Begleitung bei diesem Unternehmen.[1]

Vor der Hand habe ich Ihren Brief vom 31. März, in dem Sie mir einen Auftritt für die Altenhilfe der Stadt Erlangen verordnen, und zwar für den 11. Mai um 14:30 Uhr.
Bitte, grüssen Sie Ihre Schwester, die deswegen auf dem Hauptbahnhof nachgefragt hat. Deuten Sie ihr an, wie gerührt ich sei von ihrer Fürsorge. Denn, aus Weiden und Neukirchen einmal in Nürnberg angekommen um 11:48, hätte ich gleich, um 12:15 Uhr, weiterfahren können nach Erlangen. Ihre Schwester jedoch sucht mir einen Zug heraus, der fährt erst um 13:10 Uhr, auch noch rechtzeitig, damit ich genügend Zeit zum Mittagessen habe in Nürnberg. So war es doch gemeint, oder? Ich bin ihr sehr ergeben.
Die anliegende Notiz ist bestimmt für Frau Borchers und hofft auf eine Weiterleitung.[2]
Jetzt erst sehe ich: eine Anfrage ist das von der Stadt Erlangen. Ich beeile mich hinzuzufügen: dies ist eine Zusage.
Mit herzlichen Grüssen,
Ihr Uwe Johnson.

1 U.J. hat auf den Kopf dieses Briefes eine ausgeschnittene Zeitungsschlagzeile geklebt: »ANITA'S JOURNEY TO HEARTACHE.«

2 Am 7. 4. schreibt U.J. an Elisabeth Borchers: »[. . .] hier kommt ein Nachzügler zu meinen gestrigen Vorschlägen. Ich bitte bedenken zu wollen, ob es denn sehr notwendig ist, das Verschwinden des Prof. Erichson so frühzeitig bekannt zu geben. Mir wäre es lieber, der Leser erführe davon erst im Buch, als dass er nach der Ankündigung ein Warten begänne. Man könnte doch statt dessen sagen: den verliert, und hätte es voraussehen dürfen bei seiner Art von Beruf oder etwas in dieser Art. Wären Sie einverstanden?«

[757; Ansichtskarte »S. Botticelli, ›Die Geburt der Venus‹«]

[ohne Ortsangabe]
12. April 1983

Lieber Siegfried –
diese Damen und ich, wir gratulieren dir herzlich zum Erscheinen von »L' auteur et son éditeur« bei GALLIMARD.[1]
Yours, truly,
Uwe.

1 *Der Autor und sein Verleger* erscheint 1983 bei Gallimard in der Übersetzung von Eliane Kaufholz.

[757a; Burgel Zeeh an U.J.]

Frankfurt am Main
15. April 1983

Lieber Herr Johnson,
irgendwie finde ich den Dr. Heinrich schon toll, das ist wirklich auch ein Verehrer von Ihnen, denn nur mit einem solchen Gefühl kniet man sich in so was für andere Leute rein, meinen Sie nicht auch. Zumindest für einen Dankeschön-Anruf wäre ich Ihnen sehr dankbar, und meine Schwester erst, die sollten Sie mal sehen, wie die hier herumstolziert eingedenk der Tatsache, daß sie letztlich noch darauf gekommen ist, Dr. Heinrich zu fragen. Und es macht ihr auch nichts aus, daß Sie inzwischen Auskünfte bekommen haben, die das Ms. in diesem Teil nun abgeschlossen haben. Hoffentlich, so denke jetzt wieder ich, also nicht die Schwester, stimmt das auch überein ...
Erreichbar ist Dr. Heinrich außer der im Briefkopf genannten Nummer unter 78 18 999 (Hewaldstr. 5, Berlin 62) oder über Barbara Stieß in der Wolffs Bücherei (851 4264).

Was ich Sie immer noch fragen wollte: mögen Sie eigentlich Käsespatzen? Wir sollten bei allen Matjes dieser Welt nicht außer acht lassen, daß es auch noch andere Genüsse gibt . . . Aber das ist wieder ein anderes Thema, über das wir hier ja einmal sprechen können.
Ich grüße Sie also in Berlin und wünsche Ihnen einen glücklichen Start zu neuen Ufern – und dabei meine ich vordergründig das, was Sie meinen, und außerdem das an Ufern, was Ihnen auf Ihrer Querfeld-Ein-Reise unterkommt.
Salute,
Ihre Burgel Zeeh.

[757b; U.J. an Burgel Zeeh]

Sheerness
17. April 1983

Liebe Frau Zeeh,
in der Anlage übergebe ich Ihnen die Kapitel zu »Jahrestage« Band 4

15. August 1968: p. 696-710
16. August 1968: p. 711-719
17. August 1968: p. 720-734
18. August 1968: p. 735
19. August 1968: p. 736-745
20. August 1968: p. 746-749;

nach meinem Ermessen ein vorläufiges Ende. Obwohl es so Unterhaltungen gibt mit Mrs. Cresspahl wie die folgende:

Thank God it's over. Wir wären fertig. Hiermit, ja.

Liebe Frau Zeeh, ich danke Ihnen, und zu gleichen Teilen Ihrer sehr verehrten Frau Schwester, für die Geduld und Förderung, die Sie beide dem Unternehmen in seinen letzten Zügen haben angedeihen lassen.
Ich gebe mich der Hoffnung hin, Band 4 werde mit der Seitenzählung fortfahren, wo Band 3 aufhört.

In Frankfurt ansässig am übernächsten Wochenende, würde ich von dem Manuskript gern eine Fotokopie herstellen im Verlag. Denn das Original ist, da ein Bedürfnis nach DIN A 4 in dieser Gegend gleich längere Ausflüge verlangt, auf einem ältlichen Vorrat von Durchschlagpapier geschrieben, etwas zu empfindlich für solche Reisen wie man sie unternimmt zu Ehren eines Weissen Programms. Allerdings gebe ich zu bedenken, dass dies vierhundert Blatt würden ungefähr.

Bitte, würden Sie mir gelegentlich aufschreiben, wo der Text gesetzt wird? Vielleicht brächte ich den Mut auf, einmal die Person aufzusuchen, der ich die Mühe bereitet habe.

Wenn es zutrifft, dass der Verlag Flugtickets billiger beschaffen kann, so hätte ich gern ein solches für den 24. Mai, das mich gegen vierzehn Uhr dieses Tages zu einer Reise von London Heathrow nach Bremen ermächtigte.[1]

Monsieur Alain (A.) Louis-Auguste lässt sich empfehlen. Von dem bringe ich eine Geschichte mit aus einem Juwelierladen in Haddon Gardens; auf Anfrage.

Mit herzlichen Grüssen,
Ihr Uwe Johnson.

1 Die »Pfingstpause« während seiner Lesereise dauert vom 20. bis zum 23. 5. 1983

[758]

Frankfurt am Main
12. Juli 1983

Lieber Uwe,

Du hast Dich am Freitag nicht mehr im Verlag gemeldet, ich hätte Dich durchaus noch einmal sprechen wollen.[1] Ich finde, unser »Interview« war alles andere als glücklich. Ich

habe von der Sache her sicherlich nichts zurückzunehmen, aber die Form, in der wir da sprachen, scheint mir mehr als unglücklich gewesen zu sein. Ich möchte Dich also bitten, keine Aufzeichnungen von diesem Gespräch zu machen. Solltest Du welche haben, vernichte sie bitte. Ich habe ja auch einmal einen Wunsch von Dir bis zur Verletzung meiner persönlichen Umgebung respektiert, ich bitte Dich also auch darum, diesen meinen Wunsch zu beachten.
Herzliche Grüße,
Dein Siegfried

1 U.J. hält sich vom 6. bis 8. 7. 1983 in Frankfurt auf, um im Suhrkamp Verlag mit Elisabeth Borchers, Rolf Michaelis und S.U. das »Register« für *Jahrestage* zu besprechen.

[759]

Sheerness
20. Juli 1983

Lieber Siegfried,
meine Aufzeichnungen vom Abend des 7. Juli, mitsamt der Ausarbeitung, habe ich vernichtet.
Yours, truly,
Uwe.

[760]

Frankfurt am Main
2. September 1983

Lieber Uwe,
es ist mit unserem Finde-Buch alles anders gelaufen, als wir es erwartet haben. Ich wollte Dich ursprünglich vor einer

Arbeit bewahren, die ein anderer dann machen sollte, und nun ist das Ganze vielleicht doch zu solcher Arbeit ausgeartet, wie es eventuell gar nicht möglich gewesen wäre, wenn Du es selber gemacht hättest.
Andererseits wäre dann vielleicht nicht die Geschichte der »Familie Cresspahl« entstanden.[1] Jedenfalls freue ich mich, daß wir dieses Finde-Buch jetzt auf einem sicheren Gleise zu einem guten Ende bringen werden. Ich habe die Anweisung für eine besondere Binde-Art gegeben.[2] Wenn alles gut läuft, wird das Buch dann auch am 27. September fertig und kann also rechtzeitig ausgeliefert werden.
Mir scheint dies ein sehr nützliches Unternehmen gewesen zu sein, wie schwierig das auch für die Beteiligten war. Ich glaube, wir haben etwas für Deine »Jahrestage« geschaffen, was wichtig ist und dem Leser helfen wird.
Ich habe, übrigens zu meiner persönlichen Erleichterung, Deinen Wunsch respektiert, die »Jahrestage 1 bis 4« nicht als Band 1000 der suhrkamp taschenbücher herauszugeben.[3] Das wäre zu früh gewesen, und irgendwie hätten wir damit Buchhandel wie Käufer irritiert. Das bewahren wir uns also zu einem späteren Zeitpunkt auf. Sehr dankbar bin ich Dir, daß Du Dich an diesem 1000er Programm der suhrkamp taschenbücher mit der »Geschichte der Familie Cresspahl« beteiligst. Wir haben folgendes vereinbart:
Umfang 200 bis 300 Seiten, Ablieferungstermin: spätestens 15. Mai 1984. Sehr lieb wäre es uns, wenn wir einen halbseitigen Ankündigungstext von Dir bekommen könnten. Dies sollten wir bis Ende Oktober hier haben.[4] Als Honorar vereinbarten wir ein Garantiehonorar von 100.000,-, das beim Ablieferungstermin Deinem Konto gutgeschrieben wird. Ich bestätige Dir auch noch einmal, daß wir die monatlichen Zahlungen wie vereinbart weiterlaufen lassen. Wenn Du es möchtest, werde ich für Dich ein Jahr lang eine Wohnungsmiete in New York bezahlen. Wir haben hierfür einen mo-

natlichen Mietpreis von USD 600,- bis USD 700,- angenommen. Was New York betrifft, so könnte ich frühestens am 30. fliegen, es sei denn, ich schwänzte die Abgeordnetenversammlung des Deutschen Buchhandels am 29. Doch das können wir ja noch sehen.

Du siehst, unsere Unterhaltung am Abend des Tages des Kriegsbeginnes war doch nützlich, jedenfalls in dieser Substanz, während wir das Unsubstantielle ja wie versprochen nicht weiter vertiefen wollen.

Übrigens habe ich auch mit Herrn Fellinger gesprochen. Er hat volles Verständnis und freut sich, Dich bei Deinem nächsten Aufenthalt zu sehen. Ich freue mich natürlich auch, in New York, Frankfurt oder anderswo.[5]

Herzliche Grüße
Siegfried Unseld

1 U. J. ist an der Redaktion von Rolf Michaelis' *Kleinem Adreßbuch für Jerichow und New York. Ein Register zu Uwe Johnsons Roman ›Jahrestage‹* beteiligt. Vom 11. bis 15. 8. hält sich U. J. zu einem Arbeitstreffen mit Rolf Michaelis in Hamburg auf, am 28. 8. kommt er zu einem nochmaligen Korrekturlesen nach Frankfurt.

2 Am 2. 9. 1983 hält S. U. in einer Aktennotiz an Rolf Staudt fest: »Nachdem das Manuskript Rolf Michaelis ›Kleines Adreßbuch für Jerichow und New York – Ein Register zu Uwe Johnsons Roman. Angelegt mit Namen, Orten, Zitaten und Verweisen von Rolf Michaelis‹ gesichert ist und die Herstellung begonnen hat, habe ich mit Uwe Johnson eine wichtige Änderung besprochen. Dieser Band, gerade weil er in der Kassette mit den 4 Bänden ›Jahrestage‹ steht, soll sich von diesen Bänden doch vom Äußeren her unterscheiden. Das ist, wie ich meine, ein natürliches und ebenso selbstverständliches Verlangen des Autors. Wir wollen also diesen Registerband oder, wie Johnson es formulierte, dieses Finde-Buch nicht in Leinen binden und mit dem Umschlag versehen, sondern kartonieren oder broschieren. Dabei soll das Ganze trotzdem gut und teuer aussehen, und selbstverständlich kommt auch auf die Broschur jener Umschlag und jener Text auf der Rückseite, den wir besprochen haben.

Aber eines ist zu beachten: Dieses Finde-Buch wird vom Leser benützt werden, unter Umständen häufiger benützt als einzelne Bände, d.h., es muß besonders stabil hergestellt werden. Meines Erachtens entfällt deshalb ein zellophanierter Karton, denn beim häufigen Gebrauch würde der Rücken sofort durch Falten zerstört werden.
Könnte man technisch nicht so vorgehen, Fadenheftung und vielleicht einen drucklackierten Karton?«

3 Als Band 1000 der suhrkamp taschenbücher erscheinen im April 1984 *Die Notizen* von Ludwig Hohl.

4 Dem Brief an Burgel Zeeh vom 24. 11. 1983 legt U.J. das Typoskript des Vorschautextes für *Heute Neunzig Jahr* bei:
»Uwe Johnson
Heute Neunzig Jahr /Arbeitstitel/
Eine Familiengeschichte vom Oktober 1888 bis zu jenem Winter 1978, in dem im Norden Deutschlands noch einmal Panzer, Hubschrauber und Düsenjäger benutzt wurden zum Wohlbefinden von Menschen; so viel Schnee war gefallen, erinnern Sie sich? Anfangs ist es eine Spurensuche, die eine Gesine Cresspahl betreibt nach der Kindheit ihres Vaters im vorigen Jahrhundert; unausweichlich wird sie Zeuge des nächsten, in dem ›Willy Zwo‹ wie diverse ›Führer‹ und ›Vorsitzende‹ es schwer machen für ihre Leute, als Nachbarn und Freunde zu leben, auch ruhigen Gewissens. Mit wem immer ein Junge aus dem ›Dreikaiserjahr‹ zu tun bekommt in seinem Leben und über den Tod hinaus, sie alle sollen hier versammelt sein, in ländlicher Gegend an der Müritz, in einer südlichen Vorstadt von London wie dereinst in New York City, mit dem zuverlässigen Heimweh nach Mecklenburg. Hier sind ihre Umzüge (in zweifacher Bedeutung), ob nun Kriege gefällig waren oder im Anblick einer Baumblüte gelegentlich die Empfindung, ein Dasein auf der Erde verlohne sich. Ob es am Ende bleibt bei der Enkelin Marie, ›den letzten beiden Augen Cresspahls‹, hier wäre es zu erfahren.
Ca. 250 Seiten.
Uwe Johnson.
24. Nov. 1983«

5 Bei seinem Aufenthalt in Frankfurt am 28. 8. 1983 sagt U.J. eine Verabredung mit Raimund Fellinger ab, da er sich mit S.U. über seine New York-Pläne für 1984 berät. Über diese Pläne schreibt S.U. im Reisebericht über seinen Aufenthalt in Zürich am 23. 10.

1983: »*Max Frisch*. Er möchte am liebsten sein Loft in New York an den Suhrkamp Verlag verkaufen. Wir werden das nicht schaffen, US-$ 300.000,-. Er ist bereit, es ein Jahr lang an Johnson zu vermieten. Er möchte sehr gerne Uwe Johnson sehen, der sich bei ihm angemeldet hat. Er hat in *Jahrestage* 4 zu lesen begonnen. Das Adreßbuch kannte er noch nicht. Er ist sehr beeindruckt.«

[761; Telegramm]

New York[1]
23. September 1983

NO CALLS SORRY. PLAN STANDS REGRETFULLY
UWE

1 Zum letzten Mal hält sich U.J. vom 9. - 30. 9. 1983 in New York auf. Klaus Podak dreht dort mit ihm im Auftrag des Hessischen Rundfunks den Fernsehfilm *Auf den Spuren von Gesine Cresspahl.*

[762; Telegramm, Anschrift: Hotel Algonquin, 59th West, New York 10036]

Frankfurt am Main
23. September 1983

BECAUSE THE FALL PREVIEW 1983 OF THE NEW YORK TIMES BOOK REVIEW CAME OUT SO LATE I CAN'T COME THIS TIME TO THE BELOVED BIG APPLE STOP I DO SEE YOU SOON
YOURS EVER
S. U.

[763; Telegramm, Anschrift: Buchhandlung Zimmermann, Schillerplatz 1, Nürtingen][1]

Frankfurt am Main
5. Oktober 1983

LIEBER UWE ICH HAETTE DIR GERNE DAS ERSTE EXEMPLAR SELBST UEBERGEBEN WOLLEN, DOCH WIR FEIERN DIES NACH. SEI STOLZ. AERE PERENNIUS
DEIN SIEGFRIED

1 Für U.J. ist zwischen dem 5. 10. und 10. 11. 1983 eine Lesereise mit mehr als 20 Stationen geplant, unterbrochen nur von einer Tagung der Akademie der Künste vom 21. - 23. 10. in Berlin. Am 25. 10. muß er diese Lesereise unterbrechen und wird mit schwerer Bronchitis am 26. 10. in ein Berliner Krankenhaus eingewiesen.

[764; Telegramm, Anschrift: Krankenhaus Moabit, Berlin]

Frankfurt am Main
30. Oktober 1983

LIEBER UWE EIN GRUSS AUS FRANKFURT WENN NICHT MEHR STOP BITTE MACH DIR UM NICHTS ANDERES GEDANKEN ALS UM DEINE GESUNDHEIT STOP WIR BRAUCHEN DICH GESUND UND FIT STOP LASS MICH WISSEN OB ICH DIR IRGENDWIE HELFEN KANN STOP WANN IMMER DU KOMMST WIR FREUEN UNS.
YOURS TRULY SIEGFRIED

[765]

Frankfurt am Main
21. Dezember 1983

Lieber Uwe,
ich habe von Überlingen aus einen kleinen Schwenker über Zürich gemacht. Ich konnte feststellen, wie sehr man Dich »in der Schweiz« erwartet und wie dringlich es für die Leute ist, daß die ausgefallenen Lesungen[1] wiederholt werden. Ich habe sie auf die zweite Maihälfte vertröstet.
Noch nie gab es im »Tages-Anzeiger« eine Rezension über zwei Seiten![2]
Herzliche Grüße
Dein Siegfried

1 Wegen des Krankenhaus-Aufenthalts von U.J. müssen die ursprünglich zwischen dem 1. und dem 6. 11. beabsichtigten Lesungen in Zürich, Genf, Basel und Bern ausfallen.

2 Peter Müller, *»Es ist uns schnuppe, ob dir das zu beladen ist, Genosse Schriftsteller.« Uwe Johnson: Dreizehn Jahre nach dem ersten Band der ›Jahrestage‹ hat er jetzt den Romanzyklus mit dem vierten Band abgeschlossen*, in: *Der Tages-Anzeiger*, Zürich, 91. Jg., Nr. 295 v. 17./18. 12. 1983, S. 47-48.

[766]

Frankfurt am Main
23. Dezember 1983

Lieber Uwe,
ein letzter Gruß in der letzten halben Stunde der Verlagsarbeit, und gleichzeitig setze ich meine Unterschrift unter den Vertrag für
»Heute Neunzig Jahr. Die Geschichte der Familie Cresspahl«.

Ich wünsche Dir, daß Du die Arbeit zu einem guten Abschluß bringen kannst.
Mit herzlichen Grüßen und Wünschen –
Dein Siegfried

2 Anlagen
Bitte schick uns das Original des Vertrages mit Deiner Unterschrift versehen zurück.

1984

[767; Rundbrief an Autoren des Suhrkamp Verlags]

Frankfurt am Main
1. Februar 1984

Lieber Uwe,
Helene Ritzerfeld wird am 6. März 1984 siebzig Jahre alt. Seit 34 Jahren arbeitet sie nun im Verlag, und sie wird weiter dort arbeiten, es ist ihr Leben.
Wir wollen ihren Geburtstag feiern (ohne nach außen die Jahresziffer zu nennen). Wir wissen, was ihre Arbeit für den Verlag bedeutet: sie ist durch ihr 34jähriges Tätigsein die beste Kennerin der Verlagsmaterie. Sie diente Peter Suhrkamp als Sekretärin und rechte Hand. Als Suhrkamp 1959 starb, übertrug ich ihr die Leitung einer neu geschaffenen Abteilung Lizenzen, Rechte, Verträge, eine Aufgabe, die sie vorbildlich, d. h. sachlich, akribisch, klar wahrnimmt. Für mich ist sie unentbehrlich als Gedächtnis, Gewissen und Anwalt, ich unterschreibe keinen Vertrag, der nicht durch sie geprüft wurde.
Der Berufsstand hat sie anerkannt in der Wahl zum ehrenamtlichen Vorstand der Arbeitsgemeinschaft der Literarischen und Sachbuch-Verlage. Helene Ritzerfeld ist in der Verlagswelt des In- und Auslandes bekannt und angesehen. Jeder kennt sie als Persönlichkeit, die sich unermüdlich für die Interessen der Autoren und des Verlages einsetzt. In den Regalwänden ihres Büros im Suhrkamp-Haus stehen die von ihr betreuten, in ausländische Sprachen übersetzten Werke unserer Autoren, kein anderer Verlag kann solchen Geistesexport aufweisen.
Was kann man ihr schenken? Ich weiß, daß sie sich am mei-

sten freute über ein Grußwort der Autoren. Darf ich deshalb darum bitten, auf eines der beiliegenden Blätter ein paar handschriftliche Zeilen des Glückwunsches oder des Dankes zu schreiben? Wir sollten das Blatt bis zum 20. Februar hier haben, damit wir es kostbar binden können. Ich störe wirklich ungern, hoffe aber doch in unser aller Interesse auf Verständnis für meine Bitte.[1]
Herzliche Grüße
Dein Siegfried

Anlage
Blätter

1 U. J. sendet seinen Glückwunsch für Helene Ritzerfeld am 14. 2. 1984 an Burgel Zeeh.

[768]

Frankfurt am Main
2. Februar 1984

Lieber Uwe,
anbei unsere jüngste Anzeige aus der »Zeit«. Du siehst, wir trommeln weiter. Freilich, Raddatz wird man in Zukunft nicht mehr zitieren können. Als Autor des Werkes »Kuhauge« hatte »er sich erfahren in der imaginierten Begegnung«, aber als Literat ruiniert. »Jetzt hingen die Würste und Mondamintüten nicht mehr in ihren Köpfen«, heißt es da, aber in seinem schon noch.[1]
Herzliche Grüße
Dein Siegfried

1 Im März 1984 erscheint im Rowohlt Verlag der Roman *Kuhauge* von Fritz J. Raddatz. Der wegen seiner großen Augen »Kuhauge«

genannte Protagonist, der Junge Bernd, unternimmt während des Zweiten Weltkriegs einen Hamsterzug aufs Land. Nach gelungenem Vorhaben »hingen die Würste und Mondamintüten nicht mehr in ihren Köpfen, sondern lagen fett und prall über ihnen, im Gepäcknetz« (S. 59). In der letzten Passage des Textes träumt Bernd von der sexuellen Begegnung mit einer Frau: »Seine erste Liebesnacht: Er hatte sich erfahren, in der imaginierten Begegnung.« (S. 123)

[769; Telegramm]

Frankfurt am Main
12. März 1984

ERBITTE DRINGLICH DEINEN ANRUF, IM VERLAG, ZU HAUSE ODER BEI FRAU ZEEH.
GRUSS SIEGFRIED[1]

1 An dem Tag, an dem das Telegramm abgesandt wird, ist Uwe Johnson bereits tot. Das genaue Todesdatum ist nicht zu bestimmen. Als Bekannte aus Sheerness aus Sorge um Uwe Johnson am 12. 3. in sein Haus eindringen, finden sie seinen Leichnam im ersten Stock. Die gerichtsmedizinische Untersuchung erweist als Todesursache: »Death through heart attack.« Das Kalendarium von Uwe Johnson ist aufgeschlagen auf den Seiten mit dem 21. und 22. 2. 1984. Im Reisebericht schreibt S. U.: »Burgel Zeeh war die Tage vorher ängstlich. Sie rief täglich mehrfach in Sheerness an und blieb immer ohne Antwort. Schließlich wollten wir ein Telegramm schicken und, wenn auch dies ohne Antwort bliebe, die Polizei verständigen. [...] Am Montagmorgen, dem 12. März, reagierten wir mit einem Telegramm. An diesem Montag war noch ein Vortrag von Herrn Dietschmann vor den Leitenden im Verlag über die kommenden Kommunikationsmedien. Ich war mit Friederike Roth in Stuttgart verabredet. [...]
Als ich in Stuttgart aus dem Zug stieg, wurde ich zum ersten Mal in meinem Leben auf einem Bahnhof ausgerufen. Frau Zeeh überbrachte die Nachricht, die eine halbe Stunde vorher Elisabeth Johnson an meine Frau gegeben hatte: Uwe ist tot.«

Über die Beerdigung von Uwe Johnson am 23. 3. 1984 auf der Insel Sheppey berichtet S. U.: »Fünfzehn Minuten Fahrt in das Krematorium der Stadt Maidstone-Vinters Park. Der Sarg wurde von vier Männern aus dem Auto geholt, feierlichen Schrittes in die Kapelle gebracht, dort stand er nun, rechts und links zwei Blumensträuße des Bestattungs-Instituts [...]. Wir verhielten uns einige Minuten. Die vier Frauen [Elisabeth Johnson, Katharina Johnson, Antonie Landgraf, Elke an Huef] sitzend, hinter ihnen der Anwalt sitzend und ich stehend. In der kleinen Kapelle waren dann noch zwei Personen anwesend, ein Mann und eine Frau, die ich nicht identifizieren konnte. Nach einigen Minuten schloß sich ein himmelblauer Vorhang und nahm die Sicht auf den Sarg. Wieder einige Zeit später wurde eine Tür geöffnet und uns der Eintritt ins Freie bedeutet. [...] ›Für wenn ich tot bin‹ – die Einsamkeit dieses Toten ist schrecklich und die Tatsache, daß Gesine unsterblich ist, kein Trost.«

Anhang

I

»Jene für uns zivilisierten Westdeutschen unlesbaren Stellen«

Für die Übersetzung der *Mutmassungen über Jakob* übertrug Uwe Johnson die plattdeutschen, niederdeutschen, sächsischen und russischen Passagen ins Hochdeutsche. Er unterschied zwischen Texten »in *mecklenburgischem Platt* (Niederdeutsch: *nd*) *Missingsch* (Mischsprache mit hochdeutschem Wort- und Formenstand, vorwiegend nd. Artikulation, gelegentlich nd. Syntax *M*) *Russisch*: *R* und *Sächsisch*: *S*«. Die Seitenangaben im folgenden Text von Uwe Johnson beziehen sich auf die Buchausgabe.

pp

10.24 *R* »Ah –: das Täubchen«/sagte er.

26 Verabredung. *R* Das ist klar./Verabredung/

27f Ich sagte noch: *R* »Wenn sie eine Taube auf dem Dach bleibt . . .«

29f *R* »Besser als ein Spatz«/sagte er.

13. 1f sagte *nd* »Und dann geben Sie mir noch zwanzig zu zwanzig«.

3f zu erklären, *nd* »welche für Briefe«/sagte er,

9 *nd* »Morgen«/sagte er und stampfte/Gruss/

14.18 *R* für die Sache des Sozialismus. Das ist klar./Die Taube auf dem Dach

18.24 *nd* »Aber die ist weit weg«:/pflegte sie zu sagen

24.25 *M* »Der da, siehst du, der so ebenmässig blickt«./

30.7 *M* (»Also auf Wiedersehen.«)

34.22 sie ihm nachgesehen und gesagt *nd* »Siehst du da fährt er hin«./

35.21 *M* »die Zeiten«/

36.2f nicht so weit hinten im Hals. *nd* »Wir haben schon gedacht dich sehen wir nicht wieder«/sagte er

11 Gästen im Gespräch war. *nd* »Du bist doch wo gewesen«/ fragte er

17 den anderen, höflich sagte er: *nd* »Ja. Bei der Handwerkskammer«/

18 und hustete aufgebracht hinzu *nd* »Ach lass doch, Scheisse«/

37.9 sagte Cresspahl: *M* »schreiben tust du nicht«/ (»du schreibst nicht«)

13 *M* »Schreibst du niemandem«./

15 *M* »Du hast kein Wohlgefallen in der Welt«./

26ff *M* »Ich spreche noch. Ich sage meiner Tochter auf ihren Kopf zu dass sie das Fenster offen hat, während andere Leute längst heizen«./

38.12 *M* »Lange. Stehst du an der Haustür?«/

13 *M* »Binde einen Schal um

14ff deinen Hals, ehe du dich erkältest auf der Reise. Und lass vielleicht ein bisschen Geld da und die Schlüssel. *nd* Du bekommst Besuch, eine alte Frau, bleibt bei dir«./

17 sagte sie erschrocken und *nd* »warum!«/

51.28f *nd* – Dir liegt an den Worten so viel wie dem Eichhörnchen an seinem Schwanz,/(Dir sind die Worte so wichtig wie ...) *M* das Eichhörnchen

55.28 *nd* Geschriebenes ist aber Geschriebenes./(... bleibt aber geschrieben.)

73.30f und sagten *S* »Wir haben Werkzeug sortiert, ich habe nicht weggekonnt«,/

77.25 *M* Dies ist Jakob./

27 *M* Kennt ihr euch vielleicht?/

78.21ff *nd* »Sie ist am Mittwochmittag gefahren. Ich habe

sie in den Zug gesetzt. Sie hat einen Fensterplatz gehabt. Ich weiss es nicht«./Er drehte bedachtsam seinen Hals und

79.1 *M* gesagt«/sagte Cresspahl wie für sich

2ff *M* »Kennst sie ja. Sitzt bloss so da und sagt sie will weg. *nd* Wann? *M* frage ich. Morgen: sagt sie. Ich frage: wie das. Aber sie sitzt bloss so da und bewegt ihren Hals«,/und Cresspahl hockte

13 anderen Stimme fragte er *nd* »Hast du was gegessen?«./Wir

15f zärtlich. *nd* »Nein« sagte Jakob, »Und der?« fragte er,

19f aus einer Schale hinunter, *nd* »er hat mir zu spät telegrafiert, nun habe ich zwei verschiedene Sorten, Schnitzel und Karbonade, aber Jakob darf sich aussuchen«./Wir sassen

30 da sei er zu *nd* »Luise Erbs«/gegangen

32f ein Hund geschritten, *nd*, »der sah mich so an, und dann sagte er«/so dass ich bald lachte.

83.31 aber gefragt *nd* »Kannst du hier nicht wohnen bleiben?«/Er war ganz

85.1f *R* Ewiger Ruhm den Helden der Roten Armee, die gefallen sind im Kampf für die Freiheit und Unabhängigkeit unserer Heimat in den Jahren 1941 bis 1945/

3 für die Sache des Sozialismus/

90.8f für sich selbst *nd* dass einer, der in der Ecke steht und mit den Eimern klappert, mehr wert ist als zehn, die arbeiten:/was Gesine

99.24f. *M* »Diesen Genever schickt mir meine Tochter«/ sagte er

111.12 *nd* »Wo hast du den her?«/hatte Cresspahl beiläufig

117.17f das andere Mal *R* noch einmal, »noch einmal: und

er sagte: Zur Gesundheit, Genosse, zur Gesundheit . . .«/, aber ich

19 f mehrmals erzählen. *R* »Moskauer Hauptbahnhof. Englische und französische Journalisten . . .«/

118.9 still. *R* »Fahren wir«/sagte ich

127.18 f /ssajus neruschimy ist der Anfang der sowjetischen Hymne/

28 f und ich immer *R* Deutscher, Kamerad, Deutscher, Kamerad/

135.5 f /du Look etc.: *nd* Beschimpfungen eigentlich gutmütigen Charakters, Look (Lork) meist für Jungen. Nicht übersetzbar/

145.8 f da hatte er aber gesagt *M* »Das ist meine Schwester«/, kamen sie alle an,

150.13 f *nd* »Nun will ich dich führen wohin du willst, das ist ja schön. Du hast gefehlt«/

165.15 und sagte *nd* »Was meinst du wo du bist«/, gleich

28 f und sagte *nd* »Wollen wir deinen Drachen heute nun loslassen/das sollte mich gar nicht ärgern

166.1 f *nd* (der hat Nägel unter den Schuhen) heut gehen wir auf die Rehberge lassen Drachen steigen/

5 *nd* »Das geht uns ja nichts an«./

9 *nd* »Wozu sollten wir die nötig haben«/sagte er

176.3 ff *M* »Der Junge von Lisbeth Papenbrock hat wieder Brüshavers Katze geärgert, darauf werde ich doch achten, dieser . . ./Slöpentreiber wie Lork, 135.5/ immer hinter dem armen Tier her mit seiner infamen (arglistigen, tückischen) Mundharmonika, Brüshaver hat ja immer gesungen, wenn er seinen Hals wäscht, nun hat sie es so mit dem Kunstverständnis, und ich achte darauf –«; es war dazu nichts

17 f »und nun sieh dir diesen Lork an, dann weißt du ja Bescheid. Diesen Kilian«./Kilian wie Lork, 135.57/

30f *M* »denn es gibt welche, an denen kannst du vorbei, mit diesem musst du es ernsthaft aufnehmen!«, aber als sie

179.26 jedermann ist der Beste, *R* was ist besser als was./ Hätten

180.20 *nd* »Sie mag dich leiden«/sagte der, er wiederholte es

189.9 Nebel und Sprühregen: *R* Händehoch!/schrie sie

197.14f Das frage ich mich auch. *R* Die gekämpft haben für die Ehre und den Ruhm unserer Heimat./Ich weiss es nicht.

201.14 sagte: *M* »Hier sitzt du und schreibst –« / Aber es war

22f *M* »Heute hättest du mehr gebraucht als einen Schal, meine Tochter«/sagte er

202.2f *nd* »Dass ich hier sterbe eines Nachts, und niemand sieht mich sitzen«./

203.32 *M* »Regnet es noch« fragte Cresspahl.

204.28 *nd* »Nun fahr zur See (geh zur See)«/sagte Cresspahl,

208.29ff *M* »Ich sehe doch dass du bloss auf die Zeitung achtest (blickst). Es steht nichts drin. Aber Lisbeth würde dir erzählen: die Aufständischen haben schon den Bahnhof von Jerichow besetzt!«/

210.32 und *nd* »ich sollte wirklich sagen es ist nicht recht wie 211 du lebst. Ich kann meiner eigenen Tochter nicht helfen, ich kann nicht für dich aufkommen, das liegt nicht am Haus. Nur weil du jetzt so weit weg bist, stosse ich mir die Nase ein bisschen heftiger. Gesine! Da sagen die Leute immer Eulen brüten Eulen aus, das werden keine Krammetsvögel, wenn nur deine Grosstante wüsste wie du aussiehst. *M* Wie du die Worte zu setzen vermagst, und ist es mir in der Tat eine stille Freude dass du so alles von einiger Erheblichkeit in deinem vollgelernten Kopf bewegst und mir so akkurat davon schreibst, immer so eben daneben und draufzu, und ist nur schade dass ich nicht gleich dahinterkomme, *nd* da kann sich einer denken was er will und auch dass da eine Eule gesessen hätte/Redensart für Irrtum/, das soll wohl so sein. Dann weiss ich nicht viel zu sagen. Sagen könnte ich vielleicht: mit Brüshavers Katze verhält es sich wie ich sage, und allerdings: *M* dass der Himmel abends sehr blau ist und es tröpfelt nun immer so gleichmässig herunter den ganzen Tag und dann hat der Asphalt so einen blauen Schimmer, *nd* ich weiss aber er ist schwarz, und die Lichter sind gelb solange es dämmert. Solch dummes Zeug schreibe ich dir auf, du weißt immer noch nicht wie ich nun lebe. Oder du schreibst *M* ›alles jedoch sehr klar und die Äste im Park scharf und lang vor dem grossen Blau und in der Stadt die Giebel von hinten düster wie abgeschnitten und von vorn, wo die Strassenbahn fährt, so grau in dem Gelb und die Gerüste so dünn und zierlich wie Streichhölzer und so bei kleinem wird das Blau immer finsterer bis zum Ende alle Lichter weiss sind und alles ohne Nebel‹, ja das mag nun der selbe Nebel sein, *nd* der viel später kommt, wenn ich mitten in der Nacht das Fenster aufmache, ich habe mich gewundert dass ich die Birke nicht sehe. Dann ist da Nebel, *M* und die Birke ist vorhanden. Nur ich sehe sie nicht. Wegen des Nebels. Dein dich liebender Vater. Das ist das, worum wir uns nicht werden streiten müssen und was keiner dem anderen erklären muss, *nd* aber sonst sehe ich nichts, in allen anderen Dingen bist du hier nicht mehr zu Hause, musst dich nicht wundern wenn ich meine es ist

212.1 nicht recht wie du lebst. Jerichow kann dir nicht helfen«,/

222.3f *M* »Wie gehen sie mit den Menschen um«./Jakob blickte auf.

252.13 erhobenen Fingern *R* »Hundert Gramm«,/und nun passte sein

253.14f nach Spott. *R* »Es lebe dein Andenken (dein Andenken soll leben)«/sagte Jakob ernsthaft

292.13 *R* besser als eine Taube auf dem Dach. / Insofern

307.24 /D (D-Zug): eine Abkürzung für »Schnellzug«/

2

Gulliver – Die internationale Zeitschrift

[123a; Anlage, Brief von U.J. an Dionys Mascolo]

Largo di Villa Massimo, 2
Roma, Italia
4. April 1962

Sehr geehrter Herr Mascolo,
bitte entschuldigen Sie dass ich Ihnen nicht in Ihrer Sprache schreibe.
Sie haben gewiss erfahren dass ich im vorigen Monat in Florenz angeboten habe die deutsche Herausgabe der internationalen Zeitschrift zu übernehmen, wenn man mir ein Jahr Zeit liesse die beiden Sprachen Französisch und Italienisch in ausreichendem Masse zu erlernen. Die Herren Frénaud, Nadeau, Vittorini (und für die deutsche Ausgabe Frau Bachmann, Enzensberger, Walser) erklärten sich damit einverstanden. Nun hoffe ich dass diese Wendung auch Ihnen recht ist.
Mein Vorschlag galt unabhängig von dem Verlag, der den deutschen Anteil übernehmen würde. Da aber Herr Gottfried Bermann-Fischer das Projekt nur verlegen will unter der ausdrücklichen Bedingung: dass der Suhrkamp Verlag daran nicht interessiert ist, erklärt sich nun Herr Unseld vom Suhrkamp Verlag, durch meine Entscheidung veranlasst, zum Verlag der Zeitschrift bereit, sollte Herr Bermann-Fischer dem zustimmen.[1]
Bitte, verstehen Sie dass ich diesen Vorschlag unterstütze, da bei Suhrkamp nicht nur meine Bücher sondern auch die von Enzensberger und Walser verlegt werden. Beide sind künftige Mitherausgeber und Mitarbeiter.

Mit dieser Feststellung möchte ich jedoch keinesfalls das Vorhaben neuerdings gefährden. Sie bedeutet Loyalität gegenüber meinem Verlag, nicht jedoch eine Ablehnung des Verlags S. Fischer oder Herrn Wagenbachs.

In der Hoffnung mit Ihnen demnächst über diese Angelegenheit sprechen zu können, und mit den besten Empfehlungen,

bin ich Ihr ergebener

Uwe Johnson.

1 Das Projekt der »Internationalen Zeitschrift« sollte ursprünglich über den Lektor des Fischer Verlages, Klaus Wagenbach, einen der Initiatoren des Unternehmens, an den Verlag von Gottfried Bermann-Fischer gebunden werden.

[126a; Brief von S.U. an Dionys Mascolo]

Frankfurt am Main
10. April 1962

Cher Monsieur,

ces jours-ci vous recevrez une lettre d'Uwe Johnson dans laquelle il vous fera part de sa nouvelle décision concernant notre projet d'une revue internationale. Uwe Johnson ayant pris cette décision, moi aussi j'ai changé d'opinion. Je me permets donc de vous informer que je suis définitivement prêt à publier la revue dans ma maison; les auteurs allemands, c'est-à-dire Johnson, Enzensberger, Walser et Grass ont tous approuvé cette démarche. J'ai eu ensuite un entretien très amical avec Monsieur Hirsch de la maison S. Fischer qui, pour sa part, comprend parfaitement la nouvelle situation. Il m'a promis de régler l'affaire avec ses collaborateurs ce qui – je n'en doute point – ne sera pas trop difficile. Nous avons également abordé la question d'une publication commune, mais il nous a semblé plus raisonnable de concentrer le projet chez un seul éditeur. Je me re-

jouis de pouvoir vous annoncer cette nouvelle perspective et je vous prie, cher Monsieur Mascolo, de croire à mes sentiments les meilleurs.
Siegfried Unseld

[126b; Brief von Dionys Mascolo an S.U., Übersetzung]

Paris
20. April 1962

Sehr geehrter Herr Dr. Unseld,
ich danke Ihnen für Ihren Brief vom 10. April, den ich natürlich auch meinen Freunden vorlegte, die hier die Leitung der Zeitschrift übernehmen werden. Wir wissen seit dem 15. März, durch unsere Freunde, die auch in Florenz waren, von Uwe Johnsons Entschluß, der uns sehr freute. Was die Frage des deutschen Verlegers der Zeitschrift betrifft, so ist es für uns Franzosen wie auch für unsere italienischen Freunde schwierig, sich mit Problemen zu befassen, bei denen es um verwickelte persönliche Beziehungen geht. Tatsache ist, daß Herr Bermann-Fischer und seine Mitarbeiter größtes Interesse für unseren Plan zeigten und sehr schnell und sehr deutlich ihren Entschluß faßten, der ganz unseren Wünschen entsprach. Wir meinen aber, daß die Zeitschrift wichtiger ist als alle übrigen Erwägungen. Deshalb möchten wir davon absehen, uns persönlich dazu zu äußern; vielmehr liegt uns daran, den Verleger zu finden, der der deutschen Schriftstellergruppe (d.h. der Zeitschrift selbst, da die einzelnen Redaktionen auch füreinander verantwortlich sind) ein Maximum an Unabhängigkeit, an Mitteln und an Kontinuität gewähren kann. Andererseits sind wir der Ansicht, daß die Vorbereitungsarbeiten sofort beginnen sollten. Wir glauben wirklich, daß diese Arbeiten *ungefähr sechs Monate* vor der Veröffentlichung der ersten Nummer der Zeitschrift anlaufen müssen. Es ist daher unerläßlich,

daß auch, solange Herr Johnson noch in Italien ist, ein Redaktionsbüro, das über die notwendigen materiellen Mittel verfügt, diese Vorbereitungen sichern kann. Zu Ihrer Information schicke ich Ihnen am besten eine Fotokopie des Budget-Vorschlages, den die französische Redaktion der Revue für Gallimard ausgearbeitet hat. Damit zwischen den verschiedenen Beteiligten, der deutschen, italienischen und französischen Redaktion, Gleichgewicht herrscht, muß die praktische Organisation der Arbeit in den Ländern ungefähr identisch sein. Mit anderen Worten, die verschiedenen Herausgebergremien müssen über die gleichen Mittel verfügen; daraus ergibt sich wiederum, daß die Ausgaben der drei Länder mehr oder weniger gleich hoch sein sollten. Ich hoffe, daß – falls Herr Bermann-Fischer definitiv zu Ihren Gunsten den Plan der Zeitschrift aufgibt – die Auskünfte, die ich Ihnen hier gebe, Ihnen nützlich sind und Ihnen die Möglichkeit geben, sowohl die vertraglichen Vereinbarungen mit den deutschen Schriftstellern zu schließen wie auch die notwendige technische Organisation so schnell wie möglich auf die Beine zu stellen, damit wir in Zusammenarbeit mit ihnen mit den Vorbereitungen beginnen können. Auch im Auftrag unserer französischen und italienischen Freunde möchte ich Sie schließlich nochmals auf die *äußerste Dringlichkeit* der Angelegenheit hinweisen. Wir haben viele Monate verloren, vor allem – das muß schon gesagt werden – aufgrund der diversen Schwierigkeiten in Deutschland. Schon Ende November letzten Jahres, als Herr Boehlich nach Paris kam, waren wir bereit, die Arbeit aufzunehmen. Wir fürchten jetzt, daß sich aus der Übernahme der Zeitschrift vom Fischer Verlag weitere Verzögerungen ergeben. Wir glauben alle, daß diese neuen Verzögerungen, wie uns Enzensberger in einem seiner letzten Briefe schrieb, ›sehr gefährlich, vielleicht sogar tödlich‹ wären.
Mit freundlichen Grüßen
Dionys Mascolo

[129a; Anlage, Brief von S. U. an Dionys Mascolo]

Frankfurt am Main
30. April 1962

Lieber Herr Mascolo,
ich danke Ihnen für Ihren Brief vom 20. April. Die Verlagssituation hat sich weiter geklärt, Herr Dr. Hirsch hat mit Herrn und Frau Fischer gesprochen und sie beide davon überzeugt, daß es nach der neuen Lage doch besser wäre, wenn die Zeitschrift bei uns erschiene. Da alle deutschen Schriftsteller dem zustimmen, dürfte damit diese Frage praktisch geklärt sein.
Sie brauchen sich keinerlei Gedanken zu machen, daß die Zeitschrift durch die Tatsache des Übergangs an den Suhrkamp Verlag nun weitere Verzögerungen hinnehmen müßte. Freilich, soweit ich orientiert bin, hat Uwe Johnson in Florenz um Aufschub von einem Jahr gebeten, und dieser Aufschub ist ihm bewilligt worden. Uwe Johnson ist der Meinung, daß zwar die organisatorischen Vorarbeiten früher, die redaktionellen Arbeiten erst am 1. 4. 63 beginnen sollen. Das freilich würde bedeuten, daß das erste Heft dann erst im September 1963 erscheinen könnte.
Vermutlich werden sich in der zweiten Juniwoche die Schriftsteller der deutschen Gruppe ein paar Tage treffen und von sich aus einmal ein Programm entwerfen.
Ich bin für den Suhrkamp Verlag gerne bereit, alle für die Organisation der Zeitschrift anfallenden Kosten zu übernehmen. Ein gewisser Apparat wird notwendig sein, und doch gilt auch für dieses Unternehmen, daß der Apparat so klein wie möglich sein sollte. Es ist meine Erfahrung bei internationalen Unternehmungen, daß ein gewisser Bürokratismus im Apparat oft schöpferische Impulse hemmt. Ich nehme an, daß auf diesem Junitreffen Uwe Johnson

selbst seine Entscheidung im Hinblick auf diesen Apparat treffen wird. Er hat hierin meine ganze Unterstützung. Ich nehme übrigens an, daß jeder Verleger für die Kosten zuständig ist, die die jeweilige Redaktion des Landes verursacht und die die Herstellung der Ausgabe selbst in Anspruch nimmt.
Meinerseits möchte ich um folgende Information bitten: die deutsche Gruppe wird also Uwe Johnson als Herausgeber ansehen. Die anderen Schriftsteller, also Walter Boehlich, Hans Magnus Enzensberger, Günter Grass und Martin Walser, werden vermutlich als Redaktionskollegen fungieren. Wie ist dies in den anderen Ländern gedacht? Es scheint mir wichtig, daß jede Gruppe eines Landes durch einen herausragenden Autor vertreten ist. Wäre dies in Italien Vittorini und in Frankreich Butor? Welcher Name ist für die Zeitschrift in Aussicht genommen? Es sollte möglichst ein Name sein, der für die drei Ausgaben nicht übersetzt zu werden braucht.
Ich nehme zur Kenntnis, daß ein zweimonatiges Erscheinen vorgesehen ist. Die Form der NRF[1] erscheint uns etwas zu schmal, wir würden eher ein etwas breiteres Format bevorzugen, etwa vom Typ »Akzente« oder »Merkur«.
Ich wäre bereit, von mir aus einen Graphiker zu beauftragen, der für diese Zeitschrift ein Lay-out entwirft. Ich würde hiermit Herrn Willy Fleckhaus beauftragen.
Ich wäre Ihnen dankbar, wenn ich bald von Ihnen hören dürfte. Wie gesagt, Sie können jeweils mit unserer prompten Reaktion rechnen.
Mit besten Grüßen
Ihr Siegfried Unseld

1 *Nouvelle Revue Française*

[131a; Anlage 1, Notiz von U.J.]

WEGEN DIESER NAMENLOSEN ZEITSCHRIFT

muss es in meinem vorigen Brief einen Lesefehler gegeben haben: ich habe nicht gebeten einen andern als mich für die Herausgabe zu bestimmen; das habe ich genannt als Konsequenz, solltet ihr insgesamt mir das versprochene Jahr Vorbereitung nicht lassen können.
Den Sitz der Zeitschrift sehe ich nun schon in Frankfurt; ich möchte aber wenn aus Westberlin dann nicht nach Frankfurt oder Darmstadt ziehen; da kann ich so flach es sich anhört nicht leben. Bitte überlegt doch ob alle Arbeit an einem Ort getan werden muss, ob ich nicht zeitweilig auch in Westberlin erreichbar genug wäre für Anrufe, Eilbriefe, Telegramme.
Eure Argumente für Frankfurt leuchten mir ein. Nur ist Oslo von da noch entfernter als Westberlin; und ich würde keineswegs die politischen Umstände Westberlins ansehen für einen praktischen oder ideologischen Grund, der die Niederlassung einer internationalen Zeitschrift verböte da.
Wenn also Herr Boehlich tatsächlich sich auch kümmern will um die Zeitschrift, wenn wir weiterhin Fräulein Kirchner als Redaktionssekretärin gewinnen, halte ich eine solche Lösung für möglich wie wir sie im vorigen Herbst für meine Anwesenheiten im Verlag fanden.
Wenn ich für die Redaktion das Wort Unabhängigkeit verwende, so nicht aus kindlicher Torheit sondern in einem Sinn, über den wir uns offenbar einig sind.

[135 a; Anlage 1, Notiz von U.J.]

WEGEN DER INTERNATIONALEN ZEITSCHRIFT

Am 16. Juni in München haben Walser und ich GRASS die wasserburger Verabredungen zur internationalen Zeitschrift mitgeteilt, denen er zustimmt bis auf die eventuelle Niederlassung der Redaktion im Haus des Verlags, von der er sich hindernde Einflüsse erwartet; er sprach aber so allgemein, dass man sie vielleicht im Betriebsklima oder sonstwo vermuten könnte, und jedenfalls hat er den Glauben an die Existenz einer »Suhrkamp-Clique« wohl aufgegeben.
Der Titel »Discorsi« leuchtet ihm für das Deutsche nicht so ein wie für die beiden andern Sprachen; gemeinsam mit Martin stellt er die folgenden zur weiteren Erwägung:

»Delta«, »Polonius«, »Guernica« und besonders »Jerichow«.

GRASS machte auch einen Vorschlag zum UMBRUCH. Um ihn nicht erstarren zu lassen solle alle drei Nummern eine andere nationale Gruppe eine Art Modell des Umbruchs anfertigen, das die übrigen dann für ihre Ausgabe verwenden.
Diese Neuigkeiten habe ich ENZENSBERGER und BOEHLICH geschrieben; auf deren und HEISSENBÜTTELS Antwort muss ich vorläufig warten.

[142a; Anlage 1, Brief von U.J.]

Uwe Johnson
c/o Suhrkamp Verlag, Frankfurt am Main, Postfach 16064
18. Juli 1962

Sehr geehrter Herr des Forêts,
Sehr geehrter Herr Leonetti:
Wie ich höre, werden Sie die französische respektive italienische Redaktion jener internationalen Zeitschrift übernehmen, deren Plan die interessierten Deutschen seit einiger Zeit mit den Herren Vittorini und Mascolo diskutierten. Nunmehr hat sich ein deutsches Kollegium von Herausgebern für diese Zeitschrift zusammengefunden, das die folgenden Personen umfasst:
INGEBORG BACHMANN
WALTER BOEHLICH
HANS MAGNUS ENZENSBERGER
GÜNTER GRASS
HELMUT HEISSENBÜTTEL
UWE JOHNSON
MARTIN WALSER,
dies Kollegium hat mich mit der deutschen Redaktion für die beiden ersten Jahre der Zeitschrift beauftragt.
Mit Ihren bisherigen Vorschlägen sind wir einverstanden. Auch ein viermaliges Erscheinen pro Jahr ist uns recht. Wir nehmen an, dass bei einem Umfang von 180 bis 200 Seiten jede nationale Gruppe etwa 60 bis 70 Seiten aufzubringen hat, also ein Drittel des Textes. Wie Sie die Ihren, betrachten auch wir unser Kollegium als offen für weitere Mitherausgeber. Entweder einer von uns oder einer der vielleicht hinzukommenden Schriftsteller wird nach mir die Redaktion übernehmen.

Wir wünschten uns dass die Zeitschrift auch auf der internationalen Ebene offen bleibt für den Hinzutritt weiterer nationaler Kollegien oder zumindest für eine lockere Mitarbeit von Personen ausserhalb unserer drei Länder, die aus politischen, technischen oder persönlichen Gründen noch keine eigenen Redaktionen bilden können.
Die Kosten der deutschen Ausgabe der Zeitschrift (für die Redaktion, Übersetzungen ins Deutsche, Herstellung, Werbung und Vertrieb) wird der Suhrkamp Verlag, Frankfurt am Main, übernehmen; ebenso die Reisespesen für die deutschen Teilnehmer an den internationalen Redaktionskonferenzen.
An dem von Ihnen vorgeschlagenen Titel »Work In Progress« für die Zeitschrift gefällt uns, dass er nicht übersetzt werden muss. Allerdings befürchten wir dass er den Gedanken an eine regelmässige Veröffentlichung entstehender Arbeiten nahelegt und dass er sich von seinem Wortsinn, der ja dieser Zeitschrift fern ist, kaum wird lösen lassen. Darum werden von unserer Seite die folgenden zur Erwägung gestellt:
»Diskurs« (»Discorsi«, etc.), »Jerichow« oder einen allgemein bedeutenden Ortsnamen (zum Beispiel Guernica), ohne dass es bei uns eine eindeutige Mehrheit für einen dieser Vorschläge gäbe.
Diese Frage und andere, wie die äussere Gestalt der Zeitschrift, möchten wir mit Ihnen besprechen auf einer Konferenz, an der möglichst viele Mitglieder des internationalen Kollegiums teilnehmen sollten.
Als Ort und Termin schlagen wir Ihnen Zürich und den 15. Dezember dieses Jahres vor.
Als Vorbedingung eines solchen ersten Treffens nehmen wir an, dass die nationalen Gruppen einen Vertrag abschliessen mit dem Verlag, der im jeweiligen Land die Zeitschrift herausbringen will. Dann könnten wir auf diesem Treffen einen

Vertrag der drei Gruppen miteinander, einen Vertrag der drei Verlage und die Bildung einer gemeinsamen Gesellschaft erreichen.
Zu diesem Treffen würde die deutsche Gruppe die Texte mitbringen, die sie für ihren Anteil an der ersten Nummer vorsieht, auch einige Texte für die zweite Nummer. Wäre Ihnen eine ähnliche Vorbereitung möglich, könnten wir bei dieser Gelegenheit die erste Nummer zusammenstellen und die zweite vorbereiten.
Diesen Termin einmal angenommen, glaubt der Suhrkamp Verlag die Übersetzung der italienischen und französischen Texte bis Mitte Februar organisieren zu können. Danach würde die Herstellung der ersten deutschen Ausgabe noch etwa drei Monate erfordern, so dass die Zeitschrift in den ersten Junitagen nächsten Jahres anfangen könnte zu erscheinen.
Wir bitten Sie nun uns zu schreiben ob dieser Vorschlag zu Ihrem Zeitplan passt und ob wir beide koordinieren können. Ein früherer Termin ist uns allerdings nicht möglich.
Über den Sitz der deutschen Redaktion wird erst im Dezember entschieden werden. Bis dahin bin ich über die Adresse des Suhrkamp Verlags am sichersten zu erreichen.
Wir bedauern die lange Verzögerung des Vorhabens, sind jedoch zuversichtlich dass es nunmehr rasch und zuverlässig Gestalt annehmen wird.
Mit den besten Empfehlungen
Ihr ergebener Uwe Johnson.

[142b; Anlage 2, Auszug aus einem Brief von U.J. an Helmut Heißenbüttel, Durchschlag]

Ausser den im angelegten Brief erwähnten Verträgen sind wir uns auch fast einig über die Vorzüge eines anderen,

nämlich eines Vertrags der deutschen Herausgeber mit einander. Dies, um die Rechte und Pflichten des Einzelnen einmal genau auszusprechen und in der Meinung dass Treu und Glauben am Aufschreiben nicht verhungern werden.
Zu einem solchen Vertrag möchte ich vorschlagen:
Die deutsche Redaktion sollte kollektiv sein und arbeiten, da ich mir weder die Kompetenz noch die Lust zutraue allein Entscheidungen zu treffen, die uns alle angehen werden. Dies (wie einiges vom Folgenden) setzt eine gegenseitige Information voraus, die man wohl meistens mit dem siebenfachen Versenden darauf bezüglicher Briefe wird herstellen können. Selbstverständlich wird jeder der deutschsprachigen Herausgeber vom anderen erwarten dass er regelmässig in einem vernünftigen Verhältnis Arbeiten liefert für den deutschen Anteil am Gesamtinhalt der Zeitschrift; es müsste jedoch auch so etwas wie ein gemeinsames oder verteiltes Lektorat geben in der Art dass französische Texte prüft wer Französisch dafür ausreichend beherrscht, ebenso für die Texte in anderen Sprachen, ebenso für die Übersetzungen. Gewiss müssten wir uns auch das Aufsuchen möglicher Mitarbeiter und Herausgeber teilen (und das Auffinden), da wir höchstens mehr als die ersten drei Nummern werden unter uns ausmachen können. Was nun die deutschen und internationalen Redaktionskonferenzen betrifft, können wir wohl kaum einen regelmässigen Turnus für die abwechselnde Teilnahme vereinbaren wohl aber die Bereitschaft sie nicht zu oft oder nur wegen Handwerkerbesuchs abzulehnen. Unabhängig von der Bestätigung unseres Terminvorschlags durch die Italiener und Franzosen, sollten wir eine solche gemeinsame Verabredung brieflich diskutieren und bis Ende des Sommers schliessen, damit wir rechtzeitig mit dem Suhrkamp Verlag etwas Festes vereinbaren können. Würden Sie mir auch hierzu schreiben was Ihnen einleuchtet und was nicht?

[152a; Anlage 1, Brief von U.J., Durchschlag]
Uwe Johnson
30. November 1962

Sehr geehrte Herren Leonetti und des Forêts:
Im Namen der deutschen Gruppe bedanke ich mich für Ihre Briefe vom 21. und 14. November.
Was die darin enthaltenen Vorschläge zu der Rubrik CHRONIK DER ZEIT angeht, so wiederhole ich, dass wir bereit waren, unsere Vorstellungen von dieser Rubrik durch das Mitbringen fertiger Texte zu erläutern. und sie durch eine Diskussion mit Ihnen den Vorstellungen Ihrer Gruppen anzupassen. Wenn unsere Vorschläge zur Vorbereitung der ersten Nummer von den Ihren abwichen, dann weniger aus prinzipiellen Gründen, sondern vornehmlich, weil es uns darauf ankommen musste, nun endlich anzufangen.
Auch hätten wir uns bereitfinden lassen, die erste, praktisch arbeitende, Redaktionskonferenz auf den 15. Januar 1963 zu verschieben, allerdings nicht um einen weiteren Monat, da die Zeit von jetzt bis zur Mitte des Januar, nach unserer Meinung, zu einer Fertigstellung der Texte für eine erste Nummer ausreichen könnte. Im andern Fall wäre die Publikation der ersten Nummer auf eine für unsere Verhältnisse unglückliche Weise verzögert worden.
Allerdings glaubten wir mit Ihnen einig zu sein in der Voraussetzung, dass die Aufnahme der gemeinsamen, praktischen Arbeit an dem Projekt der internationalen Zeitschrift erst sinnvoll sei, wenn jede nationale Gruppe von der Garantie eines Verlegers unterstützt ist.
Aus einem Brief jedoch, den Herr Claude Gallimard am 16. November an Herrn Unseld gerichtet hat, erfahren wir, zu unserem Befremden, dass das Haus Editions Gallimard

nicht bereit ist, den Verlag der Zeitschrift für Frankreich zu übernehmen.
Eine Abstimmung unter den sieben Mitgliedern der deutschen Gruppe hat ergeben, dass sie unter diesen Zuständen das Vertrauen in die Zukunft des Projektes nicht mehr aufbringen. Aus diesem Grunde haben wir beschlossen, auf ein internationales Treffen zu verzichten und überhaupt die Gespräche und Vorbereitungen für die geplante internationale Zeitschrift nicht fortzusetzen.
Das bedeutet für meine Person, dass ich nicht mehr beauftragt und berechtigt bin, im Namen der deutschen Gruppe das Wort in dieser Sache zu führen, und ausserdem natürlich auch nicht mehr für die deutsche Redaktion in Frage komme.
Bitte, wollen Sie glauben, dass wir diese Entwicklung bedauern, und wollen Sie versuchen, die Gründe für unsere Entscheidung zu verstehen.
Mit den besten Grüssen bin ich Ihr sehr ergebener
(DIE SCHREIBFEHLER BEDEUTEN NICHTS ALS SICH SELBST. DIE ORIGINALBRIEFE WERDEN ERST AM 5. DEZEMBER GESCHRIEBEN.)

[152b; Anlage 2, Brief v. U.J., Durchschlag]

Uwe Johnson
30. November 1962

An INGEBORG BACHMANN
WALTER BOEHLICH
H M ENZENSBERGER
GÜNTER GRASS
HELMUT HEISSENBÜTTEL
MARTIN WALSER

Wegen dieser internationalen Zeitschrift.
Eingangs und zart erlaube ich mir zu bedauern dass ich zu meiner Nachricht vom 15. November fast keine Äusserungen bekommen habe. Es ist nicht verabredet welche Art von Urteil ein Schweigen bedeuten solle. Ferngespräche führe ich nicht gern nur, weil andere nicht gern Briefe schreiben, und hätte für solche längeren Unterhaltungen gern andere Gründe.
Ein Brief von Herrn Leonetti, datiert den 21. November, betont dass die italienische Gruppe zu einem internationalen Treffen bereit ist, wenn alle drei Redaktionen die abgeschlossenen Texte für CHRONIK DER ZEIT und anthologischen Teil der ersten Nummer mehr oder weniger vollzählig mitbringen, erstens, und zweitens, die ausgearbeiteten Pläne für eine Fortsetzung der Zeitschrift. Es zeige sich dass sowohl die italienische wie die französische Gruppe mehr Zeit benötigen. Aus diesem Grunde schlage die italienische Gruppe vor das erste internationale Treffen erst am 15. Januar 1963 abzuhalten. Zu diesem Termin sollen die Prüfung der Texte für die erste Nummer und das Programm für die folgenden Nummern gleichzeitig entschieden werden. Sollten diese Voraussetzungen nicht erfüllt werden können, sind sie entschlossen ihr Interesse von dem Projekt abzuwenden.
Herr Leonetti macht nochmals Anmerkungen zur Wichtigkeit und Machart der Rubrik CHRONIK DER ZEIT, die aber beruhigt sein sollten durch unsere Bereitschaft, unsere Vorstellungen von dieser Rubrik durch das Vorzeigen druckfertiger Texte zu erläutern.
Was die Verschiebung des Termins angeht, so haben wir uns nach meiner Erinnerung geeinigt den 1. Juni 1963 als Publikations-Termin der ersten Nummer jedenfalls einhalten zu wollen. Ein Monat weiterer Verzögerung macht diesen Termin unmöglich einzuhalten. Wir können weder bei der

Übersetzung der fremdsprachigen Texte noch bei der technischen Vorbereitung und Herstellung der ersten Nummer Zeit sparen. Eine Diskussion über die frankfurter Herbstmesse als Termin für die erste Nummer zu erscheinen wäre theoretisch noch möglich.

Ein Brief vom 14. November, unterschrieben durch Herrn des Forêts, bezieht sich vornehmlich auf Geist, Wesen und Richtung der Rubrik CHRONIK DER ZEIT. Erwähnt wird der Zeitmangel, man verweist auch auf die chronologische Arbeitstafel, die damals mit Herrn Boehlich und Herrn Enzensberger diskutiert worden ist. Nach wie vor ist die französische Gruppe nicht einverstanden nun einfach anzufangen, im Gegenteil, sie möchte schon für die erste Nummer völlige Einigkeit der drei Gruppen über Geist, Wesen und Richtung von CHRONIK DER ZEIT, wie sie von der französischen Gruppe verstanden und noch einmal ausführlich vorgestellt werden.

Die Folgerungen sind diese:

Die französische Gruppe würde ein Treffen am 15. Dezember auffassen als ein vorbereitendes. Dabei könne die Gestalt der ersten Nummer diskutiert, aber nicht aufgebaut werden. Allerdings sei die französische Gruppe bereit, die von uns mitgebrachten Texte zu prüfen. Sie brächten keine, wohl aber eine Liste von Themen, die eine Behandlung verdienten, erstens, und zweitens, eine Liste von Personen, die diese Themen tatsächlich oder vielleicht behandeln sollten oder würden. Auf einem zweiten Treffen um den 15. Februar könne dann über Inhalt und Form der ersten Nummer entschieden werden.

So sehr sie dann zur Weihnachtsnummer würde, ein geduldiges Interesse liesse auch über diesen Termin eine Diskussion zu.

Abschrift eines Briefes von CLAUDE GALLIMARD an Herrn UNSELD, vom 16. November:

»Cher Monsieur,
Les projets concernant la revue internationale au sujet de laquelle vous venez de m'écrire ont toujours été très vagues pour nous, éditeurs français. Mon père avait exposé dans une lettre, au début du mois de Juin, avec précision sa position et, depuis, une série de malentendus et la période des vacances ne nous ont pas permis d'aboutir.
De toutes façons, il a toujours été formellement prévu que l'éditeur français ne devait absolument pas paraître dans cette entreprise. Je n'ai donc pas prévu de me rendre à Zurich en décembre ni même de m'y faire représenter.
Veuillez croire, cher Monsieur ...« und so fort und unterschrieben, Briefzeichen 6/MN.
Diesen Brief von Herrn Gallimard kann man nur auffassen als glatte Absage an die französische Seite des Projekts.
Wir waren grundsätzlich einig mit der Zusammenarbeit nur zu beginnen, wenn die Garantie aller Verleger so handfest wie möglich vorliegt.
Also bitte ich euch und Sie, Sie und euch, abzustimmen über den anliegenden Brief an des Forêts und Leonetti.[1] Ich nehme an dass diese Nachricht als Luftpost und durch Eilboten bis zum 3. Dezember all und jeden erreicht hat. Also müsste ich am 5. Dezember von all und jedem ein Telegramm bekommen haben können. In dem Telegramm braucht nur zu stehen: Nicht einverstanden, das heisst: mit dem anliegenden Brief. Ein Schweigen werde ich als Zustimmung auffassen. Wer diesem Brief, schweigend oder mit Hilfe der Post, zustimmt, wolle mir bitte die ihm zugegangene Kopie des anliegenden Briefes von eigener Hand unterschrieben zurückschicken bei Gelegenheit. Wir sind sieben. Ein Verhältnis von drei Nein und vier Ja zu dem Brief genügt, ihn am 5. Dezember abends abzuschicken.
Das Ja oder Nein sollte sich, bitte, beziehen auf den Inhalt dieses Briefes, nicht auf die Form.

Zur Begründung dieser Abstimmung füge ich hinzu dass wir von der französischen Gruppe über zwei Jahre getäuscht wurden hinsichtlich des Interesses von Gallimard. Wir könnten wenig Vertrauen haben zu jeder Art von Zusammenarbeit.
Wäre die Mehrheit von uns dafür diesen Brief abzuschikken, betrachtete ich mich ab 5. Dezember abends nicht mehr als künftigen Redakteur oder Wortführer dieser Sache. Der Zusammenschluss von uns sieben, da er nur dieser Sache galt, wäre damit aufgelöst. Dann könnte ich Ihnen und euch nur noch mitteilen dass uns andere Vorschläge gemacht werden für eine deutsche Zeitschrift; ausserdem, wie verabredet, Herrn Augstein mitteilen dass wir nunmehr frei sind Vorschläge anzuhören.
Yours, truly,
Uwe.

1 Siehe S. 1106f.

Berlin Friedenau
12. Dezember 1962

AN
INGEBORG BACHMANN
WALTER BOEHLICH
HANS MAGNUS ENZENSBERGER
GÜNTER GRASS
HELMUT HEISSENBÜTTEL
PETER RÜHMKORF
MARTIN WALSER
SIEGFRIED UNSELD
Mein Brief vom 6. Dezember entspricht den Ihnen und euch zugesandten Kopien des Entwurfs, der vom 3. Dezember datiert ist. Er hat Herrn Leonetti und Herrn des Forêts mitgeteilt dass wir nicht länger an der internationalen Zeit-

schrift interessiert sind, da ihre französische Ausgabe, entgegen den Versicherungen der französischen Gruppe, nicht durch einen Verleger in Frankreich garantiert ist. Diese Entscheidung ist von Ihnen und euch durch Briefe, telefonische Gespräche, Schweigen anerkannt worden.
Dabei wurde von einigen vorgeschlagen diese Absage nicht grundsätzlich zu verstehen sondern sie unter diesen Umständen nur aufrechtzuerhalten, sollten die Umstände nicht besser werden. Besserungen wären:
– Die Existenz einer französischen Verlagsgarantie
– dass auch die französische Gruppe mit fertigen Texten zu einer ersten internationalen Redaktionskonferenz erschiene.
Aus Briefen zwischen des Forêts und Leonetti vom 30. November und dritten Dezember (von denen mir Kopien, zu denen mir Bemerkungen am 4. Dezember, 3. Dezember zugesandt wurden) geht hervor dass die französische Gruppe bereit ist zu einem Treffen Mitte Januar nächsten Jahres die druckfertigen Texte für die Nummer I mitzubringen, aus denen man dann auswählen könnte für die tatsächliche Publikation; es wird auch von einer Nummer 0 gesprochen, die vielleicht als erste so bezeichnet werden soll um Mängel zu entschuldigen, 0 sei ja auch eine Zahl. Herr Leonetti begrüsst das und beglückwünscht uns zu unserer Hartnäkkigkeit in dieser Frage und zu der dadurch verursachten Lösung. Beide sind sich einig dass dies Treffen in Paris stattfinden solle. Auf diese Briefe kann ich vorerst nicht antworten, da sie eintrafen nachdem unsere Absage abgegangen war und aus einem andern Grund:
Am 10. Dezember nachmittags hatte offenbar Mascolo den Brief mit unserer Absage erhalten und rief, mit Erregung, Herrn Boehlich in Frankfurt an. Er versuchte ihm mitzuteilen dass unsere Reaktion unberechtigt sei, stünden doch erfolgversprechende Verhandlungen mit dem Verlag Julliard nicht schlecht.

Davon erfuhr ich am 10. Dezember abends, dazu schickte ich sofort dies Telegramm an Mascolo: BITTE VERANLASSEN SIE VERLAG JULLIARD DRINGEND ZUR ABGABE EINER GARANTIE-ERKLÄRUNG FÜR DIE ZEITSCHRIFT GEGENÜBER EINAUDI UND SUHRKAMP.

Am 11. Dezember abends rief ich Herrn Unseld an und erfuhr dass am Vormittag Herr Mascolo Herrn Boehlich angerufen hatte, denn er war im Besitz des Telegramms. Er versuchte uns zu einer Besprechung in Paris unverzüglich zu bewegen, Herr Boehlich beschützte uns. Er hatte auch mit Einaudi schon telefoniert, davon weiss ich nichts. Er versicherte dass die Verhandlungen mit Julliard abgeschlossen seien, der Verlag werde seine Garantie demnächst übergeben, demnächst darf aufgefasst und erwartet werden: noch in dieser Woche.

Erlauben Sie mir nun die Frage:

– Würden Sie, würdet ihr zu einer internationalen Konferenz über die Zeitschrift kommen, wenn die Garantie aller drei Verlage unzweifelhaft existiert und, zum andern, alle Voraussetzungen erfüllt sind, mit denen man auf dieser Konferenz die erste Nummer praktisch herstellen könnte?

Und die Zusatzfrage:

– Würden auch Sie, würdet auch ihr darauf bestehen dass diese Konferenz nicht in Paris sondern an einem neutralen Ort stattfindet (da erstens die Reisekosten dann gleichmässiger verteilt sind, zweitens die Deckung der nationalen Reisekosten die Entschlossenheit der Verlage, besonders des französischen, zu beweisen geeignet wäre, und, drittens, ein Ort in der Mitte, etwa Zürich, die Besprechungen unabhängig machte von atmosphärischen Störungen wie sie an Verlagsorten zu erwarten sind)? und zwar zu einem Termin um den 18. Januar 1963?

Die Antworten bitte ich bis Weihnachten an meine Adresse

zu schicken, möglichst bis zum 23. Dezember. Ein Schweigen müsste ich auffassen als Bekundung völligen Desinteresses an diesem Projekt überhaupt.
Gegen die Regel erlaube ich mir einen persönlichen Hinweis. Die bisher gemachten Erfahrungen fordern auf zu Misstrauen. Selbst nachdem an der Bereitschaft eines französischen Verlags zur Unterstützung des Projekts nicht zu zweifeln wäre, hätten wir die grösseren Schwierigkeiten noch zu überwinden, hinsichtlich des französischen Anspruchs auf die Führung, hinsichtlich der ideologischen Verständigung aller drei Gruppen, hinsichtlich der technischen Produktion. Es liegen wenig Anzeichen vor dafür dass die Lust an der Diskussion umschlägt in Lust an der Arbeit.
Die Zusammensetzung der französischen Gruppe beschreibt eine Insel, vielleicht nur eine Front in der französischen Literatur der Gegenwart, jedoch nicht ihr Ganzes. Die Zusammensetzung der italienischen Gruppe ist an zwei Punkten rein dekorativ. Überdies ist fraglich ob das gemeinsame Interesse der drei Gruppen an einer gemeinsamen Zeitschrift genügt sie in einer zusammenzuhalten.
Die Person und die Funktion von Herrn Mascolo erscheinen seit einiger Zeit nicht mehr vertrauenswürdig. Die französische Gruppe hat uns zwei Jahre lang glauben lassen das Projekt sei sowohl bei ihr als auch beim Verlag Gallimard startbereit, machte uns Zögerns wegen Vorwürfe. Nicht von ihr sondern durch andere und Zufall haben wir erfahren dass die Rede vom Gegenteil sein muss. Werden wir schon über die Voraussetzungen der Arbeit nicht unterrichtet, wieviel Aufrichtigkeit dürfen wir dann in der Zusammenarbeit erwarten? Herr des Forêts ist uns gegenüber als Wortführer und künftiger Redakteur der französischen Gruppe benannt worden. Die Briefe, die er unterschreibt, sind von Herrn Mascolo konzipiert. Warum also mit ihm reden, da er

nicht schreiben kann, oder darf? Auch hat Herr des Forêts sich bisher weder zu unserm Brief noch zu meinem Telegramm geäussert.
Für mich gäbe es ausser der zweifelhaften Haltung des französischen Verlags also noch mehrere Gründe, von diesem Projekt nur noch Zeitverlust und Ärger zu erwarten.
Nun bitte ich dringend mir die Antworten, die die Fragen auf der vorigen Seite verlangen, zu übergeben.
Yours,
P. S.
Soeben ein gröberer Brief von des Forêts. Kopie meiner Antwort liegt an.

[159a; Anlage, Brief von U.J., Durchschlag]

Uwe Johnson
Berlin Friedenau
26. Dezember 1962
An
INGEBORG BACHMANN
WALTER BOEHLICH
HANS MAGNUS ENZENSBERGER
GÜNTER GRASS
HELMUT HEISSENBÜTTEL
MARTIN WALSER
wegen der internationalen Zeitschrift.
Von uns sieben haben sechs sich bereit erklärt zu einer Zusammenkunft mit den Angehörigen der französischen und italienischen Gruppe zu kommen, sollte die Garantie aller Verlage vorliegen. Am 14. Dezember hat Herr Christian Bourgois namens des Verlages Julliard versprochen eine der von Suhrkamp gegebenen entsprechende Garantie zu geben, selbst auf einem solchen Treffen zu erscheinen, zusammen mit Herrn Einaudi oder einem von dessen Bevollmäch-

tigten. Ausserdem wird Herr Maurice Nadeau im Interesse des internationalen Projektes die Redaktion von »Lettres Nouvelles« aufgeben. Der Termin für ein solches Treffen ist: der 18. und der 19. Januar. Ich bitte Sie und euch, diese Tage dafür freizuhalten, und werde am 10. die endgültige Bestätigung, die Hoteladresse, den möglichst spätesten Ankunfttermin etc. mitteilen. Die Kosten für die Reisen, die Übernachtung der deutschen Mitglieder werden vom Suhrkamp Verlag nach dem Treffen erstattet werden.
Von uns sieben haben fünf nicht verzichten mögen auf einen neutralen Ort zwischen den drei Ländern. Eben darum werde ich Herrn des Forêts und Herrn Leonetti bitten, unserm züricher Vorschlag zuzustimmen oder einen andern Ort in der Schweiz vorzuschlagen. Kopien dieser beiden Briefe liegen an.
Herr Heissenbüttel hat, nachdem wir vom Rücktritt des Hauses Gallimard erfuhren, ein allgemeines Misstrauen bestätigt gesehen und sein Interesse nicht übertragen mögen auf eine rein deutsche Zeitschrift. Herr Heissenbüttel war bisher telefonisch nicht erreichbar; nunmehr werde ich ihn brieflich fragen ob er für eine internationale Zeitschrift bei uns bliebe und ihn darum bitten.
Zu dem Treffen bitte ich die für eine 1. Nummer vorgesehenen Texte mitzubringen, ferner Vorschläge für die folgenden Nummern, ferner Anregungen für eine Änderung meines brieflichen Betragens. Yours, truly,
Uwe Johnson.

[162a; Anlage 1, Brief von U.J., Durchschlag]

27. Januar 1963

Sehr geehrter Herr des Forêts,
Sehr geehrter Herr Leonetti,
Erlauben Sie mir eine kurze Zusammenfassung unserer Vereinbarungen vom 19. und 20. Januar in Zürich.

Die italienische, französische und deutsche Gruppe sind nunmehr endgültig übereingekommen, mit den Verlagen Einaudi, Julliard und Suhrkamp eine internationale Zeitschrift herauszubringen.
Ihr Titel wird wahrscheinlich sein »Gulliver«, jedoch muss darüber noch endgültig entschieden werden.
Als Termin für das Erscheinen der ersten Nummer nehmen wir den 1. September 1963 an. Bis dahin werden wir keine Interviews über unseren Plan geben.
Am 15. Februar wird jede nationale Gruppe die für die Nummer I bestimmten Texte der anderen nationalen Gruppen in Händen haben. (Die Adresse der deutschsprachigen Redaktion ist für diesen Vorgang: Fräulein J.M. Kirchner, Suhrkamp Verlag.)
Die internationale Konferenz zur Redaktion von Nummer I wird vor oder nach Ostern in Paris stattfinden. (Von deutscher Seite werden kommen: Walter Boehlich, Uwe Johnson. Bitte, würden Sie versuchen die Tage für diese Konferenz vor Ostern zu wählen, da wir nach Ostern dringende Verpflichtungen haben.)
Was die Aufnahme oder Ausscheidung nationaler Beiträge bei der internationalen Konferenz angeht, so verabredeten wir, dass jeder Beitrag diskutiert werden kann hinsichtlich seiner Aktualität für die anderen Länder, hinsichtlich seiner Haltung, womöglich auch hinsichtlich seiner Qualität. Ist über einen Beitrag keine Einmütigkeit zu erzielen, wird er der betroffenen Redaktion zurückgegeben. Schlägt diese nationale Redaktion den strittigen Beitrag für die folgende Nummer abermals vor, und zwar mit Unterstützung aller ihr zugehörigen Herausgeber, muss er aufgenommen werden.
Die nächsten uns gemeinsamen Termine sind der 1. Juli, an dem der internationale Austausch der für Nummer II vorgeschlagenen Beiträge abgeschlossen sein soll; danach der

1. September für die internationale Redaktionskonferenz über Nummer II in Torino.
Unsere Vereinbarungen über die gemeinsame Arbeit für diese Zeitschrift gelten, vom Erscheinen der Nummer I an gerechnet, für zwei Jahre.
Für unsere Korrespondenz und für die Konferenzen benutzt jede nationale Gruppe ihre eigene Sprache, so dass sie bei Konferenzen von einem Dolmetscher begleitet sein wird.
Sehr geehrte Herren, wir alle sind sehr zufrieden mit dem Erfolg unserer Gespräche und hoffen auf eine gute, fruchtbare Zusammenarbeit.
Mit den besten Grüssen
Ihr sehr ergebener
Uwe Johnson.

[162b; Anlage 2, Durchschlag]
Uwe Johnson

27. Januar 1963

An
INGEBORG BACHMANN
WALTER BOEHLICH
HANS MAGNUS ENZENSBERGER
GÜNTER GRASS
HELMUT HEISSENBÜTTEL
MARTIN WALSER
wegen der internationalen Zeitschrift.
Während der Besprechungen in Zürich vom 18. bis 20. Januar vereinbarten wir endgültig, in Zusammenarbeit mit den uns bekannten französischen und italienischen Gruppen eine internationale Zeitschrift herauszugeben.
Unter Herausgabe verstehen wir seitdem:
- dass wir diese Zeitschrift als ein gemeinsames Unternehmen von uns gemeinsamem Interesse auffassen, also:
- dass wir in einem Jahr mindestens zwei Beiträge eigens für diese Zeitschrift schreiben werden,

- dass wir für sie weitere Mitarbeiter und Themen suchen werden,
- dass wir dem jeweiligen Redakteur Anfragen wegen dieser Zeitschrift beantworten werden,
- dass wir, je nach Fähigkeit, Teile des französischen, italienischen, deutschen Lektorats übernehmen werden,
- dass wir abwechselnd den jeweiligen Redakteur zu den internationalen Redaktionskonferenzen begleiten werden;
- dies alles für zwei Jahre, vom Erscheinen der ersten Nummer an.

Mit der Vertretung der deutschsprachigen Gruppe gegenüber den anderen und der Redaktion der deutschsprachigen Ausgabe ist Uwe Johnson beauftragt. Nach zwei Jahren wird er darin von einem der jetzigen oder künftigen Herausgeber abgelöst, also wahrscheinlich am 1. September 1965.

Der Redakteur hat Vollmacht,
- ausgenommen bei der Zuwahl eines neuen Herausgebers, mit der die bisherigen sämtlich einverstanden sein müssen,
- ausgenommen die Fälle, in denen die Herausgeber ihm sämtlich widersprechen.

Unter diesen Voraussetzungen garantiert der Suhrkamp Verlag die deutschsprachige Ausgabe, vom Erscheinen der ersten Nummer an gerechnet, für zwei Jahre.

ZEITPLAN
für Nummer I:

15. Februar 1963	Internationaler Austausch der Manuskripte abgeschlossen
1. April	Ankunft der Übersetzungen ins Deutsche, Beginn der internen Diskussion

um Ostern	Internationale Konferenz in Paris
1. Mai	Der Text der deutschsprachigen Ausgabe ist satzfertig
1. September	Erscheinen.

für Nummer II:

1. Juli	Internationaler Austausch der Manuskripte abgeschlossen
15. August	Ablieferung der Übersetzungen ins Deutsche, Beginn der internen Diskussion
1. September	Internationale Konferenz in Torino
10. September	Der Text der deutschsprachigen Ausgabe ist satzfertig
1. Dezember	Erscheinen von II.

für Nummer III:

1. November	Internationaler Austausch der Manuskripte abgeschlossen
15. Dezember	Ablieferung der Übersetzungen ins Deutsche, Beginn der internen Diskussion
um 1. Januar 1964	Internationale Konferenz in Frankfurt/M.
10. Januar 1964	Der Text der deutschsprachigen Ausgabe ist satzfertig
1. April 1964	Erscheinen von III.

ZU NUMMER I Aus dem Zeitplan geht hervor, dass die Herausgeber ihre für die Nummer I bestimmten Texte, die in Zürich vorgezeigt oder versprochen wurden, so auf die Post bringen, dass sie am 11. Februar spätestens bei der Redaktion ankommen.

Die Adresse der Redaktion für diesen Vorgang ist diesmal noch der Suhrkamp Verlag, Postfach 16647, Frankfurt am Main 1; c/o Fräulein J. M. Kirchner.

ZU NUMMER II An Beiträgen für diese Nummer sind bisher zugesagt:
Frau Bachmann: wird ihre »Bemerkungen« fortsetzen.
Hans Magnus Enzensberger: wird sich, voraussichtlich, in einem Aufsatz mit der Selbstdarstellung von Nationen gegenüber anderen befassen.
Helmut Heissenbüttel: wird zwei Gedichte, auch ein kürzeres Prosastück zur Verfügung haben.
Martin Walser und Günter Grass: werden mit dem Bundesminister des Inneren, Höcherl, ein Interview anstellen hinsichtlich seines Gesprächs mit Jewgenij Jewtuschenko.
Uwe Johnson: wird zu dem Vorigen eine Chronik des Deutschlandbesuchs von J. Jewtuschenko beibringen.

(In diesem Zusammenhang eine Analyse der Lyrik Jewtuschenkos zu schreiben ist Klaus Wagenbach vorgeschlagen, Kenntnissen des Russischen wegen. Noch nicht zugesagt.)
Walter Boehlich, Peter Rühmkorf: werden um Vorschläge gebeten.

Yours, truly,
Uwe.

[166a; Anlage, Brief von U. J.]

2. März 1963

Lieber Siegfried wegen der internationalen Zeitschrift wollte ich dich was fragen.

Nämlich, Fräulein Kirchner müsste ejtzt bis Ostern nein jetzt bis Ostern

- die Übersetzer an ihre Termine erinnern
- eine Mappe anlegen mit den jetzt eingelaufenen deutschen Beiträgen, denen später die Übersetzungen der französischen und italienischen Beiträge beigefügt werden.

Sie ist aber verreist. Wem ist ihre Arbeit nun übertragen? Diese Person bitte ich also mir den Aufsatz von Heissenbüttel zu schicken und mir ausserdem zu sagen wo ich die Unterlagen der Zeitschrift finden kann, sollte ich zufällig einmal im Verlag sein, sie aber nicht.

Zweitens.

Unerklärlicher Weise ist vom verspäteten Beitrag der Frau Bachmann ein Exemplar nur nach Paris geschickt worden, der Rest nach Berlin. Von uns konnte da niemand sein, aber es wäre mir möglich gewesen den Text aus dem Schliessfach holen zu lassen, wäre er von aussen noch kenntlich gewesen. Nun ist er nicht weniger als achtzehn Tage verspätet nach Italien abgegangen. Damit komme ich zu dem Punkt: diese internationale Zeitschrift hat nicht nur eine französische, sondern auch eine italienische Seite und Adresse, und die heisst Francesco Leonetti, c/o casa editrice Einaudi, Via Umberto Biancamano 1, Torino, Italia.

Yours,

Uwe.

Miramare Beach Hotel
Korfu
Uwe Johnson
29. April 1963

An
INGEBORG BACHMANN
WALTER BOEHLICH
HANS MAGNUS ENZENSBERGER
GÜNTER GRASS
HELMUT HEISSENBÜTTEL
PETER RÜHMKORF
MARTIN WALSER
UND
SIEGFRIED UNSELD
wegen der internationalen Zeitschrift.

Am 18. April 16 Uhr begann im Hause Julliard eine Besprechung über die Zeitschrift, die die erste Redaktionskonferenz hätte sein sollen. Von der französischen Seite waren anwesend: ANTELME/BARTHES/BLANCHOT/MASCOLO/NADEAU/BOURGOIS; von der italienischen: CALVINO/LEONETTI/VITTORINI; von der deutschen: BACHMANN/BOEHLICH/JOHNSON.

Nach der Eröffnung erklärte ich, dass die Angehörigen der deutschsprachigen Gruppe sich nicht in der Lage sehen würden, den grössten Teil der französischen Texte vor dem deutschen Publikum herauszugeben, und zwar mit folgenden Gründen:

– die vorwiegend theoretische Spekulation in den französischen Texten ergebe einen in Deutschland gegenwärtig nicht aktuellen Stil des Essays. Das Publikum, an das die deutschsprachigen Herausgeber sich in Deutschland wenden wollen, werde eine Schreibweise wie [die] der französischen Gruppe nicht verstehen. Diese Schreibweise, eine so progressive Haltung ihr auch zugrundeliegen möge, sei für

Deutschland erzkonservativ, und ihr entsprechende Zeitschriften existierten bereits.
– Ähnlich fremd scheine uns das Verhalten der französischen Schreibweise zu wirklichen Gegenständen, insbesondere zu solchen der Politik. Die Realität erscheine nur in sehr kleinen Bruchstücken, die benutzt würden als Startplatz für allgemein philosophische und gebildete Abstraktionen und Folgerungen. Der Kindesmord von Lüttich wie der Krieg in Algerien seien so indifferent, so indirekt dargeboten; von den deutschen Herausgebern sei aber unmittelbare, ausgesprochene Äusserung erwartet, damit auch von ihrer Zeitschrift.
– Der Umfang der so genannten »anthologischen« Texte sei zu gering; ihre Art stehe zu der geplanten Zeitschrift, insbesondere einer ersten Nummer in einem zufälligen Verhältnis.
Zwar gelte diese Unvereinbarkeit viel weniger hinsichtlich der italienischen Texte. Da aber auch die deutschsprachige Gruppe die von ihr beigebrachten Texte bei weitem nicht ausreichend finde für ein internationales Vorhaben, und da die französische Eigenart des Schreibens aus der Fragment-Ideologie dieser Gruppe erwachse, sei eine Verständigung in der nächsten Zeit nicht abzusehen, jedenfalls nicht zu den in Zürich in Aussicht genommenen Terminen.
(Es wurde weder erwähnt noch angedeutet, dass man die französischen Texte ebensogut hätte als schlecht bezeichnen dürfen.)
Diesen Mitteilungen wurde begegnet mit dem Vorschlag alles noch einmal zu diskutieren. Am 19. nachmittags und am 20. vormittags folgten also weitere Besprechungen.
Die französische Gruppe erläuterte mehrmals eine Theorie, nach der die strittigen Texte in einer internationalen Anordnung nach Themen und Zusammenhängen ausgereift und harmonisch wirken könnten, so hässlich sie uns auch allein

erschienen. Wir behaupteten, dass dadurch die Texte ja nicht anders würden; jedoch stand man öfters kurz vor dem Versuch, eine solche Zusammenstellung einzurichten oder die französische zu diskutieren.
Leonetti äusserte die Vermutung, die deutschsprachigen Herausgeber hätten sich von Anfang an ohne grossen Ernst in das Unternehmen eingelassen, und bezeichnend sei die Leichtigkeit, mit der wir es jetzt aufkündigten.
Allgemein schien die Meinung, dass die von mir vorgetragene Meinung nicht der tatsächlichen Auffassung der deutschsprachigen Herausgeber entspreche. So habe Günter Grass bei seiner letzten Reise durch Mailand dergleichen nicht angekündigt; wiederholt wurde verwiesen auf Verständigungen, die vor Jahren mit Hans Magnus Enzensberger erreicht worden seien, und fühlbar war die Hoffnung, mit seiner Anwesenheit werde dies alles verschwinden wie ein Spuk.
Herr Bourgois setzte für das Wort Unvereinbarkeit das Wort Vielfalt und wies darauf hin, gerade Vielfalt sei doch in Zürich verabredet worden. Düster und ungenau wies er hin auf die verheerenden Folgen unserer Weigerung in internationalen Zusammenhängen. Dessen seien wir uns wohl nicht bewusst.
Viel Wortwechsel wurde hervorgerufen durch Missverständnis der Worte INDIREKT, ABSTRAKTION. Wo wir die Haltung als indirekt bezeichneten, hörte man uns die Schreibweise meinen, und wies auf unsere eigenen Indirektheiten hin.
Herr Blanchot zeigte sich besorgt um die Idee eines geistigen Europa, der mit einem Scheitern des Projekts tragischer Schaden zugefügt werde, und wollte sich für den Anfang mit einem ganz geringen Anteil an der Zeitschrift (der französischen Gruppe) zufrieden geben, wenn nur die italienische und deutschsprachige Gruppe überhaupt damit anfingen.

Leonetti und Vittorini erklärten darauf, dass auch sie in den französischen Texten eine Entsprechung zu einer konservativen und katholischen Schreibweise in Italien erkennen. Dennoch billigten sie die französischen Texte, nannten sie interessant und für eine italienische Ausgabe der Zeitschrift geeignet.

Die Vorstellung der deutschsprachigen Herausgeber von der internationalen Zeitschrift wurde verschiedentlich als zu egoistisch national bezeichnet, und was unser angeblich spezielles Publikum angehe, so wolle man das ja auch von französischer Seite mit genau diesen französischen Texten erreichen.

Darauf war ein Abendessen mit Angehörigen der italienischen Gruppe immer noch möglich.

Am 19. April

erläuterte Frau Bachmann, dass die deutschsprachigen Herausgeber keineswegs das Recht beanspruchten, andere nationale Schreibweisen zu zensieren oder zu ändern. Des weiteren, dass wir nicht glücklich werden könnten mit der Uniformität der französischen Texte, die eben wenig Individualität und Eigenart zeigten. Viel lieber sei uns eine Vielfalt persönlicher Auftritte in der Zeitschrift als eben diese Schule, viel lieber ein wirklicher Blanchot als dieser im Banne einer Fragmentideologie. Hier wurde der Name Mascolo zum ersten Mal ausdrücklich nicht erwähnt.

Blanchot erwiderte, dass gerade diese Unkenntlichkeit der französischen Verfasser beabsichtigt sei, am besten hätte man die Namen überhaupt fortgelassen. Er entwickelte die Idee einer namenlos verschworenen Schriftstellergemeinschaft, die ihm Voraussetzung für eine wahre und echte Zeitschriftenstruktur war.

Leonetti zeigte sich gegen diese Art prästabilisierter Theorie misstrauisch, bekannte sich jedoch abermals zu den französischen Texten und wünschte sie sich nur ein bisschen internationalisiert.

Butor, der für eine Stunde gekommen war, nannte diese Art der Diskussion sinnloses Karussell. Die Frage sei, ob die Anwesenden eine internationale Zeitschrift denn eigentlich wollten. Was die französische Gruppe angehe, so sei sie zu gross, da ihr eine spezielle Arbeitsexekutive fehle, und sie sei zu klein, denn sie umfasse zu wenige allen bekannte Namen oder Personen. Die französischen Texte erklärte er für wunderlich und beunruhigend. Zwar seien sie intelligent und sublim, aber nur geeignet für eine ganz kleine innerfranzösische Zeitschrift in kleiner edler Auflage, und eigentlich ein Elfenbeinturm mitten im St. Germain des Prés, kaum übersetzbar, da zum Beispiel Blanchot und Barthes ein schwieriges persönliches Vokabular verwendeten, und das in solchen kleinen hermetischen Texten. Die deutschen Einwände seien begründet und sollten berücksichtigt werden in der Diskussion.

Des Forêts erkundigte sich, ob sie denn also abtreten sollten alle.

Blanchot erklärte sich bereit, zugunsten der Idee des Übernationalen auf einen französischen Beitrag zu der Zeitschrift vorerst zu verzichten. Die deutschsprachige Delegation sei dringlich gebeten, ihre besondere Vorstellung von einer internationalen Zeitschrift vorzutragen und die Personen zu nennen, mit denen in Frankreich zusammenzuarbeiten ihnen lieber wäre.

Für Vittorini war Butor zu weit gegangen. Die Franzosen sollten selber entscheiden, wer für die Mitarbeit von französischer Seite geeignet sei. Die jetzigen Mitglieder der französischen Gruppe schätze er zu hoch, als dass er auf einen von ihnen verzichten könne; ausserdem hätten sie das Projekt begonnen und schon so viel dafür geleistet. Überlege man alles drei Monate lang und diskutiere es selbstkritisch, seien danach bessere Texte und bessere Verständigung zu erwarten.

Butor schlug der französischen Gruppe vor, drei Wortführer zu wählen, zwar niemand auszuschliessen, aber nach anderen Texten zu suchen.
Hingegen Mascolo bestand darauf die französische Gruppe sei wenn überhaupt eine Schule das auch noch in drei Monaten.
Butor: Über die Ideologie des Fragments sei Nachteiliges nicht vorzubringen, solange sie angewandt werde auf eine sehr kleine französische Zeitschrift.
Blanchot: Sollen doch die Ausländer endlich sagen mit wem sie arbeiten wollen, vielleicht mit Sartre.
Vittorini: möchte mit Sartre nicht zusammen eine Zeitschrift herausgeben. Mit ihm als Person, das eher, jedoch nicht mit seiner Schule. Er sei zufrieden mit der vorhandenen französischen Gruppe, wenn auch geringfügige Sinnesänderungen angenehm wären.
Boehlich: Texte wie die vorliegenden als Nachrichten aus dem Elfenbeinturm zu St. Germain des Prés seien unannehmbar.
Blanchot: Nun nennen aber auch die Kommunisten Sartre einen Elfenbeintürmer.
Mascolo: Die deutschsprachige Gruppe sehe die Revue nicht genug als Totalität. In einer Montage mit ihren Texten zusammen wirken die französischen Texte nämlich doch ganz anders. Zum Beispiel seien die italienischen Texte viel zu soziologisch, aber in einer Zusammenstellung mit den französischen bekämen sie sicherlich einen neuen und besseren Sinn.
Butor: die französischen Texte seien gerade im Zusammenhang mit anderen noch weniger lesbar. Eine Verteidigung des Getanen sei nicht fruchtbar.
Mascolo: der französische Entwurf einer Montage aller Texte muss vorgestellt und diskutiert werden. etc. etc. Pause.

Blanchot: Die Deutschen sollen ihre Namen nennen.
Johnson: das Folgende sei zu verstehen als gesagt auf eigene Rechnung, da eine Besprechung oder Abstimmung mit den Herausgebern daheim gerade nicht möglich sei; vielleicht entspreche es deren Auffassung sinngemäss. Tatsächlich wünschten wir uns eher eine Zeitschrift mit persönlichen, ausgesprochen unmittelbaren politischen Haltungen. Des weiteren, eine Zusammenarbeit mit Autoren, deren Werk in Deutschland gerade diskutiert wird und deren persönliches Auftreten in einer internationalen Zeitschrift durchaus erwartet würde: Blanchot, Nadeau, Sartre, Simon, Sarraute, Robbe-Grillet, Butor, Duras, Yacine.
Darauf trat ich als Wortführer und inskünftiger Redakteur der deutschsprachigen Gruppe zurück. Nachdem man verlangt habe nach der vorigen Auskunft, hinderten mich psychologische Schwierigkeiten an der weiteren Zusammenarbeit mit einer Gruppe, deren Richtung und Personenkreis ich hätte bezeichnen müssen als unseren Absichten nicht völlig entsprechend. Nachdem die anwesende Gruppe soviel geleistet habe für dies Projekt, könne ich auch nicht gemeinsame Sache machen mit einer anderen Gruppe, die dieser nicht freundlich gesinnt sei.
Darauf Blanchot, Mascolo, Butor: man wisse durchaus zu würdigen dass ich lediglich beauftragt sei die schlimmen Nachrichten aus Deutschland vorzutragen, das berühre die persönlichen Verhältnisse gar nicht, dieser Entschluss möge nicht endgültig sein.
Johnson: wiederholt seine Gründe und wird beauftragt, Ihnen und euch die Ergebnisse all dieser Besprechungen vorzutragen.
Leonetti schlägt den Franzosen vor, ein neues Komitee zu bilden aus Butor und Blanchot und Nadeau.
Nadeau macht das abhängig von einer verantwortlich führenden Rolle Blanchots.

Die will aber Blanchot nicht, er möchte arbeiten wie jeder.
Darauf lehnt Nadeau ab.
Butor redet Blanchot zu. Er selbst möchte nicht betont werden.
Blanchot will die bisherige Gruppe nicht einmal geführt haben.
Butor: Blanchot ist aber am besten geeignet.
Blanchot: Wenn ich aber doch bisher alles falsch gemacht habe.
Etc. Darauf Unterhaltung über Reformen im allgemeinen, über Missverständnisse terminologischer Art, über die Unpersönlichkeit der französischen Schreibweise als Ideal (Mascolo: Am liebsten wären sie alle aus dem neunzehnten Jahrhundert und vergessen), über die anthologischen Texte des französischen Beitrags, und Herr Boehlich spricht von der Ehrlichkeit als der Voraussetzung jeden weiteren Gesprächs.
Nadeau schlägt vor sich damit abzufinden, dass die Nummer I die Nummer 0 war, neue Themen zu stellen, dann neue Beiträge zu schreiben.
Frau Bachmann: reformbedürftig seien auch die anderen Gruppen, die deutsche wie die italienische.
Mascolo redet merkwürdiger Weise über polnische Kontakte.
Blanchot zieht eine Liste aus der Tasche, die wie er sagt von uns in Zürich überreicht wurde und unsere Vorschläge für französische Mitarbeit enthalte. Es sei bezeichnend, dass unsere heutigen Angaben damit überhaupt nicht übereinstimmten. Das Papier geht zu Mascolo, der tief und bitter nickt, es zurückgibt an Blanchot. Die anwesenden deutschsprachigen Herausgeber haben keine Ahnung was für eine Liste das ist und haben sie nicht in Zürich übergeben, soviel sie wissen.

Inzwischen ist Butor gegangen und Antelme weist dessen Bemerkung als zu radikal zurück. Er zeigt sich persönlich gekränkt, spricht von Gewaltstreich und murmelt auch undeutlich.

Nadeau bestätigt diese Einschätzung von Butors Auftreten, erklärt sich einverstanden mit der Fragmenttheorie, bittet aber die Revue als ein Instrument der Zusammenarbeit zu planen, deswegen auf Prinzipienfragen und solche des Personenkreises zu verzichten.

Mascolo: Ja wollen die Deutschen denn den Cours des Choses, wollen sie denn überhaupt die Montage der Texte diskutieren.

Boehlich: wie öfters. Und erläutert den Protest der deutschsprachigen Gruppe gegen einerseits die Masse der französischen Fragmente und gegen andererseits deren Unzulänglichkeit.

Nadeau: Und durchnumerieren sollte man den Cours des Choses.

Vittorini hält eine Diskussion über den Entwurf einer Montage nicht für sinnvoll, solange man nicht einig sei über das Montierte.

Calvino erklärt, er sei mit allen Texten nicht recht zufrieden. Die Theorien des Fragments und des Cours des Choses seien durch die Deutschen in Frage gestellt, nun gelte es Kompromisse vorzubereiten, auch neue Texte vorzulegen in drei Monaten und im September eine neue Diskussion zu veranstalten. Dann wird man sehen.

Zum ersten Mal erhebt sich der Vorschlag, eine italienisch-französische Revue zu gründen mit möglicher deutscher Mitarbeit.

Antelme stellt für die französische Gruppe fest, sie sei müde sich angreifen zu lassen, und für die deutsche, sie sei müde noch zuzuhören.

Nun erst recht stimmt Herr Boehlich namens der deutschsprachigen Delegation zu, am nächsten Morgen wiederum zusammenzukommen und den französischen Entwurf einer Montage aller vorliegenden Texte ausgiebig zu diskutieren.

20. April

Ohnehin dazu verurteilt, in diesem Stück die Rolle des Schurken zu spielen, überreichte ich der Sekretärin der französischen Gruppe einen dickeren Nelkenstrauss als Dank für ihre Dolmetschermühen.

Blanchot erklärt den literarischen Kommunismus der französischen Gruppe für augenblicklich gescheitert. Er erkennt ein deutsches Äquivalent des Fragments jedoch in den »Spuren« von Ernst Bloch. Er betont dass die drei Gruppen wenn auch nicht literarisch so doch politisch verbunden sind und macht den Vorschlag, eine mehr politische Revue mit mehr anthologischen Texten vorzubereiten und bezieht sich auf die Revue »14. Juli«, in der durchaus verschiedene Haltungen sich vereinigt hätten in einer antigaullistischen.[1]

Nadeau ist grundsätzlich einverstanden, fürchtet aber neue Schwierigkeiten aus den nationalen Einseitigkeiten und Vordringlichkeiten politischer Art erwachsen. Ausserdem seien die Mitarbeiter von »14. Juli« eine zu kleine geschlossene Gruppe gewesen.

Herr Boehlich erwähnt dass die »Spuren« von Ernst Bloch 1928 zum ersten Mal erschienen. Ihm gefällt die Vorstellung einer politischen Revue wenig. Politische Verhältnisse und Probleme sollten vielmehr auf literarische Art von Schriftstellern reflektiert werden. Der literarische Typus des Plans solle nicht verändert werden. Es müsse doch auch literarische Gemeinsamkeiten zu finden möglich sein.

Leonetti: Die Franzosen hätten nur die nationalen Verschiedenheiten mehr berücksichtigen müssen. Eine kleine Richtungsänderung könne nicht schaden, eine Veränderung des Projekts von Grund auf komme aber nicht in Frage.

Leonetti und Calvino lehnen den Vorschlag von Blanchot ab und stellen die Frage, ob die Deutschen zu neuen, gründlicheren Vorbereitungen bereit sind.

Blanchot wünscht, die französische Gruppe solle geschlossen demissionieren und einen Wortführer mit der Fortführung der Gespräche beauftragen.

Nadeau will dafür nicht allein die Verantwortung übernehmen und sieht in Blanchot die einzig geeignete Person.

Dazu fühlt Blanchot sich nicht fähig. Es müsse aber eine Reform stattfinden. Nicht Gekränktheit veranlasse ihn zur Demission, sondern das Verlangen nach der Verwirklichung des Projekts. Er selbst könne sich von seinen Ideen nicht trennen, also müsse man die Arbeit mit ganz neuen Personen auf französischer Seite bei Null wieder beginnen. Und er sehe in Nadeau die einzig geeignete Person.

Vittorini bezweifelt, dass die anwesenden deutschsprachigen Freunde überhaupt ihre wahren Gründe nennen. Denn sie wollen keine indirekten Texte wie die französischen, aber sie wollen französische Autoren als Mitarbeiter (Robbe-Grillet etc.), die indirekt schreiben. Vielleicht also wollen sie eine Zeitschrift der schönen Namen? Was sind eigentlich ihre wahren Gründe.

Boehlich wiederholt, dass »abstrakt« sich auf die vorliegenden französischen Texte bezieht, nicht das Wort »indirekt«. Im übrigen sei uns ein guter Text von Ollier lieber als ein schlechter von Butor.

Butor möchte Blanchot zum Wortführer der französischen Interessen bestellt haben.

Blanchot fühlt sich dazu nicht imstande.

Darauf wird die französische Aufstellung einer Montage aller Texte verlesen, und die anwesenden deutschen Freunde werden gezwungen bei jedem Titel der anwesenden französischen und italienischen Freunde Nein zu sagen oder ja.

Man einigt sich darauf, dass die nationalen Gruppen so schnell als möglich die neue Lage und neue Auswege diskutieren sollten. Ein neues Treffen aller Gruppen soll für den Juli dieses Jahres in Aussicht genommen werden.
Der vorstehende Versuch eines Protokolls mag in machem einseitig sein, ohne dass es mir auffiele. Ausserdem sind Ungenauigkeiten zumindest wahrscheinlich, da die Verhandlungssprache Französisch war. Daher bitte ich Frau Bachmann und Herrn Boehlich die Briefe, die sie Hans Magnus Enzensberger zur Information für seine pariser Durchreise geschrieben haben, freundlicher Weise den in Paris nicht anwesenden deutschsprachigen Herausgebern zuzusenden.
Für mich bieten sich die folgenden Folgerungen an:
Für das Amt eines Wortführers der deutschsprachigen Gruppe für eine internationale Zeitschrift bin ich nicht länger die geeignete Person, ich stelle das Amt zur Verfügung. Dies aus den folgenden drei Gründen: Mir ist unwahrscheinlich dass Herr Blanchot und Herr Nadeau sich von den übrigen Angehörigen der französischen Gruppe werden trennen können und mit Personen einer ihnen nicht genehmen Richtung zusammenarbeiten; weitere Verhandlungen mit der französischen Gruppe in ihrer jetzigen Zusammensetzung werden kaum andere Ergebnisse zeitigen als die hier vorgelegten Texte und Missverständnisse. Zweitens, die vorhergesehenen psychologischen Schwierigkeiten für meine Person sind ungleich schärfer aufgetreten, da die französischen Partner des letzten Gesprächs mir Unversöhnlichkeit, Starrsinn, Unhöflichkeit nachsagen; ich benutze die Gelegenheit zu betonen, dass ich die mir zu Verfügung stehende Höflichkeit ausgeschöpft habe. Drittens, ich bin nach den Erfahrungen in der Zusammenarbeit mit den deutschsprachigen Herausgebern nicht mehr überzeugt, dass sie eine internationale Zeitschrift tatsächlich wünschen.

Findet [sich] jetzt einer von Ihnen oder einer von euch bereit, meine Funktion zu übernehmen, besteht weiterhin eine deutsche Gruppe für eine internationale Zeitschrift unter Wortführung dieser Person unter Ihnen und euch; ich wäre ein Mitglied dieser Gruppe.
Im anderen Fall ist die bisherige Gruppe deutschsprachiger Herausgeber aufgelöst; damit ist der Suhrkamp Verlag mit seinen Zusagen für eine internationale Zeitschrift entlassen; die für die Nummer 1 vorgelegten Texte gehen an die Verfasser zur freien Verfügung zurück.
Da ein Zusammentreffen der deutschsprachigen und bisherigen Herausgeber unwahrscheinlich bis Juli einzurichten ist, bitte ich Sie, bitte ich euch, mir bis zum 15. Mai an meine berliner Adresse zu schreiben, ob es einen neuen Wortführer geben wird oder nicht, damit ich der italienischen und der französischen Gruppe rechtzeitig davon Mitteilung machen kann. Ausserdem möchte der Suhrkamp Verlag so bald als möglich über das verbliebene Ausmass seiner Verpflichtungen unterrichtet sein.
Yours, truly,
Uwe.
P. S.
Möglicher Weise folgen hier weitere Blätter, sollten sich aus den geplanten Gesprächen zwischen Vittorini, Calvino, Butor, Enzensberger und mir Tatsächlichkeiten für die Zukunft ergeben.[2]

1 Nach dem Ende der IV. Republik im Mai und der Wahl von de Gaulle zum Ministerpräsidenten im Juni 1958 gründen Dionys Mascolo und Jean Schuster die antigaullistische Zeitschrift *Le 14. Juillet* (ihre erste Nummer erscheint am 14. Juli, es folgen noch zwei weitere). Zu ihren Mitarbeitern zählen u. a.: Louis-René des Forêts, Robert Antelme, Marguerite Duras, Elio Vittorini, Edgar Morin, Jacques-Francis Rolland, Claude Roy, Maurice Nadeau und Maurice Blanchot; vgl. Laure Adler, *Marguerite Duras*, Paris 1998, S. 328 ff.

2 Als Nummer 7 der von Elio Vittorini und Italo Calvino herausgegebenen Zeitschrift *Il Menabò* werden die Texte, die auf dem Pariser Treffen vom 18. 4. 1963 vorliegen, in italienischer Sprache im Herbst 1964 veröffentlicht. Als Vorworte erscheinen ein Text von Francesco Leonetti mit dem Titel *Eine internationale Zeitschrift* sowie einer von Elio Vittorini. Die »Bemerkungen« Leonettis beginnen (in der U. J. zugesandten deutschen Übersetzung) mit dem Absatz: »In Paris, im Frühling 63, als die Redaktionssitzungen nicht mehr hatten zu Ende geführt werden können und es noch einige offene und gerechtfertigte Meinungsverschiedenheiten zwischen uns gab und auch andere, die schwerer wogen, befand sich auf unseren Tischen im Hause Julliard das bisher vorliegende ›Material‹ für die neue Zeitschrift, das teils gebilligt wurde und teils nicht. Es wurde damals beschlossen, die gemeinsamen Bemühungen für eine dreifache Lösung zu unterbrechen; man sprach von anderen Lösungen, die zu einem organischen Aufbau der Zeitschrift führen könnten. Allen nacheinander schien es notwendig, dieses ›Material‹ in Italien zu publizieren; und in meiner Eigenschaft als ›editor‹ oder Herausgeber der Zeitschrift in Italien habe ich den gemeinsamen Wunsch erfüllt, ehe ich mein zweijähriges Amt niederlege und unterbreche. Die Anordnung der Nummer ist im wesentlichen so, wie sie bei dem Pariser Treffen beschlossen wurde; einige unserer Umgruppierungen ergaben sich aus einer teilweise anderen Sicht der Motive und Beziehungen; und es kam der Aufsatz ›L'antitesi operaia‹ von Italo Calvino hinzu, der schon geplant gewesen, aber für Paris noch nicht fertig war, und der literarische Text eines jungen italienischen Schriftstellers (Carlo Villa).«
Elio Vittorini beschreibt die Haltung der deutschen Gruppe der internationalen Zeitschrift so: »Die jungen Männer der deutschen Gruppe scheinen anzunehmen, daß die Politik, die im Nazismus ihren Höhepunkt fand, all dem, was in Deutschland von Goethe an gesagt worden ist, jede Gültigkeit einer positiven Tradition genommen hat; so daß auch die Worte, die wir oder die Franzosen oder ich weiß nicht wer sonst noch für grundlegend seit Hegel halten, ihnen trügerisch und gefährlich erscheinen; und sie fühlen sich ganz ruhig nur bei den Aufklärern und Barockdichtern.«

3

1968

Am 14./15. 10. 1968 findet im Suhrkamp Verlag von 19.30 Uhr bis 3.50 Uhr eine von Siegfried Unseld einberufene Besprechung über den an den Verleger gerichteten Brief der Lektoren vom 27. 9. 1968 und über die von den Lektoren vorgelegte Lektoratsverfassung statt – siehe Brief 380, S. 523 ff. Die in diesem Brief erwähnten Anlagen werden im folgenden wiedergegeben.

Anlage 1: Brief der Lektoren vom 27. 9. 1968

Lieber Herr Unseld,
Ihr öffentliches Auftreten und Ihre Äußerungen während der Messetage[1] haben in uns – und nicht nur in uns – den Eindruck erweckt, daß Sie die Tendenz der Verlagsprogramme, die nach unserer Meinung die Grundlage unserer Zusammenarbeit bildet, für sich selbst vielleicht nicht als verbindlich anerkennen, sie aber jedenfalls nicht mit der notwendigen Konsequenz vertreten und sie in den Augen solcher, die sie als Autoren und Käufer ermöglichen, desavouiert haben.
Dieser Eindruck wird verstärkt durch die sich mehrenden Kontroversen zwischen Ihnen und einzelnen Lektoren oder der Gesamtheit des Lektorate. In diesem Zusammenhang muß auch die Auseinandersetzung zwischen Ihnen und Walter Boehlich gesehen werden.
Um diesen Eindruck zu beseitigen, scheint es uns erforder-

lich, die Zusammenarbeit zwischen Ihnen und den Lektoren neu zu definieren. Wir haben daher eine Lektoratsverfassung erarbeitet, die nach unserer einhelligen Auffassung den Notwendigkeiten der gemeinsamen Arbeit ebenso wie der Tendenz der Verlagsprogramme entspricht.

Wir sehen die Voraussetzung für eine vernünftige Zusammenarbeit sowohl innerhalb der Lektorate wie auch zwischen diesen und der Verlagsleitung darin, daß an der personellen Zusammensetzung der Lektorate gerade jetzt nichts geändert wird. Sie werden Verständnis dafür haben, daß es nicht möglich ist, aus einem wirksam arbeitenden Team ein Glied herauszubrechen, ohne dem Ganzen schweren Schaden zuzufügen. Die Lektoratsverfassung scheint uns geeignet, Differenzen und Spannungen, die bisher zwischen einzelnen Lektoren und der Verlagsleitung bestanden haben, aus der Welt zu schaffen.

Unsere Vorschläge sind entstanden aus dem Interesse an den Verlagen und an ihrer künftigen Entwicklung, und wir hoffen, daß auch Sie in dieser Verfassung die Grundlage unserer gemeinsamen Arbeit sehen werden. Mit ihr könnte ein Modell verwirklicht werden, das Nachfolge finden wird.

Mit freundlichen Grüßen

Walter Boehlich
Anneliese Botond
Karlheinz Braun
Günther Busch
Karl Markus Michel
Klaus Reichert
Hans-Dieter Teichmann
Peter Urban
Urs Widmer

Anlage 2: Lektoratsverfassung

Die Verlage Suhrkamp und Insel, nachstehend die Verlage genannt, geben sich die folgende Lektoratsverfassung:

1. Die Lektoren der Verlage bilden die Lektoratsversammlung.
2. Die Lektoratsversammlung ist eine Versammlung Gleichberechtigter. Einzelnen Lektoren übertragene Sondervollmachten oder Titel, wie Cheflektor und Prokurist, erlöschen mit dem Inkrafttreten dieser Lektoratsverfassung.
3. Die Lektoratsversammlung ist zuständig für alle Fragen der Programmgestaltung. Darunter wird insbesondere verstanden:

a) grundsätzliche Änderungen der Verlagskonzeptionen
b) Entscheidungen über Neugründung, Erweiterung, Einschränkung oder Aufgabe von Reihen
c) Schwerpunktbildung innerhalb der Produktion, in Vertrieb und Werbung
d) Vorauszahlungen auf neue Werke, Autoren-, Herausgeber- und Übersetzerhonorare
e) äußere Gestaltung der Bücher, Art und Formulierung der Werbung und Methoden des Vertriebs der Verlagsproduktion. Die Lektoratsversammlung ist ebenso zuständig für die Neueinstellung und Entlassung von Lektoren.

4. Die Lektoratsversammlung faßt ihre Beschlüsse mit einfacher Mehrheit. Außer den Lektoren hat der Verlagsinhaber eine Stimme. Bei Stimmengleichheit entscheidet die Stimme des Verlagsinhabers. Zur Beratung und Beschlußfassung über Fachfragen werden die zuständigen Abteilungsleiter (Herstellung, Vertrieb, Werbung, Presse) stimmberechtigt hinzugezogen.
5. Die Lektoratsversammlung wählt aus ihrer Mitte zwei

Delegierte. Sie werden auf ein Jahr gewählt und sind jederzeit abwählbar. Wiederwahl ist möglich. Die Delegierten stellen die Tagesordnung der Lektoratsversammlungen zusammen. Sie vertreten bei Abwesenheit des Verlagsinhabers oder in dringenden Fällen selbständig die Verlage in der Öffentlichkeit.

6. Lektoratsversammlungen finden regelmäßig jede Woche statt. Bei Abwesenheit des Verlagsinhabers finden sie ohne ihn statt. Bei Bedarf wird die Lektoratsversammlung kurzfristig einberufen. Die Lektoratsversammlung ist beschlußfähig, sofern mindestens zwei Drittel der Lektoren anwesend sind. Ist eine Lektoratsversammlung beschlußunfähig, so findet spätestens am vierzehnten Tag danach eine neue Lektoratsversammlung mit unveränderter Tagesordnung statt, die ohne Rücksicht auf die Zahl der Anwesenden beschlußfähig ist.

In keinem Fall können jedoch Beschlüsse über Gegenstände, für die einzelne Lektoren persönlich zuständig sind, in deren Abwesenheit gefaßt werden.

Beschlüsse werden protokolliert.

7. Auf Beschluß der Mehrheit müssen bestimmte Inhalte von Lektoratsbesprechungen vertraulich bleiben. Dieser Beschluß gilt für alle Teilnehmer.

8. Der Verlagsinhaber informiert die Lektoratsversammlung rechtzeitig und ausführlich über Planung, Entwicklung und finanzielle Lage der Verlage.

9. Den Delegierten werden Bilanzen und Geschäftsberichte vorgelegt. Sie erhalten Einblick in die vollständige Geschäftskorrespondenz des Verlagsinhabers und der Geschäftsleitung.

10. Der Verlagsinhaber ist ebenso wie die Lektoren an die Beschlüsse der Lektoratsversammlung gebunden. Er hat die Verlage in der Öffentlichkeit (z. B. bei Messen, Verlagsveranstaltungen, Ausstellungen, gegenüber Massenmedien

usw.) in Übereinstimmung mit diesen Beschlüssen und der Tendenz der Verlagsprogramme zu vertreten.

11. Alle in zweiseitigen Verträgen zwischen dem Verlagsinhaber und einzelnen Lektoren enthaltenen Bestimmungen, die dieser Lektoratsverfassung widersprechen, werden hierdurch in beiderseitigem Einverständnis aufgehoben und durch die Lektoratsverfassung ersetzt.

12. Diese Lektoratsverfassung wird den Verlagsangehörigen und den Verlagsautoren bekanntgemacht. Sie unterliegt keiner Geheimhaltung.

Diese Lektoratsverfassung wird verstanden als erster Schritt zu einer bis zum 1. 4. 1969 auf demokratischem Wege zu beschließenden Betriebsverfassung.

Anlage 3

Anlage 3 ist ein Artikel von Jürgen Serke aus der *Allgemeinen Zeitung*, Mannheim, mit der Überschrift *Welt größter Büchermarkt in letzter Minute gerettet.* Er charakterisiert das Verhalten von S.U. während der Buchmesse 1968 wie folgt: »In dieser Situation rettete ein Mann die diesjährige Buchmesse, den seine Kollegen im Aufsichtsrat [der Messe- und Ausstellungs GmbH des Börsenvereins des Deutschen Buchhandels] in der Regel niederstimmen und den sie als Übel in der konservativen Führung des Börsenvereins betrachten: Siegfried Unseld, Chef des Suhrkamp- und Insel-Verlages. Er war der einzige, dem die protestierenden Verleger noch Vertrauen entgegenbrachten. Er bat für die Führung um eine letzte Chance, weil er glaubt, annehmen zu dürfen, daß die Führung nun endlich die Zeichen der Zeit auf der Messe erkannt hat.«

Anlage 4: Pressenotiz

Autoren und Mitarbeiter der Verlage Insel und Suhrkamp haben sich am 14. Oktober 1968 auf Einladung von Dr. Unseld in Frankfurt getroffen, um Grundsätze der Arbeit der beiden Verlage zu diskutieren. Als erstes Ergebnis dieser Besprechung wurde eine Lektoratsversammlung beschlossen, die regelmäßig tagen und den Autoren offenstehen wird. Diese Versammlung soll neue Formen der Verlagsarbeit entwickeln.

Anlage 5: »FAZ-Notiz« vom 16. 10. 1968

Autoren, Lektoren und Mitarbeiter des Suhrkamp-Verlages und des Insel-Verlags haben sich am 14. Oktober 1968 auf Einladung von Dr. Unseld in Frankfurt getroffen, um Grundsätze der Arbeit der beiden Verlage zu klären. Das erste Ergebnis dieser Aussprache war, daß man zukünftig regelmäßig tagende Lektoratsversammlungen abhalten will, die auch Autoren offenstehen, um neue Formen der Verlagsarbeit zu entwickeln.

Anlage 6: Aide-mémoire der Lektoren [15. 10. 1968]

An der von Herrn Unseld einberufenen Besprechung über die von den Lektoren vorgelegte Lektoratsverfassung, die am 14./15. 10. 68 von 19.30 bis 3.50 Uhr stattfand, nahmen teil:
Jürgen Becker, Günter Eich, Hans Magnus Enzensberger, Max Frisch, Jürgen Habermas, Uwe Johnson, Hans Erich Nossack, Martin Walser;

Herr Nabbefeld, Frl. Ritzerfeld, Frau Roser, Herr Staudt, Herr Boehlich, Frau Botond, Herr Braun, Herr Michel, Herr Reichert, Herr Teichmann, Herr Urban, Herr Widmer. Informiert wurde Herr Berthel.
Im Plenum wurde ein Konsensus über folgende Punkte erreicht:

1. über die Nützlichkeit des Vorschlags der Lektoren;
2. über die Notwendigkeit grundsätzlicher Veränderungen in der Struktur der Verlagsarbeit, insbesondere Demokratisierung der Entscheidungsprozesse und Erweiterung der Information;
3. über die Dringlichkeit einer gemeinsam zu erarbeitenden Betriebsverfassung;
4. über die baldige Einberufung einer Autorenversammlung, die eine Interessenvertretung wählen soll;
5. über den Beginn der Entwicklung, an deren Ende wünschenswerter Weise die Sozialisierung der Verlage stehen soll;
6. im Prinzip über die Punkte 1 bis 3a)-e) der Lektoratsverfassung;
7. über die sofortige Etablierung einer wöchentlich oder vierzehntäglich stattfindenden Lektoratsversammlung, die auch den Verlagsautoren offensteht und zunächst Grundsätze für neue Formen der Verlagsarbeit erarbeiten wird; Beschlüsse dieser Lektoratsversammlung, an die der Verleger im übrigen nicht gebunden ist, bzw. aufgetretene Differenzen werden protokolliert;
8. über eine Pressekommuniqué (siehe Anlage).

Die Wirksamkeit dieser Neuerung wird dieselbe Versammlung möglichst bald (15. Januar ?/15. Februar ?) diskutieren.

Anlagen
1. Brief vom 27. 9. 68 an Herrn Unseld
2. Lektoratsverfassung
3. Brief vom 14. 10. 68 an Herrn Unseld
4. Pressekommuniqué

Anlage 7: Zum Aide-mémoire vom 15. Oktober 1968 (Stellungnahme von Siegfried Unseld)

1. In diesem Aide-mémoire wird *ohne Verständigung* der anderen Seite von einer Seite eine Interpretation des Sitzungsergebnisses gegeben.
2. Das geschieht, ohne daß dieses Aide-mémoire als Stellungnahme nur von einer Seite kenntlich gemacht wird.
3. Zum Inhalt:

Die Darstellung, die von einem angeblich erzielten Konsensus gegeben wird, ist anfechtbar.

ad 1)

Es bestand kein Konsensus über die Nützlichkeit des Gesamtvorschlages der Lektoren. Dies zeigte sich bei der Diskussion des Punktes 4) des vorgelegten Entwurfes der Lektoratsverfassung.

ad 4)

Die Einladung zu einer Autorenversammlung ist beiläufig erwähnt worden. Konsensus bestand darüber, daß für die Zukunft Autoren stärker an der Verlagsarbeit beteiligt werden sollten. Über Modalitäten der Repräsentation der Autoren wurde gesprochen.

ad 5)

Es bestand kein Konsensus darüber, daß es sinnvoll ist, eine Sozialisierung der Verlage unabhängig von einer strukturellen Veränderung der Gesamtgesellschaft ins Auge zu fassen.

In den übrigen Punkten, nicht in der Formulierung, jedoch in der Sache oder ihrer Tendenz, bin ich einverstanden.

4. Zu den Anlagen:

ad 1)

Die im Brief vom 27. 9. 1968 gegen mich erhobenen politisch motivierten Vorwürfe wurden ausführlich diskutiert. Die versammelten Autoren und die anwesenden Prokuristen der Verlage konnten sich die Auffassungen der Lektoren, die darin gipfelten, ich hätte den Verlag und seine Autoren desavouiert, nicht zu eigen machen. Darum wird ein falscher Eindruck erweckt, wenn der genannte Brief in der Anlage wieder auftaucht.

ad 2)

Der gleiche falsche Eindruck wird durch den in der Anlage erwähnten unmodifizierten Lektorenvorschlag für eine Lektoratsverfassung erweckt. Der Kern dieses Vorschlags (Punkt 4, 5, 10) wurde nämlich als unrealistisch abgelehnt.

ad 4)

Das Plenum hat bei der Formulierung einer möglichen Presseverlautbarung (die nur auf Anfrage gegeben werden sollte) ausdrücklich den Punkt diskutiert, daß zwischen Lektoren und Mitarbeitern kein Unterschied in der Kennzeichnung gemacht werden sollte. Ausdrücklich wurde deshalb in der Formulierung der ursprüngliche Anfang »Autoren, Lektoren und Mitarbeiter der Verlage ...« geändert in »Autoren und Mitarbeiter der Verlage ...«.

Dieser meiner Erklärung stimmen die in Frankfurt nach der Sitzung noch anwesenden Autoren Uwe Johnson, Martin Walser und Jürgen Habermas zu und ebenso *alle* in der Sitzung anwesenden Verlagsmitarbeiter.

Anlage 8: Notiz von Siegfried Unseld vom 18. 10. 1968

für die Herren Boehlich, Busch und Michel als Grundlage für einen abzuschließenden Vertrag

Herr Braun bat mich, die Bedingungen zu formulieren, unter denen ich jenes Startkapital für einen auf total sozialistischer Basis strukturierten Verlag zur Verfügung stelle. Ich muß mich zunächst um dieses Kapital bemühen, ich habe es noch nicht, und ich möchte dieses Kapital möglichst von mir privat aus zur Verfügung stellen. In welcher Form und zu welchen Terminen ich dieses Kapital dann geben kann, weiß ich noch nicht. Mir schwebt jetzt vor, daß ich je ca. 200 000,- an Boehlich, Busch und Michel gebe als eine Art persönliches langfristiges Darlehen (evtl. mit Teilkündbarkeiten nach zu vereinbarenden Terminen. Sofortige Kündigung nur nach 2.)

Nun zu den Bedingungen:

1. Ich wünsche mir eine amicable Form der Trennung. Freundlichsein. Vereinbarung über den Zeitpunkt des Austritts. Nach innen wie nach außen hin ruhig, loyal, freundlich. Weiterführung der laufenden Lektoratsarbeit. Weiterführung der bisher übernommenen Arbeiten (Michel: Hegel!!!) Ein gegenseitiges Bemühen, bei Gesprächen mit Autoren Loyalitätsprinzipien nicht zu verletzen.

2. Autoren und Mitarbeiter der Verlage Insel und Suhrkamp können drei Jahre nicht abgeworben werden. Es mag aber die eine oder andere Ausnahme hier geben. Diese Ausnahmen sind *mit mir* zu besprechen. Ich werde in Einzelfällen bereit sein. Sollte jedoch ein Verstoß gegen die Vereinbarung vorkommen, so müßte ich in diesem *einen* Fall eine Sofort-Kündigung des Darlehens vornehmen können.

3. Die neugegründete Verlagsgesellschaft muß in ihre Gründungspräambel den Satz aufnehmen, daß sie ihre so-

zialistische Struktur nicht ändern darf, sich nie in wirtschaftliche Abhängigkeiten geben kann und daß sie sich nie übernehmen läßt, übrigens auch nicht vom Suhrkamp Verlag. Im Fall des Scheiterns löst sich die Gesellschaft auf, Autoren und Mitarbeiter wählen dann, wohin sie wollen.
4. Die neu zu gründende Verlagsgesellschaft erklärt, keinen Theaterverlag gründen zu wollen. Anfallende Aufführungsrechte (Theater, Film, Fernsehen) gehen an den Theaterverlag Suhrkamp unter Leitung von Dr. Braun. Für mich ist es jedoch selbstverständlich, und das wird vertraglich vereinbart, daß die neugegründete Verlagsgesellschaft an den Erlösen dieser dem Theaterverlag Suhrkamp übergebenen Rechte beteiligt ist.
Ich glaube, das sind die Hauptpunkte. Einzelnes wird sicherlich noch hinzukommen, z. B. eine totale räumliche und arbeitsmäßige Trennung von Suhrkamp und Insel, aber Essentials werden diese Dinge nicht mehr enthalten.[2]

1 Die Verleihung des Friedenspreises des Deutschen Buchhandels an den sengalesischen Präsidenten, Léopold Sédar Senghor, am 22. 9. 1968 im Rahmen der Buchmesse führt zu heftigen Protesten der Studenten. Der SDS fordert in einem Flugblatt zur »Besetzung der Paulskirche« während der Verleihungsfeier sowie zu einem »Teach-in« in der Halle 6 des Messegeländes auf. Die am Messesonntag meistbesuchte Halle der belletristischen Verlage wird, um das »Teach-in« zu verhindern, auf Veranlassung der Messeleitung kurzfristig geschlossen. Bereits an der Paulskirche kommt es zu Krawallen und zur Verhaftung von 23 »Rädelsführern«, unter ihnen Daniel Cohn-Bendit, Günter Amendt, Hans-Jürgen Krahl und K.D. Wolff, seinerzeit Bundesvorsitzender des SDS. Einige Verlage schließen aus Protest gegen das massive Vorgehen der Polizei ihre Messestände; ausländische Verleger, unter ihnen Giangiacomo Feltrinelli, drohen wegen dieser Vorfälle damit, die Messe 1969 zu boykottieren. Am andern Tag, dem letzten der Messe, kann das Auseinanderbrechen des Börsenvereins nur mit knapper Not verhindert werden. Im Feuilleton der *Stuttgarter Zeitung*

schreibt Friedrich Weigand am 25. 9. 1968 auf Seite 3: »Aus der Diskussion [während der mehrfach verschobenen Pressekonferenz des Börsenvereins] wurde bald eine kulturrevolutionäre Kollektivbeschimpfung der Vertreter des Börsenvereins, die sich, so gut sie konnten, zu verteidigen versuchten. Feuer von beiden Seiten bekam Siegfried Unseld vom Suhrkamp-/Insel-Verlag. Er mußte sich die zum Teil unqualifizierten Vorwürfe mancher konkurrierender Verlegerkollegen anhören, daß er Kabinettspolitik betreibe, wenn er mit der Messeleitung um eine Regelung der Polizeianwesenheit überhaupt verhandle. Was ihm in der internen Sitzung des Börsenvereins und der Messeleitung von der anderen Seite erzählt wurde, läßt sich ausmalen. (Schon im Vorjahr hatte man Unseld dort einen ›Maoisten‹ genannt.) Für die revolutionären Verleger ist dieser Mann ein Vertreter des ›reaktionären Kapitalismus‹. Siegfried Unseld pendelte zwischen der revolutionären Versammlung und dem konservativen Börsenverein hin und her. Als Mitglied des Messe-Aufsichtsrats gelang ihm schließlich die Formulierung eines Communiqués, mit dem er gegen 14 Uhr abgekämpft in der linken Protestversammlung erschien: Polizei wird abgezogen, Diskussionfreiheit garantiert – nur im Fall einer Gefahr von Leib und Leben, derer die Verleger an ihren Ständen nicht selbst Herr werden könnten, müsse man wohl oder übel wieder Polizei anfordern.« (Zitiert nach dem Katalog *Protest! Literatur um 1968. Eine Ausstellung des Deutschen Literaturarchivs in Verbindung mit dem Germanistischen Seminar der Universität Heidelberg und dem Deutschen Rundfunkarchiv im Schiller-Nationalmuseum,* Marbach 1998, S. 300-306.)

2 Zur Neugründung eines Verlags auf der Basis eines von S. U. vergebenen Darlehens ist es nicht gekommen. Walter Boehlich, Günther Busch und Karl Markus Michel können sich nicht entschließen, die persönliche Bürgschaft für die mit diesem Darlehen möglich werdenden Bankkredite zu übernehmen.

4

Tübingen
Peter Roos im Gespräch mit Siegfried Unseld

[Seite 1]
PETER ROOS: Tübingen, Herr Unseld, gehört ganz offensichtlich zu Ihrem intellektuellen und affektiven Haushalt...
SIEGFRIED UNSELD: Tübingen ist für mich immer gegenwärtig, denn diese Stadt war das erste grosse geistige Ereignis meines Lebens.
Sehen Sie die Voraussetzungen an: Ich bin 1924 geboren, in Ulm aufgewachsen, war vom neunten bis zum siebzehnten Lebensjahr Angehöriger des Deutschen Jungvolks und habe eigentlich die Grenzen Ulms kaum überschritten. Dann kamen vier Jahre Kriegsdienst, bei der Marine und 1946 die Rückkehr nach Ulm. In Ulm aber brachte mein Deutschlehrer mich auf Hermann Hesse und damit auf den Entschluss, in Tübingen zu studieren. Das war nach so vielen Zufällen die Initialzündung, von da aus konnte es nur noch Kettenreaktionen geben.
PR: Warum Tübingen? Weil Hesse seine Buchhändlerlehre in der Tübinger Buchhandlung Heckenhauer ...
SU: Das war überhaupt nicht der Grund. Tübingen war einfach meine zuständige Heimat-Universität und damals, im Jahr 1946, war überhaupt keine Aussicht, irgend wo anders anzukommen. Und auch in Tübingen wurde ich fürs erste abgelehnt.
PR: Sie hatten das Abitur?
SU: Ich hatte sowohl den Reifevermerk wie das Abitur.

Aber ich war weder Spätheimkehrer, noch war ich Verfolgter des Nazi-Regimes, noch hatte ich besonders gute Noten vorzuweisen. Das sprach gegen meinen Antrag.
Statt dessen habe ich eine Lehre gemacht im Aegis-Verlag, Ulm, und an der Ulmer Volkshochschule lernte ich den Tübinger Philosophen Wilhelm Weischedel kennen. Dieser Professor hat mir eingeleuchtet, weil seine Philosophie verständlich war, ohne sich in Theorien zu verlieren. Nun betreute ich im Rahmen meiner Verlagsarbeit eine Zeitschrift namens »Pandora«, die arbeitete mit Themenheften, und eines dieser Hefte sollte Ernst Jünger gewidmet sein. Nachdem ich mich in Jünger eingelesen und ihn auch besucht hatte, wollte ich eine Nummer zusammenstellen mit dem Thema »Erziehung und Sprache, Lesen«, dafür wollte ich diesen Wilhelm Weischedel haben, und zu einer Besprechung darüber fuhr ich nach Tübingen.
PR: Das war Ihr erster Besuch in Tübingen.
SU: Ja. Das war Anfang 1947. Weischedel fragte mich, ob ich warten wolle oder reinkommen zu
[Seite 2]
den Studenten, mit denen er in seinem Zimmer tagte. Ich ging mit, und nun war es gerade Ernst Jünger, über den er mit ihnen diskutierte. Es versteht sich, dass der Buchhandelslehrling, dreimal abgewiesen von der Universität, sich zurückhielt vor diesen Studenten, die ja nur bedeutend und privilegiert sein konnten, weil sie aufgenommen waren. Nach einer Weile aber fand ich ihre Thesen zweifelhaft und beteiligte mich an der Diskussion. Dabei erwies sich, dass ich den Studenten um Einiges voraus war, wegen meiner Materialkenntnis und des Gesprächs mit dem Autor. In der folgenden Unterredung mit Weischedel sagte er mir einen Beitrag zu, und zum Abschied fragte er: »Was machen Sie eigentlich?« Als er vom Aegis-Verlag hörte, wollte er wissen, warum ich nicht studierte. Ich konnte ihm nur sagen:

»Das täte ich mit Vergnügen, aber ich habe es hier schon dreimal umsonst versucht.« Darauf er: »Das gibt es ja gar nicht, Leute wie Sie suchen wir, ich bin der Vorsitzende des Zulassungsausschusses, Leute wie Sie lehnen wir nie ab!« Er griff zum Telefon, erkundigte sich bei seiner Sekretärin, und in der Tat stellte sich heraus: er war es, der mich dreimal abgelehnt hatte. Im Augenblick, ohne jede Formalität, nahm er mich auf, und so habe ich ganze sieben Semester in Tübingen ausserhalb des Numerus clausus zugebracht. Wahrscheinlich bin ich der einzige Student, der ausserhalb des Numerus clausus studiert hat.

PR: Hat die Aura, die Tübingen zugeschrieben wird, eine Rolle gespielt?

SU: Die ist mir erst allmählich aufgegangen. Tübingen hat sich mir zunächst erschlossen durch das, was ich von Hesse über Tübingen wusste. Das zweite Element war meine Affinität zu diesem »Schwäbischen«, und über Hesse wollte ich promovieren. Heutzutage hört sich das einfach an, aber in jener Zeit war es an kaum einer Universität möglich, eine Dissertation über einen Zeitgenossen unterzubringen, und ich mag mir gedacht haben, das sei in Tübingen vielleicht leichter. Übrigens war ich zuerst einmal Werkstudent und habe voll gearbeitet.

PR: Als was?

SU: Als Verlagsangestellter, als Werbemann, als Hersteller im Verlag J. C. B. Mohr, Paul Siebeck. Studieren durfte ich nur in den Randstunden, morgens von acht bis neun, von zwölf bis zwei und ab fünf Uhr nachmittags. Das ging über zwei Jahre, also vier Semester. Im folgenden Semester war ich nicht in Tübingen, dann hatte ich das sechste frei, wie ein richtiger Student, und schrieb meine Dissertation. Am Ende des siebenten Semesters habe ich sie abgegeben und die Universität verlassen.

[Seite 3]
PR: Wie haben Sie das physisch und finanziell geschafft?
SU: Weischedel wollte mir ein Stipendium aus der Studienstiftung des Deutschen Volkes verschaffen. Aber das habe ich abgelehnt, ich wollte mir mein Studium selber finanzieren. Tatsächlich hatte ich ja nach zwei Jahren bei Mohr ausreichend Geld, um ein Jahr lang ohne Arbeit zu studieren.
PR: Wie haben Sie »full time job« und Lektüre und Studium zeitlich zusammengebracht?
SU: Indem ich jede Nacht bis drei oder vier Uhr gearbeitet habe. Meine Nachbarn in der Christophstrasse Nummer 32 waren die Niemeyers, die Verlegerfamilie aus Leipzig, und wenn Frau Niemeyer in der Nacht noch mein Licht sah und mir etwas zu essen bringen wollte, fand sie mich oft genug schlafend über dem Tisch. Das war eine sehr intensive Zeit, und vom lustigen Studentenleben oder dergleichen habe ich nichts mitbekommen. Ich musste mich beständig auf meine Sache konzentrieren, auf das Weiterlesen von Hermann Hesse.
Zum anderen war ja Tübingen damals, wie ich es beschrieben habe in meinem Nachruf auf Beissner,[1] die Hochburg der Germanistik. Das Studium war ziemlich hierarchisch gegliedert: ins Doktorandenseminar kam nur, wer im Oberseminar die Note »gut« hatte, ins Oberseminar mit der Note »gut« aus dem Mittelseminar, und für das Mittelseminar brauchte man »gut« in Alt-, Mittel- und Neuhochdeutsch. Mittelhochdeutsch habe ich gelernt, aber nicht Althochdeutsch, und ich habe es meinem damaligen Lehrer Dr. Moser zu verdanken, dass ich auf ungeklärte Weise doch einen Schein für Althochdeutsch bekam, den Passierschein nach oben. Das war die germanistische Richtung. Ich habe relativ wenig Vorlesungen gehört, zwei oder drei bei Beissner, reingeschaut hab ich bei Moser, Kluckhohn, Schneider, Binder, Sengle. Interessiert hat mich etwas anderes.

Das war das Philosophische. Was ich nur konnte, habe ich von Spranger und Krüger gehört, und alles von Weischedel. Weiterhin interessiert hat mich Sinologie, vier Semester lang studierte ich chinesische Philosophie und chinesische Sprache, und günstiger Weise war diese Sinologie so gelegen, dass ich das besuchen konnte, am späten Abend oder am Samstag nachmittags.

Aber das Entscheidende für meine intellektuelle Entwicklung vollzog sich nicht in den Räumen der Universität, sondern in zwei privaten Zirkeln, die ich regelmässig, über Jahre hinweg, besucht habe. Der erste war der bei

[Seite 4]

Carlo Schmid, damals Staatspräsident von Württemberg, dessen juristische Vorlesungen ich ebenso besuchte wie die von Theodor Eschenburg. Ausserhalb meines germanistischen Studienbereichs habe ich viel mehr Vorlesungen besucht als innerhalb. Carlo Schmid hatte einen Kreis junger Leute aus den verschiedensten Studienrichtungen um sich versammelt und las mit denen Machiavelli und Dante. Das war aufregend, und bei ihm [habe ich] im Grunde begriffen, was Literatur sein kann. Und eines war mir besonders wichtig: Carlo Schmid hat junge Leute, die durch die Nazis verführt waren, nicht in Umerziehungslager gesteckt, sondern es mit ihnen aufgenommen und mit ihnen diskutiert. Durch die Gespräche bei Carlo Schmid wurde ich endgültig bestärkt in dem Demokratieverständnis, das ich mir in Ulm selber zurechtgelegt hatte.

Der zweite private Zirkel war der bei Weischedel. Jede Woche einmal lud er Doktoranden und Freunde zu sich zu Diskussionen über ein bestimmtes Thema, das er oder ein anderer gab, oder das in der Luft lag. Und mit diesem Kreis ging Weischedel zweimal, jeweils für zehn Tage, in philosophische Ferien. Wenn ich etwas gelernt habe von Philosophie, dann dort. Neben dem Seminar bei Eduard Spranger, »Ein-

führung in die Philosophie«, habe ich bei Weischedel ein Hegel-Seminar gemacht. In zwei Semestern sind wir in der »Phänomenologie des Geistes« bis zur Seite 2 der Einleitung gekommen, nicht weiter. In diesen philosophischen Ferien haben wir uns regelmässig ein konkretes Thema vorgenommen, und eines ist mir unvergesslich: Heideggers »Holzwege«, das damals herausgekommen war. In diesen zehn Tagen haben wir uns morgens von neun bis ein Uhr zusammengesetzt, den Text gelesen und diskutiert, und am Nachmittag ging es weiter von drei bis sechs mit Lektüre und Diskussion, um dem Ganzen wirklich auf den Grund zu kommen, es zu begreifen und zu verstehen. Abends hat jeweils ein Student aus seinem Fachbereich ein Referat gehalten. Diese Art Studium Generale, das ich mir gewisser Maßen privat zugelegt habe, war mir vielleicht auch deswegen notwendig, weil ich nicht die Zeit hatte wie ein anderer, und es verschaffte mir die für mich bestimmenden Erlebnisse im Denken. Das war für mich ein Exerzitium, wichtiger als die übliche Benutzung der Universität, obwohl ich die Art, in der wir früher studiert haben, für vernünftiger halte als die heutige. Aber das steht auf einem anderen Blatt.
PR: Sie reden so wenig von Friedrich Beissner.
SU: Dass Beissner mein Lehrer war, ist für mich so zu sagen natürlich. Bei ihm war für mich das Wichtigste sein Oberseminar über die »Editionstechnik einer historisch-kritischen«
[Seite 5]
Ausgabe, das werde ich in meinem Leben nicht vergessen.
[Einfügung Seite 5a] Und dieser Mann, der sich grundsätzlich als Philologe empfand, wie auch immer, einen Vortrag eröffnete er so: »Wir erzählen heute über Franz Kafka. Ich gehe an dieses Thema als Philologe heran, und das erste, was ich Ihnen demnach erklären muss, ist: man sagt nicht Mueso, sondern Muesot.« Wenn ich an Kleist denke, fällt

mir Beissner ein, denn er hat mich diese Prosa begreifen gelehrt. Es sind auch Kleinigkeiten, die man bei ihm gelernt hat: wo macht man bei einer Anmerkung einen Punkt und wo nicht, oder: wie sieht eine Fussnote aus. Wie man zitiert, das weiss ich von Beissner. Beissner hat mir den Wert für die Form der Dichtung vermittelt, und das, was die modernen Philologen heute wieder entdecken, nachdem eine Zeitlang bloss noch das soziologisch Relevante erheblich war, etwa die »Form als kognitives Substrat des Inhalts«, das haben wir längst bei Beissner gelernt.

PR: Nur eben in einer anderen Begrifflichkeit!

Dieses Seminar über die Editionstechnik war ja sicher eine der »Kettenreaktionen« auf Ihrem Weg zum Verleger von Suhrkamp und Insel? [Ende Einfügung S. 5a]

SU: Ich musste aussuchen, was mir möglich war. So habe ich mich entschieden für Germanistik, weil ich über Hesse arbeiten wollte, und für die Philosophie, in der ich Wilhelm Weischedel als Mentor hatte. Das dritte, die Bibliothekswissenschaft, studierte ich aus keinem anderen Grunde, als gleich Sachkenntnisse in der Geschichte des Buchdrucks, der Buchherstellung, der Geschichte des Buches zu erwerben. Selbstverständlich wusste ich: nachdem ich diese Lehre und Ausbildung hinter mir habe, werde ich von Beruf Verleger.

PR: Sie waren doch schon ein diplomierter Verlagsfachmann.

SU: Heute ist es reglementierter als damals. Ich habe nach elf Monaten die Verlagslehre abgeschlossen und die Prüfung vor der Stuttgarter Industrie- und Handelskammer mit Auszeichnung bestanden. Um mich rasch in die theoretischen Gründe des Berufes einzuarbeiten, hatte ich die Lehrlingsgruppe in Ulm übernommen und sie ausgebildet. Nun ging ich von einem jungen Verlag bewusst zu J. C. B. Mohr, einem alten, erfahrenen Verlag, um auch dies zu lernen. Der

Dienstjüngste des Verlages war damals der Prokurist, der 27 Dienstjahre hatte. Ich war der erste, der nicht mit einem Mäntelchen und Ärmelschonern kam – ich fiel auf in meiner normalen Kleidung und hatte anfangs meine Mühe mit den genauen Vorschriften, die zum Beispiel die Essenszeiten penibel festlegten. Aber ich bin Herrn Hans-Georg Siebeck sehr dankbar, dass er mir für mein Studium diese Randstunde erlaubt hat, was ja doch eine gewisse Unruhe in das etablierte Unternehmen hineinbrachte.

Noch bevor ich meine Dissertation schrieb, hatte ich einen nahezu fertigen Plan für einen eigenen Verlag: Klassiker, Ausgaben in zwei Sprachen (ich hatte in Tübingen wegen meiner Beschränkungen keine Zeit, Sprachen zu lernen, und fühlte mich amputiert), drittens ein zeitgenössisches Belletristik-Programm.

PR: Wie sollte sich die ganze Sache finanzieren?

SU: Ich wollte versuchen, aus dem Suhrkamp Verlag Hesse-Lizenzen zu bekommen.

PR: Gab es dafür eine reale Chance?

SU: Über diesen Weg der Lizenzen bin ich ja später mit dem Verleger Suhrkamp zusammengekommen.

[Seite 6]

Es stand also auf der Kippe, dass ich in Tübingen einen Verlag gegründet hätte. Dann sprang ein Kommilitone ab, der mir als Geldgeber und Mit-Planer helfen wollte, und ich ging wieder an meine Dissertation. In jener Zeit traf ich bei Carlo Schmid den jetzigen Intendanten des Süddeutschen Rundfunks, Hans Bausch, der damals Herausgeber der »Tübinger Studentischen Blätter« war, und diente ihm einen Aufsatz an, nämlich eine Kritik des »Glasperlenspiels«.[2] Weil er sie veröffentlicht hat, sagt der Bausch heute noch, er sei mein eigentlicher Entdecker. Diesen Aufsatz las Hesse, und so kam die Korrespondenz mit ihm zustande, leider auch ein Anlass, aus dem ich mich mit meinem Lehrer Beissner zerstritt.

PR: Da gab es einen Streit?

SU: Ja, da gab es einen Streit! Mit Beissner war es nicht immer einfach ... Ein ganz anderer, nämlich der Verleger Klett aus Stuttgart, schrieb mir zu meinem Nachruf in der »F.A.Z.«: »Beissner war ein ausgewachsenes Ekel, ebenso empfindlich wie aggressiv, immer bereit zu stören, wenn man eben auf einem guten Wege war.«

PR: So etwas hörte ich aus fast allen Gesprächen mit Beissner-Schülern heraus!

SU: Als Lehrer war er grossartig, persönlich war er sehr schwierig, vor allen Dingen sehr empfindlich, gerade in solchen Punkten wie diesen: Mitten im Semester, noch bevor ich die Dissertation bei ihm abgegeben hatte, sprach er mich in Tübingen auf der Wilhelmstrasse an und sagte: »Na, Ihnen darf man ja gratulieren, Sie sind ja schon ›Doktor‹!« Ich war ganz verwirrt, und er bestand darauf: »Sie lassen sich von aller Welt als ›Herr Doktor‹ anreden.« Er liess sich gar nicht ein auf Widerspruch: »Ja, und alle Welt druckt das, auch Sie drucken das ja.« Erst dann bequemte er sich zu dem Hinweis, ich möge mir die »Universitas« kaufen.

Ich stand bei Osiander im Laden, schlug die »Universitas« auf – und was stand dort? Ein Briefmosaik von Hermann Hesse, gerichtet an den Landesbischof Wurm, an Theodor Heuss und an mich. Da Hesse von meiner kommenden Promotion wusste, redete er mich dort an mit »Lieber Herr Doktor Unseld«. Das hat Beissner mir übelgenommen. Ich selbst hatte das gar nicht bemerkt, ich hatte diesen Brief ja zu Hause auf dem Schreibtisch liegen und hätte auch daran denken können, Hesse zu schreiben: Bitte reden Sie mich nicht mit »Herr Doktor« an ...

Meine schriftliche Note in der Dissertation ist »magna cum laude«, und in der mündlichen Prüfung haben wir uns noch einmal zerstritten. Er prüfte mich in Althochdeutsch, und ich sagte ihm: »Ich

[Seite 7]
kann kein Althochdeutsch!« Er prüfte mich weiter. Ich stand auf und sagte: »Wenn Sie mich weiter prüfen, dann gehe ich!« Seine Antwort war: »Kandidat, das Ende der Prüfung bestimme ich!« Also musste ich mich fügen, bekam dann die Note in einem Umschlag und ging zum nächsten, zu Professor Leyh. Der prüfte mich über die »Geschichte der Göttinger Universitätsbibliothek«, das wurde ein Ping-Pong-Spiel, so gut kannte ich mich da aus. Dann brachte ich die Umschläge zu Weischedel. Der sagte: »Um Gottes Willen, was haben Sie gemacht, Sie haben zweimal ›rite‹!« Also hatte der Beissner mir die schlechteste Note gegeben, sein Nachfolger richtet sich in der Note nach dem Hauptfach und gibt mir auch »rite«. So kam ich zu meiner Schwäche, nur im Schriftlichen »magna cum laude« promoviert zu haben.
Dann ging ich weg nach Heidenheim. In meiner Tübinger Zeit hatte ich den Peter Meuer kennengelernt, der hat auch bei Beissner promoviert. Als Peter Meuers Vater in Heidenheim starb, erbte er seine Buchhandlung. Da haben Meuer und ich verabredet, dass ich die Idee meines eigenen Verlages wiederum für einige Zeit zurückstelle und erst einmal die andere Seite des Buchwesens, nämlich den Buchhandel, erlerne, indem wir beide als Geschäftsführer die Buchhandlung in Heidenheim übernehmen. So kam es zu einem Jahr Buchhandlung in Heidenheim.
Zu meinem Konzept des eigenen Verlages fehlte mir aber noch das Zugpferd. Nun hatte ich festgestellt, dass Peter Suhrkamp ein Buch von Hesse nicht mehr herausgab, nämlich »Die Wanderungen«. So schrieb ich an Herrn Suhrkamp, wies mich aus unter anderem mit dem Brief Hesses an mich, und bat um die Lizenz. Über Frau Helene Ritzerfeld, die heute noch hier im Suhrkamp Verlag arbeitet – damals seine Sekretärin! – hat er mir mitgeteilt, er würde gern

mit mir über mein Anliegen sprechen. So kam ich nach Frankfurt und war engagiert.
PR: War da nicht noch eine Koppelung mit Hesse im Spiel?
SU: Ja, Hesse hatte mich eingeladen, ihn zu besuchen. Bei dieser Gelegenheit fragte er mich: »Ja, warum gehen Sie nicht zu meinem Verleger Peter Suhrkamp, der sucht doch einen Nachfolger!«
PR: War das von vornherein Ihre Position beim Eintritt in den Verlag?
SU: Nein, das hat nur Hesse so gesehen. Das
[Seite 8]
war 1950, für mich war der Suhrkamp Verlag ein Olymp! So etwas hätte ich damals nie zu denken gewagt. Als Hermann Hesse dem Peter Suhrkamp meinen Namen nannte, hat der darauf nicht reagiert, sondern dem Hesse erwidert: »Ich unternehme nichts. Wenn sich unsere Wege kreuzen, werden sie sich kreuzen.« Am 1. Januar 1952 bin ich hier eingetreten.
PR: Später haben Sie als Suhrkamps Nachfolger Martin Walser verlegt.
SU: Ich war mit Walser sehr befreundet, es war eine herrliche Männerfreundschaft. Wir mussten uns ja durch dieses Studium, konventionell wie es war, ein bisschen hindurchmogeln. Martin Walser mogelte sich mit Franz Kafka durch, ich mich mit Hermann Hesse. In jedem Seminar habe ich über Hermann Hesse referiert, Walser referierte in jedem Seminar über Franz Kafka. Walser hat ja noch weniger traditionell studiert als ich. Damals war er schon als Redakteur des Süddeutschen Rundfunks tätig, als der berühmte Martin Walser aus Stuttgart kam er in die Oberseminare, ins Doktorandenkolloquium und spielte seine Gast-Rolle. Dieses Oberseminar ist legendär – mit Walser, Walter Jens, Johannes Poethen, Gerhard Storz, Binder und anderen.
PR: Bewirkten diese Erfahrungen einen, sagen wir, »effekti-

ven Kredit« für die spätere Verlagsarbeit zusammen mit den Tübinger Freunden? Welche Rolle spielt die Generationsfrage?
SU: Sicher war das auch eine Generationsfrage: durch die gemeinsame Zeit, die gemeinsamen Erfahrungen bin ich mit diesen Schriftstellern auf einer Wellenlänge.
Im übrigen habe ich immer Verbindung gehalten mit Tübingen, zur Buchhandlung Gastl, zur Neckarhalde 40, in der Weischedel wohnte – immer, wenn ich zu Ernst Bloch in den Schwanzer 35 gegangen bin, kam ich an der Neckarhalde 40 vorbei. Mich hat es ungemein gefreut, dass auch ich, neben anderen, zum Beispiel Fräulein Gastl, mit helfen konnte, Ernst Bloch in Tübingen eine Heimat zu verschaffen. Ich habe ihn häufig besucht dort, so hatte ich zu meinem Glück noch mehr Gründe, nach Tübingen zu kommen. Der Suhrkamp- und Insel-Verlag hat einmal einen Betriebsausflug gemacht, dahin kam auch Ernst Bloch (leider Beissner nicht, obwohl er eingeladen war) – es waren viele Professoren der Tübinger Universität damals mit dabei. Bebenhausen hat immer eine Rolle gespielt: Dort war nämlich das Hölderlin-Archiv untergebracht, das der Hölderlin-Experte Adolf Beck leitete. Mit Beck habe ich nachher auch einen Hölderlin-Bildband und eine Hölderlin-Chronologie gemacht.
[Seite 9]
Um einmal zusammenzufassen: Tübingen war für mich eine enorm wichtige intellektuelle Station, überhaupt ein Beginn dessen, was ich als meine intellektuelle Entwicklung bezeichnen möchte, und zwar in doppelter Hinsicht, in zwei Bereichen: einmal dem der Literatur, der Literaturwissenschaft und der Philosophie, zum anderen im politischen Bereich, dem Hineinwachsen in eine demokratische Form. Ich werde bestimmt auch einmal über Carlo Schmid als einen meiner Lehrer schreiben.
Tübingen und das Umfeld – für mich ist es eine geistige Heimat – aber man soll keine Legenden bilden!

1 S. U., *Hölderlin und das kalkulable Gesetz. Zum Tod des Philologen Friedrich Beißner*, in: *Frankfurter Allgemeine Zeitung* v. 2. 1. 1978.

2 S. U.s Beitrag findet sich unter dem Titel *Hermann Hesse: Das Glasperlenspiel. Eine Besprechung*, in: *Tübinger Studentische Blätter*, 1948, H. 1, S. 1-8; wiederabgedruckt in: S. U., *Begegnungen mit Hermann Hesse*, S. 28-37.

Literatur

Im Folgenden werden die in der Korrespondenz angesprochenen Bücher von Uwe Johnson und Siegfried Unseld angeführt sowie jene Ausgaben, die im Text nur mit Kurzangaben zitiert werden.

Bertolt Brecht, *Werke. Große kommentierte Berliner und Frankfurter Ausgabe. 1-30 und ein Registerband.* Herausgegeben von Werner Hecht, Jan Knopf, Werner Mittenzwei, Klaus-Detlef Müller, Frankfurt am Main 1988-1998.

Bertolt Brecht, *Briefe 1. 1913-1936.* Bearbeitet von Günter Glaeser unter Mitarbeit von Wolfgang Jeske und Paul-Gerhard Wenzlaff, Frankfurt am Main 1998.

Bertolt Brecht, *Briefe 2. 1937-1949.* Bearbeitet von Günter Glaeser unter Mitarbeit von Wolfgang Jeske und Paul-Gerhard Wenzlaff, Frankfurt am Main 1998.

Bertolt Brecht, *Briefe 3. 1950-1956.* Bearbeitet von Günter Glaeser unter Mitarbeit von Wolfgang Jeske und Paul-Gerhard Wenzlaff, Frankfurt am Main 1998.

Günter Eich, *Gesammelte Werke in vier Bänden.* Revidierte Ausgabe. Herausgegeben von Axel Vieregg, Frankfurt am Main 1991.

Max Frisch, *Gesammelte Werke in zeitlicher Folge.* Sieben Bände. Herausgegeben von Hans Mayer unter Mitwirkung von Walter Schmitz, Frankfurt am Main 1998.

Der Briefwechsel Max Frisch/Uwe Johnson 1964-1983. Herausgegeben von Eberhard Fahlke, Frankfurt am Main 1999.

Wolfgang Hildesheimer, *Gesammelte Werke in sieben Bänden.* Herausgegeben von Christiaan Lucas Hart Nibbrig und Volker Jehle, Frankfurt am Main 1991.

Uwe Johnson, *Mutmassungen über Jakob*, Frankfurt am Main 1959.

Uwe Johnson, *Das dritte Buch über Achim*, Frankfurt am Main 1961.

Uwe Johnson, *Karsch, und andere Prosa*, Frankfurt am Main 1964.

Uwe Johnson, *Zwei Ansichten*, Frankfurt am Main 1965.

Uwe Johnson, *Jahrestage 1. Aus dem Leben von Gesine Cresspahl*, Frankfurt am Main 1970.

Uwe Johnson, *Jahrestage 2. Aus dem Leben von Gesine Cresspahl*, Frankfurt am Main 1971.

Uwe Johnson, *Jahrestage 3. Aus dem Leben von Gesine Cresspahl*, Frankfurt am Mai 1973.

Uwe Johnson, *Eine Reise nach Klagenfurt*, Frankfurt am Main 1974.

Uwe Johnson, *Max Frisch, Stich-Worte*. Ausgesucht von Uwe Johnson, Frankfurt am Main 1975.

Uwe Johnson, *Berliner Sachen. Aufsätze*, Frankfurt am Main 1975.

Uwe Johnson, *Begleitumstände. Frankfurter Vorlesungen*, Frankfurt am Main 1980.

Uwe Johnson, *Skizze eines Verunglückten*, Frankfurt am Main 1982.

Uwe Johnson, *Jahrestage 4. Aus dem Leben von Gesine Cresspahl*, Frankfurt am Main 1983.

Uwe Johnson, *Ingrid Babendererde. Reifeprüfung 1953*, Frankfurt am Main 1985.

Johnsons ›Jahrestage‹, Herausgegeben von Michael Bengl, Frankfurt am Main 1994.

Uwe Johnson, *Der 5. Kanal*, Frankfurt am Main 1987.

Uwe Johnson, *Versuch, einen Vater zu finden – Marthas Ferien*. Texte und Tonkassette. Herausgegeben von Norbert Mecklenburg, Frankfurt am Main 1988.

»Ich überlege mir die Geschichte...1985«. Uwe Johnson im Gespräch. Herausgegeben von Eberhard Fahlke, Frankfurt am Main 1988.

Uwe Johnson, Porträts und Erinnerungen. Herausgegeben von Eberhard Fahlke, Frankfurt am Main 1988.

»Wohin ich in Wahrheit gehöre«. Ein Uwe Johnson-Lesebuch. Herausgegeben und mit einem Nachwort versehen von Siegfried Unseld, Frankfurt am Main 1994.

»Die Katze Erinnerung«. Uwe Johnson – Eine Chronik in Briefen und Bidern. Zusammengestellt von Eberhard Fahlke, Frankfurt am Main 1994.

Uwe Johnson, *Heute Neunzig Jahr*. Aus dem Nachlaß herausgegeben von Norbert Mecklenburg, Frankfurt am Main 1996.

Siegfried Unseld, *Hermann Hesse. Eine Werkgeschichte*. Frankfurt am Main 1973.

Siegfried Unseld, *Begegnungen mit Hermann Hesse*. Frankfurt am Main 1975.

Siegfried Unseld, *Peter Suhrkamp. Zur Biographie eines Verlegers in Daten, Dokumenten und Bildern*. Unter Mitwirkung von Helene Ritzerfeld, Frankfurt am Main 1975.

Siegfried Unseld, *Der Autor und sein Verleger. Vorlesungen in Mainz und Austin*, Frankfurt am Main 1978.

»Das Tagebuch« Goethes und Rilkes »Sieben Gedichte«. Erläutert von Siegfried Unseld, Frankfurt am Main 1978.

Bertolt Brechts Dreigroschenbuch. Texte, Materialien, Dokumente. Herausgegeben von Siegfried Unseld, Frankfurt am Main 1960.

Aus aufgegebenen Werken. Herausgegeben von Siegfried Unseld, Frankfurt am Main 1968.

Hermann Hesse – Peter Suhrkamp: Briefwechsel 1945-1959. Herausgegeben von Siegfried Unseld unter Mitwirkung von Helene Ritzerfeld, Frankfurt am Main 1969.

Helene Weigel zu Ehren. Zum 70. Geburtstag von Helene Weigel am 12. Mai 1970. Herausgegeben von Werner Hecht und Siegfried Unseld, Frankfurt am Main 1970.

Hermann Hesse: Mein Glaube. Auswahl und Nachwort: Siegfried Unseld, Frankfurt am Main 1971.

Walter Benjamin zu Ehren. Sonderausgabe aus Anlaß des 80. Geburtstags von Walter Benjamin am 15. Juli 1972. Herausgegeben von Siegfried Unseld, Frankfurt am Main 1972.

Deutsches Mosaik. Ein Lesebuch für Zeitgenossen. Im Auftrag des Organisationskomitees für die Spiele der XX. Olympiade München 1972 herausgegeben von Dieter Hildebrandt und Siegfried Unseld, Frankfurt am Main 1972.

Günter Eich zum Gedächtnis. Herausgegeben von Siegfried Unseld, Frankfurt am Main 1973.

Erste Lese-Erlebnisse. Herausgegeben von Siegfried Unseld, Frankfurt am Main 1975.

Der Verleger und seine Autoren. Siegfried Unseld zum sechzigsten Geburtstag, Frankfurt am Main 1984.

Martin Walser, *Werke in zwölf Bänden*. Herausgegeben von Helmuth Kiesel unter Mitwirkung von Frank Barsch. Frankfurt am Main 1997.

Nachwort

*»Es soll Herrn Unseld nicht verbittern
dass er der Verlag ist und Herr Unseld und
beides in einem für mich«*

Gerade drei Monate arbeitet Siegfried Unseld in der Nachfolge von Peter Suhrkamp, als er sein verlegerisches Credo formuliert: »Für den Autor Zeit zu haben, ist für uns das erste Gebot. Die Erwartungen gehen nicht auf sein nächstes, sondern auf sein bestes Buch, das er einmal schreiben wird: wir stellen unsere Autoren vor in ihrer ganzen literarischen Physiognomie.« Von den Neuerscheinungen im Herbst 1959 hebt er zwei besonders hervor: zum einen die vollständige, dreibändige Ausgabe von Ernst Blochs *Prinzip Hoffnung*. Seine Beurteilung des zweiten wird so zitiert: »Man erwartet Großes von jenem Joachim Catt, der mit einer ›an Luther und Brecht erinnernden Sprache‹ in seinen ›Mutmaßungen über Jakob‹ zum erstenmal gültig die Zone von innen schildert.«

Den Lesern dieses Porträts mußte jener zweite Autor gänzlich unbekannt sein. Das wäre selbst dann der Fall gewesen, wenn Siegfried Unseld den wirklichen Namen dieses Schriftstellers preisgegeben hätte. Denn von Uwe Johnson, der sich dieses Pseudonym zugelegt hatte in der Hoffnung, auch nach der Publikation der *Mutmassungen über Jakob* in der DDR leben zu können, war zu diesem Zeitpunkt noch kein Buch erschienen.

Ein früheres Manuskript existierte allerdings. Uwe Johnson hatte es 1957 auf Empfehlung seines Leipziger Lehrers

Hans Mayer an Peter Suhrkamp geschickt, nachdem eine Reihe von Verlagen in der DDR die Drucklegung von *Ingrid Babendererde. Reifeprüfung 1953* abgelehnt oder massive Änderungen gefordert hatte. Zunächst hatten die Chancen einer Publikation in dem Verlag, den sich Uwe Johnson in der Bundesrepublik gewünscht hatte, gut gestanden. Peter Suhrkamp schrieb im Juni 1957 an Uwe Johnson: »Es juckt mich, ein Buch daraus zu machen, und zwar sollte das Buch möglichst noch im Herbst herauskommen.« Bevor der »alte Suhrkamp« von Frankfurt am Main nach Westberlin zu einer ersten Begegnung mit dem jungen Autor abgeflogen war, riet ihm dessen Mitarbeiter Siegfried Unseld »dringend« davon ab, das Manuskript *Ingrid Babendererde* zum Druck anzunehmen, »darin komme so viel Segeln und Natur vor, das sei die Ideologie von Blut und Boden«. Seine Einwände, so erinnert sich Siegfried Unseld 1965, »der ich ein anderes ›Deutsches Jungvolk‹ hinter mir hatte«, bezogen sich auf den ihm schal scheinenden Optimismus dieser Jugend; zuviel wurde ihm in diesem Roman von der »Freien Deutschen Jugend« geredet. Auch wollte er kein Buch gegen die DDR – »das war es sicherlich nicht«, so seine spätere Korrektur – in »unserem« Verlag haben. Bei dem Gespräch in Berlin lehnte Peter Suhrkamp das Manuskript ab. Das Gespräch endete, so Johnsons Erinnerung, eher mit einem »Wegschicken« als mit einem Abschied.

Es bleibt Peter Suhrkamps Verdienst, das erste Manuskript eines jungen Autors abzulehnen und ihn zugleich in einer Weise zum Weiterschreiben anzuspornen, daß noch der Abgewiesene sich verpflichtet fühlt, das nächste Manuskript wieder bei ihm einzureichen. »Weniger als daß er es drucken ließ, wünschte ich mir, er werde es lesen, auch nur einen Satz darüber zurückgeben.« Dieser Wunsch erfüllt sich nicht. Das Manuskript der *Mutmassungen über Jakob* liegt – ungelesen – neben dem Krankenbett, als Peter Suhrkamp am 31. März 1959 in Frankfurt am Main stirbt.

Als Siegfried Unseld am 1. April 1959 den Verlag mit 22 Angestellten übernimmt – er selbst war 1952 als achter Mitarbeiter ins Haus am Schaumainkai gekommen –, hat der 35jährige erstmals alleinverantwortlich zu entscheiden, ob aus dem Typoskript der *Mutmassungen über Jakob* ein Buch wird. Die Entscheidung fällt schnell: Uwe Johnson ist der erste Autor des »selbständigen« Verlegers Siegfried Unseld, und sein »Erstling« wird mit einigem Aufwand zur Frankfurter Buchmesse 1959 präsentiert.

Das Zusammenfallen beider Ereignisse, die Übernahme der Verantwortung als Verleger und die Entscheidung für den Autor Uwe Johnson, ist für die Beziehung zwischen Uwe Johnson und Siegfried Unseld von großer Bedeutung. Der Verleger schreibt im Dezember 1959 an seinen Autor: »Sie wissen, das Jahr 1959 war auch für mich ein einschneidendes Jahr, so wie für Sie. Die Begegnung mit Ihnen, die Hoffnung auf eine lange Strecke gemeinsamen Weges, auf Freundschaft – dies alles sind Merkmale in meiner inneren Topographie. Dass Sie auch so fühlen, sei mein Wunsch.«

Die Hoffnung auf eine »lange Strecke« erfüllt sich nur teilweise: Uwe Johnson stirbt im Februar 1984, noch nicht einmal 50jährig. Dennoch: 25 Jahre legen die beiden einen »gemeinsamen Weg« zurück. Zum 1. April 1979 schreibt der Autor seinem Verleger: »Denn nach dem Rückblick auf diese deine zwanzig Jahre Arbeit und Erfolg habe ich anzuführen, dass dieses Jubiläum auch eines für mich ist. Im März vor zwanzig Jahren hast du etwas von mir angenommen, ›daraus ein Buch zu machen‹ [. . .].« Deshalb könne man sagen, »nach einem Schriftsteller U. Johnson suchte man vergebens ohne deinen beharrlich fortgesetzten Entschluss, ihn zu verwirklichen«.

Die Hoffnung »auf Freundschaft« erfüllt sich. Ebenfalls zum 1. April 1979 schreibt Uwe Johnson folgende Sätze mit der Hand nieder: »Nach zwanzig Jahren einvernehmentlichen wie streitbaren Gesprächs hast du auch erfahren von dem Ungeschriebenen, und so bist du für mich der menschliche Ort geworden, ohne den das einsamste Leben unmöglich ist: die Gewissheit, dass es in der Welt einen Menschen gibt, bei dem man als zusammengefasste Kenntnis sicher aufgehoben ist. Obwohl ich keiner Probe darauf bedurft hätte, hast du mir geholfen im schlimmsten Unglück meines Lebens, als ich mich jenseits von Hilfe glaubte. Damit ist erwiesen, warum von allen Freundschaften, die ich seit 1959 gefunden habe, die mit dir als einzige sich erwiesen hat als in allen Stücken zuverlässig und haltbar, und wenn es nach mir geht, soll das so bleiben [. . .].« Siegfried Unseld – der Autor und sein Verleger sind Ende 1961 beim »Du« angelangt – beantwortet diese Erklärung am 19. April mit dem Satz: » Ich kann Dir kaum sagen, wie sehr mich dieser Brief beglückt hat. [. . .] Es gibt Dinge, die man einfach bei sich hat, die man nicht nur nicht vergißt, sondern die da sind und die einem helfen, zu leben.«

Der in dem Jahr, da Uwe Johnson 65 Jahre alt geworden wäre und in dem Siegfried Unseld seinen 75. Geburtstag begeht, vorgelegte vollständige Briefwechsel zwischen Uwe Johnson und Siegfried Unseld ist Ausdruck und Bestandteil dieses gemeinsamen Wegs in Freundschaft. Fast 770 Briefe und Telegramme wechseln die beiden zwischen dem 13. Juli 1959 und dem 12. März 1984. Im ersten Jahrzehnt ist der Briefkontakt sehr intensiv. Nach vier Wochen ohne schriftliches Zeichen wird dem Autor brieflich an die Ostseeküste die Frage gestellt: »Lieber Herr Johnson, sind Sie zum Eisberg geworden? Dies vermute ich fast; Ihr Schweigen wird beängstigend. Bitte lassen Sie doch von sich hören.« Im Laufe der Jahre nimmt zwar die jährliche Frequenz der Briefe ab – Telephonieren wird ein schnelleres und gebräuchlicheres Kommunikationsmittel, der Verlag veröffentlicht immer mehr Bücher, wodurch die Anzahl seiner

Autoren, für die es Zeit zu haben gilt, wächst, Ende der siebziger Jahre sind im Suhrkamp und Insel Verlag 100 Mitarbeiter beschäftigt. Doch auch unter solchen Umständen halten diese Briefpartner fehlende schriftliche Verständigung für ein Manko. 1981 klagt Siegfried Unseld: »Die Kommunikation auf Geschenke zum Geburtstag beschränkt ist doch etwas wenig.« Dem stimmt Uwe Johnson zu: »Denn seit langem bedaure ich, dass die Verständigung zwischen uns auf das Fernmündliche verwiesen ist, also im Nachlesbaren nicht erhalten, und habe mich abgefunden mit der Einsicht, der Umfang deiner Geschäfte nehme dir schon die Zeit für die ehemals vorkommenden Vertraulichkeiten auf Papier.« Gleichwohl halten beide das Briefgespräch ständig aufrecht.

Einer der Gründe für dessen besondere Form liegt darin, daß beide ihr Tun schriftlich festgehalten wissen wollen – zum eigenen Nachlesen, aber auch für die Nachwelt. Für sie gewinnen Abmachungen, Gespräche, Berichte erst Wirklichkeit durch die Fixierung in schwarz auf weiß. Sind persönliche Begegnungen nicht möglich, wird der andere informiert über das ihn eventuell Interessierende. Viele dieser Verständigungen beziehen sich auf das Schreiben und die Verlagsarbeit. Sie betreffen jedoch auch ausgiebig Schriftstellerkollegen, zu übersetzende Bücher oder anzunehmende Manuskripte, die kulturelle Situation in der Bundesrepublik und der DDR, politische Ereignisse. Daneben werden, in der Regel eher in Andeutungen, Mitteilungen über das private Ergehen ausgetauscht.

Die besondere Form dieser Korrespondenz erklärt sich auch daraus, daß für den Erzähler Uwe Johnson Briefe ein eigenes Genre darstellen. Diese Gattung beherrscht er. Selbst die simpelste Tatsache muß vertrackt-hintersinnig und ironisch dem Gegenüber gemeldet werden. Manchmal spielt er mit dieser Gattung und tut so, als sei die schiere

Lust, einen Brief zu schreiben, der Anlaß zum Verfassen eines Briefes. So am 29. Februar 1972: »Man schleppt mir Post an, als hätte ich so eine mittlere Drahtseilfabrik mit fünfzig Prozent Export, und weil ich durch vernachlässigte Antwortpflichten ziemlich gewissenlos geworden bin, will ich einmal einen Brief freiwillig schreiben, nämlich an dich, und du brauchst ihn nicht zu beantworten, da du ja tatsächlich solchem Unternehmen vorzustehen hast. Da es dir demzufolge gut ergeht, will ich nicht zögern mit der Meldung: Mir auch.« In diesem Ton fährt er fort mit Meldungen, die dazu dienen, dem einfachen Hinweis, Siegfried Unseld möge drei Zeilen aus einem Manuskript streichen, zusätzliche Anlässe zu verschaffen.

Die ersten Sätze der Antwort von Siegfried Unseld lauten: »Du beschämst mich mit herrlichen Briefen! Schriftsteller müßte man sein! Und natürlich Uwe Johnson heißen!« Danach schildert er seinen Leseeindruck des Johnsonschen Manuskripts, kommentiert zwei Bücher, die Uwe Johnson in einem anderen Brief zur Übersetzung vorgeschlagen hat, und legt seinen neuesten Reisebericht bei, in dem er seine außerhalb Frankfurts geführten Gespräche festhält. In diesen Reiseberichten ist, als Pendant zum Erzähler, der Verleger bei seinen Aktivitäten sehr deutlich erkennbar. Durch die Konkretes ansprechende Weise vermeidet er es, mit seinem Schriftsteller-Gegenüber in ein Konkurrenzverhältnis zu treten, und gelingt es ihm, von gleich zu gleich mit ihm zu kommunizieren. Die Reiseberichte, hier der von einem Besuch bei Marieluise Fleißer, zeigen darüber hinaus dem Autor, daß er, wenn auch herausgehoben, in einer Reihe mit anderen steht.

Einen eigenen Charakter besitzt diese Korrespondenz schließlich, weil die beiden Akteure keine Grenze ziehen zwischen der Privatperson und dem von ihnen ausgeübten Beruf. Der Autor Uwe Johnson ist mit Siegfried Unseld als

Person und als jener befreundet, der die Resultate seines Schreibens betreuen und auf dem Buchmarkt möglichst optimal präsentieren soll. Der Verleger Siegfried Unseld ist mit Uwe Johnson persönlich befreundet und mit dem Autor, der, als einer unter mehreren, die Voraussetzungen für das von ihm geführte Unternehmen schafft. Uwe Johnson formuliert dieses Verhältnis 1959 in diesen Worten: » [. . .] nun war es das Papier des Verlags und insofern geschäftlich: ohne dass der Ton verändert war, ich kann es so nicht trennen, es sei denn wir teilten die reinen Technika an die Abteilungen Ihres Hauses auf und behielten uns die besonderen Fragen der Lebenskunst, den Herbsthimmel und unsere guten Wünsche füreinander in einem persönlichen und herauszugebenden Briefwechsel vor. Es soll Herrn Unseld nicht verbittern dass er der Verlag ist und Herr Unseld und beides in einem für mich, denn auf den Wegen zwischen Klettenbergstrasse und Untermainkai habe ich keine Metamorphosen entdeckt [. . .].« Siegfried Unseld schreibt dazu 1970, »daß mir dieser Verlag keine Angelegenheit eines Jobs, keine Sache des bloßen Geschäfts ist, sondern daß ich mit Haut und Haar, mit meinem ganzen Blutkreislauf, mit all meinen Nerven, oder was du sonst noch willst, mit dieser Aufgabe verbunden bin«.

Diese Identität von Privatem und Beruflichem erklärt auch, warum die Auseinandersetzungen zwischen beiden Akteuren teilweise heftig ausgetragen werden. Am Verhalten von Uwe Johnson ist auffällig, daß sie sich dann entzünden, wenn aus einem seiner Manuskripte ein Buch hergestellt wird, von dem der Verfasser im vorhinein nicht wissen kann, wie die Öffentlichkeit reagiert. In einer solchen Situation genügt es bereits, wenn ihm statt zweier Fahnensätze nur einer zur Korrektur zugesandt wird, um dem gesamten Verlag und dessen Leiter Unfähigkeit vorzuwerfen. Dies verletzt dann Siegfried Unseld, da er sich nicht nur als Verleger, sondern persönlich angegriffen fühlt. Darüber hinaus stimmt er den Ton herab, wenn er glaubt, Uwe Johnson wolle zu stark reglementierend in seinen Privatbereich eingreifen.

Im ganzen betrachtet hatte die Identität von Privatem und Beruflichem in der Beziehung zwischen Uwe Johnson und Siegfried Unseld jedoch produktive Folgen. Dies wird besonders deutlich im letzten Jahrzehnt dieser Freundschaft. 1975 erleidet Uwe Johnson einen Herzinfarkt, der mit einer »wüsten« Depression und einer Schreibhemmung einhergeht. »Ich kann ohne Scham, weil wahrheitsgemäss, solche Plattheit versichern wie: dass ich keine Lust mehr habe zu leben, und mir jede Handlung abquälen muss als Pflicht.« Die Folgen sind desaströs – für den Menschen wie den Schriftsteller Uwe Johnson. Dies weiß Siegfried Unseld. So wird zunächst vereinbart, die Fertigstellung der *Jahrestage* nicht mehr zu thematisieren. Dann ergehen Aufträge an ihn, zunächst kleinere: Uwe Johnson wird gebeten, das Verhältnis der Literatur zu den anderen Medien zu beschreiben. Mit den Jahren werden die Aufträge größer, 1979 hält Uwe Johnson auf Drängen von Siegfried Unseld die Poetikvorlesungen in Frankfurt am Main und erweitert sie zu einem über 400seitigen Buch, das 1980 erscheint. Uwe Johnson versteht diese Schreibanlässe so, wie sie gemeint sind: »Das ist mein Dank für deine Arbeit, mich herauszuholen aus der Grube, in die ich vor fünf Jahren gestossen wurde. Es sind deine Anteilnahme, deine Arbeitsvorschläge gewesen, die mir allmählich wieder verholfen hat zu dem Mut, die Sache mit Mrs. Cresspahl zu einem Ende zu bringen.« Der Mut ist allerdings nicht beständig und erst Anfang 1982 so weit angewachsen, daß Uwe Johnson für den 31. Dezember den Abschluß der *Jahrestage* in Aussicht stellt. Als auch diese Zusage nicht eingehalten werden kann, also eine der letzten Chancen vertan zu sein scheint, daß der Freund wieder zum

Schriftsteller wird, weiß sich Siegfried Unseld im Dezember 1982 nur einen Rat: durch eine Befristung der Vorauszahlungen Uwe Johnson keine andere Wahl zu lassen, als die *Jahrestage* zu vollenden. Am 17. April 1983 sendet Uwe Johnson die letzten Kapitel des vierten Bandes an den Verlag.

Und dennoch hatte diese Freundschaft eine Grenze: sie wird sichtbar, wenn Siegfried Unseld seine Eindrücke von der Beerdigung Uwe Johnsons am 23. März 1984 zusammenfaßt: »›Für wenn ich tot bin‹ – die Einsamkeit dieses Toten ist schrecklich und die Tatsache, daß Gesine unsterblich ist, kein Trost.«

Der Verleger Siegfried Unseld hat sich ausführlich mit der Aufgabe seines Berufsstands in Vergangenheit und Gegenwart beschäftigt. Aus Anlaß des 80. Geburtstags eines Kollegen weist er darauf hin, daß die Beziehung zum Autor die wichtigste Grundlage des Verlegerberufs bildet. Und er fragt: »Was ist diese Beziehung? Ist sie Freundschaft, Wahlverwandtschaft, Zweckverband, Notgemeinschaft, ist sie Zuneigung, Fürsorge, Pflicht, Spaß, ist sie Illusion, Lüge, ›die Zeit der Lüge ist vorbei‹ (Handke), so las ich einmal, und ich las von ›gegenseitiger‹ Haßliebe (Bernhard).« Diese Frage wird von Siegfried Unseld nicht beantwortet, denn sie ist generell nicht beantwortbar. Für die Beziehung zwischen dem Verleger Siegfried Unseld und seinem ersten Autor ist diese Frage entscheidbar.

Der hier vorgelegte Briefwechsel zwischen Uwe Johnson und Siegfried Unseld präsentiert die komplette Korrespondenz. Weder im Uwe Johnson-Archiv noch im Archiv des Suhrkamp Verlags gibt es Anzeichen dafür, daß Briefe verlorengegangen sind. Textbasis sind die Originale, wie sie in beiden Archiven aufbewahrt werden. Die Titel von Büchern, Zeitungen und Zeitschriften u.a. wurden zum

Zwecke der Vereinheitlichung generell in doppelte Klammern gesetzt, die in den Briefen vorhandenen Leerzeilen zur Kennzeichnung von Absätzen nicht berücksichtigt, Unterstreichungen werden kursiv wiedergegeben. Anführungsstriche wurden stets in doppelte verwandelt. Verschreibungen wurden stillschweigend berichtigt, in Uwe Johnsons Briefen die Orthographie und Zeichensetzung des Originals beibehalten, bei den Briefen Siegfried Unselds nach Duden-Regeln vereinheitlicht. Die Absenderadressen wurden ebenfalls vereinheitlicht außer in jenen Briefen Uwe Johnsons, in denen sie einen eigenständigen Aussagewert besitzen, die Anschriften nur angegeben, wenn sie vom ständigen Wohnsitz Uwe Johnsons bzw. der Adresse des Verlags abweichen. Handschriftliche Zusätze wurden nur vermerkt, wenn sie über die Form der Beantwortung eines Briefes Aufschluß geben. Sie stehen zwischen senkrechten Strichen, Anmerkungen der Herausgeber in eckigen Klammern.

Anlagen zu den Briefen wurden nur dann aufgenommen, wenn es sich um Texte von Uwe Johnson oder Siegfried Unseld handelt, die bisher unveröffentlicht waren. Die anderen Anlagen wurden im Kommentar beschrieben. Eine Ausnahme von dieser Regel stellen die Reiseberichte Siegfried Unselds dar. Er verfaßt sie seit 1959 und hält in ihnen das für die Mitarbeiter des Verlags aus seinen Treffen außerhalb Frankfurts Wissenswerte fest. Uwe Johnson erhielt seit 1970 Kopien dieser Berichte. Ihr Abdruck allein ergäbe einen Band von 2000 Seiten. Sie wurden auszugsweise zur Kommentierung herangezogen. Als Anlagen aufgenommen hingegen wurden die Briefe, die Uwe Johnson und Burgel Zeeh, die Sekretärin von Siegfried Unseld, zwischen dem 26. Januar und 17. April 1983 wechselten, um die Endphase der Vollendung der *Jahrestage* zu dokumentieren.

Gegen die Herausgeberregel wurden in einem Anhang ver-

sammelt: die Übersetzung der russischen und niederdeutschen Passagen aus den *Mutmassungen über Jakob* (Anhang 1), die Anlagen zu den Briefen, die sich auf die internationale Zeitschrift beziehen (Anhang 2), die Anlagen zu einem Brief von Siegfried Unseld an Max Frisch aus dem Jahr 1968 (Anhang 3) sowie die Transkription eines Interviews von Peter Roos mit Siegfried Unseld (Anlage 4). Die Kommentare zu den Briefen finden sich am Ende der Briefe; enthalten die Briefe Anlagen, stehen die Kommentare am Ende der Anlagen. Erläuterungen zu den erwähnten Personen werden nicht bei dem entsprechenden Brief vorgenommen, sondern im Personenregister.
Die Herausgeber bedanken sich bei allen, die sie, im übrigen stets äußerst gerne, durch Informationen und Hilfeleistungen unterschiedlichster Art unterstützten.

Eberhard Fahlke/Raimund Fellinger

Personenregister